SFV

THOMAS MANN

TAGEBÜCHER
1949-1950

Herausgegeben
von Inge Jens

S. FISCHER

Umschlag R. und E. Marhold
Satz und Druck Wagner GmbH, Nördlingen
Einband G. Lachenmaier, Reutlingen
Printed in Germany 1991
ISBN 3-10-048193-3

VORWORT

Die Tagebuchaufzeichnungen der Jahre 1949/1950, die der vorliegende Band lückenlos präsentiert, sind durch zwei Ereignisse akzentuiert, die – vergleichbar vielleicht nur mit der zentralen Exilerfahrung der Jahre 1933/34 – den Duktus der Notate bestimmen: Der 1949, nach sechzehnjähriger Abwesenheit, im Schutz und Zeichen Goethes unternommene Besuch Thomas Manns in Deutschland, und die große Leidenschaft des Fünfundsiebzigjährigen für den Hotelpagen Franzl im Sommer 1950 . . . eine Liebe, über deren Entstehung und Verlauf im vorliegenden Band in einer Weise Rechenschaft abgelegt wird, die – weit über das Berichtete hinaus – die grundsätzliche diätetische Bedeutung erhellt, die das Tagebuch für Thomas Mann, zumal in Zeiten existentieller Erschütterung, besaß. Nur hier bekennt er sich uneingeschränkt zu der Existenz in jenen zwei Reichen, die der junge Schriftsteller mit den Schlagworten »Bürger« und »Künstler« literarisierte und die fortan in unendlichen Variationen – stets säuberlich auf verschiedene Personen verteilt – das künstlerische Werk strukturieren.

Wer zu lesen versteht – das ist sicher –, wußte auch ohne Kenntnis der Diarien um all die Spiegelungen und Transpositionen geheimster Empfindungen im Werk. Er kannte die Pole, zwischen denen sich dies Leben abspielte: er wußte um Homophilie und bürgerliche Reputierlichkeit, um Repräsentationsbedürfnis und Sehnsucht nach Anlehnung, um Egozentrismus und politisches Engagement, um Narzißmus und Rechtfertigungszwang, um das Selbstbewußtsein des Außenseiters und das Wissen des protestantischen Bürgers, letztlich doch nur durch »Gnade« bestehen zu können. Aber wie es möglich war, all diese Widersprüche in ein einziges Leben einzubinden, das wird erst durch das Tagebuch erfahrbar, wo der Autor auf die im Werk dominierende Kontrolle verzichtet und auch das zuläßt, was er so oft als ›kompromittierend‹ und ›peinlich‹ etikettiert.

Ein Ehemann und Vater von sechs Kindern und ein Mann, der sich dazu bekennt, wirkliche Liebe nur durch das »Jungmännliche« erfahren zu haben: im Werk kommt dergleichen nicht vor. Das Tagebuch aber notiert nicht nur die letzte Liebe: »Noch einmal also die Liebe, das Ergriffensein von einem Menschen, das tiefe Trachten nach ihm – seit 25 Jahren war es nicht da und sollte mir noch einmal geschehen« (9. 7. 1950), sondern es reflektiert diese Liebe auf dem Hintergrund aller bisherigen Lebenserfahrung: »Der Gedanke meiner ›letzten Liebe‹ erfüllt mich dauernd, ruft alle Unter- und Hintergründe meines Lebens wach. Der erste Gegenstand, Armin, wurde zum Trinker nach dem Zerfall seines Zaubers durch die Pubertät, und starb in Afrika. Auf ihn meine ersten Gedichte. Er lebt im ›T. K.‹ [Hans Hansen], Willri im ›Zbg‹ [Pribislaw Hippe, Clawdia Chauchat], Paul im ›Faustus‹ [Rudi Schwerdtfeger]. Eine gewisse Verewigung haben alle diese Leidenschaften gewonnen. Klaus H., der mir am meisten Gewährung entgegenbrachte, gehört in die Einleitung zum Amphitryon-Essay« (TB 16. 7. 1950)

Die Leidenschaft: verarbeitet und aufgehoben im Werk, gewandelt in eine Form, die der »Verfassung« nicht mehr widerspricht, die bürgerliche Fassade nicht gefährdet – so konnte Thomas Mann sie zulassen und ihr leben: »Drei Tage noch«, heißt es um dieselbe Zeit, am 11. Juli 1950, »und ich werde den Jungen überhaupt nicht mehr sehen, sein Gesicht vergessen. Aber nicht das Abenteuer meines Herzens. Aufgenommen ist er in die Galerie, von der keine ›Literaturgeschichte‹ melden wird, und die über Klaus H. zurückreicht zu denen im Totenreich, Paul, Willri und Armin.«

Wie viel immer im Tagebuch von Smoking-Toiletten und Vermouth die Rede ist, von Schlaftabletten und Verdauungs-

störungen, Ärger mit Rezensenten und Hochgefühlen nach jenen abendlichen Vorlesestunden, die entweder in allgemeiner Begeisterung oder bewegender Ergriffenheit ausklingen: die Penibilität, mit der sich hier ein Schriftsteller in der Zeit, an kleinem Alltagsgeschäft und winzigen Bestätigungen, zu halten versucht, hat den Charakter einer einzigen großen Abwehrbewegung und spiegelt den Versuch, durch minuziöse Pflichterfüllung – am Schreibtisch, aber auch während der anstrengenden Vortragsreisen – den Verführungen der Außenwelt, den irritierenden »Bildern« (ein Synonym für schöne Jünglinge), den Anstürmen des Unheimlichen und in der Welt der Wohlanständigen Verbotenen, den Versuchungen des Eros und der Heimsuchung durch sexuelle Reize angemessen zu begegnen, deren Folgen – »Ermächtigung und Auslösung« – der alternde Schriftsteller wieder und wieder mit einer Mischung aus Stolz und Scham notiert.
So betrachtet, sind die Konfessionen des Journals in erster Linie ein Mittel rationaler, aufs Gleichmaß des Tagesablaufs vertrauender Distanz-Wahrung gegen jene unberechenbaren, große Höhenflüge, aber auch plötzliche Abstürze befördernden Einbrüche des Irrationalen in den Raum der Werksicherheit.
Wie groß die Verlockungen sein konnten, wie tief der Schmerz des Sich-Versagens, bezeugt eben jene Liebeserfahrung vom Sommer 1950, die – ein einziges Mal! – die Kluft zwischen dem durchweg eher nüchtern-chronologischen Diarien-Stil und dem poetischen Aufwand der Prosa-Werke und Essays aufhebt. *Einmal* bahnt, auch im Stilistischen, das Tagebuch der Dichtung den Weg. Die Notizen, die einem verschwiegenen Liebesglück und -schmerz gelten, gehen, nicht selten Wort für Wort, in den Essay über ›Die Erotik Michelangelo's‹ ein.
»Weh und schwer«, beginnt die große Konfession vom 25. August 1950, »Erinnerungen glimmen an erschaute und geliebte Jugend. O Dio! O Dio! O Dio! Wundes Herz. *In*

vostro fiato son le mie parole. Das will mir nicht aus dem Sinn. Augen, Hermesbeine, *la forza d'un bel viso.* Dies ist die letzte Station der langen Heerfahrt, das Ziel noch weit, und es ist unsicher. Dunkelheit der Zukunft. Möge sie mir so viel Ruhe gewähren, daß ich mich in der Arbeit zerstreuen und sammeln kann, die noch am meisten an das Leben bindet.«
Ergreifend – und wie symptomatisch! Im Augenblick der Verführung durch die Liebe wird, gegenläufig, die Lebensbindung durch die Arbeit evoziert, und die Beschreibung der Entzükkung, die der Fünfundsiebzigjährige durch den Pagen vom Tegernsee empfindet (von fernher winken Goethe und Ulrike von Levetzow herüber), geht ein in – Literatur.
Was wäre die Liebe zu Franzl ohne den Verweis auf Michelangelo, was das Altersentzücken ohne den absichernden, den großen In-Spuren-Gänger Thomas Mann in seinem Enthusiasmus legitimierenden Hinweis auf den Eros des »melancholischen Bildhauers« (TB 19. 7. 1950): »Die Liebe war der Untergrund seines Schöpfertums, sein inspirierender Genius, der Motor, die glühende Triebkraft seines übermännlichen, fast übermenschlichen Werks.« (GW IX, 793).
Hier – das zeigen vor allem die im vorliegenden Band publizierten Tagebücher mit aller Deutlichkeit – ist ein *Literat* am Werk, der die Verführungen des Eros: die ersehnten spirituellen bei Tag und die physisch-ungebetenen bei Nacht, durch kritisch-selbstironisches Reflektieren, aber auch durch konsequentes Abstand-Wahren objektiviert: Thomas Mann ist erotisch ergriffen von dem tennisspielenden Jüngling aus Argentinien . . . aber er *schaut ihm zu* – aus dem Abstand, vom Balkon herab.
Voyeurtum also? Ich denke: nein, da Thomas Mann durch die Art und Weise, wie er den Enthusiasmus beschreibt, der ihn beim Anschauen schöner Bilder überfällt, das Voyeuristische ins Literarische transzendiert. »Zurückschrecken vor einer nach ihren Glücksmöglichkeiten sehr eingeschränkten Wirklichkeit« heißt – Eintrag vom 10. 7. 1950 – die im Manuskript

ausdrücklich unterstrichene Devise, die in den vorliegenden Diarien den Charakter eines Leitmotivs hat und damit auch die Folie darstellt, vor der die »Franzl-Stellen« gelesen sein wollen ... jene »Bruchstücke einer großen Konfession«, die sich – herausgeschält aus den sie einhüllenden chronikalen Notaten – in der Tat wie eine fortlaufende, ergreifende Geschichte lesen.
Diese Geschichte bedurfte keines Kommentars. Sie unangetastet für sich selbst sprechen zu lassen, war der Herausgeberin wichtig.

Ganz im Gegensatz hierzu schien es unumgänglich, die politischen Vorgängen geltenden Eintragungen mit einigen Erläuterungen zu versehen, zumal dann, wenn sie, wie die Reise nach Frankfurt und Weimar vom Juli/August 1949, im Journal nur summarisch notiert werden, oder wenn, wie im Fall der Auseinandersetzung mit dem Korea-Krieg und der Kommunistenverfolgung unter McCarthy, der historische Kontext vorausgesetzt wird. Denn nur mit Kenntnis der als Hintergrundsgeschehen immer mitzudenkenden Summierung konkreter Ereignisse wird Thomas Manns Position zwischen allen Fronten sichtbar, die Haltung eines entschiedenen Anti-Antikommunisten, die – mißverstanden hier und dort – im Osten als sozialistischer Humanismus gefeiert und im Westen als Pro-Kommunismus in einer Weise verfolgt wurde, von der wir uns heute kaum noch eine Vorstellung machen können.
Gesinnungsschnüffeleien, Denunziationen, Verhöre, Berufsverbote, Paßentzug (zum Beispiel für Lion Feuchtwanger, der Europa nicht mehr wiedersehen sollte), Ausweisungen (zum Beispiel für Hanns Eisler) oder Verweigerung der Wiedereinreise nach dem Verlassen des Landes (zum Beispiel für Charles Chaplin) waren an der Tagesordnung, und Thomas Mann irrte sich nicht, wenn er verschiedentlich im Diarium vermerkte, daß er seine eigene Situation für »ärger und gefährlicher als 1933« halte: Der FBI führte, wie wir heute durch die

Forschungen von Hans Rudolf Vaget wissen, ein umfangreiches Dossier über ihn. Der Hauptvorwurf lautete »Premature Antifascism«, zu deutsch etwa »vorzeitiger«, oder besser, »verfrühter«, weil bereits vor dem Eintritt Amerikas in den Krieg gegen Hitler-Deutschland praktizierter Antifaschismus – eine Haltung, die nur vor dem Hintergrund eines weit über die McCarthy-Ära zurückreichenden amerikanischen Antikommunismus überhaupt als Vergehen erkennbar ist. Die Aktivitäten des FBI machen sichtbar, daß weite Kreise der USA in Hitler-Deutschland genau wie im faschistischen Spanien in erster Linie willkommene Bollwerke gegen den Bolschewismus gesehen hatten und der FBI folglich – bis zum Kriegseintritt der USA – jede antifaschistische Demonstration als kommunistisch gesteuert und somit staatsgefährdend protokollierte. Und wenn diese »groteske« Nomenklatur Thomas Mann auch, wie er an seine Mäzenatin Agnes Meyer schrieb, zunächst amüsierte, so zeigen die zunehmend emotional akzentuierten Tagebucheinträge, mit denen er auf Verdächtigungen und Ankündigungen antikommunistischer Kreise reagierte, wie sehr ihn das Ganze immer wieder an jene faschistischen Machenschaften erinnerte, von denen er gehofft hatte, sie seien durch die Anti-Hitler-Allianz zwischen Rußland und den USA endgültig besiegt worden.

Aber diese Allianz war 1949/50 längst nur noch Geschichte. Daß man Thomas Mann – selbst nach dem Empfang in Weimar – lediglich verbot, den alljährlichen Vortrag in der Library of Congress, konkret: die Rede ›Meine Zeit‹, zu halten, ihn ansonsten aber unbehelligt ließ, ist vermutlich nur den Bemühungen seiner einflußreichen Protektoren in den USA, Agnes Meyer an der Spitze, zu danken. Wären *sie* nicht gewesen, so hätte sich der am 5. November 1952 im Tagebuch geäußerte Verdacht am Ende vielleicht doch noch bestätigen können: »Mit meiner Ausbürgerung, rückbezüglich auf die Weimarer Reise etc., immerhin zu rechnen.«

War es ein Wunder, unter solchen Auspizien, daß sich Tho-

mas Mann innerlich immer weiter von dem Land entfernte, das ihm einst, nicht zuletzt durch Roosevelts Bemühungen um eine soziale Demokratie, als die Bastion erschienen war, an der der Hitlerfaschismus zuschanden werden würde (»Alle Hoffnungen, einst auf dies Land gesetzt, vollständig enttäuscht«, so eine Notiz vom 1. Juni 1950), und daß der Gedanke an eine abermalige Emigration (die wiederum – wie 1933 – möglichst lautlos und ohne demonstrative Gesten vor sich gehen sollte) immer unabweisbarer wurde? Das Tagebuch vom Sommer 1950 zeigt sehr eindrücklich, wie Thomas Manns Gedanken – gerade während des Aufenthaltes in der Schweiz – immer wieder um dieses, durch die Erinnerung an den 1933 in Arosa gefaßten Entschluß, nicht nach Haus zurückzukehren, besonders akzentuierte Problem kreisen: »Der Gedanke einer wiederholten Emigration spukt längst, und dies Tagebuch kehrt gewissermaßen zu seinem Beginn, Arosa 1933, zurück.« (St. Moritz, 18. 7. 1950) Dabei ist es ergreifend zu sehen, wie sich Entschlossenheit und Wunschdenken in den Überlegungen des Fünfundsiebzigjährigen mit wachsender Schnelligkeit, nicht selten im Verlauf eines einzigen Tages, ablösen: »Mit K. und Erika über die Lage in Amerika und unsere Zukunft dort [...] bei sich steigerndem Chauvinismus und Verfolgung jeden Nonkonformismus. Entziehung des Passes ziemlich sicher. [...] Die Erinnerung an Arosa 1933 sehr lebhaft. Und doch denke ich immer wieder, daß es bei meiner Stellung in Amerika, den vielen Freunden, die ich dort habe, das Vernünftigste sein wird, nach Hause zurückzukehren, aller Politik abzusagen, etwas Merkwürdiges zu schaffen und die Dinge abzuwarten.« (18. 7. 1950)
Nun, Thomas Mann kehrte noch einmal zurück. Das »Bedürfnis, vorläufig zur Ruhe zu kommen, um den Gregor zu beenden«, eine ohne Begründung notierte »unbedingte Abweisung des Gedankens jetzt [für immer] in die Schweiz zurückzukehren, was äußerst beschämend wäre«, sowie die Angst vor der »Heimatlosigkeit, die zunächst unser Los

wäre«, waren – einstweilen noch – stärker als der immer wieder apostrophierte Ekel vor der dem Stalinschen »blutigen Schema« korrespondierenden »Korruption und Heuchelei« in Amerika.
Der Erfolg gab ihm recht. Am 26. Oktober beendete Thomas Mann den ›Erwählten‹. Das Tagebuch notiert das Ereignis nur mit einem kurzen Rückblick: »Halb 12 Uhr: *Schrieb die letzten Zeilen von ›Der Erwählte‹* und das Valete. Am 21. Januar 1948: ›Schrieb einige Zeilen des Anfangs der Legende, versuchend.‹ Das sind 2 Jahre und 8 Monate minus dessen, was abzuziehen, was alles in allem wohl 5 Monate beträgt.« – Wenig später stirbt George Bernard Shaw. Thomas Mann schreibt für die BBC einen halbstündigen Nachruf. Der relativ umfangreiche Essay – eine »sehr anstrengende Arbeit über einen [. . .] eigentlich unbekannten und nicht am Herzen liegenden Gegenstand« wird zügig vollendet, die größere Rezension über eine Richard-Wagner-Briefausgabe bereitet keine erkennbaren Schwierigkeiten. Und doch heißt es bereits am 4. Dezember angesichts der sich durch das koreanische Desaster wieder verstärkt bemerkbar machenden nationalen Hysterie: »Dies Tagebuch, Frühjahr 1933 begonnen, ist *eine* Geschichte, die wieder den Charakter ihrer Anfänge anzunehmen scheint.«
Der Charakter des Anfangs aber war durch Emigration akzentuiert: Emigration als Endpunkt einer Entwicklung, in deren Verlauf der Vorsatz, »aller Politik abzusagen«, mehr und mehr aufgegeben wurde.
Die Parallelen sind – denke ich – unübersehbar. Wie zu Beginn der dreißiger Jahre zeigen die Einträge des Journals, aber auch die im Anhang publizierten – bisher unveröffentlichten – Texte das sich immer stärker und kompromißloser artikulierende politische Engagement Thomas Manns. Der große, 15 eng beschriebene Manuskriptseiten umfassende, ursprünglich für eine Publikation im New Yorker ›Aufbau‹ vorgesehene Artikel ›Anläßlich einer Zeitschrift‹, die lang ge-

plante Abrechnung mit der politischen Ignoranz und Profitgier im Nach-Roosevelt'schen Amerika, wird zum großen J'accuse und politischen Glaubensbekenntnis eines Mannes, der nicht länger bereit war, um möglicher Konsequenzen willen still zu halten.

Um diese Entwicklung nachzuzeichnen, war es nötig, die im Tagebuch häufig nur angedeuteten Fakten und Ereignisse im Kommentar durch Gegentexte, Briefe und Zeitungsmeldungen zu ergänzen; an einer Stelle wurde zum besseren Verständnis der Vorgänge um den Besuch in Frankfurt und – vor allem! – in Weimar, die übliche Form des Kommentars zugunsten einer zusammenhängenden Information durchbrochen.
Im übrigen folgt die vorliegende Edition den Prinzipien der beiden vorangehenden von mir verantworteten Bände. Es scheint der Editorin jedoch wichtig, darauf hinzuweisen, daß Thomas Manns Handschrift zunehmend Merkmale der Unkonzentriertheit im Augenblick des Niederschreibens aufweist: Kryptische Sätze, Konstruktionen, in denen das Verb vergessen oder – gelegentlich – auch doppelt gesetzt ist, ein Verlassen des ursprünglichen Satzbaus oder durch Zwischenräume markierte Auslassungen von Namen u. ä. sind – zumal in Zeiten besonderer Anspannung – keine Seltenheiten. Sie wurden, soweit sie das Verständnis nicht verstellten, ebenso belassen wie konsequent durchgeführte orthographische Eigenarten (z. B. ›schwühl‹ oder ›verfehmt‹) und die eigenwillige, meist dem Wortklang folgende Schreibung von Eigennamen. Lediglich in einigen wenigen Fällen war eine behutsame Korrektur unumgänglich.
Auffallend im Manuskript ist ferner die zunehmende Kennzeichnung von Zäsuren, die zu Monatsende, aber auch, um besondere Abschnitte oder einen Neuanfang bereits optisch hervorzuheben, im allgemeinen durch gestrichelte oder ausgezogene Linien und Kreuzchen – gelegentlich in roter Tinte – vorgenommen wird. Auch die sonntäglichen Eintragungen

oder ein neuer Monat sind durch die rot geschriebene Datumszeile bzw. den rot abgehobenen Namen besonders markiert.

Was die Anmerkungen angeht, so bin ich auch weiterhin für Korrekturen und Ergänzungen dankbar und weiß mich in besonderer Weise all jenen Lesern verpflichtet, die mich in den vergangenen zwei Jahren auf Irrtümer und Ungenauigkeiten im Kommentar des letzten Bandes aufmerksam gemacht haben. Ihre Monenda und Addenda sind – wie bisher – zu Beginn des Anhangs aufgeführt.

Für diese Richtigstellungen habe ich Georg Allgaier, Arnold Bauer, Heinrich Bernigau, Lisa Dräger, Heinz Gildhoff, Alfred Haas, John H. Herz, Fernand Hoffmann, Hanjo Kesting, Klaus Jonas, Albrecht Knaus, Gerhard Kluge, Herbert Lehnert, Klaus Makoschey, Frido Mann, Georg Potempa, Donald Prater, Bernhold Schmid, Jutta Schmidt, Alexander Schneider, Walter L. Schomers, Thomas Sprecher, Erwin Trebitsch, Curt Vinz, Stefan Weidle, Harald Wiensche, Jürgen Zibell und Roland Zirkler zu danken.

Und nun zu den Helfern des vorliegenden Bandes: Der erste Dank gebührt auch diesmal wieder Golo Mann, der mir, in Brief und Gespräch, mit Noblesse, Sachkenntnis, Geduld und Verständnis zur Seite stand. Sein entschiedenes placet zur Art der Kommentierung war für mich Kriterium und Ansporn zugleich. Neben ihm bin ich vor allem den liebenswürdigen und hilfsbereiten Mitarbeitern des Thomas-Mann-Archivs in Zürich verpflichtet: Hans Wysling und seine Helferinnen Yvonne Schmidlin, Cornelia Bernini, Rosemarie Hintermann und Beatrice Trummer waren stets bereit, meine umfangreichen Fragenkataloge – von schwierigen Lesarten über biographische, quellenkundliche und werkbezogene Probleme bis hin zu Suchaktionen nach entlegenen Dokumenten und möglichen Verweisen – durch kompetente Auskünfte, kollegiale Diskussionen und sachdienliche Hilfen zu dezimieren.

Zu danken habe ich allen, die mir halfen, einem Autor, der die

Welt umspannte – von Kalifornien bis Weimar, von Paris bis New York und weiter, nach Tokio und Australien – auf die Spur zu kommen ... und das oft genug in scheinbar aussichtsloser Situation.

Ich danke, den Bereich Sozialismus, Kommunismus, Sowjetunion und »deutsche Ostzone« betreffend, Christel Berger, Gudrun Geißler, Volker Kahl und Heinz Schmigalle, sowie dem Stadtarchiv Weimar, Frau Gitta Günther, dem Bundesarchiv, Abteilung Potsdam, Frau Schröder, und dem Institut für Geschichte der Arbeiterbewegung/Zentrales Parteiarchiv, Berlin, Frau Inge Pardon.

Ich danke den Skandinavisten Wilhelm Friese und Friedrich Schmöe, und ich danke, was die Nachforschungen und die Dokumentenbeschaffung in den Vereinigten Staaten angeht, neben Hans Rudolf Vaget, der mir seine Forschungsergebnisse in Sachen Agnes Meyer und FBI großzügig zur Verfügung stellte, vor allem Bob Asch, Klaus Jonas und Barbara Perlmutter.

Für niederländische Belange waren, wie schon so oft, Herman Meyer und Léon Hanssen meine »geheimen Räte«; in der Schweiz recherchierte Klara Studthalter-Obermüller, und wenn niemand mehr weiter wußte, dann war – selbst wenn es um vermeintlich apokryphe Helvetica ging – Hanno Helbling zur Stelle, um auch nicht-literarische Biographica und Lokalitäten zu ermitteln.

Und dann – ein Glücksfall für die Editorin! – Herbert Lehnert in Irvine, der mir unter Assistenz seines Mitarbeiters Harald Höbusch nicht nur kalifornische Details und versteckte Zeitungsartikel erschloß – die der ›Los Angeles Times‹ voran –, sondern mir auch half, Ungenauigkeiten bei der Wiedergabe von Formalien der amerikanischen Verfassung und politischer Usancen im Tagebuch des »Europäers« Thomas Mann (und meinem Kommentar) zu klären.

Die Korrespondenz war, gerade im Fall des vorliegenden Bandes, ebenso mühsam wie anregend: Tübinger Gelehrte, manchmal sogar deren Freunde, halfen mir mit fachwissenschaftlichen Hinweisen und Expertisen: in der Slavistik Ludolf Müller und sein Regensburger Kollege Erwin Wedel, in der Germanistik Anni Carlsson und Walter Haug. Siegfried Unseld gestattete mir Einblick in das Suhrkamp-Archiv, William Koshland stellte die Korrespondenz mit Alfred A. Knopf nebst den erforderlichen Kommentaren zur Verfügung; Urs Widmer erlaubte mir den Abdruck bisher unbekannter Schreiben TMs an seinen Vater Walter Widmer, von Heinz Saueressig erhielt ich einen Brief Thomas Manns an den Übersetzer des Shaw-Essays, Heinz Norden; das Theater der Stadt Heidelberg stellte durch seine Dramaturgin Betina Klaske das Programmheft zur Feist'schen ›Lotte‹-Bearbeitung zur Verfügung, für die Stadtbücherei Göppingen informierte Gerda Gross in Sachen Autographenausstellung, Michael Zimmermann, Köln über Weimar-Dokumente im Archiv Hans Mayer.

Georg Potempa recherchierte Texte, Ausgaben und Auflagen Thomas Manns, Klaus Jodeit half mit lübischen Dokumenten; Hans Albert Walter und Ernst Loewy gaben Auskünfte über Fragen des Exils, die in Briefen von Gerhard Albersheim und Heinz Saueressig sowie in Diskussionen mit Heinrich Graf von Einsiedel und – dies vor allem – mit Hans Mayer Anschaulichkeit gewannen . . . Hans Mayer, der außerdem durch seine Augenzeugen-Berichte von den Weimarer Festlichkeiten und seine Bereitschaft, darüber Rede und Antwort zu stehen, einer meiner wichtigsten Gesprächspartner war.

Einem so vielfach interessierten und kenntnisreichen homme de lettres wie Thomas Mann ist – wenn man seine Äußerungen kommentieren soll – nur durch die Hilfe von Fachleuten auf allen Gebieten beizukommen: Ohne Joachim Kaiser und – abermals – Hans Mayer wäre ich in musicis, zumindest hier und dort, erheblich in die Irre gegangen – in die Irre ohnehin, wären da nicht die Bibliotheken und Archive gewesen, deren Mitarbeiter mir mit nimmermüder Geduld Auskunft erteilten. Hier habe ich vor allem der Universitätsbibliothek und

– für besonders entgegenkommende Hilfe – dem Amerikahaus in Tübingen, Herrn Karl Ströbel, dann dem John F. Kennedy-Institut der Freien Universität Berlin in Dahlem, sowie der Berliner Staatsbibliothek mit ihrem Direktor Richard Landwehrmeyer zu danken. Das Schweizer Literaturarchiv mit Thomas Feitknecht und Corinna Jäger-Trees halfen in Sachen Spitteler und wiesen den Weg zur Zentralbibliothek Luzern, deren Direktor Alois Schacher mir die als Vorlagen für TMs J'accuse-Artikel ›Anläßlich einer Zeitschrift‹ so wichtigen ›Extempore‹-Kopien zugänglich machte. Frauke Bartelt von der Thomas-Mann-Sammlung Hans-Otto Mayer in Düsseldorf schickte, wenn immer es nötig wurde, umgehend Kopien aus ihren Beständen; das Marbacher Literaturarchiv half mit seinen Emigranten-Nachlässen, vor allem der Manfred-George-Korrespondenz; in der Exilabteilung der Deutschen Bibliothek in Frankfurt konnte ich, betreut von Mechthild Hahner, den ›Aufbau‹ lesen. Den Archivaren von SDR und SWF, Wolfgang Hempel, Michael Harms und Jörg Hucklenbroich gelang es, verloren geglaubte Bänder aufzuspüren und längst vergessene Sendungen an Hand der Akten zu rekonstruieren. Die deutsche Abteilung der BBC suchte, unter Leitung von Frau Gunda Cannon, nach Walter Rillas ›Lotte‹-Hörspiel ›Olympian Morning‹, Beate Pauluth-Cassel vom Archiv der ›Welt‹ wies den Weg zum Willy Haas-Nachlaß, Paolo Sala von der Radiotelevisione della Svizzera Italiana in Lugano schließlich bemühte sich um TMs Gesprächspartner Filippini und Bettelini. Ohne ihrer aller Hilfe würde der vorliegende Band große Lücken aufweisen.
Der vorletzte Dank ist gerichtet an die Mitarbeiter des S. Fischer Verlages, Gisela Behr, Matthias Birkelbach, Arnulf Conradi, Corinna Fiedler, J. Hellmut Freund und – nur durch die Buchstabenfolge des Alphabets an letzter Stelle genannt – Wolfgang Kloft, der dank seiner großen bio-bibliographischen Kenntnis nicht nur für das Register verantwortlich zeichnet, sondern auch dort seinen Spürsinn einsetzte, wo es galt, un-

bekannte Gesprächspartner TMs auf Grund eines en passant angegebenen Details (»gothische Teppiche«) dingfest zu machen. Sie alle haben das Manuskript gelesen, ergänzt, gekürzt und korrigiert... diesmal, gottlob, auch mit fachlicher Hilfe für die englischsprachigen Texte.
Der letzte Dank gilt den Mit-Helfern, Mit-Lesern und Mit-Debattierern auf unserem Tübinger Berg: Michael Brandt, der mich in die Geheimnisse des Arbeitens mit dem Computer einweihte und jene Schablonen und Suchlisten erstellte, die mir die Arbeit wesentlich erleichterten; Peter Weit, der auch aus den entlegensten Bibliotheken Bücher besorgte und immer einen Weg fand, um doch noch an die Dinge heranzukommen; Klaus Betzen, dem Athener connaisseur aller Geheimwinkel der Thomas Mann'schen Existenz, und Sigrid Berg, die mit mir die Texte kollationierte und Korrekturen las.

Die Eintragungen des vorliegenden Bandes enden am 31. 12. 1950. Eineinhalb Jahre noch, dann ist Thomas Mann, im Juli 1952, wieder zu Hause in Europa. Für die Editorin heißt das: die Recherchen werden leichter, die Erläuterungen können sparsamer, die Kommentare – zur Freude etlicher Leser – insgesamt schlanker werden.
Für dieses Mal ging es beim besten Willen nicht knapper: Wer Details der großen und kleinen Politik nicht akribisch entschlüsselt, verfehlt den – Eintrag für Eintrag erkennbaren – Zeitbezug Thomas Manns, sein Sich-Verpflichtet-Fühlen gegenüber den Erfordernissen des Tags und der Stunde.
Pacific Palisades – das zeigt gerade der vorliegende Band – ist in der großen Auseinandersetzung zwischen Ost und West ein historischer Focus gewesen, der nicht zuletzt auch die für die deutsche Geschichte so aufschlußreichen Stimmen bündelte: Brennspiegel einer parteilich, und eben deshalb signifikant beschriebenen Kontroverse in einem Bereich, der Politik und Kultur, Geschichte und Poesie miteinander verband.

Tübingen, 15. Juli 1991 Inge Jens

1949

1. Januar 1949, Sonnabend, Pacif. Palisades

Beginne ein neues Schweizer Schreibheft in der Erwartung, mir im Mai in Zürich wieder solche besorgen zu können. – Früh erwacht u. nach der neuen Zeit um ½ 8 aufgestanden. Verwirrung in der Küche; der eine Stunde zu früh gebrachte Kaffee mußte aufgehitzt werden. K., erkältet und müde, blieb im Bette. Das Wetter bedeckt, aber mild. Trank im Eßzimmer Orangensaft und rasierte mich dann. Frühstück allein mit den Bübchen. Verabschiedung von Golo, der zu seiner College-Arbeit zurückkehrt. – Schrieb etwas am Kapitel, zögernd, gegen das Ende. Dunkles Wetter. Ging Amalfi Drive ganz hinab u. fuhr mit Erika zurück. Las »William Wilson« zu Ende mit Beifall. K. vormittags u. nachmittags zu Bette. Diktierte ihr an Hand von Eißi's Notizen längeren Brief an Feist über seine Dramatisierung. Besprachen anderes, namentlich dennoch Absage in Kansas-University. Schrieb dann persönlich an Dr. Karl Löwenstein. Las nach dem Abendessen für Bibi u. Gret, die allein da waren, »Die Fischer von St. Dunstan.« Das Sprachgemisch amüsant. – Durchflog das Roman-Fragment »Paralyse« des verst. Gustav Sack. Die beiden Bände seiner Werke (1920) waren mir von verwandter Seite zugeschickt. Expressionismus, geistig sehr brav, persönlich anziehend, künstlerisch turbulent. Sturm und Drang.

P. P. Sonntag den 2. I. 49

Starke Sexualität zur Zeit. Volle Potenz. – Heute helles, sonniges Wetter. K. ohne Fieber, aber stark erkältet, vormittags im Bett. Parade- und Festzugartiges Volksvergnügen in Pasadena mit Todesfällen, die an Tolstoi'sche Beschreibungen jener Wiese erinnern. Ach, dumme, getriebene Massenmenschheit! – – Das Kapitel zu beenden gestrebt. Gegangen mit Frido u. mit dem Sergeant zurückgefahren. Mit Erika Briefe an Kansas University (Absage) und Libr. of C. besprochen. Prompt von ihr ausgeführt. Schrieb an Vikko und gab Beilagen. Viele Ausfertigungen. Abschrift des Artikels für Japan (anstößig für die Deutschen). Stöße von Expeditionen. Abends entzückt von »L'après midi« von Debussy unter Monteux. Benny zugehört. Klaus von der Geburtstagsfeier bei Nathan. K. abends außer Bett. – Mit Erika über Bibi, besorgt. – Sehr gute Gänseleber vor der Suppe. – Kalter Landsturm.

P. P. Montag den 3. I. 49

Hell und sehr kalt. – Mit K. über Erika, deren Haupt-Vortragstour aus politischen Gründen nicht zustande kommen zu sollen scheint. K. zum Frühstück auf. Mit Klaus. Sehr komisches Zeitungsbild, wie zwei namhaft gemachte G. I. s Correggios »Leda mit dem Schwan« bewachen. (Aus deutscher Salzmine). – Die Bübchen zum ersten Mal in Santa Monica zur Schule. – Flugzeug-Fall und Brand mit einigen 20 Yale-Studenten. Überall Stürme und Unwetter. Entsetzlich die in Blumen gehüllte, süßliche Weibsschönheit als Mid-Winter-Fee in der Zeitung. – – Schrieb am Schluß des Kapitels. Ging bei heftigem kalten Landwind gegen das Alte Haus. Neuer Post-Einbruch. »New Leader« sendet die Faustus-review »Damnation of the Artist« von Barzin. Interessant. Ebenfalls merkwürdiger Artikel von Bondy in der »Weltwoche«: »T. M. – und kein Ende«. »Mario« als das einzig »Klassische« seit Buddenbrooks. – Hochbetrieb mit meinen Schriften in Japan laut Briefen des jungen Pr. [.] Wahlloses Übersetzen. Werde dort nächstens eine Million Yen stehen haben, die auf Entwertung warten. – Deutsches Mt. »Goethe und Amerika« gelesen. – Nachricht vom Selbstmord Lewis Brownes, aus Furcht vor Siechtum, unter anderem. Unser ältester Bekannter an der Küste. – Schrieb an Dr. Hirsch, Amsterdam, in Sachen der Erinnerungen. – Außerordentliche Kälte. –

P.P. Dienstag den 4. I. 49

Fortdauer des ungewöhnlich kalten, klaren Wetters. K. außer Bett, aber noch stark erkältet. Ich selbst Halsentzündung. Gurgeln mit Natron. Die Bübchen heut zum ersten Mal vom School-bus abgeholt. – Mutter Gret klagt, daß Frido so egoistisch sei. – Schrieb das Kapitel »Der Trauerer« zu Ende u. unterbreche mich. Schrieb noch rasch an die Herz nachher, die soviele Bücher geschickt. Ging über den Boulevard mit den beiden Bübchen. – »British Weekly« mit meiner Brief-Danksagung des Editors. – Günstige Faustus-Besprechung in »Tomorrow«. – Manuskript von F. Apt in Rosedale, N. Y. »Horizontale Analyse« des Faustus. – – Brief an Hesse nachmittags. – Abreise von Bibi und Gret, nachdem ersterer Br. Walter aufgeregt vorgespielt. Erika beim Abendessen, behauptet, Frido zeige alle Zeichen der Homosexualität. Ich bezweifelte die Möglichkeit, aus Kindergrazie den Schluß zu ziehen. Seine Gedanken jungenhaft, beschäftigt mit guns, holdups und supermen. Im Übrigen – sei es. – Las nach dem Abendessen K. und den Großen die Kapitel »Das Heckgeld« und »Der Trauerer«. Angenehmer Eindruck. – Kälte draußen.

P.P. Mittwoch den 5. I. 49

Gestern abend weiter in »Herr u. Knecht«. Der beste Erzähler. – Sonniges Wetter. Beim Frühstück mit Klaus über Bibi. – Begann die Materialsammlung für »Goethe u. die Demokratie«. – Ging nicht weit. Diktierte nachmittags Briefe an die Lowe, den New Leader etc. – Rückkehr Erikas in ihr Zimmer. Ihre Haupt-Vortragsreise im Februar fällt, offenbar aus politischen Gründen aus, was mich bekümmert. Ungeschicktes Sekundieren des Londoner Sternberg gegen die Münchener Unverschämtheiten. – Der kleine Toni im Schulchen sehr unzulänglich und unbeteiligt. Die Schul-nurse wegen seines Gehörs. – Erikas Düsternis in politics gegen Klaus' abwiegelnde Milde und Hoffnung. Gründe der Wahl Trumans, – die freilich praktisch ein unbedeutender Erfolg ist. Das Volk mit der Außenpolitik vorwiegend einverstanden, auch ohne Antreibung durch Presse und Radio. – Manuskript des »Erwählten« bis einschl. XI. der Kahn übergeben.

P. P. Donnerstag den 6. I. 49

Klar, kalt, windig. Viel Frostschaden. Truman vor dem Congress für neue Steuern. Ausrufung eines Fair Deal, als Ersatz für den »New«. – Beendete gestern »Herr und Knecht«. – Material-Sammlung für den Vortrag. Gegangen und dann mit K. zum Miramar zum Lunch. Viel Post, schöne Bilderwerke, Segantini und französische Zeichnungen aus der Schweiz. Komische Germanisten-Studie über die Anglicismen im »Faustus«. – Schrieb an Frau Sack in Italien. Abends mit Erika über ihren Münchener Fall, die günstige Reaktion der Army und der Tölpelei des Sternfeld in London. Ferner über den Willen zum Kriege hier (Time Magazine) und die Widerstände in West-Europa, ohne die man ihn schon gemacht hätte. »Amerika hat keinen Freund.«

P. P. Freitag den 7. I. 49

Sonne, bedeutend wärmer. – Truman wird der Neigung zur Verhandlung mit Rußland bezichtigt. Beunruhigung in Washington durch den »Life«-Artikel eines Campaign Speech Writers. – Entlassung städtischer Angestellter hier wegen Weigerung den Loyalty test zu zeichnen oder wegen Hinzufügung, daß man auch nicht dem K.K.K. angehöre. »Is this fascist Germany?« – – Auszüge für den Vortrag. Mit K. und Frido Corona del Mare. Neue Wiener Ausgabe der »Vertauschten Köpfe«, hübsch. – Las Frido die »Schneekönigin« zu Ende. – In dem Buche »Denker u. Dichter« von Saitschick, trocken. – Einiges Handschriftliche. – Resignation Marschalls. – Suhrkamp sehr warm über die »Entstehung«. Sorge wegen »Volksbande«. Telegraphierte »Masse Volks«. Auch Telegramm an S.R. of Literature wegen Copien des Schönberg-Briefwechsels. Meine sehr gehaltene Replik scheint das Rechte gewesen und die Polemik damit beendet zu sein. – Check über 22000 Dollars vom Buch-Club nach Abzug der Brandt u. Brandt-Provision. –

P.P. Sonnabend den 8. I. 49

Komische Versicherungen der Presse, daß Acheson, der Nachfolger Marschalls und altes State Department-Roß, äußerst scharf gegen Rußland sei. – Verabschiedung von Erika, die um 11 Uhr ihre Reise nach Texas antritt und in 10 Tagen zurück sein soll. – Die Bübchen morgen bei uns. Toni sehr schlecht in der Schule, Frido brillant. – – Der Vortrag; Sammlung und Umschau. Gegangen bis zum Alten Haus. Claude Hill, ein neuer Freund, sendet sein Schulbuch »Drei Nobelpreisträger«, Erzählungen von Hauptmann, Hesse und mir (»Kl. Herr Friedemann» von 1897, eine 52 Jahre alte Geschichte). Hübsche, wohl orientierte Einleitungen des Herausgebers. Schickt auch seine Besprechung des Permanent Goethe aus S.R. of Literature u. schreibt, daß meine Antwort an Schönberg in seinem Kreise beifällig aufgenommen worden. – Diktierte K. Brief an Kerpel, Budapest. Anderes besprochen. – Über Tolstoi in dem Buch von Saitschick. – Frido als Cow boy mit Gürtel u. Pistolentasche. – Zum Abendessen Heinrich. Zu ihm über den Vortragsplan. Nachher in dem Buch von Hill gelesen und spät zu Bette. Lese im Stuhl Robinson Crusoe in Reisigers Übersetzung. – Etwas Regen. – Heinrich entzückt von den Bübchen.

P.P. Sonntag den 9. I. 49

Sonnig. – Frühstück mit den Bübchen. – Vorbereitungen zum Vortrag, Auszüge. Möchte es ein *bischen* originell machen. – Heftiger, kalter Wind. Nicht weit gegangen. Mit der Gemme nach Haus, die mit uns speiste. – Zum Thee die närrische Lehrerin Anderson mit jungen Leuten. Danach noch einiges Handschriftliche. Abends die sonntägl. Radio-Vergnügungen. Las englische Studie über Rilkes Verhältnis zu Goethe.

P. P. Montag den 10. I. 49

Nachts außerordentliche Kälte. Schneefall. Mein Balkon morgens vereist. K. gleich nach dem Frühstück nach L. A. zum Steuer-Anwalt. – Goethe-Vortrag. Gedanken, Notizen. – Mit Frido (als cowboy) bei sehr kaltem Wind etwas gegangen. Das »Tagebuch der Faustus-Lektüre« gedruckt aus Deutschland. Schrieb dem Verfasser, der von »christlichen« Angriffen berichtete, u. erledigte anderes. – Installierung einer elektr. Heizung im Treppenhaus. – In Lewisohns Goethe-Kompilitation. – Kälte, Sturm, Schneefall, seit 17 Jahren der erste. Seltsamer Anblick des Hofes, des verschneiten Autos. – Fand mit Frido einen starren, erfrorenen Schmetterling.

P. P. Dienstag den 11. I. 49

Gestern Abend im Stuhl sehr verfroren. Las im Bette. Regen. Schneeschmelze. Kinder und Zeitungen sehr aufgeregt über das Vorkommnis. – Brief von Reisiger gestern aus Partenkirchen. Erholt sich von Cirkulationsstörungen, die bis zur Bewußtlosigkeit gingen. – – Kampf um den Anfang des Vortrags. Schwere Müdigkeitssperre. Unwohl und bedrückt den ganzen Tag, z. T. durch Schuld des eisigen Wetters. Zum Haarschneiden nach Westwood. Dänische Ausgabe »Josef og hans Brødre, Josef Erneereren«. Von Schweizer altes schnurriges Lübecker Bild. Asklepios-Bilderwerk von Kerényi. Briefe von Reisiger u. Max Brodt. Einiges Handschriftliche. Sturm, Donner, Schnee, Regen, Hagel. Wollten ein Kino besuchen, aber ich mochte nicht. Klaus fuhr mit Linds, die zum Thee da waren. Gelacht über ein Stück im New Yorker.

P. P. Mittwoch den 12. I. 49

Triefende Eis- und Schneeschmelze bei Sonnenschein. Die Zeitungen vergessen die Rußlandhetze über dem Wetter. 3 Seiten Schneebilder. – Begann gewaltsam den Vortrag zu schreiben, erzürnt über die gewohnte Verkrampfung. Möge das Domino sich glücklich fügen. – Etwas mildere Luft. Ging weit hinunter.

Nachmittags Diktat zahlreicher Briefe. Die Daten der Ostreise. Abends Regen.

P. P. Donnerstag den 13. I. 49

Lese Robinson mit Vergnügen. Tagebücher der Frau L. Corinth. – Abwehr. – Nachts viel Regen. Milde Luft. – Schrieb langsam etwas an der Einleitung des Vortrags. Ging bis zum alten Haus. »Svenska Dagbladet« mit dem Strindberg-Artikel. Nachrichten aus Schweden (Upsala, Akademie in Stockholm) über die Datierung meines Besuches. – Zum Thee und Interview Mr. Wechsberg für S.E. Post. Nachher ein paar Briefschulden erledigt. Gelesen in Erasmus' Briefen. – Regen, auch Hagel wieder.

P. P. Freitag den 14. I. 49

War gestern besonders entzückt von dem anmutigen Wesen des kleinen Frido. Führte ihn abends in sein Zimmer, und er küßte mich auf den Mund, was mich etwas erschütterte. Ich glaube, er hat es von Love-Bildern, der Alternative zu Murder. – Die ganze Nacht Regen. Sehr dunkel heute. – Acheson schwört, daß er nichts von Appeasement wissen wolle und das State Department von Reds reinigen werde. – – Mühsam etwas an dem Vortrag. Gegangen bis zum Alten Haus. Manuskript von Mme Anni Carlsson, jetzt Göttingen, über »Faustus«, bedeutend. Sozialistische Faustus-Besprechung in »Masses & Mainstream«, gut. – Nachmittags rasiert. Abend bei Br. Walter mit Eberts. Wiener und Berliner Geschichten. Gab mir auch Mühe. – Mondschein.

P. P. Sonnabend den 15. I. 49

Endlich wieder Klarheit und Sonne. War vorm Frühstück draußen. – Geschrieben am Vortrag; etwas lichter. – Wenig gegangen. Anziehendes Büchlein von Oprecht, »Europ. Tagebücher« mit Einleitung von Lion. Der Börsenkrach in Venedig vom J. 1506, Anfang vom Ende. – Wieder Sturm vom Lande. Thee bei Adornos mit Amerikanern.

P. P. Sonntag den 16. I. 49

Sturm vom Lande. Nicht wohl. Gestern Rückkehr der amerik. Standuhr mit reguliertem Schlagwerk. Die Kugel-Uhr genauer reguliert, jetzt zu langsam. – Die gestrige Konferenz galt einer Arbeit über die Musik in meinen Büchern u. speziell im Faustus. – Schrieb am Vortrag, wohl falsch. Ging etwas u. wurde von der heimgekehrten Erika eingeholt, die bei Tisch (mit Klaus Pr. u. Sohn) von ihren Reiseabenteuern erzählte. Begegnung mit Rubinstein. – Las über Swift. Schrieb an Frau A. Carlsson nach Göttingen und auf englisch an »Masses u. Mainstream«. – Häßlicher Landsturm, kalt. – Abends das Benny-Programm; erheiternd. Die Tyrannei der Popularität, unter der diese Leute stehen (Polls). Erstaunlich, daß sie unter dem Angstdruck ihre gute Laune bewahren. – Schlechtes Befinden.

P. P. Montag den 17. I. 49

Andauer des bösen Sturmes. Medi meinte am Telephon[,] seit dem Briefwechsel mit Schönberg sei der Roman auf der bestseller-Liste an eine höhere Stelle gerückt. – Einiges am Vortrag. Mit K. in P. P. Park. Nachmittags ihr viele Briefe diktiert. Toller Artikel der »Weltwoche« über amerikanische Politik. Krasses Beispiel von Fälschung und Verdrehung. Hörten abends die dokumentarische Platte, die die Ereignisse von 1933 bis 45 erstehen läßt: Reden von Roosevelt, Churchill, Chamberlain, Hitler etc., Brand des Zeppelin; sehr eindrucksvoll.

P. P. Dienstag den 18. I. 49

Nebel, ziemlich dunkel. Prozeß der 12 Top Communists beginnt unter Polizeiaufgebot und Demonstrationen. – Geschrieben am Vortrag. Gegangen ziemlich weit. Mit Erika u. den Bübchen zurück. – Lesenswerte Bücher; Essays von Rychner. Las Frido den »Reisekameraden«. Heinrich abends. Las nach seiner Abfahrt seinen Aufsatz über Friedrich den Großen. – Schrieb an Max Brod, Tel Aviv.

P. P. Mittwoch den 19. I. 49
Regen. Früher auf. Angekleidet. Gestörte Arbeit: Wiederholte Stromstörungen infolge des neuen Heizungsanschlusses in der Diele, Tätigkeit des Elektrikers, Unterbrechung der Wärmezufuhr. Stark erkältet und heiser. – Dunkle Nässe. Mittags 12 Uhr General-Untersuchung bei Wolff, der organisch alles in Ordnung fand und eine Anregungs-Medizin verordnete, dazu Hormon-Injektionen, zu denen ihn kommen lasse. – Nachmittags widerwillige Diktate an die Kahn. Schrieb auch selbst an Dr. Wolff in Berkeley über sein Kleistbuch und meine Abneigung gegen Kleistsche Hysterie. – Langer Brief-Bericht von Bermann: Österreich, Deutschland, die Geschäfte. Beträchtliches Guthaben in Wien. – Abends sehr müde.

P. P. Donnerstag den 20. I. 49
Feuchte Dunkelheit. Erkältet, heiser. – Zögernd geschrieben. – Zur Fußpflege nach Santa Monica. Lunch im Miramar. Neuer Brief von Feist wegen der Dramatisierung und ihres Vertriebes. Londoner Einladungen zu Empfängen. – Las Fritz Buschs Erinnerungen von 1933, dem Rat zu geben. – Schrieb an Rich. M. Meyer in Lübeck über die expressionistische Bewegung. – Heiser, erkältet und müde.

P. P. Freitag den 21. I. 49
Bedeckt, eher mild. Die Kinder vom School-bus im Stich gelassen. K. bringt sie zur zweiten Stunde. – Zeitungsbericht über die gestrige pompöse Inaugurationsfeier. Die Rede von größter Banalität. Friede und Kampfansage gegen den Kommunismus. – – Am Vortrag, unfroh. Ohne Hund gegangen, der beim Arzt. Geschrieben an Preetorius. Feist sendet bearbeitetes Manuskript, das nicht anschauen mag. Las in Rychners Essays über Lichtenberg, ohne recht aufzufassen. Gefallen jedoch an der französischen kritischen Schule. – Empfing zum 1. Mal die Hormon-Injektion. Nahm 2 x die Medizin.

P. P. Sonnabend den 22. I. 49

Regen, dunkel. – Am Vortrag. – Nicht ausgegangen. Las statt dessen die Post. – Nachmittags den Brief an Preetorius beendet (Abneigung gegen Deutschland heute). – Las in der neuen, von Becher edierten Zeitschrift »Sinn und Form«. Ramuz über Dostojewsky.

P. P. Sonntag den 23. I. 49

Sonnig. – Pianist Gieseking trifft in New York ein. Man wird ermahnt, sich auf das Urteil des State Department zu verlassen. – Geschrieben, die 15. Seite, lächerlich viel zu viel. – Mit Frido gegangen bis zum Alten Tschau. Er fütterte ein Pferdchen mit Gras aus der Hand. Ich las ihm nachmittags vor. Las in Rychners Essays und in »Sinn und Form«. Erika bis morgen verreist. Abends Lotte Walter, die sich mit ihrem Vater über Furtwängler gezankt. – Begann wieder, Conrad zu lesen.

P. P. Montag den 24. I. 49

Sonnig. – Geschrieben am Vortrag. – Mit K. in P. Palisades. – Viel Post zu lesen. Das Beste darunter Ausschnitt aus Lon[don] Sunday Times mit Artikel des alten Ernest Newman »Music and the Satanic«, – the astounding dialogue of quite Goethean Power, Chapter 25. Er verheißt mehr über das Buch. – Nachmittags Briefe mit K. an Fritz Busch und die Schwedische Akademie. – Bemerkenswerter Brief von M. F. Bukofzer, Univers. of Washington, über den Briefwechsel mit Schönberg. – Schrieb abschließend an Feist (Zürich), der nicht zum Ziel gelangen wird. – Zum Abendessen Heinrich, politisches Gespräch, bedrückend.

P. P. Dienstag den 25. I. 49

Pianist Gieseking, in Schutzhaft genommen, verläßt nach gefeiertem New Yorker Konzert die Staaten. Möge der Manager für die Reisekosten aufkommen! – Seit gestern Mittag abermals widriger Sturm. – Die amerik. Standuhr wieder abgeholt.

– Am Vortrag. Etwas gegangen (Amalfi gesperrt). Zurück mit Klaus Pr. und Frido. Las diesem nachmittags vor und schrieb dann an Bukofzer (Seattle). – Abends sehr kalt. Erika zurück. Hörten Lieder. War sehr unzufrieden mit Wolfs effekthascherischer Komposition des »Wer in die Ferne will wandern«, von den Sängern noch übertrieben. Humperdinks Rhein-Lied unglaublich. Lachte Tränen über den Solisten der Wiener Sängerknaben.

P. P. Mittwoch den 26. I. 49

Las die »Schattenlinie«. Schlief unruhig. Hatte morgens Maniküre u. Rasur. Wärmer gottlob. – Am Vortrag. Dickicht. – Mit K. und Frido zu[r] Buick-Niederlage, neuen Wagen besichtigt, auf den noch 10 Tage zu warten haben. – Einbau eines neuen Radios u. Lautsprechers. Antenne. Sehr guter Klang. – »The Servant« von Robin Maugham, unterhaltend. – Längere Reihe von Briefen der Kahn diktiert. – Abends Lotte Walter mit Lind und Erika. Erprobung des Lautsprechers. Prachtvoll die Melchior-Platte »Nur eine Waffe taugt«.

P. P. Donnerstag den 27. I. 49

Ergriffen von Conrads »Schattenlinie«. – Hell; Neigung sich zu vernebeln. – Acheson sehr drohend gegen Rußland. Aber ihr kleiner Marschall-Plan »nur natürlich«. – – Am Vortrag. Dr. Wolf kam zur Injektion. – Mit Frido gegangen. Las ihm den »Garten des Paradieses« zu Ende nach dem Thee. Schrieb an Vikko. Las »The Servant«. Abends »Winterreise« und Isolde. Die ungeheueren, hysterischen Akzente derselben. Die tiefe Verzweiflung der sehr gut gesungenen Lieder. Das Deutsche – welch eine sonderbare Seelenverfassung, nirgends sonst vorkommend.

P. P. Freitag den 28. I. 49

Klarer Himmel. Inneres Vorwärtsdrängen im Vortrag. In Rom grauenhafte Movie-Star-Hochzeit mit johlender, bösartig-verliebter Menge. Nichts kann charakteristischer sein für das Massen-Zeitalter. Nach der stürmischen Trauung Audienz des Paares beim Papst. – – An dem Vortrag, vorwärts. Gegangen mit Frido über das Alte Haus. Schenkte ihm ein Crayon, über das er sich sehr freute. Las »The Servant« zu Ende. Schrieb an Lesser (London) über die Sonderbarkeit des Deutschtums. Abends Plattenmusik, Lieder.

P. P. Sonnabend den 29. I. 49

Sonne, dann Vernebelung. Beendete gestern die »Schattenlinie« mit großem Beifall. – Prag, ablehnend, wie es scheint, gegen den russischen Marshall-Plan, verhandelt mit Jugoslavien. Entsendung Vischinskys. Die Russen sind ihrer Satelliten so wenig sicher wie wir. – Am Vortrag. – Gegangen bis zum Alten Haus. – Deutsche Briefe verschiedenen Ranges. Sehr intelligente Faustus-Kritik im katholischen »Hochland«. – Schrieb an Suhrkamp und Adolf Busch (Geburt eines Sohnes). Hörten abends eine Oper von Britten, zart und parodistisch. »Rosenkavalier« wirkte danach äußerst robust. Zwischen Erika und Klaus Gespräch über Beneš und sein von E. beklagtes Versagen.

P. P. Sonntag den 30. I. 49

Sonnig. – Nachricht von nervösem Zusammenbruch Vishinskys in Prag. Sanatorium in Karlsbad. Darf niemand sehen. Zeichen des lebensgefährlichen Mißerfolges seiner tschechischen Mission? – – Am Vortrag, dringlich. Ausgefahren mit K. Corona del Mare. Dem Kleinen vorgelesen »Das kalte Herz«. Geschrieben an »Hochland«. Abends mächtige Musik unter Wallenstein. Wiederholte Conrad-Lektüre. Delektiert mich.

P. P. Montag den 31. I. 49

Bekanntes Gefühl leichten Schreckens, daß der 1. Monat des Jahres schon wieder herum. Hoffe, diese Woche den Vortrag recht und schlecht zu beenden. – Erklärte Bereitschaft Stalins zu persönlichen Verhandlungen mit Truman, kühl aufgenommen, da er ja »fortfährt für den Krieg zu rüsten«. – Verabschiedung von Erika, die mit Eva Hermann für drei Wochen in den Schnee fliegt, begleitet von meinen Wünschen. – Am Vortrag (Blick auf Rußland). – Gegangen, Sitz an der Straße. Brief von Bermann: neue Auflage des Faustus mit den leichten Kürzungen und Retouchen. Nichts über den Import nach Deutschland. Amerik. Ausgabe von Masereels »Stundenbuch« mit meiner Einleitung. Nach dem Thee Brief-Diktat an Bermann. Neue Aufstellung der Errata. Mit K. nach Beverly Hills ins Cinéma. Schweizerisch-amerik. Film »Search«, gut. Spätes Abendessen mit Klaus. Danach deutsche Briefe gelesen: Silomon, in der Schweiz, rät dringend vom Besuch Deutschlands ab. Erfülltheitsschreiben einer deutschen Familie in Rio über den Faustus. Dokument. – Suhrkamp avisiert, daß die Information über Wiecherts Haus im Isarthal irrig. Der Satz zu streichen. Telegramm der Kirchway mit Aufforderung für Chairman-ship bei großem Dinner der Nation-Associates. – Hormon-Injektion.

P.P. Dienstag den 1. II. 49

Morgens hell, dann Nebel. Allein gefrühstückt, da K. Heinrich zum Arzt fahren muß. – Die Ratten-Geschichte in Conrads »Jugend«. Wahr, oder Seemannslüge? Sie können auch fremd geworden sein auf dem renovierten Schiff. – – Am Vortrag, gegen das Ende. – Gegangen zum Alten Haus. – Neuer 3 Jahres-Kontrakt von Bermann mit der Renten-Stipulation von 1000 Dollar monatlich. – Klaus schwierige Zahn-Extraktion. – Zum Thee Korda mit Outline für den Zbg.-Film. Längeres Gespräch darüber u. über die zu bringenden Opfer. Pribislav Hippe muß fallen, muß das verständig einsehen. Etc. – Fortsetzung des Gesprächs abends mit Klaus. – Las Frido etwas weiter aus Haufs hübscher Geschichte. – Kopfarbeit am Vortrag.

P. P. Mittwoch den 2. II. 49

Wärmer. – Den Vortrag auf dem 30. Blatt abgeschlossen. Numerierung, Korrekturen. – Fuhr aus mit K. nach P. P. Park. – Frido kam mich zu sehen, als er 3 Uhr von der Schule zurückkehrte. Las die Post. Brief von Reisiger. Knopf schickt »A pokket guide to ›Dr. Faustus‹ compiled from the writings of some critics and reviewers«. Mit Polemik gegen die New York Times. Rührend gut gemeint, aber etwas sonderbar und beklemmend. – Reihe von Diktaten an Frau Kahn. Sie ist sehr erheitert bei der Abschrift der »Fischer von St. Dunstan«. – Dinner Party bei uns mit Horckheimers, Feuchtwangers und Heinrich, der blaß aussah. Viel von Rußland die Rede, die Freiheitsfrage etc..

P. P. Donnerstag den 3. II. 49

Regen. Dunkel. Gemischte Gefühle weiter wegen Knopfs herzlich gutgemeinten Feldzugs für den Faustus. Auch für die Yale Review, berichtet er, hat jener Prescott über das Buch in seiner Art schreiben dürfen. Der Höhnischste und Feindseligste H. Levin, dessen Kritik die Lowe mit schickte. Siehe dazu meine Aufzeichnungen über sein Joyce-Buch. Die »Entstehungsgeschichte« ihm zu senden. – Absage Achesons an Stalin. Dieser hätte nach Washington zu kommen, aber auch dort würde man die anderen interessierten Nationen nicht »in the cold« lassen. Die Verlogenheit ist kraß. – Müde. Einige Korrespondenz besorgt. Nur wenig gegangen. Nachmittags längerer Brief, englisch, an Knopf über das Pamphlet und Mr. Levin. Das Verhalten der Kritik zu mir. – Unersättliches Reden des kleinen Frido über die Superman Show; Sehnsucht nach dem Trikot-Kostüm. Hauf und Andersen kommen dagegen nicht auf. – Mit Klaus über Möglichkeiten des Zbg.-Films. Ob Hippe und sein Bleistift irgendwie gerettet werden können. – Setze mich gern nach den Schlafvorbereitungen zur Conrad-Lektüre nieder (»Herz der Finsternis«).

P.P. Freitag den 4. II. 49
Prozeß des Budapester Erzbischofs, suspekte Geständnisse, im Voraus verleugnet. Unheimlich u. leicht den Mut stärkend zu der russischen Passage im Goethe-Vortrag. – Diskussion der Zurückweisung von Stalins Begegnungsvorschlag. London Times finden, er hätte, um nicht als Propaganda zu erscheinen, auf diplomatischem Wege gemacht werden müssen. Und die Verdammung der Geheimdiplomatie. Schließlich sind die Völker sehr interessiert. – – Schrieb an Becher. Begann statement für United Press Associations (über die Nürnberger Prozesse u. ihr moralisches Schicksal). Ging zum Alten Haus. Hatte nachmittags neue Post zu lesen. Langer Brief von Prof. Bain über den Faustus. – Abends für K., Golo, Klaus Vorlesung von »Goethe u. d. Demokratie«, ganz und gar, sehr anstrengend. Das Ding ist bunt, widerspruchsvoll, interessant und nihilistisch mit Hurra-Schluß und viel Amerika. – Diskussion. Anschließend Gespräch über »Fortschritt«[,] auch über die Nürnberger Prozesse.

P.P. Sonnabend den 5. II. 49
Nebel. Kühl. Der Budapester Bischof widerruft seinen Brief an die Bischöfe. Andere Angeklagte gestehen, bereuen u. »wünschen zu bezahlen« – ganz à la Moskau. Was wird da getrieben? Die russische Passage im Vortrag muß doch wohl wegbleiben. – In der Zeitschrift »Thema« sehr merkwürdiger Aufsatz von Marcel Beaufils: »Die Aktualität Goethes«. Eindrucksvoll. – Manuskript des Studenten Peter Hacks in Dachau »Über den Stil in ›Lotte in Weimar‹«. Bemerkenswert gescheit. – Schrieb an der Äußerung über »Nürnberg und heute« weiter. Ging nicht weit. In Budapest beantragt der Staatsanwalt die Todesstrafe für den Bischof wegen Konspiration gegen den Staat, Restauration des Königstums. Beteiligung Spellmans. Man wird keinen Märtyrer schaffen. – Schrieb im Lauf des Tages das statement zu Ende. Hörten abends reizende Musik aus Donizettis Lucia.

P. P. Sonntag den 6. II. 49

Gestern Brief von Neumann aus Florenz über seinen Aufenthalt in München. Blüte des Buchhandels. Kauft sich einen Mercedeswagen. Rät schließlich mir von einem Besuch ab. Das mater. Leben sehr gebessert. Vorstellung, im Taunus ein Haus zu kaufen, und in der Nähe von Wiesbaden, Baden-Baden, dem Rhein, Frankfurt zu leben. Aber, aber. – Amerik.-jüdischer Major in D. erklärt, kein Jude wäre nach Abzug der Truppen seines Lebens sicher. – Würdiges Schlußwort des Budapester Kardinals, wenn auch benommen u. nicht ganz als er selbst. – Brief an den Studenten in Dachau, zu mitteilsam. – Mit K. im Uplifters Park. – Nachmittags Brief an Landshoff diktiert in Sachen des Neudrucks und einer gemäßigten Zahl von Änderungen. Anderes erledigt, beseitigt und bereit gestellt. Las Frido das »Kalte Herz« weiter. Das Monteux-Konzert abends wohllautend. Widmete ihm ein Exemplar des englischen Faustus in Bibis Interesse. – Abfahrt Golos mit dem Ford, den wir ihm abtreten, da der neue Buick Convertable eingetroffen. – Vermissen des Gregorius-Manuskripts, das nebst dem G.-Vortrag bei der Kahn.

P. P. Montag den 7. II. 49

Regen, dunkel. Künstl. Licht. Donnernde Rede des Spellmann gegen Budapest. Mindcinskys Geständnis erzwungen und unter Droguen geleistet, aber es ist richtig, ist nur keine Schuld u. Sp. würde selbst gegen eine rote Regierung in Amerika konspirieren. Logik? Alle Teilnehmer am Prozeß exkommuniziert. Aber Hitler u. Consorten sind nie excommuniziert worden. – – Briefe geschrieben in Ermangelung des Manuskripts. Zum Haarschneiden nach Westwood. K. hatte die Abschrift des »Goethe« und das Kapitel »Der Trauerer«. Riesige Montagspost. Viele Beschwerungen. Tolle Dinge wie die verrückte Demolierung des »Faustus« von Humm in seiner Zeitschrift. War immer gewärtig, daß die Tücke einmal bei ihm ausbrechen werde, wundere mich aber doch über dies krasse Brechen mit mir und über die Zusendung. Es ist Schweizer Verrücktheit so gut wie das »auf den Knieen nach Bethlehem«. Beschäftigte mich einen ganzen Tag. – Verfälschung meines Bertram-Briefes in der deutschen Zeitung »Europa-Kurier«. – Brief an Kerényi über seine neue Publikation. Korrektur der Goethe-Abschrift. – Wolf zur Injektion. – Nach dem Abendessen mit Klaus und Horckheimers zur Studio-Aufführung von Bruckners VII. Symphonie unter Klaus Pr.. Weite Fahrt, eisiger Wind. Das musik. Deutsch-Californien. Unsinnigkeiten mit Größe wechselnd. Halb mißgestimmt, aber nicht uninteressiert. – Amerk. Broadcast, positiv, über Faustus. Artikel darüber, in Oesterreich erschienen von Schönwiese. – Nach der Rückkehr vom Konzert Chokolade. Beendigung der Durchsicht der Goethe-Abschrift. – Widmung des 3bändigen Joseph an Lindts, die morgen Hochzeit halten.

P. P. Dienstag den 8. II. 49

Sonnig, windig. Der ungarische Primas zu lebenslänglichem Gefängnis und Vermögenseinziehung verurteilt. Proteste in London und Washington. Auch mit der Einziehung des Vermögens des Fürsten Esterhazi macht der komm. Staat ein gutes Geschäft. – In Moskau Maßregelung eines Ökonomie-Professors, der an die Möglichkeit der Planung im kapitalistischen Staate glaubt. (Roosevelt?) Kriege zwischen diesen Staaten müßten nicht notwendig kommen, – was »Lenin u. Stalin« widerspricht. – Fing etwas an, das XII. Kapitel des Gregor zu schreiben. Schrieb dann an Erika zum Manuskript. Ging nur ein paar Schritte. – Das Buch von Lukács kam, mit großer Faustus-Kritik, ungarisch, leider unzugänglich. – Brief-Arbeit mit K., Diktate u. Besprechungen. Danach noch Handschriftliches. Abends Zeitschriften bei der Musik.

P. P. Mittwoch den 9. II. 49

Sonnig, Landwind. Gestern Nacht in Conrads »Herz der Finsternis«, vorzüglich. – Erwägung einer Antwort an Humm (?).

– Schrieb etwas weiter an XII. Ging fast ganz hinab. Nachmittags sehr viele Diktate an die Kahn. Müde. Heinrich, besser aussehend, zum Abendessen.

P.P. Donnerstag den 10. II. 49

Sonnig, warm. Andauernde Aufregung über das Budapester Urteil. Soll wahrscheinlich das Verbot der Partei hier vorbereiten. – Schrieb weiter an XII. Fuhr mit K. zur Bank, einer Notarisierung wegen, dann zum Lunch im Swiss Chalet. Sommeranzug. – K. übte sich nachmittags im Fahren des neuen Wagens ohne Kuppelung. – Einiges Handschriftliche. Las ein nicht schlechtes Novellen-Manuskript.

P.P. Freitag den 11. II. 49

Wirkungslosigkeit des neuen Schlafmittels. 2 Uhr Sekonal. Im Liegestuhl. Unruhig. – Nebel. Neue Spy ring-Sensation von der Army in Japan aufgebracht. Eingreifen des U.A. Committee's. Albern. – Am Kapitel weiter. – Mit K. Corona del Mare. – Der Berliner »Aufbau« mit der ersten Hälfte von Lukács großem Aufsatz über Joseph und namentlich über Faustus. Las es genau nach dem Thee, den ich spät nahm, und abends. Es stehen vorzügliche Dinge darin. Zum Schluß wird wohl die Distinktion zwischen pessimistisch und tragisch kommen ... Nicht um die Post mich bekümmert.

P.P. Sonnabend den 12. II. 49

Klares Wetter. Morgens die Bübchen bei mir. Schenkte ihnen Quarters. – Eisenhower von Columbia ausgeliehen als Berater bei wichtigen strategischen Sitzungen. – Eilbrief von Prof. Fairchild, der, in sichtlicher Panik eine Zusammenkunft von 100 Intellektuellen mit Senatoren u. Kongreßmännern urgiert. Hoffnungslos. – Telegramm von Erika über den Goethe, den sie neu und interessant findet. Tröstlich. – War versucht, eine Antwort an den Humm zu beginnen, stand aber rasch ab und schrieb weiter an Kap. XII. Ausfahrt im neuen Wagen nach

P. P. Park und Rundgang. – Guter Brief von Basler anläßlich des Erscheinens der 1. Hälfte der »Entstehung« in der Rundschau. – Brief aus Oxford wegen der Degree-Verleihung am 13. Mai. – Brief von Suhrkamp über die Frage eines Besuchs in Deutschland, den er empfiehlt. – Sonst manches zu lesen. – Ging einiges durch mit K.. Las mit Frido das »Kalte Herz« zu Ende. Schrieb an den Mann mit der österr. Erzählung. – Abendessen bei Révys mit Wechslers. Nach Tische unerfreuliches politisches Gespräch. Daß die Leute einfach wiederholen mögen, was in der Zeitung steht. – Zu Hause mit Klaus und Golo, die bei Habe geladen gewesen waren.

P. P. Sonntag den 13. II. 49

Nebeldunkler Himmel. Beendete nachts das »Herz der Finsternis«. Absicht, die Karamasows wieder zu lesen. – Die Zeitung weiter über den Kardinal und Ungarn. Diplomatischer Konflikt. In Rom salbungsvolle Rede Pacelli's und Exkommunikation aller, die Hand an den Mann Gottes gelegt. Enthüllungen polnischer u. ungarischer Emigranten. – Schrieb weiter an XII (Faustkampf). Ging mit Frido und den Hunden. Schrieb nachmittags eine Anzahl Briefe und fertigte viele aus. Kam nicht dazu, ein Buch zur Hand zu nehmen. Der kleine Toni schnitt sich mit einem Glassplitter u. wurde im Hospital genäht. – Hörte nicht auf die Musik, weil noch zu arbeiten hatte. Lachte über Benny.

P. P. Montag den 14. II. 49

Klar und windig, kalt. Mag nachts gefroren haben. Die Zeitung voll von hochpriesterlich katholischen Klage-Droh- und Hetzreden mit Friedensgebeten am Schluß. Einige Aussicht, daß über die Budapester Missetäter das Anathema ausgesprochen wird. – Druckstelle am unteren Kiefer nötigt zu einem Besuch bei Cooper. – Schrieb am Faustkampf. – Im offenen Buick sonnige Fahrt zu Cooper, der Erleichterung gab, nicht ganz genug. – Golden gebundene Copien der japanischen Ausgabe von »Das Gesetz«, schön gedruckt. – Der »Monat« mit Klaus Pr.s Aufsatz, Auszügen aus Faustus, Artikel »Dr. F. in Amerika«, Aufsatz von Golo über Toynbee und Avis am Schluß über die amazing family, einschl. Borgese's, Audens, Moni's und Vikko's. Sehr komisch und phänomenal. Es sind 9 »schreibende« Personen. Wäre in England weniger erstaunlich. – Kassierte den überflüssigen Brief an die Press Association und ersetzte ihn durch wenige Zeilen der Entschuldigung, endend: Besides I feel a growing disinclination to tell the bitter truth to people who don't care to hear it. – Mit Klaus Telegramm an Fairchild in Sachen des Washingtoner Meetings. – Viel Post zu lesen. Fridolin bei mir, um zu schwätzen und etwas geschenkt zu bekommen. Toni bläßlich von seinem Unfall. – Die Herz begeistert über die Erinnerungen.

P.P. Dienstag den 15. II. 49

Mitte des Monats. Die Zeit, die Zeit! – Gefühle über Wollust und Tod. – Erhöhte Dosis von Schlafmitteln. Unmittelbar wohlbekömmlich. – Vergnügen an Golos sehr gutem Aufsatz über Toynbee, zu dem Jaspers ihm fast schmeichlerisch schrieb. – Der Papst 20 Minuten lang Lateinisch vor dem Kardinalskollegium gegen die ungarische Verfolgung. Kardinal M. hat recht getan, aber seine Geständnisse sind erpreßt. – Schrieb weiter am Faustkampf. Ging über das Alte Haus. Verwirrender u. belastender Post-Eingang. Lange Mitteilung eines Kundigen über die Erfindung der 12 Ton-Technik durch Hauer. Merkwürdiges Manuskript aus Ungarn über den Joseph, von Szentkuthy, erschienen 1947 in einer Budapester Zeitschrift, übersandt von der Übersetzerin. Brief von Kahler. Sonst lange Briefe. Deutsche Besprechungen des Faustus, verschiedenen Ranges. Las außerdem nur eine Geschichte im New Yorker. Frido zum Schwätzen, das er als Institution betrachtet.

P.P. Mittwoch den 16. II. 49

Abhilfe durch Cooper ungenügend. – Klares Wetter. – Fing Conrads »Mit den Augen des Westens« wieder zu lesen an. – Meldung über das hunderttausendfache Zugrundegehen russischer slave laborers durch Mißhandlung und Hunger. Vor den U.N. Ableugnung und Berufung auf das amerk. Anti-Strike Gesetz. Dumm. – Prozeß Stravinskys gegen den Mißbrauch des »Feuervogels«. Wird von den Sachverständigen als der größte Komponist der Zeit gepriesen. Anreiz für Schönberg? – – Faustkampf zu Ende; neuer Abschnitt. Gegangen bis zum Sitz an der Straße. Briefe von Borgese und Révy zu beantworten. Zum Thee Lotte Walter und Gatte, sich verabschiedend nach New York und Europa. Anruf des Vaters im gleichen Sinn. Abends Gäste: Nathans und Dieterle's, ohne Wissen von der Spannung zwischen ihnen. Leidliches Auskommen trotz Fehltritten von Mrs. Nathan, die zu breit, aber ganz amüsant erzählte. Knopf[,] der Amer. Academy nach Nathans Beispiel angelegt. Er besichtigte das Studio. 11 Uhr Schluß.

P.P. Donnerstag den 17. II. 49

Sonnig, warm, keine Heizung. Frido bringt um 8 den Kaffee. Geschrieben an XIII. Mit K. im offenen Wagen nach P.P.. Wenig Post, gottlob. Gelesen in Schachts »Abrechnung mit Hitler«. Plaidoyer für seine Prächtigkeit, aber fesselnd, obgleich schlecht komponiert. Nachmittags der Kahn eine Stunde diktiert. Abends bis ½ 12 in dem häßlichen, schlecht gedruckten deutschen Zeitungsbuch. – Abschriften vom »Erwählten«.

P.P. Freitag den 18. II. 49

Frühlingswetter. – Lese sehr gern und mit Beifall »Mit den Augen des Westens« noch einmal. – Präparierung des Goethe-Vortrags für Arlt. Durchkorrektur der neuen Abschriften der Legende. – Über das Alte Haus gegangen. Briefe von Frau Fischer und A. Frey. – Las das Schachtbuch zu Ende, mit Vorsicht. Schrieb an Seekamp und Kahler. Las Frido den »Teufel mit den 3 goldenen Haaren«. – Die Rundschau mit den Erinnerungen auch schon in New York. Artikel der Zürcher »Tat«. Darüber und über den Fall Schönberg.

P. P. Sonnabend den 19. II. 49

Starker Nebel. Schlief noch, als Frido den Kaffee brachte. Erkältet, nachts Husten. – Geschrieben an XIII. Wenig gegangen. Katja nicht wohl, nachmittags im Bette. Thee bei ihr. Brief an Seekamp, Bremen, wiederholt, über das Sonnemann'sche Pasquill, mit Unbehagen. Lektüre in einem »psychologischen« Mt. über mich aus Tel Aviv. Ebenfalls mit Unbehagen. Nachricht, daß Erika und Eva Hermann auf Skiern aus ihrer Gefangenschaft nach Portland entkommen sind. Zum Abendessen Heinrich, mit K. und Golo. H. aus Paris eingeladen, als Initiator mit Pikasso, Fadejew, Aragon zu einem Welt-Friedens-Meeting einzuladen. Erregt und schwankend, ruft er nach Feuchtwanger und mir. – Kalte Nacht.

P. P. Sonntag den 20. II. 49

Neblig und kalt. Eliot, Auden etc. erteilen Ezra Pound den Bollingen-Preis für Poetry. Verteidigen ihre Objektivität, – die wohl nicht standgehalten hätte, wenn Pound, statt Faschist zu sein, Kommunist wäre. Es ist *keine* kühne, sondern eine harmonisch sich ins Ganze fügende Handlung. Die aber objektiv richtig sein mag. – – An Kap. XIII. – Gegangen ganz hinab. K. diktiert Briefe an Frau Fischer u. Prof. Holmberg in Lund wegen der Promotion dort am 31. Mai. Las Frido den »Eisenhans« vor, eine sehr schöne Geschichte. Erledigte noch Handschriftliches und fertigte viel aus. Monteux-Konzert und Erheiterung über Benny.

P. P. Montag den 21. II. 49

Nachts Heimkehr Erikas. – Zeitungsausschnitt über einen Vortrag Hans Mayers im Berliner Kulturbund »T. M., Goethe und Deutschland«. Überfüllt. – Norwegen schließt sich dem atlantischen Pakt an. Taft plädiert für Verpflichtung zu sofortiger Hilfe an attakierte Staaten. – – Geschrieben an XIII. – Gegangen u. gefahren nach P.P. Park. – Mit Erika, ihre argen Abenteuer im Schnee droben. Brief von Frau G. Lucász. Die »Neue Zeitung« gegen Schönberg. Geschrieben an Hebling und Oprecht. Diskussion über den Vortrag abends; Anstoß der Widersprüche. – Buch »Von Werken und Formen«, Verfasser K. Reinhardt, über die Kl. Walpurgisnacht, fesselnd. – Vorbereitung einiger nach Frankreich zu sendender Sätze. – Artikel über Faustus im Mercure de France.

P.P. Dienstag den 22. II. 49

Washington Day. Die Bübchen nicht zur Schule. Frühstück mit Erika. Schrieb an XIII. – Mit Erika zur Maison Française in Hollywood. Der Direktor, der franz. Consul, die Schauspielerin Marly(?). Sprach französischen Gruß ins Mikrophon. Einladung des Consuls zu uns, mit seiner Gitarre. – K. operiert an einem Kopfgeschwulst. Guter Verlauf, aber Nachwehen. Kodeïn. – Las Frido »Hänsel und Gretel«. – Schrieb noch dies und das. – Erika las den großen Artikel von Lukásc. Mit ihr über das Material für das B.B.C.-Third Programm. – Kurioses homosexuelles Roman-Manuskript von U. Sdannen in Jerusalem. Pénible. – Tagüber sehr sommerlich. Kalte Nacht.

P.P. Mittwoch den 23. II. 49

Klarer Morgen. In Deutschland Freisprechung des deportierten amerikanischen »Bund«-Führers [Fritz Kuhn]. Beschimpft amerik. Belastungszeugen als Kommunisten und Russen. Alles fügt sich zum Bilde. – An XIII (Gespräch zwischen Grigorß u. dem Abt). – Gegangen zum Alten Haus. – Briefe Erikas nach London. – Manuskript von Moni, pénible. – Diktate, schnell, an die Kahn. Beantwortung von Fragen L[eibrichs] (Paris.) – Einladungen zu der Washington-Konferenz Fairchild mit meiner Unterschrift versandt. Neuer Brief seines Vertreters in dieser Sache. – Neue Aufgabe: Traum-Erzählungen an

Frido. Erzählte von den Fischern und dem Baby, das er selber. Er glaubte nicht, daß ich es *ganz* so geträumt hätte. – Abends mit Erika und Klaus über die in Washington zu erörternden Fragen, die Gründe unserer Außenpolitik u. wie man aus dem »kalten« Krieg herauskommen will, ohne in den heißen zu geraten.

P. P. Donnerstag den 24. II. 49

Die Plage bis zum Tode. – Regen. – Day off der Schwarzen, die sich auf unsere Kosten ein Taxi nehmen. – Geschrieben an XIII, nach dem Text. Regen. Ohne zu gehen zum Miramar zum Lunch gefahren. Polnisch-halbjüdische Kellnerin mit hübschen Augen. – Langer Brief des Schauspielers Fischl. Eintreffen der Rundschau mit der Hälfte der Erinnerungen in 2 Exemplaren. Las die 60 Seiten durch mit leidlicher Befriedigung. Einige Fehler. – Mit Erika über die Unmöglichkeit eines Besuches in Deutschland. Auftrag an sie, an Fairchild und die Seinen in Sachen des Meetings zu schreiben. – Allerlei Zumutungen von Zeitschriften u. Verlegern. Schrieb kritisch an Moni über ihr Manuskriptchen. – Radiorede Trumans, nur innenpolitisch, hierin brav.

P. P. Freitag den 25. II. 49

Traumerzählung für Frido morgens von Miß Truman und ihrem Pudding. – Ausbleiben der Schwarzen. – Waffenstillstand zwischen Israel, den Arabern u. Ägypten. Vorteilhaft für die Juden. Schlappe für England. Telegramm an den Prime Minister Ben Gorion. – Geschrieben an XIII. – Gegangen über das Alte Haus nach Empfang eines Briefes von Mc Leish, der mir die Zuerteilung des Literaturpreises der Academy of Arts and Letters (Medaille und 1000 Dollars) anzeigt. Gut gegen die Frechheiten der Kritik. Auch politisch erfreulich. Ungern die Beteiligung am 27. Mai abzusagen, an welchem Tag ich in Schweden sein werde. – Eintreffen von Exemplaren des französischen 4. Josephbandes »Joseph le Nourricier«. Übersetzung der Servicen macht angenehmen Eindruck. – Schrieb nach Budapest über den Joseph-Aufsatz des jungen Avantgardisten. Las in der »Rundschau« Aufsatz von Kogon über die Weltlage. Douteux.

P. P. Sonnabend den 26. II. 49

Dunkel, Regen, künstlich Licht. – Am Kapitel. (Reime.) Gegangen mit Schirm, von Erika geholt. Brief an Mac Leish. Adornos und Salka Viertel zum Abendessen. Adorno dankbar angethan von seiner Verherrlichung in der Rundschau. Salka, mittellos, will Hamburgers verkaufen. Viel über die Politik. H. Eisners zweifelhafte Rolle in der deutschen Ostzone. Die Chancen für Krieg und Frieden. Man blieb bis ½ 12. Erkältet. Empirin.

P. P. Sonntag den 27. II. 49

»Mit den Augen des Westens«, vorzüglich. – Togliatti erklärt, das italienische Volk sei verpflichtet, der Sowjet-Armee zu helfen, wenn sie zum Kampf gegen einen Angreifer nach Italien kommt. – Adorno gestern über die lockere Form der Erinnerungen, modifizierte Form des Tagebuchs, Tag- und Jahreshefte, Annalen. – – Beendete Brief an Mac Leish, den Erika übersetzte. Unvermeidliche Vergröberungen. – Gefahren nach Corona del Mare mit der Eroika aus New York. – Las in Joseph le Nourricier, elegante Übersetzung. – Briefe mit K.: an die Servicen u. a.. Fingierte Traumerzählung für Frido. – Las zur Musik in der Rundschau übergescheites Zeug. Heiterkeit über Benny u. die Seinen. Danach plötzlich heftiges Nasenbluten, erschreckend, beim Liegen liefs in den Schlund. Viele nasse Tücher gerötet. Nervenchock. Erika benachrichtigte ihren Dr. Mann, der kam, als ich im Schlafrock im Stuhl saß und die Blutung schon trocknete. Doch lief immer noch etwas in die Kehle, aus der ich schließlich einen Blutpfropf speien konnte. Behandlung mit Gaze-Einführung zu irritierend. Pinselungen und Morphin-shot. Der Doktor längere Zeit abwartend da.

Nahm auch noch Sekonal, schlief aber trotzdem schwer, mit sehr trockenem Munde ein.

P. P. Montag den 28. II. 49

Trank zu gewöhnlicher Zeit meinen Kaffee. Etwas müder Kopf. Demonstrationen gegen Churchill während einer Rede in Brüssel, Place de la Bourse. Viele Verhaftungen durch schwer bewaffnete Polizei. Die Bezeichnung der Demonstranten als Kommunisten wahrscheinlich eine Vereinfachung. Booo's gegen Amerika. – Neblig, kühl. – – Gewerkelt am Kapitel, dem Dialog Abt-Grigorß. – Gegangen zum Alten Haus. – Viele Briefe, Eulogien über Faustus, ganz über die Köpfe der Kritiker hinweg. Der Wiener Verlag wegen des Besuchs in Österreich. – Las Frido Märchen vor. – Schrieb kurz an Yxküll, Stockholm. – Nach dem Abendessen Markuses, zu Klaus Pr., der mit uns gegessen. Er las seinen englisch geschriebenen Wagner-Vortrag mit einiger Klavier-Illustration. Interessantestes Thema. Zog mich ½ 11 zurück.

P. P. Dienstag den 1. III. 49

Heller und wärmer. Sehr fest geschlafen. Aber der Nervenzustand etwas suspekt. – Rücktritt General Clays. – Geschrieben am Kapitel. (Reime.) – Zum Haarschneiden und Rasieren nach Westwood im offenen Wagen. Schrieb an die Meyer und schickte ihr die Rundschau. Zum Abendessen der verunglückte Prinz Lania, der franz. Consul und Reinhardts. 9 Uhr viele Gäste. Gesangsvorträge des Consuls. Zog mich, sehr müde vom Stimmengewirr, ½ 11 Uhr zurück, bekam aber den Thee erst ½ 1 Uhr nach Weggang der sehr angeregten Gäste. Las »Mit den Augen des Westens«, das zu kompliziert komponiert ist. – Isherwood, sehr trinkbedürftig mit seinem form- und reizlosen Bill. Schwer verständlich.

P.P. Mittwoch den 2. III. 49

Bedeckt, kühl. Nach gutem Schlaf müde. Mit Erika gefrühstückt. Rekapitulation des gestrigen Festes. – Der Goethe-Vortrag gestern von Erika Arlt zur Übersetzung überbracht. – Geschrieben am »Disput«. Gegangen mit K., von Erika geholt. – Aufforderung, heute in 8 Tagen Mrs. Roosevelt einzuführen von ihrer lecture in Los Angeles. – Brief von Preetorius, bedenklich, daß man in München die Statuten geändert habe, um mich zum Ehrenpräsidenten der liter. Abteilung der Akademie zu machen. Insistieren auf meinen Besuch zur Goethe-Feier, als feierlicher Staatsakt aufgezogen. K. dafür, nicht so Erika. – Brief von Klaus an M. George wegen Schulze-Wilde, der im »Aufbau« gelobt worden. Dazu Erika, dazu ich. – Der Kahn diktiert. – Brief von Agnes Meyer über den Akademie-Award u. die Wünschbarkeit meiner Gegenwart. »Die sozialistische Health insurance«. – Unzufrieden mit Toscanini. Zubereitung der Götterdämmerungsmusik. Könnte von Stokowsky sein. – Frage, ob die Bübchen noch bleiben sollen.

P.P. Donnerstag den 3. III. 49

Nachts Regen. Unruhe. Sekonal nach dem Elixier. – Trüb und kühl. – Aushungerung der russischen Repatriation Mission in Frankfurt. »Ohne Gewaltanwendung.« – Die gestrigen Probleme im Sinn. – Geschrieben am Gregor-Kapitel. Gegangen und dann zum French Café zum Lunch gefahren. Zu Hause Sichten der Post. Buch von Moenius über den Weltenmonarchen, Dantisch-katholisch. – Literaturgeschichte von Babits (Oprecht). – Geschrieben an die Meyer und Ferneres. – »Der Monat«, beunruhigende, unangenehme Zeit[schrift] von »Niveau«. Frau Schönberg ruft Alma Mahler an: Jetzt stehe »auch noch etwas« in der Rundschau, und sie müsse mit mir, dem Todfeinde, den Verkehr abbrechen. Schlechthin verrückt. –

P.P. Freitag den 4. III. 49

Regen, dunkel. Mit Klaus beim Frühstück über Corda, London, Zauberberg, höchst fragwürdig. Über den »Monat«. – Die russische Mission in Frankreich weicht, eine amerikanische in Berlin wird ausgewiesen. – Es hat den Anschein, daß die Bübchen noch diesen Monat hier verbringen u. Anfang April von der Mutter werden abgeholt werden zur Reise nach Europa. – Am Kapitel gegen das Ende. Nicht ausgegangen. Lesen der Post. Meldung, daß Molotow entlassen u. Vishinsky zu seinem Nachfolger ernannt sei, was immer das nun heißen möge. Geschrieben an Moenius u. a.. Ausfertigungen. Heinrich zum Abendessen. Erika verließ den Tisch, leidend. Ihr irrationaler Gram über die Möglichkeit meines Besuchs in München. Mit Söhnen Hin- und her-Gespräch über die Frage. Irritant und betrübend Erikas wegen. Müde. – Mit Heinrich gegen Rosenthal. – Langer, sehr anmutiger deutscher Brief.

P.P. Sonnabend den 5. III. 49

Nachts wirre Träume. Sonniges Wetter. Maniküre u. Rasieren. Erika beim Frühstück mit roten Augen. Kommentare zum Rücktritt Molotows, der Aufstieg bedeuten mag. – Voraussicht, daß die Faustus-Erinnerungen in Deutschland böses Blut machen werden. – – Szene mit dem Abt, gegen das Ende. – Ging ganz hinab. – Kahlers Faustus-Aufsatz auf englisch, sehr gut zu lesen, mit ebenfalls erfreulicher redaktioneller Bemerkung. – Humms Zeitschrift, unerfreulich. – Einiges Handschriftliche erledigt. – Dinner party bei Nathans mit auswärtigen Universitätsprofessoren, Mr. Taylor, L. A. Times-Journalistin etc.. Kleine Tische. Besuchten den Oberstock. Gingen ¾ 11. Zu Hause mit den Kindern.

P.P. Sonntag den 6. III. 49

Sonniger Morgen. Unruhig geschlafen. – Gromykow der Nachfolger Vishinskys. – Abschluß des Kapitels »Der Disput«. – Mit K. und Frido nach Pacif. Palisades zum Spaziergang. –

Mit Erika über die Münchener Frage. – Arlt brachte die Übersetzung des Vortrags, die Erika zur Bearbeitung übernahm. – Geschrieben an Kahler; Weiteres angelegt. Nach dem Abendessen Vorlesung der letzten 3 Kapitel des Grigorß für K., Erika, Klaus und Golo. Namentlich dieser war angetan. »Eine wunderschöne Geschichte!« – Hörten Jack Benny danach.

P. P. Montag den 7. III. 49

Regenneigung. – Beschäftigung mit der Mrs. Roosevelt-Rede. – Gegangen zum Alten Haus. – Gehäufte Montagspost. Tragikomischer Brief eines deutschen Wirtschaftsstatistikers, etwas verrückt. – Nach dem Thee mit Erika die Einführungsrede komponiert, die sie in englische Form bringt. Froh, dies geordnet zu haben. Abends zu lange von Frido u. seinen kleinen Sorgen in Anspruch genommen; nichts gelesen. Klavierkonzert von Rachmaninow, das ich bei Rudis Violin-Konzert im Sinn hatte.

P. P. Dienstag den 8 . III. 49

Blauer Himmel. Kräuterkäse zum Frühstück. Jugendgeschmack.

– In der Zeitung unglaublich naive Verkündigung der Benutzung von Exkommunisten als Informers. »Lex Schulze-Wilde«. – – Langer Brief an Landshoff in Sachen Feist. – Mit Erika die Übersetzung der Einführung. – Mittags etwas ausgefahren, Frau Katzenellenbogen zum Lunch geholt. – Viel beschäftigende Post. Schuhs Artikel zur Schönberg-Kontroverse. Brief der Mazzucchetti mit Bericht über eine Zürcher Versammlung »Für und gegen T. M.«, d. h. nur »gegen«. Grotesk und wirklich an »seines Bellens lauten Schall« erinnernd. – Und manches andere, Politische. – 6 Uhr Thee-Mahlzeit im Eßzimmer. Nervös wie nur vor der Öffentlichkeit zu Hause, nicht auf Reisen. 7 Uhr lange, lange Fahrt zum Philharmonic Auditorium. Die Unternehmer. Mrs. Roosevelt. Dicht gefülltes Riesenhaus. Meine Rede mit dem nach Oslo gerichteten Schluß. Eleanor zu langwierig, mütterlich, scherzhaft, anekdotisch, freundlich-nichtssagend. Beglückwünschten sie nachher u. machten uns auf die lange, lange, zuweilen abirrende Heimfahrt. Sehr müde. Zu Hause Chokolade. Sehr spät zu Bette.

P.P. Donnerstag den 10. III. 49
8 Uhr, nach 6 durchschlafenen Stunden, der kleine Frido mit dem Kaffee. Frühstück später mit Klaus, der bald nach Europa abreist. – Langer Brief an Preetorius wegen München. – Lunch im Swiss Chalet. – Erika auf lecture tour in der Nähe. – Nachmittags zahlreiche, z. T. lange Diktate an die Kahn. – Sehr erschöpft abends. – Regen.

P.P. Freitag den 11. III. 49
Morgens starke Sonne. Brief an Preetorius beendet. An die Münchener Akademie. An S. Marck zum 60. Geburtstag. – Gegangen weit hinunter. Brief von Reisiger, der den Gregorius akklamiert, seine Arbeiten schickt. Sehr guter, empfänglicher Faustus-Artikel einer Schweizer katholischen Zeitschrift, von Basler übersandt. – Las über Eliot und anderes in den »N. D. Beiträgen«. – Zum Thee der Psychoanalytiker Menninger mit Frau. –

P.P. Sonnabend den 12. III. 49
Ziemlich klarer Himmel. – In Berkeley bekommt ein 87jähriger Geologe einen Sohn. – Arbeits-Unentschlossenheit. Widerwille, weiter handschr. Briefe vormittags zu erledigen. Mit dem Gregorius fortfahren, obgleich die Goethe-Reise noch sehr unvollkommen vorbereitet. Zweifel an der Würdigkeit von »G. und die Demokratie«, – besonders etwa für Deutschland, dessentwegen aber meine Entschlüsse noch sehr in der Schwebe. – Beschäftigung mit dem nächsten Gregor-Kapitel; Auszüge. – Mit K. Corona del Mare. – Brief von Agnes Meyer über die Erinnerungen. Gesteht, daß sie an den Untergang des »Westens« heimlich glaubt. Sonst viel Post. Zeitungsausschnitte aus Deutschland. Soll anläßlich des ungarischen Faustus die Freiheit in den Volksdemokratieen gepriesen haben. Die be-

ständige Beschäftigung mit mir, dégoûtant. – Der »Aufbau« (Berlin) mit dem Schluß von Lukács großer Studie über den »Faustus«. Mit Spannung gelesen. – Briefdiktate an K. gegen Abend, nachdem Thor Bonnier und Frau zum Thee dagewesen. Erörterung einer zweiten Zuerteilung des Nobel-Preises in Stockholm. Der schwedische Faustus. Der große Erfolg von »Lotte in Weimar« in Schweden. In der Korrespondenz einige Luft geschaffen. – Im Radio Don Giovanni. Viel zugehört. Das Shakespeare'sche Nachspiel. – Rückkehr Erikas. Erzählt vom guten Verlauf ihres Vortrags, sachlicher Diskussion. Über die Wendung der Columnisten gegen den amerikanischen Stützpunkt in Norwegen. Die Geister, die sie riefen. Foster Dulles auf einmal gegen aggressive Verteidigungsmaßnahmen. – Über das arme Hündchen Hallgarten, die zum allerwichtigsten Frauenkongreß nach Kopenhagen und nach Deutschland möchte und kein Geld hat. Brauchte 1200 Dollars, die auch wir nicht leisten können. Sie berichtet von der Aufregung in der Verwandtschaft Geffckens über »Notteboom«. Sein Neffe Fries. Krankheit des fast 80jährigen, dem man die Sache zu verbergen sucht. Er kommt portraitmäßig garnicht vor. Die Figur seines Auftraggebers ist völlig verändert. Angelehnt ist das puppige Familienbild. Man schlüsselt aufs trivialste an dem Buch herum, druckt Anzügliches in den Zeitungen daraus ab. In Breisacher soll ich Wolfskehl verhöhnt haben. (Und Leverkühn ist Schönberg.) – Sehr müde nach viel Arbeit und Aufregung. Gestört von den Bübchen.

P. P. Sonntag den 13. III. 49

Leicht nebliges Frühlingswetter. Das gestrige klingt nach. Von dem Besuch in München wieder viel weiter abgerückt. Gedanke an einen Protestbrief an die »Neue Zeitung« gegen die Behandlung des Faustus als Schlüsselroman. – Briefe geschrieben, träge. – Gegangen mit Frido bis zum Alten Haus, wobei mich das Schwatzen anstrengte. – Thee-Besuch von Prof. von Hofe, der, von Deutschland berichtend, nichts Neues übrigens, bis 10 Min. vor ½ 8 saß. – Abends mit Erika über die Vorzüge des Goethe-Vortrags u. seine geringe Tauglichkeit für Deutschland, falls ich dorthin gehe. Notwendigkeit der Ausarbeitung einer eigenen persönlichen Rede, in das Goethe-Thema mündend, für München. Die Antwort Preetorius' abzuwarten. – Radio-Unterhaltung.

P.P. Montag den 14. III. 49

Bewunderung für Conrads Roman über die Tragik Rußlands. Die Düsternis des Kampfes zwischen Autokratie und Revolution in dem weiten dunklen Lande. Nun ist daraus die Revolution als Autokratie geworden, der revolutionäre Polizeistaat. – Gestern in der Zeitung Bild eines jungen Totschlägers, in Waisenhäusern aufgewachsen u. adoptiert, so schön und so meiner Vorstellung vom Grigorß entsprechend, daß ich's mir ausschnitt. – Gelesen in N.Y. Herald Tribune über die tausend Studien und Bücher, die über Eliot geschrieben, das Auffinden der weltliterarischen Citate, aus denen guten Teils seine Gedichte bestehen. Erinnerungsvoller und immerfort aus der Kultur citierender Revolutionär von konservativ traditionalistischer Haltung. Bei Joyce sehr Verwandtes. Das Evokative statt des Creativen, oder doch dieses stark mit jenem vermischt. Das Resümierende (Provençalisch, Sanskrit etc). Zeichen der Letztheit, des Endes, des Abschieds oder des Sich besinnens zum Leben? – – Glückwunsch-Brief an den Berliner »Aufbau« und anderes. Brief von Kahler, der mir Münchens wegen zuredet. Ging zum Alten Haus, von Erika geholt. Soviel Post, daß ich bis 4 Uhr damit zu tun hatte. Beim Thee Besprechungen mit E. Las Frido »Die goldene Gans« und schrieb an Landshoff wegen Fehlern im Vorabdruck der »Erinnerungen«. Heinrich zum Abendessen. Es ging ihm nicht gut. Das Gespräch war stokkend, nur vorübergehend heiter. Sein Appetit nicht wie sonst. Vor der Abfahrt hatte er einen Asthma-Anfall, von dem er sich in der Sofaecke erholen mußte. – Geschenk eines kleinen orientalischen Teppichs von Caroline Newton.

P. P. Dienstag den 15. III. 49
Beendete gestern Nacht »Mit den Augen des Westens«, mit Bedauern. – Nachdenken über eine Münchener Rede. – K. morgens zu Heinrich, um ihn zum Arzt zu führen. – Glückwunsch-Brief für »Tiden« zu Ehren M. A. Nexoe's. – Neuer Brief von Preetorius, insistierend. Briefe von Landshoff und Feist in der »Lotte«-Angelegenheit. Nachmittags einige Diktate und Briefbesprechungen mit K.. – Erzählung von J. Cassou »Erste Liebe«.

P. P. Mittwoch den 16. III. 49
Morgens mit Frido über Hornissen, Hummeln und Tiefseenfische. Etwas Brief-Arbeit. 11 Uhr zur Augenärztin in S. Monica. Eingehende Untersuchung, Behandlung und Verordnungen. Tropfen u. Salbe, bis Freitag 2 stündig anzuwenden. – Herzliches Telegramm von McLeish. Ceremonie muß ohne mich stattfinden. – Unverschämte Druckausübung des New Leader wegen der Shapley'schen Friedenskonferenz, die bedrohlichen Zuschriften jenes New Yorker Professors ergänzend. Keine Antwort. Zulassung von 22 kommunistischen Delegierten, darunter Shostakowitsch, durch das State Department. Überwachung der Konferenz durch das Committee on U. Activities. – Nachmittags keine Ruhe, irritiert von der Behandlung. Diktierte der K. schlechte Briefe. Abends nur Musik gehört. »Harold in Italy«, ein prächtiges Werk.

P. P. Donnerstag den 17. III. 49
Aufgeregte Erwartung eines Diplomatic Schow-down in Europa. Militärische Anklagen im Unterhaus gegen die Satelliten-Staaten. Krise im Mai? Im Juni? Die Russen scheinen sie zu erwarten, was nicht beweist, daß sie sie herbeizuführen beabsichtigen. – Unentschiedene Arbeitssituation. Schrieb an leidende Menschen. 2 stündige Behandlung der Augen. Bewegte Faustus-Besprechung in Augsburg von E. Kästner, demselben, der mir schöne, mittelalterliche Bilder sandte. Brief an [ihn]. –

Ersuchen, Shapley, der in einem Sturme steht, ein Telegramm zu schicken. Dieses besprochen. – Zum Dinner mit Knopf im Bel Air-Hotel. Gute Mahlzeit, langweilige Unterhaltung. Müde. 10 Uhr Aufbruch. Zu Hause mit Erika und Klaus. End-Redaktion des befriedigenden Telegramms, das aufgegeben wurde.

P. P. Freitag den 18. III. 49

Strawinsky lehnt ab, Begrüßungstelegramm an Schostakowitsch zu unterzeichnen. – 10 Uhr mit Erika zur Augenärztin in S. Monica. Lange, die Augen sehr strapazierende Behandlung. Neue Verordnung, provisorisch, bis die Abhebungen bakteriologisch untersucht sind. Mit der Doktorin über den Tod des Lewis Brown, dessen Augenleiden durchaus kein ausreichender Grund dafür war. – Zu Hause noch einige Brief-Arbeit, dann ziemlich weit gegangen. Weitere Friedensappelle, für die meine Unterschrift verlangt, nicht-kommunistisch. – Besuch von Mr. Diener, Tel Aviv, in Sachen eines Joseph-Films, geschäftlich zweifelhaft, aber sympathisch. – Veröffentlichung des Atlantischen Paktes, recht demütigend für Europa. Rede des Acheson dazu im Radio, väterlich und reichlich verlogen. – Im Lesen behindert. Hauptmanns »Hochzeit auf Buchenhorst«, langweilige und oft schlechte Prosa, glückselige Jugend, Künstlertum etc., dabei hie und da Goethe-Akzente. – Japanische Journalisten.

P. P. Sonnabend den 19. III. 49

Sagte beim Frühstück: »Der Kommunismus ist kein Spaß. Eine harte, asketische Welt. Vielleicht sollten wir einverstanden sein mit den Schutzmaßregeln dagegen.« – Kabel wegen Pariser Friedenskonferenz auf sehr breiter Basis, aber doch ausgehend von Aragon-Picasso. – Bevin lobt den Packt. Die U.N. hätten versagt wie der Völkerbund. – Brief an Reisiger. – N.Z.Z. schickt Artikel über jene »Tragische Literaturgeschichte«. – Lang-Telegramm wegen intern. Friedenskonferenz in Paris (Arragon, Picasso, Pierre Cot). Abzulehnen. – Freisprechung der Ax-widow Ferreri; hysterischer Jubel des Publikums. – Las Frido »Allerleirauh«. – Regen. – Buffet-Dinner bei Reinhardts. Zahlreiche Gesellschaft, zwei Prinzen und movie-Leute. Mrs. Soltan Corda, hübsch. Das Ganze turbulent anstrengend und extrem überflüssig. Gespräch mit Reinhardt über Mr. Diener und mein Verhalten zum Joseph-Film-Plan. Mit dem Prinzen Lanyi über Franz Joseph. Movie Leute, die musikalischen »Amphitryon« planen. Zwillingsgeschwister des Herkules. – Zu Hause mit Erika und Klaus.

P. P. Sonntag den 20. III. 49

Heiteres Wetter. Das Blatt voll vom Freispruch der Mörderin. Zank im Hause wegen des Kindes, das mit den Eltern des Ermordeten. Diese werden auf der Straße verhöhnt. – Englisch-astronomische Spekulationen. Beeinflussung des Kosmos. Besiedelung von Mars und Venus. – Schwierigere Briefe erledigt. Mit K. nach P. P., dort gegangen. Frido vorgelesen. K. zu Heinrich, der an Beängstigungszuständen leidet. Rosenthal dort. Sie blieb in dessen Abwesenheit. Eine Pflegerin engagiert, die nichts zu thun. Pantopon. K. kehrte etwa ½ 10 zurück und aß. Bedrückung. Zweifel. Die Fürsorge für den Kranken verträgt sich unmöglich mit K.'s Vorbereitungen zur Reise. – Verabschiedung von Klaus, der nach New York, nach Amsterdam, dann nach Süd-Frankreich fliegt, um zu arbeiten. Abreise Golo's morgen in aller Frühe. Trauer des Hundes.

P. P. Montag den 21. III. 49

Frühlingswetter. K. früh zu Heinrich. Frühstück mit Erika. Gespräch über das Problem Heinrich. Widerspruch gegen die Aufgabe der Reise. Für K. im Gegenteil diese eine Befreiung. H.'s Endzustand, der sich lange hinziehen kann, eine Konsequenz seines ganzen Lebens. Bestreitung der Kosten für die nurse, von der H. selbst wenig wissen will. Bewegt sich selbständig. Seine Ablehnung des Hospitalbettes, auch des Sauerstoffapparats. – Über meine Arbeitssituation. Widerstand gegen Ausarbeitung der Münchener Rede, bevor ich über die Veranstaltung klar sehe. E. rät, Preetorius' Antwort abzuwarten. Ab 5. April etwa sei Zeit genug, die Rede vorzubereiten. Lasse mich gern davon bestimmen, obwohl eigentlich des Gefühls, daß ich zur Lösung der Aufgabe viel Zeit brauche. Das Weitererzählen am Gregorius bietet ebenfalls Schwierigkeiten. Nervös bedrückt und zerstreut durch die allgemeine Fragwürdigkeit der Lage. – – Brief an Mondadori u. a. [.] Gegangen bei starkem Seewind ganz hinab. Viel Post. »Instructions« für die Ceremonie in Oxford. Das Vorhaben scheint veröffentlicht. – K. wiederholt bei Heinrich. Mein Besuch nicht gewünscht. »Will er Abschied nehmen?« Spürbare Erleichterung. Abends Consilium dort. Anordnungen der Autorität. Hospitalbett. Sauerstoff, practical nurse. Die Anwendungen Rosenthals wahrscheinlich so falsch wie die gegen mein Rektalleiden. – Fortdauer der hysterischen Hetze gegen Shapleys Friedenskonferenz. Verweigerung der Einreise für die westlichen Delegierten, sodaß nur 7 Russen teilnehmen könnten. Schachzug des State Department, um die Konferenz als kommunistisch abzustempeln. Erstaunlich, lächerlich und widerwärtig. – Churchill in Washington. – Mit Erika neues Telegramm an Shapley.

P. P. Dienstag den 22. III. 49

Schon morgens Telephon von New York wegen meines angeblichen Rücktritts von der Konferenz. America Broadcast wünscht das in N. Y. Times erschienene Telegramm zu recorden. – Heinrichs Zustand benommen, schlafsüchtig und ängstlich, vermutlich infolge der Injektionen u. Morphiumgaben. – Zeitungsmeldung, daß Agenten der russ. Geheimpolizei unter den Delegierten. Verweigerung der Konzerthalle für Shostakowitsch in Philadelphia. – Telegramm Bibis, der morgen auf der Fahrt nach N. Y. die Kinder aufnehmen will. Überraschend. – Verwirrung, Nervosität, Ungewißheit. – Gestern Brief an den Stockholmer Alexander-Verlag über die Tragödie »Orpheus« von B. Holger Bonsels. – – Auch heute nur Briefliches. Nach

Tische Leute vom American Broadcast, die einige Zeilen aus dem Telegramm an Shapley aufnahmen. Hörten sie nachmittags im Radio. Las Frido noch einmal vor. In der Zeitschrift »Wandlung«. Briefwechsel von 1933 zwischen Ricarda Huch und v. Schillings. Alfred Weber über das Ruhrstatut, gegen Westdeutschlands Einbeziehung in den Militärbund. Neutralität. – Brief an Mme Georg Lukács. – K. wiederholt bei Heinrich, der einen toxischen Eindruck macht. Morphium oder Urämie. Hat dann große Erleichterung durch Sauerstoff.

P. P. Mittwoch den 23. III. 49

Morgens erdachte Traumerzählung für Frido. Nach gestrigem Sturm u. Regen wieder klar. Gleich fertig angekleidet. – Begann einige Zeilen für München zu schreiben. Mit Erika zur Augenärztin. Lange, enervierende und zunächst nur verschlimmernde Behandlung. Die Analyse hat die Einwirkung gewisser Kokken ergeben, die auch an dem vorgefallenen Nasenbluten schuld sein sollen. Neue Verordnungen mit Sulpha, Tropfen und Pastillen. – Auf der Bank zur Abholung von etwas Geld aus Schweden. – Apotheke. – Nachmittags die Kahn: Diktat vieler Briefe, ohne ganz räumen zu können. Hilfsaktion für Speyers Rückkehr nach Deutschland. Gab ihr die letzten Gregor-Kapitel und den Werther-Aufsatz zur Abschrift. – Besprechungen mit Erika. – Bibi und Gret trafen 8 Uhr zum Abendessen ein. Verabschiedung von den Kindern. Fuhren ca 9 Uhr im hochbepackten Wägelchen mit dem Hund in die Nacht hinaus. – Schmerzhaft geschwollener Unterkiefer links, heftiger Druck der Prothese. Hatten bei Fairbanks gottlob abgesagt. Kodeïn. Hauptmanns Prosa so langweilig.

P. P. Donnerstag den 24. III. 49

Ohne die Kinder. Neblig bedeckt u. kühl. Beginn der Sulphakur. Viel Juice und Thee. Der Kiefer durch Schonung etwas gebessert. Lunch mit Blanche Knopf abgesagt. – Etwas an der

Münchener Rede. Zu Cooper wegen des sehr störenden Kiefergeschwulstes. Einiges Abschleifen der Prothese. Lunch im Brown Derby: Zwiebelsuppe und Ice cream. – Rilla, London, über ein Lotte-Hörspiel für B.B.C.. – Mit Erika Studium, timing, des englischen Vortrags. Ergänzenden Abschnitt diktiert. – Großer Band mit Gedichten von Perse-Léger. Aufsatz von MacLeish über ihn. – In der »Wandlung« höchst merkwürdige kleine Erzählung »Das Ehepaar«. (Totenerweckung). – Tagüber mit Sulpha mediziniert.

P.P. Freitag den 25. III. 49

Leicht neblig nach klarem Morgen. Das Mundgeschwulst so weit gebessert, daß ich beim Rasieren und Frühstücken die Prothesen einsetzen konnte. – Das Comm. on Unam. Act. bestimmt die Zahl der Verräter und Saboteurs im Fall einer »nationalen Krisis« auf 184000, u. empfiehlt, da man sich das nicht leisten könne, unmißverständlich Vernichtung. – Heute in New York die Konferenz mit 2 Kanadiern, 2 Indern, den Russen und den Papers der nicht Zugelassenen. Draußen *Gebete* um die Befreiung des russischen Volkes. – – An der Münchener Rede versucht. Nach Westwood zum Haarschnitt (erfrischend). Briefe an Faesi und Basler. Der Mund gebessert, Benutzung der Prothese zeitweise. Nachrichten über die Peace Conference. Rede des editors von S. Revue of Literature im Auftrag des State Departments. Andererseits Demonstrationen gegen Churchill. – Abends ohne Erika.

P.P. Sonnabend den 26. III. 49

Die Zeitungen über die Conference, beschämend. – An der Rede versucht. Zur Augenärztin, Behandlung, verklebte, getrübte Augen. Nachher die Promenade zu Ende gegangen, was zu angreifend war. Sehr schlechter Nervenzustand, verschuldet durch das Sulpha, ein widriges Mittel. Zum Lunch Klaus Pr., sein Sohn und dessen nunmehrige Braut. Unwohl, schweigsam. Nachmittags mit Erika die Übersetzung des Vortrags durchgearbeitet, Kürzungen u. sprachliche Verbesserungen. Da Lesen zu sehr erschwert, abends nur »Cosi fan tutte« zugehört.

P.P. Sonntag den 27. III. 49

Frühlingswetter. Noch Fortsetzung der allgemein beeinträchtigenden, aber notwendigen Sulpha-Kur. – Beratungen über den westdeutschen Staat, seine Regierung. England-Amerika centralistische Tendenz. Frankreich für losen Förderalismus. Der französische »Obstruktionismus steht nur dem russischen nach«. Der angelsächsische Centralismus paradoxer Weise mehr in der russischen Linie. Widerspruch zwischen der Absicht, die deutsche Remilitarisierung zu verhüten und dem Einschluß Deutschlands in den Westpakt. – Die kommunist[isch]e Überschwemmung Europas aufzuhalten, werden die europ. Länder gekauft, bewaffnet, entwürdigt, in Abhängigkeit gebracht – und gerade dadurch dem Kommunismus wirksamste nationale Propaganda-Mittel in die Hände gespielt. Die Nichtzulassung der westl. Delegierten zur Friedenskonferenz: soll das Bekanntwerden europäischer Stimmungen gegen die U.S. verhindern. Der Engländer erklärt, im Falle des Krieges würde das engl. Volk gegen Rußland nicht ganz soviel Haß aufbringen, wie einst gegen Hitler-Deutschland. Ganz mein Fall. – – Versuche mit der Rede. Erika rät Ausschluß des Politischen, das auch zeitlich nicht zu bewältigen wäre. – Sulpha-Kur. – Etwas gegangen. Mittags Heinrich zur Feier seines Geburtstags, mit Feuchtwangers. – Neues Telegramm an Shapley u. seine Versammlung, mit Erika redigiert. – Am Lesen behindert. Humboldt über Schiller.

P.P. Montag den 28. III. 49

Auszug der Schwarzen, Felix und Joe, unmöglichen Benehmens. – Erika unternimmt Ausflug mit Eva H. für einige Tage. – Münchener Rede. – Gegangen zur Wegscheide. – Kalter Westwind. Erkältet. Spät gegessen. Spät geruht. Organisation der Post. Schrieb nur einen Brief an Frau Corinth. Abends angegriffene Augen. Nach dem Abendessen Besuch von Herrn Diener in Sachen des Joseph-Films. Unzufriedenheit mit seinen Vorschlägen. 90 Tage freie Option, aber dann feste und anständige Bezahlung. – Las »Nation«. Artikel aus Frankfurt über die verfehlte u. verwirrte Politik in Deutschland. – Zum letzten Mal Sulpha, ohne den Eindruck, daß gegen Erneuerung des Leidens gesichert.

P. P. Dienstag den 29. III. 49

Klarer Himmel. Erkältet. – Ohne Bedienung. – Kein Sulpha mehr, außer in den Tropfen. – An der Münchener Rede, zweifelhaft. – Gegangen zum Alten Haus. – Klaus Pr. zu Mittag. – Kindlicher Faustus-Vortrag aus Luxemburg. – Hefte der »Weltbühne«, rein russisch-kommunistische Luft. – Briefe an Felix Braun, den Katholiken, und an Albrecht Joseph, wegen meiner Bemerkungen über Werfel. – Abends bedrückt und traurig mit müden Augen.

P. P. Mittwoch den 30. III. 49

Klares Wetter. Eintritt einer weißen Magd, skandinavischer Herkunft. – Sympathie-Telegramm von Mme Mistral. Den östlichen Delegierten das Reisen im Lande verboten. – An der Münchener Rede, unbefriedigend und unvermeidlich viel zu weit führend. – Bei Dr. Marx zur Behandlung der Ohren. Die neue Magd putzeifrig. Mrs. Kahn zum Diktat. Bis ½ 8 mit ihr, vieles erledigt und ausgefertigt. An Boyd in Oxford. Die Rundschreiben in Speyers Sache. Überweisung von 2100 Dollars aus Prag als Tantième für die schon ausverkaufte Auflage des Faustus. – Überraschend Brief von Klaus, München betreffend, besorgte Warnung vor dem Besuch. Sein Telephon-Gespräch dort mit Preetorius, trübe. Abraten Bermanns, Erschrecken anderer Freunde. Böse Vorgänge in Frankfurt um den Goethe-Preis, worüber von Bermann Näheres zu hören. Gedanken-Umstellung, Erleichterung, Aufgabe der Quälerei mit der liter. Vorbereitung. Kommt es zu dem Besuch, so mag er leichthin improvisiert werden. Er mag dahingestellt und dann vermieden werden. Von Preetorius vor 10. April keine Antwort zu erwarten. – Es ist genug anderes zu bedenken. In der Hauptsache mögen diese Wochen noch dem »Gregor« gewidmet sein. – Diktat an die Unesco wegen eines Beitrags für ihr Goethe-Buch (Werther?)

P. P. Donnerstag den 31. III. 49

Gestern spät im Stuhl recht heftiger Anfall von Luftröhrenreizung durch rinnenden Speichel. Langsame Beruhigung. – Heute wieder morgens klar, dann Vernebelung. Die Nächte immer sehr kalt. Erika hatte droben wieder Schneesturm. – Umstellungen im russischen militärischen Kommando, unseren Vorkehrungen *folgend*. – Schrieb an Klaus, dann den »emotionellen» Brief an Mr. Diener von Israel. Zur Fußpflege in Santa Monica (Dr. Kafka mit hübscher Assistentin; Signaturen). Lunch im Hotel Miramar. Post mit inquisitorischen Anliegen (Nietzsche, Peace Meeting) aus Deutschland und Amerika. – Nachmittags einstündige Rede Churchills in Boston, peinlich durch Unwahrheit, grobe Schmeicheleien für Amerikas hohen Opfersinn, Verherrlichung des Cold War, banale Russenhetze. Viel Bronchitishusten. Truman abwesend. Baruch als introducer beschämend (griechische Freiheit). Das Ganze deprimierend, wenn auch ganz wie es sein mußte. – Nach dem Abendessen nach P. P. zum Besuch des Bay Theatres. Zwei sehr dumme Filme. – Goethes »Märchen«.

P. P. Freitag den 1. IV. 49

Neblig. mild. – Die Blätter entzückt über Churchill, dessen Gastspiele aber überall ein großes Polizei-Aufgebot nötig machen. – Beschäftigung mit der Fortsetzung der Legende; Bilder, Namen. – Gegangen fast ganz hinunter. Die Bübchen mit ihrer Mutter eingeschifft nach Europa. Goethes »Märchen«. Auswahl von Bildern und Zeichnungen, dazu das Manuskript des Vortrags und die japan. Ausgabe des »Gesetzes« für die Library of Congress zu Ausstellungszwecken. – Vermissen der großen silbernen Kaffeekanne vom Service der Meyer. Das Neger-Couple? Ärgerliche Beunruhigung.

P. P. Sonnabend den 2. IV. 49

Protest der Russen gegen den Atlantic Pact, der natürlich den 20jährigen Nicht-Angriffs-Verträgen widerspricht. Zurückweisende Antwort des State Department. Die Signatare in Washington mit Acheson. – Ärger mit nicht passenden neuen Hemden. – Kurze Beschäftigung mit der Legende. Nach 11 Uhr zur Doktorin Ross; Behandlung der (gebesserten) Augen, die diese für den Rest des Tages fast unbrauchbar machten. Eintreffen Golos für einige Tage. Zum Lunch auch Klaus Pr.. Nachher auch die jungen Verlobten. Arge Publikation von »Life«, Bilder-Gallerie von »dupes and fellow travellers of Communism«, mit Einstein, Shapley, mir und 25 anderen, steckbriefartig und denunziatorisch. Angewidert und niedergeschlagen. Wenig Beschäftigung am Nachmittag. Betrachten von mittelalterlichen Bildern. Abends dem Schlußakt von Donizettis Don Pasquale mit Vergnügen zugehört.

P. P. Sonntag den 3. IV. 49

Nachts Husten. Empirin. – Frühlingsmorgen nach gestriger Kälte. Beim Kaffee mit K. über die Traurigkeit und Bösartigkeit der politischen Lage. Frühstück mit Golo. Churchill reist auf der Queen Mary wieder ab und bedauert vor Interviewern, daß man mit dem guten russischen [Volk] und den tapferen, mißleiteten russ. Soldaten nicht in Fühlung kommen könne. Was er über das Bombardement Londons, ohne die Atombombe, gesagt, will er nicht amplifizieren, sondern es stehen lassen »in its naked simplicity«. – – Schrieb einige Zeilen am neuen Kapitel. Sah mich nachmittags weiter um und schrieb einen Brief. Zum Abendessen Rückkehr Erikas, willkommen. Mit ihr das Laufende. Komisches über die sanfte

Unverschämtheit der Gemme. – Hörten Benny und die Seinen.

P. P. Montag den 4. IV. 49

Wärme, starke Sonne. Vormittags am Kapitel. Abgang der weißen Hilfsfrau, vorläufiger u. partieller Ersatz. Mit K. auf der Bank in P. P. wegen kleiner Zahlung. Mahlzeiten ohne Bedienung. Nachmittags Arbeit mit Erika an den Vortragskürzungen, Besprechung der verschiedenen Zweck-Bearbeitungen. – Das Heft von »Life« mit dem illustrierten Artikel über Shapleys Konferenz, die Galerie von Steckbriefbildern. Gedanke einer Replik an die Zeitschrift, von K., Erika und Golo befürwortet. Innere Versuche. Zur nachträglichen Feier von Golos 40. Geburtstag Champagner zum Abendessen. Die deutsche Zeitschrift mit dem ridikülen Titel »Glanz«, Artikel von Carl Burkhardt über Hofmannsthal, unerquicklich. – Bedrückt.

P. P. Dienstag den 5. IV. 49

Warme Luft. K. und E. bereiten das Frühstück. – Anfang eines Briefes an »Life«, – zu verwerfen. Das schwankende Arbeits-Interregnum sehr quälend. Mit K. in Westwood bei Desmond zum Einkauf eines Mantels, eines Sweaters, einiger Hemden und Pyjamas. Der Verkäufer Joseph Bonaparth, der sich geringschätzig über die Proskriptionsliste von Life äußerte. – Viel Post, Bücher, Brief von der Servicen, von dem Musiker Zweig gegen Shostakowitsch für die Freiheit der Kunst. Nun ja. Viel zu diktieren. – Abschiedsbesuch von Speyer, dessen Übersiedelung nach Deutschland durch unsere Propaganda gesichert. – Abends nach Santa Monica, Lincoln-Schule, zum Vortrag Erikas über Deutschland und Education for peace. Liberales und sympathisches Publikum. Freundlich-geschickter Chairman und Introducer. Erikas gefällige Leistung, eine Stunde freier Rede. Questions, die mit einer Interpellation über die Life-Steckbrief Galerie endete. Kundgebung für mich. Nachher Gäste des Vorstandes in angenehmem Restaurant.

Onion-Soup, Käsekuchen u. Kaffee. Sympathisierender Kreis, wohl täuschend über die allgemeinere Stimmung. Im Ganzen seelisch ziemlich wohltuender Abend. – Kahlers Faustus-Aufsatz in »Commentary« erschienen. Dort Artikel von Kazin über Anklage-Stücke in Broadway-Theatern. – Band »Ausgewählte Erzählungen« bei Suhrkamp erschienen.

P. P. Mittwoch den 6. IV. 49

Trüb. Morgens beim Kaffee und beim Frühstück mit Erika. Eintritt neuer Küchen-Hilfskraft. – Gehörgang-Reizung und -Schwellung. Leidend unter der Ungewißheit der Arbeitssituation. – Artikel über »Life« neu begonnen. Bei schwüler, drükkender Luft etwas gegangen. Nach Tische Isherwood mit seinem Freund, der photogr. Aufnahmen machte. Endlose Diktate an die Kahn, unterbrochen von Verhandlungen mit Besuchern, die meine Unterschrift zugunsten der Hollywooder Antwortverweigerer forderten u. erhielten. – Erika Down town zu einer lecture. Mangelhafte Augen.

P. P. Donnerstag den 7. IV. 49

Nachts Erregung, Schlaflosigkeit, nervöses Verschlucken beim Einnehmen von Sekonal, langer Reizhusten. Dann Befriedung. – Früh Abfahrt Golos. Erika berichtet über Verlauf ihrer Vorlesung, die aufsässige und pessimistische Stimmung der Studenten. – Noch an dem Life-Artikel. Neues Insistieren von N. Y. Times wegen eines Goethe-Beitrags. Beschluß, diesen herzustellen. – Die Zeitschrift »Der Monat« mit dem Schönberg-Briefwechsel, einem guten Aufsatz von Bauer über die deutschen Angriffe auf mich und Auszügen aus den Faustus-Erinnerungen. Diese in Deutschland als Buch erschienen oder im Erscheinen begriffen. Amsterdamer Ausgabe Anfang Mai. – Nach dem Thee vollständige Durchlesung der engl. Fassung des Goethe-Vortrags: 5 Viertelstunden; Notwendigkeit, noch mehrere Seiten zu streichen. Gefahr zu großer Verdünnung.

P.P. Freitag den 8. IV. 49

Studien zum Artikel über die 3 Gargantua-Riesen. – Ganz hinab gegangen. In der »Schweizer Rundschau« kleiner Artikel über Ariel-Echo, der mich bewegte. Mit Erika neue Kürzungen im Vortrag, bitter. Abends über Bismarck in den essays von Gooch.

P.P. Sonnabend den 9. IV. 49

Nachts Regen. Morgens klar. Gleich angezogen. Artikel »Die drei Gewaltigen« angefangen. 11 ¼ zur Augenbehandlung. Nachmittags lange Sitzung bei Horckheimer mit Adorno. Wunderlich, angestrengt rednerisch, die Weltsituation deckend und ermüdend. Erika abends zum Peace Conference-Empfang.

P.P. Sonntag den 10. IV. 49

Sommerwärme. – Am Times-Artikel. – Etwas ausgefahren. – Viele Briefausfertigungen, Briefe diktiert an Bermann, Frau Hardt, Lesser etc. – Erika in San Diego. – Lese gern die Erinnerungen im »Monat« und den Aufsatz über Echo. Sonst manches gelesen. An Lotte Walter geschrieben. – Sorgen wegen der Arbeit, innerer Widerstand.

P.P. Montag den 11. IV. 49

Hitze. Am Times-Artikel. Nicht ausgegangen. Zum Lunch die Herren Stone und Marek. Gesprächig. Sehr viel Post. Briefe von Agnes Meyer u. Preetorius. Hudson Review mit Faustus-Essay. – Erika sehr befriedigt vom Abschluß ihrer Vorträge in San Diego. Großer Erfolg, erfreulich. Ordnen u. Besprechen der Post nahm viel Zeit.

P.P. Dienstag den 12. IV. 49

Viel kühler. Unruhig geschlafen. Zweites Sekonal. Arbeit am Times-Artikel. Gegangen ganz hinunter. Arger Zustand der Straßen durch Kanalisierungsarbeiten. Ausfahrt fast unmöglich. Dazu Lärm. – Dinner bei Provost Dykstra, elegantes

Diensthaus abseits vom Boulevard, 24 Personen, zu Ehren Prof. Friedländer. In der Bibliothek Reden, Diskussion, Nötigung zu sprechen, phantastisch anstrengend, nachher im Salon weiter mit verschiedenen Professoren. Toller Abend für meine Gewohnheiten, aber amerikanisch wohlgemeint. Zu Hause noch mit Erika.

P.P. Mittwoch den 13. IV. 49

Nebel, kühl. – Bilder von der Eklipse des Mondes, das einzig Interessante im Blatt. – An dem Goethe-Artikel. – Gegangen über das Alte Haus. »Bild am Wege«, erschütternd. – Eintreffen von 2 Exemplaren der Suhrkamp-Ausgabe von »Die Entstehung«. Las viel darin. – Der Kahn viele Diktate, u. a. an Fr. Biddle. Intelligenter Fan letter eines jungen Amerikaners von der für das Deutsche begeisterten Art.

P.P. Donnerstag den 14. IV. 49

An dem Artikel, gequält. Mit K. bei Heinrich. Danach Lunch im »Hunter«. Nachmittags anstrengende Vortragsarbeit mit Erika. – Deutsche Zeitschrift »Thema« mit meiner Einleitung zum Hanno-Kapitel. – Die verschiedenen englischen und deutschen Abwandlungen des Vortrags, komisch-verwirrend. – Schweres Erdbeben nördlicher im Lande, Seattle. Tote und Hauseinstürze.

P.P. Freitag den 15. IV. 49

Bedeckt und kühl. In Syrakus vergießt eine Statuette der Hl. Anna Tränen bei den Küssen eines elfjährigen Mädchens. Großer Zulauf. Der Bischof hält sich zurück. – Am Artikel. Mittags gegangen. Dinner bei Feuchtwangers, gemütlich und gut verpflegt, mit K. und Erika allein. – Schlimmes, geschwollenes Ohr. – Brief über eine Faustus-Besprechung.

P. P. Sonnabend den 16. IV. 49

Klares, wärmeres Wetter. Schloß vor 11 Uhr den Aufsatz »Die drei Gewaltigen« auf der 10. Seite ab. Zu Dr. Roß, die auch wegen der schlimmen Ohren Ratschläge gab, doch nicht hilfreich. Taubheit und Belästigung durch nässendes Ekzem. Vitamin B., flüssig, verordnet. Schlief nachmittags, wie immer sehr ermüdet von der Augenbehandlung, und schrieb dann Briefe. Las nach dem Abendessen den Aufsatz vor: Lob und Ausstellungen von den Hörern K., Erika und Golo. Nicht unzufrieden. Die Übersetzung Sorgenpunkt. – Empfing von Erika die verschiedenen Arrangements des Vortrags.

P. P. Sonntag den 17. IV. 49

Heiteres Wetter, Seewind. Das Ohr leicht gebessert über Nacht. Die Statuette in Syrakus fährt fort, unter den Küssen des Kindes zu weinen. Man hat die Flüssigkeit noch nicht chemisch untersucht. Die Eltern wehren weitere publicity ab. – Bevin prophezeit Sozialismus für Amerika. Es werde nach Links gehen. Hiesige Auguren erklären, der heiße Krieg werde vermieden werden, der kalte aber noch 5 Jahre dauern. Dabei die Opposition gegen den Atl. Pact sei sehr stark u. bis zum Wallstreet Journal reichend. »Law of the Jungle«. – Schrieb die erste Seite des Aufsatzes neu u. korrespondierte. Zu Tische Heinrich und Eva Herrmann. Zum Thee Erikas Kriegskamerad L. Chapiro, Canadier, Romancier. – Parsifal-Musik. Benny-Programm. Schrieb an Dr. Braun, München. – Die Ohren sehr schlecht.

P. P. Montag den 18. IV. 49

Leichter Regen. – Große amerik. Manöver an der tschechischen Grenze. – Ordnete mitzunehmende Papiere in die große Reise-Handmappe. Herauslösen von Anschaulichkeiten aus Büchern für das Legenden-Material. Begann das Abreise-Kapitel neu. – Zu Marx wegen der sehr schlimmen Ohren. Verordnung einer Salbe, die beruhigende, die Sekretion beseitigende Wirkung zu haben scheint. Aber den ganzen Tag sehr nervös, betäubend-taub und gequält. – Etwas Korrespondenz am Nachmittag. Ganz hübsche Anzeige der »Entstehung« von Goes, Gerbersheim, Württ.. – 800 $ Honorar aus Paris. Mermod wünscht meinen Besuch dort im Frühjahr 1950 zum Erscheinen des Faustus. – Zum Abendessen Marcuse. Gutmütiges Geplauder. Ist überzeugt, daß Rußland am Ertöten des freien Denkens zugrunde gehen müsse.

P. P. Dienstag den 19. IV. 49

Die Ohren dank dem Ointment leicht gebessert. Verzicht auf die Consultation eines weiteren Arztes. – Schrieb am Kapitel der Abreise. Ging über das alte Haus. – Schöner Faustus-Aufsatz in »Kenyon Review« von Ph. Blair Rice, unterrichtet und ernst. – Problem der neuen Friedensdemonstration in Paris, gerichtet gegen die kommunistische, »contre la dictature«, mit Sartre, Camus, Silone *Russell*. Schwierig. Sollte nicht mit Schweigen beantwortet werden. – Brief an C. M. Weber in Deutschland. Drüsen-Empfindlichkeit hinter den Ohren. Abends sehr angegriffen. Vergebliches Suchen nach dem Original der Einleitung zu Kafkas »Schloß« für den »Monat«. Erikas Mühe mit Einrichtungen des Goethe-Vortrags für Radio etc.

P. P. Mittwoch den 20. IV. 49

Nachts gestört durch das Ohr. Eine Stunde im Stuhl. Trotzdem einige Besserung. Beim Frühstück mit K. über das Pariser Problem. Beschäftigung mit der PEN-Dinner-Rede in London. Nachmittags Diktate an die Kahn: Danksagungen an Zeitschriften. Die Ohren recht schlimm. Telephon mit Mr. Diener wegen des Films, Copyright etc. [.] Umstandskrämer.

P. P. Donnerstag den 21. IV. 49

10 Uhr zu Dr. London, S. Monica. Untersuchung der Ohren. Gaze-Einlage, die mit Tropfen feucht zu halten. Fungus-In-

fektion, aber äußerlich u. unbedenklich. Weitere Behandlung auf der Reise angeraten. – Fußpflege verfehlt, der Doktor behind schedule. Lunch im Miramar. Nachmittags Briefe an die Meyer u. die Herz. – Prof. Mayers »Spiegelungen Goethes in unserer Zeit«, gutes Buch, erfreulich. – Wiederholte Waschung der Ohren. Der Goethe-Vortrag, deutsch, geht nach Oxford. Schrieb an Lasky vom »Monat«, schickte ihm das Kafka-Vorwort, versprach ihm für den Sommer den Goethe-Vortrag. – Gelesen in »Nation« viel Kritisches über die Zustände in Deutschland, die deutsche Industrie-Ausstellung in New York, die skandalöse Berichterstattung über die Peace Conference, die Verhätschelung Deutschland[s], mit Unverschämtheit erwidert, etc. [.] Die Einsichten kommen spät für ein Elite-Blättchen.

P. P. Freitag den 22. IV. 49

Sommerwärme. Schrieb am Gregorius. Ging über das Alte Haus. Durch die Kanalisation sehr schlechte Verhältnisse vor der Einfahrt; Graben. Der ungebremste Wagen rollte zurück, u. es gab Aufregung ehe er zum Stehen zu bringen war. Während ich erhitzt u. müde auf meinem Sofa saß, telephonisches Kabel von Nelly Mann, daß Vikko unerwartet gestorben. Schock und viel Nachdenken über die Fügung des Vorangehens dieses Nachkömmlings, der noch nicht 60 war. – Müde. Spülung der Ohren. Im Schlafzimmer zu warm, um Ruhe zu finden. Müde. Thee oben. Schrieb an Kurt Wolff. Dr. Angell kam mit Golo. Ging 7 Uhr zu ihm hinüber. Die wunderbare Besserung seines Söhnchens. Dinner mit ihm. Vorzeigen von Korrekturfahnen seiner T. M. Anthologie mit Einleitungen u. Verbindungen. Soll Anfang 1950 erscheinen. – Abends sehr müde. Conrads »Goldener Pfeil«, seltsam fesselnd. – Die tschechische Ausgabe des »Faustus«.

P. P. Sonnabend den 23. IV. 49

Neblig. K. früh weg. Einige Beschäftigung mit dem Gregorius. Zu Dr. Langdon; Behandlung der Ohren. Zu Dr. Ross, Behandlung der Augen. Zu Dr. Kafka, Behandlung der Füße. Abgeholt von Erika. Nach Tische die Israeliten mit dem Film-Kontrakt, der in langer Sitzung mit K. und Erika korrigiert wurde. Heinrich. Verabschiedung von ihm. Zum Thee Pfarrer Engelhardt aus München. Sein Entsetzen über das leichtsinnige Kriegsgerede hierzuland. Manches zur Reise vorbereitet. Abends saß ich still und hörte Musik.

P. P. Sonntag den 24. IV. 49

Leicht neblig. Herauslegen der Reise-Garderobe. Telephon mit Medi zu ihrem Geburtstag. – Schrieb etwas am Kapitel. Ging mittags etwas. Eva Hermann zum Lunch. Packen, nervöse Concentration, nichts zu vergessen. Las in dem Goethe-Buch des Hans Mayer. Golo zum Abschied seit gestern. Kommt Juni in die Schweiz. Adornos gegen Abend zur Verabschiedung. Dem Konzert zugehört, lahme Aufführung von Leonore III. Benny-Programm. – Nachwirken des Gesprächs mit Adorno über den Frankfurter Goethe-Preis und die Frage, ob mit einem Besuch und einer Rede über Humanität im August dafür zu danken.

P. P. Montag den 25. IV. 49

Reisetag. Nebel. – Schrieb etwas am Gregorius. 11 Uhr die Israeliten mit Photographen zur Notarisierung des Vertrages durch ein altes Weiblein. –

Dienstag den 26. IV. Zug nach Chicago.

Schon weit weg. Gestern Einzug der beiden Damen bei uns. Erregung u. Leiden Nikos. Man weiß nicht, ob sein Kommen u. Pfote Auflegen Abschied oder Bitte um Bleiben ist. – Mit Mietwagen, 14 Stück Gepäck, etwa ½ 4 zu dritt abgefahren. Klaus Pr. am Bahnhof. Es war der gleiche Tag, an dem wir vor 2 Jahren fuhren. Zwei Bedrooms ineinander gehend. Hitze. Dinner im Speisewagen. Aufgeräumter Manager und Waiter, Yess *Sir*! – Gingen zeitig, bei vorgestellter Uhr, zur

Ruhe. K. mit Eri. Las lange und beendete den »Goldenen Pfeil«. Guter, hochstehender Roman. Merkwürdig, daß Conrad so lange meine Vorzuglektüre.

Heute ½ 9 auf. Frühstück mit K. Kaffee u. Eier. Beschäftigung mit der lecture und der noch mangelhaften Übersetzung des Times Mag.-Aufsatzes. Längere Zeit im Dunklen gelegen. Bedeckter Himmel. Schenkten E. 50 Dollars. – Viel denken an das Bevorstehende. Es muß abrollen, und man muß seinen Mann stehen. Wäre nur nicht die deutsche Frage. Wünsche mich auch in Washington noch nicht wegen Frankfurt zu entscheiden. Ungeschickt, daß der Vortrag sich für Deutschland nicht eignet. Vielleicht in der Schweiz Neues zu entwerfen? –

Chicago, Hotel Shoreland, Donnerstag den 28. IV. 49

Gestern Vormittag 11 (12) Uhr Ankunft. Medi zur Begrüßung. Interview in der Halle. In ihrem Wagen zum Windermere, wo die Suite nicht bereit war. Protest und Übersiedlung hierher, wo zufällig Passendes (und sehr Angenehmes) bereit war. Lunch zu viert mit Medi unten. Danach Auspacken. Anderthalb Stunden Bettruhe. Thee mit Medi. Rasieren und Ankleiden. Abendessen bei Borgeses mit Peter Pr. u. Frau. Tauben, Champagner. Rührende Bemühtheit. Borgese redet zugunsten der Negerrasse und sowohl gegen die Italien-Reise wie gegen den »Tod in Venedig« von wegen Italiens. Goethes »emotional contempt«. – Müde. – Kalter Wind. Medi fuhr uns zum Hotel zurück. Unauffindbarkeit des »Geheimagenten«, den im Zuge zu lesen begonnen. Sehr anständiges Vorwort von Süskind. – Schlief ohne zu lesen.

Heute ½ 9 gebadet. Kabel mit Programm für Oxford. Frühstück mit Erika, die sich als Sekretärin wieder vorzüglich bewährt. Gab Radio-Interview. – Vorm Lunch mit ihr etwas gegangen. Mahlzeit mit Medi im Hotel. Gelesen in Stresaus Buch über Conrad. Zwei Stunden im Bett. Toilette. 6 Uhr Dinner im Hotel mit President Sparling und der Roosevelt College-Gesellschaft. Dann in Medis Wagen zur lecture. Überfüllte

Räume. Warten. Eingeführt von Sparling. War erschöpft, sprach aber gut, und der Erfolg war groß. Nachher Autogramme und viele Menschen. Nachher bei uns, Medi holt Sardinen, Salami und Bier von zuhause. Zufriedenheit und Abspannung.

Chicago, Freitag den 29. IV. 49

½ 9 auf. Klares Frühlingswetter. Vormittags in der Goethe-Ausstellung der Universität. Photogr. Aufnahmen bei der Büste. – Billings Hospital. Bloch. Lungen-Photographie, Blut u. Urinuntersuchung, Atmungspotenz, Behandlung der Ohren. Mit Medi zum Lunch im Hotel. Thee bei Peter Pringsheims. Von dort zu Medi zum Abendessen. Sehr müde. Verschlechterung der Augen. Müde u. schweigsam. Die Kinder fremd und unfreundlich. Borgese redend. Erika sagt ihm, daß Deutschland seine ritterliche Hilfe nicht braucht. Gingen bei Zeiten. Salben der Augen. Sekonal.

Chicago, Sonnabend den 30. IV. 49

Gut geschlafen. Trotzdem halb unwohl und appetitlos. Frühstück mit Erika. Ein paar Kürzungen im Manuskript. Vormittag gehört dem Wiedereinpacken. Haben Golds mit Medi zum Lunch geladen, nachmittags um 4 wird Abreise sein. (Wie sehr stehen wir noch am Anfang!) –

Washington, Dienstag den 3. V. 49 Crescent Place

Die Reise hierher ist geschehen, die Wiederankunft in diesem Hause, ein großes Lunch danach zu ca 30 Personen hier, da das Wetter für die Cabine zu schlecht. Arge Schwüle und Feuchtigkeit der Luft. Gestern Vormittag Prof. Hallstein empfangen wegen Frankfurt, unentschieden. Besuch auf dem Paßamt wegen Verlängerung der Pässe. Abends Smoking-Toilette und nach dem Dinner mit Meyers, K. u. Erika zur Library. Evans, Journalisten, Photographen. Der Saal dicht besetzt. Eingeführt von Prof. Zucker. Sprach bei furchtbarer Schwühle und beginnendem Gewitter weniger gut als in Chicago, aber wirksam genug. Großer Beifall. Besuch im anderen Saal. Heftiges Gewitter und schwerer Regen. Verzögerung der Heimfahrt. Viel Feuerwehr. Empfang hier im Hause. Champagner. Biddles, Unterhaltung mit dem Schweizer Gesandten. Alfr. Knopf. Viele Vorstellungen. Nachher allein mit Meyers. Zum Schluß unter uns. 1 Uhr ins Bett.

Heute 9 Uhr auf. ½ 11 Uhr neuer einstündiger Besuch von Hallstein, bei dem es zu der Entscheidung kam, daß ich trotz des Zeitverlustes am 28. August an der Frankfurter Goethe-Feier teilnehmen und den Preis entgegennehmen werde. Unzufriedenheit Erikas mit dem Entschluß. Sie zu versöhnen mir herzlich angelegen. – Gelesen in Stresaus Buch über Conrad. – Mit der Hausfrau im Garten. – Sehr warm und weich. – Allmähliches wieder Einpacken für den Nachtzug nach New York.

New York, Mittwoch den 4. V. 49. St. Regis

Gestern in W. Dinner mit Mrs. Meyer u. der Dame Virginia, educator, Princeton Doctor. Über Shakespeare. Abreise nach 10 Uhr. In den Nachtzug, 3 roomettes, anfangs arge Schwüle, dann temperiert. Legten uns nach Empfang der 14 Gepäckstücke in die Klappbetten. Las im »Geheimagenten«. Alter Wagen, schweres Stoßen in den Kurven. Mußten nach einigem Schlaf 6 ¼ Uhr aufstehen. Ins Hotel, begrüßt von Nägel. Erikas Zimmer noch nicht frei. Frühstück im Speisesaal (Oberkellner Johnny). Auspacken und Rasieren. Anrufe von Bibi und Neider. Blumen von Bermann und Blanche Knopf. –

London, den 19. Mai, Savoy Hotel

Vormittags. Das Packen zum Flug nach Stockholm ist beinahe fertig. Der über den Ozean, glatt vollzogen, mit einer Verzögerung in Schottland liegt 9 Tage zurück. Unter hundert Leistungen, Notwendigkeiten seinen Mann zu stehen, schreitet die Reise fort. Der Vortrag in Mount Holyoke, die Autofahrten mit Bermanns. Die lecture im Hunter College mit nachfolgendem Empfang. Tolle Anstrengung, die Eastman a murder nannte. Die Beschaffung des Fracks etc. bei Wallachs. Broadcasting. Dann Europa, England in neuer Zeit. Die seltsame, kurze Nacht im Flugzeug. Die materiellen Verhältnisse hier gebessert seit zwei Jahren. *Oxford.* Die Promotion im roten Talar in der Halle aus dem 14. Jahrhundert. Der Vortrag in der University, und Dinner in kleinerem Kreise. Das Hotel primitiv und teuer. (»Nice atmosphere«[)]. Desto besser hier das Savoy. Bunte Reihe von Treffen, Veranstaltungen, Rede-Verpflichtungen, recordings. Empfang deutscher Pen-Club. Dinner des englischen Pen mit meiner ein wenig mahnenden Rede und dem unhöflichen, übrigens zurückgesetzten T. S. Eliot. Empfang und Rede in der Wiener-Library. Mit der Herz, mit den alten »Tanten«, mit Lesser und vielen Journalisten, teils einzeln, teils in Konferenz. Lunch mit Warburgs und dem alten Ernest Newman. Zum Teil schlechte, erregte Nächte. Das Wetter vorwiegend freundlich, Regen zwischenein. Die Hilfe Erikas und K. s die ganze Zeit unschätzbar. Viel Post von ihnen mit Sekretärin und von mir beantwortet. Briefe an Preetorius und Reisiger wegen Frankfurt. Ehrenbürger von Weimar. (?) – Noch nichts Offizielles von Frankfurt. – –

Stockholm, den 21. Mai 49. Grand Hotel

Der Flug hierher am 19. mit Aufenthalt in Göteborg, wo die Hamburger uns mit Rosen begrüßte. Verspätung um eine Stunde. Ankunft ca 8 Uhr abends nach mancherlei Erfrischungen. Zurückgelegt Nordsee, ein Stück Dänemark, das Kattegat, dann 1 ½ Stunden Schweden. Scheren. Viel Wasser. Der Flug glatt und angenehm. Las im »Geheimagenten«, den gestern hier beendete. Üxküll am Flugplatz. Photographen und Interviewer. Per Buick-Wagen privat zum Hotel. Üxens Ergriffenheit. Souper mit ihm im Hotel-Restaurant bei lästiger Musik. Unzufriedenheit mit den Zimmern und zweimaliger Wechsel, gestern Vormittag endlich das schöne, große im 2. Stock. – Journalisten auch gestern morgens und nachmittags. Lunch mit

Üx in seinem Waarenhaus. Kaffee auf der Dach-Terrasse. Dr. Neumann. Über Bermann. Bilder in den Zeitungen. Höre viel Gutes über die Gesinnung des hiesigen Publikums gegen mich. In der Frankfurter »Täglichen Rundschau« Veröffentlichung wütender Zuschriften wegen des Goethe-Preises, dessen ich nicht würdig sei. Kommt noch viel dergleichen, so gehe ich nicht. – Ruhe gestern nachmittag. Abends mit K. allein in einem guten kleinen italienischen Restaurant in der Nähe, während Eri mit Üx. [.] Abends viel Post. – –

Stockholm, den 22. V. 49

Der Aufenthalt vom Wetter begünstigt. Tags sommerlich warm. Gestern Lunch mit K. allein bei Frati. Nachmittags Ausflug mit Yxkül nach der Schule von *Sigtuna*. Dort Empfang durch den Rektor, die Lehrer u. die vor dem Gebäude versammelten Schüler. Gesang, Ansprache des Rektors und meine Danksagung. Besuch auch dem Gebäude der Mädchen. Der kleine Yxkül. – Weiterfahrt nach *Schloß Skoklaster*, von Wrangel 1648 erbaut; Gäste des Barons [.] Essen. Dr. Oesterling und kleiner Kreis. Souper, deutsche u. englische Unterhaltung. In der Dämmerung Rundgang durch das Schloß. Waffenkammer. Degen Wrangels. Armbrüste. Exekutionsschwerter. Wohnzimmer. Ermüdet. Heimfahrt.

Bei Ankunft im Hotel schwerster Chock. Telegramm, daß Klaus in der Klinik von Cannes in verzweifeltem Zustand liege. Bald darauf Telephonat von seiner u. Erikas Freundin dort: Mitteilung seines Todes. Langes Beisammensein in bitterem Leid. Mein Mitleid innerlich mit dem Mutterherzen und mit E.. Er hätte es ihnen nicht antun dürfen. Die Handlung offenbar von ihm selbst unerwartet geschehen, mit Schlafkapseln, die er aus einer New Yorker Drogerie bezog. Sein Aufenthalt in Paris verhängnisvoll (Morphium). Viel über ihn und den von langer Hand unwiderstehlich wirkenden Todeszwang. Das Kränkende, Unschöne, Grausame, Rücksichts- und Verantwortungslose. Beratung auch über unsere Reisezukunft, ob alles abzubrechen und direkte Heimkehr geboten. In völliger Erschöpfung gegen 2 zu Bette.

Heute Morgen bei Erika Fortsetzung der Beratung und Beschluß eines Kompromisses: Ausführung meiner Vortragsverpflichtungen hier, in Kopenhagen u. in der Schweiz und Absage aller gesellschaftlichen Veranstaltungen, zunächst des Theaterbesuches heute Abend, in Drodningholm, bei dem wir das Kronprinzenpaar treffen sollten. Diesen Plan mit dem guten und noblen Freund Yxkül bestätigt. – Sehr spätes Lunch im Hotel-Restaurant. Bis ½ 6 geruht. – K's Seufzen, Eris Schmerz geht mir unsäglich zu Herzen. Ich küsse sie. –

Stockholm, den 24. V. 49

Verschleierte Tage. Eri sehr traurig und leidend. K. gefaßt. Viel mit Yxkül, der ein trefflicher, reiner u. treuer Mann. Schenkte ihm Bücher zum Geburtstag. Stockholms Ausgabe der »Entstehung«. Gestern in seinem Kaufhaus Besorgung eines dunklen Anzugs und schwarzer Kravatte. Lunch dort. Nachmittags Eisenbahnfahrt nach *Uppsala*, abgeholt vom Rektor Berg. In seinem Hause umgekleidet und mit Kaffee bewirtet. Vortrag in der weiten, dicht besetzten Aula der Universität. Gutes Mikrophon, gut gesprochen. Der Erzbischof, mir die Hand streichelnd. Der Kanzler der Universität etc. [.] Massiver Beifall. Aufstehen des Publikums. Danach draußen Huldigung und Gesang der Studenten. Heimfahrt im Auto. Fremdheit des Drivers in der Stadt. Mit Yxkül Abendessen bei Frati. Blumen und Signierung. – Viele Telegramme, Kondolationen. Heftige Erkältung Erikas, die von Kopenhagen nach Amsterdam fliegen u. uns in der Schweiz wiedertreffen wird. Die Telegramme Medis sehr rührend. Golo empfiehlt vernünftig Fortsetzung der Reise. – Neuer Waterman-Füllfederhalter. – – Schlecht eingeschlafen. ½ 3 fahler Tag draußen. Zweite Kapsel, dann Ruhe.

Stockholm, den 25. V. 49

Gestern abend der Vortrag in der Akademie. Feierlich. Schlechte Luft. Reihe von Würdenträgern. Oesterlings Einführung sehr betont. Sprach gut. Massiver Beifall. Vorstellungen. Erikas Beunruhigung darüber, daß ich Sven Hedin begrüßte. Nachher beim Abendessen. (Frati) Viel darüber gescherzt, mit dem duldsameren Yxküll. – Erika viel in Tränen. Andauernde telegraphische und briefliche Kondolationen. Das Wetter jetzt bedeckt und kühl. – Anfrage der deutschen Presse, ob ich nach Frankfurt gehe, – zurückhaltend beantwortet. – – Zu dritt von Thor Bonniers Wagen abgeholt und Mittagessen mit ihnen allein auf ihrem Gut. Schönes Haus. Die schwedische Ausgabe der »Entstehung«. Über die unerwartet schlechte wirtschaftliche Lage Schwedens. – Vorangegangen war die Platten-Aufnahme von »Goethe, das deutsche Wunder« im Radio Stockholm. Zufriedenstellend. Reichlich bezahlt. – Abendessen im franz. Restaurant mit Yxküll. – Weitere Beileidskundgebungen. Brief von der Freundin Doris in Cannes. Der kindliche Ausdruck tiefster Wunscherfüllung auf seinem Gesicht im Tode. Das Gift, Entwöhnungsmittel zugleich, hat er von dem idiotischen Klopstock erhalten. –

Stockholm, Himmelfahrtstag, den 26. V. 49

Sehr kühl und leicht regnerisch. Wollene Weste. 9 Uhr auf. Lese »The Lottery« von S. Jackson. – Gestern zum Cocktail beim französischen Botschafter und seiner (türkischen) Frau, mit Yx. Lebhafte Person, schreibend, dichtend, stickend, dekorierend. – Brief von uns beiden an Medi. – Brief an Heinrich. – Lunch im Familienkreise Gedin. Nachmittags Yxküll und Söhnchen, der mit Chokolade und Eis bewirtet wurde. – Besuch von Dr. Benedikt und Frau. – Viele Bücher zu signieren. – Das Kind Alexander außerordentlich artig, galant, zart und wohlredend. –

Kopenhagen, Sonntag den 29. V. 49. Hotel d'Angleterre
Schlafwagen-Nacht vorgestern hierher, zusammen mit Yx. Hatte Abteil für mich allein. Fähre. Grenzrevisionen. Danach Frühstück mit dem Baron im Restaurant des Fährboots. Ankunft 9 Uhr. Zwei Taxis. Rektor Hansen. Jespersen. Auspakken, Rasieren etc. [.] Interviews und Photographen am Bahnhof und im Hotel. Im großen Salon unten Dr. Markus, Sinolog, im Auftrag des Prof. Ole Holmberg, Lund. Längeres Gespräch. 12 Uhr Lunch im Grill. Yx beim franz. Botschafter. Gegen 4 abgeholt vom Rektor. Vortrag in der Aula der Universität. Aufmerksamstes Publikum. Erheben von den Plätzen beim Eintritt. Niels Bohr. Der Unterrichtsminister. Germanisten. Einführung des Rektors. Nachwort von Prof. Rose. Pause im Hotel. Dann Abendessen in kleinem Kreis, improvisiert im alten Schützen-Restaurant, Separatzimmer. Rektor Hansen, Jespersen Vater und Sohn, Yxküll, der Vorsitzende des P.E.N. Clubs (englisch sprechend), Prof. Rose (bedenklich. Nazi.) Gutes Essen, gute Weine, freundlicher Verlauf.

Heute 9 Uhr auf nach anfangs sehr unruhiger Nacht. Arge Ohrenplage. Sekonal nach Ypral und Evipan. Gute Betten. Gebadet. Der Baron mit bebilderten Zeitungsberichten. *Verabschiedung von Erika,* die Landshoffs wegen nach Amsterdam fliegt und sich in Zürich wieder mit uns vereinigen will. Der Baron bleibt uns als Reisemarschall. Fahren mit ihm heute Nachmittag nach Malmö, werden dort abgeholt nach Lund, wo morgen der Vortrag ist, übermorgen die Promotion im Dom mit Kanonenschüssen, hohem Doktorhut und Ring. Zum Lachen. Wollte, wir wären in Zürich. Aber die Frage Frankfurt bleibt beunruhigend und zweifelvoll bestehen. –

Lund, Schweden, Montag den 30. V. 49. Grand Hotel
Gestern Vormittag in Kopenhagen Spaziergang mit K.. Lunch im Hotel Restaurant. Nachmittags nach 3 Uhr fuhr Yx mit dem Gepäck zum Dampfboot nach Malmö, wir folgten nach und verfehlten die von ihm mit den Behörden getroffenen Eh-

renmaßregeln, sodaß wir die Paßkontrolle etc. anstehend mitmachten. In der Kajüte an reserviertem Tisch Kaffee getrunken. Große Sonntagsfülle essender und trinkender Leute. Kinder. An Deck. Bei der Ankunft auf besonderem Wege hinausgeführt. Das Gepäck nicht revidiert. Alles etwas wie der Duke of Windsor. Prof. Ole Holmberg u. Frau zur Abholung. Angenehme Leute. Fahrt hierher 17 km. Gutes Zimmer mit Bad. Sehr gutes Abendessen zu fünfen mit Yx. Dann zu Holmbergs, wo wir im Radio »Das deutsche Wunder« hörten. Kaffee. Gewitter. Rückfahrt etwa um 10. Guter Eindruck von den Wirten. Besprechung des Programms. Das Maß ist nicht für einen Hut, sondern für einen Lorbeerkranz genommen. Entsetzlich.

Recht gut geschlafen trotz rebellierender Ohren, die ich spülte und salbte. ½ 8 Uhr. Das Badewasser noch ganz kalt. Gefrühstückt u. rasiert. Besuch von Yx und Verabredungen mit ihm. 10 Uhr die Hamburger. Den Vormittag in Gesellschaft Holmbergs mit Besichtigungen verbracht. Tegner-Haus, Bibliothek, deren Direktor seine Schätze wies, Kultur-historisches Museum (Soldaten- u. Bauernhäuser). Lunch bei Holmbergs. Nachmittags um 5 zum Dom. Die Wunderuhr. Probe der Promotion. Grabgewölbe. Abends geben wir Holmbergs und dem Prorektor Lindenblom ein Souper im Hotel, von dem guten Yx bestellt. Rechnung 165 Kronen. Gab zu wenig Trinkgeld. – Schlimmes Auge. Penecillin-Salbe.

Lund, Dienstag den 31. V. 49

Bad, Rasieren, umständliche Fracktoilette. ½ 12 von jungem Adjutanten abgeholt. K. und Yx zum Dom, wir zur Universität. Dort Versammlung. Der Promotor, der Bischof u. a. [.] Zug unter Böllerschüssen und Geläut zwischen spalierbildendem Publikum zum Dom. Platz neben dem Bischof, an den Stufen. Großes Publikum, Fahnen heranschleppende Studenten. Halbstündige atom-wissenschaftl. Ansprache des theor. Physikers. Dann die Reihe der Promotionen, beginnend mit den Theologen. Böllerschüsse beim Aufsetzen der Hüte, Orgelspiel zwischenein. Meine eigene Promotion über das Podium hinweg nach Empfang von Ring und Lorbeerkranz. Alle erheben sich bei meinem Niedersteigen. Die weiß gekleideten Kinder, die die Kränze gebracht, sitzen auf den Stufen, schwätzen. Der Ceremonienmeister steigt herab und läd[t] mich zu der verabredeten Dankesansprache ein, die ich morgens geschrieben u., ungenau, frei hielt. Nach der Rückkehr im Umzuge zur Universität[,] Huldigung der Studenten im Freien. Gesang, Ansprache aus der Mütze auf Deutsch wie in Uppsala. Vorbeidefilieren, Grüßen und Danken. Das Ganze 3 Stunden. Mittagessen mit Yx im Hotel. Schnaps, heiße Bouillon. Danach packt K. eilig die Koffer, mit denen Yx 6 Uhr zur Aufgabe nach Malmö fährt. Schenke ihm das Mt. der Dankesansprache, dem Treuen. – Von Erika Nachricht aus Amsterdam, daß dort die Lage nicht ganz schlecht. – Wir essen bei Holmbergs zu Nacht und machen uns morgen früh auf den Weg nach Zürich. Freue mich darauf. Wäre nicht Frankfurt, von dessen Bürgermeister gestern, mit viel anderer Post, zwei Briefe da waren. Absagen wird schwer sein. – Das Wetter, vormittags heiter, ist dunkel und windig geworden. – Die akademische Feier die schönste, die ich je mitgemacht. –

Zürich, Donnerstag den 2. Juni 1949. Baur au lac.

Am 31. abends bei Holmbergs, zu Tische sitzend, hörten wir vermöge eigens gelegter Leitung die deutsche Rede des Literarhistorikers auf mich bei dem Bankett. Yxküll kam dazu von Malmö zurück. Er reiste dann nach Stockholm zurück, und wir nahmen bewegten Abschied. Ich habe den treuen Mann in mein Herz geschlossen.

Gestern, den 1., frühstückten wir 8 Uhr ein wenig im Grand Hotel Lund, wurden von Holmbergs abgeholt und fuhren mit leichtem Gepäck nach Malmö, wo wir frühstückten und das Swiss-Air-Fahrzeug bestiegen. Niedergang in Kopenhagen, dann 3 stündiger Weiterflug in den Wolken, glatt, bei freundlicher Bedienung und Verpflegung. Die Ankunft auf dem Flugplatz Zürich ganz wie erträumt, alle waren da, Oprechts, Bibis, die Bübchen, Therese Giese, Schweizer, Monika. Fahrt mit Oprecht zum Hotel. Freudige Gefühle. Gute, angenehme Zimmer nach dem Kanal gelegen. Mahlzeit im Grill mit der Giehse, den Kindern, Emmy Oprecht, den Kindern. Späte, erregte Ruhe. Umgekleidet und im Schauspielhaus der Faust-Aufführung mit der Gold beigewohnt in eigener Loge, – weil wir vor 2 Jahren auch gleich im Theater waren. Hirschfeld. Trebitsch. – Hier unendliche Post vorgefunden, Kondolationen. Brief des Stadtpräsidenten mit Karten für morgen. –

Heute kalt und regnerisch. Stand 9 Uhr auf. Schrieb an Neumanns in Florenz. Mit K. einige Besorgungen an der Bahnhofsstraße. Besuch des Studenten, der psychisch erkrankt war, weil er mich vor 2 Jahren um 300 Franken betrogen. (Vortrag bei der Studentenschaft). Absolution. Mittagessen im Speisesaal. (Pension.) Nachmittags Interview mit Dr. Meyer von der Illustr. Zeitung. Photograph. Feist zum Thee. Sein unglückseliges Lotte-Stück. – Klaus' Koffer, Schreibmaschine, Mäntel trafen ein, was Erika aufs neue zusetzte. Viel mit ihr über Klaus' Zustand und Tat, seine widerspruchsvolle seelische Verfassung, das Sich Durchsetzen seines Todesverlangens gegen alles andere. – –

Zürich, Sonnabend den 4. VI. 49

Pension Hotel. Gestern Interviews mit United Press. Vormittags bei Zwicker, im Cigarrengeschäft, zur Reparatur des Uhr-Armbands und Verengerung des Ringes von Lund. – Zum Thee Motschan. – ½ 8 die Feier im Schauspielhaus. Bundes- und Stadtpräsident. Quartett mit de Boer. Enormer Erfolg des Vortrags nach herzlichster Begrüßung. Nicht zum Empfang. Abendessen bei uns mit Bibis. Vorzügliche Küche. Erika heiter. Will ihr tausend Franken schenken, da auch das Manesse-Bändchen neu aufgelegt wird.

Unruhig geschlafen, teils im Stuhl. Das vertraute Fußpflege-

Fräulein. Viel Telephon. Unendliche, nicht zu bewältigende Post. – Englisches Interview.

Zürich, Pfingstsonntag den 5. VI. 49
Brief-Arbeit mit K.. Spaziergang am See vorm Lunch, zu dem die Giehse geladen. Kam der verengerte Doktor-Ring. Zum Thee bei Trebitsch mit Dr. Rychner u. seiner Tochter. Über das laufende Erscheinen von »K. H.« in der »Tat«. – Illustrierter Artikel über den Schweizer Ahnen von R. Schweizer. – Beim Diner Begegnung mit Reveš, über dessen Reden Erika sich heftig erregte. Nachher in K.'s Zimmer Vor-Abend-Bescherung. Hübsche, praktische, erfreuliche Dinge, Parker-Bleistift etc. [.] Geld-Etui von der Giehse. Las Geschichten vor aus Jacksons »Lottery«.

Zürich, Pfingstmontag den 6. VI. 49
Mein 74. Geburtstag denn also. Unruhig geschlafen. Früh wach. Verlangen nach Kaffee. K. begrüßt. Glückwunsch des Stadtpräsidenten. Telegramme. Lieber Brief von Medi. Dummer Nachruf »an« Klaus aus Heidelberg, Erika nicht zu zeigen. Importen von Oprecht. Briefe an den Bundes- und den Stadtpräsidenten. Ausfertigungen. Mit K. in den Anlagen am See gegangen. Heiterste Bilder, noch wolkiges aber schönes Wetter. Empfing Herrn Bauer von der Münchener »Neuen Zeitung«. Lunch mit Moni nach dem Aquavit in der Halle. Es sind alles Wiederholungen. – Zum Thee die Leutchen mit den Bübchen. Friedo sagte Gedichte und »zauberte« mit Geld. Feist berichtet, daß Bassermann den Goethe zu spielen wünscht, wenn man die Bearbeitung für ihn bearbeitet. Meinetwegen. – Umgekleidet und rasiert zur Geburtstagsfeier bei Huguenin, zu der Oprecht und Schweizer geladen. Die Giehse, Hirschfeld, Schweizer und Frau, dazu Oprechts und wir drei. Sherry, Mahl mit 74 – Eisbombe, Kaffee, Likör und holländische Cigarren. Gutes Beisammensein. Sehr gelacht über Schweizers Geschichten. Vorsatz, den 75. Geburtstag, in Verbindung mit Paris, in

Zürich zu begehen, akklamiert. Beschäftigung mit Erikas Vorschlag, den Besuch in Deutschland im Juli zu machen, wodurch die quälende Zeitverschwendung vermieden würde. Mit Taxi nach Hause. (Opi glücklich über die Zusage, ihm den Vortrag als Broschüre zu geben).

Dienstag den 7. VI. 49, Zürich.
Besser geschlafen. Das Wetter völlig aufgeklärt. In der N. Z. Z. Bericht Korrodis über den Vortrag. – Gestern, als ich mit Bauer saß, kam Beidlers Töchterchen zu gratulieren. Schweizer kam und schenkte eine goldene Repetieruhr, die mir großes Vergnügen macht. –

Zürich, Donnerstag den 9. VI. 49
Am 7. mittags Fahrt im Speisewagen nach *Bern.* Befremden durch den Lärm u. die Unbequemlichkeit der europäischen Züge. Sehr warm. Abgeholt von Studenten. (Wies.) Hotel Bellevue, schön, teuer. Blick vom Sitz-Balkon auf Fluß, Stadtbild, getürmtes Gebirge. Vortrag im Casino, capacity. Kammerorchester. Gefeiert wie gewöhnlich. Strichs, dem ich meine Meinung über den Vortrag sagte. Mit ihnen und den Studenten nachher im Bellevue, Salon unten, Abendessen drauf gehen lassend. Die angenehme Stimmung und Sprechweise des jungen Wies. (Doktor-Dissert. über Gothische Teppiche). Der kleine Jurist, schlau und streberisch. – Andrang von Autographen-Jägern groß.

Gestern den 8. morgens Café simple. Gegangen später mit K. die schöne »Gerechtigkeitsstraße« hinunter zum Bärenzwinger. Mit Autobus zurück. Mittagessen bei Strichs. Erika kehrt schon 3 Uhr nach Zürich zurück, wir gegen 6. Forellen-Abendessen mit ihr in der Bündner-Stube, Bahnhofstraße. Der Besitzer, der Wirt. Begrüßung durch den Geiger draußen. Sehr schwühl. Leichter Regen. Viel Post. Heinrich über »Mechanik der Materie« und die Gültigkeit der Festlichkeiten für ihn mit. Zuweilen unrichtige Satzbildung, seltsam, immer sehr gut. Wie glücklich wäre der gemeinsame Nobel-Preis! – Erika über Klaus' nachgelassene Papiere. Register über Leistung und Stellung der Geschwister, merkwürdig. – Sympathische Kondolenz von Coudenhove u. vieles andere. Die gedruckten Danksagungen. Schweizer Checkbuch.

Heute ½ 8 Uhr Kaffee (leider kühl). Erika fliegt mittags nach Nizza-Cannes. – Wetter bedeckt und mild. – Diktat des Briefes an Kolb wegen meines Kommens im Juli, sehr wichtig. Ebenfalls erwartungsvoll auf die Antwort aus Weimar wegen der Ernennung zum Ehrenbürger. Andere Erledigungen. Mit K. shopping. Beim Goldschmied Baumann, bei Zwicker, Besorgung von Hausschuhen, Tagebuch-Heften etc. – Lunch mit Moni im Hotel. – Zum Thee Trebitsch. Über Gastein. Sein trostloses Gerede über Rußland. – Ausfertigung von Danksagungen. Nach dem Diner weitere Organisation dieser Dinge. – Regen.

Zürich, Freitag den 10. VI. 49

½ 8 Uhr wieder Kaffee, diesmal heiß. – Bedeckt und mild. – Möchte der Frankfurter kein Geschrei erheben! – – Brief-Arbeit. Ausgegangen mit K.. Einkäufe. Trafen Gret mit Micky. Lunch mit Oprecht im Hotel. Seine Pläne, Bermann zu stürzen und selbst mit Querido zu fusionieren. – In der Oper. »Rosenkavalier«. Unzufrieden. Knappertsbusch schleppte. Das Ganze entsetzlich langwierig und substanzarm. Großer Erfolg. – Mit Frau Oprecht, Schweizers und Moni bei Bollinger. Wurde sehr spät. Löschte erst 2 Uhr das Licht. Regen.

Zürich, Sonnabend den 11. VI. 49

Das gleiche milde u. etwas drückende Wetter. ½ 9 auf und gefrühstückt. Trauer-Danksagungen. Aus Weimar kam endlich Nachricht wegen des Ehrenbürgerrechts. – Beschäftigung mit Gregor wegen Lesungen. Danksagungen. In den Anlagen gegangen. Nachmittags Ankunft Martin Gumperts, dessen Europa- u. Deutschland-Reise von »Life« finanziert. Rückkehr

Erikas aus Cannes in äußerst übermüdetem und überreizten Zustand. Außer sich über G. und »Life«, bleibt auf ihrem Zimmer u. will mit dem alten Freunde brechen. Kummer über ihre tiefe Verbitterung. Aßen mit G., der mich auf der Deutschland-Fahrt begleiten will, und tranken Kaffee in der Halle. Angegriffen und traurig.

Zürich, Sonntag den 12. VI. 49

8 Uhr auf. Publikumstoilette. Erika tief geschlafen. Gumpert hat ihr geschrieben. Mit K. über sie. Sorge und Kummer. Unwohl. Ihre bittere Entstellung der Dinge, auch was Klaus und das eigene Leben betrifft. Beschämend in seiner Rigorosität noch in seiner Halb-Wahrheit. Aber zuviel Charakter macht ungerecht. Toleranz heute freilich wohl nicht erlaubt. – Nach 10 mit K. zum Schauspielhaus, Bühneneingang. Junger Emigrant, dem ich vor 20 Jahren »Unordnung« gewidmet. Vorbereitete Ansprache. Widmung erneuert. Hirschi. Wälterli u. die Giehse im Zimmer. Wieder schickte mich H. mich »hinaus«. Lebhafte Lesung, wirksam. K. hinter der Szene, ebenso der Direktor. Therese auf dem Tasso-Bänkchen. Nachher Signaturen, Gratulationen. Schauspieler Kahler, begeistert. Zu Fuß zum Hotel mit der Giehse, die mit uns aß. Der arme Gumpert an einem Tischchen für sich. Schrieb an Erika, diese antwortete heftigst u. unversöhnlich. Unsinnig und tief betrübend. Fühlte mich sehr schlecht nachmittags. Magenverstimmung und Darmschwäche aus Depression. Erikas schlechtes Aussehen. Gret mit Frido zum Thee. Der liebe Kleine erzählte treuherzig, freute sich über ihm aufbewahrte Süßigkeiten, verhörte mich über Ortschaften am See, ließ sich vom Tell erzählen. – Diät-Abendessen. Erika über das Grab und den Stein in Cannes. – Kalte Luft. Früh ins Bett mit schlechtem Leib.

Zürich, Montag den 13. VI. 49

½ 8 auf. Der schwarze Zungen-Pilz wie vor 2 Jahren in London. Kohle zum Frühstück. – Blauer Himmel, kühl. – Gestern

Brief nach Weimar, Annahme des Ehrenbürgerrechts. – – In Aussicht genommen Schulz-Tarasp u. seine Bäder. – – Gregorius probiert. Einige Korrespondenz. Brief nach Cleveland über den Teufel. – Viel Kohle. Mit K. langsam am See gegangen u. in der Sonne gesessen. Wohltuend. Lunch mit Gumpert, während Erika mit Feist war. Zwei Stunden Bettruhe. Leib gebessert. – Von Prof. Olle Holmberg Bilder von der Feier in Lund. Abends mit Erika, die dann zu Katzensteins ging. Versuchten vergebens, das Radio Stuttgart zu hören, wo 10 Uhr eine Diskussion über Faustus, an der Reisiger teilnahm. –

Zürich, Dienstag den 14. VI. 49

Vormittags Beschäftigung mit den Lese-Kapiteln und einige Korrespondenz. Mit K. in den Anlagen am See. Warmes Sommerwetter. Auch nachmittags Korrespondenz. Thee-Mahlzeit. ½ 8 Uhr abgeholt von den Kindern zur Vorlesung in *Küsnacht*. Der vertraute Weg. Gasthaus zur Sonne. Am See. Kirsch in der Gaststube. Oben voller Saal, sehr warm. Rosenstrauß von Maid überreicht. Vorreden des Herrn Schoch und des »Gemeindepräsidenten«. Las »Die Kinder« und »Die Fischer von St. Dunstan«. Dieses erweckte Heiterkeit u. großen Beifall. Frau Guijer, ihr Mann. Prof. Kerényi, Gymnasialprofessor, Berichterstatter, der die mittelalterliche Stimmung rühmte. Hatte im Vorspruch Wolframs Verse auf Hartmann citiert. Der Mann kannte W., den Parzival u. »Belrapeire«. – Suppe und Wein. Unterhaltung mit Kerényi. Heimfahrt mit den Kindern. Erika über die Intensität meines Lesens.

Zürich, Mittwoch den 15. VI. 49

Anstrengender Tag. Vormittags lange Reihe von Briefen K. diktiert. Mittags etwas im Hotel-Garten. Abgeholt von Gret, Fahrt nach Küsnacht, wo wir N° 33, im alten Haus, in dem vertrauten Speisezimmerchen bei Frau Guijer u. ihrem Mann zu Mittag aßen. Seltsam, seltsam. Das Wohnzimmer. Mein Arbeits- und Schlafzimmer oben, K.'s Schlafzimmer, Medi's Gartenzimmer, wo die Kinder musizierten, das Übrige. Bewegt, traumhaft. Tranken Kaffee in der Nische meines Arbeitszimmers, wo ich oft vorgelesen: Aus »J. in Ägypten«, den Bonner Brief. – Heimfahrt mit Taxi, dessen Chauffeur bekannt. – Im Hotel gegen 4 der Frankfurter Oberbürgermeister. Mit ihm und K. lange in der Halle. Verständnis für meinen Wunsch. Bestimmung des 25. Juli. Sehr gegen Weimar. Über die Schwierigkeit seines Amtes. Die amerik. Besatzung. Seine Korpulenz, krankhafte Folge des Lagers. Später, nach einiger Ruhe, Empfang des Bürgermeisters von Nürnberg. Die T.M.-Gesellschaft. Besuch dort in Aussicht gestellt. Wieder längeres Gespräch. – Bei Erika mit der Giehse. Einladung von dieser. Diner mit E.. Dann mit Feist in K.'s Zimmer. Zähes Gerede über das Lotte-Stück, Wälterlin etc.[.] Sein erhofftes Lektorat in Princeton. – Übermüdet. – Die P.E.N. News mit meiner Londoner Dinner-Rede. – Beschwörender Brief aus Lübeck (Dr. Horstmann), doch auch dorthin zu kommen. Aufzählung der festlichen Veranstaltungen. »Ausflug nach Schwartau und Travemünde«.

Zürich, Donnerstag den 16. VI. 49

K. stürzte gestern über die Balkonschwelle u. verletzte sich das Knie. Umschläge. Heute gottlob Besserung des Geschwulstes. – Wetter bedeckt und kühl. Hatte heißen Milch-Kaffee um ½ 8. Vormittags handschriftl. Briefe (an Klaus Pr.) Mittags in Zollikon bei Faesi's mit Helblings. Russenangst. 5 Uhr Besuch von Korrodi. Allein mit ihm Thee in der Halle. Empfahl italienische Theatergruppe morgen. Dr. Preiß für K.'s Knie. – Sommerliche Erwärmung. – Prospekte von Tarasp-Volpera. – Diner mit Emmy Oprecht, da ihr Mann fort mußte. Nachher mit ihr in K.'s Zimmer. Viel über Amerika, Rußland, die Schweiz. Die Unkenntnis über die hysterisch-rechtswidrigen Vorkommnisse drüben; auch ein eiserner Vorhang. Legte dann ein gutes Wort ein und erklärte unsere Verbundenheit, immerhin. Trotzdem, Gedanke, unseren Lebensabend in der Schweiz zu verbringen. Aber der ein- bis zweijährige Besuch hier doch wohl das Richtigere und Vernünftigere, selbst wenn es drüben zur Investigation kommt, die ich nicht zu fürchten habe. Der Besuch in Weimar würde sie wahrscheinlicher machen. – Brief von Reisiger. Schreibt herzlich über Klaus. Hat über meine Reise alles gelesen. Gut, daß die Deutschen sehen, wie sich die »Welt« zu mir verhält.

Zürich, Freitag den 17. VI. 49

Blauer Himmel und frische Luft. K.'s Knie leidlich. Viele Brief-Erledigungen. Unbefriedigt. – Frau Wyler-Salten und Feist. Mit diesem am See spazieren gegangen. Zum Lunch Moni. Portwein im Garten. Zum Thee zu Dr. Pollag. Bücher-Signaturen. Geschenk »Gespenstergeschichten von Turgenjew«. – Abends Schauspielhaus: Mailänder Truppe mit einer Komödie von Gozzi. Vorzüglich, entzückt. Nachher in der Kronenhalle mit der Giehse und Dr. Pollag, der kein Umgang. Spät.

Zürich, Sonnabend den 18. VI. 49

Unruhige Nacht. 8 Uhr auf. Kühl. Kaffee und Bad. Nach dem Frühstück zu Dr. Asper. Wiedersehen nach 11 Jahren. Der Alte, gealtert. Schliff etwas ab u. nahm 10 Franken. – Zu Fuß. Ankunft Nelly Manns, die K. am Bahnhof verfehlt hatte. Mit ihr in K.'s Zimmer. Über Vikko, Klaus, Heinrich. – Gestern Brief von Yx, der vor Deutschland warnt. In der »Tat« Meldung aus Weimar, daß ich dort den östlichen Goethe-Preis am 28. August in Empfang nehmen werde. Charakteristischer Festlegungsversuch. – Sehr zweifelhaft, ob ich dort hingehen soll. Abneigung, es mit Amerika zu verderben. – Lunch mit der Nelly ohne Erika. Kaffee im Garten. Ich trank nachmittags allein Thee im Garten, wo Tanz und Solo-Tanz war. Später mit den Frauen oben. – 7 Uhr abgeholt von Bibi nach Zollikon zu Mosers. Auf der Veranda, mit den Bübchen. Abendessen. Nachher Schuhs und Frl. Andreä. Bibi spielte, begleitet von dieser, auf der Viola Stücke von Marcelli, Milhaud u. eines Amerikaners. Sehr geübt and technisch brav. Gedächtnis für diese Diktion zu verwundern. – Viel Gespräch mit Schuh über Faustus, die Entstehung etc. – Frido, der sich freute uns zu sehen, dann sehr vertraut mit Großvater Moser. Ernstliche Eifersucht.

Zürich, den 19. VI. 49, Sonntag.

½ 9 Kaffee. Nach dem Frühstück Briefarbeit mit K.. Heller Himmel. Eintreffen Golos. Mit ihm bei K.. Gegangen in den Anlagen mit K. und Nelly. Bekanntschaft mit einem dreijährigen Pudel namens Rex. Lunch im Hotel mit Nelly und Golo. Feist zur Verabschiedung. Besuch von Herrn Molden, Intern. Hochschulwochen. Oesterr. College. Schwätzer. – 6 Uhr abgeholt von Schweizer in seinem englischen Wagen. Mit ihm, K. und der Witwe Fahrt am rechten Ufer, über Kilchberg, nach *Rappertswil.* Herzliches Wiedersehen. Hinauf zum Schloß. 8 Uhr Abendessen im Schwanen als Schw.'s Gäste. Über Moni. Viel über das Meine, worüber [der] Anhängliche am liebsten spricht. Rückfahrt über Küsnacht. 10 Uhr bei Erika, die auf ihrem Zimmer gegessen. Gorgonzola. Da Honorare eingetroffen, schenkte ihr 500 Franken.

Zürich, Montag den 20. VI. 49

Nachts Unruhe durch die Ohren. ½ 8 Kaffee. Mit K. über den apologetischen Artikel von Stössinger in der N. Schw. R.. Unbefriedigend. Brief von Kerényi über unsere Begegnung und den religiösen Charakter des Faustus. Geplant neues Programm für die Studenten (mit dem Faustkampf?). – Prospekt des »Schweizerhof« in Vulpera-Tarasp. Zimmerbestellung. – Sehr schöner Brief von J. Mercanton, Lausanne, über den Faustus und die »Entstehung«. Interessant und bestätigend durch eine Äußerung von Joyce über mich. – – Brief an Kerényi. – Zu Bachmann zum Haarschneiden; Begrüßung durch die Gebrüder. Einkäufe. Lunch mit Golo und Nelly. Nachmittags Gret mit den Bübchen. Traum-Erzählung. Diner zu Fünfen und nachher in K.'s Zimmer Liqueur. Goethe-Vortrags-Bericht im hiesigen kommunistischen Blatt. Brief von Agnes Meyer, die ich arg vernachlässige. Ihr zu schreiben.

Zürich, Dienstag den 21. VI. 49

Klarer Himmel. Zunge und Magen noch immer schlecht oder wieder schlechter. Fühle mich schlecht nach dem Morgenkaffee. Langer Pflichtbrief an Mrs. Meyer, deren gewollte Unwissenheit widrig. – Schlecht im Magen, schlecht auf den Füßen. Bei Erika, die nachts einen nervösen Herzanfall hatte u. den Arzt kommen ließ. Alles kein Wunder. – Mit K. bei schönstem Wetter in den Anlagen, gegangen und am See gesessen eine gute Stunde. Tat mir wohl. Bei Erika. Fall des jungen Mädchens im State Dpt., wegen Spionage angeklagt, so unsinniger Weise, daß ihre Entlassung dem Faß den Boden ausschlagen würde. – Lange im Bett, geruht und gelesen. Unwohl. 6 Uhr Thee und Schinken. Dazu Golo. – Artikel von Newman »Need musicians be intelligent?« – – Toilette. Gegen 8 abgeholt von zwei Studenten, zur Vorlesung im Auditorium Maximum des Polytechnikums. Wartezimmer. Der Saal überfüllt. Gewaltiger Empfang. Vorrede des stud. Steuble. Las die »Kinder« und die »Fischer« unter sehr ungünstigen Bedingungen. Unbequemer Sitz, lautes Knacken der Bänke, kein Lautsprecher. Starker Schlußbeifall. Im »Storchen« im Separat-Zimmer mit den Studenten und Trebitsch, der uns schließlich nach Hause begleitete. Bei Erika mit Golo.

Zürich, Mittwoch den 22. VI. 49

Brief an H. Carossa. Gegangen mit K. in den Anlagen. Erwägungen über unsere Niederlassung in der Schweiz. Heiteres Wetter. Lunch ohne Erika, die erst gegen Morgen schläft. Thee mit Beidlers und ihrem Töchterchen im Garten. Abendessen bei Oprechts mit dem Stadtpräsidenten, seiner Frau und denen von Salis. Golo dabei. Erika und die Giehse später. Die beiden Marien. Mit dem Stadtpr. über die Zürcher Verkehrszustände, vorgesehene Reformen. Oprecht schlägt das Falke'sche Haus für uns vor. Brachte uns auch wieder nach Hause. – Dr. Weber schickt seine Besprechung der Studentenvorlesung im Morgenblatt. Sehr herzlich u. erwartungsvoll.

Zürich, Donnerstag den 23. VI. 49
Klarer Himmel. Beunruhigt durch andauernde Magenschwäche und schlechtes Befinden. Schrieb mehrere Briefe nach Deutschland. Wir aßen mit Moni im Garten des Kongreßhauses. Nachmittags mit Dr. Weber im Garten.

Den 24. vormittags Fahrt mit Gret nach *Basel.* Reiste sehr unwohl ab, erholte mich aber. Mittagessen in Mumpf. In Basel Hotel 3 Könige, schöne Wohnung. Geschenke u. Blumen. Bettruhe. Thee u. Schinken, Interview. Die Studenten holten uns zum Casino. Großer Konzertsaal ausverkauft. Zu starker Lautsprecher, der schwer zu behandeln. Die Fischer, wie immer, gefielen. Gefeiert, riesiger Strauß beim Danken, vor stehendem Publikum. Nachher mit Studenten, Vikko's Verleger aus Konstanz u. a. [.] Suppe, Wein und Imbiß. Prof. Stälin und Frau, typisch baslerisch und sehr angenehm. Direktor der Psychiatrischen Klinik. Befreundete Menschen. – Adolf Busch, mit dem leider kein Zusammensein möglich.

Den 25. Übernachtet in den 3 Königen. Alter Philosoph. Devotion und Erfrischungsangebote des Studenten-Hauptes, weil man allzuviel an mir verdient. 650 Franken Honorar, Hotelkosten. ½ 12 Abfahrt mit Gret. Mittagessen (Forellen) in Brugg. Über Baden nach Hause. Freude an diesen Fahrten durchs Schweizer Land. Alles Wiederholung. Unterdessen Ankunft von Baron Yx, der herangeflogen bis morgen. Mit ihm und Erika, die mein Aussehen gebessert fand. Geruht. Diner mit ihm und E. im Speisesaal. Nachher in K.'s Zimmer. E. angestrengt beschäftigt mit der Übersetzung von Klaus' Aufsatz »Europe's Search for a new credo«. – Brief des Bürgermeisters von Nürnberg. Das Problem München dann. Neue Aufregung des Komplexes, der besonders bei meinem schlechten Befinden so schwierig. Brief des Frankfurters auch wieder. Telegramm, daß es dort beim 25. VII. bleiben müsse. Frankfurt, München, Weimar? – In den Bogen von Vikko's Buch.

Zürich den 26. VI. 49, Sonntag.

Blauer Himmel. Fragwürdiger Nervenzustand. Schwäche des Magens sekundär u. vom Gehirn ausgehend. 10 Widmungen der »Entstehung« auszufertigen. Mit Eri und Yx. Auslese der wegzuschickenden Bücher u. Drucksachen. Beginn des Packens. Spaziergang mit Yx in den Anlagen. – Basler und Dr. Baumgartner. Jener schenkte Cigarren. Wermut im Garten. Lunch mit ihnen als des Verlegers Gäste im Zunfthaus der Zimmerleute. Geschmückter Tisch. Antiquarische Kochbuch-Schätze des Wirtes oben. Kaffee mit ihm u. seiner Frau. Streit zwischen ihm u. Basler über militärische Dinge von 1940. – Erika nicht fertig mit dem Diktat der Übersetzung. – Zum Thee R. Schweizer mit der kontrollierten Repetier-Uhr. Unterhaltender Mann. – Abendessen mit Erika und Bibis in der Goethe-Lavater-Gaststube. Sehr gutes Essen, aber wenig Appetit. – Brief an Dolf Sternberg wegen Frankfurter Vortrag. – Las englisch den Aufsatz von Klaus. Revue der intellektuellen Strömungen, Fanatismus u. Verzweiflungen in Europa. Am Schluß Gedanke einer großen Welle von Selbstmord unter den Geistigen als Chock und Demonstration. – Packnöte K.'s.

Zürich, Montag den 27. VI. 49

Unruhig geschlafen. ½ 8 auf. Reiner Himmel. Einräumen. Abbruch des Aufenthalts. Trinkgelder. K. noch zur Stadt. Golo. Über die »deutsche Frage« mit ihm. Raummangel beim Packen. Verspätung. 11 Uhr Motschan mit seinem Buick, prächtig. Verstauung und Verabschiedung. Der Concierge aus Versehen zweimal Trinkgeld. – Wundervolle Fahrt bei schönstem Wetter, Julierstraße. Mittagsrast in *Lenzerheide*. (Wiederholung). Die mehr als 2000 m-Höhe nicht unangenehm empfunden. Thee in *St. Moritz,* Frau Motschan und Sekretärin bei Hansemann. Blumen des Kurvereins. Buchgeschenk Ansichten des Engadin. Draußen Photograph. Weiterfahrt über Inntal bis 7 Uhr. Ankunft in Schuls und überm Kurhaus im Hotel »Schweizerhof«. Recht hübsche Zimmer u. Bad. Mit Motschan Aperitiv. Diner mit ihm. Kaffee in der Halle. Verabredung mit ihm zurück und nach Frankfurt zu fahren. Nach seiner Abfahrt langwieriges Auspacken. Nicht sehr müde. Kühle Luft. – Brief von Preetorius, der im Juli nicht nach F. kommen kann.

Vulpera-Tarasp, Dienstag den 28. VI. 49

Tief geschlafen. Kühles, etwas dunstiges Wetter, Frühstück in K.'s Zimmer. –

Vulpera, Dienstag den 12. VII. 49

Die ganze Woche vormittags Plage mit der Frankfurter Rede, oft sehr belastend, obgleich Compilation mit Ausnahme eines neuen Teils über die tragische Ironie im Sozialen. Vereinfachendes Zureden Erikas. Wechselndes Wetter, Wind, Wolken, einmal Gewitter nach langer Trockenheit, Strichregen, seit gestern prachtvoll klar. Schloß auf der 22. Seite ab. Telegrammwechsel mit der Lind in Zürich. – Karten gelesen. Zweimal am Tage Waldspaziergänge mit K.. Einmal mit Golo in der Schlucht. Er kehrte nach Zürich zurück zu seinem Vortrag, Universität, der ehrenvoll verlaufen. Briefe, vielerlei, diktiert und geschrieben. Zwischenfall mit Lion, der plötzlich kommen wollte, abgelehnt u. versöhnt wurde. Verständigungen mit Motschan über Rückfahrt u. Reise nach Frankfurt. Keine neue Nachricht aus München. – Erkrankung Erikas vorletzte Nacht. Vergiftung durch Bündnerfleisch, auf einer Wanderung gegessen. Viel Erbrechen u. Fieber. Dr. Meyer. – Widerwärtiges aus Deutschland. (Die »Zeit«). Briefe von Oprechts gegen den Besuch in Weimar, der auch sonst »Konsternation« erregt. Freundliches aus der Ost-Zone (»Thüringische Landeszeitung«)

Brief von dem Musiker Möschinger. – Ostipation. Gestern bei versuchtem Stuhlgang heftiges Nasenbluten, das auch mit Psychischem zu tun hatte. Verunreinigung der Zimmer. Erika bei mir. Arzt. Tamponierung, abends durchnäßt und sehr lästig. Angegriffen. Leidend, statt Erleichterung durch Befreiung von Arbeitssorge. – Heute Andauer des herrlichen Wetters. Das Tal rühmlich schön mit zahlreichen anziehenden Wegen. Badekur K.'s und Abnahme-Diät. Begegnung mit Prof. Fehr u. seiner jungen (unschönen) Frau. Sollten gestern mit dem »Generaldirektor« ausfahren, Opfersteine zu sehen, was durch meinen Anfall verhindert wurde. – An Heinrich müßte geschrieben sein. Sein Roman »Der Atem« kam, stolz, hart, politisch wissend, schwierig intrigant, große Hintertreppe, und man weiß nicht, wohin man tritt. Fremd, einzigartig und fragwürdig. Kann wirkliche Lese-Hingabe nicht erzwingen. Schmerz darüber.

Behielt den Tampon über Nacht in der Nase u. entfernte ihn morgens. Reichlich Cas-Evac. – Um Hauptmanns Nachlaß, der »dem deutschen Volk erhalten bleiben sollte«, Streit und Verdächtigungen. Der üble Hülsen als 25 jähriger »Freund« gegegen Benvenuto und die Witwe. – Dieser Tage Brief diktiert an Vikkos Verleger über das Familienbuch, Hinweis auf Fehler. Sandte alte Bilder aus Königsberg mit den Kindern. (Dr. Goldstein). – Frido und ich in der »Frankfurter Rundschau«. – Der Münchener Braungart über »Fiorenza«. – Langer Brief von Fiedler neulich, der über die Aufnahme in Schweden sich unterrichtet zeigt, vor Deutschland warnt. – Sah noch einmal den Doktor. Erika noch nicht fieberfrei. –

Nachmittags neue Blutung, bald zum Stehen kommend. – Abends am Ende des Diners der dritte, sehr heftige und schwer zu stillende Ausbruch. Dr. Meyer arbeitete 1½ Stunden. Schließlich Ätzung u. sehr langer Tampon. Blut gerinnen lassende Injektion und Hypo. Schlaf erst durch Sekonal 2 Uhr. Bis 7. – Humanistischer Brief des Bürgermeisters von Weimar.

Vulpera, Mittwoch den 13. VII. 49
Tagüber sehr ruhig gehalten. Teils Bett. Mahlzeiten im Zimmer. Müde. Liebenswürdige Mitteilung des Military Permit Office. Facilities. – Taft gegen den Atlantic Pakt. – Mittags Fiedler von St. Antönien. Aß mit K.. Thee mit ihm. Hinterließ viele Karten zum Unterzeichnen. – Der Doktor, wiederholt, auch 9 Uhr abends noch. Die Heilung nicht schlecht. Behandlung durch Spezialisten (Sengen) in Aussicht genommen, um für die Reise sicher zu gehen. – Blutuntersuchung zeigt eher Überfluß und Unbedenklichkeit des Verlustes. – Das Wetter sehr warm, soll drunten schwer leidlich sein. – 10 Uhr zu Bette.

Vulpera, Donnerstag den 14. VII. 49
Schlaf befriedigend. Keine Blutung mehr. Andauer des sehr warmen Sommerwetters, etwas dunstig. – Ausfertigung von Fiedlers Karten. Brief an Heinrich, brüderlich, über sein Buch. Freue mich, daß es ihn freuen wird. – Viel bei Erika, die leicht gebessert. Mittags etwas im Garten. Nach Tische Nachricht von Dr. Meyer, Ankunft des Spezialisten von St. Moritz. Etwas geruht. ½ 5 Thee, dann zum Office von Meyer bei der Post. Untersuchung durch den dicken, schonungsvoll-geschickten Doktor, die die Notwendigkeit ergab, die übergroße Vene zu entfernen. K. im Wartezimmer. Kokain. Ausbrennen der Ader mit der elektrischen Nadel in mehreren Etappen. Gute Laune und geringer Schmerz. Verordnung von Salbe. Gemächlich nach Hause. Bei Erika. Ihr Dilemma den Aufenthalt in Ehrwald mit der Giehse und dem anderen Freund von der Pfeffermühle betreffend. Schwierigkeiten ihrer Redaktion von Klaus' Autobiographie. Unrichtigkeit und kleine Lügen. – Zu den Mahlzeiten wieder unten. An dem sehr milden Abend mit K. noch etwas auf die Gasse. Sandte Heinrich »Expressen«. Den Artikel über Golos Vortrag an die Meyer. – Sonderbarer Aufenthalt! Sonderbare, zwischenfallreiche Reise! – Mit Öl abgeführt.

Vulpera, Freitag den 15. VII. 49

Nachts unruhig. Zu verschiedenen Stunden auf dem Balkon und im Stuhl. Morgens Benutzung der Nasensalbe. Schnupfen. Keine Nachblutung. Geraucht. Reihe von Briefen K. diktiert. Kein Gang. Mittags im Garten gesessen. Lektüre von G. Benns »Ptolomäer«. Hastig-kesses, oft renommistisches Zusammenraffen der Kultur, künstlerischer Nihilismus, Humanität zum Lachen, alles nur getrennt durch Kommata, »Abschied von der bisherigen Geschichte«. Lion schickte es und empfahl »unseren reaktionärsten Avantgardisten«. – Erika noch nicht bei den Mahlzeiten. – Handschr. Brief an Möschinger. – 5 Uhr Besuch von Direktor Pigeu. Fuhr uns in seinem Auto über Villa Maria zum Opferstein, von da hinauf zum Schloß Tarasp. Meinem Nervenzustand taten die herrlichen Gebirgsnaturbilder wohl. Halde beim Stein. Ortschaft mit Doppel-Bassinbrunnen und Blick auf die ausgebaute Burg der Großen von Tirol, bis 1813 oesterreichisch. Über die Sonderstruktur des Engadin. Das späte Heidentum. Noch vor 150 Jahren wurde alljährlich ein Füllen geopfert. – ½ 7 Besuch des romanischen Dichters und Polizei-Kommissars Men Rauch. Schenkte sein Gedichtbändchen »Il Battaporta« al scriptur sar T.M. – Nach dem Diner Zugesellung von Fehrs. – Gewitterregen.

Vulpera, Sonnabend den 16. VII. 49

Nachts viel Regen. Unruhig und anfällig. ¾ 8 Uhr neue Blutentnahme zur Kontrolle. Starke Schleimabsonderung. Sollte wohl nicht rauchen. Sonnenschein. – Brief an Lion über Benn. – Nachricht von der Münchener Bürgermeisterei. – Launisches Wetter. Mittags Spaziergang im Walde mit K.. – Beginn des Packens, Voraus-Sendung. Bücherpakete für Californien schon fort. – Erika, gebessert, kam zum Diner. – Londoner Picture Post schickt ihre Bearbeitung der »Phantasie über Goethe«. Gebilligt. Abends extrem müde. Früh zu Bett.

Vulpera, Sonntag den 17. VII. 49
Nachts sehr unruhig. Plötzlicher Eintritt quälender Leibschmerzen, Gasblähung, Folge von ParaffinOel-Einnahme. Wiederholtes Aufstehen. Las ca um 3 Uhr sonderbarer Weise in der »Entstehung«. – 8¼ auf. Noch Leibspannung und müde. Halbheiteres Wetter. – Gestern Nachricht aus Hamburg über einen neuen, äußerst gemeinen Angriff der »Zeit«. – Selbstmord des Dichters C. von Arx. – Schwierigkeiten des Atlantic Pakt im Washingtoner Senat. »Die Russen haben es darauf abgesehen, daß Amerika sich finanziell ausblute«. Tatsächlich droht die Defizit-Wirtschaft. – Eintreffen Motschans. Bei Beginn des Abendessens neue Blutung. Dr. Meyer. Nachgeholtes Souper. Packen. Zeitig zu Bette.

Zürich, Dienstag den 19. VII. 49. Baur au lac
Gestern früh 9 Uhr Abreise in Motschans Wagen von Vulpera nach freundlicher Verabschiedung. Regnerisches Wetter. Genoß die Fahrt trotzdem und trotz Müdigkeit. Mittagessen in Lenzerheide. Ankunft hier ½5 Uhr. Beim Thee in der Halle abermalige Blutung. Mit Erika zu Prof. Mäder, Bahnhofstraße. Närrischer Mann. Behandlung und Tamponierung, die nachher unbeschreiblich reizte. Niesen und Schleim-Überschwemmung. Golo. Er aß mit den eingetroffenen Bermanns und Landshoff unten. K. mit mir auf dem Zimmer. Steigerung der Schleimabsonderung. Ein Taschentuch nach dem anderen. Zwei Bellergal und ein Sekonal. Die Abschrift des deutschen Vortrags. Zweifel. ½11 zu Bette.

Nachts Niesen und Schleim. Gegen Morgen der Tampon herausgeschwemmt. Vorläufig keine Blutung. Wetter trüb und abgekühlt nach arger Hitze, die hier während der letzten Wochen geherrscht hat. – Anruf der Frau Dr. Meyer, die Befragung eines Internisten empfiehlt, da meine Blutverhältnisse (103 Hämoglobin) die fortgesetzten Blutungen bedingen könnten. – Die »Tat«, in der die 39. Fortsetzung von »Kgl. Hoheit«, über das Buch von Sven Hedin über sein Verhältnis zur Hitlerei. –

Der amerik[.] Permit Officer nach Frankfurt vorangefahren. Offenbare Besorgnis. – Mittags Telephon mit Professor Mäder. Ausgegangen mit K.. Bei Scholl, in der Apotheke u. anderen Geschäften. Autogramm-Bitten. Lunch zu dritt mit Erika im Hotel. Viel Regen. Zum Thee in K.'s Zimmer Bermann und Landshoff, später auch Emmy Oprecht. Über Kestners Rundschau-Nekrolog, zu flüchtig. Dann über unser deutsches Programm u. hauptsächlich über das Problem Weimar. Gefahr, daß im Falle meines Besuches dort die Amerikaner in Frankfurt meinen Vortrag boykottieren würden. Man muß für diesen Fall begründete Absage in Aussicht stellen. Beschluß Erikas mit Frankfurt zu telephonieren. – Bekam etwas Nasenbluten. – Golo und Gasser. Erikas Antipathie gegen diesen. – Abendessen mit K. wegen Blutungsgefahr auf dem Zimmer. Erika mit Landshoff. Nahm blutstillendes Vitamin (Dr. Pollag) und ein neues Entspannungsmittel Neuro-Trasentin.

Zürich, Mittwoch den 20. VII. 49

Ruhige Nacht. Gegen 8 auf. Bedeckt und kühl. Bei Dr. Mäder zur Behandlung. Mahlzeiten im Hotel. Haarschneiden u. Einkäufe bei Bachmann. – Bermann und Landshoff. Über eine Schweizer Ausgabe von »Buddenbrooks«. Eine einbändige deutsche Joseph-Ausgabe. Viel über das Problem Weimar. Kontakt Erikas mit den Amerikanern in Frankfurt u. Wiesbaden. Schwankende Haltung dort. Etwas Blut. Beschluß, mit Motschans Wagen nur bis Basel und nach Frankfurt im Schlafwagen zu fahren. Verständigung telephonisch mit M.. – Abendessen mit Oprechts im Hotel.

Zürich, Donnerstag den 21. VII. 49

8 Uhr auf. Sonniges Wetter. Fertigstellung des Manuskripts für die »Wandlung«. Geschrieben an dem Artikel für »Sie und Er«. Einkauf von Tabackwaren. Im Hotel Interview mit jungem Juden. Lunch mit R. Schweizer. Mit ihm nachher zum Notar zur Beglaubigung unserer Unterschriften in Sachen von

Klaus' laufendem Prozeß. Verabschiedung von dem guten Schweizer. – Große Flasche Eau de Cologne von der dankbaren Apotheke. – Etwas geruht. Thee mit Arnoldo Mondadori und der Mazzucchetti im Garten. Ihr Bericht über einen Artikel von Sieburg in einem Blatt der franz. Zone über das Entstehungsbuch, durch das der Faustus so tief sinke. Kerstin Strindberg, bei Erika, ist anderer Meinung. – Über die Erscheinungstermine der opera omnia. – – Bei Erika mit Nebel und Landshoff, den ein deutscher Doktor mit Angina pectoris bedrohte. Neues von dem österreichischen Permit officer in Wiesbaden, der mit headquarters über den Fall Weimar verhandelt. Wird mich Sonntag im Gästehaus aufsuchen. – Abendessen mit Gästen: Strichs und ihre Nichte, Medizinerin. Dazu später Lala Pringsheim für zwei Tage. Nach Tische im Salon. Sprach zu Frau Strich über Klaus. Die weiß gewordene Lala fand mich nach 20 Jahren überhaupt nicht verändert. – Sehr müde.

Zürich, Freitag den 22. VII. 49

Schrieb morgens den Beitrag für »Sie und Er« irgendwie zu Ende. 11¼ zu Mäder, der die gebesserte Wunde noch einmal behandelte und für alle Fälle blutstillende Gaze mitgab. Freundlicher Abschied. Zahlte 70 Franken. – Mit K. und Lala P. etwas gegangen und nach Hause. Empfing in der Halle jungen Deutschen Journalisten und war gewiß zu mitteilsam. Bibi und Gret mit den Bübchen kamen. Frido schenkte mir einen mit Quarz gesprenkelten Stein. Jene aßen mit Erika u. der Schwägerin in der Stadt; wir mit Mondadori und der Mazzucchetti im Hotel. Verabschiedung von diesen. Verabschiedung von Landshoff, der die Frankfurter Rede sehr guthieß. Verabschiedung von Erika, die mit ihm nach Amsterdam fliegt. Sie riet, wenn aus Weimar nichts wird, auch München zu lassen, für einige Tage nach Zürich zurückzukehren und von hier zur Einschiffung zu fliegen. Wir sollen ungefähr gleichzeitig (18. August) in Pacif. Palisades wieder eintreffen. – Sehr warmes Wetter. – Bewegt durch die Trennung von Erika. Las in der »Entstehung« mit den Augen verschiedener Leser. Ruhte erst spät. Thee mit K. und der Schwägerin. K. schreibt den Artikel für die Schweizer Zeitschrift ab. – Beginn des Packens. Abendessen zu dritt mit Lala. Nachher in der Halle. Las in der »Tat« Nachrichten über die Ratifizierung des Atlantic Pakt.

Zürich, Sonnabend den 23. VII. 49
Der Tag der Abreise gekommen. Morgens noch ein Bad, denn wer weiß –. Gefühl, alsob es in den Krieg ginge. – Wetter leicht bedeckt. – In diesen Tagen doch noch etwas erholt. Die Blutungsgeschichte scheint endgültig überstanden. –

Amsterdam, Donnerstag den 4. Aug. 49. Amstel Hotel.
Abrollen eines wilden Reigens gedrängt bunter Ereignisse in diesen 12 Tagen, zusammen mit dem getreuen Motschan, einem Sohn, in dessen Buick die Wege, angefangen mit der Fahrt nach Basel zurückgelegt wurden, ausgenommen die Schlafwagen-Fahrt von dort nach Frankfurt und die Tagesfahrt im schlecht gehaltenen Intern. Zuge gestern von Frankfurt hierher. – Der Empfang in Frankfurt durch den Oberbürgermeister und Magistrate, vielen Zuschauern. Das Gästehaus in Schönberg. Die Feier am 25. in der Paulskirche und die Akklamation durch spalierbildendes Publikum nachher. Der Aufenthalt, trotz spuckender Briefe und Artikel, zweifellos ein Erfolg. Wiedersehn mit Reisiger. Besuch des Goethe-Hauses unter Führung Beutlers. Die Zerstörungen, die »Trümmer-Verwertung«. Taunus-Fahrt im städtischen Wagen. Presse-Konferenz. Fahrt mit George nach *Stuttgart*, nach *München*, Vier Jahreszeiten, Walterspiel. Empfang durch die Akademie. Reden u. unendliche Begrüßungen. Carl Ehrenberg. Ebers. Vortrag »G. u. d. Dem.« Stürmisch gefeiert. Gespräch mit Bürgermeister u. Rechtsanwalt über das Haus, das zu besuchen ablehnte. Die Stadt, zerlumpte Vergangenheit, für die wenig Herz. Klagen der Nicht-Faschisten (Hanfstängl). Kriminalbeamte uns überall mitgegeben. Besuch in *Nürnberg*, mit der T.M.-Gesell-

schaft im Ratskeller. Kaffee bei Stroh. Weiter gegen *Weimar* auf anderer Route, als die thür. Regierung erwartete. Dadurch Verfehlung (Vermeidung) vieler Vorkehrungen. T.M.-Straße in Plauen. Zusammentreffen unterwegs mit den städtischen und Regierungsdelegationen. Becher etc.[.] Weiter zur Stadt. Was folgte: unendlicher Volksfest-Trubel und Ehrungen, bei denen mit guter Miene meinen Mann zu stehen hatte. Motschan wird die einzelnen Stationen des Kalvarienberges aufzeichnen u. resümieren. Die Feier im National-Theater, die prachtvollen Dokumente des Bürgerbriefes und des Goethepreises. Reden des Kirchenrats und Bechers. Mein Vortrag akklamiert bei der Stelle über Freiheit und Recht. Die Fahrten durch die Stadt. Fürstengruft. Frauenplan. Beim Buchbindekünstler. Im Lißt-Hause, opus 111. Presse-Konferenz. Lunch mit General Tulpanow und Familie. End-Bankett im Hotel. Präsident Wandel. Hans Mayer. Folge von Reden mit meiner am Schluß. Im Hotel stets Gedränge von Gästen, Offiziellen, Polizei. Zudrang von Briefen, Telegrammen, Büchern, Blumen. Auf der Straße Ansammlungen, Photographen, Mikrophonen, Kurblern. Abreise u. Rückfahrt durch die Ortschaften mit Bürgermeistern, Schulkindern, Fahnen, Ehrentrünken, Guirlanden, Heil- und Hochstraßenbändern, Blechmusik u. Trommeln, unbeschreiblich und phantastisch. Den guten George zur Seite. *Eisenach*, Begrüßung durch Magistrat und Bischof, der, sehr dankbar für die Spende der 20000 Ostmark für die Herder-Kirche, bei Tische gut sprach. Die Delegationen mit bis zur Zonen-Grenze, wo neue Mikrophon-Reden und Applaus zum Abschied. Rückfahrt bei Wetterkrise nach langer Hitze mit Sturm und Regen. Intermezzo mit dem Devisenbuch. Der weise Kommissar. Über Bad Naumburg und Soden wieder zum Frankf. Gästehaus. Bermann dort nach dem Abendessen. Übernachtet und gestern nach dem Lunch mit Dr. Kolb zum Bahnhof. Dort Interviews und knappes Zurechtkommen. Herzlicher Abschied von dem getreuen Motschan, dem Bürgermeister u. dem Stadtrat. Beschwerliche Fahrt in dem schlechten u. lauten

Zug. Im Coupé junger Deutscher mit Greuel-Erzählungen vom russischen Feldzug. Kanibalismus. Ankunft hier ½ 11 Uhr. Dr. Hirsch u. Frau am Bahnhof. Thee in der Halle. Heute Abwehr von Journalisten am Telephon. – Bin gesund geblieben. Habe schlecht und recht standgehalten.

Amsterdam, Freitag den 5. VIII. 49

Gestern Mittag bei Bermann-Querido, Singel 262. In verschiedenen Verlagsräumen. Beschluß, per Wagen nach Rotterdam u. zum Schiff zu fahren. Lunch mit Dr. Hirsch u. Frau im Club. Zum Thee Besuch des holl. Pen-Club-Vorsitzenden. Karten an Reisiger und Motschan. Diner 8 Uhr im Hotel. Kaffee in der Halle. Nichts gelesen. Keine Lust.

Heute ½ 9 auf. Klares, frisches Wetter. Gefrühstückt und rasiert. Wäsche in 24 Stunden. Abfahrt auf ½ 1 Uhr angesetzt. – Brief von Prof. Donkersloot, beifällig wegen Weimar. – Rundfrage von »De Kim« über Krisenliteratur, die noch beantworten will, während K. packt. –

Dampfer »New Amsterdam«, Sonnabend den 6. VIII. 49

Sind für 7 Tage auf diesem schönen großen Schiff installiert. Gestern ½ 1 Uhr bei ca ¾ 2 Autofahrt in Begleitung Dr. Hirschs nach Rotterdam, zum Zollamt und zur Linie. Umständlichkeiten der Kontrolle, besonders bei den holländischen Currency-Beamten an Bord. Kabine 221, gut geräumig, praktisch. Hirsch bei uns. Wermut, etwas Käse und Obst. Abfahrt 4 Uhr. Thee. Inspizierung Eßtisch u. Liegestühle. Gutes Diner ½ 7 Uhr. Extrem müde. Nachher bei Sonnenuntergang auf einer Bank des Bootsdecks. Danach im Salon gelesen, vlämische Geschichten von de Coster. Zeitig zu Bette. –

Heute ½ 8 Uhr auf. In trübem Wasser gebadet und im Speisesaal gefrühstückt, während K. im Bette blieb. Wetter bedeckt und wärmlich. Liegen seit Stunden vor Le Havre. Werden erst am späteren Abend Southam[p]ton verlassen. – Denke zurück an die vielen Abenteuer der vielfältigen, sonderbaren Reise mit dem Trauer- und Schreckenseinbruch in dem großen Stockholmer Zimmer. Gottlob daß Erika das Schlimmste überwunden. Hatten Brief von ihr aus Oesterreich, daß sie an Fuß- u. Beinschwellung gelitten. Hat im Radio unsere Reise verfolgt und findet es einzig, daß Einem in zwei spinnefeindlichen Sphären gleichermaßen »göttliche Ehren« erwiesen werden. –

New York, Sonnabend den 13. VIII. 49. St. Regis

Auch die Woche auf dem Schiff, anfangs stürmisch, dann kühl, dann zunehmend schwül, ist abgedient. Guter, halb englischer Tisch-Steward, sehr gute Verpflegung, viele lange Weile. Vormittags Arbeit an einem Bericht über Sunday Times, nicht fertig. Viel im Cinéma. Viel Genever. Schließlich allerlei Bekanntschaften. Mrs. Undermaier, Übersetzerin Brochs. Bei der Ankunft Presse-Konferenz und Television. Tutti Fischer mit Mr. Raymond, Union Press, am Pier. Unendliches Warten auf das Gepäck. Schwüle. Spät ins Hotel, Zimmer mit unwirksamem Air conditioner. – Heute 8 Uhr auf, gebadet, Eier u. Thee gefrühstückt, rasiert. ½ 12 Uhr allein Fahrt nach Whiteplanes zu Knopf, mit diesem nach *Mount Kisco,* zur Farm, deren Schönheit und Luxus sehr bewunderte. Kleiner Kreis von Gästen. Hatte bei Tisch englisch zu berichten. Nachher auf der Terrasse. Heimfahrt mit dem treuherzigen Driver, so daß etwa 6 Uhr zu Hause war. Fand K. vor, die mit Liesl Frank geluncht. Thee. Werden mit Tutti Fischer u. ihren Töchtern zu Abend essen. Unser Zug morgen nach Chicago geht nachmittags um 6. – Tausend Dollars von Knopf für »Buddenbrooks«.

New York, Sonntag den 14. VIII. 49

Beim Abendessen gestern im Aiglon, mit Fischer u. dem Musikstudenten Thomas, sehr müde, nervös und leidend. Mein Leben wahrhaftig La vie difficile, durch das von jeher gerade Hindurchkommen. Und das stellt sich als »Weltruhm« dar. Meine Bekanntheit im amerikanischen Volk, dokumentiert durch das Verhalten des Fahrers gestern, der erst im Schloß erfahren hatte, wen er fuhr (unterwegs sprach er über mich in der dritten Person) – sehr merkwürdig. – Der »Aufbau« hat den ersten Teil der Frankfurter Rede gebracht, zur Begeisterung vieler. Sehr provokativ hat der Artikel von den Dreien in Sunday Times gewirkt. Ungewöhnlich viele Briefe. Der berühmte Schweizer contra, Bismarcks wegen. Die meisten dagegen wegen Luther, wie die deutschen Bischöfe. – Nachts von den Ohren gequält. Sekonal. Dann bis ½ 10 geschlafen. Thee-Frühstück. Die Verdauung sehr schwierig. –

Chicago, Shoreland, Montag den 15. VIII. 49

Gestern Lunch mit Lisl Frank und Mittler im Restaurant nahebei. Gute Freundschaft ohne Empfindlichkeit. Berichte. Sehr vernünftige Ansichten Mittlers über die amerik. Außenpolitik, den Unsinn des Marshallplans, des Atl. Pakts etc.. Das Herunterkommen des Landes. – Packerei. Fuhren ¾ 5 ab zum Central, zum Zug ½ 6 nach Chicago. Nervöse Müdigkeit und Schlaffheit, die durch das Dinner gebessert wurde. Bed-rooms über der Achse, unerlaubt schwankend und stoßend. Stupider Porter. Nachts heftige Erregung. Schlief aber dann trotz dem Geschüttel bis zum Morgen. Konfusion mit der Zeit, die 2 Stunden zurückging. Hatten Kaffee schon »5 ¼«. Später Frühstück im Diner. Verfrühung des Zuges. Medi am Bahnhof Engelwood. Buick wie Motschans. Zum Hotel, gute Zimmer mit 2 Bädern mit Blick auf den See. Frische Brise. Mit Medi. Gebadet und rasiert. Telegramm an die Goethe feiernde Jugend in Frankfurt, einem Versprechen gemäß. – Lektüre der letzten Zeit: Sainte Beuves Essays und de Costers flämische Geschichten. An dem Bericht für Sunday Times noch in New York geschrieben. – Brief der haushütenden Damen, erleichtert, daß wir aus Deutschland heil entkommen, mit Gruß von Niko, der also am Leben. – Etwas Arbeit am Bericht. Feuchte Hitze. Lunch mit Medi im Hotel. Ruhe ohne Ruhe. Gegen Abend Medi mit den Kindern, die den Teppich mit Kuchenkrümeln bedeckten. 7 Uhr zu Fuß zu Borgeses. Cocktail, gutes Abendessen, Kaffee und Champagner. Antonio übermächtig wie immer. Medi fuhr uns heim.

Chicago, Dienstag den 16. VIII. 49

Recht leidlich ausgeschlafen trotz der Feuchte. Gebadet. Oatmeal und Kaffee, da der Säckchen-Thee zu schlecht. Im Barber-Shop zum Schuhputzen. Kaufte Cigarretten ein. Werden mit Medi Lunch haben, abends bei bepacktem Wagen einen Imbiß bei ihr haben und 8¼ Uhr die »City of Los Angeles« besteigen. – Etwas Arbeit am Bericht.

Zurück in
Pacif. Palisades, Freitag den 19. VIII. 49

Vorgestriges Abschiedsmahl bei Medi festlich ausgestaltet. Fahrt zur Stadt, zum Bahnhof, zwei Bedrooms, air conditioned, sehr kühl. Verabschiedung von Medi. Vorzüglich ruhig laufender Zug. Früh zu Bette, bei zurückzustellender Zeit. Vorgestern Vormittag in meinem Abteil Arbeit am Bericht. Mahlzeiten im Diner ungestört, da Abteilung für Couch-Fahrer (Coffee shop). Verweilende sinnliche Bilder draußen, begeisternd und Leidenschaft erregend. Das nimmt kein Ende. – Beim Aussteigen Saltlake City Erstaunen über die schwere Schwüle. – Gestern Frühstück im Diner. Ankunft Los Angeles ½10. Gut organisierter Gepäckdienst. Der Fahrer, der uns am 26. April zur Station brachte, mit seinem Wagen zur Stelle. Fahrt bei blauem Himmel und warmer, doch frischer Luft den Sunset hin nach Hause. Die Hüterinnen. Pudel Niko. Sein Befremden erst, sein sich Winden zwischen den Beinen hindurch. Hat, eingesperrt versehentlich, den Teppich bei der Tür im study zerkratzt. In den Zimmern Früchte und Blumen. Vorzeigen der massenhaft eingegangenen und säuberlich massierten Bücher und Brief[e]. Damen halfen K. beim ersten Auspacken. Stand- und Tischuhr außer Dienst. Belebung der Kugel-Stutzuhr. Beschäftigung mit einem Haufen deutscher Zeitungsausschnitte aus Ost- und West. Schimpf' und Ehr'. Glück des Zuhause, des Gerettet- und vor der Welt Geborgenseins, die draußen schreien mag. Lunch mit den Damen. Bücher-Widmungen an sie. Schwarze dicke Magd namens Perla (?). Gegen Abend Schwager Närr. Zum Speisen. Nachher Kaffee. Wieder Musik aus dem wundervoll klingenden Apparat: wie zu meiner Ankunft César Frank-Programm. Sehr müde – und wie denn nicht.

Heute, 8 Uhr Kaffee. Gebadet und im Eßzimmer das Gewohnte. K. beladen mit vielen Geschäften, namentlich auf der Bank, von der keine Meldungen über die fälligen Zahlungen von Landshoff und der Academy (Award) vorliegen. – Stille meines Arbeitszimmers. Notdürftiges Ein- und Aufräumen. Klares, warmes, aber im Vergleich mit dem Osten frisches Wetter. – – Mittags bei frischer Brise weit gegangen u. im offenen Wagen zurückgefahren. K. bei Heinrich, der erklärt, wenn er das Reisegeld bekomme, werde er fahren. Telegramm am Prof. Wandel? Nach dem Lunch Auslese aus den Zeitungsberichten mit Namen und Ämtern. Zum Thee Eva Hermann. Kein Uhrmacher! Auch die Schlagfeder der Schweizer Stutzuhr gebrochen. Nichts wesentliches getan. Abends Musik: »Sommernachtstraum« unter Toscanini. Zeitig zu Bett.

P. P. Sonnabend den 20. VIII. 49

Klares, frisches Wetter. Wiedererscheinen von Einzelheiten wie der der Goethe Plakette der Höchster Porzellan-Manufaktur, Geschenk der Stadt Frankfurt, und der Kranz von Lund. Schweizers Repetier-Uhr auf den Büchertisch neben dem Sofa-Arbeitsplatz. – ½ 8 auf. Maniküre. 8 Uhr Kaffee. Frühstück auf der Terrasse. Alma Mahler, die rote Gladiolen gesandt, telephonisch nicht erreicht. – Komischer Brief von Eisler in Prag, verblümt andeutend, daß die Presse über den tschechischen Faustus schweigt. Aber der Kultusminister sei ein Bewunderer. – Freude an den Bequemlichkeiten des Hauses, am Alleinsein. K. wäre Ruhe zu wünschen, aber schon heute die Medi-Kinder fällig. – Das zurückliegende Getümmel von Abenteuern kaum glaubhaft. – Brief zum 28. August an Kolb für die Feier. – Gegangen. – Briefe gelesen. Heinrich zum Thee, lange. Will und will nicht. Telegramm an Wandel wegen Reisegeld. Glückwunschblatt für Alma Mahler zum 70. Geburtstag beschrieben. Die kleinen Mädchen bei Tisch lästig, sonst nicht. – Wichtiger Artikel der Anni Carlson über Faustus in »Deutsche Beiträge«.

P.P. Sonntag den 21. VIII. 49

Gegen 8 auf. Bedeckt, windig. Gebadet mit Schweizer Fichten-Essenz. Frühstück auf der Terrasse. Begrüßung mit Vattaru, der unsere Reise mit Stolz verfolgt hat und bewegt kondolierte. – Führte bis Mittag den Brief nach Frankfurt zu Ende. Ging sehr wenig. Las nach Tische den Aufsatz der Carlson noch einmal. Nachmittags notgedrungen Beschäftigung mit dem Offenen Brief des Zürcher »Volksrecht«. Gegen Abend Ankunft Erikas. Ihr Fußleiden, Zirkulationsstörungen. Den Abend mit ihr, beiderseitige Erlebnisse. Schweizer Aufregung über Weimar. Die blinde und schlaue Deutschland-Politik Churchills. – Sehr müde.

P.P. Montag den 22. VIII. 49

Kestens Nizzaer Juden-Roman, Abendlektüre, anständig erzählt. – Schmutziges Badewasser. – Bedeckt, Donner. – Arbeit an dem Bericht für New York. Mit K. ausgefahren u. gegangen. Sehr warm. – Briefwechsel »Suchende Jugend«, Berlin, eingeführt durch mein[en] Brief an deutsche Kriegsgefangene. – Diktierte der Kahn Brief an Mc Leish. Versuchte dem »Volksrecht« Antwort zu diktieren, gab aber auf. – Von Erika der hysterische Artikel von Sieburg aus der »Gegenwart«. Erstaunlich.

P.P. Dienstag den 23. VIII. 49

Gestern schwere Gewitter weiter weg. – Bedenkliche Spannung zwischen Rußland und Tito's Jugoslavien. – Sehr weich und warm wieder. – Arbeit am »Bericht«. – Zum Haarschneiden nach Westwood. – Nachmittags Versuche mit einer Antwort an das Zürcher »Volksrecht«. – Wiederabsendung des zurückgehaltenen Telegramms an Kolb.

P. P. Mittwoch den 24. VIII. 49

Nachts Abkühlung. Vorm Frühstück die Straße hinauf gegangen. – An dem Brief ans »Volksrecht«, den nachmittags abschloß. Vorlesung abends. – Deutsche Operettenplatten, excessiv läppisch. Ein paar Diktate an die Kahn. Weimar. Hans Habe.

P. P. Donnerstag den 25. VIII. 49

Kühle Nacht, aber große Hitze von morgens an. – Schrieb den »Bericht« zu Ende, den abends K. u. Erika vorlas. Anstände. Vorzug, daß es keine »Rechtfertigung« ist. – Wenig gegangen. Sehr interessiert von dem Buch »Zwiespalt im Abendland« von Meißner. Luther und Erasmus. Alte Wünsche belebt. –

P. P. Freitag den 26. VIII. 49

Hitze. Verbesserungen am »Bericht«, die den ganzen Vormittag nahmen. Wenig gegangen. Auspacken eines Wustes von Büchern u. Drucksachen, von Oprecht nachgesandt. Klaus Pr. zum Abendessen. Champagner und Kaffee. – Las in dem Buch von Meißner. – Mit Erika über weitere Änderungen am Brief an das »Volksrecht«.

P. P. Sonnabend den 27. VIII. 49

Verstärkte Hitze. Hurricane in Florida. – Änderungen am Brief nach Zürich. Dann Beschäftigung mit den zuletzt geschriebenen Gregorius-Kapiteln. Der Wind erlaubte einiges Gehen. – Suhrkamps Druck der »Ansprache im Goethejahr«. 1000 Dollars für Buddenbrooks von Knopf. – Brief an Frido mit Einlage von 5 Franken. Erzählte von dem bekränzten Buick in Thüringen. – In dem Buch von Meißner. Zweifelhaft, aber interessant. – »Target – you« von Stowe. – Hörte »Mainacht« von Brahms und »O Tod«, Meisterwerke.

P. P. Sonntag den 28. VIII. 49

Hitze, aber noch kein Wüstenwind. – Entwurf einer Bill of Rights für United Europe in Straßburg. Mancher Punkt trifft auch schon Amerika, obgleich nur gegen Rußland gezielt. – Frage, ob mein Brief nach Frankfurt heute noch zum Feste ankommt. – Schrieb neu an Kap. XV des »Erwählten«. – Ging bei Wind Amalfi Drive ganz hinunter. Eva Hermann zum Lunch. Briefe an Oprecht u. einen deutschen Verleger K. diktiert. Abends Musik unter Steinberg. Die Traubel sang Mist, und das ganze Programm mit Ausnahme der Egmont-Ouvertüre zeugte von grobem Mißverständnis des Populären. Saint Saëns franz. Militär-Musik – wozu gibt die Musik sich her! Jede Emotion ist recht. Leicht kommt man dazu, eine Dirne in ihr zu sehen. – Nach langer Zeit wieder einmal bösartiges Verschlucken mit Speichel, furchtbar gereizte Luftröhre. Erschöpfung vom Husten.

P. P. Montags den 29. VIII. 49

Nachts Ohren-Irritation, Salbe, Belegtheit des Gehörs. Hitze. Trage Hemd und Hose. – Etwas weiter am Kapitel. – Bei Wind gegangen. – Der »Monat« mit dem »Deutschen Wunder«. Köstler, der schäumende Renegat. Dieser Typ der beliebteste. – »Monatshefte« (Univ. of Wisconsin), Aufsatz von Seifferth über Faustus. – Einige Briefe der Kahn diktiert. – Abends Versuche mit neuen, lange laufenden Platten auf dem zusätzlichen Apparat. Sonate von Frank, Violine, z. T. sehr gut, anderes heiser.

P. P. Dienstag den 30. VIII. 49

Andauer des sehr warmen Hochsommerwetters, aber von gestern Nebelbildung näher zum Meer. – Tito ruft nach amerikanischem Geld. – Arbeit am Kapitel. – Bei Wind ziemlich weit gegangen. – Herzensguter Brief von Reisiger. Auch ein guter Brief von Seidlin mit Aufsatz über »Kennst du das Land«. Anregend. – Neue Bände der erfreulichen Schweizer

Goethe-Ausgabe. – Schrieb etwas an Agnes Meyer, die nach dem Gregorius verlangt. – Geburtstags Buffet-Dinner mit vielen Gästen bei Alma Mahler. Mahlzeit und Bläserkonzert im Garten. Lampions. Angenehmer junger Berner, der uns in Motschans Buick in der Wochenschau gesehen. Wahrscheinlich Aufnahmen vorm Weimarer National-Theater. Geschenk an Alma gewidmete Zeichnung von Mopp. Sie hat mit Schönberg völlig gebrochen. Er bereut seinen Brief. – Zu Hause noch mit Erika.

P. P. Mittwoch den 31. VIII. 49

Der Monat, der mit dem Tag in Weimar begann, ist am Ende. Das Wetter bleibt schön, bei gemilderter Hitze. – Gebadet. – Die Megäre Ruth Fischer kündigt die Ermordung Titos durch die Russen an. Ihrer Prophetie wird größte Publizität gegeben. – – Etwas weiter am Kapitel. – Mit K. ausgefahren. – Abschrift des »Berichtes« durchgesehen und expediert. Brief an Mrs. Meyer z. Sendung eines Durchschlags des Gregor. Ausfertigungen. – In »The last days of Hitler«, grausig, unwahrscheinlich. – Abends Lieder. Nähere Betrachtung des »Musensohns«, – unstimmiges Geträller, Spazierlauf. Inspiration. »Pfeift« er dem jungen Volk zum Tanz? Durch Schubert eine Perle! Melodie wie angegossen.

P. P. Donnerstag den 1. IX. 49

Nebel, wärmlich. – Kestens Roman läßt nach, gibt überhaupt nicht viel her. – Am Kapitel. – Lunch mit K. und den Enkelinnen im Chalet Suisse. Aß mit Appetit. Die Kinder unangenehm, nicht zur Gefälligkeit erzogen von der so holden Medi. – Nachmittags kurze Briefe an die Akademiker Seidlin und Seiferth. – Gelesen in Last Days of Hitler. Unglaublich die Intrigen um Macht und Nachfolge, wo nichts mehr war. – –

P. P. Freitag den 2. IX. 49

Nebelig, kühl. – Erika gestern für einige Tage zu ihren Freundinnen verreist. – Das Problem Heinrich, mit seiner nurse, die wir nicht länger bezahlen können, in der Schwebe. Feuchtwanger, dem K. Bescheid sagte, heute bei ihm. Die schlaue Komik im Verhalten des Greises. Zu uns kommt er nicht mehr, da er zu Hause ebenso gut ißt. – – Am Kapitel weiter. – Gegangen ziemlich weit. In »Hitlers Last Days«. – Kam Adorno's »Philosophie der modernen Musik« mit meiner Empfehlung. – Aufs neue die Schweizer Rundschau mit Klaus' Aufsatz, der viel Aufsehen macht u. von der Mazzucchetti ins italienische übersetzt wird. – Die Kahn zu Diktaten bei K.. Ausfertigungen. Ich hatte fast bis zum Abendessen viele lange Briefe zu lesen: von Kahler, Frau Platzer-Eisenach, Beidler (über die 3 Gewaltigen), der Venezianischen Società Europea di Cultura etc. etc. – Zum Abendessen J. Maaß. Reiseerzählungen. Über Klaus, dessen widerwärtige Behandlung in Deutschland er genau wie Erika beurteilt.

P. P. Sonnabend den 3. IX. 49

Beendete gestern Nacht »Die fremden Götter« von Kesten, das schwächer und schwächer wird. – Nebelig. – K. zur Koussewitzky-Rubinstein-Probe in der Bowl, ihrem Bruder zu Gefallen. – Tito erklärt, er sei gegen das Stalin'sche System aus denselben Gründen wie gegen den Marschallplan – zu Amerikanern. Dulde keine Einmischung in die inneren Angelegenheiten seines Landes. Nicht übel. – Weiter am Kapitel. Mittags gegangen. Beendete das englische Buch über Hitler. Brief an A. M. Frey, Basel. Dinner in größerem Kreis im Ocean House als Gäste der Horckheimers. Ehemaliger Besitz von Hearsts Geliebter. Albern. »Ratskeller«. Italienische Holz-Guirlanden, Schnitzerei. Pracht-Bar. Teueres Restaurant. Nachher zu den Gastgebern. Zu Hause Telephon mit Erika.

P. P. Sonntag den 4. IX. 49

Erikas Zorn über Gumpert und jeden, der nicht über den armen Klaus schreibt. Feists Plan eines Gedenkbüchleins. Ablehnung Huxleys und wahrscheinlich anderer, sodaß die Idee zu scheitern scheint. Vielfache Mißbilligung seines Todes – nicht unbegreiflich, wenn auch verbitternd für E., die doch alle Umstände, die dazu führten, genau kennt und ausspricht. – Las nachts im »Stechlin«. – Neblig, kühl. Gebadet u. auf der Terrasse gefrühstückt. – Arbeit am Kapitel. Mit K. ausgefahren. Nachmittags den Brief an Frey beendet, einen weiteren geschrieben. Las in »Target – you« von Stowe, aufgeklärtes Buch, das hilfreich sein könnte, wenn überhaupt etwas hülfe.

P. P. Montag den 5. IX. 49

Labor Day. Neblig, aufklarend. Gestern Nacht wieder Fontane-Lektüre, »Poggenpuhls«. – Wiederholte riots gegen Paul Robeson. »Awake, America!« Schauriger Abklatsch. – – Am Kapitel. Wenig gegangen. Das Buch »Target – you«. Diktate an die Kahn und eigene Erledigungen. Rückkehr Erikas.

P. P. Dienstag den 6. IX. 49

Wiederansteigende Wärme. Gestrige Verkehrsopfer. Der Robeson-Skandal. Seine Reden nun auch wieder nicht glücklich. – Schlimme Ohren. Arbeit am Kapitel. Hitze. Nach Westwood zur Ausspritzung u. Behandlung der Ohren. Sehr viel Post zu lesen. Neuer Presse-Mist aus Deutschland. Dort werden nach Aufhebung der Lizenzierung 100 neue Nazi-Zeitungen erstehen. Es geht schnell. Ich habe, wie es scheint, das Land im letztmöglichen Augenblick besucht. Artikel von Marck gegegen die div. Holthusen. – Ein paar Briefe eigenhändig. – Sehr warmer Abend. Saßen nach dem Essen auf der Terrasse. Um 10 kam Kühlung. – »Aufbau«. »Nation«.

P.P. Mittwoch den 7. IX. 49

Hitze. – Amokläufer, relig. Fanatiker, der 12 Menschen erschießt. – Am Kapitel gegen das Ende. – Extremer Sonnenbrand; unmöglich zu gehen. Geringe Post. In L. Stowe's Buch, einer wichtigen Erscheinung, sagt unter diplom. Konzessionen die Wahrheit. – Im Studio geruht. Der Kahn nur einige Bücher zur Danksagung übergeben. – Lieder von Brahms, z. T. unverzeihlich schwach und »deutscher Mann«. – Wechsel von heißen und kühleren Luftströmungen.

P.P. Donnerstag den 8. IX. 49

Halb bedeckt, schwühl. Nachts leichter Regen. – Ohne Bedienung. – Konstituierung des westdeutschen Staates in Bonn. Wahl der obersten Funktionäre. Kann gut werden. – Schrieb Kap. XV zu Ende. Hitze. Ging bis zum Boulevard, wo ich mich in den Schatten setzte. – Brief von der Meyer voller Begeisterung über die Gregor-Kapitel. Abhandlung einer deutschen Lehrerin über die Schul-Lektüre von »Buddenbrooks«. Brief einer theoretisierenden Malerin in Israel über den Faustus u. die Frage der Kunst. – Schrieb an Reisiger. Las dabei im »Ernährer«, der voll von Druckfehlern. – Meldung vom Tode Richard Strauß'. Mit Ernst aufgenommen. – »Winterreise« – der schönste und bedeutendste Liedercyklus. – Unzuträgliche Temperaturschwankungen.

P.P. Freitag den 9. IX. 49

Erkältet, unwohl. – Tito bekommt Anleihe von 20 Millionen Dollars. – Empirin. – Einiges nachgelesen für die Arbeit, deren Fortsetzung bei reduziertem Befinden mir Sorge macht. Schrieb dann den Brief an den alten Reisi zu Ende. – Mit K. nach P. P. ausgefahren. Matt und unwohl. Schlief nachmittags auf meinem Sofa. Nahm Kohle. – Telegramm von Wandel, daß Reisegeld für H. zur Verfügung steht. Es heißt nun mit ihm reden u. eine Entscheidung herbeiführen.

P.P. Sonnabend den 10. IX. 49
In »Effi Briest« weiter. Mit Kodeïn und roter Kapsel leidlich geschlafen. Zustand gebessert. Wetter klar u. etwas kühler. Gestern Brief an Frido, eingehend auf meinen, aber ohne Erwähnung der 5 Franken! – Sprachliche Auszüge für Gregorius. Brief an Kahler. Nachmittags rasiert, Thee im Schlafzimmer. 7 1/4 zu Révy's, Dinner mit Lustigs. Gemildert anti-russische Atmosphäre. Hatte für den servierenden kleinen Tommy die Repetier-Uhr mit.

P.P. Sonntag den 11. IX. 49
Hell und kühler. Garstiges Ohr. Voller Bewunderung für »Effi Briest«. Beim Kaffee Aktionsplan für den Besuch bei Heinrich. – Schrieb Briefe. Ging übers Alte Haus. Las einen Aufsatz über die Unendlichkeit (oder Endlichkeit) des Alls. 6 Uhr mit K. zu Heinrich. Mißliches Geschäft, sanft betrieben. Von Aufschub abgeraten, wenn er fahren will. Technikalien besprochen. Seefahrt mit Bücherkiste bevorzugt, nach Danzig. Sein Kind in Prag wünscht er offenbar nicht zu sehen. Modi der Pflege erwogen, im Fall daß er ganz oder bis Frühjahr bleibt. Frau Hardt? Eintreffen des Reisegeldes abzuwarten. Unterdessen Feststellung des polnischen Schiffes, Finanzamt und Visen. Lebensauftrieb oder beschleunigtes Ableben? Dunkle Angelegenheit. Denke nicht aufrichtig daran, ihn in Berlin zu besuchen, was ebenfalls dunkel. – Rapport an Erika. – Strauß' »Don Juan«, kühl und unterhaltend. Ravels Verzweiflungswalzer, von Steinberg gut dirigiert. Komisch keuchende Rhythmen am Schluß, originelles Stück. Das Musik-Hören zuträglich. – Empirin – Kodeïn.

P.P. Montag den 12. IX. 49
Neblig bedeckt, kühl. – Schrieb einige Zeilen am neuen Kapitel XVI. Ging übers Alte Haus. Las Zeitschriften nach Tische. Schrieb nach dem Thee an den blinden Opitz über die Begegnung mit Carl Ehrenberg und das sich Unsichtbarhalten Pauls

... das sich aus seinem schlechten Benehmen in jener Geldsache von 1933 oder 34 vollkommen erklären läßt. – – Zum Abendessen bei Feuchtwangers mit K. und Erika. War appetitlos, unwohl, müde. Sprachen nach Erikas Urteil zuviel über unsere Reise-Triumphe. Erika auf der Heimfahrt über Golo, und daß sie zur Überzeugung seiner völligen Herzlosigkeit gelangt sei. K. protestierte mit Recht. Ich verberge mir etwas Defekthaftes auch in diesem respektablen Falle natürlich nicht. – Feuchtwanger und Erika spielten Bang gegen Fontane aus, was nicht viel Sinn hat.

P.P. Dienstag den 13. IX. 49

Klar und frisch. Zu starker Kaffee. Beim Baden Gedanken zur Arbeit. Fühle mich recht schlecht auf den Beinen, möchte aber gern meinen 75. erleben. Ob er in der Schweiz verbracht werden wird, ist mir insgeheim zweifelhaft geworden. – Begründung des Trizonia-Staates mit Prof. Heuß als Präsident und Adenauer als Kanzler. Die Sozialdemokraten unter Schumacher geschlagen. Presse- u. Radio-Gesetz der Alliierten, – das von den Deutschen gehandhabt werden wird. – Wenig weiter am Kapitel. Ziemlich weit gegangen. Exemplare der Londoner Picture Post mit »Goethe's Life and Work«, illustriert. Markel von N.Y. Times Magazine erklärt die Annahme des Reiseberichts. Hatten Bilder zu senden. – Zum Thee J. Szigeti u. seine russische Frau. Recht langweilig. Schrieb danach Brief an Opitz zu Ende. (Ehrenbergs.) – Im Nibelungenlied, Ausgabe des Berl. Volksbundes der Bücherfreunde (ca. 1915). Illustrationen aus dem ersten Drittel des 15. Jahrhunderts.

P.P. Mittwoch den 14. IX. 49

In der Zeitung über die Gründung des Westdeutschen Staates. Franzosen scheinen einige Vorsichtsmaßregeln durchgedrückt zu haben. Mit ihrem Wunsch, Deutschland auf eigene Füße zu stellen und seine Industrie wieder aufzubauen, scheinen die

Amerikaner gegen Engländer u. Franzosen allein zu stehen. *Ein* sozialdemokr. Blatt gegen die Rechtskoalition und Adenauer. – Wenig weiter am Kapitel. Zur Fußpflege nach Santa Monica. Von Oprecht »G. u. d. Demokratie« als Broschüre. Im Nibelungenlied, anmerkend. Tochs u. Klaus Pr. zum Abendessen, dazu Golo, der mittags eingetroffen. Große Müdigkeit gegen Ende. Viel gegen Schönberg, dessen Musik besser sein müßte, um seine Narrheit zu balancieren. Versöhnung Alma Mahlers mit ihm, von mir gesegnet. – Sowjet-Geld gelangt an Heinrich, das er für Honorar ausgibt. Während es wohl das Reisegeld ist. Will durchaus uns davon unsere Auslagen erstatten.

P. P. Donnerstag den 15. IX. 49

Kompetenz-Konflikt bereits zwischen Heuß und Adenauer. Streit um die Besetzung des Cabinets. – Keine Bedienung. Niko verfremdet durch die Anwesenheit von Golos Hund. – Neblig. – Neue Anprangerung Roosevelts als Kommunist. Aussagen eines Ex-Parteilers. Ekelhaft. – Am Kapitel weiter. – Lunch mit K. und den Borgese-Kindern im Restaurant gegenüber dem Chalet. – Die Korrektur des Reiseberichts kommt von N.Y. Times, ohne Auslassung. – Brief an den armen Lesser. Dr. Michael, Philolog aus Texas, zum Thee. – Psalmen-Symphonie von Stravinsky, archaisch bis zur Parodie, mit grandiosen Einschlägen. Danach Le bal aus der Fantastique, at ease.

P. P. Freitag den 16. IX. 49

Nebelig. Frühstück mit Erika u. Golo, der vormittags nach seinem College abreist. Hat neues Häuschen gemietet. – Mit E. über die Übersetzung. – Am Kapitel, zögernd. Gegangen bis zum Sitz an der Straße. – Langer Brief von Angell über seinen »Reader«, sein Buch über mich und die in Yale für 1950 geplante Ausstellung. – Durchsicht der Galleys des Reichsberichts und Verbesserungstelegramm nach New York. – Deutsche Gemeinheiten. Adresse der Forchheimer Jugend, kommunistisch.

– Erbat Verwandlungsmusik Parsifal, Akt III, herrlich. Vergleich mit Stravinsky. – Einiges Handschriftliche.

P.P. Sonnabend den 17. IX. 49

K. deponiert bei Heinrich langen Brief zur Schärfung seines unklaren Gewissens in Sachen des russischen Geldes. Das polnische Schiff geht am 10. X. Er wird bestimmt nicht fahren, gedenkt aber das Geld auszugeben. – Kabel von Bermann aus Frankfurt wegen der Verfilmungs-Weltrechte für »Kgl. Hoheit«; deutsche Gesellschaft. 25000 Dollars u. Brutto Beteiligung. – Über Landshoff und seine Inhibitionen. Verschleppung aller Dinge. – – Etwas weiter am Kapitel. Gegangen recht weit hinab. Las ungeschickten Aufsatz von Großhut gegen Holthusen. – Telegramme an Bermann und Markel (Korrektur.) – Heinrich hat, wie Feuchtwanger meldet, von den Russen viel Dollar-Geld auf einmal, für die Reise und für Neudrucke bekommen. Er soll entschlossen sein, zu fahren u. zwar auf dem Luftwege. K.'s warnender Brief an ihn erweist sich als überflüssig. – Die Kahn nahm Diktate von K., Erika u. mir selbst. An Angell. Academy of arts and sciences in Boston etc. – Handschriftlich an Baronin Godin in München. – Grausiges Schiffsbrand-Unglück in Canada. – Lucia di Lammermoor.

P.P. Sonntag den 18. IX. 49

Wärmlicher Nebel. Am Kapitel weiter, wahrscheinlich albern. Bedrückt und müde. Ging Amalfi Drive weit hinunter. Fuhr mit Erika zurück zum Poularden-Mahl ohne Mädchen. K. verletzte sich an der Hand. Erika meint, man werde West-Deutschland stark machen über die eigenen Wünsche, denn es werde mit der Drohung eines russischen Bündnisses erpressen. Europa werde ihm ausgeliefert werden (was ich seit 5 Jahren vorhersage). Eine Möglichkeit sei, daß man in ca 10 Jahren vor einem neuen 1939 steht – ohne Rußland als Bundesgenossen. – Anlaß zu dem Gespräch gab die Rede des Lord Beaverbrook in Deutschland, worin er die Dismantlings auf

»Potsdam« schob (alsob davon noch etwas stände), die deutsche Verfassung für zu beengend erklärte und sagte, daß Deutschland alles müsse machen dürfen, »except war« (alsob »alles« und »except« sich zusammenreimten). – Schlief nachmittags eine Stunde. – Exzerpte aus dem Nibelungenlied. Brief an einen freundlichen jungen deutschen Verfasser. Abends Musik. Mir gefiel sehr die Ouvertüre zu »Mignon«. Vorführung 20 Jahre alter Gesangsplatten, Tita Rufo, Caruso, zu kümmerlich.

P.P. Montag den 19. IX. 49

Den ganzen Tag gestern beschämend schwere humoristische Probleme des »Gregor« bedacht. – Umgeschrieben. – Bei Marx zur diesmal ganz wirksamen Behandlung des Ohres. In Westwood Leute gesehen. – Von Lesser Nachricht, daß der Amsterdamer Verlag sein Joseph-Buch angenommen. Viel deutsche Post; Beschwernisse. – Die Abwertung des Pfundes. Weltsensation u. Weltverwirrung. Akt des amerikanischen Wirtschaftsimperialismus. Alle Länder, bis auf die Schweiz und Belgien folgen. Entwertung unserer europäischen Einnahmen. – Erfuhr aus dem »Aufbau« den Tod Eulenbergs. – Selbstmordversuch Schwarzschilds. – Besprechung der »Entstehung« dort, die die glänze[nde] Bevorzugtheit und Gunst meiner Existenz beweise. Wie müssen andere ringen! – Erika abends ausgeladen.

P.P. Dienstag den 20. IX. 49

Morgens mit K. über das schwere Problem Heinrich. Hat 3000 Dollars Honorar und 2000 Reisegeld bekommen. Scheint entschlossen, zu reisen, muß aber auf jede technische Schwierigkeit aufmerksam gemacht werden. Eindruck, daß seine Lebensgeister einfach nicht reichen. Sorge für den Fall seines Bleibens wie seines Gehens. – Beim Frühstück über die Pfund-Abwertung, gegen die Cripps sich verzweifelt gewehrt, u. die Amerika erzwungen. Die Folgen werden düster sein. Nie hätte

England sich unter den Mashallplan beugen dürfen. – – Amerik. Filmindustrie zeigt einen Verlust von 2 Millionen Dollars an. (!) Dabei kann sie nun die gesamte englische billig aufkaufen. – Wiederum über Heinrich, sorgenvoll. – – Am Kapitel weiter, lockerer. Genügend gegangen. Viel Gespräch über die Geldabwertung bei 20 Nationen, über Cripps, der hätte zurücktreten müssen, die Erregung der englischen Arbeiter, Churchills diabolische Rolle, den sehr möglichen Sturz des Labor Regimes, die Reduktion unserer europäischen Einnahmen. – Dazwischen das Heinrich-Problem; seine Flugreise, die nur über Amsterdam und Zürich gehen kann. – Zum Thee deutscher Besuch in Sachen der Unitarian Church. Geld-Ansprüche. – Goethe-Nummer der holländ. Zeitschrift »De Gid« mit sehr umsichtigem Aufsatz »G. en T. M.« von Dijksterhuis, einem Mathematiker. Schrieb an diesen. – Las in der deutschen Dokumentensammlung über die russisch-deutschen Beziehungen 1939–1941.

P. P. Mittwoch den 21. IX. 49

Nebel. Unruhig geschlafen, erregt von den (humoristischen) Problemen des Romans, von dem Devaluation-Trubel und von der Heinrich-Frage. – Wässerige Blutung wieder aus dem linken Ohr. – Auch Belgien wertet ab. Die Schweiz zögert. Sagte gestern, daß, wenn der Franken fällt, die Schweizer Psychiater zu tun bekommen werden. – – Am Kapitel bis zur Begegnung von Mutter und Sohn. – Mit K. ausgefahren nach Corona del Mar. – Freundliche deutsche Briefe. – »New Leader« verlangt den Brief ans »Volksrecht« und erhält ihn. – Gelesen in Pätels Buch über Jünger. Kann nicht mehr finden, als daß er in der Auflösung der Civilisation eine interessante Rolle spielt oder gespielt hat. In Paris war er mit Cocteau befreundet, – der den Hitler'schen Hof-Bildhauer liebte. – – Ausfertigungen. Der Herz geschrieben, ärgerlich über eine dumme Besprechung der »Entstehung«, die sie mir glaubte schicken zu müssen, aus Times L. Supplement, wo noch nie ein gutes Wort über mich gestanden. – Schweigen über die Devaluation. – Ausfertigungen.

P.P. Donnerstag den 22. IX. 49

Sonnig. – Durch Mädchen-Angebote morgens viel Telephon. – In Deutschland Ende des Military Government. Heißen nun High Commissioners. François Poncet sorgt für einige Vorsicht. Sozialdemokrat Schumacher gegen die vielen Nazis im Parlament. Lachen, als er des englischen Planungsexperiments ehrenvoll gedenkt. – Weiter am Kapitel: Münster-Begegnung. – Nicht weit gegangen. – Netter Brief von Frey über die Replik im »Volksrecht«. – Die »Nation«, so loyal und schwach. – Buch über das mittelalterl. Drama von Dr. Michael. – Erika fuhr uns nach dem Thee zur Stadt, sahen mit Vergnügen den Film von Sartre: etwas undurchdachte Metaphysik, aber sehr hübsch, nicht ohne geistige Poesie. – Späteres Abendessen.

P.P. Freitag den 23. IX. 49

Hitze. – Meine Handtasche aus New York, mit Büchern, Geschenk-Cigarren und Büchern. – Abreise der Kinder mit ihrer Edna nach Chicago. – Abends jetzt Poe. – Kapitel (Kirchenszene). – Zum Haarschneiden nach Westwood. – Lunch mit K. allein. – Gelesen über das liturgische Drama von Michael. – Geruht unten, aber vor Hitze ruhelos. – Zwei Dankesbriefe nach Deutschland. – Große Aufregung im Land über die Explosion einer A-Bombe in Rußland. – Zum Abendessen Sdidry's (Erika Wagner) mit Klaus Pr. Später Golo zum week end. Amüsantes Gespräch, kein Vergleich mit dem lastenden Toch-Abend. Viel über R. Strauß. Über den Schwindel im Dirigentenwesen. Sdidry über Faustus und die Entstehung. Leverkühn der nach-Straußische Komponist, den es hätte geben müssen. – Schönberg, Křenek.

P.P. Sonnabend den 24. IX. 49
Etwas kühler. Frühstück mit Erika und Golo. – Das kanadische Flugzeug-Unglück mit 23 Toten auf ein Eifersuchts-Bombenattentat zurückgeführt. – Die russische A-Bombe. Vischinsky erwähnt sie nicht. – – Am Kapitel, wie es nun gehen mag. – Bei prächtiger Seebrise Amalfi Drive ganz hinunter. – Unbedeutende Post. Immer Detail-Research für die Erzählung. – Nachmittags Brief an Auerbach, Princeton, über »Mimesis«. Abends in dem Buch über Jünger. – Der Historiker Golo höchst anti-russisch und prokapitalistisch. Ist äußerst unzufrieden mit mir. – Heinrich bleibt entschlossen zu reisen. Sein Haß auf Amerika nun auch wieder ins Törichte gehend. Direkter Flug nach Paris–Ost-Berlin. Flinker in Paris zu benachrichtigen. Für Betreuung im Berliner Haus zu sorgen. – – Unbehagliches Nachdenken über E. Jünger nach der Lektüre. Respekt vor der Männlichkeit seines Lebens. Vergleich mit der metaphysischen Sehnsucht meiner eigenen Jugend. Erinnerung an meine Berührungen mit den deutschen National-Revolutionären, Gleichen, schnarrenden Studenten etc. [.] Unvergeßlich schauderhaft. Wie konnte er es aushalten?

P.P. Sonntag den 25. IX. 49
Sehr kühle Nacht. Dunkler Morgen. Dann noch mild. Frühstück mit Eri u. Golo auf der Terrasse. Mit G. wieder Geplänkel über Rußland und Amerika. – Am Kapitel. – Gegangen bis zum Alten Haus. – Ablehnender Brief, schonend, an Paetel. – Dinner Party, sehr links, bei Salka Viertel. Mr. und Mrs. Winter, Chaplins, coloured gentleman, nachträglich viele junge Leute. Chaplin führt Baruch und Churchill vor. Gingen früh. Nichts anstrengender.

P.P. Montag den 26. IX. 49
Nachts Erregung und Übelbefinden. Unbekömmliche Hamburgers. Natron und zweites Sekonal. – Eintritt neuer Negerin, die von der Gehenden (Perline) unterwiesen wird. Andauernde

Zeitungsaufregung über die russische Bombe. Dabei hat man das längst Bekannte offenbar losgelassen, um die Waffenhilfe nach Europa in vollstem Umfang durchzubringen. – An der Begegnung von Mutter und Sohn. – Mit K. in P. P. Park. – Lange Postsachen zu lesen. Brief eines deutschen Über-Kretzschmar, Rhythmus gegen Klang. Nicht Beethoven-Schönberg, sondern Bach-Mozart-Stravinsky (der späte). – »Der Monat«, unersprießlich. – Hörte abends Tristan-Platten (Akt I) mit tiefster Bewunderung.

P. P. Dienstag den 27. IX. 49

Klarer Himmel. Neues Mädchen, Helen. Nachklang der Tristan-Eindrücke. Wie ganz vorzüglich! – Die Zeitungsartikel über die russische A. Bombe über die Maßen albern. Plumpe und grobe Rede Bevins. – – Erledigte gestern Nachmittag eine Reihe Bücher-Inskriptionen. (»Entstehung« an Dr. Bloch.) Schrieb an Oscar Wendt und Suhrkamp. – – Am Kapitel gegen das Ende, alles lächerlich heikel. – Bei Marx zur Behandlung, die aber nichts nützt. Desmonds. – Viele Post zu lesen, lange Briefe, die Erika resümierte. Schrieb an Rilla in London, der über »Olympian Morning« im Third Programme berichtet. Und noch etwas. – Briefschulden hoffnungslos. – Tristan, II. Akt. Ziehe der metaphysischen Wonne die Dramatik des I. vor.

P. P. Mittwoch den 28. IX. 49

Klares Wetter. Belegte Ohren. Korrespondenz mit Berkeley. – Schloß das XVI. Kapitel (Begegnung). Danach Sichtung und Lichtung von Briefzeug. Gegangen übers Alte Haus. Las in Zeitschriften. Nachmittags Reihe von Diktaten an die Kahn; dann einige Briefe mit Ansichtskarten vom Hause abgetan. Abends Vorlesung der beiden jüngst geschriebenen Kapitel für K. und Erika. Schön befunden, Nebelfahrt und Begegnung. Unwahrscheinlichkeiten, die nicht wichtig zu nehmen, gewissermaßen eine Stil-Angelegenheit. Unwahrscheinlich ist selbst, daß sie ihn nicht erkennt; dies aber mehr Psychologie als Stil; nach der Vorlage modern.

P.P. Donnerstag den 29. IX. 49

Warm. – Nach der langen Lesung (eine Stunde) sehr unruhig geschlafen. Zweite Kapsel um 2. Mehrere Stunden danach im Stuhl. Die Ohren bleiben in ungehörigem Zustand. – Ohne Mädchen. – Churchill beutet im Unterhaus die Abwertung, die er wahrscheinlich mit herbeigeführt, mit allen Mitteln aus. Tatsache ist, daß unter konservativer Regierung die wirtschaftl. Lage sich mit amerik. Hilfe rasch bessern würde. Versuchung sich des Labor Governments zu entledigen also groß. – – Ausschau nach dem Nächsten in der Erzählung. Dann Brief an Leonard von der »Weltbühne« (Ossietzky); nachmittags beendet. Lunch im »Miramar«. Im Studio geruht. Sehr heißer Tag, abendliche Erfrischung. Kamen Exemplare des Reiseberichts in N.Y. Times Magazine mit absichtlich störenden Bildern. Nur flüchtig angesehen.

P.P. Freitag den 30. IX. 49

Hitze. Churchill im Unterhaus überstimmt, arg gezaust und zum Rückzug aus dem öffentlichen Leben aufgefordert. – Briefe an den Musiker Hawlik in Dresden und Großhut in Stockholm. – Etwas gegangen; nicht so warm wie gestern. Nachmittags weitere Brief-Arbeit und rasiert. Abendgesellschaft bei uns: Révys, Dr. Valentiner, Alma Mahler: Révy über die »Entstehung« und den »Joseph«, den er als mein glücklichstes Werk im Gegensatz zum Emotionalismus des »Faustus« bezeichnet. Sein Wachstum in der Zeit sei unaufhaltsam. Von der »entmutigenden« Wirkung des Meinen auf den Schreibenden. Von seinen englischen u. deutschen Kurzgeschichten, dem gelehrten babylonischen Juden, der zum Kampf gegen die Römer hingerissen wird. Hübsch. – Mit Valentiner über englische Dichtung zwischen Shakespeare und Milton. Shakespeares Sonette. Der Geliebte ein Earl von

Southampton. – Schluß ½ 11. – Die Poe-Lektüre doch nutzlos. Sollte wieder Tolstoi lesen.

P. P. Sonnabend den 1. X. 49

Nebel. Frühstück im Zimmer. Die spy hunters des Un-American Committee bringen einen jungen Professor der Physik zur Strecke. – Begann Kap. XVII zu schreiben. – Aufklaren. Etwas gegangen. – Die »Wandlung« mit »Goethe u. d. Demokratie« an der Spitze und mehrerem gut zu Lesenden. – Diktatarbeit mit der Kahn. – Die Übersetzung des »Volksrechts«-Briefes für den »New Leader« so miserabel, daß wir ihn telegraphisch zurückzogen. Übersetzung des Reiseberichtes in N. Y. T. M. sehr gut. – Schrieb an Dr. Michael, Austin, über seine Schrift »Fronleichnamsspiele«. Fragen. – Hörte etwas Parsifal.

P. P. Sonntag den 2. X. 49

Mild und bedeckt. Aufklaren. – Absturz eines Flugzeugs auf Down town – Beverly Boulevard. Tote und Verwundete. – Etwas weiter an XVII. Nicht weit gegangen. Erkältet, heiser, Schnupfen. Empirin mehrmals. Beschäftigung mit den sanften Essays von Goes. Zu träge, ihm zu schreiben. Operatic music abends. Wiederkehr Jack Bennys. Gate-Way-Platten, Schlußsatz der Neunten, der mir so wenig gefiel wie je. Was soll auch »Nicht diese Töne«, da es ja längst die – mir langweiligen – Töne von Freude schöner Götterfunken sind?

P. P. Montag den 3. X. 49

Die Nacht war mir zu lang. Von 4 Uhr an immer wieder aufgewacht. – Über Heinrichs höchst unverständiges und unbilliges Benehmen in Sachen seiner Übersiedlung. Protest gegen »Pankow«, gegen 2000 Dollar Reisegeld statt 3000. Unsinn der Begleitung durch die nurse nach Russisch-Berlin, eine Anmeldung, die alles verderben kann. – Erika über den neuen Dirigentenstar Herbert von K., Ungar, jetzt in Wien, ehemaliger S. S. Obergruppenführer, Welt-Platten-Ruhm über Toscanini hinaus, für New York oder Boston vorgesehen, unerträglicher Affe dabei nach Zeugenaussagen. – – Wetter mild bedeckt. Ließ das Baden, ging vorm Frühstück die Straße hinauf, wo wieder gebaut wird. – Anerkennung des roten China durch Rußland. – – Am Kapitel weiter. Ausgefahren nach Corona del Mare. Die Gemme zum Lunch. Viele Post. Erfreulicher Faustus-Artikel in »New Statesman and Nation«. – Geschrieben an Pfarrer Goes über seine »Bemühungen«. – Früheres Abendessen. Hörten in Royce Hall den ersten Teil von Horowitz' Konzert, Chopin, Balladen, Mazurken und Sonate mit dem Trauermarsch, prächtiges, sensitives Spiel. Völlig ausverkaufter Saal. – Zu Hause las Erika mir Briefe vor, einen sehr komischen von jungem Japaner und einen erbitterten von einem alten deutschen Handwerker.

P.P. Dienstag den 4. X. 49

Bedeckt, kühl. Nach dem Bade Frühstück im Zimmer. Etwas weiter am Kapitel. Nach Santa Monica zu Dr. Steinberg, der nun zur Behandlung der Ohren ausersehen. Hat auf Medical School 4 mal den Zauberberg gelesen. Wandte viel Sorgfalt an. Verordnete für ein Woche Selbstbehandlung mit öligem Medikament. – Sehr dumpfes Gehör, erkältet, verfroren. – Zustrom, erneut, von Äußerungen über Faustus: Aus der Schweiz, Holland und Israel. In dem holl. Manuskript heißt ein Kapitel einfach: »Frido«. – Stellten die Heizung an. Schrieb an Goes zu Ende. Auch an Frey. Zum Abendessen Klaus Pr.. Er las eine Stunde aus seinem Buch über Japan, Geschichte u. Kultur. Apologetisch.

P.P. Mittwoch den 5. X. 49

Nachts stundenlanges Aussetzen des elektrischen Stroms. Dunkel und kühl. Heizung. Licht im Eßzimmer. Anklagen Stassens gegen die Loose Truman Administration, die Rußland zur Bombe verholfen habe. Nichts ist zu dumm. – Ankündigung eines deutschen Ost-Staates, als Deutsche Republik, durch Piek. – Behandlung der Ohren. – Am Kapitel des Zweikampfes weiter. Gegangen ganz hinunter, im Sweater. Sehr kühl, den ganzen Tag geheizt. – Brief der indischen Botschaft, Einladung zu einer sehr privaten Zusammenkunft mit Pandit Nehru in San Francisco am 1. November. – Der Kahn viel diktiert: Zusage für Nehru, an Angell wegen der Faustus-Auswahl für den Reader, an einen jungen Japaner, an Delbert Clarc etc.. – Las in dem Manuskript aus Holland, dessen Emigranten-Verfasser sich über meinen Besuch in Deutschland kaum beruhigen kann. Schlecht geformter Erguß und Herzerleichterung über meine offenbar etwas bestürzende Existenz. – – Heinrich erklärt, durch die bevorstehende Errichtung des Ost-Staates als Volksdemokratie sei für ihn die Situation entscheidend geändert. Will sich nicht »verkaufen«. Etc.[.] Will also nicht reisen und möge bleiben. Das Ganze recht ermüdend und deprimierend. – Abends Schumann-Eichendorff-Lieder, bewundernswert. Auch etwas I. Akt Tristan wieder.

P.P. Donnerstag den 6. X. 49

Mildere Luft als gestern. Die Ohren nicht gut. – Am Kapitel weiter auf den Zweikampf zu. – In Westwood bei Desmonds. Lunch im Brown Derby, Beverly Hills. – Zum Thee Heinrich. Erörterung seiner Probleme. Ich redete, eigentlich wider Vorhaben, der Übersiedelung zugunsten und brachte ihn dem positiven Entschluß wieder näher. Gab ihm den Reisebericht zu lesen. – Nachtrag zum Brief an Goes, da K. mich an seinen vom August erinnerte. – Erika mit Lindt bei »Gateway to music« und nachher im Cinéma. Allein mit K.. Sah mich um in Clarcs Buch »Again the Goose-step«, das die Dinge sehr erfreulich heraussagt. Auch in »Goethe in Dachau« von Rost. – Empirin. Kreuzschmerzen.

P. P. Freitag den 7. X. 49

Leicht bedeckt und mild. Die Nacht unruhig. Ohren Irritation und Sekretion. Nahm 2 Uhr zweite rote Kapsel und schlief dann lange im Stuhl, dann bis 8 im Bett. – Legte neue angenehme Jacke, karriert, von Desmonds an. – Beifall der Borgeses für den Reisebericht. – Frühstück mit Erika, die »Einsam in trüben Tagen« und anderes Gute erobert hat. Über das Gespräch mit Heinrich. Über die Situation Lindt – Lotte – Walter – Delia Reinhart. – – Am Kapitel des Zweikampfs. – Gegangen über das Alte Haus. – Ging nach Tische, nachdem ich »Einsam in trüben Tagen« gehört, die englische Goethe-lecture wieder durch. – Nachmittags 3 Briefe über Bücher. – Zum Abendessen Feuchtwangers mit dem Geiger Pollag u. Klaus Pringsheim. Pollag angetan von der »Entstehung«. Ganz angenehmer Abend. Hörten zum Schluß von den neuen Platten: die prachtvolle Stimme des Nazi-Tenors (Roswaege oder so), der bei Göhrings Hochzeit am »Führertisch« saß. Schließlich das Abschiedslied aus dem »Trompeter von Säckingen«, von Schlußnus gesungen mit der Wiederholung der Trompeter nebst hohem Kickser. Wovon das Bürgertum von 1880 sich entzücken ließ. Erheiterung, weil ich immer die Strophenanfänge wußte. Sang es mit 15 Jahren mit Liebe.

P. P. Sonnabend den 8. X. 49

Abends jetzt Ljeskow-Lektüre, Lady Macbeth. – Nachts widerwärtiges Sekret der Ohren. Das Gehör immer belegt. – Klares Wetter. Frühstück mit dem Schwager, der übernachtete. – Schrieb am Kapitel. Ging bis zum Alten Haus. Die Zeitschrift »Deutsche Beiträge« mit dem Faustus-Aufsatz der Carlsson. Gute Erzählung darin »Das Spießrutenlaufen.« – Zum Thee bei Adornos in ihrer neuen Wohnung, mit Horckheimers. A. vor der Abreise nach Deutschland zu längerem Lehrbesuch. Gingen frühzeitig und erledigten noch einen notwendigen Brief an Horch über einen talentvollen Roman. (Bäcker-Keller). Ausfertigungen und Handschriftliches. – Golo, zum Wochenende berichtet von dem Vortrag eines Literaturprofessors in Stanford, worin, nach Auskünften Adornos, dessen Verdienste um den Faustus etwas stark herausgestrichen worden sein sollten. Erika will eingreifen. – Golo sehr angetan von dem Reisebericht in N. Y. T. M.. Spricht von starkem Eindruck, den der Bericht gemacht habe. – Probierten abends die neuen Platten von »Gateway«. – Belegtes Gehör.

P. P. Sonntag den 9. X. 49

Helles Wetter. Nachts nässendes Ohr. Andauernde Dumpfheit. – Erika, die nach Pomona geht, wird uns heute abend ½7 Uhr nach Glendale fahren, von wo wir Bed rooms nach Berkeley haben. Dort morgen Pressekonferenz, Vortrag, Lunch mit Professoren und Abend-Empfang. Werde heute arbeiten, gehen und nachmittags meine Handtasche packen. Die Dumpfheit der Ohren muß bei dem Ausflug in den Kauf genommen werden. –

Reise Berkeley.

P. P. Dienstag den 11. X. 49

Am 10. abends Fahrt mit Erika nach Glendale. War sehr nervös, auch durch die dumpfen Ohren und fühlte mich krank. Verabschiedung von E. bis Freitag. Im Zuge leichtes Abendessen und zeitig zu Bett. Las Ljeskow. Ankunft in Berkeley nach 9 Uhr, am Bahnhof Dr. Wolff, der uns im Universitätswagen zu dem schön gelegenen alten Hotel fuhr. Geräumiges Zimmer. Draußen Nebel. Vormittags Presse-Konferenz in einem unteren Raum. Lunch mit Roger Sessions, Wolff und dem Musikologen der Universität. Danach längere Ruhe. ½6 Uhr Frau Schickele mit Sohn. Architekt Hänschen. Danach Studenten in Sachen des Loyalty test-Konflikts. ½8 Fahrt zum »Gymnasium«. Der ungeheuere Raum gefüllt mit 4700 Menschen, vielen jungen. Höchste Aufmerksamkeit, freundwillige Heiterkeit und langer Beifall. Nachher Empfang im Hause

Edward Brewer. Fakultätsmitglieder. Gute Bewirtung. »A glorious evening«.

Nachts Unruhe, Ohrenirritation und zweite Kapsel. Heute 8 Uhr auf. Oat-meal und Kaffee. Nach 10 Uhr Fahrt mit Wolff zum Oakland-Flughafen. Klares Wetter und angenehmer, kurzweiliger Flug mit Mahlzeit nach Los Angeles, von ¾ 12 bis ¾ 2. Taxifahrt nach Hause. Sichtung vielfältiger Post, nach dem Thee fortgesetzt. Habe in Berkeley unter allen Ansprüchen über Gregor, zunächst über den Verlauf des Zweikampfes, nachgedacht, – Zuschriften, so und so, über den Reisebericht, den ein N.Y.er Magazine Digest reproduzieren will. Angriff darauf in einem Blatt namens »America«. – Anruf Erikas. Los Angeles Times überschreibt Bericht über Berkeley: »T. M. prophezises civil war in Germany«. Was soll man machen. – – Gedrucktes und Geschriebenes über Faustus zu lesen. – Wiedmer, Zürich, berichtet über Angriffe. Das Gezänk um mich widerwärtig, aber abstumpfend. Hoffe immer, es zur Ruhe kommen zu lassen, bin aber immer wieder gezwungen, Öl ins Feuer zu gießen. – –

P.P. Mittwoch den 12. X. 49

Nässende Ohren nachts. Sehr warm, Hitzewelle. Eintritt des neuen Couples Macha, Emigranten, ungeschickt früh. – Las beim Frühstück Artikel von Lippmann über die europäische Politik Amerikas, die unheimlich rasche Erholung Deutschlands und die Notwendigkeit eines Zusammenschlusses von England u. Frankreich, die einzeln gegen D. nicht aufkommen. – – Das Zweikampf-Kapitel wieder aufgenommen. Bei Dr. Steinberg zur Behandlung der Ohren; angeblich leichte Besserung. Neue Tropfen fürs linke. – Büchlein »Ensayo Sobre Cinco Temas de T.M.« von F. Alegria, San Salvador-Berkeley. (Zauberg-Analyse). – Einladung unter erstaunlichen finanziellen Bedingungen nach Turin von Kultur-Gesellschaft, die offenbar in Zusammenhang mit den Fiat-Werken steht. – Nachmittags die Kahn. Viele Diktate, Danksagungen für Manuskripte und Bücher etc.. Davon recht müde. Abends nur Musik gehört. – Die neue Bedienung, Macha's Julius und Anna eingetreten. Läßt sich leidlich an.

P. P. Donnerstag den 13. X. 49

Nachts Plage mit den nässenden Ohren. Kaffee, Bad und Frühstück bei mildem Wetter auf der Terrasse. – Senator Byrd über die Defizit-Wirtschaft des Landes, die zum »Sozialismus« führe. – – Am Kapitel des Zweikampfs. – Gegangen nicht ganz bis zum Alten Haus; zu wenig. – Brief von Preetorius, daß man viel und rühmend von meinem Besuch in München spreche. – Brief von Frau Pixis, München–Salzburg, durch Lotte Walter, die mit Lindt zum Thee bei uns war. – Brief von Basler mit »Atem«-Besprechung und Botschaft Hesse's gegen das Weiß'sche Archiv. – Handschriftliches erledigt. Bücher für Baily inskribiert, mühsam.

P. P. Freitag den 14. X. 49

Morgens bedeckt, aufklarend. Die Ohren, nachts noch wässernd, scheinen leicht gebessert. Kein Jucken, aber Schwellung andauernd. – Am Kapitel, unrichtig. – Zum Haarschneiden in Westwood. – Das Rundschau-Heft mit »Goethe u. d. Dem.« und Aufsätzen von Borgese und Schweizer. – Einkehr Erikas fürs Wochenende. Bericht von den Zumutungen, denen sie zu begegnen hatte. – Kondolenzbrief an Frau Eulenberg. -- Klaus Pr. zum Abendessen u. zum Übernachten. – Moni schreibt, Frido, als Schweizer Boy Scout sieht aus wie ein Tänzer in einer Soldatenrolle. – Hörten »Palestrina«-Vorspiele und Einzelnes aus »Kinder-Totenlieder«. – Einleitung zum »Wendepunkt« von Klaus in der Rundschau.

P. P. Sonnabend den 15. X. 49

Sehr kühl. Frühstück mit Klaus Pr.. Schreiner installieren neues Büchergestell im Durchgang. Richten die stockende Tür. – Schuldspruch über die kommunistischen Parteiführer, verkündet von einer Negerin. Jüdische Richter – und Verteidiger. Diese durch Judge Medina (Jude) zu Gefängnis verurteilt, weil sie versuchten, seine Gesundheit zu untergraben. – – Am »Zweikampf«. – Ziemlich weit hinuntergegangen. – »Études, Goethe, Nietzsche, Joseph«, schön gedruckt, von Mermod. Goethe Homage der Unesco mit einem Teil des Werther-Aufsatzes. – Las Borgese und Schweizer in der Neuen Rundschau. – Niko verwildert und erschöpft durch die Nähe einer läufigen Hündin. Fuhren noch abends vergebens aus, ihn zu suchen. – Zum Abendessen allein mit K. Erika bei Lotte Walter. Plage mit dem rechten Ohr. – Brief an einen Deutschen, der mir Liebeserklärung an Serenus Zeitblom schickte.

P. P. Sonntag den 16. X. 49

Versehentlich bis 9 Uhr geschlafen. Kaffee gehitzt. Neblig bedeckt. Ausgang des Küchenpaares. – Plan zur Aufstellung einer europäischen Armee von 11 Million Mann. Amerikanisches Training. Starkes deutsches Kontingent. Diese sollen mit amerk. Waffen den Krieg führen. – – Zu spätes Frühstück. Erst 11 Uhr an die Arbeit. – Gestriger Brief nach Deutschland über die »Entstehung«. Freilich ist eine gewisse naive Prätension und Vertrauensseligkeit vom Autobiographischen ja nie zu trennen. Man denkt, sich den Freunden zu eröffnen und eröffnet sich – jedem. Zum Beispiel Herrn X., der sich natürlich ärgert. Denn wie kommt er dazu, daß ich mich ihm eröffne? Er hat ganz recht. – »Zweikampf«. – Im Mantel gegangen über das Alte Haus. Lunch ohne Bedienung. – In der »Rundschau«. – Nach dem Thee reiste Erika in ihrem Wagen wieder ab, 3 Stunden weit. Meldete abends telephonisch ihre An- und Unterkunft. – Briefe an Frau Pixis, Deutschland, und Prof. Berendsohn, Schweden. – Abends Musik, Jack Benny.

P. P. Montag den 17. X. 49

½ 8 auf. Maniküre, Kaffee, Bad. Nebeldunkel. – Heinrich hat seinen Aufbruch bis zum Frühjahr »verschoben«. Es wird nichts mehr daraus, muß nun so sein. – In Tschechoslowakia Verhaftungswelle zur weiteren Minderung der unzuverlässigen Mittelklasse. – Die Deutschen klagen über weitere Dismantlings in der Ruhr, die allerdings konfuse Politik sind. – Bevin in England erklärt, den Millionären gehe es schlecht, und das sei recht so. – – Am »Zweikampf«. – Bei Steinberg zu langwieriger und diffiziler Behandlung der Ohren. Beide nun mit Bor-getränkter Watte verschlossen. Sehr wenig Gehör. – Schmähbriefe und -Artikel aus Deutschland, weggeworfen. Sonst viel Zudrang. Nachmittags Diktate mit der Kahn: an Knopf, Basler, Agnes Meyer (wegen Appelbaum). Nach 7 nach Beverly Hills, Treffen mit Dr. Valentiner und Freund. Mit ihnen im Cinéma: »Le Diable au corps«, filmisch abgeschwächte Fassung eines Romans aus dem 1. Weltkrieg, erotisch stark ausgespielte Liebesgeschichte zwischen junger Kriegerfrau und einem reizend schwachen, sehr hübschen u. ausdrucksvollen Jungen, der merkwürdig verlockend herausgestellt wird. Der Erfolg ist groß. Leute stehen in Linie. – Nachher Abendessen zu dritt in Valentiners Wohnung.

P. P. Dienstag den 18. X. 49

Sonnig wieder einmal. Kühler Wind. Frühstück auf der Veranda. Einladung des »World Student Service Fund« in Pasadena City College zu sprechen, [»] to enlighten the students to a sense of responsibility to the university community of the world.« Abzulehnen, aber als Vertrauenszeichen erfreulich – im Gedanken an Deutschland. – Schloß das XVII. Kapitel ab. Faustkampf umzubenennen, da für das letzte nur »Der Zweikampf« möglich. – Kalter Wind. Heizung. Mit K. in Santa M.. Allein etwas gegangen und Klaus Pr. vom Omnibus abgeholt. – Viel deutsche Beschwernisse mit der Post. Der Gipfel ein Brief mit der Nachschrift: »Ich hasse Sie besonders, weil ich ein *anständiger* Jude bin«. – Nachmittags lange geschlafen. Zum Abendessen bei Walters trotz verstopfter Ohren. Tripel-Konzert von Beethoven, sehr gute Aufnahme. – Strauß auf dem

Totenbett: »Es geht dahin. Dirigieren? Hier nicht mehr. Vielleicht droben. Wir machen den ›Figaro‹, und der Mozart wird rufen: ›Strauß! Schon wieder zu rasche Tempi!‹« – Sympathisch.

P. P. Mittwoch den 19. X. 49

Schlief gestern im Stuhl ein und mußte mich bei der Übersiedelung ins Bett eines Schüttelfrostes erwehren. – Verlor die Watte aus dem rechten Ohr. Zucken. – Sonniges, kühles Wetter. – Syndikalisierung des Reiseberichts in Europa. Gut. Verlange auf Feuchtwangers Rat 500 Dollars. – – Begann Kap. XVIII zu schreiben. – Bei Steinberg zur Behandlung. Dann mit Niko in der Sonne gegangen gegenüber der Promenade. – Viel Post, Bücher. Diederich'sche Publikation Deutsche Prosa von Luther bis zur Gegenwart, hübsch. Kapitel aus Joseph III, »An der Grenze«. – »Neue Schweizer Rundschau« mit Golos Vortrag. Goethe in Amerika und mein Zutun. M. George über meine Stellung hier. Machte mir Eindruck und mahnte mich, zuvorkommend gegen amerikanische Forderungen zu sein. – Geschlafen. – Brief an Preetorius. Las abends in den eingegangenen Dingen.

P. P. Donnerstag den 20. X. 49

Nachts zu oft erwacht. Die Ohren wässerten trotz der Einlage. Sonnig, kühl, windig. Eifersuchtsstreit hier zwischen Marine, Army und Air Force, beschämend. – Schrieb an XVIII weiter. Überlegte beim Gehen Nächstkommendes, das ein wenig schön anzustellen. – Nachmittags wieder geschlafen. Der Kahn diktiert: an Stadtrat Reinert, an einen deutschen Arbeiter, Bücherempfehlungen etc. Handschriftliches auch: an Neumanns in Fiesole. – Meistersinger-Platten, gut, die Akzente nicht scharf genug? Beckmesser-Szene III. Akt vorzüglich. Aber Sachsens Handlungsweise recht tückisch.

P.P. Freitag den 21. X. 49

Die Ohren nachts ruhiger. Früh erwacht und nur wenig noch geschlafen. Heiteres Wetter. – Heinrichs Befinden seit Aufgabe der Reise sehr gut. Dr. Rosenthal hat ihn nie besser gefunden, ihm aber das Attest ausgestellt. – – An XVIII weiter. – Bei Steinberg zur Behandlung. Er war objektiv zufrieden mit den Fortschritten. Keine Einlagen mehr. Entlassen bis Dienstag unter Auflage, Bor-Medikament und Ointment weiter anzuwenden. – Etwas gegangen Ocean Avenue bei sehr schönem Wetter. – Brief von D. Sternberger wegen Rundschau und Einsteins Mitarbeit. – Heimkehr Erikas nach großen Anstrengungen. Mit ihr über den bedenklichen brutalen Sieg Amerikas in der Frage Jugoslavien (Tito) oder Tschechoslowakei. England stimmte für die Tschechen, allein aufrecht, alle anderen terrorisiert. – Mit K. Briefe an Einstein und Sternberger. – Hörten abends die restlichen Platten des III. Meistersinger-Aktes, Sachs schwer erträglich, aber alles vorzüglich gemacht. Das Deutsche furchtbar dick aufgetragen. – Buch der Anni Carlsson über Rilkes Briefe. Fremd. – Irritiert von wässerndem rechten Ohr.

P.P. Sonnabend den 22. X. 49

Nachts Plage mit den gereizten, absondernden Ohren. – Schönstes Wetter. Die Ohren besser nach der Morgenbehandlung. – Richter Medina verurteilt im schwer bewachten Saal die 10 Top Reds zu 5 Jahren Gefängnis und 10000 Dollar Buße. Niemand regt sich über den Unsinn auf. Kaution abgelehnt. Mißbrauch der Macht und Unrechtlichkeit nach innen und außen. – –

P.P. Mittwoch den 26. X. 49

Von schönem Wetter begünstigter Ausflug im neuen Buick nach San Diego über Laguna Beach, wo wir in der herrlich gelegenen Victor Hugo Inn Lunch hatten. Eifer des Managers. Hotel Mañana, ½ Stunde von S. D., schön gelegen, Mission-Stil. Waren zu dritt mit Klaus Pr.. Verbrachten den Sonntag

Abend im Hotel. Junger Waiter aus Honolulu, portugiesisch, reizvoll. Montag Morgen 10 Uhr Vortrag »Goethe and Democracy« im überfüllten Gymnasium (ca 2500 Personen, vorwiegend Studenten.) Nachher Lunch im College mit Professoren u. ihren Frauen. Nachher Besuch des berühmten Zoo: Rundfahrt. Besuch bei den Gorilla Babys im Hospital, Haupteindruck. Rührende Wesen. Merkwürdige Nägel. Riesenschildkröten. Die Riesenschlange. Die unwahrscheinlichen Giraffen. – Mrs. Peters, Holländerin, fuhr uns zum Hotel zurück. Verbrachten den Montag-Abend im Cinéma: »The great Sinner«, frei nach dem »Spieler«, gut inszeniert vom jungen Reinhardt. Gestern Vormittag Rückfahrt unterbrochen wieder im »Victor Hugo«, dessen zwei Begründer Victor und Hugo heißen. Vorstellung des gegenwärtigen französischen Besitzers. – Ankunft hier ½4 Uhr, selbe Stunde wie die Ankunft dort. Mit Erika, die z. Z. in der Universität Westwood Gastspiele gibt, lectures und Sprechstunden. – Viel Post. Brief von Křenek und anderes Freundliches. Viel Widerliches, Nachklänge des Briefes an das »Volksrecht«, den besser nicht geschrieben hätte. Leider viel zu schreiben und zu diktieren. – Die Ohren während der Reise bös verschlimmert. Sehr vermindertes Gehör. – Heute ½8 auf und vor dem Kaffee rasiert. Gebadet. Sehr warmes Wetter. Frühstück mit Erika und Klaus Pr. auf der Terrasse. Dieser hat den kleinen Honoluluer nach Los Angeles entboten, ihm seine Telephon-Nummer gegeben nebst einem Dollar. Aber ohne Kellner Jacke? Bild und Illusion! – – – Nahm die Arbeit am Kapitel wieder auf. Bei Steinberg zu langer, pénibler Behandlung. Übergang zu Alkohol-Waschungen. Einige Reinigung und (leichte) Eröffnung des Gehörs. Sehr starke Sekret-Reaktion nach all der Reizung, den ganzen Tag während. – Viele Post. Das Frankfurter Preis-Dokument, nobel, überhändigt durch amerikanische Stellen. Schöne Luxusausgabe von Leopardis Gedichten, von Mondadori. Norwegische Ausgabe von »Tonio Kröger« in Leder. – Rührender Brief wiederum von der indischen Botschaft betreffend die Begegnung mit

Nehru. Werde wohl folgen müssen. Bezugnahme auf den Reisebericht und auf »Faustus«, »that great book of this century«. – – Nachmittags die Kahn. Reihe von Diktaten. – In »Neue Welt«, Berlin, Kompilation meiner Essayistik von Katarowitz, die zeigt, daß ich alles, was man jetzt so beschreit, schon vor sieben Jahren und früher gesagt habe. – Schlechtes Gehör für die Musik.

P.P. Donnerstag den 27. X. 49

Nachts oft erwacht. Entbehrung des in Reparatur befindlichen Vorhangs. Die nässenden Ohren mit Watte geschlossen. Morgens Alkohol-Tropfen. Frühstück mit Erika. Vandenberg über die Einkreisung und ständige Provokation Rußlands. Hoffmann sagt große Abstriche am Marshall-Plan voraus und erklärt, Europa müsse sich selbständig helfen. Das Neueste! – – Weiter am Kapitel der Wiederbegegnung. Gegangen über das Alte Haus. Lunch im Miramar. Deutsche Briefe, anklagend, über die Zustände. Dr. med. Fischer und seine Verdrängung vom Posten als Chefarzt in Blaubeuren. Erika empfiehlt, den Brief an Acheson zu schicken. – Merkwürdige Broschüre des Brigade Generals a. D. *Holdridge* über die Lage Amerika; antikapitalistisch. – Handschriftl. Briefe an Křenek, Kolb u. a.. – Poor hearing.

P.P. Freitag den 28. X. 49

Klar und warm. Die Ohren leidlich, aber schwerhörig. – Das deutsche Paar hat gekündigt und die schwarze Perline tritt am 1. wieder ein. – – Entlassung des Marine-Chefs als Ergebnis des Streites zwischen Flotte und Army. He »will stick to his guns«. – – Am Kapitel weiter. – Bei Steinberg zur Behandlung. Einführung von 77 prozentigem Alkohol, der arge und lange andauernde Schmerzen machte. Nervös erschüttert davon. Nässende Ohren, Watte. – Golo und sein Freund Ed. – Hörspiel des Stuttgarter Rundfunks als Beweis gegen meine »ungerechten« Anklagen, dabei durchaus übereinstimmend mit ihnen. –

Schrieb nachmittags nur einen kurzen Brief. Las Zeitschriften abends. – Max Brods Beitrag für das Klaus-Gedenkbuch. – Erfreuliche Referate über Bibis deutsche Konzerte. Sehr warm.

P.P. Sonnabend den 29. X. 49

Sehr warm. – K., die sich gestern zwei Zähne ziehen lassen mußte, gottlob ausgeruht und von Nachwehen frei. – Ohren nachts noch nässend, morgens gebessert. Klareres Gehör. – Im »Monat« Hans Cohn über Dostojewsky und die russische Welterlösungsidee. Gebildet-tendenziös, d. h. richtig, aber ein zu passender Beitrag für eine amerikanische Zeitschrift. – In »Neue Welt«, Aufsatz über Goethes Ästhetik von Girnus. Die gesellschaftlichen Limitationen. Ebendort H. Mayer über »Goethes Erbschaft«. Bei mir sei die *Substanz* Goethes zur geprägten Form geworden, die lebend sich entwickelte. – – Beendete Kap. XVIII. Ging bei genügendem Seewind über das Alte Haus. Schlief nachmittags im Arbeitszimmer. Las das Buch von J. Bahle gegen Pfitzner. Gut, oder doch richtig und verdienstlich. – Las abends mit Empressement das kurze neue Kapitel, Dialog zwischen Mutter und Sohn, vor für K., Erika und Golo. Ermunterung zum Weitergehen. – Kindisches aus Deutschland.

P.P. Sonntag den 30. X. 49

Andauer des klaren, warmen Wetters. Nachts Störung durch die Ohren. – Das deutsche Paar geht wieder, eine Erleichterung. – Frühstück mit Erika. K. berichtet von ihrer Lektüre im »New Yorker« über den phantastischen Unsinn der Erwählung der »Miss America«. – Die lästige Fahrt nach San Francisco scheint bestanden werden zu sollen. – – Müde. Nicht geschrieben, sondern nur für Weiteres etwas vorgesorgt. – Gegangen übers Alte Haus bei etwas Wind. Golo und der junge Ed, ein braver Mensch, noch da. Erika fort wiederum in College-Pflichten. Ruhte nachmittags im Study. Schrieb nach dem Thee mehrere Briefe, zum Schluß an den Mann des Süddeutschen Rundfunks, dessen »Mut« ich lobte. – Abendessen mit den jungen Leuten, die nachher abfuhren. Etwas Musik. Benny-Scherze.

P. P. Montag den 31. X. 49

Hitze. Hautreizung auch auf der linken Brust. – Aus San Diego andauernd freundliche Nachklänge. –

P. P. Mittwoch den 2. XI. 49

Am 31. nachmittags Flug nach *S. Francisco*. Unterwegs flat tire. Schwerer Verkehr auf der Straße. Angenehme Luft-Fahrt. Abgeholt von Konsulatsauto. Schlechtes Zimmer im Hotel. St. Francis. Überfüllung und Gewimmel durch eine Convention. Dinner im »Grill« mit dem englischen Konsulatsbeamten. – Gestern 9 Uhr Empfang beim Prime Minister. Zunächst eine Schwester, die Botschafterin, und seine Tochter. Nehru selbst sehr zierlich, von klugen, angenehmen Zügen. Das Verhältnis zu ihm erinnert an das zu Roosevelt, da auch Nehru eigentlich von mir keine Ahnung hat. Widmete uns aber viel Zeit in politisch-moralischer Unterhaltung. Gingen aus nachher, kauften einiges im chinesischen Viertel. Hatten Lunch im Speisesaal des Hotels, wobei vor Übermüdung völlig appetitlos war. Beschlossen, schon um 4 zurückzufliegen, um möglichst bald das häßliche Not-Zimmer los zu sein und wurden 3 Uhr, nachdem ich auf dem Bett geschlafen, wieder vom Konsulatswagen zum Air port gefahren. Glatte Rückfahrt mit Thee. Ventil-Auswechslung an einem Vorderrad. Heimfahrt und Ankunft hier vor 7. Abendessen mit Appetit, ja Hunger eingenommen. Hörte dann Musik (Eroica.) – Sehr warm hier, während in S. Fr. ein kalter Wind ging. – Nachricht von schwerem Flug-Unglück (Kollision) in Washington.

Hitze. Austritt des deutschen Paares. Über die Katastrophe von Washington, bei der 55 Menschen ums Leben gekommen, darunter Cartoonistin des »New Yorker«. – – Weiter versucht am Kapitel. – Bei Steinberg zur Behandlung. Spülungen mit starkem Alkohol, worauf die Reaktion sehr stark und lästig war: Jucken, Brennen, Schwellungsgefühl, Absonderung, Vollheit, belegtes Gehör wiederum. Sehr verstimmt. – Lunch im »Français«. Hitze. Ruhe, ohne Ruhe, im Study. – Machte selbst den Thee und schrieb ein paar Briefe: an Dr. Wolf, San Diego, und an Hermann Hesse, von dem eine freundschaftliche Karte anläßlich eines Besuches von Beidlers kam. – Abends in einem Buch »Kunst und Menschheit« von Ernst Fischer, Wiener Kommunist. Mittelstück lange Kritik des »Dr. Faustus«, der, großes Kunstwerk, es im Soziologischen fehlen läßt. – Las auch Mt. von Adorno, Kritik von Huxleys »Brave New World[«]. – Müde und deprimiert.

P.P. Donnerstag den 3. XI. 49

Hitze. Die Nacht ruhig. Die Ohren dumpf und offenbar wieder geschwollen, aber wenigstens trocken. Telephon nach dem Frühstück mit Dr. Steinberg. – Waldbrände. – Am neuen Kapitel (Vermählung) weiter. Etwas lustiger. In Westwood zum Haarschnitt. Wohltat. Die Negerin Perline wieder tätig. Kommt mir verständig vor im Vergleich mit den Deutschen. – Ruhelos vor Hitze. Brief an Sternfeld, London. Mit K. ins Cinéma nach Westwood, 4 Stücke nach Maugham, teils dumm, teils besser. Am besten der Drache. Gut gespielt. Spät zu Bette. Las noch allerlei in der viel Interessantes bietenden deutschen Zeitschrift »Prisma«.

P.P. Freitag den 4. XI. 49

Schlief im Stuhl bei der Ljeskow-Lektüre ein. Die Ohren störten mich. Weitere Alkohol-Waschungen u. Benutzung der Salbe gegen neue Verkrustung der Eingänge. – Die 11 verurteilten Kommunisten gegen Kaution entlassen. Ein Jahr wird vergehen, bis der Fall den Supreme Court passiert. Es ist also ein Jahr lang alles wie zuvor. Wozu der Unsinn. – Zurückstellung des Literatur-Nobel-Preises für dieses Jahr, weil man sich über die Kandidatur Churchill-Croce nicht einigen konnte. Unfug.

– – Telephonische Äußerung darüber. – Am Kapitel etwas weiter. Ging bis zum Boulevard (Schattenplatz) bei großer Hitze. Nach Tische in dem Buch »Goethe u. d. bildende Kunst« von Stelzer, übersandt von der Stadt Braunschweig. – Ruhe im Study. Zum Thee der Dirigent Steinberg mit Klaus Pr.. Schrieb danach an einen wohlmeinenden jungen Deutschen. Klaus Pr. zum Abendessen. Später Rückkehr Erikas von Stanford, wo ihre Vorträge und Sprechstunden großen Eindruck gemacht. – Von der N.Y. Staatszeitung blöder Artikel der H. Walter über Weimar. Über dasselbe wohlwollender holländischer Artikel von V. van Vriesland. Dieser vielleicht entgegenzustellen.

P.P. Sonnabend den 5. XI. 49

Andauer der ungewöhnlichen und beschwerlichen Hitze. Müde und träge. Kaum vorwärtsgekommen. Fuhr aus mit K., ging etwas im Schatten einer Santa Monica-Allee, und wir brachten den Sergant Pr. zum Lunch. – Verstimmt und stumm. – Versuchte nachmittags an Ernst Fischer in Wien (ehem. Kultusminister) zu schreiben, was mir aber zu schwer war. – Kurzer Dank an Rilla, London, für sein Hörspiel-Manuskript »Olympian Morning«. – Telegramm an van Vriesland wegen des Namens der Zeitschrift. Der Artikel zur Übersetzung. Madonnenbilder und -Plastiken.

P.P. Sonntag den 6. XI. 49

Fortsetzung der Serie von heißen Tagen. – Hinrichtungen in Prag. Ausbo[o]tung, wie es scheint, eines jüdischen Mitglieds des Politbüros. Nach deutschen Ostblättern sprengen die Russen in Sibirien mit Atomkraft Gebirgsteile hinweg, um zwei Flüssen eine andere Richtung zu geben. »Bewegen die Berge«. Die Lust, mit ihnen anzubinden, deutlich im Rückgang. – Amerik. Kriminal-Fall: Ein Mann vergewaltigt sehr tierisch sein Stieftöchterchen. Der Richter, angefleht von der Mutter, den Mann einzubehalten, besteht eigensinnig auf seiner Freilassung auf

Wohlverhalten, to give him a chance. Darauf dringt er in die Wohnung ein, zerstückelt das Kind und tötet noch jemanden. – – Mariengebete. – Ging nicht aus, saß im Garten. Schrieb nachmittags abkürzend an Ernst Fischer zu Ende. – Abends Abkühlung. Hörten Opern-Gesänge und die Scherze Bennys. – Mit Erika über den Gedanken eine zusammenfassende Anklageschrift in der Art von »Dieser Friede« zu schreiben.

P. P. Montag den 7. XI. 49

Kühler, aber klarer Himmel. Nachts wieder Sekretion der Ohren. – Die Russen sprechen von einem amerikanischen Imperialismus, der den deutschen zusammen [mit] dem japanischen an Ausdehnung weit übertreffe. – Etwas im Kapitel. – Bei Steinberg zu vorsichtiger Behandlung. Keine böse Reaktion. Weiterer Besuch womöglich erst in 8 Tagen. – Buch von Křeneck »Music in the golden West«. – Viel Post. Bücher aus München höchst überflüssig. – Klagte über Mangel an Interesse und Leselust. Was ist noch stimulierend vorbildlich, hilfreich? Müde. – Die Kahn bei Erika und zum Thee. Diktierte mehreres, über Schopenhauer etc. [.] Aufforderung an die Staatszeitung, den Artikel von van Vriesland zu bringen. Die Zeitschrift: »Nieuve stem«. Erika redigiert Rimskys Übersetzung. – Starke Abkühlung. Zeitschriften, gleichgültig.

P. P. Dienstag den 8. XI. 49

Nachts Regen. Kühl. Ums rechte Ohr Schmerzen. – Erheiternder Bericht über üppige Jubiläumsfeier in der russischen Botschaft, Washington. Champagner, Wotka, Stöhr. Vischinsky: »The Friendship between Russia and U.S.A. is only fallen asleep. It will awaken one day, and then the enemies of freedom will tremble«. Man blieb sehr lange und schlampampte. Lilienthal war dabei. Acheson in Paris. – – Am Kapitel. Etwas gegangen. Neue Bücher, Sendung, gestempelt von der Geh. Staatspolizei aus München. Einiges Besitzenswerte. Neu gepolsterte und überzogene Lehnstühle im Wohnzimmer. Gab

Briefe ab an K. und schrieb selbst. Hörten abends Straußens letztes Werk »Metamorphosen«, das einen müden und traurigen Eindruck macht.

P. P. Mittwoch den 9. XI. 49

Bedeckt, kühl, Heizung. Erikas Geburtstag. An dem Mariengebet. Nach Santa Monica zur lange vernachlässigten Fußpflege. Regen Erika einbeschert. Traurig, weil es der erste Geburtstag ohne den Bruder. – Nach Tische Besuch von Horckheimer. Publikation des Instituts über Demagogie in Deutschland für Times zu besprechen. – Brief an Wiedmer, Zürich. – Zum Abendessen Lotte Walter und Lind. Champagner. Erika unwohl und appetitlos. Spielten angenehme Platten. Freude am Wohlklang unseres Apparats. – Ljeskow, kurioser und anfeuernder Erzähler.

P. P. Donnerstag den 10. XI. 49

Nachts Sturm und Regen. Unruhiger Schlaf. Die Ohren machten zu schaffen. – Heizung. Reichliches Frühstück. – An dem Mariengebet, wohl schlecht. – Gegangen bei klarerem Himmel. Lunch im Swiss Chalet. – Vikko's Buch kam aus Konstanz, bedenklich aufgemacht. Immer treuherzig, lieb und gut und peinlich, erzählerisch, wenn es sein eigen Leben gilt, oft ausgezeichnet. – Nachmittags die Kahn. Diktat-Serie. Ausfertigungen. Fruchtlose Geschäftigkeit nach dem Abendessen. Den Reisebericht mit Brief an Basler. Sehr komisch Verehrungsbrief aus Wien als Reaktion auf Angriffe.

P. P. Freitag den 11. XI. 49

Klarer Morgen. Die Ohren gut. Anti-Kriegsrede des aktiven Generals [Lücke] erscheint auf der 20. Seite. Auf der ersten die Meldung, die Russen erklärten, daß der nächste Krieg auf amerikanischem Boden geführt werden werde. (Auch hier werde es Tränen geben, haben sie gesagt.) – Die 3 Außenminister in Paris verkünden firm peace policy und Milderung der Demontagen in Deutschland. – – Italienische Ausgabe »Giuseppe il Nutritore«. – Am Kapitel, ärgerlich über die Langsamkeit und unnütze Künstlichkeit. – Armiste day, sinnloser Weise. Vorteil der ausfallenden Post. Nachmittags geschlafen. Später Thee. Größte Unlust zum Briefschreiben. Buffet-Dinner mit K. und Golo bei Eva Hermann, während Erika bei einer Party bei »Rimskys« teilnahm. Im schmucken Häuschen der Gemme unerfreuliche Gesellschaft. Dumm placiert. Nachher zugehört, was Pollak über das amerikanische Gewaltbusiness und Monopol-System zu melden hatte. Unglaublich, daß man die Redensart »Free enterprise« überhaupt noch in den Mund nehmen mag, wo jeder kleine Drogist es besser weiß. Kayser und sein Versuch des Einbruchs, der scheitern wird. ½ 11 fort. Zu Hause noch mit Erika. 12 Uhr zu Bett, zu müde, um mehr als ein paar Seiten Ljeskow zu lesen. Später aber Erregung. – Vergaß, daß nach Tisch Studentenpaar zu einem Interview über Goethes Faust da waren. Las ihnen aus meinem Aufsatz darüber vor.

P.P. Sonnabend den 12. XI. 49

Wärme, föhnige Klarheit. Frühstück auf der Terrasse mit Erika und Golo. Klagte über die Schwierigkeiten, die ich mit dem Gregorius mache. – – Das Gebet-Kapitel bis auf die letzten Worte. Teilnahmslos und unlustig zu dem Ganzen. – Hitze. Bis zum Boulevard gegangen u. dort gegessen. Zum Thee der Regisseur Schnitzler, Arthurs Sohn, Vater größerer Kinder. – Schrieb zwei kurze Dankesbriefe. Hörte abends Leoncavellos »Bajazzo«, eine sehr gute Oper, deren Erfolg wohl verdient war und die sich frisch erhalten hat. – Erika bei Lindts. – Zeitig zu Bette.

P.P. Sonntag den 13. XI. 49

Hitze. ½ 8 auf nach gestörter Nacht. Brauchte Alkohol für das linke Ohr. Merkwürdig ist, wie bei Unterdrückung der Gehörgang-Symptome sich sofort die Haut an anderen Stellen, Brust und Oberschenkel rächt. – Vorm Kaffee Maniküre. Lange Nägel überaus lästig und für die Haut gefährlich. – Beim Frühstück mit Erika über das Problem Lotte Walter-Lindt. Ihre schwierige Stellung zwischen beiden. Er strebt fort, und [sie] will um keinen Preis mit, weil der Alte, allein gelassen, die Reinhardt heiratet. Das Ganze eine Tragi-Komödie der Torheit. – – An dem Schluß des Kapitels, kompositionell ändernd. Zu heiß zum Gehen. Saß im Garten mit Grafs Zukunftsroman, der mich durch seinen Mangel an jedem künstlerischen Reiz langweilt. – Heinrich zum Lunch. Er genießt die Wärme und Vikkos Buch. – Nachmittag einiges Handschriftliche. Abends Musik und Benny-Scherze. Das Hören von Musik weckt immer noch am ehesten meine Arbeitslust.

P. P. Montag den 14. XI. 49

Hitze. Böse Haut an der Brust und, beginnend, am Oberschenkel. – Acheson in Deutschland (Bonn). Festlichster Empfang. »Die Weltlage zwingt Amerika, Deutschlands Wünsche restlos zu erfüllen«. (Deutsche Presse). – Das Verlangen nach einer Armee, wird gewiß gestillt werden. – Schumachers Wut gegen irgend eine europäische (französische) Beteiligung am Ruhrgeschäft. – – Schloß das XIX. Kapitel ab. – Bei Steinberg, der mich sozusagen aus der Behandlung entließ. Gehör sehr gut. Neigung zu Rückfällen wird immer da sein. Salbe für die Haut-Entzündlichkeiten an Brust und Oberschenkel. – Die Hitze erstaunlich. Geringe Erfrischung abends. Aufenthalt im Schlafzimmer unmöglich bis spät. Schrieb längeren Brief an die Schwägerin nach München zum Lobe von Vikos Buch, das als Erscheinung kurios genug. Jugendbild von mir zeigt, wie die Frauen fanden, auffallende Ähnlichkeit mit Bibi. Dieser sendet Heft mit erfreulichen deutschen Kritiken. – Stille Betrachtungen und Gefühle beim Anblicken meines Bildes aus der Zeit von »Buddenbrooks«. Fiedler schrieb kürzlich, die »Entstehung« besprechend: »Sein Leben ist ein Wunder«. – Die Komik der Citate aus dem Bilderbuch in V.'s Erinnerungen.

K. lachte sehr über »mein Weib und Söhnchen Peppin«. Der Saal in Palestrina. – – –

P.P. Dienstag den 15. XI. 49

Ruhig geschlafen. Fortbestand des heißen Wetters. Mit Erika über das Rundschreiben der amerk. Korrespondenten in Deutschland, die völlig von den deutschen Behörden abhängig gemacht werden, sodaß keine objektiven Berichte, die alarmieren könnten, mehr herausgelangen werden. – Kräftige Rückäußerung der schwedischen Presse auf die plumpen Dreistigkeiten des Senator Thomas. Wohltat. – Friedensbedingungen für Rußland in 12 Punkten, die die Selbstaufgabe des Regimes und seiner gesamten Position in der Welt bedeuten würden. Aufforderung die Haß-campaign einzustellen. Wer hat sie begonnen und hetzt seit 3 Jahren das Volk zum Krieg? – Der »New Yorker« bringt schmeichelhaftes »Profile« von Acheson. – – Begann Kapitel XX, um eben vorwärts zu kommen. Die Inder verlangen einen Artikel zu Ehren ihrer Konstitution. »Aftenposten« etwas über die erste Hälfte des Jahrhunderts, deren Abschluß ja sehr ordentlich mit meinem 75. Geburtstag zusammenfällt. Zweifel, ob ich mich zu einem dieser Beiträge aufraffen soll. – Kein Ausgang. Im Garten gesessen mit einem Buch über die Hl. Elisabeth. – Schrieb Brief an Prof. Donkersloo, Amsterdam. – Mit Erika und K. ins Cinéma Esquire: Deutscher Film »Der Fall Blum«, vorzüglich gespielt, wodurch Unwahrscheinlichkeiten der Handlung leidlich gemacht werden; nur langsame Gewöhnung freilich an Visagen und Idiome. Dann außergewöhnlicher Eindruck. Der Film nach seiner Tendenz der gegenwärtigen Situation völlig unangemessen. Rätselhaft, warum er hier gezeigt werden darf u. in Deutschland gezeigt wird, – wo ihn auch niemand sehen will. Das Theater sehr leer. Kleines Emigrantenpublikum und amerk. Juden. Applaus am Ende. – Spätes Abendessen und spät zu Bett. Abkühlung.

P. P. Mittwoch den 16. XI. 49

Klares Wetter weiter. Etwas geminderte Wärme. Nötigung zur Pflege der Hautreizungen. – Adenauer vor dem Parlament. Schumacher mit den deutschen Erfolgen bei Weitem noch nicht zufrieden. Die französische Presse voller Besorgnis, – zu der ganz Europa allen Grund hat. – Etwas weiter an XX. Gegangen über das Alte Haus bei leichtem Seewind. – Abreise Erikas nach Ohi zu jenen Damen für einige Tage, bald nach der Abfahrt Liesl Frank-Mittlers, die zum Lunch da war. – Gelesen in Hauptmanns Jugend-Memoiren, entsetzlich schlecht geschrieben, diktiert offenbar, verschwommen und unerträglich, wo er geistigen Anspruch erhebt. Zum Schluß das Auftauchen seiner heimatlichen Dialektwelt, gut. Das Keimen der »Weber« etc. Zürcher Episode. – Viel deutsche Brief-Beschwernisse. Aber merkwürdige Sendung aus White Plains von der Witwe eines deutsch-amerikanischen Gelehrten Knartz mit Original-Brief Nietzsches an diesen aus dem Jahr 1888 aus Sils Maria. Gleich vielen anderen aus dieser Zeit (Stolz auf Brandes und Monsieur Taine, Erinnerung an Wagner, dessen Name doppelt unterstrichen. Über die Erstrangigkeit seiner Bücher. [)] Zu erfragen, welches der Anlaß zu dem Brief gewesen.

P. P. Donnerstag den 17. XI. 49

Hitze, eher wieder verstärkt. Keine Unterjacke, was seine Gefahren hat. Am Kapitel etwas weiter. Üppiges Lunch bei der Schauspielerin Frau Seidner, Schwester des Geigers Pollack, mit diesem und Klaus Pr.. Hübsches Haus in Hollywood mit Wiener Hausrat. Nachmittags Besuch von Horckheimer, Vortrag über »Rehearsal of Destruction« und Unterlagen für die Besprechung. – Briefe an Frans Masereel, Nizza, und v. Bernus, Donauwörth. Abends Beschäftigung mit Horckheimers Material.

P.P. Freitag den 18. XI. 49
Hitze, phänomenal. Sah früh den rosigen Sonnenaufgang, wie ich ihn von jungan von Zeit zu Zeit beobachtete. – Alberne und anstößige Ausbreitung eines Lustmordes an einer 6jährigen in den Zeitungen. Russenhetze und Verschmutzung der Phantasie von Jugendlichen, dies das tägliche Werk der freien Presse. – An dem Hochzeitskapitel. – Nicht gegangen. – Wiederholtes Studium in dem zu besprechenden Buch des Soziol. Instituts. – Haufen von deutschem Zeitungsmist.

P.P. Sonnabend den 19. XI. 49
Etwas kühler. Schrieb an der Rezension zu breit einleitend, sodaß von vorn anfangen muß. Ging bis zum Alten Haus. Las in der Fröhlichen Wissenschaft. Schrieb an J. Anderer in Zürich über sein Stück, um etwas zu erledigen. – Unwohl und bedrückt. – Massenets »Manon Leskot« abends. Vergleich mit Gounod – nicht zu M's Gunsten. – Willkommene Abkühlung. Späte Heimkehr Erikas nach schwieriger Nebelfahrt.

P.P. Sonntag den 20. XI. 49
Kühl, feuchter, leichter Nebel.

Dienstag den 22. XI. 49
Erbitterung, Verzweiflung, nervöse Überreiztheit durch die wiederholten Versuche, jene Rezension in irgend eine essayistische Form zu bringen, ohne die vorgeschr. Wortzahl zu überschreiten. Vereinigt mit dem Ekel vor den täglichen postalischen Anforderungen, Lebensüberdruß und Verlangen nach Abberufung. Beschluß, die soziologische Zwangsschreiberei Golo zu übergeben. Erleichterung ohne Tröstung über die Knappheit meiner Leistungsfähigkeit. Dürfte überhaupt nichts zu tun haben, um in Freiheit und ungestörter Langsamkeit noch einiges Künstlerische auszuführen, den Gregorius zu vollenden, der ein vielleicht nichtiges Experiment ist, und an die Ausführung des Felix Krull zu denken. – – Briefe an Einsender.

Adenauer, der Kanzler, erklärt einem Franzosen, Deutschland wolle keine Armee. Militaristische Erinnerungen dürfen nicht erweckt werden. Dabei ist schon die ganze westdeutsche Presse, kaum daß die Frage der dismantlings zu D.'s Gunsten gelöst, zur Forderung der Aufrüstung gegen Rußland übergegangen. Dieses würde mit der Einführung der allgem. Wehrpflicht in Ost-Deutschland antworten. – Becher und Eisler haben eine neue deutsche National-Hymne hergestellt, gestimmt auf Einheit und Frieden, die kein Volksfeind stören soll. – Gefühl des Ephemeren, Überholten und Unsinnigen. Friedensmilitarismus. Aber was ist das Rechte, und was hat Zukunft?

In »Nation« höchst positiver Bericht über das kommunistische Regiment in China. Ein Geschäftsmann: »Fragen Sie mich nicht, die Antwort würde klingen, als wäre ich ein Roter!« – Zuweilen der Wunsch, Europa möchte als Ganzes kommunistisch organisiert und in Züchten aufgebaut werden. Es wäre Amerika zu gönnen. – –

Gestern abend beim Einschlafen im Stuhl nach längerer Zeit wieder das Rinnen von Speichel in die Luftröhre und lang andauernde Hustenreizung. Auch Belästigung durch die Ohren. Alkohol-Spülung. Müdigkeit von der gestrigen Krisis.

Nebel, kühl, Heizung. – Schrieb am Kapitel weiter. Fuhr mit K. nach Corona del Mar. – Nachricht vom Tode Paul Ehrenbergs vor länger als einem Monat, durch gedruckte Anzeige von seinem Bruder und seinem Sohn Wolfgang, von dessen Existenz ich nichts gewußt hatte. Erinnerungsvoll bewegt. Schrieb nachmittags an den Bruder, den ich bei dem gespenstischen Besuch in München noch einmal gesehen. – – Briefwechsel zwischen Borgese und Laski vom »Monat« wegen Aspen-Weimar und meinetwegen. Eindruck von der Besessenheit dieser Leute. – Rückkehr Erikas von Berkeley, wo sie großen Erfolg gehabt und »eine revolutionäre Stimmung« erzeugt hat. Die Errichtung einer Armee für Deutschland in Washington eigentlich schon beschlossen. Im »Aufbau« Artikel über das Ende der tausendjährigen Feindschaft zwischen »West- und

Ost-Franken« und die Einwilligung der Franzosen in alle Konzessionen an Deutschland. Die Schnelligkeit der Entwicklung: Aufhören der Demontagen, der Presselizenzierung, Erlaubnis zur Remilitarisierung, dann Österreich und das Sudetenland, dann Rückforderung der polnischen Gebiete, woraus der Krieg entstehen kann. Das Ziel: ein faschistisches Europa unter deutscher Hegemonie und der Protektion des Vatikans und Amerikas. Was mit Sicherheit ebenfalls zum Kriege führte. – –

Mittwoch den 23. XI. 49. P.P.

Klares, nicht zu warmes Wetter. – Etwas am Kapitel. Gegangen bei schon wieder zu starker Sonne bis zum Sitz an der Straße. Eintreffen Golos. Reproduktion eines sehr drolligen russischen Gemäldes, das den Stalin-Preis bekommen hat. Größte künstlerische Harmlosigkeit. – Freundlicher und seelisch nützlicher Artikel Korrodis über Vikkos Buch. Die Kahn. Mehreres diktiert, besonders an die Geberin des Nietzsche-Briefes. Mitgenommen davon. Eindrucksvolle und wohltuende Briefe aus Deutschland: von Frau Eulenberg, Preetorius, von Unbekannten. Ergriffen von dem Brief der Frau Eulenberg über das Sterben ihres Mannes und die Lage in Deutschland. – Abendessen mit Golo. Schrieb danach längeres Telegramm an das heutige Meeting of Writers for Peace in Melbourne. Übersetzung und Aufgabe durch Erika gegen 11 Uhr. Beschäftigung mit dem englischen Manuskript der Gide'schen Dramatisierung des »Trial«. Neuer heftiger Husten-Anfall durch Rinnen von etwas Speichel in die Speiseröhre. Schleimauswurf. Nur langsame Beruhigung.

P.P. Donnerstag den 24. XI. 49

Neue Wärmewelle, Sonne als Feindin. – Thanksgiving Day, höchster Feiertag. Verlasse das Haus nicht. – Rücktritt Lilienthals von seinem Amt. Ehrender Brief Trumans und Beifall der Senats-Hornochsen. – Verschlechterung der Ohren. –

P. P. Sonnabend den 26. XI. 49

Gestern u. vorgestern etwas am Ehe-Kapitel weiter. Gestern bei Dr. Mann, der Vitamin- und Hormon-Injektionen machte, dann bei Steinberg zur Behandlung der Ohren, die gut tat. Neue Tropfen, Sulpha-haltig. – Basler teilt mit, daß der »Reisebericht« in der »Neuen Schweizer Rundschau« erscheinen soll. – Das englische Manuskript der »Prozeß«-Dramatisierung mit Interesse gelesen. Sonst recht depressiv und müde. Widerstand gegen das Beantworten von Briefen, auch der gutmütigen und liebevollen. – Nebliges Wetter. Versagen der Warmwasserversorgung. Wiederholtes Ausgehen der Gasflamme. Unbehilflichkeit der Handwerker. –

P. P. Donnerstag den 1. XII. 49

Tage des Leidens, der Verwirrung und Ratlosigkeit. Schrieb Briefe an deutsche Interpellanten u. diktierte sie gestern der Kahn. Versuchte eine Antwort an den Herausgeber der Konstanzer »Erzählung« und gab sie auf, weil sie, wie alldergleichen, zu weit führte, der Hetze neue Nahrung gegeben hätte und mich ekelte. Begann gestern, nachdem ich damit Schluß gemacht, etwas am neuen Kapitel zu schreiben. Sexueller Kummer zwischenein, durch Bilder am Wege gespeister Schmerz und tiefes, leidvolles Verlangen nebst dem Wissen, daß es die Wirklichkeit nicht will. ... Wunsch, völlig ungestört, an der privaten Arbeit weiterspinnen zu können, die ich allerdings für unbedeutend halte. Die Stilisierung (Reimverse verschiedener Art) steht der Übersetzung vollkommen entgegen. – Die Ohren sind gebessert. Behandlung mit Alkohol und dem Sulpha-Liquid. – Zwischenfall, vorgestern, mit dem abgebrochenen Konzert Delia Reinhardt-Walter. Töricht und melancholisch. Lotte Walter gestern bei uns. – Störung durch den Gedanken an den von Indien verlangten Artikel zur Konstitution. – Gefesselt durch Unbekanntes von Ljeskow. – Im »Monat« P. de Mendelssohn über Jünger sehr ansprechend. Auch hier Klagelied über meine politischen Äußerungen. Dabei mehren sich warnende Nachrichten über Deutschland. – Der Gedanke, daß der »Reisebericht« in der Schweiz erscheint dauernd angenehm. – – – Der Besuch der Borgeses zu Weihnachten steht nun fest und hat meine Einwilligung. – Fortlaufende Nachrichten über Bibis Erfolge als Musikerpersönlichkeit in Deutschland. – Frido uns völlig entzogen und entfremdet. Träumte von ihm heute Nacht.

P. P. Sonnabend den 3. XII. 49

Vorgestern Ankunft der Sendung aus Frankfurt, deren Hauptstücke die Weimarer Ehren- und Prunkdokumente. Schau- und Ausstellungsstücke. Bücher, Mappen etc., die schwer unterzubringen. – Mein Brief an die »Weltbühne«, aufgemacht wie ich es nie erwarte, stellt sich harmloser und lockerer heraus, als Erika unter dem Eindruck von Zuschriften befürchtete. – Schrieb etwas weiter an Kap. XXI. – Brief an die Herz. – Gestern bei Steinberg; erhebliche Besserung. – Goethe-Lieder von Carl Ehrenberg; sein Brief dazu ins Hotel 4 Jahreszeiten gerichtet, mit Grüßen von Paul, der mir zum Dank für »einen vor vielen Jahren geleisteten Freundschaftsdienst« ein Bild zu schenken wünschte und es, da er nicht nach München kommen konnte, herüberzuschicken beabsichtigte. Vielleicht kommt es noch. – Lunch bei Zadors dieser Tage, mit Klaus Pr.. – Komisches hin und her zwischen Erika und Lotte Walter über den Wert von Vikkos Buch. – Erfreuliche Besprechung von Schuh, durch Frau Barth, über Bibis Konzert im Zürcher Konservatorium. Wohltuend. – Sehr guter, portraithafter Beitrag von Isherwood zu dem Gedenkbuch für Klaus. Bewegend.

Herbstlich-winterliches Wetter, Nebel mit durchbrechender Sonne. Am Kapitel etwas weiter. – Buch »Der verkannte Künstler« von Roh, zum Teil anmerkungswürdig. – Brief an H. E. Jacob über seinen »Haydn«. – Golo mit Till zu Besuch. – Gespräch mit Erika über die »Drei Gewaltigen« und Bismark, den sie näher zu Göhring stellen will als zu Goethe. – Viel heiteres Hin und Her über Vikkos Buch, das in seiner Lügenhaftigkeit, gutmütigen Beschönigung, Selbst- und Familienverherrlichung und dabei Talentiertheit ein ganz kurioser Fall. – Brief-Ausfertigungen, z. T. mit dem alten Stempel »Privat« aus München.

P. P. Sonntag den 4. XII. 49

Das Wetter wieder zu warm und sonnig. – In diesen Tagen viel leidende Begierde und Nachsinnen über ihr Wesen und ihre Ziele, über erotische Begeisterung im Streit mit der Einsicht in ihr Illusorisches. Das höchste Schöne, behauptet als solches gegen eine Welt, ich würde es nicht anrühren wollen. Reisigers »Was will man?«, einmal auf einem Spaziergang in Küsnacht, als von Clawdias Armen die Rede war. Über das alles bekennend zu schreiben, würde mich zerstören. – – – Lange gearbeitet. – Neue Bekachelung in den Badezimmern. Neubau-Unordnung. Im Studio geruht. Im Garten Exterminierung des vernachlässigten und halb abgestorbenen Lemon-Trees. Viel Post. Briefe von deutschen Stadthäuptern. Stuttgart urgiert meine Wiederkehr u. daß ich »zu den Studenten spreche«. Entsetzliche Vorstellung. – Brief von Hesse, der von deutschen Eindringlingen geplagt wird. – Über die Zustände in Deutschland so manches in den Zeitungen, in »Nation« etc. [.] R. Swing tapfer und gut über Europa. Im Aufbau über das Grauen Frankreichs vor der deutschen Wiedererstarkung. In der Kammer ein Redner nach dem anderen in diesem Sinn. – – Brief an Preetorius über seine Wagner-Schrift. – Bei Steinberg und Dr. Mann, der die Shots wiederholte und Hormon-Tabletten verordnete. Zweifel an dem Effekt dieser »Belebungen«, der nicht »allgemein« genug.

P. P. Mittwoch den 7. XII. 49

Anziehender Film gestern abend mit einem 9 oder 10 jährigen kleinen Buben als Helden, zweisprachig, klug und begabt. »Fallen Idol«. »Theater of Fine Arts«! Sahen es zu dritt mit Erika. Abendessen nachher. Wurde sehr spät. – Habe am Kapitel fortgeschrieben. Jeschute. Schrieb auch, unnötig lang und wohl nicht taktvoll, an Preetorius über Wagner. – Essayband von Olle Holmberg mit Aufsatz über die »Vertauschten Köpfe«.

Erneuerungen am Haus, in das wir wohl 1000 Dollars stekken, gehen weiter. Arbeit in den Badezimmern. – Heute bedeckt, feucht. Nahm mein Bad bei K. drüben. – Einiges am Kapitel. Etwas gegangen. Nachmittags Diktate, dann Ausfertigungen, dann ein Brief an Preetorius abgeschlossen. (Verdient ihn nicht). – Magenverstimmung, wahrscheinlich durch die Hormon-Pastillen. (?). Das Blättchen »Extempore« aus Luzern: vorzüglich. Artikel über die Weltlage geradezu beglükkend im Vergleich mit dem Unsinn. Mit größter Selbstverständlichkeit werden Dinge gesagt, die hier als Wahnsinn und Hochverrat wirken würden. Dies Land aber ist verrückt gemacht durch die Diskrepanz zwischen Macht und Unreife. – Erschüttert von der Dummheit, Frechheit und Niedertracht einer Antwort jenes Chamberlin auf eine vernünftige Abwehr seiner Denunziation eines Artikels von Mc Leish in »Atlantic Monthly«. Zum Verzweifeln. Und diese Cochonerie machen stupide Jüdinnen wie die H. Walter mit! Großhut schrieb mir wütend darüber. – Mit Erika über diese Dinge. Zeitig zu Bett. – Regen.

P. P. Donnerstag den 8. XII. 49

Regen die ganze Nacht und weiter. – Rattenplage im Haus. Bisherige Erfolglosigkeit des Exterminators. Sie haben heute Nacht im Studio die große Blechschachtel mit Chokolade vom Bücherbord geholt, zu öffnen gewußt u. fast den ganzen Inhalt gefressen. – Vollständiger und lächerlicher Zusammenbruch der ganzen hysterischen Jordan-Lewis-story gegen Hopkins und Wallace vor dem Un-American-Committee durch die Aussage des Generals Growes. Übrigens sogar durch Acheson. Nichts als Haß und leere Hysterie, Besessenheit und abergläubische Narretei, aber was geschieht nun mit den Verleumdern?

Nichts, denn sie waren nur »linientreu«. Aufgemacht war das Ganze in perfektem Nazi-Stil; die »schwarzen Koffer« voller Verratsmaterial besonders charakteristisch. – – Schwarze belegte Zunge. Nahm Kohle. – Regendunkel. – Gestern Brief an Mrs. Lowe wegen Beginns der Übersetzung. Der Kahn ein gut Teil Manuskript zur Abschrift überhändigt. – – Am Dialog Jeschute. Blieb zu Hause. Artikel von Basler in der N. Z. über das Buch von Blume, erfreulich. Brief an ihn nachmittags. Abendessen bei Horckheimers mit Dieterles und Dr. [Hakker], dem Psychiater. Viel über den Zustand des Landes. Ausgang in Krieg nur zu wahrscheinlich, da Umkehr des Wirtschaftschaos wegen nicht möglich. – Zu Hause mit Erika. Der klägliche Zustand Walters, mit dem die R. sich nach Ohy zurückgezogen, um die Heirat von ihm zu erreichen. Verzweiflung der Tochter.

P. P. Freitag den 9. XII. 49

Aufgehelltes Wetter. Magen und Leib noch schlecht. Kohle. Die Verratsuntersuchungen im Un-Amer. Comm. gehen trotz vollständiger Explosion der Anklagen lustig weiter. Protest Wallace's gegen das Hinausschieben seines Verhörs. Streit im Committee, dessen republikanische [Mitglieder] die demokratischen anklagen, die »New Dealers« weiß waschen zu wollen. – – Am Kapitel. – Zum Haarschneiden. – Zum Thee Oscar Kocherthaler. – Ausfertigungen. Briefe an Olle Holmberg u. Ninon Hesse. – Un-American Thomas zu einigen Monaten Gefängnis u. 10000 Dollars Fine verurteilt. Seine Frau beansprucht seinen Platz im House! – Besserung des Magens.

P. P. Sonnabend den 10. XII. 49

Noch klar, kühl. Neuer Regen in Aussicht. – Jucken der Ohren nachts. Alkohol, Sulpha. – – Am Kapitel gegen das Ende. Bei Dr. Mann zur Hormon-Injektion und überflüssigem Gespräch. Von da etwas gegangen. Windig. Nachmittags geschlafen. Müder danach als vorher. Brief an Großhut, einen Fürkämpfer, abmahnend. – In »Commentary« jüdisch-fromme Kritik Kafkas's. In dem Buch »Der verkannte Künstler« von Roh noch einmal gelesen.

P.P. Sonntag den 11. XII. 49

Kalte Nacht. Die Ohren ruhig. Noch magenverstimmt und erkältet, wie auch Erika. Unglücksfälle parachutierender Santa Klaus'. In St. Peter gesteht ein ehem. Spanienkämpfer dem Papst, daß er ihn habe ermorden wollen. Erhält seine väterlich lächelnde Verzeihung nebst Backentätscheln. – – Schloß das Jeschute-Kapitel ab, numerierte, überlas und besserte. – Mit K. nach Pacif. Palisades. – Gelesen in »Joyce« von Tindall. – Nachmittags lange geruht. Thee mit Erika bei K.. Abends Vorlesung von 5 Viertelstunden, die 26 Seiten der drei letzten Kapitel. Das Gebet an die Jungfrau: schön. Das Ganze spannend und reich an Einzelerfindung und gedanklichen Realisierungen.

P.P. Montag den 12. XII. 49

Kalte Nacht. Klar. Unruhig geschlafen. Verschlimmerung der Ohren. Nach Alkohol-Behandlung Nässen. Sulpha-Medikament. – – Schrieb verweisende Antwort an den deutschen Dummkopf, dessen 15 Fragen der Monat mir sandte. Fuhr noch nachmittags damit fort – wohl um es zu suspendieren. – Masse von Post. Brief von Reisiger über seinen 65. Geburtstag und seine niedergehende Gesundheit. Gumperts opportunistischer Artikel »I choose America« in der »Nation«. Allein mit K. bei den Mahlzeiten. Las eingegangene Akten. Der Magen gebessert.

P.P. Dienstag den 13. XII. 49

Kalte Nacht. Verschlechterung der Ohren; belegt. – Sonnig. – Begann das XXII. Kapitel. Schrieb an Reisiger. – Liebe das Mariengebet. In der Vorlage: »Sancte (?) Maria[«]. – Das rechte Ohr dumpf. – Im konfusen »Aufbau« viel Drastisches über die deutschen Zustände.

P. P. Mittwoch den 14. XII. 49

Klar und wärmer. – Am neuen Kapitel der Entdeckung. – Beschwerliches Gehen bei schwüler Sonne. – Brief an Trebitsch über seinen »Diomedes«, hübsche Geschichte. – Zog mit der Pinzette großes Stück Watte aus dem rechten Ohr. Hatte sich tief verschlüpft, u. ich hatte an Geschwulst geglaubt. Besseres Gehör, dennoch wegen viel Juckens Besuch beim Arzt angemeldet. – Abendessen bei Alma Mahler mit Eberts. Gottliebs u. a. hernach. Champagner u. üppiges Essen. Viel Gespräch, Ästhetisches, Anekdotisches mit Ebert. Auch mit der Hausfrau. Erzählte sogar Anekdoten. So überflüssig und ermüdend die Geselligkeit! Und doch möchte man sie nicht ganz meiden.

P. P. Donnerstag den 15. XII. 49

Natürlich unruhige Nacht. Behandlung der Ohren. Versagen des elektrischen Ofens. Auch heftiger Reizhusten schon beim Lesen. Schlechtes Wetter in düsterer Vorbereitung. Warnung des Committes for economic developement vor den 20 Billionen jährlich, die der kalte Krieg für die Dauer einer Generation kosten wird, und vor den Begleiterscheinungen wie Militär-Diktatur, witch hunting und Unterminierung der konstitutionellen Freiheiten. – Am neuen Kapitel weiter. Bei Steinberg zur Behandlung. Lunch im Miramar. Geschlafen. Im Londoner »Musical Survey« feuert Schönberg neue Breitseite gegen mich. Suchte endlich seinen Dankesbrief für die von ihm gewünschte Note hervor. Das neue »character document«, wie der Herausgeber sagt, ist aber so albern, daß ich nicht weiß, ob ich überhaupt reagieren soll. – Aufregung dennoch. – Langer Brief von den Herausgebern von »Extempore«, Luzern, überaus sympathisch. Sind mir zuvorgekommen.

P. P. Freitag den 16. XII. 49

Nachts Sekonal wegen Unruhe. – Kein Regentag wider Erwarten. Frühstück mit Erika. Mit ihr über das Problem Walter – Delia – Lindt – Lotte. Über den närrischen Schönberg. – – Am

Kapitel weiter. – Gegangen bei Seewind, nicht weit. – Wütende Angriffe auf mich in der antirussischen Zeitschrift »Plain Talk«, mänikalisch. – Der Kahn diktiert: An Schönberg mit der Rücksendung der »Harmonielehre«. An den Architekten Neutra u. a.[.] – Handschriftlich danach an die Meyer. – Betrübnis über Erikas Verbitterung (Borgese's Beitrag über Klaus. World Government-Betrieb etc.[)] Ihre Bitterkeit – nur zu begreiflich – wird quälend, wenn sie bei Freunden getrunken und dies ihre Sprechweise beeinflußt. – Vorführung von Platten nachher, die sie zu Weihnachten eingekauft. Holländer-Arie »Die Frist ist um«.

P. P. Sonnabend den 17. XII. 49

Bedeckt, Frühstück mit Erika. Überraschendes Verbot an Deutschland, eine Armee zu unterhalten. Erfolg Frankreichs u. wohl auch Englands. Schwächung des Adenauer-Regimes, das man zuvor zu der Forderung ermutigt hatte. – Der Bulgarische Ministerpräsident wird gehängt wegen Conspiration mit Tito und wohl mit Amerika. – Über meinen Brief an Schönberg. Erheiterung über eine Nachschrift betr. die Veröffentlichung seines Briefes vom Oktober 48. – – Am Kapitel weiter. Gegangen über das Alte Haus. Sehr netter Brief eines deutschen Studenten aus der Ostzone, Leser und Sammler, sehr zugetan mit vielen andern, wie er versichert, trotz allen blödsinnigen Erniedrigungen. – Schrieb nachmittags und noch abends notwendige Briefe: An die Herausgeber von Extempore, an den Pianisten Hinze-Reinhart in Weimar, an Hatzfeld u. a.. – Wieder in der Luzerner Zeitschrift, erstaunlich. Erika wieder über Borgese und seine Aktivität, ruhiger und nicht unzutreffend. – Neue Platten versucht, alle Lieder Wagners, Robert Franz.

P. P. Sonntag den 18. XII. 49

Regen die ganze Nacht. Dauert an. Ausflug zu Dieterles abzusagen. – Die englische Weigerung, die amerik. Bewaffnungsbedingungen anzunehmen wird als großer Kummer für Europa dargestellt. Unglaubliche stupide Enthüllungen eines Senatskomitee auf der Grund der Aussagen eines F.B.I.-Spitzels. Was die Menschen zu lesen bekommen! – Eifrig am Kapitel geschrieben bis ½ 2. Verließ das Haus nicht. Über die Hl. Elisabeth in dem Buch von Busse-Wilson. – Golo und »Ed«. Viel englische Konversation. Der von Golo für mich geschriebene Artikel ist in N.Y. Times in großer Aufmachung mit Bildern des Kaisers, Stöckers, Liebknechts erschienen. – Im Abendkonzert Suite aus dem »Rosenkavalier«. Ist doch eine höchst liebenswürdige Musik. – Kurzer Dankesbrief an Coudenhove für seine freundlich-törichte Lebensgeschichte.

P.P. Montag den 19. XII. 49

Nachts Störung durch die Ohren. Der Regen, der während der Nacht pausiert hatte, setzt morgens wieder ein. Große Frühstückstafel mit Erika, Golo, Ed. Besorgt wegen Überlastung des Mädchens. – Eifrig an Kap. XXII gegen das Ende. Rheumaartige Schmerzen am Kopf hinter dem Ohr. Empirin. – Spottgedicht von Borgese auf Gumpert. Hübsch. – Einiges Handschriftliche. Zeitschriften gelesen. Anwesenheit des Burschen Ed mir lästig.

P.P. Dienstag den 20. XII. 49

Sehr kalter Wind bei blauem Himmel. – Verurteilung des Manstein durch die Engländer zu 18 Jahren Gefängnis. In vielen Punkten freigesprochen. – In Australien ein 10 jähriger Knabe von einer Riesenqualle getötet. – Der Columnist Polyzoides kündigt viele Unannehmlichkeiten in Europa für Amerika an, da es nicht allein England sei, welches – – – Schloß das wichtige Abschiedskapitel ab und besserte im Lauf des Tages noch im Einzelnen daran. Nichts aufgeregt Dramatisches, Heftiges. Statt des zuckenden Streiches nur eine Kälte im Haar. – – In der Zeitschrift »Form und Sinn«, beste der Ostzone und wohl Deutschlands. – Hundert Dollars von »N.Y. Times« für den kleinen Artikel (!) Übergab Golo dankbar den Check. Freute sich sehr. – Arbeit mit der Kahn, verschiedene Diktate. Danach Ausfertigungen. Nachschrift zu dem Brief an Schönberg. – Abends Kaffee und, unter Ausschaltung des Knaben Ed, Vorlesung des beendeten Kapitels für K., Erika und Golo. Außerordentlicher Eindruck. Zufriedenheit, das Ding der Zeit und Arbeit wert gemacht zu haben, – eine fromme Groteske und die letzte Form, die das vielversuchte Gedicht annimmt in der Fülle der Zeit. – Ruhte aus bei einiger Musik, war aber, doch wohl unverhältnismäßig, bewegt.

P.P. Mittwoch den 21. XII. 49

Große Erregung zur Nacht. Sekonal um 2 Uhr. Dann geschlafen. Heiterer Morgen, ohne den gestrigen Wind. Frühstück mit den Frauen und Buben. – Beschäftigung mit »Extempore«. Gegangen weit hinab. Nachmittags lange geschlafen. Einiges Handschriftliche. Dank für einen guten Brief aus Deutschland über »L. i. W.« – Zum Lunch Klaus Pr. mit Sohn, dazu Ed. Klotz. – Abends, da Erika zu Bette gegangen war, Gespräch mit K. und Golo über sie, ihre Verbitterung und Reizbarkeit. – Trauer, Neigung zum Haß u. zum Bruch mit allen, auch mit Medi, der »Präsidentin«, die ihr wahrscheinlich gutmütig-falsch geschrieben. Kann nicht ins Ausland reisen, weil man ihre Einbürgerung unabsehbar verzögert. Meine Absicht an Truman zu schreiben. Frage, ob ihr nicht in England wohler wäre und adäquatere Tätigkeit geboten würde. (B.B.C.) Problem der Trennung von uns. Erörterung unser Rücksiedelung in die Schweiz. Meine Anhänglichkeit an dieses Haus. Schwierigkeit, ähnlich günstige Bedigungen in Zürich zu gewinnen. Tessin? Vevey? Alles wurde berührt und durchgesprochen. Anziehungskraft der Schweiz für mich, Vertrauen. Handwerker, Ärzte etc. [.] Frage Bibi. Lebensaufregung.

P. P. Donnerstag den 22. XII. 49

Die Nacht durch Ohrjucken und -Behandlung gestört, aber nicht sehr. – Klares, kühles Wetter. Morgens mit K. erneut über das Gestrige.

P. P. Sonnabend den 24. XII. 49. Weihnachtsabend

Gestern Vormittag Ankunft der 4 Borgeses, eingeholt von Erika, die sich zu Medis Kummer streng verhält. Auch zu unserem. – Arbeit an dem Artikel über »Extempore«. – Klares Wetter, starke Sonne. – Bescherung um 7 Uhr, aufgeregte Beglücktheit der Kinder. Walter, Linds und Eva Hermann, Klaus Pr., der junge Winkelmann, und Golos Ed dazu. Alle Welt von K. erfreulich beschenkt. Modernisierung des Musikapparates nebst Aufnahme-Maschine. Desk-Federn. Diner mit Champagner zu 15 Personen. Begeisterung des jungen Amerikaners: »Gi, Erika, that was quite an evening! The champaign, the conversation ... « Große Heiterkeit über Erikas Klebe-Zeitung und über Fridos Brief mit dem Katalog von Auto-Marken. Platten von Corelli und César Frank. War oft ermüdet vom Stimmengewirr, hielt aber aus. Schöner Kerzenbaum. ½ 12 zu Bette.

P. P. Sonntag den 25. XII. 49. Weihnachtstag

Klares Wetter. Erika zum Morgenkaffee, da sie Medi hinabverwiesen. Lärm Borgeses beim Aufstehen vor Tag. Frühstück mit den Töchtern u. Enkelinnen. Präokkupiert immer von dem explosiven Artikel für den »Aufbau«. – Arbeit hieran vormittags und Notizen dafür nachmittags. Abends Versuche mit neuen records auf dem neuen Apparat. Borgese erregt über vermeintliche Verfolgungen. Sanftmut Medi's, die ihn reizt. Betrübliche Spannung von Erikas Seite mit Borgese u. der armen Medi.

P. P. Montag den 26. XII. 1949
Klares Wetter. Medi zum Frühkaffee. Sie reitet aus mit Golo und Ed. – Schnell geschrieben an dem wahrscheinlich unmöglichen Artikel. Ausgefahren u. gegangen mit K.. Abfahrt der jungen Männer. Mehreres Handschriftliche erledigt. Abends für Borgeses, i. e. für Medi Vorlesung des Kapitels »Die Fischer von St. Dunstan«. Schweres Perorieren Borgeses über einen Diktaphon-Apparat. Später zwischen K. und Medi Auseinandersetzung über Erikas politische Vorwürfe, die wenigstens zum größeren Teil ihrer Gemütsverfassung entspringen.

P. P. Dienstag den 27. XII. 49
Nachts Verschlechterung der Ohren. Discharge. Gehör belegt. – Andauer des klaren u. milden Wetters. Begierig den J'accuse-Artikel jedenfalls einmal abzutun. –

P. P. Donnerstag den 29. XII. 49
Gestern schloß ich den vehementen Aufsatz »Anläßlich einer Zeitschrift« ab und las ihn abends, unter Ausschluß von Borgese, der Familie vor. Es ist ein gutes Prosa-Stück, aber seine Veröffentlichung ist sehr zu bedenken, da sie mir hier den Hals brechen könnte. Bewegtheit Erikas, Einwände Golo's. K. hält die Veröffentlichung mit ausgleichenden Retouchen für möglich. Längere Diskussion. – Nachmittags Interview mit 3 Chicagoer Studenten über den »Magic Mountain«. – Viel Post, Bücher, Manuskripte. – Die Affaire Angell, sein Nervenzusammenbruch über der Haupt-Einleitung zum »Reader« sehr betrüblich; schwieriges Problem. Ratschläge an Erika, die sie an Golo weitergab, um mit ihm zusammen für den Kranken einzuspringen und unter seinem Namen die Einleitung zu schreiben. Telegramm an Knopf. – Langsamer Satz der 9. von Beethoven später am Abend. Nachteile der langdauernden Platten.

Das Wetter auch heute noch klar und mild. Frühstück mit K. und Töchtern auf der Terrasse. Golo, nachdem er im Wohnzimmer übernachtet, abgereist, um die Einleitung zu entwerfen. Medi sieht mit Trauer dem Ende ihres Aufenthalts entgegen. Häkeleien zwischen Erika und Borgese wegen Aspen, Bergsträßer etc.; hält sich aber im Freundschaftlichen und Humoristischen. – – Übertragung von Korrekturen aus dem für die Lowe bestimmten Manuskript in anderen Durchschlag. Zeitraubend. Notizen zum nächsten Kapitel. – Bei Steinberg zur Behandlung. Neues Penecellin-Medikament. – Nach dem Thee mit Borgeses ins Cinéma: Italienischer Film »Bycicle Thief«, bittere soziale Anklage, Alltagstragik sehr packender Art, aus kommunistischer Sphäre kommend, vorzüglich inszeniert, mit komischen Einschlägen gegen Kirche und Frömmelei. Bewegend. Sehr national-italienisch dabei. – Zu Hause mit Erika. Letzter Satz der Eroica. Man muß beständig die Tonstärke regulieren.

P. P. Freitag den 30. XII. 49

Kühl, leicht neblig. Längeres »Kaffeestündchen« morgens mit Medi. Briefbesprechungen. Erika hat eine politische Aussprache mit ihr gehabt. – Begann Kapitel XXIII zu schreiben. Ging ziemlich weit. Schlief ziemlich lange. Nachmittags viel Post zu lesen. Dinner-Party bei uns mit den 3 Dieterles und Fritzi Massary. Vulkanismus Borgeses erregte Heiterkeit und Erstaunen. Er beklagte sich bei K. über Medi's Ehrgeiz, insolence u. Bestreben ihn auszustechen. Warnung an sie. – Neujahrswünsche, auch von Oprechts, Gumpert. – Verpackte das Manuskript für Mrs. Lowe.

P. P. Sonnabend den 31. XII. 49

Leicht neblig frisch. Kaffee mit Medi. Erzählte von Schönberg, von Horckheimer u. der Buchbesprechung. – Nach Indien wird auch England das kommunistische China anerkennen. – Fuhr fort im neuen Kapitel (beim Fischer). – Mit K. in Pac. Palisades »Park«. – Schrieb nachmittags an Trebitsch (Zürich) und zwei anständige junge Deutsche, immer über meinen »Kommunismus«. »Man bezieht seine moralischen Emotionen aus dem nahen Leben. Die Fehler, Sünden, Heucheleien des Westens sind mir zu nah ...« – Abendessen ohne Erika, die in großer Gesellschaft war. Hörte nachher im Radio Verdi-Musik. Etwas Zerwürfnis zwischen Borgese und Medi. Später ein Glas Champagner und Aufklärung des närrischen Mannes, indem man ihm schmeichelte. Zog mich elf Uhr zurück und las weiter in Ljeskows »Kadettenkloster«. Alles so ausgezeichnet erzählt! Ließ 12 Uhr herankommen und hörte fernes Feuerwerk-Geknatter.

1950

P.P. Sonntag den 1. I. 1950

Nebeltrübe und kühl. Kaffee mit K. und Medi. Sprachen über die Lage von vor 10 Jahren, wo es in Europa so schlimm und hierzulande soviel besser stand. – Dies nun eins meiner runden Jahre, in dem ich 75 werde. Vor 50 Jahren erschienen »Buddenbrooks«, vor 25 der »Zauberberg«. (Hatte vorgestern Brief von Carl Ehrenberg, mit näheren Daten über Pauls Tod.) – – Schrieb ruhig weiter am Kapitel. Etwas gegangen. Beschäftigung mit Büchern und Zeitschriften. Schrieb nachmittags an verschiedene Personen in Europa u. fertigte Briefe aus. Abends Experimente mit dem Aufnahme-Apparat, nur zum Teil erfolgreich. Lesung Borgeses von Goethe »Daß wir uns in ihr zerstreuen«, recht rührend.

P.P. Montag den 2. I. 1950

Nebeldunkel. Reisetag der Borgeses. Medi noch einmal zum Kaffee. Berichtet, daß mit Erika volle Versöhnung stattgefunden. – Nachts Störung durch die Ohren. Ljeskows »Kadettenkloster« gestern Abend beendet. Schilderung guter Menschen. Eindruck von russischer Civilisation. – – Schrieb fleißig weiter am Kapitel, das augenblicklich leicht. Ging bei sehr kaltem Wind. 3 Uhr Verabschiedung von Medi und den Ihren. Es wurde ihr schwer. K. brachte die Familie zum Bahnhof. Schrieb einige Briefe. Las in einem Mt., Friedensplan eines gewissen Alex. Klein, von Einstein gebilligt, von mir nicht so recht. Ohne Blick für den inneren Zustand Amerikas seit Roosevelts Tod u. dem Ende des Krieges. – Abends allein mit K.. Erika den ganzen Tag beschäftigt mit Mr. Oswald, Golos dankenswerte Ergänzung von Angells Einleitung englisch zu redigieren. Angells Zustand sehr bedenklich, aber das Problem dank der Tüchtigkeit der Kinder recht leidlich gelöst. – Telephon-Anruf Bermanns von Connecticut. Über die Konzentration des Verlages in Frankfurt. Die neuen Auflagen des »Zbg.« und des Faustus. Erstere mit der Schweizer Buchgemeinschaft.

P.P. Dienstag den 3. I. 1950

Kalter Landwind bei blauem Himmel. Kaffee wieder allein mit K.. Frühstück mit Erika, die gestern im Philharmonic sehr über die Komikerin Lilli gelacht hat. Bringt das Einleitungsmt. der Kahn zum Abschreiben. – Verbesserungen für den Amsterdamer Neudruck des Faustus zu besorgen. – Schrieb weiter am Kapitel. Fuhr mit K. wegen des Windes in ein Seitental. Überschwängliche Post nach den Feiertagen. Viel zu lesen. Langer Brief von Adorno aus Frankfurt. Über das ambivalente Verhältnis der Deutschen zu mir. Brief eines homoerotischen deutschen Pfarrers über den T. i. V., schwärmerisch. Brief von Kestenberg aus Israel. Etc.. Commentator Kaltenborn schickt Portraitgalerie von Persönlichkeiten, die das Gesicht der 1. Hälfte des Jahrhundert bestimmen: Von Schriftstellern Proust, Joyce und ich. Merkwürdig zu sehen. – Nachmittags die Kahn. Die Angell'sche Introduction fertig und nicht schlecht. Geht mit Begleitbrief an Knopf. Diktierte an Bermann wegen der Faustus-Korrekturen. Dazu mehreres andere; an Prof. Löwenstein. – Klaus Pr. zum Abendessen. Die neuen Desk-Feder ausprobiert. Zu weich, zu unsauber, will mich aber an sie gewöhnen.

P.P. Mittwoch den 4. I. 1950

Klares Wetter. Wind gelegt. Morgens mit K. Briefe durchgegangen. – Am Kapitel gegen das Ende. Gegangen bei angenehmem, windstillem Wetter. – Erika bis Samstag nach Ohi. – Schrieb an A. Klein über sein Friedensmanuskript absagend. Dann an Kerényi. Abends allein. »Urmensch mit Mythos« zum nächsten Kapitel. – Halsschmerzen. – Hörten Trumans dumme Congreß-Rede.

P.P. Donnerstag den 5. I. 50

Klares Wetter. Nachts Irritation der Ohren. Alkohol. Erkältet. Halsschmerzen. – Schloß das Kapitel »Der Stein« ab und begann mit der Überarbeitung von »Anläßlich einer Zeitschrift«. Ging etwas bei besonders schönem Wetter. Fuhr zur Fußpflege, die lange vernachlässigt. Lunch im Miramar, wobei Briefe gelesen. Einiges Handschriftliche nachmittags, eins nach den anderen, auch an den getreuen Eisner in Prag. Abends der Musik zugehört bis ¾ 11. Empirin. Stark erkältet.

P. P. Freitag den 6. I. 50

Starkes Halsgeschwulst. Natron-Gurgeln 5 Uhr und dann nicht mehr eingeschlafen. Stand 7 ¼ auf. K. bestellte Dr. Wolf. Muß zur Stadt wegen der Steuererklärung, an der sie seit Tagen arbeitet. Kaffee und Frühstück (½ 9 Uhr) besserten den bis zum Gaumen geschwollenen und verstockten Hals. – Volle Anerkennung der chinesischen Regierung durch England zu unerem Ärger. Formosa von uns abgeschrieben. Ankündigung einer neuen russischen Atom-Explosion zu Regulierungszwecken im asiatischen Teil. Niemand versteht sich recht auf die Folgen. – Klares, sehr kühles Wetter. Ließ das Baden. Heizungswärme. – Schloß die Überarbeitung des Extempore-Aufsatzes vorläufig ab. Message für Arts and Professions widerwillig zu machen. Empfing Dr. Wolf. Die Bronchien frei. Starke Halsentzündung. Verordnung schleimlösender Medizin. Penecellin-Injektion. Zeigte ihm die Weimarer Dokumente, die er lebhaft bewunderte. Ging etwas aus bei sehr starker Sonne. – »Deutsche Beiträge« mit warmherzigem Artikel von Penzoldt: »Reise mit T. M.«. Neue Rundschau mit Nachruf auf Klaus von Kesten. Taktlos zum Teil. Amerikanisierend, wie ein Profile des New Yorker. Viel Lesestoff. Bernus schickt eine »Schloßlegende« mit Brief, der über Einsamkeit klagt. – Recht leidend. Schrieb an H. L. Held in München. Golo traf zum Abendessen ein, und ich lobte ihn für seine Arbeit am »Reader«.

P. P. Sonnabend den 7. I. 50

Leidliche Nacht. ½ 8 auf. Müde. Das gestrige klare Wetter; nach kalter Nacht starke Sonne. – Resultat des gestrigen Besuches K.'s beim Steueranwalt: 16000 Dollars Einkommensteuer dieses Jahr! Ein Beitrag zum kalten Krieg, der ein Recht verleiht, zu schimpfen. – – Schrieb an der Message für Arts and Professions. Sah Dr. Wolf. Zweite Penicellin-Injektion. Ging etwas aus, zu windig. Nachmittags diktiert und geschrieben: an Penzoldt. Zum Abendessen Rückkehr Erikas. Hörten die gekürzte »Walküre«.

P. P. Sonntag den 8. I. 50

Der Hals etwas gebessert. Umschlag des Wetters, Regen. – Beendete die Message, die aber noch falsch und zu »kommunistisch« ist. Telephonat der Leute vom Council, daß das Wilshire sich weigere, den Saal herzugeben, namentlich meinetwegen. Pressure und Counter-pressure. – Den ganzen Tag Regen und Dunkelheit. Nachmittags längere Unterbrechung des elektr. Stroms. Kälte und Finsternis. Verschlief die böse Zeit. – Nichtwiederkehr des Pudels von Liebeswegen seit 3 Tagen. Geringe Hoffnung ihn wiederzusehen. Abschluß eines Zusammenlebens von elf Jahren. – Schrieb ein paar Briefe (Prof. Kestenberg) und hörte abends dem Radio zu. Abfahrt Golos am späteren Nachmittag.

P. P. Montag den 9. I. 50

Nachts Irritation der Ohren. Die Kehle nicht sehr gebessert. Schwarze Zunge, die zum Bilde der Infektion gehört. – Wetter klar und kalt. – Schritte wegen des Pudels bei der Polizei und der Lokal-Zeitung. – Begann, das auf dem »Stein« spielende Kapitel zu schreiben. – Bei Steinberg zur Behandlung der Ohren und des Halses. Für diesen Tabletten. Vitamin-Syrup, den gewissenhaft nehme. – Das »Wilshire« kapituliert und stürmischer Gegendruck der Community. Nachmittags kalmierende Überarbeitung der Rede mit Erika. Schrieb danach humoristisch 4 Seiten an Adorno. Abends nach Abschluß des Briefes Musik gehört. Betrübtes Hin- und Her Raten über das Schicksal Nikos. Keine Reaktion auf die Annonce. Bei seiner Erfahrenheit der Hergang schwer zu erklären. Aber sein Untergang scheint sicher, und man muß sich damit trösten, daß das Erlebnis seines keinesfalls mehr fernen Ablebens ausfällt.

P. P. Dienstag den 10. I. 50

Noch klar, kalt. ½ 8 auf. Maniküre. Erika arbeitet mit Mr. Oswald an der Übersetzung der Dinner-Rede. – Nichts von Niko. – Schrieb zwei Seiten am Kapitel. Ging Amalfi Drive weit hinunter, ohne Niko. Eingeholt von Erika. Beschäftigung mit Büchern, für die zu danken habe: Neumann, M. Flinker. Schrieb an Bernus. Abends mit K. allein. Erika brachte später den neuesten »Esquire« mit bewundernswerten Bildern nach [Lücke i. Ms.] von Heifitz und mir. Durchaus huldigender Text, was dem Blatt wohl Zuschriften bringen wird. Verlesung eines äußerst geschmacklosen u. unnormalen Briefes des armen Mönchens an Walter.

P. P. Mittwoch den 11. I. 50

Regen. Dunkel. – Austritt des russ. Delegierten aus dem Security Council wegen des nationalistisch-chinesischen Präsidenten. England stimmt gegen seine Absetzung, weil die Labor Regierung vor den Wahlen nichts gegen Amerika zu tun wagt. Schweden schließt sich an. – Truman bekommt ein gold plated Automobil. Goering. Beginn faschistischen Prunks. – – Der Hals entschieden gebessert. Empfindlichkeit von Zunge und Gaumen. – – Schrieb weiter am uterus-Kapitel.

Bei starkem Regen und überschwemmten Straßen mit K. in Westwood, wo ich bei Desmond zwei Anzüge kaufte. Auf der Bank: Londoner Honorar. Nach Tische die Post. Nach dem Thee der Kahn diktiert. Korrespondenz mit Knopf über das Vorwort zum Reader, das zu wünschen läßt. Undistinguished und zu lobend. Mit Erika die Übersetzung der Rede für Samstag. Abschrift des Aufbau-Artikels. Abends Diskussion darüber. – Infektion hat die Zunge belegt, die gerötet und schwarz ist, und auf der alles brennt. Ärgerlich. – Scharfer Artikel Lippmanns über Formosa.

P. P. Donnerstag den 12. I. 50

Morgens etwas klarer, bald wieder Regen u. Dunkelheit. Schlechte Zunge. – Geschrieben am Kapitel. – Bei Steinberg zur Behandlung von Zunge und Mund. Die Ohren viel besser. – Lunch im Suisse Chalet. – Zu Hause die Post. – Beantwortete höflich, ja herzlich einen Versöhnungsbrief Schönbergs, den kennzeichnender Weise wohl zu erwähnen vergaß. – 7 Uhr mit K. nach Westwod ins Cinéma: Vorzüglicher Huey Long-Film, schwache Punkte der Handlung, aber bewundernswert inszeniert und gespielt, ungeheuer amerikanisch und sehr eindrucksvoll. – Spätes Abendessen. Noch mit Erika, die mit Freunden ausgewesen. – Sehr kalt. Schneidender Wind, der mir übeltat.

P. P. Freitag den 13. I. 50

Unruhige Nacht. Wässern der Ohren, enttäuschend. Morgens Penecellin. Am Buße-Kapitel weiter, gegen das Ende. Gegangen bei Sonnenschein über das Alte Haus. Las in »Deutsche Beiträge« etwas über die franz. Zeitschrift »Esprit«, europäisch intelligent. – Ausfertigung von Briefen. Schrieb dann an Flinker über sein Büchlein und begann Brief an Alfr. Neumann. Zum Abendessen zu dritt bei Walters, mit Fritzi Massary und Albrecht Joseph. Champagner. Appetitlos und müde. Man nahm mit Mikrophon das Unterhaltungsgewirr der Gesellschaft auf. – Unwohl und übermüdet.

P. P. Sonnabend den 14. I. 50

Unruhige Nacht. Ohrenplage. ½ 2 Sekonal. In schlechter Verfassung. Wieder dunkel u. zu Regen geneigt. – – Schloß das Kapitel »Die Buße« ab. Es kommt jetzt die römische Papstwahl. – Zum Haarschneiden nach Westwood bei leichtem Regen. Sympathischer junger Neger dort, schon früher beobachtet, mit angenehmer Stimme und feinen Zügen. – Brief von der Lowe über den »Erwählten«; hat aufs Geratewohl mit der Übersetzung begonnen. – Deutsche Briefe. – Thee im Schlafzimmer.

Vor 7 fuhr Erika uns zum B. Wilshire Hotel. Cocktails mit Committee-Gliedern im Wartezimmer, lange. Koch, Pauling, Mc. Williams etc. Der Speisesaal gefüllt von 500 Personen, zu denen bei Beginn der Reden noch Weitere kamen. Verteilung der 4 awards. Improvisierte, Heiterkeit erregend, neuen Anfang meiner Rede. Nachbarin Mrs. Koch, sympathisch. Merkwürdig, sich plötzlich unter einer Menge Gleichgesinnter einfinden, für die mein speech viel drastischer hätte sein können, und jedes Wort von meinem »Aufbau«-Artikel applaudieren. Aber diese Hundert Gruppen finden sich nur in ein paar Zentren. Die Nennung meines Namens durch das Hotel hatte freilich den Gegendruck sehr stark und die Zahl der Telegramme sehr groß gemacht. Wir gingen 11 Uhr vor den entertainements und wurden von einem jungen Journalisten, der »Tonio Kröger« liebt, [heimgefahren.] Zu Hause mit Erika, die Albr. Joseph bei sich gehabt hatte. Falsche Installierung des Aufnahme-Apparats, der übrigens nachmittags meine Rede gut wiedergegeben hatte. – Chokolade, da beim Dinner wenig gegessen. 12 Uhr zu Bette.

P. P. Sonntag den 15. I. 50

Gestern Nacht in Ljeskows Geschichten weiter, die jetzt das Rechte für mich sind. Wetter klar. Deutsche Generäle (v. Manteuffel) beantragen Aufstellung einer Armee, doch wird Diskussion darüber geleugnet. – Die Ohren nachts leidlich ruhig. – Verbesserungen am Kapitel. Die Einleitung an die Mazzucchetti für Lugano Radio, mit Brief. Schrieb an Neumann zu Ende (über seinen Roman u. über Niko). Schrieb an Benedikt nach Stocksund über seine ästhetischen Schriften. Ging mittags bis zum Alten Haus. Zum Abendessen Albr. Joseph. Für ihn, K. und Erika Vorlesung der Kapitel »Der Stein« und »Die Buße«. Starker, merkwürdiger Eindruck. Befriedigt. Gespräch darüber. – Böse Verschlimmerung der Ohren, die wieder durch laufende Absonderung belegt sind.

P. P. Montag den 16. I. 50

Nachts Nässen der Ohren. Klares Wetter. Schumann in Bonn verwirft sehr entschieden Saar-Revision und Remilitarisierung. Deutliche Worte im Gegensatz zu der Kurmacherei der anderen. – Trumans Pastor spricht gegen das vom Papst vorgeschlagene Bündnis von katholischer u. protestantischer Kirche gegen den Kommunismus. Nennt die katholische totalitarian und hält ihr die Stärke des italienischen Kommunismus vor. – – Nahm Änderungen am »Ex tempore«-Aufsatz in Angriff. Bei Steinberg zur Behandlung der neuen Infektion, die er schneller als die vorige zu unterdrücken hofft. Rückkehr zum Sulpha-Oel. – Ocean Avenue gegangen. – Nach Tisch Interview mit Vertreterin eines neuen Community Paper. – Viel Post. Angenehmer Brief von Eulenbergs Neffen, Sinolog in Köln. Gleich bedankt. Zum Abendessen Prof. Pollag und seine Schwester, zu seinem 70. Geburtstag. Champagner. Amüsement über Valentin und Betowe, über Erikas Klebezeitung. Die Ohren in deplorablem Zustand, nässend. Dazu heiser.

P. P. Dienstag den 17. I. 1950

Nässende Ohren nachts. Klares Wetter. Klaus Pr. übernachtete und frühstückte mit uns. Schwierigkeiten mit der unteren Zahn-Protese. – Schloß die Änderungen an dem Extempore-Aufsatz und überließ das Mt. Erika. – Bei schönem Wetter Fahrt nach Hollywood zu Cooper, der etwas abschliff, aber nicht genug. Doch sind z. T. die empfindlichen Hautverhältnisse im Munde schuld. – Schrieb an Brod, Tel-Aviv, über Kafka. – Las die »Nation« über die kommunistische Herrschaft in Tschechenland. Las den New Yorker »Aufbau«. – Die Ohren andauernd wässernd. – Albrecht Joseph sehr beeindruckt von den Kapiteln. – Hübscher Artikel von Berendsohn über die »Entstehung«.

P. P. Mittwoch den 18. I. 1950

Nachts Wässern der Ohren. – Nebel. – Moralischer Streit um die Herstellung der Hydrogen-Bombe, deren Vernichtungskapazität ungeheuer viel größer, als die der A.-Bombe. – – Morgens Gespräch mit K. über einen Brief des Agenten in Barcelona wegen spanischer Gesamtausgabe. – – Studien zum römischen Kapitel. – Bei Steinberg. Allergischer Charakter der neuen Reizung. Salbe. Zweite Vitamin-Injektion in den Arm, unangenehm drückend. Etwas gegangen u. eingeholt von K. mit Frau Katzenellenbogen, die zum Lunch geladen. Viele Büchersendungen. Nachmittags die Kahn, die Mt.-Abschrift brachte. Reihe von Diktaten. Versuchte noch Brief an den Dichter Kölwel. Müde und angegriffen. Abends Musik; Versuche mit dem Aufnahme-Apparat, der »Einsam wachend« vollendet reproduzierte. – Mit Erika Unebenheiten im Extempore-Aufsatz.

P. P. Donnerstag den 19. I. 1950

Nachts gestört durch die Ohren. – Milde Luft. – Ewige Beschmierungen wegen Auslieferung von Waffengeheimnissen an die Russen vor 45. Blöde und infam. – – Änderungen an »Extempore«. Dann nachgelesen fürs nächste Kapitel. – In Westwood bei Desmonds zur Anprobe der neuen Anzüge. Lunch im Swiss Chalet. Brief von Knopf, zufrieden mit meinem Verhalten in der »Reader«-Frage. Recht unheimliche Nachrichten durch die Nurse über Heinrich, seine Unsauberkeit, sein vieles Schlafen auf dem Bett sitzend. Der Greisenarzt Dr. Mann zu ihm bestellt. – Die entehrenden Verrücktheiten der Presse, die den Dummkopf abbildet, der behauptet, wir hätten 1944 eine Wunder-gun, die es noch garnicht gab, nach Rußland geschickt, gehörten auch in meinen Artikel. – Schrieb Briefe an Kölwel und Berendsohn. – Abends allein mit K. Stöberte im Gregorovius und las in einem deutschen »Lesebuch der Weltliteratur«. Zum Schluß etwas leichte Musik.

P. P. Freitag den 20. I. 1950

Schlief im Stuhle ein und hatte 3 Uhr heftigen Husten. Beruhigung durch Thee, aber weitere Störung durch die Ohren. – Beim Kaffee Besprechung von Briefen mit K.. – Verurteilung des Strobl zur Gaskammer nach »gesundem Volksempfinden«. – Mildes Wetter. Legte neuen graublauen Anzug an. – – Schrieb Ergänzungsabsatz zum Extempore-Aufsatz. Dann Beschäftigung mit dem nächsten Kapitel. – Bei Steinberg, Behandlung und weitere Injektion von der unangenehmen Art. Erika fuhr mich. Vor der Heimfahrt etwas gegangen. – Sehr hübscher Brief eines 16 jährigen Grafen Schwerin in Salem, den mit Buchsendung bedankte. Diktierte K. Freundschaftsbriefe (an Caroline N. über Nikos Außenbleiben). Selbst etwas geschrieben. – Ernennung zum ordentl. Mitglied der Academy of Arts and Letters, bedankt. – Der »Monat« bringt choquierender Weise einen Hetzbeitrag der Ruth Fischer. – Sehr schlechte, gereizte, geschwollene und nässende Ohren. – Lieder der »Winterreise«, bewundernswert. Sehr komische Ansprache Erikas im Empfangsapparat über Acheson. – Golo zum weekend.

P. P. Sonnabend den 21. I. 50

Die Nacht, wie erwartet, sehr schlecht. Viel gewacht, die Stühle versucht und die Salben, herumgegangen. 6 Uhr Thee. Leichte Kopfschmerzen. – Die Army dementiert den Unsinn jenes ausgedienten Colonels – auf der 10. Seite, während sein Portrait auf der ersten war. – Mildes leicht nebliges Wetter. –

P. P. Montag den 23. I. 50

Bekam vorgestern 38° Fieber. Dr. Mann wurde gerufen. Penicillin-Injektion. Kodeïn gegen den oft quälenden Stickhusten. Gestern im Bett bei sich verlierender Übertemperatur. Schlief viel. Dafür war die Nacht sehr lang. Nicht geraucht und bei heutigem Versuch schlecht befunden. Krankheitsgefühl andauernd. – Las gute Arbeit von James Lord in »Horizon«: »The boy who wrote No.« Will ihm schreiben. –

P. P. Mittwoch den 25. I. 50

Tage der Krankheit außer Bett. Das Ohrenleiden schlägt sich nach außen und produziert Tag und Nacht stark wässerndes Geschwulst. Die Erkältungsinfektion, mit Schnupfen u. gelegentlichem Krampfhusten, dauert an. Lasse das Rauchen nicht ganz. Hustenmedizin mit Kodein; Empirin-Kodein; Nasentropfen. Gestrige Heftigkeit von Geschwulst u. Absonderung veranlaßte K. und Erika mit neuem Ohrenspezialisten Verbindung zu nehmen. – Schrieb gestern an Goes. Verbrachte die Nacht großen Teils im Stuhl. Durchtränkung der Kissen. Heute nervöse Hochsensitivität der Ohren und Absonderung geringer. Unterließ das Rasieren. – Klares Wetter. – – Schrieb Briefe. Nach Tische Fahrt Down Town zu Dr. Kully, der einen »extreme case« festgestellt und das heftige Geschwulst mit lila Farbe und einer Schüttel-Medizin à la Küsnacht behandelt. Triefen der Ohren. Das Ganze höchst widerwärtig. War aber abends etwas heiterer und amüsierte mich sehr über eine [aus] Glasgow eingegangene Betrachtung über »Dr. Faustus« von unglaublicher Naivetät und komischer Trockenheit. Verfasser Dr. jur. Rosenberg. – War spezifisch interessiert von franz. Ballett-Musik, die ich hörte, erfinderisch in Tanzschritten und Gebärden, zierlich und plump, abwechselnd elfen- und bärenhaft. Las in Zweigs Essays »Zeit und Welt«, über Proust, Hofmannsthal etc. [.] Der Artikel über »L.i.W.« recht ergreifend. – Reichlich Kodeïn.

P. P. Donnerstag den 26. I. 50

Viel im Stuhl. Wiederholte Anwendung der Bemalungsmedizin. Konnte leidlich auf den Ohren liegen, verschmierte freilich alle Kissen. – Trank Kaffee und rauchte. Grauen und Ekel vor dem Hiß-Prozeß und seiner politischen Ausbeutung. Rache an Roosevelt für Yalta. Ein politischer Mord. Anständige Haltung Achesons. – Sehr schönes, klares Wetter. – – Weiß nicht recht, wie ich den Vormittag verbrachte. Neue Fahrt zu Dr. Kully, der Besserung konstatierte, von der wenig merke. Behandlung. Penicellin. – Geschäft. Brief von Knopf über den »Reader«. Brief des armen Angell. Angebot eines Hon. Degree von einem College, dessen Namen u. Ort ich vergessen. Ließ absagen. Unterschriftenreiches Dankschreiben aus Weimar für den Beitrag zum Wiederaufbau der Herderkirche. – Sandte die »Entstehung« an den Glossator in Glasgow. Korrigierte die Abschrift der Gregoriuskapitel bis einschließlich »Der Handkuß«. Las in St. Zweigs Aufsätzen. Sein Bericht über Rußland bemerkenswert. – Mehrtägiger Bart, bemalte Ohren. Zustand von Unreinheit.

P.P. Freitag den 27. I. 50

Andauer des kühlen und klaren, leicht nebligen Wetters. Nacht gestört durch Hautjucken an verschiedenen Körperstellen. Zinksalbe am Hals und Steißbein. – Die Zeitung von stupider Widerwärtigkeit. – Beschäftigung mit dem nächsten Kapitel, römischen Einzelheiten. – Fahrt Down town wieder, bei dem Hautspezialisten Obermayer, dann bei Kully. Neue Verordnungen, die mich langweilen und anwidern. Zeitraubende Umschläge. Rauchverbot oder Gebot der Einschränkung wegen schlechten Zustandes des Mundes. Verweigere vorläufig den Gehorsam. – Weekend, für zwei Tage die Ärzte los. – Kam die italienische Ausgabe des Faustus. – Interpellation eines Schweizer Geistlichen wegen meines »Angriffs« auf Luther. Schrieb an Br. Walter, ferner an den Superintendenten in Weimar. – Gefühl der Unreinheit. 6 tägiger weißer Bart und beschmierte Ohren. Haut der Hände und anderer Körperstellen in das Leiden einbezogen. Abends die Zeit mit Umschlägen vertan. – Brief von Neumann. Kondolenz für Niko.

P.P. Sonnabend den 28. I. 50

Ruhiger geschlafen, aber sehr widerwärtiger Stimmung. – Dunkel; Regen zu erwarten. – Gestern Telegrammwechsel mit Caroline N. wegen Nachfolgerschaft. Kann mir zu empfohlenem female Pudel kein Herz fassen. – – Regen den ganzen

Tag. Machte mittags wie abends die verordneten Umschläge mit nachfolgender Bemalung. Schrieb längeren Brief in Sachen des Luther-Portraits an den Pfarrer in Chur. Las über Chopin in einem Almanach des Kölner Komitees (Driesch). – Stimmungstief immerfort mit Einschlag von Grauen.

P. P. Sonntag den 29. I. 50

Die Nacht recht unruhig. Hautjucken. Verschlimmerung des linken Ohres innen. Abblättern der starren Schutzhülle. Stundenweise im Stuhl geschlafen. Aber Besserung der Hautverhältnisse um die Ohren. – Las gestern in einem deutschen Blatt etwas über »Buddenbrooks« im Rahmen eines Rückblicks auf die Hauptereignisse der 1. Hälfte des Jahrhunderts. Ferner die groteske Äußerung eines »Sendestellenleiters« über die »Entstehung«[.] Neunzehn Adjektive zu meiner Charakteristik, von denen das letzte »unverständlich« ist. Hätte er sich darauf beschränkt! – – Noch Dunkelheit, aber Aufhören des Regens. – Versuchte Einschaltung über den Fall Hiß in den Extempore-Aufsatz. Unzufrieden und angewidert von dem Ganzen. Machte mittags an Stelle des Spaziergangs wieder Umschläge. Schrieb nachmittags ein paar Briefe. Las im Berliner Aufbau über Flaubert. Abends beim Radio-Hören: Umschläge. – Unheimlicher Zustand.

P. P. Montag den 30. I. 50

Wetter heller. Von Morgens an das depressive Grauen im Herzen. K. bespricht mit mir das Aufgeben des Rauchens, das bei dem eigentümlichen Zustand meiner Zunge allerdings geboten erscheint. – In der Zeitung Bericht über die Organisation antikommunistischer patriotischer Committees über das ganze Land hin. Es wird ernst. Die Zeit zu vollständigem Schweigen ist gekommen. Gefühl allgemeiner Krise und Wende. – – Beschäftigung mit »Rom«, an sich interessant. – Erging mich im Garten. Nach Tische Fahrt Down Town, zuerst zu Obermayer, dann zu Kully. Behandlung bei beiden. Kalkinjektion, Bestrahlung, Einlauf ins Ohr, auch zu Hause vorzunehmen. Vorstellungen. Der 84jährige Atorney Meyer aus Chicago. In der Droguerie zum Kauf eines elektrischen Rasierapparats. Der Negro-Doktor mit demselben Leiden. Der Angestellte, der zum Händedruck kam. – Obermayers Äußerungen weniger verstimmend als neulich. Auch Kully zufrieden. Stimmung etwas heller. Aber sehr müde. Die Kahn da, aber Diktat abgelehnt. Las in »Aufbau« und »Nation« über Hiß. Das Monstrum Chambers. – – Abends Umschläge, aber keine neue Bemalung. – Gut klingende L. P. Platten (Tripel Konzert.)

P. P. Dienstag den 31. Jan. 1950

Nach dem Kaffee mit dem elektr. Apparat den Bart entfernt. Leichte Sekretion der Ohren. Geschwulst und Hautzustand gebessert. Vitamin A zweimal am Tage. – Beschäftigung mit römischen Dingen, die aus stilistischen Gründen garnicht werde brauchen können. – Ging zum erstenmal wieder etwas spazieren und wurde von Erika geholt. Kamen viele Drucksachen, darunter aus Zürich der wunderschöne Weimarer Band »Lotte in Weimar« in blauem Leder. Von Reisiger Gides »Theseus«. Buch von Kantorowitz mit Kompilierung meiner politischen Aussagen. Letzte Hefte von »Ost und West«. Heinz Pol über Amerika, treffend. – Vitamin E, flüssig, 3 mal am Tage. – Der New Leader über Hiß' Verurteilung, entsetzlich. Grauen und Übelkeit. Bin den Zuständen in diesem Lande garnicht gewachsen, mag aber an die Aufgabe des Hauses nicht denken und darf das Ansehen, ja die Popularität nicht vergessen, die ich doch hier genieße. – [K] las mir lange Briefe vor. Ich gab ihr welche zur Erledigung mit der Kahn. Sie war bei Heinrich, dem es besser geht. In Ostdeutschland sehr reich, strebt er doch ernstlich dort hin. Filmvertrag über den »Untertan«. – Erika besorgte mir neue Cigarettenspitze mit Einlagen. – Geschichte der Stadt Rom faszinierend. – Etwas leichtere Stimmung. Hoffnung auf Abklingen der Infektion. Aber Kummer über meine geringen Arbeitsfortschritte seit vielen Wochen.

P.P. Mittwoch den 1. II. 1950

Um den 12. Teil des Jahres ist es schon wieder getan. Wie nahe steht der Tod! – Schweizer schickte Heft der Zeitschrift »Du«, Jahrhundert-Rückblick mit Bildern. Das meine in Nachbarschaft Joyce's. – Elektr. Rasieren heute vorm Baden. – Truman ordnet die Herstellung der sog. Hydrogen-Bombe an. – Begann das Konklave-Kapitel zu schreiben. – Nach S. M. zur Fußpflege. – Zum Thee Dr. Angell. Über die Yale-Ausstellung. – Brief von Oberb. Buchterkirchen über das 700 jährige Jubiläum Weimars. – Guter Dankbarkeitsbrief eines jungen Menschen in Frankfurt. – Schrieb Prof. Hans Mayer, Leipzig. – Erika abends unwohl, Temperatur.

P.P. Donnerstag den 2. II. 50

Zufrieden mit der zeitsparenden Akquisition des elektr. Shavers. – Erika beim Frühstück. – Der junge Pudel im Flugzeug von Philadelphia unterwegs. – Etwas weiter an Kap. XXV. – Zu Obermayer. Injektionen. Lunch im Coffee Shop des »Ambassador«. Von da zurück zu Kully, der sich zufrieden zeigte. Behandlung. Heimfahrt. Durchsicht der Post. Geschlafen. Thee mit der Kahn, die von Erika und K. Diktate genommen, und der ich einiges diktierte. Müde. – Erika gebessert. – Las »Theseus« zu Ende. Reizvolles kleines Werk immerhin. – In einem Buch des Prof. Uexküll, bei Suhrkamp erschienen: Abernes über den Fürsten Eulenburg und andere. Schlechtes Buch! –

P.P. Freitag den 3. II. 1950

Klares Wetter. Seit gestern wärmer. Etwas weiter am Kapitel, zweifelnd. Zum Haarschneiden nach Westwood. Angestellte sprechen von Zeitungsmeldungen über die Mitgliedschaft bei A. Arts and Letters. Golo mit Ed zum Weekend. Erika aufs Land zu ihren Freundinnen. Las mit Grauen in Orwells berühmten »1984«. Meine Nerven ertragen diese Phantasie-Realisierung des schon Seienden sehr schlecht. – Amerk. Dame verlangt Erläuterung der »Allegorie« des Magic Mountain auf einer Postkarte. – Langer Brief von Prof. Kaufmann und großer philosophischer Aufsatz von ihm über Faustus in »Archiv für Philosophie« (Stuttgart). Hörten abends die von Medi gesandte L. P. Platte von Ravels Kinder-Angsttraum. Auch daran fanden meine Nerven kein Vergnügen.

P. P. Sonnabend den 4. II. 1950

Leicht bedeckt. Morgens Alkohol-Behandlung der Ohren. Die Zeitung über die Verhaftung des deutschen Emigranten-Gelehrten Fuchs in London, von der F. B. I. wegen Verrats an Rußland denunziert. Man kann auf den Prozeß neugierig sein. Ein »nicht amerikanisches« U-Boot ist auch auf der Höhe von San Francisco gesichtet worden. All diese Beunruhigungen füllen die Spalten zusammen mit Bildern und Nachrichten über Ingrid Bergmanns zweifelhaftes Baby. – Etwas weiter am Kapitel. – Gegangen über das Alte Haus. – Nachmittags lange geschlafen. Diktierte K. Briefe an Mlle Servicen in Sachen Bouchers u. des Pariser Besuches. Schrieb den Brief an Hans Mayer zu Ende, den aber zurückhalte, weil die Americana darin mich beunruhigen. – Las in Thesings »Wunder der Fortpflanzung«, das mir gewidmet. – Hörten im Radio die »Zauberflöte«. Schikaneder war der Theater-Unternehmer und ließ Mozart die Musik schreiben, hatte aber die ganzen Einnahmen von hundert Aufführungen in Wien. –

P. P. Sonntag den 5. II. 1950

Regen. Frühstück mit Golo und Ed, die nach Tische abreisen. – Mrs. Massing, geschiedene Frau Gerh. Eislers, alte Spionin und Zeugin im Hiß-Prozeß veröffentlichte ihre Memoiren in L. A. Times, »um ihre Sünden gegen Amerika, das größte Land der Erde, zu sühnen.« Welches Honorar? Kein besseres Geschäft, als kommunistisches Renegatentum. – – Zögernd etwas weiter am Kapitel. Mit K. bei leichtem Regen ausgefahren und etwas gegangen. – In der »Kenyon Review« (Winter 1950) sehr merkwürdiger, aber schwer verständlicher Auf[satz] über Faustus von R. P. Blackmur: »Parody and Critique«. Auf jeden Fall wird der Roman, den der Verfasser dreimal gelesen hat, als großes Buch behandelt. – Kürzte den Brief an Prof. Mayer und schrieb einen anderen an einen Wohlmeinenden in Frankfurt. – Abends der Musik zugehört.

P. P. Montag den 6. II. 50

Nachts schwerer, krampfartiger Juckanfall der Ohren, der mich nicht schlafen ließ. Spülung mit dem alkoholischen Medikament brachte Besserung und mit zusätzlichem Sekonal schlief ich 6 Stunden. – Die ganze Nacht Regen, der sich heute in Dunkelheit fortsetzt. – Müde. – Die Auslieferung des Dr. Fuchs von England an Amerika wird betrieben. Traut man der britischen Rechtspflege nicht? Hält man sie nicht für genügend politisch korrumpiert. ? – –

P. P. Mittwoch den 8. II. 50

Zögerndes Vorrücken mit dem römischen Kapitel. Viel Müdigkeit und Schlechtbefinden. Gestern wohltuende Behandlung der Ohren bei Kully, aber die linke Muschel wieder geschwollen u. entzündlich. Abends Umschläge. – Offizieller handschr. Brief an den Agenten in Barcelona zur spanischen Gesamtausgabe. – Las abends einmal wieder Brandes über Shakespeare (Lear). – Kabinenbelegung für Heinrich auf einem polnischen Schiff, das Mitte April in 11 Tagen über London nach Danzig geht. Sorge K.'s wegen der Anzüge, die er sich machen lassen muß. Seine Schwerfälligkeit macht schon dies zum Problem. Er erhielt seinen Paß von der tschechischen Gesandtschaft. Die Eröffnung der deutschen Akademie in Berlin ist seinetwegen verschoben worden. Gewaltige Ehrungen und viel Geld erwarten ihn. – – Direktor der F. B. I. erklärt den Senatoren, daß sich im Lande 540 000 »reds«, d. h. Kommunisten und Fellow travellers, befinden. Entsetzen über diese gewaltige Fifth Column im Fall des Krieges. Propaganda für 300 zusätzliche Agenten. – Ekel vor den Zeitungen hier in ihrer bübischen und inferioren Albernheit. Die blödsinnige Geschichte mit Klaus Fuchs, dem jüdischen Emigranten, der das secret der H.-Bombe an Rußland ausgeliefert haben soll, u. dessen Auslieferung von England man verlangt. – Die chinesischen Nationalisten kehren den Spieß um und beantragen die Auswerfung der Russen aus den U.N. – – Geschrieben, falsch. – Einige Schritte gegangen. Nachmittags geschlafen. Danach bis 7 Uhr der Kahn zuviel diktiert. Erschöpft und hitzig. Tat abends nichts, als der Musik zuhören und dabei überlegen, wie das Falsch gemachte besser zu machen sei. – Erika zum Flughafen. Kam um 10 mit dem 8 Wochen alten Pudel-Puppy zurück, das rührend niedlich ist und Alger heißen soll. Untergebracht in Erikas Badezimmer, da er die Teppiche benäßt. Muß noch für Monate zu einem Zuchtmeister in Pflege gegeben werden. – Umschläge auf das geschwollene Ohr.

P.P. Donnerstag den 9. II. 50

Leicht bedecktes Wetter. Offene Fenster. Morgens mit dem Pudel-Kind. – Acheson weist in fulminanter Rede alle Vorschläge zu Verständigungsversuchen mit Rußland zurück, was gewiß seine durch die Sympathieerklärung für Hiß erschütterte Stellung festigt. – – Geschrieben, etwas besser. Das Hündchen, ein süßes Wesen, wurde vom Erzieher geholt. Ich küßte es. Wir werden es in 6 Wochen zurückerhalten. – Etwas gegangen. Dann Fahrt zum Lunch im Miramar. Nachher Durchsicht der Post. Geschlafen. Nach dem Thee mit K. u. Erika nach Beverly Hills ins Cinéma: »Tight little Island«, Schottisch, apart, aber nicht sehr erquicklich. Spätes Abendessen. –

P.P. Freitag den 10. II. 50

Seit gestern Abend wieder Regen. – Erkrankung der intelligenten Magd Perline. Bedauern für K.. – Truman bekräftigt Achesons Rede gegen jeden »weiteren« Verständigungsversuch. Unter den gegebenen Prämissen sind solche ja wirklich nutzlos. Wer erwartet, daß das Steuer herumgeworfen u. der kalte Krieg beendet wird. – Kongreß englischer und amerik. Physiker in London, ohne Fuchs, der im Gefängnis. Problem: Was darf ohne Schaden publik gemacht werden? – Schärfste Bewegung. Bedeckung für die Amerikaner auf der Reise. Lächerlich. – Heinrichs polnisches Schiff ausverkauft. Schritte bei der Gesandtschaft. – – An Kapitel XXV. – Bei Regen etwas gegangen. – Nachmittags Auffliegen der Nachricht des schon im Januar abgelegten Geständnisses des Klaus Fuchs. Merkwürdige, niederschlagende und erregende Überraschung. Sturzwasser auf die Mühlen der Hysteriker. Genaue Beschäftigung mit den Details. Seltene Kombination von wissenschaftlicher und politischer Passion. Sein Raskolnikow-ähnliches Benehmen. Viel Gespräch über den phantastischen Fall. Er scheint kein Jude zu sein. – Mit Erika Ausarbeitung eines längeren Telegramms an die »Art and Professions«-Versammlung in New York. Plan des Senators McMahon. – Aushilfs-Butler, eifrig und höflich. – Las einiges in der »Franz. Revolution« von Krogoskin.

P. P. Sonnabend den 11. II. 50

Sonnig und Sturm vom Lande. Wiederholtes und Weiteres in der Zeitung über den Fall Fuchs. – Gestern und heute mit Erika und K. über die einzige Möglichkeit eines Vortrags, nämlich über Schopenhauer. Dies für den Fall einer Reise im Mai, und wenn ich rechtzeitig mit dem Gregor fertig werde. Aber auch Paris würde Anforderungen stellen. – – Merkwürdiger Eindruck von Photographieen der Räume in der Poschingerstraße, 1931 hergestellt von Moni aus der Schweiz geschickt. Arbeitszimmer, Eßzimmer, Diele und Salon. Noch der Schreibtisch aus den »Verein. Werkstätten« mit Details, die jetzt hier. Mein Verhältnis zur Vergangenheit, peinlich und ohne Anhänglichkeit. – – Brief von Preetorius, zu meinem Wagner-Brief. – – Etwas weiter am Kapitel, das vielleicht zweizuteilen. – Gegangen über das Alte Haus und von Erika geholt. Zum Lunch Klaus Pr. und Sohn. Manuskript über Wagnerische Tendenzen in der japanischen Kunst. Nach dem Thee nur einige Zeilen Citat aus Gides Einleitung zu Feuilles d' automne (aus meiner Budapester Rede) ins Deutsche zurückübersetzt für die deutsche Ausgabe des Buches. Abends in Herzfeldes Buch »Immergrün«, mit Interesse. Das Kriegshospital und die Tetanusimpfung sehr gut. Alter Kommunist, lügnerisch nach Erikas Aussage. – Fatale Einsendung Monis für das Klaus-Gedenkbuch. K. duldsamer in der Beurteilung.

P. P. Sonntag den 12. II. 50

Sonne und Landwind. – In den L. A. Times beginnen die Spy-Memoiren des Schauerweibes Massing zu erscheinen. – Am Kapitel doch in Einem weiter. Etwas gegangen. Zum Lunch W. Shirer. Lange Unterhaltung bis 4 Uhr. Kopfschmerzen. Geruht. Brief an Herzfelde, verworfen. Musik und Benny-Programm. Dazwischen Kostümmäßiges für die Geschichte ausgesucht.

P. P. Montag den 13. II. 50

Klarer Himmel. Sorge über Erikas Schlaflosigkeit. Groteskes Madonnenwunder in einem kleinen kalifornischen Flecken El Rio. Nicht zu bändigende Menschenmassen. – Television-Rede Einsteins gegen die H-Bombe. Vernichtung der Menschheit technisch möglich. Veranstaltung der Mrs. Roosevelt mit einer Reihe berühmter Physiker. – – Die Magd Perline wieder eingetreten, aber leidend und wohl durch Bullen George zu ersetzen. – –

P. P. Sonnabend den 18. II. 50

Schloß gestern das »römische« Kapitel ab, will aber noch verbessern. Brief an die Meyer zur Mt.-Sendung. Frage des Frühjahrs und des Vortrags. Schopenhauer-Gedanke. – Gestern Abend, während Erika an einer Party bei Rimskys teilnahm, mit K. im Cinéma in S. Monica: amerk. Film »The hasty heart« mit groben Fehlern aber einem vorzüglichen jungen

Hauptdarsteller, hierfür entdeckt, unvergeßliche Leistung, unvergeßliches Gesicht. Schauplatz Militär-Hospital in Burma nach Ende des Krieges. – Späteres Abendessen mit dem zum Wochenende eingetroffenen Golo. – – Nebelwetter dieser Tage. Eine Behandlung bei Kully und Obermayer. Die Ohren in leidlichem Zustand, wenn auch nachts oft störend. Fahre fort mit dem elektrischen Rasieren. Die üblichen Diktate an die Kahn, die üblichen Privatbriefe. An Reisiger. Herzfeldes Buch »Immergrün«. Dr. Weber von der »N.Z.Z.« sandte Artikel über junge deutsche Literatur. Andere Einsendungen, deutsch und englisch. – Die Uhren, die alte sowohl wie die kleine Tischuhr, kehrten von der Reparatur zurück. Richtiges Schlagen der großen mit einiger Mühe hergestellt. – Politische Greuel fort und fort. Groteske und durchaus hitlerische Äußerungen des Rankin über Einstein. Ungeheuerlich. Geschrei nach der Entlassung Achesons. Trumans gutmütige Dummheit und Unwissenheit. Scheußlichkeiten im »New Leader« über den Fall Hiß etc. [.] »Amer. Jewish Congress« verlangt Message über den deutschen und amerikanischen Antisemitismus. N.Y. Sunday Times einen Geburtstagsartikel, wie man es anfängt 75 Jahre alt zu werden. Sollte antworten: indem man *nicht* lebt wie ich. – – Wiederholt bis zum Canyon gegangen. Pflichttreue Einnahme der Vitamin-Mittel zur Unterstützung des Hautlebens, Pillen und Syrup. – – Sendung der neuen Abschriften mit Brief an die Lowe.

P.P. Sonntag den 19. II. 50

Gestern Abendgesellschaft bei uns: Feuchtwangers, Dr. Hakker, Eva Hermann, Klaus Pr., Frau [Lücke i. Ms.], Witwe des ehem. oesterreichischen Finanzministers, dazu Golo. Nach dem Kaffee *Vorlesung* der Kapitel »Die Buße« und »Die Offenbarung« mit glücklicher Wirkung. Sehr beruhigt; nur einige Sorge, daß Lamm und Blut trotz zärtlicher Behandlung anstößig sein könnten. Feuchtwanger meinte, Kellers Legenden seien ironischer. Mit ihm über seinen Goya-Roman. Wohlbefinden der Gäste. Nach ihrem Weggang, 11 Uhr, noch längere Zeit en famille. – In Diderots »Jacques le fataliste«. Zwei Kapseln notwendig. – – Heute morgen mit K. über das Problem unserer Reise. Unmöglichkeit, rechtzeitig den Roman zu vollenden und einen Vortrag zu Papier zu bringen. Nach K. sollte dieser geburtstäglich persönlich und allgemein sein. Erwägung daß der Roman ohnehin nicht mehr zum Frühjahr erscheinen und daß ich ihn abbrechen könnte, um zunächst den Reisevortrag herzustellen. Einwand, wie für Golos Italienreise, das Anno Santo und sein Betrieb. Noch beim Frühstück darüber. Mein Wunsch nach einem Aufenthalt in der Schweiz sehr stark – auch mit dem Hintergedanken der Rekognoszierung für die Übersiedelung. Auch dies aber zweifelhaft. – Neblig wieder. Nachwirkende Zufriedenheit mit dem Verlauf der gestrigen Vorlesung. Erika heute nach Palos Verdes zu einem Vortrag. – – Tagüber handschr. Briefe. Abfahrt Golos abends. Beunruhigung durch Erikas verspätetes Eintreffen an ihrem Bestimmungsort. – Konzert und Benny-Scherze. – Schlimme Augen. – Las interessiert in einem aus Schweden empfangenen, 1836 in Hamburg erschienenen Buch »von einem Mediadisierten«, Napoleon-Verehrer und glühenden Hasser Metternichs.

P. P. Montag den 20. II. 50

Nebeldunkel, Regen zu erwarten. – Früh mit K. über die Arbeitsfrage. Schade, den Gregor liegen zu lassen. Mein eigentlicher Wunsch: im Zürcher Schauspielhaus daraus vorzulesen. Aber Ausarbeitung eines Vortrags zur Reise notwendig: für den Osten – vielleicht auch für Schweden. Schwierigkeit, noch Schiffsplätze zu bekommen. Der Vortrag sollte persönlich-historisch, autobiographisch sein. – Versprechen an »Extempore«? – – Arbeitsunsicherheit. Nachdenken und Umschau nach bildlichen Einzelheiten für das Kommende im »Gregor«. – Bei der Augen-Roß zur Behandlung. Wiederbeginn der Salb- und Tropfenkur. – Brief von Bermann, recht nichtssagend und vieles andere, das ich mir vorlesen ließ. Buch von Paul Rilla »Goethe in der Literaturgeschichte«, gegen George-Gundolf-Hildebrand, mit Kapitel über meine Vertraulichkeiten. – Allerlei amerikanische Ansprüche, die doch von unberührtem Ansehen zeugen. – Im »Aufbau« Einsteins Äußerungen zur Weltlage anl. der von Mrs. Roosevelt einberufenen Versammlung. – Der Kahn nachmittags mehreres diktiert. Noch selbst geschrieben. –

P.P. Dienstag den 21. II. 50

Helleres Wetter. Ohren etwas störend. Augen durch die Behandlung gebessert. – Mit K. und E. gestern wiederholt über die Frage der Reise (in die eventuell Schweden einzubeziehen) und des Vortragsthemas. – – –

P.P. Freitag den 24. II. 50

Gestern Abend Radio-Nachricht und heute durch die Blätter Bestätigung, daß Labor in England die Wahlen gewinnt. Weder die schlechte wirtschaftliche Lage noch Churchills taktische Erklärung zugunsten Verhandlungen mit Rußland (mit Amerika abgesprochen?) haben den Konservativen genügend geholfen. Genugtuung. Es fragt sich nur, ob, zu irgendwelcher Verständigung mit Rußland zu kommen, Churchill nicht immer noch tauglicher gewesen wäre, als die Sozialdemokratie. – – Gestern Nachmittag mit Erika Statement hergestellt für den Einladungsprospekt des Jewish Congress in San Francisco, Mitte März. Anschließend Beratung mit ihr über meine Arbeitslage, die Reisefrage, den Vortrag. Übereinkunft, daß der Roman sozusagen unter Dach, sein Erscheinen bis zum Frühjahr ohnedies ausgeschlossen, seine Beendigung nicht unbedingt urgent ist. Luftwechsel und Erlebnis einer Europa-Reise, (Schweden, Paris, Schweiz mit Geburtstagsfeier dort) haben viel für sich. Bedingung der Herstellung des Vortrags. Das Schopenhauer-Thema zu akademisch. »Meine Zeit« vorzuziehen. Problem der Beschränkung, der Gestaltung. Annäherung in Morgenstunden zu versuchen. Frist knapp zwei Monate, da wir am 1. Mai von New York abreisen müßten und vorher die Stationen Chicago, Washington und New York selbst lägen. Brief an Üxküll, um durch die schwedische Gesandtschaft Schiffsplätze zu erlangen. – – Gestern bei Obermayer und Kully. Pause von 3–4 Wochen vorgesehen. Die Mund-Schleimhaut weiter unter Beobachtung zu halten. Konflikt, daß Obermayer als Hautarzt die von der Roß verordnete und praktizierte Penicellin-Salbe für die Augen verurteilt, der Gefahr wegen, daß der Organismus immun wird gegen notwendig werdende P.-Injektionen. Verwandtes Ersatzmittel empfohlen. Gestern die Salbe noch einmal angewandt. Da danach das Lesen unmöglich, höre abends im Stuhl aus meinem Apparat »Crossroad of Melodies«. – – Dauernd nebliges Wetter. Gestern ohne Bedienung. Lunch im Swiss Chalet. – Gute Schrift von J. Mühlberger über Stifter. Enorm viele Büchersendungen, deutsch und amerikanisch. Telegraphische Verweigerung verschiedener »Äußerungen.« –

P.P. Sonnabend den 25. II. 50

Seit gestern hat sich der Sieg der Labor Party als so knapp erwiesen, daß die Erneuerung der Wahl binnen kurzem nötig werden wird. Hier viel Triumph über das neue Anzeichen der anti-sozialistischen Weltbewegung. Ich halte diese nicht für echt, aber die Rückkehr der Konservativen wäre eine starke Schein-Bestätigung. – – Höchst widerwärtiger Artikel einer Wiener sozialdemokratischen Zeitschrift »Die Zukunft« anläßlich des Olberg-Briefes, »Faustus« und »Entstehung« gleich mit verschlingend. Übelkeit. – Annäherungsversuche an den Zeit-Vortrag. Tiefe Widerstände. Einiges nachgelesen. – Hörten abends mit Lächeln und Gefallen den »Freischütz«, gekürzt. Das gehobene Singspiel. Gut deutsch und reich an gefälligen Nummern. Berührung des Eremiten mit Sarastro, der besser ist. – Las viel in eigenen Dingen für den Vortrag. Notwendiger Beschluß, den Absprung in diesen zu wagen. Nachgedacht viel über das, was *Mut* in mir ist. Habe bei aller Lebensscheu doch eine ganze Menge davon bewiesen. – Die Labor-Leute beschließen, weiter zu regieren mit der Aussicht, schon nach der Tronrede gestürzt zu werden.

P. P. Montag den 27. II. 50

Begann gestern, Vortrag zu schreiben. (Falsch). – Im Cinéma Bay Theatre mit K.: »The Heiress« (nach H. James). Guter, eindrucksvoller Film, vorzüglich dargestellt. Deutscher Producer Wilder. – Sehr schwer und spät eingeschlafen. Nachträgliches Sekonal. – In den Zeitungen szientifische Artikel über die Schrecken der Hell Bomb. Dies nach Jahren langer Hetze zum Krieg. Geschäft mit den Nerven. – Nächste Drohung der Kohlen-miner-Strike mit Versagen der Elektrizität, von der man vollständig abhängig. –

P. P. Mittwoch den 1. III. 50

Die Zeit drängt. Weitere Versuche, den Vortrag auf den Weg zu bringen. Gestern Augenbehandlung, die jedesmal sonderbaren Zustand von Ermüdung nach sich zieht. Schlief nachmittags lange und träumte bedrückend. Unterzeichnung von Aufrufen zu Friedenskundgebungen. Las im »New Yorker« sehr komische und als Bewußtmachung der närrischen Situation gute, wenn auch leichtsinnige Geschichte »The Morning of the Day they did it«. – Andauernd sonnenloses, wenn auch nicht regnerisches Wetter. Mangelhafter Nervenzustand. Bedrückt, melancholisch, angewidert. Die Hearings, Investigations etc.. Das primitiv puritanische und zugleich von Haß erniedrigte Niveau. Leiden, Furcht, Grauen, Korruption und Selbstgerechtigkeit. – – – Am Vortrag – in den Nebel tastend. – Lunch im Miramar. – Die Kapitel »Hochzeit«, »Jeschute« und »Abschied« mit Vorbemerkung für die Rundschau nach Frankfurt. – Abschrift des römischen Kapitels. – Verbesserung des Briefes an Preetorius über Wagner, da er gedruckt werden soll.

P.P. Freitag den 3. III. 50
Immer grau und dunkel. Dabei schlagen die Büsche aus; Ginster. – Dr. Fuchs in London zur Höchststrafe von 14 Jahren verurteilt, – man glaubte sie, ungeachtet seines freien Geständnisses, Amerika schuldig zu sein. – Freisprechung der Coal Miners von Contempt. – Versagen der Kugeluhr. – Ist es falsch zu sagen, daß »Der Erwählte« eine »freie prosaische Neubearbeitung« von Hartmanns Gedicht ist? Argument mit K.. »Legenden-Roman, dessen Handlung in den Hauptzügen dem Epos Hartmanns folgt«. Besser? – Am Vortrag. Gegangen. Mit Erika statement zur Unterstützung des Widerstands gegen den akadem. Loyalty oath. Gelesen Beiträge zum Klaus-Gedenkbuch. Aufsatz von Broch über die Weltlage im Winterheft der »Neuen Rundschau«. Klug und öfters schief, jedenfalls »anregend«, – ein frivoles Wort heute.

P.P. Sonnabend den 4. III. 50
Unabhängigkeitserklärung des Saarlandes durch Frankreich, zur Wut der Deutschen, die an niemanden denken, als an sich selbst. – Kommunisten-Verfolgung nun auch in England. (Der Kriegsminister). – Beilegung des amerikanischen Coal Miner Strikes. –

P.P. Freitag den 10. III. 50
Bemühung um den Vortrag. Zweifel und Leiden. Am Dienstag Vorlesung von 10 Seiten für K. u. E.. Ermutigung und neuer Anlauf. Die Reise als beschlossen behandelt. Schrieb an Oprecht. Vorher an die Meyer, die telegraphisch den 25. April als Termin für Washington mitteilte. Transportation bleibt zweifelhaft. Auch ob Schweden, wo Uexküll sich bemüht, überhaupt zu besuchen. – Behandlung der Augen. Die Ohren wechselnd besser und schlechter. Lektüre der Schriften von Eudo Mason, Edinburgh, dessen Brief reizend. Manuskript aus Alexandria über die »Antithetik« bei mir, nur teilweise gut. – Gestern Nachmittag mit K. bei Heinrich. Sehr greisenhafter Ein-

druck körperlich. – »Meine Zeit[«] noch une mere à boire. – Brief an E. C. Mason, Edinburgh. – Kleine Abendgesellschaft bei uns mit Valentiner, Lotte Walter und Dr. Joseph. »Pariser Rechenschaft« revidiert.

P. P. Sonnabend den 11. III. 50

Nach der Arbeit Nachricht, daß Heinrich morgens bewußtlos, unerweckbar, im Koma aufgefunden. Zuziehung eines alten Consiliarius von Santa Monica durch Dr. Mann. Gehirntod, bei noch schwach fortarbeitendem Herzen. K. dort. Das Ableben eine Frage von Stunden. Natürliche Erschütterung ohne Widerstand gegen dies Geschehen, da es nicht zu früh kommt und die gnädigste Lösung ist. Er hat den Abend unter Musikhören lange hingezogen. – Handschr. Briefe, der Tätigkeit wegen. Essayistik Masons. »Don Giovanni«. – Brief von der Meyer über das Manuskript und den Vortrag, der auf den 25. IV. angesetzt. Telegramm an sie. Engl. Titel »The years of my Life«. – Müde und bewegt. Der Letztausharrende von Fünfen. – Nachrichten in den Blättern.

P. P. Sonntag den 12. III. 50

Morgens um 7 Nachricht, daß nachts ½ 12 Uhr das Herz zum Stillstand gekommen. Feststellung des Todes und Überführung. – Die gnädigste Lösung. Morgens mit K. darüber. Gestern, bei kaltem Windsturm, erkältet. – Schlug vor, daß Fritschman von der Unitarian Church sprechen solle. – Blaues, kaltes Wetter. – – Am Vortrag. – K. berichtet von dem Fund einer Menge obszöner Zeichnungen in des Verstorbenen Schreibtisch. Die Nurse wußte davon, daß er jeden Tag gezeichnet, dicke nackte Weiber. Das Sexuelle in seiner Problematik bei uns Geschwistern, Lula, Carla, Heinrich und mir. Vikko scheint simpel gewesen zu sein, freilich seine Frau reichlich betrogen zu haben. – Erika holt die Blätter nebst einem fragw. Manuskript über Klaus aus der Wohnung ab. – Gegangen. Nachmittags keine Ruhe. Brief an Mlle Zaloscer,

Alexandria. Hörte das Konzert von San Francisco. Schenkte mir die Benny-Scherze und las Masons Essayistik zu Ende. Der Unfug, der mit Rilkes Religiosität und Weisheit getrieben wird. – Kontakt mit Rev. Fritschman.

P. P. Montag den 13. III. 50

Artikel mit groben Fehlern in den Blättern. Radio-Nachricht soll würdig gewesen sein. Kontakt durch Klaus Pr. mit Temianka und seinem Quartett, das morgen spielen wird. – K. zum Friedhof in Santa Monica. – – Arbeit an »Meine Zeit«. – Gegangen. – Nach Tische Besuch von Rev. Fritschman. Mit ihm die Anordnung der morgigen Feier besprochen. – Brief nach Alexandria beendet. – Durchsicht von Zeitschriften. – Immer sehr müde und erschüttert. Lange offizielle [Telegramme] aus der »Deutschen Demokratischen Republik«; außerdem viele private.

P. P. Dienstag den 14. III. 50

Früch wach. Blauer Himmel. Sorgfältige Trauertoilette. Beim Frühstück weitere Telegramme; ein sehr lächerlich abgefaßtes von Alma Mahler. – Bis ½ 11 etwas gearbeitet. Fahrt zum Mortuary in S. Monica. Warten im reserv. Raum für Angehörige. Die Feier würdig. Orgel-Vorspiel. Ein sehr schöner langsamer Satz von Debussy, gespielt vom Temianka-Quartett. Ansprachen Feuchtwangers und Fritschmans. Die Teilnehmer nicht eben zahlreich. Kränze und Blumen ein schöner Anblick. Mein Kranz mit »Meinem großen Bruder in Liebe«. Kondolationen. Fahrt hinter dem Leichenwagen zum Friedhof. Folgte dem Sarg über den Rasen zwischen den Gräbern. Kurze Ceremonie. Der Sarg wurde nicht hinabgesenkt. – Telegramm des tschechischen Botschafters. – Ging nach der Heimkehr noch etwas in der Sonne. Mittagessen mit Golo. – H. hat keinerlei »Willen« hinterlassen. Erikas Besprechung mit dem Anwalt – ziemlich bestürzendes Resultat. – Schrieb an Trebitsch, der meinen Brief über »Diomedes« Ernis wegen veröffentlichen möchte. Dieser als kommunistischer Vertreter entlarvt. – – Arbeit K's mit der Kahn an Formularen für Vergütungsforderungen in Deutschland. – – Las Aufsätze in »Commentary« und »Common Cause« (Kahler). Gut.

P. P. Mittwoch den 15. III. 50
Arbeit am Vortrag. Mit Erika zur Augenärztin. Konversation mit deren Gatten. Gegangen Ocean Avenue. Heimfahrt mit Frau Katzenellenbogen, die bei uns aß. Statement für jüdisches Meeting mit Erika. Brief an Becher, anprangernd das westdeutsche Schweigen beim Tode Heinrichs. Nachrichten durch Erikas Verbindungen über das Treiben der deutschen Nazis in Argentinien, Politiker und Techniker, wo sie in U-Booten schon 1945 eingetroffen. (Bormann.) Ihre wie Festungen ausgebauten Besitzungen. Peron mehr oder weniger ihr Gefangener. Wahrscheinlichkeit seiner Beseitigung.

P. P. Donnerstag den 16. III. 50
Blau und kühl. – Acheson setzt dem roten China auseinander, daß eigentlich Amerika der Freund u. Beschützer der asiatischen Völker u. ihrer Revolution ist. – Begannen den Tag versehentlich eine Stunde zu früh, sodaß der Vormittag mir verwunderlich lang wurde. – Gegangen u. das Lunch mit K. in Bellevue genommen. Nachmittags 3 Briefe an die ostdeutschen Offiziosen. – Sieben Friedenspunkte Achesons als Zugeständnis an die Volksunruhe. Lächerlich. – Lyrische Anthologie, von Schickele besorgt. Las abends daraus vor. K. F. Meyers Chor der Toten, großartig. Claudius. – K's Herz gottlob in Ordnung.

P. P. Freitag den 17. III. 50
Churchill spricht für die Aufrüstung Westdeutschlands und das Aufhören der Kriegsverbrecher-Prozesse. Atlee nennt es irresponsible.

P.P. Dienstag den 21. III. 50

Schloß heute Vormittag den *Vortrag* *»Meine Zeit«* ab. Er ward hergestellt unter Kopfschmerzen, die das Zeichen der Erschütterung meines Central-Nervensystems durch das Todesereignis ist. Wußte immer, wie es mir zusetzen würde. – Dieser Vortrag, in der Library of Congress gehalten, ist vielleicht ein geschichtlicher Akt, größeren Stils als die Rede im Beethovensaal von 1932. – – Strom von Kondolationen, schwer ihrer Herr zu werden. Am schönsten ein Brief Hermann Hesses. – Das sieben Punkte-Ultimatum Achesons, so albern, daß die Russen ihn sehr treffend einen simpleton nennen. – – Warmes Frühlingswetter. –

In S. Monica zur Augenuntersuchung für neue Gläser und letzter Behandlung für 3 Wochen. Gegangen danach. Schrieb an Hesse und andere. Las abends K. und Erika die weiteren 17 Seiten von »Meine Zeit« vor. Besprachen kleine Änderungen oder Zusätze. Erregt und müde. Erleichtert doch, die Forderung unter so schweren Umständen erfüllt zu haben.

P.P. Mittwoch den 22. III. 50

Unruhige Nacht. Trübes Wetter. Nachträgliche Arbeit an »Meine Zeit«. Nun erst einmal Abschrift. – Danksagungen für Kondolationen. Ging Amalfi Drive weit hinunter. Angenehmes Wetter. Las mit sonderbaren Gefühlen den Aufsatz über »Faustus«: »Sinnesverkehrungen« von Gertrud Fußenegger in der österr. Zeitschrift »Wort im Gebirge«. Verwirrung einer frommen Seele, die meine Bösartigkeit überschätzt. – Gegen 8 mit K. zum »Mass meeting« über das Thema »Who renazifies Germany« im großen Auditorium Santa Monica, mit Erika als Hauptsprecherin. Schlechte Vorlesung meiner Message durch einen Rabbi. Erika sprach gut und gewinnend. Diskussion einer Resolution. Ein Opponent mit geübter Orgelstimme, der davor warnte, auf das Zeugnis einer charmanten Dame hin to indict our own Government. Annahme mit großer Majorität. Die übliche Unterstützung des Richtigen durch widerwärtige Typen (unausstehliche jüdische Dauerrednerin.) Viele Begrüßung. Begann unter der Diskussion wie gewöhnlich bald zu leiden und brach auf so bald wie tunlich. Der Kahn das Manuskript zur Abschrift übergeben. Spätes Abendessen, zu dem Erika nach weiteren Auseinandersetzungen sich noch einfand. – Sehr müde.

P.P. Sonntag den 26. III. 1950

Jetzt, auf Erikas Bitte, Arbeit an einer Vorrede für das Klaus-Gedenkbuch. Abschrift von »Meine Zeit«. Korrektur und Übertragungen. – Golo zum Wochenende. – Theebesuch heute vom Architekten Davidson u. seiner Frau. – Briefe über die jüngst empfangenen Faustus-Schriften. – Erika nach San Francisco zum Meeting über Rena[zi]fication of Germany. – Phantastik der Mundt-Nixon-Bill. Nach ihrer Annahme müßte man wohl fliehen. – Ausschnitte aus der N.Z.Z., erstaunlich klarsehend und offen.

P.P. Dienstag den 28. III. 1950

Arbeit am Vorwort für Klaus. Einfallend der Brief von Agnes Mayer und Evans' über die Notwendigkeit den Vortrag in Washington aus politischen Gründen aufzugeben. Zustimmender Brief an die Meyer. – Durch Üx neue Bewegung in der Frage, Schweden in die Reise einzubeziehen. Wiederholte Erwägung und Beschluß, es bei Paris und der Schweiz zu belassen. – Wust von Post. – Golo für mehrere Tage. – Nachrichten über Staatsbegräbnis der Reste Heinrichs in Weimar. – Erklärung eines hohen Air force-Mannes, daß es sich bei den fliegenden saucers *zweifellos* um space spies handle! – Nekrolog von Marcuse im »Aufbau«. Bericht über eine Geburtsfeier des New World Club in New York. – Brief von Suhrkamp, Bermanns Bruch mit ihm bestätigend. Sehr schlimm und ernst. – Von der Roß neue Augengläser. – Besuche vom Congress man in spe Jerger mit Freund und von Adorno, sich nach Deutschland verabschiedend. –

P.P. Mittwoch den 29. III. 50

Schloß das »Vorwort« ab gestern. Erika in Tränen. Mit ihr über einige Änderungen in dem Vortrag. Das Mt. nach New York zur Übersetzung. – Der junge Ed gesellt sich zur Familie. – Diktierte K. Brief an Bermann, mahnend, über den Bruch mit Suhrkamp. – Zum Thee A. Polonsky wegen der Verfilmung von »Mario«. Intelligent und vertrauenswürdig. Berichtet, daß Italien, auch Frankreich, wimmeln von amerikanischen premature emigrees, Liberalen, Kommunisten, Intellektuellen, die den Ausbruch des Faschismus mit oder ohne Krieg hier erwarten. – Abends Champagner zur nachträglichen Feier von Golos Geburtstag. Klaus Pr. las eine Stunde aus seiner Geschichte Japans vor. Versuchte, etwas daraus zu lernen. Die Rolle des Christentums.

Heute wärmlich und trüb. Die Ohren nachts störend. Brief an die Germanic Review über Heinrich. – »Brief-Mosaik« von Hesse in der N.S.R., vortrefflich. – Erledigungen mit K., Diktate. – Einfall von Wüstenluft, Hitze. – Zum Haarschneiden. Gab dem Neger mit dem sympatischen Gesicht eine Quarter, worüber er sich sehr freute.

P.P. Donnerstag den 30. III. 50

Brief an »Germanic Review« über H. beendet. Danach Brief an Haas (»Blick in die Welt«) über Wiederabdruck des »Kleiderschranks«. – Auf der Promenade bei angenehmem Sommerwetter. Abgeholt die neuen Lesegläser von der Ross. – Nachmittags der Kahn einiges diktiert. Nach dem Abendessen, bei Nebel, zu Feuchtwangers, der einem kleinen Kreise recht eindrucksvoll aus seinem Goya-Roman vorlas. Etwas Geselligkeit noch nachher, die mich langweilte. – Erika zurück von Long Beach, Publikum von trauriger Stumpfheit. – In Tolstois Volkserzählungen.

P. P. Freitag den 31. III. 50
Mildes Wetter. Der Vortrag wird nun in New York übersetzt, und Erika nimmt das deutsche Manuskript zur Kürzung mit auf das Land. – Truman sehr scharf gegen den wilden Mann Mc Carthy und den republikanischen Smear-Feldzug. – Dankbares Telegramm von der Meyer. – Beschäftigung mit dem Gregorius. Nachlesen. Kamen die Rundschau-Korrekturen, die gleich nach Tische las. Basler schickte Artikel von Korrodi über »Heliopolis« von Jünger und »Joseph«, der ihm besser gefällt. Jünger, natürlich, wird in Deutschland gegen mich ausgespielt. Er steht für die Zukunft. Seine Gehirnlichkeit schadet ihm nichts. – Schlechtes Befinden. Die Korrektur zurück. Rief abends Feuchtwanger an, um sein Werk zu loben.

P. P. Sonnabend den 1. IV. 50
Der Reisemonat angebrochen. Schönes, frühsommerliches Wetter. Möge der kommende Luftwechsel meinen erschütterten Nerven gut tun. New Yorker Vortrag unter den Auspizien des »Aufbau« auf Deutsch. – Anfang von Kapitel XXVI. – Ging weit hinunter. – Diktierte K. einige Briefe: an Polonsky wegen »Mario« und an Marty in Lübeck wegen der dortigen Geburtstagsalbernheiten. – Abends »Hoffmanns Erzählungen«. Las mit Dégoût im »Monat«, der keine Zeitschrift mehr ist, sondern linientreues Organ der amerk. Regierung. Der Artikel über Hiß widerwärtig in seiner falschen Objektivität. Las ferner Artikel eines wohlgeneigten Fritz Kraus über »Joseph« in der »Badischen Zeitung« und den »Deutschen Beiträgen«.

P. P. Sonntag den 2. IV. 50
Neblig, kühler. Frühstück auf der Terrasse, aber geheizt. Gestern Brief an den gekränkten Rechtsanwalt Reeb in Köln über seinen ehem. Lehrer Derleth-zur Höhe begonnen. – Schrieb am neuen Kapitel. Nachmittags Besuch von Dr. Guggenheim, Beratschlagung der Situation in Amsterdam u. Frankfurt; Nicht-

erfüllung des Rentenvertrages. Entwurf eines ultimativen Briefes an die Firma. – Abends Abfahrt Golos mit dem jungen Ed. Französische Musik. – Schloß den Brief über Derleth-zur Höhe ab.

P. P. Montag den 3. IV. 50

Stand versehentlich um 7 statt um 8 auf. Unbehaglich. Beschluß, den Brief, Landshoffs wegen, nicht nach Amsterdam, sondern an Bermann nach Frankfurt zu schicken. Diktat des Begleitbriefes nach dem Frühstück. – Geschrieben am Kapitel. – Mit K. in Pacif. Palisades. Zu warme Sonne. – Der Tag verletzt durch das zu frühe Aufstehen. – Organisierung von Post. Einiges Handschriftliche. Alberner Brief der A. Meyer zugunsten dichterischer Fernhaltung von der »Politik«. – Zeitschriften. Del Vayo über Deutschland als einzigen Sieger im kalten Krieg. Über Lattimore, der morgen »gehört« wird.

P. P. Dienstag den 4. IV. 50

8 Uhr auf. Nebel. Enthüllungen über die Flying saucers durch Commentator Taylor. »Wonderful«. Von der Air force geleugnet. – Arbeit am Kapitel. – Augenbehandlung. Gegangen Ocean Avenue. – Deutsche Anthologie »Die Dichterbühne«, unbekannte Jugend, merkwürdig. – Rückkehr Erikas. Sehr komische Band-Aufnahme von improvisierten »Interfiu« in bayrischem Dialekt. – Verurteilung und Ausbürgerung des Bridges und Gefängnisstrafen für die Verteidiger wegen contempt. Neuer Justizskandal. Die Geschworenen haben sich 5 Tage lang nicht einigen können.

P. P. Mittwoch den 5. IV. 50

Neblig, mild. Die Zeitung gräßlich. Fluchtgedanken immer wieder. Doch der Kopf und die Laune frei zu halten für heitere Einfälle. – Am Kapitel. – Ging eine halbe Stunde oder so. – Entscheidung über Schweden. Veranstaltungen in Stockholm und Lund. – Diktat dringlicher Briefe an K.. (Langhoff, über ein Manuskript u. a.) – In Tolstois Volkserzählungen weiter. – Dummer Brief von Perl. Zerrissen wie den der Meyer.

P. P. Donnerstag den 6. IV. 50
Arbeit am Kapitel; umgeschrieben. Gegangen übers Alte Haus; dann zum Lunch im Miramar. Angegriffener Magen; appetitlos; Kohle. – Nachmittags die Kahn. Gab einige Briefe an K. ab und diktierte selbst einige. – Im Blatt und im Radio über das Lattimore-Verhör. – Gespräche darüber. Tief angewidert von dem Treiben in diesem Gangsterland. Aber wohin? In Europa wird die Macht Deutschlands unaufhaltsam wachsen und auch die Schweiz schwer bewohnbar machen. England zu traurig und klimatisch unzuträglich. – Hilferuf von Haas, von dem Bermann 500 Dollar für den »Kleiderschrank« verlangt. Telegramm an B., kategorisch. – Sehr müde. Markels Einladung abzulehnen, da es mir zu sehr widerstrebt, wieder über meine 75 Jahre zu schreiben.

P. P. Freitag den 7. IV. 50
Nachts oft erwacht. Angegriffen und müde. – Zeitungshetze mit den Mystery Submarines, die natürlich russisch sind. – Arbeit am Kapitel. Gegangen. Eintreffen der Übersetzung des Vortrags mit vielen Zweifeln und handschr. Korrekturen. – Brief an George, daß wir selbst Press release herstellen wollen. – Insistieren der Shapley-Leute in New York; muß irgendwie teilnehmen. – Musikalischer Abend bei Albersheims. Abendessen mit ihnen und Klaus Pr., dann die Künstler u. weitere Gäste. Die Goethe-Lieder von Ehrenberg, hölzerner Sänger. Lustige Flötistin, guter Bratschist. Duette und Solos von Bach, Orl. di Lasso etc. [.] Wotans Abschied von dem Hölzernen sehr schlecht geboten. 11 Uhr Aufbruch. Zu Hause mit Erika, die von Walters kam. Seine törichte Aufnahme des Telegramms wegen der Versorgung Berlins mit Trockenei. Sie ist ausfallend geworden. – Flucht eines Amerikaners, der bei der deutschen »Denazification« beschäftigt war und entlassen wurde,

nach *Prag*, wo er bleiben will, »bis die Truman-Administration verschwindet.« Und dann?

P. P. Sonnabend den 8. IV. 50

Nachts Regen. – Die Zeitung so blödsinnig und hetzerisch wie je. – Am Kapitel. – Wetter halb regnerisch. Mit K. einige Schritte in P. P. Park. Zum Essen Eva Hermann u. Klaus Pr. [.] Einige Briefe, handschriftlich nachmittags. An Neumann in Florenz. Weigerung über Bach zu schreiben. – Deutsche Vertrauenskundgebungen. Erika spricht bei einer Veranstaltung in Hollywood, von der sie sich nichts versprach, die aber, nach ihrer telephonischen Meldung glänzend verlief. – Hörte Parsifal-Vorspiel und Szene mit Kundry, mächtig interessiert. Die psychologische Musik bleibt faszinierendes Phänomen.

P. P. Oster-Sonntag den 9. IV. 50

Nachts Regen. Vor 8 auf. Mit der Klinge rasiert. – Lächerliche Retirade Mc Carthy's, Auslassung aller greifbaren Beleidigungen für den Prozeß, den er unter Aufgabe seiner Immunität annehmen will. – Am Kapitel. – Gegangen über das Alte Haus. – Keine Bedienung. Frau Kahn zum Lunch. Nachmittags mit K. Brief an Emmy Oprecht. Danach Erika. Message für Shapley diktiert. E. sehr zufrieden mit ihrem gestrigen Erfolg. – Handschr. Brief nach Deutschland. – Abends Parsifal-Musik unter Monteux. Sehr gute Churchill-Copie im Benny-Programm. – Danach Windham, »The Dog Star«, begabt.

P. P. Montag den 10. IV. 50

Gearbeitet und gegangen. Den ganzen Tag sehr übel und appetitlos. Abends bei Walters mit Dr. Joseph. Vorlesung der 3 für die Rundschau bestimmten Kapitel, die großen Eindruck machten. Dies wohltätig für meine Verfassung.

P. P. Dienstag den 11. IV. 50

Schöner, klarer Morgen. Auf der Terrasse gefrühstückt. Geschrieben am Kapitel. Mit K. in Pacif. Palisades, Bank, Spaziergang. Nach Tische mit Erika an der Übersetzung des Vortrags. Fühlte mich weniger schlecht. Ein Paar Dinge der Kahn diktiert. Viele Ausfertigungen. Zeitschriften. Das antimilitaristische Stück »Nein« von Arnim Petersen. – Briefe von Uexkül.

P. P. Mittwoch den 12. IV. 50

Klares Wetter. Langes Telegramm von Bermann, flehend. Stellt Briefe von ihm u. Lanzhoff in Aussicht, dringt auf Begegnung in Europa. – Am Kapitel. – Weit gegangen. – Brief versucht über die deutsche »Dichterbühne«. – Zum Abendessen Professor Pollack mit Klaus Pr.. Jener alte Beziehungen zu Carl Ehrenberg.

P. P. Sonnabend den 15. IV. 50

Am Kapitel des »zweiten Besuches« fort gegen das Ende. – Besuche bei der Roß und bei Kully. – Von Borgese großer Artikel über Faustus aus »Corriere della Sera«. – Gestern zum Abendessen, mit Golo, Curt Bois und Frau. Unglaubliche Komik der Menschennachahmung. Viel über ihre Abreise-Schwierigkeiten. – Heute nach dem Frühstück mit Erika die Kürzungen des Vortrags durchgegangen. – Warmwind vom Lande bei blauem Himmel. – Am Kapitel gegen das Ende. Bei Hitze gegangen. Lunch mit Klaus Pr. und Sohn. Zum Kaffee Invasion der Moses-Party: Dr. Roß mit Gatten, die Künstlerin mit Gatten, einem Psychologen. Das Bild im Ausdruck nicht schlecht. Photo davon. Austausch von Dedikationen. Nachmittags Brief an Frau Voßler und anderes. Ruhiger Abend mit Golo. Las die Abhandlung eines Dresdener Musik-Professors gegen Romantik und Irrationalismus. Insistieren von New York wegen Shapley und Nation.

P. P. Sonntag den 16. IV. 1950
Andauer des sommerlichen Wetters. Frühstück auf der Terrasse mit dem Neffen. Verabschiedung von ihm bis August. – Schloß das Kapitel XXVI ab nach der Idee, die ich gestern nach Weggang der Gäste davon gefaßt. Verbesserte nachmittags. – Ging bei Hitze, ohne den Boulevard zu überschreiten. Zuviel Wagen. – Die Kahn mit Briefen und der englischen Abschrift. Diktierte einiges. Dummes deutsches Buch in 2 Bänden. Las den Vortrag englisch. – Walters langjährige Dienerin geht an einer Abtreibung elend zugrunde. Übel. – Verabschiedung von Golo während des Monteux-Konzerts.

P. P. Montag den 17. IV. 50
Hitze. – Sorge um Erikas Schlaflosigkeit. – Den Schluß des Kapitels noch einmal, dann Briefarbeit. – Zur Fußbehandlung nach Santa Monica. Danach gegangen. – Nachmittags Angell zur Sammlung des Materials für die Yale-Ausstellung: Die großen Manuskripte, Bilder, Material-Bücher für Faustus und Joseph, Diplome etc.. Große Schlepperei, Mühsal. – Zum Abendessen Eva Hermann. In ihrem Beisein Aufnahme des englischen Vortrags aufs Band. Er nahm sich gut und versprechend aus trotz vieler noch unterlaufener Akzentfehler. – Sehr müde.

P. P. Dienstag den 18. IV. 50
Brief von Dr. Philipps, der von der »Entstehung« gehört hat. Andauer des Hochsommer-Wetters. Reise-Vorbereitungen. Ordnung der Handmappe. Handschriftliches noch abgetan. Nachmittags Walters zur Verabschiedung. Packen. Alle drei sehr beschäftigt. Beunruhigung durch das rechte Ohr, das sich aber hält und vielleicht in Chicago untersucht werden kann.

P. P. Mittwoch den 19. IV. 50
Reisetag denn also. Morgens rasiert und gebadet. Packen der Handtasche. Fahre mit Erika nach Westwood zum Haarschneiden. –

Chicago, Hotel Shoreland, Sonntag den 23. IV. 50

Reise verlief so bequem wie möglich in zwei Bed rooms. Aufmerksamer Chief waiter. Ankunft hier am 21. bei klarem Wetter mit unseren 17 Stück Gepäck. Medi, sehr zart von einem Anfall von Magengrippe, am Bahnhof. Fuhren mit ihr, Erika mit dem Gepäck. Schöne Wohnung im Hotel. Lunch im Speisesaal und abends bei Borgeses. Gestern den 22. mit Erika Revision des Vortrags. Noch einige Kürzungen. Ging vor Tische etwas mit K. am See. Der Tag zielte in mehr als üblicher nervöser Spannung auf den abendlichen Vortrag. Der in Aussicht genommene Saal für 1000 Personen war in einer halben Stunde ausverkauft gewesen. Verlegung in die größere Chapel, die dicht gefüllt. Warten im Vorzimmer, da ein Teil des Publikums sich verspätete. Feierliche Stimmung. Ehrende Einführung durch Prof. Zaber. Sprach mit gutem Mikrophon von der Kanzel und machte gute Produktion. Heiterkeit, aber kein Zwischenbeifall, der Kirche zu Ehren. Schlußaufnahme sehr positiv. Die Professoren, wie Borgese, Peter Pr. u. besonders seine Frau, Medi etc. höchst angetan. War zufrieden mit meiner Leistung, die ein Sieg über vieles. – Bier in der Hotel-Bar. Dann Empfang bei Prof. Brown. Hübsche Frau. Kaffee und Sandwiches. Ermüdet heiterer Ausklang des kritischen Abends. Der Vortrag noch etwas zu lang. Las vorm Schlafen weiter in dem reizvollen Buch von Donald Windham.

Seit gestern Abend Regen. Heute ½ 10 Uhr auf. Dunkelheit und Gewitter. Frühstückte Kaffee und Oatmeal. Medi mit den Kindern. Schrieb, um etwas zu arbeiten zwei Seiten für die Chilenischen Bücher-Nachrichten des Theile. Lunch mit Peter und Frau im Speisesaal. Appetitlos, müde. 5 Uhr mit Medi zu Goldes. Quartett-Musik. Beethoven opus 18, erfreulich. Cocktail. 7 Uhr zur Party bei Borgeses. M. Adler und Frau. Die Erbin der 90 Millionen. Diskussionen zwischen Borgese und Adler. Merkte nur einiges an. A. glaubt an den Krieg in 5 bis 15 Jahren. Übrigens sympathischer als ich dachte. Auch die Frau. Die Erbin unschön und bemüht. – Regen.

Chicago, Montag den 24. IV. 50

Tief geschlafen. Frühstück ½10. Medi's Geburtstag. Trübes, kaltes Wetter. Regen und Gewitter. Schrieb irgendwelche Briefe, um zu arbeiten. Medi zum Lunch im Speisesaal. Morgens u. mittags Kaffee, zu viel. Nach Tische mit Erika Kürzungen im deutschen Vortrag. In Windhams »Dog Star« weiter, der mich sehr anzieht. Gegen Abend längerer Besuch von Peter und Frau. Verabschiedung von ihnen. Mit Taxi zu Borgeses zum Familien-Geburtstagssouper. Viel über die Möglichkeit des Krieges. Verabredung eines Chiffren-Telegramms, wenn man in Europa den Krieg kommen sieht »Hoffen, August (Juli) zurück zu sein«. – Verabschiedung von Borgese. Strömender Regen.

Chigaco, Dienstag den 25. IV. 50

Gut geschlafen. Helleres Wetter. Thee zum Frühstück. Reisetag, Packen. Froh, daß Washington ausfällt. –

New York, Sonntag den 30. IV. 50

Leistungen, Anstrengungen, Menschen, Genugtuungen und Ermüdungen. Am 26., Abend nach der Ankunft und nach schlechtem Schlaf, unter großem Zudrang im Kaufman Auditorium der Vortrag mit größter Wirkung. Nachher Versammlung in einem Restaurant an langer [Tafel] mit Waffeln und Syrup. – Besuch von Eugene und Agnes Meyer. – Abendessen mit Kahler. Nachher Vorlesung für ihn und Konny K. aus Gregorius. – Gestern bei vollem Zimmer Recording der Rede für die »Peaceful Alternatives«. Nachher Lunch (ohne zu essen), improvisierte Rede und Lesung der letzten Seiten des Vortrags. – Lunch im Hotel mit Moni. – Auch Medi eingetroffen; wiederholtes Zusammensein mit ihr. Fliegt heute Morgen nach Chicago zurück u. will zum Geburtstag in Zürich sein. – Gestern Dinner bei Mareks mit Menotti, Autor des »Konsul«, und anderen. Mit den Kindern des Hauses im Theater. Reizvolle Darbietung, nur der Schluß verlaufend. Nachher wieder bei Mareks. Menotti zu beglückwünschen. – Heute Frühstück mit Medi. Besuche von Nordens und Großhuts. Packen. Morgen Flug nach Stockholm. Heute noch mit der Lowe und Gumpert. Das übliche Lunch mit Knopfs im St. Regis wurde auch absolviert. Gesundheit leidlich aushaltend, in fordernden Fällen leistungsbereit.

Stockholm, Donnerstag den 4. V. 50. Grand Hotel
In dem selben großen Eckzimmer im 2. Stock, wo wir voriges Jahr die Nachricht von Klaus' Tod empfingen. – Am 1. Abfahrt in New York zum Internationalen Airport. Gepäck ohne Zuschlag. Abflug ca 11 Uhr. Flugreise, in guten Stühlen, von ca 20 Stunden, glatt und glücklich, aber ermüdend. Aufenthalte in Canada, Schottland, Hamburg, Kopenhagen. Ankunft, hier am 2. nachmittags. Empfang durch Uexküll. Journalisten. Abendessen mit Üx bei Frati. Übermüdet. Gestern Lunch als Gäste des Prinzen Wilhelm im Restaurant des Opernhauses. Abends der Vortrag, vom Pen Club (Oesterling) veranstaltet, im Saal der Akademie. Liebenswürdige Einführung durch den Prinzen. Wirkung des Vortrags übertraf die des vorjährigen. Wirkliche Begeisterung. Nachher Gang durch Gassen der Altstadt zum Abendessen mit ca 30 Personen in einem Keller. Mit dem Prinzen, mit Frauen, mit dem Theater-Intendanten. Gute schwedische Vorspeisen. Trank viel Bier mit größtem Durst, da es im Saal so heiß gewesen war und ich stark geschwitzt hatte. – Morgenpresse mit Bildern. Anrufe. Schriftlicher Gruß nach München. Der getreue Üx. Frühstück mit ihm, Carlo Schmidt und einem Interviewer im Kaufhaus. Dankschreiben an Oesterling.

Paris, Sonnabend den 13. V. 50. Hotel Regina
Erika traf gestern von Amsterdam ein, wohin sie von Stockholm geflogen, während wir, begleitet von Üxküll unseren Abstecher nach *Lund* machten. Die guten Holmbergs. Frühstück mit ihm im Hotel. Wiederholt bei ihnen. Am Abend des An-

kunftstages Vortrag in der Aula der Universität. Provinz-Publikum, etwas stumpf. Nachher großes Diner bei Holmbergs und Abreise Üx. Sein Söhnchen Alexander und dessen sanfter Lehrer. Déjeuner bei dem Industriellen Wölfle, der den Vortrag finanziert hatte. Dieses Paar mit Holmbergs am Flugplatz, als wir von Malmö abgingen. Aufenthalt in Kopenhagen u. Wechsel des Flugzeugs. Bei der Ankunft hier nach einem Flug von 2 Stunden 40 Minuten mit Lunch. M. Sabatier und Mlle Servicen. Exemplare der französischen Faustus-Ausgabe. Réception im Ritz, überfüllt. Journalisten, beständig. Dreistündiges Signieren von Büchern bei Flinker; toller Zudrang. Hatten Champagner-Diner mit Vater und Sohn gehabt. Unter den vielen Hundert Vorüberziehenden ein wunderhübscher junger Amerikaner. Am selben Abend die Conférence im Amphitheater der Sorbonne. 2000 Personen. Stürmischer Empfang. Reden von Vermeil, Jules Romain, dem Germanisten Boucher. Ich sprach ¼ Stunde französischer Einleitung, dann den fürs Radio abgekürzten Vortrag. Ovationen. Kleiner Empfang mit Champagner nachher. – Journalisten. Zeitungen. Artikel von M. Brion über Faustus der angenehmste. Hatten gestern Déjeuner mit ihm und kleiner Gesellschaft bei Bouchers. Nachmittags im Pen-Club, mit Schlumberger, Breitbach, Trebitsch aus Zürich. – Erika brachte das Maiheft der »Rundschau« mit sehr reizendem Glückwunsch von Hesse und den Kapiteln aus Gregorius. Viel andere Bücher, Schriften, Bilder. Abendessen zu dritt in nahem Restaurant. Sehr warmes Wetter seit Tagen. Übermüdet, aß zu schwer. Schlaflosigkeit und Nervenkrise. Erst gegen Morgen Ruhe. Genug, genug. Die französische Sprachsphäre verhaßt. K.'s Halsleiden, Gram. – Absage an Journalisten und Ablehnung des Empfanges bei der Société des gens de lettres. Verbrachte den Vormittag zurückgezogen. Umständlichkeiten mit dem Wagen, der jedoch für die Fahrt über Straßburg nach Zürich am Montag bereit sein soll. –

Zürich, Baur au lac, Mittwoch den 17. V. 50

Der Aufenthalt in Paris ging unter Interviews und ausgezeichneten Mahlzeiten mit Flinkers in erstklassigen Restaurants zu Ende. Fest der Jungfrau. Parade, Marseillaise. Sonderbarer Anachronismus des »Aux armes, citoyens!« Proposition Schumanns zur industriellen Vereinigung Westdeutschlands und Frankreichs, von Bonn »günstig aufgenommen«. Contradizierte in Interviews, ersuchte aber Flinker, die Verleihung der Légion d' honneurs, Offiziersklasse, zu betreiben. Wäre nützlich in Amerika. Schäme mich etwas dieser Eitelkeit, die wohl nicht einmal befriedigt werden wird. Und doch würde es mich freuen.

Fuhren in dem englischen Hilman-Minx, der sich sehr bewährte, Montag Mittag ab, Gepäck auf dem Dach. Route Chaumont–Belfort–Basel. Primitives Übernachten in Vesou[l] nach nächtlicher (etwas leichtsinniger) Vogesen-Fahrt. Grenzübergang freundlich. Fahrt durch Zürich. Freude an der blühenden Frühlingslandschaft unterwegs. Ankunft hier ca 7 Uhr. Im Hotel die bekannten Gesichter. Diner im Speisesaal und Auspacken.

Heute Morgen Kaffee. Sehr wohlig im guten eigenen Zimmer. Besuch von der guten Frau Oprecht. Später Bermann und Landshoff. Geschäftliche Aussprache. Neuer Vertrag. Lunch mit ihnen zu fünfen. Kaufte die guten Laurens-Cigaretten in der Blechdose. Nachmittags Besuch von Schweizer. – Trübung und einsetzender Regen.

Zürich, Sonnabend den 20. V. 50

Wechselndes Wetter, Aufklärung nach dem Regen, zunächst mit lastender Föhnsonne. Müdigkeit und schwacher Magen als Reaktion auf die bestandenen Anstrengungen. Hatte viel zu schreiben, nach Paris. Gestern Lunch mit Bermann und Landshoff in der Tessiner Stube. Ihre Abreise nach Amsterdam. Vielerlei Briefe. Dinierten früh und fuhren mit Taxi (da der Minx einem Service unterzogen wurde) zum Schauspielhaus zur

Aufführung des »Don Carlos«. Begrüßung durch Hirschfeld, der über den Vortrag viel gehört. (Meldung der N.Z.Z. aus Stockholm). Ein in seiner Art interessanter Philipp und schöner Carlos. Das Übrige mangelhaft, besonders der Posa. Das Stück bei allen Gebrechen und Kindereien von einem Atem, daß die 30. Aufführung ausverkauft war. Parterreloge. – Lese die »Kreuzersonate« (Nähe Strindbergs).

Zürich, Sonntag den 21. V. 50

Hatten gestern Lunch mit Emmi Oprecht. Erzählten ihr von den Zuständen in Amerika. Abends waren wir mit »Hirschi« in der Oper und freuten uns an einer sauberen Aufführung von Lorzings »Waffenschmied«. Vorher zum Thee waren Mosers mit dem kleinen Toni da, der Fortschritte gemacht hat. – Interessante Zeitungsblätter kamen: »L'Aube« mit einem Artikel von d'Ormesson über den Abend in der Sorbonne. Die »Rhein-Neckar-Zeitung«, wo Belzner wiederholt über die Reden in Chicago und Stockholm schreibt. – Besuch des Vertreters des Süddeutschen Rundfunks, dem es nach unserer Abrede gelang, eine Verabredung für heute mit dem Radio Zürich zu treffen zur Aufnahme des einstündigen Vortrags auf Bandstreifen. – Wetter warm und leicht bedeckt. –

Lugano, Dienstag den 23. V. 50

Am Sonntag Vormittag mit K. im Minx zum Rundfunkhaus, wo ich »Meine Zeit« in einer Stunde für Deutschland auf einen Bandstreifen sprach. Bis auf ein Versprechen gut gelungen. Der junge Mann vom S. R. ergriffen. Er war angenehm. Noch mehr der junge Laborant, der uns empfing, fein geschnittenes Schweizer Gesicht, beste Rasse.

Gestern bei leicht regnerischem Wetter Aufbruch vom Baur au lac. Fahrt mit Erika über Göschenen hierher. Mittagessen jenseits des Tunnels, den wir im Zug durchfuhren. Hotel du Parc. Zogen, größerer Ruhe wegen, aus dem unteren Halbstock in den Vierten. Schönste Lage, Blick auf den See. Aufmerksames Arrangement der Zimmer durch die Wirtin die ein Buch ihres Mannes, H. Stilling, überreichte. Kleiner Sekretär. K. brachte Eri zum Bahnhof, die nach Zürich zurückkehrte und nach Heidelberg zu Bassermanns Goethe-Produktion fahren will. – Diner im Speisesaal. Kaffee im Salon mit Zeitungen. – Man verspottet mich wegen der »sorgsam wiederhergestellten Beschädigungen des Hauses am Frauenplan«. Wenn die Philister Sprachhüter werden! »Restauriert« wäre gleich besser. Schreiben sollen hätte ich »ausgebessert«. – Die »Kreuzersonate« weiter.

Heute sonniges Wetter. ½ 8 auf. Während K. massiert wurde frühstückte ich Milchkaffee auf dem Balkon. Wohnlichkeit des Zimmers. Hätten den Aufenthalt bis zu den Festlichkeiten Anfang Juni nicht besser wählen können, wie mir scheint. – Einladung von Hesses. – Fuhren zu ihnen nach Montagnola. Hatten Wermut und Mittagessen mit ihnen. Guter Austausch. Sein ruhiges und wissendes Verhältnis zur kapitalistischen Welt, zur Lage der Kunst, zum Kommunismus. Ruhte im oberen Zimmer. Hatten noch Thee mit ihnen. Im Garten. Die Kätzchen. Fuhren ab ca 6 Uhr und ergingen uns hier noch etwas auf der Seepromenade. Beim Buch- und Papierhändler. Erkannt. Waren bei ihm 1933. Bei Hesses starkes Gefühl der Wiederkehr der Situation unter wie veränderten Umständen!

Brief an Belzner vormittags begonnen. Macht mir Sorge. Hesse erklärte sich außerstande zu solchen auferlegten Äußerungen. – Diner im Speisesaal. Kaffee danach in der Halle mit Schweizer Zeitungen, verdrehende, schlimme politische Artikel, die mich an der Möglichkeit meines Vortrags hierzulande zweifeln lassen.

Lugano, Mittwoch den 24. V. 50

Gestern Abend großartiges Gewitter in den Bergen; unaufhörliche Blitze, in denen der See taghell. – Karte an Basler. Zusage an den Zürcher Stadtpräsidenten zum Empfang am 2. Juni. Heute ½ 8 auf. Etwas kühler, aber sehr weiche Luft.

Hesses wollen nach Sils Maria, dessen Höhenluft auch mich sehr lockt. – Schrieb an dem Brief nach Heidelberg. – Nachklänge aus Paris, Flinker, Boucher. Bilder. – Mittags auf der Kurpromenade im Schatten. Lunch auf der Terrasse. Geschlafen. Nachmittags Ausfahrt nach Villa Castiliglione. Von da Spaziergang am See, vorbei an Trattorieen. Verkehrende Motorboote. – Telegramme an Bassermanns und Feist nach Heidelberg zur morgigen Veranstaltung. Nach dem Diner Kaffee in der Halle. – Erinnerungsvoll der Besuch in Castiglione – nach 17 Jahren. Damals der arme Fulda. Was ist geschehen und hat sich verändert im Zeitfluß seitdem. Wieviele gestorben und verdorben. Auf mir lag viel Segen und Leiden; Weltruhm, Mühe, Pein. In Californien steht nun das Haus. Alles sehr wunderlich, das Leben. Man bestaunt meine Jugend und Leistungsfähigkeit. Wie tief oft die Müdigkeit! – Tolstois »Iwan Ilitsch«. – Spannung, ob Erika nach Deutschland gelangt ist. – Zeitig zu Bette.

Lugano, Donnerstag den 25. V. 50

Nacht etwas unruhig. Nach einigem Schlaf, ½ 1 Uhr Maniküre. Aß etwas Chokolade u. rauchte eine Cigarette. Früh wach. ½ 8 Uhr Thee-Frühstück mit Honig auf dem Balkon überm See. Sonniges Wetter. – Beendete den Brief nach Heidelberg und expedierte ihn selbst, eingeschrieben. Vor Tisch mit K. gegangen nach Paradiso. Zum Thee zwei Stunden bei Hesses. Lieber, kluger alter Mann. Schenkte mir sein schön gedrucktes Buch »Aus vielen Jahren«. Las abends zwei freundliche Erzählungen darin. – Briefpost. Basler schickt Cigarillos.

Lugano, Freitag den 26. V. 50

Nachts Regen. Dunstig, wolkig, gewittrig, schwühl. Badete und trank Kaffee. Telegramm von Feist, die Aufnahme sei »freundlich« gewesen, Bassermann großartig und z. T. wunderlich. – Passons. – Briefdiktate an K. und Handschriftliches. – Wiederholte Gewitter im Lauf des Tages. Gegen Abend nach einem Ausgang, Besuch von Herren des Luganeser Rundfunk. Gespräch und Mikrophon-Dialog. Gebe mich zu vielem her. – Beendete »Iwan Ilitsch[«]. Las »Die Dekabristen«. Wiederholte Unterhaltungen mit der Wirtin Stilling, ehemaliger Pianistin. Mit K. Post erledigt.

Lugano, Sonnabend den 27. V. 50

Unruhige Nacht. ½ 8 Uhr auf. Thee und Ei. Beschwerende Post. Italienische Zeitschrift »L'Imagine« mit »Chi suona?« und Beiträgen über »Faustus«. – Nach den gestrigen Wettern klarer Himmel. Brief-Erledigungen, langweilig. 12 Uhr fuhren zu Hesses. Martini und Geplauder mit ihnen. Über seine Alterserzählungen. Mittagessen. Nach dem Kaffee im oberen Zimmer geruht. Las ihnen nach dem Thee das Kapitel auf dem Stein und die »Offenbarung«. Schienen sehr angetan. 7 Uhr Heimfahrt. Diner im Speisesaal. Neue Gewittrigkeit. Buch des Signor Filippini vom L. Rundfunk. Dieser richtet Unheil an. Anmeldung Bettellinis. – Verschlimmerung der Mund-Schleimhaut, im Winkel. Las Tolstois Skizzen zu den »Dekabristen«. Die ausführlichste eigentümlich leicht und spöttisch. – »Göttliches und Menschliches«. – Die in Zürich gekauften Cigarren sehr würzig und schmackhaft. – Hesses Schlaflosigkeit wegen einer unverschämten Postkarte.

Lugano, Pfingst-Sonntag den 28. V. 50

½ 8 Uhr auf nach gutem Schlaf. Heiteres Wetter, solange es dauert. Trank Thee, verzichtend auf den viel lieberen Milchkaffee, der aber den Leib bläht. – K. um 11 zum Bahnhof zur Einholung Erikas. – Brief-Erledigungen. Begrüßung Erikas. Brachte hübsche Dinge für K., Silberfuchspelz, Granatschmuck, gekauft von deutschem Geld, das der Verlag geliefert, und wovon sie noch für ca 1500 Franken hergeschmuggelt. Ihre Berichte von der absurden Veranstaltung in Heidelberg. Das Programmheft und ein paar Besprechungen, die für den Autor des Spiels ziemlich vernichtend. Bassermann, in seiner Maske, muß interessante Augenblicke gehabt haben. – 12 Uhr Kerényi und Frau. Cocktail mit ihnen in der Halle. Lunch zu Fünfen im Garten. Pfingst-Menu, Neufchâteler. – Kopfschmerzen. Nach dem Thee mit K. etwas auf der Promenade. ½ 7 Besuch von Signor Bettellini und Frau. Über sein Erziehungsunternehmen. Aufschreiben deutscher Adressen. – Diner mit Erika. Las abends weiter Tolstoi'sche Nachlaß-Arbeiten. – Anruf von Schweizer.

Lugano, Pfingst-Montag den 29. V. 50

½ 8 auf. Klarstes Wetter. – Beschäftigung mit den Manuskripten. – Ausgefahren mit K. nach Campione. – Nachmittags mit K. u. Erika zu Hesse. Thee, Torte u. später Martini-Wein. Hesse wohl gekleidet und angenehm plauderhaft. – Nach dem Diner eingeladen zur Wirtin, Frau Stilling. Champagner und Kaffee. 11 Uhr zu Bette.

Lugano, Dienstag den 30. V. 50

Gestern übernommen. Sekonal noch nach 1 ½ Phanodorm. Rebellische Ohren. Dann einige Stunden guten Schlafs. ½ 8 Uhr auf, ¾ gefrühstückt. Vor 9 Fahrt nach Capo di Lago; von da mit Zahnradbahn in 1700 m Höhe auf den Monte Generoso. Spaziergang oben in der Frische. Ziegen und Kühe. Mitgebrachtes Lunch, dazu Suppe und Kaffee. 1^{20} Rückfahrt. Bettruhe. K. und Erika nach dem Thee auf dem Friedhof zum Besuch des Walter'schen Familiengrabes. – Danksagungen für Bücher. Packen.

Mittwoch den 31. Mai 1950

10 Uhr Aufpacken und Abreise von Lugano. Bedecktes, angenehmes Wetter. Fahrt mit der vortrefflich sich bewährenden kleinen Minx *über den St. Gotthard,* der seit einigen Tagen offen. Region des Schnees in dicken Wänden. Schmelze, Bäche. Sehr kalt auf der Höhe. Ärger mit frech überholendem Pöbel; krankte den ganzen Tag daran. Mittagessen in Andermath;

Forellen. Weiterfahrt durch das wunderschöne Land. Ankunft hier 5 Uhr. Die alten Zimmer bereit. Kopfschmerzen u. große Müdigkeit. Viel Post erwartete uns. Auspacken. Hatten Diner gegen 8 im Speisesaal. Begrüßung mit den van Robens. Nahm abends neue Schlaftropfen. Las Tolstois Erzählung »Wofür?«

Zürich, Donnerstag den 1. Juni 1950. Baur au lac

Die neuen Tropfen gestern Abend völlig wirkungslos. Nahm 12 Uhr noch Sekonal und schlief dann bis 7. Gegen 8 Uhr Kaffee. – Der Festmonat angebrochen. Regnerisch. – Empfingen in der Halle Dr. Matthias. Gespräch über seinen amerik. College-Plan in Europa. Sein Pessimismus Amerika betreffend. Beispielloser Dilettantismus. Alle Hoffnungen, einst auf dieses Land gesetzt, vollständig enttäuscht. Geht in seinen Ruin. Wird in 10 Jahren eine Macht zweiten Ranges sein. Also Rußland? Auch nicht zu wünschen. Unter meiner Post langer Brief aus Ost-Deutschland über die trostlose Engstirnigkeit, dogmatische Philisterei und Gängelei. – Gingen aus. Neue dunkle Brille bei Zwicker. Zum Haarschneiden bei Bachmanns. Begrüßungen. – Abreise Erikas nach Berlin. Lunch zu zweien. Schwerer Post-Schub aus Californien. Nie zu bewältigen. Als wir unseren Thee getrunken, kam Gret mit den Bübchen. Wiedersehen mit Frido. Seine lieben Augen. Er war erregt vor Freude, küßte mich herzlich. Zog mich nach einer Weile zurück, um Briefe zu lesen, fuhr aber dann mit ihnen in der Minx zurück nach Zollikon, wo wir Wermut tranken. Frido zeigte mir sein Buch »Doctor Doolittle«, trennte sich endlich ungern von uns und fragte, wann sie wieder kämen, wann mein Geburtstag sei. – Diner zu zweien. Tennenbaum aus New York. Las Fest-Artikel von Marck und Goes. (»T.M. und Orplid«). Fr. Th. Vischers schöne Grabrede auf Möricke am 6. Juni 1875. – Gerührt und glücklich gestimmt von dem Wiedersehen mit dem lieben Kleinen, der sich wenig verändert hat.

Zürich, Freitag den 2. Juni 1950
Ruhiger geschlafen. Gebadet und Thee gefrühstückt. Trübes Wetter, aber nicht regnerisch. Schrieb an Goes, nicht fertig. Mit K. zu Fuß in der Stadt. Die neue dunkle Brille von Zwikker. Smoking Schleife und Socken. Gingen spazieren. Saßen am Lindenhof. Nach der Ruhe Thee mit Schinken. Mit dem Wagen in die Oper: Eröffnung der Festspiele. Loge. Oprechts dazu. Rede des Stadtpräsidenten. Drei musikalische Tanz-Pantomimen von Honnegger, Salomo und Sulamith, Frömmelei von Claudel, Davids Tanz vor der Bundeslade, Unsinn, mit Chören, hübsch inszeniert, vorzügliche Tänzer und Springer, aber zu nichtssagend. Nachher großer Empfang im Hause Muraltengut, an Tischen. Brötchen, Kuchen, Kaffee. Viele Menschen und Händedrücke. Der Stadtpräsident, Direktor Wälterli, Hirschfeld etc. etc.[.] Kamen spät ins Bett.

Zürich, Sonnabend den 3. VI. 50
Erst ½ 10 auf. Klares Wetter. Brief an Pfarrer Goes fertig gemacht. Fuhren nach Küsnacht und gingen im Walde, alter Zeiten gedenkend. Hatten Fritz Strich und Frau zum Lunch und tranken Kaffee mit ihnen im Garten. Nachmittags Gret mit Frido, der viele Küchlein aß und den ich wieder mit Dr. Pierta-Wasser den Mund spülen ließ. Schrieb an S. Marck. Zum Diner Oprechts nebst dem schönen Assoli. Kaffee mit ihnen im Salon. – Unter den Briefen ein interessanter von Prof. Hans Mayer, dessen Buch bei Oprechts zum Geburtstag bereit liegt. – Erregte Nerven immer dieser Tage. Der Kaffee, den ich so sehr liebe, bessert es nicht. Sollte Baldrian nehmen. – Bekam einen guten Schreibtisch in mein Zimmer.

Zürich, Sonntag den 4. VI. 50
Die Nacht recht unruhig. Klarstes Wetter. ¾ 8 auf. Ausfahrt um den Greifensee. Abends im Theater: »She stoops to conquer« von Goldsmith, englische Truppe mit vorzüglichem jugendlichen Liebhaber von großer Anmut, Leichtigkeit und Komik. – Nachtessen nachher auf dem Zimmer.

Zürich, Montag den 5. Juni 1950
Tag des Vortrags. Spannung. Briefe, Telegramme und Blumen beginnen zu strömen. Television-Aufnahmen. – 8 Uhr denn also zum Schauspielhaus. Hörte hinter der Szene die Einleitungsrede von Wälterlin und opus 111, gespielt von Egger. Wurde herzlich empfangen, sprach zu meiner Zufriedenheit. Langer Applaus zum Schluß mit Sich erheben des Publikums. Souper-Empfang im Rüden, veranstaltet vom Pen-Club und Schauspielhaus. Rede Helblings, der Hanno Buddenbrook und Nepomuk Schneidewein feierte. Ich dankte. Glücklicher Verlauf des Abends.

Zürich, Dienstag den 6. Juni 50
Mein 75. Geburtstag. Kurios. Festlicher Tag. Einbescherung mit erfreulichsten Gaben. Unaufhörliches Einströmen von Telegrammen, Briefen, Blumen. Verwirrung, Vergnügen und Müdigkeit. Bibi, Gret und die Bübchen zur Gratulation. Frido sagt allerliebst ein Gedicht Erikas. United Press Interview. Die Lübecker Delegation, Frau Vermehren, Senator Ewers, Herr Marty. Hatte völlige Überraschung darzustellen. Mikrophon-Unterhaltung. Lunch im Hotel mit den Trebitsch. Abends das von Oprechts und Schweizer [veranstaltete] Festdiner im Zunfthause. Reden von Schweizer, Prof. von Salis, Fritz Strich. Dankrede, bei der ich des armen Klaus hätte gedenken sollen. Medi seit gestern da. Anhalten des glänzenden Sommerwetters. Das Fest hätte nicht schöner, harmonischer, freundschaftlicher verlaufen können. 1 Uhr zu Bette.

Zürich, Mittwoch den 7. VI. 50
½ 9 Uhr auf. Wetterpracht. Kaffee und Kuchen. Eingang von Telegrammen und Briefen noch andauernd. K. macht mir die Eröffnung, daß eine Unterleibsoperation bei ihr notwendig ist, die sie 3 Wochen in der Klinik festhalten wird. Dringende Hoffnung, daß sie trotz des Beinleidens hier auszuführen ist und nicht in Amerika geschehen muß.

Zürich, Freitag den 9. VI. 50

Andauernde, sich steigernde Hitze. Heute Morgen verließ K. um 9 Uhr mit leichtem Gepäck das Hotel und siedelte, begleitet von Erika, in die Klinik Hirslanden über. Sorgende Wünsche. – Gestern sahen wir 2 Akte eines lockeren Shaw-Lustspiels und dinierten gegen 10 im Speisesaal. – Vorgestern, im Begriff nach Österreich zurückzukehren, waren Bibi und Gret mit den Bübchen bei uns. Ich brachte das Verbleiben Fridos bei uns in Californien zu[r] Sprache. Er wünscht es, aber der Aufenthalt Bibis in Europa scheint sich Jahre lang hinziehen zu sollen (auf Kosten des Herrn Moser) und ein so langes Entferntsein der Kinder von der Mutter ist nicht zu verlangen. Er sah mich forschend an. – Danktelegramme an die Lübecker Blätter. Korrektur der Vortragsbroschüre. Bereitmachen der Manuskripte für Lasky. Beschluß, das Erscheinen in der *Juli*-Ausgabe des »Monats« zur Bedingung zu machen. Beschluß, das Erscheinen des unerfreulichen politischen Dokumentenbuches bei Bermann-Querido zu inhibieren. – Pariser Faustus-Besprechungen: das literarische Ereignis dort, wie Prof. de Salis in seiner Festrede sagte, die N. Z. Z. gestern veröffentlichte. – Wegräumung der Brief- und Telegramm-Massen vom Schreibtisch. Auflegung der neuen Schreibmappe. Telephonate mit Strich und Schweizer.

Zürich, Montag den 12. VI. 50

Gestern früh mit Motschan nach *Basel* gefahren. Vortrag im Stadttheater, gut verlaufen. Mittagessen mit Motschans. Nachher etwas allein. Rückfahrt 4 Uhr. ½ 6 Ankunft hier, kühles Getränk mit M. und Erika in der Halle. Dann nach Hirslanden zu K.. Prof. Traugott dort. Internist empfiehlt Präparation von 8 Tagen auf den Eingriff. Geduld. – Andauernde Hitze, beschwerlich. Abendessen mit dem jungen Engländer Peter X. Zog mich nach dem Kaffee zurück. Das Buch von Hans Mayer langweilt mich. Viele Bücher für Oprecht zu signieren. Bedrückendes Problem der nicht zu bewältigenden Post. Das

Erscheinen von Salis' Tischrede in der N.Z.Z. machte mir Freude.

Zürich, Dienstag den 13. VI. 50

Gewitter und gleich sich wiederherstellendes sonniges Wetter. Leichte Abkühlung. Schrieb Briefe und signierte zahllose Briefe. Bei K., die recht guter Dinge, da nach einer Woche von Injektionsvorbereitung, die die Emboliegefahr auf ein Minimum herabsetzen soll, die Operation nun für Anfang nächster Woche beschlossen. – Nachmittags Wermut und Soda mit der Mazzucchetti in der Halle. Sie war unzufrieden, nicht genug geschwätzt zu haben als Erika mich holte. – Glüchwunsch-Briefe von drüben. Erika vernichtet Pöbeleien. – In H. Mayers Buch, ohne rechtes Vergnügen. – Heute Morgen Kaffee. – Medi kehrt von Paris nach Chicago zurück.

Zürich, Freitag den 16. VI. 50

Sonderbares Leben; nervös gespannt und mit dem ständigen Gefühl von Unordnung, wenn auch die Gesundheit sich hält. Viel bei K. in der Klinik. Gestern Abend vor kleinerem, dankbaren Publikum 1 ¾ stündige Vorlesung aus dem »Erwählten«. Las gut. Nachher mit Hirschfeld und Emmy Oprecht Nachtessen im Hotel. – Rattenplage in Erikas Zimmer. – Verwirrungen wegen K.'s Operation. Verlangte 10 Uhr Entrevue mit Traugott, verschlief aber, da es gestern ½ 2 geworden war. Er kam 11 Uhr zu mir ins Zimmer, und eine offene Unterredung führte zu dem Beschluß der Operation am Dienstag Vormittag 10 Uhr, ohne den proponierten endgültigen Verschluß des weiblichen Organs. Der Professor sehr umgänglich, gab zu, daß es zuviel Gerede gegeben habe. Telephon mit K.. – Gestern mit Ausfertigung der Dankkarten begonnen. –

Zürich, Sonntag den 18. VI. 50

Viel Regen und Gewitter. Täglich bei K.. Konferenz mit Traugott, der psychologische Fehler zugab. Blutverdünnende, den

Blutdruck erhöhende Injektionen. – Hatte keine Bewegung. Haufen von Karten ausgefertigt. Erika von vorgestern bis gestern Nachmittag in Luzern. Mahlzeiten allein. Begegnung mit Dieterles. Gestern Abend mit Erika im Theater: 2 Akte von Molières »Schule der Frauen« mit Jouvet, der ein merkwürdiger Schauspieler und vorzüglicher Sprecher ist. Entferntheit der Kultur, nichtige Spielhandlung, Schauspielerspaß. Diner nach 10 Uhr im Speisesaal. Nachher gelesen. Nette Besprechung der Vorlesung im Sonntagsblatt der N.Z.Z. von La (?) – Die Schrift von Ogburn über den Earl of Oxford als Shakespeare, unglaubwürdig. Das Geheimnis bleibt. Nichts stimmt, nichts ist deutlich – nach den paar Jahrhunderten. – Morgens immer Telephon mit K.. Plan ins Hotel Dolder überzusiedeln. Die Operation auf Dienstag angesetzt. – Mayers Buch beendet. Großartig, aber quälend. Wahre Einsichten. – Unendliche Brief-Notwendigkeiten. – Vorgestern Lunch bei der alten Reiff mit den Fritz Busch. – – Mit E. rekognoszierender Besuch im Hotel Dolder. Gefälliges Entgegenkommen. – Bei K. nach Gespräch mit Traugott. Ihr Zustand entschieden ausgeruht und günstig. – Diner mit Erika. Danach Ankunft Golo's. Unterhaltung mit ihm. Las Kerenyi's »Zeus und Hera«.

Zürich, Montag den 19. VI. 50

9 Uhr auf. Briefe an Wälterlin und Mondadori. Mit Erika nach Küsnacht in den Wald. Ging allein ½ Stunde und schaute mit Liebe. Lunch zu dritt mit Golo. – Haufen von Dankeskarten gehen gestempelt ab. Immer noch welche auszufertigen. – Durchsicht von deutschen Geburtstagsartikeln, die K. ausgewählt. Manches Gutmütige, anderes von unglaubwürdiger Niedertracht. – Nachmittags bei K.. Abends mit Dieterles in dem reizend gelegenen Fischstübli am See. Gut gespeist. Zu Hause Golo und Ed, der begeistert von Europa.

Zürich, Dienstag den 20. VI. 50

Tag der Operation. Vor 9 auf. Rührendes Telephongespräch mit K., die schon sehr schläfrig zubereitet nach ruhig verbrachter Nacht. Segenswünsche. Erika 10 Uhr nach Hirslanden. Schrieb an Kolb. Brief von Korrodi. – Hitze. – Während ich an den Briefen in der Angelegenheit Lesser schrieb, Nachrichten von Erika, dann auch von Traugott selbst über den Verlauf der Operation. Gute Narkose, kein Zwischenfall. Auch Katzenstein gegenwärtig. Dann zu frühes Erwachen, heftige Wundschmerzen, zunächst mit nichtiger Spritze bekämpft, dann zur Ruhe gebracht. Erika Telegramme nach verschiedenen Seiten. Sie war noch abends in der Klinik bei der Schwester Rösli. Ging den ganzen Tag nicht aus. – Abschrift des Briefes an Kurt Desch. An die Herz. Gespräch mit dem Direktor dieses Hotels wegen unserer Übersiedlung auf den Dolder. Apéritiv mit Erika vorm Diner. Las in der N.S.R. Golos gescheiten Artikel über das Verhältnis Rußland-Deutschland in den letzten Jahrzehnten. – Telephon wiederum.

Zürich, Mittwoch den 21. VI. 50

9 Uhr auf. Telephon mit Schwester Rösli. Verlauf der Nacht wie zu erwarten. 3 mal Stillung der Schmerzen mit Injektionen. Aber nichts Beunruhigendes. Nur mäßige Blutung gestern. Die nächsten Tage bleiben ernst. – Leicht bewölkt. – Brief-Arbeit. Abendessen mit Golo und Ed.

Zürich, Freitag den 23. VI. 50

Viel Leid und Kummer um der Schmerzen, die K. zu leiden hat. Morgens immer Anruf bei der Schwester Rösli. Noch Versagen der Blase. Gestern gegen Abend bei ihr. Sie gestand, daß sie vorgestern, nachdem sie Erika u. Golo fortgeschickt, einen nervösen Verzweiflungsanfall gehabt hat. Die letzte Nacht weniger Schmerzen, aber auch weniger Schmerzen. Machte mir gestern Abend nach dem Besuch bei ihr etwas Bewegung den See entlang. Hatte unruhige Nacht. 8 Uhr auf. Kaffee gefrühstückt. Brief an H. Mayer begonnen, schwierig. Tag des Umzugs nach dem Dolder. Brief an Prof. Mayer. Lunch allein. Verteilung von Trinkgeldern. Maria aus der Vergangenheit beim Umzugspacken tätig. 12 Uhr bei K.. Besserung unverkennbar, obgleich das Aussehen sehr angegriffen. Beendete Kerényis Schrift und ruhte etwas. 5 Uhr holte mich Erika ab zum *Dolder,* wo schon leidliche Ordnung. Tische ergänzt. Thee. Weiterschreiben an dem Brief. Gegen 8 zum Schauspielhaus. Loge, »Romeo und Julia« mit Quadlieb, der einen weichen, verwöhnten, ungebärdigen Knaben spielte. Alle sind ungebärdig. Unsterblichkeitsgepräge des Stückes. Sah es bis zu Ende, während Erika schon bei Emmy Oprecht und Golo im Pfauen war. Abendessen dort. Geld aus Basel und für die hiesige Vorstellung. – Im Lauf des Tages Telephon mit Strich und Schweizer. K. sehr glücklich über erstes selbsttätiges Funktionieren der Blase. Es scheint, man ist über den Berg. – Mit Kalser im Pfauen, der den Klosterbruder gespielt hatte und von Beeinflussung durch den »Erwählten« sprach.

Zürich, Grand Hotel Dolder, Sonnabend den 24. VI. 50

Der Weg herauf gestern schwer zu finden. ½ 2 zu Bette. Tief geschlafen bis ½ 9. Naturblick aus den Fenstern. Thee-Frühstück. – Brief an Dr. Mayer beendet und zusammen mit dem an d'Ormesson, dessen Adresse von Flinker kam, befördert. – Bei K., die gottlob Fortschritte macht. Lunch im Speisesaal. Die Lindt zu Diktaten bei Erika. Organisation alter Briefmassen. Einsamer Spaziergang im Wald. Erika vorm Diner aus der Klinik zurück. Deponierung von Geld und Preziosen im Privat-Tresor unten. – Blick auf das Gesellschaftsbild in der Halle unten. Eindruck des Vergangenseins von etwas noch Gegenwärtigem. – Las in der Erstausgabe der »Welt als Wille u. Vorstellung«.

Zürich, Dolder, Sonntag den 25. VI. 50
½ 9 auf. Heiteres Wetter. Gebadet. Kaffee-Frühstück. Telephon-Gespräch mit K. – Organisation und Schreiben von Briefen. – Bei K., die Durchfall und Blutung hatte. Aussehen sehr matt. Neue Sorge. Eingreifen des Arztes. Opium. Rotwein. Kein neues Nähen nötig. – Zum Thee Trebitsch und Frau. Im Garten. Münchener Kellner, hübsch. Erika zu K., während T.'s noch bei mir blieben. Der Münchener, prächtiger Nazi, der nach Südamerika will (?) erbat Autogramm von mir. – Starkes Gewitter. – Bedenkliche Meldungen über den Ausbruch des Krieges zwischen Nord- u. Süd-Korea. Zurückhaltung Londons. Störung des heißen Week-ends in Washington. Beratungen. Einberufung des »Sicherheitsrates«. Die Lage wohl ungefähr wie die in China. Die »Festigkeit« der amerik. Politik auf die Probe gestellt. Moskau sendet die Einheitsforderungen. Offizielle Kriegserklärung wird gemeldet und bestritten. – Das Kabinet Bidault »gestürzt«.

Zürich, Dolder, Montag den 26. VI. 50
½ 9 auf. Bedeckt, kühl. Gute Nachrichten von K.. Dankesbrief von Matthias für Hilfstelegramm. Hübscher Gratulationsbrief von Felix Braun. – Neuer Zustrom von Post. – Bei K., die entschieden besser. – Von 7 bis 8 im Walde gegangen. – Aus dem Handel in Korea wird nichts werden. In Washington erklären die Republikaner, Amerika fühle sich nicht provoziert.

Zürich, Dolder, Donnerstag den 29. VI. 50
Gestern Morgen Diktat von 10 Briefen in die Maschine der Mme Lind. Zur Fertigprobe bei P.K.Z. [.] Von da zu K. nach Hirslanden. Allein mit ihr. Sprach ihr von meinem Vereinsamungsgefühl ohne sie. – Mehreres in dem Klaus-Gedenkbuch. – Sehr warmes Wetter. – Die Geburtstagsnummer des »Aufbau«. – Thee mit Gästen auf der Gartenterrasse: Beidlers und Gisi Fischer, die Sängerin. Bedienung durch den kleinen »Münchener«. ½ 7 Dr. Guggenheim. Mit ihm im Wald. Bei der Rück-

kehr Coudenhoves. Mit ihnen Gespräch in der Halle, allem ausweichend. – Die Zeitungen über Korea. Amerika kehrt Energie hervor, und da Rußland den Krieg doch mehr fürchtet, ist es möglich, daß die Nord-Koreaner vom »38. Breitengrad« zurückbeordert werden. – Heute Morgen früh auf. Etwas erkältet seit gestern. Immer Neigung zu nervöser Erregung. Telephon mit K., deren Darm sehr reizbar. – Viele Briefverpflichtungen. – Hitze dauert an. – Brief-Erledigungen. Ablehnung einer halb-offiziellen Aufforderung, an Stelle Heinrichs nach Ost-Deutschland zu kommen. – 5–½ 7 bei großer Hitze Bücher-Signierungen bei Oprecht. Hunderte von Menschengesichtern. Nachher fuhr E. mich herauf und besuchte K., während ich, recht erschöpft, auf einer Bank ausruhte, dann in den Wald ging. Abendessen mit Herrn von Doehne, einem zarten, anhänglichen Mann. Schrieb auch ihm in seine Bücher. Zog mich bald zurück, konnte aber nicht mehr viel lesen. – Die liegengebliebene Arbeit, zu der gar keinen Frieden habe, u. zu der mir die Gedanken fehlen, bekümmert mich.

Zürich, Dolder, Freitag den 30. VI. 50

Der Geburtstagsmonat, durch K.'s Krankheit einmalig akzentuiert, geht zu Ende. – Stand nach 8 auf, badete, telephonierte mit K. und frühstückte Kaffee. Habe Briefe zu schreiben, z. B. an Neumanns. – Hitze. – Bei K.. Mit Erika zum Dolder-Wellenbad. Lunch dort. Elektrische Wellen, hoch aufspritzend. Vergnügte Menschheit. Zu Hause Tages-Lektüre und Ruhe. Zum Thee überflüssigster Besuch von der Welt: Herr Jakob Wanderer, Witwer, ehem. Geschäftsmann und Schriftsteller. Habe, wie es scheint, sein Stück »Des Kaisers neue Kleider« gelobt. Über Andersen. Er fuhr mit Erika. Beendete Brief an Reisiger. Zum Abendessen Dr. Katzenstein und Frau. Tisch am Fenster. Er glaubt, daß in 10 Tagen Süd-Korea, wo niemand kämpfen will, besetzt u. ein fait accompli geschaffen wird. Mc Arthur setzt aber Fußvolk ein, mit dem er den 38. Br. Grad überschritten hat und reiches Material. England hat sich in Ruhe Amerika angeschlossen, Australien, Canada, auch Indien. Viel stärkeres Engagement von unserer Seite, als von der russischen. – Sehr warmer Abend. Zögernd zu Bette. Ziemlich hohe Dosen Schlafmittel jetzt.

Zürich, Dolder, Sonnabend den 1. Juli

8 Uhr auf. Leichte Bedeckung. Kühleres Wetter angesagt. Besprechung mit Erika wegen der Abreise 9. oder 10. August. Das Problem des Hauses in München. – Briefe. – Zu Einkäufen mit E. in der Stadt: Unterwäsche und Panamahut, gute Qualität. – Lunch bei den Trebitsch in der Dufourstraße. Kamen zu spät für die Hausfrau und ihre Sorge um die Wiener Schnitzel, die gleichwohl noch vorzüglich. Überschwängliche Bewirtung. – Abends vehementes Gewitter und wilder Sturm – ohne Folgen für die außergewöhnliche Temperatur.

Zürich, Dolder, Montag den 3. Juli 50

Gestern Vormittag 1½ Stunden Diktat-Arbeit mit der Lindt. Mittags bei K., die unter Jucken zu leiden hat. Buch von Schweizer »Der Vatikan«, Verfasser J. Bernhardt. Weitere Erledigungen. Das Manuskript von »Meine Zeit« versichert nach Lübeck zur Ausstellung. Gegen Abend im Garten. Immer grüßt der kleine Tegernseer mich strahlend, sagt auch »Herrlicher Abend!« u. dergl.. Welche hübschen Augen und Zähne! Welche charmierende Stimme! Wüßte nicht, daß sein Körper mich anzöge. Aber hier ist etwas fürs Herz, was sich voriges Jahr nicht fand. – Dr. Bollack fand sich ein, schenkte die Langen-Ausgabe von Dostojewskys »Werdendem« in der Übersetzung von Holm, hinterließ viele Erstausgaben zum Signieren. Diskret-indiskrete Erkundigung nach Erika und ob sie etwas gern »spritze«. – Anschließend an ein Gespräch mit ihr über ihren mäßig-gelegentlichen Genuß von Morphium-Derivaten gegen ihre Gallen-Beschwerden. Ist wenigstens subjektiv überzeugt, sich vollständig in der Hand zu haben. Dr. Mann in

Santa Monika konziliant: »Erika, you need it«. Empfahl Verschreibung von ein paar Ampullen. – Nach dem Diner Brief an Frido über sein hübsches Schreiben an K. und seine Märchen zu meinem Geburtstag. – Desch in München antwortet entgegenkommend in Sachen Lesser. – Las im »Vatikan«. Ging wegen der Hitze erst gegen 1 Uhr zu Bette.

Neuer klarer, heißer Tag, ob[wohl] es gestern Abend blitzte. Beim Frühstück Telephon mit K. – Bericht Erikas über die Notlage der Witwe Emil Ludwig. Sic transit – die Bücher bringen nicht einen cent, nach soviel Weltruhm. – Heute in 8 Tagen soll K. hierher kommen. – Blicke in den Roman der Seghers »Die Toten bleiben jung«. Viel Kenntnis vom Volk und gemeinen Leben der Zeit, das jargonmäßig auf den Stil abfärbt, der keiner ist. Ohne Geringschätzung stelle das Fehlen jeder Artistik und sprachlichen Lust fest. Auch der Komik, der Parodie. Hüte mich vor Geringschätzung. Es ist wirklich »sozialistischer Realismus« und große Erzählung. Aber wieviel mehr stehe ich nach der »bourgeoisen«, »formalistischen« Seite, gehöre wieviel mehr zu Joyce und Proust! Selbst zu Huxley. Empfinde dabei Spiel, Witz und Ironie als Leere und meine Unkenntnis des Volkslebens als beschämend. Schließlich ist mein Werk ein Notbehelf – mit einigem Kulturreiz. Wieviel Ruhm und doch auch wieviel dankbare Liebe konnte es eintragen! – Beschäftigung mit dem Manuskript. Kleine Korrekturen im jüngsten Kapitel. – Mittags bei K.. Nach Tische in der Halle mit Mr. Mampell aus Amerika. *Bei* Tische Gespräch mit dem Franz aus Tegernsee, der aushilfsweise bediente. Seine Eltern leben dort und führen »selbst einen Betrieb«, den er später übernehmen wird. Er ist sehr stolz, Ganghofer, Thoma und Slezak gekannt zu haben. Fragte nach seinem Namen, der, glaube ich, Westermaier ist, oder ähnlich, dann nach seinem Vornamen, der die Hauptsache. Was für ein liebes Gesicht und welche angenehme Stimme! »Nun, da ist ja für Sie gesorgt«. Es wäre mir sehr natürlich, Du zu ihm zu sagen. – Keilkissen für mein Bett: wichtige Verbesserung. ½ 6 Uhr Fahrt mit Erika auf der Baden-Berner Straße zu den Salis auf *Burg Brunegg*. Gewitter drohte, kam aber nicht. Gesellschaft Lindtbergs, Roeders u. noch einer oder andere. Wermut im Garten. Schlechtes Abendessen im Rittersaal. Schulter-Gelenk-Heimsuchung des Hausherrn, zu dem ich mich setzte. Wieder-Einordnung des Gelenks im Gespräch. Ließ mir von Lindtberg von dem russischen Monstre-Film »Die Eroberung von Berlin« erzählen. Höchste technische Entwicklung und vorzügliche Schauspielerei nebst kindischer Primitivität. – Bei der Rückkehr 11 Uhr wartete Feist auf uns. Zog mich sehr müde zurück und las noch gespreizte Nachrichten über die Lage in Korea, die Stimmung in London etc.

Zürich, Dolder, Dienstag den 4. VII. 50

Gut geschlafen. Andauer der Hitze. Anruf von Strich. Telephon mit K.. – Post-Erledigungen. Beschäftigung mit dem Manuskript, der Vorlage. Annäherung an die Erzählung. – Bei K.. – Zum Lunch Feist. Bilder von dem Goethe-Bassermann-Abend. – Brief von der Herz wegen ihrer Anstellung in Yale. Gleich warnend beantwortet. – Feuchte Hitze fortwährend. Klima von Washington. – Einladung von Korrodi. – Nicht gegangen. Aus dem Garten geholt zum Telephon mit K.. – Nach dem Diner in dem Vatikan-Buch. Geplagt von der Hitze. Die Beruhigungsmittel taten das Ihre.

Zürich, Dolder, Mittwoch den 5. VII. 50

½ 8 auf. Noch einige Frische, Wind. – Nach dem Frühstück rasiert. – Nach verschiedener Beschäftigung das neue Kapitel zu schreiben begonnen. – Mittags bei K.. 1 Uhr im Baur au lac zum Rendez-vous mit Korrodi und seinen jungen Freunden. Gewitterregen. Fahrt zum Elternhaus des jungen Dr. Althof zum Lunch. Platzregen. Ostasiatische Sammlung. Gute Mahlzeit in angenehmer Umgebung. Freundliche Unterhaltung, Personalien. – Nachmittags Besuch von Motschan und Frau. – Nochmals nach Hirslanden. Von dort etwas aufwärts gegangen. Nach dem Diner erörtert Erika mit dem Direktor Zimmerwechsel, um K. für Montag ein größeres zu verschaffen. – In dem Vatikan-Buch.

Zürich, Dolder, Donnerstag den 6. VII. 50

Nachts viel Regen. Frischer Morgen. Wachte zuviel auf. Begann den Tag ½ 8 Uhr. Gebadet. Vergnügen am Kaffee mit Milch, Hörnchen, Butter und Honig. Sehe den kleinen Westermaier zu wenig. Telephon mit K., die heute eine kosmetische Operation zu bestehen hat. – Allerlei Briefe. Etwas am Kapitel gebastelt. Warmer Brief von Korrodi nebst dem kleinen Epos von Rychner. Brief von der Lowe wegen K.. Mittags bei dieser. 5 Uhr Fahrt nach *Burg* im Aargau zu Baslers. Wirklich angenehmer Ausflug. Geschmackvolles kleines Haus, von der Frau entworfen, auf einer Anhöhe von schönster Umsicht. Liebe, herzensgute, getreue und wohl unterscheidende Leute, vertrauenswürdig durchaus. Hatte schlechten Magen und nahm Kohle-Wermut bei ihnen. Abendessen in der schön gelegenen Schloßwirtschaft des reichen Cigarren-Fabrikanten. Schlichte Millionäre. Harmonische Unterhaltung. Viel über Hesse, Heinrich, die Dummheit der Deutschen. Seine instinktsichere Ablehnung Jüngers und auch Wiecherts. Unterwegs die adlige Wasserburg aus dem 12. Jahrhundert, großartig. Glatte Heimfahrt in 5/4 Stunden. 12 Uhr zu Bette.

Freitag den 7. VII. 50. Zürich, Dolder

Seit gestern ratternde Straßenbau-Maschine vorm Haus. Sehr quälend. ½ 9 Uhr auf. Telephon mit K.. Bericht über gestern. Hat etwas Schmerzen von der Operation an der Brust. – Bedecktes Wetter. – Müde von gestern. Hatte auf allerlei Briefliches einzugehen. Kam nicht zum Manuskript. Mittags bei K.. Ankunft Therese Giehses, die nachmittags K. (zu lange) besuchte. Als wir uns zum Besuch von *Prof. Traugott* aufmachten, kleines Gespräch mit Westermayer, den ich lange nicht gesehen. Sehr liebe Stimme. Er glaubte mir berichten zu sollen, daß »der Zuckmaier da ist«. Möchte noch etwas in der Schweiz bleiben. Möchte in ein Hotel in Genf »in die Küche« und französisch lernen. Erika zupfte mich am Ärmel, während ich noch in sein Gesicht sah, und schalt mich unbeherrscht. Hätte auch wohl das Gespräch in der Halle nicht länger ausdehnen dürfen, war aber gleichgültig gegen Blicke, die etwa die Herzlichkeit meines Abschiedsnickens beobachteten. Er merkt sehr wohl, daß ich ihn gern habe. Sagte übrigens zu Erika, das Wohlgefallen an einem schönen Pudel sei nichts sehr Verschiedenes. Viel sexueller sei dies auch nicht. Was sie nicht ganz glaubte. – Bei Traugotts also, seiner verheirateten Tochter, seinem in Amerika aufgewachsenen Neffen. Brachte dem Professor einen dankbar signierten »Faustus«. Die Unterhaltung nicht langweiliger als eine andere. Von da nach Zollikon zu *Mosers* zum Abendessen. Über Kinder und Enkel. Die Begeisterung des Alten für die Größe und Macht Amerikas. Man hat einzulenken. Bilder der Bübchen in verschiedenen Stadien. Schieden bei Zeiten.

Zürich, Dolder, Sonnabend den 8. VII. 50

Nachdenken über meine Gefühle für den Kleinen, die wirklich viel von Liebe zur Creatur haben. Gehen im Begehren nicht weit. Zu dem Reiz gehört der Gedanke, daß Tausende ein kurzes Gespräch als Glück und Auszeichnung genießen würden – wovon ihm etwas vorschweben mag. Ungerechtigkeit der Liebeswahl. Dann klingt an: »Wer das Tiefste gedacht, liebt das Lebendigste«. Oft zitiert! – Nachts träumte mir, daß Frido eigentlich ein Mädchen sei, was mir sehr unlieb war. – – Heiteres, nicht zu warmes Wetter. Nach einigen Post-Erledigungen (Zbg.-Korrekturen für Wien) etwas am neuen Kapitel geschrieben. Mittags bei K., deren Genesung glücklich fortschreitet, die aber noch vieler Schonung bedarf. – Mit der Post Geburtstagsrede von Harold Nicolson, gehalten im 3. Programme des B.B.C., sehr anmutig und warm. Brief von Adorno nebst Artikel über W. Benjamin. Ein Privatdozent J. Kunz hat in Frankfurt eine »3stündige Semestralvorlesung« über mich mit großem Anklang gehalten. Sollte in jedem Brief von mir vorkommen, wie die Vorlesungen des »geistreichen Dänen Dr. Brandes«. – Noch Gratulationen über P. P. eintreffend. Hübscher Brief von Herm. Kesten. Danksagungen. – Das Gefühl für den Jungen geht recht tief. Denke beständig an ihn und versuche, Begegnungen herbeizuführen, die leicht zum Anstoß werden könnten. Seine Augen sind garzu hübsch, seine Stimme garzu einschmeichelnd, und obgleich mein Begehren nicht weit geht, sind doch meine Freude, Zärtlichkeit, Verliebtheit enthusiastisch und untergründen den ganzen Tag. Gern würde ich ihm Liebes tun, ihm nach Genf helfen oder dergleichen. Das Gefallen, das ich an ihm finde, hat er gewiß längst schon bemerkt, – was natürlich meinen Wünschen entspräche. Hätte nicht gedacht, daß diese Reise noch dergleichen mit sich bringen würde. Auf der vorigen gab es nichts »fürs Herz«. War versucht, auf der Terrasse Thee zu trinken, unterließ es aber und ging im Walde auf schönen Wegen, ohne ihn beim Weggang und bei der Rückkehr zu sehen. Erika unterdessen bei K.. Mit beiden scherzend über ihn und mein Faible. – Rückkehr Erikas mit Therese Giehse, die mit uns zu Abend aß. Nachher mit ihr in meinem Zimmer. Viel über Brecht und sein Theatergenie bei wirrem Doktrinarismus theoretisch. – In Amerika partielle Mobilmachung, Einberufungen, Beginn einer Kriegswirtschaft. Leichtes Grauen vor der Rückkehr. Editorial von Lippmann über den Unterschied zwischen Hitler und Stalin, der dessen Fehler zu vermeiden sucht, hauptsächlich indem er, diabolischer Weise, Verträge *hält*. Sehr komisch.

Zürich, Dolder, Sonntag den 9. VII. 50

Schönster, klarer, frischer Morgen. Gedanken an den Jungen. Sehr hinreißend ist die Leidenschaft nicht, da ich mich nicht gleich rasierte und fertig machte, um im Garten bei ihm zu frühstücken. Scheu, Diskretion oder Bequemlichkeit? – Trank Kaffe wie gewöhnlich und nahm ein Bellergal dazu. Telephon mit K., die auf ihrer Terrasse entzückt von dem schönen Morgen. Kirchenglocken. – Nach einigen anderen Erledigungen und einem längeren Brief an Rychner über sein »Epyllion« etwas getan am Kapitel. – Bei K. in der Klinik. Besprechungen, Beratungen wegen ihres Umzugs, neuer Zimmer, Erikas Zimmer. – Lunch mit Feist, der sich verabschiedete. Las Nicolsons Rede und Adorno über Benjamin. Beeindruckt. – Zum Thee auf der Terrasse der Schauspieler Kalser. Beflissen, belesen, strebsam. Darf im September den Shylock spielen, was ihn stolz und bedenklich beschäftigt. Kaum gewachsen. War erregt, weil ich F. W. auf der Terrasse erwartet hatte. War aber nicht da. Fühlte mich nicht wohl, ging aber mit Kalser in den Wald und echauffierte mich zu sehr. – – *Noch einmal also dies, noch einmal die Liebe*, das Ergriffensein von einem Menschen, das tiefe Trachten nach ihm – seit 25 Jahren war es nicht da und sollte mir noch einmal geschehen. Abends, zum erstenmal, servierte der Junge bei uns. Berufsmäßige Gewandtheit, Höflichkeit und »Virtuosität« der Bewegungen. Blick für seine Mängel, das Profil nicht sangeswürdig, während en face das Gesicht unendlich gewinnt und die diskrete, höfliche, von Münchener Dialekt gefärbte Stimme zu »Herzen« geht ... Der Nacken zu plump. Der Wuchs kräftig. Muß etwa 25 Jahre alt sein, kein Knabe, sondern ein junger Mann. Braunes Haar, etwas gewellt. Die Hände feiner als ich dachte. Wechselte einige Worte mit ihm. Er schaute anfangs nach mir, ob ich seine Gegenwart bemerkte, war aber nachher nicht viel da; der französisch sprechende Italiener, mit schwarzer Schleife, servierte meist und ließ ihn nur zu entfernteren Handreichungen zu. – War sehr bewegt nachher und froh der Ruhe meines Zimmers. Erika fuhr noch zur Stadt, um die Giehse zu treffen. Adornos Gescheitheit wirkt als Quietiv. Vorübergehend ...

Zürich, Dolder, Montag den 10. VII. 50

Nachts, nach kurzem Schlaf, gewaltige Ermächtigung und Auslösung. Sei es darum, Dir zu Ehren, Tor! Ein gewisser Stolz

Das 7. Kapitel

auf die Vitalität meiner Jahre, wie auf das ganze Erlebnis, spricht mit. Banale Aktivität, Aggressivität, die Erprobung, wie weit er willens wäre, gehört nicht zu meinem Leben, das Geheimnis gebietet. Es ist auch keine Gelegenheit und Möglichkeit dazu. Zurückschrecken vor einer *nach ihren Glücksmöglichkeiten sehr zweifelhaften Wirklichkeit.* Gestern mit Kalser über die unglaublich hierzulande verbreitete Homosexualität und über Wälterli[n], der seine Stellung höchst aktiv ausnutzt. Sonderbar, daß es nicht zum Skandal kommt. – – Zimmerbesichtigung. Beschluß, es für die wenigen Tage hier beim Alten zu lassen, da anderes nicht recht passen will. Erika zieht in den unteren Stock. – Allerlei Post. Kann mich weder für das Ermunternde noch das Widerwärtige recht interessieren. Sehr schlimm die Halbjahresabrechnung von Knopf, die 9 Dollars beträgt. Kaum zu verstehen und K. noch vorzuenthalten. Brief an Knopf beschlossen. Erfreulicher ein Brief Angells über den Plan des Gesamtankaufs der Exhibition. – – Englische Briefe an Angell und andere. Sonst nichts gearbeitet. Mittags Besuch bei K.. Fuhren 5 Uhr wieder nach Hirslanden. Erika packte für K., die zum erstenmal im Straßenkleid war. Gaben von Büchern u. Süßigkeiten an die Schwestern, die zum Wagen hinunterkamen, zu dem ich K. führte. Fahrt hier herauf und Einführung in die Zimmer, mit denen K. sehr zufrieden. Begab sich nach einigem Verweilen bei mir in ihr mit Keilkissen wohl vorbereitetes Bett. Etwas Korrespondenz. Von Feist englisch-deutsche Hamlet-Ausgabe zum Geschenk. – K. hatte zeitig ihr Abendessen im Bett. Aß noch mit E. allein. Den Erreger bekam den ganzen Tag nicht zu Gesicht. Las etwas in Spittelers kleinen Schriften, über Opern, Heine, Nietzsche, Persönliches. Erinnert in der Art der Mitteilung zuweilen an Hesse.

Zürich, Dolder, Dienstag den 11. VII. 50

Nicht sehr gut geschlafen. Störung durch Magen und Ohr. 8 Uhr auf. Heiterer Morgen. Begrüßung mit K. nebenan. Über die schlechte geldliche Lage in New York mit ihr noch nicht gesprochen. Abreise nach Sils Maria schon nahe. Komme aus der nervösen Verfassung halben Unwohlseins nicht heraus. – Brief an Adorno. Besuch von Oprechts. Mittags mit K. einige Schritte in den Wald. Lunch zu dritt. 5 ¼ Uhr die Lindt, der eine Reihe Briefe diktierte. Ausfertigung. Eintreffen Golos in Abwesenheit der Frauen, die zur Massage nach Hirslanden gefahren. Mit ihm bei mir nach ihrer Rückkehr. Bericht über Berlin und den Lasky-Congreß, bei dem doch der Widerstand gegen die Domination der Exkommunisten erheblich gewesen sein soll. Sein Vortrag in Heidelberg, erfolgreich. Seine Verhandlungen in München wegen des Hauses, das zum Wohnungs-Miethaus restauriert werden soll, und wegen der Pr.'schen Erbangelegenheit. Diner mit ihm. Moët-Chandon zur Feier von K.'s Wiederkehr. – Durchtränkt und überschattet alles von entbehrender Trauer um den Erreger, Schmerz, Liebe, nervöse Erwartung, stündliche Träumereien, Zerstreutheit und Leiden. Sah sein Gesicht, das es mir angetan, einmal flüchtig bei der Herabkunft im Lift. Er wollte nichts von mir wissen. Sein Interesse an meiner Teilnahme scheint mir erloschen. Weltruhm ist mir nichtig genug, aber wie garkein Gewicht hat er mehr gegen ein Lächeln von ihm, den Blick seiner Augen, die Weichheit seiner Stimme! Platen und andere, von denen ich nicht der Unterste, haben das in Scham, Schmerz und mutlosem Gefühl, das dennoch seinen Stolz hat, erlebt. Wie gering dabei die Energie zur Wirklichkeit. Schließlich bestünden Möglichkeiten, dem Gefühl zielstrebig nachzugehen, Begegnungen herbeizuführen. Wenn ich mich morgens gleich anzöge und auf der Terrasse frühstückte, könnte es leicht sein, daß er Dienst für mich hätte. Außer der Scheu vor der Erschütterung und außer dem Zwang, das Geheimnis zu wahren, ist es sogar Bequemlichkeit, was mich abhält, – Widerwille gegen Aktivität und Unternehmen, bei soviel Ergriffenheit! – Drei Tage noch, und ich werde den Jungen überhaupt nicht mehr sehen, sein Gesicht vergessen. Aber nicht das Abenteuer meines

Herzens. Aufgenommen ist er in die Galerie, von der keine »Literaturgeschichte« melden wird, und die über Klaus H. zurückreicht zu denen im Totenreich, Paul, Willri und Armin.

Zürich, Dolder, Mittwoch den 12. VII. 50

Mit den Hilfsmitteln sehr gut geschlafen, zuerst einige Stunden im Stuhl. Die Abspannung tut wohl. 8 Uhr auf. K. begrüßt. Gebadet. – Wetter kühl und bedeckt. – Gestern Abend Spitteler über Nietzsche, merkwürdig zu lesen. – Korrespondenz. Am Mt. etwas gebastelt ohne eigentliches Vorwärtsstreben. Dankbrief von Rychner, sehr glücklich, mit seinen Gedichten. Sehr hübsche Anzeige des franz. Faustus aus »Les Études«, Paris. Betonung des religiösen Elements. Citat aus einem Brief von mir an den Verfasser. Mit K. und Golo im Walde. Ging etwas weiter allein, während sie mich auf einer Bank erwarteten. Lunch mit Golo, ohne Erika. Eine freundliche Fügung wollte, daß der Junge während des größeren Teils der Mahlzeit bei uns servierte. Zulächeln. Ich zeigte ihn K.: »Der aus Tegernsee«. Zulächeln und Koketterie. Nannte ihn Franzl. Bat um anderen Salat. Er bediente mit höflicher Zierlichkeit, auf die er sich beruflich zugute tat. Fragte nach seinen Aussichten in Genf. »Noch keine Stelle«. Wonach ich eben gefragt hatte. Zündete mir die Cigarette an. Warten auf das brauchbare Brennen des Zündholzes in seiner hohlen Hand. Zulächeln. Von seinem Gesicht, seiner Stimme wieder tief entzückt. K. fand seine Augen sehr kokett. Sagte ihr, er wisse längst, daß ich ein Faible für ihn habe. Später verschwand er. War sehr glücklich und bewegt über die freundliche und schlichte Erheiterung der Beziehung. – K. mit E. nachmittags zur Massage. Ich signierte den ganzen Riesenhaufen von Büchern, die von Oprechts hier lagern. Hielt mich danach im Garten auf. Vorm Diner Verabschiedung von Golo, der nach Italien geht. Als ich K. vom Essen wegführte Begegnung mit Jenem. Grüßte ihn unnötiger Weise mit »Hallo«, worauf er nur ernst und unvertraulich mit Beugung erwiderte. Verdunkelung und neue Schmerzlichkeit. Hätte ich mehr Geistesgegenwart. Ihm 5 Franken zu geben für sein gewandtes Service heute Mittag, wäre recht gewesen. Furcht, daß es zu keiner Gelegenheit mehr kommen könnte, ihm Freude zu machen. – Erikas ernster Brief an Knopf. Unterzeichnet. – In Spittelers Schriften. – Schlief ein im Gedanken an den Liebling, wie ich im Gedanken an ihn erwache. »Da wir noch von Liebe litten«. Man tut es noch mit 75. Noch einmal, noch einmal! Wie ganz ist es das Alte mit seinem Kummer und seinen Aufhellungen.

Zürich, Dolder, Donnerstag den 13. VII. 50

Nachts gestört durch die Ohren. Schöner klarer Morgen. Gespräch mit K., der ich die amerk. Abrechnungsaffaire anvertraute. Handelt sich garnicht um die eigentliche, über Brand u. Brand gehende, sondern um eine gewohnte kanadische Nebenzahlung. Schrecken und Geheimhaltung ganz unnötig. K. ist trotzdem für Absendung des Briefes, um Knopf zu Informationen anzuhalten. Die eigentliche Abrechnung wird wohl knapp sein, aber nichts ganz Unerwartetes bringen. Ein paar Tausend Dollars sind immerhin zu erwarten. – – Brief an Agnes Meyer mit Bericht über K.'s Krankheit. Mit K. im Wald. Etwas allein gegangen. Beim Lunch war zeitweise der Berücker in der Nähe. Schenkte ihm 5 Franken, weil er »gestern so nett serviert« habe. Unbeschreiblich der Reiz des Lächelns seiner Augen beim Danksagen. Zu schwerer Nacken. Freundlichkeit K.'s gegen ihn, um meinetwillen. Sie fand sein Verhalten gegen andere Aufwärter frech. Sehr möglich, daß der ehrliche junge Schweizer Angestellte, der sich neulich den »T.K.« von mir signieren ließ (zu Oprecht hatte er nicht kommen können), und der sich heute so bescheiden dafür bedankte, ein besserer Charakter ist, als der, dessen Gesicht ich leider werde vergessen müssen. Natürlich sind die Schweizer besser und sanfter als die Deutschen. Aber ein solcher muß es mir antun und eingehen in die Galerie ... Brief an den Schriftsteller O. M. Fontana in Wien. Hielt mich danach lesend im Garten auf. Emmy Oprecht gesellte sich zu mir. Apéritivs mit dem Paar, K. und Erika in der Halle. Diner zu fünfen am Ecktisch. Zum Teil bediente wieder der Junge. Ich war müde, leidend, bedrückt und nervös durch seine Gegenwart. Ernst. Es quälte mich und ich nahm nicht teil, als Erika von dem Anbietenden sagte: »Dieser Herr ist aus München etc.« Tiefes Leiden. Appetitlos. War froh als aus Rücksicht auf K. Oprechts gingen und ich bei mir allein seiner Nähe ledig war. Er stand einmal so dicht neben mir, und ich sagte ihm, für mich sei die Tomatensuppe. Sein sehr höfliches Reagieren. Er legt mit etwas gezierter Sorgfalt vor. Er war plötzlich herbeigeeilt und hielt mir das Zündholz zur Cigarette. Mein Aufblick war müde. Ich sah, wie er sich auf eigene Hand über eine gespenstisch aufgeputzte dürre Alte amüsierte, die zu einer national unbestimmten Nachbar-Party gehört. Er schaute und lachte, halb respektvoll für sich. – Von Erika besorgt, neuer seidener Schlafrock, da der mitgenommene, ein Geschenk der Meyer, im Rücken in Fetzen ging und sich als Okkasionsschund erwies, charakteristisch für ihr Schenken. – Die Beruhigungen durch Sekonal, Trasentine, Tropfen eine Wohltat. Einschlafen im Stuhl, nachdem K. mir bei der Spülung der Ohren mit Alkohol geholfen.

Zürich, Dolder, Freitag den 14. VII. 50

Einige Stunden tief geschlafen. Früh erwacht mit Gefühl des Leidens. Es wird gepackt heute. Um 11 Uhr wird die München-Küsnachter Maria zu dieser Arbeit kommen. Ich weiß nicht, ob irgend eine günstige Gelegenheit sich finden wird, ihm Adieu zu sagen, ihm Gutes zu wünschen. Vorbei. Vielleicht ist es schon vorbei, und es wird wohl eine Erleichterung sein – die Rückkehr zur Arbeit als Ersatz für das Glück, so muß es sein. Es ist die Bestimmung (und der Ursprung?) alles Genies. – – – Einige Korrespondenz. Die Maria. Beginn des Packens. Sehr drückende Luft. War auf der Terrasse, auf der Veranda. Regen.

Franzl bediente vorwiegend. Ruhige freundschaftliche Unterhaltung mit ihm über seine Genfer Wünsche, die Empfehlung durch einen Freund, Sohn eines hiesigen Hoteliers, an den Direktor des Hotel du Rhône. Mitteilung unserer morgigen Abreise. »Oh!« Das unvergleichlich liebe Gesicht. War recht glücklich (sic venia verbo) und beruhigt nachher. Gefühl tröstlicher Harmonie. Von Sils Maria, dem Engadin wußte er nichts. Kam wieder und wünschte uns droben gutes Wetter. – Hatte zum Thee Dr. Beidler und einen politischen Freund in der Halle. Der Junge benutzte ein Vorübergehen zu freundlichem Gruß, den über die Köpfe der über Korea sprechenden Gäste hinweg vertraut erwiderte. – Packerei. – Acht Uhr Abendessen. Gebackenen Sole. »Er« war in der Halle. Als ich K. beim Weggehen die Stufen hinaufführte, stand er, offenbar wartend, gerade aufgerichtet in der Nähe des Lifts und wollte sich verabschieden. Wir schüttelten uns lange die Hände. Er: »Wenn wir uns nicht mehr sehen sollten«. Ich wußte nicht mehr als: »Franzl, alles Gute! Sie werden ihren Weg schon machen!« Er war nicht ganz unbewegt. Das unvergleichlich liebe Gesicht. Eilte herbei zum Lift, sagte beim Einsteigen mit seiner leisen, weichen Stimme noch etwas von Wiedersehn, worauf ich nichts mehr zu antworten wußte. »Ein goldiger Bursch!« zu K., die meinte: »Du hast nun die Sympathie.« Rühmte sehr glücklich gegen Erika, wie reizend er Adieu gesagt. Froh, daß schließlich eine gewisse Harmonie über dem Ganzen liegt. Schmerzlich und dankbar bewegt. Er hat meine Zuneigung wohl gefühlt, insgeheim auch das Zärtliche daran, und sich ihrer gefreut. Er sah, mit welcher Ehrerbietung Beidler sich in der Halle von mir verabschiedete. Die Eroberung, die er an mir gemacht, muß seinem Selbstvertrauen zuträglich sein, vielleicht zu sehr. Wahrscheinlich war ihm dergleichen noch nicht geschehen. Es ist so gut wie gewiß, daß ich ihn nie wiedersehen, auch nichts von ihm hören werde. Leb wohl in Ewigkeit, Du Reizender, später, schmerzlich aufwühlender Liebestraum! Ich werde noch etwas leben, noch etwas tun und sterben. Und Du reifst auch auf deinem tieferen Wege und gehst einmal dahin. O, unfaßliches Leben, das sich in der Liebe bejaht.

Sils Maria, Sonntag den 16. VII. 50. Waldhaus
Er hatte Gemüt, er spürte meine Liebe und war stolz genug darauf, sie in einem gewissen Grad zurückzugeben und den Abschied als einen Abschied zu empfinden. Am Lift zuletzt sagte er: »Vielleicht sieht man sich doch einmal wieder, Herr Mann.« (Ich mag die Anrede nicht.[)] Aber wie leid ist es mir, daß ich nicht die Ruhe hatte, noch etwas Herzliches darauf zu erwidern. »Ich hoffe es. Ich habe Sie immer gern gesehen.« Man flieht. Und doch war der Abschied tröstlich und beglükkend. – – Mein Herz war weich während der vom Wetter begünstigten Fahrt gestern, während des freundschaftlichen Zusammenseins mit Schweizer in Ragaz und der Überschreitung des Julier. Malheur mit dem Verlust meiner Mäntel, die vom Dache fielen. Kamen ½ 7 Uhr hier. Die Direktoren Vater und Sohn. Die Zimmer im 4. Stock mangelhaft bei schöner Aussicht, nach Westen gelegen, sonnenlos. Das Wetter klar. Auspacken mit Hilfe des Mädchens. Anordnung meiner Dinge schwierig. Schreibtisch wurde geliefert. Sehr müde gestern Abend, aber Erwachen um 4 Uhr und große Unruhe und Herzeleid. K., die herüberkam, sagte ich frei, daß ich »Zeitlang« nach dem jungen Menschen habe. Nahm zusätzlich Baldrian und schlief noch etwas. 8 Uhr auf. Warmwasser-Kalamität und der Drang wieder auszuziehen. Vermissen der Sonne. Gefroren. Warmes Bad wurde nach dem Frühstück langsam zustande gebracht. Wollene Weste. – Sehr hübsche Sendung vom Südwest-Rundfunk, Baden-Baden über »Adel des Geistes«. – Kalt. Gestern Abend war geheizt. Weiß nicht recht, was ich tun soll. Aussicht auf See und Gebirg spricht wenig zu mir, obgleich mich gestern die Fahrt durchs Schweizerland wie immer herzlich freute. Der Gedanke meiner »letzten Liebe« erfüllt mich dauernd, ruft alle Unter- und Hinter-

gründe meines Lebens wach. Der erste Gegenstand, Armin, wurde zum Trinker nach dem Verfall seines Zaubers durch die Pubertät, und starb in Afrika. Auf ihn meine ersten Gedichte. Er lebt im »T.K.«, Willri im »Zbg.«, Paul im Faustus. Eine gewisse Verewigung haben alle diese Leidenschaften gewonnen. Klaus H., der mir am meisten Gewährung entgegenbrachte, gehört die Einleitung zum Amphitryon-Essay. – Plan, den Zurückgelassenen per Karte um Nachricht über das Gelingen seiner Genfer Wünsche zu bitten und ihm zu sagen: »Ich habe Sie nicht vergessen.« – – –

Sils Maria, Montag den 17. VII. 50. Waldhaus

Gestern Vormittag fuhren wir aus und besichtigten Wohnungen im Hotel Sils Baseglia und Suvretta Haus. Dieses das anziehendste für mich. Geräumigkeit und Luxus. Hoher Preis freilich, und der Umzug schreckt. Hier elende Wasserverhältnisse und Unerfreulichkeit. Tausch mit Erika immerhin ernstlich erwogen. Der alte Wirt kümmert sich sehr um unser Bleiben. Unentschlossenheit. – Nachmittags zum Thee nach St. Moritz zu Hansemann. Nachher plötzliche Autopanne, technisch schwer begreiflich. Erhitzung und Verlust des Wassers. Langer Aufenthalt bei einer Garage. Kühl, und ich bin ohne Mantel. Saß mit K. in einem Omnibus. Fahrt des Monteurs mit Erika den Julier hinauf nach Ausspülung. Wiederherstellung, nicht ganz vertrauenswürdig. – Bei Tisch leicht humoristische Besprechung mit Erika und K. über meine Absicht, dem kleinen Westermeyer meine Empfehlung anzubieten. Frage der Schicklichkeit und Natürlichkeit. Es läßt sich machen. – Las über die Geschichte der Katholischen Kirche.

Von 4 Uhr an wieder Unruhe. Morgens Zorn über die Wasserkalamität (kein Druck; Warten auf warmes Wasser). Thee – Frühstück auf dem Balkon. Sehr kühl. Schrieb die Schlußworte von »Meine Zeit« ab für eine Autogramm-Ausstellung in Göppingen, Württemberg. Schrieb noch einen anderen Brief. Schrieb Folgendes an den Zurückgelassenen: »Herrn Franz

Westermayer, Employé du Grand Hotel Dolder, Zürich. Lieber Franzl, es würde mich freuen, von Ihnen zu hören, ob der Brief Ihres Freundes an den Hotel-Direktor in Genf abgegangen ist und ob er vielleicht schon Erfolg gehabt hat. – Wenn ich selbst Ihnen mit irgend einer Empfehlung nützlich sein kann, so sagen Sie es mir, bitte. Ich tue es sehr gern. – Mit freundlichen Grüßen T.M.« – Ein trockenes Dokument der Anteilnahme. Wird er antworten? Und wie? Natürlich fällt das Schreiben ihm schwer. Und doch, wie verlangt mich danach, daß etwas von der Hand, die herzlich die meine drückte, mich erreicht.

St. Moritz, Suvretta Haus. Nach einigem Hin und Her, zum Leidwesen des gutmütigen alten Direktors Beschluß, hierher umzusiedeln. Packen, bei dem Erika u. das Mädchen tätig. K. und ich hatten noch Lunch im Waldhaus, gaben Trinkgelder. Erika fuhr voran mit dem Gepäck und holte uns nach dem Kaffee. Der Concierge 10 Franken für sichere Nachbeförderung der Post. Fahrt hierher. Begrüßung durch den Direktor. Gute, geräumige, bequeme Zimmer. Erika packte aus für mich, das Mädchen, italienisch, für K. Sehr angenehm installiert. Das Bedürfnis nach dem gewohnten Styl war unwiderstehlich, die Umstände für K. hier weit günstiger. Bestellung einer Masseuse. – Vormittags vorm Umzug Besuch von Motschan, der in St. Moritz ein Haus gemietet. Erzählungen von Amerikanischer Wirtschaftsdiktatur, herrische und mit Boykott arbeitende Einmischung in schweizerisch-russische Geschäfte. Die Russen kaufen viel pharmazeutische Ware, was auf Kriegserwartung deutet. In Amerika Teil-Mobilmachung. Der Kongreß in gewisser Bestürzung, die Militärs »ernst« gestimmt, was nicht enthusiastisch meint. Vermittlungsangebot Nehru's an Acheson und Gromykow. Heilige Versicherungen, daß man nicht vor dem militär. Siege verhandeln werde. Mit viel Blut und Geld wird man natürlich siegen. Und was hat man dann? Die störrige Plumpheit der amerik. Politik tritt nun mehr und mehr zu Tage. Man kann nicht zurück; das »Prestige« ist zu stark engagiert. Man gibt vor, im Namen der Verein. Nationen zu handeln und ist im Grunde ganz allein.

St. Moritz, Dienstag den 18. VII. 50. Suvretta-Haus

»Gern, Frau, das ist wahr,
küßt ich ihn auf das Haar,
und, gäb' er Freude kund,
dann auf den Mund.«

Die Verse aus Sibyllas Gebet fielen mir merkwürdiger Weise erst heute Morgen wieder ein. Unruhiger Schlaf, labile Nerven, bewegtes Herz. Dabei Genugtuung über die Bequemlichkeit der Wohnung mit schönem Blick auf See, Wald, Hochgebirg. Wasch-Kabinett, Geräumigkeit. – Gestern Diner im Speisesaal, der an den eines großen Dampfers erinnert. Beim Kaffee in der Halle Gespräch mit K. und Erika über die Lage in Amerika und unsere Zukunft dort im Falle des Krieges und selbst des fort währenden Halbkrieges bei sich steigerndem Chauvinismus und Verfolgung jedes Nonkonformismus. Entziehung des Passes ziemlich sicher, wenn sie nicht generell wird für alle amerk. Bürger. Nach Erika ist Golo der Meinung, daß wir jetzt überhaupt nicht zurückkehren sollten. Der Gedanke einer wiederholten Emigration spukt längst, und dies Tagebuch kehrt gewissermaßen zu seinem Beginn, Arosa 1933, zurück. Die Ablösung von Amerika müßte sehr leise und vorsichtig geschehen. Erika würde dorthin fahren und die Räumung, Vermietung oder den Verkauf des Hauses einleiten. Die Frage der Staatsangehörigkeit und -Papiere jedenfalls sehr schwierig. Aber wohl gewiß, daß wir im Fall unserer Rückkehr jetzt nicht mehr herauskämen und das Land eine große Falle für uns wäre. – Einige Wochen Frist zur Beobachtung und Überlegung. Meine literarische Stellung und Ansehen drüben bis jetzt intakt. Verhalten der N.Y. Times beim Geburtstag und der Yale-Ausstellung. Ein Kriterium ist das Erscheinen oder Doch-nicht-Erscheinen von »The Years of my Life« bei

Harpers. – – Heute zeitig erwacht und ½ 8 Uhr auf. Bei K.. Gebadet. Thee-Frühstück mit Ei, Honig und Schwarzbrot. Gute Bedienung. Windstill. Einige Bewölkung. Der Direktor sagte gestern, daß das Barometer noch steigt. – – Schrieb einen englischen Brief. Machte Notizen für Gregorius. Ging in der Mittagssonne mit K. den Waldweg ein Stück. Lunch im Speisesaal. Wiederholte Gespräche über die Lage und unsere Zukunft. Die Erinnerung an Arosa 1933 sehr lebhaft. Und doch denke ich immer wieder, daß es bei meiner Stellung in Amerika, den vielen Freunden, die ich dort habe, das Vernünftigste sein wird, nach Hause zurückzukehren, aller Politik abzusagen, etwas Merkwürdiges zu schaffen und die Dinge abzuwarten. Im Falle des Weltkrieges ist Europa ebenfalls fürchterlich. Überall lebt man auf gut Glück. – Ablehnung praktischer militärischer Hilfe von allen Staaten. Die U.S. führen ihren Interventionskrieg allein. – Bekam von Mühlestein seine Michelangelo-Übersetzung (neben dem Original), die mich in ihrer tragischen Aufgewühltheit und ihrem Liebesleid tief bewegten.

»Perchè pur d'ora in ora mi lusinga
La memoria degli occhi e la speranza,
Per cui non sol son vivo, ma beato . . .«
Und so vieles andere! – –

St. Moritz, Mittwoch den 19. VII. 50

»Che cosa è questo, Amore,
Ch'al core entra per gli occhi?«

»Ob auch die Zeit mich stündlich spornt und drängt:
Gib Du der Erde wieder
Die kranken, wandermüden Glieder –,
Ist doch der Lieb' kein Ende noch verhängt,
Die mich mit Qual und ach, mit solcher Lust bedrängt!«

»La forza d'un bel viso a che mi sprona?
Ch'altro non è ch'al mondo mi diletti!«
»Mag sein, daß mehr, als ich zu glauben wage,
Dein Geist die reine Glut, die in mir brennt,
Mitfühlend, ja vielleicht erwidernd, kennt ...«

»Nel vostro fiato son le mie parole.«
»In Deinem Atem bildet sich mein Wort.«

»I'mi son caro assai più ch'i non soglio;
Poi ch'i t' ebbi nel cor, più di me vaglio ...«

»So wär's denn Zeit: schenkt mir den schönen Trug!
Was könnte ehrlich Lieben andres hoffen,
Als was geliebtes Antlitz ihm von außen zeigt?«

»Ch'all'alte cose nuove
Tardi si viene e poco poi si dura.«
»So suchte immer die Natur
Zeiten und Zeiten lang, bis sie dein Antlitz schuf.«

Immer ist vom Antlitz die Rede und von der »Forza d'un bel viso«, der man unterliegt. Wie ganz entstand mein Gefühl aus dem Anblick seines Gesichts, – nach dem zu suchen die Natur sich wohl nicht gar viel Mühe gegeben. Seine Gestalt hat mich nicht sehr gekümmert. Es müßte lieblich sein, mit ihm zu schlafen, aber ich stelle mir von seinen Gliedern nichts Besonderes vor und wäre zärtlich zu ihnen um seiner Augen – also beinahe um etwas »Geistigen« willen. Beeinflussung durch Michelangelos Platonismus? Aber ich glaube, es ist mehr. –

Gegen 8 auf nach ziemlicher ruhiger Nacht. Was mich an jenen Gedichten anspricht von gleich zu gleich ist die »Ermächtigung« des Alters zur Liebe, die ich mit dem melancholischen Bildhauer wie mit Goethe und Tolstoi teile. Mächtig aushaltende Naturen. »Um Vieles teurer war ich selber mir; ich wuchs an Wert, seit ich dich in mir hege –« – – Gestern noch viel über Amerika und unsre Zukunft, die Frage des Wegbleibens, die Intervention Nehrus, die verhängnisvolle Angst der Regierenden dort vor ihren Nationalisten, McCarthy und seiner Schreckensherrschaft. Sie können schwerlich zurück, schwerlich jetzt die chinesische Volksdemokratie in die U.N. aufnehmen, und doch ist dies Bedingung. Der »N.Z.Z.« ist es schade um den »großartigen Anlauf in Amerika« – einen Anlauf wozu? – Trotz allem neige ich zur Rückkehr, Stillverhalten, Arbeiten, Abwarten. Nicht sind wir, wie 33 von unserer Basis abgeschnitten. Denke ich an die Yale-Ausstellung, das Verhalten der Leute in Westwood (Barber shop etc), so kann ich nicht glauben, daß wir dort unmöglich sind, wie wir es 33 in Deutschland gewesen wären. – Arbeitete etwas am Kapitel weiter. Ging spazieren mit K. bei kommender und gehender Sonne, Rundweg, den Campfer-Waldweg zurück. Bewunderung der Landschaft, der Berge, die Tronen der Götter gleichen. Nachmittags Ausfahrt zu Besorgungen. Erst Thee bei Hanselmann. Mein Gott, wie anziehend sind junge Leute, ihre Gesichter, wenn sie auch nur annähernd hübsch sind, ihre Arme und Beine! – Einkauf von Mänteln für mich, eines grauen englischen Paletot, eines Regenmantels, einer Kappe, eines Stokkes für K.. Martini-Wermut. Inzwischen leichter Regen. Zum Diner gut gekleidet. Den Kaffee in der Halle. Erika mit Frau von Opel. Las in der Geschichte der Päpste und fuhr im Zimmer damit fort, wo ich einen der von Zeit [zu] Zeit auftretenden Reiz-Husten-Anfälle durch ein Rinnen von Speichel in die Speiseröhre erlitt. Erschöpfend.

St. Moritz, Donnerstag den 20. VII. 1950

Gut geschlafen wie auch K.. Bad und Theefrühstück. Ausbleiben von Post, scheinbares Versagen des Dolder-Concierge. Brief an Direktor Kraehenbühl. Unabhängig hiervon die Frage ob Franzl antworten wird. Das Waldhaus, wohin sein Brief gehen würde, schickt getreu. Er wird wohl nicht wissen, wie es anzufangen, und in seinen Schriftzügen werden ja nicht seine Augen sein, la forza del suo bel viso. – Michelangelos Gedichte beschäftigen mich nachhaltig. Ich möchte darüber schreiben. Diese sinnlich-übersinnliche Liebeskrankheit, diese platonische Aufgewühlt[heit], die immer das Verfallensein an das Schöne als Liebe zu Gott und zum Geistigen deutet, diese Kraßheit in der Schilderung der eigenen Häßlichkeit, des eigenen Lebenselends halten mich gewaltig fest. Das erotisch aushaltende Alter, das unbezähmbare Verfallensein an schöne Augen. – Das Wetter bedeckt und kühl. Kleine Heiz-Sonne im Zimmer. – – Schrieb etwas am Kapitel weiter. (Besteigung des Felsens). – Schöne Spaziergänge vormittags und gegen Abend mit K. – Die Mäntel kamen, gute englische Ware. – Sah Michelangelos Bekenntnisse weiter an im Gedanken an einen Aufsatz. – Geschichte der Päpste. – Ein paar Postkarten. Ausbleiben von Post, fast ganz, im Allgemeinen und im Besonderen. Wüßte der Junge in der weißen Jacke, wie ungeduldig ich bin, ein paar Worte von ihm in Händen zu haben, er würde sich etwas mehr beeilen! – Die Küche hier ist vorzüglich. – K. rief Frau Ninon Hesse an abends.

St. Moritz, Freitag den 21. VII. 1950

Gegen 8 Uhr auf. Heiterer Himmel. Rezension der *Michelangelo-Gedichte* zu schreiben begonnen. Anmeldung bei Korrodi. Mit K. gegangen. Exposé von Bibi, eindringlich über seine Zukunft, sein weiteres Verbleiben in Europa zur vollkommeneren Ausbildung; gewinnend. Sehr komisches und gewissermaßen Beglückendes [von Frido], der mir heimlich geschrieben und bei dem man »Geheimbogen« gefunden über Rückkehr zu uns, nach Amerika. Komplizierte Gründe; dürfen uns nicht zuviel darauf einbilden. Hat mir geschrieben, *nachdem* der Papa ihm vorgehalten, es sei doch kränkend für die Mama etc. – Fuhren zum Thee nach Sils zu Hesses. Der liebe Mann alt und schmal im Gesicht. Über seine Briefe. Bat um weitere Vorlesung aus dem »Gregor«. – Brief von Mrs. Meyer,

z. T. sehr komisch in seiner amerikanischen Naivetät. – 700jähriges Jubiläum von Weimar. Etwas zu schreiben. – Post ist irrtümlich vom Dolder nach Vulpera statt nach Sils gegangen. Das hat aber nichts mit dem Ausbleiben einer Antwort des Jungen zu tun. Warum schreibt er mir nicht, daß er geehrt und erfreut sei? Geliebter Dummkopf! Und ich? »Nel vostro fiato son le mie parole!«

St. Moritz, Sonnabend den 22. VII. 50

¾ 8 auf. Erst sonnig, dann bedeckt. Gegen Morgen Regen. Gestern traf komischer Weise ein triumphierendes Telegramm Schweizers ein: der blaue Mantel sei gefunden. Was tun mit dem neuen? Viel große und kleine Probleme! Und kleine, die für mich groß sind. – Schrieb am »Michelangelo«. Wann ist er geboren? Karte an Basler. Ausgänge mit K.. Bewunderung des herrlichen Tales. Viel Post aus Pacif. Palisades und vom Waldhaus. Viel zu lesen, auch die Zeitungen. Broschüre von Dr. E. Hofmann in Graz: »T.M., Patholog-Therapeut?« Nehme ihm alle »Ambivalenz« und Mißbilligung nicht übel, da er den »Faustus« [als] ein erschütterndes Dokument der Selbstdarstellung sieht, einzureihen den großen Bekenntniswerken der Weltliteratur. – Enthusiastischer Brief nebst gedrucktem Artikel eines 24jährigen in Berlin-Dahlem über den Joseph. Völlig verwirrt von der Inkommensurabilität. Kann mir das Erdrücktheitsgefühl solcher Jugend vorstellen. – Neuer Artikel des »Aufbau« (von Kersten) über den wüsten Exzeß der »Frankfurter Allgem. Zeitung« gegen mich. (Nebel.) Überschüttet mit Zuschriften, auch Abbestellungen. Trick, nur die einfältigsten Proteste wiederzugeben. Ausnahme der unmutige Brief eines jungen Studenten.

St. Moritz, Sonntag den 23. VII. 50

Am »Michelangelo«. Schöner Spaziergang mit K.. Zum Lunch Frau von Opel, schön gewachsene Frau, gesprächig über ihre Erlebnisse im amerikanischen Gefangenenlager. – Geschichte der Päpste. – Erika, erkältet, las nach dem Thee ihren für Dänemark geschriebenen Artikel über den Reuter-Korrespondenten Peat vor. Die lautere Wahrheit. Das Erscheinen in Europa wohltätig. Entziehung des Re-enter permit zu vermeiden. – Besuch von Motschans. Erheiterung über die Mantelgeschichte. Einladung zu ihnen. Nach dem Diner kleiner Brief an Frey. Widmung an Svat-Poluk Kučera. – Las bis gegen Mitternacht.

St. Moritz, Montag den 24. VII. 50. Suvretta

K.'s 67. Geburtstag. ½ 8 Uhr auf. Beglückwünschung. Klares Wetter am Morgen. Schönheit des Tals. Erklärte gestern, daß ich hier »relativ glücklich« sei. Und doch ist hier nichts »fürs Herz«, und ich warte auf ein Wort des Jungen. – – Schrieb am »Michelangelo«. K. mit E. zu kleinen Geschenkbesorgungen. Mittags Spaziergang. Antwort von Korrodi, schmerzlich ablehnend unter durchsichtigen Vorwänden. Mühlestein war oder ist Kommunist, das steht dahinter. Ich antwortete, diesmal hätte ich wirklich geglaubt, mit etwas ganz Unverfänglichem zu kommen. Enttäuschung. – Ein paar Briefdiktate. K. mit Blumen und Gaben beschert. Gegen 7 holte E. Hesses von Sils ab. Willkommene, gute und würdige Gäste. Apéritivs in der Halle. Diner mit vorbestelltem Champagner. Kaffee in der Halle. Schließlich noch in den Zimmern. Herzlich freundschaftlicher Austausch. – Ideales Wetter heute den ganzen Tag. Ein Amerikaner sagte: »You *can't* get it any better!«

St. Moritz, Suvretta, Dienstag den 25. VII. 50

8 Uhr auf. Andauer der Wetterpracht. An dem mir lieben Aufsatz. Mit K. gegangen. Von Basler Michelangelo-Daten. Sonst allerlei Post. Telephon mit Landshoff wegen Verkauf der auf schlechtem Papier gedruckten Bücher. Sendung in die Ostzone, die wir wünschten, unmöglich. – Hesse entzückt von Erikas Aufsatz. – Mit K. ausgefahren nach St. Moritz-Bad, dann am See gegen die Meierei gegangen. – Im Lift plötzlich

Trebitsch, der uns von seiner Frau hierher gesetzt. Lächerliche Intrige, die nicht wert zu erzählen. Diner mit ihm. Sein »Kinderglaube«. Der Verkauf seines Copy-Rights. Spät Chronologisches über Michelangelo.

St. Moritz, Mittwoch den 26. VII. 50

Zu lange geschlafen. Bad und Ankleiden verbunden mit dem Frühstück. Eile, an die Arbeit zu kommen. – Wetter nach 2 vollkommenen Tagen bedeckt. – Schrieb am Aufsatz, den ich liebe. – Fuhr mit K. nach St. Moritz-Bad. Gingen dann vom Bahnhof ein Stück ins Inn-Tal bis zur Brücke. – Zum Thee in der Halle Frau Koppel, reich und intelligent. Kehrt nur vorübergehend nach Amerika zurück. Mit der Nachmittagspost gleichzeitig die Harpers-Korrektur von »The Years of my Life«, worin nur eine kleine Änderung um Koreas willen und – lieber, schlichter Brief von »Franzl Westermeier.« So nennt er sich, sogar auf dem Einschlag, da ich ihn immer so nannte. Hat »sich wirklich sehr gefreut, daß ich an ihn gedacht habe« (an ihn gedacht habe). Hat seine Stellung in Genf bekommen, muß aber bis Ende der Saison im Dolder bleiben. Sagt nochmals herzlichen Dank für alles. – Öffnete und las den Brief, der kleine grammatische Fehler aufweist, unter der Hand während des Gesprächs. War bewegt und glücklich, weil er »sich wirklich sehr gefreut hat«, was ich ihm glaube. – Diner mit Trebitsch. Sein komisches Erstaunen über Erikas politische Belehrungen. – Durchsicht von älteren Teilen des »Gregor«.

St. Moritz, Donnerstag den 27. VII. 50

Kurz nach 8 Uhr auf. Blauer Himmel. Andauernde Freude an Franzls Brief. Arbeit am Aufsatz. Unsicheres Wetter. Etwas gegen Campfer gegangen. Vor 5 Uhr zu Hesses ins Waldhaus. Es geht ihm nicht gut, und seine Frau macht Fehler. Thee mit ihnen in der Halle. Dann in der Bündnerstube Vorlesung des Kapitels »Die Kinder« zu Hesses großem Wohlgefallen. – Prüfungen und Zweifel wegen der Vorlesung »von 20 Minuten« bei Motschans morgen. Lesen im Mt[.], das voller Fehler.

St. Moritz, Freitag den 28. VII. 50

Gegen ½9, zu spät, auf. Klarer Himmel. Mir bleiben die Worte: »Ich habe mich wirklich sehr gefreut, daß Sie an mich gedacht haben.« Übrigens ist nichts mir lieber, als wenn Erika über jene Vorgänge, Gespräche mit ihm, das Geschenk von 5 Franken etc., scherzt. – Am Nebentisch französisch sprechendes Knäbchen, das sich am Ende seiner Mahlzeit diskret bekreuzt. Seine aufgeregte Miene beim Anbieten der Pâtisserie. Schwere der Wahl. – Sehr starker Besuch des Hotels, viele Kinder. Sehe gern dem Tennisspiel unter meinem Balkon zu. – Schrieb an dem Aufsatz, – Ausfahrt um 12 mit K. und dem armen Trebitsch, den wir auf der Chasté spazieren führten. Hatten Lunch mit ihm. Erika nahm sich zur Theezeit seiner an. – Hinab zum Haarschneiden. – Sensationelle Nachricht von dem plötzlichen Wiedereintritt Rußlands in den Sicherheitsrat und dessen sofortige Einberufung. Amerika, dem es in Korea sehr schlecht geht, wahrt das Gesicht, indem es die Rückkehr Rußlands der Zulassung des kommunistischen China vorangehen läßt. Im Hintergrunde zweifellos Nehru. Blöde Berichterstattung Reuters. Große Neugier, was die gemeinsamen Beratungen in Betreff Koreas ergeben werden, ob den Rückzug hinter den 38[.] Breitengrad oder die von dem Lande offenbar gewollte Einigung. – Größere Abendgesellschaft bei Motschans unter Leitung von Frau von Opel. Schweizers, Mühlesteins, [Lücke i. Ms.] etc.. Nach dem Kaffee las ich »Die schlimmen Kinder«, die sehr gefielen. Danach Mühlestein mit dem von mir hervorgehobenen Weltuntergangssonett von Michelangelo und eigenen überdramatisch vorgetragenen Gedichten. Schenkte mir das Portrait der Vittoria mit dem schönen starken Mund und der Inschrift: »Un uomo in una donna, anzi uno dio«. – Bewundernswerter Kater der Opel, weiß im Gefangenenlager geboren, der dann streifig wurde möglicherweise durch Versehen an den Gittern. – Spät fort. Häufige Erörterung der politischen Wendung. Schreiben des leidenden Hesse an die »N.S.R.« zugunsten von Erikas Aufsatz. Sehr rührend. – Spät zu Bette.

St. Moritz, Sonnabend den 29. VII. 50

Schon ½8 Uhr auf. Das Leben in diesem herrlichen Tal hat etwas von Liebesleben. Nur den Aufsatz konnte ich hier schreiben. – Etwas bedeckt. – – An der »Erotik« gegen das Ende. – Mit K. ¾ Stunden gegangen. Waldweg gegen Dorf. – Guter französischer Artikel der Valentin über Dr. Faustus. – Mehrere Brief-Diktate an K.. Abends mit Trebitsch, der sehr amüsant von der Erlangung seines Visums in Vichy erzählte. – Erikas Brief an Walter, der wohl dem Verhältnis ein Ende macht. Ihre oft betrübliche Exaltiertheit gegen »Feinde«, z.B. Rychner. Sie verträgt viel Alkohol, aber auch wieder nicht u. macht K., an der sie mit soviel Fürsorge u. Eifersucht hängt, oft das Leben schwer.

St. Moritz, Sonntag den 30. VII. 50

Wandelte nachts ½3 Uhr auf dem Korridor; hörte ferne Musik und ging zur ferneren Treppe, wo ich übers Geländer gebeugt einige Zeit zuhörte. Drunten wurde noch getanzt. Verschlief und stand erst 9 Uhr auf. Badete rasch und frühstückte im Ankleiden. – Schloß den Aufsatz »Die Erotik Michelangelos« ab. – Ging 1¾ Stunden mit K. über Campfér. – Mit Trebitsch beim Lunch. – Zeitungslektüre. Die »Änderung der russischen Taktik« wird mit Hohn behandelt. Übermaß der Anführungsstriche. Auf keinen Fall will man sich in der allgemeinen Aufrüstung stören lassen, das Kriegspotential des Westens voll entwickeln. Wären die Russen ganz so unmoralisch wie man sie malt, so würden sie sofort die halbe Welt besetzen. – Nach dem Thee bei Erika Vorlesung des Aufsatzes, in dem das Franzl-Erlebnis wohl recht deutlich eingegangen. Schlußworte: »In deinem Atem bildet sich mein Wort«. –

»Schönes Stück«. – Schrieb an Basler wegen »Wie ich mich (oder Du dich?) an Dich (mich?) verschwendet[«]. – Abendtoilette. Diner mit Trebitsch. Las im Vatikanbuch. – Die Fahrt nach Strobl ziemlich fest beschlossen.

St. Moritz, Montag den 31. Juli 50

Mehrere Stunden im Stuhl geschlafen. Dann ruhig weiter im Bette. ½9 Uhr auf. Frühstück und Maniküre. – Beitrag zur Weimarer Festschrift. – Mit K. im Ort zu Einkäufen. Dann bei leichtem Regen etwas gegangen. Nach dem Lunch der schwatzhafte Pediküren-Mann Federer, der aber seine Sache ganz gut machte. Nach dem Thee einstündiger Besuch von Beidler. Erikas Abschrift des Liebes-Aufsatzes. Enttäuschung davon beim Korrigieren. Und doch war ich mit soviel Eifer bei der Arbeit. Sie scheint mir nun matt und wenig gut geschrieben. Abends mit Trebitsch, dessen senile Leiden mein Mitleid erregen, da ich ihn auf eine Weise gern habe. Seine Frau kommt nicht herauf, hat seine Reise nach Salzburg hintertrieben und ihn zu uns geschickt. Er durchschaut nichts. Seine Begeisterung von Erikas Rede. – Kamen Exemplare von »Meine Zeit« als Broschüre im neuen S. Fischer Verlag. Las und war zufriedener als mit dem erotischen Aufsatz, bei dem doch viel mehr mein Herz war. »In tuo fiato son le mie parole«. Das wird mir bleiben.

St. Moritz, Dienstag den 1. VIII. 50

8 Uhr auf. Schmerz um den Jungen dort. Es gab mir gestern einen Stich, als ich hörte, daß der alte Trebitsch nach unserer Abreise nach Strobl noch einige Tage auf dem Dolder verbringen wolle. – Wetter bedeckt. Die Einladung zu einem Flug der S.A.L. über die Berge am heutigen Nationalfeiertag lehnte ab. Gekauft patriotisches Schildchen zum Anstecken. – Schreiberei an dem Beitrag für Weimar. – Mit K. spazieren, Wege über Campfér. – Hübscher Artikel über »Adel des Geistes« von Fr. Kraus in der Münchener »Neuen Zeitung«. (Ameri-

kanisch! Wallenberg ist zurückgekehrt.) – Artemis-Verlag sendet den Roman von Heliodor mit freundlichen Zeilen. – 5 Uhr zu Hesses ins Waldhaus. Thee mit ihnen in der Halle; dann in der Bündnerstübe Vorlesung der »Fischer von St. Dunstan« zu Hesses großem Vergnügen. Es geht ihm besser. Zwischenein Rencontre Erikas mit dem elenden André Germain, den sie im Lesezimmer stracks ohrfeigte, sodaß ihm die Brille von der Nase fiel. »C'est pour Klaus Mann!« Zusehen eines Schweizers, der nachher an der Bar sagt: »Der ist gleich ins Bett gegangen.« Sie hat sich eines langgehegten Vorsatzes damit entledigt. Erklärt, daß sie es auch mit der H. Walter so machen würde. Ihre strenge Leidenschaft. Zerwürfnis mit Walters wegen der Reinhardt und seiner Lügenhaftigkeit. Will auch nichts von seinen westdeutschen Erlebnissen hören. Dunkle Unversöhnlichkeit. – Portwein mit Hesses. Zu Hause Umkleiden. Im Schmuck des National-Festzeichens Diner mit Trebitsch. Champagner. Danach Kaffee in der Halle. Nachrichten über skandalöses Verhalten Amerikas in Dingen des »Sicherheitsrates«. Kommt Malik zuvor mit der Aufstellung eines »Agenda«-Programms, gegen Nord-Korea gerichtet. Erregung und Erbitterung namentlich bei Erika. Dabei ihre aufmerksame Neigung zu Kindern, besonders zu »Rüsselchen«, dem sympathischen Knäbchen mit seiner Mutter oder Tante, mit der ich auch in lächelnden französischen Kontakt kam. – Die Zeitung mit Spannung und Schrecken gelesen. Amerika will den Krieg und die »Vernichtung« Rußlands. Wird dieses aus dem Rat wieder ausscheiden? Bemerkenswert viele Stimmen, die uns von der Rückkehr jetzt abraten, das vorläufige Hierbleiben und Abwarten nahelegen. Feist erbietet sich, ein Mietshäuschen, etwa in Meilen, bereit zu stellen. Erika müßte nach Californien fliegen, um Vermietung oder Verkauf des Hauses einzuleiten. – Der arme alte Trebitsch, dessen Frau nicht kommt, will einen Tag nach uns hier abreisen. Erika empfiehlt ihm einen Aufenthalt auf dem Dolder, wo wir ihn zu einem letzten Wiedersehen besuchen können. Sie tut es im Hinblick auf mich und den Franzl dort. Scheu vor der Gemütsbewegung und Furcht, es möchte das Wiedersehen, wenn es sich überhaupt fügt, halb oder ganz mißlingen. – Las nach in der Geschichte der Päpste. Wie ist es geschichtlich von jeher zugegangen! Sollte man sich wundern über irgendetwas, sich empören, statt zu sehen, wie man leidlich durchkommt?

St. Moritz, Mittwoch den 2. VIII. 50

Nachts viel Störung durch die Ohren. – Triefender Regen. Dunkel. Künstliches Licht. – Erkältet, Schnupfen. – Ungewißheit unserer Zukunft. – Wie habe ich hier die Tage verbracht! Der Liebesaufsatz scheint ganz unnütz, besonders da ich eine Kollision mit Erikas politischer Arbeit bei der N.S.R. vermeiden will. Befürworte die Mitveröffentlichung von Hesses Brief an den Herausgeber – gegen E., die davon Schaden für ihn in Deutschland fürchtet. Er macht sich deswegen keine Sorge, und die Veröffentlichung wäre eine Lehre nicht nur für Deutschland, sondern auch für die Schweiz. – Spannung auf Nachrichten über den Verlauf der ersten Sicherheitsratssitzung unter russischem Vorsitz. – – Schrieb den Brief nach Weimar zu Ende. Begleitworte. Müdigkeit. Ging im Regen mit K. ¾ Stunden. Im Vatikan-Buch. Gehässigkeit dieses Bernhart, den ich wohl kenne, gegen die Renaissance. Begeisterung für Savonarola, während er früher von »Rigoristen« spricht. Bestie Goethe, wie immer in der katholischen Kultur. Dabei tritt der Wirrwarr von Korruption und Herrschsucht in der Geschichte der Kirche nur zu klar zu Tage. – – Vielerlei Briefschreiberei nachmittags. Regen den ganzen Tag. Versendung von »Meine Zeit« an verschiedene Personen. Diner (schlechter Appetit) mit Trebitsch, der lustige Geschichten erzählte aus seiner Kavalleristenzeit. Seine Frau will mit ihm auf den *Dolder*, um uns während unseres Zürcher Schluß-Aufenthalts noch zu sehen. Absicht, *nicht* mit hinaufzugehen und den Jungen nur durch Erika grüßen zu lassen. Entsagung. Lieber nicht noch einmal. – – – Zänkerei in Sicherheitsrat. Ungeschicklichkeit der Russen, die nie das rechte Wort finden. Moralische Dumpfheit. – Der König, vor Ausbruch des Bürgerkrieges, dankt ab zugunsten des jungen Bauduin. Die N.Z.Z. sichtlich unzufrieden mit diesem Sieg der Sozialisten *und* Liberalen, aber sehr zufrieden mit der Majorisierung Rußlands. Sympathie der Welt heute mit allem Faulen, Luschen, Reaktionären, Bösen. Enthüllungen der »Tat« über ein griechisches Lager, darin die sogenannte »Schlucht«. Grauenerregend. Wir dulden es; aber nichts »Bolschewistisches«. Redensart von den »freien Ländern«.–

St. Moritz, Donnerstag den 3. VIII. 50

½ 9 Uhr auf. Kein Regen, aber bedeckt. Gebadet. – Korrektur der Abschrift des Weimarer Briefes. Korrektur und Kürzung des Michelangelo-Aufsatzes. Dieser ging mit Brief an Basler. Danach Idee, die Zeitschrift »Du« anzugehen. Brief an diese und Weisung an Basler. – Kühl, zum Regen geneigt. Eine Stunde gegangen mit K.. Lunch mit Trebitsch, der weitere lustige Geschichten aus seinem Reiterleben erzählte. – Leidend, wüster Kopf. Brief von Adorno nebst Sonderdruck über Husserl, wovon nichts verstehe. Schreibt gegen H. Maiers Buch. Erklärt Wiedereröffnung von Bayreuth und die akadem. Wiedereinführung von Heidegger für die bedenklichsten Symptome. – Viel Kleinarbeit nachmittags. Zum Diner Motschan und seine anmutige Frau. Apéritivs mit ihnen. Kaffee in der Halle. Rückzug wegen Kopfschmerzen. Brief von Wolfgang Cordan (Conigliano) über seine schauerlichen Beobachtungen im »freien Griechenland«, wovon er in der »Tat« bereits erschüttert gezeugt. Verbannungsinsel Makrannisos. Rychner erfüllt nicht seinen Auftrag, mir die Nummern zu senden. Forderung nach Alarm. Neue Nervenbelastung. – Somervilles »Philosophy of Peace«, in einem kleinen Verlag in New York erschienen, gut, ehrlich.

St. Moritz, Freitag den 4. VIII. 50
Phanodorm-Calcium und Tropfen; danach 2 Uhr noch rote Kapsel. Kopf und Nervenzustand nicht sehr gebessert. Es fehlte nur, daß ich den Jungen wiedersähe! Die Versuchung dennoch groß. – Adorno rät zur Rückkehr nach Amerika um des gegebenen Lebensrahmens willen, der allein der Arbeit zuträglich. – Luthers Geschichte, Person, Wirkung, von Bernhart gut dargestellt. Auch die des Erasmus. Zu fürchten, daß dessen niemanden befriedigende, wenn auch glänzende Rolle der meinen verwandt. – – Sehr kühl, wolkig. Neuschnee in den Schlünden. Etwas geheizt. Zu präokkupiert und nervös zur Arbeit am Roman. Was tun? – – Seit Tagen Neigung zu Kopfschmerz, schlechter Magen, Appetitlosigkeit. – Brief-Tätigkeit. Widmung des Vortrags an Wilhelm von Schweden. Schrieb an K. Desch in München, der das Buch von Lesser bringen will. – Sollten Nachmittag und Abend bei Hesses verbringen; er ist aber fiebrig erkrankt (unklares Bild) und hütet das Bett. – Englischer Dankesbrief an Somerville, in dessen tapferen, wahrhaftigen Buch ich viel las. – Ausgang mit K.. Lunch mit Oprechts. Brief von Prof. H. Mayer. Brief von Cordan über die griechischen Greuel. Aufforderung zum Alarm schlagen. Rychner versäumt, mir die Blätter zu schicken. Schrieb an Cordan vorläufig über meine Gefühle und Situation.

St. Moritz, Sonnabend den 5. VIII. 1950
Ruhiger geschlafen. Aber das halbe Übelbefinden dauert fort, und es ist Zeit, daß wir diese doch so bewunderte und geliebte Sphäre verlassen. Hesse kaum gebessert, ohne rechte Behandlung. Parlamentarische Ekel-Komödie in Lake Success. Rußland mechanisch überstimmt in jedem Punkt. Ausschaltung der chinesischen Frage trotz der Erklärung Nehru's, daß durch ihn rechtzeitige natürliche Lösung der Korea-Konflikt vermieden worden wäre. Die Insel wird zerstört und unter amerik. Herrschaft gebracht werden, Formosa weiter von China abgetrennt bleiben. Angewidert. – K. beschließt Untersuchung bei

Dr. Paumgarten zur Feststellung, ob sie der Fahrt nach Strobl gewachsen ist. – – Schrieb einige Zeilen am Kapitel. Gang mit K. gegen Alpina u. Chantarella. – Signaturen. Den Vortrag an Somerville for his truly comforting book. – Thee in der Halle mit Mühlesteins. Der Mann ein Rede-Katarakt. – Golo telephonierte aus Zürich. Bibi nach Deutschland abberufen. Beschluß, am Mittwoch nach Innsbruck zu fahren zum Treffen mit Gret und Frido. – Hesses Herz nicht in gutem Zustande. K.'s Organe in guter Ordnung. Warnung vor zu langem Gehen. – Blicke vormittags auf den Tennisplatz, um derentwillen, trotz Kopfschmerzen die Verlängerung des Aufenthalts mir recht ist. Davon morgen. –

St. Moritz, Suvretta, Sonntag den 6. VIII. 50

Seit gestern gegen Abend Wandlung des lange trüben, teils föhnigen u. regnerischen Wetters ins Klare, Blaue, Herrliche. – Schönheit von Weitem. *Auf dem Tennisplatz unten*, während einer bestimmten Vormittagsstunde, junger Argentinier, schon ausgezeichneter Spieler, mit dem Trainer sich vervollkommnend. Dunkles Haar, Gesicht ungenau kenntlich, schlanker, bewundernswerter Wuchs, Hermesbeine. Das ausholende Schlagen, der spielende Umgang mit den Bällen, das Gehen, Laufen, Hinspringen, gelegentliche übermütige Tänzeln. Federnde Ruhelosigkeit des Körpers bei Inaktivität auf der Bank. Wechsel der Beinkreuzung, Schlenkern, Zusammenschlagen der weißbeschuhten Füße, Aufstehen, Weggehen, Wiederkommen, Ergreifen der Barriere mit den Händen. Weißes Spielkostüm, kurze Hose, nach der Übung Sweater über den Schultern. – Tiefes erotisches Interesse. Aufstehen von der Arbeit, um zu schauen. Schmerz, Lust, Kummer, zielloses Verlangen. Die Kniee. Er streichelt sein Bein, – was jeder möchte. – Der Schmerz um den auf dem Dolder hat sich in diesen Tagen, unter dem Einfluß der Luft, der herrlichen Landschaft, der Mischung von Begeisterung und Unpäßlichkeit, die der Ort mir zufügt, zu einer allgemeinen Trauer um mein Leben und seine

Liebe vertieft und verstärkt, dieser allem zum Grunde Liegenden, wahnhaften und doch leidenschaftlich behaupteten Enthusiasmus für den *unvergleichlichen, von nichts in der Welt übertroffenen* Reiz männlicher Jugend, die von jeher mein Glück und Elend, nicht auszusagen, enthusiastisch und stumm, – keine »promesse de bonheur«, sondern nur der Entbehrung und zwar einer nicht zu bestimmenden, wunschvoll-wunschunmöglichen. – Las beim Signieren das Kapitel »Von der Schönheit« im »Jungen Joseph« nach. Scherzen über das Tiefste in mir. Das Illusionäre, wolkenhaft Unfaßbare, Ungreifbare, das dennoch das Leidend-Begeisterungsvollste ist, Unsinn und Schwur, Fundament der Kunstübung – – »In deinem Atem bildet sich mein Wort.« – – –

Schrieb einige Zeilen am Kapitel. Mit K. im Wagen zur Chasté, wo wir gingen. Begegnung mit Kesten. – Der von Weitem Schöne spielte vormittags nicht. Nach Tische war er da. Ich wurde nicht satt zu schauen, zwanghaft. Sein Schlagen, Laufen, Gehen, Stürzen, Federn, sich auf den Füßen Heben ist wundervoll. Ich las und stand immer wieder auf nach ihm, dessen Gesicht ich garnicht unterscheide. Krankhafter Enthusiasmus für den »göttlichen Jüngling«. Tiefster Schmerz – um wen? um was? Wahrscheinlich würde ich den Schönen im Speisesaal garnicht erkennen. Als er sich zum Ausruhen gesetzt hatte, die himmlischen Beine gegen das Geländer gestemmt (wobei er mir übrigens manchmal den Kopf an die Schulter eines nicht auszumachenden weiblichen Wesens zu lehnen schien) schloß ich die Läden und dachte: »Lieber Junge, ich muß ruhen.« Nähe des Wunsches, zu sterben, weil ich die Sehnsucht nach dem »göttlichen Knaben« (womit nicht gerade dieser gemeint ist) nicht länger ertrage. Gottlob schlief ich etwas. – Ging nach dem Thee noch 20 Minuten mit K.. – – Die Anfänge dieser Reise liegen so fern, daß ich sie kaum noch für ein und dieselbe halten kann. *Ich werde sie, weiß Gott, nicht vergessen.* Die Frage ist jetzt beherrschend, ob ich an dem Thee-Besuch auf dem Dolder teilnehmen soll, um noch einmal die lieben Augen zu sehen. Es wäre klüger, aber auch feiger, es nicht zu tun. Doch habe ich etwas für die Demonstration übrig, mich zu weigern und Erika nur mit einem Gruß zu beauftragen. – – Passion des alten Trebitsch für Erika. Liest ihr ein verliebtes Abschiedsgedicht vor. »Daß mir *das* mit 80 noch passieren muß!« – Nun, er hat es recht gut. – – Erika glaubte mir im Speisesaal einen jungen Mann recht gleichgültigen Aussehens als den Tennisgott bezeichnen zu können. Der Glühwurm auf der flachen Hand. Illusion! Illusion! Der alte Trebitsch hat es besser. Charakter, Geist, Persönlichkeit, Witz, Begabung nebst den schönen Augen haben ihn aufs legitimste und kavaliermäßigste bis über die Ohren verliebt gemacht. – Er reist morgen ab. – Liebes Gesicht des kleinen Chauffeurs, der mir manchmal aus dem Regenmantel half, manchmal den Lift fährt. Fragte ihn im Beisein lächelnder Damen, wie er heißt: Toni. Sieht aus wie 14, ist aber 16. Wenigstens macht das Bübchen mich nicht leiden, freut mich nur als eine Vorform dessen, was ich anbete. – – Beträchtliche Beschämung in all dem Geschriebenen und Nichtgeschrieben[en]. Der Gott zieht, erhitzt vom Spiel seine weiße Überjacke aus, wirft sie dem Ballbübchen lässig zu. Zu denken, daß ich glücklich wäre, sie zu empfangen! Demütigung, die ich feststelle, und an der ich kein Gefallen finde. – – In Hesses neuem Brief-Mosaik hübsche, verständige Dinge.

St. Moritz, Montag den 7. VIII. 50

Früh wach. 8 Uhr auf. Andauer des Prachtwetters. Erika macht sich vormittags auf zur Besteigung des Schaftsbergs. – Der von Weitem Göttliche spielte vormittags. Ich schrieb dann und wann ein Wort an dem Kapitel der Auffindung und sah dann wieder zu. Übrigens spielte er nicht gut, schlug den Ball ins Netz und sagte: »Qu'est-ce que c'est ce matin!« Er schien erkältet, schnupfte sich in das Taschentuch, das er in seinem kurzen Höschen verwahrte und hustete etwas. Mittags machte ich mit K. einen nicht weiten Spaziergang, saß mit ihr in der

Sonne auf verschiedenen Bänken. Beim Lunch machten wir mit Sicherheit die Identität des Gottes mit einem langen jungen Mann im blauen Sweater und mit bloßen Beinen aus. Der beim Sitzen einen zu runden Rücken machte und die Desillusion selber war. Bestätigung als er gleich nach Tisch unten wieder zu trainieren begann. Seine Leidenschaft für das Spiel ist groß, wie seine Begabung dafür. Mein Interesse für seine civile Person ist Null, meine Bewunderung, sobald er in gespannter und federnder Aktion ist, grenzenlos. – Langer, bewegter Brief von Cordan. Buch »*Esistenza ed Immagine*« von Enzo Paci, Milano, worin zwei Aufsätze über mein Verhältnis zur Musik und Philosophie. Will Erläuterungen zum Faustus für seine Zeitschrift. – Zum Thee in der Halle Kesten und Frau von Sils Maria. Dazu Erika von ihrem Ausflug zurück. Trebitsch, zunächst nach Vulpera, abgereist. Nach dem Diner in der Halle Dr. H. W. Schwerin. Über Psychiatrie. In Amerika »psychodramatic« Experimente. – Las noch in den italienischen Aufsätzen.

St. Moritz, Dienstag den 8. VIII. 50

Gestern Abend im Stuhl heftiges Verschlucken mit Speichel, qualvoller Husten. Überreiztheit durch zuviel Gespräch war fühlbar gewesen. Der Anfall, schon der zweite hier, erklärt sich aus der Gefühlsüberanstrengung der letzten Zeit zusammen mit der angreifenden Wirkung der hohen Luft. Es ist Zeit, daß ich wegkomme. Die »Bilder« behalte ich im Herzen und möchte nicht, daß sie durch ein Flugzeug-Unglück umkämen. Sogar ein Mädchen mit schönen Brauen und angenehmen Zügen (am 4 Mädchen-Tisch nahebei) gehört dazu. – Schlief unruhig, erwachte alle paar Stunden. Stand schon ½ 8 Uhr auf. Das Wetter nebelig. – Abgabe von Büchern zum Verpacken, selbst von solchen, die Arbeitsmaterial darstellen, da ich auf dieser Reise zu nichts mehr komme. – – Schrieb an den italienischen Essayisten, kam aber nicht weit. Jener spielte unten. Ging etwas mit K.. Bei der Rückkehr lief er an uns vorbei oder vor uns her. Es ist als sollte sein Gesicht mir nicht bekannt werden. Bei Tische saß er in einer Umgebung, die z. T. jüdisch anmute[t]. Sah sein Gesicht mehrmals im Profil oder Halb-Profil, nie ganz von vorn. Erkannte ihn als wesentlich jugendlicher, als ich gedacht, fast jungenhaft, 18 bis 19jährig. Etwas abstehende Ohren, ziemlich große Nase, etwas angestrengte Augen scheinbar. Sein Jemandem Zulächeln beim Weggehen war entschieden angenehm. Aber ich kenne eigentlich nicht sein Gesicht. – Wir waren zum Thee bei Hesses und nahmen herzlichen Abschied von ihnen. – Packerei. Beim Diner gab es ihn nicht. Ich werde ihn nie wirklich gesehen haben, und habe nun, da wir abreisen, nur zu vergessen, was mich an seinem Gebahren auf dem Spielplatz entzückte. Vergessen, verschmerzen. Das letzte Vergessen und Verschmerzen von allem ist der Tod. – Tieftraurig. Übermüdet von Gefühlsstürmen. – – –

Zürich, Baur au lac, Sonnabend den 12. VIII. 50

Am 9. 10 Uhr Abfahrt von Suvretta Haus, also bevor der Unbestimmte auf dem Spielplatz erschien. Ade, Phantasma, das mir so nahe ging! – Fahrt bei freundlichem Wetter nach *Innsbruck*, Hotel Maria Theresia. Dort, im Café, Begegnung mit Gret und Frido. Dieser sehr lieblich. Freundschaft mit ihm. Lift-Fahrten mit ihm. Chokolade. Dr. Pierke-Mundwasser. Bibi kam von München hinzu. Frido geht endgültig nicht mit uns, sondern bleibt wenigstens noch ein Jahr bei seinen Eltern in Oesterreich. Bibi kehrt am Donnerstag früh nach München, Gret mit Frido an den Wolfgangsee zurück. Langer, inniger Kuß auf des lieben Kindes Schläfe zum Abschied. Gab Gret die goldne Armbanduhr für ihn, falls ich ihn so bald oder überhaupt nicht wiedersehe. – Weiterfahrt nach *St. Anton*, Hotel Post. Ehrenvoll aufgenommen wie verabschiedet, da doch Bibi berichtete, der Intendant des West-Berliner Staatstheaters habe erklärt, er könne es sich nicht leisten, einen Sohn von mir konzertieren zu lassen. Polizeischutz für einen Buchhändler, der zum Geburtstag ein »Fenster«

machte. – – In St. Anton angenehm gewohnt. Weiterfahrt gestern Morgen in Wolken über den Arlberg, dann tief hinab an den Bodensee. In Rorschach Mittagessen. Nach Zürich weiter. Ankunft ca 4 ½ Uhr. Kanalzimmer im 3. Stock. Möbelwechsel, Einrichtung, Thee. Tiefe Melancholie ob allem und Müdigkeit. Post, ekelhafte Zeitungen. Diner zu zweit im Speisesaal an gewohntem Tisch. Regen. – Nacht unruhig. Ohrenbehandlung. Im Stuhl. Morgens lange geschlafen. Viel Post. Nachricht von »Du«, an der mir nichts mehr liegt. – Brief von Medi, worin sie uns mehr oder weniger verschleiert ermahnt, vorerst *nicht* zurückzukehren. Neue, schwer belastende Aktualisierung dieser Frage. Wie das Provisorium hier gestalten? Als amerik. Flüchtling in der Schweiz? Erika hinüberschicken zur Auflösung des Haushalts? Ohne sie hinübergehen, da sie polizeilichen Chikanen ausgesetzt wäre? Aber gerade unter den obwaltenden Umständen würde sie mir dort aufs schwerste fehlen. Daß alles drüben auf den Krieg zusteuert, ist klar. Wir würden uns in dem kalifornischen Winkel vergraben u. damit zu rechnen haben, die, die hier bleiben, nie wiederzusehen. Und doch hat es viel Ratsames in den gegebenen Lebensrahmen zurückzukehren und dort das Schicksal über uns ergehen zu lassen. Das Hauptproblem ist Erika. – Möglich ist bei alldem, daß der wirkliche Krieg nicht kommt, u. daß wir nächstes Frühjahr wieder nach Europa reisen können. – Besorgungen mit K.. Nachher mit E.. Mittagessen im Gasthaus B.. – Ruhelos. Große Scheu vor Menschen, denen zu begegnen ist. –

Oft der Gedanke, daß ich auf dieser Reise viel zu viel *mich selbst verlor* – an Jugendreiz, an liebe Gesichter. Das beraubt tatsächlich des Selbstbewußtseins, macht alt und schwer, leidend und neidvoll – wo es nichts zu beneiden gibt. Hinein nun in den Zustand von Gefühlserschöpftheit die drängenden Lebensfragen vom Kaliber 1933 und in gewisser Weise schwerer, besonders da wir so alt geworden. Tiefe Abneigung, mich der Stütze zu berauben, die Erika unserm Alter, jedenfalls meinem, bedeutet. –

Abendessen mit Therese Giehse in der Tessiner Stube. Besprechung der Lage immer wieder. Werden in Californien von allen Kindern u. Enkeln abgeschnitten sein, mit Ausnahme Erikas, wenn sie denn mitkommt, aber auch von Golo, der, wenn sein College eingeht, wohl nach Europa gehen wird. – Eine neue Art von Dauer-Kriegszustand mag sich fortschreitend entwickeln. – Austritt des einfältigen Wallace aus seiner eigenen Partei, da Amerika sich de facto im Kriege mit Rußland befinde. – Dicke, schwere Luft. Schweres Herz. – Versuch, den Brief an Paci über »Faustus« fertig zu machen.

Zürich, Baur au lac, Sonntag den 13. VIII. 50

Genügend geschlafen im Stuhl und Bett. Störung durch die Ohren trotz Behandlung mit Alkohol. Trübes Wetter. Gebadet, Zweifel, ob ich mich nachmittags dem Besuch auf dem Dolder anschließen soll. Dunkle Stimmung. Schrieb immerhin den Brief an Paci zu Ende, – eine gewisse Energieleistung. Ging mit K. in den Anlagen am See. Erklärte, daß ich am Dolder-Besuch nicht teilnähme. Es sollte aus ihm aber heute garnichts werden, da Erika durch schlechte Nachrichten über und von Landshoff schwer getroffen ist. Zum Lunch die Mazzucchetti. Kaffee mit ihr im Garten. Auch mit ihr das Rückkehr-Problem. Toscanini ebenfalls soll sehr ungern zurückkehren. Verabschiedung von dieser Freundin auf unbestimmte Zeit. – Las Tolstoi. Später Ruhe ohne Ruhe. Lala Pringsheim und Witwe Nelly treffen ein. Besuch von Trebitsch, dann von Feist. Die Probleme wiederum. F. macht sich anheischig, ein Haus zu beschaffen und unser Verweilen zu finanzieren. Seinerseits, wie so viele, möchte er nach Amerika, da er die Überschwemmung Europas durch die Russen fürchtet. – »New Statesman and Nation« denunziert McArthur als Anstifter des Krieges und des Komplots mit Tschang-Kai-Tschek. »N.Y. Herald Tribune« übernimmt den Artikel. – Mit den verwandten Damen zur Fischerstube am See u. Abendessen mit Oprechts, die einfältig und eigentlich recht unbescheiden politisieren, zum Beispiel über den Reuter-Korrespondenten Peat. Unheimlich charakteristisch für den allgemein vergifteten Zustand ist die dämliche Wut, in die die gutmütige und sehr dumme Emmy Oprecht bei solchen Gelegenheiten gerät. Kesten erschien; er war mit dem Verleger K. Desch und seiner Frau aus München, und ich gesellte mich nach dem Kaffee für längere Zeit zu dieser Partie. Über das Erscheinen des Buches von Lesser etc. – Stimmung irrationaler Weise etwas aufgehellt. Daß es bei der Rückreise bleibt, ist nun wohl gewiß. Sie geschieht auf gut Glück. Lunch auf dem Dolder mit den Trebitsch für Dienstag in Aussicht genommen.

Zürich, Montag den 14. VIII. 50
Andauer des trüben Wetters. Nach 8 auf. Buch-Widmung an das lesende Zimmermädchen. – Schrieb an Kübler vom »Du« in Sachen des Aufsatzes. Mit K. und der Schwägerin Lalla zu einigen Besorgungen in der Stadt. Sommerhitze. Zu Hause umgekleidet. Lunch zu fünft mit den beiden Schwägerinnen im Speisesaal. Späte, revolutionäre Schriften von Tolstoi. K. bei Prof. Traugott, der mit dem Befund sehr zufrieden. – Erikas Aufsatz, der in der dänischen »Information« schon erschienen, von der »N. Schw. Rundschau« trotz Hesses Drängen abgelehnt. Es geht nicht mehr und niemand von uns wird mehr zu Worte kommen. Dies Wort ist unerträglich geworden. Ein Drei Viertel-Kriegszustand, dessen Ende ich kaum erleben werde, nein, gewiß nicht, wird noch verschärft sich unabsehbar hinziehen und einfressen. Wie es uns unter ihm drüben ergehen wird, ist nicht zu sagen. Es steht gewiß aller Welt viel Not, Entbehrung, Reduzierung bevor. – Schwermut. – Unsere Reise-Vorbereitungen sind, bei allem Hin- und Her von Zweifeln, getroffen. Wir fliegen am Donnerstag nach London. – Abendessen bei Oprechts mit Erika, Schwägerin Lalla, die alles ungeheuer genießt, der Giehse, Schweizers, Hirschfeld, der von Kampen kam. Zerstreuung durch die Gesellschaft. Erika unterhaltend mit Hilfe von Cocktails. Genoß freundschaftliche Ehr-

erbietung. Schweizer will uns zum Flugplatz fahren. Schließlich Verabschiedung auf gut Glück und auf Wiedersehen »nächstes Jahr.« – Brief von Somerville zu Hause mit beifälligen Stimmen zu seinem Buch (Einstein).

Zürich, Dienstag den 15. VIII. 50

9 Uhr auf. Klarer Himmel. Erika, die gestern noch ein Treffen mit dem Editor von »Tomorrow« hatte, meldet, daß dieser ihren Aufsatz in seiner Zeitschrift bringen will, – was nicht aufkommt für das Erscheinen in deutscher Sprache, aber interessant genug ist. – Gut ausgeschlafen; verhältnismäßig ruhig. Wir fahren mittags auf den Dolder. Ob ich den Jungen noch einmal sehe? Er mag gerade Ausgang haben. Neugier, wie es sich fügen wird. – Erika fährt nachmittags mit der Giehse nach Paris, wohin sie den Wagen bringt. Firma wünscht, daß wir ihn nach Californien nehmen, weil sie ungern die Dollars hergibt. – – Saß mittags mit einiger Post (Schweizer Volkskalender mit Artikel über mich von Fiedler) auf einer schattigen Bank im Garten. Dann letzte Fahrt mit Erika in der »Minx« hinauf zum Dolder, empfangen von den Trebitsch. Lunch mit ihnen im Speisesaal. Fremde Bedienung. Es scheint, daß Erika, unter dem Vorwand zu telephonieren, den Jungen herbestellt hatte, »guten Tag zu sagen«. Er machte sich im Vorraum des Speisesaals zu schaffen, als ich mit Trebitsch vom Tische kam. Meine Augen hatten ihn die ganze Zeit gesucht, sie zögerten, zu glauben, daß er es sei. »Da ist ja der Franzl!« Er kam heran. Händeschütteln, Freude. »Das ist ja schön, daß man sich noch einmal sieht!« Seine reizende, gespielte und doch auch aufrichtige Gesichts- und Kopfbewegung bei der mündlichen Wiederholung des »Ich habe mich wirklich *sehr* gefreut über Ihren Brief!« Ich hatte mich gefreut über seine guten Nachrichten. Sie waren schlecht geworden. Die Anstellung in Genf hätte nur für sofort gegolten, und er ist bis Ende der Saison im Dolder gebunden. So »steht er vor dem Nichts«. Ich berührte teilnehmend seinen Arm. Es werde sich schon etwas anderes

finden. Sah sein Gesicht so genau, die etwas schräg stehenden braunen Augen, die starken Zähne, den schmeichelnden Ausdruck. Robustheit des Kopfes und Körpers bei einer gewissen kindlichen Zartheit des Wesens, der Sprechweise. »Wie ich Ihnen schrieb: Wenn ich Ihnen auf irgendeine Weise behilflich sein kann –« Bat ihn, mir über sein Ergehen zu schreiben. Versuchte, ihm meine Adresse klar zu machen. Er verließ sich darauf, sie bei der Reception zu erfahren – der ich sie schreiben muß. Konnte mich nicht satt an ihm sehen, – der wohlbald ein etwas schwerer, oberbayrischer Wirtssohn sein wird. Kräftiger, freundschaftlicher Händedruck zum Abschied. – Auf Nie mehr wiedersehen. Er ist dankbar für meine Zuneigung, – die zu wenig praktische Energie erzeugt. Hätte ich ihm nicht helfen können, nicht mit dem Direktor sprechen sollen, daß er ihn entläßt. Ist mein Schauen, meine Liebe nur egoistischer Genuß? Zu meiner Entschuldigung dient die Schwierigkeit jedes Tuns für ihn, und er erwartet dergleichen auch wohl nicht. Aber ich würde an wen immer schreiben, wenn er meine Freundschaft ernst genug nähme und die Gewandtheit hätte, mich darum zu bitten. – Der Druck seiner kräftigen Hand. Sein Lächeln, seine Augen. Unvergeßlich auf jeden Fall. Eine Liebe, ein Gefallen im Extrem, eine Zuneigung aus Herzensgrund. Und doch sind es die entzückten Sinne, nicht das »Herz«. Oder doch? Ich glaube wenig an das Wort »Herz«, und doch gibt es, was es meint. – – Wir verbrachten den Abend mit den Schwägerinnen im Cirkus Knie. Bewundernswerte Leistungen, wunderschöne Pferde, Komik. Nachher Suppe und Bündnerfleisch in [Lücke i. Ms.]. Begegnung mit Oprecht. Nachricht von Golos Ankunft. Spät zu Bette. Erika nachmittags mit der Giehse fort nach Paris.

Zürich, Mittwoch den 16. VIII. 50

Nach 8 Uhr auf. Klares Sommerwetter. Maria zum Packen. Golo spricht vor. – Die gestrige Begegnung wirkt stark im Gemüte nach. Das Wesen der Liebe seltsamste Aufhebung der

Abneigung gegen das Mitgeschöpf durch Sympathie: Kein Widerwille mehr gegen zu nahe Berührung, gegen die fremde Leiblichkeit, etwa mit ihm im Bett zu liegen. Dies primär, aber sogleich zum Verlangen werdend. Nicht notwendig zum starken Verlangen und Begehren, zur Leidenschaft. Es kann sich im Negativen, in der Suspensierung des fleischlichen Ich-Du-Verhältnis halten, Zärtlichkeit bleiben, kurz, was man »Herz« nennt. – Unsicher, ob das richtig ist. Das Glück der realen Vereinigung und Umarmung sehr zweifelhaft. – Packerei zum Voranschicken. – Ging zum Haarschneiden. Zum Lunch Golo und Al. Frey. Intermezzo Walters, auf dem Wege nach Luzern. Lotte überbringt die Nachricht von Erikas Anwalt Jacobson, er befürchte, daß sie bei der Ankunft in New York nach Ellis Island gebracht werde. Neue Verstörung unserer Reisepläne. Beratung mit Golo. Anmeldung eines Ferngesprächs mit E. in Paris. Hierbleiben mir durchaus zuwider. Noch mehr jede Gefahr der Abtrennung von Erika, wie sie durch ihre Reise über Canada entstehen könnte. Schwere Sorge. Jede Zeitungslektüre macht die rapid wachsende Spannung und die Dicke der Luft fühlbar. Längeres Verweilen in London, damit Erika nach dem Week end mit Behörden wegen ihres Schutzes Fühlung nimmt? – Packen mit Hilfe der Maria fortgesetzt. Müssen auf jeden Fall fort. Die Situation ärger und gefährlicher als 1933. Warten auf die Verbindung mit Erika.

Zürich, Donnerstag den 17. VIII. 50

Wir aßen gestern mit Oprechts im »Rüden« zu Abend. Bei der Heimkehr Verbindung mit Erika. Ihr kommt die Sache nicht unerwartet, aber ich sage ihr, daß ich gegebenen Falles mit ihr nach Ellis Island gehen und den Besuch der Ausstellung absagen würde. Meine Erbitterung und Erregung sind ausnehmend und können mich an Ort und Stelle weit führen. E. ist unbedingt für Einhaltung des Reiseprogramms und für unsere Zusammenkunft in London. Das Weitere mag sich finden. – Tief geschlafen. ½ 8 auf. Packen der Handtasche. Beruhigungstelegramm von Erika. Schweizer fährt zuerst das Gepäck zum Flugplatz und holt dann uns. – Verhandlungen Feists mit dem Verlage Scherz in Bern wegen Schweizer Lizenz-Ausgaben. –

London, Hotel Savoy.

Gegen Mittag mit Schweizer und Emmy Oprecht zum Flugplatz. Wermut im Restaurant. – Garten. Leichte Zoll-Formalitäten und herzliche Verabschiedung. Winken mit Schweizer Fähnchen. Versicherung der Oprecht, [Hans Oprecht?] mit dem sie gesprochen, glaube keinen Augenblick an die Befürchtung des Anwalts. In mir arbeitet der Gedanke daran weiter, und meine Phantasie spiegelt mir furchtbare Szenen vor. – Kurze Fahrt mit englischem Flugzeug, mit Lunch. Schlief gegen Ende des Fluges. Ida Herz zur Ankunft bereit. Formalitäten und lange Fahrt bei regnerischem Wetter zum Hotel. Überraschend großartige Wohnung. Meldung der Presse. Afternoon tea mit der Herz. Blumen von ihr, von Warburg und vom Hotel. Blick auf die Themse. K. packt aus mit der Herz. Teleph. Verabredungen mit den alten Cousinen und Sternfeld.

London, Freitag den 18. VIII. 50

Verbrachten den gestrigen Nachmittag und Abend mit der Herz. Aßen mit ihr im Grill unten. Nachts schlimme Ohren. Stand 9 Uhr auf. 11 Uhr traf Erika ein. Sie beschwichtigt. Will entweder auf jedes Risiko hin am 20. mit uns fliegen oder sich durch Golo vertreten lassen und hier bleiben, um uns in der Schweiz den Boden zu bereiten. Gegen die Hinnahme ihres Arrestes empört sich alles in mir. Sie wiegelt ab. Man dürfe die Handlungen eines wahnsinnigen Landes nicht persönlich nehmen. Beschluß, zunächst mit dem Anwalt Jacobs in New York zu telephonieren. – Diktierte K. einen Brief an Bermann in Sachen der Schweizer Lizenz-Ausgaben von »Buddenbrooks« und dem »Erwählten« auf Grund eines gestrigen Telegramms von Feist, der mit dem Verlage Scherz in Bern verhandelt. Es geht darum, mir in der Schweiz eine finanzielle

Grundlage zu schaffen. – Mein Befinden sehr erschüttert. Die Nachrichten von Korea recht schlecht für Amerika. Der Zwiespalt zwischen diesem und England wegen Formosa immer unverhüllter. Lippman schreibt, Amerika handle unter innerem Druck (der Feldzug McCarthy's). Der Schrecken vor seinem Benehmen in Europa wachsend. – – Prachtwohnung, sonderbar nach dem Schweizer Zimmer. – – Besuch von Sternfeld und von den Cousinen, von denen die jüngere einer Leiche gleicht. Langes Ferngespräch Erikas mit New York ohne rechtes Ergebnis. K. tritt für den Rat des Jacobs ein, E. solle über Canada reisen, wodurch selbst ihre Aufhaltung an der Grenze viel von Aufsehen und Publizität verlöre und wir nicht berührt wären, sodaß wir aussichtsreicher unsere Übersiedlung nach der Schweiz vorbereiten könnten. – Hatten Lunch nahebei in dem früher frequentierten Keller-Restaurant und Dinner mit den Cousinen hier im Grill. Alle Gespräche drehten sich um die Frage unserer Reise. Sprach lange mit Erika allein. Sie würde Ellis Island nicht scheuen, würde auch allein zurückbleiben, die Möglichkeit, daß K. und Golo voranreisen, ebenfalls erwogen. Mein Bedürfnis, vorläufig zur Ruhe zu kommen, um den Gregor zu beenden, fällt hauptsächlich ins Gewicht; ebenso meine unbedingte Abweisung des Gedankens, jetzt in die Schweiz zurückzukehren, was äußerst beschämend wäre, abgesehen von der Heimlosigkeit, die zunächst unser Los wäre. Der Plan der getrennten Einreise hat am meisten Chancen. Möglich, daß die Wiedervereinigung mit Erika dann nur durch unsere unauffällige Flucht aus U.S.A. möglich wäre. Wozu die Frage der Paß-Entziehung tritt.

London, Sonnabend den 19. VIII. 50

9 Uhr auf. Briefe von Feist und Scherz in Sachen der Schweizer Ausgaben. Noch widerspruchsvoll. K. bei Erika zur Unterredung. Meine Stimmung beginnt phlegmatisch und gleichgültig zu werden. Gedanken über das Geheimnis des Erotischen, selbst Überlegungen den Roman betreffend mischen sich in die

brennenden Lebensfragen. – Wetter hell sonnig. – Wir hatten Lunch mit der Herz, die für morgen den Wagen besorgt. Aßen abends in einem Keller-Lokal, wo Erika die Bekanntschaft mit einem alten italienisch geborenen Kellner aus der Zeit des »Blitzes« erneuerte. Die Entscheidung befestigt sich, daß morgen nur K. und ich fliegen, Erika dagegen zunächst nach Amsterdam geht, wo der manisch-depressive Landshoff sich in geschlossener Anstalt befindet, dann zurück nach Zürich und uns in ca 10 Tagen über Canada nachfolgt – wenn sie durchkommt.

London, Sonntag den 20. VIII. 50

Tag der Rückreise nach Amerika. Wir stürzen uns abends 8 Uhr in das die Zeit aufhebende Abenteuer des Fluges, müssen schon 6 Uhr hier aufbrechen. Die Herz wird im Lauf des Vormittags kommen, um beim Packen behilflich zu sein. Erika wird uns begleiten. Meine Stimmung ist bitter, fatalistisch, auf Schlimmes gefaßt, aber die Aussicht, in unserem Hause Ruhe zu finden ist das Positive. Stumpf und müde von Erregungen hoffe ich dort in einigen Monaten den Roman zu beenden, worauf alles ankommt. – Gestern war Warburg zum Thee bei uns und blieb 2½ Stunden. Über das Politische und Literarische. – Gab ihm »Meine Zeit«. Erika empfing, da ich nicht zuhören kann, deutsche Herren, von denen einer mit Sicherheit behauptete, in zehn Tagen würden die Amerikaner aus Korea geworfen sein. (?)

New York, Montag den 22. VIII. 50. Hotel St. Regis

Wir räumten am 20. um 7 Uhr die Zimmer und waren bei Erika. Sie begleitete uns um 8 Uhr zum Flugplatz. Der »President« von der Pan American Line ging erst um 10. Formalitäten und langes Warten. Verabschiedung von Erika beim Zoll. Sie gedachte gestern in aller Frühe nach Amsterdam zu fliegen. Ich war mehr stumpf als bewegt. Wir gingen zum Flugzeug, das sehr geräumig, die Sitze bequem. Junger Schaffner, hübsch, mit prächtigen Zähnen, der mir seine Bewunderung und Ergebenheit ausdrückte. »Könnte alles für mich tun. Und welche Ehre, mich zu haben«. Trägt dunkle Gläser, weil er Gläser braucht und es dadurch, daß er sie in Schutzgläser verwandelt, nicht merken lassen will. Dies Bekenntnis später, auf meine Frage. Nahm Ychrat mit dem servierten Cocktail. Die Zeit ändert sich rapide. Niedergehen in Irland, wo man restauriert wurde. Kaffee mit weiterem Ychrat-Calcium. Längerer Schlaf zur Nacht, dabei wilde Heimsuchung. *Gander,* New Foundland, gestern. Langer Aufenthalt. Nach der Abfahrt Wiederumkehr wegen Ausfall eines Motors. Neues Warten von 2 Stunden oder mehr. Dann ungestörte Weiterfahrt über Boston nach New York, glatte Landung. Ankunft, Inspektionen durchaus freundlich und leicht, nur daß wir viel Nebengepäck ohne Hilfe zu schleppen hatten. Der Zollbeamte besonders nachsichtig u. schonend. Konnten nicht umhin zu denken, daß Erika leicht hätte mit uns kommen können. Journalist. Lange Taxi-Fahrt hierher. Nägel erfreut. Zimmer im 6. Stock. Auspacken, Wechseln der Wäsche. Später Suppe und Schinken vom room service. Überwältigend müde. Las aber noch eine Rede über englischen Humor (von der Herz gegeben). Blumen von Collin.

Tief geschlafen. Nach 8 Uhr auf. Gebadet. Frühstück mit Oatmeal. Die Zimmer zu kalt durch die Air condition. Telephonische Verabredungen mit Gumpert, Collin, Moni, die vom Lande hereingekommen. Das Wetter ziemlich heiter. K. sucht ½ 11 Uhr den Rechtsanwalt Jacobs auf.

Die Überfahrt war ein recht wildes Abenteuer. Ich las in Dostojewsky's »Ein Werdender« in Korfiz Holms Übersetzung, die mir irgend jemand geschenkt. Viel gehen die Gedanken zurück, gequält, beschämt, verwundert, zu den Abenteuern und Bildern der langen Reise, mein ständiges Vergafft sein in allerlei Jugend. Wie weit weg von alldem nun wieder getragen. Amerika gewissermaßen heimatlich und vorläufig nicht bedrohlich. Anruf einer Agentur wegen Erikas reservations nach Los Angeles konnte schlecht beantworten. Meine praktische Unfähigkeit, verstärkt durch Verwöhnung, beschämt mich.

Völlige Präokkupation durch Leidenschaften, Liebeskummer, die nur durch Dichtung leidlich zu erlösen. Diese ist es aber schließlich, die uns alle ernährt, und es ist von vitaler Wichtigkeit, daß ich zu Hause so bald wie möglich den Gregor zu Ende schreibe. – Anruf von Coshland. – Nach K.'s Rückkehr von dem Anwalt, der alberner Weise »enttäuscht« ist, daß Erika nicht mit uns gekommen, Besuch von Collin. Dazu Moni. Später überraschendes Erscheinen von Agnes Meyer, die im Begriffe, nach Europa aufzubrechen, auch nach Deutschland, wo sie Studien machen und Vorträge halten will. Sagt vollständige Militarisation dieses Landes voraus, was sie nicht als military Dicta[tor]ship gedeutet wissen wollte. Redet oberflächlichen Unsinn wie immer. Verabschiedet sich unter Küssen. – Gumpert holt uns zum Essen ab, mit Moni, über die Straße im Swiss, jetzt Cafe Coat. Machte ihm Vorhaltungen wegen seines liebedienerischen Pro-Amerika-Artikels. – Gutes Editorial von Lippmann »Kassandra speaking«. – Lange geschlafen. –

New York, Dienstag? den 23. VIII. 50 St. Regis.

Gestern Abend mit Collin (dazu Moni) in einem Restaurant zu Abend gegessen, nahe dem Cinéma, wo »The difficult years« läuft, der italienische Film, den C. uns, offenbar zu Propaganda-Zwecken zeigen wollte. War unwohl und nahm nur Minestrone und Thee. Der Film hat Vorzüge, ist aber nicht so gut wie der Bycicle Thief. Übermüdet nachher, drängte nach Hause, nahm 1 ½ Phanodorm und ging gleich zu Bette. – Heute nach 8 Uhr auf. Leichte Dickdarmreizung. Sorge um Erika, deren Einreise durch die Hintertür ich für fehlerhaft halte. – Frühstückte Thee und Oat Meal. Werde wohl im Lauf des Tages leidend sein, muß mich aber für den Besuch in Yale straff machen. Das Wetter leidlich günstig.

New York, Donnerstag den 24. VIII. 50

Wurden gestern abgeholt von den Fischer-Töchtern u. dem jungen Gatten der einen und fuhren mit ihnen bei starker Wärme zwei Stunden nach *New Haven*, zur Yale Library, wo Angell uns erwartete. Angestellte der Library. Besichtigung der liebevoll organisierten Ausstellung, die allen verfügbaren Raum einnimmt. Danach Presse-Konferenz, die freundlich begann und dann zu meiner Qual politisch ausartete, ohne daß die Geistesgegenwart gehabt hätte, es zu verhindern. Schwere Verstimmung darüber. Photogr. Aufnahmen. Lunch-Empfang im Garten eines der Library-Gelehrten, Spezialist für englisches 18. Jahrhundert. Längeres Gespräch mit Thornton Wilder. Verabschiedung um 4 Uhr und zweistündige Rückfahrt. Im Hotel äußerstes Versagen der Nerven, das zu einer Szene mit K. führte. Beklagenswert und so gut wie möglich wiederhergestellt. Aßen im »Aiglon« zu Abend, wobei es mir wieder einmal unmöglich war, das Fleisch zu kauen. Huldigung einer Tischrunde junger (offenbar kommunistischer) Leute. – Heute Morgen gebadet und reichliches Frühstück genommen, die einzige Mahlzeit, die mir schmeckt. Collin, natürlich, verlangt schriftliche Äußerung über den Film.

Chicago, Shoreland, Freitag den 25. VIII. 50

Schrieb in New York den Brief für Collin über den italienischen Film. Hatten noch einmal Lunch mit Gumpert und Moni im bekannten Swiss Restaurant. Zu Hause gepackt, gewartet und ca ½ 5 Uhr in Collins Begleitung abgereist. (K. vergaß ihr Reise-Checkbuch an der Kasse.) Reden mit Collin im Compartment über Verfilmungsmöglichkeiten. Abfahrt gegen 6 oder 5 nach Chicagoer Zeit. – Müde, leidend. Dinner im Speisewagen. Las nachher in einem Buch über den Hiß-Prozeß, von Coshland überbracht. Unbequemes Schlafengehen. Unruhiger Schlaf. Heute gegen 7 Uhr auf und im Speisewagen in Gesellschaft einer älteren Dame aus Cansas City gefrühstückt. Ankunft hier vor 9. Medi am Zuge. Mit ihr ins Hotel. Sehr bequeme Wohnung mit zwei Bädern im 9. Stock. Längere Unterredung mit Medi über die allgemeine und unsere Lage, Erika etc.. Schlummerte etwas in der Sofa-Ecke, während die Frauen auspackten. Ordnete selbst meine Toiletten-Gegenstände u. wechselte das Hemd. – Weh und schwer. Erinnerungen glimmen an erschaute und geliebte Jugend. O Dio! O Dio! O Dio! Wundes Herz. In vostro fiato son le mie parole. Das will mir nicht aus dem Sinn, Augen, Hermesbeine, la forza d'un bel viso. – Dies die letzte Station der langen Herfahrt, das Ziel noch weit, und es ist unsicher. Dunkelheit der Zukunft. Möge sie mir soviel Ruhe gewähren, daß ich mich in der Arbeit zerstreuen und sammeln kann, die noch am meisten ans Leben bindet. Möge Erika bald kommen! Möchte ich Frido noch wiedersehen! Möchte vielleicht der Junge vom Dolder nur einmal schreiben! – Blick auf den weiten See, Ufer, Bäume, Straße mit eilenden Automobilen. – Zuviel gelitten, zuviel gegafft und mich entzückt. Mich zuviel von der Welt am Narrenseil führen lassen. Wäre alles besser *nicht* gewesen? Es *war* und der Händedruck, das »Ich habe mich wirklich *sehr* gefreut« bleibt ein schmerzlicher Schatz. – – Warum schreibe ich dies alles? Um es noch rechtzeitig vor meinem Tode zu vernichten? Oder wünsche, daß die Welt mich *kenne*? Ich glaube, sie weiß, wenigstens unter Kennern, ohnedies mehr von mir, als sie mir zugibt. – – –

Chicago, Sonntag den 27. VIII. 1950

Schrieb gestern strengen Brief an Bermann wegen der Schweizer Lizenz-Ausgabe. Etwas am See gegangen mit K.; saßen auf einer Schattenbank. Feuchte Hitze. Viele Leute am Ufer und auf den Grasplätzen. Selbstverständlich fielen meine Augen auf einen Adonis in der Badehose; vollkommen schön, sogar die Gesichtszüge. Fand das Phantasma auf dem Rückweg nicht wieder. – Lunch im Hotel mit Peter Pr. und Frau, die nachher im Living Room mit K. in Erbschaftsangelegenheiten konferierten. Hielt mich im Schlafzimmer, wie auch von 5 bis 6 während Borgese mit K. eine Unterredung wegen der Übersiedlung der Familie nach Italien hatte. Medi nahm Neuro-Trasentin von mir gegen das Asthma, unter dem sie wieder leidet, was sich nur zu leicht durch die allgemeine u. persönliche Lage erklärt. 7 Uhr Abendessen bei Borgese mit Peter Pringsheim und Kahler, der zugereist. Medi treuliche Wirtin. Die Aufführung, das hemmungslose egozentrische Rodomontieren Borgeses, sein Alleinreden nachher unerträglich und für Medi qualvoll. – Las im Lauf des Tages viel in dem Buch von Cooke über den Hiß-Prozeß. – Brief von Erika aus dem Flugzeug von Amsterdam nach Zürich. Konnte Landshoff nicht sehen. Wird über London nach Toronto fliegen. – Unmögliche Aggressionsrede des Secretary of the Navy, von Truman und Acheson verleugnet. – Medi fuhr uns wie gewöhnlich nach Hause. Sehr warm – feuchte Nacht. – Nahm ein, auch Tropfen und kam bald zur Ruhe, nachdem es mir gelungen, K's Badezimmertür, deren Griff abgefallen, zu öffnen. Heut hat die feuchte Hitze zugenommen. Gegen 9 auf. Beim Frühstück Medi mit den Kindern. Mit ihr einiges Ungefähre über die Zukunft. Sie fährt mit K. Downtown. – Die Plackerei der langen Fahrt nach Angeles, die wir abends antreten, steht mir vor. Auch sie wird sich abhaspeln. Die Rückfahrt über den Sunset (ohne Erika) wird sich vollziehen, wir werden ins Gewohnte einkehren und sehen, wie die Dinge sich fügen. Ich darf nicht vergessen, daß unter aller Qual und Pein meines Lebens ein Grund von Gunst und Sonnigkeit liegt, der sich behauptend und bestimmend durchscheint. – –

Montag den 28. VIII. 50. Im Zuge nach Los Angeles

Die letzte Station der Rückreise liegt schon weit hinter uns. Bei frischerem Wetter rollt der Zug dem Zuhause entgegen schon seit 12 Stunden. Hatten gestern, nachdem die 10 Gepäckstücke fertig und in Medi's Wagen verstaut waren, reichlich Thee-Imbiß bei Borgeses. Dann fuhr Medi uns, begleitet von den Kindern zum Bahnhof. Hatten viel Zeit. Vor sieben in den Zug, wo zwei Abteile mit je eigener Toilette reserviert waren. Geringe Besetzung sonst. Medi saß noch eine Weile bei uns und nahm, wie gewöhnlich, schwer Abschied, mit dem Vorsatz, noch vor Weihnachten in der San Remo vorzusprechen. Ich las noch in Cookes sehr fesselndem Buch. Ließen bald die Betten machen. Die Umstände viel komfortabler als auf der Fahrt nach Chicago. Nahm ausgiebig ein u. schlief ohne Erwachen bis 7 Uhr. Gegen ½ 8 auf, flüchtige Toilette. Großer Raum im Speisewagen. Das Täßchen Bed Coffee, dann Thee-Frühstück. – Ich denke, zu Hause, in meinem Eigen und Bereich, werde ich die Qualen der Reise vergessen und verschmerzen und mich selbst wiederfinden trotz den Augen des kleinen Franz Westermeier und jenen Hermes-Beinen auf dem Tennisplatz. Ich werde diese Gesichte und Entzückungen in mir bewahren, indem ich von ihnen genese und vom Selbstverlust, der mich so alt und schwer machte. Daß *alle* Erinnerung für mich im Wesentlichen peinvoll ist, und daß ich ganz aufs Vorwärtsblicken angewiesen bin, bleibt bestehen.

»Lebe frisch in neuen Dingen
Und vergiß den toten Kram!«

Was nicht hindert, daß sich unter dem toten Kram manches *Schatz*artige befindet. – Von mir weichen möge der Ekel, das Grauen vor *allem*, das ich, als Resultat nervöser Erschöpfung, in letzter Zeit empfand. – Was die Liebesabenteuer betrifft, so gilt es einzugestehen, daß man um ihretwillen *auszieht*. Die vorige Reise, wenn ich nicht irre, war enttäuschend frei davon. Aber zweifellos ist mein Enthusiasmus für das Jung-Männliche in letzter Zeit, vielleicht aus Torschluß-Gefühl, stürmisch gewachsen, mein Auge ungeheuer wach und schmerzlich-begierig für alle dergleichen Schönheit, die Nicht-Empfänglichkeit dafür mir bis zur Verachtung unbegreiflich. Daß die Bewunderungswürdigkeit des »göttlichen Jünglings« alles Weibliche weit übertrifft und eine Sehnsucht erregt, vergleichlich mit *nichts* in der Welt, ist mir Axiom. Andeutungen des Ideals genügen dem Entzücken. Franzl war kein göttlicher Jüngling, sondern nur lieb. – –

Dienstag den 29. VIII. 50. Zug nach Angeles
Der gestrige Reisetag ist schlecht und recht hingebracht, mit Gängen zu den Mahlzeiten, Ruhen auf der Bank, Lesen in dem Prozeß-Buch, das ich nun endgültig ablege. Nicht zu vergessen das Rauchen, dies Behagen meines sonst unbehaglichen Lebens. Im Speisewagen junger Negro-Waiter, 26, wie er auf meine Frage angab, von ausnehmend angenehmen Gesichtszügen, intelligenten Manieren, schlanker Figur. Die Rasse hat sonst nie Anziehung für mich. Diesen hatte sofort ins Auge gefaßt und freute mich, daß er uns abends bediente. War waiter mit 18, 3 Jahre lang Soldat in Europa, besonders in Frankfurt. Sehr hübsches Lächeln, einige Koketterie wie beim Franzl aus Tegernsee. Auch eine Augengabe, wenn auch kaum zu längerem Gedenken. – Gestern schwer eingeschlafen. 4 Uhr wach. Belästigung durch die Ohren. Californien ist da, blauer Himmel, Kakteen-Landschaft, dürre Hügel. Wir haben fast anderthalb Stunden Verspätung und werden erst zum Lunch zu Hause sein. – –

Pacif. Palisades. Ankunft Los Angeles ½ 11. Klaus Pr. am Bahnhof. Sommerwärme. Heimfahrt in Fuhrmanns Wagen. Ungläubig. Zu Hause Empfang durch die getreuen Damen. Der sehr groß gewordene Pudel Algi, lieb und verspielt. Vorzeigen der eingegangenen Bücher, Manuskripte, Briefe. Neue Bände der Schweizer Goethe-Ausgabe. Ablehnend gegen alles andere. Die Damen verabschiedeten sich vor [dem Essen.] Mahlzeit zu zweit, die erste private seit langer Zeit. Saß wie im Traum. Ruhte im Arbeitszimmer. Nach dem Thee mit K. Gang durch den Garten. Dinge geschleppt und eingeordnet. Die Kalender-Uhr gerichtet. Unordentliche Fülle, über der eine Scheinordnung aufrecht zu erhalten. Möglichst bald zur Arbeit zu gelangen. Der Wirrwarr der Reise, das Leiden der Sinne, des Herzens. Nun umgibt das Alte mich wieder, und ich weiß nicht, ob es mich ödet, ob es mich freut. – –

P. P. Mittwoch den 30. VIII. 50

Gestern Abend Beschäftigung mit lagernden Zeitschriften. Östliche Artikel über mich. Die Nacht gut verbracht. Genuß der Privacy. Morgens der gewohnte Kaffee, von der dicken Perline hingestellt, die wieder eingetreten. Gebadet. Das gewohnte Frühstück auf der Terrasse. Gegenwart des Pudels. Ausräumen der Manuskript-Tasche. Das Wetter neblig-warm. – Telegramm Erikas aus Zürich wegen Mogeleien Bermanns in Sachen der Gutenberg-Ausgabe von »Buddenbrooks«, die, wie ich vermutet, garnicht abgeschlossen, da G. nicht Zbg. und Buddenbrooks gleichzeitig herausbringen kann. Ich hätte »B.'s« Duttweiler angeboten, womit Druck auf Gutenberg ausgeübt. Üble Dinge. – Las in den Aufzeichnungen der Dolder- und Suvretta-Zeit. – – Langer patriotischer Trauer- und Warnungsbrief von der Meyer über »Meine Zeit«. Begann, ihn sanft zu beantworten. – Zum Thee Eva Hermann. – K. telephonierte mit Neumanns. – Las eine englische Broschüre, wissenschaftlich-psychoanalytisch über Homosexualität, – die das Ergebnis der Inzestangst in Beziehung auf die Mutter sein soll etc. [.] Die gelehrte Unwissenheit selbst. – Nachricht von schwerer Erkrankung Kuno Fiedlers. – Abends etwas Musik gehört. – Genuß der privacy.

P. P. Donnerstag den 31. VIII. 50

½ 8 auf nach recht gutem Schlaf. 8 Uhr Kaffee, von K. bereitet. Der unruhige Pudel dabei. – Schrieb an Mrs. Meyer, antwortend, mild und schonend. Nutzlose Mühe. – Las in Platens Gaselen und Sonetten und fand die geisterhaften Liebesverse auf:

»Ich bin wie Leib dem Geist, wie Geist dem Leibe dir.
Ich bin wie Weib dem Mann, wie Mann dem Weibe dir.
Wen darfst du lieben sonst, da von der Lippe fort
Mit ewigen Küssen ich den Tod vertreibe dir?«
Wundervoll.

P. P. Freitag den 1. IX. 50

Vor 8 Uhr auf. Nebel, kühl. Elektrisch rasiert nach dem Kaffee und gebadet. Zeitungsausschnitt mit Bild, wie ich angeblich in Paris die Deklaration Pour l'interdiction de l'arme atomique unterschreibe. Fälschung mit vorjähriger Photographie. Schwierig, sich dazu zu verhalten. – Brief an Bermann will geschrieben sein. – Wurde vormittags geschrieben, nicht ohne Mitgefühl. – Dr. Jacobson zum Spaziergang und Lunch. Ließ den Pudel meist frei laufen. – Nachmittags Brief an den schwer kranken Fiedler ins Prättigauer Hospital. Brief an seinen Amtsbruder, der mir schrieb. Ungewiß, ob meine Worte ihn noch lebend treffen. – Beschäftigung mit lagernden Zuschriften. In der »Weltbühne« Auszüge aus europäischen u. amerikanischen Zeitungen über die Zustände in Süd-Korea. Die überfallene freie Republik. – Telegramm Erikas aus New York.

P. P. Sonnabend den 2. IX. 50

Verspätet auf. K. Blasenkatarrh. Erschrocken. Anmeldung beim Arzt. – Telegramm von Erika, unterzeichnet »Mann«, daß sie schon heute Abend hier eintrifft und mit Taxi zu uns kommt. Etwas unheimlich, zumal in ihrem letzten Brief aus Zürich dunkel von »Schwierigkeiten« die Rede war. Gefaßt abzuwarten. – Die gestrige Rede Trumans im Radio – bedrohlich. Doch werden Redereien Unverantwortlicher zugunsten des Präventivkrieges offiziell zurückgewiesen. – – Einige Vorbereitungen für Kommendes im Roman. – Gegangen mit dem Pudel. Zum Lunch Klaus Pr. mit Sohn. Nachmittags die Kahn, die mit K., dann mit mir arbeitete. Tranken Kaffee nach dem Abendessen und warteten auf Erika, die ca ½ 11 Uhr eintraf, ohne besonders Böses zu bringen. Erörterung der Frage der »Registration« wegen Verbindung mit den »Arts and Professions«. Längere Unterhaltung, heitere Episoden der Reise Erikas. Die allgemeine Lage. Die Frage Bermann-Scherz. Spät zu Bette.

P. P. Sonntag den 3. IX. 50

Gut geschlafen. Warmer Tag. Frühstück auf der Terrasse mit Erika. Zeitungsneuigkeiten über die Registration of Reds. Ein Rückzug der Amerikaner in Korea wieder einmal bei gewaltiger Übermacht. Die Koreaner haben nicht ein Flugzeug und gehen mit Stöcken und Messern gegen die Flammenwerfer und Patten-Tanks vor. Das Land wird zerstört, die Städte zertrümmert, die Bevölkerung ausgetilgt: in order to bring peace and happiness, wie Truman sagt. Mac Arthur meldet »den U.N.« daß das rote China Rekruten zur Unterstützung der Koreaner ausbildet. – – Beschäftigung mit dem Manuskript. Durchkorrigieren des 2. Durchschlages. Bei drückender Wärme mit dem Pudel ¾ Stunden gegangen. Eintreffen von Constanze Hallgarten als Gast für 2 Tage. Geschwätzige Einfalt. Schwer zuzuhören. Schrieb an L. Lewisohn über seinen Vortrag, der den »Faustus« gegen dummdreiste amerikan. Kritik verteidigt. – Verbrachte den Abend bei den Damen im Wohnzimmer. Etwas Musik: Violinsonate von C. Frank. Wüstenhitze zunehmend. Keine Abkühlung. – Noch keine Information über mein Verhältnis zum Committee of Arts and Professions und die Notwendigkeit, zu registrieren.

P. P. Montag den 4. IX. 50

Labor Day-Feiertag. Aber Perline und Vattaru arbeiten. Hielt nachts bis ½ 7 Uhr die Fenster offen. Abkühlung. Heute wieder warm doch neblig. K. noch inkommodiert durch ihren Blasenkatarrh. Frühstück mit dem Vogelhirn auf der Terrasse. – Schrieb etwas am Kapitel, schwierig. Ging nicht weit. Hitze. Beendete nachmittags den Brief an Lewisohn. Nach dem

Abendessen Abfahrt des greisen Hündchens mit Erika. Versäumung des Zuges durch Straßenverbesserung und späte Rückkehr beider. Bei meiner gegenwärtigen Sehnsucht nach Jugend widersteht mir das Runzel-Antlitz. – Mit Erika Telegramme an Bermann, Kategorisch, und an Scherz. – Bis sie kam, saß ich im Wohnzimmer und hörte gelangweilt Musik. Man preist mein Aussehen, aber meine Müdigkeit ist groß, ich habe keine Lust zu lesen und fühle meine rezeptive u. produktive Arbeitskraft schwinden. Dostojewskys »Werdender« langweilt mich meist.

P. P. Dienstag den 5. IX. 50

Frühstück mit dem noch einmal daseienden Hündchen. Ein russischer, angeblich aggressiver Flieger an der koreanischen Küste abgeschossen. Radio-Propaganda-Rede Eisenhowers, für die Alliierten Rußlands bestimmt, gegen die Verleumdung Amerikas als imperialistischer Macht. Warnung vor Welt-Konflikt. Die Lage wird und kann sich nur verschlimmern. – K. telephoniert mit einem der Sache kundigen Rechtsanwalt wegen der Frage unserer registration und fährt vormittags zu ihm. – Arbeitete am Kapitel und schrieb noch nachmittags eine Seite um. – Der Anwalt ist sehr entschieden gegen die registration. Forget about it. – Zum Abendessen Neumanns. Amüsante Schilderungen Kittys vom Siegerland Deutschland, besonders des schlemmenden und saufenden München. Im dicht besetzten Café Luitpold Mokka mit Crème und Schlagsahne 10 Mark incl. Trinkgeld. Der Übermut, die Anmaßung, geschürt von den Amerikanern, die »das falsche Schwein geschlachtet« haben. Neubau des Residenztheaters, reiche Läden, prächtige Hotels. Keine Krise zu besorgen, da die Währung, höher als der Franken, durch Amerika gedeckt, den Export blühend gemacht u. Tauschverträge mit anderen Ländern eingegangen. Widerwille der Urmünchnerin gegen ihre Stadt.

P. P. Mittwoch den 6. IX. 50

Schwer eingeschlafen. Störung durch die Ohren. ½ 9 auf. Nebel. Legaler Protest gegen die registration, die bisher 2 Meldungen gebracht hat. Eine Albernheit. – Beleidigung der Marines durch Truman, der ihnen eitle Propaganda vorwirft. – Die Nord-Koreaner nehmen einen der beiden Ausschiffungs-Hafenplätze ein. Doch ist es ein Hin- und Herschwanken, das schließlich doch wohl mit der Vernichtung der Koreaner enden muß. – – Arbeitete am Kapitel, mit dem, sei es aus Müdigkeit oder sachlichen Gründen, nicht viel anzufangen weiß. Ging mit dem Pudel weit, Amalfi Drive ganz hinunter. Das Frei laufen lassen des unerfahrenen Tieres gefährlich. Zum Lunch Klaus Pr. [.] Zum Thee die Kahn. Motschans Idee, den Quo vadis Verlag zu übernehmen, schwierig zu beantworten. Die entworfene [Antwort] zurückgehalten. Las etwas in Goethes Novellen. Hörte Musik. Erikas Freundinnen aus Ohi übernachten bei uns. K.'s Blasenleiden wenig gebessert. Meine Verfassung sehr matt. – Weiteres Gerede über die registration, auch schon über Concentrationslager für Kommunisten und fellow travellers im Emergency-Fall.

P. P. Donnerstag den 7. IX. 50

Naß, Nebel, Dunkelheit. Ohne Magd. Magenverstimmung. Warten auf Bermanns Reaktion. Heimliches Warten auf einen Brief von dem auf dem Dolder, närrisch. – – Ziemlich fruchtlose Arbeit am Kapitel. Rendez-vous mit der Jacobson, Ocean Avenue, zu kurzem Spaziergang und Lunch im Miramar. Photostat des Nietzsche-Brief. Veröffentlichung mit Kommentar über Knortz im »Americ. Scholar« oder »Modern Languages« geplant. – Nachmittags Brief an Motschan in Sachen Mühlestein. – Buch eines Deutschen (J. Mühlberger) über Tschaikowsky und seine Homosexualität, miserabel und wirr geschrieben. – Hörte gestern »Frauen-Liebe und -Leben« und war gerührt von der klassisch verklärenden, gewissermaßen abstrakten Vereinfachung des Frauenlebens in diesen Liedern;

besonders wieder von dem Schlußstück mit »Der Schleier fällt« und »Du meine Welt«.

P.P. Freitag den 8. IX. 50

Nässe, Dunkel. – Das Dokumentarische in dem Tschaikowsky-Buch interessant, so schlecht es präsentiert ist. – Blick in die Zeitung zeigt die entsetzliche und Furcht einflößende Verfassung des Landes. – – Recht fruchtlose Bemühung um das Kapitel. Der Pudel zum Scheren. Allein etwas gegangen. Brief von Bermann, der die Schweizer Ausgaben zu meinem größten Unwillen unmöglich macht. – Weiters in dem Tschaikowsky-Buch, das durchaus unangenehm und schlecht romantisch gehalten. – Zum Abendessen Feuchtwangers. Viel über die politische Lage. Er fühlt sich als »enemy alien« (Deutscher) gefährdet. Glaubt, [daß] durch die Aufnahme Rot-China's in den Sicherheitsrat der Koreanische Krieg, den jeder hier bereue, beigelegt werden wird. (?)

P.P. Sonnabend den 9. IX. 50

Empfindlich kalte Nacht. Vor 8 auf und früh im Garten, wo ich den Pudel nach einer Citrone laufen ließ. Frühstück auf der Terrasse. Verachtungsvoller Blick in die Zeitung. Das Wetter seit gestern Nachmittag heller. – Arbeit am Kapitel, freudlos. – Spaziergang mit dem Pudel an der Leine. Mehrfache Belästigung. Zerbrach den schönen Spazierstock in Abwehr des widerlichen alten Tschau. – Kummer über K.'s Leiden, das sich als Blasen-Katarrh mit Nieren-Affektion (Eiweiß) herausstellt. Bettruhe und Sulfa, dazu viel Getränk und Wärmekissen. Las ihr nachmittags vor: Kellers »Ursula«, vortreffliches Reformationszeitbild. – Resignierendes Telegramm an Scherz. – Las Molières »Geizigen«.

P.P. Sonntag den 10. IX. 50

Dunkel, kühl; Heizung. K. hat die Nacht leidlich verbracht. Erika besorgte das Frühstück. Die richtige Sonntagszeitung voller Blödsinn. – Eintreffen Golo's. Mühe mit dem Kapitel. – Gegangen und eingeholt von Erika und Golo; Lunch mit ihnen im French Café. Nachher bei K.. Las ihr nachmittags wieder vor, Fortsetzung von Kellers »Ursula«. Zum Abendessen sehr gute Steaks, von Erika bereitet. Las Molières »Eingebildeten Kranken« und fand nicht viel zu bewundern. Fahre abends im Stuhl mit dem »Werdenden« fort.

P.P. Montag den 11. IX. 50

Nebeldunkel. K. fühlt sich gebessert. Bleibt im Bett u. fährt mit der Sulpha-Kur fort. – Gestern zum Thee Dr. Roß mit Gatten in Sachen eines Beitrags für ein Technology-Jahrbuch zugunsten Israels. Dilatorisch-ablehnendes Verhalten. – Acheson warnt vorsorglich das rote China, in den Korea-Krieg einzugreifen. Russische Denunzation der barbarischen Zerstörung des Landes u. seiner Industrie durch Bombardements. Gallup stellt überwiegende Sympathie der amerik. Bevölkerung für indische Vermittlung und Einstellung des Krieges fest. – – Mühe mit dem Kapitel. Die Jacobson zum Lunch. Vorher mit ihr u. dem Pudel gegangen in der Nähe. K. im Bette. Las ihr »Ursula« zu Ende vor, nicht sonderlich befriedigt. Viel Post, Zeitschriften. Interpellation wegen meiner Äußerung über den Schumannplan. Phantastisch dumm-gelehrtes Manuskript, »psychologisch«, über Faustus, durch den Verlag »Die Fähre«.

P.P. Dienstag den 12. IX. 50

General Smuts in Johannisburg gestorben. G. B. Shaw an einem Knochenbruch operiert u. natürlich in bedenklichem Zustand. – Arbeit am Kapitel wider Gefallen. Mit Erika zur Fußpflege nach S. Monica. K., gebessert, noch im Bett. Las ihr nachmittags Kellers »Legende« vom schlimmheiligen Mönch, die mir *auch* nicht gefiel.

P. P. Mittwoch den 13. IX. 50

Abdankung des Secretary of Defense Johnson. Marshall statt seiner. Der Morgen wieder sehr dunkel. Vorm Frühstück dem Pudel die Citrone geworfen. Abneigungsvoller Blick in die Zeitung. K. wird von Erika zum Arzt gefahren. – – Abschluß des Auffindungskapitels und Beginn eines neuen, des drittletzten. – Gegangen mit dem Pudel, wobei es viele Störungen gab. Eingeholt von K., deren Untersuchung sehr günstig verlaufen. Sie blieb tagüber außer Bett. Nachsendung aus Zürich, darunter Gedichtsammlung und Brief von Frau Fritz Busch. Längere, verspätete Äußerung darüber nachmittags und abends. Sehr gute Aufführung von Tschaikowskys Italienischer Phantasie.

P. P. Donnerstag den 14. IX. 50

Gebadet. K. frühstückt im Bett. Brief von Bermann, der alle Klagen zurückweist u. seine Besorgnis ausspricht wegen des Rückgangs des Verkaufs meiner Bücher in Deutschland infolge meiner politischen Haltung. – Annahme des Registrierungsgesetzes für Californien. – Weniges am neuen Abschnitt. Fahrt mit Erika zu Dr. Kully, der die Ohren in gutem Zustande fand, sie reinigte u. behandelte. Beurteilte die Schleimhaut-Reizung der Backen als stabil, wünscht aber Kontrolle durch Obermaier. Zum Essen zurück. Golo hat Gartenhäuschen nahe seinem College gemietet. Nachmittags einiges Briefliche mit K.. Abends mit ihr und den Kindern. Die Weltlage wiederholt das Gespräch. Die Niederlage Koreas jetzt wohl sicher. Innere Entspannung kaum davon zu erwarten. Erfrischende Artikel in »New Statesman and Nation«, von der Herz übersandt.

P. P. Freitag den 15. IX. 50

Morgens Gespräch mit K. unsere Übersiedelung nach der Schweiz im Frühjahr betreffend. Dégoûtiert mehr und mehr von diesem Lande. – Am Roman, so gut es ging, tapfer. Mit K. und dem Pudel Corona del Mar. Las mit Verwunderung eine auf eigene Kosten gedruckte Erzählung »The Hitchhiker«

meines in Florenz lebenden Protégé Donald Windham. – Reisetasche aus Zürich mit Wäsche und Papieren, darunter Franzl Westermeiers Brief, den ich genau so werte wie die Bleistiftschnitzel W.T.'s. Nichts hat sich in dieser Beziehung geändert. Das Portrait der Vittoria Colonna, zugehörig, füge ebenfalls diesem Hefte bei – mit dem Hintergedanken übrigens alle Tagebücher in irgend einem sich empfehlenden Augenblick zu verbrennen. – Auswahl und Ordnung in der Schweiz empfangener Brief[e]. – Musik von Prokofjew; seine Palette, kecke Bewegung. Verbrachte den Abend im Wohnzimmer. Las später in »Sinn und Form« Abschnitte aus Heinrichs »Henri« und utopische Merkwürdigkeiten von E. Bloch.

P.P. Sonnabend den 16. IX. 50

Nach Mitternacht Aufstörung K.'s und Erika's durch das Telephon: Collect-Anruf Golos durch seinen Army-Freund Jim, der seiner Frau entlaufen und zu G. nach Claremont ziehen möchte. Vernünftiges Einschreiten K.'s. – – Gestern zum Lunch Christopher Isherwood. – Geheimnisvolle Zahlung von mehr als 4000 Dollars von meinem tschechischen Verlag, von dem nichts zu erwarten war. Annahme, daß das Geld »dorther« auf diesem Wege kommt. – – Beharrliche Wetterlage mit neblig dunklen und kühlen Morgen, drückend warmen Mittagen und klaren Nachmittagen. – Arbeit am Gregor. Um jeden Preis fertig machen. – Daß ich den Brief des kleinen Westermeier in dies Heft legte, – durchaus infantile Handlung. – Etwas gegangen mit dem Pudel. Mit Erika, die mich einholte, über Windhams seltsam obszöne kleine Geschichte. – Schrieb nachmittags an einen jungen Schweizer in New York, der sich auf einer kritischen Studienreise durch die U.S. befindet u. mich besuchen wollte. – Hörten abends »Othello«.

P.P. Sonntag den 17. IX. 50

Regen, schon nachts hörbar. Abfahrt Golos nach Claremont, wo er das gemietete Gartenhäuschen zu beziehen hofft. – Ohne

Mädchen. – Etwas gearbeitet. – Lunch mit K. im French Café, nach einiger Bewegung. – Erika nachts nervöse Herzbeschwerden. – Nachmittags einiges Briefliche, Karten an Schweizer und Oprechts, Brief an Frau Voßler. – Bibis Absicht, an der Münchener musik. Akademie Stellung zu suchen. Warum auch nicht. – Hörten abends schlechte amerikanische Musik und lachten über Jack Benny.

P.P. Montag den 18. IX. 50

Die Zeitungen voller Siegesnachrichten aus Korea. Der Zusammenbruch steht bevor, Mac Arthur wohnt ihm bei, Russen und Chinesen lassen ihn geschehen, ohne einen Finger zu rühren. Dennoch schreibt man, daß Rußlands »nächstes« Invasionsziel Iran sei. – Feucht, wärmlich, drückend. – Medi nach New York, um mit den »World Federalists« zu verhandeln, bevor sie nach Paris geht, und wenn jene garzu »westblockmäßige« Bedingungen machen, zurückzutreten. Ihr Ehrgeiz wird allerlei akzeptieren, wie K. meint. – – Arbeit an dem kurzen Kapitel der Tafel-Auffindung gegen das Ende, das einen Akzent braucht. – Mit K. und dem Pudel in Pacif. Palisades. – Tausend Dollars »Faustus«-Honorar aus Paris. – Zeitschriften, deutsche Blätter. Belzner über eine private Denunziationsgesellschaft hier, gegen die sich die Herald Tribune wendet. Ein anderer Artikel der Rhein-Neckar-Zeitung über die Fragwürdigkeit der westlichen Aufrüstungspraktiken. Das Ganze stellt sich mehr und mehr als ein Volksbetrug sondergleichen heraus. – Brief an Pablo Heßlein, privat, über den Schumannplan. – Erika beim Abendessen über den Tod Reinhardts und die finstere Rolle der Mendelssohn dabei. Besorgte Zweifel.

P.P. Dienstag den 19. IX. 50

Lichtes Wetter. Gutes Verhalten des Pudels nachts bei K.. Spielte morgens mit ihm. Blick in die Zeitung vermieden. – Arbeit. Lesen von Lyrik, Brentano, Goethe. Schlußkadenz des kurzen Kapitels vor Wiederaufnahme des Läutens nicht zu finden. Leidend tagüber. Denke viel an all die Vorangegangenen, Vermoderten. – Ging mit dem Pudel. – Rychner in der »Tat« über das Klaus-Gedenkbuch. Anständig. – In der »Nation« guter Artikel über Korea, Amerika, Asien. Die Russen sehen die Verwüstung Koreas nicht ungern, weil sie den Haß aller Asiaten gegen Amerika zur Weißglut steigert. – Danksagung an Windham und für ein anderes englisches Buch. Kopfschmerzen. Unterhielt mich mit dem New Yorker. – Kummer über Erika's Unwohlsein und Verweigerung des Essens bei exzessivem Rauchen. Sie bearbeitet ihren Peat-Artikel für ein schwedisches Blatt.

P.P. Mittwoch den 20. IX. 50

Helles Wetter, warm. Frühstück auf der Terrasse. – Vischinsky lächelnd mit der Queen Elizabeth eingetroffen. – Schloß schlecht und recht das Kapitel ab u. beschäftigte mich mit Korrespondenz. Fuhren aus nach S. Monica; gegangen dort in möglichst schattigen Straßen. Hitze. Im Arbeitszimmer geruht. Zum Abendessen Marcuse. Später seine Frau. Politische Gespräche. – Brief an R. Schweizer, der Bilder von Kloten (17. August) sandte. Bilder für Lübeck signiert auf Wunsch des Marty.

P.P. Donnerstag den 21. IX. 50

Nebel, Abkühlung. Beschäftigung mit Korrespondenz. Mittags wieder sehr warm. Fahrt zu Dr. Obermaier, der einen Furunkel auf der Backe operierte, Salbe für die Nase. Heilstoff für die Mundwinkel verordnete, auf Vitamin-A-Zufuhr drang. Besorgungen. Dann zum Lunch im Miramar. Versendung von Exemplaren »Meine Zeit«. Abends Vorlesung der Kapitel »Der zweite Besuch« und »Die Auffindung« in Gegenwart der Damen aus Ohi.

P.P. Freitag den 22. IX. 50

Korrespondenz. Ging mit dem Pudel aus, aber es war kein Durchkommen, da die Straßen zur Wasserrohrlegung aufgerissen. Der Uhrmacher setzte die Kugeluhr wieder in Bewegung. Erika berichtet von der Begeisterung der Damen von Ohi über die vorgelesenen Kapitel und bestätigt die Gelungenheit, was mich ermutigt. – Dinner bei Alma Mahler mit Witwe Rieser, einem Musiker und einem Producer-Ehepaar. Unsinn. Aß und trank zuviel. Gepauk von Mahler-Musik auf schlecht gehaltenem Klavier. – Erika bis Montag nach Ohi.

P. P. Sonnabend den 23. IX. 50

Benutzung des roten Lacks für die Mundwinkel. 3 x täglich A-Vitamin. – Der Neger Dr. Bunch erhält den Friedensnobelpreis. – Formelle Auflösung der großen Ruhr-Kartelle durch die Alliierten, wohl um den Schumann-Plan annehmbarer zu machen. – Sympathie-Kundgebung Chinas für die Koreaner. – Beschäftigung mit dem neuen (vorletzten) Kapitel. – Fuhr aus mit K. nach Corona del Mare. – Klaus Pr. zum Lunch. – Vorübergehender Verlust des Schweizer Taschenscherchens und Hervorsuchen des aufbewahrten anderen, das sich wohl 15 Jahre lang in seiner Verpackung blank und neu erhalten. – Einige Briefarbeit mit K.. (An Dr. von Hartungen, Innsbruck). Handschriftliches danach (Dr. Meckauer, New York). – Aufhebung der Sommerzeit, Zurückstellen der Uhren, langer Abend. Hörten Rigoletto.

P. P. Sonntag den 24. IX. 50

Wiederholtes Erwachen. Nach dem Kaffee rasiert. Frühstück auf der Terrasse. Annahme des Anti-Kommunisten-Gesetzes auch im Senat nach langem, heftigen Widerstand einer Minorität. Abtransport eines Dauerredners (Langer). Erklärung der kommunistischen Partei, daß man nicht registrieren werde. Erklärung von juristischer Seite in Washington, daß man angesichts der Verurteilung des Gesetzes durch den Präsidenten, es nicht voll anwenden werde. Man ist sich seiner Hysterie bewußt. – Russische Meldungen über die rücksichtslose Zerstörung von Seoul: Barbarismus der Amerikaner. – – Geschrieben am Einzugskapitel. Beim Ausgang mit dem Pudel sehr unzuträgliche Störungen. – Mahlzeiten mit K. allein, sorgfältig von ihr bereitet. – Schrieb Briefe an Marcuse und Preetorius. – Opernmusik aus St. Francisco.

P. P. Montag den 25. IX. 50

Neblig und kühl. Möchte seit Tagen den Schluß des vorigen Kapitels in Verse bringen, was aber nicht gelingen will. – Etwas am Manuskript. Rundgang, da die Aufreißungen wieder durchkommen ließen. – Mißliche Community-Insistenz (Captain Lapham) auf Teilnahme an einer »Crusade for Freedom«, National Committee for a free Europe. Brieflich abgelehnt als piece of ideological warfare. Unbehagen. – Zum Thee Frau Kahn mit ihrer Mutter und Schwester. Israelisches. – Sonderbare Fesselung des Pudels im Garten mit Bindfaden. Unerklärlich. – Viel Post. Fragen von Hatfield für sein Buch. – Zeitschriften; New Statesman.

P. P. Dienstag den 26. IX. 50

Stärker sich regender Wunsch, hier wegzukommen. Erste Notwendigkeit die Fertigstellung des Romans. – Neblig, kühl, Heizung. – Das brennende Seoul eingenommen. Erbärmlich. – Arbeit, träge, am Kapitel (und an den Versen vorher). In Westwood zum Umtausch der Taschenfeder. Viel Druckwerk zu lesen. Einiges Briefliche erledigt. Abends Klaus Pr.. Las vor aus seinem Japan-Buch.

P. P. Mittwoch den 27. IX. 50

K. früh ins Hospital zur Massage. Frühstück mit Klaus Pr. Engländer dringen auf Herstellung eines »geeinigten und freien« Korea. – Am vorletzten Kapitel. Nur fertig werden. Mit K. in P. P.-Park. Klaus Pr. noch zum Lunch. Berichtete von einem Musiker moderner Richtung, der ein passionierter Leser des »Faustus«. Nach der Ruhe Thee, rasiert und angekleidet. Dieterles zum Abendessen. Fühlende Brüste. Viel über die Zustände, die Spionage, die vielen Berufstode. Fluchtdrang neu erweckt. Erika für Verkauf des Hauses, da nach stillem Fortgang mit keinem Wiederkommen zu rechnen. –

P. P. Donnerstag den 28. IX. 50

Kurze Beschäftigung mit dem Kapitel. 11 Uhr Fahrt zu Obermaier. Mit den Anwendungen fortzufahren. Fahrt zur Ocean Avenue, dort etwas gegangen. Dann Lunch im Miramar. – Lagernde Manuskripte, Geburtstagscarmina etc. Aufsätze, deutsch und englisch, von Lesser. Ein paar kurze Schreiben. Zum Abendessen bei Feuchtwangers. Über seinen neuen Rousseau-Roman, der schon zu einem Drittel fertig. Über Einsteins Reise nach Israel, von der er wohl nicht wiederkehren wird. Lieh mir Hamsuns unter Hitler geschriebenen Roman »Der Ring schließt sich«, den er höchlich rühmt. – Schlechter Magen seit mittags schon. Kohle. – Die Ausgangskapitel fast notwendig schwach.

P. P. Freitag den 29. IX. 50

Etwas zögernde Arbeit am Kapitel. Nicht ausgegangen. Mme Massary zum Lunch. Nachmittags geschlafen. Durchsicht lagernder Sendungen und ein paar Briefe. Antworten an Dr. Hatfield, Columbia University. Abends Lieder. Entzückt vom »Musensohn«. Las zufällig in einer Sendung etwas Mittelhochdeutsches über den Bischof Anno, das mir half.

P. P. Sonnabend den 30. IX. 50

Gestern den Roman von Hamsun zu lesen begonnen. Entsetzliche Rede Mac Arthurs bei der Wiedereinsetzung des berüchtigten Rhee in Seoul. Entsetzliche Rede Mc. Carthys im Republ. Women-Club, Los Angeles. – Kalte Nacht. Morgens klarer Himmel. Die Ohi-Damen machten beim Frühstück auf der Terrasse photogr. Aufnahmen. – Geschrieben am Kapitel. Ausfahrt nach Corona del Mare. Klaus Pr. zum Lunch. Weitere Aufnahmen der Ohi-Damen. Las in dem Hamsun. Nachmittags Briefe mit K.. Schrieb selbst an Frau Schickele (Vence). Abends »Fidelio«. Edle Schönheit, klassizistisch steif doch im Vergleich mit dem Zauber des Romantischen, das nachfolgte: Elsas Traum. Aber freilich das Edle steht höher, als der Zauber. – »Die Frist ist um«, prachtvolle Arie.

P.P. Sonntag den 1. X. 50

Ordnung des reizenden Uhr-Kalenders vom 30. auf den 1.. Triumpf in Korea. Unconditional surrender verlangt, sowie Auslieferung der Gefangenen. In den U.N. großer Lärm wegen Vishinskys Vorschlag, daß man die Nordkoreaner hören soll. – Im Gespräch immer wieder der Beschluß, daß der Gregorius fertig sein muß, bevor über unseren Verbleib ernstlich diskutiert wird. – Herrscht sonniges, warmes Wetter. Die Arbeit, nicht mehr als humoristische Kompilation, geht rascher vonstatten. Ging mit dem Hund in der Nähe. Las einen Aufsatz von Anni Carlsson über Göthe's »Faust« als mythisches Weltbild. Las im Hamsun. Abends schön gesungene Opern-Arien.

P.P. Montag den 2. X. 50

Andauer des sonnigen, warmen Wetters. – Südkoreanische Truppen überschreiten auf amerik. Weisung den 38. Breitengrad. Kapitulation des Nordens unwahrscheinlich. Die mit Land versehenen und bewaffneten Bauern werden weiter kämpfen. Im Übrigen ist, sollte man sagen[,] »Korea« der größte Sieg seit der Erstürmung des Warschauer Ghettos. Arbeit. (Päpstliche Taten). Nicht gegangen. Dem Pudel die Citrone geworfen. – Nachmittags Brief an Anni Carlsson. Abends Lieder und die geliebte Lohengrin-Musik.

P.P. Dienstag den 3. X. 50

Hitze. – Keine Kapitulation der Nord-Koreaner. – Nach der Arbeit nach Westwood zum Haarschneiden. Angenehmes Gesicht des einen Negers. Neuer langer Brief von Frau Busch, der mir wieder Arbeit machen wird. Netter Brief eines deutschen

Primaners. Briefe des vom Typhus genesenen Fiedler, noch aus dem Hospital. Seine Behandlung dort scheint von höchster Sorgfalt gewesen zu sein. – Schrieb nachmittags für Prof. Eppelsheim in Frankfurt aus der Oratio ad amicos einen Abschnitt auf ein Folioblatt, das einer Mappe eingefügt werden soll. Abends Beethoven-Violin-Konzert, gespielt von Menuhin. Der Pudel sehr komisch und ausgelassen mit Erika.

P.P. Mittwoch den 4. X. 50

Andauer des sehr warmen Wetters bei kühlen Nächten. Androhung gewaltigen Anwachsens der Steuern. – Humoristisch am Regierungskapitel. – Ausfahrt mit dem Pudel nach P.P.-Park. – Nachmittags »M. Z.« an verschiedene Personen. Danksagende Briefe, drei. – Zum Abendessen Prof. Pollack, alter Urning, ganz angenehm. – Unwohl im Magen und Kopf. Abendliche Kühle. – Degoutante Geschichte des U.S. Senators, der mit Hilfe eines russischen einstigen Kriegskameraden »den eisernen Vorhang durchbricht« und hier eine Publicity daraus macht, die dem russ. Offizier wahrscheinlich das Leben kostet. Niemand nimmt Anstoß daran.

P.P. Donnerstag den 5. X. 50

Wie lange soll das dauern. – Hitze wiederum. – 100 000 Mann bereit, in Nord-Korea einzufallen. Die U.N. einverstanden. – Arbeit. Auf der Ozean-Promenade; dann Lunch im French Café. Dr. Mann. – Briefe von Frey und von Glenway Wescott, interessant wegen Windhams und seines »Dog Star«. – Zum Thee bei dem Maler Ballin und seiner Frau, Member of the Institute. Atelier. Schnurrige Bilder. – Schrieb nachher an Frau Busch, nicht sehr erfreulich für sie. – Die »Winterreise«: unvergleichlich! – Weiter im Hamsun.

P.P. Freitag den 6. X. 50

Nebelig. Kühler. – Hamsun sehr gut. Das Erotische, vielmehr Geschlechtliche tritt in dem Altersroman viel stärker hervor, als früher. – Gräßliche Zeitung. – Schloß das Regierungskapitel ab. – Ausfahrt nach Corona del Mare mit dem Pudel. – Pessimistischer Brief von Belzner. Begeisterter Bericht über die Yale-Ausstellung in der »Staatszeitung« von K. Jonas. – An M. George geschrieben, nicht zu Ende. Golo zum Wochenende, recht unbefriedigt von der Tätigkeit in seinem »Men's College«. Dummheit der Studenten. Abends Vorlesung von »Die Wandlung« und »Der große Papst«. Unterhaltend.

P. P. Sonnabend den 7. X. 50

Von früh, wenn die Hähne krähen, zu oft erwacht. – Dr. Mann zur Konsultation wegen Erikas. Zuerst Gespräch mit K.. Feierliche Versicherung an China und Rußland, daß man die koreanische Grenze nicht überschreiten wolle und es nicht auf »Basen« dort abgesehen habe. Aber das ganze Land wird ja *eine* Base sein. – Beendigung des Briefes an M. George und Weiteres. – Erikas nervöse Gesundheitskrise dankenswert aufgehalten und zum Besseren gewendet durch Dr. Mann, dem sie vertraut, dem sie alles eröffnete, und der das Gefährlichste regelte. Führte mehrstündigen Schlaf und einige Beruhigung herbei. Ein Gewichtsverlust von 10 Pfund ist aufzuholen in öfteren kleinen Mahlzeiten. Kein Alkohol, noch Kaffee. Das Rauchen läßt er ihr. – Ausfahrt nach P. P. Park. Nachmittags Brief an Fiedler. – Douteuse Artikel im »Monat«. – Abends etwas aus »Samson und Dalila«.

P. P. Sonntag den 8. X. 50

Morgens Massage des Leibes mit Öl, da ich den Bauch hasse. Will mit der Übung fortfahren. – Die Registration of Reds von einem Richter für ungesetzlich erklärt. Sehr mutig. – Vorbereitungen zum Schlußkapitel. Dann Korrespondenz, die nachmittags fortgesetzt wurde. Ging allein bis zum Alten Haus. Wiederholt bei Erika, die ruhiger, aber noch an Magenschmerzen leidet, angeblich von der Leber herkommend, auf die sich die Schlafmittel geworfen. Nimmt kleine Mahlzeiten. Abends

Konzert mit der Flagstadt, die schwache Lieder von Strauß, dann den Schluß der Götterdämmerung sang.

P. P. Montag den 9. X. 50

Neblig, kühl. – Churchill nach Kopenhagen, um Ritter des »Elephanten« zu werden. Die »Legionäre« fordern Achesons Rücktritt, weil er nicht sofort Atombomben auf Rußland werfen will. Seinerseits er im Willky-Haus gegen leichtfertiges Kriegsgerede. – Bemerkenswert der Artikel Baldwins über die Brutalität der amerikanischen Kriegsführung, die schlimmer sei, als alles sonst Geleistete, und durch die es den Anspruch auf moralische Führung verwirkt habe. Steht in den L.A. Times und überall. – – Gestern Abend nervöser Schüttelfrost. Heute den ganzen Tag angegriffen. – Vorbereitungen zum Schlußkapitel. Zur P. P. Bank wegen Transferierung japanischer holdings. Gegangen von da bis zum Meer mit dem Hund, der mich sehr ärgerte. – Erika leicht gebessert. Thee bei ihr. Danach Fahrt nach Hollywood zu Neumanns, ihre neue hübsche Wohnung zu sehen. Cocktail. – »Aufbau« und »Nation« gelesen. L. Schwarzschild †. Ebenso der Begründer des Inselverlags, [A. Kippenberg]. – Abends Klavierkonzert von Tschaikowsky, most brillant. Soviel Lebensmelancholie, vereint mit soviel glänzender Gesellschaftsfähigkeit in der Kunst.

P. P. Dienstag den 10. X. 50

Warm. Die Legionaires feiern Orgien von Dummheit und Aggressivität. Die Gesichter! – Der »formal war« in Korea soll diesen Monat zu Ende gehen. – – Begann das letzte Kapitel (XXX) zu schreiben. – Zur Fußpflege nach S. M. – Erika zu den Mahlzeiten auf. – Nachmittags ein paar Briefe. (An Neider über seine Ungezogenheiten.) – Zeitschriften. Schuberts große Symphonie unter Toscanini, höchst liebenswürdig.

P. P. Mittwoch den 11. X. 50

Truman fliegt zum Besuch McArthurs. Zurückweisung der Übergabe durch die Nord-Koreaner. Neue Warnung des kommunist[isch]en China. Sein Eingreifen wäre gewissen Leuten sehr willkommen, denn dann wäre der Krieg kein Präventivkrieg. Die Siegesnachrichten waren unwillkommen, weil sie die Opferwilligkeit schwächen. Die Börse reagierte mit Depression. Welche Welt! – – Warmes Wetter. – An XXX geschrieben (Penkhart). – Ausgefahren mit dem Hund nach Corona del Mare. – Thee bei Erika mit der Kahn, der ich dann eine Reihe von Briefen diktierte. (Jewish Club-Vorlesung?). Danach noch Eigenhändiges. Begann abends »Olivia« by Olivia zu lesen. Fuhr im Stuhl mit dem Hamsun fort, der doch nicht sehr viel mehr bietet.

P. P. Donnerstag den 12. X. 50

Wüstenhitze. Calamität. – Nationalistische Orgien der Legionäre. – Telegrammwechsel zwischen Stalin u. dem nordkorean. Premier. – Truman unterwegs zum Rendez-vous mit Mac Arthur im Pacific. – Schrieb an XXX. mit Wörterbüchern. – Etwas auf der Promenade. Dann Lunch im Miramar. Hatten auf Plätze zu warten. Convention, Legionärsdamen. – Bedrückendste Hitze ohne abendliche Abkühlung. Ruhte im Arbeitszimmer. Etwas Korrespondenz. Las in »Sinn und Form« über Literaturgeschichte. Fuhr mit »Olivia« fort. Spät mit dem Hamsun.

P. P. Freitag den 13. X. 50

Phantastische Hitze, die bis morgen anhalten soll. Schwierige Nacht. Hahnebüchene Schlußkundgebung der Legionaires gegen Acheson und das kommunistische State Department. – Geschrieben an XXX. Kein Gedanke an Ausgehen. Las statt dessen die Post. Brief von M. George in Sachen des Interviews. Radio Corporation will Einleitung zu Wagner-Platten. Joliot-Curie insistiert wegen einer Friedenseingabe an den Security Counsel. – Gelesen in Zeitschriften. New Statesman gegen die deutsche Armierung, die nur als Kriegsmaßnahme Amerikas zu verstehen wäre. – Im Arbeitszimmer geruht. In den oberen Zimmern unheimliche Hitze. – Zum Thee Dr. Angell. Über den Ankauf aller meiner Manuskripte, jedes Blattes durch die Yale Liberary. Kalkulationen wegen des Preises. Eingeschlossen wären diese Tagebücher, seit 1933, die versiegelt und erst 20 Jahre oder 25 nach meinem Tode der »Forschung« zugänglich würden. Heitere Entdeckungen dann, in Gottes Namen. Es kenne mich die Welt, aber erst, wenn alles tot ist. – – Las abends das lesbische Erfolgsbuch »Olivia« zu Ende. Merkwürdige Stellung zwischen Mädchen-Kitsch und höherer Literatur. Gerührt. – Am späteren Abend Abkühlung.

P. P. Sonnabend den 14. X. 50

Erneute Hitze, aber nicht so brandig. – Eine Seite an XXX. Ausfahrt nach Corona del Mare. Zu Tische Klaus Pr. und Sohn, nachher dessen neue Geliebte, recht hübsches Geschöpf. – Abkühlung; ruhte wieder oben. Englische Briefe (Arthur Miller). Abends wärmere Kleidung. Begann Kriegers Alarcón-Bearbeitung vom Richter zu lesen, zwischendurch der Aufführung von Gounods Faust lauschend.

P. P. Sonntag den 15. X. 50

Rückkehr der Temperatur zur Normalität. Nach dem Kaffee rasiert. Frühstück auf der Terrasse. Nichtssagende Berichte über die Entrevue Truman-Mac Arthur. Die U.N. werden »alle Schwierigkeiten überwinden«. – An Kap. XXX. – Ging allein fast ganz hinunter, von Erika geholt. Sie ist etwas besser, sieht aber noch sehr matt [aus] und fühlt sich schwach. – Nachmittags ruhelos, obgleich sehr müde. – Beendete den Brief an Prof. Löwenstein und schrieb an Marck über das unschickliche Angebot der Radio-Gesellschaft (Traubel-Wagner-Album). – Beendete Alarcón Novelle »Die Werbung des Richters« in der Bearbeitung von Krieger. Zu romantisch, zu hochtönend. Wie hätte Goethe das erzählt? – Opernstücke abends. Besuch von Albr. Joseph, mit dem Erika wegen des von Dieterle erwünschten »Zbg«-Films konferierte. Frage der Outline. Nebel.

P. P. Montag den 16. X. 50

Neblig, kühl. Wollene Weste. Mysterium der Pacif. Entrevue. Fleißig gearbeitet. Gegangen bei Seewind. Nachmittags der Kahn Briefe diktiert (an Knopf wegen † Ernst Weiß). Vieles ausgefertigt. Begann »Die Abenteuer der schönen Chariklea« zu lesen.

P. P. Dienstag den 17. X. 50

Die Nacht sehr kalt. Elektr. Sonne. Der Tag will wieder sommerlich werden. – Truman von seiner pazifischen Tour zurück. Wunderschönes Einvernehmen mit MacArthur, der sich aber persönlich recht kühl verhalten zu haben scheint und nicht spazieren fahren wollte. Abflug des Präsidenten zuerst. – – Gearbeitet an XXX. – Ausgefahren mit dem Pudel nach Cor. del Mare. Er soll wegen allgemeiner Unmöglichkeit abgeschafft und wahrscheinlich von Krischna Murti (!) übernommen werden. – Post und Zeitschriften. Klaus Pr. zu Tische. Hat gute Aussichten in Japan. – Nachmittags Brief an Krieger über seine Alarcón-Novelle. – Abends groß aufgemachte Radio-Rede Trumans von letzter Trivialität und Verlogenheit. Und das ist noch der, für den man stimmen müßte. Man wird aber nicht.

P. P. Mittwoch den 18. X. 50

Kalte Nächte und heiße Tage. – Erika zur Röntgen-Untersuchung des Magens. – Die Zeitung unlesbar. In Chicago schreibt ein Scientist, man könne allenfalls für 2 bis 25 Milliarden Dollars im Laufe von 10 Jahren eine Hydrogenbombe herstellen, die wenigstens annähernd die ganze Menschheit austilgte. Geld sollte da keine Rolle spielen. – –

P. P. Freitag den 20. X. 50

Gestern nach kurzer Arbeit Fahrt zu Dr. Obermayer. Besserung der Hautverhältnisse. 4 Wochen Frist. Fahrt zur Promenade, gegangen dort, Lunch im Miramar. Lange Excursion. Müde. – Inaugural-Dissertation [»] T.M. und die französische Literatur« von Schlappner in Bern. Gelesen. Von Frey Kurzgeschichte »Ritter, Tod und Teufel«. Nicht gut. – Handschr. Briefe. – Einnahme der verlassenen und brennenden nordkoreanischen Hauptstadt. – Am Audienz-Kapitel. Nur bis zum Boulevard gegangen. Brief an Dr. Schlappner über seine Dissertation. – Der Heliodor langweilt mich. – In Platens Gedichten wieder einmal, von Gefühl und Virtuosität gerührt und begeistert. Memoriert. – Den Hamsun, sehr reizvoll fast zu Ende glesen. – Golo zum Wochenende.

P. P. Sonnabend den 21. X. 50

Erikas Magenbild negativ. Ihr Zustand, wie sie selbst wohl fühlte, psychogen. – Protest der kommunistischen Mächte gegen die Aufrüstung Deutschlands. Rußland bereit, den Friedensschluß mit Japan zu diskutieren. – Kühles, nebliges Wetter. – Den Pudel noch beibehalten. – Viele liberal-politische Aktionen (»Nation Associates«, Bill of Rights-Organisationen). – – Arbeit an der Audienz. Ausfahrt nach Cordona del Mare mit dem Pudel. Den Hamsun mit herzlichem Beifall beendet. Schrieb den Brief an Schlappner zu Ende. Abends Kaffee und Vorlesung des letzthin Geschriebenen. Fehler mit dem Brokat. Hörten danach etwas von Verdis »Maskenball«. – In Platen[s] Tagebüchern und seinen grotesken Briefwechseln mit German und Schmidtlein. Zügellosigkeit gegen diesen und klobigste Reaktion. So etwas von Verderbtheit! German ersucht, ihm den Besuch zu »schenken«, was P. *nicht* als »erlassen« versteht. Rechnet nicht mit Trivialität des Ausdrucks – wie auch sonst nicht. Komödie der Irrungen. – Das Gedicht von der »Stimme«. »Doch drängt auch nur von ferne – *dein Ton* sich zu mir her ...« Äußerst charakteristisch. So aber auch der ständige

Wechsel des Objekts. »Er« ist überall und hat tausend Gestalten. – Von weitem lockt es mich immer, den Platen-Essay zu einer größeren Abhandlung zu erweitern.

P.P. Sonntag den 22. X. 50

Milde, halb sonnig. Frühstück auf der Terrasse. Die Nord-Koreaner etablieren neue Hauptstadt an der mandschurischen Grenze, wo starke chinesische Truppen-Massierungen – defensiv vermutlich. In Prag stellen die komm. Mächte Plan zur Einigung Deutschlands, ohne Remilitarisierung, im Zeichen des Friedens auf. Zurückziehung aller Okkupationstruppen nach einem Jahr. – – An der »Audienz«. Wenig gegangen. Nachmittags handschr. Briefe an Frey (Basel) und Prof. Weil (Frankfurt). Abends Opernarien und Benny-Unterhaltung. Danach wieder in Platens Tagebüchern. Wie der geliebte Hauptmann auf der Wache ihm einen frühen Tod vorhersagt. In Neapel »ist die Liebe zwischen Männern so verbreitet, daß man selbst bei kühnsten Forderungen nicht Gefahr läuft, abgewiesen zu werden.« Er stellt aber keine. Kann vorher noch sagen, daß er »nie geliebt« habe, weil er das Wort »Liebe« nur auf die Liebe zu Frauen bezieht. Hält an der »Freundschaft« fest, obgleich er sich über die Art seiner Gefühle längst nicht mehr täuscht. Spricht aber doch von »schändlichen Mißverständnissen«, die entstehen könnten, wenn er dem Geliebten schriebe. – Die Philologie hat sie alle nach den Anfangsbuchstaben identifiziert ...

P.P. Montag den 23. X. 50

Schwühl, leichter Regen. – Die Kommunisten registrieren nun einmal nicht. – An der »Audienz«, gegen das Ende. Etwas mit dem Hund gegangen. Frau Katzenellenbogen zu Mittag. – Exemplar der neuen Ausgabe des »Zauberberg«. Nicht sehr schön. Reizender Brief eines jungen Primaners in Lüdenscheid, Deutschland. Brief eines Superintendenten in der Ostzone, der unterm christlichen Gesichtspunkt über mich vorträgt. Brief von J. Chapiro, ein Erasmus-Buch ankündigend. – Bechers 60. Geburtstag, beschwerend. – Nachmittags der Kahn Briefe diktiert. Las abends Zeitschriften. Dann im »Zbg.«. Amüsierte mich über Spirit Holger. Das Erotische im »Pädagogischen« schließlich recht deutlich hervortretend. Settembrinis heiteres und schmerzliches Lächeln. Hans Castorp durchaus charmierend, – wenn man Sinn dafür hat.

P. P. Dienstag den 24. X. 50

Neblig, kühler als gestern. – Nicht gut im Magen. – Verhaftungen von kommun. Agitatoren, nationwide. – Gearbeitet gegen das Ende. Ausfahrt nach P. P.. Klaus Pr. zu Mittag. – Entwertung des New Yorkers durch sein patriotisches Mitmachen. Steht eben mitten im kapitalistischen Leben. – Nachmittags Briefe an den jungen Mann in Lüdenscheid und an Ida Herz zum Dank für die Statesman-Sendungen. – Langer Brief von Bermann über Neu-Auflagen etc. – 85jähriges Jubiläum der »Nation«. – Abends in Dostojewsky's »Jüngling«.

P. P. Mittwoch den 25. X. 50

Die Chinesen schicken sich an, Tibet in ihr Reich einzubeziehen. Neue nordkoreanische Kräfte stellen sich den Amerikanern entgegen trotz allen Versicherungen, daß jeder organisierte Widerstand gebrochen sei. – Eine Bewegung ist spürbar zugunsten allgem. Abrüstung und freiem Handel zwischen Ost und West. – – Gearbeitet gegen das Ende. Etwas mit dem Hund gegangen, zu wenig. – Das Heft von »Du« aus Zürich mit dem Michelangelo-Aufsatz, etwas purifiziert. Der Wunsch, der Junge möchte entgegenkommend gewesen sein, nicht zugelassen. – Tolstoi-Buch von der Hamburger. Las abends darin. Nach dem Thee Brief an Bermann K. diktiert. Auch wegen Klaus' »Wendepunkt«. – Verschlechterung des Mundwinkels und der Backe, verstimmend.

P. P. Donnerstag den 26. X. 50

Nachts Regen. Ziemlich unruhig geschlafen. – Halb 12 Uhr: *Schrieb die letzten Zeilen von »Der Erwählte«* und das Valete. Am 21. Januar 1948: »Schrieb einige Zeilen des Anfangs der Legende, versuchend.« Das sind 2 Jahre und 8 Monate minus dessen, was abzuziehen, was alles in allem wohl 5 Monate beträgt. – – Ging Amalfi Drive hinab. Lunch im French Café. Brief aus Florenz wegen Übersetzung des »Michelangelo« ins Italienische. Briefe von Dr. Kaufmann und der Andersson mit College-Arbeiten über »The Years of my Life«. – Die Damen aus Ohi. Der Pudel psychopathisch nässend. Ratlosigkeit, was mit ihm beginnen. – Vor 7 mit Erika nach Westwood: Guter Film »Sunset Boulevard«, vortrefflich photographiert und gespielt, wenn auch grob präsentiert. – Zu Hause um ½ 10 Blumen-Überraschung im Living Room, veranstaltet von den Damen zur Feier der Beendigung. Caviar und Moët Chandon. Nachher Vorlesung des Audienz-Kapitels. Erika lobte den Ausklang. – Übermüdet.

P. P. Freitag den 27. X. 50

Regen die ganze Nacht. Morgen dunkel und triefend. In San Francisco katastrophale Regengüsse. – Brief an Prof. Jolliot-Curie. – Nach Westwood zum Haarschneiden. – Brief von Motschan wegen eines Sonderdrucks des »Michelangelo« in der Originalform. – Nachmittags lange geschlafen. – Titelblatt, Nach-Bemerkung und Register zum Erwählten. – Brief-Ausfertigungen. – Gelesen in einem deutschen Roman »Makarius« von G. Schwarz. – In »Look« unglaublicher Artikel der armen Mrs. Roosevelt: »*Will* Europe fight on our side?«, mit dem Satz: »Am meisten Furcht hatte ich in Dänemark. Die Dänen würden beinahe alles tun, um eine Verständigung zwischen Amerika und Rußland herbeizuführen.« Geisteszustand!

P. P. Sonnabend den 28. X. 50

Klares Wetter, warm. Nehru beunruhigt durch den Einmarsch der Chinesen in Tibet. – Eisenhower bereit, das Oberkommando in Europa zu übernehmen. – Festzustellen, daß ich in all diesen Wochen unter jeder Post einen Brief des Jungen vom Dolder Hotel zu finden gehofft habe. Zähe Torheit. Aber man sehe, wie das vorhält. – – Schloß den Brief an Jolliot-Curie ab und schrieb an den Superintendenten in der Ostzone. – Golo zum Wochenende mit seinem Polizeihund, der schlecht auf Alger zu sprechen. – Das Michelangelo-Manuskript an Motschan. – Brief von der Jacobson über ihren Besuch bei der Spenderin des Nietzsche-Briefes. – »New Statesman« mimeographiert. Das Ende wegen Störung der britisch-amerikanischen Beziehungen? –

P. P. Sonntag den 29. X. 50

Weiter klares Wetter. – Gustav V von Schweden gestorben. – L.A. Times bringt merkwürdigen Artikel ihres Moskauer Korrespondenten über die friedliche Stimmung in Rußland. – Hier hofft man auf die Abwendung Nehrus von China wegen des Einmarsches in Tibet.

P. P. Donnerstag den 2. XI. 50

Formidable Hitze, trocken, mit brennender Sonne seit gestern. Aufarbeiten von Brief-Pflichten in diesen Tagen, Japan, Becher etc. [.] Fader Geschmack davon und Verlangen nach einer zu betreuenden Aufgabe. Beschäftigung mit Chapiros Erasmus-Buch. Gestern Freundschaftsbrief an Hesse. – Schießerei in Washington, Nationalisten von Porto Rico, die Truman ermorden wollten. Tote. Truman, »erweckt von den Schüssen«, aber garnicht in Gefahr. – Bernard Shaw mit 94 sanft entschlafen. Telegramm des »Third Program« wegen eines halbstündigen (!) Nachrufs. – Feuchtwangers waren zum Abendessen bei uns, und er las aus den Anfängen seines Rousseau-Romans. – Gestern zum Thee Klaus Pr. mit einem Musiker-Freund,

Cellist und Dirigent, Verehrer des »Faustus«. Geschenk eines hübschen Kopenhagener Tellerchens mit dem Bilde der »Kleinen Seejungfrau«. – – Message an die »Nation« zum 85. Anniversary. Großmütig. – Brandhitze. Nicht gegangen. Fuhren ½ 2 zum Swiss Chalet, wo wir dem Wirt Grüße aus Lugano ausrichteten. – Ruhte ohne Ruhe im Arbeitszimmer. Las K. und Erika die Message, die im Original nach N.Y. geht. – Weiteres Handschriftliche (Jacob, N.Y.[,] über Hartmann). – Viel in Dostojewskys »Ein Werdender«. – Abends mit K. allein. Schwere Wärme.

P.P. Freitag den 3. XI. 50

Bis 4 Uhr Schlaf im Stuhl. 4 Stunden dann im Bette hingebracht. – Gluthitze, die auch morgen noch dauern soll. – Den Amerikanern, genannt U.N., geht es schlecht an der Mandschurischen Grenze. Umzingelungen, große Verluste, Rückzüge. Die Chinesen heftig eingreifend, um die Zerstörung des Stauwerks zu verhindern, das die Mandschurei mit Wasser versieht. Große Verteidigungspropaganda in China. Das Ganze jetzt eine klare und auch garnicht geleugnete amerikanische Aggression. Der Leichtsinn verbrecherisch, das Schicksal der jungen Mannschaft dieses Landes ein Jammer. – – Brief an Chapiro über sein Erasmus-Buch. Gang in einer S. Monica-Allee. Abschrift der Nation-Message. Zum Abendessen bei Walters, ohne Erika. Albrecht Joseph. Wie W. in Deutschland gefeiert worden. Champagner.

P.P. Sonnabend den 4. XI. 50

Gluthitze. Frage eines halbstündigen Vortrags über B. Shaw für B.B.C.[.] Bedingung, daß man mir 4 Wochen Zeit gibt. – Müde. – Brief an Reisiger. Erinnerungen ans alte Münchener Residenztheater für die Festschrift zur Eröffnung des neuen. Nicht ausgegangen. Etwas in Shaws Schriften. Zum Abendessen Neumanns. Nach der Mahlzeit bis ½ 11 Uhr auf der kleinen Terrasse.

P. P. Sonntag den 5. XI. 50

Hitze. Etwas gemindert. Frühstück auf der Terrasse. Mit dem Früh-Kaffee den Appetit verlegt. – Das asiatische Abenteuer höchst bedrohlich. – Erinnerungen ans Münchener Residenztheater, vormittags und nachmittags. Etwas ausgegangen. Leichter Seewind. – Magenverstimmung. Abends Opernmusik, gelangweilt. Komik der Koloratur, von der Ponce geübt.

P. P. Montag den 6. XI. 50

Die Hitze gottlob gebrochen. – Magen- und Darm-Unwohlsein. – Die Chinesen erklären, daß der koreanische Krieg sich gegen sie richte und mobilisieren. Mc. Arthur erklärt ihr Eingreifen (»Alien reds«) für die größte Infamie der Kriegsgeschichte. Sie haben zweimal gewarnt und längst angekündigt, daß sie sein Treiben nicht dulden können. – Brief über das Residenztheater abgeschlossen. Gegangen Amalfi Drive. Nach Tische photogr. Aufnahme für eine neue Californische Zeitschrift. Netter junger Mann, den Erika als »schwul« rekogniszierte. Nach dem Thee Brief an die Schüler der T.M.-Schule bei Halberstadt. Bücher-Signierungen für Jack Eastman, der dummes Zeug über Korea schrieb. – Abends Zeitschriften. Die »Nation« wieder anziehender. Späte Korrektur der Artikel-Abschrift.

P. P. Dienstag den 7. XI. 50

Klar und angenehm kühl. Protest-Aktion der »U.N.« gegen China in Vorbereitung. Man wartet ab, ob es nur soviel Truppen schickt, daß wir sie »zerstören« können, oder ob die Intervention den Rahmen unserer Kriegsführung überschreitet. Höchst lächerlich. – Brief an Dr. Amann, in Erwartung der Antwort von B.B.C.[.] Sie ging dahin, daß man den Vortrag wünscht und mir Frist gibt. – Nachmittags der Kahn Briefe diktiert. – Beschäftigung also mit Shaw. Prosa. »Haus Herzenstod«. – Gingen mittags zur Wahl.

P.P. Mittwoch den 8. XI. 50
Die Zeitung voll von republikanischen Wahlsiegen: Warren, Nixon, Taft etc.. Schaurig angeweht. Sollte man nicht fortgehen? – Die U.N. garantieren den Chinesen ihre mandschurische Nordgrenze. Das Wasserwerk nicht miterwähnt. Phlegmatisches Verhalten Vishinskys. – Will notieren, daß ich tatsächlich bis heute jede neue Post darauf durchsehe, ob etwa eine Zuschrift des kleinen Westermeier dabei ist. Vollkommen oder fast vollkommen unsinnig. Schließlich sind erst 3 Monate, daß ich zuletzt seine etwas falschen Augen sah. Daß er eine leichte Übertriebenheit meines Interesses gespürt hat, ist wohl sicher. Es ist zuviel verlangt, daß er sich darüber freuen sollte. – – Vorbereitungen zur Shaw-Rede. Etwas gegangen. Nachmittags geschlafen. Dann einiges Handschriftliche. Zum Abendessen G. Marek aus N.Y.. Verabredung einer Preface zum III. Akt Walküre, Victor-Album. – Der Pudel geschoren, gebadet und sehr schön. – Las »Haus Herzenstod« zu Ende.

P.P. Donnerstag den 9. XI. 50
Neblig, kühl. – Gestern langer Brief des Italieners Enzo Paci in Milano über Faustus, philosophisch. Intensiv mit dem Buch beschäftigt, über das er weiter arbeiten wird. – Die Russen wünschen zwischen China und den »U.N.« zu vermitteln. Wollen offenbar ernstlich nicht die Ausdehnung des Krieges. – Beschäftigung mit der Shaw-Rede. Erste Zeilen. – Ausgefahren nach Corona del Mare. – Erikas 45. Geburtstag. Herzliche Beglückwünschung, liebevoll. Möge ihre Gesundheit sich bessern. Vielleicht wäre es wirklich für sie das Heil, wenn sie die greulichen amerikanischen Eindrücke los wäre. Krasser Fall von Denunziation, den sie erzählte. Besprachen erneut den Gedanken, uns in die Schweiz davon zu machen. Der Prozeß langwierig. Verkauf dieses Hauses. Ein Chalet am Zuger See. – Las den »Kaiser von Amerika« und Zugehöriges.

P. P. Freitag den 10. XI. 50

Falscher Wind, aber nicht heiß. Ohne Magd. – Geschrieben am »Shaw«. – Ausgefahren zum Lunch im Swiss Chalet. – Die Schluß-Abschrift des »Erwählten«. Beachtenswerter Brief aus Deutschland (H. Zenker, Nienburg-Weser). – Nach dem Thee widerwillig wieder ausgefahren, um auf Einladung von K. Goetz und Dr. Rosenthal in einem Vorführungsraum am Sunset Blvd. den deutschen Film »Professor Prätorius« zu sehen. Kleines gel. Auditorium von 20 Personen, das wir hatten warten lassen. Der Film teils nett, teils albern. Die »deutschen Menschen« unansehnlich. Nachher Souper, von Rosenthal gegeben, in nahem Restaurant, mit Goetz und Frau, den R's und einem deutsch-amerikanischen Producer. Brachen vor 10 auf. Zu Hause mit Erika und Golo, der zum Wochenende da. – Gelesen noch weiter im »Kaiser von Amerika«, worin sehr weitsichtiges über das Verschlungen werden Englands durch die Staaten.

P. P. Sonnabend den 11. XI. 50

Klares Wetter mit noch unrichtigem Wind. – Vollständiges Abstehen Chinas vom Kriege in Korea, wie es scheint. Trübselig. – Korrektur der Roman-Abschrift, den ganzen Vormittag. K. übertrug die Verbesserungen. Ordnung der Handschrift. Recording des Shaw-Vortrags angesetzt auf den 9. Dezember. Die Neue Rundschau, Ragoût. Jaspers über Nietzsche, gut. Beendete den »Kaiser von Amerika«. Nun, große Dichtung ist das nicht, aber hell und keck. Brief von John D. Weaver über »Meine Zeit«, tröstende Wirkung auf Einzelne.

P. P. Sonntag den 12. XI. 50

Die Sexualität – unglaublich. – Noch Versverbesserung im Manuskript. »Sohngespons« statt »Buhlgespons«. – Geschrieben am »Shaw«. – Gegangen [Corona] de Mare. Gedanken u. Skrupel, wie das Schlußkapitel des »Erwählten« auch anders zu machen gewesen wäre. – Über Shaw in der Encyclopedia.

– Handschriftliches nachmittags. – Abends Musik. Schlechte Aufführung des Lohengrin-Vorspiels, entzaubernd. – Die Heilige Johanna.

P.P. Montag den 13. XI. 50

Regen. Künstl. Licht. Am »Shaw« geschrieben. Nach S. Monica zur angreifenden Augenbehandlung. Erörterung der Umarbeitung des Schlußkapitels, zu der ich jetzt nicht komme. Werde die Abschriften wohl ohne den Schluß verschicken müssen. – Sehr viel Post, viel zu lesen. Lektüre von Shaw »St. Joan«. – Kalamität mit dem nassen und schmutzigen Pudel.

P.P. Dienstag den 14. XI. 50

Heller u. wärmer, aber mehr Regen zu erwarten. – Winterfeldzug in Korea gegen die mandschurische Grenze, »facing 90000 reds«. – Am »Shaw«. Unwohl, Darmbeschwerden. Brief-Diktate nachmittags. Beendete mit großem Respekt »Saint Joan«.

Mittwoch den 15. XI. 50. P.P.

Will nun dieses schöne Schweizer [Heft] in Angriff nehmen für das, was da kommen soll. – Heute der Morgen klar. Die Darm-Affektion von gestern gebessert. Aber ein nervös gequälter Zustand andauernd durch das Bewußtsein, daß der Roman in Wahrheit nicht fertig ist, während ich doch zuerst den Shaw-Vortrag auf 12 Seiten zwingen muß. – – Kein Regen mehr. Nach der Arbeit gegangen auf variiertem Weg. Nachmittags Brief an Enzo Paci, Milano. – Shaw über Jesus und die Evangelien.

P.P. Donnerstag den 16. XI. 50

Frühstück auf der Terrasse. Beschwichtigungsrede Achesons an das komm. China, das ohnedies allem Anschein nach von Rußland zurückgehalten wird. Die Süd-Koreaner wieder einmal zurückgeworfen. – Am »Shaw«. – Gegangen mit dem Pudel über den Boulevard. Dann Lunch im Miramar. – Das Manuskript ohne Schluß mit diktiertem Brief an Bermann. – Später Thee. Mit Erika nach Westwood ins Cinéma: Sehr hübscher Grotesk-Film, englischer Herkunft: »Kind Hearts and Coronets«. Weit besser, als »Monsieur Verdoux«. Vorzüglicher Haupt-Darsteller. Während der Vorstellung ziemlich starkes Erdbeben. – Nach dem Abendessen noch weiter in Shaws Evangelienkritik. Im Radio Schluß der »Götterdämmerung«. Imposant.

P. P. Freitag den 17. XI. 50

Reuter und United Press bringen meine verneinende Antwort auf die Frage, ob ich eine Message zur Friedenskonferenz nach Sheffield oder Warschau gesandt, wie der Osten behauptet. – Einladung der Teacher Ass. nach New York zu einem Vortrag über Intellectual Freedom. Natürlich abzulehnen, aber bemerkenswert. – Helles Wetter. Frühstück auf der Terrasse. – Am »Shaw«, gegen das Ende. – Corona del Mare. – Mit Erika Dementi meiner Teilnahme am Warschauer Friedenskongreß; Diktat, Übersetzung und telephonische Übermittlung an United Press. (Wahl ins Präsidium! Message!) – Nachmittags Handschriftliches. Zum Abendessen Walter mit Tochter und Schwiegersohn. Nutzlose politische Unterhaltung.

P. P. Sonnabend den 18. XI. 50

Dunkel. Regen oder Nebelreißen. – Das Dementi noch nicht in der Zeitung. – Verwundert, daß die Quittierung meines Glückwunsches durch Freda Kirchwey ausbleibt. – – Schloß den Shaw-Vortrag ab, will aber noch zu bessern suchen. – In einer Santa Monica-Allee etwas gegangen. Dann mit Klaus Pr. zum Lunch. Danksagung der Kirchwey, die glücklich ist und die Übersetzung beilegt. Von B. B. C. ebenfalls Danksagung im Voraus, in übertriebener Erwartung. – Las tagüber »Heartbreak House« aufs neue mit Bewunderung. – Erika in Ohi.

P.P. Sonntag den 19. XI. 50

Regen. Das Dementi fehlt in den L.A. Times. – Verbesserungen am »Shaw«. Dann Beginn der Umarbeitung des Schluß-Kapitels. – Mit K. in der Nähe gegangen bei Nässe. – Abends Rückkehr Erikas. Telephonate mit Ass. Press und L.A. Times wegen des ausbleibenden Dementis. Die Übersetzung des Nation-Glückwunsches, Vorlesung des Shaw-Vortrags. Kleine Korrekturen. Sonst Billigung. Es war sehr anstrengende Arbeit über einen mir eigentlich unbekannten und nicht am Herzen liegenden Gegenstand. Doch war es ein Gewinn, ihn zu studieren. – Brief an Basler.

P.P. Montag den 20. XI. 50

Große telephonische Aufregung. Borgese teilt mit, daß Medi »has a lover« und »she told him so«. Der Argentinier, den sie zum Generalsekretär ihrer W. Gov.-Organisation gemacht hat. B. ruft dringlichst K.'s Vermittlung an. Will alles vergeben, aber nach Italien, um dort »ein neues Leben anzufangen«. Großes Problem. Die Scheidung der Kinder wegen fast unmöglich. B.'s Lage, bei all seiner Unmöglichkeit, wirklich beklagenswert. Notwendigkeit, daß K. heute abend nach Chicago fährt. Wird ca eine Woche fortbleiben müssen. Man muß Katastrophen zu vermeiden suchen. – Das Mt. des Shaw an die Kahn zur Abschrift. – Am Audienz-Kapitel, das im Wesentlichen unverändert bleibt und nur Amplifikationen erfährt. – In der Nähe gegangen. Sehr feucht. – Lästige Briefe. – ½ 4 Abreise K.'s, von Erika zur Bahn gebracht. Ein rechtes Ergebnis kaum vorstellbar. Die Trennung ungewohnt und etwas bedrückend. Erika und Perline sehr aufmerksam. Briefe an die Lowe und die Vervielfältigungsfirma in New York. – Dementi, nicht wörtlich genug, in L.A. Times. – Las abends allerlei eingegangene Drucksachen. Briefe von Hesse. Artikel aus der Baseler Nat. Zeitung über ein in Bern erschienenes Buch von J. Wolf »Gestaltwandel u. Gestaltzerfall im 20. Jahrhundert[«], worin über »Faustus«: – »ist vielleicht der sichtbarste und erhöhteste literarische Ausdruck des geistigen Ganzheitsstrebens in der ersten Hälfte des 20. Jahrhunderts. M.'s menschheitliches Denken und Dichten bedeutet eine Wertsumme, gewissermaßen die Antwort auf die Frage, wie weit wir in der Nacht sind. In seinem Werk hat sich die ›Realität des kollektiven Unbewußten‹ am auffallendsten und überzeugendsten durchgesetzt. Von hier geht der Weg direkt zur neuen Theologie ... « – Merkwürdig zu lesen. Bin unter fremden Eindrücken (Shaw) oft zu kleinlaut.

P. P. Dienstag den 21. XI. 50

Dicke Nebelfeuchte. Nahm allein meinen Kaffee und frühstückte nach dem Rasieren allein. Bermann meldet per Kabel die Ankunft des Manuskriptes. – An der Umarbeitung. Ging Amalfi Drive u. wurde von Erika geholt. Lunch mit ihr. Die Öde des hiesigen Lebens besprochen. Aber die Bedingung der Übersiedelung nach der Schweiz ist ein einigermaßen günstiger Verkauf dieses Hauses. – Brief an Flinker versucht. Korrektur der Abschrift des »Shaw«. Unlust. Expedition zur Übersetzung. – Beim Abendessen kurzer Schwindel-Anfall. – Zeitschriften. Lohengrin und Parsifal.

P. P. Mittwoch den 22. XI. 50

Wiederkehr der Hitze. Böser Wind und Sonnenglut. Frühstück allein auf der Terrasse. Verzweiflung Amerikas an Europa. Hinfälligkeit des Schumann-Plans, der eine rein amerikanische Eingebung war. – Schloß die Überarbeitung des Schlußkapitels ab. Ging Amalfi Drive und verlor den Pudel, der sich in fremdem Hause fand. Klaus Pr., der noch nichts von der Chicagoer Affaire wußte, zum Lunch. Telegramm von K., daß die Dinge leidlich geordnet scheinen und daß sie Sonntag früh wieder hier sein wird. – Weniges Handschriftliche. Abends Vorlesung des verbesserten Schluß-Kapitels für Erika und Golo, der mit seinem neuen Hunde Lux zum Wochenende hier. Sehr beifällige Aufnahme. Gefühl von Zufriedenheit und

»Ende gut, alles gut«. Begann den homoerotischen Roman »The City and the Pillar« von Vidal zu lesen. Der Tag am Fluß bei der Cabin und die Liebesspielscenen zwischen Jim und Bob ganz ausgezeichnet. – Spät zu Ende. Sehr warme Nacht.

P. P. Donnerstag den 23. XI. 50

Thanksgiving Day. Erika bereitete Kaffee und Frühstück. Ich ordnete mein Bett. – Überschwemmungen, Zugkatastrophe, Gangstereien und Kommunistenverfolgungen. – Brief nach Tokyo wegen des Ehrenkonzerts für K. P. – Brief an Flinker für seinen Almanach. – In »City and Pillar« weiter. – Hatten Lunch zu dritt im Swiss Chalet. Zu gehen fast unmöglich. Wartete im Schatten auf den Wagen.

P. P. Freitag den 24. XI. 50

Leichte Abschwächung der Hitze. Frost in Chicago. – Die Nachttisch-Uhr ließ mich im Stich und verursachte Verspätung. – Beendete den Brief nach Paris an Dr. Flinker. Schrieb message an Koussevitzky für amerk. Konzert-Tour des Israel-Orchester. Die komische message nach Japan in Abschrift expediert. – Golo fuhr mich nach Westwood zum Haarschneiden. Erika holte mich ab. Einiges Gespräch mit dem jungen Shoeshine-Neger, dessen Gesicht mir angenehm ist, Esno geheißen, schon 32, was mich überraschte. Aber meinem Alter gilt das als Jugend. Ist vom Süden. Auch sein Familienname sonderbar. Gab ihm einen Quarter, und sicher hat er meine Sympathie gemerkt. Man wünscht das ja. – – Eilbrief von K. über ihre Reise, die Gespräche mit B.'s. Vorläufiges Resultat, daß Medi bei ihrem Mann bleibt, obgleich der Zustand unmöglich geworden war. Für ihren Argentinier keine sehr tief gehende Leidenschaft. K. nun wieder unterwegs. – Motschan schickt Korrektur des »Michelangelo«, der nun als Druckschrift bei Bermann geplant ist. Bedenken dagegen. Sollte mit ein paar anderen Dingen (Shaw) zusammengestellt werden. – Brief an

»Inspiré«, Basel, wo ich den Shaw auf deutsch präsentieren möchte. – Wahl neuer Mitglieder für die New Yorker Akademie. – Las abends weiter in »The City and the Pillar«. Interessantes, ja wichtiges menschliches Dokument, von ausgezeichneter und belehrender Wahrhaftigkeit. Das Sexuelle, die Affairen mit den diversen Herren mir eben doch unbegreiflich. Wie kann man mit Herren schlafen. – Danksagung an O. M. Fontana für seine »Nightingale«.

P. P. Sonnabend den 25. XI. 50

Gestern Nachmittag fiel dichter Nebel ein. Temperatursturz. Heute kühl und halb sonnig. – Fragwürdige Situation die Tätigkeit angehend. Was *tun*? Die leidigen statements sind wieder einmal abgetan. Eine Überzahl an Briefen, deren handschriftliche Beantwortung Verschwendung wäre, hat auf diktatweise Erledigung zu warten. Der »Erwählte« ist endgültig fertig. Der Augenblick wäre wieder gekommen, wo ich, wie schon Mai 43 die Felix Krull-Papiere wieder hervorzog, nur um mich, nach flüchtiger Berührung damit, dann doch dem »Faustus« zuzuwenden. Der Versuch der Wiederanknüpfung muß, rein um Beschäftigung, eine vorhaltende Aufgabe zu gewinnen, gemacht werden. Ich habe sonst nichts; keine Novellen-Ideen, keinen Romangegenstand. Etwas wie der einst geplante »Friedrich« ist undenkbar; andere alte Pläne noch, wie »Maja« oder »Die Geliebten« sind aufgegangen und zernutzt, der Geschwister-Roman weitgehend im »Faustus« inkorporiert. Am möglichsten wäre die Luther-Erasmus-Novelle; aber es ist mir da von anderen essayistisch viel weggenommen worden. Dennoch habe ich immer auf alles acht gehabt, was den Gegenstand betraf. Aber es ist derzeit unerfindlich, wie er angegriffen werden und welche Neuheit ihm verliehen werden könnte. Für den »Hochstapler« spricht der Reiz des Ausfüllens eines weit offen Gelassen[en] im Werk; des Bogen-schlagens über 4 mit soviel anderem erfüllte Jahrzehnte hinweg. Das Jugend-Buch ist originell, komisch und mit Recht berühmt. Aber ich blieb stecken, war überdrüssig, auch wohl ratlos, als es weitergehen sollte und ich mich statt dessen zum »T.i.V.« wandte. Wird es möglich sein, neu anzugreifen? Ist genug Welt und Personal, sind genug Kenntnisse vorhanden. Der homosexuelle Roman interessiert mich nicht zuletzt wegen der Welt- und Reise-Erfahrungen, die er bietet. Hat meine Isoliertheit genug Menschen-Erlebnis aufgefangen, daß es zu einem gesellschaftssatirischen Schelmenroman reicht? Alles, was ich weiß, ist, daß ich unbedingt etwas zu tun, eine Arbeitsbindung und Lebensaufgabe haben muß. Ich kann nicht nichts tun. Doch zögere ich, das alte Material wieder vorzunehmen, aus Besorgnis, es möchte mir nach all dem inzwischen Getanen nichts oder nicht genug mehr sagen, und ich möchte gewahr werden, daß mein Werk tatsächlich getan ist. – – – Brief-Erledigungen vormittags und nachmittags. Gegangen mit dem Pudel, den mitzunehmen sich endgültig als unmöglich erwies. Jeden Augenblick kann er vor meinen Augen überfahren werden. Es war heute nahe daran. – – Mittags mit Erika über den »Krull« als Plan und Idee. Das Faustische des Stoffes. Das Insistieren Schillers bei Goethe, Faust müsse in die Welt geführt werden. Erweiterung des Schauplatzes nach Amerika? Erweiterung von Felix' Rollenfach ins Alles-Mögliche, denn in jeder Maske muß er überzeugend sein. – Abend-Party bei Eva Hermann, Feuchtwangers, A. Joseph, Frau Marcuse, Herr X., Arzt und Bildhauer mit Frau. Leidlich angenehmer Verlauf. Von der Gastgeberin Manuskript von Howard Nemerow: »Freedom and Form. A Note on T.M.'s Faust Novel«. Nach der Heimkehr durchgesehen.

P.P. Sonntag den 26. XI. 50

Sehr kühles, aber nicht regnerisches Wetter. Erika früh auf, zu Einholung K's. Sie kamen um 10 Uhr hier an. Hatte Sorge gehabt wegen alarmierender Wetter-Meldungen, extreme Kälte und Stürme im Osten und Mittelwesten. Lange mit der Heimgekehrten und Erika im Living room über die sehr schwierige, ja aussichtslose, teils tragikomische, teils herzliches Mitleid erweckende und sorgenvolle Lage in Chicago. Erwäge einen Brief an den armen, tollen, unseligen Borgese. – Beschäftigung mit den Hochstapler-Papieren, verwirrend. Mit K. und dem Pudel Corona del Mare. Im Lauf des Tages noch viel Erörterung der Chicagoer Eheirrung. Zum Thee die Kahn; ihr sehr lange diktiert, da viel sich angehäuft hatte. Hörten einem Monteux-Konzert und Jack Benny zu. Las weiter in dem Roman von Vidal.

P. P. Montag den 27. XI. 50

Kühles, angenehmes Wetter. Die »end-the-war-Offensive« in Korea zeitigt böse Rückschläge und Rückzüge. Die chinesischen Nationalisten greifen unerlaubter Weise die kommunistische Festlandküste an. Die Lage verwirrt sich mehr und mehr. In den Hauptländern Deutschlands große Wahlerfolge der Wiederbewaffnungsgegner (Sozialdemokraten). Wachsende Neigung hier, Europa aufzugeben. Wird es dann unaufhaltsam kommunistisch werden? Nicht ohne schwere Wirren und Bürgerkriege wahrscheinlich. Also die Rückkehr wenig ratsam? – – Briefe an Motschan und Bermann, die unmögliche Buchpublikation abschneidend. – Allein etwas gegangen. Zum Lunch W. Shirer, guter Mann. – Viel Post, Zeitschriften. – Auf- und Wegräumen von Papieren, zu jüngst getanen Arbeiten gehörig. – Nach dem Abendessen zum Kaffee Neumanns mit Herrn Kocherthaler und Frau d'Albert. Vorlesung aus »Der Erwählte«: Felsen und »Offenbarung«. Gute Unterhaltung. Wein, Bier und Brötchen.

P. P. Dienstag den 28. XI. 50

Sonnig, kühl. Den Amerikanern fehlt es nicht an Lehren und blows. Die bayerischen Wahlen, wie in Hessen und Baden antimilitaristisch und selbst Anti-Atlantic. Böse Krise in Korea. Ende des Krieges durch Rückschläge in unabsehbare Ferne gerückt. Dabei schwere Kompromittierung durch das wüste Marodieren der Süd-Koreanischen Soldateska im »befreiten« Gebiet. – Die komm. Chinesen in Lake Success noch nicht zu Worte gekommen. – K. telephonierte gestern mit Medi. Leidlicher Zustand. Wir werden, während die Eltern in Italien sind, die Kinder für 3 Monate zu uns nehmen müssen. – – Beschäftigung mit den Krull-Papieren. Zweifelnde Erwägung der Möglichkeiten. Befürchtung, daß der Stoff veraltet, der Rahmen nicht auszufüllen. Die Frage wäre: was sonst? – Ausfahrt mit dem Pudel nach P. P.[.] Nach Tische amerikanisierter Schwedischer Journalist mit Begleiter zum Interview. Politisch, quälend. Verstimmt und müde. Geschlafen. Nichts als einige Zeilen an S. Marck wegen der Widmung seines neuen Buches. Einbruch wilder Nachrichten über das militärische Desastre in Korea, die Konfusion in Washington, die hitzigen Beratungen, die Anklagereden der komm. Chinesen vor dem »Sicherheitsrat«, die Nähe des allgemeinen Krieges. Angewidert und deprimiert.

P.P. Mittwoch den 29. XI. 50

Ausgiebig geschlafen. In der Zeitung die Greuel von gestern. Europa abwiegelnd und z. T. vorwurfsvoll gegen die U.S., die aber in der General Assembly der U.N. wohl zweifellos das Votum erlangen werden, das China der Aggression in Korea schuldig spricht. Dann wird McArthur die geforderten neuen Instruktionen für den »neuen Krieg« erhalten. Nur mit seiner technischen Überlegenheit, d. h. mit blödsinniger Wüstlegung China's mit Atombomben kann Amerika den Krieg gegen diese Räume und Menschenmassen führen. Nie wird ein Land sich mehr ins Unrecht gesetzt haben, als dieses durch seinen Glauben, daß eher die Welt zugrunde gehen soll, als daß sie kommunistisch werde. Haben wir recht getan, zurückzugehen? Wie jetzt wegkommen? Der Verkauf des Hauses ist eine große Schwierigkeit. Die gegenwärtige Krise muß abgewartet sein. Sie wird vielleicht noch einmal beigelegt werden. Dann sollten entschlossene Schritte geschehen zum Ab- und Aufbruch. Es wäre absurd, hier sitzen zu bleiben und einen Krieg (mit seinen unmittelbaren persönlichen Bedrohungen) herankommen zu lassen, in dem nach meiner Überzeugung dies Land geschlagen werden wird. Doch bin ich in tiefster Seele fatalistisch. Warum soll ich nicht zugrunde gehen? Mein Leben ist ausgelebt. Angenehm war es nicht. Und K. und Erika hängen, glaube ich, noch weniger am Leben, als ich. – – Die Krull-Papiere (über Gefangenschaft). Immer Zweifel. Frage mich, ob diese vom »Sehnsuchtsmotiv« her bestimmte Musik noch meinen Jahren entspricht. Jugendliche Conception. Maja-Ideen. Betrug gegen Betrug. Schopenhauerisch-metaphysischer Einschlag. Ist es noch gemäß? – In S. M. Allee gegangen. Klaus Pr. zum Lunch geholt. Freundschaftsbrief von Hesse. Der »New Statesman« mit neuem treffenden Angriff auf McArthur, diesen Schädling. – Beendete den Roman von Vidal, ergriffen, obgleich manches fehlerhaft u. unsympathisch. Z. B. häßlich, daß Jim den Bob in New York in eine Fairy Bar führt. – Tagüber viel quälende Beschäftigung mit der intern. Situation. Radio-Ansprache Achesons von widerwärtiger Unwahrhaftigkeit. – Nebel. Studium der Guggenheim-Bewerbungen.

P. P. Donnerstag den 30. XI. 50

Nebel. Dunkel. Es scheint, daß die Chinesen ihre Gegenoffensive nicht weitertreiben und Verhandlungen wünschen, nämlich diejenigen, die durch McArthurs Offensive verhindert wurden. Diese, sagt der, sei notwendig gewesen, weil sonst die Chinesen zu Hunderttausenden angegriffen hätten. Die Republikaner beschuldigen Acheson, er wolle den Helden durch Bradley ersetzen. Zur Abberufung wäre er wahrhaftig reif. Aber wer wagt sie. Die Furcht vor dem Schrei »Verrat« wird das Land in den Krieg treiben, – der übrigens im Augenblick wieder etwas ferner gerückt scheint. – – Beschäftigung mit den Krull-Papieren. Etwas gegangen, bevor wir Lunch im Miramar hatten. Erika nachmittags u. über Nacht bei ihren Freundinnen. Abschrift des letzten Gregorius-Kapitels korrigiert und verpackt für Bermann, die Lowe und den Vervielfältiger. Ausfertigung vieler Briefe. – Erklärung Trumans in seiner Presse-Konferenz, daß man, wenn nötig, die Atom-Bombe gegen China gebrauchen werde. Große Aufregung. Entsetzen in Europa. Atlee sagt im Unterhaus, etwas so Folgenschweres dürfe nicht ohne Beratung mit den anderen Atlantic Pact-Mächten getan (verübt) werden. Macht sich sofort nach Washington auf. Die Lüge der Notwehr, der Verteidigung des Rechtes und der eigenen Lebensinteressen so unerträglich, daß vor Verzweiflung stundenweise den Tränen nahe. Es ist pure Feigheit, daß der alte Esel diese Reden führt. Ein Mann von Ehre würde sagen: »Ehe ich als Eröffner des Atomkrieges und eines neuen Weltkrieges in die Geschichte eingehe, lege ich vor aller Welt mein Amt nieder.« Aber da ist keine Ehre, kein Mut und keine Scham. – Man müßte, wenn es geschieht, sofort das Land verlassen, nur bin ich gefesselt durch das Haus, die noch nicht geordneten und abgestoßenen Manuskript-Mengen, die ungelöste Frage des Verkaufs der Sammlung nach Yale etc.[.] Schwerer Seelenzustand. Ekel und Hilflosigkeit. Erika hat morgen ihren prekären Vortrag bei den Unitarians. Wird ihr reduzierter Zustand ihr danach die Energie gewähren, um hilfreich einzugreifen? Auch sie ist nicht mehr jung genug und zu mitgenommen. – Deutsches Buch von Ulrich Becher, »Nachtigall will zum Vater fliegen«. Weltprahlerisch und laut.

P.P. Freitag den 1. XII. 50

Gestern leichter Regen. Heute weniger nebelig. – Schlechter Nervenzustand. Das russische Veto automatisch erfolgt, ohne Bedeutung, da eine, wenn auch schäbige, Mehrheit zugunsten eines Ultimatums und des Bombardements der Mandschurei den Amerikanern sicher ist. – Mit den alten Papieren, Zeitungsausschnitten, zerstreut, bedrückt. Zur Augenbehandlung nach S. Monica, strapaziös. Nachher ziemlich ausgiebig gegangen. Die Übersetzung der Shaw-Rede; zu überarbeiten. Brief von Basler. Schrieb an Bermann zum Manuskript und nach New York wegen der Vervielfältigung. An Trebtisch in original-englischen Fragen. 7 Uhr lange Fahrt mit K. u. Erika zum Vortrag in der Unitarian Church. Großer Zudrang. Nebensaal. Vorzügliche Leistung Erikas. Kritisch-entgegenkommendes Publikum. Es ist ein Geschehnis, daß jemand vor 1000 Menschen aus tiefer Überzeugung erklärt: »We are on the wrong road«. Gewandte Beantwortung von Fragen. Fritschman erwähnte unsere Gegenwart und I had to take a bow. In unserer Reihe Bekannte, Eva Hermann, Dr. Joseph, Klaus Pr., E.'s Freundinnen. Weitere nachher. Nach der langen Heimfahrt spätes Abendessen.

P. P. Sonnabend den 2. XII. 50

Gestern, übermüdet, erst ½ 2 Uhr zu Bette, ohne den Lesestuhl zu benutzen. Leicht bedecktes, kühles Wetter. In der Zeitung Artikel über Atlees und Plevens Absichten, die hiesige madness zu zügeln und über die Isoliertheit Amerikas. Opposition gegegen die vom inneren Konflikt bestimmte Außenpolitik Amerikas, wo der militärische Machthaber mehr Autorität hat, als der Präsident. Selbstverteidigungs-Communiqué Mac Arthur. Seine Erklärung, daß man sich mit China in unerklärtem Krieg befindet, und daß dieses mit 500000 wohl exerzierter Truppen im Angriff ist. – Ungeheuere Rüstungsforderungen Trumans. – – Message nach Stockholm zur Nobel-Preis Gedenkfeier, nachmittags beendet. Im Grunde überflüssig und übereifrig, da von niemandem aufgefordert wurde, als von dem Korrespondenten Sander hier. – Die »Letters of R. Wagner« treffen ein. Abends schon Beschäftigung damit. – Desaströse Nachrichten vom Kriegsschauplatz. Nach den Angaben 600000 Chinesen und Nord-Koreaner im Vordringen. Die neue Verteidigungslinie nicht zu halten. Flucht. Mc Carthy fordert die Absetzung Trumans, wenn er nicht Formosa-China zum Angriff auf das Hauptland kommandiert, was garnichts helfen würde. Ausweglose Lage. Der Mehrheit für den Luftangriff auf die Mandschurei ist Amerika natürlich sicher. Total war with China – man hat das immer als einen russischen Wunsch hingestellt. Den will man nun erfüllen. – Der Präsident, bei einer Fahrt zum Fußball-Wettkampf zwischen Marines und Army, über und über bewacht. Enorme Vorsichtsmaßregeln.

P. P. Sonntag den 3. XII. 50

K. nicht wohl. Magenverstimmung. Bereitet aber das Frühstück und schreibt die Message ab. – Große Besorgnis wegen der Entwicklung hierzulande, gerade wenn man aus Korea vorläufig hinausgeworfen wird. Die Verbissenheit, der Haß, die Rache- und Verfolgungssucht werden furchtbar sein. Fascismus. Dabei ist so gut wie sicher, daß, wenn die Jingos die Oberhand bekommen, das Land in sein Verderben rennt. – – Studium der Wagner-Dokumente. – Gegangen und dann mit Erika im Swiss Chalet zu Mittag gegessen. Gespräch über den Ernst der Lage, die Möglichkeit einer wirklichen faschistischen Revolution. Dringend gewordene Ratsamkeit, das Land zu verlassen. Erika für die Anordnung, daß K. und ich schon im Januar nach der Schweiz reisen und für einige Monate im Waldhaus Dolder Wohnung nehmen, während E. hier die Geschäfte abwickelt, den Verkauf des Hauses bewerkstelligt etc.. – Atlee unterwegs nach Washington. England, Frankreich, die CommonWealth-Länder fest entschlossen, die Ausbreitung des Koreanischen Krieges zu verhindern. Ist Amerika noch in der Verfassung, das Beste aus der Sache zu machen, ein Niemandsland vor der mandschurischen Grenze, ein geeinigtes Korea nach freien Wahlen, ohne Syngman Rhee, unterm Schutz der U.N. und die Aufnahme Chinas in die U.N. zu bewilligen? Wird andererseits der Siegesrausch den Chinesen erlauben, halt zu machen und sich auf solcher Basis zu verständigen? Die Jingos hier werden auf jeden Fall rasen. – – K. im Bett. Fieber. Dr. Mann bei ihr. Die Grippe-Infektion nicht sehr ernster Natur. – Die Kahn kam nachmittags, arbeitete mit Erika, dann mit mir. Eine Reihe notwendiger Diktate hatte sich wieder angesammelt. Beantwortung der Guggenheim-Fragebogen. – Las Sendung von Prof. Karl Schmidt, Zürich: Einführung zum Briefwechsel Schiller-Goethe, der Bezug auf mich nimmt, und Vortragsdruck »Herm. Hesse und Th. M.« (Wege zum europäischen Humanismus.) Opposi[ti]on dagegen, daß mein Werk ganz und gar dem Bewußtsein und der ratio angehört. Durch Bewußtheit u. Berechnung, durch Absicht auch nur kommt so ein Werk, wie am besten Kahler es charakterisiert hat, nicht zu stande. Viel Führung und Fügung, viel Beistand durch das »Obere Leitende«, viel *Genius*, womit ich nicht »Genie« gesagt haben will, hat daran teil. – Abends in den Wagner-Briefen.

P. P. Montag den 4. XII. 50

Nebel-Dunkel. – Dies Tagebuch, Frühjahr 1933 begonnen, ist *eine* Geschichte, die wieder den Charakter ihrer Anfänge anzunehmen scheint. – K. gottlob besser. Hat etwas gefrühstückt, ist aber noch nicht fieberfrei. – – Die Wagner-Briefe. Im Nebel Rundgang in der Nähe mit dem Hund. Überraschend guter Aufsatz von Faesi über »Faustus« in »Litterature Moderne«, Milano. Wie mich noch immer alles Bessere über dies Buch tief erregt! – Las nach dem Thee K. die rührend schöne, traurig-komisch und extrem russische Geschichte vor, die in Dostojewskys »Werdendem« eingeschaltet ist und »überschlagen werden kann«. – Rasche Besserung K.'s. – Mit Erika nach dem Abendessen Durcharbeitung und handschriftl. Verbesserung des englischen »Shaw«, über den der alte Trebitsch begeistert schrieb.

P. P. Dienstag den 5 . XII. 50

Sonniges Wetter. K. fieberfrei und genesen, aber noch matt. Konferenzen Atlee–Truman–Bradley. Wie rettet man die U.N. Truppen? Wie vermeidet man eine kolossale Prestige-Einbuße? Atlee warnt natürlich vor der Uferlosigkeit eines Krieges gegen China. – Fing an, über das Wagner-Buch zu schreiben. Seit gestern schmerzhafter Rheumatismus in der linken Hüfte. ½ 12 mit Erika zur Stadt: Besuche bei Obermeier und Kully. Dieser behandelte die Ohren. – Brief von Bermann über Gregorius, voller Entzücken. Manuskript ist in Druck gegangen. – K. gebessert, meist außer Bett. – Schrieb an Basler wegen »Shaw« und englisch an Nemerow. Abends das Rheuma sehr beschwerlich. – Vergnügen an Bermanns Reaktion.

P. P. Mittwoch den 6. XII. 50

Sonne, Wärme. Nachts störte das Rheuma wenig. K. zur Massage. – In Washington große Konfusion und Hin- und her Raten, was zu tun. 30000 Mann eingeschlossen und äußerst gefährdet. Was hält McArthur von sich? – Etwas geschrieben an der Wagner-review. Empfing Dr. Wolff. Diagnose Arthritis. Verordnung von Pastillen und Bädern. Tagüber beschwerliche Schmerzen und allgem. Schlechtbefinden. Zum Thee mißliebiger Herr, von Wien bekannt. Nachher Lesung des »Shaw« mit Erika. Abends in allerlei einges. Büchern.

P. P. Donnerstag den 7. XII. 50

Gestern Abend widerwillig warmes Bad mit Medikament und elektr. Heizkissen. Gut geschlafen. Die Schmerzen wohl etwas vermindert. – Truman und Atlee wahren den Anschein vollen Einverständnisses. – Mit K. über das Problem unseres Verbleibens. Sie ist besonders gegen die Verschleuderung des Hauses; harmoniert nicht mit Erika in deren unbedingtem Willen zum Verlassen des Landes. – Geschrieben an »Wagner-Briefe«. – Nach S. M. zur Fußpflege, dann zum Lunch im Miramar. Im Lauf des Nachmittags wieder Verstärkung der Schmerzen. Erika von demselben Magenübel befallen wie vor ihr K.. Mein eigener Nervenzustand sehr schlecht. Las den Shaw-Vortrag vor dem Mikrophon, war aber zu gequält und gab vor Schluß auf. Verbrachte den Abend in trüber Stimmung. Schwankende Nachrichten über die politische Lage und die Einigung Trumans und Atlees auf weit eher amerikanischer Grundlage.

»Keine freiwillige Räumung Koreas«. (?) – Brief an Prof. K. Schmid in Zürich.

P.P. Freitag den 8. XII. 50

Gestern Abend wieder Salzbad u. Heizkissen. Der Zustand ziemlich unverändert. Lehnte aber Wolff vorläufig ab. – Politisch neuer republikanischer Sturmlauf gegen Acheson. Die Chinesen verlangen Garantieen, daß jenseits des 38. Breitengrades kein neuer Angriff vorbereitet wird, wenn sie dort haltmachen. – An den »Wagner-Briefen«. Müde, schlechte Nerven, was ich auch auf dem kurzen Spaziergang merkte. – Die Magd krank und abwesend. Arbeit für K. und Erika. – Schrift aus Argentinien über Mignon und Echo, müßig und perfid. Nazi. – Teo Otto's Kriegstagebuch in Bildern. – Golo zum Weekend. Hat seinen Studenten gesagt: Truman solle Mc.Arthur abberufen und dann selbst abdanken. Heiterkeit. – Sehr deutlicher Artikel Lippmanns zur Lage im Schutz eines Briefes Gladstones an die Königin. – Leichte Besserung der Neuralgie. – Briefe an Faesi und Dr. S. Guggenheim. – Radio berichtet über den unmöglichen Brief Trumans an einen Kritiker, der den Gesang seiner Tochter ungünstig beurteilte. Der arme, ungebildete Mann hat völlig den Kopf verloren. – Amerik. Schiffe bereit zur Evakuierung dessen, was sich retten kann. Aber no appeasement and no rewarding of aggression. Vier Westmächte verlangen Konferenz mit Rußland. Die Isoliertheit Amerikas in der asiatischen Frage sehr offenkundig. – In einem älteren Buch über Hexenprozesse, Geschenk Dr. Guggenheims. Luthers Verhalten.

P.P. Sonnabend den 9. XII. 1950

Sommerwärme. Das Shaw-recording auf Montag vertagt. Mit K. über das Problem der Übersiedlung in die Schweiz. – Am »Wagner«. – Mit K. Corona del Mare. – Familien-Lunch mit Klaus Pr., seinem Sohn, Golo, der Gemme. Befinden besser. Sah die neue bessere Abschrift des »Shaw« durch und werde es schon ganz gut machen. – Bestellung der Schriften des Erasmus in Auswahl aus Deutschland. – Wirre politische Nachrichten. Ziemlich klar, daß die vollständige Räumung Koreas mit großen Verlusten notwendig sein wird. Hier General-Mobilisierung u. Erklärung des state of emergency angekündigt. Der hahnebüchene Brief Trumans an den Musikkritiker weiter im Gerede.

P. P. Sonntag den 10. XII. 50

Sommerhitze. Nachts, nach dem abendlichen Salzbad, Wundjucken am Steißbein. Zinksalbe. Golo fuhr früh ab. – Sammelten gestern Abend mögliche englische Titel für den »Erwählten«, von denen »Gregory, Son of Sin« wohl der beste. – Geschrieben an der Wagnerreview, die natürlich viel zu lang wird. – Etwas in S. M. Alleen gegangen. Wiederholt mit K. und Erika über die Frage, den Termin, den Modus unserer Abreise. Nicht ratsam, zu reisen, während das Haus zum Verkauf steht. Das Risiko geringer, selbst wenn wir bis nach Wegnahme bleiben. Beschaffung einer Einladung nach Europa immer möglich. – Brief an Lowe, wegen des Titels. Gelesen in Novellen des Deutschen Ulrich Becher, laut, lärmende Art zu erzählen. – Gute Musik unter Monteux. Egmont-Ouvertüre, Finale der V. Symphonie. – Das Rheuma viel besser.

P. P. Montag den 11. XII. 50

Gleich nach dem Frühstück zum recording-Studio, wo für 10 ¼ die Aufnahme des Shaw-Vortrags verabredet. Las recht leidlich. Lehnte nachher ab, mich über die Weltlage zu äußern, weil ich zu kritisch gestimmt sei, um nicht besser Stillschweigen zu beobachten. Wir fuhren zu Neumanns, um nach seinem Befinden (Angina pectoris) zu sehen. Er muß sehr hungern, da sein Blut zu entfetten ist. Warnungen aus Europa, daß es dort sehr schlimm werden wird. Unter Umständen größte Versorgungsschwierigkeiten der Schweiz. Auch nicht gut, dort im Winter anzukommen. Madeira als Übergangs- und Abwarte-

Aufenthalt in die Debatte geworfen. Vorzüge des Klimas, der Billigkeit und Sicherheit. – Waren ½ 1 Uhr zurück. – Nachmittags Danksagungen für Bücher.

P. P. Dienstag den 12. XII. 50

Ermordung des Rechtsanwalts des Vicky Cohen. Rattenkönig von Corruption. – Mc. Arthur über die vorzügliche Moral der Truppen in Korea. Syngman protestiert gegen das Sich bescheiden mit dem 38. Breitengrad. Sollte schnell sich einschiffen. – Am »Wagner« gegen das Ende. Abschluß dringend. – Mit K. in Pacific Palisades. Warmer Nebel. Neigung zu Kopfschmerzen. – Zum Lunch Christofer Isherwood und Bettfreund Bill. Sehr viel Post. Bücher. Nachmittags die Kahn, Briefdiktate, Auskünfte, Empfehlungen. Gutes Jubiläumsbuch der Nobel-Stiftung, interessante Lektüre. Oesterling in seinem 50 Jahr-Bericht betont, ich sei einer der ganz wenigen Preisempfänger, die nachher noch ein großes Werk aufgebaut hätten with almost superhuman energy. Er scheint von seinem Gedanken noch nicht ganz abgelassen zu haben. Verteidigung des »Zbg« gegen Böök. – Den größten Teil der »review« der Kahn zur Abschrift.

P. P. Mittwoch den 13. XII. 50

Neblig, kühler. Schloß den Aufsatz über die Wagner-Briefe ab. 13 Seiten, völlig unpraktikabel. Erika ist das recht, da sie meine Anwesenheit in dem S. R. L.-Heft, das Köstler und Lasky zu Mitarbeitern hat, verwünscht. Kürzung auf den Umfang einer book review kaum möglich. Müssen sehen. – Ging nur wenige Schritte. Schlief nachmittags sehr fest. Kam erstaunlicher Brief von Unruh, fast nicht zu lesen, von mir jedenfalls nicht: Ich hätte ihn in Frankfurt verhöhnt, er sei voller Bitterkeit, wolle aber, bevor er nach Deutschland gehe, um dort die Fahne des Antimilitarismus hochzuhalten, Frieden mit mir finden. Was für ein Unsinn. Werde schreiben. – Der Tag verging wie gewöhnlich. Verspäteter Glückwunschbrief an Bab.

P. P. Donnerstag den 14. XII. 50
Kühl, dunstig. K. gleich nach dem Frühstück in Steuerdingen zur Stadt. Vormittags und nachmittags langer Begütigungsbrief an Unruh. – Lunch im Swiss Chalet. – Überraschender Freundschaftsbrief der »Fürstin«, huldigend. Angell schreibt, daß Yale die Verhandlungen über den Preis der nun aufgelassenen Sammlung, und was hinzukommt, eröffnen möchte. Ausräumung der Manuskript Massen und beginnende Lese und Katalogisierung durch K. und Erika im mit Papier überschwemmten Wohnzimmer. Mein »Nachlaß«. Kurios. Erstaunlich, was ich alles nur in den amerikanischen Jahren neben dem Werk zusammengeschrieben. Es ist manches auf deutsch nie veröffentlichte darunter. Die Ordnung mag eine Woche dauern. – Las den »Wagner« vor im Study.

P. P. Freitag den 15. XII. 50
Bis 5 Uhr morgens im Stuhl geschlafen nach Lektüre im »Werdenden«. – Sommerwärme. – Viel zu tun. Glückwunsch an R. Schweizer zum 50.. Brief an Mrs. Meyer begonnen. Brief an die editors der S. R. L. [.] Übersetzung durch Erika, Revision des Mts. und Expedition. – Begeisterter Brief von Tutti Fischer über den Roman. – Emergency-Rede Trumans, das Land in grave danger, Vollaufrüstung. Lohn- und Preiskontrolle, heilige Not, schauerlich. – Las in Marcks Manuskript »Aus drei Kulturkreisen«. – Fortsetzung der Manuskript-Sichtungsarbeit durch K. und E. – Die Frage »Wohin mit uns« – stumm und in Worten.

P. P. Sonnabend den 16. XII. 50
Sonnig, kühl. Morgens mit K. »Wohin mit uns?« »Wie und wann?« – Die Zeitung gräßlich. – Brief an die Meyer beendet, teils politisch. – Ausgefahren in die Gegend von C. d. M. Nachmittags müßig. Radio-Nachrichten. Massenangriffe der Chinesen jetzt auf die sich einschiffenden Truppen in Korea, unter dem Feuer der Schiffsgeschütze. Dabei »Wave of disgust«

über das wüste Rache-Morden der Südkoreaner unter Männern, Frauen und Kindern von »angeblich« kommunistischen leanings. Syngman Rhee bloßgestellt, damit man ihn und die Seinen leichter ihrem Schicksal überlassen kann. – Die Arbeit der Frauen mit den Massen kleiner Manuskripte, z. T. aus Zürcher und Münchener Zeit, führt ins Unabsehbare und nicht zu Bewältigende. Es ist Archiv-Angelegenheit und muß vorläufig summarischer gehandhabt werden.

P. P. Sonntag den 17. XII. 50

Sonnig, warm. Frühstück auf der Terrasse. Radio-Report des Smith aus London. Die – kaum nötige – russische Propaganda in Europa gegen die deutsche Aufrüstung. Gesetz in Ost-Deutschland, daß jeder, der zum Massen-Morden auffordert, gehängt wird. Die Westdeutschen sollen es sich gesagt sein lassen. Verstärkung des englischen Unabhängigkeitsgefühls durch Beendigung der Marshall-Hilfe und äußerst kritische Sprache der englischen Presse. Vollständige Isolierung Amerikas in der chinesischen Frage. Hier schlägt man nach der Niederlage ein Pfauenrad von Machtenfaltung. Die Forderungen des Generals Wu (Korea, Formosa, Sitz im Rat) stolz abgelehnt. – – Weihnachtsgeschenk der Meyer: schöne alte chinesische Vase. – Tagüber zahlreiche handschr. Erledigungen und Bücher-Expeditionen. Der einbeinige Klaus Garvens im Taunus. Brief an Bermann, entschieden, wegen Klaus' »Wendepunkt«. Die Manuskriptmassen machen den Frauen noch ganz unabsehbare Arbeit. – Das Jubiläumsheft der »Nation«.

P. P. Montag den 18. XII. 50

Kühl-föhnig. Einsteins Memorandum, das ich unterzeichnet habe, das aber zu spät kommt, nachdem die chinesischen Vertreter die Cease fire-Bedingungen »rejected« haben. (Wer hat »rejected«?) – Die Briten machen den Massen-Exekutionen in Korea ein Ende. »Wir« konnten es nicht und Syngman Rhee wollte es nicht. – – Neujahrs-Message nach Japan. In S.M. gegangen. Einstein-Aufruf unterzeichnet (Verhandlungen u. Aufnahme Chinas). Brief an Marck über sein Mt.. Buch »The Outsider« von E. Sábato zugeeignet. Orginell. – Ankunft Golo.

P.P. Dienstag den 19. XII. 50

Sonnig, eher kühl. Schlief bis ½ 5 im Stuhl. – In Brüssel große europ. Armee unter Eisenhower beschlossen. Fulminanter Protest Schumachers gegen die westdeutsche Aufrüstung. Die Brüsseler Beschlüsse haben etwas Nichtiges, sind aber gegen die Warnung Rußlands gefaßt worden. – Beendete den Brief nach Japan, den die Kahn nachmittags abschrieb. Ging allein in der Nähe. Heftige Sonne. Sehr komisches »Wort im Gebirge« – Interview Erika auf dem Tape recorder. Lachte Tränen. Gegenstand: die emergency. Beendete den Brief an Marck, schrieb an Mlle Servicen, sandte das Klaus-Buch an Jacob in N.Y. u. dergl.. Sonette der Vittoria Colonna von Mühlestein. Interessantes Nachwort über Pescara und die Bulle Paul IV. als Beginn der Gegenreformation. Sturheit Luthers. Verzweiflung Vittorias u. Michelangelos an der Kirche. Dieser ganze Komplex, einschließlich des Erasmus, Karl V und Philipp II hat viel von meiner Aufmerksamkeit. – Schöne Photographien aus Italien, der Schweiz, Frankreich und Wien von Schweizer zu Weihnachten. – Die Sichtung der Manuskripte geht weiter.

P.P. Mittwoch den 20. XII. 50

Sonnig, kühl. – Die europäische Armee, vorläufig papieren. Überredung Deutschlands. Die chinesische Delegation fliegt ab mit vielen amerik. gadgets im Gepäck, eingekauft in der 5th Avenue. Mehr als 1000 Dollars Übergewicht. – – Beschäftigung mit dem Hochst.-Material. Chronologisches. – Unwohl, Magen- und Darmverstimmung. Schlecht auf den Beinen. Kohle. Kurzer Gang mit K.. Nachmittags an Danksagungen, Neujahrsgrüßen etc. einiges erledigt. – Cigarren von Knopf.

– Zum Abendessen Alma Mahler und Klaus Pr.. Alma recht amüsant und wahrhaftig über die Unannehmlichkeit des Lebens und die entschiedene Unwünschbarkeit, es zu wiederholen. Sie ging früh. Ich war recht hinfällig.

P. P. Donnerstag den 21. XII. 50

Der Leib noch schlecht. Thee in der Frühe. Hoover erklärt, daß die beiden Ozeane als die Grenzen Amerikas zu verteidigen sind, nicht Asien u. Europa. Erschöpfung wäre das Ergebnis der Intervention da und dort. Alter Isolationist. Dummheit und Vernunft – les extrèmes se touchent, der Ring schließt sich. – – Brief an Mühlestein, Albersheim, Moni u. a.. Ging weit spazieren. Der Leib durch Enthaltung von Kaffee gebessert. Nach Tische Empfang eines jüdischen Ehepaars, das über Israel berichtete. Beschäftigung mit Zeitschriften. Der Tannenbaum aufgestellt.

P. P. Freitag den 22. XII. 50

Neblig, kühl. – Die Hauptleistung des Tages bestand in einem längeren Brief an Dr. Oesterling in Stockholm über das Nobel-Buch. Es kamen sehr viele Briefe, ein ganz versöhnter von Unruh, kaum zu lesen. Wir aßen im Miramar. Fuhr fort mit dem Lesen der »Outsider« von Sábato.

P. P. Sonnabend den 23. XII. 50

Sonnig, angenehm. Der General Walker in Korea verunglückt. Pas de chance. – Feuchtwanger ernstlich magenleidend. Vergleiche Alfred Neumann. Wie ich mich noch halte, ist zum Verwundern. – – Die Hauptleistung des Tages war die Übersetzung der englischen Passagen im Wagner-Aufsatz für die deutsche (Schweizerische) Veröffentlichung. – Ausfahrt ans Meer nach P. P. – Brief von Basler über Inspiré's Einverständnis und einen Besuch Hesses, bei dem große Verliebtheit in Erika an den Tag gekommen. – Abends wird der Lichterbaum geschmückt, nachdem das Manuskript-Unwesen bei Seite geräumt. Ich beendete den Roman von Sábato, recht beeindruckt. Das Radio schwimmt in importierter Weihnachtssentimentalität mit Glocken. Unwiderstehlicher Zauber von »Stille Nacht, heilige Nacht[«].

P. P. Sonntag den 24. XII. 50

Weihnachtsabend. Sehr warmes Wetter. – Die Art, wie General Walker in Korea umgekommen, sehr unklar und verdächtig. – Hoovers Isolationismus findet so viele Anhänger unter Republikanern und Süd-Demokraten, daß es zweifelhaft wird, ob die Gelder für die Bewaffnung Europas werden bewilligt werden. Die tatsächliche Uneinigkeit des Landes, von Truman beharrlich geleugnet. – – Beschäftigung mit den Hochstapler-Papieren u. dem gedruckten Text. Mit K. in Santa Monica. Viel Post. Kobold-Brief von Lion. T.M. issue der »Germanic Review«. Eher quälend. Genug, genug. Über »Holthusen« wird auch mit halber Zustimmung geschrieben. Weigand über Viccos Buch von wahrem Enthusiasmus. Muß übersetzt werden. – – Sehr heiß. Ruhte etwas im Studio. Früh kamen die Weihnachtsgäste: Neumanns, die Gemme, Klaus Pr. und Sohn. Gesang im Arbeitszimmer. Lichterbaum, Bescherung. Vergnügen. Mein Tischchen bedeckt mit vielen nützlichen Dingen und einer Fülle willkommener Grammophon-Platten: Schumann-Lieder, Holländer, Lohengrin, Fledermaus, z. T. die vollständige Oper. Kerzen-Diner mit Champagner. Neumann berichtet nach dem Brief eines Schweizer Freundes über Funchel auf Madeira. Aufführung des sehr komischen »Wort im Gebirge« von Erika. Da capo. Alles erfreut über gute Gaben. Sehr müde.

P. P. Montag den 25. XII. Weihnachtstag 1950

Erika beim Morgenkaffee. Über den Plan eines kleinen Buches bestehend aus »Michelangelo«, Wagnerbriefe, Shaw und dem japanischen Brief, dazu vielleicht »Meine Zeit«. – Bad. Kaviar zum Frühstück. Golo reist nach Chicago zu einer Historiker-Convention. Der tolle Borgese will mit den Kindern nach Italien fahren und Medi, die auf ihr Amt in Rom verzichtet hat, allein zurücklassen. Bedenklichste Zustände dort. – Ging die letzten, ungedruckten Teile des »Krull« durch. Zu manieriert aus Ermüdung. Wäre umzuarbeiten. Ging allein Amalfi Drive. Las im Helmolt über prä-reformatorische Dinge. Schwankende Arbeitsabsichten, ungewiß wie die äußere Zukunft. – Nach dem Abendessen zu dritt mit Erika zu Temiankas, wo das Quartett in bewundernswerter Zusammenarbeit Schubert (Tod u. Mädchen), einen modernen Franzosen und Beethoven 131 spielte. Dieses sehr großartig. Kleiner Kreis, worin das Weibliche vorherrschend. Bewirtung nach dem Spiel, das eine Generalprobe für Konzerte und recordings. Über die Ausstellung eines neapolitanisch-amerikanischen Malers in Museum, von Picasso herkommend. »Man sollte –« – – Nachmittags hörten wir des Längeren aus dem »Holländer«, dessen religiöser Gehalt mir recht deutlich wurde. Christliche Mystik in Senta's »Schwärmerei«. Abweisung des Bürgerlichen (Erik) um der Heiligkeit willen. »Was will dein Leiden besagen im Vergleich mit dem jenes Dulders!« Das alles in einer Oper sehr neu. – Erst gegen 2 ins Bett.

P. P. Dienstag den 26. XII. 50

Bis 8 durchgeschlafen. Leichter Regen. Kaviar zum Frühstück. Schrieb merkwürdiger Weise zum erstenmal wieder nach 40 Jahren am »Hochstapler« weiter, nämlich am Schluß des abgebrochenen 4. Kapitel des II. Teils, vor der Militär-Untersuchung. – Ausfahrt mit K. u. dem Pudel. Nachmittags die Kahn zu Brief-Diktaten. Elegante Champagner-Gänseleber-Chokolade-Kombination von Fritzi Massary, die ich anrief. Hörten abends den »Holländer« zu Ende. Noch ganz romantische Heiling-Oper mit schon echt Wagnerschen Einschlägen der geistigen Absichten und der Machart. Ein paar unentschuldbare Längen. – Brief der Servicen: Fortdauer des Faustus-Erfolges in Paris. Urteil Duhamels: »Ce n'est pas un essay, ce n'est pas un roman, c'est une somme, un grand livre, composé de pages remarquables.« – Abends sehr schwerer und erschöpfender Hustenanfall durch Luftröhrenreizung.

P.P. Mittwoch den 27. XII. 50

Kühl, halb-sonnig. War sehr erschöpft eingeschlafen und dachte, es wäre 6, als es schon 8 war. – Angegriffen von gestern. – Mit dem Manuskript, Umkomponieren. Allein gegangen. Viel Lektüre, Zeitschriften und Goethes Schriften zur Literatur. Nachmittags lange geschlafen. Brief an Lion begonnen. Brief an Frido.

P.P. Donnerstag den 28. XII. 50

Führte den Brief an Lion aus. Nach einem Gange Lunch im Swiss. Nachmittags Briefdiktate an K.. Die Kahn arbeitete mit Erika an der Katalogisierung und blieb zum Abendessen. – Zeit der Reformation.

P.P. Freitag den 29. XII. 50

Wetter andauernd sonnig. Neuer Rückzug in Korea unter chinesischem Druck. Note an Rußland, daß Japan für immer besetzt bleiben wird. Sinnverwirrende astronomische Mitteilungen über das Größte und Kleinste, die Zahl der weit zerstreuten Milchstraßen, die Teilchen des zersprengten Atomkerns. – An der Roman-Umarbeitung weiter. Etwas gegangen. Sammel-Buch von Hiller mit (schon früher gedrucktem) Artikel gegen mich. Der intellektuelle Purist, der einem Künstler Charakterlosigkeit nachweist und ihm vorwirft, er habe nie Peccavi gesagt. Minderer, wenn auch halb gutmütiger Bursche. – Kollegheft von 1894/95 für die Sammlung aufgefunden. – Zum Abendessen bei Walters mit Schnitzlers u. Dr. Joseph. Leidlich behaglich.

P.P. Sonnabend den 30. XII. 50

Kühl, etwas neblig. – Zunehmende politische Verlegenheit hier zu beobachten. Gestriges Broadcast Swings sehr pessimistisch

– und sehr vernünftig. Wachsende Einsicht in die Unmöglichkeit des Zweifrontenkrieges. Neigung, Asien abzuschreiben. – – An der Umarbeitung weiter. Wird der Gegenstand mich halten? – Ausfahrt mit K.. Erika wegen ihres weiblichen Leidens in schwer erträglicher Behandlung. Schrieb nachmittags an Dr. Meier von der N.S.R.[.] Expedition des Wagner-Artikels nebst Übersetzungen dorthin. Von Saturday Review die Korrektur der englischen Fassung, die in späterem Heft als selbständiger Aufsatz erscheinen soll. Übersetzung recht gut. – Abends Rigoletto.

P.P. Sonntag den 31. XII. 50. Sylvester

Sonne und kalter Wüsten-Sturmwind. – So denn Ausgang des Jahres. Das neue verspricht Abenteuerliches, ob wir bleiben oder verziehen. Vor einem Jahr schrieb ich noch am »Erwählten«. Es war, wie mir scheint, Grigorß' Ankunft beim Fischer. Das Jahr war zum guten Teil noch von dieser Arbeit ausgefüllt, deren An den Tag kommen das neue bringen wird. Müßig bin ich auch nach dem Abschluß nach unserer Rückkehr aus Europa nicht gewesen. Auf dieser entstand der Michelangelo-Aufsatz. Hier folgten »Shaw«, »Wagner-Briefe«, auch der Brief nach Japan. – Geschrieben am Roman: Die Balkon-Geschwister ausführend. – Mit K. u. dem Pudel etwas gegangen. Nach Tische in Schillers Prosa. Spät hinauf, geschlafen. Brief an Rastede (für die »Fledermaus«). Zum Sylvester-Abendessen Klaus Pr. und Sohn. Der Baum brannte noch einmal im Dunkeln. Hörten Holländer, Rossini u. C. Frank. Fühlte mich unwohl, leicht übel, müde. Beschlossen den Abend um 11 Uhr.

ANHANG

ZUM BAND 1946–1948

Korrekturen und Ergänzungen

Anmerkungen

TB 30.5.1946, Anm. 3, Seite 363: Leiden an Deutschland ist auch in GW XII, 684–766 enthalten.

TB 22.6.1946, Anm. 1, Seite 380: Die Sätze des Justizministers, die – vor allem wegen der in ihnen enthaltenen Gleichsetzung von Faschisten und Kommunisten – TMs Empörung hervorriefen, finden sich in den LAT vom 22.6.1946, 3.: »Attorney General Tom C. Clark tonight warned that Communists and Fascists in this country are plotting to undermine the unity of the United States through such methods as capture of top labor union offices, fomenting of strikes and encouragement of dissension.« Und: »[...] there is nothing more devastating than the wrath of free men aroused.« Sie müssen an Stelle der NYT-Zitate stehen.

TB 29.6.1946, Anm. 7, Seite 387: Das Veto des amerikanischen Präsidenten gegen ein vom Kongreß verabschiedetes Gesetz gilt absolut. Die Anmerkung muß also richtig lauten: »Trumans Veto gegen den die Vollmachten des ›Office of Price Administration‹ sehr reduzierenden Senatsbeschluß hatte zur Folge, daß – da der Kongreß nicht bereit war, ein neues, vom Präsidenten gewünschtes Gesetz für eine Preiskontroll-Behörde mit weitergehenden Vollmachten zu beschließen – die OPA-Bill am 30.6.1946 automatisch ihre Rechtsgültigkeit verlor.«

TB 14.7.1946, Anm. 1, Seite 395: Die Frankfurter Universität heißt Johann Wolfgang Goethe (nicht von Goethe)-Universität.

TB 14.7.1946, Anm. 2, Seite 396: Die *Ansprache bei der Einweihung des erweiterten Goethe-Museums in Frankfurt am Main* ist nicht nur in der ›Frankfurter Ausgabe‹, sondern auch in GW X, 327–331 enthalten.

TB 15.7.1946, Anm. 3, Seite 397: Wilhelm Keitel war, wie S. 352 ausdrücklich korrigiert, nicht Oberbefehlshaber des Heeres, sondern Chef des Oberkommandos der Wehrmacht.

TB 18.7.1946, Anm.1, Seite 398: Der Anmerkung ist anzufügen: »Vergl. auch Katia Mann, ›Meine ungeschriebenen Memoiren‹, Frankfurt am Main 1974, 46.«

TB 24.8.1946, Anm.2, Seite 422: Adrian M. Unger wurde von TM während seiner Zeit an der Ost- (nicht West-)küste konsultiert.

TB 9.9.1946, Anm.4, Seite 431: Das Vorwort zu Bohuš Beneš' Roman ›God's Village‹ ist in GW XIII, 449–452 aufgenommen. *(An Bohuš Beneš über ›God's Village‹)*

TB 13.9.1946, Anm.2, Seite 433: Der von TM gemeinte Politiker ist nicht der genannte Republikaner William Pierce Rogers, sondern der Demokrat Will Rogers jun., Sohn eines Komikers gleichen Namens und früheres Mitglied des Repräsentantenhauses.

TB 11.10.1946, Anm.1, Seite 454: Bei dem »Lied vom armen Kind« handelt es sich um Hugo Wolfs Vertonung von Friedrich Rückerts Gedicht ›Des fremden Kindes heiliger Christ‹.

TB 13.10.1946, Anm.4, Seite 457–458: Von Julius Dieffenbachers Werk ›Deutsches Leben im 12. und 13. Jahrhundert‹ benutzte TM lediglich den zweiten Band: ›Privatleben‹. Nur er ist in der Zürcher Bibliothek erhalten.

TB 28.10.1946, Anm.2, Seite 468: Die Zeitschrift ›Der Ruf‹ existierte auch nach dem Ausscheiden von Richter und Andersch weiter. Sie wurde zunächst kommissarisch von Erich Kuby, dann, ab Januar 1948, von Walter von Cube herausgegeben. Die letzte Nummer erschien am 15. März 1949.

TB 14.12.1946, Anm.5, Seite 496: Der Übersetzer von Dostojewskys ›Totenhaus‹ heißt Hermann Röhl.

TB 18.1.1947, Seite 519, neue Anm.1: Singers: Der amerikanische (Porträt)-Maler William Earl Singer (geb. 1910) und seine Frau Elsa, die in der Nähe TMs in Pacific Palisades wohnten.

TB 26.1.1947, Anm.1, Seite 523: Heinrich Leuchtgens war Seminarlehrer; vor 1933 Beigeordneter der Stadt Friedberg und Vorsitzender des Bauernbundes.

TB 5.4.1947, Anm.2, Seite 553: Adornos Aufsatz ist wieder abgedruckt in seinen ›Musikalischen (nicht: Musikkritischen) Schriften‹.

TB 7.4.1947, Anm.2, Seite 553: Die Anmerkung muß durch folgenden Text ersetzt werden: Vermutlich der Berliner Rabbiner und Dramatiker Emil Bernhardt-Cohn (1881–1948), der zunächst nach Holland, 1939 in die USA fliehen konnte.

TB 2. 7. 1947, Anm. 6, Seite 578: Anzufügen wäre: »Vgl. Max Frisch, ›Kleines Nachwort zu einer Ansprache von Thomas Mann‹, Max Frisch, ›Gesammelte Werke‹, Frankfurt am Main 1976, II, 1, 319–322.«

TB 2. 7. 1947, Anm. 27, Seite 582–584: Anzufügen wäre: »Resümierend über die deutschen Belange: Friedrich Burschell, ›Bericht über den zweiten internationalen Nachkriegs-Kongreß des Pen-Clubs in Zürich‹, ›Der deutsche PEN-Club im Exil‹, Frankfurt am Main 1980, 383–385.«

TB 7. 7. 1947, Anm. 2, Seite 585: Alfred von Martins Buch heißt ›Die Religion Jacob Burckhardts‹, 2. verm. Aufl. München 1947. (1. Auflage unter dem Titel ›Die Religion in Jacob Burckhardts Leben und Denken‹, München 1942)

TB 2. 8. 1947, Anm. 13, Seite 595: Statt »Fueterer« muß es »Fueter« heißen.

TB 3. 8. 1947, Anm. 6, S. 596: Der Herausgeber der Anthologie ›Antike Erzähler . . .‹ heißt Franz (nicht Felix) Stoessl.

TB 6. 8. 1947, Anm. 3, Seite 598: Es muß mit Bezug auf Ferdinand Rieser heißen: »der ehemalige Direktor des Zürcher Schauspielhauses . . .«

TB 4. 9. 1947, Anm. 3, Seite 608: Der Text zum Stichwort *Lukians Reiselügen* muß heißen: Vermutlich die Erzählung ›Wahre Geschichte‹, ›Antike Erzähler. Von Herodot bis Longos‹, hrsg. von Franz Stoessl, Zürich 1947, 351–386.

TB 16. 9. 1947, Anm. 2, Seite 615: Der Mitschnitt der Bayreuther Parsifal-Aufführung unter Knappertsbusch stammt erst von 1951, so daß sich die von TM erwähnten Platten nicht mit Sicherheit identifizieren lassen. Die am 5. 10. 1948 gegenüber der ›Saturday Review of Literature‹ erwähnte von Karl Muck dirigierte Aufnahme des III. Aktes befindet sich nicht mehr in TMs Sammlung.

TB 20. 9. 1947, Anm. 6, Seite 619: Die Karajan-Einspielung des Troubadour stammt erst von 1954, TM kann sie also 1947 nicht gehört haben.

TB 27. 9. 1947, Anm. 1, Seite 622: Die »Hearings« des ›Committee on Un-American Activities‹ waren – worauf Herbert Lehnert in einer mir dankenswerterweise vorab zur Verfügung gestellten Kritik meiner Edition für die Zeitschrift ›Orbis Litterarum‹ hinweist – keine normalen »Prozesse«, weil sie als Befragungen eines Kongreß-Ausschusses nicht der Prozeßordnung unterlagen, die dem Verteidiger die gleichen Rechte wie dem Ankläger zugesteht, sondern (angeblich) nur zur Information der mit gesetzgeberischen Aufgaben betreuten Abgeordneten bestimmt waren. Die sogenannten und von Thomas Mann oft erwähnten »hostile witnesses« waren Zeugen, die das vorladende Committee des Kommunismus verdächtigte, von denen es also annahm, daß sie der geplanten antikommunistischen Gesetzgebung, zu der die hearings Anhaltspunkte geben sollten, ablehnend gegenüberstanden. Alle Aussagen vor dem Committee mußten – so Lehnert – »unter Eid gemacht werden. Bei Verweigerung der Aussage wurde der Zeuge wegen ›Contempt of Congress‹ gerichtlichen Zwangsmaßnahmen ausgesetzt, gewöhnlich Haft, die bis zur Aussagewilligkeit ausgedehnt werden konnte. – Der verfassungsmäßige Schutz gegen Selbstanklage war damals zweifelhaft, weil die Zugehörigkeit zur kommunistischen Partei nicht kriminalisiert war. Aber ein Bekenntnis, ihr anzugehören, führte mit Sicherheit zu schweren beruflichen Nachteilen. Daher die ausweichenden Antworten, von denen das Tagebuch spricht (S. 177).« Die Klarstellung dieser Zusammenhänge ist wichtig, um zu verstehen, was es bedeutete, wenn TM sich selbst (in dem als Text 28 abgedruckten Statement für die Sendung ›Hollywood fights back‹) als »hostile witness« bezeichnete.

TB 3. 10. 1947, Anm. 2, Seite 627: Bei dem von mir nicht ermittelten Dr. Edel handelt es sich um Dr. Maximilian Edel, der neben Ernst Lubitsch auch Charles Boyer, Igor Strawinsky und Bruno Walter zu seinen Patienten zählte. Edel war nicht nur Arzt, sondern auch Bildhauer (Totenmaske Bruno Walters, Porträtbüste Strawinskys im Foyer der Konzerthalle Tel Aviv).

TB 19. 10. 1947, Anm. 2, Seite 637: Der Film ›Mission to Moscow‹ wurde von Michael Curtiz gedreht. Max Steiner war der Komponist der Filmmusik, nicht der Regisseur.

TB 28. 10. 1948, Anm. 6, Seite 644: Das Wort »unversehens« ist zu streichen und am Schluß der Anmerkung hinzuzufügen: »Zu der von TM hier gemeinten konkreten Bedeutung von ›hostile witness‹ vgl. die Ergänzungen zu TB 27. 9. 1947, Anm. 1, Seite 622.«

TB 3. 11. 1947, Seite 647: Es fehlt der als Anm. 7 einzufügende Nachweis »*[von] Singer in Bern:* Bern, 29. 10. 1947; im TMA.« Die bisherige Anmerkung 7 wird Anm. 8.

TB 5. 11. 1947, Anm. 5, Seite 648: Als ›die Gralserzählung‹ ist eher

Lohengrins Erzählung »In fernem Land, unnahbar euren Schritten...«, dritter Akt, dritte Szene der Oper ›Lohengrin‹ anzumerken.
TB 20.12.1947, Anm.3, Seite 675: Der Übersetzer der ›Gesta Romanorum‹ heißt Johann Georg Theodor Gräße.
TB 3.1.1948, Anm.1, Seite 682: Hinter der Angabe der Blattnummern 20, 21, 22 muß in Klammern folgen: »(Archivzählung 53–55)«.
TB 15.1.1948, Anm.2, Seite 691: TM bezog seine Kenntnisse der römischen Kirchen in erster Linie aus Ferdinand Gregorovius, ›Geschichte der Stadt Rom im Mittelalter‹.
TB 3.2.1948, Anm.5, Seite 702: Die Lektüre von ›Herzog Ernst‹ in den Schwabschen ›Volksbüchern‹ geht vermutlich auf eine Erwähnung der Sage durch Wilhelm Scherer in der ›Geschichte der Deutschen Litteratur‹, Seite 95, zurück.
TB 23.2.1948, Anm.2, Seite 713: Der endgültige Text der ›Nachbemerkung‹ zum *Doktor Faustus* wird Bermann Fischer erst in TMs Schreiben vom 3.11.1948 übermittelt (TM/GBF 512/513) und ist erstmalig in der Suhrkamp-Ausgabe, 8.–15. Tsd., 1948, enthalten.
TB 24.2.1948, Anm.1, Seite 713: Die als »verschollen« bezeichnete Note an Schönberg ist von Bernhold Schmid gefunden und in seinem Aufsatz ›Neues zum ‚Doktor Faustus-Streit' zwischen Arnold Schönberg und Thomas Mann. Ein Nachtrag‹, ›Augsburger Jahrbuch für Musikwissenschaft‹, hrsg. von Franz Krautwurst, Tutzing 1990, 190, abgedruckt. Neben manchem Hinweis zu anderen Schönberg betreffenden TB-Stellen befindet sich dort, 190–192, auch das TB 13.10.1948, Anm. 8, Seite 811 als nicht aufgefunden verzeichnete Schreiben.
TB 12.3.1948, Anm.4, Seite 721: Bei der 1989 nicht ermittelten »deutsche[n] Besprechung des ›Glasperlenspiels‹ und des ›Doktor Faustus‹« handelt es sich, wie aus der entsprechenden Anmerkung zum Hesse-Brief, TM/HH 144 hervorgeht, um Ludwig Emanuel Reindl, ›Tagebuch des Herausgebers‹, ›Die Erzählung. Zeitschrift für Freunde guter Literatur‹, Konstanz 1948.
TB 26.3.1948, Anm.2, Seite 727: Die Stockholmer Ausgabe (18.–27. Tsd. 1948) von *Lotte in Weimar* ist seitengleich mit der Erstausgabe und konserviert auch alle Setzfehler.

TB 1.4.1948, Anm.6, Seite 730: Die Angabe der Seiten in Wyslings Aufsatz muß lauten: 268 und 275.
TB 7.4.1948, Anm.1, S.731: Der Text muß heißen: TM erhielt vermutlich eine der Nietzsche-Porträt-Radierungen des Malers Hans Olde (1855–1917), der von 1902 bis 1911 die Kunstschule in Weimar, danach die in Kassel geleitet hatte.
TB 16.4.1948, Anm.5, Seite 736: Die Ausgabe von ›Tristan und Isolde‹ wurde von Wilhelm Hertz neu bearbeitet (nicht neu übersetzt).
TB 16.4.1948, Anm.6, Seite 736: Außer in der Anthologie ›Der Tausendjährige Rosenstrauch‹ las TM in der von Albert Waag herausgegebenen Sammlung ›Kleinere Gedichte des XI. und XII. Jahrhunderts‹. Die 2. umgearbeitete Auflage, Halle a. d. S. 1916, befindet sich, ebenso wie das erstgenannte Florilegium, im TMA.
TB 27.4.1948, Anm.4, Seite 742: Erich Meissner – ein enger Freund und Mitarbeiter Kurt Hahns in Salem und Gordonstoun – war im Hauptberuf Pädagoge und Literarhistoriker.
TB 29.4.1948, Anm.2, Seite 742: Die Anmerkung muß fallen.
TB 29.4.1948, Anm.3, Seite 742: TMs Kenntnis der russischen »Kompromiß-Vorschläge« entstammen den LAT vom 29. 4. 1948, die auf ihrer ersten Seite berichteten, die Sowjets seien bereit, wenn die drei westlichen Besatzungsmächte ganz Berlin ihrer Kontrolle überließen, den freien Zugang der Alliierten zur einstigen Hauptstadt zu garantieren und auch den wirtschaftlichen Zusammenschluß der Westzonen zu tolerieren.
TB 10.5.1948, Anm.5, Seite 746: Das Drehbuch des Films ›Lost Horizon‹ stammt von Robert Riskin, nach dem gleichnamigen Roman von James Hilton.
TB 23.5.1948, Anm.2, Seite 753: Die Wahlveranstaltung in Oregon war eine Vorwahl, bei der es darum ging, Delegierte zu dem bevorstehenden Parteitag (convention) zu wählen. Zu der republikanischen convention, auf der am 25. 6. 1948 Thomas E. Dewey zum Präsidentschaftskandidaten seiner Partei gewählt wurde, s. TB 21. 6. 1948, Anm. 1, Seite 767.
TB 23.5.1948, Anm.6, Seite 753: Stig Dagerman schied am 4. 11. 1954 aus dem Leben.
TB 19.6.1948, Anm.1, Seite 766: Rogers Ranch und Palisades Park sind Parks nahe der Pazifikküste, in denen TM gern spazierenging.

TB 28. 6. 1948, Anm. 3, Seite 771: Den Literaturangaben sollte hinzugefügt werden: »Peter de Mendelssohn, ›S. Fischer und sein Verlag‹, Frankfurt am Main 1970«.
TB 12. 7. 1948, Seite 778, neue Anm. 1.: Paolo alto: Gemeint ist die Stadt Palo Alto südlich von San Francisco, Sitz der Stanford University. – Die bisherigen Anm. 1 und 2 werden Anm. 2. und 3.
TB 14. 7. 1948, Anm. 5, Seite 779: Die Seitenangaben für Kerényis Aufsatz müssen 41–74 (nicht: 47) heißen.
TB 6. 9. 1948, Anm. 5, Seite 794: Der Komponist Ingolf Dahl lehrte an der University of California in Los Angeles.
TB 13. 9. 1948, Anm. 6, Seite 797: William Reinhold Valentiner war Direktor der ›Art Division‹ des ›Los Angeles County Museum of History, Science and Art‹.
TB 14. 9. 1948, Anm. 4, Seite 799: Der Verleger Kurt Wolff besaß keinen Doktortitel, sein Compagnon heißt richtig Curt von Faber du Faur.
TB 24. 9. 1948, Anm. 1, Seite 801: Der französische Romanist, Rektor der Universität des Saarlandes bis 1957, hieß Jean F. Angelloz.
TB 11. 10. 1948, Anm. 2, Seite 809–810: Die zitierte Thomas-Mann-Arbeit von Frederick C. Sell war keine selbständige Publikation, sondern ein Aufsatz, der in der Zeitschrift ›The Germanic Review‹, Bd. XV, 1940, 281–291 erschien. Der Artikel, auf den sich TM in dem TB-Eintrag bezieht, heißt ›Kommentar zu Thomas Manns Dr. Faustus‹ und erschien im Maiheft 1948 der ›Wandlung‹, 403–413.
TB 13. 10. 1948, Anm. 2, Seite 811: Der von TM erwähnte Graf Carl Lonyay war ein Neffe des Fürsten Elemer Lonyay, des zweiten Mannes der Kronprinzessin Stefanie von Österreich.
TB 13. 10. 1948, Anm. 7, Seite 811: Aus dem von Schmid (s. Ergänzung zu TB 24. 2. 1948, Anm. 1, S. 321) abgedruckten Brief Schönbergs an TM vom 15. 10. 1948 geht hervor, daß der Komponist sich mit seinen Problemen zunächst an GBF gewandt hatte.
TB 13. 10. 1948, Anm. 8, Seite 811: S. Ergänzung zu TB 24. 2. 1948, Anm. 1, S. 321.
TB 21. 10. 1948, Anm. 4, Seite 814: Vielleicht ist der bei Bürgin V/646 nachgewiesene Text ›The Problem is not Germany‹, ›UN World‹, New York, vol II, Sept. 1948, 13 ff. gemeint.
TB 2. 11. 1948, Anm. 5, Seite 823: Die Anmerkung sollte ergänzt werden: S. jedoch TM an Walter Widmer, P. P. 5. 11. 1948,

Reg. III, 48/600: »Ihre brieflichen Mitteilungen über die Serie der Weltliteratur sowohl wie auch Ihr fesselnder Artikel in der ›Bücherschau‹ [haben] mich sehr interessiert [. . .]/ Übrigens habe ich auch sonst in dem Blatt sehr eindrucksvolle Dinge gefunden; die Besprechung des Buches von Thirring über Atomkrieg und Weltpolitik hat mir starken Eindruck gemacht, ebenso die Zitate aus den Büchern von Papini und de Rougemont. Es ist ein gutes Blatt, diese Bücherschau [. . .]«

TB 14. 11. 1948, Anm. 3, Seite 831: Die Thomas-Mann-Studien mit dem Ponten-Briefwechsel erschienen 1988 (nicht 1989).

TB 15. 11. 1948, Anm. 4, Seite 832: Levins Artikel erschien selbstverständlich nicht am 31. 10. 1938, sondern am 31. 10. 1948.

TB 24. 12. 1948, Anm. 4, Seite 852: Der nachgewiesene Hesse-Brief zeigt die Quelle für die von TM notierten »Bösartigkeiten«: die ›Tragische Literaturgeschichte‹ des Basler Germanisten Walter Muschg, in der von TMs Werk nur in sehr herabsetzender Weise die Rede ist: »Die Bücher Thomas Manns sind das letzte große Versäumnis der bürgerlichen deutschen Literatur. Künftige Leser werden an ihnen vor allem verstehen lernen, warum das Deutschland, das er repräsentierte, vom Teufel geholt wurde.« (Zitiert nach Anni Carlssons Anmerkungen, a.a.O. 148).

TB 30. 12. 1948, Anm. 4, Seite 858: Der Soziologe Read Bain lehrte 1948 am Reed College, Michigan.

TB 31. 12. 1948, Anm. 4, Seite 859: Der Titel von Noel Cowards Parodie heißt ›Mad Dogs and Englishmen‹.

Texte

Text No 21 zu TB 2. 7. 1947, Anm. 27, Seite 898: TM hielt seine vom Manuskript erheblich abweichende Rede auf dem Zürcher PEN-Kongreß am 3. Juni (nicht Juli) 1947.

Register

Seite 986, Faber du Faur, Curt: Der Name muß entsprechend der Korrektur zu Seite 799 Curt von Faber du Faur heißen.

Seite 986, Falkenberg, Hans-Geert: Seitenangabe 142 statt 141.

Seite 989, George, Manfred: Die Seitenangabe 383 bezieht sich auf Stefan George.
Seite 995, Herz, Ida: Die Seitenangabe 250 bezieht sich auf Wilhelm Hertz.
Seite 1010, Mendelssohn, Peter de: Die Seitenangabe 630 muß in 530 geändert werden.
Seite 1023, Schönwieser, Ernst: Statt 732 muß es 733 heißen.
Seite 1026, Singer, Samuel: Die Einträge 89 (statt 88), 90, 184, 226 und (neu) 252 beziehen sich nicht auf den Berner Altgermanisten Samuel Singer (s. TB 26. 11. 1947, Anm. 5, Seite 661), sondern auf den amerikanischen Maler William Earl Singer (s. neue Anm. 1 zu TB 18. 1. 1947, Seite 318).
Seite 1026, Sonnemann, Ulrich: Die Seitenangabe 453 bezieht sich auf die Schauspielerin Emmy Sonnemann, die Frau Hermann Görings.

SIGLENVERZEICHNIS

GW I–XIII	Thomas Mann, Gesammelte Werke in zwölf (dreizehn) Bänden, Frankfurt am Main 1960 (1974).
Loewy	Thomas Mann, Ton- und Filmaufnahmen. Ein Verzeichnis, zusammengestellt und bearbeitet von Ernst Loewy, hrsg. vom Deutschen Rundfunkarchiv, TM, Gesammelte Werke in dreizehn Bänden, Supplementband, Frankfurt am Main 1974.
Br. I–III	Thomas Mann, Briefe (I) 1889–1936, (II) 1937–1947, (III) 1948–1955 und Nachlese, hrsg. von Erika Mann, Frankfurt am Main 1961–1965.
Reg. I–V	Die Briefe Thomas Manns. Regesten und Register. Band I–V, bearbeitet und herausgegeben unter Mitarbeit von Yvonne Schmidlin (Thomas-Mann-Archiv Zürich) von Hans Bürgin (†) und Hans-Otto Mayer (†), Frankfurt am Main 1976–1987. Band IV und V überarbeitet und ergänzt von Gert Heine und Yvonne Schmidlin.
D.ü.D. I–III	Dichter über ihre Dichtungen, hrsg. von Rudolf Hirsch und Werner Vordtriede, Bd. 14/I–III Thomas Mann, hrsg. von Hans Wysling unter Mitwirkung von Marianne Fischer, Heimeran/S. Fischer, 1975–1981.
TB 18–21, 33/34, 35/36, 37–39, 40–43	Thomas Mann, Tagebücher ..., hrsg. von Peter de Mendelssohn, Frankfurt am Main 1977–1982.
TB 44–46, 46–48	Thomas Mann, Tagebücher ..., hrsg. von Inge Jens, Frankfurt am Main 1986 und 1989.
TM/HM	Thomas Mann/Heinrich Mann, Briefwechsel

	1900–1949, hrsg. von Hans Wysling. Erweiterte Neuausgabe, Frankfurt am Main 1984.
HH/TM	Hermann Hesse/Thomas Mann, Briefwechsel. Erweiterte Neuausgabe, hrsg. von Anni Carlsson und Volker Michels, Frankfurt am Main 1975.
TM/GBF	Thomas Mann, Briefwechsel mit seinem Verleger Gottfried Bermann Fischer, hrsg. von Peter de Mendelssohn, Frankfurt am Main 1973.
TM/KK	Thomas Mann/Karl Kerényi, Gespräch in Briefen, hrsg. von Karl Kerényi, Frankfurt am Main 1960.
TM/AN	Thomas Mann/Alfred Neumann, Briefwechsel, hrsg. von Peter de Mendelssohn, Heidelberg 1977.
TM/EB	Thomas Mann an Ernst Bertram. Briefe aus den Jahren 1910–1955, hrsg. von Inge Jens, Pfullingen 1960.
TM/RF	Thomas Mann/Robert Faesi, Briefwechsel, hrsg. von Robert Faesi, Zürich 1962.
TM/CN	The Letters of Thomas Mann to Caroline Newton, Privately Printed by Princeton University Press, Princeton 1971.
TM/PA	Thomas Mann, Briefe an Paul Amann 1915–1952, hrsg. von Herbert Wegener, Lübeck 1959. Veröffentlichungen der Stadtbibliothek Lübeck, Neue Reihe, Band 3.
Brw. Aut.	Thomas Mann. Briefwechsel mit Autoren, hrsg. von Hans Wysling, Frankfurt am Main 1988.
KM Br./Antw. I, II	Klaus Mann, Briefe und Antworten, hrsg. von Martin Gregor-Dellin, 2 Bände, München 1975.
EM Br./Antw. I, II	Erika Mann, Briefe und Antworten, hrsg. von Anna Zanco-Prestel, 2 Bände, München 1984/85.
Bl. TMG.	Blätter der Thomas Mann Gesellschaft Zürich.
Hansen/Heine	Frage und Antwort, Interviews mit Thomas

	Mann 1909–1955, hrsg. von Volkmar Hansen und Gert Heine, Hamburg 1983.
Schröter	Thomas Mann im Urteil seiner Zeit. Dokumente 1891–1955, hrsg. mit einem Nachwort und Erläuterungen von Klaus Schröter, Hamburg 1969.
Bürgin	Hans Bürgin, Das Werk Thomas Manns. Eine Bibliographie unter Mitarbeit von Walter A. Reichart und Erich Neumann, Frankfurt am Main 1959.
NYT	New York Times.
LAT	Los Angeles Times.
NYHT	New York Herald Tribune.
TLS	Times Literary Supplement.
SRL	Saturday Review of Literature.
NSR	Neue Schweizer Rundschau.
NZZ	Neue Zürcher Zeitung.
TMA	Thomas-Mann-Archiv der Eidgenössischen Technischen Hochschule, Zürich.
KMA	Klaus-Mann-Archiv, München.
EMA	Erika-Mann-Archiv, München.
HOM	Thomas-Mann-Sammlung Dr. Hans-Otto Mayer, Düsseldorf.
Marbach	Deutsches Literaturarchiv, Marbach am Neckar.

ANMERKUNGEN

1949

1. 1. 1949

1] *K.:* Die von TM im gesamten TB verwendete Abkürzung für den Vornamen seiner Frau Katia, geb. Pringsheim (24. 7. 1883 bis 25. 4. 1980). 3

2] *Bübchen:* TMs Enkel Fridolin, gen. Frido (geb. 1940), und Anthony, gen. Toni (geb. 1942), Söhne von TMs jüngstem Sohn, dem Geiger, Bratschisten und späteren Germanistik-Professor Michael Mann, genannt »Bibi« (1919–1977), und seiner Frau Gret, geb. Moser (geb. 1916).

3] *Golo:* Der Historiker Golo (eigentlich Angelus Gottfried Thomas) Mann (geb. 1909), TMs zweiter Sohn, lehrte seit 1949 in Claremont/Kalifornien (s. TB 46–48, 360/361).

4] *Kapitel:* Das XI. Kapitel des *Erwählten,* ›Der Trauerer‹, GW VII, 86–94.

5] *Erika:* TMs älteste Tochter, die Schauspielerin, Journalistin und Schriftstellerin Erika Julia Hedwig Mann-Auden (1905–1969); s. TB 46–48, 357.

6] *»William Wilson«:* Der 1840 geschriebene Roman des amerikanischen Schriftstellers Edgar Allan Poe (1809–1849).

7] *Eißi:* TMs ältester Sohn, der Schriftsteller und Journalist Klaus Heinrich Thomas Mann (1906–1949), wurde – nach einer kindlichen Selbstbezeichnung – im Familienkreise gelegentlich ›Eißi‹ genannt; s. TB 46–48, 399.

8] *an Feist über seine Dramatisierung:* An Hans Feist, P. P. 1. 1. 1949, Reg. III, 49/3; Br. III, 67–69: Eine kritisch-wohlwollende Expertise zu dem Feistschen Versuch, die *Lotte in Weimar* für die Bühne – konkret für eine vom Heidelberger Theater geplante Aufführung mit Albert Bassermann und Käthe Dorsch (später: Else Bassermann) in den Hauptrollen – zu bearbeiten. (Zu dem Plan und seiner Realisierung vgl. TB 46–48, 627/628; ein 49 Schreibmaschinenseiten umfassendes Typoskript der Dramatisierung unter dem

Titel ›Lottens Wiederkehr. Komödie in 4 Akten (8 Bildern) nach Motiven aus Thomas Manns Roman ‚Lotte in Weimar'‹ sowie eine vom Heidelberger Theater zur Verfügung gestellte Kopie des Programmheftes befinden sich im TMA.)

9] *Feist:* Dr. Hans Feist (1887–1952), ursprünglich Arzt, seit den 20er Jahren, wo ihn Klaus und Erika Mann in Berlin kennengelernt hatten, als Übersetzer von Croce, Pirandello, Giraudoux, Cocteau, Jules Romains, später Christopher Fry u. a. bekannt. Nach seiner Übersiedlung nach München verkehrte er viel im Hause Mann, wo man ihn wegen seiner undeutlichen Ausdrucksweise auch ›Nebel‹ nannte. Feist war bei Kriegsausbruch in die Schweiz emigriert und kehrte 1945 nach Berlin zurück (s. TB 46–48, 419/420).

10] *Absage:* S. TB 2. 1. 1949, Anm. 3.

11] *an Dr. Karl Löwenstein:* Der Brief gilt als verschollen. S. Reg. IV, 584.

12] *Löwenstein:* Der Münchener Anwalt Karl Loewenstein (1891–1973) lehrte nach seiner Emigration, 1933, zunächst internationales Recht in Yale, dann Jura und politische Wissenschaften in Amherst/Mass. Neben seiner Lehrtätigkeit arbeitete er als Sonderbeauftragter des Bundesstaatsanwalts im Justizministerium und Mitglied vieler Rechtskommissionen, u. a. an der Abfassung der Menschenrechtserklärung der UNO von 1948.

13] *»Die Fischer von St. Dunstan«:* Das IX. Kapitel von TMs im Entstehen begriffenen Roman *Der Erwählte*, GW VII, 66–79.

14] *»Paralyse«:* Romanfragment von 1913; in: Gustav Sack, ›Gesammelte Werke in zwei Bänden‹, hrsg. von Paula Sack, Biographie von Hans W. Fischer, S. Fischer, Berlin 1920, 409–481.

15] *Gustav Sack:* Der Schriftsteller Gustav Sack (1885–1916) fiel an der rumänischen Front. Sein Erstlingsroman ›Ein verbummelter Student‹ erschien im Jahr nach seinem Tod; den Durchbruch als Schriftsteller erreichte der Autor erst durch die von der Witwe, Paula Sack, geb. Harbeck, 1920 bei Fischer herausgegebene zweibändige Ausgabe der ›Gesammelten Werke‹.

2. 1. 1949

3 1] *Tolstoi'sche Beschreibungen:* TM dachte vermutlich an die 1910 geschriebene, aber erst 1912 aus dem Nachlaß veröffentlichte Erzählung ›Auf dem Chodynka-Feld‹.

2] *Sergeant:* TMs Neffe Klaus-Hubert Pringsheim (geb. 1923). Der spätere Politikwissenschaftler war 1945 als Sergeant aus der US-Armee entlassen worden. Er lebt heute als Professor emeritus der McMaster University, Hamilton in Orleans, Ontario, Canada.
3] *an Kansas University:* Der Brief – die Absage einer Einladung zu einem Goethe-Vortrag – gilt als verschollen; s. Reg. IV, 584.
4] *[an] Libr. of C.:* An die Library of Congress, Verner W. Clapp, P. P. 2. 1. 1949, Reg. III, 49/5.
5] *an Vikko:* An Viktor Mann, P. P. 2. 1. 1949, Reg. III, 49/9. 4
6] *Vikko:* TMs jüngster Bruder Viktor (1890–1949). Viktor Mann war ursprünglich Landwirt, später im Bankfach tätig. Er blieb während des NS-Regimes in Deutschland und lebte vorwiegend in München. Seine Familienchronik ›Wir waren fünf. Bildnis der Familie Mann‹, von der er TM gelegentlich Kapitel sandte, erschien im Herbst 1949, postum, in Konstanz.
7] *Beilagen:* Die ›Home‹-Beilage der ›Los Angeles Times‹ vom 19. 12. 1948 mit dem durch Interieur-Aufnahmen des Hauses 1550, San Remo Drive illustrierten Artikel von Annarhea White ›Thomas Mann ... An Exile Finds Home‹ sowie Bilder der Enkel Frido und Toni.
8] *Artikel für Japan:* An Jisawuro Hirata, Reg. III, 48/713. TM hatte den Brief-Artikel zwischen dem 26. und 28. 12. 1948 geschrieben.
9] *»L'après midi« von Debussy:* Claude Debussys (1862–1918) Orchesterwerk ›Prélude à l'après-midi d'un faune‹ (1892) ist eines der Lieblingsstücke des jungen Hans Castorp, des Helden von TMs Roman *Der Zauberberg*. Vgl. das Kapitel ›Fülle des Wohllauts‹, GW III, 897/898. In einer Sendung des Süddeutschen Rundfunks vom Juli 1954, ›Wer wünscht was? Musik, die Thomas Mann gern hört‹, las TM seinen Hörern vor dem Einspielen des Debussy-Werks diese *Zauberberg*-Sätze. S. Ernst Loewy, ›Thomas Mann. Ton- und Filmaufnahmen. Ein Verzeichnis‹, Supplementband zu GW, Frankfurt am Main 1974, I, 101, (S. 115).
10] *Monteux:* Der französische Dirigent Pierre Monteux (1875–1964) wirkte seit 1917 vorwiegend in den USA und war von 1936 bis 1952 Leiter des San Francisco Symphony Orchestra, in dem TMs jüngster Sohn Michael zeitweilig als Bratschist spielte.
11] *Benny:* Der von TM außerordentlich geschätzte amerikanische

Radio-Entertainer Benjamin Kubelsk, der unter dem Namen Jack Benny auftrat.
12] *Klaus:* S. TB 1. 1. 1949, Anm. 7.
13] *Nathan:* Der amerikanische Schriftsteller Robert Grünthal Nathan (1894–1985).
14] *Bibi:* TMs jüngster Sohn Michael. S. TB 1. 1. 1949, Anm. 2.

3. 1. 1949
4 1] *Correggios »Leda mit dem Schwan«:* Das 1531/32 entstandene Gemälde des italienischen Malers Antonio Allegri, gen. Correggio (ca. 1489–1534), das heute in der Gemäldegalerie der Stiftung Staatliche Museen Berlin hängt, war aus Angst vor Fliegerangriffen während des Zweiten Weltkriegs – zusammen mit anderen Kunstwerken – in stillgelegte Bergwerke »ausgelagert«.
2] *das Alte Haus:* Das Haus 740, Amalfi Drive, das TM vom 8. 4. 1941–5. 2. 1942 bewohnte.
3] *Faustus-review:* John Franklin Bardin, ›Mann: The Damnation of the Artist‹, ›New Leader‹ vol. 31, No. 50 v. 11. 12. 1948, 11.
4] *Artikel [...] in der »Weltwoche«:* François Bondy, ›Thomas Mann und kein Ende‹, ›Die Weltwoche‹, Zürich, 10. 12. 1948,5: Bei der Wiederbegegnung mit Thomas Mann (den Bondy ungeachtet seiner Kritik als den »größten deutschen Erzähler des Halbjahrhunderts« apostrophiert) »frappierte mich zunächst und stärker als je zuvor die Umständlichkeit, mit der sich Thomas Mann als Erzähler selbst in den Weg tritt. Sie [. . .] hat offenbar mit jener Bürgerlichkeit zu tun, in deren Bereich Thomas Mann sich bewußt stellt.« Eine Ausnahme bilde die Novelle ›Mario und der Zauberer‹, »die in ihrer Unmittelbarkeit und Knappheit vielleicht Thomas Manns einziges in jeder Weise ›klassisches‹ Werk nach den ›Buddenbrooks‹ geblieben ist. [. . .] Was auch Thomas Mann seither über Gegenwartsfragen in politischer oder allegorischer Art gesagt haben mag, es hat niemals mehr jene Einsichten über Freiheit, Suggestion, Massenverhalten, Führer-Gefolgschaft-Verhältnis übertroffen, die in diese Novelle gebannt sind. [. . .] Der größte kollektive Vorgang unserer Zeit, die Hingabe an die Unfreiheit, der Drang zur Selbstpreisgabe [. . .] ist hier vollendet gestaltet und durchschaut, so vollendet, daß das Doppelschicksal von Künstler und Volk im ›Faustus‹ daneben nur wie eine bleiche Allegorie wirkt.«

5] *Bondy:* Der aus Berlin stammende, seit 1926 in der Schweiz lebende Schriftsteller und Publizist François Bondy (geb. 1915).
6] *»Mario«:* TMs zuerst 1930 bei S. Fischer in Berlin erschienene Novelle *Mario und der Zauberer. Ein tragisches Reiseerlebnis.*
7] *Buddenbrooks:* TMs erster großer, 1901 bei S. Fischer erschienener Roman *Buddenbrooks. Verfall einer Familie.*
8] *jungen Pr.:* Klaus Hubert Pringsheim, S. TB 2. 1. 1949, Anm. 2.
9] *Mt. »Goethe und Amerika«:* Nicht mehr unter den im TMA archivierten Schriften.
10] *Lewis Browne:* Der aus England stammende Rabbiner und Schriftsteller Lewis H. Browne (1897–1949).
11] *an Dr. Hirsch:* Das Schreiben an Rudolf Hirsch (geb. 1905) ist verschollen. Der Kunsthistoriker Dr. Hirsch, der den Krieg im holländischen Untergrund überlebt hatte, übernahm 1948 das Lektorat des Bermann-Fischer/Querido Verlags, Amsterdam. 1950 ging er auf Bitten Gottfried Bermann Fischers als literarischer Leiter des wiedergegründeten S. Fischer Verlags und Redakteur der ›Neuen Rundschau‹ nach Frankfurt am Main und war von 1954 bis 1962 Geschäftsführer des Verlages.

4. 1. 1949
1] *Kapitel »Der Trauerer«:* Das XI. Kapitel des *Erwählten*, GW VII, 86–94.
2] *an die Herz:* An Ida Herz, P. P. 4. 1. 1949, Reg. III, 49/16: »Die Bücher [. . .] sind alle interessant und bereichernd, nur Russell freilich versteht von deutscher Philosophie keinen Deut und schreibt auch arge Artikel jetzt: daß man nur rasch Rußland zerstören soll etc. Ich mag ihn garnicht. Am liebsten ist mir Nicolson, das ist ein gentleman.« Im Gegensatz zu den üblichen amerikanischen *Faustus*-Kritiken »findet der ›New Leader‹ in New York, daß das Teufelskapitel ›rank with the great scenes in Joyce and Eliot‹.«
3] *Herz:* Die Nürnberger Buchhändlerin Ida Herz (1894–1984), eine frühe Bewunderin und seit 1925 eine persönliche Bekannte TMs, die bis zum Tode dem Hause Mann verbunden blieb (s. TB 46–48, 426).
4] *»British-Weekly« mit meiner Brief-Danksagung:* TMs Brief an Sidney Walton, P. P. 30. 10. 1948, Reg. III, 48/582 – eine Danksagung für den Artikel von Geraint Vaughan Jones ›Thomas Mann, Novelist and Prophet‹, der am 30. 9. 1948 in der Londoner Zeitschrift

publiziert worden war – erschien in der No. vom 2. 12. 1948 auf S. 2.
5] *Faustus-Besprechung:* Richard Plant, ›‚Doctor Faustus' by Thomas Mann‹, ›Tomorrow‹, vol. 8, Jan. 1949, 56/57.
6] *Manuskript von F. Apt:* Das Manuskript wurde von TM an den Verfasser zurückgesandt. Zu TMs Eindruck s. an F. Apt, P. P. 10. 1. 1949, Reg. III, 49/30: »Ihren Faustus-Kommentar habe ich mit begreiflichem Interesse gelesen. Professor Marck hatte mir nicht zuviel darüber gesagt. Ihre Schrift zeichnet die Linien des Buches mit großer Feinheit nach.«
7] *F. Apt:* Über Franz Apt war nichts Näheres zu ermitteln. Vgl. jedoch den Anm. 6 zitierten Brief: »Es war mir eine Freude, von einem Mann wieder zu hören, der die Wechselfälle meines Arbeitslebens immer mit soviel intelligenter Sympathie verfolgt hat.«
8] *an Hesse:* An Hermann Hesse, P. P. 4. 1. 1949, Reg. III, 49/17; HH/TM 153–155.
9] *Hesse:* Der deutsche Schriftsteller Hermann Hesse (1877–1962) war bereits 1912 in die Schweiz übersiedelt. Die Verbindung der beiden fast Gleichaltrigen, Hesse und TM, reicht zurück in das Jahr 1904, als Samuel Fischer sie in München zusammenführte. Während TMs Schweizer Jahre vor und nach 1945 intensivierten sich die insgesamt freundlichen Beziehungen zu freundschaftlichem Umgang (vgl. TB 46–48, 456).
10] *Br. Walter:* Der Dirigent Bruno Walter (1876–1962), TMs langjähriger Freund und Münchener Nachbar, der nach 1946 in Kalifornien wiederum in seiner Nähe wohnte.
11] *»Das Heckgeld«:* Das X. Kapitel des *Erwählten*, GW VII, 79–85.

5. 1. 1949

5 1] *»Herr u. Knecht«:* TM besaß die Tolstoische Erzählung ›Der Herr und sein Knecht‹ im vierten Band der ›Gesammelten Novellen‹ in sechs Bänden; Leo Tolstoi, ›Dichterische Schriften‹, vom Verfasser genehmigte Ausgabe, hrsg. von Raphael Löwenfeld, Jena 1924–1928.
2] *»Goethe u. die Demokratie«:* Der für die europäischen Goethe-Feierlichkeiten ausgearbeitete Vortrag *Goethe und die Demokratie*, GW IX, 755–782, wurde in englischer Sprache (*Goethe and Democracy*) erstmalig am 2. 5. 1949 im Coolidge Auditorium der Library of Congress in Washington und auf deutsch am 13. 5. 1949 anläßlich

der Verleihung der Ehrendoktorwürde durch die Universität Oxford im Hörsaal des Taylorian Institute gehalten.
3] *an die Lowe:* An Helen Lowe-Porter, P. P. 8. 1. 1949, Reg. III, 49/24.
4] *die Lowe:* TMs amerikanische Übersetzerin Helen Tracy Lowe-Porter (1877–1963), die zwischen 1924 und 1951 fast sein gesamtes Werk ins Englische übertrug (s. TB 44–46, 415).
5] *[an] den New Leader:* An Julien Steinberg, P. P. 8. 1. 1949, Reg. III, 49/27: Danksagung für die Bardin-Rezension (s. TB 3. 1. 1949, Anm. 3).
6] *Ungeschicktes Sekundieren:* Es handelt sich um lange, z. T. sich in Quisquilien verlierende Darlegungen Sternfelds, die in Briefen an TM vom 26. 12. 1948 und an Erika Mann vom 28. 12. 1948 ausgebreitet wurden.
7] *Sternberg:* Vermutlich ist der von TM häufiger als ›Sternberg‹ bezeichnete Journalist Wilhelm Sternfeld (1888–1973) gemeint, der nach seiner Flucht nach England, 1938, in London seine in der CSR begonnene Flüchtlingshilfe ›Thomas Mann Society for Aid of Emigré Writers‹ zusammen mit Ludwig Quidde und Kurt R. Grossmann im Rahmen einer ›Thomas Mann-Gesellschaft‹ fortgeführt hatte und sich nach dem Kriege besonders für die Erforschung der deutschsprachigen Exilliteratur einsetzte (s. Sternfeld/Thiedemann, ›Deutsche Exilliteratur 1933–1945. Eine Bio-Bibliographie‹, Heidelberg 1962, 2. erw. Aufl. Heidelberg 1970).
8] *Wahl Trumans:* Der demokratische Politiker Harry S. Truman (1884–1972), 1945 Vizepräsident und seit April desselben Jahres, nach Roosevelts Tod, 33. Präsident der USA, war durch einen knappen Wahlsieg über seinen Rivalen Dewey am 2. 11. 1948 wiedergewählt worden. TM hatte, im Gegensatz zu seiner Frau, nicht für Truman, sondern für den Kandidaten der ›Third Party‹, Henry Agard Wallace, gestimmt.
9] *XI:* Das Kapitel ›Der Trauerer‹; s. TB 4. 1. 1949, Anm. 1. 6
10] *Kahn:* TMs Sekretärin Hilde Kahn (geb. 1917), ab 1953 verheiratete Reach, geb. Goldschmidt (s. TB 46–48, 362).

6. 1. 1949

1] *Truman vor dem Congress:* In seiner ersten Rede vor dem 81. – 6
demokratisch kontrollierten – Kongreß der USA forderte der Präsi-

dent eine Gesetzgebung, die es ihm ermögliche, seine Wahlversprechungen einzuhalten. Er verlangte darüber hinaus erheblich höhere Steuern, durchgreifende anti-inflationäre Maßnahmen, sowie die allgemeine Wehrpflicht. Das Paket seiner – vom vorhergehenden republikanischen Kongreß verweigerten – Vorhaben nannte er ›Fair Deal‹.

2] *Germanisten-Studie:* Abraham Suhl, ›Anglizismen in Thomas Manns ‚Doktor Faustus'‹, ›M.f.D.U.‹, vol. 40, November 1948, 391–395. S. auch TM an Abraham Suhl. P. P. 9. 1. 1949, Reg. III, 49/29.

3] *an Frau Sack:* An Paula Sack, P. P. 6. 1. 1949, Reg. III, 49/21.

4] *Münchener Fall:* Der Münchener Journalist Harry Schulze-Wilde (s. TB 2. 3. 1949, Anm. 6) hatte in einem am 22. 10. 1948 unter der Überschrift ›Vor einem neuen Novemberputsch?‹ in seiner Zeitschrift ›Echo der Woche‹, München, publizierten Leitartikel Erika Mann als kommunistische Agentin und Mitarbeiterin von Stalins fünfter Kolonne denunziert. Erika Mann bezeichnete diese Äußerung am 20. 12. 1948 in London als »in jeder Weise unrichtig und empörend«. »Ich bin der Ansicht, daß Wildes Verleumdung einen schweren Mißbrauch der Lizenz darstellt, die er durch die amerikanischen Besatzungsbehörden erhalten hat. Ich werde meine Rechte auf dem Gerichtswege zu wahren wissen. Gleichzeitig fordere ich, daß er und seine Zeitung mit Nachdruck verwarnt werden.«

5] *günstige Reaktion der Army:* Klaus Mann hatte, wie aus seinem Brief an Viktor Mann, Amsterdam, 28. 10. 1948, hervorgeht, bei »verschiedenen amerikanischen Stellen in Deutschland und Washington«, z. B. der ›Information Control Division‹ in München, protestiert, und Erika Mann hatte die ›American War Correspondents Association‹, deren Mitglied sie war, eingeschaltet. Es ist anzunehmen, daß sich TMs Eintrag auf Antworten der genannten Stellen bezieht.

6] *Wille zum Kriege:* Vgl. dazu ›Truman – fighter in a fighting year‹, ›Time Magazine‹ v. 3. 1. 1949, 9–12.

7. 1. 1949

6 1] *»Life«-Artikel:* Jay Franklin, ›Harry Truman's Foreign Policy‹, ›Life‹, vol. XXVI, No. 2 v. 10. 1. 1949, 28/29. Der Untertitel verrät den Grund für die von TM erwähnte »Beunruhigung«: »One group of

his [i. e. Truman's] advisers maintain that President plans to switch to a ›soft‹ policy toward the Russians«. Der redaktionelle Vorspann erläutert die Hintergründe: »The most mystifying news last week was President Truman's offhand comment, at a lunch in Kansas City, that some of Russia's leaders are eager for an understanding with the U.S. The remark touched off a wave of speculation as to what the President meant and what was the policy of his administration toward Russia. In view of this worldwide interest and bafflement LIFE publishes this interpretation by Jay Franklin as an item of major news.«

2] *K.K.K.:* Ku-Klux-Klan.

3] *Wiener Ausgabe der »Vertauschten Köpfe«:* Wohl die mit 23 Federzeichnungen von Hans Fronius versehene Ausgabe (7.–11. Tsd.) von Bermann-Fischer, Wien [1948].

4] *»Schneekönigin«:* Des dänischen Schriftstellers Hans Christian Andersen (1805–1875) Märchen von 1843/44. TM besaß eine Gesamtausgabe der Andersen-Märchen, Halle 1887/1888, nebst Ergänzungsband. Sie ist mit Anstreichungen TMs in der Zürcher Bibliothek erhalten; TM dürfte aus ihr seinen Enkeln vorgelesen haben. Frido Mann hat in seinem autobiographischen Roman ›Professor Parzifal‹ (dtv-Ausgabe, Band 11160, 17/18) über die besondere Rolle berichtet, die Andersens ›Schneekönigin‹ bei den Vorlesungen des Großvaters spielte.

5] *»Denker u. Dichter« von Saitschik:* Robert Saitschick, ›Denker und Dichter. Charakterdarstellungen‹, Zürich 1949.

6] *Resignation Marschalls:* Am 7. 1. 1949 nahm Truman das Rücktrittsgesuch seines Außenministers George Catlett Marshall (1880–1959) an, der nach einer Nierenoperation um die Entlassung gebeten hatte.

7] *Suhrkamp [...] über die »Entstehung«:* In einem heute in Marbach archivierten Schreiben, Frankfurt am Main, 3. 1. 1949, hatte Suhrkamp geschrieben: »*Die Entstehung des Doktor Faustus* [...] ist mir sehr nahe gegangen. Es [i. e. das Manuskript] hatte auf mich die Wirkung von einem sehr persönlichen, ausgedehnten Brief, der aber keinen Moment zu lang wirkt, weil einem alles so nahe kommt, weil es so offen ist und voll von Köstlichkeiten. Das wollte ich Ihnen [...] hinüberrufen. Lediglich an einer Stelle, auf Seite 61 Ihres Manuskripts bitte ich Sie, einen Ausdruck noch einmal zu erwägen. Der

Satz lautet:/ ›Mit was für einer revolutionierten, proletarisierten, nackt- und bloßen, zerrütteten, glaubenslosen Volksbande wird man es zu tun haben, nach diesem Kriege!‹ / Es ist der Ausdruck ›Volksbande‹. Sie selbst haben eine Ahnung von der hiesigen Empfindlichkeit, und das ›bande‹ hat etwas Verletzendes, das von Ihnen gewiß nicht beabsichtigt ist. Könnte man nicht statt ›Volksbande‹ ›Volkshaufen‹ oder ›Volksmenge‹ einsetzen?«

8] *Suhrkamp:* Der Verleger Peter Suhrkamp (1891–1959) hatte 1933 die Redaktion der bei S. Fischer in Berlin erscheinenden ›Neuen Rundschau‹ übernommen und führte ab 1936 den Berliner Zweig des Verlages weiter – ab 1942 unter der Bezeichnung ›Suhrkamp-Verlag vormals S. Fischer‹. Nach Differenzen mit GBF gründete Suhrkamp 1950 – unter Beteiligung eines Teils der alten Autoren (z. B. Hermann Hesse) – in Frankfurt am Main seinen eigenen Verlag.

9] *»Masse Volks«:* In der Druckfassung, Kap. VII, GW XI, 188, steht »Volksmasse«.

10] *an S. R.:* Das Telegramm an die Redaktion der ›Saturday Review of Literature‹, New York, gilt als verschollen, s. Reg. IV, 584.

11] *Schönberg-Briefwechsel:* Arnold Schönberg hatte in einem Brief an die ›Saturday Review of Literature‹ noch einmal sein geistiges Eigentum an der von TM Adrian Leverkühn zugeschriebenen Methode des Komponierens im »strengen Stil«, sprich im Zwölf-Ton-System, reklamiert. TM antwortete auf Betreiben der S. R. L. am 10. 12. 1948 (Reg. III, 48/667; Br. III, 60–62). Der ›Briefwechsel‹ wurde in der S. R. L., vol. 32, No. 1 v. 1. 1. 1949, 22/23, und, auf deutsch, unter dem Titel ›Der Eigentliche‹ im März-Heft des ›Monat‹, Berlin (Jg. 1, No. 6, 76–78) abgedruckt.

7 12] *Buch-Club:* TMs Roman *Doktor Faustus* war im November 1948 vom ›Book of the Month Club‹ als Buch des Monats ausgewählt worden.

13] *Brandt u. Brandt:* Die amerikanische literarische Agentur Brandt & Brandt, die 1924 den Übersetzungsvertrag mit dem Verlag Alfred A. Knopf in New York vermittelt hatte.

8. 1. 1949

7 1] *Acheson:* Mit Wirkung vom 20. 1. 1949 wurde der bisherige Unterstaatssekretär Dean Acheson (1883–1971) zum Nachfolger George Marshalls ernannt. Acheson war während seiner Amtszeit

(1949–1953) wesentlich am Zustandekommen und am Ausbau des NATO-Bündnisses beteiligt.

2] *Claude Hill:* Der Literaturwissenschaftler Claude Hill (Klaus Hilzheimer, geb. 1911 in Berlin, 1938 in die USA emigriert) hatte in der S. R. L. vom 30. 10. 1948 (vol. 31, No. 44, 11–13, 37) einen Artikel ›Mirror of the German Soul. Thomas Mann Closes an Account‹ veröffentlicht, für den sich der hocherfreute TM am 18. 11. 1948 ausführlich bedankte (s. Reg. III, 48/627; s. auch TB 46–48, 824/825 und 835).

3] *»Drei Nobelpreisträger«:* Claude Hill, ›Drei Nobelpreisträger‹, New York 1948. Der Band – mit einer vom 6. 1. 1949 datierten Widmung – ist in der Zürcher Bibliothek erhalten und enthält die Novellen ›Bahnwärter Thiel‹ von Gerhart Hauptmann, ›Der kleine Herr Friedemann‹ von Thomas Mann und ›Im Presselschen Gartenhaus‹ von Hermann Hesse, denen jeweils eine Einleitung des Herausgebers Claude Hill voransteht.

4] *Besprechung des Permanent Goethe:* Claude Hill, ›Thomas Mann's Goethe‹, S. R. L., vol. 31, No. 27 v. 3. 7. 48, 8/9.

5] *Permanent Goethe:* Die 1948 in der ›Living Thought Library‹, N. Y., herausgegebene Anthologie ›The Permanent Goethe, Edited, Selected and with an Introduction by Thomas Mann‹.

6] *an Kerpel:* An den ungarischen Übersetzer Jenö (Eugen) Kerpel, P. P. 11. 1. 1949, Reg. III, 49/33.

7] *Über Tolstoi:* Die letzte ›Charakteristik‹ in dem TB 7. 1. 1949, Anm. 5 nachgewiesenen Buch von Saitschick, 281–342, ist Leo Tolstoi gewidmet.

8] *Heinrich:* TMs älterer Bruder, der Schriftsteller Luiz Heinrich Mann (1871–1950), lebte seit seiner Flucht aus dem besetzten Frankreich, 1940, in Los Angeles. Näheres s. TB 46–48, 364.

9] *Vortragsplan: Goethe und die Demokratie.* S. TB 5. 1. 1949, Anm. 2.

10] *Robinson Crusoe in Reisigers Übersetzung:* Daniel Defoe (1660?–1731) ›Leben und wunderbare Abenteuer des Robinson Crusoe, Seemanns aus York‹, 1719. Die erstmalig München 1921 erschienene Übersetzung von Hans Reisiger befindet sich nicht mehr im TMA.

11] *Reisiger:* Der Erzähler und Übersetzer Hans Reisiger (1884–1968), den TM 1913 kennengelernt hatte, gehörte zu den engsten Freunden des Hauses Mann. TM porträtierte ihn in der Figur des Rüdiger Schildknapp, des charmanten Übersetzerfreundes von Adrian Leverkühn, im *Doktor Faustus.* (Näheres dazu TB 46–48, 428, 433, 436, 608–610, 763–765 und 788.)

9. 1. 1949

7 1] *Gemme:* Die Zeichnerin Eva Herrmann (1901–1978), eine langjährige Freundin von Erika und Klaus Mann, von TM wegen ihres feingeschnittenen Profils – frei nach Fontanes ›Mathilde Möhring‹ – auch »die Gemme« genannt, lebte in Santa Barbara, Kalifornien.

2] *Lehrerin Anderson:* Die Professorin für englische und vergleichende Literaturwissenschaften am Los Angeles City College, Edna Anderson.

3] *englische Studie:* Vermutlich die von TM auch in *Goethe und die Demokratie,* GW IX, 759, angeführte Studie von Eudo C. Mason, ›Rilke and Goethe‹, ›Publications of the English Goethe Society‹, New Series vol. XVII, 1948, 101–159.

10. 1. 1949

8 1] *»Tagebuch der Faustus-Lektüre«:* Albrecht Goes, ›Tagebuch der ‚Faustus'-Lektüre‹, ›Almanach auf das Jahr des Herrn 1949‹, Hamburg 1949, 98–117. Ein Sonderdruck des Essays ist in TMs Bibliothek erhalten.

2] *Schrieb dem Verfasser:* An Albrecht Goes, P. P. 10. 1. 1949, Reg. III, 49/31; Br. III, 69. (S. TB 2. 10. 1949, Anm. 2.)

3] *»christliche« Angriffe:* Der Brief von Goes ist nicht erhalten. Aus TMs Antwort geht hervor, daß Goes sich vor allem auf Hans Egon Holthusens Artikel ›Die Welt ohne Transzendenz. Eine Studie zu Thomas Manns ‚Doktor Faustus'‹ bezogen hatte, dessen erster Teil im Januar-Heft der Stuttgarter Zeitschrift ›Merkur‹, 35–38, erschienen war (Teil 2 a.a.O. H. 2, Febr. 1949, 161–180).

4] *Lewisohns Goethe-Kompilitation:* Ludwig Lewisohn, ›Goethe: The story of the man. Being the life of Goethe as told in his own words and the words of contemporaries‹, New York 1949.

5] *Lewisohn:* Der amerikanische Schriftsteller und Übersetzer Ludwig Lewisohn (1882–1955) war einer der ersten, die in den USA auf TM aufmerksam machten. (S. TB 46–48, 700)

11. 1. 1949

1] *Dänische Ausgabe: Josef Ernæreren (Josef og hans Brødre IV)* war 8
1948 in der Übersetzung von Carl V. Østergaard und Helge Kjærgaard bei Jespersen og Pio in Kopenhagen erschienen.

2] *von Schweizer:* Verschollen. Vgl. jedoch TMs Dank, P. P. 11. 1. 1949, Reg. III, 49/34; Br. III, 69/70.

3] *Schweizer:* Der »Züricher Freund« (*Entstehung*, Kap. XIV, GW XI, 273), Drehbuchautor und Verwaltungsrats-Präsident des Zürcher Schauspielhauses Richard Schweizer (1900–1965). TM kannte ihn aus den Tagen vor Kriegsausbruch (s. TB 6. 8. und 13. 9. 1938) und schloß sich ihm nach der Rückkehr in die Schweiz, 1952, näher an. Schweizer hielt dem Freund die Totenrede in der Kirche zu Kilchberg und erwarb sich große Verdienste um den Aufbau des Thomas-Mann-Archivs.

4] *Asklepios-Bilderwerk:* Karl Kerényi, ›Der göttliche Arzt. Studien über Asklepios und seine Kultstätten‹, Basel 1947.

5] *Kerényi:* Der ungarische Philosoph und Religionswissenschaftler Karl Kerényi (1897–1973). (S. TB 46–48, 435/436.)

6] *Max Brodt:* Der Prager Schriftsteller Max Brod (1884–1968), der sich neben seiner eigenen erzählerischen Arbeit vor allem der Betreuung des Werkes von Franz Kafka widmete. Er schrieb eine Biographie des Freundes (›Franz Kafka‹, 1937) und verfaßte 1948 die Studie ›Franz Kafkas Glauben und Lehre. Kafka und Tolstoi‹, für die sich TM am 18. 1. 1949 (Reg. III, 49/56) bedankte. Daneben edierte Brod die Schriften Kafkas, darunter die Romane ›Das Schloß‹ und ›Der Prozeß‹, und gab 1948/49 bei Schocken in New York eine englische Ausgabe der Tagebücher heraus.

7] *Linds:* Vermutlich Bruno Walters Tochter Lotte (1903–1970), langjährige Freundin namentlich von Klaus und Erika Mann, mit ihrem Mann, dem Schauspieler Karl Ludwig Lindt.

12. 1. 1949

1] *das Domino:* Der von TM häufig verwandte Ausdruck für das 8
fugenlose Ineinandergreifen der Gedanken in entstehenden Werken.

2] *Ostreise:* Wegen der Vorträge in Washington und New York im 9
Mai 1949, zu Beginn der für den Sommer in Goethes Zeichen geplanten Europa-Reise.

13. 1. 1949

9 1] *Tagebücher der Frau L. Corinth:* Charlotte Berend-Corinth, ›Mein Leben mit Lovis Corinth‹, Bergedorf 1947.

2] *Strindberg-Artikel: Hyllning till August Strindberg,* ›Svenska Dagbladet‹, Stockholm, 27. 12. 1948; GW X, 371–374.

3] *Interview* [...] *für S. E. Post:* Für den gesamten Jahrgang 1949 ließ sich in der ›Saturday Evening Post‹ kein Interview nachweisen.

4] *Mr. Wechsberg:* Der aus Mährisch-Ostrau stammende, seit 1938 in den USA lebende englischsprachige Schriftsteller und Journalist Joseph Wechsberg (1907–1983), ein Freund von Klaus Mann.

5] *in Erasmus' Briefen:* TM besaß die Ausgabe Erasmus von Rotterdam, ›Briefe‹, verdeutscht und herausgegeben von Walther Köhler, Wiesbaden 1947. Der Band ist im TMA erhalten.

14. 1. 1949

9 1] *Manuskript von Mme Anni Carlsson:* Anni Carlsson, ›Das Faustmotiv bei Thomas Mann‹, später veröffentlicht in ›Deutsche Beiträge‹, München, Jg. 3, H. 4, 1949, 343–362.

2] *Anni Carlsson:* Die Literarhistorikerin Dr. Anni Carlsson.

3] *Sozialistische Faustus-Besprechung:* Joseph Bernstein, ›Mann's Doctor Faustus‹, ›Masses and Main Stream‹, N. Y., vol. 2, No. 1, Januar 1949, 66–70.

4] *Eberts:* Der Reinhardt-Schüler, Schauspieler und Opern-Regisseur Carl Ebert (1887–1980), Mitbegründer des Glyndebourne-Festival, Regisseur am Teatro Colón und beim Maggio Musicale, Florenz, sowie Initiator der ersten Opern-Aufführungen in Ankara, mit seiner Frau Gertrud, genannt Gertie, geb. Ecke. Die Eberts lebten von 1948 bis 1956, als Carl Ebert die Intendanz der Städtischen Oper in Berlin-Charlottenburg übernahm, und nach 1961 in Kalifornien.

15. 1. 1949

9 1] *Oprecht:* Der Zürcher Buchhändler und Verleger Dr. Emil Oprecht (1895–1952). (S. TB 46–48, 566.)

2] *»Europ. Tagebücher«:* S. Anm. 4.

3] *Lion:* Der aus dem Elsaß stammende Literaturkritiker und Essayist Ferdinand Lion (1883–1965), den TM aus München kannte, war 1933 in die Schweiz emigriert. Lion publizierte 1935 seine erste TM-Monographie, war 1937/38 Redakteur bei ›Mass und Wert‹ und

gab 1947 – in erweiterter Form 1955 – seine zweite TM-Arbeit, ›Thomas Mann, Leben und Werk‹, bei Oprecht in Zürich heraus. (S. auch TB 46–48, 488.)
4] *Der Börsenkrach in Venedig:* S. den Abschnitt ›Aus den Tagebüchern des Girolamo Prinli‹, Venedig 1504/1505, in dem von Lion in Oprechts Europa-Verlag, Zürich o. J., herausgegebenen Buch ›Europäische Tagebücher‹. Das TM übersandte Exemplar befindet sich in der Zürcher Bibliothek.
5] *Adornos:* Der Philosoph, Soziologe, Musiktheoretiker und Komponist Theodor W[iesengrund] Adorno (1903–1969) und seine Frau Gretel, geb. Karplus. Adorno lebte seit der Übersiedlung des von ihm mitbegründeten (Frankfurter) ›Instituts für Sozialforschung‹ nach Kalifornien in Los Angeles. Während der Arbeit am *Doktor Faustus* war er – wie die TB 46–48 sowie die später ausgeschiedenen Seiten der *Entstehung des Doktor Faustus* zeigen – für TM ein zunehmend wichtiger Helfer bei der Lösung musikalischer Probleme (s. auch TB 46–48, 367).

16. 1. 1949
1] *Klaus Pr.:* TMs Schwager, der Komponist, Dirigent und Musik- *10*
pädagoge Klaus Pringsheim (1883–1972). Der seit 1931 in Tokio wirkende Zwillingsbruder von Frau Katia Mann hatte 1937 seine japanische Stellung aus politischen Gründen verloren und war 1946 nach Kalifornien emigriert (s. TB 46–48, 418).
2] *Rubinstein:* Der aus Polen stammende Pianist Arthur Rubinstein (1886–1982) lebte mit seiner Frau Aniela, geb. Mlynarsky, in Brentwood, nahe TM.
3] *Swift:* Der englische Schriftsteller Jonathan Swift (1667–1745).
4] *an Frau A. Carlsson:* Sekretiert im TMA.
5] *an »Masses u. Mainstream«:* An Charles Humboldt, P. P. 16. 1. 1949, Reg. III, 49/54. S. TB 14. 1. 1949, Anm. 3.
6] *Polls:* Hier: Meinungsumfrage-Ergebnisse.

17. 1. 1949
1] *Medi:* TMs jüngste Tochter, die englischsprachige Schriftstellerin *10*
und Wissenschaftlerin Elisabeth Veronika Mann Borgese (geb. 1918), im Familienkreis ›Medi‹ genannt, hatte 1939 den italienischen Historiker und Literaturwissenschaftler Giuseppe Antonio Borgese

(1882–1952) geheiratet. 1949 lebte sie mit ihrem Mann und ihren zwei Töchtern Angelica (geb. 1940) und Domenica (geb. 1944) in Chicago.

2] *P. P. Park:* Pacific Palisades Park, ein von TM auf seinen Spaziergängen gern aufgesuchter Park nahe der Pazifikküste.

3] *Artikel der »Weltwoche«:* Vermutlich: Robert Ingrim, ›Der Neue Truman‹, ›Die Weltwoche‹, 24. 12. 1948, 1 und 3.

4] *dokumentarische Platte:* Nicht mehr in TMs Nachlaß.

18. 1. 1949

10 1] *Prozeß der 12 Top Communists:* Am 17. 1. 1949 hatte vor dem Federal Court in New York der Prozeß gegen elf der zwölf ›Top Communist Leaders‹ begonnen, die einer Verschwörung mit dem Ziel »to teach and to advocate the overthrow of the U.S. Government by violence« beschuldigt worden waren.

2] *Essays von Rychner:* Max Rychner, ›Welt im Wort. Literarische Aufsätze‹, Zürich 1949.

3] *Rychner:* Der Schweizer Literarhistoriker, Essayist und Kritiker Max Rychner (1897–1965). (S. TB 46–48, 595.)

4] *»Reisekameraden«:* Hans Christian Andersens Märchen ›Der Reisegefährte‹ von 1835.

5] *Aufsatz über Friedrich den Großen:* Heinrich Mann, ›Der König von Preußen‹, erstmalig publiziert in ›Die Neue Rundschau‹, Jg. 60, Heft 14, Frühjahr 1949, 186–198.

6] *an Max Brod:* P. P. 18. 1. 1949, Reg. III, 49/56: »Der Leverkühn ist so ein armer Mensch, der das Leid der Epoche trägt, und merkwürdig genug ist es, wie das Los des Höllensohnes mit dem des Gotteslammes und stellvertretenden Opfers zusammenfließt, also, daß, als ich mich ganz zuletzt überwand, diesem ›Romanhelden‹ ein Gesicht zu geben, ein Ecce-homo-Gesicht daraus wurde. Es ist eben eine religiöse Sphäre, in der das Buch spielt, und darum mußte es Sie wohl notwendig ansprechen, obgleich es freilich so aussieht, als wäre der Teufel alles, was von der Religion übrig geblieben. Es ist aber noch etwas anderes da, nämlich die Ahnung des ›Wunders, das über den Glauben geht‹, die Ahnung der Gnade; und ich kann mir kaum denken, daß religiöse Christen durch die Epiphanie des Kindes oder durch die Bekenntnisrede Adrians am Schluß ganz unbewegt bleiben sollten.« (D. ü. D. III, 215/216)

19. 1. 1949

1] *Wolff:* TMs Arzt, der 1936 aus Deutschland emigrierte Dr. Erich 11
Wolf (1895–1982) in Beverly Hills. TM schreibt seinen Namen abwechselnd Wolf oder Wolff.

2] *an Dr. Wolff:* An Hans M. Wolff, P. P. 19. 1. 1949, Reg. III, 49/61: »Von ›liebevoller Beschäftigung‹ kann ich nicht sprechen; da mir vieles an diesem Dichter gerade in Ihrer eindringlichen Darstellung, doch recht entsetzlich ist und ich mir zu seinem Genius unter dem Eindruck dieser Lektüre weniger als je ein Herz fassen kann. Gewiss ist der Kohlhaas eine mächtige Erzählung, und die Empörung, die sie erregt, ist heiss./ In der ›Hermannsschlacht‹, wo der furor nationalistisch wird, merkt man dann, welches hysterischen, (Goethe sagte: ›hypochondrischen‹ Gemütes) er im Ganzen ist und zieht erschrokken die Fühler ein. Ich kann weder das Mein-hoher-Herr-Kätchen noch die rasende Penthesilea leiden und war zeitweise wirklich verliebt nur in das freilich auch quälerische, aber höchst geistreiche Amphitryon-Spiel – nicht unwissend über die im Grunde auch verdächtige Sphäre nach- und gegenrevolutionärer Mystik, der es angehört./ Ein fragwürdiges Phänomen, dieser grosse Dichter. Sie haben es – ich möchte fast sagen: nur allzu eindrucksvoll dargestellt.« (TMA)

3] *Dr. Wolff:* Hans M. Wolff (1912–1958), Professor für Deutsche Literatur in Berkeley, der als Professor in Austin TM bereits 1941 zu einem Vortrag eingeladen hatte.

4] *Kleistbuch:* Hans M. Wolff, ›Heinrich von Kleist als politischer Dichter‹, Berkeley, Calif. 1947. Das Buch mit einer Widmung des Autors an TM ist in der Zürcher Bibliothek erhalten.

5] *Brief-Bericht von Bermann:* Nicht in TM/GBF. S. jedoch Katia Mann an GBF, P. P. 23. 1. 1949, TM/GBF 515–517.

6] *Bermann:* TMs Verleger Gottfried Bermann Fischer (geb. 1897). Gottfried Bermann, ursprünglich Arzt, hatte nach seiner Heirat mit der ältesten Tochter des Verlagsgründers Samuel Fischer (1859–1934), Brigitte, gen. Tutti (1905–1991), seinen Beruf aufgegeben und war in den Verlag seines Schwiegervaters eingetreten, dessen Werk er allen Widrigkeiten zum Trotz fortsetzte. 1969 zog sich das Ehepaar Bermann Fischer aus der verlegerischen Tätigkeit zurück. (Näheres TB 46–48, 358/59.)

20. 1. 1949

11 1] *Fritz Buschs Erinnerungen:* Vermutlich das XI. Kapitel ›Auseinandersetzung mit dem Nationalsozialismus und Abschied von Deutschland‹ von Fritz Buschs ›Aus dem Leben eines Musikers‹, Zürich 1948.

2] *Fritz Busch:* Der deutsche Dirigent Fritz Busch (1890–1951), den TM 1923 als Dresdner Generalmusikdirektor kennengelernt hatte. Busch verließ Deutschland im Mai 1933 (s. TB 44–46, 571).

3] *Rat zu geben:* TM gab diesen Rat am 25. 1. 1949 in einem Brief an Frau Grete Busch: »Was Raschers Wunsch betrifft, das Kapitel möge wegfallen oder wesentlich gekürzt werden, so führe ich ihn [...] darauf zurück, daß er das Kapitel zu scharf antifaschistisch findet, und sehe darum keinen Grund, ihm nachzugeben. Gewisse Kürzungen aber würde ich ihm unbedenklich konzedieren, nicht aus politischen Gründen, sondern weil sie dem Gesamt-Eindruck zu statten kämen. So finde ich nicht sehr glücklich das ausführliche Zitat aus Mein Kampf gegen die jüdische Presse und die umgekehrte Anwendung auf den Fall Busch. / Eventuell wegzulassen wäre auch die Affaire des Konzertes in Berlin mit dem Dresdner Orchester und den Smoking-Mädchen. / Nicht recht überzeugend ist schließlich die Geschichte von jenem Nazispitzel in der Stellung eines zweiten Souffleurs, der in der Lage gewesen sein soll, über in geheimsten Sitzungen gefaßte Beschlüsse sofort die Öffentlichkeit zu unterrichten. / Das wären so ein paar Vorschläge, da Sie mich einmal gefragt haben.«

4] *an Rich. M. Meyer:* An Alfred Richard Meyer, P. P. 20. 1. 1949, Reg. III, 49/65; ein Dank für Meyers Buch ›die maer von der musa expressionistica‹, Düsseldorf 1948.

5] *Rich. M. Meyer:* Gemeint ist der Jurist, Schriftsteller (Pseud. u. a. Munkepunke) und Verleger vorwiegend expressionistischer Flugblätter und Lyrik Alfred Richard Meyer (1882–1956).

21. 1. 1949

11 1] *Inaugurationsfeier:* Am 20. 1. 1949, 12.29 Uhr, hatte, wie die Zeitungen berichteten, Chief Justice Fred B. Vinson in einem feierlichen Akt auf dem Capitol-Platz zu Washington den Präsidenten auf sein alt-neues Amt vereidigt.

2] *an Preetorius:* An Emil Preetorius, P. P. 21. 1. 1949, Reg. III, 49/68; Bl. TMG. 4, 1963, 19/20.

3] *Preetorius:* Der Graphiker, Illustrator und Bühnenbildner (u. a. in Bayreuth) Emil Preetorius (1883–1973) gehörte seit dem Ende des Ersten Weltkrieges zu TMs engerem Münchener Freundeskreis und sah sich in dieser Eigenschaft mitsamt dem ihn umgebenden Zirkel als Sixtus Kridwiß im XXXIV. Kapitel (Fortsetzung) des Romans *Doktor Faustus* minuziös porträtiert. Es kostete TM große epistolographische Bemühungen, die Gekränktheit des alten Gefährten zu heilen und eine Fortsetzung der Beziehungen möglich zu machen. S. TB 44–46, 663/664 und TB 46–48, 589 und 669/670 sowie Bl. TMG. 4, 1963.
4] *Manuskript:* S. TB 1. 1. 1949, Anm. 8.
5] *über Lichtenberg:* ›Georg Christoph Lichtenberg‹, in: Max Rychner, ›Welt im Wort‹, a.a.O. 7–49.

22. 1. 1949
1] *Becher:* Der Lyriker Johannes R[obert] Becher (1891–1958), für 12
dessen in der Weimarer Republik mit Indizierung bedrohten Anti-Kriegs-Roman ›Levisité. Der einzig gerechte Krieg‹ sich TM 1928 als Mitglied der Preußischen Akademie der Künste eingesetzt hatte, war 1945 aus der Moskauer Emigration in die sowjetisch besetzte Zone Deutschlands zurückgekehrt und hatte als prominenter Kulturpolitiker (1954–1958 Minister für Kultur in der Deutschen Demokratischen Republik) in den Auseinandersetzungen um TM mehrfach die Position des in Kalifornien Lebenden verteidigt. Becher war auch TMs Ansprechpartner bei politisch heiklen Petitionen, die er dann unverzüglich mit entsprechenden Anschreiben an den Justizminister der DDR weiterleitete. Es sind Fälle von auf diesem Wege gewährten Gnadenakten nachweisbar. Nur wenn die Delikte in die Kompetenz der russischen Besatzungs- bzw. Schutzmacht fielen, war Becher machtlos.
2] *»Sinn und Form«:* Die seit 1949 in Berlin (Ost) erscheinende, von Johannes R. Becher und Paul Wiegler begründete und zunächst herausgegebene Zweimonats-Zeitschrift ›Sinn und Form‹, seit Oktober 1950 ediert im Auftrag und als »Sprachrohr« der ›Akademie der Künste der Deutschen Demokratischen Republik‹. Zu TMs Wertschätzung dieser Zeitschrift vgl. das Dankesschreiben an Johannes R. Becher, P. P. 4. 2. 1949: »Die Zeitschrift wirkt außerordentlich vornehm und wird, dieser Eröffnungsausgabe nach zu schließen,

wohl rasch den ersten Platz unter den deutschen literarischen Revueen einnehmen. Es ist kein unbedeutender Beitrag darin, und diejenigen, die ich nicht nur überflogen, sondern ernstlich gelesen habe, waren mir eine wirkliche Bereicherung. Dies gilt für die erschütternden Gedichte von Loerke wie für den Ramuz'schen Dostojewsky-Aufsatz, das schöne, gedankenvolle und feierliche Stück aus Reisigers Salamis-Roman und auch für den klugen Essay von Niekisch./ Möge das ganze geistig produktive Deutschland Ihnen, Ihrem Mitherausgeber und der Redaktion behilflich sein, die Zeitschrift auf dieser Höhe zu halten. ›Ad multos annos!‹, wie der Gebildete sagt.« (HOM)
3] *Ramuz über Dostojewsky:* C. F. Ramuz, ›Über Dostojewski‹, ›Sinn und Form‹, Jg. 1, 1949, H. 1, 70–78.
4] *Ramuz:* Der französischsprachige schweizerische Schriftsteller Charles Ferdinand Ramuz (1878–1947).

23. 1. 1949
12 1] *Pianist Gieseking [...] Urteil des State Department:* Der Pianist Walter Gieseking (1895–1956) war zu einem für den 24. 1. 49 angekündigten Konzert in der Carnegie Hall, an das sich eine längere Konzertreise durch die USA anschließen sollte, in New York eingetroffen. Gleich nach der Ankündigung dieser Tournee hatten Kriegsteilnehmer-Verbände und die großen Tageszeitungen »einen Feldzug gegen das Erscheinen Giesekings eingeleitet« (›Aufbau, 14. 1. 49, 13), der neue Dimensionen annahm, als der Musikkritiker der ›New York Times‹, Delbert Clark, am 9. 1. 49 in seiner Zeitung einen Briefwechsel publizierte, der – so der ›Aufbau‹ a.a.O. – »jeden Zweifel an Giesekings Haltung den Nazis gegenüber beseitigte«. Trotz dieser Vorgänge hatten die amerikanischen Behörden – die sich auf die in Deutschland erfolgte ›Entnazifizierung‹ des Pianisten beriefen – die Einreise-Dokumente ausgestellt. Erst der erneute Protest »der grossen Anti-Nazi-Verbände, unter denen die früheren jüdischen Kriegsteilnehmer eine entscheidende Rolle spielten« und der nun durch weltberühmte Solisten unterstützt wurde, die bekanntgaben, »sie würden jedes Auftreten in Konzertinstitutionen ablehnen, die Gieseking engagierten« veranlaßte das State Department, das Department of Justice und die Immigrationsbehörden zur Revision ihrer Entscheidung und dem Dekret, der Pianist habe, ohne am 24. in der Carnegie-Hall aufgetreten zu sein, am 25. morgens »freiwillig das

Land [zu] verlassen [...], wenn er sich nicht den im anderen Falle anzusetzenden Verhören unterziehen wolle.« »Dieser Bescheid erfolgte« – so der ›Aufbau‹, vol XV, No. 4 vom 28. 1. 49, 15 in einem abschließenden Bericht (dem auch die vorstehenden Zitate entstammen) – »zwei Stunden bevor Gieseking in Carnegie Hall erscheinen sollte. Zahlreiche Verbände, unter denen die der jüdischen Kriegsteilnehmer dominierten, hatten bereits an allen Eingängen des völlig dunklen Hauses ›Picket Lines‹ formiert, wie sie New York in diesem Umfange wohl nur selten gesehen hat. Sie trugen Schilder mit anklagenden Aufschriften und verteilten Flugblätter. [...] Die in grossen Scharen herbeiströmenden Billetbesitzer für das Konzert [...] nahmen meistens ohne ein Wort der Kritik von den Vorgängen Kenntnis. Punkt 8.30 p. m. lösten sich die Formationen, die ihre Demonstration in vorbildlicher Ordnung durchgeführt hatten, wieder auf./ Dass die Ablehnung Giesekings keineswegs auf New York beschränkt ist, geht aus einem uns von der *Westküste* zugegangenen Bericht hervor. Der Pianist war auch für Los Angeles angekündigt worden. Daraufhin hatte die Musikkritikerin der ›Los Angeles Daily News‹ eine Umfrage bei den Lesern des Blattes veranstaltet. Das Ergebnis der vielen hunderte von Antworten aus allen Kreisen der Bevölkerung war die scharfe Ablehnung Giesekings im Verhältnis von 40:1.« – Dass der Gieseking-Boykott kein Einzelfall war, zeigen die Vorgänge um Wilhelm Furtwänglers Berufung als Chefdirigent an das Chicago Symphony Orchestra, wo nach Bekanntwerden von Verhandlungen der Chicago Orchestral Association mit dem deutschen Dirigenten zu Ende des Jahres 1948 »eine beträchtliche Anzahl weltbekannter Musiker gegen seine Ernennung und überhaupt gegen seine [von der amerikanischen Regierung genehmigte] Einreise bedingungslosen Einspruch« erhob. »Wladimir Horowitz, Artur Rubinstein, Nathan Milstein, Gregor Piatigorsky, Isaac Stern, Lily Pons, André Kostelanetz, Eugene Ormandy bilden in erster Linie die Front gegen Furtwänglers Erscheinen. Sie betrachten den Freispruch Furtwänglers durch ein deutsches Denazifizierungsgericht als rein legal und nicht als eine Rechtfertigung seines Verhaltens vom moralischen Standpunkt. Die meisten der genannten grossen Musiker haben bereits zum Ausdruck gebracht, dass sie jede Zusammenarbeit mit dem Chicago Symphony Orchestra ablehnen werden, wenn eine Verpflichtung Furtwänglers erfolgt. [...] Die Haltung der protestierenden Musiker zeigt mit voller Deutlichkeit, dass man das von Yehudi Menuhin angeführte Argument zugunsten Furtwänglers, er habe zahlreichen jüdischen Künstlern nach Möglichkeit geholfen, nicht als hinreichende Entlastung für sein Verbleiben und seine Dirigententätigkeit in Nazi-Deutschland gelten lässt.« (›Aufbau‹, vol. XV, No. 2 vom 14. 1. 49, 13).

2] *zum Alten Tschau:* Nach Auskunft von Frido Mann war ›der alte Tschau‹ ein Chow-Chow-Hund, den er auf den Spaziergängen mit seinem Großvater regelmäßig besuchte. Auch das Pferdefüttern gehörte offensichtlich zum Ausflugs-Ritual.

3] *Furtwängler:* Der deutsche Dirigent und Komponist Wilhelm Furtwängler (1886–1954), in dem TM während seiner Emigration und, vor allem, in den Jahren nach Kriegsende, so etwas wie einen ›Erzfeind‹ sah: den Opportunisten und Mitläufer – von allen Seiten hofiert und hochgeehrt, als hätte er nie zu Zeiten der Hitler, Göring und Goebbels den Taktstock gehoben.

4] *Conrad:* Der polnische Erzähler englischer Sprache Joseph Conrad (ursprünglich Józef Teodor Konrad Korzeniowski, 1857–1924), dessen Romane TM in den vorangehenden Jahren mit besonderer Anteilnahme gelesen hatte.

24. 1. 1949

12 1] *Ernest Newman:* Der englische Musikologe und Musikkritiker Ernest Newman (1868–1959), von dessen vierbändiger Wagner-Monographie (New York 1933–1946) TM vor allem den letzten Band während der Arbeit am *Doktor Faustus* mit kritischem Interesse durchgearbeitet hatte.

2] *»Music and the Satanic«:* Ernest Newman, ›Music and the Satanic‹, ›Sunday Times‹, London, 2. 1. 1949.

3] *an Fritz Busch:* An Grete Busch, P. P. 25. 1. 1949, Reg. III, 49/76, S. TB 20. 1. 1949, Anm. 3.

4] *[an] die Schwedische Akademie:* An Anders Oesterling, P. P. 24. 1. 1949, Reg. III, 49/75: Verabredung der Vortrags-Termine in Stockholm, Uppsala und Lund.

5] *M. F. Bukofzer:* Der in Seattle an der University of Washington lehrende Musikologe Manfred F. Bukofzer (1910–1955) war 1939 in die USA emigriert.

6] *an Feist:* An Hans Feist, P. P. 25. 1. 1949, Reg. III, 49/77: »Sie haben es nun alles so gut gemacht, wie ein Mensch es machen kann, und es bleibt uns nichts übrig, als zuzusehen, ob ein oder das andere Theater, besonders das Schauspielhaus, Mut zu der Sache fasst. [...] In einem [...] Telegramm [...] gab ich der Meinung Ausdruck, dass es für die Theater verwirrend wäre, wenn man ihnen das Stück in zwei Fassungen, mit und ohne Goethe (oder mit Goethe nur am Schluss als Erscheinung) vorlegte. Den Goethe zu repräsentieren ist zwar schwer, aber es ist doch auch wieder eine Bombenrolle, und ein Theater mag einen guten oder nur einen schlechten Goethe haben – irgendeinen Goethe hat es immer. Darum meine ich, wir sollten bei der ersten Fassung bleiben. [...] Sagen wollte ich noch, daß Mager sehr wohl dann und wann etwas Schwyzer-Deutsches in seine Rede einfliessen lassen kann. Im Ganzen aber soll er nur den ›bedächtig stakkierten Tonfall seiner Heimat‹ haben, ›worin sich etwas Bieder-Altdeutsches mit ausländischen-halbfranzösischen Akzenten mischt‹, und soll ›expérience‹ sagen.«

25. 1. 1949
1] *an Bukofzer:* Das Schreiben gilt als verschollen; s. Reg. IV, 585. *13*
2] *Wolfs [...] »Wer in die Ferne will wandern«:* Das von Hugo Wolf 1888 vertonte Eichendorff-Gedicht ›Heimweh‹ (»Wer in die Fremde will wandern ...«).
3] *Humperdinks Rhein-Lied:* TM besaß von Engelbert Humperdincks (1854–1921) Lied ›Am Rhein‹ eine Schallplatte mit Heinrich Schlusnus und Franz Rupp aus dem Jahre 1929.

26. 1. 1949
1] *»Schattenlinie«:* Joseph Conrad, ›Die Schattenlinie‹, Berlin 1926 *13*
(›The Shadow Line‹, 1916). In der Zürcher Bibliothek befindet sich die Erzählung, übersetzt von E. McCalman, in einer Ausgabe des Suhrkamp-Verlags von 1948.
2] *»The Servant«:* Robin Maugham, ›The Servant‹, London 1948, New York 1949.
3] *Melchior-Platte »Nur eine Waffe taugt«:* Eine Aufnahme des letzten Parsifal-Gesangs aus dem dritten Akt von Richard Wagners (1813–1883) Bühnenweihfestspiel ›Parsifal‹ mit dem dänischen Tenor Lauritz Melchior (1890–1973) in der Titelrolle fand sich nicht in TMs Plattennachlaß.

27. 1. 1949

13 1] *kleiner Marschall-Plan:* Am 25. 1. 1949 hatten die Sowjets als Antwort auf das amerikanische ERP (European Rescue Program) die Gründung eines aus 6 Nationen bestehenden Rates für gegenseitige Wirtschaftshilfe (C.E.M.A.) bekanntgegeben, den Washington als »a plan to improve Soviet economic standards at the satellits expense« klassifizierte.

2] *»Garten des Paradieses«:* Hans Christian Andersens Märchen ›Der Paradiesgarten‹ von 1839.

3] *an Vikko:* An Viktor Mann, P. P. 26. 1. 1949, Reg. III, 49/79: Über den falschen Eindruck, den die dem Bruder geschickten Photographien des kalifornischen Hauses gemacht hätten: ». . . es ist ein ganz einfaches, nur gerade praktisches Landhaus, leicht gebaut, wie es hier die Art ist und nach nördlichen Begriffen eher ein Zelt.«

4] *»Winterreise«:* TM besaß von Franz Schuberts (1797–1828) Liederzyklus eine Aufnahme aus dem Jahre 1933 mit Gerhard Hüsch (Bariton) und Hanns Udo Müller (Klavier).

5] *Isolde:* Von Richard Wagners ›Tristan und Isolde‹ existieren in TMs Nachlaß eine Aufnahme von 1947 mit Ausschnitten aus dem ersten Akt (Kirsten Flagstad, Elisabeth Hoengen und das London Philharmonic Orchestra unter Isaye Dobrowen), sowie eine Platte mit Ausschnitten aus dem 3. Akt: Lauritz Melchior und Herbert Janssen mit dem Orchester des Teatro Colón, Buenos Aires, unter Roberto Kinsky von 1942 und mit Ausschnitten, gesungen von denselben Solisten, mit dem Columbia Opera Orchestra unter Erich Leinsdorf von 1943.

28. 1. 1949

13 1] *Movie-Star-Hochzeit:* Der Film-Schauspieler Tyrone Power war am 27. 1. 1949 in der mittelalterlichen Kirche Santa Francesca Romana, Rom, mit dem »movie bit play« Linda Christian getraut worden.

14 2] *an Lesser:* An Jonas Lesser, P. P. 28. 1. 1949, Reg. III, 49/92; Br. III, 70/71.

3] *Lesser:* Der 1938 nach England emigrierte österreichische Philologe und Schriftsteller Jonas Lesser (1896–1968).

29. 1. 1949

1] *russischer Marshall-Plan:* S. TB 27. 1. 1949, Anm. 1. 14
2] *Entsendung Vischinskys:* Andrei Januariewitsch Wyschinski (1883–1954), von 1949 bis 1953 sowjetischer Außenminister, war am 25. 1. – angeblich zu einem Privatbesuch – nach Karlsbad geflogen. Die CSR war offizielles Mitglied der C.E.M.A. (s. TB 27. 1. 1949, Anm. 1).
3] *Faustus-Kritik im [. . .] »Hochland«:* Hanns Braun, ›Die Wendung zum Religiösen im modernen Roman. Thomas Mann: Doktor Faustus – Franz Werfel: Stern der Ungeborenen‹, ›Hochland‹, München und Kempten, Jg. 41, H. 2, Dez. 1948, 174–180.
4] *an Suhrkamp:* Der Brief ist verschollen. S. Reg. IV, 585.
5] *[an] Adolf Busch:* Der Glückwunsch für den Geiger Adolf Busch (1891–1952), jüngeren Bruder des Dirigenten Fritz Busch, zur Geburt seines Sohnes Thomas gilt als verschollen; s. Reg. IV, 585.
6] *Oper von Britten:* Vermutlich die 1947 in Glyndebourne uraufgeführte komische Oper ›Albert Herring‹, deren Textvorlage der britische Komponist Benjamin Britten (1913–1976) in der Maupassant-Novelle ›Le Rosier de Madame Husson‹ fand.
7] *»Rosenkavalier«:* ›Der Rosenkavalier‹, Komödie für Musik von Hugo von Hofmannsthal (1874–1929), Musik von Richard Strauss (1864–1949), uraufgeführt in Dresden 1911. TM besaß die Schallplatten-Kurzfassung von 1934 mit Lotte Lehmann, Richard Mayr, Maria Olszewska, Victor Madin, Elisabeth Schumann, Bella Paalen und den Wiener Philharmonikern unter Robert Heger.
8] *Beneš:* Edvard Beneš (1884–1948), von 1935–1938 und 1945–1948 Staatspräsident der Tschechoslowakei, zwischen 1940 und 1945 Präsident der tschechoslowakischen Exilregierung in London, war im Juni 1948 von seinem Amt zurückgetreten, um die neue, von den Kommunisten ausgearbeitete Verfassung für die CSR nicht unterschreiben zu müssen. Unter der Regierung Beneš erhielten TM, seine Frau und die Kinder Golo, Elisabeth und Michael im November 1936, Klaus Mann im März 1937 die tschechische Staatsangehörigkeit.

30. 1. 1949

1] *»Das kalte Herz«:* Wilhelm Hauff (1802–1827) ›Das kalte Herz‹. 14
TM besaß Hauffs Märchen in einer von Friedrich von Oppeln-Broni-

kowski 1923 in Berlin herausgegebenen Edition, die in der Zürcher Bibliothek erhalten ist.

2] *an »Hochland«:* Das Schreiben ist offensichtlich verschollen.

3] *Wallenstein:* Der amerikanische Cellist und Dirigent Alfred F. Wallenstein (1898–1983) war von 1943–1956 Leiter des Los Angeles Philharmonic Orchestra.

31. 1. 1949

15 1] *Bereitschaft Stalins:* Der Generalsekretär der KPdSU und sowjetische Staatschef Jossif Wissarionowitsch Dschugaschwili Stalin (1879–1953) hatte im Verlauf der zurückliegenden Woche zweimal einen Vorschlag für eine Friedenskonferenz zur Beilegung des kalten Krieges signalisiert und Truman gebeten, nach Europa zu kommen, da er, Stalin, aus Gesundheitsgründen nicht in die USA reisen könne. Washington hingegen argwöhnte hinter der Kreml-Initiative die Absicht, den Westen von der Sinnlosigkeit einer Realisierung des nordatlantischen Sicherheits-Bündnisses überzeugen zu wollen, und lehnte ein Treffen der Staatsoberhäupter ab.

2] *Eva Hermann:* S. TB 9. 1. 1949, Anm. 1.

3] *(Blick auf Rußland):* Vgl. TB 2. 2. 1949, Anm. 1; zweite dort aufgeführte Änderung.

4] *von Bermann:* Amsterdam, 25. 1. 1949; TM/GBF 517/518.

5] *neue Auflage des Faustus:* GBF hatte geschrieben: »Ein weiterer Neudruck des ›Faustus‹ wird notwendig, und es ergibt sich die Frage, ob die Änderungen, die Sie für Berlin und Wien getroffen haben, auch in unserer Ausgabe durchgeführt werden sollen.« Vermutlich ist mit ›Neudruck‹ die innerhalb der Stockholmer Gesamtausgabe (StGA) 1951 im S. Fischer Verlag Berlin und Frankfurt am Main erschienene Ausgabe gemeint, in der neben den bei Bürgin S. 41 genau aufgeführten Kürzungen von 1948 auch die Schlußbemerkung über Arnold Schönberg, die sich bis dahin nur in den Suhrkamp-Ausgaben fand, berücksichtigt wurde. Vgl. auch TM an GBF, P. P. 2. 2. 1949, Reg. III, 49/93; TM/GBF 519–521: »Im Wesentlichen handelt es sich um die Fortlassung eines Abschnittes in dem Gespräch über die Zwölf-Ton-Technik im XXII. Kapitel [. . .] Das ist der bedeutendste Erleichterungsstrich, der gemacht worden ist. Das Übrige sind Winzigkeiten, und im besonderen kleine Verbesserungen im bayerischen Dialekt, wie in den Worten der Frau Schweigestill auf

Seite 736 der Stockholmer Ausgabe, die in der Suhrkamp'schen Ausgabe etwas anders und echter lauten.« (519)

6] *Amerik. Ausgabe von Masereels »Stundenbuch«:* Frans Masereel, ›Passionate Journey. With an Introduction by Thomas Mann‹, N. Y. 1948.

7] *meine Einleitung:* Das im Juni 1926 geschriebene *Vorwort zu Masereels Stundenbuch*, GW X, 660–673.

8] *Film »Search«:* Der 1947 nach einem Drehbuch von Richard Schweizer und David Wechsler von Fred Zinnemann in den Ruinen süddeutscher Städte gedrehte dokumentarische Spielfilm ›Der Gezeichnete‹ mit Montgomery Clift, Aline Mac Mahon, Jarmila Novotna und Ivan Jandl in den Hauptrollen.

9] *Silomon [. . .] rät:* Das Schreiben des deutschen Buchhändlers Karl Silomon, den TM vermutlich seit 1935 kannte (s. TB 17. 4. 1935), befindet sich nicht mehr unter den im TMA archivierten Briefen. S. jedoch TMs Antwort, P. P. 4. 2. 1949, Reg. III, 49/103.

10] *Suhrkamp avisiert:* Der Suhrkamp-Brief befindet sich weder unter den in Zürich noch unter den in Marbach archivierten Schriftstücken.

11] *Der Satz zu streichen:* S. dazu TM an GBF, P. P. 2. 2. 1949, TM/GBF 520: »Gestern hatte ich auch von Suhrkamp einige Zeilen, die mich auf einen Irrtum, Ernst Wiechert betreffend, in den ›Faustus‹-Erinnerungen aufmerksam machen. Natürlich muß der monierte, auf falschen Informationen beruhende Satz gestrichen werden.« Der geänderte Passus: GW XI, 299.

12] *Kirchway:* Die amerikanische Journalistin Freda Kirchwey (1895–1975), seit 1937 Herausgeberin der liberalen, von TM regelmäßig gelesenen Zeitschrift ›The Nation‹ (s. TB 46–48, 441).

1. 2. 1949

1] *Conrads »Jugend«:* Joseph Conrad, ›Jugend‹ (›Youth‹, 1902), S. Fischer, Berlin 1926.

2] *Korda:* Der aus Ungarn stammende britische Filmregisseur, Produzent und, 1932, Gründer der London Film Production, Sir Alexander Korda (1893–1956).

3] *Outline für den Zbg.-Film:* Das hier gemeinte, von George Tabori 1948 verfaßte Treatment befindet sich im TMA. S. auch TB 46–48, 544 und 714.

4] *Pribislav Hippe:* Die von Hans Castorp im vierten Kapitel des *Zauberberg* (GW III, 169–174) imaginierte Gestalt des Schulfreundes Pribislav Hippe, alias Williram Timpe. Vgl. hierzu TB 11. 7. 1950, Text und Anm. 6.
5] *Haufs hübsche Geschichte:* S. TB 30. 1. 1949, Anm. 1.

2. 2. 1949

16 1] *Korrekturen:* Das Manuskript weist Änderungen auf den Seiten 4 und 27/28 (= GW IX, 758 und 780) auf. Die S. 758 im Anschluß an den ersten Absatz gestrichene Stelle lautet: »Und dann fügt er, halb amüsiert und halb bewundernd, etwas über die humanitären Deklamationen der Engländer gegen den Sklavenhandel hinzu, die, wie immer bei ihnen, ein sehr reales Objekt hätten, nämlich ihr merkantiles Interesse daran, daß aus West-Afrika keine Neger ausgeführt und nach Amerika keine eingeführt würden, einiges hinzu über die Gabe der Engländer, Moral und Nutzen zu verbinden – wobei übrigens niemand weiß, was zuerst gilt, der Nutzen oder die Moral: beide sind eins.« Auch der Text des ersten Absatzes auf S. 780 war wesentlich länger. Anstelle der letzten zwei Sätze: »Die Zukunft gehört dem Menschen ...« bis »... das ist Amerika« stand ursprünglich: »Und doch wiederum, nimmt man gewisse intime Bekenntnisse hinzu, wie die Briefstelle an Frau von Stein zur Zeit der Winterreise in den Harz: ›Wie sehr ich wieder auf diesem dunklen Zug Liebe zu der Klasse von Menschen gekriegt habe, die man die niedere nennt, die aber gewiß vor Gott die höchste ist‹; nimmt man hinzu, welche Empfindlichkeit er schon zur Zeit der ›Mitschuldigen‹ für ›die seltsamen Hergänge‹ bekundete, ›mit denen die bürgerliche Gesellschaft unterminiert ist‹; nimmt man ferner hinzu, daß er in ›Hermann und Dorothea‹ von der begeisternden Freiheit und von der höheren – ›der höheren‹! – Gleichheit spricht, und daß er sich noch kurz vor dem Ende seines Lebens mit den Theorien des französischen Sozialisten Saint Simon objektiv vertraut machte, – so gelangt man zu sonderbaren Fragestellungen. Ich bin nicht absolut sicher – es ist nur ein Argwohn, aber ich will ihn aussprechen –, ob nicht heute Goethe's Blick eher auf Rußland gerichtet wäre, als auf Amerika. Ich führe sogleich seine Mißbilligung des Despotismus dagegen ins Feld. Aber vor dem Phänomen Napoléon versagte bekanntlich dieser Widerwille, und wer weiß, wovor er heute versagen würde. Die Frage ist ja,

wie das mitwirkende Sich verlieren in der geregelt tätigen Masse, das zuletzt, wenn nicht sein Ideal, so doch seine Vision war, sich anders abspielen soll als unter der Kontrolle des Staates und unter einem gewissen Despotismus. Sein heller Geist hat sich bestimmt keine Illusionen darüber gemacht, daß es unter den neuen sozialen Verhältnisse[n] um die ›staatsfreie Sphäre‹, auf welcher der Liberalismus besteht, mehr und mehr geschehen sein werde, und ich würde mich nicht wundern, wenn schon die Frage ihn beschäftigt hätte, ob die Freiheit der Forschung und Kunst nicht bei einem Staat, der selbst nicht mehr das Instrument des Privatinteresses wäre, besser aufgehoben wäre, als in der Abhängigkeit von eben diesem./ Aber es hat keinen Sinn und ist Gespensterzwang, einen verewigten Geist zum Urteil über Heutiges zu zitieren. Es ist nur Goethes außerordentlicher Zukunftsinstinkt, der mich dazu versuchte, nebst der Gewißheit, daß der Amerikaner, den seine Bewunderung meinte, nicht der Millionär war, sondern der Pionier, – wobei ich zugebe, daß in der Demokratie amerikanischen Stils die beiden Typen in einander übergehen. Viel Täuschung wird dabei herauskommen. [Nein, es war keine Täuschung . . .]«

2] *Knopf:* Der amerikanische Verleger Alfred A. Knopf (1892–1984), der seit 1924 TMs Werke betreute und den Verlag zusammen mit seiner Frau Blanche (1894–1966) leitete (s. TB 44–46, 351/352).

3] *»A pocket guide . . .«:* Alfred A. Knopf (Hrsg.), ›A Pocket Guide to Thomas Mann's ‚Doctor Faustus'‹, N. Y. 1949.

4] *Polemik gegen die New York Times:* Als Reaktion auf die beiden negativen Besprechungen des *Doctor Faustus* in der ›New York Times Book Review‹ durch den Literaturkritiker Orville Prescott und den Harvarder Literaturwissenschaftler Harry Levin, die unter dem Titel ›Doctor Faustus‹ (Prescott) und ›Dr. Mann versus a Teutonic Mephisto‹ (Levin) am 29. und 31. 10. 1948 in den ›Books of the Time‹, NYT, bzw. der ›New York Times Book Review‹ erschienen waren. S. dazu TB 46–48, 832, 834 und 955/56 (TMs Entgegnung).

5] *Horckheimers:* Der Philosoph und Soziologe Max Horkheimer (1895–1973) mit seiner Frau Maidon (s. TB 46–48, 394).

6] *Feuchtwangers:* Der Schriftsteller Lion Feuchtwanger (1884 bis 1958) und seine Frau Marta, geb. Löffler (1891–1988) lebten seit

1941 in Pacific Palisades, unweit von Katia und Thomas Mann (s. TB 46–48, 361).

3. 2. 1949

16 1] *für die Yale Review:* Orville Prescott, ›Doctor Faustus‹, ›Yale Review‹, vol. XXXVIII, No. 2, Dec. 1948, 381–384.

2] *jener Prescott [...] H. Levin:* S. TB 2. 2. 1949, Anm. 4, sowie den unten, Anm. 5, zitierten Brief von TM an Alfred A. Knopf.

3] *meine Aufzeichnungen über sein Joyce-Buch:* In der *Entstehung*, Kap. VIII, GW XI, 204/205: »Sehr aufmerksam las ich ein Buch, das [...] durch seine klugen Analysen mir vieles die Situation des Romans [i. e. des *Doktor Faustus*] und meine eignen Stellung in seiner Geschichte Betreffende ins Bewußtsein rief: ›James Joyce‹ von Harry Levin.«

4] *Absage Achesons an Stalin:* S. TB 31. 1. 1949, Anm. 1. Acheson hatte den Spekulationen um das Treffen zwischen Stalin und Truman auf einer Pressekonferenz am 2. 2. 1949 durch die Erklärung ein Ende gemacht, daß der Präsident »would not discuss with any nation any matter which was of direct interest of other nations without the participation of those other nations«. Truman selbst ergänzte am 3. 2. 1949, die USA würden außerhalb des Rats der Vereinten Nationen in keine Friedensverhandlungen mit der UdSSR eintreten.

5] *an Knopf:* An Alfred A. Knopf, P. P. 3. 2. 1949, Reg. III, 49/95: »Some gentlemen deny it [i. e. die von TM im Vorhergehenden apostrophierte Tatsache, daß er keineswegs »a ridicously olympic, pompous and ponderous author«, sondern, im Gegenteil, sein Werk »full of fun and music« und er selbst »essentially a humorist« sei], especially Professor H. Levin, who should know better. I must confess, that his case is completely enigmatic to me. Prescott is simply an ass, but Levin, as I know from his book on Joyce, is a representative of high-levelled American criticism. He *had to* understand Dr. Faustus and I am quite unable to see why he is talking on the book in this malicious and poisonous manner. He knows who I am. I learned that he did a series of lectures at Harvard on Proust, Joyce and myself. Now he dropped my name and is speaking on Kafka instead. What may be the matter with him? There must be something personal behind it.« (TMA)

6] *»Herz der Finsternis«:* Joseph Conrad, ›Heart of Darkness‹, 1899, deutsch 1926 in der Übersetzung von E. W. Freißler bei S. Fischer in Berlin.

4. 2. 1949

1] *Prozeß des Budapester Erzbischofs:* Der Prozeß gegen den der 17
Verschwörung mit dem Westen zum Sturz des kommunistischen Regimes sowie unlauterer Geldgeschäfte auf dem ›schwarzen Markt‹ angeklagten Primas der katholischen Kirche in Ungarn, Kardinal Józef Mindszenty (1892–1975), fand vom 3.–5. 2. 1949 vor einem Budapester ›Volksgerichtshof‹ statt und endete, nachdem der Staatsanwalt am 5. 2. die Todesstrafe gefordert hatte, zur Überraschung der von den Verhandlungen weitgehend ausgeschlossenen westlichen Öffentlichkeit am 8. 2. 1949 mit der Verkündung des Urteils ›Lebenslänglich‹. Kardinal Mindszenty, der zu Beginn des Prozesses ein Teilgeständnis abgelegt hatte, das er später mit der Anschuldigung, die Aussagen seien erzwungen worden, widerrief, wurde während des ungarischen Volksaufstands, 1956, aus der Haft befreit und lebte bis 1971 im Asyl in der Budapester US-Botschaft, später in Wien. 1974 wurde er gegen seinen Willen vom Vatikan seiner Ämter als Erzbischof und Primas der ungarischen katholischen Kirche enthoben.

2] *russische Passage im Goethe-Vortrag:* Die zweite der TB 2. 2. 1949, Anm. 1 zitierten ausgeschiedenen Passagen.

3] *an Becher:* An Johannes R. Becher, P. P. 4. 2. 49, Reg. III, 49/99; s. TB 22. 1. 1949, Anm. 1.

4] *Statement für United Press Associations:* Der Text, in Form eines Briefes an Benjamin H. Cook (Reg. III, 49/117), befindet sich im TMA und ist im Anhang, No. 1, S. 643–645 wiedergegeben.

5] *von Prof. Bain:* Ein vierseitiges Schreiben des Soziologen Read Bain (1892–?), 1949 Professor am Reed College, datiert 2. 1. 1949, befindet sich im TMA.

5. 2. 1949

1] *wegbleiben:* S. TB 2. 2. 1949, Anm. 1; 4. 2. 1949, Anm. 2. 17

2] *Zeitschrift »Thema«:* ›Thema. Zeitschrift für die Einheit der Kultur‹, hrsg. von Hans Eberhard Friedrich, Thema-Verlag, Gauting b. München 1949/1950. Nach acht Heften stellte die Zeitschrift ihr Erscheinen ein.

3] *Marcel Beaufils:* Der französische Musikologe und ehemalige Partisanenführer Marcel Beaufils (1899–?).
4] *»Die Aktualität Goethes«:* Marcel Beaufils, ›Die Aktualität Goethes. Seine Stellung im Problemkreis der Gegenwart: Sein, Freiheit, Ordnung, Masse‹. Aus dem Französischen von Heinz Courbier, ›Thema‹, Jg. I, 1949, 38–41, ein Essay, dessen im Vorspann erklärtes Ziel es war, durch eine kritische Analyse Goethes auch die Deutschen ›zu durchdenken‹: »Indem der Essay [...] das Deutsche in Goethe und Goethe im Deutschen sucht, erkennt er Goethe und das Deutsche ›in uns selbst‹ (wie Picard: ›Hitler in uns selbst‹): ein fruchtbarer Beitrag zur Klärung der geistigen Lage unserer Zeit und des Abendlands.«
5] *Manuskript:* Peter Hacks, ›Über den Stil in Thomas Manns ‚Lotte in Weimar'‹; eine von TM fälschlich als »Dissertation« bezeichnete Seminararbeit, die später in ›Sinn und Form‹, Sonderheft Thomas Mann, Berlin 1965, 240–254, gedruckt wurde. S. TM an Peter Hacks, 6. 2. 1949: »... momentan kommt es mir vor, als ob Ihre Dissertation so ziemlich das Gescheiteste wäre, was mir über das Buch vor Augen gekommen [...] Manches ist ein bißchen überformuliert und dadurch verdunkelt, ich konnte nicht immer ganz folgen [...] Aber ein lebhafter Wille zu kritischer Erkenntnis, ja, zur ›Kühnheit im Schicklichen‹ ist da, und vieles, was in dem Roman halb vexatorisch und mit der Neigung sich zu entziehen herumschwebt, ist mit großer Entschiedenheit festgehalten, um nicht zu sagen: festgenagelt, – wodurch es dann freilich immer etwas verliert, aber, unterm Gesichtspunkt der Tapferkeit, auch wieder gewinnt.« (›Sinn und Form‹, a.a.O. 238/239)
6] *Peter Hacks:* Der Dramatiker Peter Hacks (geb. 1928) studierte Soziologie und Theaterwissenschaften in München. Er siedelte 1955 in die DDR über und war von 1960 bis 1963 beim Deutschen Theater in Berlin (Ost). Seither lebt Hacks als freier Schriftsteller in der (ehemaligen) DDR.
7] *Äußerung über »Nürnberg und heute«:* S. TB 4. 2. 1949, Anm. 4.
8] *Spellman:* Der amerikanische Kardinal Francis Joseph Spellman (1889–1967).
9] *Donizettis Lucia:* ›Lucia di Lammermoor‹: Die 1835 nach einer Novelle von Walter Scott entstandene Oper des italienischen Komponisten Gaetano Donizetti (1797–1848).

6. 2. 1949

1] *von Neumann:* Florenz, 31. 1. 1949; TM/AN 72–75: »To the point: ich selber habe [in Westdeutschland] kein Wort gegen Sie vernommen [...]. Das Meiste war ein sanft getönter Vorwurf, daß Sie 1947 in Zürich gerade gegen einwandfreie Vertreter Innerdeutschlands (gemeint ist vielleicht Kästner) ein wenig zu reserviert gewesen seien. Aber gerade in der Schweiz hat man mir recht nahegelegt, Ihnen von einem offiziellen Besuch Deutschlands abzuraten. Ich bin nicht sehr beeinflußbar und habe mir mein eigenes Bild gemacht. Die Voraussetzung ist und bleibt, daß Sie offiziell hingehen MÜSSEN. Und dazu kann ich Ihnen nicht raten. Ich selber hatte ja einen Vortrag in der Universität [in München] und jedes öffentliche Erscheinen abgelehnt und wurde nur, im Hotel, zu einem Interview gestellt. Aber ich könnte Ihnen nicht einmal uneingeschränkt zu einem privaten Besuch raten, eben weil ich Sie ungern dem Eindruck der Verwüstung unserer einstigen Heimstätte aussetzte.« (74/75) *18*

2] *Neumann:* Der Erzähler und Dramatiker Alfred Neumann (1895–1952), mit seiner Frau Katharina, gen. Kitty (1903–1979), seit Beginn der zwanziger Jahre Nachbar der Manns im Münchener Herzogpark, lebte seit seiner Flucht aus Südfrankreich in Kalifornien, wiederum unweit der Familie Mann (s. TB 46–48, 361).

3] *Amerik.-jüdischer Major in D. erklärt:* Die ›Los Angeles Times‹ druckten am 6. 2. 49, 8, eine AP-Meldung aus München, der zufolge der ›chief for the American Joint Distribution Committee‹ in der amerikanisch besetzten Zone Deutschlands, Major Haber, auf der Grundlage aller von seinem Stab zusammengetragenen Fälle von Judenfeindlichkeit erklärt hatte; »If the occupation forces pulled out there would not be a Jewish person safe 24 hours later. Pogroms would begin.« Haber hatte von einem ständig anwachsenden Antisemitismus in ganz Deutschland gesprochen und gesagt, daß gewisse Nazi-Gruppierungen sich heimlich restituiert hätten und nur auf eine geeignete Stunde warteten, um wieder öffentlich wirksam zu werden.

4] *an den Studenten in Dachau:* An Peter Hacks, P. P. 6. 2. 1949, Reg. III, 49/106; s. TB 5. 2. 1949, Anm. 5.

5] *an Landshoff:* An Fritz Landshoff, P. P. 6. 2. 1949, Reg. III, 49/107.

6] *Landshoff:* Der Verleger Fritz H[elmut] Landshoff (1901 bis

1988), ein Freund von Klaus Mann, bis 1938 Verlagsleiter bei Kiepenheuer, begründete nach seiner Emigration in den Niederlanden die deutsche Abteilung im Verlag Querido, Amsterdam, die sich zu einem der wichtigsten Exilverlage entwickelte. Nach dem Einmarsch der Deutschen gelang es Landshoff, in New York gemeinsam mit GBF ein neues Unternehmen, den Verlag L. B. Fischer, aufzubauen. 1945 kehrte er nach Amsterdam zurück, wo er den neuen Querido-Verlag bis zu seinem Zusammenschluß mit dem neugegründeten S. Fischer Verlag im Jahre 1951 weiterführte. Bis 1986 war Fritz Landshoff, der abwechselnd in New York und Amsterdam lebte, leitend im Verlag Harry N. Abrams, N. Y., tätig.

7. 2. 1949

18 1] *Rede des Spellmann:* In der sicheren Erwartung eines Todesurteils hatte Kardinal Spellman in einer Predigt am 6. 2. von Mindszentys »Märtyrertum« gesprochen und die Kommunisten als »the world's most fiendish, ghoulish men of slaughter« bezeichnet, die als ihre Götter nur den Teufel und Stalin kennten.

2] *Demolierung des »Faustus«:* Rudolf Jakob Humm, ›Tarteifel‹, ›Unsere Meinung‹, Zürich, Jg. 1, Nr. 10, Dez. 1948, 1–3.

3] *Humm:* Der Zürcher Schriftsteller und Journalist Rudolf Jakob Humm (1895–1977), den TM aus seiner Zürcher Zeit kannte.

19 4] *»auf den Knieen nach Bethlehem«:* Der Nachweis des Zitats ist nicht gelungen..

5] *Verfälschung meines Bertram-Briefes:* In dem ›Wochenblatt für ein freies Europa‹, ›Europa-Kurier‹, Jg. 2, No. 1 v. 7. Januar 1949, war im ›Literaturblatt‹, S. 6, eine ›Diskussion um den ‚Fall Bertram'‹ erschienen, in der zwischen Äußerungen »anderer Nobelpreisträger« wie Max Planck, André Gide, Hermann Hesse, Hans Carossa (sic) und Prof. Dr. Jethro Bithell (sic), auch Auszüge aus TMs Brief an den Bertram-Schüler Werner Schmitz (TM/EB 195–198) abgedruckt waren. Da die Auslassungen nur selten und, vor allem, nicht konsequent gekennzeichnet wurden, konnte TM sein Schreiben mit Fug und Recht als »verfälscht« empfinden.

6] *an Kerényi:* P. P., 7. 2. 1949, Reg. III, 49/109; TM/KK 162/163.

7] *Amerk. Broadcast* [. . .]. *Artikel:* Vielleicht Ernst Schönwiese, ›Des Teufels Musikant‹, ›Demokratisches Volksblatt‹, Salzburg, 24. 12. 48.

8] *Schönwiese:* Der Schriftsteller und Leiter des Verlags ›Das Silberboot‹, Salzburg, sowie Herausgeber der gleichnamigen Zeitschrift, Ernst Schönwiese (1905–1991).

8. 2. 1949

1] *Fürst Esterhazi:* Fürst Ladislaus Esterhazy von Galántha, Angehöriger der bis ins 13. Jahrhundert nachweisbaren, in drei Linien fortlebenden österreichisch-ungarischen Dynastie der Esterhazy, dessen ungarisches Vermögen 1945 eingezogen worden war. 19

2] *Maßregelung eines Ökonomie-Professors:* Der sowjetische Wirtschaftsfachmann Eugene Varga war durch seinen Kollegen K. V. Ostrovityanow für die von TM zitierten Äußerungen zur Rechenschaft gezogen worden, weil, wie die ›Los Angeles Times‹ am 8. 2. 49, 8, berichteten, »this was not quite in line with the teachings of Lenin and Stalin on the probability of warring among capitalist nations.« Ostrovityanow hatte auf einem Ökonomenkongreß angekündigt, daß »if Comrade Varga continues stubborn in insisting on his reformist errors, then there will be no profit in his further scientific work. The necessary condition for success of his further efforts is a decisive, brave and honest reconsideration of his reformist position and then to work on problems of imperialism in the spirit of Marxist-Leninist ideology.«

3] *Roosevelt:* Hier steht der Name des 32. Präsidenten der USA, Franklin Delano Roosevelt (1882–1945), für das Reformprogramm des ›New Deal‹ mit seinen staatsinterventionistischen Maßnahmen.

4] *»Lenin u. Stalin«:* S. Anm. 2.

5] *das XII. Kapitel:* ›Der Faustschlag‹, GW VII, 94–101.

6] *an Erika:* An Erika Mann, P. P. 8. 2. 1949, Reg. III, 49/111; Br. III, 71/72: Begleitbrief zum Manuskript *Goethe und die Demokratie*, das Erika Mann auf Vortragslänge kürzen sollte: »Ob Du es gut findest, mag ich garnicht fragen. Es ist halt der obligate Vortrag, olle Kamellen im Wesentlichen, mit etwas neuer Zutat und unter einem für das Publikum zweier Welten vielleicht nicht uninteressanten Gesichtspunkt neu geordnet. Zeitweise wurde mir angst und bange, ob ich den Alten nach soviel aristokratischer Kompromittierung noch wieder würde demokratisch heraushauen können. Aber ich denke, es ist gegangen, und am besten gefällt mir das ›to make a success of things‹ als demokratisches Symbol.« (72)

7] *Buch von Lukács:* György Lukács, ›Thomas Mann. Két tanulmány‹, Budapest 1948.
8] *Lukács:* Der ungarische marxistische Schriftsteller und Literaturkritiker Georg Lukács (1885–1971). TM hatte Lukács 1922 in Wien kennengelernt und sieben Jahre nach dieser Begegnung seiner Figur des Jesuiten Naphta im *Zauberberg* Züge von Lukács gegeben. Lukács lebte von 1929 bis 1945 in Moskau und kehrte nach dem Kriege nach Budapest zurück. Unter seinen Schriften befinden sich mehrere Werke über TM: ›Thomas Mann‹ (1949); ›Franz Kafka oder Thomas Mann‹ (1957) und ›Faust oder Faustus‹ (1967).
9] *Faustus-Kritik:* Die Studie erschien auf deutsch unter dem Titel ›Die Tragödie der modernen Kunst‹ in zwei Folgen in der (Ost-)Berliner Zeitschrift ›Aufbau‹. Teil 1: Jg. 5, 1949, H. 1, Januar, 59–79; Teil 2: a.a.O., H. 2, Februar, 154–169.

11. 2. 1949

20 1] *Neue Spy ring-Sensation:* Am 10. 2. 1949 waren durch General Mac Arthurs Intelligence Staff Details über einen »fantastic Soviet espionage ring in the Far East« enthüllt worden, der einen vollen Monat vor Hitlers Überfall auf die Sowjetunion Moskau von den Invasionsplänen eines vermeintlich Verbündeten unterrichtet habe. Chef des Ringes sei der in Rußland geborene deutsche Kommunist Reinhard Sorge gewesen, Mitglied sowohl der sowjetischen KP als auch der deutschen NS-Partei. Sorge, der als Presse-Attaché der deutschen Botschaft in Tokio Zugang zu allen Informationen gehabt habe, sei 1941 durch einen Zufall enttarnt und 1944 in Tokio gehängt worden. Sein Mitarbeiter Gottfried Friedrich, alias Max Klausen, der ›lebenslänglich‹ erhielt, gelte seit 1945 als untergetaucht, so daß man annehmen könne, die Überreste des Sorgeschen Spionageringes seien in den Metropolen der Welt immer noch aktiv.
2] *U.A. Committee:* Das 1938 zur Verfolgung staatsfeindlicher, vorwiegend kommunistischer Umtriebe eingesetzte House Committee on Unamerican Activities.
3] *Der Berliner »Aufbau«:* S. TB 8. 2. 1949, Anm. 9.

12. 2. 1949

20 1] *Eisenhower:* Der amerikanische General Dwight D. Eisenhower (1890–1969), verantwortlich für die Landung der alliierten Truppen

an der Normandieküste im Juni 1944, 1945–1947 Oberbefehlshaber der amerikanischen Besatzungstruppen in Deutschland, war seit 1948 Präsident der Columbia University. Im November 1952 wurde er 34. Präsident der Vereinigten Staaten und 1956 wiedergewählt. (S. TB 44/46, 351.)

2] *Prof. Fairchild:* Der amerikanische Soziologe Henry Pratt Fairchild (1880–1955).

3] *von Basler:* Burg, Aargau, 6. 2. 49; im TMA. 21

4] *Basler:* Der Schweizer Lehrer und Essayist Otto Basler (1902–1984) aus Burg im Aargau stand seit 1930 in freundschaftlicher Beziehung zu TM. Eine Auswahl der umfangreichen Korrespondenz zwischen beiden wurde 1965 in Bl. TMG. 5 publiziert.

5] *in der Rundschau:* Ein Vorabdruck der Kapitel I–VII erschien in der ›Neuen Rundschau‹, Jg. 60, H. 13, Winter 1949, 18–74.

6] *Degree-Verleihung:* S. TB 19. 5. 49, Anm. 3.

7] *an den Mann mit der [...] Erzählung:* Vermutlich an Alfred Neumeyer, P. P. 13. 2. 1949, Reg. III, 49/129.

8] *Erzählung:* Alfred Neumeyers Erzählungsband ›Treue und andere Novellen‹, Heidelberg 1948, befindet sich nicht unter den in Zürich erhaltenen Büchern TMs.

9] *Révys:* Der TM aus München bekannte Schauspieler und Regisseur Richard Revy (1885–1965) wohnte mit seiner Frau Alma Jo nahe den Manns in Westwood.

10] *Wechslers:* Der Schweizer Diplom-Ingenieur und Filmproduzent Lazare Wechsler (1896–1981) mit seiner Frau.

11] *Habe:* Der aus Budapest stammende Journalist und Schriftsteller Hans Habe, vormals János Békessy (1911–1977) (s. TB 46–48, 399).

13. 2. 1949

1] *die Karamasows:* TM besaß den 1879/80 geschriebenen Roman ›Die Brüder Karamasow‹ des russischen Schriftstellers Fjodor Michailowitsch Dostojewski (1821–1881) als Band 23–25 innerhalb der Ausgabe F. M. Dostojewski, ›Sämtliche Romane und Novellen‹, 25 Bände, Leipzig, Insel-Verlag 1921, die in der Zürcher Bibliothek erhalten ist. 21

2] *Rede Pacelli's:* Gleichzeitig mit der Verfemung und Exkommunikation aller Personen »who raised sacrilegious hands ‹upon› Joseph Cardinal Mindszenty« durch das Heilige Officium hatte Papst

Pius XII. in einer apostolischen Exhortation den gesamten katholischen Klerus ermahnt, mit einer weltweit zu feiernden Votiv-Messe die Verbrechen der Feinde Gottes zu sühnen.

14. 2. 1949

21 1] *Cooper:* TMs Zahnarzt in Hollywood, Joseph Cooper.

2] *japanische Ausgabe:* Die Übersetzung von Kato Shimei war unter dem Titel *Jukkai* 1948 in Tokio erschienen.

22 3] *Klaus Pr.s Aufsatz:* Klaus Pringsheim, ›Der Tonsetzer Adrian Leverkühn: Ein Musiker über Thomas Manns Roman‹, ›Der Monat‹, Berlin, Jg. 1, No. 4, Jan. 1949, 84–91.

4] *Auszüge aus Faustus:* Im ›Monat‹, a.a.O. 72–83.

5] *Artikel »Dr. F. in Amerika«:* Hellmut Jaesrich, ›Dr. Faustus in Amerika‹, ›Der Monat‹, a.a.O. 92–94.

6] *Aufsatz von Golo:* Golo Mann, ›Arnold Toynbee und die Weltgeschichte‹, ›Der Monat‹, a.a.O. 34–40.

7] *Avis:* ›Die Autoren des Monats‹, ›Der Monat‹, a.a.O. 128: »Der Zufall hat es gewollt, daß in diesem Heft neben dem großen deutschen Schriftsteller Thomas Mann nicht weniger als drei seiner Familienangehörigen vertreten sind. [Golo Mann, Klaus Pringsheim, W. H. Auden] [. . .] Man hätte übrigens das Heft noch mit anderen Mitgliedern dieser eminent schriftstellerischen Familie füllen können: da ist der Romancier [. . .] Klaus Mann [. . .], da ist die Journalistin Erika, mit W. H. Auden verheiratet; ein anderer Schwiegersohn ist der Schriftsteller G. A. Borgese [. . .]; und selbst Monika, die jüngste Tochter [!] ist [. . .] gelegentlich zu lesen. Der mächtige Bruder Heinrich darf nicht vergessen werden [. . .] Und zuguterletzt hat auch der dritte der Brüder [. . .] als Memoralist die Feder ergriffen [. . .].«

8] *Audens:* Erika Mann-Auden und ihr Mann, der englische Schriftsteller Wystan H. Auden (1907–1973).

9] *Moni:* TMs zweite Tochter Monika (geb. 1910) hatte 1939 den ungarischen Kunsthistoriker Jenö Lányi geheiratet, der bei der Torpedierung des Schiffes ›City of Benares‹, mit dem das Ehepaar in die USA fliehen wollte, ertrank (s. TB 46–48, 489).

10] *an die Press Association:* S. TB 4. 2. 1949, Anm. 4.

11] *wenige Zeilen:* Im TMA ist nur der offenbar nicht abgeschickte Brief an Cook erhalten.

12] *Telegramm an Fairchild:* Verschollen; s. Reg. IV, 585.
13] *die Herz begeistert:* Der Brief von Ida Herz befindet sich nicht unter den Materialien des TMA.

15. 2. 1949
1] *Jaspers:* Der Philosoph Karl Jaspers (1883–1969), bis zu seinem 22
Berufsverbot, 1937, Ordinarius der Universität Heidelberg, ab 1945 deren Rektor, seit 1948 in Basel. Karl Jaspers war der Lehrer von Golo Mann, der bei ihm 1932 promoviert hatte.
2] *Der Papst [...] vor dem Kardinalskollegium:* Papst Pius XII. hatte am 14. 2. erklärt, daß die schwankende Haltung Mindszentys während des Prozesses ohne die Annahme, »that he had been injured physically or mentally« »inexplicable« sei.
3] *Mitteilung eines Kundigen:* Das Schreiben von Ellie Bommersheim befindet sich nicht mehr unter den Archivalien des TMA.
4] *Hauer:* Der österreichische Lehrer, Komponist und Musiktheoretiker Joseph Matthias Hauer (1883–1959) entwickelte ab 1919 (also vor Arnold Schönberg) ein Zwölfton-System, in dem die möglichen Kombinationen der 12 temperierten Töne in 44 ›Tropen‹ unterteilt werden. S. Hauers Schrift von 1926: ›Zwölftontechnik. Die Lehre von den Tropen‹.
5] *Manuskript [...] von Szentkuthy:* Nikolaus Szentkúthy, ›Thomas Manns Joseph-Geschichten‹, ›Magyarok‹, Budapest, Jg. 3, H. 1, Januar 1947, 1–10; deutsch: ›Sinn und Form‹, Sonderheft Thomas Mann, 1965, 205–217.
6] *Szentkuthy:* Der ungarische Schriftsteller Nikolaus (Miklós) Szentkúthy (geb. 1908).
7] *Kahler:* Der in Prag geborene Historiker und Kulturphilosoph Erich von Kahler (1885–1970), den TM seit 1919 kannte und dem er seit seiner Princetoner Zeit freundschaftlich verbunden war (s. TB 46–48, 422).

16. 2. 1949
1] *»Mit den Augen des Westens«:* Joseph Conrads Roman von 1911 23
steht, übersetzt von Ernst W. Freißler, in zwei deutschen Ausgaben (A. Langen, München 1913 und S. Fischer, Berlin 1933) in TMs Zürcher Bibliothek.
2] *Zugrundegehen:* Die amerikanische Gewerkschaft AFL hatte nach

Flüchtlingsaussagen eine Dokumentation über Arbeitslager in der UdSSR zusammengestellt, in denen »8 000 000–14 000 000 persons were alledgedly held under conditions of slavery«. Daraufhin verlangten die USA im Economic and Social Council der Vereinten Nationen in Lake Success, die UdSSR solle Inspektionen dieser Lager zulassen. Aber die Sowjets lehnten die US-Demarche als »filthy label« ab. Die Investigation solle nur dazu dienen, US-Spione in die UdSSR einzuschleusen.

3] *Prozeß Stravinskys:* Weil Ende der vierziger Jahre in manchen Ländern das Urheberrecht für Kompositionen, die um die Jahrhundertwende entstanden waren, auslief, hatte der seit 1939 in Kalifornien lebende russische Komponist Igor Strawinsky (1882–1971), dessen Memoiren TM für die Beschreibung von Adrian Leverkühns musikalischem Werdegang benutzte (s. dazu TB 44–46, 426/427), zur Wahrung seiner Tantiemen verschiedene frühe Werke revidiert. Da er für diese oft nur leicht veränderten »Neufassungen« nun wiederum Tantiemen verlangte, kam es immer wieder zu Prozessen.

4] *Schönberg:* Der österreichische Komponist und Musiktheoretiker Arnold Schönberg (1874–1951), den TM vermutlich 1938 in Hollywood kennengelernt und mit dem er seit seiner Übersiedlung nach Kalifornien die Beziehungen im Zeichen des *Doktor Faustus* intensiviert hatte. (S. TB 44–46, 332.) Nach dem Erscheinen von TMs Roman reklamierte Schönberg mehrfach öffentlich sein geistiges Eigentum bezüglich der von TM Adrian Leverkühn zugeschriebenen Handhabung des Zwölfton-Systems. Der hier gemeinte »Anreiz« des Strawinskyschen Ansehens für Schönberg ist ein Schluß, den TM aus einem Brief vom 25. 2. 1948 zog, in dem Schönberg über seine Situation geschrieben hatte: »Den Deutschen bin ich ein Jude, den Romanen Deutscher, den Kommunisten bin ich Bourgeois und die Juden sind für Hindemith und Strawinsky.« S. TB 46–48, 715.

5] *von Borgese:* Chicago, 13. 2. 1949; in TMA.

6] *Nathans:* Vermutlich Robert Grünthal Nathan (s. TB 2. 1. 1949, Anm. 13) mit seiner Frau Janet.

8] *Dieterle's:* Der Filmregisseur Wilhelm (William) Dieterle (1893 bis 1972), ursprünglich Schauspieler und Regisseur bei Max Reinhardt, und seine Frau, die Schauspielerin Charlotte Hagenbruch, die seit 1930 in Hollywood lebten.

17. 2. 1949

1] *an XIII:* Am Kapitel ›Die Entdeckung‹, *Der Erwählte*, GW VII, 23
101–106.

2] *Schachts »Abrechnung mit Hitler«:* Hjalmar Schacht, ›Abrechnung mit Hitler‹, Hamburg/Stuttgart 1948.

3] *Schacht:* Der deutsche Finanzpolitiker Hjalmar Schacht (1877–1970), 1923–1930 sowie 1933–1939 Reichsbankpräsident und intensiver Förderer der deutschen Aufrüstung, nach Kriegsausbruch von Göring aus seinen Ämtern vertrieben und auf Grund loser Kontakte zu Widerstandskreisen nach dem 20. Juli 1944 verhaftet, war 1946 im ersten Nürnberger Kriegsverbrecher-Prozeß freigesprochen worden, weil ihm im Sinne des Gerichtsstatuts keine Verbrechen nachgewiesen werden konnten.

4] *Zeitungsbuch:* Das Buch von Hjalmar Schacht war als Ro-Ro-Ro-Zeitungsdruck erschienen.

18. 2. 1949

1] *Arlt:* Der amerikanische Germanist Gustave Arlt, seit 1935 Pro- 23
fessor für Deutsche Literatur an der University of California in Los Angeles, half TM gelegentlich durch Übersetzungsarbeiten oder bei schwieriger Literaturbeschaffung.

2] *Frau Fischer:* Hedwig Fischer, geb. Landshoff (1871–1952), die Witwe von TMs Verleger Samuel Fischer (1859–1934).

3] *A. Frey:* Der aus München stammende, 1933 zunächst nach Salzburg, dann in die Schweiz emigrierte Schriftsteller Alexander Moritz Frey (1881–1957), mit dem TM »seit Jahrzehnten auf gutem Fuß« (GW X, 827) stand.

4] *an Seekamp:* Bisher nicht nachweisbar.

5] *[an] Kahler:* Nach Reg. IV, 585 verschollen.

6] *»Teufel mit den 3 goldenen Haaren«:* ›Vom Teufel mit den drei goldenen Haaren‹, Märchen No. 29 des ersten Bandes der von den Brüdern Grimm gesammelten ›Kinder- und Hausmärchen‹.

7] *Artikel der Zürcher »Tat«:* Max Rychner, ›Mißtöne zwischen 24
Thomas Mann und Arnold Schönberg‹, ›Die Tat‹, 9. 2. 1949, 9.

8] *Fall Schönberg:* S. TB 7. 1. 1949, Anm. 11.

19. 2. 1949

24 1] *das Sonnemann'sche Pasquill:* Ulrich Sonnemann, ›Thomas Mann oder Anspruch und Maß‹, ›Frankfurter Hefte‹, Jg. 3, H. 7, Juli 1948, 625–640: ein Totalverriß des TMschen Werks, dem »eine überlebende Generation [. . .] jene Gleichgültigkeit entgegensetzen« werde, »die tödlicher ist als aller Protest«.

2] *Sonnemann:* Der Philosoph und Essayist Ulrich Sonnemann (geb. 1912).

3] *»psychologisches« Mt.:* Richard Pokorny, ›Thomas Mann. Ein psychologischer Versuch‹. Das TM übersandte Exemplar befindet sich im TMA.

4] *Pikasso:* Der spanische Maler Pablo Picasso (1881–1973).

5] *Fadejew:* Der russische Schriftsteller Aleksandr Aleksandrowitsch Fadejew (1901–1956).

6] *Aragon:* Der französische Schriftsteller Louis Aragon (1897 bis 1983), seit 1927 Mitglied der KPF.

7] *Welt-Friedens-Meeting:* Der eindeutig kommunistisch orientierte Weltfriedenskongreß fand vom 20.–25. April 1949 in Paris statt. Heinrich Mann gehörte nicht zu den Einladenden.

20. 2. 1949

24 1] *Eliot:* Der aus den USA stammende Lyriker und Dramatiker T[homas] S[tearns] Eliot (1888–1965), seit 1927 britischer Staatsbürger.

2] *Ezra Pound:* Der amerikanische Schriftsteller Ezra Pound (1885–1975), der bis 1945 in Italien gelebt, mit dem Faschismus sympathisiert und im Kriege antiamerikanische Propagandareden in Rom gehalten hatte. Vgl. TM an Max Tau, 12. 3. 1952: »Hier haben wir Ezra Pound, einen lyrischen Avantgardisten, der während des Krieges faschistische Propaganda trieb und als Landesverräter interniert wurde. Ein hochfeines anglo-amerikanisches Dichter-Gremium hat ihm eine angesehene literarische Auszeichnung, den Bollingen-Preis, verliehen. Ein schönes Beispiel von Unabhängigkeit des aesthetischen Urteils von der Politik, nicht wahr? Nur fragt es sich, ob Ezra Pound den Preis bekommen hätte, wenn er zufällig nicht Faschist, sondern Kommunist gewesen wäre.« (HOM)

3] *an Frau Fischer:* An Hedwig Fischer, P. P. 20. 2. 1949, Reg. III, 49/146.

4] *[an] Prof. Holmberg:* Verschollen; s. Reg. IV, 585.
5] *Prof. Holmberg:* Der Lunder Skandinavist und vergleichende Literaturwissenschaftler Olle Holmberg (1893–1975).
6] *Promotion:* S. die Beschreibung der Feierlichkeiten im TB 31. 5. 1949 sowie die im TMA archivierten Bilder aller entscheidender Stationen des Festaktes.
7] *»Eisenhans«:* ›Der Froschkönig oder der eiserne Heinrich‹, Grimms Märchen, a.a.O. Bd. 1, No. 1.

21. 2. 1949
1] *Zeitungsausschnitt:* Im TMA befinden sich die Vortragsbespre- 24
chungen des ›Kurier‹, Berlin, vom 15. 1. 1949 und der ›Täglichen Rundschau‹, gleichfalls Berlin, vom 18. 1. 1949: »Es war das Verdienst dieses Vortrags, daß er einen der ringenden und gründlichsten deutschen Gestalter der neueren Literatur zum Gestaltsymbol einer ganzen Generation werden ließ, daß er den leidenschaftlichen Ernst, mit dem Thomas Mann die deutschen Verhängnisse der letzten Jahrzehnte in seiner meisterhaften Prosa aufzeigte, auch den zahlreichen Hörern des Kulturbundes an diesem Abend spürbar werden ließ. Selten begriff man so sehr wie bei dem Vortrag Prof. Dr. Hans Mayers, bis zu welchem Ausmaß sich die Erschütterungen einer Epoche in ihren besten Literaturwerken abzeichnen.«
2] *Hans Mayer:* Der promovierte Jurist, Literarhistoriker und Essayist Hans Mayer (geb. 1907) war nach einer Exilzeit in Frankreich und der Schweiz 1945 als Rundfunkredakteur nach Frankfurt am Main berufen worden, wo er mit Golo Mann zusammenarbeitete. 1948 ging er als Professor für Literaturgeschichte nach Leipzig, kehrte jedoch 1963, nach einer Auslandsreise, nicht mehr in die DDR zurück.
3] *von Frau G. Lucácz:* Budapest, 12. 2. 1949; im TMA. 25
4] *»Neue Zeitung« gegen Schönberg:* Heinz Hess, ›Der Fall Leverkühn: Arnold Schoenberg contra Thomas Mann‹, ›Neue Zeitung‹, München, 8. 2. 1949.
5] *an Hebling:* An Carl Helbling, P. P. 21. 2. 1949, Reg. III, 49/148.
6] *Hebling:* Der Zürcher Literarhistoriker Professor Carl Helbling (1897–1966) stand seit 1922 mit TM in Verbindung (s. TB 46–48, 592).

7] *[an] Oprecht:* An Emil Oprecht, P. P. 24. 2. 1949, Reg. III, 49/159.
8] *»Von Werken und Formen«:* Karl Reinhardt, ›Von Werken und Formen‹, Vorträge und Aufsätze, Godesberg 1948. Das Buch, mit einer Widmung des Verfassers an TM, ist in der Zürcher Bibliothek erhalten.
9] *K. Reinhardt:* Der klassische Philologe Karl Reinhardt (1886–1958), Professor in Frankfurt am Main.
10] *Kl. Walpurgisnacht:* Goethe, ›Faust. Der Tragödie zweiter Teil‹. 2. Akt.
11] *nach Frankreich zu sendende Sätze:* Vermutlich der bei Loewy, a. a. O. I, 50 abgedruckte Text.
12] *Artikel [. . .] im Mercure de France:* J. F. Angelloz, ›,Le Faust' de Thomas Mann‹, ›Mercure de France‹, vol. 305, No. 1025, Jan. 1949, 74–83.

22. 2. 1949

25 1] *Washington Day:* Feiertag zum Gedenken an den Geburtstag des 1. Präsidenten der USA, George Washington, am 22. 2. 1732.
2] *Schauspielerin Marly:* Möglicherweise Florence Marly.
3] *Material:* Für die vom B.B.C. Third Program unter dem Titel ›General Assessment of Goethe‹ veranstaltete Reihe schrieb TM ›Goethe, the German Miracle‹, deutsch: *Goethe, das deutsche Wunder.* S. dazu auch TM an Lindley Fraser BBC German Dep., P. P. 23. 2. 1949, Reg. III, 49/151.
4] *Roman-Manuskript von U. Sdannen:* Weder der Autor noch das Manuskript konnten ermittelt werden.

23. 2. 1949

25 1] *Freisprechung des [. . .] »Bund«-Führers:* Fritz Kuhn, ehemaliger Vorsitzender des ›German-American Bund‹, war am 22. 2. 1949 durch ein Revisionsverfahren, in dem seine ursprüngliche Strafe von 10 Jahren Freiheitsentzug wegen einer Funktion als führender Nationalsozialist auf zwei – durch Haft bereits abgebüßte – Jahre verringert worden war, in München auf freien Fuß gesetzt worden.
2] *Manuskript von Moni:* Monika Mann hatte ihrem Vater Gedichte zur Beurteilung zugesandt. S. TMs Antwort P. P. 24. 2. 1949, Reg. III, 49/157; Br. III, 74/75.

3] *Beantwortung von Fragen:* An Louis Leibrich, P. P. o. D. (P. St. 24. 2. 1949), Reg. III, 49/156.

24. 2. 1949

1] *Schauspieler Fischl:* Vermutlich der Schauspieler Arthur Fischel, ein enger Freund von Klaus und Erika Mann zu Beginn der zwanziger Jahre; später in München, dann in Zürich, Mitglied der ›Pfeffermühle‹. TM hat Fischel in der Figur des Schauspielers Herz in *Unordnung und frühes Leid* porträtiert. 26

2] *an Fairchild:* Der Brief ist nach Reg. IV, 585 verschollen.

3] *an Moni:* S. TB 23. 2. 1949, Anm. 2.

25. 2. 1949

1] *Telegramm an [...] Ben Gorion:* Das Telegramm an den israelischen Ministerpräsidenten David Ben Gurion (1886–1973) gilt als verschollen; s. Reg. IV, 585. 26

2] *von Mc Leish:* New York, 23. 2. 1949: Die Mitteilung, daß TM – »for extraordinary achievement in your arts«, wie es in der im TMA verwahrten Urkunde heißt – die mit 1000 Dollar dotierte Verdienstmedaille der American Academy of Arts and Letters zuerkannt worden sei. Die Ehrung wird nur alle fünf Jahre an einen Romancier verliehen.

3] *Mc Leish:* Der amerikanische Lyriker, Schriftsteller und Staatsbeamte Archibald MacLeish (1892–1982) war von 1939–1944 Direktor der Library of Congress in Washington gewesen und hatte 1941 die Ernennung TMs zum ›Consultant in Germanic Literature‹ mit einem von Agnes Meyer gestifteten Gehalt von jährlich 4800 Dollar mit initiiert.

4] *»Joseph le Nourricier«:* Der Roman (›Joseph et ses Frères IV‹) war 1948 bei Gallimard in Paris erschienen.

5] *Servicen:* TMs langjährige französische Übersetzerin Louise Servicen (1896–1975). 27

6] *Schrieb nach Budapest:* An Pia Maria Razhgha-Schlegel, P. P. 25. 2. 1949, Reg. III, 49/163 über den TB 15. 2. 1949, Anm. 5, erwähnten Aufsatz.

7] *Aufsatz von Kogon:* Eugen Kogon, ›Die Aussichten Europas‹, ›Die Neue Rundschau‹, Jg. 60, H. 13, Winter 1949, 1–17.

8] *Kogon:* Der deutsche Publizist und Politikwissenschaftler Eugen

Kogon (1903–1987) war 1938 verhaftet und von 1939 bis 1945 im Konzentrationslager Buchenwald gefangengehalten worden. Seit 1946 gab er – gemeinsam mit Walter Dirks – die kulturpolitische Monatsschrift ›Frankfurter Hefte‹ heraus.

26. 2. 1949

27 1] *Reime:* Die GW VII, 103 im dritten Absatz zu lesenden ›Reime‹: »Nun wich die Schleuse, nun brach das Wehr, es war für die Stauflut kein Halten mehr« sind erst nachträglich auf die Rückseite des Manuskriptblattes 115 eingefügt. Ursprünglich hieß es, ganz ›prosaisch‹: »Nun ging es los mit Gellen und Keifen, ein entzügelt Gegeifer: ›Ha, ha, ha, hah . . .‹.«.

2] *an Mc Leish:* An Archibald MacLeish, P. P. 27. 2. 1949, Reg. III, 49/167; Br. III, 75/76.

3] *Salka Viertel:* Salka Viertel (1889–1978), Ehefrau des Schriftstellers und Regisseurs Berthold Viertel (1885–1953), Schwester des Pianisten Eduard Steuermann (1892–1964), ursprünglich Schauspielerin, seit 1928 Drehbuchschreiberin in Hollywood, u. a. für Greta Garbo. (S. TB 44–46, 359.)

4] *Verherrlichung:* Der TB 12. 2. 1949, Anm. 5 nachgewiesene Vorabdruck der *Entstehung* enthielt auch die Adorno gewidmeten Passagen des V. Kapitels, GW XI, 172–176.

5] *H. Eisner:* TM meint zweifellos den 1947 – zusammen mit seiner Frau Louisa, geb. Gosztani – aus den USA ausgewiesenen deutschen Komponisten Hanns Eisler (1898–1962), der von 1943–1947 in Malibu, Calif., in TMs Nähe, gewohnt und für dessen Aufnahme in die Tschechoslowakei sich TM im Oktober 1947 eingesetzt hatte. S. dazu TB 46–48, 424, 622, 906/907.

27. 2. 1949

27 1] *Togliatti erklärt:* Wie sein französischer Kollege Maurice Thorez hatte auch der Führer der italienischen KP, Palmiro Togliatti, durch das von TM zitierte Diktum seine Regierung in Zugzwang gebracht.

2] *Eroika:* Ludwig van Beethovens (1770–1827) Symphonie No. 3, Es-Dur, op. 55, ›Eroica‹.

3] *an die Servicen:* An Louise Servicen, P. P. 28. 2. 1949, Reg. III, 49/168: Dank für die vorzügliche Übersetzung des vierten *Joseph*-Bandes.

4] *Dr. Mann:* Der mit der Familie TM nicht verwandte Arzt Dr. Albert Mann aus Santa Monica.

28. 2. 1949

1] *Demonstrationen gegen Churchill:* Vgl. NYT 28. 2. 1949, 1:2: 28
»Winston Churchill got a turbulent reception here [in Brussels] this afternoon when several hundred Communists sought to disrupt a public open-air meeting of the European Unity Movement at the Bourse by heckling, whistling, jeers, catcalls and half-hearted attempts to riot.« Die ca. 10 000 Demonstranten, denen es gelang, Churchill und seinen Gastgeber, den belgischen Ministerpräsidenten Paul Henri Spaak, 40 Minuten lang am Reden zu hindern, hätten Transparente mit der Aufschrift »Hitler also wanted a United Europe« und »Belgian workers will never bear arms against their Soviet brothers« getragen.

2] *Churchill:* Der konservative britische Politiker Sir Winston Spencer Churchill (1874–1965), 1940–1945 und 1951–1953 Premierminister.

3] *Der Wiener Verlag:* Gemeint ist der Bermann-Fischer Verlag. Vgl. GBF an TM, Frankfurt am Main, 1. 2. 1949: »In Österreich habe ich inzwischen alle Schritte für Ihre Einreise und Unterkunft eingeleitet, ohne Sie in irgendeiner Weise festzulegen. Sie werden von mir darüber noch Näheres hören.« (TM/GBF 519)

4] *an Yxküll:* Das Schreiben an Edgar Baron Uexküll gilt als verschollen; s. Reg. IV, 585.

5] *Yxküll:* Edgar Baron Uexküll (1884–1952), ursprünglich Gutsbesitzer in Estland, bis 1919 zaristischer Diplomat in den USA, nach 1918 Presse- und Informationschef der Allianz-Versicherung in Berlin, Freund von Max Liebermann, Max Reinhardt und anderen Berliner Persönlichkeiten, seit den zwanziger Jahren auch von TM. Edgar von Uexküll war im Zusammenhang mit dem Aufstand vom 20. Juli 1944 verhaftet und bis Kriegsende im KZ gefangengehalten worden. 1947 emigrierte er nach Schweden.

6] *Markuses:* Der Schriftsteller Ludwig Marcuse (1894–1971) und seine Frau Sascha (1903–1967) lebten nach ihrer Flucht aus Frankreich seit 1940 in Kalifornien, wo Marcuse an der USC in Los Angeles lehrte.

7] *Wagner-Vortrag:* Nicht ermittelt.

1. 3. 1949

28 1] *Rücktritt General Clays:* Falsche Information.

2] *an die Meyer:* Der Begleitbrief zur Übersendung des NR-Drucks der *Entstehung* ist verschollen.

3] *die Meyer:* Die als Kind deutscher Eltern in den USA geborene Publizistin Agnes E. Meyer, geb. Ernst (1887–1970), Frau des einflußreichen amerikanischen Großbankiers, Philanthropen, Besitzers und Herausgebers der ›Washington Post‹, Eugene Meyer (1875–1959), war eine großzügige Förderin TMs in den USA, dessen Existenz sie u. a. durch die Dotierung der Librarian-Stelle an der Washingtoner Library of Congress (s. TB 25. 2. 1949, Anm. 3) sicherte. Die zum größten Teil erhaltene Korrespondenz zwischen TM und Agnes Meyer wird, ediert von Hans Rudolf Vaget, bei S. Fischer in Frankfurt am Main erscheinen. S. TB 46–48, 365.

4] *Prinz Lania:* Graf Carl (Károly) Lonyay, Neffe des Fürsten Elemer Lonyay, der nach dem Selbstmord des Kronprinzen Rudolf von Österreich die Kronprinzessin Stefanie geheiratet hatte.

5] *Reinhardts:* Vermutlich der Filmproduzent Wolfgang Reinhardt (1908–1979), älterer Sohn von Max Reinhardt und Else Heims, mit seiner Frau Sally, geb. Siebert.

6] *Isherwood:* Der britische Schriftsteller Christopher Isherwood (1904–1986), 1928–1933 in Berlin tätig und seit dieser Zeit mit Klaus und Erika Mann befreundet, lebte seit 1940 u. a. als Drehbuchautor für Metro-Goldwyn-Mayer in Kalifornien.

2. 3. 1949

29 1] *»Disput«:* Das XIV. Kapitel des *Erwählten*, GW VII, 106–115.

2] *Mrs. Roosevelt einzuführen:* TMs Statement zur Begrüßung der Präsidenten-Witwe Eleanor Roosevelt (1884–1962), ist erhalten und im Anhang, No. 2, S. 645–648 abgedruckt.

3] *von Preetorius:* O. O., 18. 2. 1949: »Nur Sie sind imstande in diesem Jahr Goethes hohes Bild voll gegenwärtig zu machen und als unüberhörbaren Appell für alle Deutschen sprechen zu lassen. – / Lieber alter Freund, zugleich werden Sie die Nachricht haben, daß Ihrem Wunsche entsprochen wurde und Sie zum Ehrenvorsitzenden der literar. Abteilung unserer Akademie ernannt sind. (Daß diese Prozedur so lange gedauert hat, lag an der Notwendigkeit der Satzungsänderung, da sowas ja nicht vorgesehen war; diese Änderung mußte vom Ministerpräsidenten genehmigt [...] werden.) – Jedenfalls: Sie ersehen daraus, wie hoch Ihr Ansehen steht, nämlich bei den Deutschen, um die es schließlich geht, die diesen Namen zu tragen wert sind. – Beantworten Sie diese Ernennung mit der gütigen Zusage, bei uns, nur bei uns in München in diesem Feierjahre zu sprechen. Es wird als Zentrum aller Festlichkeiten ein einziger Staatsakt gemacht: das wäre die Plattform Ihrer Rede, die nur durch Musik (sehr gute!) und die Begrüßung des Ministerpräsidenten eingeleitet würde. Wollen Sie's anders, wollen Sie, daß ich, als Ihr alter Freund, ein verehrend Wort voranstelle, so geben Sie uns diesen oder jeden sonstigen Wunsch bekannt. – / Bitte sagen Sie nicht gleich nein: Überlegen Sie sich meine, unser aller Bitte – nochmals: was wäre es, wenn Sie überhaupt, zehnmal in diesem Jahre, hundertmal in dieser Weltstunde selber in Ihre alte Wahlheimat kämen und hier Ihre weithinvernehmliche, klare Stimme hören ließen zum höchsten Thema, und zu einem, dem Sie zugeeignet sind wie keiner mehr auf der Welt: zu Goethe!«

4] *Von Klaus an M. George:* Der Brief erschien als gemeinsame Stellungnahme von Klaus und Erika Mann unter dem Titel ›Beispiel einer Verleumdung‹ im ›Aufbau‹, vol. XV, No. 10 v. 11. 3. 1949, 5/6, ›Letters to the editor‹. Zur Sache vgl. auch TB 6. 1. 1949, Anm. 5, sowie KM Br./Antw. II, 290/291.

5] *M. George:* Der Berliner Journalist Manfred Georg, später George (1898–1965), war 1933 nach Prag, 1938 nach New York emigriert, wo er von 1939 bis zu seinem Tode als Herausgeber und Chefredakteur der deutschsprachigen Wochenschrift ›Aufbau‹ arbeitete, die sich unter seiner Leitung vom Vereinsblatt des ›Jewish Club‹ zum meistgelesenen Journal der deutschsprachigen Emigration, vor allem der jüdischen, entwickelte.

6] *Schulze Wilde [...] im »Aufbau« gelobt:* Der Journalist und zeitweilige Sekretär von Theodor Plivier, Harry Schulze-Wilde (1899–1978), war 1933 in die CSR, dann nach Frankreich und in die Schweiz emigriert. Seit 1948 lebte er in München, wo er als Chefredakteur der Zeitschrift ›Echo der Woche‹ arbeitete. In dieser Funktion hatte er nicht nur – in einem Artikel vom 22. 10. 1948 (s. TB 6. 1. 1949, Anm. 4 sowie TB 46–48, 326 und 825) – Erika Mann als »kommunistische Agentin« bezeichnet, sondern auch einen angeblichen, an ihn gerichteten Brief Martin Bormanns publiziert, aus dem hervorging, daß Bormann nicht, »wie allgemein angenommen«, in den letzten Kriegstagen umgekommen sei, sondern in Würzburg lebe, wo er »als russischer Spitzel anti-amerikanische Organisationen gründen soll«. Dieser Journalist nun war, wie Klaus und Erika Mann geltend machen, durch einen Berichterstatter des ›Aufbau‹, vol. XV, No. 8 vom 25. 2. 1949, 1/2 als Leiter einer »kundigen Chefredaktion« und »bewährter Antifaschist« bezeichnet worden.

7] *dazu Erika, dazu ich:* Erika Mann an Manfred George, P. P. 2. 3. 1949; EM Br./Antw. I, 253/254; mit einer Nachschrift von TM, a.a.O. 254: »[...] ich habe Ihnen, als Mitglied des Advisory Board, noch nie einen Rat gegeben: diesmal gebe ich Ihnen einen dringenden. Veröffentlichen Sie den Brief von Klaus! Jener Skribent *darf* im ›Aufbau‹ nicht gelobt werden. Es ist vielmehr wichtig, daß er dort richtig gekennzeichnet wird. Schlimm genug überhaupt, daß deutsche Blätter unter frechem Mißbrauch ihrer Lizenz britische und amerikanische Staatsangehörige bei ihren Regierungen als Kommunisten denunzieren dürfen.«

8] *von Agnes Meyer:* Der anderentags beantwortete Brief hat sich nicht erhalten.

9] *Akademie-Award:* S. TB 25. 2. 1949, Anm. 3.

3. 3. 1949

29 1] *Aushungerung der russischen Repatriation Mission:* Nach vergeblichen Protesten gegen die Ausweisungs-Anordnung vom 26. 2. und einer zweitägigen Blockade ihres Frankfurter Hauptgebäudes durch US-Streitkräfte verließ die russische Repatriations-Mission die Stadt. Die Amerikaner hatten den Einspruch der 8 Mann starken Delegation, sie könnte nur Befehlen aus Moskau, nicht aber aus Washington folgen, mit dem Hinweis verworfen, daß die Kommission genügend Zeit zur Rückführung all jener verschleppten Personen gehabt habe, die eine Repatriierung in die UdSSR wünschten.

2] *Buch von Moenius:* Vermutlich Georg Moenius, ›Der neue Weltmonarch‹, Westheim b. Augsburg 1948.

3] *Moenius:* Der katholische Geistliche und Schriftsteller Georg Moenius (1890–1953), ein Freund von Alma Mahler-Werfel.

4] *Literaturgeschichte von Babits:* Mihály Babits, ›Geschichte der europäischen Literatur‹, übers. von E. Bitay und H. G. Gerlach, Zürich 1949.

5] *an die Meyer:* An Agnes Meyer, P. P. 3. 3. 1949, Reg. III, 49/175.
6] *Frau Schönberg:* Gertrud Schönberg, geb. Kolisch, die zweite Frau des Komponisten Arnold Schönberg (s. TB 16. 2. 1949, Anm. 4).
7] *Alma Mahler:* Franz Werfels Witwe Alma, geb. Schindler (1879–1964), war in erster Ehe mit Gustav Mahler verheiratet.
8] *in der Rundschau:* Im Vorabdruck des ersten Teils der *Entstehung.* S. TB 12. 2. 1949, Anm. 5.

4. 3. 1949
1] *Corda, London, Zauberberg:* S. TB 1. 2. 1949, Anm. 3. 30
2] *Molotow entlassen:* Am 4. März ersetzte die sowjetische Führung den seit 1939 amtierenden sowjetischen Außenminister Wjatschislaw Michailowitsch Molotow (1890–1986) ohne Angabe von Gründen durch den Führer der UN-Delegation Andrei Wyschinski. 1953–1956 bekleidete Molotow noch einmal das Amt eines Ministers des Äußeren.
3] *an Moenius:* Der Brief gilt als verschollen; s. Reg. IV, 585.
4] *Rosenthal:* Vermutlich ist hier der langjährige Hausarzt von Heinrich Mann, Dr. Frederick (Friedrich) Rosenthal aus Berlin gemeint, der seit 1938 in Beverly Hills praktizierte und, auf Bitten Heinrich Manns hinzugezogen, als erster 1946 TMs Lungenkrebs diagnostizierte.

5. 3. 1949
1] *Kahlers Faustus-Aufsatz:* Die englische Version von Erich von 30
Kahlers Essay ›Die Säkularisierung des Teufels‹ erschien unter dem Titel ›Thomas Mann's ‚Doctor Faustus'. Terminal Work of an Art Form and an Era‹, in ›Commentary‹, New York, vol. 7, No. 4, April 1949, 348–357.
2] *Humms Zeitschrift:* ›Unsere Meinung‹, Zürich. S. TB 7. 2. 1949, Anm. 2.
3] *Mr. Taylor:* Vermutlich der Germanist Ransom T. Taylor (geb. 1913), 1947–1950 Graduate Instructor of German an der UCLA, der gelegentlich Übersetzungsarbeiten für TM erledigte.

6. 3. 1949

30 1] *Gromykow:* Der frühere Botschafter der UdSSR in den USA (1943–1946) und bei den UN (1946–1948) Andrei Gromyko (geb. 1909) war zum stellvertretenden Außenminister seines Landes ernannt worden.

31 2] *an Kahler:* An Erich von Kahler, P. P. 6. 3. 1949, Reg. III, 49/180: »Ich habe Kopfzerbrechen wegen Deutschland, München. Man hat mich dort zum ›Ehrenpräsidenten‹ der neuen literarischen Akademie erhoben und will, daß ich bei einer offiziellen Goethe-Feier spreche. Soll ich? Soll ich nicht? Schließlich ist es die Stadt, wo ich 40 Jahre meines Lebens verbracht habe, und ihr Besuch würde für einen Besuch *ganz* Deutschlands stehen. Aber noch schwanke ich verdrießlich. Preetorius insistiert in allen Tönen.« (TMA)

3] *letzten 3 Kapitel:* ›Der Faustschlag‹, ›Die Entdeckung‹ und ›Der Disput‹, GW VII, 94–115.

7. 3. 1949

31 1] *Mrs. Roosevelt-Rede:* S. TB 2. 3. 1949, Anm. 2.

2] *Klavierkonzert von Rachmaninow:* Vermutlich Rachmaninows ›Rhapsodie nach einem Thema von Paganini für Klavier und Orchester‹ op. 43.

3] *Rudis Violin-Konzert: Doktor Faustus,* Kap. XXXVIII, GW VI, 543/544.

8. 3. 1949

31 1] *»Lex Schulze-Wilde«:* Klaus und Erika Mann hatten in ihrer ›Aufbau‹-Zuschrift (s. TB 2. 3. 1949, Anm. 6) behauptet, Harry Schulze-Wilde sei ehemaliger Sekretär von Willi Münzenberg und als solcher bis vor wenigen Jahren Kommunist gewesen.

2] *an Landshoff:* An Fritz Landshoff, P. P. 9. 3. 1949, Reg. III, 49/182. Zu dem ebenso interessanten wie aufschlußreichen Disput zwischen Fritz Landshoff und Thomas Mann über die *Lotte*-Dramatisierung durch Hans Feist: s. die im Anhang No. 3, S. 649–653 abgedruckten Texte.

3] *Frau Katzenellenbogen:* Estella Katzenellenbogen (1886–1991!) die Mutter von TMs zeitweiligem Sekretär Konrad Katzenellenbogen (später Kellen, geb. 1913), einem 1936 in die USA emigrierten Freund von Klaus und Erika Mann. Estella Katzenellenbogen, der

1940 die Flucht gelungen war, unterhielt eine Kunsthandlung am Sunset Boulevard.
4] *Schuhs Artikel:* Willi Schuh, ›Thomas Mann und Arnold Schönberg. Zu einer Kontroverse‹, ›Neue Zürcher Zeitung‹, Fernausg. 14. 2. 1949, Blatt 5 und 15. 2. 1949, Blatt 2.
5] *Schuh:* Der Zürcher Musikschriftsteller und Musikkritiker der ›Neuen Zürcher Zeitung‹ Dr. Willi Schuh (1900–1986). S. TB 46–48, 497/498.
6] *Zürcher Versammlung:* Lavinia Mazzucchettis Brief hat sich nicht erhalten; sein Inhalt ist nur notdürftig aus TMs Antwort, P. P. 14. 3. 1949, zu erschließen: ». . . daß ich am Schluß Ihrer [in Zürich vorgetragenen] Erinnerungen in freundschaftlicher Beleuchtung vorgekommen bin, rührt mich sehr. Das sind tröstliche Gegengewichte gegen solche leicht verstörenden Vorkommnisse wie die sonderbare pro- und contra-Versammlung in Zürich, von der ich durch Sie zum ersten Mal hörte. Was für sonderbare Menschen! Und woher mag nur der Haß kommen, den ich manchen Leuten einflöße? Das ist wohl einfach so, daß jedes, wie soll ich sagen, intensivere Leben sich Feinde erweckt, und schließlich muß man sich sogar noch übermütig mit Goethes Verschen trösten:/ ›Es will der Spitz aus unserm Stall/ Uns überall begleiten,/ Doch seines Bellens lauter Schall/ Beweist nur, daß wir reiten.‹«
7] *nach Oslo gerichteten Schluß:* Die Apostrophierung Eleanor Roosevelts als mögliche Kandidatin für den Friedens-Nobelpreis. S. Anhang No. 2, S. 645–648.

10. 3. 1949
1] *an Preetorius:* P. P. 9. 3. 1949, Reg. III, 49/183; Bl. TMG. 4, 1963, 20/21: »Ihre Worte haben mich sehr bewegt und tatsächlich längst gefaßte Vorsätze in mir ins Wanken gebracht. Die Verhältnisse in Deutschland sind, kurz gesagt, so kompliziert, die Schwierigkeit mich darin zu bewegen wäre so groß, die Belastung, die ein öffentliches Erscheinen dort für meine nicht sehr tragfähigen Nerven mit sich bringen würde, so schreckend, daß ich den Gedanken daran endgültig begraben hatte. Die angenehmste Vorstellung wäre mir, daß die Deutschen meine Bücher wie die eines schon Abgeschiedenen läsen – es ist ja schließlich nicht mehr gar so weit dahin.– Sehr freundliche Einladungen aus Weimar und Leipzig anläßlich des *32*

Goethe-Jahres habe ich abgelehnt. Der Besuch der † † †-Zone würde mir wohl nicht gerade verboten werden, aber einen Affront gegen meine neuen Landsleute würde er jedenfalls bedeuten. Das *ganze* Deutschland kann es also doch nicht sein, und die Entscheidung liegt nahe: Dann überhaupt nicht. Andererseits ließe sich bei einem Besuch Münchens und *nur* Münchens, der Stadt also, in der ich 40 Jahre meines Lebens verbracht habe, sehr wohl der Gedanke herausarbeiten, daß dieser Besuch symbolisch für den ganz Deutschlands steht. Eine Rundreise durch das Land, bis Lübeck etc., ginge ohnedies weit über meine Kräfte. Da ich aber in England und Schweden über Goethe lesen und im Juni in der Schweiz sein werde [...], so muß ich zugeben, daß es etwas unerwünscht Ostentatives hätte, wenn ich auch in diesem Jahr keinen Fuß nach Deutschland setzte.«

2] *wegen München:* Die Bayerische Akademie der Künste in München hatte TM wissen lassen, daß sie beschlossen habe, ihn »zu ihrem ordentlichen Mitglied zu wählen«. S. dazu TB 2. 3. 1949, Anm. 3, sowie die Dokumentation TB 46–48, 817–819 und die dort 946/947 abgedruckten Schreiben TMs.

11. 3. 1949

32 1] *An die Münchener Akademie:* P. P. 11. 3. 1949; TB 46–48, 946/947.

2] *An S. Marck:* An Siegfried Marck, P. P. 11. 3. 1949, Reg. III, 49/186.

3] *S. Marck:* Der in Chicago lehrende ehemalige Breslauer Philosophie-Professor Siegfried Marck (1889–1957). (S. TB 44–46, 346.)

4] *von Reisiger [...] seine Arbeiten:* S. dazu TMs Antwortbrief, P. P. 19. 3. 1949, Bl. TMG 8, 1968, 22/23.

5] *Faustus-Artikel:* Wilhelm Grenzmann, ›Thomas Manns Doktor Faustus‹, ›Orientierung‹, Zürich, Jg. 12, 1948, No. 22 v. 30. 11. 1948, 211/212 und No. 23/24 v. 15. 12. 1948, 227–229.

6] *über Eliot:* Wolfgang Clemen, ›T. S. Eliot‹, ›Deutsche Beiträge‹ 1948/2, 483–499; mit einer Bibliographie von H. H. Schaeder und W. Clemen.

7] *Psychoanalytiker Menninger:* Entweder der amerikanische Psychiater Karl Augustus Menninger (1893–1990), Gründer der Menninger-Klinik in Topeka, Kan., oder sein Bruder William Claire Menninger (1899–1966).

12. 3. 1949

1] *Auszüge:* Zu TMs Arbeitsweise vgl. generell Hans Wysling, ›Thomas Manns Verhältnis zu den Quellen‹, ›Thomas Mann Studien‹, Band 1. Bern und München 1967, 258–346. 32

2] *Der »Aufbau» [...] mit [...] Studie:* S. TB 8. 2. 1949, Anm. 9. 33

3] *Thor Bonnier:* Der schwedische Verleger Tor Bonnier (1883 bis 1976), seit 1941 Leiter des Verlagshauses Albert Bonnier, in dem seit 1904 nahezu sämtliche Werke TMs in schwedischer Übersetzung erschienen waren.

4] *zweite Zuerteilung des Nobel-Preises:* Einer Meldung aus ›Svenska Dagbladet‹ zufolge hatten zwei Mitglieder der schwedischen Akademie vorgeschlagen, TM in Anbetracht seines »bedeutenden Spätwerks« ein zweites Mal mit dem Nobelpreis auszuzeichnen. Der Vorschlag wurde jedoch in der Nobelstiftung mit dem Hinweis abgelehnt, daß in ein und derselben Disziplin der Preis jeweils nur an einen Kandidaten verliehen werden könnte. S. TB 46–48, 784.

5] *schwedische Faustus:* Der Roman war in der Übersetzung von Nils Holmberg 1948 bei Bonnier erschienen.

6] *»Lotte in Weimar«:* Der Roman war, gleichfalls von Nils Holmberg übersetzt, 1946 in der Reihe ›Gula serien‹ bei Bonnier erschienen.

7] *den amerikanischen Stützpunkt:* Vermutlich geht es um den strategisch wichtigen Stützpunkt Spitzbergen, der im Rahmen des Atlantik-Pakts erneut das Interesse sowohl der USA als auch der Sowjetunion auf sich gezogen hatte.

8] *Foster Dulles:* Der amerikanische Politiker John Foster Dulles (1888–1959), Republikaner, 1953–April 1959 Außenminister der USA, war 1949 Delegierter bei den Vereinten Nationen.

9] *Hündchen Hallgarten:* Constance Hallgarten (1881–1969), die Frau des Privatgelehrten Robert Hallgarten (1870–1924), Mutter von Wolfgang (später George W.) Hallgarten (1901–1975) und Richard (Ricki) Hallgarten (1905–1932), TMs Nachbarin aus der Zeit, da beide Familien im Münchener Herzogpark nebeneinander wohnten. Als Pazifistin verfolgt, mußte Constance Hallgarten 1933 emigrieren; 1941 gelangte sie über die Schweiz und Frankreich in die USA und kehrte 1955 nach München zurück.

10] *Aufregung [...] über »Notteboom«:* TM hatte den ihm aus der Münchener Zeit gut bekannten Maler Walter Geffcken (1872–1950) im *Doktor Faustus* als »Glattmaler Nottebohm« nicht nur freundlich porträtiert. S. GW VI, Kap. XXXII, 436/437 und Kap. XLVII, 664. S. weiterhin TB 46–48, 589/590.

11] *Neffe Fries:* Nicht ermittelt.

12] *Breisacher:* Die Figur des jüdischen Privatgelehrten Dr. Chaim Breisacher, »eines hochgradig rassigen und geistig fortgeschrittenen, ja waghalsigen Typs von faszinierender Häßlichkeit«, der in dem Salon der Schlaginhaufs im *Doktor Faustus* »mit einem gewissen boshaften Vergnügen die Rolle des fermentösen Fremdkörpers spielte« und den der Chronist Zeitblom bei seiner Beschreibung der Kridwiß-Runde als »Paradoxenreiter« in die Schar der sich durch »Scharf- und Spürsinn« auszeichnenden, ihn jedoch irritierenden und abstoßenden Zeitgenossen aufnimmt.

13] *Wolfskehl:* Es gilt inzwischen als sicher, daß weniger die Person des TM aus seinen frühen Münchener Jahren gut bekannten, dem George-Kreis angehörenden Schriftstellers Karl Wolfskehl (1869–1948), als vielmehr Thesen aus dem Buch des TM gleichfalls persönlich bekannten Arztes und Orientalisten Oskar Goldberg (1885–1953), ›Die Wirklichkeit der Hebräer‹, Berlin 1925, für die Konzeption der Breisacher-Figur wichtig waren. Vgl. TM an Ludwig Lewisohn, P. P. 19. 4. 1948, D. ü. D. III, 158.

13. 3. 1949

33 1] *Prof. von Hofe:* Der amerikanische Germanist Harold von Hofe (geb. 1912) lehrte seit 1939 an der USC und war TM öfters bei Übersetzungen und der Beschaffung schwer erreichbarer Literatur behilflich.

14. 3. 1949

34 1] *Conrads Roman:* ›Mit den Augen des Westens‹, S. TB 16. 2. 1949, Anm. 1.

2] *Bild eines jungen Totschlägers:* Vermutlich der unter den ›Materialien zum *Erwählten*‹ im TMA archivierte Bildausschnitt eines jungen Mannes hinter Gittern, den TM handschriftlich als »Grigorß« gekennzeichnet hat. Vgl. ›Bild und Text bei Thomas Mann‹, Bern, München 1975, 414.

3] *N. Y. Herald Tribune über die tausend Studien:* In der europäischen Ausgabe 27. 1. 49 in der Spalte ›Book review from USA‹ by

Lewis Gannett: ›T. S. Eliot. A Study of His Writings by Several Hands. Ed. by D. Rajan, 1948‹. Aus der Rezension wird ersichtlich, daß die tausend Studien freilich nur aus – sieben bestanden.
4] *Joyce:* Der irische Schriftsteller James Joyce (1882–1941), mit dessen Werk und Person sich TM unter Anleitung der Kommentare von Levin und Campbell/Robinson während der Entstehung des *Doktor Faustus* intensiver beschäftigt hatte. S. dazu *Entstehung,* Kap. VIII, GW XI, 205.
5] *Glückwunsch-Brief:* Es kann nur der Glückwunsch an Manfred George zum Zehnjahresjubiläum als Herausgeber des New Yorker ›Aufbau‹ gemeint sein, P. P. 14. 3. 1949, Reg. III, 49/191: »Ihr Blatt ist eine *Macht* geworden – und eine wohltätige. Es steht für die Sache Ihres Volkes, Ihrer Glaubensgemeinschaft, aber weit darüber hinaus für die Sache der Kultur und der Humanität und zwar mit einer journalistischen Verve und Anziehungskraft, die ihm über die ganze Erde hin zahllose, durchaus nicht nur jüdische Leser zugeführt hat.« (Marbach)
6] *»Die goldene Gans«:* Das vierte der Märchen ›Von dem Dummling‹, Grimm a.a.O. Bd. 1, No. 64.
7] *an Landshoff:* Das Schreiben an Fritz Landshoff gilt als verschollen; s. Reg. IV, 585.
8] *Caroline Newton:* Die amerikanische Psychoanalytikerin Caroline Newton (1893–1975), eine der treuesten Förderinnen TMs in den USA (s. TB 46–48, 360).

15. 3. 1949
1] *Brief für »Tiden«:* An den Tiden-Verlag, Kopenhagen, 15. 3. 1949, Reg. III, 49/201. *35*
2] *M. A. Nexoe:* Der dänische Arbeiterdichter Martin Andersen Nexø (1869–1954), zu dessen 75. Geburtstag, 1944, TM gleichfalls einen Glückwunsch geschrieben hatte. S. TB 44–46, 810/811.
3] *von Preetorius:* O. O. 12. 3. 1949: »Ich bin abreisend; bitte, bitte lassen Sie mir nach [. . .] Amsterdam ein bejahend Wort auf meinen letzten Brief zugehen. Sprechen Sie goethisch nur ein einzig Mal in Deutschland und zwar bei uns als unser Ehrenvorsitzender. Das Wann und das Wie steht ganz bei Ihnen. –/Lasen Sie die Contramann'schen Ergüsse, so da – dort sich hören lassen? Sonnemann und Holthusen usw.? Es ist viel Gescheites darin und doch nichts richtig,

weil der jeweils vorgesetzte Aspekt unzureichend sei. Ich warte noch etliche Contras ab und versuche dann ein prinzipielles Pro zu verfassen.« (Im TMA)

4] *J. Cassou »Erste Liebe«:* Novelle aus dem Erzählungsband ›Alterslose Kinder‹ des Schriftstellers, Kunsthistorikers und Hispanisten Jean Cassou (1897–1986).

16. 3. 1949

35 1] *Telegramm von McLeish:* In Sachen des Literaturpreises von der ›Academy of Arts and Letters‹. S. TB 25. 2. 1949, Anm. 2.

2] *Druckausübung:* Der ›New Leader‹ publizierte in seiner No. 12, vol. XXXII, v. 19. 3. 1949, 1/2, einen Artikel von George S. Counts, ›Kulturfest at the Waldorf: Soapbox for Red Propaganda‹, der die Konferenz (s. Anm. 3) als die Fortsetzung eines angeblich von Fadejew dominierten Breslauer Kongresses vom August 1948 denunzierte und bemerkte, daß die verantwortliche Organisation, der ›National Council of the Arts, Sciences and Professions‹, eine Vereinigung – »having a long record of following the Communist Party line and of springing to the defense of Soviet foreign policy on every occasion« – sei, deren Einladungsliste zeige, »that the most distinguished representatives of American art, letters, science and philosophy have been overlooked in the organization of the program.« S. auch den Brief TMs an Siegfried Marck, P. P. 17. 3. 1949: »Ein unverschämter Druck, erpresserisch und drohend, wird auf mich ausgeübt (natürlich nicht nur auf mich), seit ich die Peace-Conference des guten Shapley unterstütze. Als ob er nicht recht hätte mit seinem Entsetzen vor dem, was sich ankündigt! Seit Jahren reibt er sich geradezu auf, um womöglich das Verhängnis abzuwenden und heißt darum Kommunist.« (HOM)

3] *Friedenskonferenz:* Vom 25.–27. 3. 1949 fand im New Yorker Hotel Waldorf Astoria, in der Carnegie Hall und auf dem Madison Square (Abschlußkundgebung mit 18 000 Teilnehmern) eine schon im Vorfeld als ›kommunistisch gesteuert‹ apostrophierte ›Cultural and Scientific Conference for World Peace‹ statt, die unter der Schirmherrschaft des ›National Council of the Arts, Sciences and Professions‹ stand – einer von dem Harvarder Astronomen Harlow Shapley (1885–1972) präsidierten Vereinigung, der auch TM angehörte und deren Zielsetzung er nachdrücklich unterstützte.

4] *Zuschriften jenes New Yorker Professors:* Der amerikanische Philosoph Sidney Hook (1902–?) hatte am 27. 2. 1949 in der ›New York Times‹ VI (NYTMag.), 7, 22, 24, 26, 28/29 einen Artikel ›Should Communists be Permitted to Teach?‹ publiziert, in dem er die These vertrat, ein Mitglied der kommunistischen Partei könne als Lehrer dem Ideal der akademischen Freiheit nicht gerecht werden. Sidney Hook erwies sich in der Folgezeit als einer der erbittertsten ideologischen Gegner des von TM unterstützten Harlow Shapley, zu dessen New Yorker Kongreß er eine Gegenveranstaltung (»Counter-rally«) organisierte.
5] *»Harold in Italy«:* Die von TM sehr geliebte viersätzige ›Programm-Symphonie‹ ›Harold in Italien‹, op. 16 (1834) von Hector Berlioz (1803–1869). TM besaß die Aufnahme aus dem Jahr 1946 mit William Primrose (Viola) und dem Bostoner Symphonieorchester unter Serge Koussevitzky.

17. 3. 1949
1] *Diplomatic Schow-down:* Vermutlich im Zusammenhang mit der 35
für den 18. 3. 1949 vorgesehenen Veröffentlichung von Modalitäten und Details zur beabsichtigten Gründung des Nordatlantik-Pakts (s. TB 18. 3. 1949). Die Schreibung ›schow‹ steht im Manuskript.
2] *Faustus-Besprechung:* Erhart Kästner, ›Thomas Mann's ‚Doktor Faustus'‹, ›Schwäbische Landeszeitung‹, Augsburg, 21. 2. 1949.
3] *E. Kästner:* Der Schriftsteller Erhart Kästner (1904–1974), ursprünglich Bibliothekar, 1936–1938 Sekretär Gerhart Hauptmanns, 1950–1968 Direktor der Herzog-August-Bibliothek in Wolfenbüttel.
4] *Brief an [ihn]:* An Erhart Kästner, P. P. 17. 3. 1949, Reg. III, 49/211.
5] *ein Telegramm zu schicken:* An Harlow Shapley, P. P. 17. 3. 36
1949, Reg. III, 49/216. Der Text ist im Anhang, No. 4, S. 654–655 abgedruckt.
6] *Knopf:* Vermutlich ist hier der MGM-Produzent Edwin H. Knopf (1899–1981), ein Bruder von TMs Verleger Alfred A. Knopf, gemeint, der in Hollywood lebte.

18. 3. 1949

36 1] *Strawinsky lehnt ab:* Einer Meldung der NYT vom 18. 3. 1949, 15:1 zufolge hatte es der seit Beginn der 40er Jahre in Hollywood lebende russische Komponist Igor Strawinsky (1882–1971) abgelehnt, seinen zur Teilnahme an der Shapley'schen Friedenskonferenz anreisenden Landsmann Schostakowitsch bei der Ankunft in den USA zu begrüßen.

2] *Mr. Diener:* Baruch Diener vom Israel Film Studio. S. dazu TM an Baruch Diener, P. P. 30. 3. 1949, Reg. III, 49/247.

3] *Veröffentlichung des Atlantischen Paktes:* Gleichzeitig mit der Veröffentlichung des Textes hatte im US-Senat die Diskussion um das dann am 4. 4. 1949 in Washington von den Regierungen der USA, Kanadas, Islands, der Niederlande, Belgiens, Luxemburgs, Frankreichs, Portugals, Großbritanniens, Norwegens, Dänemarks und Italiens unterzeichnete NATO-Abkommen begonnen.

4] *Rede des Acheson:* In einer Pressekonferenz und einer landesweit übertragenen Rundfunkansprache hatte der US-Außenminister noch einmal Intention und Stellenwert des Paktes erläutert.

5] *Hauptmanns »Hochzeit auf Buchenhorst«:* TM besaß die 1931 geschriebene Erzählung von Gerhart Hauptmann (1862–1946) im 6. Teil der Fischer-Ausgabe: Gerhart Hauptmann, ›Das epische Werk‹, 6 Teile in zwei Bänden, Berlin 1935. Sie ist in der Zürcher Bibliothek erhalten.

19. 3. 1949

36 1] *Kabel wegen Pariser Friedenskonferenz:* Das Telegramm – offensichtlich die Bitte um Teilnahme oder eine Grußadresse – befindet sich nicht mehr im TMA.

2] *Bevin lobt:* Der britische Außenminister Ernest Bevin (1881–1951) hatte vor dem britischen Parlament und in einer Rundfunkrede an die Nation erklärt, »how this new pact brings us under a wider roof of security« und den Vertrag als »one of the greatest steps toward world peace and security which has been taken since the end of the first World War« gefeiert: »I think we can say that this agreement marks the opening of a new era of cooperation and understanding.«

3] *an Reisiger:* An Hans Reisiger, P. P. 19. 3. 1949, Reg. III, 49/222; Br. III, 82–84 (fragm.); Bl. TMG. 8, 1968, 22/23: über die Schwierigkeiten, die Einladung von Emil Preetorius anzunehmen und im Juni in München über Goethe zu sprechen: »Halb und halb hatte ich immer gehofft, der Kelch dieses Wiedersehens werde an mir vorübergehen [. . .] Noch habe ich nicht zugesagt, aber ich werde es wohl tun müssen, und meine Ruh' ist hin. Ich sollte es wohl nicht so schwer nehmen, aber ich kann nicht umhin, das Wiedersehen nach diesen 16 Jahren der Entfremdung als ein gespenstisches Abenteuer und als eine rechte Prüfung zu empfinden. Allzu lange war ›nach Deutschland gebracht zu werden‹, ›in die Hände der Deutschen zu fallen‹ ein Alptraum! Und was soll ich sagen? Es ist alles so äußerst kompliziert. Kaum kann ich etwas anderes tun, als innere Versuche mit einer Rede anzustellen – und kann es auch wieder nicht, denn es ist da eine Sperre, und das Bewußtsein, wie sehr man sich in all den Jahren auseinandergelebt hat, läßt mich den Ton nicht finden. Eine arge Lage, – aus der ich mir in glückhaften Stunden schon herauszuhelfen wissen werde.«

4] *Artikel:* Gemeint ist Werner Webers Rezension in der NZZ vom 6. 12. 1948, in der es, nach einer entschiedenen Zurückweisung der Muschg'schen Anwürfe gegen Gottfried Keller, heißt: »Und da ist auch Thomas Mann. ›Das bastardierte Dichtertum‹, so legt Walter Muschg fest, ›wird heute von Thomas Mann am erfolgreichsten vertreten.‹ Man hätte erwartet, dieser Fall würde fruchtbarer in das Gefüge der ›Tragischen Literaturgeschichte‹ geholt. Ob sich die Welt auch so kurz mit der Leistung Thomas Manns wird zurechtfinden können, ist noch zu erleben.«

5] *Lang-Telegramm:* Nicht unter den im TMA erhaltenen Dokumenten.

6] *Pierre Cot:* Der französische Jurist und radikalsozialistische Politiker Pierre Cot (1895–1977).

7] *Freisprechung:* Betty Ferreri hatte in einer Art haßerfüllter Notwehr ihren von einem zur Hilfe herbeigeeilten Untermieter bereits niedergeschossenen Mann mit einem Küchenbeil noch mehr als ein dutzendmal über den Kopf geschlagen. Ihr Freispruch nach einem zeugenreichen Prozeß war eine Sensation, der die Berichterstattung in den LAT vom 20. 3. 1949, 1 und 3 ausführlich Rechnung trug: ›Mrs. Ferreri Freed Amid wild Scene. Almost Unnoticed Codefendant Fouci Also Acquitted in Husband Slaying‹, ›Ax-Widow Laughs and Cries and Prays After Acquittal‹, ›As Attorney Hardy Sees it: Marriage to Ferreri 'Seven Years of Hell'‹. Einen Tag später konnte der an Kriminalstories höchstlich interessierte TM den LAT (21. 3. 49, 2) dann weitere Einzelheiten über das Wiedersehen der freigesprochenen Mutter mit ihrem während der Haft von der Schwiegermutter betreuten Sohn sowie den Wunsch nach Namensänderung entnehmen.

37 8] *»Allerleirauh«:* Das Märchen No. 65 aus dem ersten Band der Grimmschen Sammlung.

9] *Mrs. Soltan Corda:* Die Frau des englischen Regisseurs Zoltan Korda, des Bruders von Alexander Korda.

10] *Prinz Lanyi:* Graf Károly Lonyay; s. TB 1. 3. 1949, Anm. 4.

20. 3. 1949

37 1] *Englisch-Astronomische Spekulationen:* Vermutlich W. Ley, ›Conquest of the Space‹, New York 1949.

21. 3. 1949

38 1] *an Mondadori:* Der Brief an TMs italienischen Verleger Arnoldo Mondadori gilt als verschollen. Aus TMs Schreiben an GBF, P. P. 21. 3. 1949, Reg. III, 49/224, ist jedoch zu ersehen, daß Mondadori um den Umbruch der *Entstehung* gebeten hatte.

2] *Schachzug des State-Department:* TM protestierte in einem Telegramm an den US-Außenminister Dean Acheson gegen diesen ›Schachzug‹. Der Text seines Protests ist im Anhang No. 5, S. 655 zusammen mit dem an Harlow Shapley gerichteten Begleitbrief, Text No. 6, S. 656 abgedruckt.

3] *Telegramm an Shapley:* P. P. 22. 3. 1949, Reg. III, 49/227; TM sandte den in Text No. 4 durch spitze Klammern markierten Schlußpassus als Beitrag für eine Radiosendung.

22. 3. 1949

38 1] *das in N. Y. Times erschienene Telegramm:* Die NYT hatten am 19. 3. 1949, 7:1, unter der Überschrift ›Thomas Mann defends Conference‹ Auszüge aus TMs Telegramm vom 17. 3. 1949 abgedruckt.

2] *an den Stockholmer Alexander-Verlag:* Der Brief ist verschollen; s. Reg. IV, 585.

3] *Tragödie »Orpheus«:* Bernd Holger Bonsels, ›Orpheus‹, Tragödie in drei Teilen, Stockholm 1948.

4] *Briefwechsel von 1933:* Die Korrespondenz zwischen der Schrift- 39
stellerin Ricarda Huch (1864–1947) und dem Präsidenten der Preußischen Akademie der Künste zu Berlin, dem Komponisten und Dirigenten Max v. Schillings (1868–1933), anläßlich der Austrittserklärung von Ricarda Huch im März 1933 erschien unter dem Titel ›Ein undenkbarer Schritt‹ in der ›Neuen Rundschau‹ Jg. 60, H. 15, Sommer 1949, 436–440, und in der ›Wandlung‹, Jg. IV, H. 2, Februar 1949, 165–171.

5] *Alfred Weber über das Ruhrstatut:* Alfred Weber, ›Deutschland und Europa. Zugleich eine Betrachtung des Ruhrstatuts‹, ›Die Wandlung‹, a.a.O. 99–111.

6] *Alfred Weber:* Der Nationalökonom und Soziologe Alfred Weber (1868–1958).

7] *an Mme Georg Lukács:* An Gertrud Lukács, P. P. 22. 3. 1949, Reg. III, 49/225.

23. 3. 1949

1] *einige Zeilen für München:* S. TB 26. 3. 1949, Anm. 2. 39

2] *Hilfsaktion für Speyer:* An Richard Dreyfus-Koch, P. P. 28. 3. 1949, Reg. III, 49/243: Bitte um Beteiligung an einer Geldsammlung, die dem TM aus München bekannten Romancier Wilhelm Speyer (1887–1952) die Rückkehr nach Deutschland ermöglichen sollte. TM hatte schon wenige Monate zuvor einen Aufruf für den ›Aufbau‹ in New York entworfen, in dem er um finanzielle Unterstützung Speyers zur Beendigung seiner ›Geschichte der Andernachs‹ bat. S. dazu TB 46–48, 453 und 933–935.

3] *Werther-Aufsatz: Goethe's Werther* (1941), GW IX, 640–655.

4] *Fairbanks:* Vermutlich Nachbarn in P. P.

24. 3. 1949

1] *Rilla [...] über ein Lotte-Hörspiel:* Der Brief von Walter Rilla 40
befindet sich nicht mehr unter den Dokumenten des TMA. Das Hörspiel ›Olympian Morning. A radio adaption of chapter 7 from Thomas Mann's ‚Lotte in Weimar'‹ wurde am 21. 9. 1949 vom BBC Third Programme gesendet. Ein Typoskript befindet sich im TMA.

2] *Rilla:* Der Schauspieler und Schriftsteller Walter Rilla (1894 bis 1980).

3] *Ergänzender Abschnitt:* Aus den im TMA erhaltenen Manu- und Typoskripten nicht mehr zu rekonstruieren.

4] *Band mit Gedichten:* In der Zürcher Bibliothek befindet sich nur ein in Paris 1953 erschienener Band ›Œuvres Poétiques‹ des französischen Lyrikers Saint-John Perse (Marie-René Alexis Saint-Léger) (1887–1975).

5] *Aufsatz von MacLeish:* Weder in ›Nation‹ noch in ›Atlantic Monthly‹ noch in TMs Bibliothek nachweisbar.

6] *In der »Wandlung«:* Franz Kafka, ›Das Ehepaar‹, ›Die Wandlung‹, Jg. IV, H. 2, Februar 1949, 160–163 mit einem Einführungsessay von Werner Kraft, ›Franz Kafkas Erzählung Das Ehepaar‹, a.a.O. 155–160.

25. 3. 1949

40 1] *Comm. on Unam. Act. bestimmt ...:* Einer UP-Meldung vom 24. 3. 1949 zufolge hatte das Committee on Un-American Activities bekanntgegeben, daß es nahezu 825 000 amerikanische Kommunisten und ›fellow travelers‹ gebe, »who will be either spies, traitors or saboteurs in time of war«. Die Zahlen basierten, nach Aussagen des Committees, auf Berechnungen des FBI-Chefs J. Edgar Hoover, der die Zahl der Partei-Kommunisten mit 74 000 beziffert habe und davon ausgegangen sei, »that for every party member there are 10 others ready, willing and able to do the party's work«. (Zitiert nach ›Los Angeles Times‹, 25. 3. 49, 1.)

2] *die Konferenz:* S. TB 16. 3. 1949, Anm. 5.

3] *an Faesi:* An Robert Faesi, P. P. 25. 3. 1949, Reg. III, 49/235; TM/RF 87/88.

4] *Faesi:* Der Schweizer Literarhistoriker Robert Faesi (1883 bis 1972) stand seit 1914 mit TM, der bereits vor 1933 während Schweizer Vortragsreisen mehrfach sein Gast in Zollikon gewesen war, in zunehmend enger Verbindung.

5] *[an] Basler:* An Otto Basler, P. P. 25. 3. 1949, Reg. III, 49/233.

6] *Rede des editors:* Norman Cousins, editor of the ›Saturday Review of Literature‹, war einer der Redner bei der Eröffnungsveranstaltung im Hotel Waldorf Astoria. Er hatte am Vorabend bekanntgegeben, »he would present his point of view, even though it would be opposite to the opinions that are expected from the majority of the delegates.«

26. 3. 1949

1] *Zeitungen [...] beschämend:* Der nicht zuletzt auch durch die 40
Visums-Verweigerung an westliche, nicht kommunistische Delegierte geförderte Eindruck, die Friedens-Konferenz sei eindeutig kommunistisch gesteuert, hatte zu einer Reihe von Verhören und Zurückweisungen Eingeladener sowie zu Diffamierungen, Schuldzusprechungen und Distanzierungen geführt, über die in der Presse ebenso ausführlich berichtet wurde wie über die Anordnung der New Yorker Polizei, mit der alle zunächst ausgesprochenen Verbote von Gegendemonstrationen aufgehoben wurden. – Was TM zu diesem Zeitpunkt offensichtlich noch nicht kannte, waren zwei Berichte des New Yorker ›Daily Mirror‹ vom 23. und 24. 3. 1949, in denen zunächst (23. 3.) unter der Überschrift ›Read These Names‹ einige der prominentesten Sympathisanten und Sponsoren apostrophiert und, rhetorisch aufgeputzt, auf die Unziemlichkeit ihres Verhaltens hingewiesen werden: »One is not surprised to see the names of Howard Fast, Langston Hughes, John Lardner, Donald Ogden Stewart, Dalton Trumbo./ But, Thomas Mann – when you were a refugee from Hitler's wrath, this country let you in. You did not go to Soviet Russia for sanctuary./ You came here. And you lived here in peace, comfort and prosperity./ You plied your trade here in freedom./ But we see your name on this list!/ [... And] among the composers, conductors and musicians is Leonard Bernstein. Too bad! He's a talented guy and we hate to see him in such lousy company.« – Einen Tag später, am 24. 3., wird dann die Frage gestellt ›Who invited them‹ und am Beispiel TM abgehandelt: »The German Author, Thomas Mann, who found sanctuary from Hitler's wrath in the United States, supports the Soviet meeting which opens here on Friday./ Thomas Mann is now an American citizen and may say anything he likes, as this is a free country./ He apparently finds our freedom distasteful, for otherwise, why would he engage in supporting Soviet Russia's propagandistic war against us?/ So, Thomas Mann, sitting in great comfort in Santa Monica, on a cliff overlooking the Pacific, telegraphs Harlow Shapley, the Harvard astronomer, who is running this show at the Waldorf-Astoria: ›*It is generally considered in poor taste to insult an invited guest by announcing in advance that whatever he is going to say is bound to be dishonest and detrimental to the host's best interests.*‹«

2] *Rede:* Vermutlich Versuche mit der für München erwogenen Goethe-Rede. S. an Klaus Mann, 31. 3. 1949, Reg. III, 49/249: »So hatte ich mich schon Tage lang mit der Niederschrift einer Rede für München gequält, breche aber unter dem Eindruck Deiner Nachrichten [s. TB 30. 3. 1949, Anm. 5] erleichtert ab und beschließe, daß, wenn es im letzten Augenblick, irgendwann im Juni, doch noch zu der heiklen Visite kommt, sie légèrement improvisiert werden muß.«

41 3] *»Cosi fan tutte«:* Wolfgang Amadeus Mozarts (1756–1791) Oper, KV 588, entstanden Wien 1789.

27. 3. 1949

41 1] *Beratungen über den westdeutschen Staat:* Eine der Vorbereitungskonferenzen zur Gründung des westdeutschen Staates hatte – einem Bericht der NYT vom 27. 3. 1949, 11:1 zufolge – die von TM skizzierten Meinungsverschiedenheiten zwischen den Alliierten deutlich gemacht: »Failure of the three Western powers to draft a common policy on Germany might spell the end of the present program for the creation of a Western German government, an informed official source said today.«

2] *an Shapley:* Zu dem Telegramm – einer für das Radio bestimmten Kurzfassung der Botschaft vom 17. 3. 1949 – s. Text No. 4, S. 654.

3] *Humboldt über Schiller:* Wilhelm von Humboldt, ›Über Schiller und den Gang seiner Geistesentwicklung‹ (1830).

28. 3. 1949

42 1] *an Frau Corinth:* An Charlotte Berend-Corinth, P. P. 28. 3. 1949, Reg. III, 49/242.

2] *Artikel aus Frankfurt:* Carolus, ›Unity through Hate‹, ›The Nation‹, vol. 168, No. 13 v. 26. 3. 1949, 352/353: Über die Spannungen zwischen den Alliierten (hier speziell: die Schwierigkeiten der sowjetischen Repatriierungskommission, s. TB 3. 3. 1949, Anm. 1) und deren Folgen für den Versuch, den Deutschen die Demokratie nahezubringen.

29. 3. 1949

42 1] *Faustus-Vortrag:* Jean Jaans, ›‚Doktor Faustus' von Thomas Mann‹, Vortrag, gehalten vor den Studenten der ›Cours Supérieurs‹ des Athenäums in Luxemburg am 7. 3. 1949. Im TMA.

2] *an Felix Braun:* P. P. 29. 3. 1949, Reg. III, 49/244; Br. III, 84/85.
3] *Felix Braun:* Der österreichische Schriftsteller Felix Braun (1885–1973), mit dem TM seit 1916 korrespondierte und den er seit 1918 persönlich kannte, war 1938 nach England emigriert. Er kehrte 1951 nach Wien zurück.
4] *an Albrecht Joseph:* P. P. 29. 3. 1949, Reg. III, 49/246.
5] *Albrecht Joseph:* Der Regisseur, Drehbuchautor und Übersetzer Dr. Albrecht Joseph (1901–1991) arbeitete nach seiner Emigration als Filmcutter und Sekretär u. a. für Franz Werfel und, ein paar Monate lang, auch für TM. S. TB 46–48, 376/377.
6] *Bemerkungen über Werfel:* Am 6. 3. 1949 war in der ›Presse‹, Wien, der Vorabdruck des Werfel charakterisierenden Abschnitts aus der *Entstehung* (GW XI, 190/191) erschienen, auf den Felix Braun und Albrecht Joseph in Briefen an TM reagiert hatten.

30. 3. 1949
1] *Telegramm von Mme Mistral:* Das Telegramm der 1945 mit dem Nobel-Preis ausgezeichneten chilenischen Lyrikerin Gabriela Mistral, eigentlich Lucila Godoy Alcayaga (1889–1957), befindet sich nicht unter den im TMA archivierten Schriftstücken. 42
2] *Dr. Marx:* Der von TM auch ›Marks‹ oder ›Marcks‹ geschriebene Arzt.
3] *An Boyd:* An James Boyd, P. P. 1. 4. 1949, Reg. III, 49/250: »When you add that this honor is the highest Oxford has to bestow, you actually are saying that it is the highest honor known to the whole academic world. As far as I know, I am the first writer since Gerhart Hauptmann to receive this extraordinary and universally esteemed distinction. I believe that the Germans, critical of me though they are, will be quite proud that one who comes from their midst is considered worthy of this tribute.«
4] *Rundschreiben in Speyers Sache:* S. TB 23. 3. 1949, Anm. 2.
5] *von Klaus:* Amsterdam, 27. 3. 1949; KM Br./Antw. II, 297/298. S. auch TB 26. 3. 1949, Anm. 2.
6] *Diktat an die Unesco:* An Jaime Torres Bodet, P. P. 2. 4. 1949, Reg. III, 49/251. Ablehnung, sich mit einem Originalbeitrag an einem von der UNESCO geplanten Goethe-Buch zu beteiligen und Anerbieten, seinen *Werther*-Aufsatz (s. TB 23. 3. 1949, Anm. 3) zur Verfügung zu stellen. 43

31. 3. 1949

43 1] *an Klaus:* An Klaus Mann, P. P. 31. 3. 1949, Reg. III, 49/249; KM Br./Antw. II, 299 (fragm.).

2] *an Mr. Diener:* An Baruch Diener, P. P. 30. 3. 1949, Reg. III, 49/247: Konditionen für eine Option des Israel Film Studio auf die Verfilmung von *Joseph und seine Brüder.*

3] *Rede Churchills in Boston:* In einer von der Presse als nur mit der drei Jahre zurückliegenden Fultoner ›Iron curtain‹-Rede vergleichbar gefeierten einstündigen Analyse hatte der britische Oppositionsführer die Weltherrschaftsansprüche der 13 Kreml-Führer (die nur durch die amerikanische Atombombe von der Verwirklichung dieser Pläne abgehalten worden seien) für die derzeitigen Weltspannungen verantwortlich gemacht und gesagt, nur die Einigkeit des Westens könne dem »appeasement of tyranny and wrong-doing in any form«, das die UdSSR an den Tag lege, ohne Blutvergießen durch einen Nervenkrieg erfolgreich begegnen. Die Rolle der USA in diesem Prozeß hatte Churchill mit dem Satz hervorgehoben: »Here is a great example where new-won supremacy has not been used for self-aggrandizement, but only for further sacrifice.«

4] *Baruch als introducer:* Der amerikanische Wirtschaftsfachmann Bernard Mannes Baruch (1870–1965), maßgeblicher Mitgestalter des Roosevelt'schen ›New Deal‹ und seit 1945 Vertreter der USA im Atomenergieausschuß, hatte Churchill eingeführt.

5] *Goethes »Märchen«:* Das 1795 geschriebene ›Märchen‹ ist in Band 9 der Artemis-Ausgabe, 369–402, enthalten.

1. 4. 1949

43 1] *Bilder, Namen:* S. Wysling, ›Thomas Manns Verhältnis zu den Quellen‹ a.a.O.

2. 4. 1949

44 1] *Protest der Russen:* Am 31. 3. 1949 hatte die Sowjetunion die 7 den Atlantik-Pakt tragenden Staaten in einer gleichlautenden Note gewarnt, sie seien dabei, eine offen und aggressiv gegen die UdSSR gerichtete Allianz zu formieren – ein Vorgehen, das eine klare Verletzung der UN-Charta und anderer sowjetischer Vereinbarungen mit westlichen Mächten bedeute.

2] *Doktorin Ross:* Über diese Ärztin konnte nichts Näheres ermittelt werden.

3] *Arge Publikation von »Life«:* ›Red Visitors Cause Rumpus‹, ›Life‹, vol. XXVI, No. 14 v. 4. 4. 1949, 39–43: Ein Bild-Bericht über die ›International Cultural and Scientific Conference for Peace‹ in New York, verfaßt mit der im Zwischentitel zum Ausdruck kommenden Tendenz: ›The Russians Get a Big Hand From U.S. Friends‹. Der letzte Teil der Reportage besteht aus einem Annex: einer Bildergalerie mit Porträts von 50 prominenten Amerikanern, die unter dem Aspekt ›Dupes and Fellow Travellers Dress up Communist Fronts‹ in einer Art Kollektiv-Steckbrief vorgestellt werden.
4] *Don Pasquale:* Die 1843 in Paris uraufgeführte Oper von Gaetano Donizetti (1797–1848).

3. 4. 1949
1] *Was er über das Bombardement Londons [...] gesagt:* In Churchills Bostoner Rede vom 31. 3. 1949: »I must not conceal from you tonight the truth as I see it. It is certain that Europe would have been Communized, like Czechoslovakia, and London under bombardment some time ago but for the deterrent of the atomic bomb in the hands of the U. S..« S. TB 31. 3. 1949, Anm. 3. 44

4. 4. 1949
1] *Zeitschrift [...] »Glanz«:* Die von Februar bis Juli 1949 unter der Chefredaktion von Bruno E. Werner im Verlag Kurt Desch München erscheinende Monatsschrift ›glanz‹. Bruno E. Werner hatte in einem im TMA erhaltenen Schreiben vom 28. 1. 1949 versucht, TM für eine Mitarbeit zu interessieren: »Seit Dezember bin ich an der Arbeit, eine neue Zeitschrift herauszubringen, die auf Bild und Text gestellt ist und von der wir hoffen, die erste in ihrer Art herauszubringen, die man wieder im Ausland vorzeigen kann. Das heißt, wir haben uns redaktionell und drucktechnisch große Mühe gegeben und versucht, eine neue Form der Typographie und des Layouts zu schaffen. Die Zeitschrift beschäftigt sich mit Kunst, Theater, Literatur, Architektur usw. und wendet sich an anspruchsvolle Leser ohne die Absicht zu haben, Mitte des 20. Jahrhunderts noch eine esoterische Publikation starten zu können. Mitarbeiter der ersten beiden Hefte sind u. a. Aldous Huxley, Carl J. Burckhardt, Ernst Penzoldt, Erich Kästner, Jacques Prévert, W. E. Süskind, Bert Brecht, Werner Bergengruen usw.« 45

2] *Carl Burkhardt über Hofmannsthal:* Carl J. Burckhardt, ›Begegnungen mit Hofmannsthal‹, ›Glanz‹, 1/1949, 34–36.

5. 4. 1949

45 1] *von dem Musiker Zweig:* Von Fritz Zweig, Hollywood 2. 4. 1949; im TMA: »... Vor kurzer Zeit las ich in der Tagespresse, daß Sie dem Begrüßungscomité für den Sowjetkomponisten Dimitrij Schostakowitsch angehören, und daß Sie ein Begrüßungstelegramm – ich weiß jetzt nicht, ob an ihn allein, an die gesamte Sowjetdelegation oder an die Veranstalter der ›Weltfriedenskonferenz‹ – abgeschickt haben. Das tut aber auch nichts zur Sache, ist jedermann's Privatangelegenheit, und obwohl ich mir schwer vorstellen kann, daß Sie sich im Jahre 1938 oder 39 einer Begrüßungsadresse an eine fiktive Weltfriedenskonferenz vom ›deutsch-amerikanischen Bund‹ veranstaltet und von der Hitlerregierung mit Nazidelegierten beschickt, angeschlossen hätten, kommt es mir nicht zu, an Ihrem Verhalten die geringste Kritik zu üben./ Was aber nicht mehr die Privatangelegenheit des Einzelnen bleiben kann, sondern alle Menschen angeht, die sich mit geistigen Dingen beschäftigen, ist die Ansprache des Sowjetdelegierten Schostakowitsch, welche Sie ohne Zweifel gelesen haben werden./ Noch niemals im Laufe der Kulturgeschichte hat sich ein Künstler derartig erniedrigt, indem er sich von dem lossagt, was bisher die Voraussetzung alles Schaffens gewesen ist: die Wahrung seiner geistigen Unabhängigkeit!/ Die empörende Maxime Hegels, das Individuum sei für den Staat da, genügt nicht mehr. Den Auslassungen Schostakowitsch's zufolge ist der produzierende Künstler nur noch für eine politische Partei da, – eine Ansicht, die im Munde eines Symphonieen schreibenden Komponisten umso ungeheuerlicher wirkt, als seine abstrakte Kunst doch wahrlich nicht den Parteitendenzen gefährlich werden kann!/ Die Partei befiehlt, der Künstler gehorcht, denn sie, die Unfehlbare, ›drückt den Willen des Volkes aus‹ und weiß alles am besten. Der Arme sagt sein Pater peccavi her und verspricht, künftighin alles besser zu machen. *Ob er dies freiwillig oder gezwungenermaßen tut, ändert nichts an dem Tatbestand.* – Was sind alle Fußtritte, die der junge Mozart vom Erzbischof von Salzburg erhielt, verglichen mit dieser Demütigung!/ Und somit komme ich zu dem eigentlichen Zwecke dieser Zeilen: Von Ihnen, sehr verehrter Herr Doktor, der Sie in Ihren Schriften stets die *Ideale*

des Humanismus und der individuellen Freiheit hochgehalten haben, muß die Welt eine Stellungnahme zu diesem beispiellosen und im höchsten Maße bedrohlichen Zwischenfall erwarten! Ihr Schweigen im Zusammenhang mit der vorangegangenen Sympathiekundgebung, die Aufgaben der New Yorker ›Weltfriedenskonferenz‹ betreffend, könnte sonst den Eindruck erwecken, daß Sie sich mit den Ausführungen des Herrn Schostakowitsch identifizieren.« (Die kursiv gesetzten Stellen sind im Original von TM markiert, außerdem ist unter dem eingedruckten Briefkopf von TMs Hand mit Bleistift der im Antwortbrief benutzte Passus ›Laudabiliter se subjecit‹ vermerkt.) TM antwortete am 8. 4. 1949: »Wegen der Begrüßung des Herrn Shostakowitch müssen Sie sich an Bruno Walter oder Koussevitzky wenden, nicht an mich. Es war ja eine rein musikalische Angelegenheit [. . .] / Was die Äußerungen des russischen Komponisten über die Kunst und ihre heutigen Pflichten betrifft, so kann ich nur mit der Wendung, deren die Kirche im Mittelalter sich in solchen Fällen bediente, feststellen: ›Laudabiliter se subjecit‹. Es ist eine große, merkwürdige Frage, lieber Herr Zweig, welche Rolle die Kunst und auch die Musik in einer zukünftigen Gesellschaft spielen wird, – vielleicht eine viel bescheidenere und dienendere, als sie zur Zeit ihrer höchsten Emanzipation im 19. Jahrhundert gespielt hat. Wenn ich mich in meinen eigenen persönlichen Grenzen halte, so muß ich sagen, daß nach meiner Überzeugung auch die kühnsten, der Menge unverständlichsten Vorstöße des Geistes und der Kunst auf irgend eine Weise dem Menschen und auf die Dauer sogar den Menschen im einzelnen dienen, und daß das Niveau der Kunst nicht von unten bestimmt werden kann. Aber ich bin ein Mensch des bürgerlichen Zeitalters und maße mir nicht an, vorauszusagen, welche Veränderungen in der Stellung der Kunst in einer veränderten Welt sich ergeben werden./ Was ich an Ihrem Brief ernsthaft beanstande, ist die Zusammenstellung von Professor Shapleys herzlich gut gemeintem und von tiefem Schrecken vor der fast unaufhaltsam annahenden Katastrophe eingegebenen Unternehmen mit dem ›Deutsch-Amerikanischen Bund‹. Solche betrügerischen Verwechslungen sollte man in all ihrer Trivialität den Rüstungs-Profitmachern und üblen Verhetzern dieses großen und gutmütigen Volkes hier überlassen.«

2] *Kahlers Faustus-Aufsatz:* S. TB 5. 3. 1949, Anm. 1. 46

3] *Artikel von Kazin:* Alfred Kazin, ›Broadway and American Integrity‹, ›Commentary‹, vol. 7, No. 4, April 1949, 335–340.
4] *Kazin:* Der Literaturwissenschaftler, Essayist und Kritiker Alfred Kazin (geb. 1915).
5] *»Ausgewählte Erzählungen«:* Berlin/Frankfurt am Main 1948. Der Band enthält die Erzählungen: *Bekenntnisse des Hochstaplers Felix Krull; Der Tod in Venedig; Unordnung und frühes Leid; Mario und der Zauberer; Die vertauschten Köpfe; Das Gesetz.*

6. 4. 1949

46 1] *Artikel über »Life«:* Der Artikel konnte nirgendwo nachgewiesen werden. Es ist anzunehmen, daß TM ihn zugunsten des ›New York Times Magazine‹-Artikels *Die drei Gewaltigen* (s. TB 7. 4. 1949, Anm. 1) aufgab.
2] *meine Unterschrift:* Vermutlich handelt es sich um einen von dem amerikanischen Dramatiker Albert Maltz verfaßten Rundbrief vom 20. August 1948, in dem zur Unterstützung der Hollywood Ten (jener zehn Schauspieler, die sich vor Gericht weigerten, die Frage nach ihrer KP-Zugehörigkeit zu beantworten) durch sogenannte ›amicus curiae-briefs‹ aufgefordert worden war. Der Aufruf gipfelte in den Worten: »[The Hollywood Ten] are the last barrier in the courts to these modern witch hunters. If the Hollywood Ten win, the Bill of Right will be affirmed and the inquisitions will cease. If they lose – then it will be a dark, dark time for free thought, free speech and free culture in America.« Zu den Unterzeichnern gehörten Thomas Mann, Albert Einstein und E. B. White.

7. 4. 1949

46 1] *Insistieren von N. Y. Times:* Die ›New York Times‹ hatten TM bereits im Oktober 1948 um einen Beitrag zum Goethejahr gebeten und am 7. 1. 1949 noch einmal gemahnt: »Are we getting the Goethepiece from you? I hope so.« TMs Beitrag – eine gekürzte Fassung von *Goethe, the German Miracle* (s. TB 8. 4. 1949, Anm. 1) erschien unter dem Titel *Goethe: Faust and Mephistopheles* am 26. 6. 1949 in ›New York Times Magazine‹, 10, 38/39.
2] *»Der Monat« mit dem Schönberg-Briefwechsel:* S. TB 7. 1. 1949, Anm. 11.

3] *Aufsatz von Bauer:* ›Thomas Mann und seine Widersacher‹, ›Der Monat‹, Jg. 1, No. 6, März 1949, 68–75.
4] *Auszügen aus den Faustus-Erinnerungen:* ›Der Monat‹, a.a.O. 79–84: Kap. IV, GW XI, 164–168; Kap. V (Anfang), 168/169; aus Kap. VIII (203/204), aus Kap. XIV (274–279).
5] *als Buch erschienen:* Die Lizenzausgabe der *Entstehung des Doktor Faustus* erschien 1949 bei Suhrkamp vorm. S. Fischer in Frankfurt am Main.

8. 4. 1949
1] *Artikel über die 3 Gargantua-Riesen:* TMs Aufsatz *Die drei Gewaltigen* GW X, 374–383. Die Arbeit erschien auf deutsch erstmals unter dem Titel *Goethe, das deutsche Wunder,* im ›Monat‹, Jg. 1., No. 11, August 1949, 13–17. S. TM an Albrecht Goes, P. P. 3. 9. 1949, Reg. III, 49/429: »Der Aufsatz und Radio-Vortrag ›Goethe, das deutsche Wunder‹ (ich wollte ihn eigentlich ›Die drei Gewaltigen‹ nennen) ist deutsch in Heft 11 des ›Monat‹ erschienen [. . .] Ich glaube sogar, es ist der beste Beitrag, den ich zum Goethe-Fest geliefert habe.« *47*
2] *Artikel über Ariel-Echo:* Fritz Störi, ›Ariels Echo‹, ›Neue Schweizer Rundschau‹, Zürich, N. F. 16, 1948/49, 678–681.
3] *essays von Gooch:* George Peabody Gooch, ›Studies in German History‹, London, New York, Toronto 1948. Darin zwei Essays über Bismarck: ›The Study of Bismarck‹, a.a.O., 300–341, und ›Bismarck's Table Talk‹, a.a.O. 342–390.
4] *Gooch:* Der britische Historiker George Peabody Gooch (1873–1968).

10. 4. 1949
1] *Am Times-Artikel: Die drei Gewaltigen,* s. TB 7. und 8. 4. 1949, Anm. 1. *47*
2] *an Bermann:* An GBF, P. P. 10. 4. 1949, Reg. III, 49/276; TM/GBF 525/526.
3] *[an] Frau Hardt:* Der Brief, der an die Schauspielerin Hanna Hardt oder ihre Mutter Giulia, Frau des verstorbenen Rezitators Ludwig Hardt, gerichtet gewesen sein kann, ist verschollen; s. Reg. IV, 585. Aus einem Schreiben an Charles Laughton, P. P. 14. 4. 1949, Reg. III, 49/286 geht jedoch hervor, daß es sich um Antwort auf die

Bitte handelt, TM möge sich für die junge Schauspielerin verwenden.
4] *[an] Lesser:* An Jonas Lesser, P. P. 13. 4. 1949, Reg. III, 49/278.
5] *Lesser:* Der österreichische Philologe und Schriftsteller Jonas Lesser (1896–1968). Lesser, der 1938 nach London emigriert war, suchte einen Verleger für sein Buch ›Thomas Mann in der Epoche seiner Vollendung‹; TM bemühte sich verschiedentlich, seinem Exegeten zu helfen. Das Werk erschien endlich 1952 bei Kurt Desch in München.
6] *An Lotte Walter:* Der Brief an Lotte Lindt, geb. Walter gilt als verschollen; s. Reg. IV, 585.

11. 4. 1949

47 1] *Stone:* Vermutlich der Schriftsteller und Journalist Irving Stone (geb. 1903), der in Beverly Hills lebte.
2] *Marek:* Der aus Österreich stammende New Yorker Musikschriftsteller und Journalist George R. Marek (1902–1987), später Vizepräsident und Generalmanager der Plattenfirma RCA, hatte TMs Novelle *Das Gesetz* für den von Armin L. Robinson 1943 herausgegebenen Sammelband ›The Ten Commandments‹ übersetzt.
3] *Hudson Review mit Faustus-Essay:* Joseph Frank, ›Reaction as Progress, or The Devil's Domain: Notes on ‚Doctor Faustus'‹, ›Hudson Review‹, New York, vol. 2, No. 1, Frühjahr 1949, 38–53.

12. 4. 1949

47 1] *Provost Dykstra:* Clarence Addison Dykstra (1883–1950), Rektor des Occidental College, Los Angeles.

48 2] *Prof. Friedländer:* Der klassische Philologe Paul Friedländer (1882–1968) lehrte ab 1940 an der University of California in Los Angeles. TM stand mit Friedländer seit 1925 in loser Verbindung. An jenem Abend im Hause Dykstra feierte man, wie aus einem Brief TMs an Friedländer vom 2. 1. 1950, Reg. III, 50/6 hervorgeht, die Emeritierung des Gelehrten.

13. 4. 1949

48 1] *»Bild am Wege«:* TMs Topos für schöne Jünglinge, die er auf seinen Spaziergängen sah.
2] *Suhrkamp-Ausgabe von »Die Entstehung«:* Suhrkamp vorm. S. Fischer, Frankfurt am Main 1949.

3] *an Fr. Biddle:* An Francis Biddle, P. P. 14. 4. 1949, Reg. III, 49/281. Der Text ist im Anhang, No. 7, S. 656–658 abgedruckt.
4] *Fr. Biddle:* Der amerikanische Anwalt und Schriftsteller Francis Biddle (1886–1968) war unter Roosevelt General Solicitor und aus dieser Zeit mit TM bekannt.

14. 4. 1949
1] *»Thema« mit meiner Einleitung:* Thomas Mann, ›Der ‚Feste 48
Punkt' im Menschen. Bemerkungen zu einem Kapitel aus den ‚Buddenbrooks'‹, ›Thema‹, H. III/1949, 26/27 (GW XI, 552–556).

15. 4. 1949
1] *Brief über eine Faustus-Besprechung:* An John H. Herz, P. P. 48
15. 4. 1949, Reg. III, 49/291.

17. 4. 1949
1] *L. Chapiro:* Der kanadische Schriftsteller Lionel Shapiro 49
(1908–?).
2] *an Dr. Braun:* Das Schreiben – eventuell an Hanns Braun, der in der Zeitschrift ›Hochland‹ über den *Faustus* und Werfel geschrieben hatte (s. TB 29. 1. 1949, Anm. 3) – gilt als verschollen. S. Reg. IV, 585.

18. 4. 1949
1] *Anzeige:* Albrecht Goes, ›Die Entstehung des Doktor Faustus‹, 50
›Deutsche Beiträge‹, Jg. 3, 1949, H. 3, 272–274.
2] *Mermod:* Henri Louis Mermod, der Inhaber der Edition Mermod, Lausanne, wo 1947 eine französische Übersetzung des *Tod in Venedig* erschienen war. Mermod publizierte 1949 – gleichfalls in der Übersetzung von Philippe Jacottet – unter dem Titel *Études* die *Phantasie über Goethe,* die Rede *Nietzsche's Philosophie im Lichte unserer Erfahrung* und die Vorrede zur amerikanischen Ausgabe von *Joseph und seine Brüder, Sechzehn Jahre.*

19. 4. 1949
1] *Faustus-Aufsatz:* Philip Blair Rice, ›The Merging Parallels: Tho- 50
mas Mann's ‚Doctor Faustus'‹, ›Kenyon Review‹, vol. 11, No. 2, Frühjahr 1949, 199–217.

2] *neue Friedensdemonstration in Paris:* Als Gegenveranstaltung zum vorwiegend kommunistisch orientierten, die »neue Kriegspolitik« der im Atlantik-Pakt zusammengeschlossenen Staaten attackierenden Weltfriedenskongreß, der unter dem Vorsitz des französischen Atomphysikers Frédéric Joliot-Curie vom 20.–25. 4. 1949 in Paris stattfinden sollte, hatten europäische Antikommunisten auf Initiative der von TM im Folgenden erwähnten Schriftsteller für den 27. 4. eine Demonstration geplant und zu diesem Zweck mehr als fünfzig Organisationen aufgefordert, sich der neuen ›Antikommunistischen Widerstandsbewegung gegen Krieg und Diktatur‹ anzuschließen.

3] *Sartre:* Der französische Philosoph und Schriftsteller Jean Paul Sartre (1905–1980).

4] *Camus:* Der französische Schriftsteller Albert Camus (1913 bis 1960). Zeitweilig KP-Mitglied.

5] *Silone:* Der italienische Schriftsteller Ignazio Silone, eigentlich Secondo Tranquilli (1900–1978). Sozialist.

6] *Russell:* Der britische Mathematiker und Philosoph Bertrand, Earl Russell (1872–1970). Sozialist und Pazifist.

7] *an C. M. Weber:* An Carl Maria Weber, P. P. 19. 4. 1949, Reg. III, 49/295.

8] *C. M. Weber:* Der aus München stammende Schriftsteller und Lehrer in der Freien Schulgemeinde Wickersdorf Carl Maria Weber (1890–?) hatte TM bereits 1913 eine Besprechung des *Tod in Venedig* zugesandt und stand seither in brieflicher Verbindung mit ihm.

9] *Einleitung zu Kafkas »Schloß«:* TMs Essay *Dem Dichter zu Ehren. Franz Kafka und ›Das Schloß‹* (1941), GW X, 771–779, erschien im ›Monat‹. Jg. 1, No. 8/9, Juni 1949, 66–70.

20. 4. 1949

50 1] *PEN-Dinner-Rede in London:* Der Text dieser am 17. 5. 1949 gehaltenen Rede ist im TMA erhalten und im Anhang, No. 8, S. 658–661 abgedruckt.

21. 4. 1949

50 1] *Dr. London:* Vermutlich ist der TB 23. 4. 1949 als ›Dr. Langdon‹ verzeichnete Ohrenarzt gemeint.

2] *an die Meyer:* P. P. 21. 4. 1949, Reg. III, 49/299. Mitteilung von Reisedaten. 51
3] *[an] die Herz:* P. P. 21. 4. 1949, Reg. III, 49/298: Reisedaten.
4] *»Spiegelungen Goethes in unserer Zeit«:* Die von Hans Mayer 1949 in Wiesbaden herausgegebene Anthologie enthielt TMs Essay *Phantasie über Goethe.*
5] *an Lasky:* An die Redaktion des ›Monat‹ (Melvin J. Lasky), P. P. o. D., Reg. III, 49/308; fragm. in ›Der Monat‹ Jg. 1, No. 6, März 1949, 157.
6] *in »Nation«:* Vermutlich Carolus, ›Out Damned Spot‹, ›The Nation‹, vol. 168, No. 16 v. 16. 4. 1949, 444/445.

22. 4. 1949
1] *Nelly Mann:* geb. Kilian (1895–1962), seit 1914 mit Viktor Mann verheiratet. 51
2] *an Kurt Wolff:* Das Schreiben an Kurt Wolff gilt als verschollen; s. Reg. IV, 585.
3] *Kurt Wolff:* Der 1933 emigrierte Verleger Kurt Wolff (1877–1963) hatte 1942, gemeinsam mit Curt von Faber du Faur und Kyrill Schaber, in New York die Pantheon Books gegründet und ab 1943 als Verleger der Bollingen Foundation u. a. wichtige Gesamtausgaben europäischer Autoren in zweisprachigen Editionen herausgebracht. S. auch TB 46–48, 799.
4] *Dr. Angell:* Der 1936–1938 in Yale, später an einem der Claremont Colleges lehrende amerikanische Militärhistoriker Joseph Warner Angell (1908–1989) hatte im Februar 1938 die ›Thomas Mann Collection‹ Yale initiiert (s. TB 24/25. 2. 1938 und TB 46–48, 483).
5] *T. M. Anthologie:* Angell, der bereits verschiedene Arbeiten über TM publiziert hatte, edierte damals einen ›Thomas Mann Reader‹, der 1950 in New York erschien.
6] *Conrads »Goldener Pfeil«:* Joseph Conrads Roman ›The Golden Arrow‹ steht, übersetzt von E. McCalman, in der deutschen Ausgabe von S. Fischer, Berlin 1932, in der Zürcher Bibliothek.
7] *tschechische Ausgabe des »Faustus«:* Der Roman war in der Übersetzung von Pavel Eisner 1948 als erster Band einer TM-Ausgabe (›Diló‹) bei Melantrich in Prag erschienen.

23. 4. 1949

52 1] *Film-Kontrakt:* S. TB 18. 3. 1949, Text und Anm. 2 sowie TB 31. 3. 1949, Anm. 2.

24. 4. 1949

52 1] *Leonore III:* Ludwig van Beethovens 1803 komponierte Ouvertüre C-Dur, op. 72 a gehört zu den Musikstücken, über die TM Adrian Leverkühn am Ende des IX. *Faustus*-Kapitels (GW VI, 107–109) ausführlich räsonieren läßt.

26. 4. 1949

53 1] *Übersetzung des Times Mag.-Aufsatzes:* S. TB 7. 4. 1949, Anm. 1.

28. 4. 1949

53 1] *Peter Pr. u. Frau:* Der in Chicago am Argonne National Laboratory tätige Physiker Peter Pringsheim (1881–1964), ein Bruder von Frau Katia Mann, und seine belgische Frau Emilia Theodora, geb. Clément.

2] *»Geheimagenten«:* Joseph Conrads Roman ›The Secret Agent‹ steht, übersetzt von Ernst W. Freißler, in der von TM mit einem Vorwort versehenen Ausgabe des Fischer-Verlags, Berlin 1926, in der Zürcher Bibliothek, TMs Vorwort: GW X, 643–656.

3] *Vorwort von Süskind:* Seit der 12. und 13. Auflage, 1938, war das TM'sche Vorwort durch eine 25seitige ›Einleitung‹ von W. E. Süskind ersetzt worden.

4] *Süskind:* Der Münchener Schriftsteller W. E. (Wilhelm Emanuel) Süskind (1901–1970). S. dazu TB 46–48, 366.

5] *Radio Interview:* Nicht mehr zu ermitteln.

6] *Stresaus Buch über Conrad:* Hermann Stresau, ›Joseph Conrad. Der Tragiker des Westens‹, Hannover 1947.

7] *President Sparling:* Der Präsident der Chicago University, Edward J. Sparling (1896–1981).

29. 4. 1949

54 1] *Billings Hospital:* Im Billings Hospital in Chicago war 1946 TMs Lungenoperation durchgeführt worden. Vgl. *Entstehung*, Kap. XIII, GW XI, 255–269.

2] *Bloch:* Professor Dr. Robert G. Bloch (1894–1975) hatte TM im Billings Hospital internistisch betreut.

30. 4. 1949

1] *Golds:* Der Rechtsanwalt Joseph Gold und seine Frau Martha, Freunde der Borgeses in Chicago. 54

3. 5. 1949

1] *Cabine:* Die ›Cabin‹, eine Art ›Buon Retiro‹, das sich Agnes Meyer in der Umgebung Washingtons hatte bauen lassen. 54

2] *Prof. Hallstein:* Der deutsche Jurist und Politiker Walter Hallstein (1901–1982) lehrte 1948/49 in Georgetown, Texas und war nach der Gründung der Bundesrepublik Leiter der UNESCO-Kommission, ab 1950 Staatssekretär im Auswärtigen Amt und maßgeblich an der Politik des Alleinvertretungsanspruchs der Bundesrepublik (Hallstein-Doktrin) beteiligt. Zu den Treffen vgl. TM an Emil Preetorius, Reg. III, 49/316; Br. III, 88.

3] *Evans:* Der amerikanische Politikwissenschaftler Luther Harris Evans (1902–1981) war 1945–1953 Librarian of Congress, anschließend bis 1958 Generalsekretär der UNESCO.

4] *Prof. Zucker:* Der Historiker und Literarhistoriker Adolf Edward Zucker (1890–1950).

5] *Schweizer Gesandte:* Minister Karl Bruggmann (1889–1967), von 1939 bis zu seiner Pensionierung, 1954, Chef der Schweizer Gesandtschaft in Washington. 55

4. 5. 1949

1] *Nägel:* Das dem Ehepaar Mann seit 1935 bekannte deutsch-schweizerische Hoteliersehepaar Naegel, 1949 Manager des von TM in New York bevorzugten Hotel St. Regis. 55

2] *Neider:* Der 1915 in Odessa geborene, heute in Princeton lebende amerikanische Schriftsteller und Editor Charles Neider, einstiger Mitarbeiter an Klaus Manns Zeitschrift ›Decision‹, hatte 1947 die Essay-Anthologie ›The Stature of Thomas Mann‹ herausgegeben.

19. 5. 1949

1] *Vortrag in Mount Holyoke [...] lecture im Hunter College:* TM hielt an beiden Orten seinen Vortrag *Goethe and Democracy*. 55

56 2] *Eastman:* John Eastman jr., gen. Jacky, ein großer TM-Verehrer und leidenschaftlicher Sammler seiner Werke, der seine umfangreiche Kollektion 1966 der Colby Library in Waterville, Maine vermachte.

3] *Die Promotion:* Zum Ehrendoktor der Universität Oxford am 13. 5. 1949 in dem alten Hörsaal der ›School of Divinity‹. Eine ›English Version‹ der lateinischen Laudatio mit sorgfältigem Nachweis aller lateinischen Zitate und Anspielungen ist im TMA erhalten.

4] *Der Vortrag:* Im Taylorian Institute der Oxforder Universität in deutscher Sprache über *Goethe und die Demokratie.*

5] *Empfang deutscher Pen-Club:* Am 14. Mai 1949 beim ›PEN-Club deutscher Autoren im Ausland‹ und der ›Thomas Mann-Gruppe‹.

6] *mit meiner [...] Rede:* S. TB 20. 4. 1949, Anm. 1.

7] *Rede in der Wiener-Library:* In der ›Wiener Library‹, einer von dem Berliner Emigranten Dr. Alfred Wiener gegründeten Bibliothek zur umfassenden Dokumentation des Nationalsozialismus, hielt TM die GW XIII, 790/91 abgedruckte *Ansprache in der ›Wiener Library‹, London.*

8] *alte »Tanten«:* Die Innenarchitektin Ilse Dernburg (1880–1965) und ihre Schwester, die Übersetzerin Käthe Rosenberg (1883–1960) waren Cousinen von Frau Katia Mann.

9] *Warburg:* TMs britischer Verleger Frederic J. Warburg (1898–1981).

10] *an Preetorius:* An Emil Preetorius, London, 15. 5. 1949, Reg. III, 49/316; Br. III, 88/89; s. TB 3. 5. 1949, Anm. 2.

11] *[an] Reisiger:* London, 17. 5. 1949, Reg. III, 49/322, Bl. TMG 8, 1968, 24. Inhalt ähnlich wie im Schreiben an Preetorius.

12] *Ehrenbürger von Weimar:* TM hatte der Presse die Nachricht entnommen, die Stadt Weimar beabsichtige, ihm die Ehrenbürgerwürde zu verleihen. S. TM an den Weimarer Oberbürgermeister Hermann Buchterkirchen, Bern, 8. 6. 1949, Reg. III, 49/340. Zu der TM offenbar nie bekannt gewordenen Vorgeschichte dieser Ehrung vgl. TB 4. 8. 1949, Anm. 12.

21. 5. 1949
1] *die Hamburger:* Die 1933 nach Göteborg emigrierte Germanistin Käte Hamburger (geb. 1896) hatte TM 1932 ihre Schrift ›Thomas Mann und die Romantik‹ übersandt und stand seither in Briefwechsel mit ihm. (S. auch TB 46–48, 368/369.) 56
2] *Scheren:* So im Manuskript.
3] *Üxküll:* S. TB 28. 2. 1949, Anm. 5.
4] *Waarenhaus:* So im Manuskript. Edgar von Uexküll leitete die Kundendienstabteilung des Kaufhauses NK (Nordiska Kompniet) in Stockholm. 57
5] *Dr. Neumann:* Nicht ermittelt
6] *Frankfurter »Tägliche Rundschau«:* Vermutlich bezieht sich TM auf die in der ›Frankfurter Rundschau‹ vom 17. 5. 1949, Spalte ›Unsere tägliche Frage‹ publizierten Antworten zum Thema ›Was halten Sie von der Verleihung des Goethepreises an Thomas Mann und seinem Besuch in Deutschland‹. Die a.a.O. publizierten Statements waren zwar in der Mehrzahl moderat bis positiv – von »wütenden Zuschriften« keine Rede –, doch die vielfach geäußerte Kritik seines Verhaltens gegenüber Deutschland (bei allem Lob für den ›Dichter‹) macht TMs Verletztsein verständlich.

22. 5. 1949
1] *Der kleine Yxkül:* Alexander von Uexküll, der Sohn von TMs Stockholmer Ciceronen Edgar von Uexküll. 57
2] *Schloß Skoklaster:* Das unweit Uppsala am Mälarsee gelegene ehemalige Cisterzienser-Nonnenkloster Skokloster. Nach der Reformation vom schwedischen König Gustav II. Adolf dem Feldmarschall Wrangel geschenkt und von dessen Sohn, dem schwedischen Reichsadmiral und Feldmarschall Carl Gustav von Wrangel (1613–1676) nach 1654 in den heutigen Barockbau umgestaltet.
3] *Dr. Oesterling:* Der schwedische Schriftsteller und Journalist Johan Anders Oesterling (1884–1981), 1949 ständiger Sekretär der Schwedischen Akademie.
4] *Drodningholm:* Schloß Drottningholm, unweit Stockholm, berühmt wegen seines vollständig – samt allen Kulissen und technischen Einrichtungen – erhaltenen Barocktheaters. 58

24. 5. 1949

58 1] *Stockholms Ausgabe:* Es gibt keine Ausgabe der *Entstehung* innerhalb der StGA. TM kann nur die Amsterdamer Edition, Bermann-Fischer/Querido Verlag, 1949, gemeint haben, die in der Aufmachung der Stockholmer Ausgabe angeglichen ist.

2] *Rektor Berg:* Der Ophthalmologe Sven Frederic Berg (1887–1974), von 1947–1952 Rektor der Universität Uppsala.

3] *Vortrag:* TM sprach über *Goethe und die Demokratie.*

4] *Erzbischof:* Erling Eidem (1880–1972).

5] *Kanzler:* Bo Östen Undén (1886–1974), Professor für Zivilrecht und internationales Privatrecht; 1937–1951 schwedischer Universitätskanzler; 1945–1962 Außenminister seines Landes.

25. 5. 1949

59 1] *Vortrag in der Akademie:* TM hielt am 24. 5. 1949 auf Einladung der Schwedischen Akademie im großen Börsensaal in Stockholm seinen Vortrag *Goethe und die Demokratie.*

2] *Sven Hedin:* Der schwedische Asienforscher Sven Hedin (1865–1952) war schon früh ein Anhänger des nationalsozialistischen Deutschland und hatte diese Affinität in seinem 1938 erschienenen Buch ›Fünfzig Jahre Deutschland‹ expressis verbis bekundet. Erika Mann sah deshalb die Begrüßung ihres Vaters mit Sven Hedin nicht gern.

3] *schwedische Ausgabe der »Entstehung«:* In der Übersetzung von Nils Holmberg erschien der Band *Roman om en roman* 1949 bei Bonnier in Stockholm.

4] *Platten-Aufnahme:* S. Ernst Loewy, ›Thomas Mann. Ton- und Filmaufnahmen. Ein Verzeichnis‹, a.a.O. 76, I, 53.

5] *Freundin Doris:* Doris von Schönthan (?–1968) war seit den zwanziger Jahren mit Klaus Mann befreundet und hatte sich in seinen letzten Lebensjahren intensiv um ihn gekümmert.

6] *Klopstock:* Der Budapester Arzt Dr. Robert Klopstock, einer der letzten Freunde Franz Kafkas. Klopstock, den TM 1935 kennengelernt hatte, betreute Klaus Mann während einer Entziehungskur im Jahre 1937. Er konnte kurz vor Kriegsausbruch in die USA emigrieren, wo TM versuchte, ihm über die Anfangsschwierigkeiten hinwegzuhelfen. Vgl. den Brief an Caroline Newton, 25. 9. 1942, Reg. II, 42/386; TM/CN 30/31.

26. 5. 1949
1] *»The Lottery«:* Shirley Jackson, ›The Lottery‹, Short Stories, o. O. u. o. J. 59
2] *Gedin:* Gemeint ist der Lunder Literarhistoriker Algot Gustav Werin (1892–1975). Werin veröffentlichte seit 1919 mehrere Studien über TM.
3] *Dr. Benedikt u. Frau:* Der 1938 nach Stockholm entkommene österreichische Journalist und Maler Dr. jur. Ernst Benedikt (1882–1973), den TM aus Wien, spätestens seit dem Januar 1935, vermutlich jedoch seit 1932 kannte (s. TB 46–48, 594/595).

29. 5. 1949
1] *Rektor Hansen:* Der Physiker Hans Marius Hansen (1886–1956), von 1948–1950 Rektor der Universität Kopenhagen. 60
2] *Jespersen:* Iver Jespersen, Inhaber des Verlags Jespersen og Pio, Kopenhagen, in dem u. a. die dänischen Übersetzungen des *Zauberberg* und des *Joseph* erschienen waren.
3] *Dr. Markus:* Zur Person des Sinologen in Lund ließ sich nichts ermitteln.
4] *Vortrag in der Aula: Goethe und die Demokratie.*
5] *Niels Bohr:* Der dänische Physiker (Nobelpreis 1922) Niels Bohr (1885–1962), der 1943 in die USA emigriert war, lebte seit 1945 wieder in Kopenhagen.
6] *Prof. Rose:* vermutlich Carl Roos (1884–1962), 1927–1950 Professor für deutsche Philologie an der Universität Kopenhagen.
7] *Vorsitzende des P.E.N. Clubs:* Der dänische Schriftsteller, Literatur-Redakteur und Kritiker Kai Friis Moeller (1888–1960).
8] *Bebilderte Zeitungsberichte:* Im TMA ist eine Anzahl dieser Bildberichte archiviert.

30. 5. 1949
1] *Alles etwas wie der Duke of Windsor:* TM hatte am 1. 5. 1947 in Washington die Verabschiedung des Herzogs von Windsor, ehemals König Edward VIII. (1894–1972), durch den britischen Botschafter gesehen und wenig später, bei der Einschiffung in New York, im Interesse der Journalisten hinter dem Herzog zurückstehen müssen. Vgl. TB 46–48, 122, 126 und 565. 61
2] *Im Radio »Das deutsche Wunder«:* S. TB 25. 5. 49, Anm. 4.

3] *Tegner-Haus:* Das Wohnhaus des schwedischen Schriftstellers Esaias Tegnér (1782–1846), der in Lund als Dozent der Ästhetik und Professor für klassische Philologie gewirkt hatte.
4] *Prorektor Lindenblom:* Der Literarhistoriker Christian Johannes Lindeblom (1882–1974), Rektor der Universität Lund 1945–1947.

31. 5. 1949
62 1] *Dankesansprache:* In Privatbesitz der Familie Uexküll. Der Schluß bei Loewy, a.a.O. I, 55.

2. 6. 1949
62 1] *die deutsche Rede:* Die Rede des Lunder Germanisten Algot Werin. S. TM an Käte Hamburger, Zürich 22. 6. 1949, Reg. III, 49/361: »Die Rede Werins, die wir bei Holmbergs hörten, war vortrefflich. Ich schicke ihm die ›Entstehung‹.«
63 2] *Therese Giese:* Die Münchener Schauspielerin Therese Giehse (1898–1975), eine enge Freundin von Erika Mann und Hauptmitwirkende ihres Kabaretts, war 1933 in die Schweiz geflohen. Nach der endgültigen Auflösung des ›Pfeffermühlen‹-Ensembles gehörte sie dem Zürcher Schauspielhaus an und kehrte nach dem Kriege nach München zurück.
3] *Emmy Oprecht:* Die Frau des Schweizer Verlegers Emil Oprecht, Protektorin vieler nach Zürich emigrierter deutscher Schriftsteller und Schauspieler. In der Zeit des Nationalsozialismus war die Oprechtsche Buchhandlung in der Rämistr. 5 ein Treff- und Stützpunkt der exilierten deutschen Intellektuellen.
4] *Faust-Aufführung mit der Gold:* Die Premiere der Inszenierung von Leonard Steckel mit dem Bühnenbild von Caspar Neher und der Musik von Max Lang hatte am 9. 4. 1949 stattgefunden. Es spielten Käthe Gold, Will Quadflieg und Walter Richter.
5] *Hirschfeld:* Der Dramaturg, nach dem Tod Oskar Wälterlins, 1961, Direktor des Zürcher Schauspielhauses Kurt Hirschfeld (1902–1964), der 1933 in die Schweiz emigriert und mit TM aus den ersten Zürcher Exiljahren gut bekannt war.
6] *Trebitsch:* Der Wiener Schriftsteller und erste deutsche Shaw-Übersetzer Siegfried Trebitsch (1869–1956) war 1938 in die Schweiz emigiert. TM kannte Trebitsch und seine Frau Antoinette seit einer Wienreise 1919.

7] *Brief des Stadtpräsidenten:* Der Brief des Zürcher Stadtpräsidenten Adolf Lüchinger (1894–1949) befindet sich nicht mehr unter den im TMA archivierten Schriftstücken.
8] *an Neumanns:* Zürich, 2. 6. 1949, Reg. III, 49/336; Br. III, 89/90; TM/AN 75/76.
9] *Interview:* Das Interview mit dem Schweizer Germanisten Dr. Walter Meier erschien in der ›Schweizer Illustrierten Zeitung‹, Zofingen.

4. 6. 1949
1] *Zwicker:* Optiker Zwicker in der Zürcher Bahnhofstraße. *63*
2] *Motschan:* Der Schweizer Industriechemiker Georges Motschan (1920–1989), der TM 1937 als Schüler besuchte und ihn 1949 in seinem Buick als »Chauffeur« auf der Deutschlandreise nach Frankfurt am Main und Weimar begleitete. S. neben TMs TB-Aufzeichnungen aus diesen Tagen Georges Motschan, ›Thomas Mann – von nahem erlebt‹, Verlag der Buchhandlung Matussek, Nettetal, 1988.
3] *Feier im Schauspielhaus:* TM hielt am Abend des 3. Juni, zur Eröffnung der Goethe gewidmeten Junifestwochen, im Zürcher Schauspielhaus seinen Vortrag *Goethe und die Demokratie.*
4] *de Boer:* Der holländische Geiger Willem de Boer (1885–1962), Konzertmeister des Zürcher Tonhalle-Orchesters, war TM als Lehrer seines Sohnes Michael auch persönlich gut bekannt.
5] *das Manesse-Bändchen:* 1947 waren als 27. Band der ›Manesse-Bibliothek der Weltliteratur‹ *Meistererzählungen (Tristan, Tonio Kröger, Der Tod in Venedig, Mario und der Zauberer)* bei Conzett und Huber in Zürich erschienen.

5. 6. 1949
1] *Dr. Rychner u. seine Tochter:* Der Schweizer Literarhistoriker und Essayist Max Rychner (1897–1965), ein früher Bewunderer TMs, den er 1914 zum ersten Mal in Zürich vorlesen hörte, mit seiner Tochter Claudia, später verh. Mertz. Rychner arbeitete seit 1939 an der ›Tat‹ in Zürich. S. TB 46–48, 595. *64*
2] *»K. H.« in der »Tat«:* TMs Roman *Königliche Hoheit* erschien vom 2. 6. 1949 an in Fortsetzungen in der ›Tat‹.
3] *Artikel [. . .] von R. Schweizer:* Richard Schweizer, ›Heinrich Marti, ein Schweizer Vorfahre von Thomas Mann‹, ›Neue Zürcher Zeitung‹, 5. 6. 1949 (Pfingstausgabe).

4] *Reveš:* Vermutlich der jugoslawisch-ungarisch-englische Ökonom, Journalist und Schriftsteller Emery Reves (geb. 1904). Reves lebte seit 1941 als Verleger in den USA (s. TB 44–46, 637/638).

6. 6. 1949

64 1] *Nachruf [. . .] aus Heidelberg:* Nicht ermittelt.

2] *an den Bundes- und den Stadtpräsidenten:* Beide Dankesschreiben sind lt. Reg. IV, 585 verschollen.

3] *Herrn Bauer:* Der Schriftsteller und Journalist Arnold Bauer (geb. 1909), dessen Buch ›Thomas Mann und die Krise der bürgerlichen Kultur‹, Berlin 1946, TM mit großer Zustimmung gelesen hatte: »[Ich] besitze es gern, weil es intelligent und mit Gutwilligkeit von meinem Leben und Streben spricht.« (An Anna Jacobson, 15. 12. 1946; Br. II, 519)

4] *Bassermann:* Der deutsche Schauspieler Albert Bassermann (1867–1952), der 1946 aus dem amerikanischen Exil zurückgekehrt war, spielte in der Heidelberger Aufführung der Feistschen *Lotte*-Bearbeitung (s. TB 1. 1. 1949, Anm. 8), die am 25. 5. 1950 Premiere hatte, den Goethe.

5] *Huguenin:* Café und Confiserie an der Zürcher Bahnhofstraße.

65 6] *Broschüre:* Der Druck erschien 1949 bei Oprecht in Zürich.

7. 6. 1949

65 1] *Bericht Korrodis:* Der Schweizer Publizist und Literaturkritiker Eduard Korrodi (1885–1955), seit 1914 leitender Feuilleton-Redakteur der ›Neuen Zürcher Zeitung‹ und für TMs Biographie durch den am 26. 1. 1936 publizierten Artikel ›Deutsche Literatur im Emigrantenspiegel‹ von entscheidender Bedeutung (s. TB 44–46, 618), berichtete am 7. 6. 1949 unter der Überschrift ›Thomas Mann über Goethe und die Demokratie‹ über die Veranstaltung im Zürcher Schauspielhaus: »Ein Rühren, ein mächtiges Rühren der Hände hob an, als Thomas Mann auf der Szene erschien. Danken wir den Göttern, daß sie doch nicht alle, die wir lieben, früh hinwegnehmen. Es war köstlich, Thomas Mann als Sprachrohr des 81jährigen Goethe vor uns zu haben, der von den ›Lumpen von Menschen‹ spricht, die mit 75 Jahren so früh sich aus dem Leben davonmachen. [. . .] Da beide Weimaraner (Thomas Mann seit kurzem) und beide Weltbewohner sind, müssen sie selbander gehen. Was wir bei Goethe fin-

den, das ist das europäische auf deutsch. Das europäische Deutschland ist zugleich das demokratische, in dem sich leben läßt. Das ist der Augenblick, wo Thomas Mann mit Recht den Dichterfürsten mit einem Tropfen demokratischen Oeles gesalbt finden konnte . . .«
2] *Beidlers Töchterchen:* Dagny Beidler.

9. 6. 1949
1] *Wies:* Eventuell Robert Ludwig Wyss, dessen Dissertation über ›Die Caesarenteppiche und ihr ikonographisches Verhältnis zur Illustration der ‚Faits des romains' im 14. und 15. Jahrhundert‹ 1957 als Band 9 der ›Berner Schriften zur Kunst‹ in Bern erschien. *65*
2] *Vortrag im Casino:* TM hielt seinen Vortrag *Goethe und die Demokratie.* Die Einladung der Basler Studenten ist im TMA erhalten.
3] *Strichs:* Der Berner Literarhistoriker Fritz Strich (1882–1963) und seine Frau Trudi. Strich war aus der Zeit seiner Tätigkeit als Extraordinarius in München (1915–1929) mit TM gut bekannt und veröffentlichte verschiedene Studien zu seinem Werk.
4] *Heinrich über »Mechanik der Materie«:* Der Brief von Heinrich Mann ist bisher verschollen.
5] *Register:* Nicht nachweisbar. *66*
6] *Coudenhove:* Richard Nikolaus Graf Coudenhove-Kalergi (1894–1972), den TM 1925 in Paris kennengelernt hatte (s. das Porträt in *Pariser Rechenschaft*, GW XI, 46) und dessen ›Paneuropäischer Union‹ er im September 1926 beigetreten war. 1943 kündigte TM dem Grafen die Mitarbeit am geplanten Paneuropa-Kongreß in New York. S. TB 40–43, 539/540, GW XI, 158 (*Entstehung*) sowie TM an Lucy von Jacobi, P. P. 2. 4. 1949: »Es fand [. . .] in New York eine Pan-Europa Versammlung des Grafen Coudenhove-Calergi statt, gegen die eine Reihe in Amerika lebender Intellektueller und Politiker Stellung nahmen in Form einer Gegenversammlung, zu der unter anderen die in meinen Aufzeichnungen genannten Persönlichkeiten [i. e. Graf Sforza und Maritain] einluden. Wenn ich von einer Stellungnahme meinerseits dazu spreche, so kann sie nur in einem Brief an die Einladenden bestanden haben, in dem ich mich von Coudenhoves Tendenz zu Gunsten der Gegenversammlung distanzierte.«
7] *an Kolb:* Zürich, 9. 6. 1949: Bitte, die Goethe-Feier in Frankfurt vorzuverlegen: »Ich möchte schon Mitte Juli nach Frankfurt kom-

men, dort einige Tage verbringen; einen Vortrag halten, wie ich es versprochen, und zwar einen Vortrag, der sich natürlich in erster Linie mit Goethe beschäftigen muß, aber auch Persönlicheres und Allgemeiner[e]s einschließen soll. Einen kurzen Besuch in München [...] würde ich vielleicht vorangehen lassen. Auf diese Weise würde das meiner Seelenverfassung so unangemessene Hinziehen meines europäischen Aufenthaltes vermieden und ich könnte mit dem Gefühl, Deutschland meine unzerstörbare Verbundenheit bewiesen zu haben, nachhause zurückkehren.«

10. 6. 1949

66 1] *Gret mit Micky:* TMs Schwiegertocher Gret Mann, geb. Moser mit ihrem Hund.

2] *»Rosenkavalier«:* TM sah die Oper von Richard Strauss in der Vorstellung anläßlich des 85. Geburtstags des Komponisten. Der Kritiker der NZZ urteilte im Gegensatz zu TM: Die Aufführung wurde »von Hans Knappertsbusch mit gewohntem großzügigen Schwung geleitet«.

3] *Knappertsbusch:* Der Dirigent Hans Knappertsbusch (1888 bis 1965) (s. TB 46–48, 579).

11. 6. 1949

66 1] *Martin Gumpert:* Der Berliner Arzt und Schriftsteller Martin Gumpert (1897–1955), den TM 1935 in Zürich kennengelernt hatte und mit dem ihn in den USA, wohin Gumpert 1936 emigriert war, eine wachsende Zuneigung verband.

67 2] *G. und »Life«:* Erika Mann konnte ihrem nahen Freund Gumpert die Zusammenarbeit mit der sich zunehmend in den Dienst der denunziatorischen McCarthy-Politik stellenden Zeitschrift, zumal nach der TB 2. 4. 1949, Anm. 3 erwähnten Affäre, nicht mehr verzeihen.

12. 6. 1949

67 1] *Hirschi:* Kurt Hirschfeld; s. TB 2. 6. 1949, Anm. 5.

2] *Wälterli:* Der Schauspieler und Regisseur Oskar Wälterlin (1895–1961), seit 1938 Direktor des Zürcher Schauspielhauses.

3] *Lebhafte Lesung:* Über diese Lesung ließen sich merkwürdigerweise keine Besprechungen ermitteln.

4] *Schauspieler Kahler:* Vermutlich ist der Schauspieler Erwin Kal-

ser (1883–1958) gemeint, der 1933 aus Berlin nach Zürich geflohen war und vor und nach seiner Emigration in die USA während des Krieges dem Ensemble des Zürcher Schauspielhauses angehörte.
5] *Über das Grab und den Stein:* S. Erika Mann an Pamela Wedekind, Zürich, 16. 6. 1949, EM. Br./Antw. I, 260: »Er liegt in Cannes begraben. [...] Der Stein, den ich ihm bestellte, wird die Inschrift tragen, die dem Roman, an dem er zu arbeiten begonnen hatte, als Motto voranstehen sollte. Ich lege Dir [...] den Zettel bei, auf dem er sich (er war krank damals und lag) ein paar Wochen vor seinem Tode diesen Satz exzerpierte.« Das Motto, das dem im April/Mai 1949 begonnenen Roman ›The Last Day‹ voranstehen sollte, lautet: ›Wer sein Leben verliert, der gewinnt es‹.

13. 6. 1949
1] *Brief nach Weimar:* An Heinz-Winfried Sabais, Zürich 12. 6. 1949, Reg. III, 49/344; Br. III, 90. *68*
2] *Brief nach Cleveland:* Nach Reg. IV, 585 verschollen.
3] *Katzensteins:* TMs alte (s. TB 9. 4. 1934) Zürcher Freunde, der Neurologe Dr. Erich Katzenstein (1893–1961) und seine Frau, Dr. Nettie Sutro Katzenstein (1889–1967). S. auch TB 46–48, 599.
4] *Diskussion über Faustus:* Nach Auskunft von Herrn Dr. Jörg Hucklenbroich vom Historischen Archiv des Süddeutschen Rundfunks, Stuttgart, fand die Diskussion über das Thema ›Thomas Mann und die Deutschen‹ am 13. 6. 1949 von 22.00–22.30 statt. Es unterhielten sich »drei Autoren, die alle in einer besonderen Weise zu dem umstrittenen Dichter in einem Verhältnis stehen« (Ansagetext), nämlich Herrmann Mostar, Hans Reisiger und Albrecht Goes. Die Ansage lautete: »Voreilige und zum Teil entstellende Pressemeldungen über angebliche Äußerungen Thomas Manns haben in den letzten Jahren viel dazu beigetragen, das Bild des großen Schriftstellers im deutschen Bewußtsein zu trüben. Gewiß ist die oft labile Haltung Thomas Manns gegenüber den Nachkriegsfragen in Deutschland angreifbar, gewiß lassen sich genug Gründe und Gegengründe für diese Haltung finden. Doch was ist wirklich gesagt worden in gelegentlichen Äußerungen, was ist niedergelegt im Werk?«

14. 6. 1949

68 1] *Frau Guijer:* Vermutlich die Architektin Lux Studer-Guyer (1894–1955), Erbauerin und Besitzerin des Hauses Schiedhaldenstr. 33, das TM mit seiner Familie vom 27. 9. 1933–14. 9. 1938 bewohnt hatte.

2] *Wolframs Verse auf Hartmann:* Die berühmte Stelle über Hartmann von Aue, »Hartmann der Ouwaere ...« steht nicht bei Wolfram von Eschenbach, sondern bei Gottfried von Straßburg im ›Tristan‹, Vers 4619–4720.

3] *»Belrapeire«:* Wahrscheinlich sollen die Anführungszeichen auf Parzivals Heimat ›Pelrapeire‹ verweisen und besagen, daß der kluge Lehrer Vorbilder und Variationen durchaus zu erkennen vermochte.

15. 6. 1949

68 1] *im alten Haus:* S. TB 14. 6. 1949, Anm. 1.

69 2] *Bonner Brief:* Der Brief an den Dekan der Philosophischen Fakultät der Universität Bonn vom 31. 12. 1936, mit dem TM auf die Nachricht reagierte, daß die Rheinische Friedrich-Wilhelm-Universität ihm die 1919 verliehene Ehrendoktorwürde aberkannt habe. Text: *Briefwechsel mit Bonn*, GW XII, 785–792.

3] *Frankfurter Oberbürgermeister:* Der Jurist und während der NS-Zeit wiederholt inhaftierte SPD-Politiker Walter Kolb (1902–1956), von 1946 bis zu seinem Tode Oberbürgermeister von Frankfurt am Main.

4] *Bürgermeister von Nürnberg:* Dr. Otto Ziebill. Gemeinsam mit TMs altem Bekannten Heinz Stroh hatte Otto Ziebill TM in einem Brief vom Dezember 1948 um die Genehmigung gebeten, in Nürnberg eine TM-Gesellschaft gründen zu dürfen. S. dazu TB 46–48, 855, 857/858.

5] *Londoner Dinner-Rede:* Auszüge dieser Rede (s. TB 20. 4. 1949, Anm. 1) erschienen – zusammen mit der *Ansprache in der Wiener Library* – im ›Mitteilungsblatt des PEN-Clubs Deutscher Autoren im Ausland, Sitz London‹, No. 3, September 1949.

16. 6. 1949

69 1] *an Klaus Pr.:* Das Schreiben gilt als verschollen; s. Reg. IV, 585.

17. 6. 1949

1] *Frau Wyler-Salten:* Die Tochter des 1938 nach Zürich emigrierten Wiener Schriftstellers Felix Salten (1869–1945), Anna Katharina (Katja) Wyler (1904–1977). 70

2] *Dr. Pollag:* Der Zürcher Internist und Kunstsammler Dr. Sigmund Pollag (1888–1977); s. auch TB 46–48, 599.

3] *»Gespenstergeschichten von Turgenjew«:* Vermutlich Iwan Sergejewitsch Turgenjews (1818–1883) ‚Phantasie' ›Gespenster‹.

4] *Mailänder Truppe:* Das von Giorgio Strehler geleitete ›Piccolo Teatro della cittá di Milano‹ spielte ›Il corvo‹ von Carlo Gozzi (1720–1806).

18. 6. 1949

1] *Dr. Asper:* TMs alter Zürcher Zahnarzt Dr. Hans Asper. 70

2] *Meldung:* ›Auch Goethe-Preis in der Sowjetzone für Thomas Mann‹, ›Die Tat‹, 17. 6. 1949.

3] *Mosers:* Der Diplomingenieur Fritz Moser und seine Frau Paula waren die Eltern von TMs Schwiegertochter Gret.

4] *Frl. Andreä:* Die aus Berlin stammende Zürcher Pianistin Bärbel Andreae, gesch. Mossner, (geb. 1909), mit der gemeinsam Michael Mann am 24. November 1949 einen Konzertabend im Konservatorium gab. S. TB 3. 12. 1949, Anm. 8.

5] *Marcelli:* Vermutlich sind Kompositionen eines der Brüder Marcello, Benedetto (1686–1739) oder Alessandro (1669–1747), gemeint.

6] *Milhaud:* Der französische Komponist Darius Milhaud (1892 bis 1974), 1940–1947 im Exil in Kalifornien.

19. 6. 1949

1] *Herrn Molden:* Dr. Ernst Molden, Verleger und Herausgeber der Wiener Tageszeitung ›Die Presse‹. 71

20. 6. 1949

1] *apologetischer Artikel:* Felix Stössinger, ›Diskussion mit Zeitschriften: Um ‚Doktor Faustus'‹, ›Neue Schweizer Rundschau‹, N. F. Jg. 16, April 1949, 678–681: eine Verteidigung des TM'schen *Faustus*-Romans gegen falsche Inanspruchnahmen in Deutschland und, speziell, gegen den Holthusenschen Vorwurf von der Konstruktion einer ›Welt ohne Transzendenz‹. 71

2] *Stössinger:* Der aus Prag stammende Journalist Felix Stössinger (1889–1954). (S. TB 46–48, 775.)
3] *neues Programm:* S. TB 21. 6. 1949, Anm. 4.
4] *von J. Mercanton:* Das Schreiben des Schriftstellers und späteren Romanisten an der Universität Lausanne, Jacques Mercanton (geb. 1910) befindet sich nicht mehr unter den im TMA verwahrten Materialien. S. jedoch TM an Jacques Mercanton, Vulpera-Tarasp, 6. 7. 1949: »Beinahe am meisten in Ihrem Brief hat die Stelle über Joyce, Ihren Umgang mit ihm und seine mir gewidmete Äußerung über den ›Zauberberg‹ im Zusammenhang mit Ulysses mich interessiert. Es hätte mir Freude gemacht, wenn ich diese Äußerung schon in dem Entstehungsbüchlein hätte verwenden können.« (Im TMA)
5] *an Kerényi:* An Karl Kerényi, Zürich 20. 6. 1949, Reg. III, 49/357; TM/KK 166–168.
72 6] *Goethe-Vortrags-Bericht:* Nicht ermittelt.

21. 6. 1949
72 1] *an Mrs. Meyer:* An Agnes E. Meyer, Zürich, 21. 6. 1949, Reg. III, 49/359.
2] *Fall [. . .] im State Dpt.:* Die wegen Spionage für die Kommunisten am 4. März verhaftete 28jährige Studentin Judith Coplon hatte am 17. Juni die Anklage ins Wanken gebracht, indem sie aussagte, die bei ihr gefundene und als Indiz gegen sie verwendete Kopie eines geheimen FBI-Reports habe sie im Auftrag ihres Vorgesetzten im Department of Justice, wo sie im letzten Jahr als ›political analyst‹ arbeitete, gezogen. Die ganze Angelegenheit sei eine Falle gewesen, mit deren Hilfe der FBI ihren Freund, den russischen Ingenieur Valentin A. Gubitchev, der Zusammenarbeit mit den Sowjets habe überführen wollen. – Die in Zeitungsberichten ausgebreiteten echten und erfundenen Details der Kriminal- und Liebesgeschichte lassen TMs Interesse an diesem Fall einleuchtend erscheinen: Er war stets von Geschichten à la Balzac fasziniert.
3] *Artikel von Newman:* Nicht ermittelt.
4] *Vorlesung:* TM las aus den Kapiteln ›Die Kinder‹, ›Die schlimmen Kinder‹ und ›Die Auffindung‹. Zur Einführung sprach er über die Quellen seines ›Erwählten‹ und zitierte nun seinerseits die Verse von Gottfried von Straßburg über Hartmann von Aue, die ihm bei der Einführung zur Vorlesung in Küsnacht am 14. 6. 1949 so großen

Eindruck gemacht hatten; er fügte, wie Werner Weber in seiner Besprechung der ETH-Vorlesung, NZZ 23. 6. 1949, Fernausg., berichtete, hinzu: »Etwas Schöneres läßt sich von einem Erzähler nicht sagen; ich wünsche mir wirklich, daß ein Kollege von mir, vom Range Gottfrieds, solche Verse über mich schriebe.«

22. 6. 1949

1] *an H. Carossa:* An Hans Carossa, Zürich, 22. 6. 1949, Reg. III, 49/ 72
360: »Auf Frankfurt werde ich mich beschränken müssen. [...] Natürlich ist es mühsam, die inständigen Bürgermeister-Einladungen [...] abzulehnen. Das deutsche Verhalten zu mir hat, in Haß und Verlangen, einen sonderbar hysterischen Charakter angenommen. Ich verspreche mir von meinem Besuch Beruhigung im Sinn der Ernüchterung. An der Herzlichkeit wird es ganz unwillkürlich meinen Worten nicht fehlen, und das große, gebändigte Deutschtum Goethes ist ein Thema, das viele Möglichkeiten der Verständigung und Versöhnung bietet.« (TMA)

2] *H. Carossa:* Der Arzt und Schriftsteller Hans Carossa (1878 bis 1956).

3] *von Salis:* Der Schweizer Historiker Jean Rodolphe von Salis (geb. 1901), seit 1935 Professor der ETH in Zürich, mit seiner Frau Elisabeth.

4] *Die beiden Marien:* Die beiden ehemaligen Münchener Hausangestellten der Familie Mann, Marie Kurz und Maria Ferber.

5] *Dr. Weber:* Der Feuilleton-Redakteur der ›Neuen Zürcher Zei- 73
tung‹ Werner Weber (geb. 1919).

6] *Besprechung:* Werner Weber, ›Thomas Mann vor den Zürcher Studenten‹, ›Neue Zürcher Zeitung‹ v. 23. 6. 1949, Morgenausg., Bl. 2.

24. 6. 1949

1] *Vikko's Verleger:* Johannes Weyl, Leiter des Südverlages, Kon- 73
stanz.

2] *Prof. Stälin:* Der Direktor der Psychiatrischen Universitätsklinik ›Friedmatt‹ in Basel, John Eugen Staehelin (1891–1969).

25. 6. 1949

73 1] *Klaus' Aufsatz:* Klaus Manns Essay erschien auf englisch in ›Tomorrow‹, vol. 8, 1949, No. 10 und deutsch – in der Übersetzung von Erika Mann – unter dem Titel ›Die Heimsuchung des europäischen Geistes‹, ›Neue Schweizer Rundschau‹, N. F., Jg. 17, H. 3, Juli 1949, 131–147.

74 2] *Vikko's Buch:* Viktor Mann, ›Wir waren fünf. Bildnis der Familie Mann‹. Das Buch erschien postum 1949 in Konstanz.

26. 6. 1949

74 1] *Dr. Baumgartner:* Dr. Paul Baumgartner (1914–1982), 1946 bis 1953 Chefredakteur der Zürcher illustrierten Wochenschrift ›Sie und Er‹.

2] *an Dolf Sternberg:* An Dolf Sternberger, Zürich, 16. 6. 1949, Reg. III, 49/365.

3] *Dolf Sternberg:* Gemeint ist der Essayist, Publizist und Politikwissenschaftler Dolf Sternberger (1907–1989), der 1949 Mitherausgeber der Zeitschrift ›Die Wandlung‹ war. S. auch TB 46–48, 395.

4] *Aufsatz von Klaus:* S. TB 25. 6. 1949, Anm. 1.

27. 6. 1949

75 1] *Hansemann:* Das Café Hanselmann in St. Moritz.

2] *Verabredung:* S. dazu den TB 4. 6. 1949, Anm. 2 nachgewiesenen Bericht Motschans über die gemeinsame Reise.

12. 7. 1949

75 1] *Frankfurter Rede: Ansprache im Goethejahr 1949,* GW XI, 481–497.

2] *Telegrammwechsel:* Nicht erhalten. Vermutlich wegen Reinschrift der Goethe-Rede durch TMs Zürcher Sekretärin.

3] *Widerwärtiges aus Deutschland:* ›Die Zeit‹, Hamburg, 23. 6. 1949, Josef Marein, ›Thomas Mann: Goethe-Preisträger östlich und westlich. Über ‚Die Entstehung des Doktor Faustus' – Nachrede einer Nachrede‹ und Walter Abendroth: ›Leverkühns Musikvorstellung. Tonkunst als Erbsünde‹ mit dem Tenor: »Dieser Roman – besser: diese psychoanalytische, mit politischen und persönlichen Ressentiments reichlich gewürzte Kulturstudie – ist ein Beispiel dafür, daß ein kluger Mann unter Umständen ein immenses ›Wissen‹ aufbieten kann, um eine tiefere Ignoranz zu verbergen, oder sagen wir: um zu zeigen, wie fremd ihm der Gegenstand ist. Dieses ›Wissen‹ ist nämlich ein Kompendienwissen, das nicht aus einem eigenen geistigen Verständnis der Sache, sondern aus einer wohlversehenen Bibliothek geschöpft ist. [. . .] Ob musikalische Stilfragen untersucht, ob technische Probleme erörtert, ob historische, entwicklungsgeschichtliche Vorgänge durchgesprochen werden, ob Anekdotisches anklingt oder etwa das Verhältnis zwischen Wort und Ton geprüft wird: stets lassen sich die einschlägigen fachliterarischen Quellen erkennen. Wo diese sichere Basis der Gelehrsamkeit verlassen wird und der eigentliche Romanschriftsteller spricht, stellen sich bei der Schilderung musikalischer Angelegenheiten (zum Beispiel bei Aufführungsberichten) die fatalsten Gemeinplätze mittelmäßiger Konzertreferenten ein. [. . .] Wenn ein Thomas Mann sprachlichen Klischees verfällt – da muß etwas nicht stimmen. Und es stimmt etwas nicht! Es stimmt nicht, daß er das Wesen der Musik jemals begriffen habe. Worin er zu Hause ist, das ist lediglich die Musikanschauung des Wagner-Zeitalters, die für ihn heute noch gilt, ihn heute noch beherrscht. Er hat sich zu ihr eine ohnmächtige Haßliebe bewahrt, die ihn völlig erfüllt, mit der er nicht fertig wird und die er hier sich abzureagieren versucht . . .« usw. – Zu TMs Beurteilung dieses Artikels vgl. den Brief an Albert Moeschinger, Vulpera, 15. 7. 1949: »Es ist gutmütig, daß ich [nach Deutschland] fahre. Die Bosheit der Deutschen ist nie zu stillen. Lesen Sie das Beiliegende. Was für ein schlecht bereitetes Gift: die Wahrheit ist gerade umgekehrt: Die Nicht-Musiker klagen über Schwer-Zugänglichkeit, aber alle Musiker zeigen sich bewegt und finden etwas vom Schicksal der Musik ausgedrückt. Auch wüßte ich nicht, wo in dem Buch sich ›ohnmächtige Haßliebe‹ gegen Wagner äußerte. Es weiß ja kaum noch etwas von Wagner und spielt ganz in der nach-romantischen Sphäre. Und was für ein gehässiger Esel muß einer sein, um aus dem Buch Feindschaft gegen die Musik herauszulesen! Zu glauben, er müsse Musik gegen mich verteidigen!« (TMA)

4] *»Thüringische Landeszeitung«:* Die ›Thüringische Landeszeitung‹ (›Organ der Liberal-Demokratischen Partei‹), Weimar, hatte – wie aus einem den bevorstehenden Ehrungen (Ehrenbürgerbrief von Weimar und Goethe-Preis) gewidmeten Kasten auf der ersten Seite ihrer Ausgabe vom 26. 7. 1949 hervorgeht – TM »eine Reihe von Artikeln geschickt, die im Laufe der letzten Zeit in verschiedenen Ausgaben der Zeitung erschienen waren und sich mit dem Schaffen des Dichters auseinandersetzten«. TM antwortet am 17. 7. 1949 aus Vulpera mit einem, gleichfalls im o.e. Kasten faksimilierten Dankesschreiben: »Der Geist der Freundwilligkeit, der daraus [i. e. aus den zugesandten Ausschnitten] spricht, unterscheidet diese Artikel in einer mir sehr bemerkenswerten Weise von so mancher Aeußerung, die mir aus anderen Zonen Deutschlands vor Augen kommt.«

76 5] *Brief von [...] Möschinger:* Das sechsseitige Schreiben, Saas Fee, 9. 7. 1949, befindet sich im TMA. Es ist abgedruckt in ›Albert Moeschingers Briefwechsel mit Thomas Mann‹,›Schweizer Musikzeitung‹, Jg. 112, H. 1, Jan/Febr. 1972, 3–11.

6] *Möschinger:* Der Schweizer Komponist Albert Moeschinger (1897–1985) hatte nach der von TM im *Doktor Faustus* (GW VI, 457) Adrian Leverkühn zugeschriebenen Andersen-Variation über die kleine Seejungfrau eine ›dramatische Kantate‹ für Soli, Chor und Orchester (op. 75, 1948) geschrieben, deren Uraufführungs-Aufzeichnung TM am 25. 6. 1949 im Studio Basel gemeinsam mit dem Komponisten abhörte. S. TM an A. Möschinger, 16. 6. 1949, ›Schweizer Musikzeitung‹, a.a.O. 10.

7] *Prof. Fehr:* Vermutlich der Schweizer Jurist und Rechtshistoriker Hans Fehr (1874–1961), bei dem TM während eines Vortrags-Aufenthaltes in Heidelberg im Sommer 1922 zu Gast war. S. TM an Ernst Bertram, München, 8. 7. 1922, Reg. I, 22/59, TM/EB 111–113: »Heidelberg war reizend. [...] Ich wohnte bei dem Rechtshistoriker Fehr, hoch über der Stadt, in der Nähe des Schlosses, mit schönstem Blick über die Neckar-Ebene.«

8] *Roman »Der Atem«:* Heinrich Mann, ›Der Atem‹, Querido, Amsterdam 1949.

9] *Um Hauptmanns Nachlaß [...] Streit:* Über alle Phasen des Streites, die politischen Implikationen und die beteiligten Personen informiert das Kapitel ›Das Erbe und die Erben‹ in Hans Daibers Biographie ›Gerhart Hauptmann oder der letzte Klassiker‹, Wien, München, Zürich 1971, 305–320.

10] *Hülsen:* Der Schriftsteller und Journalist Hans von Hülsen (1890–1968), ein früher Bekannter TMs und 1908–1934 (spätere Briefe sind nicht nachweisbar) sein Briefpartner. Hans von Hülsen,

langjähriger Sekretär Hauptmanns, hatte in jenem von TM apostrophierten Streit, der in erster Linie um den rechten Umgang mit dem schriftstellerischen Nachlaß ging, gegen Hauptmanns jüngsten Sohn Benvenuto und Hauptmanns Witwe Margarete, geb. Marschalk (1875–1957), Stellung genommen.
11] *an Vikkos Verleger:* Nach Reg. IV, 585 ist der Brief verschollen.
12] *Familienbuch:* ›Wir waren fünf‹; s. TB 25. 6. 1949, Anm. 2.
13] *Sandte alte Bilder aus Königsberg:* Das Subjekt des Satzes ist unklar. Im TMA befinden sich keine Bilder, auf die TMs Beschreibung zutrifft. Auch der Zusammenhang mit dem Publizisten Dr. Ludwig Goldstein (s. Reg. V, 93 und TB 33/34, 673) konnte nicht ermittelt werden.
14] *in der »Frankfurter Rundschau«:* ›Großvater und Enkel. Thomas Mann und sein Enkel Frido‹, ›Frankfurter Rundschau‹, 2. 7. 1949, 6.
15] *Braungart über »Fiorenza«:* Richard Braungart, ›Thomas Mann's ‚Fiorenza' im Residenztheater‹, ›Propyläen‹, Beilage zum ›Münchner Merkur‹ v. 8. 7. 1949.
16] *Fiedler:* Der evangelische Pastor Dr. Kuno Fiedler (1895–1973), ein langjähriger (seit 1915) Korrespondenzpartner und Freund TMs, dessen Tochter Elisabeth er 1918 taufte, lebte nach seiner Flucht aus dem NS-Gefängnis als Seelsorger in St. Anthönien in der Schweiz (s. auch TB 44–46, 390).

13. 7. 1949
1] *Taft gegen den Atlantik-Pakt:* In den Senatsdebatten vom 5.–8. *77*
und 11. 7. 1949 über die Ratifizierung des Atlantik-Pakts war der republikanische Politiker, 1949 Senator von Ohio, Robert A. Taft (1889–1953) als Führer der Opposition aufgetreten und hatte gesagt, er werde gegen den Vertrag stimmen, weil der Pakt unentwirrbar (»inextricably«) mit der Militärhilfe für Europa verbunden sei und leicht zu einer Kollision mit der UdSSR führen könnte.

14. 7. 1949
1] *an Heinrich:* An Heinrich Mann, Schuls-Tarasp-Vulpera, 14. 7. *77*
1949, Reg. III, 49/385; Br. III, 92/93; TM/HM 241–243.
2] *Freund von der Pfeffermühle:* Vermutlich Arthur Fischel; s. TB 24. 2. 1949, Anm. 1.
3] *Klaus' Autobiographie:* Klaus Mann, ›Der Wendepunkt. Ein Le-

bensbericht‹, Frankfurt 1952. Hier ist die englische Ausgabe ›The Turning Point‹ gemeint.
4] *»Expressen«:* Die Stockholmer Zeitung ›Expressen‹ hatte im Juli 1949 eine Besprechung von Friedrich Sally Großhut über Heinrich Manns Roman gedruckt.
5] *Artikel über Golos Vortrag:* Die Besprechung von Golo Manns vor der Marie-Gretler-Stiftung in Zürich gehaltenem Vortrag über ›Fortschrittsglaube und Zweifel im amerikanischen Geschichtsdenken‹ war am 14. 7. 1949 in der NZZ erschienen.

15. 7. 1949
78 1] *G. Benns »Ptolomäer«:* Gottfried Benns Prosaband ›Der Ptolemäer‹ war 1949 in Wiesbaden erschienen.
2] *»Abschied von der bisherigen Geschichte«:* Der Titel eines 1946 publizierten Buches von Alfred Weber. S. TB 10. 11. 1946.
3] *Lion [...] empfahl:* Das Schreiben von Ferdinand Lion befindet sich nicht unter den im TMA verwahrten Dokumenten.
4] *an Möschinger:* Schuls-Tarasp-Vulpera, 15. 7. 1949, Reg. III, 49/387; s. auch TB 12. 7. 1949, Anm. 5.
5] *Men Rauch:* Der Schweizer Schriftsteller Men Rauch (Men Füm) (1888–1958). Sein Gedichtbändchen war 1944 in Samedan erschienen.

16. 7. 1979
78 1] *an Lion:* Der Brief an Ferdinand Lion gilt als verschollen; s. Reg. IV, 585.
2] *Bearbeitung:* Unter der Überschrift ›Goethe‹ in der ›Picture Post‹, London, vol. 44, No. 9 und 10, 27. 8. und 3. 9. 1949, 28–33, 35–49 erschienen.

17. 7. 1949
79 1] *Angriff der »Zeit«:* Vermutlich Georg Hermanowski, ›Das Goethebild bei Thomas Mann‹, ›Die Zeit‹, 7. 7. 1949, 4 (dazu H. E. Hass in ›Welt am Sonntag‹, 17. 7. 1949).
2] *C. von Arx:* Der Schweizer Regisseur und Dramatiker Cäsar von Arx (geb. 1895) hatte am 14. 7. 1949 Selbstmord begangen.
3] *Schwierigkeiten des Atlantic Pakt:* S. TB 13. 7. 1949, Anm. 1. Am 12. 7. hatte der Senator von New York, John Foster Dulles

(1888–1959), später Außenminister seines Landes, in einer Jungfernrede der These von der unauflösbaren Koppelung des Bündnisses mit der Militärhilfe vehement widersprochen.

19. 7. 1949

1] *Prof. Mäder:* Facharzt für Hals-Nasen-Ohren-Krankheiten, den TM nach der Rückkehr aus den USA, in seinen letzten Schweizer Jahren, häufig konsultierte. 79

2] *Die »Tat« [...] über das Buch von Sven Hedin:* G. v. Uxkull, ›Sven Hedin und Hitler‹, ›Die Tat‹, 18. 7. 1949, 1: eine Besprechung von Sven Hedins 1949 in Stockholm erschienenem Buch ›Utan Uppdrag i Berlin‹ (›Ohne Auftrag in Berlin‹).

3] *Scholl:* Die Zürcher Papierwarenhandlung, in der TM seit seiner Emigration seine Schreibutensilien – namentlich die Wachstuchkladden für die Tagebuchaufzeichnungen – zu kaufen pflegte. 80

4] *Kestners Rundschau-Nekrolog:* Hermann Kesten, ›Klaus Mann‹, ›Die Neue Rundschau‹, H. 16, Herbst 1949, 573–580.

5] *Gasser:* Der Schweizer Schriftsteller und Journalist Manuel Gasser (1909–1979), Mitbegründer der Zürcher Wochenzeitung ›Die Weltwoche‹, später Chefredakteur der Zeitschrift ›du‹.

20. 7. 1949

1] *Schweizer Ausgabe von »Buddenbrooks«:* Erst 1952 in einer Ausgabe der Büchergilde Gutenberg, Zürich, realisiert. 80

2] *einbändige deutsche Joseph-Ausgabe:* Erst 1964 erschienen.

21. 7. 1949

1] *Manuskript für die »Wandlung«: Goethe und die Demokratie;* s. TB 1. 10. 1949, Anm. 3. 80

2] *Artikel für »Sie und Er«:* TMs Artikel ›Goethe, der Gegenwärtige‹, ein Text, dem die Goethe-Passage aus dem Essay ›Die drei Gewaltigen‹ und einige Absätze aus der ›Ansprache im Goethejahr‹ zugrunde liegen, erschien in der Schweizer Zeitschrift ›Sie und Er‹, Zofingen, No. 34 v. 26. 8. 1949. Der Text ist im Anhang, No. 9, S. 661–663 abgedruckt.

3] *Klaus' [...] Prozeß:* Nicht ermittelt. 81

4] *Arnoldo Mondadori:* Thomas Manns italienischer Verleger, in dessen Mailänder Verlag zwischen 1933 und 1937 und ab 1946 nahezu alle italienischen Ausgaben TMs erschienen.

5] *Artikel von Sieburg:* Friedrich Sieburg, ›Frieden mit Thomas Mann‹, ›Gegenwart‹, Jg. 4, No. 14 v. 15. 7. 1949, 14–16.
6] *Sieburg:* Der Schriftsteller und Journalist Friedrich Sieburg (1893–1964), 1924–1942 Korrespondent und Redakteur der ›Frankfurter Zeitung‹, war 1948–1955 Mitherausgeber der ›Gegenwart‹.
7] *Kerstin Strindberg:* August Strindbergs Tochter, die Malerin Kerstin Strindberg (1894–1954).
8] *Nebel:* Hans Feist. S. TB 1. 1. 1949, Anm. 9.
9] *Neues von dem österreichischen Permit officer:* Nicht mehr zu ermitteln.
10] *Lala Pringsheim:* Klaus Pringsheims Frau Klara, gen. Lala oder Lalla, geb. Kotzler (1888–1978).

23. 7. 1949

82 1] *Gefühl, alsob es in den Krieg ginge:* Am 23. Juli konnte TM noch nicht ahnen, wie wenig ihn sein Gefühl trog. – Zunächst allerdings schien alles gutzugehen. Die erste Pressekonferenz in Frankfurt am Main verlief glimpflich. Der telefonische Bericht des Korrespondenten der ›Neuen Zürcher Zeitung‹, Frankfurt am Main, 25. Juli, beschönigte weder die Schwierigkeiten des Wiedersehens mit Deutschland noch unterdrückte er die Stimmen der ernstzunehmenden Opposition und stand in seinem Bemühen um Toleranz und Gerechtigkeit für die Majorität der öffentlichen Äußerungen: »Nach 16jährigem Exil hat Thomas Mann am Sonntag den Weg nach Deutschland zurückgefunden. Das Wiedersehen mit dem Dichter [. . .] bedeutet für die deutsche Öffentlichkeit mehr als ein literarisches Ereignis. Thomas Mann ist nach seiner Ausstoßung aus dem Dritten Reich in der Neuen Welt seinem eigenen geistigen und künstlerischen Weg gefolgt, der ihn weitab von den tragischen Irrpfaden seines Vaterlandes führen mußte. In die *Bewunderung* für sein Werk und in die Dankbarkeit dafür, daß er in schwarzer Stunde ein Stück deutscher Kultur dem vernichtenden Zugriff des Totalitarismus entzogen hat, mischen sich im heutigen Deutschland die *Ressentiments* dem Autor gegenüber, der auch nach dem Sturz der Gewaltherrschaft die Geborgenheit seines californischen Besitzes den Entbehrnissen und Ruinen seiner Heimat vorgezogen hat. Als die Stadt Frankfurt [. . .] beschloß, ihm [. . .] ihren *Goethe-Preis* zu verleihen, schwankte die Reaktion in der Öffentlichkeit [. . .] zwischen begeisterter Zustim-

mung und empörter Ablehnung. Immer wieder sind in den letzten Tagen und Wochen die Worte, die Thomas Mann während und nach dem Krieg über sein Verhältnis zu Deutschland und über die deutsche Schuld geschrieben und am Radio gesprochen hat, auf die Goldwaage gelegt worden. Die Art, in der Mann das nationalsozialistische Regime zeitweise mit dem deutschen Volk identifiziert hat, ist ihm vielerorts noch nicht vergeben. ›Du hast einen anderen Geist als wir!‹ rief ihm Fabian von Schlabrendorff, der zur Widerstandsgruppe des 20. Juli gehört, [. . .] in der ›Allgemeinen Zeitung‹ zu. / Die Überbrückung und Beseitigung dieser zum Teil auf Mißverständnissen beruhenden Spannungen ist dem heute 74jährigen offensichtlich ein Anliegen, dessen Erledigung er sich während seiner ganzen Deutschlandreise zum vordringlichen Ziele gesetzt hat.« Selbst die Bedenken gegenüber der Weimar-Reise werden in den Berichten über die Pressekonferenz nur andeutend und referierend vorgetragen (vgl. die TB 4. 8. 1949 Anm. 1 und 5 zitierten Belege). Diese Neutralität in politicis sollte sich schnell und nachhaltig ändern. Als TM von seinem Besuch im sowjetisch besetzten Teil Deutschlands nach Frankfurt zurückkehrte, sah er sich einer nicht selten mit äußerster Schärfe vorgetragenen Kritik gegenüber, die in erster Linie durch seine Weigerung ausgelöst worden war, einer Aufforderung der ›Kampfgruppe gegen Unmenschlichkeit‹ nachzukommen und während seines Weimar-Aufenthaltes das Internierungslager Buchenwald zu besuchen, in dem die Sowjets nach der Befreiung erneut nahezu 12 000 ›Regimegegner‹ inhaftiert hatten. Die Presseerklärung – *Erklärung zu der Aufforderung der ›Gesellschaft zur Bekämpfung der Unmenschlichkeit‹, Buchenwald zu besuchen,* GW XIII, 225 –, von TM noch kurz vor seiner Abreise aus Frankfurt »in großer Erregung und in Hut und Mantel im Gästehaus der Stadt Frankfurt in Schönberg« (so ein Vermerk auf dem Blatt, auf dem TM die »für die Presse bestimmte Notiz« hastig niedergeschrieben hatte) verfaßt –, war am 28. 7. 1949 in der ›Neuen Zeitung‹ und in der ›Welt‹ erschienen und löste bei vielen Deutschen Empörung aus.
Eugen Kogon, Buchenwald-Häftling während der Zeit des Nationalsozialismus, machte sich zum Sprecher aller Enttäuschten, als er TM in einem undatierten, u. a. am 1. 8. in der ›Schwäbischen Landeszeitung‹ veröffentlichten Offenen Brief ins Gewissen redete: »Lassen wir die Frage beiseite, ob Sie an die einladenden deutschen Behörden

82 eine Forderung stellen sollten, die zu erfüllen diesen offensichtlich unmöglich wäre, oder ob Sie an die zuständige Besatzungsmacht das Ansinnen hätten herantragen lassen können, eine Genehmigung zum Besuch von Buchenwald zu erteilen, die nur eine überaus bemerkenswerte Ausdehnung der Erlaubnis gewesen wäre, nach Weimar zu kommen, was von der gleichen Macht abhing, die darum angegangen werden mußte, die Einreise in die Zone zu gestatten, und nicht von deutschen Behörden. Sie können dem Genius Goethe in Weimar heute nicht huldigen, ohne die Erlaubnis der dort herrschenden Besatzungsmacht. /Sollten Sie in Weimar sprechen, so stellen Sie sich der Freundschaft oder dem Haß von 12 000 politischen Gefangenen im bloß acht Kilometer entfernt gelegenen Konzentrationslager Buchenwald, ›armen, leidenden Menschen‹, um über Ihre Person hinaus, auf die Sie sie anwandten, Worte aus Ihrer Frankfurter ›Ansprache im Goethe-Jahr‹ zu gebrauchen. Armen, leidenden Menschen, die sich freilich nicht ›mit den Problemen dieser in Geburtswehen der neuen, in Umwälzungen und qualvollen Anspannungsnöten liegenden Zeit herumschlagen‹, sondern die wegen solcher Probleme herumgeschlagen werden, was – nicht wahr? – für das Maß und die Heftigkeit des Leides einigen Unterschied ausmacht. /Schon einmal, es muß im Herbst 1941 oder im Frühjahr 1942 gewesen sein, haben deutsche Schriftsteller in Weimar, dem Geiste Goethes huldigend, gegen die Unmenschlichkeit gesprochen – natürlich nicht etwa gegen die nationalsozialistische, sondern gegen die sowjetische – und Ihre Kollegen in Buchenwald [. . .] mußten [. . .] mit Entsetzen, Abscheu und [. . .] ohnmächtiger Wut das glorreiche Gerede zur Kenntnis nehmen. [. . .] Wollen Sie [. . .] sich und die 12 000 Gefangenen von heute in eine ähnliche Lage bringen? [. . .] Ich meine, sehr geehrter Herr Mann, da dies die tragische Wirklichkeit ist, eine Wirklichkeit der Besatzungszonen, in denen wir leben müssen, indes bloß in ›Deutschland als Ganzes‹, nämlich, wie Sie sagten, in der ›freien, von Besatzungen unberührten deutschen Sprache‹, die uns verbindet, wir nicht leben können. Ich meine daher, daß Sie, wenn Sie sich entscheiden wollten, genau wie wir, die wir uns entschieden haben, gar keine echte Wahl hätten, solange wir am Wunsch und Willen zu den Forderungen der Humanität, nicht bloß zu einer Humanität in Abstracto festhalten./ Der einzige, allerdings fragwürdige, aber immerhin begreifliche Ausweg, den ich für Sie sehe, wenn Sie der

gleichen Meinung nicht sein sollten, ist der: in Weimar öffentlich zu schweigen – für Goethes und für Ihr Ansehen hörbar zu schweigen.« –
Ähnlich wie Kogon – nur noch schärfer – schrieb im Namen »mehrerer Buchenwaldhäftlinge, die sich in den letzten Tagen bei uns [d.i. der ›Kampfgruppe gegen Unmenschlichkeit‹] gemeldet haben« – der Leiter dieses Verbandes, Rainer Hildebrandt: »In zwei gleichen Reden haben Sie darauf hingewiesen, daß die gefährdet erscheinende Einheit keiner repräsentieren könne, als ein unabhängiger Schriftsteller, dessen Welt die von Zonengrenzen unberührte deutsche Sprache sei. Im Namen der dem Tode entronnenen Opfer eines Terrorsystems, das dem nazistischen nur durch seine Tarnung überlegen ist, soll ich Ihnen antworten, daß es gegenüber der Unmenschlichkeit keine Neutralität gibt, und ich soll Sie an die Vorwürfe erinnern, die Sie von draußen gegen alle die erhoben, die durch Repräsentation ein System der Unmenschlichkeit in den zurückliegenden zwölf Jahren verdeckten, und ich soll Sie weiter fragen, ob Sie Unmenschlichkeit mit zweierlei Maß messen.«
TM nahm zu all diesen Vorwürfen in dem ›Offenen Brief an den 82
schwedischen Korrespondenten Paul Olberg‹, P. P. 27. 8. 1949, Reg. III, 49/415; Br. III, 94–98; GW XIII, 795–799 Stellung (vgl. zum Olberg-Komplex TB 21. 8. 1949, Anm. 2), ohne sie jedoch – in den Augen vieler Enttäuschter oder Übelwollender – wirklich entkräften zu können. Im Gegenteil, der Brief an Olberg gab vor allem in den USA all jenen Kräften Auftrieb, die TM – spätestens seit er die Shapley'sche Friedenskonferenz im März 1949 öffentlich unterstützt hatte – kommunistischer Sympathien ziehen (vgl. z. B. den TB 2. 4. 1949, Anm. 3 zitierten ›Life‹-Artikel, aber auch den durchaus nicht untypischen Brief des Dirigenten Fritz Zweig, TB 5. 4. 1949, Anm. 1). Zum Anwalt der Übelwollenden machte sich fortan der amerikanische Journalist Eugene Tillinger; als Sprecher der Enttäuschten äußerte sich in einem dem Kogonschen Schreiben vergleichbaren ›Offenen Brief‹ vom 17. 9. 1949 der ehemalige Luftwaffen-Offizier und spätere Mit-Initiator des ›Nationalkomitee Freies Deutschland‹ Heinrich Graf von Einsiedel, bis 1948 Redakteur der (Ost)Berliner ›Täglichen Rundschau‹. Einsiedel, ein intimer Kenner der in Moskau ausgebildeten deutschen kommunistischen Szene und somit eines Teils der aus Moskau in die sowjetische Besatzungszone

82 zurückgekehrten politischen und kulturellen ›Prominenz‹, suchte Antwort auf die von Olberg gestellte Frage »Did Thomas Mann change overnight?« (ich zitiere aus der erstmals in der Zeitschrift ›Plain Talk‹, vol. VI, No. 3, December 1949, 58–62 abgedruckten englischen Version, eine deutsche ließ sich bisher nicht ermitteln), indem er mit Hilfe seiner präzisen Personalkenntnisse Thesen aus TMs Brief an Olberg widerlegte: so die Behauptung, daß das politische Regime in Thüringen kein reines Ein-Partei-System sei, daß Nicht-Kommunisten in Regierung und Stadtrat säßen und die Geistlichen frei gesprochen hätten. »[...] After these examples, you will understand that neither ›a Christian Democratic‹ chief mayor of Weimar nor the speech of a church warden, nor a theater admirably rebuilt (how many theatres were admirably rebuilt in the Third Reich?) nor a provincial bishop with a cross, nor still less Gerhart Hauptmann on a postage-stamp [alles von TM angeführte Beispiele für das allem Geistigen aufgeschlossene Klima im deutschen Osten] will divert me from my statement that though the Eastern zone has no pure one-party system, nevertheless it is one huge concentration camp.../ [...] Didn't you notice, on your journey through the Eastern zone, any of the horrible distortion and alienation which the Soviets and their henchmen had produced there? Didn't you at least read the newspapers [...] which shamelessly capitalized upon your, as you believed, non-political visit to Weimar, and didn't you realize that stupidity and insolence allied with terror have been enthroned there as the basic principle of the state?/ [...]/ Do you really believe that the Communists, as you write, have more respect for your creative achievements than the democrats do? Do you really believe that, though any Communists who would dare to hold an independent opinion not predigested by the Politburo would be excommunicated by the Communist Vatican and placed a part with the Fascist, Trotskyist and Titoist devils, an exception would be made in your case, permitting Communists to become your followers?/ In the Communist anti-Fascist school near Moscow, I was taught that only the interests of the class struggle count, and that the creative work of ›decadent bourgeois‹ like Rilke, Gide, Hermann Hesse, Camus, Stefan Zweig, who instead of revolutionizing the masses, degenerate into muddied individualism, is not worth a rap to an iron-fisted fighter in the Bolshevist class struggle. Spare me all those pronounce-

ments of Soviet officials and SED culture-bearers about Gide, Victor Gollancz, André Malraux, Sartre, Arthur Koestler and many others [...]./ [...] I would not write this to you if I had not appeased my own consience, just as you did, with the same arguments for a long time. As you say, in view of their different aims and different points of departure, fascism and Sovietism cannot be put on the same level; socialism cannot be realized without violence, etc. etc./ But unfortunately the moral counterbalance which represents the original libertarian and humanitarian aim of communism and the Russian Revolution as against the abuse of Soviet power, is merely a moral counterbalance, which possibly gives many people living under the Soviet system the strength to keep their souls and consciences unstained and to feel blameless of the crimes. – [...]/ Or is it perhaps a fatal error – and I put this question to you quite frankly – to suppose that only a moral difference exists between fascism and Sovietism? Are we not already in the midst of fascism if one can defend himself against the perverted use of democracy only through the suppression of democracy itself, of all legal guarantees, through prohibitions, secret police, an army of spies, and concentration camps – if, as it is so beautifully termed in the Soviet Union, no democratic rights should be granted to (actual or alleged) enemies of democracy. Should democracy commit suicide before it is murdered by Communist and Fascists, by resorting to violence even when it is a question of suppressing effrontery? / [...] / You write to Paul Olberg that in Weimar you looked into faces from which good-will and pure idealism shone forth. Do you perhaps believe that such faces were rarer in the third Reich? An error remains an error, even if it is an honest one, and the faith of a few men suffering from illusions does not make the Soviet prison system a temple of liberty./ [...] / Therefore I put the question to you again: ›Did Thomas Mann change overnight?‹ I dare to hope that you will answer this question again, not because it comes from me, but because my experience gives me a modest insight into the tragic fate of a few hundred million people behind the Iron Curtain.« –

Die Tagebücher geben keinen Hinweis darauf, daß TM dieser Brief *82*
jemals zu Gesicht gekommen ist. Wahrscheinlich jedoch hat er ihn gelesen, da er sich in derselben Zeitschriften-Nummer befand, in der auch Tillingers Angriff (s. TB 16. 12. 1949, Anm. 1) stand. Pri-

82 vate oder öffentliche Reaktionen sind nicht bekannt – es sei denn, man bewertet den 1951 geschriebenen ›Brief an den Ministerpräsidenten Walter Ulbricht‹ (›Neue Rundschau‹, 101. Jg. 1990, H. 2, 5–11) mit seinen Gnadengesuchen als das späte Einlösen eines lange gehegten Wunsches, damals in Weimar Versäumtes wieder gutzumachen.

4. 8. 1949

82 1] *Beutler:* Der Literarhistoriker Ernst Beutler (1885–1960), seit 1925 Leiter des Goethe-Museums und des Freien Deutschen Hochstifts in Frankfurt am Main. TM kannte Beutler spätestens seit seiner Rede zur Einweihung des erweiterten Goethe-Museums in Frankfurt am 14. 5. 1932.

2] *Presse-Konferenz:* In Gegenwart des Oberbürgermeisters vor ungefähr hundert Pressevertretern, »die sich im Raume drängten, als ginge es um weltpolitische politische Offenbarung«. Durch TMs Ausführungen – so der Korrespondent der NZZ – »ging immer wieder die nachdrückliche Versicherung, daß er sich innerlich nie von Deutschland abgewandt habe – er rief seinen ›über und über deutsch getönten‹ Dr. Faustus zum Zeugen an –, sondern trotz seiner amerikanischen Staatsbürgerschaft im Herzen Deutscher geblieben sei./ [. . .] Der Dichter ließ es sich sichtlich angelegen sein, nicht neues Porzellan zu zerbrechen. Er sprach von seiner Hoffnung auf die Schaffung einer *europäischen Staatenföderation* mit einem gleichberechtigten freien deutschen Partner. [. . .] In der kommunistischen Lehre glaubt Thomas Mann gewisse Beziehungen zur Humanität zu sehen, die sie über den reinen Nihilismus der nationalsozialistischen Doktrin erhebe. Er meinte zwar, daß das, was gegenwärtig im Osten geschieht, weniger die wirkliche kommunistische Idee als den *russischen Totalitarismus* widerspiegle; aber auch in diese Richtung zielende Fragen vermochten ihn nicht zu bewegen, gegen den roten Totalitarismus in ebenso offener Weise Stellung zu nehmen, wie er es seinerzeit gegen den braunen getan hat.« Seinen Entschluß, nach Weimar zu gehen, begründete TM damit, daß »sein Besuch dem ganzen, nicht durch Besatzungszonen, sondern durch die Sprache umrissenen Deutschland« gelte, und daß die beiden Goethe-Städte ihren Preis »im Jubiläumsjahr der gleichen Persönlichkeit zugesprochen« hätten, wertete er als ein »erfreuliches Zeichen dafür, daß wenigstens auf überpolitischem Gebiet die Geister doch noch zueinander finden könnten«.

3] *mit George:* Mit George Motschan. S. TB 4. 6. 1949, Anm. 2.

4] *Walterspiel:* Der Besitzer des Hotels ›Vier Jahreszeiten‹ in München.

5] *Empfang durch die Akademie:* Am 28. Juli in den Räumen des Prinz-Karl-Palais mit den Mitgliedern und geladenen Gästen, unter ihnen – neben den von TM im TB erwähnten – der bayerische Kultusminister, der Rektor der Universität, Walter Gerlach, Emma Vossler, Hans Carossa und Ernst Penzoldt, der TM willkommen hieß: »Willkommen – was für ein beziehungsvolles, fast kindlich-vertrauendes, die Arme ausbreitendes Wort. Willkommen, endlich wieder bei uns, Thomas Mann, als ein im doppelten, höchst rühmlichen Sinn Ausgewiesener, herzlich willkommen.« Thomas Mann dankte und bat, von einer ›eigentlichen, formgerechten Erwiderung‹ absehen zu dürfen: »Sie werden verstehen, daß dieser Besuch in München mir nicht nur eine tiefe Freude, sondern auch ein tiefes Leid ist. Es sind schwere Schicksale, die über uns alle weggegangen sind und wir wollen in dieser Stunde wenigstens das Freudige überwiegen lassen.« (›Münchner Merkur‹, 29. 7. 1949). – Thomas Manns Wiederkehr nach Deutschland wurde von der Presse, zumal in München, spaltenlang, meist im Ton der Hofberichterstattung, kommentiert. Abgewogen und über den Tag hinausweisend hingegen der alte Bekannte W. E. Süskind in der ›Süddeutschen Zeitung‹ vom 28. 7. 1949: »Die Rede in Frankfurt [...] war voller Versöhnlichkeit – man könnte sagen: fast zu glatt, zu entgegenkommend in ihrer etwas akademischen Milde. Noch bin ich der Meinung, daß Thomas Mann, wenn er 1946 gekommen wäre, in unsere noch umgepflügte Seelenlandschaft hinein, in einem Triumphzug des moralischen Pfingstgewitters durch Deutschland hätte ziehen können – mit politischer Heilsgewalt, weit über seine bewußten politischen Ressourcen hinaus. Denn damals war alles möglich. Jetzt sind wir längst wieder eingeschalt in Verstand und Ressentiment, und es ist nicht mehr viel möglich. So ist ein mildes und versöhnliches Wiedersehen wohl gerade das Rechte ...«.

6] *Carl Ehrenberg:* Der Kapellmeister und Komponist Carl Ehrenberg (1876–1962), ein Bruder des TM in seiner Jugend eng verbundenen Malers Paul Ehrenberg (1878–1949), der als Geiger, mit dem

TM oft musiziert hatte, das Vorbild für die Figur des Rudi Schwerdtfeger im *Doktor Faustus* abgab. Zu den Brüdern Ehrenberg vgl. TB 46–48, 534–536.

7] *Ebers:* Der Maler und Illustrator Hermann E. Ebers (1881–1955), ein Jugendfreund von Katia Mann, dessen Lithographien zur Josephslegende TM im Winter 1923 die ersten Anregungen gaben, sich mit dem Joseph-Thema zu beschäftigen. Vgl. auch *Lebensabriß*, GW XI, 136–139, sowie TB 46–48, 548/549.

8] *Hanfstängl:* Ernst (gen. Putzi) Hanfstängl (1887–1975), Auslandspressechef der NS-Regierung, ein alter Freund Hitlers, mit dem er sich 1937 überwarf. Hanfstängl floh nach England und Kanada und kehrte nach dem Kriege nach München zurück. S. auch *Reisebericht*, GW XI, 500.

9] *Kriminalbeamte:* Einige Presseberichte hoben den Polizeischutz für TM als Stein des Anstoßes besonders hervor: »Fühlen Sie sich bedroht, Herr Professor, oder halten *Sie* eine Leibwache von vier Mann nicht für notwendig?« Thomas Mann habe ausweichend geantwortet: Er habe viele Feinde in Deutschland, glaube aber nicht, daß sie ihn mit Bomben bewerfen würden.

10] *Besuch in Nürnberg: S. Reisebericht*, GW XI, 509/510 und Motschan, a.a.O. 114/115. Die Behauptung, daß TM von der Existenz einer TM-Gesellschaft in Nürnberg »keine Ahnung hatte«, entspricht, wie die TB-Notate vom 27. und 29. 12. 1948 mit den dazugehörigen Anmerkungen, 855 und 857/858, beweisen, nicht den Tatsachen.

83 11] *Stroh:* Der Berliner Essayist und Kritiker Heinz Stroh (1899–1952), der 1933 nach Prag und 1939 weiter nach England geflohen war, hatte nach seiner Rückkehr nach Deutschland in Nürnberg eine TM-Gesellschaft gegründet.

12] *auf anderer Route:* Johannes R. Becher und Klaus Gysi, die TM in Bayreuth abholten, hatten eine offizielle ostdeutsche Empfangsdelegation an den Grenzübergang Wartha geschickt, während sich TM, um die Route abzukürzen, für den Übergang Hof entschied. Zum Kontext der TM'schen Notate über die verschiedenen Festlichkeiten s. *Reisebericht*, GW XI, 508/509, Motschan a.a.O. 119 ff. und Hans Mayer, ›Ein Deutscher auf Widerruf‹, Bd. II, Frankfurt am Main 1984, Kapitel ›Thomas Mann und Charlie Chaplin‹, 72–83, bes. S. 77/78: »Hier [in Weimar] brauchte er das Exil und die Emigranten

nicht zu rechtfertigen: viele Heimkehrer aus der Fremde waren jetzt um ihn. Auch sie gehörten zur Emigrantenliteratur. Im Dunstkreis von Buchenwald brauchte nichts beschönigt zu werden. So sprach Thomas Mann am Abend beim Bankett, als er sich für die Wünsche und Dankesworte zu bedanken hatte, voller Leidenschaft und Bewegung. Man sah, wie Katja Mann mit wachsender Sorge zuhörte. Ich sehe noch, wie sie ihn endlich sanft am Rocksaum zupfte, damit er sich nicht weiter ins Unheil rede.« – Exemplarisch für die kritiklos-enthusiastische Beschreibung des Besuchs und der Festlichkeiten in der ostdeutschen Presse sei der Bericht aus der ›Thüringischen Landeszeitung‹ vom 4. 8. 1949 zitiert: »Und dann kam der Höhepunkt dieser Fahrt, vielleicht der Höhepunkt des ganzen Tages. Auf dem Goetheplatz war die Jugend versammelt, die gerade von ihrem Sternmarsch für das Budapester Treffen zurückgekommen war. Wir fahren langsam. Da erkennt man Thomas Mann. Ein Augenblick atemloser Spannung, und dann laufen sie alle, die Jungen und Mädchen, auf den Wagen zu. Fahnenschwenkend hindern sie ihn am Weiterfahren. ›Wir grüßen Thomas Mann‹, rufen Sprechchöre, doppelt begeistert aus dem augenblicklichen Einfall heraus, und dann singen sie, diese Zukunft Deutschlands, als der Dichter sich von ihnen ein Lied wünscht, ›Wer mit uns die Heimat retten will, ist unser guter Kamerad . . .‹ Thomas Mann ist tief gerührt, er dankt sichtlich bewegt den jungen Menschen. / Was war wohl das Entscheidende dieses für uns unvergleichlichen ersten Tages, an dem wir den größten deutschen Dichter kennenlernen und bei uns willkommen heißen durften? Wir glauben, daß vom Grenzübertritt an der Dichter das Gefühl haben mußte, hier willkommen, im besten Sinne des Wortes, Gast zu sein, daß alles fehlte, was solche ›Staatsbesuche‹ sonst so peinlich machen kann: Regie, Absicht, Aufwand und Zwang. Sein altes Heimatlied grüßt seinen Dichter: ›Wer mit uns die Heimat retten will, ist unser guter Kamerad.‹«
Was sich vor Ort und in der Presse so harmonisch ausnahm und in der Realität auch so verlief, hatte indes ein nicht eben rühmliches Vorspiel gehabt, über das der für die Vorbereitungen des Goethejahres beauftragte Heinz-Winfried Sabais (später Oberbürgermeister von Darmstadt) nach seiner Flucht in den Westen ein Gedächtnisprotokoll niederschrieb, das in der ›treff‹ betitelten Wochenendbeilage der ›Thüringischen Landeszeitung‹ vom 19. und 26. 5., sowie

83 3. 6. 1990 unter der Überschrift ›Thomas Mann in Weimar‹ abgedruckt war. Aus diesem Protokoll, das ich dem Stadtarchiv Weimar verdanke, geht hervor, daß Sabais' Vorschlag, TM um die Festrede zu bitten, im Goethe-Ausschuß zunächst verworfen wurde. Auch der Antrag im Stadtparlament, TM die Ehrenbürgerwürde der Stadt zu verleihen, scheiterte zunächst; und zwar nicht nur am Votum der SED, deren Hauptsprecher argumentiere, TM sei ein »Knecht der Wallstreet« und man vermisse seit langem seinen Beitrag zum deutschen Aufbau-Optimismus, sondern auch daran, daß die sehr verschiedenartigen Vorbehalte der bürgerlichen Mehrheit ein eindeutiges Votum verhinderten. Erst ein Schreiben von Sabais an Johannes R. Becher tat seine gewünschte Wirkung: »Johannes R. Becher verlangte in unmißverständlichen Telegrammen an die Ministerin Tohorst und an den Landesvorstand der SED die sofortige Annahme und Durchführung meines Vorschlages. Der kulturpolitische Wind in Weimar schlug um. In aller Hast wurde hinter den Kulissen die gebührende Einstimmigkeit aller Fraktionen hergestellt. Danach wurde ich von einsichtigen Männern des Rates beauftragt, dem damals gerade in der Schweiz weilenden Dichter den ›einmütigen Wunsch der Weimarer Bevölkerung‹, ihn zum Mit- und Ehrenbürger erwählen zu wollen, mitzuteilen. [...] In Berlin hatte man inzwischen in eiliger Konkurrenz zu Frankfurt am Main noch einen Goethe-Nationalpreis 1949, dotiert mit 20 000 ›Mark‹ [...] geschaffen, der Thomas Mann als erstem verliehen werden sollte. Man wollte damit die bereits als gefährlich erkannte kommunale Initiative in die zweite Reihe verweisen, was jedoch nicht mehr gelang. Dieser Preis wurde dann überhaupt nur dieses einzige Mal verliehen. Sein rein propagandistisches Motiv enthüllte sich im Vergleich mit dem sogenannten Goethe-Nationalpreis I. Klasse, dotiert mit 100 000 Mark, den Johannes R. Becher einen Monat nach der Ehrung Thomas Manns erhielt.« – »Im Juli 1949 schickte der Deutsche Goethe-Ausschuß eine Delegation nach Frankfurt am Main, um die verabredete Reise nach Weimar mit Thomas Mann selbst zu besprechen. Sie bestand aus dem Schriftsteller Willi Bredel mit Gattin, Oberbürgermeister Buchterkirchen und H. W. Sabais. Thomas Mann sagte sein Kommen zu.« (Redaktioneller Vorspann zum 2. Teil des Sabais-Berichts, a.a.O. 26. 5. 1990).

13] *Kirchenrat:* Der Kirchenhistoriker und – 1949 – Stadtverordnetenvorsitzende Dr. Rudolf Herrmann (1875–1952). S. auch *Reisebericht*, GW XI, 503: »Die einleitende Rede bei der Feier im Nationaltheater hielt der Vorstand des Stadtrates, ein Theolog, Kirchenrat seinem Titel nach, der die Gelegenheit wahrnahm zu manchem christlich freien Wort.«

14] *Mein Vortrag:* TM wiederholte am 1. 8. 1949 nach einer neu geschriebenen *Ansprache in Weimar*, GW XIII, 791–794, seine in Frankfurt gehaltene *Ansprache im Goethejahr.*

15] *Stelle über Freiheit und Recht:* S. GW XIII, 794 und *Reisebericht*, GW XI, 502: ». . . ich sprach als Amerikaner, als ich [. . .] erklärte, daß in jeder sozialen Revolution die teuer bezahlten Errungenschaften der Menschheit, Freiheit, Recht und die Würde des Einzelwesens, heilig bewahrt und in die Zukunft überführt werden müßten. An dieser Stelle [. . .] brachen die zweitausend Personen, welche die Halle füllten, in Beifall aus.«

16] *General Tulpanow:* Der sowjetische Nationalökonom – Schüler des Heidelberger Soziologen Alfred Weber und pefekt deutsch sprechend – Sergei Iwanowitsch Tulpanow (1901–1984), 1945–1949 diplomatischer Berater der Sowjetischen Militäradministration in Deutschland.

Zu Anm. 15 und 16 vgl. den Artikel von Erhart Kästner in der *83*
›Schwäbischen Landeszeitung‹, Augsburg, vom 5. 8. 1949: ›. . .und Tulpanow klatschte Beifall‹: »Dann aber ergriff er [d.i. TM] selber das Wort und freilich, er verfehlte es nicht, sein Bild im Herzen des bedrängten deutschen Volkes zu retten. Schließlich, es war für hörbereite Ohren, für unsere Ohren, nicht mißverständlich gesagt, wenn er es aussprach, daß gewisse schwer erkämpfte Errungenschaften . . . [folgt die Anm. 15 zitierte Stelle]./ Hier aber ereignete sich, was man als das einzig Unerwartete und Bemerkenswerte jenes Weimarer Festaktes berichten muß; daß nämlich der russische Oberst Tulpanow, der in der ersten Reihe dicht zu Füßen des Dichters saß, zugleich mit den anderen erschienenen Funktionären diesen Worten begeisterten Beifall spendete. Wenn überhaupt, so mag Thomas Mann diese erste Begegnung in seinem Leben mit Organen einer totalitären Macht gelehrt haben, daß man sich nicht ungestraft in jene Sphäre begibt. Mühelos, wahrscheinlich lächelnd, haben die angeredeten Russen und Deutschen diese Worte verdaut. Es war ihnen ein leichtes, sie in den eigenen Sprachgebrauch zu übersetzen, und

83 man darf sicher sein, daß sie heute, in leichter Lenkung wahrscheinlich, in den Schlagzeilen der Ostzonenzeitungen prangen. Wir wissen es wohl: Diktaturen entwickeln die Gabe, die Worte nach eignem Bedarf zu verwandeln. Wir, die wir die Erfahrungen haben, die Thomas Mann zu seinem Heil nicht besitzt, wissen: daß auf der Straße in die Sklaverei Transparente mit der Aufschrift: ›Freiheit und Recht und Fortschritt‹ prangen./ Ob es freilich erlaubt ist, in diesem Maskenspiel eine auch nur irgendwie geartete Rolle zu spielen: darüber mag nach jenem Weimarer Tag doch wohl auch im Herzen Thomas Manns ein Zweifel laut geworden sein.«

17] *Präsident Wandel:* Paul Wandel (geb. 1905), 1945–1949 Präsident der Zentralverwaltung für Volksbildung in der sowjetischen Besatzungszone, SED-Mitglied, ab 1961 Minister für auswärtige Angelegenheiten der DDR.

18] *meine [Rede]:* Von TMs Tischrede ist kein Konzept erhalten; s. jedoch TB 4. 8. 1949, Anm. 12.

19] *Bischof:* Der thüringische Landesbischof Moritz Mitzenheim.

20] *Spende:* TM hatte seinen Weimarer Goethepreis für den Wiederaufbau der Herderkirche in Weimar gestiftet.

21] *Bad Naumburg:* TM meint vermutlich Bad Nauheim.

22] *Stadtrat:* S. TB 20. 10. 1949, Anm. 2.

5. 8. 1949

84 1] *Pen-Club-Vorsitzender:* Victor E. van Vriesland; s. TB 4. 11. 1949, Anm. 7.

2] *von Prof. Donkersloot:* Amsterdam, 4. 8. 1949; im TMA.

3] *Prof. Donkersloot:* Der niederländische Schriftsteller Nicolaas Anthonie Donkersloot (1902–1965), seit 1936 Professor der holländischen Literaturwissenschaft an der Universität Amsterdam.

4] *Rundfrage von »De Kim«:* Unter dem Titel ›Wie steht es um die Nachkriegsdichtung?‹ abgedruckt in ›De Kim‹, Amsterdam, No. 1/1950.

5] *beantworten:* TM beantwortete die Umfrage in einem Brief an Ludwig Kunz, Amsterdam 5. 8. 1949, Reg. III, 49/402; Br. III, 93/94.

6. 8. 1949

84 1] *vlämische Geschichten:* Der von Walter Widmer aus dem Französischen übertragene Band ›Vlämische Mären und Legenden‹ des flä-

mischen Schriftstellers Charles de Coster (1827–1879), Stuttgart 1949, ist in TMs Zürcher Bibliothek erhalten.

13. 8. 1949

1] *Bericht für Sunday Times:* Der *Reisebericht,* GW XI, 498–510, erschien – reich bebildert und in einer vom deutschen Text abweichenden Fassung – auf englisch am 25. 9. 1949, 14, 26, 28–30, 32/33 in ›New York Times Magazine‹. Der Text ist im Anhang, No. 10, S. 663–666 abgedruckt. *85*

2] *Mrs. Undermaier:* Die amerikanische Schriftstellerin Jean Starr Untermeyer (1886–1970) hatte den Roman ›Der Tod des Vergil‹ von Hermann Broch (1886–1951) ins Englische übertragen.

3] *Mr. Raymond:* Vermutlich der Journalist Henry Raymont, der auf verschiedenen Posten für United Press und U. S.-Zeitungen tätig war und im Hause Bermann Fischer verkehrte.

4] *Liesl Frank:* Liesl Frank (1903–1978), Tochter der Operettendiva Fritzi Massary und Witwe des Schriftstellers Bruno Frank (1887–1945). (S. TB 46–48, 406.)

14. 8. 1949

1] *Musikstudent Thomas:* Der spätere Kapellmeister und Professor an der School of Music der Indiana University in Bloomington, Thomas Baldner (geb. 1928), seit Januar 1950 mit Gabriella Bermann Fischer (1926–1972) verheiratet. *85*

2] *Der »Aufbau«:* Der erste Teil von TMs *Ansprache im Goethejahr 1949* erschien unter dem Titel ›Thomas Mann bekennt‹ im ›Aufbau‹, vol. XV, No. 32 v. 12. 8. 1949, 1 und 6; der zweite Teil in der darauffolgenden No. 33 v. 19. 8. 1949, 9. *86*

3] *Artikel von den Dreien:* S. TB 10. 4. 1949, Anm. 1.

4] *Der berühmte Schweizer contra:* Das Schreiben von Albert Schweitzer (1875–1965) befindet sich nicht unter den im TMA archivierten Schriftstücken.

15. 8. 1949

1] *Mittler:* Der Regisseur und Schauspieler Leo Mittler (1893 bis 1958), zweiter Ehemann von Liesl Frank. *86*

2] *Telegramm:* An die Stadt Frankfurt am Main, datiert 28. 8. 1949,

Reg. III, 49/416. TMs Botschaft ist im Anhang, No. 11, S. 666 abgedruckt.
3] *Sainte Beuves Essays:* Vermutlich die ›Portraits littéraires‹ (1844) des französischen Schriftstellers und Literaturkritikers Charles Augustin de Sainte-Beuve (1804–1869).

19. 8. 1949

87 1] *Bericht:* S. TB 13. 8. 1949, Anm. 1.
88 2] *Schwager Närr:* Klaus Pringsheim.
3] *César Frank-Programm:* TM war ein besonderer Liebhaber der Musik des belgischen Komponisten César Franck (1822–1890). S. auch TB 46–48, 806.
4] *»Sommernachtstraum«:* Felix Mendelssohn Bartholdys Ouvertüre op. 21 (1826) und die 1843 komponierte Bühnenmusik op. 61 zu Shakespeares ›Sommernachtstraum‹ gehörten gleichfalls zu den von TM immer wieder gern gehörten Musikstücken.

20. 8. 1949

88 1] *Goethe Plakette:* Im TMA.
2] *Kranz:* Der Lorbeerkranz, den TM anläßlich seiner Ehrenpromotion in Lund erhielt, befindet sich gleichfalls im Zürcher Archiv.
3] *von Eisler:* Der Brief von TMs tschechischem Übersetzer, dem Prager Journalisten und Kritiker Pawel Eisner (1889–1958), befindet sich nicht unter den im TMA erhaltenen Dokumenten.
89 4] *an Kolb:* P.P. 20. 8. 1949, Reg. III, 49/408.
5] *an Wandel:* Das Telegramm gilt als verschollen; s. Reg. IV, 585.
6] *Glückwunschblatt:* Das Blatt, datiert Pacific Palisades zum 31. August 1949, hat folgenden Wortlaut: »Liebe Alma! Dies schöne Blatt bekomme ich, gerade von abenteuerreicher Reise zurück, in einem Augenblick, wo der Buchbinder schon ungeduldig darauf wartet, an der Fülle der Glückwünsche sein Werk zu tun. Schnell also ein Wort auch von mir zu dem überraschenden Erscheinen Ihres 70. Geburtstags./ Ein sehr einfaches. Ich war Ihr Freund von je, ein Verehrer, wenn Sie wollen, der Erquickung fand in jedem Zusammensein mit Ihnen, – die heitere Belebung, die ausgeht von einer Persönlichkeit, einer Menschennatur in Weibsgestalt, einer großen Frau. Dies alles sind Sie, ich bezeuge es mit Freude und Dankbarkeit, heute wie immer. Daß Sie zudem die Witwe zweier großer Männer

und Zeitgenossen sind, erhöht die Ehrerbietung, mit der ich Ihnen zu Ihrem Fest meine herzlichsten Glückwünsche darbringe./ Ihr/ Thomas Mann.«
7] *Artikel der Anni Carlson:* S. TB 14. 1. 49, Anm. 1.

21. 8. 1949
1] *Vattaru:* TMs japanischer Gärtner. S. auch TB 46–48, 911/912. *89*
2] *Offener Brief:* Paul Olberg, ›Offener Brief an Thomas Mann‹, ›Volksrecht‹, Zürich, Bd. 52, No. 112 v. 9. 9. 1949. Der Text des Stockholmer Korrespondenten war TM am 16. 8. von der Redaktion mit der Bitte um eine Antwort vorgelegt worden: »...verschiedene Zuschriften [...] zeigten uns, daß Ihr Weimarer Besuch auch in Kreisen sonst unzweifelhafter Bewunderer Ihrer Dichtungen und Ihres Kampfes gegen den Nazismus Unsicherheit und Verwirrung ausgelöst hat. Um es kurz zu sagen: manche fragen sich wie Thomas Mann, der so radikal mit Nazi-Deutschland gebrochen und mit so unerbittlicher Schärfe den Kampf gegen Gewalt und Terror geführt hat, die Einladung eines Regimes annehmen konnte, das in nicht minder brutaler Weise Freiheit und Humanität mit Füßen tritt.« TM antwortete am 25. und 27. 8. 1949 (Reg. III, 49/415; Br. III, 94–98; GW XIII, 795–799) mit einer Rechtfertigung seiner Weimarer Reise. Beide Stellungnahmen erschienen in der o.e. Nummer des Zürcher ›Volksrecht‹. S. dazu TM an Emil Oprecht, P.P. 31. 8. 1949, Reg. III, 49/425: »Im ›Zürcher Volksrecht‹ hat jemand darüber [i.e. über die Reise nach Weimar und die dortige Tischrede] geschrieben und mir die Aufklärung gegeben, daß in Weimar ein totalitäres System herrsche, daß die deutschen Machthaber dort stark russisch beeinflußt seien und daß es nahe der Stadt ein Konzentrationslager gebe. Ich war ganz verblüfft. Worüber die Leute mich belehren zu müssen glauben. Ich habe geantwortet und von meinen Eindrücken erzählt.«

22. 8. 1949
1] *Kestens [...] Juden-Roman:* Hermann Kesten, ›Die fremden Götter‹, Amsterdam 1949. *89*
2] *»Suchende Jugend«:* Alfred Kantorowicz, ›Suchende Jugend‹. Briefwechsel mit jungen Leuten; eingeführt durch einen Brief von Thomas Mann. ›Ost und West‹ Buchreihe, Bd. 9, Berlin 1949.

3] *Brief an deutsche Kriegsgefangene:* TMs unter dem Titel *Welt-Zivilisation* in GW XII, 962–967 abgedruckter, 1945 an die Zeitschrift des Kriegsgefangenenlagers Papagos-Park in Arizona geschriebener Brief, auf dessen Bedeutung Kantorowicz in seiner ›Vorbemerkung‹ noch einmal expressis verbis hingewiesen hatte: »... Die Bereitschaft, mit der er [i.e. TM] in aller Stille und ohne jede Publizität dem Wunsche junger deutscher Kriegsgefangener nachkam, zu ihnen zu sprechen, zeugt doch wohl besser als irgendwelche beiläufigen Äußerungen, die er bisher hier oder da getan haben soll, davon, wie tief der große deutsche Schriftsteller unseren deutschen Problemen und unserer deutschen Not verhaftet geblieben ist und wie sehr er gleich uns den Lösungen und Auswegen aus unserer weltanschaulichen und sozialen Krise nachsinnt. [...]«
4] *an Mc Leish:* An Archibald MacLeish, P.P. 23. 8. 1949, Reg. III, 49/410.
5] *Artikel von Sieburg:* Friedrich Sieburg, ›Thomas Mann zur Goethefeier in München‹, in ›Die Gegenwart‹, Bd. 4, No. 16 v. 30. 7. 1949.

23. 8. 1949

89 1] *Spannung:* Der alte Streit um die Einmischung der UdSSR in die Angelegenheiten des sich souverän fühlenden jugoslawischen Staates hatte durch das Gerücht, die Russen beabsichtigten, militärische Manöver in Nord-Jugoslawien abzuhalten, neue Nahrung erhalten und zu scharfem Notenwechsel zwischen Moskau und Belgrad geführt.
90 2] *Telegramm:* Es ist denkbar, daß das ›Telegramm für die feiernde deutsche Jugend‹, s. TB 15. 8. 1949, Anm. 2, gemeint ist.

24. 8. 1949

90 1] *[nach] Weimar:* An Hermann Buchterkirchen, P.P. 25. 8. 1949, Reg. III, 49/412: Dank für die »generöse und wahrhaft rührende Gastfreundschaft«. »Die einzelnen Etappen unseres Aufenthaltes, die schöne Feier im Nationaltheater, das Wiedersehen mit den Goethe-Stätten, der Besuch im Liszt-Haus mit dem meisterhaften Vortrag von Opus 111, das an guten Reden so reiche Abschiedsbankett im Hotel, besonders dann aber die ergreifenden Huldigungen, die uns auf unserer Rückfahrt durch das Land Thüringen bereitet wurden,

werden uns unvergeßlich bleiben und immer werden wir mit Dankbarkeit daran zurückdenken.« (TMA)
2] *[an] Hans Habe:* P.P. 25. 8. 1949, Reg. III, 49/413.

25. 8. 1949
1] *»Zwiespalt im Abendland«:* Erich Meissner, ›Zwiespalt im Abendland. Ein Kommentar zur deutschen Geschichte‹, Stuttgart 1949. 90
2] *Meißner:* Der 1934 nach England emigrierte deutsche Literarhistoriker Erich Meissner (1895–1965).
3] *Alte Wünsche:* Der Plan einer Novelle aus dem Umkreis Erasmus-Luther-Hutten, der auf der Überfahrt von Europa zurück in die USA offenbar konkretere Formen angenommen hatte. S. dazu TB 2. 9. 1947, Text und Anm. 2.

27. 8. 1949
1] *Suhrkamps Druck:* Die Rede war als Broschüre beim Verlag Suhrkamp vorm. S. Fischer in Frankfurt am Main erschienen. 90
2] *an Frido:* Verschollen; s. Reg. IV, 585.
3] *»Target-you«:* Leland Stowe, ›Target: You‹, A. A. Knopf, New York 1949.
4] *»Mainacht« von Brahms und »O Tod«:* ›Mainacht‹, op. 43,2 nach einem Gedicht von Ludwig Christoph Heinrich Hölty (1748–1776), und ›O Tod, wie bitter bist du‹, das dritte Lied aus den ›Vier ernsten Gesängen‹ von Johannes Brahms, op. 121, 1896.

28. 8. 1949
1] *Bill of Rights für United Europe:* Auf einer Tagung des Europarates in Straßburg hatte der französische Delegierte und ehemalige Justizminister Pierre-Henri Teitgen vorgeschlagen, die dem Rat angehörenden Nationen sollten eine Verpflichtung zur Einhaltung und Sicherung der Menschenrechte unterzeichnen. 91
2] *Kap. XV:* ›Herr Poitewin‹, GW VII, 116–125.
3] *an Oprecht:* An Emil Oprecht, P.P. 31. 8. 1949; s. TB 21. 8. 1949, Anm. 2.
4] *[an] einen deutschen Verleger:* Vermutlich das Schreiben an die Nymphenburger Verlagshandlung, P.P. 30. 8. 1949, Reg. III, 49/421: Dank für die Übersendung des Carlsson-Artikels (s. TB 20. 8. 1949).

5] *Steinberg:* Der ehemalige Generalmusikdirektor der Frankfurter Oper William (Hans Wilhelm) Steinberg (1899–1978) war 1936 nach Palästina berufen worden und 1938 in die USA gegangen.

6] *Traubel:* Die amerikanische Sopranistin Helen Traubel (1898–1972), seit 1937 an der Metropolitan Opera in New York, trat nach dem Zweiten Weltkrieg zunehmend auch in Operetten, Musicals und Tonfilmen auf, so daß die Met den 1953 auslaufenden Vertrag mit ihr nicht erneuerte.

7] *Egmont-Ouvertüre:* Ludwig van Beethoven, ›Egmont‹-Ouvertüre op. 84, 1809.

8] *franz. Militär-Musik:* Vermutlich der Französische Militärmarsch aus der ›Suite Algérienne‹, op. 60 von Camille Saint-Saëns (1835–1921).

29. 8. 1949

91 1] *»Monat« mit dem »Deutschen Wunder«:* S. TB 8. 4. 1949, Anm. 1.

2] *Köstler:* Der ungarisch-deutsche Journalist und jahrelange Berater des Ullstein-Verlags Arthur Koestler (1905–1983), Mitherausgeber des »Monat«, war 1931 der KP beigetreten, hatte am Spanienkrieg teilgenommen, 1937 die Partei verlassen und sich zu einem überzeugten Antikommunisten entwickelt. TM erwähnt Koestler hier im Zusammenhang mit einer Rezension von Manès Sperber, ›Et le buisson devint cendre‹, Paris 1949, die unter dem Titel ›Demi-vierges und gefallene Engel. Der gefährliche Flirt mit dem Totalitarismus‹, ›Der Monat‹, Jg. 1, H. 11, August 1949, 119–121, erschienen war.

3] *Aufsatz von Seifferth:* Wolfgang Seiferth, ›Das deutsche Schicksal in Thomas Mann's ‚Doktor Faustus'‹, ›Monatshefte für deutschen Unterricht‹, Madison, Wis., vol. 41, 1949, 187–202.

4] *Seifferth:* Der deutsche Literarhistoriker Wolfgang Seiferth (1899–?) war 1935 in die USA emigriert.

5] *Sonate von Frank:* In Thomas Manns Nachlaß befand sich eine Aufnahme der A-Dur-Violinsonate von César Franck mit Zino Francescatti und Robert Casadesus.

30. 8. 1949
1] *Seidlin:* Der Schriftsteller und Germanist Oskar Seidlin (vorm. Koplowitz, 1911–1986), ein Jugendfreund von Klaus Mann, unterrichtete seit 1940 an verschiedenen Universitäten der USA (s. TB 46–48, 547). 91
2] *Aufsatz:* Oskar Seidlin, ›Zur Mignon-Ballade‹, ›Monatshefte für deutschen Unterricht‹, Madison, Wis., vol. 41, 1949, 225–238.
3] *Schweizer Goethe-Ausgabe:* Die von Ernst Beutler herausgegebene Artemis-Gedenkausgabe. TM hatte zu Weihnachten 1947 von dem Verleger Friedrich Witz einen Geschenkgutschein für die ab 1948 erscheinenden Bände erhalten.
4] *An Agnes Meyer:* P. P. 30. 8. 49, Reg. III, 49/420. 92
5] *Zeichnung von Mopp:* Vermutlich ein Abzug von einer der beiden TM-Porträt-Radierungen des Malers und Zeichners Max Oppenheimer, genannt Mopp (1885–1954).

31. 8. 1949
1] *Ruth Fischer:* Pseudonym der Journalistin und ehemaligen KPD-Vorsitzenden Elfriede Golke, geb. Eisler (1895–1963), Schwester des Komponisten Hanns und des Journalisten Gerhart Eisler, die ihre Brüder als Kreml-Terroristen und Stalin-Agenten denunziert und wesentlich zur Abschiebung der beiden aus den USA beigetragen hatte (s. TB 46–48, 540/541). 92
2] *Prophetie:* Die »Ankündigung«, die sich – allerdings ohne den Namen Ruth Fischers zu nennen – auf eine den Russen in Ost-Deutschland befreundete deutsche Informationsquelle berief, erschien unter dem Titel ›Stalin Plot to Liquidate Tito‹ auf Seite 1 der ›Los Angeles Times‹ vom 30. 8. 1949.
3] *»The last days of Hitler«:* Hugh R. Trevor-Roper, ›The last Days of Hitler‹, deutsch: ›Hitlers letzte Tage‹, 1965.
4] *»Musensohn«:* TM besaß Franz Schuberts Vertonung des Goetheschen Gedichts in einer Aufnahme von 1936 mit Gerhard Hüsch und Hanns Udo Müller.

1. 9. 1949
1] *an [...] Seidlin:* An Oskar Seidlin, P.P. 1. 9. 1949, Reg. III, 49/428; Br. III, 98. 92
2] *[an] Seiferth:* Das Schreiben an Wolfgang Seiferth gilt als verschollen. S. Reg. IV, 585.

2. 9. 1949

93 1] *Adorno's »Philosophie der modernen Musik«:* Theodor W. Adorno, ›Philosophie der modernen Musik‹, Tübingen 1949.
2] *mit meiner Empfehlung:* TM hatte am 27. 5. 1948 ein Empfehlungsschreiben für das Buch an Adornos alten Verlag, J. C. B. Mohr in Tübingen, geschickt, der Teile dieses Schreibens auf dem Umschlag verwendete. S. TB 46–48, 754 und 924.
3] *Schweizer Rundschau:* S. 25. 6. 1949, Anm. 1.
4] *[von] Frau Platzer-Eisenach:* Das Schreiben von Hildegard Platzer, der Frau von TMs langjährigem Briefpartner Martin Platzer, befindet sich nicht unter den im TMA archivierten Dokumenten.
5] *[von der] Venezianischen Società Europea di Cultura:* Im TMA befindet sich nur ein Venezia, 11, novembre 1949 datiertes, von Prof. U. Campagnolo unterzeichnetes Schreiben mit der Bitte um einen Beitrag für das Mitglieder-Jahrbuch der Società, das allerdings auf eine ›lettre précédente‹ Bezug nimmt. In einer Antwort an Campagnolo, P.P. 25. 11. 1949, Reg. III, 49/583, bedauert TM, die Einladung, dem venezianischen Komitee beizutreten, nicht annehmen zu können. Das in der direkten Korrespondenz fehlende logische Glied kann durch einen Brief TMs an Hans Eberhard Friedrich, Chefredakteur der Münchener Zeitschrift ›Prisma‹, ergänzt werden, aus dem hervorgeht, daß Friedrich TM einen Werbeprospekt der ›Società‹ geschickt und TM sich – alter Faszination durch den Namen ›Venedig‹ gedenkend – bereit erklärt hatte, der Gesellschaft beizutreten. Die Forderung nach konkreter Mitarbeit scheint ihn dann abgeschreckt und zu dem negativen Bescheid veranlaßt zu haben.
6] *J. Maaß:* Der Schriftsteller Joachim Maass (1900–1972), den TM seit 1936 kannte und 1939 in New York wiedertraf, lehrte seit 1940 deutsche Literatur am Mount Holyoke College, Mass., und war 1945–1949 mit Richard Friedenthal, 1950 mit Rudolf Hirsch Redakteur der ›Neuen Rundschau‹.

3. 9. 1949

93 1] *Koussewitzky-Rubinstein-Probe:* Arthur Rubinstein erzählt in seinen Erinnerungen ›Mein glückliches Leben‹, 632, daß er mit dem eben von seinem Posten als Chefdirigent der Bostoner Symphoniker zurückgetretenen Serge Koussevitzky (1874–1951) das zweite Klavierkonzert von Rachmaninow spielte.

2] *Tito erklärt:* Die jugoslawische Regierung hatte der UdSSR am 2. 9. 1949 wichtige, die Donauschiffahrt und die Luftlinien des Balkans betreffende gegenseitige Hilfsvereinbarungen mit der Begründung gekündigt, die unter sowjetischer Aufsicht 1947 gegründeten jugoslawischen Firmen praktizierten Methoden, die sich in nichts von den früher in diesem Land üblichen Machenschaften unterschieden.
3] *an A. M. Frey:* An Alexander Moritz Frey, P.P. 5. 9. 1949, Reg. III, 49/430: »Dank für die Besprechung [von Heinrich Manns Buch ›Der Atem‹]. Mein Bruder besitzt sie schon und schien nicht sehr entzückt. Aber ich finde doch, Sie haben sich mit gebührender Ehrerbietung, Anteilnahme und Wärme geäußert. Die sprachliche Überkonzentration, die wirklich oft, auch wenn man scharf aufpaßt, bis zur Unverständlichkeit geht – und damit auch die Handlung – ist ja nicht zu leugnen, und als öffentlicher Kritiker müßte ich sie auch vermerken.« (TMA)
4] *Hearst:* Der amerikanische Zeitungsmagnat William Randolph Hearst (1863–1951) wohnte am Ende seines Lebens in Beverly Hills/ Calif.

4. 9. 1949

1] *Feists Plan:* Ob das Buch ›Klaus Mann zum Gedächtnis‹, Querido- *94*
Verlag, Amsterdam 1950 wirklich auf diese Idee von Feist zurückging, war nicht mehr auszumachen.
2] *Huxley:* Der englische Schriftsteller Aldous Huxley (1894 bis 1963), den TM 1933 in Südfrankreich kennengelernt und mit dem er die Überfahrt in die USA 1937 auf demselben Schiff zurückgelegt hatte.
3] *»Stechlin«:* Theodor Fontanes (1819–1898) postum erschienener Roman ›Der Stechlin‹ ist in der Zürcher Bibliothek nicht mehr vorhanden.

5. 9. 1949

1] *Labor Day:* Der in den USA am ersten Montag im September *94*
gefeierte ›Tag der Arbeit‹.
2] *»Poggenpuhls«:* TMs Exemplar dieses Fontane-Romans ist gleichfalls nicht mehr vorhanden. Zu der Fontane-Lektüre in dieser Zeit vgl. den Brief an Hans Reisiger, P.P. 8. 9. 1949: »Vorm Schlafengehen lese ich wieder einmal den alten Fontane. Mit ›Poggenpuhls‹ bin

ich durch und habe eben, zum wievielten Mal! ›Effie Briest‹ angefangen. Es ist ein stets sicheres Entzücken. Ich stehe zu allem, was ich als junger Mensch in Hardens ›Zukunft‹ darüber sagte.«

3] *riots gegen Paul Robeson:* Am 4. 9. 1949 hatten amerikanische Antikommunisten die Anhänger des international berühmten schwarzen Schauspielers und Sängers Paul Robeson (1898–1976) nach einem Open-Air-Konzert in Peekskill, N.Y. mit Steinen beworfen. Bei den Ausschreitungen waren 145 Menschen verletzt worden. – Paul Robeson war durch seine Teilnahme an den Friedenskongressen in New York und Paris in weiten Kreisen der amerikanischen Öffentlichkeit verfemt. Außerdem fungierte er unter den Sponsoren eines für den 5.–10. 9. in Mexico City angekündigten ›Western Hemisphere Congress for Peace‹.

6. 9. 1949

94 1] *Seine Reden:* Paul Robeson hatte in einem New Yorker Interview die Ausschreitungen von Peekskill (s. TB 5. 9. 1949, Anm. 3) als ›faschistisch‹ bezeichnet und die Polizei beschuldigt, sie habe untätig daneben gestanden, als Steine flogen und Autos umgestürzt wurden, und sich lediglich um Zeugen gekümmert, die ihr später dann ein Einschreiten bescheinigten. Schwerer als diese Aussagen wogen jedoch Robesons Äußerungen während des Pariser Kongresses, wo er in seinem Eröffnungs-Statement erklärt hatte, es sei undenkbar, daß ›coloured people‹ in den USA für jene, die sie jahrelang unterdrückt hätten, in den Krieg ziehen würden gegen ein Land, »which in one generation has raised our people to the full dignity of mankind«.

2] *Artikel von Marck:* Siegfried Marck, ›Der Kampf um Thomas Mann als politische Persönlichkeit‹, Beverly Hills 1949. Ein Exemplar dieses maschinenschriftlich vervielfältigten Essays befindet sich im TMA.

8. 9. 1949

95 1] *Konstituierung des westdeutschen Staates:* In Bonn hatten sich am 7. September 1949 der deutsche Bundesrat und Bundestag als die zukünftigen gesetzgebenden Gremien der Bundesrepublik konstituiert.

2] *Abhandlung:* Nicht ermittelt.

3] *an Reisiger:* P.P. 8. 9. 1949, Reg. III, 49/436: »Ich habe ja zur

Feier [zur Goethe-Feier der Stadt Frankfurt am Main am 28. 8. 1949; s. TB 15. 8. 1949, Anm. 2] noch eine Botschaft geschickt, die aber dank der Postverhältnisse wohl zu spät kam./ Wielange diese achtbaren stadtväterlichen Sozialdemokraten sich wohl noch auf ihren Posten werden halten können? Die Entwicklung geht rapide in Richtung der Renazifikation, unter anglo-amerikanischem Schutz und Schirm. In zwei Jahren, denke ich, werden wir ein völlig faschistisches Westdeutschland haben, und meinen Besuch, scheint es, habe ich in the very last minute gemacht. Es war ja auch schon eine Menge Kriminalpolizei dazu nötig. – / Hier schreitet das Verhängnis langsamer und unter immer wieder ermutigenden Widerständen. Aber, glauben Sie mir, die Demokratie ist auch hier nur noch ein Schatten. Die erste ernstere Wirtschaftskrise bläst sie um.«

4] *im »Ernährer«:* Vermutlich ist *Joseph, der Ernährer* in der Lizenzausgabe des Suhrkamp-Verlags, Berlin/Frankfurt am Main 1949 gemeint.

5] *Meldung vom Tode Richard Strauß':* Der Komponist Richard Strauss (geb. 1864), Mitunterzeichner des ›Protests der Wagnerstadt München‹, war am 8. 9. 1949 in Garmisch gestorben.

6] *»Winterreise«:* TM besaß eine alte (1933) Aufnahme von Franz Schuberts (1797–1828) Liederzyklus ›Die Winterreise‹ mit Gerhard Hüsch und Hanns Udo Müller.

10. 9. 1949

1] *meinen [Brief]:* Verschollen; s. jedoch TB 27. 8. 1949. 96

2] *Auszüge für Gregorius:* »Nun suche ich, das Gregorius-Römänchen, zu dem ich in vier Monaten nicht einen Tag gekommen bin [...] wieder vorwärtszutreiben, so lustig es eben gehen will.« (An Erich von Kahler, P.P. 10. 9. 1949)

3] *an Kahler:* An Erich von Kahler, P.P. 10. 9. 1949, Reg. III, 49/444; Br. III, 101/102 (fragm.). Der in Br. III fehlende Absatz lautet: »Ich spreche vom Westen. Im Osten (wenn Thüringen Osten ist) herrscht natürlich eiserne Zucht, – die, unter uns, etwas Wohltuendes haben kann. Die Leute halten mich für bestechlich durch Fahnen, Guirlanden, Sprechchöre, Ehrentrünke und ausgerückte Stadtmusiker. Ach nein. Aber daß ich dort nicht einen einzigen Schmähbrief und blöden Hohn-Artikel zu lesen bekomme, das könnte mich bestechen.«

4] *Lustigs:* Der Schriftsteller und Drehbuchautor Jan (Hans) Lustig (1902–1979) mit seiner Frau Charlotte.

11. 9. 1949

96 1] *Aufsatz über die Unendlichkeit [...] des Alls:* Nicht ermittelt.
2] *Sein Kind:* Henriette Maria Leonie, verh. Aschermann, gen. Goschi (geb. 1916).
3] *Strauß' »Don Juan«:* Richard Strauss, ›Don Juan‹, Tondichtung nach Nikolaus Lenau, op. 20. Vgl.: »Abends ›Don Juan‹ von Strauß. Vielleicht sein Bestes, aber viel leeres Gethu.« (TB 14. 3. 1948).
4] *Ravels Verzweiflungswalzer:* Trotz der gegenteiligen Beurteilung im Notat vom 25. 3. 1945: »La Valse von Ravel, erstaunlich, weit milder und besser als Richard Strauss« ist auch hier das ›Choreographische Poem‹ ›La Valse‹ von Maurice Ravel (1875–1937) gemeint.

12. 9. 49

96 1] *Kapitel XVI:* ›Die Begegnung‹, GW VII, 126–134.
2] *an [...] Opitz:* An Walter Opitz, P.P. 12. 9. 1949, Reg. III, 49/447: »Daß ich an Deutschland mit gemischten Gefühlen zurückdenke, versteht sich wohl. Es ist ein schwer hysterisches Land, und durchaus hysterisch ist sein Verhältnis zu mir. Das ist recht lästig. Womit nicht gesagt sein soll, daß man in Frankfurt nicht sehr nett zu mir gewesen wäre, in Weimar ebenso und ebenso in München, dessen Anblick der vertrauteste, der melancholischste war. Abgelebtes Leben stieg in zerlumptem Zustand aus dem Grabe der Vergangenheit, mehr gespenstisch als rührend. Und in vertraute, gealterte Gesichter zu blicken, war doch auch wieder rührend. Karl Ehrenberg tauchte zweimal auf. [...] Warum hätte ich ihn nicht kennen sollen, der mir einst so hübsch gebunden den II. Akt Tristan gespielt hat? Ich war froh zu sehen, daß es ihm gut geht: Professor an der Münchener Musik-Akademie ist doch eine große Stellung, und daß er's mit den Nazis gehalten, verübelt ihm sicher kein Mensch. Der Wind weht kräftig zugunsten derer, die es taten, und Unannehmlichkeiten haben nach allem, was ich hörte, die anderen ... Paul tauchte *nicht* auf, vielleicht auch weil er sich einmal in einer Geldsache, 1933 oder 34, als ich noch in Zürich war, sehr mangelhaft benommen hat. Er mag es mir nachtragen.«

3] *Opitz:* Der Schriftsteller Walter Opitz (1879–1960) gehörte um die Jahrhundertwende zu dem Münchener Kreis um Kurt Martens, die Brüder Ehrenberg und TM und blieb mit TM zeitlebens in freundschaftlicher Verbindung.

4] *jener Geldsache:* S. TB 10. 4. 1933: »Neuer Brief von P. Ehrenberg, dem ich 800 M. leihe.« – Die entsprechenden Briefe von Paul Ehrenberg, München, 28. 3. und 8. 4. 1933 befinden sich im TMA. *97*

5] *Bang:* Der dänische Schriftsteller Herman Bang (1857–1912), dessen seit 1897 bei S. Fischer erschienene Werke TM in seiner Frühzeit intensiv gelesen hatte.

13. 9. 1949

1] *Prof. Heuß:* Der Publizist und Politiker Theodor Heuss (1884–1963), Reichstagsabgeordneter (Demokrat) in der Weimarer Republik, seit 1948 Vorsitzender der FDP, war am 12. 9. 1949 im zweiten Wahlgang zum ersten Bundespräsidenten der BRD gewählt worden. *97*

2] *Adenauer:* Theodor Heuss hatte dem Parlament am 12. 9. empfohlen, den Politiker Dr. jur. Konrad Adenauer (1876–1967), 1917–1933 Oberbürgermeister von Köln, seit 1946 Vorsitzender der CDU in der britischen Besatzungszone, 1948/49 Vorsitzender des Parlamentarischen Rates, zum Bundeskanzler zu wählen. Adenauer siegte in der Abstimmung vom 15. 9. 1949 mit einer Stimme Mehrheit – seiner eigenen – über den SPD-Vorsitzenden Kurt Schumacher (1895–1952).

3] *Londoner Picture Post:* Eine englische Version der *Ansprache im Goethejahr* erschien am 27. 8. und 3. 9. in der ›Picture Post‹, London. Vgl. TM an Tom Hopkinser, P.P. 25. 3. 1949, Reg. III, 49/236.

4] *Markel:* Lester Markel (1894–1977), 1925–1965 Sunday Editor der ›New York Times‹.

5] *J. Szigeti:* Der ungarische Geiger Joseph Szigeti (1892–1973) mit seiner Frau Wanda. S. TB 46–48, 526/527.

6] *Nibelungenlied:* Die von TM hier erwähnte Pracht-Ausgabe ›Der Nibelungen Not‹ in der Simrockschen Übersetzung nach dem Versbestand der Hundshagenschen Handschrift; bearbeitet und hrsg. v. Hermann Degering, ill., Berlin 1924, befindet sich in der Zürcher Bibliothek und weist (für die Entstehungsgeschichte des ›Erwählten‹ nicht uninteressante) Anstreichungen von TMs Hand auf.

7] *Berl. Volksbund der Bücherfreunde:* Gemeint ist der Volksverband der Bücherfreunde, Wegweiser-Verlag.

14. 9. 1949

98 1] *anmerkend:* S. TB 13. 9. 1949, Anm. 6.

2] *Tochs:* Der österreichische Komponist Ernst Toch (1887–1964) lehrte seit 1936 an der University of Southern California in Los Angeles und lebte mit seiner Frau Lilly in Santa Monica. TM nutzte die Nachbarschaft – vor allem während seiner Arbeit am *Doktor Faustus* – zu Diskussionen über musikalische Probleme.

15. 9. 1949

98 1] *Kompetenz-Konflikt:* Bundespräsident Theodor Heuss hatte – einem Bericht der NYT zufolge – vor der förmlichen Präsentation des zu wählenden Bundeskanzlers noch einmal klargestellt, daß er sich keineswegs als bloß neutrale Repräsentationsfigur sehe, sondern beabsichtige, von den ihm verfassungsmäßig zustehenden Rechten, einschließlich des Vetorechts gegen die vom Bundeskanzler zu nominierenden Minister, wenn nötig, Gebrauch zu machen. Die Verfassung besage, daß die Bundesminister auf Vorschlag des Kanzlers durch den Bundespräsidenten ernannt und entlassen würden. (NYT 15. 9. 1949, 6:4)

2] *Anprangerung Roosevelts:* Bei einem Senats-Hearing am 14. 9. 1949 hatte der ehemalige Kommunist und jetzige Hearst-Blatt-Reporter Howard Rushmore ausgesagt, daß Präsident Roosevelt 1944 den ehemaligen Kommunistenführer Earl Browder heimlich im Weißen Haus empfangen und dessen in Kanada auf ein reenter permit wartender Frau die sofortige Einreisegenehmigung verschafft habe. Rushmore beschuldigte Frau Browder, bereits 1933, bei ihrer ersten Einreise in die USA, Instruktionen aus Moskau eingeschleust zu haben.

3] *an [...] Lesser:* An Jonas Lesser, P.P. 15. 9. 1949, Reg. III, 49/448. TM redet vom ›armen‹ Lesser, weil der Bermann-Fischer/Querido-Verlag sein Buch nicht bringen wollte.

4] *Dr. Michael:* Der Literaturwissenschaftler Wolfgang F[riedrich] Michael.

5] *Psalmen-Symphonie von Stravinsky:* Igor Strawinsky, ›Symphonie de Psaumes‹, 1930 »zum Ruhme Gottes komponiert« und 1948 in

revidierter Fassung »dem Boston Symphony Orchestra aus Anlaß seines 50jährigen Bestehens gewidmet«.
6] *Le bal:* Der zweite Satz aus Hector Berlioz' (1803–1869) ›Symphonie Fantastique‹, op. 14.

16. 9. 1949
1] *Brief von Angell:* Das Schreiben: Pomona College, Claremont/ Calif., 15. 9. 1949 über eine neue TM-Ausstellung der Yale-Library (»something like the exibition of 1938, only much larger in scope«) und die Einleitung zu dem TB 22. 4. 1949, Anm. 5 nachgewiesenen TM-Reader betreffend befindet sich im TMA: »I should like to use [...] for a part of the introduction the device of the bow and the lyre which appears on the German editions of your works. [...] did you yourself select it? And when did it first appear?« S. dazu die TB 17. 9. 1949, Anm. 7 zitierte Antwort TMs an Joseph Angell. 98
2] *»Reader«:* S. TB 22. 4. 1949, Anm. 5.
3] *Buch über mich:* Nicht realisiert. S. jedoch TB 17. 9. 1949, Anm. 7.
4] *Ausstellung:* ›The 1950 Thomas Mann Exhibition‹ wurde zu Ehren von TMs 75. Geburtstag von der Yale University veranstaltet. S. TB 24. 8. 1950 und Angells Bericht in der ›Yale University Library Gazette‹, vol. 25, 1951, No. 4, 146–154.
5] *Galleys:* Druckfahnen.
6] *Adresse der Forchheimer Jugend:* Der liebevoll mit Forchheimer Motiven gemalte Glückwunsch – unterschrieben von Vertretern verschiedener Jugendverbände – befindet sich im TMA. S. dazu TMs Dank an Richard Kurt Raupach, 16. 9. 1949, Reg. III, 49/449: »Ihre Adresse ist mir ein liebes und wertes Dokument, das ich in Ehren halten werde.«

17. 9. 1949
1] *Kabel von Bermann:* Nicht in TM/GBF. 99
2] *Verfilmungs-Weltrechte:* Der Plan zerschlug sich offenbar und wurde erst 1953 durch die Filmaufbau GmbH Göttingen realisiert. S. D.ü.D. I, 274.
3] *Aufsatz von Großhut:* Friedrich Sally Großhut, ›Advocatus diaboli‹, als Typoskript im TMA: eine emphatische, mit politischen Pauschalurteilen nicht kleinliche, redliche Verteidigung des *Doktor Fau-*

stus gegen die Angriffe von Holthusen und in seinem Gefolge operierender Rezensenten.
4] *Großhut:* Der Schriftsteller, promovierte Jurist und Journalist Friedrich Sally Großhut (1906–1969) war 1933 nach Palästina emigriert, wo er von 1936–1948 ein Antiquariat in Haifa besaß. 1949 ging er über Stockholm in die USA.
5] *an Bermann:* Das Schreiben gilt als verschollen; s. Reg. IV, 585.
6] *[an] Markel:* Das Schreiben an Lester Markel ist gleichfalls verloren, s. Reg. IV, 585.
7] *An Angell:* An Joseph S. Angell, P.P. 19. 9. 1949, Reg. III, 49/451: Stellungnahme zu den Angell-Vorschlägen das geplante Buch und den Reader betreffend: »You are quite right to assume that the selection of the bow and lyre design which adorns all German editions since the year 1922, was my own desire and suggestion. Bow and lyre, as you know, are both Apollinic symbols, and I seem to remember that in one of my essays [...] I speak of their homogenousness in the character of this god. I did not harbor any future scholarly thought, as for instance of Heraclit, but I find your ideas to entitle your book ›The Bow and the Lyre‹ really excellent.«
8] *[an] Academy of arts and sciences:* An John W. M. Bunker, American Academy of Arts and Sciences, Boston, Mass., P.P. 19. 9. 1949, Reg. 49/453: Dank für die Aufnahme in die Akademie.
9] *an Baronin Godin:* Das Schreiben an Hilda Baronin Godin, geb. Schmid von Schwarzenborn, ist verschollen.

18. 9. 1949

99 1] *Rede des Lord Beaverbrook:* Die Rede des britischen Politikers und Zeitungsverlegers (›Daily Express‹, ›Sunday Express‹, ›Evening Standard‹) William Maxwell Aitken, seit 1916 Baron Beaverbrook (1879–1965), konnte nicht nachgewiesen werden.
100 2] *Exzerpte:* S. dazu Wysling, ›Thomas Manns Verhältnis zu den Quellen‹, a.a.O. 268 und 342.
3] *an einen freundlichen [...] Verfasser:* Nicht ermittelt.
4] *Ouvertüre zu »Mignon«:* Lyrische Oper in drei Akten von Ambroise Thomas (1811–1896). Textbuch nach Goethe von Michel Carré und Jules Barbier.
5] *Tita Rufo, Caruso:* In TMs Plattennachlaß fanden sich keine Aufnahmen mit den italienischen Sängern Titta Ruffo (eigentlich Ruffo

Cafiero Titta, 1877–1953) und Enrico Caruso (1873–1921). Vgl. jedoch TB 10. 2. 1920: »Der Clou des Aufenthalts [in Feldafing bei Richter]: sein vorzügliches *Grammophon*, das ich [...] beständig spielen ließ. Die Tannhäuser Ouvertüre, Bohème. Aida-Finale (italienischer Liebestod). Caruso, Battistini, die Melba, Tita Ruffo etc.. Neues Motiv für den ›Zbg‹, gedanklich und rein episch ein Fund.«

19. 9. 1949

1] *Von Lesser:* London, 11. 9. 1949; im TMA. *100*

2] *sein Joseph-Buch:* Vermutlich die später als erstes Kapitel in Lessers Buch ›Thomas Mann in der Epoche seiner Vollendung‹, München 1952, eingegangene Studie ›Joseph und seine Brüder‹.

3] *Tod Eulenbergs:* Der Dramatiker und Essayist Herbert Eulenberg (geb. 1876), den TM aus seiner frühen Münchener Zeit kannte, und mit dem er auch während der Emigrationszeit in Verbindung blieb, war am 4. 9. 1949 in Düsseldorf verunglückt.

4] *Selbstmordversuch Schwarzschilds:* Der ›Aufbau‹ berichtete, vol. XV, No. 37 v. 16. 9. 1949, 7, daß Leopold Schwarzschild aus Lebensüberdruß und Angst vor Arbeitsunfähigkeit in New York versucht habe, Suizid zu begehen.

5] *Besprechung:* ›Thomas Mann privat‹, ›Aufbau‹, a.a.O., 13: »Aber es wird [in der *Entstehung*] noch etwas anderes gestanden – vielleicht nicht ganz mit Absicht: die unvergleichliche Gunst der Umstände, unter denen der Mensch Thomas Mann schaffen darf.« Die Besprechung schließt mit dem von TM im TB paraphrasierten Satz: »Aber vielleicht darf man doch ohne Neid bemerken, unter wie unvergleichlich ungünstigeren Umständen andere um ihre Leistung ringen müssen.«

20. 9. 1949

1] *Pfund-Abwertung:* Als ersten durchgreifenden Schritt zur Stabilisierung der Währungsverhältnisse des Landes hatte die britische Regierung das Pfund Sterling gegenüber dem Dollar um 30,5% abgewertet. 24 weitere Länder zogen die Konsequenz aus diesem Schritt und reduzierten den Dollarwert ihrer Währung. *100*

2] *Cripps:* Der britische Schatzkanzler Sir Stafford Cripps (1889 bis 1952).

3] *Churchills [...] Rolle:* Die Konservativen, die in ihrer Opposition *101* gegen die Abwertung der Sympathie der Gewerkschaften gewiß sein konnten, hatten der Regierung vorgeworfen, die Pfundabwertung sei die Konsequenz ihrer Mißwirtschaft. Sie hatten die Einberufung des Parlaments für den 27. 9. gefordert, und Premierminister Attlee kündigte am 23. 9. an, er werde im Unterhaus die Vertrauensfrage stellen.

4] *Goethe-Nummer:* Die August-Nummer der niederländischen Zeitschrift ›De Lites‹ (Jg. 2, 1949, No. 8) war Goethe gewidmet und enthielt S. 145–157 den im TB erwähnten Aufsatz von E. J. Dijsterhuis, ›Goethe en Thomas Mann‹.

5] *an diesen:* Der Dankesbrief an den niederländischen Mathematiker E. J. Dijsterhuis ist verschollen; s. Reg. IV, 586.

6] *deutsche Dokumentensammlung:* ›Nazi-Soviet Relations, 1939–1941. Documents from the Archives of the German Foreign Office‹, edited by R. J. Sontag and J. S. Beddie, Washington: Department of State, 1948; deutsche Ausgabe: ›Das Nationalsozialistische Deutschland und die Sowjetunion 1939–1941. Akten aus dem Archiv des Auswärtigen Amtes‹, Washington 1948.

21. 9. 1949

101 1] *Begegnung von Mutter und Sohn:* GW VII, Kap. XVI, 132–134.

2] *Brief ans »Volksrecht«:* S. TB 21. 8. 1949, Anm. 2. Der ›New Leader‹ druckte in seiner No. 46, vol. XXXII, v. 12. 11. 1949, 6, jedoch nicht TMs Antwort an Olberg, sondern lediglich die folgende Notiz: »›Dr. Mann's Reply‹. The New Leader wrote Thomas Mann asking if he would like to reply to Dr. Olberg's letter concerning him and received the following cable from Dr. Mann: ›Please do not print my answer to Dr. Olberg. Written only for publication in German language my letter evidently renders satisfactory translation too difficult. I consequently prefer to let Dr. Olberg have his solo say in New Leader. Minding this all the less since my article in Sunday Times Magazine of Sept. 25 suffices to clarify my attitude. Thanks. Regrets. Thomas Mann.«. S. hierzu TB 1. 10. 1949.

3] *Pätels Buch über Jünger:* Karl O. Paetel, ›Ernst Jünger. Werk und Wirkung‹, Stuttgart 1949.

4] *Pätel:* Der Journalist und Publizist Karl Otto Paetel (1906–1975) war 1935 über die Tschechoslowakei, Dänemark, Schweden, Frankreich und Portugal in die USA entkommen.

5] *Cocteau:* Der französische Schriftsteller, Filmregisseur, Choreograph und Graphiker Jean Cocteau (1889–1963), ein Freund von Klaus Mann.
6] *Hitler'scher Hof-Bildhauer:* Der Bildhauer Arno Breker (1900 bis 1991) lebte 1927–1933 in Paris und ging 1933 nach Berlin. Seine Plastiken für das Olympia-Stadion, 1936, machten ihn zum von den Nationalsozialisten bevorzugt mit Aufträgen für die Ausschmückung von monumentalen Repräsentativbauten betrauten Künstler.
7] *Der Herz geschrieben:* P.P. 21. 9. 1949, Reg. III, 49/465; Br. III, 103: »Das übelwollende Zeug im Times Supplement über die ›Entstehung‹ [›Work in Progress: ‚Die Entstehung des Doktor Faustus'‹, TLS 26. 8. 1949] habe ich rasch zerrissen.«

22. 9. 1949
1] *François Poncet:* Der französische Germanist, Journalist, Diplomat und Politiker André François-Poncet (1887–1978), 1931–1938 Botschafter in Berlin, 1949–1953 Hochkommissar, 1953–1955 Botschafter in Bonn. 102
2] *englisches Planungsexperiment:* S. TB 20. 9. 1949, Anm. 1.
3] *Münster-Begegnung:* Im 16. Kapitel des *Erwählten*, GW VII, 132–134.
4] *Buch [. . .] von Dr. Michael:* Wolfgang F[riedrich] Michael, ›Die geistlichen Prozessionsspiele in Deutschland‹, Baltimore und Göttingen 1947.
5] *Film von Sartre:* Vermutlich der 1947 von Jean Delannoy mit Micheline Presle in der Hauptrolle gedrehte Film ›Les Jeux sont faits‹ (›Das Spiel ist aus‹).

23. 9. 1949
1] *Kirchenszene:* S. TB 22. 9. 1949, Anm. 3. 102
2] *Explosion einer A-Bombe:* Am 23. 9. 1949 gab Präsident Truman bekannt, in der UdSSR habe eine ›atomare Explosion‹ stattgefunden. Er vermied, von einer gezündeten Atombombe zu sprechen. Erst 2 Tage später berichtete die sowjetische Nachrichtenagentur TASS, daß die Russen Atombomben besäßen und das Geheimnis seit 1947 kennten.
3] *Sdidry's:* Der Dirigent Fritz Stiedry (1883–1968), vor 1933 Generalmusikdirektor der Städtischen Oper Berlin, von 1946 bis 1958

an der Metropolitan Opera, mit seiner Frau, der Schauspielerin Erika Wagner, die 1919 in der Wiener Aufführung von TMs *Fiorenza* die Fiore gespielt hatte und seither mit TM bekannt war.

4] *Toch-Abend:* S. TB 14. 9. 1949.

5] *Křenek:* Der österreichische Komponist Ernst Křenek (geb. 1900) war 1938 in die USA geflohen; er lebte und lebte seit 1947 in Los Angeles.

24. 9. 1949

103 1] *an Auerbach:* An Erich Auerbach, P.P. 23. 9. 1949, Reg. III, 49/468: Über das ›Mimesis‹-Buch: »Sein zentrales Thema, der europäische Realismus, hat die größte Anziehungskraft für mich, und Ihre Art, es historisch abzuhandeln und diese immer verpflichtend bleibende künstlerische Haltung durch die Jahrhunderte zu verfolgen, hat etwas durchaus Pädagogisches: Wir sind gemahnt dadurch, uns nicht durch irgendwelche konstruktivistische Vergeistigung und symbolische Experimente der letztlich allein Unsterblichkeit sichernden lebendigen Wirklichkeitsdarstellung entfremden zu lassen. Diese hat die Geschichte für sich und lebt in ihr immer, während das Ungesellschaftliche in einem viel gefährlicheren Sinn ›zeitgebunden‹ ist./ Übrigens geht die Forderung des ›kritischen Realismus‹ heute vom sozialistischen Rußland aus – was immer es nun damit meinen möge.«

2] *Auerbach:* Der deutsche Literarhistoriker Erich Auerbach (1892–1957), bis 1935 Romanist der Universität Marburg, lehrte nach seiner Emigration bis 1947 in Istanbul, 1949 am Pennsylvania State College.

3] *Flinker:* Der 1938 aus Wien nach Frankreich geflohene Buchhändler, Publizist und Schriftsteller Martin Flinker (1895–1986) hatte 1947 am Quai des Orfèvres eine bald sehr renommierte Buchhandlung eröffnet.

4] *meine Berührungen:* In München gegen Ende und kurz nach dem Ersten Weltkrieg. Über die direkte ›Verwertung‹ dieser Berührungen im *Doktor Faustus* vgl. TB 46–48, 555.

25. 9. 1949

103 1] *an Paetel:* P.P. 25. 9. 1949, Reg. III, 49/470.

2] *Mr. und Mrs. Winter:* Nicht sicher ermittelt. Evtl. ist Mrs. Win-

ter mit der auch von Charles Chaplin in seinen Memoiren erwähnten englischen Schauspielerin Ella Winter identisch, deren Name um diese Zeit häufiger in Unterschriftslisten kalifornischer »linker« Petitionen und Deklarationen erschien.
3] *Chaplins:* Der Schauspieler und Filmregisseur Charles Chaplin (1889–1977) und seine Frau Oona, geb. O'Neill.

26. 9. 1949
1] *Brief eines deutschen Über-Kretzschmar:* Die achtseitige »genialische Abhandlung und Philosophie des Rhythmus« (so TM in seinem Dankesbrief) des Pianisten Adolf Havlik, Dresden, 30. 8. 1949, befindet sich im TMA. 104
2] *Tristan-Platten:* In TMs Nachlaß fanden sich Platten mit Ausschnitten aus dem ersten Akt von Richard Wagners ›Tristan und Isolde‹. In einer Aufnahme aus dem Jahr 1947 singen Kirsten Flagstad und Elisabeth Hoengen, es spielt das London Philharmonic Orchestra unter Isaye Dobrowen.

27. 9. 1949
1] *Rede Bevins:* In einer Rede vor der UN beschuldigte der britische Außenminister Ernest Bevin die Sowjets, seit Kriegsende jede wirkliche Kooperation mit den Westmächten zurückgewiesen zu haben; die jetzige Behauptung, der Westen boykottiere Atom-Kontroll-Vereinbarungen, sei »stupid«; aber trotz der russischen Obstruktion hätten die UN große Leistungen vollbracht. 104
2] *an Oscar Wendt:* Das Schreiben an TMs ehemaligen Klassenkameraden, den Lübecker Studienrat Oskar Wendt, der sich nach dem Kriege dem Aufbau eines TM-Archivs in Lübeck widmete, ist verschollen; s. Reg. IV, 586. Zu Wendt s. auch TB 46–48, 431.
3] *[an] Suhrkamp:* Verschollen; s. Reg. IV, 586.
4] *an Rilla:* An Walter Rilla, P.P. 27. 9. 1949, Reg. III, 49/471.
5] *»Olympian Morning«:* S. TB 24. 3. 1949, Anm. 1.

28. 9. 1949
1] *Korrespondenz mit Berkeley:* An Hans M. Wolff, P.P. 28. 9. 1949, Reg. III, 49/473: Vereinbarung der Rahmenbedingungen für den Vortrag *Goethe and Democracy* im University Campus Berkeley am 10. 10. 1949. 104

29. 9. 1949

105 1] *Churchill [...] im Unterhaus:* In seiner Attacke auf die Regierung hatte der britische Oppositionsführer am 28. 9. Neuwahlen gefordert, damit das Volk die Gelegenheit bekomme, mit Hilfe der Konservativen »to clear up the Socialist mess«.

2] *an Leonard:* An Hans Leonard, P.P. 29. 9. 1949, Reg. III, 49/475.

3] *(Ossietzky):* Der Text der von der ›Weltbühne‹ erbetenen Gedenkworte zu Carl von Ossietzkys (1889–1938) 60. Geburtstag ist im Anhang No. 12, S. 666–667 abgedruckt.

4] *Exemplare des Reiseberichts:* S. TB 13. 8. 1949, Anm. 1.

30. 9. 1949

105 1] *an den Musiker Hawlik:* An Adolf Havlik, P.P. 29. 9. 1949, Reg. III, 49/474: Antwort an »einen deutschen Über-Kretzschmar«; s. auch TB 26. 9. 1949, Anm. 1.

2] *[an] Großhut:* An Friedrich Sally Großhut, P.P. 30. 9. 1949, Reg. III, 49/476.

3] *Dr. Valentiner:* Der ursprünglich deutsche Kunsthistoriker und Museumsfachmann William Reinhold Valentiner (1880–1958), 1906–1908 bei Bode in Berlin tätig, lebte seit 1908 in den USA und war seit 1948 Direktor des Los Angeles County Museum of History, Science and Art.

1. 10. 1949

106 1] *spy hunters ...:* Das CUA hatte den jahrelang als ›Scientist X‹ geführten unbekannten Wissenschaftler, den man beschuldigte, bereits im Kriege Atomgeheimnisse an einen Sowjetspion weitergegeben zu haben, als den aus Berkeley stammenden 32jährigen Professor Dr. Joseph W. Weinberg von der Minnesota University »dingfest« gemacht. Der junge Wissenschaftler wies diese in ihrer Beweisführung recht abenteuerlichen Behauptungen allerdings mit Entschiedenheit zurück

2] *Kap. XVII:* ›Der Zweikampf‹, *Der Erwählte,* GW VII, 134–146.

3] *Die »Wandlung« mit »Goethe u. d. Demokratie«:* ›Die Wandlung‹, Jg. 4, 1949, 539–562.

4] *an Dr. Michael:* An Wolfgang F. Michael, P. P. 1. 10. 1949, Reg. III,

49/483. Die Photokopie der Sammlung Hans-Otto Mayer ist nach Auskunft des Archivs verschollen.
5] *»Fronleichnamsspiele«:* S. TB 22. 9. 1949, Anm. 4.

2. 10. 1949
1] *Essays:* Albrecht Goes, ›Von Mensch zu Mensch. Bemühungen‹, Berlin 1947. Der Band mit einer Widmung des Verfassers an TM ist in der Zürcher Bibliothek erhalten. *106*
2] *Goes:* Der württembergische Pfarrer und Schriftsteller Albrecht Goes (geb. 1908).
3] *Gate-Way-Platten:* ›Gateway to Music. Fine Records and Radio Phonographs‹ war offensichtlich ein Fachgeschäft am Wilshire Blvd in Los Angeles.
4] *Schlußsatz der Neunten:* Das Finale aus Ludwig van Beethovens (1770–1827) Neunter Symphonie d-Moll, op. 125, mit Schillers ›Ode an die Freude‹.

3. 10. 1949
1] *Herbert von K.:* Der österreichische Dirigent Herbert von Karajan (1908–1989). *106*
2] *Faustus-Artikel:* Giles Romilly, ›The world of Thomas Mann‹, ›New Statesman and Nation‹, London, 10. 9. 1949, 278/279. *107*
3] *an Pfarrer Goes:* Der offenbar fälschlich 3. 9. statt 3. 10. 1949 datierte und in den Regesten mit falschem Datum eingeordnete Brief an Albrecht Goes, Reg. III, 49/429; Br. III, 99/100 (ebenfalls falsch datiert).
4] *Horowitz:* Der russische Pianist Wladimir Horowitz (1904 bis 1989), den TM seit 1937 persönlich kannte. S. auch TB 44–46, 626.
5] *Chopin [...] Sonate mit dem Trauermarsch:* Frédéric Chopin (1810–1849), Sonate b-Moll, op. 35.
6] *von jungem Japaner:* Das Schreiben, vermutlich von Ossaji Takahashi, befindet sich nicht mehr unter den im TMA archivierten Dokumenten.

4. 10. 1949
1] *In dem holl. Manuskript:* Nicht ermittelt. *107*
2] *an Frey:* Nicht nachweisbar.
3] *Buch über Japan:* Klaus Pringsheim, ›Japan im Licht seiner Geschichte‹, unveröffentlichtes Manuskript.

5. 10. 1949

107 1] *Anklagen Stassens:* Der republikanische US-Politiker Harold Edward Stassen (geb. 1907) hatte nach der Rückkehr von einem England-Besuch die Ansicht geäußert, »Russia's apparent possession of the atomic bomb some three years before American scientific opinion believed it possible, can be attributed to loose administration in Washington«, und auf die Frage, wen speziell er mit diesem terminus meine, geantwortet: »the Truman Administration since the war.«

2] *Ankündigung [...] durch Piek:* Am 4. Oktober hatte das Präsidium des deutschen Volksrats und des antifaschistisch-demokratischen Blocks in der sowjetisch besetzten Zone Deutschlands unter dem Vorsitz von Wilhelm Pieck (1876–1960) beschlossen, nach Bildung der Bundesrepublik den Volksrat als Regierung einer zu gründenden Deutschen Demokratischen Republik zu installieren.

108 3] *Pandit Nehru:* Der indische Politiker Jawaharlal, gen. Pandit Nehru (1889–1964), seit 1947 bis zum Tode Ministerpräsident seines Landes.

4] *Zusage:* An Amiya Chakravarty, P. P. 6. 10. 1949, Reg. III, 49/493: »It is a great pleasure and honor for me that Pandit Nehru wishes to see and to talk to me on the occasion of his visit to this country, and in the case my somewhat precarious health permits it, I am firmly resolved to accede to this request.«

5] *an Angell:* An Joseph W. Angell, P. P. 6. 10. 1949, Reg. III, 49/492: »[. . .] It surely is not necessary to reprint all of Wendell Kretzschmar's lectures. The beginning of this chapter up to and including his lecture on Opus 111 suffices completely. Anyhow, the plan to reproduce the whole novel, though in abbreviated form, in your anthology is infeasible. The object is to arouse the reader's appetite for the whole work through several characteristic and entertaining fragments. I consider suitable, for instance, the portrait of Rüdiger Schildknapp, as given during Adrian's stay in Leipzig; furthermore the Fitelberg chapter which is generally regarded as a tour de force. I would also favor those parts where the presence of the devil gradually suggests itself, i. e. the speculations of Father Leverkuehn at the beginning, the love affair with Esmeralda, the experiences with the two doctors, and finally the lectures of Schleppfuss with the medieval story. All this, together with the two Echo chapters, is probably too

much already, and you will have to choose between these recommandations. But I believe that they are not bad, and that these fragments are not lacking in what you call ›novellistic‹.«
6] *an einen jungen Japaner:* Das Schreiben an Ossaji Takahashi gilt als verschollen; s. Reg. IV, 586.
7] *an Delbert Clarc:* P. P. 6. 10. 1949, Reg. III, 49/494: Dank für sein Buch ›Again the Goose Step‹, New York 1949: »The importance of this work cannot be overestimated in a world which, due to the Russian antipathy, [makes] us utterly blind toward the danger again beginning to emanate from Germany.«
8] *Delbert Clarc:* Der Musikkritiker der NYT., Delbert Clark. Nichts Näheres ermittelt.
9] *Manuskript aus Holland:* S. TB 4. 10. 1949, Anm. 1.
10] *Schumann-Eichendorff-Lieder:* In TMs Plattensammlung fand sich Robert Schumanns (1810–1856) ›Liederkreis. Zwölf Gesänge von J. von Eichendorff für eine Singstimme mit Begleitung des Pianoforte‹, op. 39, in einer Aufnahme von 1938 mit Friedrich Schorr und Fritz Hitzinger.

6. 10. 1949
1] *Nachtrag:* S. TB 3. 10. 1949, Anm. 3 und Br. III, 100. *108*
2] *»Gateway to music«:* S. TB 2. 10. 1949, Anm. 3.
3] *»Goethe in Dachau«:* Nico Rost, ›Goethe in Dachau. Literatur um Wirklichkeit‹, mit einem Vorwort von Anna Seghers, Berlin 1948.
4] *Rost:* Der niederländische Literat und Kritiker Nico Rost, Übersetzer von Werken Anna Seghers', Lion Feuchtwangers, Alfred Döblins, Arnold Zweigs, Joseph Roths u. a., stellte 1933 im Auftrag Queridos die Verbindung zu Fritz Landshoff in Sachen ›Gründung eines Exilverlags‹ her.

7. 10. 1949
1] *»Einsam in trüben Tagen«:* Die Arie der Elsa aus der 2. Szene, 1. Akt von Richard Wagners ›Lohengrin‹. *109*
2] *Delia Reinhart:* Die 1915 von Bruno Walter entdeckte und seither eng mit ihm befreundete Sopranistin Delia Reinhardt (1882–1974). S. TB 46–48, 811.
3] *Briefe:* U. a. an Anthony Frisch, P. P. 7. 10. 1949, Reg. III, 49/499: Dank für die Zusendung seiner englischen Gedichte; an Rudolf

Kayser, P. P. 7. 10. 1949, Reg. III, 49/500: Dank für das »prächtige Geschenk«, das Buch ›The Life and Time of Jehudah Halevi‹.

4] *Geiger Pollag:* Der österreichische Geiger Robert Pollak (1880–1962), ein Freund von Klaus Pringsheim, Leiter der Violinklasse des Konservatoriums in Los Angeles, der gelegentlich mit Freunden im Hause Mann musizierte. S. TB 46–48, 467.

5] *Roswaege:* Der deutsch-dänische Tenor Helge Rosvaenge (1897–1972). In TMs Plattennachlaß fanden sich verschiedene Aufnahmen mit von Rosvaenge gesungenen Opernarien.

6] *Göhring:* Der NS-Politiker und ›Reichsmarschall‹ des ehemaligen Deutschen Reiches Hermann Göring (1893–1946) hatte 1935 seine Hochzeit mit der Schauspielerin Emmy Sonnemann mit Aufsehen erregendem Pomp begangen. S. dazu Klaus Manns zuerst im ›Pariser Tageblatt‹ abgedruckten ›Brief an Emmy Sonnemann-Göring‹; nachgedruckt in KM Br./Antw. I, 212–215.

7] *»Trompeter von Säckingen«:* Die nach der Vorlage von Viktor von Scheffels gleichnamigem Versepos 1884 in Leipzig uraufgeführte Oper des Komponisten und Leipziger Theaterdirektors Viktor Nessler (1841–1890).

8] *Schlußnus:* Der Bariton Heinrich Schlusnus (1888–1952). TM besaß viele Liedaufnahmen von ihm.

8. 10. 1949

109 1] *Ljeskow-Lektüre:* Nikolaj Semjonowitsch Leskow (1831–1895), ›Die Lady Macbeth von Mzensk‹ (1865). TM besaß Leskows ›Gesammelte Werke‹ in 9 Bänden, München 1924–1927, in deren 7. Band ›Charaktere und Sonderlinge‹ sich die Novelle befindet. Die Ausgabe ist in der Zürcher Bibliothek erhalten.

2] *»Das Spießrutenlaufen«:* Richard Friedenthal, ›Das Spießrutenlaufen‹, ›Deutsche Beiträge‹, München, Jg. 3, H. 4, 1949, 301–317.

3] *an Horch:* An Franz Horch, P. P. 8. 10. 1949, Reg. III, 49/501: Dank für das Buch von Frederic Morton ›The Darkness Below‹, New York 1949: »Das aus genauester Erfahrung geschilderte sonderbare Milieu einer nächtlichen Keller-Bäckerei, von der eine für ganz andere Lebenssphären geborene Seele allmählich eingefangen und umgewandelt wird – das ist mit großer psychologischer Kunst für den Leser unheimlich lebendig gemacht, läßt diesen beständig in Beklommenheit an der seltsamen Handlung teilnehmen, die mit dichteri-

scher Konsequenz zur Katastrophe führt. / Ich bin Ihnen dankbar, daß Sie mir die Bekanntschaft dieses ungewöhnlichen Buches vermittelt haben.«
4] *Horch:* Der ehemalige Dramaturg an Max Reinhardts ›Deutschem Theater‹ in Berlin, Dr. Franz Horch (1901–1951), war nach seiner Emigration in den USA als literarischer Agent tätig.
5] *Vortrag eines Literaturprofessors:* Vermutlich ist ein Vortrag von Albert Guérard gemeint, der damals in Stanford lehrte. *110*

9. 10. 1949
1] *Vortrag:* S. TB 28. 9. 1949, Anm. 1. *110*

11. 10. 1949
1] *Presse-Konferenz:* Nach Berichten in der deutschen Presse »forderte [. . .] Thomas Mann die westlichen Besatzungsmächte auf, den Kommunismus ›mit Demokratie und nicht mit Faschismus zu bekämpfen‹. Großbritannien, Frankreich und die USA scheinen die Nazielemente in Deutschland, so erklärte Mann weiter, als mögliche Stoßtrupps gegen die Sowjetunion zu betrachten. Die gegenwärtige Weltkrise führe zu der Gefahr, daß die alten Nationalsozialisten, begünstigt durch die Besatzungsmächte, die demokratischen Elemente an die Wand drückten.« Die ›Frankfurter Rundschau‹ berichtete am 14. 10. 1949 unter der Überschrift ›Vorwürfe Thomas Manns gegen Westmächte zurückgewiesen‹, daß »Beamte der alliierten Besatzungsorgane in Frankfurt« diese Anschuldigungen »mit Entschiedenheit und Entrüstung« zurückgewiesen hätten. *110*
2] *Roger Sessions:* Der amerikanische Komponist und Musikpädagoge Roger Huntington Sessions (1896–1985), ein Freund der Borgeses, war TM seit seiner Princetoner Zeit bekannt.
3] *Frau Schickele mit Sohn:* Anna Schickele, die Witwe des TM seit der gemeinsamen Zeit in Sanary, Sommer 1936, nahestehenden elsässischen Schriftstellers René Schickele (1883–1940) und – vermutlich – ihr Sohn Hans.
4] *Loyalty test-Konflikt:* Am 25. März 1949 war an die Präsidenten der kalifornischen Universitäten die Aufforderung ergangen, allen Fakultätsmitgliedern einen ›Oath of Loyalty‹ abzuverlangen. Dieser Eid bestand aus zwei Teilen: der erste war der herkömmliche Eid auf die Verfassung der Vereinigten Staaten und die Verfassung des Staa-

tes Kalifornien. Der zweite, neue Teil verlangte eine Versicherung, daß der Lehrende weder Mitglied noch Sympathisant der Kommunistischen Partei und den Ideen des Kommunismus in keiner Weise verbunden sei. Der Konflikt ging um diesen zweiten Teil des Eides, der während des ganzen Sommers 1949 öffentlich an den Universitäten diskutiert wurde.

111 5] *Edward Brewer:* Der von 1921 bis zu seinem Tode in Berkeley Germanistik lehrende Professor Edward Vere Brewer (1887–1967).

6] *Magazine Digest:* S. TMs zustimmende Antwort an Andrew Hecht, ›Magazine Digest‹, New York, 12. 10. 1949, Reg. III, 49/502.

7] *Angriff:* ›Gullibility of a Liberal‹, ›America‹, A Catholic Review of the Week, New York, vol. 82, No. 1 v. 8. 10. 1949, 8: Ein Angriff gegen TMs Artikel ›Germany Today‹, dessen Tenor – scharfe Verurteilung der westdeutschen Zustände bei völlig unkritischer Haltung gegenüber den Vorgängen in der Ost-Zone – »other liberals« als Warnung dienen könne, »that if they can't or don't make up their minds to be anti-Communist, they will often talk like pro-Communists«.

8] *Los Angeles Times überschreibt:* Die Meldung auf S. 10 der ›Los Angeles Times‹ vom 11. 10. 1949 hat folgenden Wortlaut: »Novelist Thomas Mann said today establishment of a Soviet-sponsored republic in the East German zone has made civil war ›a certainty, the moment occupation troops are withdrawn.‹/ Mann said he saw a ›definite regression toward Fascism and atheism‹ in Germany. The conflict between the United States and Russia is partly responsible, he told a press conference prior to a lecture at the University of California./ He said Germans now seem to tolerate the old Nazi elements ›and even to prefer them to the Social Democrats because they regard them as possible storm troops in a future war against the east.‹«

9] *Wiedmer [...] berichtet:* Das Schreiben des Basler Lehrers und Übersetzers Walter Widmer befindet sich nicht unter den im TMA archivierten Schriftstücken. S. jedoch TMs Antwort, P. P. 9. 11. 1949: »Überhaupt stellen körperliche und seelische Altersverdriesslichkeiten sich ein, Plagen und Müdigkeiten, gegen die nicht viel zu sagen ist, da [sie] ja die praktische Funktion haben, die Anhänglichkeit ans Leben allmählich zu lockern. Dazu können die äusseren Umstände, das Wettstreiten, der Un- und Wahnsinn der ›grossen Politik‹ nur beitragen, die einem nicht das Verlangen erregen, von der Zukunft noch viel mitzumachen. Darüber sagen Sie in Ihrem Brief vom 6. Oktober manch kräftig Wörtchen und beziehen sich dabei auf die Schweiz. Aber alsob es nur die Schweiz wäre! Wenn Sie hier lebten, würde die Wut über so vieles, was auch hier ›im Namen der Demokratie‹ geschieht, vielleicht noch ganz anders mit Ihnen durchgehen. Freilich sind die Verhältnisse hier sehr weit und vielumfassend, das Gute und Rechte ist *auch* da und trotz einem ganz ansehnlichen Mass von Terror wird es immer wieder laut und mutig ausgesprochen, sogar von aktiven Generälen, sodass man sich – wie gern! – immer wieder aus der Verzweiflung über all die Dummheit aufrichten lässt./ Wie ich nun einmal dastehe, kann ich mich den Anforderungen, die Vernunft zu unterstützen, nicht immer entziehen, suche aber nach Möglichkeit bei meiner privaten Arbeit Zuflucht, mit der es ohnehin langsam genug vorwärts geht. Viel ist von mir nicht mehr zu erwarten und zu verlangen. Ich werde 75, und das Leben war kein Kinderspiel. Schliesslich hat man ein Recht, müde zu sein.«

12. 10. 1949

1] *Artikel von Lippmann:* ›The Key to the Door‹. (»This is the first of several columns to be written by Mr. Lippmann on a current trip to Europe and India«) NYHT, europ. Ausg., 13. 10. 1949, 4. *111*
2] *Lippmann:* Der amerikanische Publizist und Kolumnist Walter Lippmann (1889–1974), 1949 Chefredakteur der ›New York Herald Tribune‹. Seine dort publizierten Kommentare ›Today and Tomorrow‹ wurden in vielen amerikanischen Zeitungen nachgedruckt.
3] *Büchlein [...] von F. Alegria:* Francisco Alegría, ›Ensayo sobre cinco temas de Thomas Mann‹, El Salvador 1949. Das Buch mit einer Widmung des Verfassers steht in der Zürcher Bibliothek.

13. 10. 1949

1] *Senator Byrd:* Der Senator von Virginia, Harry F. Byrd, bekräftigte seine These in einem zusammenfassenden Essay ›Are we Headed Toward ‚Collectivism'?‹, NYT 18. 12. 1949, VI, 7, 44–46. *112*
2] *von Preetorius:* Krottenmühl, 18. 9. 1949: »Die Bewunderung, die Sie hier allgemein erweckten, ist schlechthin unbegrenzt, – sie wirkt heute noch nach: Das ist nach alledem, was sich vorher begab,

ein rechter Triumph für Sie. Und denke ich gar zurück an jene langatmigen Akademiesitzungen, wo ich als energischer Anwalt für Ihren Besuch gegen alle möglichen Bedenken und Ängstlichkeiten auftrat, so kann michs jetzt noch lachenmachen. [. . .] Wie ein Wunder übrigens empfand man Ihre fabelhafte Frische und völlige Alterslosigkeit – ach, Thomas Mann, mir ist's eine Versicherung für alles Menschliche und Geistige und Gesamteuropäische, daß es Sie gibt und gibt in solcher unversehrter Kraft, jugendlicher Frische und Biegsamkeit.« (TMA)

3] *von Frau Pixis:* Von Ada Pixis, O. O. [Pöcking] September 1949; im TMA.

4] *Frau Pixis:* Aus dem Schreiben geht hervor, daß Frau Pixis eine gute Bekannte von Bruno Walter und eine dem Kreis um den auch von TM geschätzten Münchener Maler Rolf von Hoerschelmann nahestehende Frau war.

5] *von Basler:* Der Brief ist nicht erhalten. Zum Inhalt s. jedoch TM an Otto Basler, P. P. 19. 10. 1949: »Ich bin Ihnen für die Nachrichten von Hesse sehr dankbar und weiß nun Bescheid. Der Mann Weiss hat mich, wenn ich nicht irre, damals im Baur au Lac aufgesucht und insistiert, ich möchte doch in Amerika um Geld für seine Gründung werben. Das fand ich einen unpassenden Wunsch und habe es abgelehnt.«

6] *»Atem«-Besprechung:* Otto Basler, ›Heinrich Mann ‚Der Atem'‹, ›Sie und Er‹, Zofingen, 7. 10. 1949.

7] *Botschaft Hesse's:* S. Anm. 5. Erich Weiß hatte ein privates Hesse-Archiv gegründet, für das er Unterstützung suchte, und TM zog über Otto Basler Erkundigungen über Hesses Meinung zu dem Projekt ein.

8] *Baily:* Der Sammler Harold Baily, für den TM, wie die TB zeigen, öfters Bücher signierte.

14. 10. 1949

112 1] *Rundschau-Heft mit »Goethe u. d. Dem.«:* Das Heft 15, Sommer 1949, der ›Neuen Rundschau‹ enthielt TMs Essay auf den Seiten 295–318.

2] *von Borgese:* G. A. Borgese, ›Goethe – Mythos und Sendung‹, ›Die Neue Rundschau‹ a.a.O. 319–339. S. dazu TM an Alfred Neumann, 20. 10. 1949: Borgeses Vortrag »ganz vortrefflich«.

3] *und Schweizer:* Albert Schweitzer, ›Goethe. Der Mensch und das Werk‹, ›Die Neue Rundschau‹ a.a.O. 340–365.
4] *an Frau Eulenberg:* An Hedda Eulenberg, die Witwe Herbert Eulenbergs (s. TB 19. 9. 1949, Anm. 3), P. P. 14. 10. 1949, Reg. III, 49/512; Br. III, 103/104.
5] *»Palestrina«-Vorspiele:* TM besaß die drei Aktvorspiele aus Hans Pfitzners Oper ›Palestrina‹ in einer Einspielung des Deutschen Philharmonischen Orchesters Prag unter Joseph Keilberth aus dem Jahre 1942. – Zum Problem ›Palestrina‹ s. die Nachweise in TB 46–48, 429.
6] *»Kinder-Totenlieder«:* Gustav Mahlers ›Kindertotenlieder‹ in einer Aufnahme mit Marian Anderson und dem San Francisco Symphony Orchestra unter Pierre Monteux sind in TMs Plattensammlung erhalten.
7] *Einleitung zum »Wendepunkt«:* Klaus Mann, ›Prolog aus der unveröffentlichten Autobiographie ‚Der Wendepunkt'‹, ›Die Neue Rundschau‹, H. 15, Sommer 1949, 414–425.

15. 10. 1949
1] *Schuldspruch:* Die im Januar angeklagten 11 führenden Kommunisten (s. TB 18. 1. 1949, Anm. 1) wurden am 14. 10. 1949 vom Federal Court in New York der Anklage nach dem Smith Act of conspiracy von 1940 für schuldig befunden. Unter den 12 Richtern befanden sich 8 Frauen, von denen zwei Farbige waren. 112
2] *Judge Medina [...] verurteilt:* Der vorsitzende Richter Harold R. Medina verurteilte im Anschluß an das Verfahren die 5 Verteidiger wegen Mißachtung des Gerichts und ihres Verhaltens während des Prozesses zu Gefängnisstrafen zwischen 30 Tagen und 6 Monaten. 113
3] *Études [...] von Mermod:* Die Essays *Phantasie über Goethe, Nietzsche's Philosophie im Lichte unserer Erfahrung* und *Joseph und seine Brüder* waren 1949 in der Übersetzung von Philippe Jacottet im Verlag Mermod, Lausanne, erschienen.
4] *Goethe Homage: Goethe's Werther,* ›Goethe. Unesco's Hommage on the Occasion of the 200th Anniversary of his Birth‹, Paris 1949 (enthält den ersten Teil von TMs Essay).
5] *an einen Deutschen:* An Rudolf Lennert, P. P. 15. 10. 1949, Reg. III, 49/518: »Die Wahrnehmung tut mir doch wohl, dass es in Deutsch-

land auch Leute gibt, die an dem Werk meines Alters, und an meinem Werk überhaupt, etwas zu lieben – und nicht nur zu mäkeln – finden. Im Grunde ist es dumm von den Deutschen, dass sie immer das Beste, was sie gerade haben, und was sie vor der Welt anständig vertritt, herunterzerren und schimpfieren müssen. Das tut kein anderes Volk./ Das kleine Buch von der ›Entstehung‹ habe ich geschrieben, nicht um mich wichtig zu machen, sondern erstens, um die zu ehren, die mir bei meiner erregenden Arbeit geholfen haben, und zweitens, weil ich es nicht ganz müssig fand, zu zeigen, wie so ein Werk in Jahren voll stürmischen Geschehens zustande kommt und sich kraft eines gewissen lebendigen Eigenwillens gegen alle Störungen, Ablenkungen und Unbilden durchzusetzen weiss«. (TMA)

16. 10. 1949

113 1] *an Frau Pixis:* An Ada Pixis, P. P. 16. 10. 1940, Reg. III, 49/520: Dank für einen Brief, der »von den guten deutschen Briefen, von den *besten* einer« sei.

2] *[an] Prof. Berendsohn:* An Walter A. Berendsohn, P. P. 16. 10. 1949, Reg. III, 49/519: »Dank für Ihren Aufsatz. Sie haben nur zu Recht, hinter den Titel ein Fragezeichen zu setzen. Wenn die Deutschen von Transzendenz schwafeln, so meinen sie ganz etwas anderes. Alles Alte und Ueble ist dort wieder obenauf, manchmal mit ›feinen‹ Allüren, wie im Fall dieses literarischen Gottesmannes./ ›Mit der Deutschen Freundschaft/ Hat's keine Not./ Aergerlichster Feindschaft/ Steht Höflichkeit zu Gebot:/ Sie lassen mich alle grüssen/ Und hassen mich bis in den Tod.‹/ Der Ingrimm sollte sich aber noch mehr gegen die Sieger kehren, die aus Ihrem [!] Sieg so wenig zu machen wissen und dem besseren Deutschland so garnicht zu helfen gewusst haben, daß es sich längst wieder in die Verborgenheit hat zurückziehen müssen. Aus dieser Verborgenheit kommt manches gute, sympathievolle Wort zu mir, daß es mir menschlich schwer macht, vor Deutschland zu *warnen*. Und doch muss man das tun, so sehr man dadurch natürlich den Hass verstärkt.« (TMA)

17. 10. 1949

114 1] *Verhaftungswelle:* In einer Kampagne »to liquidate hostile elements and imperialist agents« waren zwischen dem 6. und 10. Oktober 1949 in der ČSR ca. 50 000 Menschen, vorwiegend Angehörige

des Mittelstands und Kleriker, verhaftet und ihre Besitztümer eingezogen worden.
2] *Dismantlings in der Ruhr:* Die Klagen fanden Gehör. Eine »bipartisan group of 44 Senators« hatte schon am 5. 10. 1949 in einem Brief an Außenminister Acheson gefordert, dem Abbau von Industrieanlagen im Ruhrgebiet Einhalt zu gebieten.
3] *an Knopf:* An Alfred A. Knopf, P. P. 18. 10. 1949, Reg. III, 49/522: Bedenken gegen eine Publikation von Viktor Manns Buch in den USA.
4] *[an] Basler:* An Otto Basler, P. P. 19. 10. 1949, Reg. III, 49/524. S. TB 13. 10. 1949, Anm. 5.
5] *[an] Agnes Meyer:* P. P. 19. 10. 1949, Reg. III, 49/527: Bitte, sich bei Professor Baumgardt von der Library of Congress für ein Konzert des Pianisten Kurt Appelbaum (geb. 1904), den TM aus seiner Princetoner Zeit gut kannte, zu verwenden.
6] *»Le Diable au corps«:* Der 1947 nach dem gleichnamigen Roman von Raymond Radiguet gedrehte französische Film von Claude Autant-Lara mit Gérard Philipe, Micheline Presle, Jean Debucourt und Denise Gray in den Hauptrollen.

18. 10. 1949
1] *Einladung:* Nicht unter den Dokumenten des TMA. Aus einer *114*
Notiz in den ›WSSF News‹ (*W*orld *S*tudents *S*ervice *F*und), New York, vol. XIII, No. 3, February 1950, 1 geht hervor, daß TM der Einladung krankheitshalber nicht folgen konnte, aber eine Botschaft sandte, die im Anhang, No. 13, S. 668 abgedruckt ist.
2] *ein Brief mit der Nachschrift:* Nicht ermittelt.
3] *Tripel-Konzert:* Eine Aufnahme des Konzerts C-Dur, op. 56 für Klavier, Violine und Violoncello mit Walter Hendl, John Corigliano, Leonard Rose und dem New York Symphony Orchestra unter Bruno Walter, 1949, fand sich in TMs Nachlaß.

19. 10. 1949
1] *Kap. XVIII:* ›Der Handkuß‹, *Der Erwählte,* GW VII, 146–152. *115*
2] *Diederich'sche Publikation:* ›Deutsche Prosa. Eine Auswahl von Luther bis zur Gegenwart‹, Wiesbaden 1949. Darin, Seite 481–494, unter dem Titel ›An der Grenze‹, ein Abschnitt aus *Joseph in Ägypten,* Erstes Hauptstück ›Die Reise hinab‹, letztes Kapitel ›Die Feste

Zel‹, GW IV, 707–711. TMs Exemplar ist in der Zürcher Bibliothek erhalten.

3] *Golos Vortrag:* Golo Mann, ›Fortschrittsglaube und Zweifel im amerikanischen Geschichtsdenken‹, ›Neue Schweizer Rundschau‹, N. F., Jg. 17, H. 5, September 1949, 275–288.

4] *mein Zutun:* Der letzte Absatz des Artikels von Bertold Biermann, ›Goethe im Urteil der Amerikaner‹, ›Neue Schweizer Rundschau‹, a.a.O. 317–323, apostrophiert TMs Vermittlerrolle: »Thomas Mann wurde für die amerikanische Oeffentlichkeit der berufene Propagandist Goethes. Die schöne Uebersetzung seines Goethe-Romans führte die Leser in das Weimarer Milieu ein und bereitete sie auf die biographischen Studien vor, in denen das Cliché des epikuräischen Dichters demoliert wurde. Im Vorjahr erschien eine von Thomas Mann zusammengestellte und eingeleitete Auswahl aus Goethes Werken, die nun in den meisten Bibliotheken zu finden ist. [. . .]«

5] *M. George über:* Manfred George, ›Deutsche Schriftsteller in den USA. Das Schicksal einer literarischen Emigration‹, ›Neue Schweizer Rundschau‹, a.a.O. 312–316. Der TM betreffende Passus lautet: »Es ist gar kein Zufall, daß der ganz große Erfolg, den Thomas Mann in den Vereinigten Staaten hat und der mit keinem anderen Erfolg eines anderen Autors, vor allem auch nicht in der Anerkennung der Persönlichkeit des Dichters als Teil der führenden amerikanischen Intellektuellen-Prominenz, verglichen werden kann, erst mit seinen Bibelromanen kam. Gewiß, Manns politische Reden, aber nicht etwa ›Die Buddenbrooks‹ oder ›Tonio Kröger‹, waren Wegbereiter gewesen. [. . .]«

6] *an Preetorius:* P. P. 20. 10. 1949, Reg. III, 49/529; Br. III, 105/106.

20. 10. 1949

115 1] *an Stadtrat Reinert:* An Hellmut Reinert, P. P. 26. 10. 1949, Reg. III, 49/533.

2] *Reinert:* Der Jurist Hellmut Reinert (1891–1962), seit 1945 Stadtrat in Frankfurt am Main. S. TM an Emil Preetorius 20. 10. 1949: »der gescheite Stadtrat Reinert, mit dem wir uns in Frankfurt anfreundeten« (Br. III, 106).

3] *an einen deutschen Arbeiter:* Nicht unter den bekannten oder im TMA archivierten Dokumenten.

4] *Bücherempfehlungen:* An Sterling North, ›New York World Telegram‹, P. P. 20. 10. 1949, Reg. III, 49/532: Empfehlung von Barker Fairley ›A Study on Goethe‹, Ludwig Lewisohn, ›Goethe. The Story of the Man‹, Hermann Hesse, ›Magister Ludi‹ (›Das Glasperlenspiel‹), Leland Stowe, ›Target: You‹ und Delbert Clark, ›Again the Goose Step‹. – S. dazu auch TM an Hermann Hesse, 2. 11. 1949, Reg. III, 49/550: »Neulich wurde ich nach Büchern gefragt, die mir kürzlich ›Eindruck gemacht‹, und ich habe die englische Übersetzung des ›Glasperlenspiels‹ sehr herausgestrichen . . .« (Br. III, 107)
5] *an Neumanns:* An Alfred und Kitty Neumann, P. P. 20. 10. 1949, Reg. III, 49/528; TM/AN 78.
6] *Meistersinger-Platten:* TM besaß von Richard Wagners ›Die Meistersinger von Nürnberg‹ eine Gesamtaufnahme des II. Aktes mit den Wiener Philharmonikern unter Hans Knappertsbusch von 1949 und eine des III. Aktes mit der Sächsischen Staatskapelle unter Karl Böhm von 1939.

21. 10. 1949
1] *Brief von D. Sternberger wegen Rundschau:* Der S. Fischer Verlag verhandelte mit Dolf Sternberger wegen seines Eintritts in die Leitung der ›Neuen Rundschau‹. *116*
2] *an Einstein:* An Albert Einstein, P. P. 22. 10. 1949, Reg. III, 49/531: Unterstützung der Sternbergerschen Bitte nach einem Einsteinschen Beitrag zum Problem ›Atombombe‹.
3] *[an] Sternberger:* Der Brief gilt als verschollen; s. Reg. IV, 586.
4] *Anni Carlsson über Rilkes Briefe:* Anni Carlsson, ›Gesang ist Dasein. Rilkes geistiger Weg von Prag nach Muzot‹, Hamburg 1949.

22. 10. 1949
1] *Richter Medina verurteilt:* Medina versäumte nicht, vor seinem Schuldspruch darauf hinzuweisen, daß der Kongreß vor einem Jahr die Höchststrafe für die nach dem Smith Act von 1940 wegen Konspiration Verurteilten von 10 auf 5 Jahre herabgesetzt habe. Zum Prozeß vgl. TB 18. 1. 1949, Anm. 1 und TB 15. 10. 1949, Anm. 1. *116*

26. 10. 1949
1] *»The great Sinner«:* 1949 nach einem Drehbuch von Ladislas Fodor und Christopher Isherwood in Anlehnung an Dostojewskis *117*

Roman ›Der Spieler‹ produzierter Film. Die Hauptrollen spielten Gregory Peck, Walter Huston und Ava Gardner, Regie führte Gottfried Reinhardt.

2] *Frankfurter Preis-Dokument:* Die Urkunde befindet sich im TMA.

3] *Luxusausgabe von Leopardis Gedichten:* Giacomo Leopardi, ›Gedichte‹, übertragen von Franz Spunda, Halbpergamentband, Leipzig 1923. Das Buch ist in der Zürcher Bibliothek erhalten.

4] *Norwegische Ausgabe:* Die Novelle *Tonio Kröger* erschien in der Übersetzung von Nic. Stang und mit Illustrationen von Aage Torsvik 1949 in Oslo. TM hatte das Buch von Max Tau zugeschickt bekommen. S. Reg. III, 49/546.

118 5] *Kompilation meiner Essayistik:* Alfred Kantorowicz, ›Thomas Mann im Spiegel seiner politischen Essays. Eine Kompilation‹, ›Ost und West‹, Jg. 5, H. 8, August 1949, 46–68.

6] *Katarowitz:* Der promovierte Jurist, Journalist, Literarhistoriker und Schriftsteller Alfred Kantorowicz (1899–1979) war 1947 aus den USA in die sowjetisch besetzte Zone zurückgekehrt und lehrte von 1950–1957 an der Humboldt-Universität. S. TB 46–48, 653.

27. 10. 1949

118 1] *Vandenberg:* Der republikanische Senator Arthur H. Vandenberg (1884–1951). Die Rede über die Einkreisung konnte nicht nachgewiesen werden.

2] *Hoffmann:* Die Diskussion um Höhe und Modalitäten des amerikanischen Hilfsprogramms war durch die bevorstehende Europareise von Trumans Economic Cooperation Administrator Paul Gray Hoffman (1891–1974) neu entfacht worden.

3] *Broschüre des [. . .] Generals a. D. Holdridge:* Die Schrift des in Hollywood lebenden Militärschriftstellers, ehemaligen Offiziers und seit 1944 Lecturers on American Militarism, Sparte Economics and Reconstruction, Herbert Charles Holdridge (1892–?) ließ sich nicht nachweisen.

4] *an Křenek:* Der Brief an Ernst Křenek gilt als verschollen; s. Reg. IV, 586.

5] *[an] Kolb:* An den Frankfurter Oberbürgermeister Walter Kolb, P. P. 27. 10. 1949, Reg. III, 49/537.

28. 10. 1949

1] *Entlassung des Marine-Chefs:* Am 27. 10. 1949 enthob der US-Präsident den ranghöchsten Marineoffizier, ›Chief of Naval Operations‹, Admiral Louis E. Denfield, seines Amtes, weil er den ›unification act‹, das Stillhalteabkommen zwischen den Waffengattungen, kritisiert und Luftwaffe und Army vorgeworfen hatte, sie versuchten, der Marine ihre Luftsicherungs-Funktionen streitig zu machen. *118*

2] *sein Freund Ed:* Ed Klotz, ein Student und Freund von Golo Mann. Gewisse Eigenschaften und Gesten des jungen Mannes benutzte TM später für die Beschreibung des Ken Keaton in der *Betrogenen.*

3] *Hörspiel des Stuttgarter Rundfunks:* Vermutlich handelt es sich um das Hörspiel von Walter Erich Schäfer ›Der Staatssekretär‹, das am 2. 11. 1949 gesendet, jedoch um den 20. 10. interessierten Pressevertretern in einer Voraufführung präsentiert wurde. Es wäre denkbar, daß einer der Journalisten (Hans Reisiger, Mitarbeiter der Monatsschrift ›Das Beste‹) TM (vielleicht via Golo Mann) über das Stück berichtete, das – einem Bericht der ›Stuttgarter Zeitung‹ vom 22. 10. 1949 zufolge – um die Frage kreiste: »Wie verhalte ich mich in einem totalitären Staat, wenn ich Gegner des Regimes bin? [. . .] Kann man in einem Gewaltsystem inneren Widerstand leisten, ohne sich die Hände zu beschmutzen? Ohne in schwerste Gewissenskonflikte zu geraten?«

4] *Max Brods Beitrag:* ›Klaus Mann zum Gedächtnis‹, a.a.O. 23–25. *119*

29. 10. 1949

1] *Hans Cohn über Dostojewsky:* Hans Kohn, ›Dostojewski. Ein politisches Porträt‹, ›Der Monat‹, Jg. 2, No. 13, Okt. 1949, 78–88. *119*

2] *Hans Cohn:* Der Historiker und Erforscher des Nationalsozialismus Hans Kohn (1891–1971) war 1931 von Palästina in die USA ausgewandert und lehrte an der New School for Social Research in New York.

3] *Aufsatz über Goethes Ästhetik von Girnus:* Wilhelm Girnus, ›Die ästhetischen Auffassungen Goethes‹, ›Neue Welt‹, Berlin, Jg. 4, H. 15, August 1949, 54–81.

4] *Girnus:* Der Literaturwissenschaftler, Kulturtheoretiker und Kulturpolitiker Wilhelm Girnus (1906–1985) war 1933 von seinem Posten als Lehrer entlassen und, als Kommunist, bis 1945 in verschiedenen Zuchthäusern und KZs inhaftiert worden. 1946–1959 war er stellvertretender Intendant des Ostberliner Rundfunks, von 1949–1953 lehrte er als Professor für Theorie und Geschichte der Literatur am Institut für Gesellschaftswissenschaften, Berlin. Gleichzeitig arbeitete er in der Redaktion des SED-Zentralorgans ›Neues Deutschland‹.

5] *H. Mayer über »Goethes Erbschaft«:* Hans Mayer, ›Goethes Erbschaft‹, ›Neue Welt‹, a.a.O. 14–25.

6] *Buch von J. Bahle:* Vermutlich das in TMs Bibliothek erhaltene Buch von Julius Bahle, ›Eingebung und Tat im musikalischen Schaffen‹, Leipzig 1939, das in Teil II, ›Das konstruktive Werkschaffen‹, eine Darstellung der Auseinandersetzung Bekker/Pfitzner und Busoni/Pfitzner um Fragen der Musikästhetik enthält, in der Pfitzners Position (wie die der beiden anderen) einer kritischen Analyse unterzogen wird. S. dazu besonders die Seiten 308–310.

30. 10. 1949

119 1] *»New Yorker« über [...] »Miss America«:* Lillian Ross, ›Symbol of all we possess‹, ›The New Yorker‹, 22. 10. 1949, 35–61.

2] *an den Mann des Süddeutschen Rundfunks:* Das Schreiben ist, nach den Angaben in Reg. IV, 586, verschollen.

2. 11. 1949

120 1] *Schwester:* Vidaya Lakshmi Pandit (geb. 1900), von 1949 bis 1952 Botschafterin Indiens in Washington.

2] *Tochter:* Indira Gandhi (1917–1984), 1966–1977 und von 1980 bis zu ihrer Ermordung Ministerpräsidentin von Indien.

121 3] *an Dr. Wolf:* An Ernest M. Wolf, P. P. 2. 11. 1949, Reg. III, 49/551: Dank für die freundliche Betreuung anläßlich von TMs Vortrag in San Diego (s. TB 26. 10. 1949).

4] *Dr. Wolf:* Der Professor für Deutsche Literatur am San Diego State College Ernest M. Wolf.

5] *an Hermann Hesse:* P. P. 2. 11. 1949, Reg. III, 49/550; TM/HH 153.

6] *»Kunst und Menschheit«:* Ernst Fischer, ›Kunst und Menschheit‹, Essays, Wien 1949. Darin, 35–37, ›Doktor Faustus und die deutsche Katastrophe: eine Auseinandersetzung mit Thomas Mann‹.

7] *Ernst Fischer:* Der österreichische Journalist, Schriftsteller, Literaturtheoretiker und Politiker Ernst Fischer (1899–1972), ursprünglich Sozialdemokrat, seit 1934 Kommunist, Mitarbeiter der Komintern, 1938–1945 in Moskau lebend, nach 1945 u. a. als Staatssekretär und Chefredakteur des ›Neuen Österreich‹ wieder in Wien, 1969 wegen erbitterter Kritik am »Panzerkommunismus«, der einem »Sozialismus mit menschlichem Antlitz« den Untergang bereite, aus der KPÖ ausgeschlossen.
8] *Kritik:* Das Manuskript wurde später gedruckt: Theodor W. Adorno, ›Der entzauberte Traum. Zu Aldous Huxley's ‚Brave New World'‹, ›Die Neue Rundschau‹, Jg. 62, 1951, H. 2, 74–96.

3. 11. 1949
1] *Vermählung:* Wohl die Beschreibung der hochzeitsanbahnenden Überlegungen in dem Kapitel ›Sibylla's Gebet‹, *Der Erwählte,* GW VII, 153–155. *121*
2] *an Sternfeld:* An Wilhelm Sternfeld, P. P. 3. 11. 1949, Reg. III, 49/552; Br. III, 107/108.
3] *4 Stücke nach Maugham:* Der 1948 gedrehte ›Compendium‹-Film ›Quartett‹: »Four stories introduced by the author« W. Somerset Maugham (1874–1965). Vier verschiedene Regisseure drehten je eine der Geschichten: ›The Facts of Life‹, ›The Alien Corn‹, ›The Kite‹ und ›The Colonel's Lady‹.
4] *Zeitschrift »Prisma«:* ›Prisma‹, Kultur- und Kunstzeitschrift des Verlages Kurt Desch, München. Chefredakteur Hans Eberhard Friedrich.

4. 11. 1949
1] *Telephonische Äußerung:* TM antwortete auf eine telephonische Rundfrage der Stockholmer Zeitung ›Dagens Nyheter‹, an der außer ihm André Gide, Hermann Hesse, Roger Martin du Gard und Pearl S. Buck beteiligt waren. Nach Angaben des ›Münchner Merkur‹ vom 14. 11. 1949 sagte TM: »Ich bin verwundert, daß die schwedische Akademie sich nicht einigen konnte, den Preis an Croce zu geben. Es wäre sehr schade, wenn er den Preis nicht bei Lebzeiten erhielte.« Zur Kandidatur Churchills als des zweiten Hauptkandidaten habe TM gesagt, er könne sich denken, daß Churchill den Friedensnobelpreis erhalte, aber ihm den Literaturpreis zu geben, wäre unsinnig. Chur- *122*

chill sei ein hervorragender Redner, aber kein Schriftsteller im Sinne des Nobelstatuts.

2] *»Goethe u. d. bildende Kunst«:* Otto Stelzer, ›Goethe und die bildende Kunst‹, Braunschweig 1949.

3] *an einen [...] jungen Deutschen:* An Hans Schroeder, P. P. 4. 11. 1949, Reg. III, 49/553.

4] *H. Walter über Weimar:* Hildegard Walter, ›Thomas Mann bei den Kommunisten‹, der Nachdruck eines NZZ-Artikels vom 6. 8. 1949 (der seinerseits auf einem Bericht der ›Täglichen Rundschau‹, Berlin beruht und diesen ausführlich zitiert) in der New Yorker ›Staatszeitung und Herold‹ vom 21. 8. 1949. Der Artikel kolportiert Aussagen TMs während des Weimarer Banketts, um sie schließlich mit Hilfe eines Referats der »sonst so bedächtig urteilenden christ-demokratischen [Zeitung] ›Der Tag‹« zu kommentieren: »Wir können unmöglich annehmen, daß eine Persönlichkeit wie Thomas Mann blind ist gegenüber dem Leben der Ostzone. [...] Thomas Mann geht nicht erst jetzt in diesen Gleisen. Jede international als Freiheits- und Friedenskundgebung maskierte kommunistische Feier hat aus seinem Hause in Californien das übliche Glückwunschtelegramm erhalten ...« usf.

5] *H. Walter:* Die Journalistin Hildegard Walter. Nichts Näheres ermittelt.

6] *holländischer Artikel:* (Victor van Vriesland), ›Kort bestek: Thomas Mann in Weimar‹, ›De Nieuwe Stem‹, Amsterdam, Jg. 4, H. 9, September 1949, 541/542. Wie aus Reg. III, 49/556 hervorgeht, zögerte TM nicht, den ihm im Manuskript übersandten Artikel nach einer telegraphischen Rückfrage beim Autor der New Yorker ›Staatszeitung‹ zum Nachdruck zu empfehlen. S. TB 7. 11. 1949, Text und Anm. 3, und TM an Anthonie Donkersloot, P. P. 15. 11. 1949: »Wir hatten im Hotel eine angenehme Stunde mit Victor van Vriesland. Jetzt schickte er mir einen interessanten Sonderdruck aus ›De Stem‹, freie und überlegene Worte, und ließ ein Bändchen wohlklingender und geistvoller französischer Verse folgen.«

7] *V. van Vriesland:* Der niederländische Schriftsteller Victor E. van Vriesland (1892–1974), der während der deutschen Besatzungszeit wegen seiner jüdischen Herkunft untertauchen mußte, war von 1945 bis 1969 Präsident des niederländischen PEN-Clubs.

5. 11. 1949

1] *an Ernst Fischer:* Erst am 12. 12. 1949 verwirklicht. S. Reg. III, 122
49/617: Dank für eine »kritische Auseinandersetzung mit dem ›Faustus‹-Roman«. Sie »hat mich außerordentlich gefesselt und geistig belebt; ich freute mich des Umgangs mit einem so feinen und starken, von menschheitlichem Gefühl bewegten und erwärmten Verstand. Wie dieser leidenschaftliche, nach seiner Willensrichtung so entschiedene Verstand sich im Lob und der gerechten Bemängelung meiner Kunstausübung bewährt, ist bewunderswert. [. . .]/ Der ›Faustus‹ ist die Synthese meines Lebens, das natürlich in seinen generationsmäßigen, geistesgeschichtlichen Horizont geschlossen ist, seine angeborenen und ausgebildeten Grenzen hat. Aber, so sehr es Geschlossenheit *will* und sie zu einer gewissen persönlichen Kultur, einer kleinen Welt ausgeformt hat, so sehr ist es doch auch wieder bestimmt von *Sympathie*, die Offenheit bedeutet und bewirkt, daß diese Lebensformung mit ihren Spitzen in Neues reicht, das ihr nicht angehört, das aber doch von ihr mit vorsichtiger Zutraulichkeit angesprochen wird./ Das geschieht vielfach in meinem Altersroman, und Ihnen ist es nicht entgangen. Das Buch, als Kunst, ist etwas Spätes, Letztes, Äußerstes und hat seine Kühnheit und Ehre eben darin, ein Äußerstes zu sein. Nach ihm und dem, was ihm verwandt, muß wohl ganz anderes kommen. Es komme! Ich halte es von Herzen mit dem fortschreitenden Leben.« (TMA)

2] *an Rilla:* An Walter Rilla, P. P. 5. 11. 1949, Reg. III, 49/554.

3] *an van Vriesland:* P. P. 5. 11. 1949, Reg. III, 49/555.

4] *Madonnenbilder und -Plastiken.* S. dazu Wysling, ›Quellen‹, a. a. O. 277, sowie ›Bild und Text bei Thomas Mann‹, a. a. O. 420–423.

6. 11. 1949

1] *Hinrichtungen in Prag:* Am 5. 11. 1949 waren in Brünn sechs 122
mutmaßliche Anführer eines im Frühjahr fehlgeschlagenen Aufstands gegen die Regierung gehängt worden.

2] *Ausbo[o]tung [. . .] eines jüdischen Mitglieds:* Nicht ermittelt.

3] *Mariengebete:* Zur Vorbereitung von ›Sibylla's Gebet‹, GW VII, 123
156/157, las TM in der von Albert Waag 1916 in Halle herausgegebenen Anthologie ›Kleinere deutsche Gedichte des 11. und 12. Jahrhunderts‹. S. dazu TM an Julius Bab, P. P. 30. 5. 1951, D. ü. D. III, 392–394 mit den dazugehörigen Anmerkungen.

4] *zusammenfassende Anklageschrift:* Verwirklicht in dem niemals publizierten Artikel *Anläßlich einer Zeitschrift.* S. TB 24. und 25. 12. 1949 und Anhang, Text No. 14, S. 669–681.

7. 11. 1949

123 1] *Buch von Křeneck:* ›Musik im goldenen Westen. Das Tonschaffen der USA‹, Wien 1949. Das Buch ist in der Zürcher Bibliothek nicht mehr vorhanden.

2] *über Schopenhauer:* An Schubert M. Ogden, P. P. 10. 11. 1949, Reg. III, 49/562. Der Text ist im Anhang, No. 15, S. 681–682 veröffentlicht.

3] *Aufforderung an die Staatszeitung:* An H. Heide, P. P. 9. 11. 1949, Reg. III, 49/556. S. dazu TB 4. 11. 1949, Anm. 6.

4] *Rimskys Übersetzung:* Des Vriesland-Artikels, s. TB 5. 11. 1949; zu Rimsky s. TB 11. 11. 1949, Anm. 5.

8. 11. 1949

123 1] *Bericht:* TM zitiert den AP-Bericht vom 7. 11. 49, der Wyschinskis Statement maliziös kommentierte: »Vishinsky made his comments to reporters as 1400 persons forgot about the ›cold war‹ and crowded into the Soviet Embassy to help the Russians celebrate the Communist revolution.« Allerdings sei die Getränke-Auswahl schon bald nicht mehr üppig gewesen: »Champagne and vodka flowed so freely that before the party was half over, the invited diplomats, Government officials and newsmen found they had only scotch, liquor and choice wines to quench their thirst.« Das aber habe der gehobenen Stimmung nicht zuletzt auch des gastgebenden Wyschinski keinen Abbruch tun können, wie u. a. die Replik des Sowjetischen Außenministers auf die Feststellung eines Reporters beweise, daß er während des kurzen, aber ernsten Gesprächs zwischen Wyschinski und Lilienthal zu weit entfernt gestanden habe, um zu hören, was der Leiter der Atom-Energie-Kommission über die A-Bombe gesagt habe. »Neither did I« sei die Antwort des Russen gewesen. (Zitiert nach LAT, 8. 11. 1949, 1)

2] *Lilienthal:* Der Rechtsanwalt David Eli Lilienthal (1899–1981) war bis Ende 1949 Vorsitzender der US Atomic Energy Commission.

3] *gestempelt von der Geh. Staatspolizei:* Etliche der im TMA erhaltenen Bücher TMs tragen auf der Titelseite den Stempel ›Politische

Bücherei/ No. .../ Staatspolizei Leitstelle München‹, oder: ›Geheime Staatspolizei/ Staatspolizeileitstelle München/ N. ...‹.
4] *»Metamorphosen«:* Richard Strauss' ›Studie für 23 Solostreicher‹ von 1944/45. *124*

9. 11. 1949
1] *des Instituts:* Das ›Institute for Social Research‹, die Nachfolge-Institution des 1931 von Horkheimer in Frankfurt am Main begründeten ›Instituts für Sozialforschung‹. *124*
2] *für Times zu besprechen:* Die von Golo Mann für seinen Vater geschriebene Besprechung des Buches von Paul W. Massing, ›Rehearsal for Destruction. A Study of Political Anti-Semitism in Imperial Germany‹, N. Y. 1949, erschien als Arbeit TMs unter dem Titel ›The Pre-Nazi Architects of Hitler's Atrocities‹ in der NYT vom 11. 12. 1949, VII, 3:1.
3] *an Wiedmer:* P. P. 9. 11. 1949. Der in Reg. IV als verschollen registrierte Brief an Walter Widmer befindet sich in Privatbesitz und wurde der Herausgeberin von Urs Widmer freundlicherweise zur Verfügung gestellt. Der Text des Schreibens ist im Anhang, No. 16, S. 682–683 abgedruckt.

10. 11. 1949
1] *Vikko's Buch:* S. TB 2. 1. 1949, Anm. 6. *124*
2] *an Basler:* An Otto Basler, P. P. 10. 11. 1949, Reg. III, 49/558.
3] *Verehrungsbrief aus Wien:* Das Schreiben – vermutlich von W. Kranzler (s. TMs Antwort P. P. 12. 11. 1949, Reg. III, 49/565) – befindet sich nicht unter den Zürcher Archivalien.

11. 11. 1949
1] *Anti-Kriegsrede:* Armeegeneral Albert C. Wedemeyer, »a military man, high in office and a professional soldier« (LAT 11. 11. 1949, 20), hatte bei einem Luncheon meeting in Anwesenheit von hohen Offizieren aller in Kalifornien stationierten Einheiten vor den Folgen einer immer ausgeklügelteren Hochrüstung gewarnt. *124*
2] *die Russen erklärten:* Die ›Los Angeles Times‹ vom 11. 11. 1949 druckten unter der Überschrift ›Russ Say Next War May be Fought in America‹ das über Radio Moskau verbreitete Editorial der Pravda: »Let not the imperialist rulers of the United States comfort them-

selves with the illusion that they will be able to conduct the war beyond the confines of the continent of America using as cannon fodder the peoples of Europe and Asia.«

3] *Die 3 Außenminister [...] verkünden:* Aufgrund wachsender Unruhen in der Bundesrepublik und zunehmender Arbeiter-Proteste gegen die Demontagen im Ruhrgebiet hatten sich die Außenminister der drei Westmächte am 9. 11. 1949 in Paris getroffen und trotz französischer Bedenken beschlossen, auf weitere Demontagen im Ruhrgebiet zunächst zu verzichten.

125 4] *Italienische Ausgabe:* Der Band ›Giuseppe il Nutritore‹ erschien in der Übersetzung von Gustavo Sacerdote 1949 bei Mondadori in Mailand.

5] *»Rimskys»:* Der Erika Mann befreundete literarische Agent Rombout van Riemsdyck und seine Frau, die Malerin Lucile van Riemsdyck.

6] *Pollak:* Vermutlich ist der Politologe und Oekonom Friedrich Pollock (1894–1970) gemeint, der zum Kreis des kalifornischen ›Institute for Social Research‹ gehörte. S. TB 44–46, 720.

7] *Kayser:* Der amerikanische Industrielle Henry J. Kaiser (1882–1967), Hauptaktionär und Miteigentümer der Autofabrik Kaiser-Frazer Cooperation. Zur Sache vgl. NYT 11. 11. 1949, 39:4.

8] *aus meinem Aufsatz:* Aus dem 1939 geschriebenen Essay *Über Goethe's Faust*, GW IX, 581–621.

12. 11. 1949

125 1] *Regisseur Schnitzler:* Der österreichische Schauspieler, Regisseur und Theaterwissenschaftler Heinrich (Henry) Schnitzler (1902 bis 1982), der Sohn von Arthur Schnitzler (1862–1931), war 1940 über England in die USA gelangt, wo er zunächst an den Universitäten in Seattle und Berkeley als Lektor und Regisseur tätig war. In Berkeley fand unter seiner Regie die Welt-Premiere von Brechts ›The Private Life of Master Race‹ in der Übersetzung von Eric Bentley statt. Von 1948 bis 1952 lehrte Schnitzler als Professor der Theaterwissenschaft an der UCLA und führte Regie u. a. bei der Aufführung von Bert Brechts Einakter ›The Jewish Wife‹. 1956 kehrte er endgültig nach Wien zurück.

2] *»Bajazzo«:* Die 1892 uraufgeführte Oper ›I Pagliacci‹ von Ruggiero Leoncavallo (1858–1919).

13. 11. 1949
1] *kompositionell ändernd:* Das Manuskript weist ab Blatt 184 (= GW VII, 155) Streichungen und Korrekturen auf. Der zweite Absatz lautete ursprünglich: »So beschieden, nahmen die Bittsteller Urlaub von ihr, der nach ihrem Weggang auch das Herz fortfuhr hoch zu schlagen. Denn der Antrag, den man ihrem Weibstum gemacht, löste wonnig die Starre, worin es sich Gott zum Trotze gehüllt, als der süße Bruder dahin war und sie beschlossen hatte, daß Gott nun überhaupt kein Weib mehr an ihr haben solle, – nicht nur kein sündiges, sondern ganz und gar keines mehr, nur eine unversöhnliche Braut des Schmerzes. Diese eidliche Starre wollte nun schmelzen und [sie lächelte . . .]« Diese hier gestrichenen Überlegungen fließen in der Endfassung an verschiedenen Stellen in Sibyllas Gebet ein, das im Manuskript auf den Blättern 185–188 deutlich die Bemühung um den rechten Reim erkennen läßt. – Die letzte Änderung des Kapitels (Ms. Blatt 188 = GW VII, 158, Z. 1) ist dagegen kaum als bemerkenswerte Abwandlung anzusehen: Nach »das Mündchen der Erkorenen besuchte«, stand ursprünglich noch ein unvollendeter Satz: »Es mochte aber auch nur das Lächeln sein, das immer, uneingestanden und unnachweisbar sich andeutete um ihre Lippen, so, als wäre sie in tiefster Demut der Heimsuchung doch nicht ganz . . .« *126*
2] *Grafs Zukunftsroman:* Oskar Maria Graf, ›Die Eroberung der Welt. Roman einer Zukunft‹, München 1949. TM hatte bereits am 19. 6. 1948 für das Buch gedankt.

14. 11. 1949
1] *Acheson in Deutschland:* Auf seinem Rückflug von Paris nach Washington konferierte der US-Außenminister am 13. und 14. 11. in Bonn und Berlin mit westdeutschen Politikern. *126*
2] *das XIX. Kapitel:* ›Sibylla's Gebet‹, *Der Erwählte,* GW VII, 152–158; s. TB 13. 11. 1949, Anm. 1.
3] *an die Schwägerin:* An Nelly Mann, P. P. 14. 11. 1949, Reg. III, 49/574; Br. III, 108/109.
4] *die »Entstehung« besprechend:* Kuno Fiedler, ›Das Nachwort des Dichters‹, ›Volksstimme‹, St. Gallen, Jg. 45, No. 231 v. 4. 10. 1949.
5] *»mein Weib und Söhnchen Peppin«:* Vgl. Viktor Mann, a.a.O. 59, die Beschreibung des ›Bilderbuchs für artige Kinder‹ nebst dem TM zugeschriebenen Kommentar zur Moritat vom betrogenen *127*

Kunstmaler: »Dies ist meine Frau Zaffie, geborene Klockmann, nebst dem Kinde Peppin. Letzteres verstarb leider früh, obwohl es so schöne Augen hatte, allein es besaß einen Wasserkopf. / Mein Weib verriet mich.«

15. 11. 1949

127 1] *das Rundschreiben der amerk. Korrespondenten:* Die Quelle für Erika Manns Erzählung konnte nicht ermittelt werden. Insgesamt klingt die Geschichte mehr nach einem aus der Angst vor der Renazifizierung Westdeutschlands geborenen Gerücht (die Kommentare der Zeit warnen generell davor, den Deutschen zu schnell die unkontrollierte Macht- und Souveränitätsausübung zu gestatten) denn nach einer wahren Begebenheit.

2] *Dreistigkeiten des Senator Thomas:* Senator Elmer Thomas aus Oklahoma hatte nach seiner im Auftrag einer Senatskommission unternommenen Schwedenreise erklärt, er fühle sich von schwedischen Regierungsbeamten, die geschworen hätten, keine US-Hilfe mehr anzunehmen, brüskiert. Schweden habe in den letzten 135 Jahren niemandem geholfen und zeige darüber hinaus pro-russische Ambitionen: »Sweden is ready to fall either way [UdSSR or USA]. I have my suspicions as where to her sympathies lie.«

3] *Friedensbedingungen für Rußland:* Als Antwort auf einen sowjetischen Vorschlag, zwischen den 5 großen Nationen (›5 Big‹) einen Nichtangriffspakt zu schließen, legten die Engländer und Amerikaner am 14. 11. in Lake Success ein 12-Punkte-Programm zur Stabilisierung des Weltfriedens vor, das sich an die ›Big 5‹ und alle anderen in der UN vertretenen Länder richtete und neben den Forderungen nach Atomkontrolle und friedlichen Konfliktslösungsstrategien etc. auch freien Austausch von Informationen, Freiheit der politischen und religiösen Meinungsäußerung, Garantie der Rechte des Individuums u. a. verlangte.

4] *»Profile« von Acheson:* Philip Hamburger, ›Mr. Secretary‹, Erster Teil, ›The New Yorker‹, 12. 11. 1949, 39–53, zweiter Teil a.a.O. 19. 11. 1949, 40–56.

5] *Kapitel XX:* ›Die Hochzeit‹, *Der Erwählte*, GW VII, 159–163.

6] *Buch über die Hl. Elisabeth:* Elisabeth Busse Wilson, ›Das Leben der heiligen Elisabeth‹, München 1931. Die Verfasserin hatte TM das Buch kurz nach dem Erscheinen dediziert. S. Reg. IV, N 31/16.

7] *an Prof. Donkersloo:* An Anthonie Donkersloot, P. P. 15. 11. 1949, Reg. III, 49/575: Dank für eine Karte ins Amstel Hotel, Dank um so mehr »als Ihre Billigung meiner Reise nach Weimar und die allgemeinen Bemerkungen, die Sie daran knüpften, mir sehr wohlgetan und mir seither geholfen haben, die Schmähungen, die mir wegen meiner politischen Haltung zuteilwurden, mit Gleichmut hinzunehmen. Ich kann mir sagen: Es gibt kluge Leute, die anders denken. Oder einfacher und richtiger: Kluge Leute denken anders./ Es ist so sonderbar: Unsere Existenz bildet doch eine Einheit, die als solche ihren bestimmten Rang hat, und wenn an meiner Richtung etwas Rechtes und Humanes war, so sollte die Vermutung nahe liegen, dass auch an dem, was ich als Mitmensch und Weltbürger zu sagen habe, etwas Nachdenkenswertes sein möchte. Aber nein, Menschen, die jeden Ranges entbehren, Holzköpfe [Hohlköpfe?], die das Geläufige mitplappern, dürfen, was unsereiner sagt, als barbarischen Blödsinn verschreien und erklären, wir hätten uns von der abendländischen Gesittung geschieden.« (TMA)
8] *»Der Fall Blum«:* Der 1948 von Erich Engel für die DEFA gedrehte Film ›Affaire Blum‹, der den authentischen Fall eines zu Unrecht des Mordes bezichtigten jüdischen Fabrikanten aus dem Jahre 1926 zum Anlaß für eine differenzierte Darstellung der Folgen von nationaler Borniertheit und rassistischen Vorurteilen nimmt. Der hochkarätig besetzte (Hans Christian Blech, Gisela Trowe, Kurt Ehrhardt, Paul Bildt, Ernst Waldow, Alfred Schieske) Film war – entgegen TMs Reflexionen – ein großer, bis heute anhaltender Erfolg.

16. 11. 1949
1] *Adenauer vor dem Parlament:* Der erste deutsche Bundeskanzler 128
informierte sein Parlament am 15. 11. über die Unterredung mit Acheson und die in Paris getroffenen Vereinbarungen (s. TB 11. 11. 1949, Anm. 3).
2] *Hauptmanns Jugend-Memoiren:* Gerhart Hauptmann, ›Das Abenteuer meiner Jugend‹, 2 Bände, S. Fischer, Berlin 1937. In der Zürcher Bibliothek erhalten. Es ist allerdings anzunehmen, daß TM die Neuauflage des Suhrkamp-Verlages, Berlin 1949, las, die sich gleichfalls in der Nachlaßbibliothek befindet.
3] *Zum Schluß:* Im zweiten Buch, vom Ende des 38. Kapitels an.
4] *Sendung aus White Plains:* Das Schreiben von Marie Schmelz ist

nicht unter den Materialien des TMA. Auch der erwähnte Nietzsche-Brief war nicht mehr auffindbar. Es kann sich nur um das Schreiben an den amerikanischen Literatur- und Kunsthistoriker Karl Knortz (1841–1918) in Evansville, Indiana, »Sils-Maria, Oberengadin, den 21. Juni 1888« handeln, das bereits 1902 publiziert wurde. Dafür, daß dieser Brief gemeint ist, spricht auch TMs Schreiben an Marie Schmelz, P. P. 25. 11. 1949, Reg. III, 49/586: »Friedrich Nietzsche's letter from the year 1888 is reminiscent of many others going out into the world around that time from Sils Maria and then from Turin, which were published later in collections of his letters. The proud mention of Dr. Georg Brandes' lectures in Kopenhagen, the remark about Taine's interest in his writings (which, by the way, was neither intimate nor very extensive), the somewhat euphoric praise of his own work and the remembrance of Richard Wagner, – all these elements recur in many letters from his hand. Original in this case, however, is the order in which he recommends a first reading of his writings, and the statement that he, personally, favors the books of his middle period, ›Morgenroete‹ and ›Froehliche Wissenschaft‹. I haven't yet come across a similar remark in any of his published letters./ A certain disintegration of his intellectual self-control is perhaps evident in several instances of stylistic carelessness which surprise in Nietzsche. ‚Am unzugaenglichsten gilt mein ›Menschliches, allzu Menschliches‹', is not good German usage and must be embarrassing in the case of a stylist of Nietzsche's rank. Also his hand-writing gives way occasionally and becomes hard to read. Of the two words left out in the typewritten copy, one is indubitably ›mesquin‹. He states that, of course, there are no ›mesquin‹ motives behind his later opposition to the Wagner movement. Regarding the second word deleted in the copy, however, also myself and those I asked for assistance found it impossible to decipher up to now. It is on the fourth page of the letter where Nietzsche speaks of his philosophical ›Unerschrokkenheit vor dem Gefaehrlichsten‹, adding a further characterizing noun (prefixed by the adjective ›erhaben‹) which is utterly illegible. The document is important enough to warrant the consultation of a hand-writing expert.« – Ein Vergleich von TMs Bemerkungen mit dem publizierten Brief zeigt, daß alle Charakteristika – einschließlich der angeblich illegiblen – in dem Schreiben an Knortz enthalten sind – bis auf die von TM als »not good German«

monierte Stelle, für die sich in dem Nietzsche-Brief kein Anhaltspunkt findet.
5] *Brandes:* Der dänische Literarhistoriker Georg Brandes (1883–1927) hatte wesentlich zum Bekanntwerden des Nietzscheschen Werks in Skandinavien beigetragen und 1888 in der Kopenhagener Universität einen vielbeachteten Vortrag über ›den Philosophen Friedrich Nietzsche‹ gehalten. S. TB 27. 11. 1944, Text und Anm. 6.
6] *Monsieur Taine:* Der französische Kulturkritiker, Philosoph und Historiker Hippolyte Taine (1828–1893).

17. 11. 1949
1] *»Rehearsal of Destruction«:* S. TB 9. 11. 1949, Anm. 2. *128*
2] *an Frans Masereel:* Das Schreiben an den belgischen Maler und Graphiker Frans Masereel (1889–1972) gilt als verschollen; s. Reg. IV, 586.
3] *[an] v. Bernus:* Auch der Brief an den anthroposophischen Heilkundigen, Pädagogen und Schriftsteller Alexander von Bernus (1880–1965), mit dem TM seit 1910 korrespondierte, ist verloren.

19. 11. 1949
1] *an der Rezension:* S. TB 9. 11. 1949, Anm. 2. *129*
2] *Fröhliche Wissenschaft:* Friedrich Nietzsche, ›Die fröhliche Wissenschaft‹, Großoktavausgabe (GOA), Bd. 5. TMs Exemplar in der 2. Aufl. von 1895 ist in der Zürcher Bibliothek erhalten.
3] *an J. Anderer:* Vielleicht ist der in Haifa lebende Architekt Wolf Anker gemeint, dem TM am 18. 11. 1949, Reg. IV, N 49/11, über seine Dramatisierung des Andersen-Märchens von des Kaisers neuen Kleidern schrieb: »Der arme Ludwig Fulda hat ja das Märchen [...] auch dramatisch behandelt – sehr geschickt und gefällig, wenn auch in etwas bourgeoisem Geschmack. Ihre Art ist volkstümlicher, und das Spiel hat bei Ihnen mehr vom echten Schelmenstreich, ist auch in den Satiren drastischer und weiter ausgreifend. Dafür waren Fuldas Verse zuverlässiger, die Ihren sind oft etwas wackelig im Geschmack, in der Volkstümlichkeit nicht kunstvoll genug.« (TMA)
4] *Massenets »Manon Leskot«:* Die 1884 uraufgeführte Oper von Jules Massenet (1842–1912) heißt im Gegensatz zu den Opern glei-

chen Sujets (›Manon Lescaut‹ von Auber, 1856, und Puccini, 1893), ›Manon‹.

5] *Gounod:* Der französische Opernkomponist Charles Gounod (1818–1893).

22. 11. 1949

130 1] *National-Hymne:* Das Lied von Becher und Eisler, »Auferstanden aus Ruinen / Und der Zukunft zugewandt, / Laß uns dir zum Guten dienen, / Deutschland, einig Vaterland ...«, war am 5. November 1949 vom Ministerrat der DDR zur Nationalhymne erklärt worden.

2] *In »Nation«:* Andrew Roth, ›How the Communists Rule‹, ›The Nation‹, vol. 169, No. 21 v. 19. 11. 1949, 488–491.

3] *Nachricht vom Tode Paul Ehrenbergs:* Paul Ehrenberg war am 14. 10. 1949 nach einer Magenoperation gestorben.

4] *an den Bruder:* An Carl Ehrenberg, P. P. 22. 11. 1949, Reg. III, 49/579; Br. III, 109/110.

5] *Briefwechsel zwischen Borgese und Laski [...] wegen Aspen-Weimar:* Der genaue Zusammenhang konnte nicht ermittelt werden. Vermutlich ist mit ›Aspen‹ die vom Kanzler der University of Chicago, Robert M. Hutchins, in seiner Eigenschaft als Vorsitzender der Goethe Bicentennial Foundation, gemeinsam mit Arnold Bergsträsser verantwortete Internationale Goethe Tagung gemeint, die vom 27. 6. bis zum 17. 7. 1949 in Aspen, Col. stattfand, und zu der man »die hervorragendsten Führer des zeitgenössischen Denkens, der Wissenschaften und die namhaftesten literarischen Persönlichkeiten aus der ganzen Welt« (›Aufbau‹, vol. XV, No. 2, v. 14. 1. 1949, 9) eingeladen hatte. TM mußte die an ihn ergangene Einladung wegen seiner europäischen und deutsch-deutschen Verpflichtungen (»Weimar«) ablehnen.

6] *Im »Aufbau«:* Es könnte allenfalls der ungezeichnete ›Sonderbericht‹ aus Warschau, ›Zwischen Oder und Ostsee‹, ›Aufbau‹, vol. XV, No. 46 v. 18. 11. 1949, 36, gemeint sein, der vor allem die Konsolidierung des Verhältnisses zwischen Deutschen und Polen herausstellte.

23. 11. 1949

131 1] *Artikel Korrodis:* ›‚Wir waren fünf.‘ Memoiren von Victor Mann‹, NZZ, Fernausg. 5. 11. 1949, Blatt 4.

2] *an die Geberin des Nietzsche-Briefes:* S. TB 16. 11. 1949, Anm. 4.
3] *von Frau Eulenberg:* Kaiserswerth, 18. 11. 1949; im TMA.
4] *Telegramm an das [...] Meeting:* Der Text der Adresse befindet sich im TMA und ist im Anhang, No. 17, S. 684 abgedruckt.
5] *englisches Manuskript:* Franz Kafka, ›Der Prozeß [›The Trial‹]. Dramatized by André Gide and Jean Louis Barrault. English Translation and Adaption by Jacqueline and Frank Sundstrom.

24. 11. 1949
1] *Thanksgiving Day:* Das jeweils am vierten Donnerstag im No- 131
vember begangene Erntedankfest.
2] *Rücktritt Lilienthals:* Am 23. 11. 1949 nahm Präsident Truman das Rücktrittsgesuch des Vorsitzenden der amerikanischen Atomenergiekommission David Eli Lilienthal zum 31. 12. »reluctantly and with the utmost regret« an. Lilienthal hatte nach 20 Jahren Dienst in Energie-Kommissionen private Gründe für seinen Rücktritt angeführt.

26. 11. 1949
1] *in der »Neuen Schweizer Rundschau«:* Die deutsche Fassung des 132
Reiseberichts (s. TB 13. 8. 1949, Anm. 1) erschien zuerst in der ›Neuen Schweizer Rundschau‹, N. F., Jg. 17, No. 4, Dezember 1949, 468–477.

1. 12. 1949
1] *am neuen Kapitel:* ›Jeschute‹, *Der Erwählte*, GW VII, 163–172. 132
2] *Zwischenfall:* S. TM an Emil Preetorius, P. P. 6. 12. 1949: »Ich habe noch eine Platte [des ‚Gesangs der Isolde von dem ›Kahn, der klein und schwach‹' aus dem ersten ›Tristan‹-Akt] von der ›goldischen Delia‹ (die neulich hier leider ihren Liederabend mit Walter wegen Unpäßlichkeit vorzeitig abbrechen mußte) als Elsa.« (Br. III, 115)
3] *P. de Mendelssohn über Jünger:* Peter de Mendelssohn, ›Gegenstrahlungen. Ein Tagebuch zu Ernst Jüngers Tagebuch‹, ›Der Monat‹, Jg. 2, No. 14, Nov. 49, 149–174.
4] *P. de Mendelssohn:* Der Schriftsteller, Publizist und Übersetzer Peter de Mendelssohn (1908–1982), ein Freund von Klaus und Erika Mann, Verfasser einer gründlichen, leider über den ersten Band und

zwei postum veröffentlichte Kapitel nicht hinausgekommenen TM-Biographie (›Der Zauberer‹) und Herausgeber der Tagebuchbände 1918/21, 1933/34, 1935/36, 1937/39, 1940/43. S. TB 46–48, 716.

5] *Klagelied:* In einem ›Der angestrengte gute Wille‹ überschriebenen Leserbrief zu Arnold Bauers TM-Verteidigung (s. TB 6. 6. 1949, Anm. 3) hatte Wolf Jobst Siedler – ›Der Monat‹, Jg. 2, No. 14, Nov. 1949, 219/220 – bemerkt: »Wenn [. . .] Herr Bauer ›zu gewissen falschen Freunden‹ des Dichters Stellung nimmt und meint, es wäre an der Zeit, sich mit der Annektion des Dichters durch den Kommunismus zu beschäftigen, scheint es mir zweifelhaft, ob er gewisse Konsequenzen im Werk und in den beiläufigen Äußerungen Thomas Manns scharf genug durchdacht hat.« Siedler bezog sich damit in erster Linie auf »die prinzipielle Frage der Möglichkeit einer Deutung des Mannschen Werkes vom marxistischen Gesichtspunkt aus« und hielt Bauer vor, er glaube, daß eine solche Interpretation »nicht ohne Verfälschung möglich [sei]: daß diese [marxistische Deutung versuchenden] Freunde falsche Freunde sind.« Die Redaktion des ›Monat‹ versah diesen Leserbrief mit einem in eckige Klammern gesetzten Nachwort, auf das sich der TB-Eintrag bezieht: »Auf die Frage nach den falschen Freunden Thomas Manns läßt sich antworten, daß er sich in den letzten Monaten wohl selbst der schlechteste Freund gewesen ist.«

3. 12. 1949

133 1] *Weimarer Ehren- und Prunkdokumente:* Der Ehrenbürgerbrief und die Urkunde über die Zuerkennung des Goethe-Preises befinden sich im TMA.

2] *Brief an die »Weltbühne«:* S. TB 29. 9. 1949, Anm. 2. Die ›Weltbühne‹ hatte in ihrem VI. Jg., 1949, H. 43 v. 26. 10. 1949, 1313/1314, an prominenter Stelle, gleich zu Beginn des Heftes, eine leicht gekürzte Fassung des Briefes abgedruckt. Der Vorspann begründete die ›Aufmachung‹: »Seine [d. i. TMs] Meinung ist für die Leser der Weltbühne, ihre Freunde wie ihre Feinde und für alle Bewahrer des Vermächtnisses Carl v. Ossietzkys von so großer Bedeutung, daß wir uns entschlossen haben, seinen Brief vom 29. 9. 1949 (bis auf den nicht zum Thema gehörenden Teil) zu veröffentlichen.« In ihrer Sondernummer ›Carl von Ossietzky. Geb. 3. Oktober 1889‹, Oktober

1950, brachte die ›Weltbühne‹ auf S. 42/43 die dem ›Deutschen Volksecho‹ New York, vom 14. 5. 1938 entnommenen Nachrufe von Heinrich und Thomas Mann.

3] *Kap. XXI:* ›Jeschute‹; s. TB 1. 12. 1949, Anm. 1.

4] *an die Herz:* An Ida Herz, P. P. 1. 12. 1949, Reg. III, 49/599: »Die oft exzessiv gemeine Pressehetze gegen mich in Deutschland, die mit der allgemeinen Regressionsbewegung und Renazifizierung dort zusammenhängt, ist mir [. . .] manchmal auf die Nerven gegangen. Das ist natürlich töricht, aber viel törichter und kurzsichtiger ist eine ›große Politik‹, die diese Entwicklung begönnert und selbst betreibt. Alles geht viel schneller als nach 1918, und den Erfolg wird man sehen. Ein niederträchtiges Volk, diese Deutschen – mit achtbaren Ausnahmen natürlich. Aber die werden nie imstand sein, dem Lande sein Gesicht zu geben.«

5] *Goethe-Lieder von Carl Ehrenberg:* Carl Ehrenberg, ›Sieben Goethe-Gedichte für Bariton und Streichquartett‹, 1947.

6] *sein Brief:* München, 29. 7. 1949: »Meiner großen Freude über ein kaum mehr erhofftes Wiedersehen möchte ich gern auch einen äußeren Ausdruck nach meiner Art verleihen und bitte Dich als Erinnerung daran diese anliegenden 7 Goethe-Lieder mit in Dein leider so fernes neues Heim zu nehmen: – Wenn auch äußerlich unscheinbar, sind sie doch die hoffentlich nicht gehaltlose Frucht meiner intensiven Beschäftigung mit Goethe in den letzten Jahren und Dir vielleicht dadurch von Interesse. Erst kürzlich erfolgte ihre Uraufführung./ Da ihre Herausgabe erst in einiger Zeit erfolgen wird und die kurze Zeit seit gestern eine schöne Abschrift nicht mehr erlaubte, bitte ich Dich mit meinem Manuscript fürlieb zu nehmen./ – Von Paul soll ich Dir schönste Grüße ausrichten. Er bedauert sehr, nicht anwesend sein zu können, zumal er – in Erwiderung eines vor langer Zeit von Dir ihm erwiesenen Freundschaftsdienstes – Dir gern ein kleines Bild dediziert hätte, das er Dir nun vielleicht nach drüben senden darf.« (TMA)

7] *Zadors:* Der ungarische Komponist Eugen (Jenö) Zador (1894 bis 1977) konnte 1939 in die USA emigrieren und lebte seit 1940 als Lehrer und Filmmusikkomponist in Hollywood. S. TB 44–46, 391.

8] *Besprechung von Schuh:* ›Bratschenabend Michael Mann‹, NZZ, Fernausg. 28. 11. 1949, Blatt 5. Am 25. 11., Blatt 6, war in derselben Zeitung unter ›Musikalische Notizen‹ bereits ein Hinweis auf Michael Manns Europa-Tournee und das Konservatoriums-Konzert am Abend des 24. 11. 1949 erfolgt.

9] *Frau Barth:* Vermutlich Dora Barth, die Frau des TM aus seiner Zürcher Zeit verbundenen Feuilletonredakteurs der NZZ und späteren Philosophieprofessors Hans Barth (1904–1965).

10] *Beitrag von Isherwood:* ›Klaus Mann zum Gedächtnis‹, a.a.O. 68–72.

11] *»Der verkannte Künstler«:* Das 1948 in München erschienene Buch des Kunsthistorikers und -kritikers Franz Roh (1880–1965).

12] *an H. E. Jacob:* P. P. 3. 12. 1949, Reg. IV, N 49/13; leicht verändert in GW X, 789/790: *[Heinrich Eduard Jacob ›Joseph Haydn‹].*

13] *»Haydn«:* Das 1950 zunächst auf französisch in Paris, 1952 dann auf deutsch in Hamburg erschienene Werk ist in beiden Ausgaben in der Zürcher Bibliothek erhalten.

4. 12. 1949

134 1] *von Hesse:* Montagnola im November 1949, TM/HH 153/154: »Eine Sorge und Calamität ernstlicher Art ist für mich die seit Jahren gefürchtete deutsche Invasion geworden. Die Besucher kommen in Haufen, und während der langen Hochschulferien ganze Schwärme von Studenten, liebe und interessante Burschen zum Teil, aber so in Massen ertrage ich auch sie nicht, sie arbeiten ein paar Wochen ›Landdienst‹, haben dann noch eine Weile Schweizer Ferien, suchen jeden berühmten Ort und Mann per Autostop auf, jeden Tag und fast jede Stunde stehen sie da, lachen über die Inschrift ›Bitte keine Besuche‹ an meiner Tür [und] überfallen mich an den verborgensten Stellen des Gartens.«

2] *R. Swing [...] über Europa:* Raymond Swing, ›Europe, East and West‹, ›The Nation‹, vol. 168, No. 23 v. 3. 12. 1949: Eine Besprechung des Buches von Howard K. Smith, ›The State of Europe‹, New York 1949.

3] *R. Swing:* Der amerikanische Journalist und politische Kommentator Raymond Gram Swing (1887–1968), dessen Analysen TM große Bedeutung zumaß.

4] *Im Aufbau:* Leo Stahl, ›Pariser Bedenken gegen Deutschland. Zur Verständigung mit Bonn ist noch ein weiter Weg‹, ›Aufbau‹, vol. XV, No. 48 v. 2. 12. 1949, 3: »Einmütigkeit gab es nur in einem Punkte: In der *Opposition gegen jede Renaissance der deutschen Wehrmacht,* und sei sie mit noch so großen Vorsichtsmaßnahmen umgeben, fanden sich alle Parteien in geschlossener Einheit zusammen. Der in Amerika neuerdings so lebhaft diskutierte Gedanke, Deutschland irgendwie in den Atlantik-Pakt einzugliedern, seine Reserven an Menschen und seine industrielle Industriekraft [!] in den Dienst der gemeinsamen Verteidigung des Kontinents gegen die von Osten drohende Gefahr zu stellen, stößt in Frankreich auf schärfste Ablehnung.«

5] *an Preetorius:* P. P. 6. 12. 1949, Reg. III, 49/608; Br. III, 113–116; GW X, 925–927: *Wagner und kein Ende.*

7. 12. 1949

1] *»Fallen Idol«:* Der 1948 von dem englischen Regisseur Carol Reed nach Graham Greenes Kurzgeschichte ›The Basement Room‹ gedrehte Film ›The Fallen Idol‹ (synchronisiert unter dem Titel ›Kleines Herz in Not‹) mit Ralph Richardson und dem Kinderdarsteller Robert Henrey. 134

2] *Essayband:* Olle Holmberg, ›Inte bara om Hamlet‹. Stockholm 1949. Darin: ›De ombytta huvedena‹ (›Die vertauschten Köpfe‹), 102–117. 135

3] *»Extempore« aus Luzern:* ›Extempore‹, ›Unabhängiger Informationsdienst‹, redigiert von Rudolf Roessler und Dr. Hans Segesser. Zur Zielsetzung des vom 15. 7.–15. 11. 1949 monatlich erscheinenden Blattes s. das mit Briefkopf ›Vita Nova Verlag‹ versehene Schreiben von Rudolf Roessler an TM, Luzern, 6. 12. 1949: »Wir wollen die Aufmerksamkeit darauf lenken, daß die moderne Welt nicht deshalb in einem revolutionären Zustand ist, weil die Prinzipien der ›abendländischen Zivilisation‹ im ›Osten‹ keine Geltung haben, sondern weil der Westen nicht weniger wie der Osten selber von Chaos erfüllt ist und seine Prinzipien und ›Ideale‹ geschichtlich mehr diskreditiert als verwirklicht hat.« – In den TM zugesandten Heften u. a.: ›Infragestellung der Machtpolitik‹, ›Extempore‹, Jg. 1, No. 5 v. 15. 11. 1949, 65–69; ›Rüstung und Rüstungsausgaben 1939 und 1949‹, a.a.O. 69–73, dazu politische Glossen und Kurz-Betrachtungen. Zu TMs Urteil s. auch den Brief an Otto Basler, P. P. 8. 12. 1949, Reg. III, 49/610; Br. III, 118/119: »Daß in diesem Narrenhaus von Welt und Gesellschaft das Rechte, Vernünftige doch wenigstens noch ausgesprochen wird, ist schon beglückend.«

4] *Antwort jenes Chamberlin:* Nicht ermittelt. Evtl. eine Äußerung des Kommandeurs der 5. US-Armee Lieut. General Steve J. Chamberlin.
5] *Artikel von McLeish:* Archibald MacLeish, ›The Conquest of America‹, ›Atlantic Monthly‹, Boston, vol. 184, No. 2, August 1949, 17–22: ein vieldiskutierter, brillant geschriebener, das Problem mit Hilfe einer ebenso scharfsinnigen wie witzigen negativen Utopie auf den Begriff bringender Artikel über die Gefahren der unkontrollierten Kommunistenangst für das amerikanische Selbstbewußtsein und die daraus für die Nation sich ergebenden Konsequenzen. Dieser Artikel, der u. a. von William L. Shirer und dem ehemaligen US-Innenminister Harold L. Ickes mit großer Zustimmung bedacht worden war, hatte eine offenbar sehr negative Reaktion ›jenes Chamberlin‹ provoziert.
6] *H. Walter:* Hildegard Walter; s. TB 4. 11. 1949.
7] *Großhut schrieb mir:* Im TMA befindet sich lediglich ein Schreiben von Großhut aus Stockholm, datiert 24. 5. 1949.

8. 12. 1949

135 1] *Zusammenbruch der [...] Jordan-Lewis-story:* Der ehemalige Luftwaffenoffizier George Racey Jordan hatte am 2. 12. behauptet, daß die Sowjets in den Jahren 1943/44 mit Hilfe des langjährigen Roosevelt-Beraters Harry L. Hopkins (1890–1946) »hunderte Pfund von Uranium und viele Atombomben-Geheimnisse« erhalten hätten. Jordan wiederholte diese Anschuldigungen vor Gericht und fügte seinen Aussagen neue Namen beteiligter Personen hinzu – darunter den von Henry Agard Wallace und den des früheren Leiters des ›Atomic Manhattan Projects‹, Generalleutnant Leslie R. Groves. Jordans Aussagen – lanciert in dem Augenblick, da die Gewißheit von der Existenz russischer Atombomben die amerikanische Öffentlichkeit schockierte – waren von der Presse in Schlagzeilen bekanntgemacht worden. Wallace sowohl als auch Groves protestierten und bestritten die Richtigkeit der Anschuldigungen, die unter dem Gewicht vor allem der von Groves angeführten überprüfbaren Fakten wesentlich an Gewicht verloren.
2] *Wallace:* Der amerikanische Politiker Henry Agard Wallace (1888–1965), einer der letzten Roosevelt-Leute im Kabinett Truman, hatte 1946 wegen Differenzen in der nach seiner Meinung

durch unverantwortliche Feindlichkeit der UdSSR gegenüber bestimmten US-Außenpolitik als Handelsminister demissioniert und rechtzeitig vor der Präsidentenwahl von 1948 eine ›Third Party‹ gegründet. TM hatte Wallace und seine Politik des Ausgleichs mehrfach öffentlich unterstützt. S. TB 46–48, 434, 436 u. a., sowie im Anhang besonders No. 37, 45, 52.
3] *durch Acheson:* Der US-Außenminister hatte Reportern gegenüber die Aussage bestätigt, daß 1943 mit Wissen und Zustimmung des von General Groves geleiteten sog. ›Manhattan Projects‹ zur Entwicklung der Atombombe vier Export-Lizenzen für die Belieferung der Sowjet-Union mit ›atomic bomb materials‹ erteilt worden seien.
4] *an Mrs. Lowe:* An Helen Lowe-Porter, P. P. 9. 12. 1949. Reg. III, 136
49/615.
5] *Artikel von Basler:* Otto Basler, ›Thomas Mann und Goethe‹, ›National-Zeitung‹, Basel v. 16. 10. 1949, Sonntagsbeilage: Eine Besprechung von Bernhard Blumes Buch ›Thomas Mann und Goethe‹, Bern 1949.
6] *Blume:* Der Schriftsteller und Kritiker Bernhard Blume (1901 bis 1978) lehrte nach seiner Emigration als Germanist und Literarhistoriker an verschiedenen Universitäten der USA.
7] *an ihn:* An Otto Basler, P. P. 8. 12. 1949, Reg. III, 49/610; Br. III, 118/119.
8] *Dr. [Hacker]:* Vermutlich ist der Psychiater Dr. Friedrich Hacker (1914–1989) gemeint, ein Neffe von Richard Strauss, der nach seiner Flucht aus Wien eine psychiatrische Klinik in Beverly Hills leitete.

9. 12. 1949
1] *Oscar Kocherthaler:* Der nach seiner Emigration in Montevideo 136
lebende Minenbesitzer und Kunstliebhaber Oscar Kocherthaler (1905–1988), dessen Mutter eine Cousine Albert Einsteins war. S. Albert Einstein an TM, Princeton, 19. 8. 1949: »Ich komme mit einer Für-Bitte. Oskar Kocherthaler, Sohn einer hoch geschätzten Freundin, kommt nach USA und auch nach Californien. Ich weiß, daß er Sie und Ihre Kunst bewundert, und daß es ein Herzenswunsch von ihm ist, Sie leibhaftig vor sich zu haben, wenn auch noch so kurz. Vielleicht gefällt es Ihnen, ihm diesen Wunsch zu erfüllen.« (TMA)
2] *an Olle Holmberg:* Der Brief gilt als verschollen, s. Reg. IV, 586.

3] *[an] Ninon Hesse:* P. P. 8. 12. 1949, Reg. III, 49/611.
4] *Un-American Thomas:* Der Abgeordnete und Vorsitzende des Kongreß-Ausschusses zur Untersuchung staatsfeindlicher Tätigkeiten – Committee on Unamerican Activities –, J. Parnell Thomas (1895–1970), war wegen Korruption und Unterschlagung verurteilt worden. Das Urteil der ›New York Herald Tribune‹ möge für den Tenor der Pressekommentare stehen: »Dieser Mann hatte nichts für sich anzuführen, noch nicht einmal den Schatten einer Rechtfertigung. Er erleidet mit Recht ein schmachvolles Ende, das in seiner Schändlichkeit vollkommen ist.« (zitiert nach ›Aufbau‹, vol. XV, No. 49 v. 9. 12. 1949, 4)

10. 12. 1949

136 1] *an Großhut [. . .] abmahnend:* An Friedrich Sally Großhut, P. P. 9. 12. 1949, Reg. III, 49/614: »Das Werk der Walter [s. TB 4. 11. 1949, Anm. 4] hatte die Zeitung von Staats- und gelehrten Sachen mir schon im Bürstenabzug geschickt und wollte natürlich, daß ich in ihren Spalten darauf erwiderte. Ich habe aber gesagt, das würde mir nicht recht anstehen, und auch Ihnen rate ich es, sich auf eine Abwehr nicht einzulassen. Der Artikel ist ja nichts Besonderes. Guter, miserabler Durchschnitt. Sie sprechen von ›Nachwelt‹. Aber diese Leute werden ja morgen schon garnicht mehr gewesen sein und können also unbesorgt um die Gegenwart ihre Dummheit austoben.«

137 2] *jüdisch-fromme Kritik:* Guenther Anders, ›Kafka: Ritual without Religion. The Modern Intellectuals's Shamefaced Atheism‹, ›Commentary‹, Dec. 1949, 560–569.

11. 12. 1949

137 1] *»Joyce« von Tindall:* William Y. Tindall, ›James Joyce; His Way of Interpreting the Modern World‹, N. Y. 1950, ›Twentieth Century Library‹.

12. 12. 1949

137 1] *Antwort:* An G. W. Zimmermann, P. P. o. D., Reg. III, 49/609; Br. III, 116–118 (Schluß nicht auffindbar).
2] *»I choose America«:* Martin Gumpert, ›I Choose America‹, ›The Nation‹, vol. 169, No. 24 v. 10. 12. 1949, 567/568: Der Rückblick des Emigranten auf eine Europa-Reise, die er unternahm, als es nach

Kriegsende galt, die erzwungene Emigration entweder in eine frei gewählte Existenz als US-Bürger umzuwandeln oder aber nach Europa zurückzukehren, und die Begründung seiner Entscheidung für die USA.

13. 12. 1949

1] *XXII. Kapitel:* ›Der Abschied‹, *Der Erwählte,* GW VII, 172–181. 137
2] *an Reisiger:* P. P. 13. 12. 1949, Reg. III, 49/618; Br. III, 119/120.
3] *Mariengebet:* S. TB 6. 11. 1949, Anm. 3.

14. 12. 1949

1] *an Trebitsch:* An Siegfried Trebitsch, P. P. 14. 12. 1949, Reg. III, 138
49/619; Br. III, 121.
2] *»Diomedes«:* Siegfried Trebitsch, ›Die Heimkehr des Diomedes‹, Zürich 1949.

15. 12. 1949

1] *witch hunting:* Hexenjagd; im Text steht »witsh hunting«. 138
2] *neue Breitseite gegen mich:* Arnold Schönberg, ›Further to the Schoenberg-Mann Controversy‹, ›Music Survey‹, London, 2/1949, Autumn 1949, 77–80: Ein weitschweifiger Generalangriff auf Ungenauigkeiten und Fehler von Leverkühns Musikanalysen sowie auf Ignoranz, Unfairness und Unbelehrbarkeit seines Erfinders Thomas Mann.
3] *von den Herausgebern:* S. TB 7. 12. 1949, Anm. 3.

16. 12. 1949

1] *Angriffe:* Das Dezemberheft der Zeitschrift ›Plain Talk‹, New 139
York, vol. IV, No. 3, publizierte zwei Artikel gegen TMs Weimar-Besuch und die im Brief an Olberg vertretenen Thesen: 1. Eugene Tillinger, ›The Moral Eclipse of Thomas Mann‹, ›Plain Talk‹, a.a.O. 53–58: Ein Essay, auf den das Adjektiv »mänikalisch« zutreffend erscheint, da er mit Hilfe von ausgewählten (nicht immer zuverlässigen) TM-Zitaten aus den Jahren 1914–1949 zu zeigen versucht, daß der durch den Weimar-Besuch offenkundig gewordene moralische Abstieg keineswegs ein nicht zu erwartendes oder gar einmaliges Vorkommnis in des Autors Leben sei. 2. Ein ›September 17, 1949‹ datierter ›Open Letter to Thomas Mann‹ von Heinrich Graf von

Einsiedel, a.a.O. 58–62, der mit dem Tillinger-Artikel keinesfalls in einem Atemzug genannt werden kann (s. dazu das ausführliche Referat TB 23. 7. 1949, Anm. 1).

2] *mänikalisch:* Offenbar von engl. ›maniac‹ (wahnsinnig, verrückt, irre) abgeleitet.

3] *An Schönberg:* P. P. 19. 12. 1949, Reg. III, 49/628; Br. III, 121/122: »Wenn es mir unter dem Hagel Ihrer Angriffe nun schlechter und schlechter geht, darf ich dann [...] den Brief veröffentlichen, den Sie mir am 15. Oktober 1948, nach Empfang der englischen Ausgabe des ›Doktor Faustus‹ mit der Schlußnote, schrieben, und worin Sie aufs herzlichste mir für die Erfüllung des Wunsches dankten [...] und hinzufügten: ›ich war fest davon überzeugt, daß ich von Ihnen nicht anderes zu erwarten habe, als von mir selbst und bin sehr froh, daß mein Vertrauen in dieser Weise belohnt wurde –? / Damals also war die erläuternde Kritik kein ›Racheakt‹. Wie sie in Ihren Augen dazu geworden ist, weiß ich nicht. [...] Wollen Sie durchaus mein Feind sein – es wird Ihnen nicht gelingen, mich zu dem Ihren zu machen.«

4] *An [...] Neutra:* An Richard J. Neutra, P. P. 19. 12. 1949, Reg. III, 49/626.

5] *Neutra:* Der aus Österreich stammende, seit 1923 in den USA, seit 1926 in Los Angeles lebende amerikanische Architekt Richard Joseph Neutra (1892–1970).

6] *an die Meyer:* An Agnes E. Meyer, P. P. 16. 12. 1949, Reg. III, 49/620; Dank für das Weihnachtsgeschenk.

7] *Borgese's Beitrag über Klaus:* ›Klaus Mann zum Gedächtnis‹, a.a.O. 20–22.

8] *Holländer-Arie:* Aus dem ersten Aufzug von Richard Wagners Oper. In TMs Nachlaß befand sich eine Gesamtaufnahme des ›Fliegenden Holländers‹ in einer Aufnahme des Chors und Orchesters der Bayerischen Staatsoper unter Clemens Krauß aus dem Jahre 1944 mit Hans Hotter als Holländer.

17. 12. 1949

139 1] *Verbot:* Ohne Rücksicht auf die Weisung der westlichen Alliierten, nicht über die Möglichkeit einer deutschen Wiederbewaffnung zu sprechen, hatte Bundeskanzler Konrad Adenauer in drei Erklärungen gesagt, daß er – falls die Alliierten darauf bestünden – bereit sei,

der Aufstellung deutscher Truppen unter einem gesamteuropäischen Oberbefehl zuzustimmen. Daraufhin wiesen ihn die Oberkommandierenden der alliierten Streitkräfte in Deutschland an, in Zukunft derartige Verlautbarungen in der Öffentlichkeit zu unterlassen. Die Ansicht, daß man Deutschland auf keinen Fall wieder bewaffnen sollte – auch nicht unter alliiertem Oberkommando –, war außerdem von einer unter Führung des Republikaners Jacob K. Javits stehenden Senatskommission des US-Außenministeriums nach einem Besuch in Europa vertreten worden.

2] *Der Bulgarische Ministerpräsident:* Der ehemalige stellvertretende Ministerpräsident Bulgariens, Traicho Kostov, war der ›pro-Tito‹ und ›pro-amerikanischen‹ Spionage für schuldig befunden und am 16. 12. 1949 in Sofia hingerichtet worden.

3] *Nachschrift:* S. TB 16. 12. 1949, Text und Anm. 3.

4] *netter Brief:* Von stud. phil. Hans Balzer, Brestow, Krs. Rostock, 13. 11. 1949; im TMA.

5] *An die Herausgeber von Extempore:* An Rudolf Roessler und Hans von Segesser, P. P. 17. 12. 1949, Reg. III, N 49/15. Das Schreiben ist verschollen.

6] *an [...] Hinze-Reinhart:* An Bruno Hinze-Reinhold, P. P. 17. 12. 1949, Reg. III, 49/622.

7] *Hinze-Reinhart:* Der Pianist Bruno Hinze-Reinhold hatte während TMs Weimar-Besuches im Liszt-Haus am Liszt-Flügel ein Liszt-Konzert für den Gast gegeben, an dessen Ende er »noch einige Takte aus Beethovens Klaviersonate opus 111 [...] [anschlug], sehr zur Freude Thomas Manns, der, die Klänge erkennend, mit den Worten dankte: ›Dr. phil Serenus Zeitblom weiß die Delikatesse dieser Aufmerksamkeit sehr wohl zu schätzen!‹« (Motschan a.a.O. 135). Vgl. den in Anm. 6 nachgewiesenen Brief: »Über Ihren Rang als Musiker und Pianist kann ich mitreden, seit wir Sie in Weimar hörten, und schon auf der Weiterreise und dann hier haben wir von unseren Erlebnissen nie erzählt, ohne desjenigen zu gedenken, das den Namen eines Erlebnisses vielleicht am meisten verdient, nämlich Ihres Vortrags von opus 111. Der Nachmittag im Liszt-Hause, und was Sie dort boten, wird uns unvergeßlich bleiben.«

8] *an Hatzfeld:* An Adolf von Hatzfeld, P. P. 17. 12. 1949, Reg. III, 49/621.

9] *Hatzfeld:* Der nach einem frühen Selbstmordversuch erblindete

Schriftsteller Adolf von Hatzfeld (1892–1957) war mit TM aus den frühen Münchener Jahren gut bekannt. S. TB 46–48, 838.
10] *Robert Franz:* Der deutsche Komponist (vorwiegend von Liedern mit Klavierbegleitung) Robert Franz (eigentl. Robert Franz Knauth, 1815–1892). In TMs Nachlaß fand sich die in diesem TB-Eintrag vermutlich gemeinte Platte mit Liedern von Gluck, Wagner und Franz, gesungen von Lorri Lail, begleitet von Gerald Moore (Franz/Wagner) und Millicent Silver (Gluck).

18. 12. 1949
140 1] *Buch von Busse-Wilson:* S. TB 15. 11. 1949, Anm. 6.
2] *von Golo für mich geschriebene[r] Artikel:* Die von Horkheimer erbetene Besprechung einer Publikation seines Instituts. S. TB 9. 11. 1949, Anm. 2.
3] *an Coudenhove:* Das Schreiben an Richard Graf Coudenhove-Kalergi ist lt. Reg. IV, 586 verschollen.
4] *Lebensgeschichte:* Richard Graf Coudenhove-Kalergi, ›Eine Idee erobert Europa. Meine Lebenserinnerungen‹, Wien 1958. Es ist anzunehmen, daß Coudenhove TM ein Manuskript geschickt hatte.

19. 12. 1949
140 1] *Spottgedicht:* Unbekannt; nicht im TMA.

20. 12. 1949
140 1] *Verurteilung des Manstein:* Der ehemalige Generalfeldmarschall Erich von Lewinski, genannt von Manstein (1887–1973), der 1941 mit seiner Armee die Krim und Sebastopol erobert hatte, war wegen Zulassung und Duldung von Kriegsverbrechen an Soldaten und Zivilisten in Polen und der UdSSR am 19. 12. 1949 von einem britischen Militärgericht zu 18 Jahren Haft verurteilt worden. Der Oberkommandierende der Rheinarmee setzte wenige Monate später das Strafmaß auf 12 Jahre herab. Im Zuge der westdeutschen Wiederaufrüstung wurde Manstein jedoch bereits 1953 wieder entlassen.
2] *Polyzoides kündigt [. . .] an:* Der Kommentar des seit 1931 an der University of Southern California lehrenden Spezialisten für ›International Affairs‹ Adamantios Theophilus Polyzoides (1895–1965) war am 19. 12. 1949 auf Seite 2 der ›Los Angeles Times‹ unter der Überschrift ›Military Aid Plans Strike Snag Abroad‹, Untertitel:

›Britain and France Balk at Provisions of Defense Program‹ erschienen.

3] *Statt des zuckenden Streiches:* Die Änderungen sind im Manuskript erkennbar. Auf Blatt 209 (= GW VII, 173, letzte Zeile) stand hinter dem »Gemahnung an altes Leid« ursprünglich noch folgender, später gestrichener Text: »doch dabei (verb. aus: zugleich) fuhr es in sie wie ein Streich, die haltende Hand fuhr weit aus, als hätte man sie geschlagen und bebte vom Schlage nach, sie nahm die andere zur Hilfe/ und die Magd hörte sie murmeln: wie das, wie das?« / (Diese im Vorstehenden durch Schrägstriche markierte Stelle wurde geändert in »und der Mund, aus dem jeder Blutstropfen gewichen war, murmelte leise: wie das?«) – Auf der Rückseite des Ms-Blattes 209 schrieb TM dann die verbesserte Version, an der die im TB-Notat erwähnte Korrektur ablesbar ist. Die ursprüngliche Fassung des Satzes GW VII, 174: »Auf einmal aber trat Kälte in ihr Haar ...« lautete: »Auf einmal aber/ hob sie den Kopf höher und höher, wie ein Streich fuhr es in sie, die Hand fuhr aus, als hätte man sie geschlagen, und zitterte vom Schlage nach, sie nahm die andere zu Hilfe«/ [»trat Kälte in ihr Haar ...«]. Daraus wurde dann die Druckfassung: »Auf einmal aber trat Kälte in ihr Haar und rieselte von da den Rücken hernieder.«

4] *Nachschrift:* S. TB 16. 12. 1949, Anm. 3. *141*

21. 12. 1949

1] *Dank:* Vermutlich an Hans Balzer, P. P. 22. 12. 1949, Reg. III, 629. *141*

24. 12. 1949

1] *Artikel über »Extempore«:* S. TB 25. 12. 1949, Anm. 1. *142*

25. 12. 1949

1] *explosiver Artikel für den »Aufbau«: Anläßlich einer Zeitschrift.* Der bisher unveröffentlichte Artikel ist im Anhang, No. 14, S. 669–681 abgedruckt. *142*

27. 12. 1949

1] *J'accuse-Artikel:* S. TB 25. 12. 1949, Anm. 1. *143*

29. 12. 1949

143 1] *die Einleitung zu schreiben:* So geschah es.

144 2] *Bergsträßer:* Der deutsche Politologe, Soziologe und Historiker Arnold Bergsträsser (1896–1964) lehrte nach seiner Vertreibung 1937–1944 am Claremont College, anschließend (bis zu seiner Rückkehr in die Bundesrepublik, 1950) in Chicago (s. auch TB. 22. 11. 1949, Anm. 5).

3] *»Bycicle Thief«:* Vittorio de Sicas 1948 nach einem Roman von Luigi Bartolini gedrehter Film ›Ladri di biciclette‹ mit Lamberto Maggiorani, Enzo Staiola und Lianella Carell in den Hauptrollen.

30. 12. 1949

144 1] *Kapitel XXIII:* ›Der Stein‹, *Der Erwählte,* GW VII, 181–189.

2] *Fritzi Massary:* Die Operettendiva Fritzi Massary (1882–1969), Witwe Max Pallenbergs und Mutter von Liesl Frank, war über Wien und London 1938 in die USA emigriert und lebte in Beverly Hills.

31. 12. 1949

144 1] *an Trebitsch:* Das Schreiben an Siegfried Trebitsch gilt als verschollen; s. Reg. IV, 586.

2] *[an] zwei [. . .] Deutsche:* Ein Brief war an den Schriftsteller Martin Gregor Schmidt, später Martin Gregor-Dellin, gerichtet (s. Reg. 49/643; Br. III, 124).

145 3] *Ljeskows »Kadettenkloster«:* Aus dem ersten Band ›Geschichten aus der Großstadt‹ in der TB 8. 10. 1949, Anm. 1 zitierten Ausgabe.

1950

1. 1. 1950

1] *von Carl Ehrenberg:* München, 23. 12. 1949: »Sein Tod kam uns und wohl auch ihm völlig unerwartet. Auf der Heimreise von Plauen [...] wurde er bei Freunden i. d. Nähe von Hof plötzlich von einer Perforation des Magens befallen und operiert und 8 Tage darauf [...] erlag er einer Embolie.« *149*

2] *Goethe »Daß wir uns in ihr zerstreuen«:* Johann Wolfgang von Goethe, ›Wilhelm Meisters Wanderjahre‹, Drittes Buch, Schluß des neunten Kapitels: »Bleibe nicht am Boden heften, / Frisch gewagt und frisch hinaus! / Kopf und Arm mit heitern Kräften, / Überall sind wir zu Haus; / Wo wir uns der Sonne freuen, / sind wir jede Sorge los. / Daß wir uns in ihr zerstreuen, / Darum ist die Welt so groß.«

2. 1. 1950

1] *Friedensplan eines gewissen Alex. Klein:* Unter den im TMA archivierten Schriftstücken findet sich keine Korrespondenz mit Alex. Klein. Es war auch nicht möglich, Näheres über den Friedensplan-Inaugurator zu ermitteln. *149*

2] *Einstein:* Der Physiker Albert Einstein (1879–1955), Nobelpreis 1921, lehrte seit seiner Emigration am Institute for Advanced Studies in Princeton. Für TM, der ihn aus der Zeit seiner Lehrtätigkeit an der dortigen Universität kannte, war Einsteins Meinung zu politischen Problemen ein wichtiger Faktor für die eigenen Stellungnahmen. S. TB 44–46, 408/409.

3] *Mr. Oswald:* Ein Kollege von Golo Mann in Claremont College, der die Einleitung zum Angell'schen Thomas Mann-Reader stilistisch überarbeitete.

4] *neue Auflagen:* Der *Zauberberg* erschien 1951 in einer Lizenzausgabe der Büchergilde Gutenberg in Zürich, eine neue Auflage des

Doktor Faustus – mit der Nachbemerkung in Sachen Arnold Schönberg – bei S. Fischer, nunmehr in Frankfurt am Main.

3. 1. 1950

150 1] *Komikerin Lilli:* Die kanadische Schauspielerin, Radio- und TV-Entertainerin Beatrice Lillie (1903–1989; der Nachruf in den NYT spricht allerdings von einer 94jährigen).

2] *von Adorno:* Frankfurt am Main, 28. 12. 1949: »Lassen Sie mich wenigstens ein paar Worte sagen über meine Beobachtungen, das Verhältnis der Deutschen zu Ihnen betreffend. Es ist, psychoanalytisch gesprochen, unbeschreiblich affektbesetzt – mit aller Ambivalenz, die in diesem Begriff gesetzt ist, mit unendlich viel Verborgenem, Verkorkstem, Verstocktem, aber doch auch mit der Liebe, die hinter Verdrängungen steht. Als ob sie gar nicht von Ihnen loskämen, aber, da sie zu lieben sich nicht getrauen, schimpfen müßten (natürlich gibt es auch ganz anderes, aber das wissen Sie ohnehin – ich spreche jetzt nur von der seltsamen Existenz). Und warum sie sich nicht zu lieben getrauen? Es fällt, wiederum, schwer anders als psychologisch zu sprechen, obwohl ja in letzter Instanz gesellschaftliche Reaktionen dahinter stehen. Sie haben – als einziger, will mir scheinen, den[n] die Schuldbeteuerungen des Jaspers und Niemöller hatten etwas eitel Ohnmächtiges – wirklich den Deutschen etwas von der verdrängten Schuld ins Bewußtsein gehoben, sie in der Tat ›angesprochen‹ in dem theologischen Sinne, den das Wort einmal hatte; und die Auflehnung ist genau die Antwort darauf, der Versuch, das schlecht Verdrängte weiter zu verdrängen. Mit anderen Worten: es liegt ein authentischer Fall von Projektion vor. Die Schildbürgerstreiche der Marktredwitzer [dort hatte man nach TM's Weimar-Besuch die Thomas-Mann-Straße in Goethestraße umbenannt] aller Ränge, Staaten und Zonen möchten Ihnen genau das aufbürden, was Sie den Entrüsteten, die Sie nur zu gut verstehen, aufgebürdet haben. Ich muß Ihnen nicht sagen, daß ich dabei die abscheuliche Einheitsfront von Ethos und Banausie, von Holthusen und Schlabrendorf[f] nicht verharmlosen will – nur, vielleicht, durch Erkenntnis ins Wesen der wunderlichen Aufregung ihr etwas von dem Stachel nehmen, der Sie sonst doch gelegentlich belästigen könnte. / Von all dem bekomme ich natürlich, durch die Beziehung von Faustroman und Musikphilosophie, die ja genau dem projektiven Bedürfnis entgegenkommt, besonders viel zu spüren, und kann Ihnen nicht verschweigen, wie sehr ich mich, wenn ich einen Stoß abbekomme, geschmeichelt fühle. Es dürfte Sie in diesem Zusammenhang amüsieren, daß von der Musikphilosophie in kürzester Zeit ein Viertel der Auflage ausverkauft war – sicherlich zur gründlichen Enttäuschung der Leser, die sich da so **einen** Bühnenausgang versprachen. Daß unterdessen einige christliche Kritiker wie Doflein und Horst mich offiziell zu Ihrem Teufel ernannten, ist Ihnen ja wohl nicht unbekannt geblieben – hoffentlich dünkt Ihnen das Klima dieser Hölle nicht weniger anheimelnd als mir.«

3] *Kestenberg:* Der Pianist und Musikpädagoge Leo Kestenberg (1882–1962), 1918–1933 Referent für muskalische Angelegenheiten im Preußischen Ministerium für Wissenschaft, Kunst und Volksbildung, Erneuerer des musikalischen Unterrichtswesens in Preußen, war 1933 nach Prag emigriert. TM setzte sich 1938/39 vergeblich für ein K.'s Emigration in die USA ermöglichendes Visum ein. Es gelang Kestenberg, nach Palästina zu entkommen, wo er 1939 die Generaldirektion des Palestine Orchestra in Tel Aviv übernahm (s. TM an Leo Kestenberg, Noordwijk, 17. 7. 1939, Reg. II, 39/311).

4] *Kaltenborn:* Der amerikanische Radiokommentator und Journalist (Kriegs- und Krisenreporter) Hans von Kaltenborn (1878–1965).

5] *Portraitgalerie:* Hans von Kaltenborn, ›Fifty faboulous Years, 1900–1950. A Review‹, Chicago 1949.

6] *Proust:* Marcel Proust (1871–1922).

7] *an Prof. Löwenstein:* An Karl Loewenstein, P. P. 5. 1. 1950, Reg. III, 50/13; Bl. TMG 19, 1982, 24/25.

8] *Prof. Löwenstein:* Der 1933 in die USA emigrierte, zunächst in Yale, später in Amherst/Mass. lehrende Jurist Karl Loewenstein (1891–1973), den TM aus seinen frühen Münchener Jahren kannte. S. TB 44–46, 788.

4. 1. 1950

1] *an A. Klein:* Das Schreiben gilt als verschollen. S. Reg. IV, 586. *150*

2] *an Kerényi:* P. P. 4. 1. 1950, Reg. III, 50/8, Br. III, 125/126; TM/KK 169/170: »Gerade beschäftigt mich wieder Ihr ›Urmensch und Mysterium‹ [...] Es beschäftigt mich im Zusammenhang mit dem ›Gregorius‹ und zwar mit der Frage seiner Ernährung auf dem Felsen. Diese wird von Hartmann von Aue in einer Weise beschrieben, die *leise* anklingt an die Epikur'sche Hypothese von uteri der Erde und von der Nährmilch, die sie im Anfang den Menschen gespendet habe. Ich will dies anhand Ihrer Citate über die ›Schläuche‹ genauer und phantastischer ausführen als Hartmann, – der überhaupt wohl Augen machen würde, wenn er meine Bearbeitung läse.«

3] *»Urmensch und Mythos«:* Karl Kerényi, ›Urmensch und Mysterium‹, ›Eranos-Jahrbuch 1947‹. In TMs Bibliothek befindet sich ein Sonderdruck des Aufsatzes, Rhein-Verlag, Zürich 1948, in dem sich TM u. a. – und zwar mit besonderer Stärke – folgende Verse aus Kerényis Epikur-Übersetzung angestrichen hat: »Und so wuchsen denn da, wo der Ort die Gelegenheit darbot/ *Schläuche* hervor, die zur Erde hinab die Wurzeln versenkten./ Wo nun das Lebensalter der reifenden Jungen die Schläuche/ Sprengte, indem sie der Nässe entflohn nach den Lüften sich reckend,/ Dahin lenkte von selbst die Natur die Kanäle der Erde/ Und ließ dort milchähnlichen Saft aus der Öffnung der Adern/ Fließen, *so wie ja auch jetzt bei allen entbundenen Frauen/ Süßliche Milch in die Brust sich ergießt*, weil hierin der ganze/ Sonstige Nahrungsstrom aus dem weiblichen Körper gelenkt wird./ So gab Speise den Kleinen die Erde [. . .]/ *Darum (ich sag es noch einmal) erhielt die Erde den Namen/ Mutter und trägt ihn mit Recht. Denn sie hat den Menschen geschaffen.*«

4] *Trumans [. . .] Congreß-Rede:* Die jährliche Kongreßrede zur Lage der Nation am 4. 1. 1950.

5. 1. 1950

151 1] *an [. . .] Eisner:* An Pawel Eisner, P. P. 5. 1. 1950, Reg. III, 50/11.

6. 1. 1950

151 1] *Message für Arts and Professions:* Der im TMA archivierte Text ist im Anhang No. 18, S. 684–686 abgedruckt.

2] *Artikel von Penzoldt:* Ernst Penzoldt, ›Reise mit Thomas Mann‹, ›Deutsche Beiträge‹, München, Jg. 3, 1949, H. 6, 500–507. Penzoldt hatte seine »Reisebeschreibung« zum Anlaß genommen, einige der Marktredwitzer Reaktion ähnliche Verunglimpfungen TMs nach seinem Weimar-Besuch ad absurdum zu führen.

3] *Penzoldt:* Der Schriftsteller Ernst Penzoldt (1892–1955), den TM aus den Münchener Jahren gut kannte. S. GBF an TM 14. 11. 1933: »Bei allen Differenzen, die bestehen mögen, setzen sich Fechter und

ein ganzer Kreis von jungen Münchener Schriftstellern, wie Britting, Alverdes, Penzoldt und viele andere aus innerster Überzeugung für Sie ein.« (TM/GBF, 54)
4] *Nachruf [...] von Kesten:* ›Klaus Mann zum Gedächtnis‹, a.a.O. 80–89.
5] *»Schloßlegende«:* Alexander von Bernus, ›Schloßlegende. Eine ungewöhnliche Begebenheit‹, Nürnberg 1949.
6] *an H. L. Held:* An Hans Ludwig Held, P. P. 6. 1. 1950, Reg. III, 50/17: »Nicht nur für die Betreuung der Bücher wollte ich Ihnen danken, unter denen doch manches ist, was wiederzuhaben mich freut, sondern auch noch einmal für die freundschaftliche Mühe, die Sie an die Vorbereitung meines Besuches in München gewandt haben. Schwer zu sagen, woran es liegt, aber es war der gemütlichste meiner Aufenthalte in deutschen Städten.«
7] *H. L. Held:* Hans Ludwig Held (1885–1954), 1921–1933 und 1945–1953 Direktor der Münchener Stadtbibliothek und mit TM aus der gemeinsamen Münchener Zeit gut bekannt.

8. 1. 1950
1] *daß das Wilshire sich weigere:* Vgl. TM an Theodor W. Adorno, *152*
P. P. 9. 1. 1950, Reg. III, 50/22: »Neulich hat für ein dinner des Arts, Sciences and Professions Council das Beverly Wilshire Hotel seinen Saal verweigert, weil ein communist wie Doctor Männ dabei sprechen solle. Freilich hat es dann einen solchen Aufruhr in der Community und einen solchen Telegrammhagel auf das Hotel gegeben, daß es kapituliert hat und den Saal hergibt.« (Br. III, 128.)
2] *[an] Prof. Kestenberg:* An Leo Kestenberg, P. P. 8. 1. 1950, Reg. III, 50/21.

9. 1. 1950
1] *Kapitel:* Das XXIV. Kapitel des *Erwählten*, ›Die Buße‹, GW VII, *152*
189–195.
2] *an Adorno:* S. TB 8. 1. 1950, Anm. 1.

10. 1. 1950
1] *[an] Neumann:* An Alfred Neumann, P. P. 13. 1. 1950, Reg. III, *153*
50/39; TM/AN 80/81: Dank für den Roman ›Der Pakt‹, Stockholm 1950.

2] *an Bernus:* Nach Reg. IV, 586 gilt das Schreiben als verschollen.
3] *›Esquire‹ mit [...] Bildern:* Die ganzseitigen Bilder von Jascha Heifetz und Thomas Mann in der Februarnummer (vol. XXXIII, Feb. 50, 33/34) von ›Esquire‹, Chicago, stammen von Aufnahmen des armenisch-kanadischen Photographen Yousuf Karsh (geb. 1908), der TM am 20. Februar 1946 besucht hatte. Vergl. TB 44/46, 308/309 und 787.
4] *Heifitz:* Der russisch-amerikanische Geiger Jascha Heifetz (1901–1987).
5] *huldigender Text:* »No picture of a face can tell a complete story about the subject, since the actual work – great or small – goes on behind that facada. In these remarkable photographs, however, Yousuf Karsh demonstrates how the camera can find the uniform characteristics of achievement in the faces of supreme violinist Jascha Heifetz and novelist Thomas Mann. – Welcome expatriates of the world's most recent enigmas, Russia and Germany, these great artists evidence the calm of true genius. Heifetz, ranking high on any music-lover's all-time allstar list, left his native Russia during the chaos of 1917. The degeneration of Germany sent Thomas Mann into exile to write for freedom. Consequently, the reserve that comes from trial by fire is shown in their faces. But even under ideal circumstances, no one contry could claim the universal creative ability of these men. Heifetz appeared on the concert stage in Czarist Russia at the age of seven and has been recognized as a superb artist ever since. He made his New York debut in Carnegie Hall at sixteen. Mann received the Nobel Prize for literature in 1929 and is the author of the world famous *Magic Mountain* and other fine works. These profiles correspondingly illustrate the quiet dignity that comes of high endeavor – in any field. Cameraman Karsh has effectively personified their greatness: that in itself is an achievement.«

11. 1. 1950

153 1] *uterus-Kapitel:* Anspielung auf den im Kapitel ›Die Buße‹, *Der Erwählte*, GW VII, 189–195, bes. 191/192 verwendeten Mythos von der »anfangs ihre Kinder mit eigener Milch« ernährenden Erde, deren »uteri« »als Schläuche mit ihren Wurzeln [...] tief [in den Humus] hinabgereichen«. Zu diesen uteri nun »habe von selbst die Natur die Kanäle der Erde gelenkt und milchähnlichen Saft aus der

Öffnung der Adern fließen lassen« . . . eine »aufsickernde Frühnahrung«, mit deren Hilfe der büßende Gregor am Leben blieb. Die Zitate stammen aus ›Urmensch und Mysterium‹, s. TB 4. 1. 1950, Anm. 3.
2] *Korrespondenz mit Knopf:* An Alfred A. Knopf, P. P. 11. 1. 1950, Reg. III, 50/28: TMs Antwort auf Knopfs Monenda-Brief vom 9. 1. 1950 (s. auch TB 29. 12. 1949, Text und Anm. 1): »Above all, I want to tell you how much I appreciate your thoughtfulness in this matter. I am really moved by the time and attention you devote to this anthology, the publication of which to my birthday was such an exceedingly nice idea of yours./ As for the introduction, I largely agree with you. I must admit that I did not dislike the piece, but you are certainly more than right in your disapproval of too much praise. [. . .]/ I am by no means enthusiastic about the introduction which obviously is not what you wanted or expected. Therefore, I think your second suggestion, to drop it altogether and to write a purely biographical and factual preface, is preferable, all the more so as the introductions by Angell to the various selections certainly already contain a great deal of critical material. If you should decide on the latter, it is not quite clear to me whether this biographical sketch is to be written by a member of your staff or should be prepared here. I am in favour of having your house take care of it, and would, of course, give you all the information you might need.«
3] *Artikel Lippmanns:* ›The Formosa Problem‹, NYHT, europ. Ausgabe 12. 1. 1950: Die Forderung nach konsequenterer Behandlung des Formosa-Problems: »The longer we wait [. . .] the more we shall lose face before the world.«

12. 1. 1950
1] *Versöhnungsbrief Schönbergs:* Los Angeles, 2.–4. 1. 1950: »Ich war krank [. . .] Damals hätte ich gerne den Brief vollendet – aber ich konnte nicht – dessen Anfang ich sofort unter dem Eindruck Ihres Briefes niedergeschrieben hatte, und nun ist leider so viel Zeit verstrichen, was ich sehr bedaure. Hier ist, was ich geschrieben habe:/ Wenn die Hand, die ich glaube ausgestreckt zu sehen, eine Friedenshand ist, wenn sie also ein Friedensangebot bedeutete, so wäre ich der Letzte, sie nicht sofort zu ergreifen und bekräftigend zu schütteln./ In der Tat: ich habe oft daran gedacht, Ihnen zu schreiben: Begraben *154*

wir die Streitaxt und zeigen wir, daß es auf einer gewissen Stufe immer eine Möglichkeit zu Frieden gibt./ Ich hatte beabsichtigt, diesen Friedensschluß öffentlich bekanntzumachen. Ich wurde aber darauf aufmerksam gemacht, (weshalb ich diesen Brief nicht vollendete) daß ich damit allen, die mir in diesem Kampf beigestanden haben, [. . .] sozusagen in den Rücken fallen würde./ So schlage ich also ein neutrales Zwischenstadium vor. Einmal wird der Eine, oder der Andere einen ›achtzigsten‹ feiern – es muß aber gar nicht so lange dauern –: ein guter Anlaß, alles Kleinliche zu vergessen – endgültig.«

2] *Huey Long-Film:* Die nach Robert Penn Warrens Roman ›All the King's Men‹ 1949 von Robert Rossen verfilmte – leicht verfremdete (im Film heißt der Gouverneur-Held Willie Stark) – Geschichte des 1935 ermordeten Gouverneurs von Louisiana, Huey Long (geb. 1893), mit Broderick Crawford, John Ireland, Joanne Dru, Mercedes Mc Cambridge und Anne Seymour. Zu Long vgl. auch den TB 10. 1. 1950 Anm. 1 nachgewiesenen Brief TMs an A. Neumann mit der dazugehörigen Anmerkung.

13. 1. 1950

154 1] *über die franz. Zeitschrift »Esprit«:* Hubert von Ranke, ›Emmanuel Mounier zu den geistigen Problemen unserer Zeit‹, ›Deutsche Beiträge‹, Jg. 3, 1949, H. 6, 507–515.

2] *an Flinker:* An Martin Flinker. P. P. 13. 1. 1950, Reg. III, 50/38: Eine Danksagung, die »aus erfreuterem Herzen [kommt] als die meisten, und ich darf Sie bitten, Ihre fromme und schlicht heroische Geschichte ja nicht gering zu schätzen, wie Sie es zu tun scheinen. Ich war gerührt und gewonnen durch die Erzählung und gebe dem Verleger recht, wenn er sagt, daß man das Buch bewegt aus der Hand legt.« (TMA)

3] *an Alfr. Neumann:* S. TB 10. 1. 1950, Anm. 1.

14. 1. 1950

155 1] *Koch:* Über Mr. und Mrs. Koch konnte nichts Näheres ermittelt werden.

2] *Pauling:* Vermutlich der amerikanische Chemiker Linus Pauling (geb. 1901), Professor am California Institute of Technology in Pasadena, 1954 mit dem Nobelpreis für Chemie ausgezeichnet, war entschiedener Gegner der Atombombenversuche und hatte einige

Aufrufe mit TM gemeinsam unterzeichnet. Für seine Friedensbemühungen erhielt er 1963 den Friedensnobelpreis für 1962.
3] *Mc. Williams:* Der Bürgerrechtler, Schriftsteller und Rechtsanwalt Carey McWilliams (1905–1980).
4] *mein speech:* S. TB 6. 1. 1950, Anm. 1. TM hatte – wie die spätere Verbesserung des Wortes ›sende‹ (»sende ich meine herzlichen Grüße«) in »entbiete« zeigt – die Rede ursprünglich als ›message‹ konzipiert, rechnete also wohl nicht mit seiner Teilnahme an dem Treffen.
5] *»Aufbau«-Artikel: Anläßlich einer Zeitschrift;* S. TB 25. 12. 1949, Anm. 1.
6] *Gegendruck:* S. TB 8. 1. 1950, Anm. 1.

15. 1. 1950
1] *Ljeskows Geschichten:* S. TB 8. 10. 1949, Anm. 1. *155*
2] *v. Manteuffel:* Der ehemalige Panzer-Korps-Kommandeur General Hasso von Manteuffel (1897–1978) erklärte offiziell erst am 2. 3. 1950, daß er in einem dem Bundeskanzler übermittelten Memorandum angeboten habe, im Rahmen des westlichen Verteidigungsbündnisses dreißig deutsche Divisionen aufzustellen.
3] *an die Mazzucchetti:* An Lavinia Mazzucchetti, P. P. 5. 1. 1950, Reg. III, 50/42: »Erika hat Ihnen [. . .] geschrieben und Ihnen in meinem Auftrage die Schwierigkeit oder Unmöglichkeit auseinandergesetzt, dem Ruf Lugano's zu folgen. Heinrich ist sehr alt und leidend, kümmert sich eigentlich um nichts mehr, und es wird schwer sein, ihm für den Rundfunk etwas abzugewinnen.« TM schickte dann aber doch das Einleitungskapitel des *Erwählten* mit der Aufforderung, Frau Mazzucchetti möge sich »aus den 9 Seiten herauspicken, was Ihnen zu frommen scheint und soviel Sie brauchen können, wobei die Passage S. 8–9 über die Sprachen und die Sprüche nicht fehlen sollte.« (TMA)
4] *Mazzucchetti:* TMs italienische Übersetzerin Lavinia Mazzucchetti (1889–1963). S. TB 46–48, 393.
5] *an Benedikt:* An Ernst Benedikt, P. P. 15. 1. 1950, Reg. III, 50/41: Dank für »die Anregung und das geistige Vergnügen, das Ihre ästhetischen Manuskripte mir gebracht haben«.

16. 1. 1950

156 1] *Schumann [...] verwirft:* Der französische Außenminister Robert Schuman (1886–1963) hatte bei seinem ersten Besuch in Bonn deutlich gemacht, daß er nicht gewillt sei, die Lösung der Saarfrage einer späteren Friedenskonferenz vorzubehalten. Er kam vielmehr mit einer Reihe von ausgearbeiteten Vereinbarungen, die die Autonomie des Saarlandes festschrieben und Frankreich den militärischen Schutz und die diplomatische Vertretung des autonomen Gebildes übertrugen.

2] *Änderungen:* Das Typoskript macht – im Gegensatz zur Handschrift, wo größere Änderungen nur an den ab Blatt 5 vorgenommenen Umpaginierungen ablesbar sind – TMs wiederholte und eingreifende Korrekturen deutlich. Sie sind in dem No. 14, S. 669–681 abgedruckten Text markiert.

3] *von Eulenbergs Neffen:* Das Schreiben des Sinologen Herbert Franke (geb. 1914) befindet sich nicht unter den im TMA verwahrten Schriftstücken.

4] *bedankt:* An Herbert Franke, P. P. 16. 1. 1950, Reg. III, 50/43: »Mit Ihrem Brief haben Sie mir eine Freude gemacht. Es ist ein guter Geist darin, und ausserdem bekundet er eine so lebendige Anteilnahme an meinem Werk, dass es mich erquicken muss – nicht zuletzt, weil dieser warme Zuruf aus Deutschland kommt.« (HOM)

5] *Valentin:* TM hatte nach dem Kriege seinen Bruder Viktor sehr eindringlich um Platten mit Sketchen des Münchener Komikers Karl Valentin (1882–1948) gebeten, von denen zahlreiche im Nachlaß erhalten sind.

6] *Betowe:* Ein französischer Komiker, dessen besondere Begabung fremdsprachige Parodien und Imitationen von Angehörigen fremder Nationen waren.

17. 1. 1950

156 1] *an Brod:* An Max Brod, P. P. 17. 1. 1950, Reg. III, 50/45: Dank für Brods Kafka-Buch: »Durch Kritik an Ihrem Wissen, Verstehen und Glauben sollten Sie sich nicht anfechten lassen. Wer will die ganze Wahrheit kennen über eine Menschen- und Künstlerseele – und über eine so besondere, einsam-merkwürdig und tief verschlagene, dabei kindlich skurrile und wunderbar träumende! Ich würde nie wagen, ihn [Kafka] einen ›Verzweifelten‹ zu nennen. Dazu hatte

er zuviel Traum-Humor und herzliches Trachten nach dem rechten Leben. Skepsis? Natürlich, eine Menge. Wie er gelegentlich die Kunst kennzeichnet, als das Nichts umspielend oder auch die Wahrheit, nicht gewillt dabei, sich an ihr die Flügel zu verbrennen, das ist natürlich Skepsis, – aber welcher tiefe Künstler kannte sie nicht. Man kann es dabei mit der Kunst sehr ernst und mit dem Leben sehr gut meinen. Verzweiflung allenfalls könnte man sein Gebot nennen, in das Sie nicht gewilligt haben, seine Schriften zu zerstören. Es ist mir immer sehr nahe gegangen. Zweifellos spricht Selbstverurteilung daraus und das Gefühl, das ›Rechte‹ nicht gefunden und getan zu haben./ Muss nicht jeder von uns es am Schluss haben? Meinen Sie, mir sei der Gedanke fremd, dass es besser wäre, wenn mit dieser fehlbaren Person auch die ganze fehlbare Schreiberei zurückgenommen und vernichtet würde? Und doch möge die Spur dieses schliesslich doch einmaligen Lebens eine Weile stehen bleiben. Verewigungsdrang war es doch schliesslich, was uns das Unsere tun liess, gewiss auch in seinem Fall, und so war es richtig, dass Sie ihm nicht gehorchten.« (TMA)

2] *über die kommunistische Herrschaft:* Alexander Werth, ›Czechoslovakia Revisited. II. The Token Terror‹, ›The Nation‹, vol. 170, No. 2 v. 14. 1. 1950, 35/36. Der erste Teil: ›Comes the Revolution . . .‹ war eine Woche zuvor in der ›Nation‹, a.a.O. No. 1 v. 7. 1. 1950, 7–9 erschienen.

3] *Artikel von Berendsohn:* Walter A. Berendsohn, ›Die Entstehung des Doktor Faustus‹, unveröffentlichtes Typoskript; im TMA.

4] *Berendsohn:* Der nach Stockholm emigrierte Germanist Walter A. Berendsohn (1884–1984), einer der frühesten Sammler und Erforscher der deutschen Exilliteratur.

18. 1. 1950

1] *Brief des Agenten in Barcelona:* Das Schreiben ist verloren. S. *157*
jedoch TMs Antwort an Oliver Brachfeld, P. P. 18. 1. 1950: »Die Nachricht von der geplanten spanischen Gesamtausgabe war für uns beide natürlich eine glückliche Überraschung. Es ist ja wirklich erstaunlich, daß in einem doch nicht sehr volkreichen und so vielfach heimgesuchten Lande so viel literarisches Interesse besteht.«

2] *an den Dichter Kölwel:* An Gottfried Kölwel, P. P. 18. 1. 1950, Reg. III, 50/46.

3] *Kölwel:* Der TM aus seiner frühen Münchener Zeit gut bekannte Lyriker Gottfried Kölwel (1889–1958).
4] *»Einsam wachend«:* Richard Wagner, ›Tristan und Isolde‹, 2. Aufzug, 2. Szene: Brangäne: »Einsam wachend/ in der Nacht,/ wem der Traum/ der Liebe lacht,/ hab der Einen/ Ruf in Acht,/ die den Schläfern/ Schlimmes ahnt, bange zum/ Erwachen mahnt./ Habet Acht!/ Habet Acht!«

19. 1. 1950
157 1] *Änderungen:* S. TB 16. 1. 1950, Anm. 2.
2] *von Knopf:* New York, 17. 1. 1950; im Archiv des Verlags Alfred A. Knopf: »[. . .] It is always a pleasure to work with you and for you and I appreciate the confidence you are now expressing in my judgement./ It is unfortunately too late to prepare a new and purely biographical introduction, and even if we could squeeze it through in time, wouldn't it involve us in a rather delicate situation, vis-a-vis Angell? [. . .]/ So, with a few further cuts [. . .] we are going to run the introduction as revised.«
3] *Die entehrenden Verrücktheiten:* Die Meldung des Obersten Frank C. Lynch, daß die USA auf Grund einer sehr geheimen Order der Sowjetunion im Spätsommer 1944 »America's supersecret selfaiming antiaircraft gun praised as an almost impenetrable defense against supersonic plans« geliefert hätten, war unter der headline ›Ex-Officer Asserts Supersecret U.S. Gun Given Reds in 1944‹ am 19. 1. 1950 auf Seite 1 der ›Los Angeles Times‹ zu lesen gewesen. TM fügte sie umgehend in das Typoskript seines ›Extempore‹-Artikels ein: »Wie erinnern diese Schauerberichte von schwarzen Kisten, in denen während des Krieges unsere Geheimwaffen nach Rußland verschickt worden seien, an die Centner teuflischen Zersetzungsmaterials, das die Nazis in den ›Katakomben‹ des Liebknechthauses gefunden haben wollen! die Presse weiß ganz gut, daß die übergeheime, Radar-gelenkte, völlig automatische Abwehrkanone, die uns, Senator Lodge zufolge, feit gegen Luftangriffe selbst der neusten und gefährlichsten Art, im Jahre 1944 noch gar nicht existierte.« (Zum Kontext s. Anhang, No. 14, S. 669–681)
4] *»Lesebuch der Weltliteratur«:* ›Kurz erzählt. – Die schönsten Geschichten der Weltliteratur‹, hrsg. v. R. K. Goldschmit-Jentner, Heidelberg 1949.

20. 1. 1950

1] *Verurteilung des Strobl:* In einem die kalifornische Rechtsprechung in Sachen Sexualverbrechen grundsätzlich tangierenden Prozeß war der 68jährige ehemalige Bäcker Fred Stroble des sexuellen Mißbrauchs und des Mordes an einem sechsjährigen Mädchen überführt worden. 158

2] *Ergänzungsabsatz:* S. TB 19. 1. 1950, Anm. 3.

3] *Brief eines [...] Grafen Schwerin:* Von Christoph Graf Schwerin, Schule Schloß Salem, 4. 12. 1949; im TMA.

4] *an Caroline N.:* An Caroline Newton, P. P. 20. 1. 1950, Reg. III, 50/49; TM/CN 49/50: »Nun eine betrübliche Nachricht. Unser alter Freund Niko ist dahin. Er war mit seinen elf Jahren noch immer in relativ rüstigem Zustand und hatte sich auch seine humoristisch räuberischen Neigungen bewahrt und noch kürzlich einen ganzen Kaffeekuchen hinter unserem Rücken vom Tisch geholt. So verständig er war, konnte sein Betragen auch oft noch recht kindlich sein. Seine Gefahr war immer *das Weib,* und weichherzig und sinnlich, wie er war, spürte er eine vorhandene Hitze meilenweit. Dann war er aushäusig und blieb oft selbst bei schlechtem Wetter Tage und Nächte fort, aber doch immer nur ein paar Tage. Diesmal mehrten sich die Tage, an denen er auch zum Fressen nicht zurückkehrte, es wurde eine Woche, und jetzt sind es schon zwei Wochen, sodass auf seine Rückkehr nicht mehr zu hoffen ist. Alle unternommenen Schritte, Annoncen, Forschungsfahrten und Erkundigungen in der Nachbarschaft, blieben ergebnislos. Auf welche Weise er zu Grunde gegangen ist, wird wohl immer im Dunkeln bleiben. Sie können sich denken, wie wir dem langjährigen Gefährten, den wir Ihrer Freundlichkeit verdanken, nachtrauern: er war ein so liebes, gescheites und anhängliches Wesen.«

5] *Ernennung:* Die Urkunde befindet sich im TMA.

6] *bedankt:* Das Schreiben ist in den Regesten nicht nachgewiesen und muß als verschollen gelten.

7] *Hetzbeitrag der Ruth Fischer:* Ruth Fischer, ›Tito und Trotzki. Der Unabhängigkeitskampf der kommunistischen Parteien‹, ›Der Monat‹, Jg. 2, No. 16, Januar 1950, 398–409.

21. 1. 1950

158 1] *Die army dementiert:* Die ›Los Angeles Times‹ brachten das Dementi ›Army Denies That Reds Got U. S. Secret Guns‹ (s. TB 19. 1. 1950, Anm. 3) am 20. 1. 1950 auf Seite 10.

23. 1. 1950

158 1] *James Lord in »Horizon«:* James Lord, ›The Boy Who Wrote No‹, ›Horizon‹, London, vol. XX, 1949/1950, No. 121 v. Jan. 1950, 392–419. S. TM an Albrecht Goes, P. P. 24. 1. 1950, Reg. III, 50/59; Br. III, 130/131: »Die Geschichte [. . .] handelt wirklich nur von einem Jungen in einer schrecklichen amerikanischen Kleinstadt, der es nicht lassen kann, überall ›No‹ hinzuschreiben, mit Kreide und mit Farbe, auf den Teppich zu Hause, auf das Straßenpflaster, an die Kirche, an das Bankgebäude etc. No.! Natürlich nimmt es ein schlechtes Ende mit ihm. Aber ich versichere Sie, es ist eine vorzügliche Geschichte, und man wird von dem Verfasser bestimmt noch hören.«

2] *James Lord:* Der amerikanische Schriftsteller James Lord (geb. 1922), mit dem TM seit 1945 korrespondierte und dessen Weg er mit großer Sympathie verfolgte.

25. 1. 1950

159 1] *an Goes:* S. TB 23. 1. 1950, Anm. 1. Anlaß des Briefes war TMs Dank für Albrecht Goes' Novelle ›Unruhige Nacht‹, Hamburg 1950.

2] *Betrachtung über »Dr. Faustus«:* Das Typoskript ist im TMA erhalten. Den Tenor der Betrachtungen gibt das den Ausführungen vorangestellte Motto, ein Ausspruch von Moses Mendelssohn über Rousseau's ›Nouvelle Héloise‹, wieder: »Man sieht deutlich, daß es Herrn Rousseau mehr um seine philosophischen Materien als um den Roman zu tun gewesen. Er hat keinesfalls den Plan zur Geschichte zuerst entworfen, sondern die Materien waren abgehandelt; um sie zu verbinden erfand er eine Geschichte, die zwar sinnreich genug ist, aber in der Tat mehr eine beständige Kette von Episoden als eine wohl geordnete Geschichte genannt werden kann.« – Die Abhandlung selbst ist in 9 Abschnitte gegliedert: I. Musik, II. Hölle und Teufel, III. Vorbereitung des Nazismus, IV. Über die Juden, V. Nepomuk, VI. Münchener und Züricher Gesellschaft, VII. Krankheiten, VIII. Lesefrüchte, IX. Zusammenfassung.

3] *Rosenberg:* Über den Verfasser war außer der Glasgower Adresse, die TM auf das Typoskript notierte, nichts Näheres zu erfahren.
4] *Zweigs Essays »Zeit und Welt«:* Stefan Zweig, ›Zeit und Welt. Gesammelte Aufsätze und Vorträge 1904–1940‹, hrsg. und mit einem Nachwort versehen von Richard Friedenthal, Stockholm 1943. Das Buch steht in der 5.–8. Auflage, Stockholm 1946, in TMs Zürcher Bibliothek.
5] *Der Artikel über »L. i. W.«:* ›Thomas Mann, ‚Lotte in Weimar'‹, Stefan Zweig, a.a.O. 361–366.

26. 1. 1950
1] *Hiß-Prozeß:* Der ehemalige Angestellte des State-Department, Alger Hiss, war angeklagt, in den Jahren 1937/38 Geheimdokumente des State Department entwendet und dem damals für den »kommunistischen Untergrund« arbeitenden Agenten Whittaker Chambers übergeben zu haben. S. TB 46–48, 789, 845, 846, 848. Er war am 25. 1. 1950 zu fünf Jahren Gefängnis verurteilt worden. Außenminister Acheson, der zum Zeitpunkt der angeblichen Übergabe kein Regierungsamt bekleidete, hatte sich zu Beginn der Verhandlungen für die Integrität des ihm seit Kindheit bekannten Hiss verbürgt. Er kommentierte die Verurteilung mit den Worten: »I do not intend to turn my back on Alger Hiss.« *159*
2] *von Knopf:* New York, 23. 1. 1950. Im A. A. Knopf-Archiv: Knopfs Kosten-Aufrechnung und sein finanzielles Angebot. *160*
3] *Bericht über Rußland:* ›Reise nach Rußland‹, Stefan Zweig a.a.O. 203–245.

27. 1. 1950
1] *Obermayer:* Hautarzt in Los Angeles downtown. TM schreibt ihn gelegentlich auch mit ei oder ai. *160*
2] *anwidern:* Im Manuskript steht ›anwiedern‹.
3] *italienische Ausgabe des Faustus:* Der Roman war – in der Übersetzung von Ervino Pocar – 1949 bei Mondadori in Mailand erschienen. S. TM an Arnoldi Mondadori, P. P. 6. 2. 1950, Reg. III, 50/75.
4] *Interpellation:* Nicht erhalten. S. jedoch TMs Anm. 6 zitiertes Schreiben an den Weimarer Superintendenten.
5] *an Br. Walter:* An Bruno Walter, P. P. 27. 1. 1950, Reg. III, 50/64; Br. III, 131.

6] *an den Superintendenten in Weimar:* An die Evangelisch-Lutherische Kirchengemeinde in Weimar, P. P. o. D., Reg. III, 50/63: »Die Nachricht, daß Ihre berühmte Kirche nun wieder ›unter Dach‹ ist, und daß man an die Wiederherstellung des Innern gehen kann, ›sitzt‹, wie es im Hamlet heißt, ›lächelnd um mein Herz‹ – [. . .] und das Bewußtsein, zu diesen Fortschritten etwas haben mithelfen können, ist mir eine wahre Genugtuung. Ihr Brief ist mir auch darum lieb und wichtig, weil westdeutsche Blätter (aus Bosheit) hatten wissen wollen, der Betrag des Goethe-Preises sei gar nicht für den Wiederaufbau der Herderkirche verwendet worden. Man habe es verhindert. Diese Nachricht wurde sogar in amerikanische evangelische Blätter lanciert – zusammen mit allerlei Geschwätz über Beleidigungen, die ich gegen Martin Luther ausgestoßen hätte. In Wirklichkeit habe ich ihn in einem Aufsatz und Radio-Vortrag zusammen mit Goethe und Bismarck als Angehörigen eines deutschen Riesengeschlechts von eigentümlichster Charaktermischung [gezeichnet] und das Zarte wie das Gewaltige, das Lyrische wie das Dramatische, das Revolutionär-Demokratische wie das Rückschlägig-Mittelalterliche in einem Bilde betont. Es war eine rasche Charakterskizze, die nichts von Ehrfurchtslosigkeit hatte – weder vor dem großen Manne noch vor der Wahrheit. Um keine Ehrfurcht vor Luther zu empfinden, müßte ich so dumm sein wie meine Kritiker, die nichts können, als nach Gelegenheiten zur Entrüstung haschen.« (Zitiert nach einem Abdruck in der ›Tat‹, 31. 3. 1950)

7] *von Neumann:* Zollikon, 23. 1. 1950; TM/AN 81–83, mit einer Nachschrift in Sachen eines zu stiftenden René Schickele-Preises für »das beste in Deutschland erschienene erzählende Werk der Jahre 1949 und 1950«.

28. 1. 1950

160 1] *Telegrammwechsel mit Caroline N.:* Verschollen; s. Reg. IV, 586.

161 2] *an den Pfarrer in Chur:* Zur Sache s. TB 27. 1. 1950, Anm. 6. Der Antwortbrief auf die »Interpellation« ist lt. Angabe in Reg. IV, 586 verschollen.

3] *über Chopin:* Keith L. Barry, ›Chopin und seine Ärzte‹, in dem von Kurt Driesch aus Köln übersandten, vom ›Chopin-Komitee in Deutschland‹ herausgegebenen ›Chopin-Almanach zur 100. Wiederkehr des Todesjahres‹, Potsdam 1949, 143 ff.

4] *Driesch:* Der deutsche Komponist Kurt Driesch (geb. 1904), den TM 1925 bei einem Besuch im Hause seines Vaters, des Leipziger Philosophen Hans Driesch (1867–1941), kennengelernt hatte. S. TB 46–48, 632.

29. 1. 1950
1] *in einem deutschen Blatt:* Nicht ermittelt. 161
2] *Äußerung eines »Sendestellenleiters«:* Nicht ermittelt.
3] *Versuchte Einschaltung:* Der offenbar nicht in die Endfassung aufgenommene handschriftlich erhaltene Zusatz lautet: »Das schauerlichste Vorkommnis dieser Art ist der Fall des Beamten im State Department Alger Hiss, der zu den Ratgebern Roosevelts in Yalta gehörte und noch unter Truman bei den Eröffnungsceremonien der United Nations in San Francisco eine Rolle spielte. Der Mann, der ihn als Verräter zur Strecke brachte, Whittaker Chambers, hat Jahre lang als kommunistischer Spion, als bestallter und bezahlter russischer Kurier gegen das Land seiner Geburt, die Vereinigten Staaten, gewirkt. Eines Tages kommt die Erleuchtung über ihn, die Erkenntnis – nicht sowohl der eigenen Miserabilität als der Verabscheuungswürdigkeit der Sache, der er so lange gedient hat. Er schwört ihr ab, er läuft über, läuft in weit ausgebreitete Arme, von Stalin zu Luce, vom Politbüro zum House Committee on Un-American activities, und ihm macht er Anzeige, daß zwei Staatsbeamte, Hiss und Duggan, sich so weit vergessen haben, mit ihm Umgang zu pflegen, als er noch ein Koujon war. Sie haben, sagt er, ihm, dem russischen Agenten, Geheimpapiere des Department ausgeliefert./ Duggan, der die Headlines nicht erträgt, es nicht erträgt, Tage lang als Hochverräter ausgeschrien zu werden, ohne daß er selbst auch nur zu Worte käme, nimmt sich das Leben, – worauf Chambers erklärt, das sei ein Mißverständnis; die Papiere habe er nicht von Duggan bekommen, sondern nur von Hiss. Dieser verklagt ihn wegen Verleumdung. Aber das ist ganz aussichtslos, denn man verurteilt nicht einen Schatz von einem Menschen, wie Chambers, der gut ist zu dem Nachweis, daß das Department of State unter einer immer noch demokratischen Administration von kommunistischen Verrätern wimmelt.«
4] *Über Flaubert:* E. W. Fischer, ›Aus dem Leben und Schaffen Flauberts‹, ›Aufbau‹, Berlin, Jg. 5, 1949, H. 12, 1124–1133.

30. 1. 1950

161 1] *Organisation antikommunistischer [...] Committees:* Sechzig führende nationale Organisationen in den USA hatten sich für die Bildung einer gemeinsamen Front gegen den Kommunismus ausgesprochen. Auf einer von der American Legion gesponsorten ›All-American Conference‹ sollte am 28./29. Januar in New York ein die landesweiten Aktionen initiierendes und koordinierendes siebzehnköpfiges Führungsgremium gewählt werden.

162 2] *»Aufbau« [über Hiß]:* Editorial ›Nach dem Hiss-Urteil‹, ›Aufbau‹, vol. XVI, No. 4 v. 27. 1. 1950, 4: »[...]in diesem zweiten Prozess haben die Vertreter des Volkes Alger Hiss für schuldig des Meineids befunden. Das heisst, sie haben seiner bis in die letzte Sekunde der Verhandlung immer wieder geäusserten Behauptung, dass er die als Beweisstücke vorgelegten Papiere dem Kronzeugen der Regierung, Whittaker Chambers, nicht übergeben habe, nicht geglaubt. [...]/ Es war von Anfang an klar: es stand das Wort eines Mannes gegen das eines anderen. Aeusserlich focht hier ein Aristokrat aus Neu-England, ein Liebling der Gesellschaft, Diplomatie und höchsten Richtertums, zusammen mit seiner Frau, einer freundlichen, stillen und energischen Erscheinung, gegen seinen – Gegensatz. Chambers ist alles, was Hiss nicht ist: ein trüber, fettleibiger, von Leidenschaften und wollüstigen Phantasien zerwühlter Boheme-Typ, und die Frau, die ihm zur Seite steht, ist eine zerfahrene Halbintellektuelle./ Die beiden Sachverständigen der Verteidigung, die Universitätsprofessoren Murray und Binger von Harvard, die im Kriege die psychologischen Vorprüfungen der für gefährliche Spezialmissionen ausgesuchten Kuriere der OSS vornahmen, gaben ein psychologisches Urteil über Chambers ab, in dem er als ein geradezu phantastisches Konglomerat aller laster- und lügenhaften Eigenschaften geschildert wurde. Wenn die Geschworenen trotzdem Chambers geglaubt haben, so wohl nicht um seiner schönen Augen willen, sondern weil sie der Meinung waren, dass die vor Gericht produzierte Schreibmaschine das Instrument gewesen ist, auf dem Hiss die Kopien hergestellt hatte, und weil die vier handschriftlich von ihm hergestellten Abschriften sie überzeugten.«

3] *»Nation« über Hiß:* Vermutlich das den Bendinger-Beitrag (Robert Bendinger, ›The Ordeal of Alger Hiss‹, ›The Nation‹, vol. 170,

No. 5 v. 4. 2. 1950, 100–103) annoncierende editorial in ›The Shape of Things‹, ›The Nation‹ a.a.O. No. 4 v. 28. 1. 1950, 69/70.
4] *Chambers:* Der ehemalige kommunistische Spion Whittaker Chambers war Hauptzeuge der Anklage in dem Prozeß gegen Alger Hiss et al.

31. 1. 1950
1] *Weimarer Band »Lotte in Weimar«:* Ganz offensichtlich ein Versehen Thomas Manns. Eine solche Ausgabe ist nicht nachweisbar. 162
2] *Gides »Theseus«:* André Gide, ›Thésée‹, Paris 1946. Das TM von Hans Reisiger zugesandte, von Gide mit einer Widmung an TM versehene Exemplar ist in der Zürcher Bibliothek erhalten.
3] *Buch von Kantorowitz:* Alfred Kantorowicz, ›Deutsche Schicksale. Neun Porträts‹, Berlin 1949. Darin, 39–94, ›Thomas Mann im Spiegel seiner politischen Essays. Eine Kompilation‹.
4] *Letzte Hefte von »Ost und West«:* Die von Alfred Kantorowicz seit 1945 unter dem Titel ›Ost und West‹ herausgegebenen ›Beiträge zu kulturellen und politischen Fragen der Zeit‹ stellten mit Ende des Jahres 1949 ihr Erscheinen ein.
5] *Heinz Pol:* Der deutsche Publizist Heinz Pol, vor 1933 Mitarbeiter der ›Weltbühne‹ und des ›Simplizissimus‹, floh 1933 über die Tschechoslowakei und Frankreich in die USA, wo er in New York für die ›Nation‹, die ›New York Times‹ und andere Blätter arbeitete.
6] *über Amerika:* Heinz Pol, ›New Yorker Tagebuch‹, ›Ost und West‹, Jg. 5, H. 12, Dezember 1949, 68–76. Tagebuchauszüge von Ende Januar bis 18. Mai 1945.
7] *New Leader über Hiß' Verurteilung:* 1. William E. Bohn, ›Hiss Perjury Conviction Sign of New Maturity‹, ›The New Leader‹, vol. XXXIII, No. 4 v. 28. 1. 1950, 1: »The outcome of the second Alger Hiss trial is a victory for clear thinking and straight action. The verdict of guilty marks a distinct advance for the American people. From now on they are better able to defend themselves and their sort of government against secret and subtle penetration. The indictment charged perjury. [. . .]« 2. Ellen Johns [Pseud.], ›Failed Hiss in Second Trial‹, a.a.O. 3.
8] *Filmvertrag:* Mit der DEFA. Der Film wurde unter der Regie von Wolfgang Staudte 1951 in der DDR realisiert. S. dazu TM an Max Ophüls, Sils-Maria, 10. 8. 1954, Reg. IV, 54/262.

9] *Geschichte der Stadt Rom:* Das Buch von Ferdinand Gregorovius ›Geschichte der Stadt Rom im Mittelalter‹ (1859–1872) ist eine wichtige Quelle für den *Erwählten*. TMs Exemplar, Dresden 1926, ist in der Zürcher Bibliothek erhalten. Es weist Benutzerspuren und Notate von TMs Hand auf. S. dazu auch Wysling, ›Quellen ...‹, a.a.O. 265.

1. 2. 1950

163 1] *Jahrhundert-Rückblick:* ›du‹, Jan. 1950, 2–8: ›1850–1950. Ein Europaspiegel‹, Bildnisse von 377 Persönlichkeiten, die das Jahrhundert prägten: von Flaubert bis Moltke, von Ibsen bis Freud, von Carl Hagenbeck bis Greta Garbo, von Mommsen bis Jean Borotra (»gewann als erster Angehöriger einer nichtenglischen Rasse die Einzeltennis-Meisterschaften in Wimbledon«), von Wagner bis Hitler. Auch TM – unmittelbar neben Joyce placiert – gehörte für die ›du‹-Redaktion in die Reihe der Berlioz, Tolstoi, Queen Victoria: »Geboren 1874 [!] in Lübeck, seit 1936 in den USA. Er begann mit hochdifferenzierten erzählerischen Werken, wuchs mit dem Bildungsroman ›Der Zauberberg‹ (1924) in die Problemwelt gesamteuropäischen Denkens hinein und strebt im Alter nach einem durch die Erprobungen der modernen Psychologie hindurchgegangenen Bild des universalen Menschen.«

2] *Hydrogen-Bombe:* Am 31. 1. 1950 gab der Präsident Order zur Herstellung der Wasserstoffbombe.

3] *Konklave-Kapitel:* Das 25. Kapitel des *Erwählten*, ›Die Offenbarung‹, GW VII, 196–208.

4] *Dankbarkeitsbrief:* Von Goetz Roethe, Frankfurt am Main; im TMA.

5] *an Prof. Hans Mayer:* P. P. 1. 2. 1950, Reg. III, 50/68.

2. 2. 1950

163 1] *Buch des Prof. Uexküll:* Jakob von Uexküll, ›Nie erschaute Welten‹, S. Fischer Verlag 1936. Neuauflage: Suhrkamp 1949.

3. 2. 1950

163 1] *»1984«:* George Orwell (d. i. Eric Arthur Blair, 1903–1950), ›1984‹, New York 1949.

164 2] *von Prof. Kaufmann:* Buffalo, 21. 1. 1950; im TMA.

3] *über Faustus:* Fritz Kaufmann, ›Doktor Fausti Weheklag‹, ›Archiv für Philosophie‹, Stuttgart, 3/1949, 5–28.
4] *Ravels Kinder-Angsttraum:* Maurice Ravel, ›L'Enfant et les sortilèges‹, Text von Colette. Eine 1949 aufgenommene Einspielung der 1925 uraufgeführten Oper mit dem Orchestre National et Choeurs de l'ORTF unter Ernest Bour fand sich in TMs Nachlaß.

4. 2. 1950
1] *Verhaftung des [...] Fuchs:* Der deutsche Physiker Klaus Fuchs 164
(geb. 1911), der 1933 nach England emigriert war, von 1943 bis 1946 als britischer Staatsangehöriger am amerikanischen Atomwaffenzentrum Los Alamos gearbeitet und ab 1946 das britische Atomforschungszentrum in Harwell geleitet hatte, war als sowjetischer Spion enttarnt worden, dessen Informationen es der UdSSR ermöglichten, die Wasserstoffbombe nachzubauen. Fuchs wurde am 1. März zu 14 Jahren Zuchthaus verurteilt. Nach seiner Begnadigung 1959 lebte er als Kernforscher in der DDR.
2] *Ingrid Bergmanns zweifelhaftes Baby:* Auf die Nachricht, daß die schwedische Schauspielerin Ingrid Bergman einen Sohn zur Welt gebracht habe, dessen Vater nicht ihr Ehemann Peter Lindström, sondern der italienische Regisseur Roberto Rossellini war, hatte die amerikanische Öffentlichkeit mit großer moralischer Empörung reagiert.
3] *an Mlle Servicen:* An Louise Servicen, P. P. 4. 2. 1950, Reg. III, 50/70.
4] *die Americana:* In dem Schreiben an Hans Mayer, das mir das Historische Archiv der Stadt Köln freundlicherweise zur Verfügung stellte, finden sich keine ›Americana‹ mehr. S. dazu auch TB 5. 2. 1949.
5] *Thesings »Wunder der Fortpflanzung«:* Curt Thesing, ›Das Wunder der Fortpflanzung‹. Zweite, verbesserte Auflage, München 1949.
6] *Schikaneder:* Der österreichische Schauspieler, Sänger, Bühnendichter und Theaterleiter Emanuel Schikaneder (1751–1812) war der Librettist von Wolfgang Amadeus Mozarts (1756–1791) Oper ›Die Zauberflöte‹ (1791).

5. 2. 1950

164 1] *Mrs. Massing:* Hede Massing, geb. Tune (1900–1981), die geschiedene Frau von Gerhart Eisler, in zweiter Ehe mit dem Soziologieprofessor Paul Massing verheiratet.

2] *Memoiren in L. A. Times:* Die ›Los Angeles Times‹ kündigten die Veröffentlichung in einem großen Balken auf der ersten Seite ihrer Sonntag-Morgen-Ausgabe vom 5. 2. 1950 an: ›Hiss Trial Mystery Woman to Tell Story in Times‹. »The ›mystery woman‹ of the Hiss trial will tell her story – the story of the inner workings of Russian espionage in the United States – beginning next Sunday in The Times./ She is Mrs. Hede Massing, who had broken away from Moscow and was living quietly on a Pennsylvania farm until her recent testimony in the Hiss case brought her into international prominence./ Mrs. Massing's story hitherto has been told only to the FBI. As a young actress in Vienna she met and married Gerhard Eisler – the same Eisler who later became the No. 1 Comintern agent in the United States. [...] Of her story, Mrs. Massing writes, ›In some measure at least, I hope in this way to expiate my sins against the United States – the greatest country on earth. Though my story is in the past, its moral is very much for the present. The Soviet spy setup in this country is larger today than it was in my time, and infinitely more dangerous.‹/ Begin reading ›I Spied for Stalin‹ by Hede Massing, in next Sunday's Times.«

3] *Auf[satz] über Faustus von R. P. Blackmur:* Richard P. Blackmur, ›Parody and Critique: Notes on Thomas Mann's ‚Doctor Faustus'‹, ›Kenyon Review‹, No. 12, Winter 1950, 20–40.

165 4] *R. P. Blackmur:* Der Literarhistoriker Richard Palmer Blackmur (1904–1965).

5] *schrieb [...] an einen Wohlmeinenden:* Vermutlich an Goetz Roethe, P. P. 5. 2. 1950, Reg. III, 50/71.

8. 2. 1950

165 1] *an den Agenten in Barcelona:* Das Schreiben an Oliver Brachfeld ist lt. Reg. IV, 586, verschollen.

2] *Brandes über Shakespeare:* Georg Brandes, ›Gesammelte Schriften‹ in neun Bänden, darin Band VI und VII: ›Englische Persönlichkeiten‹, zweiter und dritter Teil, ›William Shakespeare‹. Mit

zahlreichen Arbeitsspuren im TMA erhalten. Die Abhandlungen über ›King Lear‹ in Band VII, Kap. 25 und 26.
3] *Direktor der F.B.I. erklärt:* In der Absicht, die Fuchs-Spionage-Affaire zur personellen Aufstockung seines Amtes zu nutzen, hatte der F.B.I.-Chef, J. Edgar Hoover, die Zahl der in den USA lebenden eingetragenen K.P.-Mitglieder auf 54 000 und die Anzahl der ›fellow-travellers‹ auf ungefähr das Zehnfache dieser Zahl beziffert (zu diesen Angaben s. auch TB 25. 3. 1949, Anm. 1).

9. 2. 1950
1] *Acheson weist [...] Vorschläge [...] zurück:* Erschreckt durch Trumans Hydrogen-Bomben-Ankündigung, hatten sich die demokratischen Senatoren Brien McMahon und Millard E. Tydings für Abrüstungs-Kampagnen und entsprechende Angebote an die UdSSR eingesetzt. Acheson entgegnete in seiner Rede, die Vorschläge der Senatoren zeigten mehr das angestrebte Ziel denn den Weg auf, der zu diesem Ziel führe, und vertrat die Ansicht, »that agreements with the Soviet Union were worthless unless they were based on strength and backed by force«. (NYT 9. 2. 1950, 1:1) *166*
2] *Sympathieerklärung für Hiß:* S. TB 26. 1. 1950, Anm. 1.
3] *»Tight little Island«:* Der 1949 von Alexander Mackendrick nach einer Novelle von Compton Mackenzie gedrehte englische Film ›Whisky Galore‹ mit Basil Radford, Joan Greenwood u. a.

10. 2. 1950
1] *Physiker:* Im Manuskript steht: Psychiater. *167*
2] *Auffliegen der Nachricht:* Anglizismus im Sinn von ›Sich-Verbreiten‹.
3] *Telegramm:* Entgegen den Angaben von Reg. IV, 586 fand sich TMs Botschaft, die im übrigen mit dem Reg. III, 50/2 aufgeführten undatierten Telegramm identisch ist, im TMA. Der Text ist im Anhang, No. 19, S. 687–688 abgedruckt.
4] *Plan des Senators McMahon:* Brien McMahon (1903–1952), Senator von Connecticut und als Nachfolger Lilienthals seit Anfang des Jahres 1950 Chairman des ›Joint Congressional Committee on Atomic Energy‹, hatte an Stelle der immensen Ausgaben zugunsten der atomaren Aufrüstung die Bereitstellung von 50 Milliarden Dollar für einen weltweiten Marshall-Plan gefordert. S. dazu – neben dem in

Anm. 3 nachgewiesenen Telegramm – TM an Agnes Meyer, P. P. 30. 8. 1950, Reg. 50/336; Br. III, 164–166.

5] *»Franz. Revolution« von Krogoskin:* Der Name des Autors ist nicht eindeutig zu lesen; es könnte Krogoskin, Kroposkin – oder, mit etwas Phantasie – auch Kropotkin heißen, und sich dann, bei dem von TM gelesenen Buch, um das 1921 in der Übersetzung von Gustav Landauer in Leipzig erschienene Werk ›Die französische Revolution 1789–1793‹ des russischen Anarchismus-Theoretikers Pjotr Alexejewitsch Kropotkin (1842–1921) handeln. In der Zürcher Bibliothek fand sich Peter Kropotkin, ›Ideale und Wirklichkeit in der russischen Literatur‹, autorisierte Übersetzung besorgt von B. Ebenstein, Leipzig 1906, das auf einer halben Seite den Einfluß der Französischen Revolution von 1830 auf die junge russische Intelligenz behandelt.

11. 2. 1950

167 1] *über Schopenhauer:* S. TM an Agnes Meyer, P. P. 17. 2. 1950, Reg. III, 50/97: »Dann ist mir eingefallen, daß ich, als Gegenstück zu der Nietzsche-Rede, in Washington, New York und in Europa einen *Schopenhauer*-Vortrag halten könnte. Das ist ein Stoff, den ich gut beherrsche, und der viel hergibt.« (D. ü. D. III, 467/468) Der Plan dieses Vortrags, der vor allem Schopenhauers »pessimistischen *Humanismus*« betonen sollte, wurde am 24. 2. als »zu akademisch« zugunsten von *Meine Zeit* aufgegeben.

2] *Photographieen:* Derartige Photographien von 1931 – allerdings nicht von Monika Mann aufgenommen – befinden sich im TMA.

3] *Manuskript über Wagnerische Tendenzen:* Nicht ermittelt.

168 4] *Gides Einleitung:* André Gide, ›Feuilles d'automne‹, Paris 1949; deutsch ›Herbstblätter‹, Stuttgart 1950. Darin, S. 206–211: ›Zu einigen Schriften Thomas Manns‹: André Gides Vorwort zur französischen Ausgabe von *Achtung, Europa,* Gallimard, Paris 1937. S. auch TM an Hans Reisiger, P. P. 16. 2. 1950, Reg. III, 50/96: Gide hat »seine Vorrede zu Essays von mir in sein Buch ›Feuilles d'automne‹ aufgenommen« (Br. III, 133).

5] *Herzfeldes Buch:* Wieland Herzfelde, ›Immergrün. Merkwürdige Erlebnisse und Erfahrungen eines fröhlichen Waisenknaben‹, Berlin 1950.

6] *Herzfelde:* Der deutsche Verleger Wieland Herzfelde (1896 bis 1988), Gründer und Leiter des Malik-Verlags, war über Prag und

London 1939 in die USA gelangt, wo er sich um die Gründung eines Gemeinschaftsverlags für freie deutsche Kultur, ›Die Tribüne‹, und später des Aurora-Verlags (s. TB 44–46, 708/709) bemühte.
7] *Einsendung Monis:* Vermutlich der später in den ›Neuen Deutschen Heften‹ Jg. 21, 1974, H. 3, 520/521 gedruckte Beitrag ›Mein Bruder Klaus‹.

12. 2. 1950
1] *In den L. A. Times:* S. TB 5. 2. 1950, Anm. 2. Die LAT veröffentlichten die Memoiren von Hede Massing, ›I Spied For Stalin‹, in insgesamt 18 Folgen bis zum 1. 3. 1950. Der Beginn stand unter der Headline ›Hiss Trial Mystery Woman Tells of Network‹. *168*
2] *W. Shirer:* Der amerikanische Journalist William L[awrence] Shirer (geb. 1904), 1934–1941 Korrespondent einer US-Agentur in Berlin, hatte in seinem 1947 publizierten ›End of a Berlin Diary‹ TMs Kriegssendungen und die Nachkriegsquerelen im Gefolge des Molo-Briefs ausführlich gewürdigt. S. TB 46–48, 611.
3] *Kostümmäßiges:* In den Materialien zum *Erwählten* finden sich auf Blatt 28 folgende Eintragungen: »Sie: Rock von braunem Scharlach. Das weite Oberkleid umspannt ein Gürtel, der eng die schlanken Hüften umschließt./ Grasgrünes Kleid aus Assagauk-Samt, zierlich geschnitten, lang und weit, teurer Gürtel um die Hüften. Das Fräulein klar im Haar kleiner Kranz aus bunten Blüten./ Kleid, zur Hälfte golddurchwirkte Seide, zur Hälfte Pfeffel aus Ninive, bunt gestückte Röcke, modisch, aus verschiedenfarbigen Stoffen zusammengesetzt. [. . .]/ Er: Kappenrock u. Korsett über dem Waffenrock aus alexandrinischer Seide./ Rosses Decke mit harten Ringen, darüber Decke aus Pfeffel[.] Prächtig dünn und leicht sind Hosen, Halsberg, Hersenier. Der Mann mit Eisenschienen bewehrt, von Soissons.« Auch auf Blatt 25 werden Stoffe aufgeführt. Grundsätzlich dazu Wysling, ›Quellen‹, a.a.O. 276–280.

13. 2. 1950
1] *Television-Rede:* Albert Einsteins Rede, die alle großen amerikanischen Zeitungen und auch der ›Aufbau‹, vol. XVI, No. 7 v. 17. 2. 1950, 1/2, nachdruckten, wurde zur Eröffnung einer fortan wöchentlich ausgestrahlten Fernsehreihe gesendet, bei der Mrs. Roosevelt als »Gastgeberin an einem Kaffeetisch« fungierte, »um den sich *168*

ihre Gäste, darunter Senator Brien McMahon [s. TB 10. 2. 1950, Anm. 4]; David E. Lilienthal, der frühere Vorsitzende der Atomenergie-Kommission; Dr. J. Robert Oppenheimer, Atomforscher und gegenwärtiger Direktor des ›Institute for Advanced Study‹ in Princeton; Dr. Detlev W. Bronk, Präsident der Johns Hopkins Universität; Dr. Hans A. Bethe, Physiker der Cornell-Universität, versammelt hatten. Sie alle diskutierten Fragen der Atombomben-Situation. Einstein sprach von seinem Arbeitszimmer in Princeton.« Einstein rechnete in seiner Rede mit der durch den Besitz der Atombombe in den USA zur Herrschaft gelangten Maxime ab, die da laute: ›Sicherheit durch militärische Macht, gleichgültig was sie kostet.‹ – »Diese mechanistische, technisch-militärische, psychologische Einstellung«, so Einstein, »hatte unvermeidliche Konsequenzen. Jeder einzelne Akt unserer Außenpolitik war ausschließlich von diesem einen Gesichtspunkt bestimmt. Wie haben wir zu handeln, um in einem Kriegsfall das äußerste Übergewicht über den Gegner zu erreichen?« Nach Aufzählung der innen- und außenpolitischen Konsequenzen einer solchen Einstellung (Bau von Basen an allen nur möglichen strategisch wichtigen Stellen der Erde, Bewaffnung und ökonomische Kräftigung der potentiellen Verbündeten, innenpolitisch: Militarisierung der Jugend und Aufwertung der Polizei zur scharfen Überwachung der Loyalität eines jeden Bürgers, Einschüchterung aller unabhängig Denkenden, Indoktrination und Gleichschaltung durch die Massenmedien bei Einschränkung der Informationsfreiheit), die sich durch hysterisches Wettrüsten auf beiden Seiten verdoppelten und in der Ankündigung der H-Bombe als »vermutlich erreichbarem Ziel« gipfelten, formulierte Einstein sein Fazit: »Wenn diese Entwicklung erfolgreich ist, wird die radioaktive Vergiftung der Atmosphäre und damit die Vernichtung jeden Lebens auf der Erde in den Bereich technischer Möglichkeiten gebracht. Das Gespenstische dieser Entwicklung liegt in ihrer scheinbaren Zwangsläufigkeit.«

18. 2. 1950

168 1] *an die Meyer:* An Agnes E. Meyer, P. P. 17. 2. 1950, Reg. III, 50/97. S. TB 11. 2. 1950, Anm. 1.

2] *»The hasty heart«:* Der 1949 von Vincent Sherman gedrehte Film mit Richard Todd, Patricia Neal, Ronald Reagan u. a.

3] *An Reisiger:* An Hans Reisiger, P. P. 16. 2. 1950, Reg. III, 50/96; Bl. TMG 8, 1968; Br. III, 132/133 (fragm.). 169
4] *Artikel über junge deutsche Literatur:* Werner Weber, ›Skizze zur jüngsten deutschen Literatur‹, NZZ, Morgenausg., 4. 1. 1950, Blatt 3.
5] *Äußerungen des Rankin über Einstein:* Der demokratische Abgeordnete John E. Rankin hatte am 13. Februar vor dem Abgeordneten-Haus gesagt, daß »Einstein had ›nothing to do‹ with development of the atomic bomb, that he had been ›associated‹ with Communist fronts and that his proposal for world government was ›bunk‹ [Gewäsch, Blödsinn].«
6] *im »New Leader«:* William E. Bohn, ›Hiss and the ‚Liberals'‹, ›The New Leader‹, vol. XXXIII, No. 6 v. 11. 2. 1950, 2, und Murray Baron, ›Would Backs be Turned if Hiss Were Fascist?‹, a.a.O. 13.
7] *an die Lowe:* An Helen Lowe-Porter, P. P. 18. 2. 1950, Reg. III. 50/98: »In die Zeitungen mag ich garnicht mehr blicken. Das Schaurigste sind die ›New Leader‹-Sozialdemokraten, die auf der Herstellung der Hell-Bomb bestehen und Chambers einen verehrungswürdigen Märtyrer nennen. Es ist ein Graus, und dass noch nonkonformistische Kräfte da sind, die einen beständig zum Reden, Kämpfen, Protestieren auffordern, ist zugleich ein Trost und eine Qual.« (TMA)

19. 2. 1950
1] *Lamm und Blut:* S. *Der Erwählte,* GW VII, 199–201. 169
2] *Goya-Roman:* Lion Feuchtwanger arbeitete damals an seinem Buch ›Goya oder der arge Weg der Erkenntnis‹, das 1951 in Frankfurt am Main erschien. – Ein vom Autor TM zugeeignetes Exemplar steht in der Zürcher Bibliothek.
3] *Diderots »Jacques le fataliste«:* Denis Diderots (1713–1784) 170
1773–1775 entstandener Roman ›Jacques le fataliste et son maître‹.
4] *Buch »von einem Mediadisierten«:* Nicht ermittelt.

20. 2. 1950
1] *Paul Rilla »Goethe in der Literaturgeschichte«:* Paul Rilla, 171
›Goethe in der Literaturgeschichte. Zur Problematik der bürgerlichen Bildung‹, Berlin (DDR) 1950.
2] *gegen George-Gundolf-Hildebrand:* Gegen die Goethedeutungen der George-Anhänger Friedrich Gundolf (›Goethe‹, 1916) und Kurt

Hildebrandt (›Goethe. Seine Weltweisheit im Gesamtwerk‹, 1941) bei Rilla a.a.O. 50–61 in dem Kapitel ›Von George zu Hitler‹.

3] *Kapitel über meine Vertraulichkeiten:* Rilla, a.a.O. 75–87: ›Schlußwort Thomas Mann‹: »Als der große Schriftsteller, der er ist, gewann Thomas Mann seine Goethe-Anschauung nicht auf theoretisch-wissenschaftlichem Wege, vielmehr in einem unaufhörlichen Prozeß der künstlerischen, geistigen und moralischen Selbsterforschung. Das Goethe-Bild Thomas Manns ist Selbstbekenntnis. [...] Der Künstler Thomas Mann hat den tiefen Blick für die Problematik des künstlerischen Schaffens. Das gibt seinem Goethe-Portrait die intime, von eigener Erfahrung gefärbte Note. [...] Sein Goethe-Bild [...] entstammt keiner wissenschaftlichen Methodik, sondern ist künstlerische Charakteristik aus Wahlverwandtschaft.«

4] *Einsteins Äußerungen:* S. TB 13. 2. 1950, Anm. 1.

24. 2. 1950

171 1] *die Wahlen gewinnt:* In der Wahl vom 23. 2. 1950 hatte sich die Labour-Regierung unter Attlee mit einem knappen Vorsprung vor der Opposition unter Churchill behaupten können.

2] *Statement:* Nicht mehr auffindbar.

3] *»Meine Zeit«:* S. dazu TM an Agnes Meyer, 6. 3. 1950: »*Wenn* ich mich im Jahr der Halbjahrhundert-Wende, in das sinniger Weise mein 75. Geburtstag fällt, zu einer Reise aufmache, so muß ich wohl etwas unmittelbarer und persönlicher sprechen, und so habe ich angefangen, einen Vortrag auszuarbeiten, der etwa ›*Meine Zeit*‹ heißen könnte – mit dem Doppelsinn einer Inspektion meiner Epoche (1875–1950) und meines eigenen Lebens, also historisch-autobiographisch.« (Br. III, 134/135)

172 4] *an Üxküll:* Das Schreiben an Edgar Baron Uexküll gilt als verschollen. S. Reg. IV, 586.

5] *Schrift von J. Mühlberger:* Josef Mühlberger, ›Adalbert Stifter. De Humanitate‹, Bad Wörishofen 1948.

25. 2. 1950

172 1] *Artikel:* Jacques Hannack, ›Thomas Mann und das Problem der ‚Harmlosen'‹, ›Die Zukunft, Sozialistische Monatsschrift für Politik und Kultur‹, Wien, Heft 10/11, Anfang November 1949, 351–355: Die herbe Kritik eines Sozialdemokraten an TMs im Olberg-Brief

gipfelnder Manifestation opportunistischer Unentschiedenheit in politicis, dem Sündenfall eines Mannes, der es sich dank seiner Weltgeltung »leisten konnte«, »in die gut gepolsterten Abenteuer der Emigration zu ziehen«, und sich heute, in ähnlicher Abgehobenheit von der Realität, darauf berufe, »Brücken bauen« zu wollen, ohne zu erkennen, daß just über diese Brücken »dann die Panzerkolonnen rücken werden«.

2] *mit verschlingend:* Hannack hatte *en passant* den *Doktor Faustus* als »Fehlschlag« und unzureichenden Versuch, »sich von Deutschland loszukaufen«, die *Entstehung* als »ein Werk [...] innerer Unaufrichtigkeit« bezeichnet.

3] *»Freischütz« [...] Eremiten [...] Sarastro:* Die Figur des weisen, durch seinen Schiedsspruch auf einen möglichen glücklichen Ausgang der Handlung verweisenden Eremiten aus Carl Maria von Webers (1786–1826) Oper ›Der Freischütz‹ steht, wie der Priester Sarastro in Mozarts ›Zauberflöte‹, für die Bewahrung zeitlos gültiger humaner Werte.

27. 2. 1950

1] *»The Heiress«:* Ein Paramount-Film aus dem Jahre 1949 nach dem Roman ›Washington Square‹ von Henry James. Unter der Regie von William Wyler spielen Olivia De Havilland, Montgomery Clift, Ralph Richardson, Miriam Hopkins u. a. *173*

2] *Wilder:* Es scheint, als habe TM den gebürtigen Österreicher Billy Wilder (geb. 1906) mit dem amerikanischen Produzenten und Regisseur des von ihm gesehenen Films, William Wyler (1902–1981), verwechselt.

1. 3. 1950

1] *Unterzeichnung von Aufrufen:* U. a. vermutlich der Einladung des ›Committee for Peaceful Alternatives‹ zu einer ›Mid Century Conference for Peace‹ in Chicago am 29./30. 5. 1950. Die Einladung, die TM als Mitglied des Programmkomitees aufführt, fand sich im TMA. Der Tenor der geplanten Veranstaltung ist im Einladungstext umrissen: »We regret the philosophy of those who say that war is inevitable./ We declare that a peaceful alternative must be found to the cold war. [...]/ No difference between nations can be so great that mutual annihilation is the only answer. We insist that the peace- *173*

ful co-existence of the American and Soviet social systems is possible.« S. dazu TB 30. 4. 1950, Anm. 3 und den Text No. 24, S. 693 bis 695.
2] *»The Morning of the Day they did it«:* E. B. White, ›The Morning Of The Day They Did It‹, ›The New Yorker‹, 25. 2. 1950, 27–33.
3] *für die Rundschau:* Die drei erwähnten Kapitel erschienen mit TMs kurzer Einführung im zweiten Heft der ›Neuen Rundschau‹ 1950, 153–172.
4] *gedruckt:* Der Brief vom 6. 12. 1949 (s. TB 4. 12. 1949, Anm. 5) erschien unter dem Titel ›Richard Wagner und kein Ende‹ in der ›Süddeutschen Zeitung‹, München, 6. 4. 1950 und in der ›Schweizerischen Musikzeitung‹, Zürich, Jg. 91, 1951, H. 7/8, 290.

3. 3. 1950
174 1] *Dr. Fuchs [. . .] verurteilt:* S. TB 4. 2. 1950, Anm. 1.
2] *statement:* Ein Typoskript von TMs Äußerung fand sich im TMA und ist im Anhang No. 20, S. 688–689 abgedruckt.
3] *Aufsatz von Broch:* Hermann Broch, ›Trotzdem: Humane Politik. Verwirklichung einer Utopie‹, ›Die Neue Rundschau‹ Jg. 61, 1950, H. 1, 1–31.

4. 3. 1950
174 1] *Unabhängigkeitserklärung:* Der französische Außenminister Robert Schuman und der saarländische Ministerpräsident Johannes Hoffmann unterzeichneten am 3. 3. 1950 ein Abkommen, das das Saarland politisch und wirtschaftlich eng an Frankreich band. Mit der von TM notierten ›Unabhängigkeit‹ ist vermutlich die Aufhebung des Besatzungsstatuts für die Region gemeint.
2] *Kommunisten-Verfolgung:* Der britische Kriegsminister John Strachey war als ehemaliger Kommunist und Verfasser von weitverbreiteten marxistischen Schriften in die Schlagzeilen der konservativen Presse geraten, die seine offizielle Absage an den Kommunismus im Kriegsjahr 1940 ignorierte und weiterhin behauptete, der 1943 in die Labour-Party eingetretene neu ernannte Minister »remains an avowed Communist who has never publicly repudiated his belief in communism«. (NYT 3. 3. 1950, 16:2, 3)
3] *Coal Miner Strikes:* Eine Einigung zwischen der US-Regierung und den amerikanischen Gewerkschaften beendete einen Bergarbeiterstreik, der das Land an den Rand eines Energie-Kollapses führte.

Nachdem der Präsident mit der Verstaatlichung aller Gruben gedroht hatte, lenkten die von Entlassung bedrohten Bergleute ein.

10. 3. 1950

1] *an Oprecht:* An Emil Oprecht, P. P. 8. 3. 1950, Reg. III, 50/141. *174*
2] *an die Meyer:* An Agnes E. Meyer, P. P. 6. 3. 1950, Reg. III, 50/137; Br. III, 134/135. S. dazu TB 24. 2. 1950, Anm. 3.
3] *Schriften von Eudo Mason:* ›Stilproben. Versuch einer Morphologie der Rilke-Deutung‹, in ›Orbis Litterarum‹, Kopenhagen, Jg. 8, 1950, H. 1/2, 104–160; ›Der Zopf des Münchhausen‹, 1949, und ›Thomas Mann‹, ›Europa‹, Cambridge 1931, No. 3, 9 ff.
4] *Eudo Mason.* Der in Edinburgh lehrende Germanist und Literaturwissenschaftler Eudo C. Mason (1901–1969).
5] *dessen Brief:* Edinburgh, 3. 2. 1950; im TMA.
6] *Manuskript aus Alexandria:* Hilde Zaloscer, ›Die Antithetik im Werk Thomas Manns‹, 1950. Das 84 Seiten umfassende Typoskript liegt im TMA.
7] *an E. C. Mason:* P. P. 10. 3. 1950, Reg. III, 50/143. *175*
8] *»Pariser Rechenschaft« revidiert:* Da zwischen 1926 und 1955 kein Neudruck der deutschen Ausgabe nachweisbar ist, muß »revidiert« wohl in der ursprünglichen Wortbedeutung: »wieder angesehen« und nicht im Sinn von »redigiert« gelesen werden.

11. 3. 1950

1] *»Don Giovanni«:* Von Mozarts Oper fand sich keine Aufnahme in TMs Plattennachlaß. *175*
2] *Telegramm:* Das den Vortragstermin bestätigende Telegramm ist nach Reg. IV, 586 verschollen.

12. 3. 1950

1] *Fritschman:* Der unitarische Geistliche Stephen H. Fritchman stand TM persönlich und politisch nah. S. TB 46–48, 819. *175*
2] *Zeichnungen:* Aller Wahrscheinlichkeit nach nicht mehr erhalten.
3] *Lula:* TMs älteste Schwester Julia Elisabeth, verh. Löhr (geb. 1877), hatte sich nach einer unglücklichen Ehe 1927 das Leben genommen.
4] *Carla:* TMs jüngere Schwester, die Schauspielerin Carla Mann

(geb. 1881), beging aus Verzweiflung über ihre Erfolglosigkeit und eine unglückliche Liebesbeziehung im Sommer 1910 in der Wohnung ihrer Mutter Selbstmord. Die Figur der Clarissa im Roman *Doktor Faustus* ist ihr nachgebildet.

5] *fragw. Manuskript über Klaus:* Vielleicht ist der ›Klaus Mann zum Gedächtnis‹ a.a.O. 92–103 publizierte Beitrag gemeint.

6] *an Mlle Zaloscer:* An Hilde Zaloscer, P. P. 12. 3. 1950, Reg. III, 50/145.

13. 3. 1950

176 1] *Temianka:* Der TM als Lehrer seines Sohnes Michael und musizierender Gast des Hauses gut bekannte Geiger Henri Temianka. S. TB, 44–46, 445/446.

2] *[Telegramme]:* Das Telegramm des Präsidenten der Deutschen Demokratischen Republik, Wilhelm Pieck, ist als Eröffnung des Gedenkens an Heinrich Mann unter dem Titel ›Trauer um einen großen deutschen Demokraten‹ im Berliner ›Aufbau‹, Jg. 6, 1950, H. 4, 293 abgedruckt. Es hat folgenden Wortlaut: »Hochverehrter Herr Thomas Mann! Die Nachricht vom Tode Ihres Bruders Heinrich hat unsere freudige Erwartung, ihn als den berufensten Präsidenten der Akademie der Künste der Deutschen Demokratischen Republik begrüßen zu können, aufs Allerschmerzlichste zerstört. Unsere tiefe Trauer um den Verlust dieses mutigen gesellschaftskritischen und zukunftsgläubigen Meisters der deutschen Sprache drücke ich Ihnen, verehrter Herr Thomas Mann, mit besonderer Bewegung aus. Niemand weiß wohl besser als Sie, seine einzigartige Rolle in der deutschen Literatur zu schätzen, niemand besser zu ermessen, welche große Lücke sein Tod für Deutschland bedeutet./ Das deutsche Volk verliert in Ihrem Bruder Heinrich aber nicht nur einen seiner großen Künstler, sondern auch einen der ganz wenigen großen deutschen Demokraten, die schon im Hohenzollernreich den Mut aufbrachten, sich zur stärksten Kraft der Demokratie, zur sozialistischen Arbeiterschaft, zu bekennen. Keine Anfeindung und keine Schmähungen haben ihn in dieser Grundhaltung je wanken lassen. Sein herzlicher Gruß an den Präsidenten und Ministerpräsidenten der Deutschen Demokratischen Republik war uns darum eine teure und anspornende Bekräftigung dafür, daß wir mit unserem Kampf für ein wahrhaft demokratisches und friedliebendes, einheitliches und unabhängiges Deutschland auf dem richtigen Weg sind./ Sein Name, sein gewaltiges literarisches Erbe, sein aufrechtes, demokratisches Wollen werden dem deutschen Volke unvergessen, werden lebendig bleiben.«

14. 3. 1950

1] *von Alma Mahler:* Alma Mahler hatte telegraphiert: »With deepest sympathy for the great desaster which came again to you I send my nearest feelings.« Das Telegramm befindet sich im TMA. *176*

2] *an Trebitsch:* Das Schreiben an Siegfried Trebitsch gilt als verschollen, s. Reg. IV, 587.

3] *Ernis wegen:* Der 1909 geborene Schweizerische Maler und Graphiker Hans Erni war der von TM in seinem Brief an Trebitsch, P. P. 14. 12. 1949, Reg. III, 49/619, sehr gelobte Illustrator von Trebitschs »Prachtwerk« ›Die Heimkehr des Diomedes‹, S. TB 14. 12. 1949, Anm. 2.

4] *»Common Cause« (Kahler):* Erich von Kahler, ›An Open Letter to Harold Urey‹, ›Common Cause‹, vol. 3, No. 6, März 1950, 396–400. *177*

15. 3. 1950

Der Eintrag ist versehentlich 16. 3. 1950 datiert.

1] *Statement:* Der Text der Botschaft an den amerikanisch jüdischen Kongreß in New York fand sich im TMA und ist im Anhang, No. 21, S. 689–690 abgedruckt. *177*

2] *an Becher:* An Johannes R. Becher, P. P. 16. 3. 1950, Reg. III, 50/147.

16. 3. 1950

1] *Acheson setzt [...] auseinander:* In einer Rede vor dem ›Commonwealth Club‹ in San Francisco warnte Acheson das chinesische Volk, die Errungenschaften der alten anglo-chinesischen Freundschaft durch das Zulassen einer »penetration of Asia by Soviet-Communist imperialism and by the colonialism which that penetration attempts to conceal« aufs Spiel zu setzen. Er riet China, seinen neuen, in 5 Jahren zahlbaren sowjetischen Kredit von 300 Millionen Dollar mit der 400 Millionen Hilfe (›grant, not loan‹) zu vergleichen, die ihnen die USA gewährt hätten. *177*

2] *3 Briefe:* An den DDR-Ministerpräsidenten Otto Grotewohl,

16. 3. 1950, Reg. III, 50/148; an den DDR-Staatspräsidenten Wilhelm Pieck, P. P. 16. 3. 1950, Reg. III, 50/149; an den Minister für Arbeit und Gesundheitswesen in der DDR, Luitpold Steidle, P. P. 16. 3. 1950, Reg. III, 50/150.

3] *Sieben Friedenspunkte:* In einer Rede vor den Studenten der Universität Berkeley hatte der US-Außenminister die sowjetischen Machthaber aufgefordert, mitzuhelfen, ein Sieben-Punkte-Programm zu verwirklichen, das er in der Absicht entworfen habe »to ease world tensions and permit the co-existence of the Russian and the Western system ›in reasonable security‹«. (NYT 17. 3. 1950, 1:8)

4] *Lyrische Anthologie, von Schickele besorgt:* ›Das Vermächtnis. Deutsche Gedichte von Walther von der Vogelweide bis Nietzsche‹, hrsg. von René Schickele, Freiburg 1948.

5] *Chor der Toten:* »Wir Toten, wir Toten sind größere Heere/ Als ihr auf der Erde, als ihr auf dem Meere . . .«: Schickele, a.a.O. 263.

6] *Claudius:* Schickeles Anm. 4 erwähnte Anthologie enthält, S. 112–120, 12 Gedichte von Matthias Claudius (1740–1815). Darunter ›Das Leben des Menschen‹, ›Bei dem Grabe meines Vaters‹, ›Die Sternenliese‹ und ›Abendlied‹. Außerdem das von TM sehr geschätzte Poem ›Als der Hund tot war‹.

17. 3. 1950

177 1] *Churchill spricht:* Der britische Oppositionsführer Winston Churchill hatte im Unterhaus erklärt, eine Verteidigung Europas gegen einen russischen Angriff sei ohne die aktive militärische Hilfe Westdeutschlands, »beyond whose frontiers lay the enormous military array of the Soviet Union and its satellites«, nicht möglich.

2] *Atlee nennt es:* In seiner Entgegnung wies der britische Premier Sir Clement Attlee den Vorschlag, Deutschland wieder zu bewaffnen, als »unverantwortlich und unüberlegt« (»irresponsible and injudicious«) zurück.

21. 3. 1950

178 1] *Brief Hermann Hesses:* Montagnola, 17. März 1950: »Dies Verlieren der Nächsten, der Jugendgenossen vor allem, ist ja unter dem vielen Wunderlichen und Zweideutigen, das uns das Alter bringt, vielleicht das Wunderlichste. Wie da so allmählich alle hinweg schwinden und man am Ende weit mehr Nahe und Nächste ›drüben‹

hat als hier, wird man unversehens selber auf dies ›Drüben‹ neugierig und verlernt die Scheu, die der noch fester Umbaute davor hat.« (TM/HH 154/155)
2] *an Hesse:* An Hermann Hesse, P. P. 21. 3. 1950, Reg. III, 50/156; Br. III, 137/138 (fragm.); TM/HH 155.

22. 3. 1950
1] *»Sinnesverkehrungen«:* Gertrud Fussenegger, ›Sinnesverkehrungen: Zu Thomas Manns neuem Roman ‚Doktor Faustus'‹, ›Wort im Gebirge‹, Innsbruck, Jg. 2, 1949, 57–85. S. dazu TM an Otto Veit, P. P. 24. 3. 1950, Reg. III, 50/166. 178
2] *Gertrud Fußenegger:* Die österreichische Schriftstellerin Gertrud Fussenegger (eigentlich Gertrud Dietz, verh. Dorn, geb. 1912).
3] *Erika als Hauptsprecherin:* Die NYT berichtete wenige Tage später, am 27. 3. 1950, über eine offenbar ähnliche Rede, die Erika Mann am 26. 3. vor dem American-Jewish Congress in San Francisco gehalten habe: »›The denazification of Germany has failed‹, she said. ›Not only failed, it has dropped. Hitler's General Staff is again organizing, as a social club. There's a feeling among the Germans that the last war was only a battle, that the real war is yet to be fought. Underground movements seek to revive nazism, and on Hitler's birthday there are thousands of anti-Semitic demonstrations./ Our occupation forces are not in Germany because of the Germans; they are there because of the Russians. All this leaves the French very frightened. The French zone is the best administered because the French understand the Germans best.‹«
4] *Meiner Message:* Nicht mehr auffindbar.

26. 3. 1950
1] *Vorrede: Vorwort,* ›Klaus Mann zum Gedächtnis‹, a.a.O. 7–14; GW XI, 510–514. 179
2] *Architekt Davidson:* Der Erbauer von TMs Haus in Pacific Palisades J. R. Davidson (1888–1977). S. TB 44–46, 736.
3] *Mundt-Nixon-Bill:* Ein von den Republikanern Karl E. Mundt (1900–?) und Richard M. Nixon (geb. 1913) verfaßter Gesetzesvorschlag, der es ermöglichen sollte, einer eventuellen totalitären Diktatur unter fremder – sprich kommunistischer – Kontrolle mit allen Mitteln vorzubeugen. S. dazu TB 46–48, 755.

28. 3. 1950

179 1] *Brief von Agnes Mayer und Evans:* Das Schreiben von Agnes Meyer, Washington, 23. 3. 1950, dem der Brief des Librarian Luther H. Evans' beigefügt war, ist erhalten und wird in der Vaget'schen Edition ungekürzt publiziert werden. Um TM die prekäre Situation deutlich zu machen, sah sich Agnes Meyer gezwungen, zunächst die »Entstehung [von TMs] Verbindung mit der Library of Congress aufzuklären« und dem Freund einzugestehen, daß sie es war, die in ihrer Eigenschaft als trustee der Library die sine cure Stelle als consultant librarian for German Literatur veranlaßt und finanziert hatte, TMs Verhältnis zur Library also »etwas unformell« sei. Auf dem Hintergrund dieser Situation müsse TM die »momentanen Zustände hier in Washington in[s] Auge fassen«: »Die Administration wird von den republikanischen Senatoren angegriffen als communistisch gesinnt. Wenn man Acheson und seine höchsten Beamten als gefährliche Menschen angreifft, dann kann man die Tollheit der Atmosphäre begreifen./ Wie nun Evans das Dossier über Ihre europäischen Debatten [gemeint ist in erster Linie die Kontroverse um den Weimar-Besuch] zu sehen bekam, verstand er sofort, dass Sie das nächste Opfer dieser politischen Situation werden könnten, und mehr um Sie als die Library zu beschützen, fand er es Rathsam, die Lectur dieses Jahr zu überschlagen. Niemand weiss von seiner telephonischen Einwilligung und niemand wird es bemerken dass Sie dieses Jahr nicht hier sprechen da Sie ja auch vor zwei Jahren selber die Lecture abgesagt haben. Wenn Sie mit irgend jemand schon darüber gesprochen haben, können Sie sehr leicht die 150ste Feier der Library als Vorwand gebrauchen und Ihre frühe Abreise nach Paris./ Da ich Evans dankbar bin dass er immer alles getan hat was ich von ihm verlangte, müsste ich in jedem Fall seinen besten Rath folgen./ Ich muss aber hinzusetzen dass ich seine Entscheidung für weise halte. Es wäre schrecklich für Sie wenn Ihr Name ein Fussball werden sollte in dieser unvernünftigen Communist-Hetze. Denken Sie Sich vor einem Congressionnal Committee wo Sie jedes Wort persönlich verteidigen müssten dass Sie in öffentlichen Briefen oder Interviews gesagt haben. Es wäre schrecklich und niemand könnte Ihnen damit helfen./ Und, lieber Freund, sagen wir ganz ehrlich dass Sie den Feinden der Vernunft zu viel Stoff zum Angriff gegeben haben.« (Orthographie und Interpunktion folgen dem Original)

2] *an die Meyer:* An Agnes E. Meyer, P. P. 27. 3. 1950, Reg. III, 50/172; Br. III, 140/141: »Wie die Dinge nun einmal liegen, gibt es garnichts Vernünftigeres, als den Gedanken an die lecture lautlos fallen zu lassen, bevor Proteste laut werden. Mein Vortrag bringt zwar, am Schluß, außer einem Wort für den Frieden, eine entschiedene und fundierte Absage an den Kommunismus, aber ich sehe ein, daß ich mir die Möglichkeit, dieses Bekenntnis in der Library abzulegen, verscherzt habe. [. . .] Nun will ich nur hoffen, daß ich wenigstens in Chicago und New York den Vortrag werde halten können; denn ungern würde ich in Europa eingestehen, daß ich in Amerika nicht mehr sprechen darf. Das wäre beschämend. Für mich, meine ich natürlich.«
3] *Staatsbegräbnis:* TM hatte diese (nicht der Realität entsprechende) Nachricht offensichtlich von Carl Maria Weber erhalten, der am 24. 3. 1950 aus Marquartstein (Obb.) an TM geschrieben hatte: »Ob wohl die Überführung seiner [i. e. Heinrich Manns] sterblichen Reste nach Deutschland und das beabsichtigte Staatsbegräbnis in Weimar, von dem unsere Blätter jetzt berichteten, zustande kommen wird?« (TMA)
4] *Nekrolog:* Ludwig Marcuse, ›In memoriam Heinrich Mann‹, ›Aufbau‹, vol. XVI, No. 12 v. 24. 3. 1950, 15/16.
5] *Bericht:* Es kann sich nur um die im ›Aufbau‹, a.a.O. 29, publizierte Anzeige handeln, in der darauf hingewiesen wird, daß am Donnerstag, 29. 3. 50 im Community Center, 270 West 89th Street, Green Room, eine Thomas-Mann-Veranstaltung unter dem Titel ›Dem Fünfundsiebzigjährigen‹ stattfinden würde, bei der Franz Apt ›Betrachtungen zu Thomas Mann's Werk‹ anstellen und Hilde Caspary aus TMs Büchern rezitieren sollte. Die Begrüßung habe Eric Mameloc übernommen.
6] *von Suhrkamp:* Frankfurt am Main, 23. 3. 1950; im TMA.
7] *Bermanns Bruch mit ihm:* Zu der Trennung Suhrkamp/GBF, deren Modalitäten am 26. 4. 1950 in Frankfurt am Main vertraglich festgelegt wurden, vgl. GBF, ›Bedroht – Bewahrt‹, Frankfurt am Main 1967, 318–324, sowie den Anhang zum Briefwechsel Hermann Hesse – Peter Suhrkamp, hrsg. von Siegfried Unseld unter Mitwirkung von Helene Ritzerfeld, Frankfurt am Main 1969. Der Text des Vertrages findet sich im ›Marbacher Katalog‹ No. 40, hrsg. von Friedrich Pfäfflin und Ingrid Kussmaul, Marbach 1985, 690–694.

8] *Congress man in spe Jerger:* Über den Politiker, der 1948 vermutlich für die Third Party kandidierte (s. TB 46–48, 306), konnte nichts Näheres ermittelt werden.

29. 3. 1950

180 1] *an Bermann:* Das Schreiben ist verschollen; s. Reg. IV, 587. Vgl. jedoch Bermanns Antwort, Frankfurt am Main, 3. 4. 1950, TM/GBF 530–535, mit einer ausführlichen Darstellung des Zerwürfnisses und seiner Folgen.

2] *A. Polonsky:* Der amerikanische Journalist und spätere Regisseur Abraham Polonski (geb. 1910) hatte 1949 mit seinem Film ›Force of Evil‹ den ersten großen Erfolg. Wenig später verweigerte er vor dem Committee on Un-American Activities, das ihn vorgeladen hatte, die Aussage und mußte, da er in den USA chancenlos war, das Land vorübergehend verlassen. Nach pseudonymen Arbeiten für das amerikanische Fernsehen konnte er erst 1969 wieder unter eigenem Namen Filme drehen.

3] *Verfilmung von »Mario«:* Vgl. TMs TB 1. 4. 1950, Anm. 3 zitierten Brief an Polonski, P. P. 4. 3. 1950, Reg. III, 50/180. Der Plan wurde aus den Anm. 2 angegebenen Gründen nie realisiert.

4] *an die Germanic-Review:* An Henry Hatfield, P. P. 29. 3. 1950, Reg. III, 50/174; Br. III, 141–143 (fragm.). Der *Brief über das Hinscheiden meines Bruders Heinrich* erschien in der ›Germanic Review‹, New York, vol. 25, No. 4 v. December 1950, 243 ff. Er wurde aufgenommen in GW X, 521–523.

5] *»Brief-Mosaik«:* Hermann Hesse, ›Brief-Mosaik‹, ›Neue Schweizer Rundschau‹, NF 17, 1949/50, 673–696.

30. 3. 1950

180 1] *an Haas:* Das Schreiben an Willy Haas ist verschollen; s. Reg. IV, 587.

2] *»Blick in die Welt«:* Nach Auskunft des ›Welt‹-Archivs ist TMs frühe Novelle *Der Kleiderschrank* in der Wochenendbeilage der ›Welt‹ nicht erschienen.

3] *Tolstois Volkserzählungen:* Leo Tolstoi, ›Volkserzählungen; Der Herr und sein Knecht; Drei Tode‹, in Leo Tolstoi, ›Gesammelte Novellen in sechs Bänden‹, Jena 1924–1928, Band 4; in TMs Bibliothek erhalten.

31. 3. 1950
1] *Truman [...] gegen [...] Mc Carthy:* In einer ungewöhnlich scharfen Attacke hatte der Präsident drei republikanische Senatoren, unter ihnen Joseph R. McCarthy, als »Saboteure der von beiden Parteien verantworteten (›bipartisan‹) US-Außenpolitik« gebrandmarkt und erklärt, ihre ständigen Behauptungen, das State Department sei von Kommunisten und Spionen durchsetzt, sei gefährliche Verleumdung und »the greatest asset of the Kremlin«. 181
2] *Artikel:* Eduard Korrodi, ›‚Heliopolis' und ‚Joseph in Ägypten'‹, NZZ, Fernausg. 2. 3. 1950, Blatt 4.

1. 4. 1950
1] *Auspizien des »Aufbau«:* TM hielt den von der Library of Congress abgelehnten Vortrag am 26. 4. 1950 in deutscher Sprache auf Einladung des ›Aufbau‹ im Kaufmann Auditorium, Lexington Avenue/Ecke 92. Straße in New York. S. den ›Vernunft und Moral erobern den Frieden‹ überschriebenen Bericht der Zeitschrift, vol. XVI, No. 18 v. 5. 5. 1950, 5/6. 181
2] *Kapitel XXVI:* ›Der zweite Besuch‹, *Der Erwählte*, GW VII, 208–221.
3] *an Polonsky:* An Abe Polonski, P. P. 3. 4. 1950, Reg. III, 50/180: »I think with pleasure of your visit last week [...]. Our conversation was very stimulating for me. I knew, of course, your fine reputation, but our personal meeting increased greatly my conviction, that you would be able to make an interesting film of high artistic quality out of my long short story ›Mario and the Magician‹. [...] In anticipation I enjoy already the pleasure of seeing my narrative transformed into a picture and its essence and spirit transferred into the sphere of the visible. I wish you good luck.« (TMA)
4] *an Marty:* Der Brief an den Lübecker Schriftsteller Heinrich Marty, einen entfernten Verwandten TMs, ist nach Angaben von Reg. IV, 587 verschollen.
5] *»Hoffmanns Erzählungen«:* Jacques Offenbachs (1819–1880) ›Phantastische Oper‹ ›Les Contes d'Hoffmann‹ von 1881.
6] *mit Dégoût im »Monat«:* Vermutlich in Heft 18, Jg. 2, März 1950, mit dem Bericht von Günther Birkenfeld, ›Der NKWD-Staat. Aus den Berichten entlassener KZ-Insassen‹, 628–44, sowie dem in Anm. 7 zitierten Brief über Hiss.

7] *Artikel über Hiß:* Norbert Mühlen, ›Brief aus New York. Die Affaire Hiss‹, ›Der Monat‹, Jg. 2, H. 18, März 1950, 621–627.
8] *Fritz Kraus über [. . .]:* Fritz Kraus, ›Thomas Mann, der Mythenerzähler‹, ›Badische Zeitung‹ v. 23. 2. 1950 und: Fritz Kraus, ›Mythos und Modernität. Zum Briefwechsel zwischen Thomas Mann und Karl Kerényi‹, ›Deutsche Beiträge‹, Bd. 4, 1950, 64–71.
9] *Fritz Kraus:* Vor allem für Badische und Schweizer Zeitungen schreibender Publizist.

2. 4. 1950

181 1] *an [. . .] Reeb:* An Otto Reeb, P. P. 1. 4. 1950, Reg. III, 50/179: »Der Faustus ist ein schrecklich moralisches Buch, in welchem es unter anderem um die unheimliche Nachbarschaft von Ästhetizismus und Barbarei geht. So kam es, daß sich mir unwillkürlich eine Figur wie der Dichter Zur Höhe mit ihren an Derleth erinnernden Zügen unter die bedrohlichen, prae-faschistischen Gestalten des Romans drängte. Ganz gewiß ist Zur Höhe nicht der ganze Derleth [. . .]. Ich bin froh, daß Ludwig Derleth dieses seine Persönlichkeit so wenig erschöpfende Halb-Portrait nicht mehr vor Augen gekommen ist. Aber wahrscheinlich hätte er sich gar nicht erkannt.« (Zitiert nach Dominik Jost, ›Ludwig Derleth, Gestalt und Leistung‹, Stuttgart 1965, 53)
2] *Dr. Guggenheim:* Der ehemalige Finanzdirektor der Deutschen Buchgemeinschaft Felix Guggenheim (1904–1976) war 1938 in die USA gekommen und gründete 1942 mit Ernst Gottlieb die Pacific Press. S. TB 44–46, 373. Der Besuch galt den Schwierigkeiten, die sich für TM aus den Streitigkeiten zwischen Suhrkamp und GBF ergeben hatten. S. TB 28. 3. 1950, Anm. 7.

182 3] *Entwurf:* Verschollen; eventuell vernichtete TM das Konzept, da ihn wenige Tage später der ausführliche Brief Bermanns, Frankfurt am Main, 3. 4. 1950, TM/GBF 530–535, erreicht haben dürfte.

3. 4. 1950

182 1] *Begleitbrief:* Das Schreiben an GBF gilt nach Reg. IV, 587 als verschollen; zum ganzen Komplex s. TB 2. 4. 1950, Text und Anm. 3.
2] *Del Vayo über Deutschland:* J. A. Del Vayo, ›Germany: Cold War Victor?‹, ›Nation‹, vol. 170, No. 13 v. 1. 4. 1950, 295.

3] *Del Vayo:* Der spanische Politiker Julio Alvarez del Vayo (1891–1976), Außenminister der republikanischen Regierung Negrin, lebte seit 1939 im Exil in den USA und war regelmäßiger Mitarbeiter der ›Nation‹.
4] *Über Lattimore:* Professor Owen Lattimore von der Johns Hopkins University war von McCarthy als Kommunist und »top Soviet spy in the United States« denunziert worden.

4. 4. 1950
1] *Enthüllungen:* Nachdem das ›Weekly New Magazine‹ vom 7. 4. 1950 in einem Bericht über die Erscheinungen der ›Flying Saucers‹ zu dem Ergebnis gekommen war: »Evidence is that they [i. e. die ›Fliegenden Untertassen‹] are aircraft of a revolutionary type, a combination of helicopter and fast jet plane, an early model of which was built by US engineers in 1942«, lieferte der Rundfunk-Kommentator Henry J. Taylor in einer abendlichen Reportage vom 3. 4. 1950 Einzelheiten über diese von ihm als »two types of top-secret United States military inventions« bezeichneten Flugkörper. (NYT 4. 4. 1950, 10:4) 182
2] *Anthologie »Die Dichterbühne«:* ›Die Dichter-Bühne. Für die namenlosen der gegenwart, auf welcher 63 dichter und 34 dichterinnen deutscher zunge zu worte kommen‹, Ausgew. und hrsg. v. R. v. Radetzky, E. Blaschker, Berlin 1950.
3] *Verurteilung [. . .] des Bridges:* Der 48jährige ›President of the CIO international Longshoremen's and Warehousemen's Union‹, Harry Renton Bridges, war nach 30 Prozeßtagen am 4. 4. 1950 in San Francisco des Meineids für schuldig befunden worden. Ihm wurde vorgeworfen, seine Einbürgerung 1945 durch die Falschaussage, er sei niemals Mitglied einer kommunistischen Vereinigung gewesen, erreicht zu haben. Die Verurteilung von Bridges, die, wie die NYT bemerkte, »cost the Government 13 468 for the jurors alone«, war Höhepunkt und Abschluß elfjähriger Bemühungen der Regierung, den gebürtigen Australier als Kommunisten zu überführen.

5. 4. 1950
1] *an [. . .] Langhoff:* An Wolfgang Langhoff, P. P. 6. 4. 1950, Reg. III, 50/186. 182
2] *Langhoff:* Der nach einer 13monatigen KZ-Haft (s. Langhoffs

Bericht ›Die Moorsoldaten‹, Zürich 1935) 1934 in die Schweiz entkommene Schauspieler und Regisseur Wolfgang Langhoff (1901 bis 1966) gehörte bis 1945 zum Ensemble des Zürcher Schauspielhauses und leitete von 1946 bis 1963 das Deutsche Theater in Berlin (Ost).

183 3] *Perl:* Der deutsche, 1938 über die Schweiz in die USA entkommene Germanist Walter H. Perl (1909–1975). S. TB 46–48, 389.

6. 4. 1950

183 1] *Hilferuf von Haas:* Nicht ermittelt. Eventuell in Verbindung mit TMs TB 30. 3. 1950 erwähntem Brief stehend.

2] *Markels Einladung:* Der Redakteur Lester Markel hatte TM gebeten, anläßlich seines 75. Geburtstags einen Artikel (»philosophical, not frivolous«) für die ›Sunday Times‹ zu schreiben . . . eine Bitte, die TM am 24. 2. 1950 (Reg. III, 50/110) grundsätzlich positiv beschieden und dann, wie er meinte, mit ›Meine Zeit‹ erfüllt hatte, so daß er jetzt wenig Lust verspürte, noch einmal einen autobiographischen Zeitungsartikel zu schreiben. Das Ablehnungsschreiben selbst ist verschollen.

7. 4. 1950

183 1] *Mystery Submarines:* »A mysterious submarine was sighted early today eight miles off the rockey edge of Point Arguello and running at twelve knots down the coast. Point Arguello is about 150 miles due northwest of San Pedro, the outer port of Los Angeles. [. . .]/ An immediate Navy investigation was ordered. Dozens of Navy planes took to the air to search the area.« (NYT 3. 4. 1950, 1:2)

2] *an George:* An Manfred George, P. P. 7. 4. 1950, Reg. III, 50/188: »Die englische Übersetzung ist noch nicht überarbeitet und noch nicht fürs Mündliche gekürzt. Ich halte es für das Beste, daß wir, wenn das geschehen ist, hier einen Press Release daraus herstellen, der nach dem Vortrag verteilt werden mag. Ich werde einige Exemplare mitbringen [. . .].« (Marbach)

3] *Insistieren der Shapley-Leute:* Vermutlich wegen der TB 9. 4. 1950, Anm. 3 nachgewiesenen Laudatio.

4] *Albersheims:* Der Wiener Pianist und Musikwissenschaftler Gerhard Albersheim (geb. 1902) und seine Frau Erna. Albersheim, der nach seiner Emigration am Conservatorium und der UCLA lehrte,

veranstaltete regelmäßig Hauskonzerte, die TM gern besuchte. S. TB 44–46, 674/675.
5] *Sänger [...] Flötistin [...] Bratschist:* Nach Auskunft von Gerhard Albersheim sang Pascal Borer; es spielten die langjährige erste Flötistin des Boston Symphony Orchestra, Doriot Anthony-Dwyer, und Abraham Weiß.
6] *Telegramm:* Vermutlich ein Scherz von Erika Mann im Zusammenhang mit einer unter dem Patronat von General Lucius D. Clay, Admiral Richard E. Bird und Sumner Welles stehenden Lebensmittel-Hilfsaktion für das von den Sowjets blockierte West-Berlin, über die die Presse ausführlich berichtet hatte.

8. 4. 1950
1] *An Neumann:* An Alfred Neumann, P. P. 8. 4. 1950, Reg. III, 50/ *184*
189; TM/AN, 87.
2] *Weigerung:* Vermutlich das undatierte Schreiben an den Deutschen Bachausschuß, Leipzig, Reg. III, 50/310.

9. 4. 1950
1] *Retirade Mc Carthy's:* Der Senator sprach anläßlich seiner Aus- *184*
zeichnung mit dem ›Americanism award of the Marine corps League‹ vor einem Auditorium »of veterans and their friends« über die Gefahren kommunistischer Infiltration, jedoch offensichtlich ohne die sonst in seinen Reden üblichen Verleumdungen bestimmter Personen und in seinen Invektiven so vorsichtig, daß Regierungsangehörige spotteten: »He roared like a lion when he wore the cloak of Congressional immunity, but bleated like a lamb, when that immunity was removed.«
2] *an Emmy Oprecht:* Das Schreiben gilt als verschollen; s. Reg. IV, 587.
3] *Message:* Ein undatiertes Typoskript der Laudatio ist im TMA erhalten und im Anhang, No. 22, S. 691 abgedruckt.
4] *Brief nach Deutschland:* An Ludwig Ruppel, P. P. 8. 4. 1950, Reg. III, 50/190.
5] *»The Dog Star«:* Donald Windham, ›The Dog Star‹, New York 1950.

11. 4. 1950

185 1] *»Nein«:* Vermutlich ein Manuskript. Ein gedruckter Text ließ sich nicht nachweisen.

12. 4. 1950

185 1] *Telegramm von Bermann:* Nicht in TM/GBF.

2] *Brief versucht:* An Erich Blaschker, P. P. 14. 4. 1950, Reg. III, 50/204. Zur Sache s. TB 4. 4. 1950, Text und Anm. 2.

15. 4. 1950

185 1] *Kapitel des »zweiten Besuches«:* S. TB 1. 4. 1950, Anm. 2.

2] *großer Artikel:* Emilio Cecchi, ›Doktor Faustus‹, ›Corriere della Sera‹, Mailand, 10. 3. 50, 3.

3] *Curt Bois und Frau:* Der Schauspieler Curt Bois (geb. 1901) lebte nach seiner Emigration von 1933 bis 1950 in den USA. 1950 kehrte er – nicht ohne Hilfe TMs, der sich intensiv um die Beschaffung der Mittel für die Überfahrt bemüht hatte (s. die Korrespondenz mit Wolfgang Langhoff Reg. III, 50/48 und 50/186) – nach Berlin zurück. Seine Frau: die Soubrette Hedi Uri.

4] *Moses-Party [. . .] die Künstlerin:* Nicht ermittelt.

5] *an Frau Voßler:* An Emma Vossler, P. P. 15. 4. 1950, Reg. III, 50/208: Dank für die Teilnahme an Heinrich Manns Tod: »Sie wissen wohl: er sollte nach dem volksdemokratischen Berlin übersiedeln, hatte auch den Willen dazu und traf alle Vorbereitungen. Die stürmischen Ehren, die ihn dort erwarteten, wären ihm wohl zu gönnen gewesen nach dem unbeachteten Dasein, das er hier geführt. Aber uns, wie im Grunde wohl auch ihm, wurde immer zweifelhafter, ob er dem Abenteuer noch gewachsen sein werde. Nun hat die Natur ihm geholfen, Anforderungen auszuweichen, die ihm nicht mehr gemäß waren – und auch wohl Desillusionierungen, die seine Skepsis heimlich voraussah. Ein paar Tage vor seinem Tod sagte er: ›Johannes R. Becher hat eine deutsche Nationalhymne gedichtet.‹ Er machte ›nein‹ mit dem Finger. ›Das gibt es nicht.‹ Ich fragte: ›Wie findest du sie denn?‹ – ›*Ganz dämlich*!‹ Wie wollte der dort Akademiepräsident sein!?« (TMA)

6] *Frau Voßler:* Emma Vossler, die Witwe des TM aus seiner Münchener Zeit gut bekannten Romanisten Karl Vossler (1872–1949).

7] *Abhandlung:* Nicht ermittelt.

8] *Insistieren:* Vermutlich wegen Terminen während TMs Aufenthalt in New York Ende April 1950.

17. 4. 1950

1] *noch einmal:* Der Schluß des XXVI. Kapitels ›Der zweite Besuch‹ wurde – wie aus der anderen Papierbeschaffenheit von Manuskript-Blatt 270 zu ersehen ist – neu geschrieben. Aber auch in der neuen Fassung sind noch Änderungen sichtbar. So ist nach GW VII, 221, Z. 9: »Du Zaghafte, siehe dein Weib an!« auf dem entsprechenden Manuskript-Blatt 270 folgende, ursprünglich anschließende Passage gestrichen: »dein Tränenseliges, und schäme dich!/ Kam es nämlich daher, daß ihr Herz so voll war von Glauben und Glück: im Funzeldunkel der Stube sah man deutlich ihr Haupt gehüllt in einen hellen Schein«. Dann noch einmal eine Korrektur: »wie die Frau da kniete unterm Kinn die Hände gefaltet, sah man im Funzeldunkel der Stube deutlich ihr Haupt gehüllt in einen hellen Schein«, und schließlich die vorletzte Fassung, die sich nur durch den anderen Anschluß vom gedruckten Text unterscheidet: »Der nämlich war das Herz so voll von Glauben und Glück, daß, wie sie da kniete, unterm Kinn die Hände gefaltet, es deutlich um ihren Kopf herum etwas heller war als sonst im Funzeldunkel der Stube.« *186*

18. 4. 1950

1] *von Dr. Philipps:* Denver, 16. 4. 1950, im TMA. Dr. F. J. Philipp, zur Zeit von TMs Lungenoperation Assistenzarzt am Billings Hospital in Chicago, bedankt sich für das freundliche Gedenken in der *Entstehung* und berichtet über seine derzeitige Tätigkeit. *186*

23. 4. 1950

1] *Prof. Zaber:* Vermutlich ist der seit 1947 in Chicago lehrende Literarhistoriker Morton Dauwen Zabel (1901–1964) gemeint. *187*

2] *Prof. Brown:* Wahrscheinlich der Anglist Edward Killoran Brown (1905–1951).

3] *zwei Seiten:* Die zwei handgeschriebenen Seiten an Albert Theile, The Shoreland, Chicago, 23. 4. 1950, Reg. III, 50/222, waren, wie aus dem letzten Absatz des Briefes hervorgeht, zugleich als Gruß an die Leser der zu gründenden Zeitschrift gedacht. Der Text ist im Anhang No. 23, S. 692–693 abgedruckt. Er wurde teilweise bereits 1967, im

8. Jahrgang, No. 30 der von Albert Theile im Übersee-Verlag Hamburg herausgegebenen Zeitschrift ›Humboldt‹ publiziert. – Ob die kleine Zeitschrift ›Bücherbriefe‹, – nach Reg. III, 50/151 in La Cruce/Argentinien erschienen – jemals über die Planungsphase hinauskam, war nicht zu ermitteln.
4] *Theile:* Der 1933 nach Chile emigrierte deutsche Kunsthistoriker, Schriftsteller, Journalist und Übersetzer Albert Theile (1904–1986), der seit 1925 mit Thomas Mann korrespondierte. S. TB 44–46, 492.
5] *Goldes:* Der Rechtsanwalt Joseph Gold und seine Frau Martha, Freunde der Borgeses in Chicago und alte Bekannte TMs.
6] *M. Adler und Frau:* Der Schriftsteller und Gelehrte Mortimer Jerome Adler (geb. 1902), 1950 Professor der Rechtsphilosophie an der Universität Chicago. TMs Eindruck nach Lektüre einer Diskussion zwischen Adler und Chicagoer Professoren: »arrogant und bissig, thomistisch-neuautoritär« (TB 25. 11. 1940).

30. 4. 1950

188 1] *Kaufman Auditorium:* S. TB 1. 4. 1950, Anm. 1.
2] *Konny K.:* Konrad Kellen (eigentlich Katzenellenbogen, geb. 1913), ein Freund von Klaus und Erika Mann, war 1936 in die USA emigriert und hatte 1941–1943 als TMs Sekretär gearbeitet.
3] *Rede für die »Peaceful Alternatives«:* Das Manuskript der Rede befindet sich im TMA und ist im Anhang No. 24, S. 693–695 abgedruckt.
4] *Menotti:* Gian-Carlo Menotti (geb. 1911), ›The Consul‹, Musikalisches Drama in drei Akten, uraufgeführt am 1. 3. 1950 in Philadelphia, wurde am Ethel Barrymore Theatre gespielt.
189 5] *Nordens:* Der Übersetzer und Essayist Heinz Norden (1905 – ?) und seine Schwester Ruth Norden Lowe. Die Geschwister Norden waren Bekannte von Klaus und Erika Mann, deren Buch ›The other Germany‹ Heinz Norden ins Englische übertrug. Ruth Norden hatte sich 1938/39 der Hilfe Thomas und Erika Manns versichert, als es darum ging, für den in Österreich gefährdeten Hermann Broch die Ausreisebewilligung und die notwendigen Einreisepapiere nebst einer finanziellen Starthilfe zu beschaffen. (S. dazu EM Br./Antw. I, 126).

4. 5. 1950

1] *Prinz Wilhelm:* TM hatte den Prinzen Wilhelm von Schweden (1884–1965) als Schriftsteller und Präsidenten des schwedischen PEN-Clubs 1939 im Hause des Stockholmer Verlegers Karl Otto Bonnier kennengelernt. 189

2] *Vortrag:* TM hielt am 3. 5. 1950 auf Einladung des PEN-Clubs im Börsensaal der Schwedischen Akademie in Stockholm seinen Vortrag *Meine Zeit.*

3] *Gruß nach München:* An die Redaktion der ›Neuen Münchener Illustrierten‹, Stockholm, 4. 5. 1950, Reg. III, 50/227.

4] *Carlo Schmidt:* Der Völkerrechtler, Publizist, literarische Übersetzer und SPD-Politiker Carlo Schmid (1896–1979).

5] *an Oesterling:* Bisher nicht aufgefunden.

13. 5. 1950

1] *Abstecher nach Lund:* TM hielt seinen Vortrag *Meine Zeit.* 189

2] *M. Sabatier:* Der Journalist André Sabatier. Nichts Näheres ermittelt. 190

3] *Réception [. . .] Signieren [. . .] Conférence:* S. dazu TM an Agnes E. Meyer, Zürich, 21. 5. 1950, Reg. III, 50/236, Br. III, 144–146: »Der Empfang im Ritz, den der Verleger [. . .] veranstaltete, war ein wahres Getümmel; drei Stunden lang hatte ich in einer Librairie Bücher zu signieren, während die Leute unter Polizei-Aufsicht auf der Straße in line standen, und der Vortrag in der Sorbonne mußte aus einem kleineren Saal ins große Amphithéâtre verlegt werden. 2000 Menschen – es war lange nichts Ähnliches mehr vorgekommen, wie man mir versicherte, und auch das Verhalten dieser Menge war ungewöhnlich« (145), sowie das bei Loewy im Supplementband zur 13bändigen Ausgabe, 94–98, I, 68 wiedergegebene Interview mit Pierre Barbier.

4] *Vater und Sohn:* Der Buchhändler Martin Flinker (s. TB 24. 9. 1949, Anm. 3) und sein Sohn Karl (geb. 1923), Besitzer einer Pariser Bildergalerie.

5] *Vermeil:* Der französische Germanist und Kulturwissenschaftler Edmond Vermeil (1878–1964)

6] *Jules Romain:* Der französische Schriftsteller Jules Romains (eigentl. Louis Farigoule, 1885–1972) war 1946 aus dem amerikanischen Exil nach Frankreich zurückgekehrt. Zu der Begegnung s. TM an Jules Romains, Zürich o. D., Reg. III, 50/234; Br. III, 143/144: »Nicht nur zu danken habe ich, sondern auch um Entschuldigung zu bitten für den idiotischen lapsus linguae, der mir unterlief, als ich Ihren ruhmreichen Namen aussprechen wollte. Nach dreistündigem öffentlichen Bücher-Signieren am Nachmittag war ich müde und nervös. Alle Welt hat den guten Humor bewundert, mit dem Sie das Mißgeschick meiner Zunge aufnahmen. Aber Sie werden verstehen, daß es mir die sonst so glückliche Erinnerung an jenen Abend ein wenig trübt.«

7] *Boucher:* Der französische Germanist Maurice Boucher (1885 bis 1977), Professor an der Sorbonne, den TM 1926 in Paris kennengelernt und dessen Erscheinung und Habitus er in der *Pariser Rechenschaft* (GW XI, 33–37 und 39–42) ausführlich beschrieben hatte.

8] *französische Einleitung: Rede an der Sorbonne*, GW XIII, 226–230.

9] *Artikel von M. Brion:* Marcel Brion, ›Le Faust de Thomas Mann‹, ›Le Monde‹, Paris, 10. 5. 1950.

10] *Brion:* Der französische Kunsthistoriker und Kritiker Marcel Brion (1895–1984) hatte bereits 1933 die ›Geschichten Jaakobs‹ positiv besprochen. S. TM an GBF, Küsnacht, 26. 11. 1933, Reg. I, 33/207, TM/GBF, 56/57.

11] *Schlumberger:* Der französische Schriftsteller und Publizist Jean Schlumberger (1877–1968), den TM 1931 in Paris kennengelernt hatte.

12] *Breitbach:* Der TM spätestens seit 1933 persönlich bekannte deutsch-französische Schriftsteller Joseph Breitbach (1903–1980) lebte seit 1929 in Paris und war ein Freund von Klaus Mann.

13] *Glückwunsch von Hesse:* Hermann Hesse, ›Zum 6. Juni 1950: Brief an Thomas Mann‹, ›Die Neue Rundschau‹, 61. Jg., 1950, H. 2, 151/152.

17. 5. 1950

191 1] *Interviews:* u. a. mit Jean Fougère im ›Combat‹, Paris, 11. 5. 1950; mit Dominique Arban im ›Figaro Littéraire‹, Paris, 14. 5. 1950 (deutsche Übersetzung bei Hansen/Heine, 317–322); mit Claude Morgan in ›Les Lettres Françaises‹, Paris, 18. 5. 1950 und mit Véra Volmane in ›Les Nouvelles Littéraires‹, Paris, 18. 5. 1950 (deutsch bei Hansen/Heine, 322–325).

2] *Proposition Schumanns:* Der bereits Anfang Mai vorgelegte Plan des französischen Außenministers zur Überwindung der alten deutsch-französischen Feindschaft sah eine Kooperation auf dem Gebiet der Kohle- und Stahl-Produktion unter bilateraler Oberaufsicht vor ... eine Maßnahme, die Schuman als ersten Schritt auf dem Wege zu einem gesamteuropäischen Markt verstanden wissen wollte.

3] *Contradizierte:* TM bezeichnete diesen Plan in einem von der kommunistischen Stockholmer Zeitung ›Ny Dag‹ veröffentlichten Interview als »sehr gefährlich für Frankreich«: »Schuman hat die deutsche Psychologie noch nicht begriffen. Ich bin besorgt, daß er sich über die großen Industriebarone an der Ruhr Illusionen macht. Diese sind nicht im geringsten an ehrlicher Zusammenarbeit, sondern allein an der Macht interessiert. Daraus ergibt sich das Risiko, daß Frankreich mehr oder minder zu einer deutschen Wirtschaftsprovinz wird, was dazu führen würde, daß Frankreich von der Bühne abtritt.« (Zitiert nach ›Pfälzische Volkszeitung‹, Kaiserslautern, 20. 5. 1950.) TMs Thesen wurden von einem großen Teil der deutschen Presse mit wütenden Kommentaren bedacht: ›Schwedische Abfuhr für Thomas Mann‹, ›Thomas Mann wühlt in Paris‹, ›Thomas Mann ‚irlmeiert' Gefahren‹: »Damit hätte der ehrenwerte Träger des Goethepreises schon ein gutes Stück ‚Arbeit' geleistet, um die deutsch-französische Zwietracht erneut zu schüren und sich in allen möglichen Formen an den ‚bösen Deutschen' zu rächen. [...] Es ist [...] üble Völkerhetze, wenn der Nobelpreisträger ‚Frankreich von der Bühne abtreten' sieht, weil seine führenden Männer eine wirtschaftliche Zusammenarbeit mit Deutschland anstreben, um Europa und seine abendländische Kultur zu retten.« (›Neue Augsburger Zeitung‹, 30. 5. 1950)

20. 5. 1950

1] *Aufführung des »Don Carlos«:* Unter der Regie von Kurt Hirschfeld spielten Maria Becker (Königin), Anneliese Römer (Eboli), Will Quadflieg (Carlos), Walter Richter (König) und Erich Schellow (Posa). Vgl. TM an Lavinia Mazzucchetti, Zürich, 20. 5. 1950: »gestern, bei der Rückkehr vom ›Don Carlos‹ (30. Aufführung, ausverkauft, solchen Atem hat das zum Teil doch so kindliche Stück) fand ich Ihren [...] Brief.« (TMA) 192

2] *Meldung der N.Z.Z.:* Eine Meldung über TMs Aufenthalt in Stockholm war nicht zu finden. Hingegen brachte die NZZ, Fernausg. v. 17. 5. 1950, Bl. 6, unter der Überschrift ›Thomas Manns Absage an den Totalitarismus‹ einen Kurzbericht über den Vortrag im Kaufman-Auditorium, New York.
3] *»Kreuzersonate«:* Leo Tolstois späte Erzählung ›Die Kreutzersonate‹, aus dem 3. Band der TB 5. 1. 1949, Anm. 1 nachgewiesenen Ausgabe.

21. 5. 1950

192 1] *Artikel von d'Ormesson:* Nicht ermittelt. S. jedoch TMs Dank an den französischen Journalisten André d'Ormesson, Zürich 22. 6. 1950, Reg. III, 50/274: »Votre charmante relation de la cérémonie de la Sorbonne m'est tombée sous les yeux; j'en ai admiré l'élégance de style, mais elle m'a touché surtout par les souvenirs des temps passés qu'elle éveillait de nos différentes rencontres amicales à Munich, alors que j'étais encore si loin de penser à émigrer, cependant que déjà, pourtant, le ciel de l'Allemagne et du même coup de l'Europe se couvrait de façon si angoissante. Nous pouvons dire tous les deux, vous et moi, que, chacun à sa façon et selon ses moyens, nous avons fait de notre mieux pour prévenir la catastrophe. Nous savions aussi tous les deux, – mieux que maint autre – ce que signifiait la prise du pouvoir par Hitler, et combien je vous comprenais lorsque vous vous écriiez: ›C'est la fin de l'Europe‹!« (Zitiert nach ›La Revue des deux mondes‹, 1956, 142).
2] *Belzner [...] über die Reden:* Der Schriftsteller Emil Belzner (1901–1979), 1946–1969 stellvertretender Chefredakteur und Feuilletonchef der in Heidelberg erscheinenden ›Rhein-Neckar-Zeitung‹, hatte in seinen Artikeln ›Der Kern des Problems: Frieden‹, RNZ 25. 4. 1950, 2, über TMs Rede an der Universität Chicago (›Thomas Mann's Appell an die USA‹), und, RNZ 6./7. 5. 1950, 2, unter dem Titel ›Thomas Manns politisches Testament‹, über die Stockholmer Veranstaltung geschrieben.
3] *Vertreter des Süddeutschen Rundfunks:* Versehen TMs; Gerhard Szczesny (geb. 1918) war bis 1962 Leiter des Sonderprogramms des Bayerischen Rundfunks, für den TM den Vortrag in Zürich aufs Band sprach. Er sollte am 6. 6. 1950 gesendet werden: »eine Stunde lang, in voller Ausdehnung, wie der sympathische junge Vertreter

des Süddeutschen Rundfunks mir heißen Herzens versicherte.« (Br. III, 146)

23. 5. 1950

1] *Wirtin:* Emma Stilling, geb. Zähringer, verheiratet mit dem Schriftsteller Heinrich Stilling (1883–1947). Um welches Buch es sich handelte, ist nicht nachweisbar. *193*

2] *Bassermanns Goethe-Produktion:* S. TB 1. 1. 1949, Anm. 8.

3] *»sorgsam wiederhergestellten Beschädigungen [...]«:* Unter Bezug auf die in der Tat mißglückte Formulierung im *Reisebericht,* GW XI, 507: »... die Beschädigungen des Hauses am Frauenplan sind mit größter Sorgfalt wiederhergestellt.«

4] *an Belzner:* An Emil Belzner, Lugano, 24. 5. 1950, Reg. III, 50/238; Br. III, 146/147. Teile des Briefes sind unter dem Titel ›Eine Botschaft von Thomas Mann‹ in der ›Rhein-Neckar-Zeitung‹ v. 3./4. 6. 1950 und mit der Überschrift *Eine Botschaft an die Deutschen* in GW XII, 967/968 gedruckt.

24. 5. 1950

1] *an Basler:* An Otto Basler, Lugano, 24. 5. 1950, Reg. III, 50/237. *193*

2] *an den Zürcher Stadtpräsidenten:* Das Schreiben an Emil Landolt, den Nachfolger des 1949 verstorbenen Stadtpräsidenten Adolf Lüchinger, gilt als verschollen; s. Reg. IV, 587.

3] *an dem Brief nach Heidelberg:* S. TB 23. 5. 1950, Anm. 4. *194*

4] *an Bassermanns und Feist:* Das Telegramm anläßlich der Heidelberger Aufführung von ›Lottens Wiederkehr‹ gilt als verschollen; s. Reg. IV, 587.

5] *Fulda:* Der deutsche Dramatiker und Übersetzer Ludwig Fulda (1862–1939), Kollege TMs in der Preußischen Akademie der Künste zu Berlin, mit dem gemeinsam er die erste Emigrationszeit im selben Palasthotel Lugano verbrachte, in dem er jetzt Ferien machte, hatte 1939 Selbstmord begangen.

6] *Tolstois »Iwan Ilitsch«:* Leo Tolstois Erzählung ›Der Tod des Iwan Iljitsch‹ im 3. Band der TB 5. 1. 1949, Anm. 1 nachgewiesenen Ausgabe.

25. 5. 1950

194 1] *»Aus vielen Jahren«:* Hermann Hesse, ›Aus vielen Jahren‹. Gedichte, Erzählungen und Bilder, Bern 1949. Der »schöne Druck« steht mit einer Widmung des Verfassers (»Eine kleine, leicht verfrühte Geburtstagsgabe für Thomas Mann von s. H. Hesse«) in der Zürcher Bibliothek.

26. 5. 1950

195 1] *Mikrophon-Dialog:* Kein Nachweis und kein Mitschnitt ermittelt.
2] *»Die Dekabristen«:* Tolstois Novelle im 3. Band der TB 5. 1. 1949, Anm. 1 nachgewiesenen Ausgabe.

27. 5. 1950

195 1] *»Chi suona?«:* Ein Vorabdruck aus dem ersten Kapitel des *Erwählten,* GW VII, 9–15: ›Chi suona‹ con una nota di Lavinia Mazzucchetti, ›Immagine‹, Rom, Jg. 2, 1949, 297–304.
2] *Beiträge über »Faustus«:* Vermutlich Luigi Magnani, ›Adriano Leverkühn, l'inattuale‹, ›Immagine‹, a.a.O. 305–328.
3] *Buch des Signor Filippini:* Felice Filippini (1917–1988), ›Perdono, raconato‹, deutsch: ›Die Verzeihung‹, St. Gallen 1951.
4] *Bettellini:* Vielleicht der Forstingenieur Dr. Arnoldo Bettelini (1876–?). Über sein »Erziehungsunternehmen« nichts ermittelt.
5] *»Göttliches und Menschliches«:* Leo Tolstoi, ›Göttliches und Menschliches‹, a.a.O. im 6. Band ›Erzählungen und dramatische Gespräche aus dem Nachlaß‹.

28. 5. 1950

1] *Das Programmheft:* Das Programmheft No. 8 – Spielzeit 1949/1950 – der Städtischen Bühnen Heidelberg unter dem Intendanten Dr. Rudolf Meyer enthielt ein Geleitwort von Hans Feist über Entstehung und Realisierung des Goethe-Plans.

195 2] *Besprechungen:* Selbst Emil Belzner konnte nicht umhin, ein deutlich negativ akzentuiertes Gesamturteil zu artikulieren: »Der Unterschied der Form wird hier zum Verhängnis für eine mit so viel sympathischer Anstrengung vorgebrachte Liebeserklärung an Thomas Manns respektable und hinreißende, durch und durch dichterische Goethe- und Selbstinterpretation, die Feist im Zuge einer (un-

dramatischen und lässigen) Dramatisierung ihres so besonderen Reizes völlig entkleidet und mit fragwürdigen sentimentalen Illusionen ausschmückt. Dieser Goethe gleitet, das kann auch Bassermann nicht ganz verhindern, bedenklich in die Nähe des ›Dreimäderlhauses‹ und des ›Kleinen Hofkonzerts‹. Mit eingelegten Kompositionen und Tänzen ließe sich das Stück zu einem leichten, honorigen Singspiel strekken.« (›Rhein-Neckar-Zeitung‹, 27/28. 5. 1950, 2.)

30. 5. 1950
1] *des Walter'schen Familiengrabes:* Auf dem Friedhof in Montagnola. 196

31. 5. 1950
1] *van Robens:* Der Name ist evtl. auch als van Bokens zu lesen. Nichts Näheres ermittelt. 197
2] *Tolstois Erzählung »Wofür?«:* Im 6. Band von TMs TB 5. 1. 1949, Anm. 1 nachgewiesenen Tolstoi-Ausgabe.

1. 6. 1950
1] *Dr. Matthias:* Vermutlich der Soziologe und Politikwissenschaftler Leo (ab 1939 Leon Lawrence) Matthias (1893–1970), mit dem TM seit den zwanziger Jahren in loser brieflicher Verbindung stand. 197
2] *»Doctor Doolittle«:* Ein Band der seit 1920 in New York erschienenen 12 ›Doctor Dolittle‹-Bücher von Hugh Lofting (1886–1947).
3] *Tennenbaum:* Der Zürcher Geschäftsmann Richard Tennenbaum, der seit 1933 TM in finanziellen Angelegenheiten beriet. S. TB 46–48, 570.
4] *Artikel von Marck und Goes:* 1.) Siegfried Marck, ›Thomas Mann im Jahre 1950. Versuch einer Wertung seines Lebens und seines Werkes‹, ›Der neue Vorwärts‹, Hannover, 2. 6. 1950; 2.) Albrecht Goes, ›Thomas Mann und Orplid. Festrede auf Thomas Mann zum 75. Geburtstag‹, gesprochen im Süddeutschen Rundfunk, Stuttgart.
5] *Vischers [...] Grabrede auf Möricke:* Albrecht Goes hatte in seiner Laudatio Bezug genommen auf die Grabrede des Theologen, Schriftstellers und Professors für Ästhetik Friedrich Theodor Vischer (1807–1887) auf seinen Landsmann und Studiengenossen Eduard Mörike (1804–1875).

2. 6. 1950

198 1] *an Goes:* An Albrecht Goes, Zürich, 2. 6. 1950, Reg. III, 50/250.

2] *Tanz-Pantomimen von Honnegger:* Das dramatische Ballett ›Cantique des Cantiques‹ (1938), der 1940 nach Texten von Paul Claudel komponierte ›Totentanz‹ und ›Davids Tanz vor der Bundeslade‹ aus dem 1921/23 entstandenen Oratorium ›König David‹ des französisch-schweizerischen Komponisten Arthur Honegger (1892–1955).

3] *Claudel:* Der französische, der Bewegung Renouveau Catholique verpflichtete Schriftsteller und Diplomat Paul Claudel (1868–1955).

4] *Muraltengut:* Das Gästehaus der Stadt Zürich, in dem noch heute fast alle repräsentativen Empfänge und offiziellen Festlichkeiten stattfinden.

3. 6. 1950

198 1] *an S. Marck:* An Siegfried Marck, P. P. 3. 6. 1950, Reg. III, 50/251.

2] *Assoli:* Koseform für den Oprechtschen Airedale-Terrier Asso.

4. 6. 1950

198 1] *»She stoops to conquer«:* The Old Vic Theatre Company, London, gastierte unter der Regie von Michael Benthall mit der 1773 uraufgeführten Komödie von Oliver Goldsmith (1728–1774). »Das war's. A hilarius evening«: NZZ 5. 6. 1950.

5. 6. 1950

199 1] *Tag des Vortrags:* Beim Festakt am Vorabend des 75. Geburtstags hielt TM im Zürcher Schauspielhaus seinen Vortrag *Meine Zeit*. Die Veranstaltung wurde durch einen Gratulationsspruch des Intendanten Oskar Wälterlin eingeleitet. »So hören wir«, schrieb Eduard Korrodi in seiner Besprechung der Veranstaltung, NZZ 7. 6. 1950, »den immer erstaunlichen Mann [. . .] am Liberalismus mäkeln (weil er selbst für ihn nicht tot ist) und den Sozialismus fast päppeln, doch nicht so ganz, denn die politische Existenzform, die er zeitgemäß fände, leitet er von Goethe ab, der sich als ›gemäßigten Liberalen‹ erklärte. Also der gemäßigte Sozialist.«

2] *opus 111:* Ludwig van Beethovens Klaviersonate No. 32, c-Moll,

op. 111, deren Arietta-Motiv TM im VII. Kapitel des *Doktor Faustus* eingehend beschrieben hatte.
3] *Egger:* Der Schweizer Pianist Maximilian Egger (geb. 1916).
4] *Rede Helblings:* Von der Tischrede Professor Carl Helblings gibt es leider kein Manuskript. Sie war frei gehalten.

6. 6. 1950
1] *ein Gedicht Erikas:* Kein Mitschnitt, keine Aufnahme und keine 199
Transkription im TMA archiviert.
2] *United Press Interview:* Das ungekürzte Interview ist verschollen. Die NYT brachte am 7. 6. 1950, 18:4, lediglich eine Zusammenfassung: »Zürich, Switzerland, June 6 (UP) – Author Thomas Mann, celebrating his seventy-fifth birthday today, said he felt as fit as he had twenty-five years ago./ Last night he told a group honoring his birthday here that humanistic communism probably was the answer to the world's ills.«
3] *Frau Vermehren:* Petra Vermehren führte das vom NWDR am 6. 6. 1950 aufgezeichnete Interview anläßlich des Empfangs der Lübecker Delegation. Text bei Loewy, I, 72, 99/100.
4] *Senator Ewers:* Der Lübecker Senator a. D. und Bundestagsabgeordnete Hans Ewers.
5] *Mikrophon-Unterhaltung:* Das Tonband dieser Unterhaltung mit Petra Vermehren, Hans Ewers und Heinrich Marty ist im TMA erhalten. S. die Inhaltsangabe bei Loewy, a.a.O. I, 72, S. 99.
6] *Prof. von Salis:* Der Schweizer Historiker, Schriftsteller und Kommentator Jean Rodolphe von Salis (geb. 1901), den TM aus seinen ersten Emigrationsjahren kannte.
7] *Dankrede:* Eine private Tonbandaufnahme aller beim Festakt im Saffranhaus gehaltenen Ansprachen befindet sich im TMA. S. Loewy, I, 74, 100–102.
8] *Das Fest:* »[...] es waren liebe, gute Tage [...], unter alten Freunden und mit Kindern und Enkeln. Am 5. Juni hielt ich im Schauspielhaus vor einem wahren Staats- und Gala-Publikum den Vortrag, den Sie kennen, und am folgenden Abend kam man in einem der alten Zunfthäuser an der Limmat zu einem Festessen zusammen, dessen ich dank den wirklich von Freundschaft erfüllten und hochstehenden Reden, die es ›würzten‹ (Fritz Strich, Helbling, de Salis) immer noch gern gedenke. Sogar eine Lübecker Delegation (!)

war nach Zürich gekommen und überbrachte einen wagenradgroßen Marzipan. Kurz, es fehlte an nichts.« (An Paul Amann, P. P. 7. 11. 1950; TM/PA 69/70).

9. 6. 1950

200 1] *Shaw-Lustspiel:* ›Zu wahr um schön zu sein‹. (›Too True to Be Good‹, Schauspiel, 1934). In der Zürcher Aufführung unter der Regie von Kurt Horwitz spielten in den Hauptrollen Maria Becker, Anneliese Römer und Leopold Biberti. Das Bühnenbild stammte von Wolfgang Znamenacek.

2] *Danktelegramme:* An die Redaktion der ›Lübecker Nachrichten‹, Zürich, 7. 6. 1950, Reg. III, 50/254.

3] *Vortragsbroschüre: Meine Zeit,* Vortrag, gehalten in der Universität Chicago, Mai 1950, S. Fischer, Frankfurt am Main 1950.

4] *Manuskripte für Lasky:* Der Vortrag *Meine Zeit* war für eine Veröffentlichung im ›Monat‹ vorgesehen, der jedoch in einem Doppelheft Juli/August 1950 die Referate des von ihm veranstalteten ›Kongresses für kulturelle Freiheit‹ dokumentierte. Teile von TMs Vortrag erschienen unter dem Titel ›Betrachtungen eines Unpolitischen‹ in der Zeitschrift ›Welt und Wort‹, Tübingen, H. 9, September 1950, 382/83.

5] *politisches Dokumentenbuch:* Der Schriftsteller, Publizist und zeitweilige Mitherausgeber der Zeitschrift ›Der Ruf‹, Alfred Andersch (1914–1980), hatte für S. Fischer einen Band ›Thomas Mann, Politische Dokumente 1930–1950‹ ediert. Das bereits gesetzte Buch wurde auf Grund von TMs Veto dann nur in zwei Exemplaren gedruckt. Andersch publizierte seinen Essay unter dem Titel ›Thomas Mann als Politiker‹ später in seiner Zeitschrift ›Texte und Zeichen‹, Berlin, Jg. 1, 1955, H. 1, 85–100.

6] *veröffentlichte:* Jean Rodolphe de Salis, ›Thomas Mann zum 75. Geburtstag‹, ›Neue Zürcher Zeitung‹, 9. 6. 1950.

12. 6. 1950

200 1] *Vortrag im Stadttheater:* Am 11. 6. 1950 über *Meine Zeit.*

2] *Prof. Traugott:* Der Gynäkologe Marcel Traugott (1882–1961) war 1933 aus Frankfurt vertrieben worden und führte seit 1935 eine Praxis in Zürich.

3] *Buch von Hans Mayer:* Hans Mayer, ›Thomas Mann. Werk und

Entwicklung‹, Berlin 1950. Der Luxus-Lederband mit einer Widmung des Autors, Berlin, 19. Mai 1950, befindet sich in der Zürcher Bibliothek. Er enthält TMs Notierung von Druckfehlern im Text und auf dem hinteren Vorsatz. Zu TMs Reaktion vgl. den Brief an Hans Mayer, Zürich, 23. 6. 1950, Reg. III, 50/275; Br. III, 151–154 (fragm.): »*Ihr Buch* – es ist ein Ereignis für mich und für die literarische Welt, eine großartige kritische Leistung! In vielen halben Stunden habe ich es vom ersten bis zum letzten Wort gelesen, manches zweimal, geehrt und bewegt von dem Erlebnis, mein Werk von soviel ausdrucksvoller Erkenntnis umleuchtet und durchdrungen zu sehen! Schmerz und Freude mischten sich oft dabei. Das ›Persönlichkeits‹-Kapitel, zu dem ein rasches, resigniertes Wort von mir Anlaß gab, tat mir etwas weh, denn ich bin ein *Liebender* und möchte nicht als der ›Ungeliebte‹ dastehen. [...] Ich will nicht sprechen von tausend Briefen aus aller Welt, die von Sympathie, Dankbarkeit überströmen; aber es stimmt nicht, wenigstens nicht ganz, daß die zeitgenossen Kunstgenossen sich gleichgültig, ablehnend gegen mich und mein Werk verhalten haben. Kafka *liebte* den ›Tonio Kröger‹. Mit Hauptmann verband mich eine Art von Freundschaft. Wassermann war ein treuer Freund. Hofmannsthal besuchte ich früh in Rodaun, und er war nie in München, ohne zu mir zu kommen. Rilke hat über die ›Buddenbrooks‹ einen essay geschrieben. Gide war mir zugetan, und sein Tagebuch zeugt von Bewunderung für ›Lotte in Weimar‹. Ein Freund war Schnitzler. Der ›Zauberberg‹ gab ihm das Wort ein ›Der Humorist lustwandelt in der Unendlichkeit‹, – was mich freute; denn so sonderbar es klingen mag, fühle ich mich in erster Linie als Humorist, und nichts ist mir lieber, als die Leute zum Lachen zu bringen. Hermann Hesse und ich stehen fest als Freunde zusammen, und keiner läßt etwas auf den anderen kommen. [...] Unbeliebt soll man sich machen bei den Dummen und Schlechten, und ich habe es immer unbedenklicher, rücksichtsloser getan, je älter ich wurde. Aber ungeliebt war ich nicht, bin ich nicht, will ich nicht sein, leugne, es zu sein. Wenn ich den Besten meiner Zeit nicht ›genug getan hätte‹, wie stände es um mein Nachleben? / Welche Garantie bedeutet mir Ihr Buch! Es beschämt die Selbstbezweiflung, zu der ich nur zu geneigt bin, und ist eine ›Haupterhebung‹. Nicht gar viel kümmert es sich um meine künstlerischen Späße, Spiele, Wagnisse, Neuerungen, um die Musik meines Werkes. Aber es macht mit allen Mitteln großer

Kritik einen Lebensbogen sichtbar, von dem man nach diesem Buch, nach *diesem* wohl erst, wird glauben müssen, daß er *stehen* bleiben wird. ---«

13. 6. 1950

201 1] *Pöbeleien:* Belege für die ungezählten abschätzigen Artikel, die zu TMs 75. Geburtstag in der deutschen Presse erschienen – (Die ›Rheinische Post‹, Düsseldorf, z. B. gab ihrem ›Glückwunsch‹ die taktvolle Überschrift ›Thomas Mann – Verirrtes Alter‹) –, sind im TMA archiviert. Besonders hervorgehoben sei jedoch Gerhard Nebels Artikel ›Thomas Mann zu seinem 75. Geburtstag‹, der am 6. 6. 1950 in der ›Frankfurter Allgemeinen Zeitung‹ erschien und TMs Angst vor deutscher Ignoranz und Verführbarkeit plötzlich verständlich macht. Denn Nebel geht in der Tat weit über die Wiederholung der bekannten Vorwürfe von TMs »bis zur Dummheit gehenden Abneigung gegen Deutschland«, seinem verklemmten Haß (»Wie seinem Werk, seinem Denken, seiner Sprache alles Elementare fehlt, so ist auch dieser Haß kein flackerndes, sondern ein schwelendes Feuer«) und »seiner maßlosen Eitelkeit« hinaus; Nebel zielt – und zwar in politicis *und* in litteris gleichermaßen – aufs Grundsätzliche: Was TMs politische Haltung angeht, »nur soviel: daß er, einst ein Freiheitsfreund, zum Anwalt der östlichen Schinderwelt geworden ist und daß er, was an ihm liegt, tut, um die Rettung des Abendlandes, die in letzter Stunde unternommen wird, zu verhindern«. Und literarisch? Nun: »Thomas Mann kann schreiben, aber er kann nicht denken. Die windigen Identifikationsreihen, die er zusammenbastelt, wirken, etwa auf dem Hintergrund der zuchtvollen Sätze Heideggers, lächerlich, und wenn Thomas Mann sich gebildet gibt, so kann das nur Halbgebildete erfreuen. Er ist am schwächsten da, wo er zu denken beginnt, und am besten da, wo seine Sprache gar nichts sagt.« Die »Analyse« gipfelt in einer Apotheose des Irrationalismus, die TM im TB vom 22. 7. 1950 in einer Mischung von Ekel und Grauen als ›wüsten Exzess‹ bezeichnete: »Man muß« – so Nebel zusammenfassend – »Thomas Mann an der metaphysischen Bewegung unserer Zeit messen und wird dann erfahren, daß er sich überlebt hat. [...] Der Geist orientiert sich heute an der Theologie, und zwar ist er abhängiger von ihr, als er es zumeist wahrhaben will – Heideggers Front gegen die ›Scheintheologie‹ und die christliche ›Metaphysik‹

darf den Blick nicht von dem gemeinsamen Ursprung ablenken. Ernst Jünger nimmt ebenso an dieser Wende teil wie Hans Blüher, dessen neues Buch [...] noch nicht in seiner Bedeutung begriffen wurde. [...] [Thomas Mann] ist Humanist und hält die Transzendenz für einen Ausdruck des Menschen, aber nicht den Menschen für eine Schickung der Transzendenz. [...] Er fasert zum letzten Mal die Bildungsprosa des alten Goethe aus, bei unsern wahren Zeitgenossen aber schließt man das sprachliche Urgestein auf, das in Hamann und Hölderlin zutage kam. Der Eintritt ins Ungeheure, sowohl in Grauen, Majestät und Gnade des Seins wie in die trächtige Dunkelheit der Sprache ist dem Talent Thomas Mann verwehrt, der zwar als tüchtiger Kaufmann sein Pfund bis zum letzten Rest ausbeutet, aber doch an die engen Grenzen dieser Mitgift gebunden ist.«

16. 6. 1950

1] *1 3/4 stündige Vorlesung:* Am 15. 6. 1950 las TM im Zürcher Schauspielhaus vermutlich die Kapitel ›Der Stein‹, ›Die Buße‹ und ›Die Offenbarung‹, GW VII, 181–208. 201

18. 6. 1950

1] *Molières »Schule der Frauen«:* ›L'école des femmes‹. Ein Gastspiel mit Louis Jouvet, Jean Richard, Dominique Blanchard, René Bessons und Monique Mélinauds im Zürcher Schauspielhaus. 1941 hatte Jouvet schon einmal mit demselben Stück in Zürich gastiert: damals auf der Flucht seines Ensembles aus Paris über die Schweiz und Spanien nach Südamerika. 202

2] *Jouvet:* Der französische Schauspieler, Regisseur und Theaterleiter Louis Jouvet (1887–1951).

3] *Besprechung:* ›‚Der Erwählte': Vorlesung von Thomas Mann‹, ›Neue Zürcher Zeitung‹, 18. 6. 1950, Fernausg., Blatt 5: »›An diesem Platz fühle ich mich schon recht zu Hause‹. Thomas Mann hätte es kaum je mit mehr Grund bemerken können, als da er am Donnerstagabend im Zürcher Schauspielhaus drei Kapitel aus seinem neuen Roman vorlas. – Es war kein ›Anlaß‹, man war nicht ›herbeigeströmt‹; die seine Werke kannten und verehrten, hatten sich eingefunden, um dem Dichter da zu begegnen, wo er ›zu Hause‹ war, am Tische mit der Leselampe in seiner Lieblingssituation: wo er erzählte.«

4] *Schrift von Ogburn:* Charlton Ogburn, ›The Renaissance Man of England‹, 1947. Die von TM damals gelesene deutsche Übersetzung ›Der wahre Shakespeare: Edward de Vere, XVII. Earl of Oxford‹, war 1950 in Stuttgart erschienen.
5] *Ogburn:* Der Washingtoner Rechtsanwalt und Literat Charlton Ogburn (1882–1962).
6] *»Zeus und Hera«:* Karl Kerényi, ›Zeus und Hera‹, ›Saeculum‹, 1, 1950, 228–257. Mit einer Widmung Kerényis und Anstreichungen TMs in der Zürcher Bibliothek erhalten.

19. 6. 1950

202 1] *an Wälterlin:* Der Brief an Oskar Wälterlin, den Direktor des Zürcher Schauspielhauses, gilt als verschollen; s. Reg. IV, 587.
2] *[an] Mondadori:* An Alberto Mondadori, Zürich, 19. 6. 1950, Reg. III, 50/269; Br. III, 150/151.

20. 6. 1950

203 1] *an Kolb:* Der Brief an den Frankfurter Oberbürgermeister gilt als verschollen; s. Reg. IV, 587.
2] *Briefe in der Angelegenheit Lesser:* 1.) An Jonas Lesser, Zürich, 20. 6. 1950, Reg. III, 50/272: Trost wegen der Schwierigkeiten, für sein Buch über TM einen Verleger zu finden, sowie 2.) das Schreiben an Kurt Desch, Zürich o. D., Reg. III, 50/270, in dieser Angelegenheit: »In London [. . .] lebt ein leidender, einsamer, zartbesaiteter Mann [. . .], der ein so zarter Liebhaber und intimer Kenner meines Lebenswerkes ist, wie ich kaum sonst einen besitze. Seine Versenkung in dieses Werk [. . .] ist einzigartig und erstaunlich, und es ist ein Buch von etwa 30 Bogen daraus geworden, dessen Erscheinen nicht nur dem Autor unendlich am Herzen liegt, sondern auch mir eine wirkliche Freude wäre, hauptsächlich darum, weil es, im Gegensatz zu gewissen bedeutenden Arbeiten, die mein Werk vor allem unter dem gesellschaftskritischen Gesichtspunkt würdigen, all sein Augenmerk auf seine *rein künstlerischen* Eigenschaften, Erfindungen, Neuerungen, Eigentümlichkeiten richtet – und zwar mit einer Akribie, Um- und Einsicht, Sensitivität für das sprachliche Detail, die Wortfügung, den technischen ›Witz‹, die etwas Unvergleichliches und ich möchte sagen: Sensationelles darstellt.« (TMA)
3] *An die Herz:* An Ida Herz, Zürich, 20. 6. 1950, Reg. III, 50/271.

4] *Golos [...] Artikel:* Golo Mann, ›Deutschland und Rußland im 20. Jahrhundert. Ein historischer Essay‹, ›Neue Schweizer Rundschau‹, N. F., Jg. 17, 1949/1950, 723–737.

23. 6. 1950

1] *Brief an H. Mayer:* S. TB 12. 6. 1950, Anm. 3. 204
2] *»Romeo und Julia«:* In der Zürcher Aufführung spielten, unter der Regie von Oskar Wälterlin und in einem Bühnenbild von Teo Otto, Dorothea Mayer und Will Quadflieg die Hauptrollen.
3] *Quadlieb:* Der deutsche Schauspieler Will Quadflieg (geb. 1914) war seit 1949 am Zürcher Schauspielhaus engagiert.
4] *Kalser:* Der Schauspieler Erwin Kalser; s. TB 12. 6. 1949, Anm. 4.

24. 6. 1950

1] *an d'Ormesson:* An André d'Ormesson, Zürich, 22. 6. 1950, 204
Reg. III, 50/274.
2] *Die Lindt:* Thomas Manns Zürcher Sekretärin.
3] *Erstausgabe:* Von Arthur Schopenhauers (1788–1860) Hauptwerk fand sich im TMA weder ein Exemplar der Ausgabe von 1819 noch eines der zweibändigen Edition von 1844.

25. 6. 1950

1] *Ausbruch des Krieges:* In der Nacht vom 24. auf den 25. 6. 1950 205
hatten nordkoreanische Truppen in breiter Front den nach dem zweiten Weltkrieg als Demarkationslinie zwischen dem amerikanischen und sowjetischen Einflußbereich festgelegten 38. Breitengrad überschritten.
2] *Einheitsforderungen:* Die von der UdSSR unterstützte Forderung nach Einberufung einer koreanischen Nationalversammlung in Seoul, die, am Jahrestag der Kapitulation Japans, dem 15. August, die Wiedervereinigung des nach dem Zweiten Weltkrieg in einen kommunistisch dominierten Nordteil und einen westlichen Einflüssen unterliegenden Südteil gespaltenen Landes beschließen sollte.
3] *Kabinet Bidault »gestürzt«:* Der französische Premierminister Georges Bidault (1899–1983) hatte wegen einer von den Sozialisten eingebrachten Forderung nach Lohnerhöhung für die Civil Servants die Vertrauensfrage gestellt und eine Niederlage erlitten.

26. 6. 1950

205 1] *Hilfstelegramm:* Da sich der Brief von Leo Matthias nicht unter den im TMA archivierten Schreiben befindet, ist der Zusammenhang nicht mehr zu rekonstruieren.

29. 6. 1950

205 1] *P. K. Z.:* Modehaus in Zürich.

2] *Geburtstagsnummer des »Aufbau«:* Vol. XVI, No. 23 v. 9. 6. 1950 enthielt eine Art Geburtstagsbeilage. Unter dem Thema ›Die Welt feiert Thomas Mann‹ publizierte die Zeitschrift auf den Seiten 11, 12 und 26 Beiträge von Henry C. Hatfield (›The impact of Thomas Mann's work on the United States‹), Max Brod (›Israel liest einen deutschen Dichter‹) und Emil Belzner (›Der Dichter und das deutsche Dilemma‹). Die unter dem Motto ›Wirkung ins Weite‹ stehenden verbindenden Ausführungen stammten von Richard Dyck.

3] *Gisi Fischer:* Gisela Fischer (geb. 1929), die zweite Tochter von TMs Verleger GBF.

206 4] *allem ausweichend:* Vgl. die TB 9. 6. 1949, Anm. 6 dargestellten Schwierigkeiten, die TM vielleicht zu dem hier notierten Vorsatz veranlaßt haben könnten.

5] *Aufforderung:* Diese Aufforderung ließ sich bisher weder durch schriftliche Dokumente noch durch Gespräche und Recherchen in der ehemaligen DDR belegen.

6] *Herr von Doehne:* Vermutlich ein Mitgast im Hotel Dolder.

30. 6. 1950

206 1] *an Neumanns:* An Kitty und Alfred Neumann, Zürich, 30. 6. 1950, Reg. III, 50/286; TM/AN 88/89.

2] *Jakob Wanderer:* Nicht ermittelt. Vielleicht ist der aus Berlin stammende, in Haifa tätige Architekt Wolf Anker gemeint, dessen Bearbeitung von Andersens Märchen ›Des Kaisers neue Kleider‹ TM in einem Brief vom 18. 11. 1949 kritisch gewürdigt hatte. S. TB 19. 11. 1949, Anm. 3. Schon damals vermerkt das TB: »an J. Anderer über sein Stück«.

3] *Mc Arthur setzt [...] ein:* Der Oberkommandierende der US-Truppen in Japan, General Douglas MacArthur (1883–1964), war – in Ausführung eines UN-Beschlusses zur militärischen Unterstützung Südkoreas gegen die als Beginn einer kommunistischen Welteroberungsstrategie interpretierte nordkoreanische Invasion – von Präsident Truman beauftragt worden, die Operationen in Korea zu leiten.

3. 7. 1950

1] *»Der Vatikan«:* Joseph Bernhart, ›Der Vatikan als Thron der 207
Welt‹, Leipzig 1930. Das Buch mit Anmerkungen und Anstrichen TMs ist in der Zürcher Bibliothek erhalten.

2] *J. Bernhardt:* Der wissenschaftliche Schriftsteller Joseph Bernhart (1881–1963).

3] *Ausstellung:* Die Thomas Mann Ausstellung der Lübecker Stadtbibliothek war am 6. 6. 1950 eröffnet worden.

4] *Der kleine Tegernseer:* S. den TB 30. 6. 1950, Anm. 1 erwähnten Brief an Kitty und Alfred Neumann: »Erzählen Sie Kitty doch, daß hier ein Münchener oder Tegernseer Kellner ist, mit den nettesten Augen der Welt, ein Schlankal natürlich, aber es ist doch merkwürdig, wie die Sprechweise, das charakteristische Stimm-Timbre etc. mir vertraut und lieb geblieben sind. Ich verwöhne ihn ausgiebig, um ihn strahlen zu sehen.« Franz Westermeier (geb. 1931) ist heute als Bankett-Oberkellner in New York tätig.

5] *Dr. Bollack:* Vermutlich ist der Zürcher Internist Dr. Sigmund Pollag (s. TB 17. 6. 1949, Anm. 2) gemeint.

6] *Langen-Ausgabe von Dostojewskys »Werdendem«:* TMs Exemplar von F. M. Dostojewski, ›Ein Werdender‹ (›Der Jüngling‹), 3 Bücher in 2 Bänden, Übersetzung von Korfiz Holm, München 1905, ist in der Zürcher Bibliothek erhalten.

7] *Holm:* TMs Lübecker Schulkamerad, der aus Riga stammende spätere Leiter des Verlags Albert Langen in München, Korfiz Holm (1872–1942).

8] *an Frido:* Der Brief an den Enkel ist nach Reg. IV, 587 verschol- 208
len.

9] *sein [...] Schreiben [...] Märchen:* Beides nicht im TMA erhalten.

10] *Witwe Emil Ludwig:* Elga Ludwig, Witwe des Schriftstellers Emil Ludwig (1881–1948). Ludwig, dessen Biographien weltweit übersetzt wurden, war 1940 in die USA übersiedelt und nach dem Kriege in die Schweiz zurückgekehrt.

11] *Sic transit:* Evokation des im Mittelalter dem zur Krönung einziehenden Papst zugerufenen altrömischen Ausspruchs: Sic transit gloria mundi (so vergeht die Herrlichkeit der Welt).

12] *»Die Toten bleiben jung«:* Der Roman der 1947 aus dem mexikanischen Exil in die DDR zurückgekehrten Schriftstellerin Anna Seghers (eigentl. Netty Radvanyi, geb. Reiling, 1900–1983) war 1949 in Berlin erschienen.

13] *Mr. Mampell:* Der Schriftsteller und Biologe Klaus Mampell (geb. 1916), der 1947–1953 als Dozent und Professor für Genetik und Evolution in den USA lehrte.

14] *Ganghofer:* Der bayerische Dramaturg, Redakteur und Romancier Ludwig Ganghofer (1855–1920).

15] *Thoma:* Der bayerische Jurist, ›Simplicissimus‹-Redakteur und Schriftsteller Ludwig Thoma (1867–1921).

16] *Slezak:* Der österreichische Tenor und spätere Filmschauspieler Leo Slezak (1873–1946). Slezak starb in Rottach-Egern, Thoma und Ganghofer starben in Tegernsee.

209 17] *Roeder:* Der Chemiker Hans Röder (geb. 1899), 1950 Präsident der österreichischen Handelskammer, und seine Frau Eva Maria (1903–1965), 1950 als Journalistin u. a. für die ›Weltwoche‹ tätig.

18] *»Die Eroberung von Berlin«:* Vermutlich der 1949 gedrehte – später, auf dem 20. Parteitag der KPdSU von Chruschtschow ob seiner kritiklosen Stalin-Verherrlichung hart getadelte – zweiteilige Film ›Der Fall von Berlin‹.

4. 7. 1950

209 1] *Bilder:* Einige Aufnahmen sind im TMA erhalten.

2] *beantwortet:* Zürich, 4. 7. 1950, Reg. III, 50/291; Br. III, 155/156.

5. 7. 1950

209 1] *das neue Kapitel: Der Erwählte,* Kapitel XXVII, ›Die Auffindung‹, GW VII, 221–229.

2] *Dr. Althof:* Vermutlich ist der Zürcher Rechtsanwalt Peter Alther (geb. 1919), ein Freund Korrodis, gemeint. S. TM an Max Rychner, Zürich, 9. 7. 1950, Reg. III, 50/297; Br. III, 157/158.

6. 7. 1950

210 1] *kleines Epos von Rychner:* Max Rychner, ›Die Ersten. Ein Epyllion‹, Zürich 1949.

2] *Jünger:* Der deutsche Schriftsteller Ernst Jünger (geb. 1895), dessen von elitärer Haltung geprägte, Krieg und Soldatentum verherrlichende Bücher in nationalen, aber auch nationalsozialistischen Kreisen hoch geschätzt waren, obwohl sich Jünger niemals mit den Nationalsozialisten identifizierte, die er schon wegen ihres flegelhaften Benehmens und der Verhunzung des Elitegedankens verachtete. Zu TMs Beurteilung von Jünger s. TB 44–46, 751/752.
3] *Wiechert:* Der deutsche Schriftsteller Ernst Wiechert (1887 bis 1950), dessen Haltung während der Zeit des Nationalsozialismus trotz Gestapo- und KZ-Haft vor allem im Ausland nicht unumstritten war. Zu TMs Einstellung Wiechert gegenüber s. TB 46–48, 381/382.

7. 7. 1950
1] *»der Zuckmaier«:* Der TM gut bekannte, 1938 über England in die USA geflohene deutsche Schriftsteller Carl Zuckmayer (1896 bis 1977). S. auch TB 44–46, 422. *211*

8. 7. 1950
1] *»Wer das Tiefste gedacht, liebt das Lebendigste«:* Friedrich Hölderlin, ›Sokrates und Alcibiades‹: »Warum huldigest du, heiliger Sokrates,/ Diesem Jünglinge stets? kennest Du Größers nicht?/ Warum siehet mit Liebe,/ Wie auf Götter, dein Aug auf ihn?// Wer das Tiefste gedacht, liebt das Lebendigste,/ Hohe Tugend versteht, wer in die Welt geblickt,/ Und es neigen die Weisen/ Oft am Ende zu Schönem sich.« S. dazu den Brief an Carl Maria Weber, München, 4. 7. 1920, Reg. I, 20/61; Br. I, 176–180, in dem TM auf seine in den *Betrachtungen*, Kap. ›Ironie und Radikalismus‹, GW XII, 568, gegebene Definition des ›Erotischen‹ verweist und hinzufügt: »Zuletzt aber, was liegt hier anderes vor, als die Übersetzung eines schönsten Liebesgedichtes der Welt ins Kritisch-Prosaische, des Gedichtes, dessen Schlußstrophe beginnt: ›Wer das Tiefste *gedacht*, liebt das *Lebendigste*‹.« (D. ü. D. I, 416) *211*
2] *Zbg.-Korrekturen:* Für die in Wien gedruckte neue Auflage (150.–159. Tsd.) der Stockholmer Gesamtausgabe.
3] *Geburtstagsrede:* Harold Nicolson, ›Tribute to Thomas Mann‹, ›The Listener‹, London, 15. 6. 1950, 1025/1026.
4] *Artikel über W. Benjamin:* Gedruckt unter dem Titel ›Charakteri-

stik Walter Benjamins‹ in ›Die Neue Rundschau‹, Jg. 61, 1950, H. 4, 571–584.
5] *Privatdozent J. Kunz:* Der Literarhistoriker Joseph Kunz hatte 1948/49 über ›Gattungsprobleme des Romans‹, im Sommer 1949 über ›Die Struktur der deutschen Novelle‹ gelesen.
212 6] *Vorlesungen des »geistreichen Dänen Dr. Brandes«:* Friedrich Nietzsche erwähnt in mehreren Briefen des Jahres 1888 die Vorlesungen, die Georg Brandes im Frühjahr 1888 an der Kopenhagener Universität über ihn hielt. Die Formulierung vom ›geistreichen Dänen Dr. Georg Brandes‹ steht in einer Nachricht an Ernst Wilhelm Fritsch vom Mai 1888.
7] *Editorial von Lippmann:* Walter Lippmann, ›Stalin Thus Far‹, ›The New York Herald Tribune‹, europ. Ausg., Paris, 6. 7. 1950, 4.

9. 7. 1950
213 1] *an Rychner:* An Max Rychner, Zürich, 9. 7. 1950, Reg. III, 50/297; Br. III, 157/158.

10. 7. 1950
214 1] *an Angell:* An Joseph Warner Angell, Zürich, 10. 7. 1950, Reg. III, 50/299: Über einen möglichen Verkauf von Exponaten an die TM-Collection. »As far as the other matter is concerned, which you mention with low voice, you are only to[o] right to speak of ›profound implications‹. Because I am getting so little money from Knopf that I sometimes ask myself w[h]ether I shall be able to uphold my existence in the U.S., which is an expensive country. So, in a sense, the time is ripe for an action in favour of my staying there.« (TMA)
2] *englisch-deutsche Hamlet-Ausgabe:* William Shakespeare, ›Hamlet‹, englisch und deutsch; mit einer Einleitung und Anmerkungen, hrsg. von L[evin] L[udwig] Schücking, Leipzig 1941. TMs Exemplar mit einer Widmung von Hans Feist ist in der Zürcher Bibliothek erhalten.
3] *Spittelers kleine Schriften:* Carl Spitteler, ›Gesammelte Werke‹, Bd. 9 ›Aus der Werkstatt‹, hrsg. von Werner Stauffacher, Zürich 1950.

11. 7. 1950

1] *an Adorno:* An Theodor W. Adorno, Zürich, 11. 7. 50, Reg. III, 50/301; Br. III, 158/159. 215

2] *Lasky-Congreß:* Der von der Zeitschrift ›Der Monat‹ unter ihrem Chefredakteur Melvin J. Lasky in Berlin vom 26. bis zum 30. 6. 1950 veranstaltete ›Kongreß für kulturelle Freiheit‹. Den Verlauf und alle bei der feierlichen Eröffnungs- und Schlußveranstaltung sowie in den einzelnen ›Arbeitssitzungen‹ gehaltenen Referate (u. a. von Ernst Reuter, Ignazio Silone, Jules Romains, Haakon Lie, Alfred Weber, Sidney Hook, Arthur Koestler, Nicolas Nabokow, Karl Jaspers, Eugen Kogon, H. R. Trevor Roper, Raymond Aron, Richard Loewenthal, Joseph Czapski) dokumentiert das Doppelheft 22/23, Juli/August 1950. Zu TMs Meinung s. das Schreiben an Melvin J. Lasky, 19. 5. 1950, Reg. III, 50/233: »Auf Ihre Frage nach meinem Verhalten zu den Problemen, die dieser Congress behandeln soll, gibt es nur eine fix- und fertige Antwort: Es ist der Vortrag ›Meine Zeit‹ [...]. Er stellt nach vielen Mißverständnissen meine Haltung in der gegenwärtigen Weltlage vollkommen klar, indem er nämlich mit einer entschieden moralisch begründeten Absage an den totalen Staat und die dogmatische Diktatur ein warmes Plaidoyer für den Frieden verbindet.« (TMA)

3] *Vortrag in Heidelberg:* Golo Mann sprach am 6. 7. 1950 vor Heidelberger Soziologiestudenten. Die ›Rhein-Neckar-Zeitung‹, Heidelberg, berichtete: »Golo Mann legte sich nicht auf ein spezielles Thema fest, sondern gab in einigen persönlichen Bemerkungen über die Zeit vor 1932 [...] ein Bild der damaligen Situation der Universität. Daran knüpfte er einen Vergleich mit der sozial- und geisteswissenschaftlichen Methodik und Forschung in den Vereinigten Staaten, um abschließend in einer Diskussion den Studierenden Rede und Antwort zu stehen.«

4] *Klaus H:* Klaus Heuser (geb. 1910), Sohn des Direktors der Düsseldorfer Kunstakademie Werner Heuser. TM hatte die Familie 1927 in Kampen/Sylt getroffen und eine tiefe Zuneigung zu dem damals 17jährigen Jungen gefaßt, den er wenig später zu einem Besuch nach München einlud. Vgl. auch die Retrospektive auf dieses Erlebnis TB 21. 3. 1937. 216

5] *Paul:* Paul Ehrenberg; s. TB 4. 8. 1949, Anm. 6.

6] *Willri:* TMs Lübecker Schulkamerad Williram Timpe, Sohn des

Oberlehrers Johann Heinrich Timpe, bei dem TM nach dem Umzug seiner Mutter nach München 1892/93 in Pension war, gab das Vorbild für die Figur des Pribislaw Hippe im *Zauberberg.*

7] *Armin:* TMs Lübecker Schulkamerad Armin Martens, Vorbild für den von Tonio Kröger geliebten und bewunderten Hans Hansen.

Zu den Anm. 4–7 vgl. die Tagebucheintragung vom 16. 7. 1950 und vom 6. 5. 1934: »Das K. H.-Erlebnis war reifer, überlegener, glücklicher [als ›die Leidenschaft und das melancholisch-psychologisierende Gefühl‹, das die Beziehungen zu P. E. prägten]. Aber das Überwältigtsein wie es aus bestimmten Lauten der Aufzeichnungen aus der P. E.-Zeit spricht, dieses ›Ich liebe dich – mein Gott, – ich liebe dich!‹, – einen Rausch, wie er angedeutet ist in dem Gedicht-Fragment: ›O horch, Musik: an meinem Ohr weht wonnevoll ein Schauer hin von Klang –‹ hat es doch nur einmal – wie es sich wohl gehört – in meinem Leben gegeben. Die frühen A. M.- und W. T.-Erlebnisse treten weit dagegen ins Kindliche zurück, und das mit K. H. war ein spätes Glück mit dem Charakter lebensgütiger Erfüllung, aber doch schon ohne die jugendliche Intensität des Gefühls, das Himmelhochjauchzende und tief Erschütterte jener zentralen Herzenserfahrung meiner 25 Jahre. So ist es wohl menschlich regelrecht, und kraft dieser Normalität kann ich mein Leben stärker ins Kanonische eingeordnet empfinden, als durch Ehe und Kinder. –«

12. 7. 1950

216 1] *Spitteler über Nietzsche:* Carl Spitteler, ›Meine Beziehungen zu Nietzsche‹, in ›Gesammelte Werke‹, Bd. 6, ›Autobiographische Schriften‹, hrsg. von Gottfried Bohnenblust, Zürich 1947, 493 bis 518.

2] *Spitteler:* Der Schweizer Jurist, Theologe und Schriftsteller Carl Spitteler (1845–1924), Nobelpreis 1919. Zu einem persönlichen Eindruck vergl. TM an Harry Maync, München, 22. 12. 1930: »Außerordentlich interessant waren Ihre Mitteilungen über deutsche Dichter. Ich habe sehr über Spitteler lachen müssen oder ›können‹, wie man in Süddeutschland richtiger sagt. Ich bewahre ähnliche Erinnerungen an ihn. Einmal habe ich ihn über Nietzsche sprechen hören, daß einem die Haare zu Berge standen.« (Marbach)

3] *Anzeige:* Von Pierre Lorson in ›Etudes‹, Paris, 1950, Rubrik ›Les Lettres à l'Etranger‹, 87–93.

4] *an den Verfasser:* Der Brief an Pierre Lorson ist nirgends nachgewiesen.
5] *an Knopf:* Zürich, 12. 7. 1950: in Sachen der TB 10. 7. 1950 vermerkten ›schlimmen‹ Halbjahresabrechnung. »During Katia's prolonged illness, and her convalescence which has only just begun, she shouldn't be bothered with ›business‹. Hence I have not even shown her your royalities report covering, or so it seems, the six months period ending on April 30th, 1950. It would be – not an understatement but a false statement entirely to say that I was shocked by what I read. [. . .]/ As indicated above, Katia is now happily on her way to recovery. Even so, I do not wish to worry her, and should consequently be glad if you'd address your reply c/o Buchhandlung Oprecht, Raemistrasse 5, Zuerich.« (A. A. Knopf-Archiv, New York). *217*
6] *»Da wir noch von Liebe litten«:* Johann Wolfgang von Goethe, ›West-Östlicher Divan‹, ›Buch des Sängers‹, ›Im Gegenwärtigen Vergangenes‹: »Ros' und Lilie morgentaulich/ Blüht im Garten meiner Nähe; [. . .]// Und da duftet's wie vor alters,/ Da wir noch von Liebe litten/ Und die Saiten meines Psalters/ Mit dem Morgenstrahl sich stritten./ Wo das Jagdlied aus den Büschen/ Fülle runden Tons enthauchte,/ Anzufeuern, zu erfrischen,/ Wie's der Busen wollt' und brauchte.// Nun die Wälder ewig sprossen,/ So ermutigt euch mit diesen,/ Was ihr sonst für euch genossen,/ Läßt in andern sich genießen./ Niemand wird uns dann beschreien,/ Daß wir's uns alleine gönnen;/ Nun in allen Lebensreihen/ Müsset ihr genießen können.// [. . .]«

13. 7. 1950
1] *an Agnes Meyer:* Zürich, 13. 7. 1950, Reg. III, 50/304. *217*
2] *an [. . .] O. M. Fontana:* Das Schreiben an den TM aus Wien bekannten österreichischen Schriftsteller Oskar Maurus Fontana (1889–1969) gilt als verschollen; s. Reg. IV, 587. *218*

16. 7. 1950
1] *Sendung [. . .] über »Adel des Geistes«:* Am 16. 7. 1950 unter dem Titel ›Paris: Freiheit des Geistes‹. Die Sendereihe ›Paris‹ des Südwestfunks, Baden-Baden, war ein täglich dreimal ausgestrahlter Beitrag zur Beförderung der Demokratisierung in der französisch *220*

besetzten Zone Deutschlands, der auch nach Gründung der Bundesrepublik weiterlief.

17. 7. 1950

221 1] *Hansemann:* Das Café Hanselmann in St. Moritz.

2] *Autogramm-Ausstellung:* Nach Auskunft der Stadt Göppingen hat die geplante Ausstellung nicht stattgefunden. TMs Brief mit der erwähnten Abschrift befindet sich in Privatbesitz.

222 3] *Vermittlungsangebot Nehru's:* Am 13. 7. 1950 hatte der indische Premier Noten an die von TM genannten Politiker gesandt, in denen er die beiden Großmächte aufforderte, eine Ausweitung des Krieges zu verhindern und den Frieden in Korea wiederherzustellen. Außerdem schlug er vor, Rot-China in die UN aufzunehmen, so daß die Sowjetunion ihren Boykott gegen die Sitzungen, in denen die nationalchinesische Delegation anwesend sei, fallen lassen könnte.

18. 7. 1950

223 1] *aus Sibyllas Gebet:* Im XIX. Kapitel des *Erwählten*, GW VII, 156.

2] *Verhalten der N.Y. Times:* Die Berichterstattung war in beiden Fällen korrekt und ohne Häme oder Vorwürfe gewesen.

224 3] *Mühlestein:* Der Schweizer Schriftsteller, Übersetzer und Kulturhistoriker Hans Mühlestein, den TM aus seiner Münchener Zeit flüchtig kannte.

4] *Michelangelo-Übersetzungen:* Michelangelo, ›Ausgewählte Dichtungen‹, Italienische Originale und deutsche Umdichtungen von Hans Mühlestein, Celerina 1950. Die von TM italienisch zitierten Verse sind der No. 13, V. 1524–1526, a.a.O. 36/37, entnommen und lauten in Mühlesteins Übertragung: »Weil's mich stündlich lockt und süß verführt,/ Des Zaubers, ach, der Augen zu gedenken,/ Durch die ich nicht nur bin, nein selig bin –/ So zwingt mich alles, was in mir sich rührt/ Mich ganz an euch, o Augen, zu verschenken,/ Natur, Vernunft und Zeit, solang ich bin.«

19. 7. 1950

226 1] *Frau von Opel:* Nicht ermittelt.

2] *Geschichte der Päpste:* Joseph Bernhart, ›Der Vatikan als Thron der Welt‹, s. TB 3. 7. 1950, Anm. 1.

20. 7. 1950
1] *Besteigung des Felsens:* Kapitel XXVII, GW VII, 223/224. *227*
2] *Gedanken an einen Aufsatz:* TM schrieb *Die Erotik Michelangelo's*, GW IX, 783–793.

21. 7. 1950
1] *Rezension: Michelangelo in seinen Dichtungen,* s. TB 25. 10. 1950, Anm. 1. *227*
2] *Etwas zu schreiben:* Das in Form eines Briefes an den Weimarer Oberbürgermeister Hermann Buchterkirchen verfaßte Grußwort vom 1. 8. 1950 ist im Anhang, No. 25, S. 695–697 abgedruckt. *228*

22. 7. 1950
1] *an Basler:* An Otto Basler, St. Moritz, 22. 7. 1950, Reg. III, 50/306: Ansichtskarte mit der Bitte um Lebensdaten von Michelangelo. *228*
2] *Broschüre:* Ernst Hofmann, ›Thomas Mann, Patholog-Therapeut? Eine Zusammenschau seiner Thematik‹, Akademische Druck- und Verlagsanstalt, Graz 1950. Die Broschüre ist im TMA erhalten.
3] *Artikel [...] über den Joseph:* Wolf Jobst Siedler, ›Humanisierung des Mythos‹, ›Die Neue Zeitung‹, 5. 7. 1950, 8. S. dazu TM an WJS, St. Moritz, 27. 7. 1950, Reg. III 50/308.
4] *Neuer Artikel des ›Aufbau‹:* Kurt Kersten, ›Nebels Hornruf‹, ›Aufbau‹, vol. XVI No. 28 v. 14. 7. 1950, 10: »Die Blumen, die in Deutschland Thomas Mann zum Geburtstag überreicht wurden, waren, wie im ›Aufbau‹ berichtet, meist mit Dornen umwunden. Man machte aus seinem Herzen keine Mördergrube und wahrte selten die Gebote der Höflichkeit. [...]/ Ein Blatt, das meist die Worte zu wägen sucht, wie die ›Frankfurter Allgemeine Zeitung‹, brachte jenen giftgeschwollenen, pamphletistischen Artikel des Schriftstellers Gerhard Nebel, der vor allen anderen Artikeln grell hervorstach. [...] Nebel ist kein Nazi, aber vom Nazismus sind heute überall mehr Seelen vergiftet als ihnen bewußt ist. Aus diesem pathologischen Elaborat gellt die nazistische Verachtung für menschliche Würde, die am Ende zur Gaskammer führt.«
5] *Exzeß:* S. TB 13. 6. 1950, Anm. 1.

23. 7. 1950
1] *Peat:* Der 34jährige Chef des Berliner Reuter-Büros, John Peet, war aus Protest gegen eine – wie er sagte – auf Krieg mit der UdSSR *229*

abzielende Verschwörung Großbritanniens und der USA in die sowjetisch besetzte Zone Deutschlands emigriert. Der Schritt rief weltweite Empörung und Verurteilung hervor. Peet war der dritte westliche Journalist, der sich im ersten Halbjahr 1950 aus solchen Motiven hinter den Eisernen Vorhang absetzte. – Zu Erika Manns Artikel s. TB 28. 7. 1950, Anm. 6.
2] *an Frey:* An Alexander Moritz Frey, St. Moritz, 23. 7. 1950, Reg. III, 50/307.
3] *Svat-Polluk Kučera:* Nicht ermittelt.

24. 7. 1950
229 1] *antwortete:* Der Brief gilt als verschollen; s. Reg. IV, 587.

26. 7. 1950
230 1] *Frau Koppel:* Gabriele Koppell, die Frau von Heinrich Günther (Henry G.) Koppell, dem Gründer und Leiter des auch deutschsprachige Bücher publizierenden amerikanischen Verlags Book Cooperation in New York, die TM seit 1939 kannte.
2] *Änderung um Koreas willen:* Die Korrekturbogen sind nicht mehr vorhanden.
3] *Brief:* Der auf dem Papier des Grand Hotel Dolder geschriebene Brief ist im TMA erhalten.

27. 7. 1950
230 1] *Kapitel »Die Kinder«:* Das dritte Kapitel des *Erwählten*, GW VII, 20–32.

28. 7. 1950
231 1] *Chasté:* Die durch Friedrich Nietzsche berühmt gewordene Halbinsel im Silser See.
2] *Wiedereintritt Rußlands:* Aus Protest gegen die Weigerung des Sicherheitsrates, den Vertreter Nationalchinas aus dem UN-Gremium auszuschließen, waren Malik und die sowjetische Delegation am 13. Januar aus dem Sicherheitsrat ausgezogen. Jetzt, wenige Tage vor dem Beginn der ihnen für den Monat August turnusmäßig zustehenden Präsidentschaft, kehrten sie mit einem von Jakow A. Malik fertig ausgearbeiteten Tagesordnungsplan in das Gremium zurück.
3] *»Die schlimmen Kinder«:* Das vierte Kapitel des *Erwählten*, GW VII, 32–39.

4] *Weltuntergangssonett:* Vgl. GW IX, 792.
5] *Portrait der Vittoria:* Das Porträt der Vittoria Colonna – eine Photographie des Titelbildes – liegt dem Original-Tagebuch bei.
6] *Hesse an die »N.S.R.«:* »An die Redaktion der Neuen Schweiz. 232
Rundschau, Sils Maria Ende Juli 1950/ Sie bekommen hier etwas Ungewöhnliches und Kostbares anvertraut: den schönsten, klügsten und beherzigenswertesten Aufsatz zum aktuellsten Problem unserer Zeit, der mir seit Jahren vor Augen gekommen ist. Erika Mann hat ihn mir zu lesen gegeben, ich war ergriffen und begeistert und fragte sofort, wo die deutsche Originalfassung erscheinen werde. Wir waren darüber einig, daß weder West- noch Ostdeutschland dafür in Betracht käme, daß wir dafür eine neutrale und überparteiliche Stelle suchen müßten, da riet ich zur N. S. Rundschau. Es wäre mein innigster Wunsch, dies edle Bekenntnis eines tapferen und gescheiten Menschen in der ganzen Weltpresse erscheinen zu sehen, aber wichtiger als die Zahl der Leser scheint mir ihre Qualität. Dieser Mahn- und Weckruf sollte, so scheint mir, vor allem auf eine intellektuelle Elite wirken.« (Marbach) S. auch Hesse an W. Haussmann (TM/HH 159, Anm. 2): »Für einen schönen und tapferen Aufsatz von Erika zur Weltlage, einem Appell an die Intellektuellen vor allem, setzte ich mich bei der Schweizer Presse ein, ohne die Publikation erreichen zu können. Er erschien bisher nur auf dänisch und hat der Autorin in Amerika bittersten Haß eingetragen.«

29. 7. 1950
1] *An der »Erotik«: Die Erotik Michelangelos;* s. TB 20. 7. 1950, 232
Anm. 2.
2] *französischer Artikel:* Die Besprechung von Antonina Vallentin-Luchaire, die bereits 1935 über TM publiziert hatte, konnte nicht ermittelt werden.
3] *Erikas Brief an Walter:* Nicht gefunden.

30. 7. 1950
1] *an Basler:* An Otto Basler, St. Moritz, 30. 7. 1950, Reg. III, 50/ 233
311; Br. III, 160: Frage nach dem genauen Wortlaut des Gedichts mit den Zeilen »Wie sie sich an mich verschwendet . . .« aus dem Buch ›Suleika‹ von Goethes ›West-Östlichem Divan‹, Hatem: »Kann wohl

sein! so wird gemeinet;/ Doch ich bin auf andrer Spur:/ Alles Erdenglück vereinet/ Find' ich in Suleika nur.// Wie sie sich an mich verschwendet,/ Bin ich mir ein wertes Ich;/ Hätte sie sich weggewendet,/ Augenblicks verlör' ich mich.«

31. 7. 1950

233 1] *Beitrag:* S. TB 21. 7. 1950, Anm. 2.
2] *»Meine Zeit« [...] im neuen S. Fischer Verlag:* S. TB 9. 6. 1950, Anm. 3. Mit dem ›neuen‹ S. Fischer Verlag ist der nach der Trennung von Peter Suhrkamp als eigenständiges Unternehmen in seiner ursprünglichen Form wiederhergestellte Verlag gemeint.

1. 8. 1950

233 1] *S.A.L.:* Private Schweizer Fluglinie.
2] *Artikel:* Fritz Kraus, ›Adel des Geistes‹, ›Neue Zeitung‹, München, 15. 7. 1950.
234 3] *Wallenberg:* Der 1938 über Prag nach New York geflohene ehemalige Berliner Journalist Hans Wallenberg (1907–1977) leitete seit 1946 als Nachfolger von Hans Habe die unter amerikanischer Ägide erscheinende ›Neue Zeitung‹ in München. S. TB 46–48, 587/588.
4] *Roman von Heliodor:* Heliodoros aus Emesa (3. Jhd. n. Chr.), ›Aithiopika. Die Abenteuer der schönen Charikleia‹, mit einem Nachwort von Otto Weinreich, Zürich 1950.
5] *André Germain:* Der französische Schriftsteller und Übersetzer André Germain (1883–1972) war offensichtlich ein Intimfeind von Erika Mann. S. EM an Ludwig Marcuse, Zürich 19. 6. 1949, EM Br/Antw. I, 262, ein Schreiben, in dem Erika Mann dem Adressaten vorwirft, er habe in seinem Nachruf auf Klaus Mann den Bruder als etwas »André-Germain-artiges«, als »hin-und-widerflitzenden Nichts-als-Literaten« dargestellt.
6] *H. Walter:* Hildegard Walter, s. TB 4. 11. 1949, Anm. 4 und 5.
7] *[...] wegen der Reinhardt:* S. TB 7. 10. 1949, Anm. 2.
8] *skandalöses Verhalten Amerikas:* Der sowjetische Diplomat Jakow Alexandrowitsch Malik (geb. 1906), 1948–1953 Botschafter seines Landes bei den UN, hatte in seiner Tagesordnung die Diskussion um die Aufnahme Chinas in den Sicherheitsrat an die erste und die von den USA und einer westlichen Majorität erstplacierte Runde zum Problem des »peaceful settlement of the Korean question« erst

an die zweite Stelle gesetzt. Da die Frage der zeitlichen Abfolge zugleich die alten Konflikte wieder zur Diskussion stellte: das Problem Nationalchina und die sowjetische Auffassung, daß die UN-Resolution zur bewaffneten Unterstützung Südkoreas illegal sei, wurde sie unter Einsatz aller diplomatischen Mittel behandelt.

2. 8. 1950

1] *Kollision:* Erika Manns Artikel (s. TB 28. 7. 1950, Anm. 6) erschien weder in der ›Neuen Schweizer Rundschau‹ noch in einer anderen deutschsprachigen Zeitschrift. *235*

2] *Gehässigkeit dieses Bernhart:* Joseph Bernhart in seinem Buch ›Der Vatikan als Thron der Welt‹. S. TB 3. 7. 1950, Anm. 1.

3] *Der König:* Der belgische König Leopold III. (1901–1983) trat aufgrund der Unruhen, die sich nach seiner Rückkehr aus dem Exil wegen der angeblich zu raschen Kapitulation vor den Deutschen, 1940, im ganzen Land ausgebreitet und bis zur Androhung eines Generalstreiks geführt hatten, am 2. 8. 1950 zugunsten seines Sohnes, des Kronprinzen Baudouin (geb. 1930), zurück. *236*

4] *Enthüllungen der »Tat«:* Informationen und Kommentare über die Lager der griechischen Verbannungsinsel Makronnisos nahmen seit dem 29. 7. 1950 einen großen Raum in der Berichterstattung der ›Tat‹ ein.

3. 8. 1950

1] *an Basler:* An Otto Basler, St. Moritz, 3. 8. 1950, Reg. III, 50/319 und 320. Br. III, 160/161. *236*

2] *an diese:* Das Schreiben an Arnold Kübler, den Herausgeber der Zeitschrift ›du‹, ist nach Angabe in Reg. IV, 587, verschollen.

3] *von Adorno:* Frankfurt am Main, 1. 8. 1950; im TMA.

4] *Sonderdruck über Husserl:* »Ihre Zustimmung [zu dem Benjamin-Aufsatz; s. TB 8. 7. 1950, Anm. 4] [hat] mich ermutigt, Ihnen eine vor zehn Jahren textierte Arbeit über Husserl zu senden, die jetzt eben im Archiv für Philosophie erschien [›Zur Philosophie Husserls‹, ›Archiv für Philosophie‹, Bd. 3, 1949, 339–378]. Sie hält sich an die Thematik der offiziellen Erkenntnistheorie, aber meint es recht grimmig – ein Versuch, den Idealismus immanent, aus der Konsequenz seiner eigenen Dialektik zu durchbrechen.«

5] *gegen H. Maiers Buch:* »Wer heute im Ernst die Verantwortung auf sich nimmt, über Sie zu schreiben, müßte es schon so tun, daß er sich nicht damit begnügt, plump herauszuholen, was Sie mit tiefsinniger Zartheit in Ihrem Werk versteckt haben, sondern stattdessen, was das Werk selber versteckt. Es müßte Interpretation im philosophischen Sinn, kein Kommentar des philosophischen Inhalts sein. Das ist eine so formidable Aufgabe, daß man das Gruseln darüber lernen kann; aber leider hat der gute Mayer überhaupt kein Gruseln gelernt, nicht einmal vor sich selber, vom Teufel ganz zu schweigen. Es ist ein Jammer, daß in geistigen Dingen, wenn es wirklich um die Wahrheit geht, die gute und anständige Gesinnung allein so gar nichts hilft.« – Zu Hans Mayers Buch s. TB 12. 6. 1950, Anm. 3.

6] *Wiedereröffnung von Bayreuth und [...] Wiedereinführung von Heidegger:* Adorno hatte geschrieben: »Wissen Sie übrigens, daß Bestrebungen im Gange sind, Bayreuth wieder aufzusperren, und haben Sie erwogen, etwas dagegen zu unternehmen? Mir sandte der offenbar sehr anständige Max von Brück von der Gegenwart einen Aufsatz in der Angelegenheit. Es will mir scheinen, daß Bayreuth, neben der Wiederzulassung Heideggers, zu den bedenklichsten Symptomen hier gehört, wofern man nicht auf die darin sich abzeichnenden primären Momente unmittelbar eingehen will.«

7] *von Wolfgang Cordan:* Cavaglione, 2. 8. 1950; im TMA: »Von einer langen und instruktiven Griechenlandreise zurückgekehrt, habe ich als erstes, statt von Tempeln und Göttern zu sprechen, von der schrecklichen und unwürdigen Verbannungsinsel Makronnisos handeln müssen, wo man sogar neue, bisher unbekannte Varianten der Tortur erfand. Ich habe dies am Schicksal des bedeutenden Romanciers Themos Kornaros gezeigt [...] der dort zu Tode gequält wird. Der Aufsatz ist soeben [...] in der selbst sozialistischer Sympathien unverdächtigen TAT erschienen. Herrn Dr. Rychner bat ich, Ihnen zwei Nummern zu senden. Denn *ich* kann nur noch die holländische Presse mobilisieren – es bedarf aber weiteren Druckes, um die Pseudohellenen zu besserer Einsicht zu bekehren. Und so erlaube ich mir Sie hierauf aufmerksam zu machen: Ihre Tochter Erika kennt gewiß Wege und Verbindungen um die Sturmglocke zu läuten./ Wie kann man den Kommunisten entgegentreten, wenn solches geschieht, in einem Lande, das faktisch vom amerikanischen Ambassadeur regiert wird?« Im TMA.

8] *Wolfgang Cordan:* Journalist und Schriftsteller (1909–1966).

9] *»Philosophy of Peace«:* Das Buch ›The Philosophy of Peace: Ethos and Social Progress‹ des Philosophie-Professors John Somerville ist nur in einer späteren, um Briefe Albert Einsteins an TM erweiterten Auflage, New York 1954, in der Zürcher Arbeitsbibliothek vorhanden. S. dazu TM an John Somerville, St. Moritz, 3. 8. 1950, Reg. III, 50/321.

4. 8. 1950

1] *Adorno rät:* S. das TB 3. 8. 1950, Anm. 3 nachgewiesene Schreiben: »Ihre Gedanken zur zweiten Emigration verstehe ich nur allzu gründlich. Aber wohin? Drüben sind Sie ja vermutlich doch ungestörter als in Europa und haben Ihren eigenen Rahmen, dessen Bedeutung für die Kontinuität Ihrer Arbeit nicht hoch genug anzuschlagen ist.« 237

2] *an K. Desch:* An Kurt Desch, St. Moritz, 5. 8. 1950, Reg. III, 50/323.

3] *Buch von Lesser:* S. TB 10. 4. 1949, Anm. 5.

4] *an Somerville:* S. TB 3. 8. 1950, Anm. 9.

5] *von Prof. H. Mayer:* Leipzig, 30. 7. 1950; im TMA.

6] *von Cordan:* S. TB 3. 8. 1950, Anm. 7.

7] *an Cordan:* An Wolfgang Cordan, St. Moritz, 4. 8. 1950, Reg. III, 50/322.

6. 8. 1950

Der Absatz »Die Kniee. Er streichelt sein Bein ...« bis zum Michelangelo-Zitat »›In deinem Atem bildet sich mein Wort‹. – – –« ist von TM am Rande angestrichen.

1] *»Von der Schönheit«: Der junge Joseph,* Erstes Hauptstück ›Thot‹, ›Von der Schönheit‹, GW IV, 393–395. 239

2] *Kesten:* Der Schriftsteller Hermann Kesten (geb. 1900), ein Freund von Klaus Mann, war 1949 aus dem Exil nach Europa zurückgekehrt und lebte in der Schweiz. S. auch TB 46–48, 456.

3] *Brief-Mosaik:* Hermann Hesse, ›Briefmosaik II‹, ›Neue Schweizer Rundschau‹, NF 18, 1950/51, 195–221. 240

7. 8. 1950

1] *von Cordan:* Cavigliano, 6. 8. 1950; im TMA. 241

2] *»Esistenza ed Immagine«:* Enzo Paci, ›Esistenza ed immagine‹,

Mailand 1947. Darin ›Musica mito e psicologia‹ und ›Thomas Mann e la filosofia‹.
3] *Enzo Paci:* Der italienische Philosoph Enzo Paci (1911–1976).
4] *Dr. H. W. Schwerin:* Nicht ermittelt.

8. 8. 1950

241 1] *an den italienischen Essayisten:* Das Schreiben an Enzo Paci, St. Moritz/Zürich, 8.–12. 8. 1950, Reg. III, 50/324, ist im Anhang, No. 26, S. 698–700, abgedruckt.

12. 8. 1950

244 1] *Austritt des [...] Wallace:* Nach sich zuspitzenden Auseinandersetzungen mit seiner Partei über das Problem des amerikanischen Engagements in Korea hatte der Gründer und Führer der ›Third Party‹, Henry A. Wallace, am 9. 8. 1950 seine Demission vom Amt und den Austritt aus der Partei erklärt. Er begründete seinen Schritt mit dem Hinweis: »I hold no brief for the past actions of either the United States or Russia but, when my country is at war and the United Nations sanction that war, I am on the side of my country and the United Nations.«
2] *Brief an Paci:* S. TB 8. 8. 1950, Anm. 1.

13. 8. 1950

244 1] *Toscanini:* Der italienische Dirigent Arturo Toscanini (1867 bis 1957), der 1933 wegen des Ausschlusses jüdischer Kollegen in Deutschland demonstrativ seine Mitwirkung an den Bayreuther Festspielen aufgekündigt hatte und weder im faschistischen Italien noch im nationalsozialistischen Deutschland auftrat, war 1937 in die USA ausgewandert und erst nach 1946 als Gastdirigent besuchsweise nach Italien zurückgekehrt. S. TB 46–48, 441.
2] *»New Statesman and Nation« denunziert McArthur:* ›The Menace of General MacArthur‹, ›The New Statesman and Nation‹, London, 21. 8. 1950, 161.
3] *Tschang-Kai-Tschek:* Der chinesische Marschall und seit 1928 Präsident der chinesischen Republik Tschiang Kai-schek (1887 bis 1975). S. TB 44–46, 682.

14. 8. 1950
1] *an Kübler:* Auch dieses Schreiben an den Mitherausgeber der schweizerischen Monatsschrift ›du‹, Arnold Kübler, gilt als verschollen; s. Reg. IV, 587. 245
2] *revolutionäre Schriften von Tolstoi:* Schriften der Jahre 1906–1908: ›Die Bedeutung der russischen Revolution‹, ›Das Ende des Zeitalters. Die bevorstehende Umwälzung‹, ›Ich kann nicht mehr schweigen‹.
3] *von Somerville:* Im TMA befindet sich nur ein Schreiben, New York, 31. 8. 1950. 246

15. 8. 1950
1] *Editor von »Tomorrow«:* Frederic H. Young. 246
2] *Artikel:* F. Kauz (d. i. Kuno Fiedler), ›Thomas Mann, der Deutsche und Weltbürger‹, ›Schweizer Familienkalender für das Jahr 1951‹, 28 ff.

16. 8. 1950
1] *Anwalt Jacobson:* Über den Rechtsanwalt, der auch als ›Jaacobs‹ erscheint, konnte nichts ermittelt werden. 248

17. 8. 1950
1] *Schweizer Lizenz-Ausgaben:* S. TM an GBF, London, 18. 8. 1950, Reg. III, 50/331; Br. III, 162/163; TM/GBF 540: »Nun bin ich durch eine zufällige persönliche Verbindung mit dem Berner Verleger Alfred Scherz ins Gespräch gekommen, und dieser ist geneigt, [. . .] von ›Buddenbrooks‹ die ja zur Zeit nicht auf dem Markt sind, eine größere Auflage als Lizenz-Druck herzustellen, wobei mir eine Anzahlung von 16 000 Franken zugesichert ist. Diese Auflage auch über die Schweizer Grenzen zu vertreiben, müßte man ihm auf zwei Jahre zugestehen. In Verbindung damit wäre er außerordentlich interessiert an einer Schweizer Parallel-Ausgabe des Gregorius-Romans, wofür die finanziellen Bedingungen noch festzusetzen wären. Es würde sich zunächst mindestens um 20 000 Franken handeln, und er würde sich im Fall des Gregorius natürlich unbedingt verpflichten, den Vertrieb seiner Ausgabe strengstens auf die Schweiz zu beschränken.« 249
2] *alten Cousinen:* S. TB 19. 5. 1949, Anm. 8.

18. 8. 1950

249 1] *an Bermann:* S. TB 17. 8. 1950, Anm. 1.

250 2] *Lippman schreibt:* Der Artikel ist in der europäischen Ausgabe nicht nachweisbar.

19. 8. 1950

250 1] *Scherz:* Der Verleger Alfred Scherz, der 1939 in Bern den Alfred Scherz Verlag gegründet hatte.

251 2] *Zeit des »Blitzes«:* Die Jahre der Bombardierung Londons durch deutsche V 1- und V 2-Geschosse, S. TB 44–46, 66 und 439.

22. 8. 1950

252 1] *Rede über englischen Humor:* Nicht ermittelt.

2] *Collin:* Der Agent Saul C. Colin (1901–1967), Vorbild für die Figur des Agenten Fitelberg in *Doktor Faustus.* S. TB 46–48, 398 und 402.

253 3] *Coshland:* William A. Koshland (geb. 1906), Geschäftsführer des Verlages Alfred A. Knopf, New York.

4] *Editorial von Lippmann:* Walter Lippmann, ›Cassandra speaking‹, NYHT, europ. Ausg., Paris 25. 8. 1950, 4.

23. 8. 1950

253 1] *»The difficult years«:* Luigi Zampas Film ›Anni difficili‹ (1948).

24. 8. 1950

254 1] *Fischer-Töchter:* Gabriella (1926–1972), Gisela (geb. 1929) und Annette (geb. 1931) Bermann-Fischer.

2] *jungen Gatten:* Thomas Baldner. S. TB 14. 8. 1949, Anm. 1.

3] *Thornton Wilder:* Der amerikanische Schriftsteller Thornton Wilder (1897–1975), den TM vermutlich erst anläßlich der Ausstellungseröffnung in Yale kennenlernte. Vgl. TM an Wolfgang Born, 3. 12. 1944: ». . . Thornton Wilder, dessen literarische Bekanntschaft ich nun wirklich endlich machen will.«

25. 8. 1950

254 1] *Brief für Collin:* Die Äußerung über ›Anni difficili‹ gilt als verschollen; s. Reg. IV, 587.

2] *Buch über den Hiß-Prozeß:* Alistair Cooke, ›A Generation on Trial: USA vs. Alger Hiss‹, Knopf, New York 1950.

27. 8. 1950

1] *an Bermann:* An GBF, Chicago, 26. 8. 1950, Reg. III, 50/334; TM/GBF 541/542: Protest gegen Bermanns telegraphische Ablehnung der Scherz-Lizenzausgaben (s. TB 17. 8. 1950, Anm. 1). 255

2] *Cooke:* Der Journalist Alfred Alistair Cooke (geb. 1908). 256

3] *Aggressionsrede:* Der Navy Secretary Francis Patrick Matthews (1887–1957) hatte am 25. 8. in Boston gesagt, daß die USA sich entschließen sollten, jeden Preis für eine friedliche Welt zu zahlen – »even the price of instituting a war to compel cooperation for peace«. Das Außenministerium und das Weiße Haus hatten daraufhin erklärt, Matthews habe lediglich in eigenem Namen gesprochen, »The U.S. does not favour instituting a war of any kind.« S. dazu TM an A. Meyer, P. P. 30. 8. 1950, Reg. III, 50/336; Br. III, 164–166: »Käme der allgemeine Krieg, den General McArthur in Asien anzuzünden sucht, so würde es uns allen, die die amerikanische Außenpolitik mit furchtbaren Zweifeln erfüllt, wohl schlecht ergehen. Konzentrationslager und Standgericht wären schnell bereit. Aber der Krieg wird wohl nicht kommen. Europa will ihn nicht, und Acheson und Truman haben die ausgelassenen Äußerungen des Marine-Sekretärs und McArthur's erschrocken zurückgewiesen. So sehr sie unter dem Druck der inneren Politik und des verbrecherischen McCarthy-Feldzuges stehen, – den völligen Wahnwitz und die Weltkatastrophe wollen sie nicht.«

28. 8. 1950

1] *»Lebe frisch [...]«:* S. TB 11. 3. 1943: »Gestern nachmittag im Dunkeln dichtete ich mir folgende Verse: Warum lähmst du deine Schwingen/ Quälest dich mit alter Scham?/ Lebe frisch in neuen Dingen/ Und vergiß den toten Kram!« 257

30. 8. 1950

1] *Gutenberg-Ausgabe:* Die Lizenzausgabe der Büchergilde Gutenberg, Zürich, erschien erst 1952. S. dazu auch den Briefwechsel TM/ GBF von August bis Oktober 1950, TM/GBF 541–554. 259

2] *englische Broschüre:* Vermutlich H. Ellis, ›Studies in the Psychology of Sex‹, London 1949 (1. Aufl. Toronto 1940).

31. 8. 1950

259 1] *an Mrs. Meyer:* P. P. 30. 8. 1950, Reg. III, 50/336; Br. III, 164–166 (fragm.): »Der Vortrag, der Ihnen soviel Kummer gemacht hat, den Ihnen aber vorzuenthalten unfreundschaftlich und ein Zeichen mangelnden Vertrauens gewesen wäre, – er soll mein letzter gewesen sein, und wenn Sie seine Schlußsätze noch einmal überlesen, werden Sie finden, daß es ganz passende Abschiedsworte sind für einen alten Mann, der es mit der Menschheit und also auch mit diesem Lande gut meint. Jemand, der ›Meine Zeit‹ auf deutsch in New York gehört hatte, sagte mir [...], es hätten ihm bei diesen Schlußworten die Tränen in den Augen gestanden. [...] Es muß für viele, ja sehr viele Menschen doch wohl etwas Tröstliches und Wohltuendes daran sein, inmitten des herrschenden ideologischen Haß- und Wutgeschreis.«

2] *in Platens Gaselen und Sonetten:* TM besaß August von Platen, ›Sonette an Freunde‹, Leipzig 1911.

260 3] *»Ich bin wie Leib dem Geist [...]«:* August von Platen, 40. Ghasel. TM hat dies Gedicht in seiner Ausgabe angekreuzt und mit einem Ausrufungszeichen versehen.

1. 9. 1950

260 1] *Zeitungsausschnitt mit Bild:* Der Ausschnitt ist im TMA nicht mehr vorhanden. TM hat später wiederholt in Abrede gestellt, den im März 1950 formulierten Stockholmer Appell zur Ächtung der Atombombe im Mai 1950 unterschrieben zu haben. Das erscheint um so erstaunlicher, als bereits im Mai 1950 mehrere französische Zeitungen von TMs Unterschrift berichteten, ohne daß der sich jetzt verleumdet Fühlende öffentlich dementiert hätte. S. z. B. das Interview mit ›Les Lettres Françaises‹, das die Zeitschrift am 18. 5. 1950 auf S. 1 unter der Headline: ›*Thomas Mann*‹: »En signant l'appel de Stockholm je crois agir dans l'intérêt de ma nouvelle patrie: l'Amérique« veröffentlichte. Die einzige bisher bekannt gewordene distanzierende Äußerung TMs ist der Brief an János Görki, Zürich, 12. 6. 1950, Reg. III, 50/262, in dem er erklärt, er sei sich nicht sicher, diesen Appell überhaupt unterschrieben zu haben: »Der Mitarbeiter der ›Lettres Françaises‹ war mir zugeführt worden als Vertreter eines linksstehenden, aber nicht-kommunistischen Blattes. Dass ich in seiner Gegenwart den Aufruf zur Stockholmer Friedenskonferenz un-

terschrieben haben soll, ist ja offenkundiger Unsinn. Wenn ich ihn überhaupt unterschrieben habe (ich bin dessen nicht sicher), so ist es geschehen, weil man mir die Sache als eine über-parteiliche, nicht kommunistisch determinierte Aktion zugunsten des internationalen Friedens dargestellt hat. Dieser liegt mir allerdings am Herzen, so, wie es mein von Ihnen gebilligter Vortrag zeigt, in dem ich von dem schlechten Verhältnis des Kommunismus, oder doch der Kommunisten, zur Wahrheit ja ausdrücklich spreche. Diese Menschen haben eine sehr unangenehme und verderbte Art, sich zu tarnen, ihre Zwecke in allgemein demokratische Sprechwendungen zu kleiden, gegen die ›eigentlich nichts zu sagen ist‹ und so, man kann wohl sagen: durch Betrug, Gutwillige, an deren Namen ihnen gelegen ist, ihren machtpolitischen Zielen dienstbar zu machen. Ich finde diese Taktik höchst widerwärtig und sehe wohl, dass ich meine Vorsicht noch steigern muss.« (TMA) Zum Fortgang der Angelegenheit vgl. TB 11. 9. 1950, Anm. 1.
2] *an Bermann:* An GBF, P. P. 2. 9. 1950, Reg. III, 50/339; TM/GBF 546–548.
3] *an [...] Fiedler:* An Kuno Fiedler, P. P. 1. 9. 1950, Reg. III, 50/338: »Ein originelles Leiden scheint unser Dr. phil. F. Kauz sich ausgesucht zu haben: Von Mangel an roten Blutkörperchen hatte ich schon gehört, aber noch nie davon, dass es auch an weissen mangeln kann. Vielleicht haben Sie selbst meine medizinische Unwissenheit geteilt. Die Schweizer Ärzte aber wissen sehr viel und sind sehr tüchtig und die Schweizer Krankenhäuser vorzüglich.« (TMA)
4] *an seinen Amtsbruder:* An Hans Brändli, P. P. 1. 9. 1950, Reg. III, 50/337.
5] *In der »Weltbühne«:* Albert Norden, ›Die Hintergründe des amerikanischen Krieges‹, ›Die Weltbühne‹, Jg. 5, No. 28 v. 12. 7. 1950, 841–846.

2. 9. 1950
1] *Rede Trumans:* Der am 1. 9. 1950 von allen Rundfunkstationen 260
der USA übertragene ›Report to the Nation on War‹ mit einem Acht-Punkte-Programm zur Wiederherstellung des Friedens.
2] *Redereien [...] zurückgewiesen:* Truman war in seiner Rede noch einmal auf die Äußerungen seines Marine-Ministers (s. TB 27.

8. 1950, Anm. 3) eingegangen und hatte ihnen die offizielle Regierungsmeinung entgegengestellt: »We do not believe in aggressive or preventive war«.

261 3] *»Registration« wegen Verbindung mit den »Arts and Professions«:* Überlegungen, die vermutlich durch die Diskussionen über das Registrierungsgesetz (s. TB 14. 9. 1950, Anm. 2) ausgelöst wurden. Der ›National Council of the Arts, Sciences and Professions‹ war spätestens seit dem Friedenskongreß von März 1949 kommunistischer Umtriebe verdächtig.

3. 9. 1950

261 1] *Patten-Tanks:* Wahrscheinlich Patton-Tanks. General George Smith Patton (1885–1945) kommandierte nach der alliierten Invasion im Juni 1944 die dritte amerikanische Armee, deren Panzer den entscheidenden Durchbruch erlangten.

2] *an L. Lewisohn:* An Ludwig Lewisohn, P. P. 3. 9. 1950, Reg. III, 50/348.

4. 9. 1950

262 1] *an Bermann [...] und an Scherz:* Beide Telegramme gelten als verschollen, s. Reg. IV, 587.

5. 9. 1950

262 1] *Radio-Propaganda-Rede Eisenhowers:* Mit einer von den wichtigsten Rundfunkanstalten live übertragenen Rede eröffnete General Eisenhower am 4. 9. 1950 im Denver City Auditorium die lang angekündigte und von Präsident Truman bereits im Juni öffentlich begrüßte ›Crusade for Freedom‹, jenen vom ›National Committee for a Free Europe‹, gesponsorten »war on ›the big lie‹«, den es mit Hilfe der »big truth« zu führen gelte. Eisenhower rief seine Landsleute auf »to re-dedicate themselves to the cause of freedom and aid in establishment of a new radio network to carry truth into the Soviet sphere behind the Iron curtain.« (NYT 5. 9. 1950, 1:5) Als Symbol dieser Gesinnung solle in Berlin eine aus Spenden aller freiheitsliebenden Nationen finanzierte ›Bell of Freedom‹ installiert werden.

2] *schrieb [...] um:* Die Manuskript-Blätter 272/273 und 276/277 des *Erwählten*, Kap. XXVII, ›Die Auffindung‹, zeigen vielfache Korrekturen. Ein Vergleich mit dem gedruckten Text läßt Umstellungen erkennen. Auf Blatt 272 ist der, ursprünglich dem Druck GW VII, 222, Z. 20: »... danach die Fahrt nicht anstehen lassen.« folgende Passus, dessen zweiter Satz im gedruckten Text dann als Beginn des letzten Absatzes auf S. 222 erscheint, gestrichen. Er lautet: »Der Mann, trübgesinnt, führte sie den kurzen Weg hinab zum Steg. Ihr Knecht trug die Leiter, auch etwas Brot und Wein, die gleichfalls im Boot versorgt wurden. Dann ruderte sie der Fischer, seufzend zuweilen ob der Nutzlosigkeit des Unternehmens, hinaus über den stillen [verb. aus: ›grauen‹] See, – eine Stunde? Gar zwei? Sie achteten es kaum. Sie spähten aus nach dem Fels, den ihnen das Lamm verkündet, und der denn endlich in leerer Weite erschien, grau-rötlich und kahl, kegelförmig, ein Riff [Auf ihren Mäulern ritten sie die kurze Strecke zum Steg ...«] = Anschluß GW VII, 222, Z. 20. – Auf Blatt 276/277 ist der dem Text GW VII, 225, Schluß des zweiten Absatzes: »Vielleicht ist er zum Himmel gefahren.« folgende Dialog mehrfach geändert: »Liberius, den Schlüssel aufrecht in der Hand, schüttelte das Haupt./ ›Du warst ungläubig, Freund‹, sagte er, ›und bist aus Beschämung nun übergläubig.‹/ ›Nur Einer ist gen Himmel gefahren‹, sagte der Presbyter mit Strenge, ›Er fuhr auf, nachdem er auf dem Felsen seine Kirche gegründet. Es ist ...‹« Und in einer zweiten Version: »›Nur einer ist gen Himmel gefahren‹, erwiderte der Presbyter streng, indem er den nicht gar großen Schlüssel, den Bart nach oben, vor sich hielt. ›Er fuhr empor, nachdem er [auf den Felsen seine Kirche gegründet. Es ist bitter genug, daß wir den Felsen leer finden ...«] – Anschluß GW VII, 225, Z. 11.

6. 9. 1950

1] *einen der beiden Ausschiffungs-Hafenplätze:* Pohang im Süden der koreanischen Ostküste. 263

2] *Motschans Idee:* Das Schreiben von Georges Motschan ist nicht erhalten. Aus TMs Antwort, P. P. 7. 9. 1950, Reg. III, 50/350, geht jedoch hervor, daß Motschan – offenbar in erster Linie, um Hans Mühlestein zu unterstützen – die Übernahme des Quo-Vadis-Verlags in Celerina erwog und TM um Rat gebeten hatte. TM schrieb: »Sicher ist Mühlestein ein bedeutender Mann und verdient Hilfe, [aber] Ihre eigene allgemeine geschäftliche Begabung in Ehren [...], den schlecht angesehenen Quo Vadis Verlag (Mühlesteins Selbstverlag) zu übernehmen oder selbst die vielen Schweizer Verlage, die es schwer genug haben und garkeine Konkurrenz brauchen können, um einen zu vermehren, kann man Ihnen nicht raten.«

7. 9. 1950

263 1] *Nietzsche-Brief:* S. TB 16. 11. 1949, Anm. 4.
2] *Veröffentlichung [...] geplant:* Eine Publikation ist – da der Brief bereits bekannt war – in keiner der beiden Zeitschriften nachweisbar. Vgl. jedoch TM an Anna Jacobson, P. P. 3. 9. 1950, Reg. III, 50/347 und P. P. 1. 1. 1951, Reg. IV, 51/1.
3] *an Motschan:* S. TB 6. 9. 1950, Anm. 2.
4] *Buch [...] über Tschaikowsky:* Joseph Mühlberger, ›Im Schatten des Schicksals. Der Lebensroman Peter Tschaikowskys‹, Esslingen 1950.
5] *»Frauen-Liebe und -Leben«:* Eine Aufnahme von Robert Schumanns Liederzyklus op. 42, nach Gedichten von Adelbert von Chamisso, fand sich nicht in TMs nachgelassener Plattensammlung.
264 6] *»Der Schleier fällt«:* Die letzte Strophe des letzten Gedichts: »Ich zieh mich in mein Innres still zurück,/ Der Schleier fällt;/ Da hab ich dich und mein verlornes Glück,/ Du meine Welt.«

8. 9. 1950

264 1] *von Bermann:* Wien, 1. 9. 1950, TM/GBF 542–546.

9. 9. 1950

264 1] *Kellers »Ursula«:* In TMs Zürcher Bibliothek befindet sich keine Ausgabe von Gottfried Kellers ›Züricher Novellen‹.
2] *an Scherz:* Das Telegramm an den Berner Verleger gilt als verschollen, s. Reg. IV, 587.
3] *Molières »Geizigen«:* In TMs Nachlaß-Bibliothek befindet sich eine vierbändige Auswahl der Komödien des französischen Komödiendichters und Schauspielers Jean-Baptiste Poquelin, gen. Molière (1622–1673), mit einer biographischen Einleitung von Sainte-Beuve, München 1922. Darin (Bd. 3) ›Der Geizige‹ in einer Übersetzung von Alfred Wolfenstein.

11. 9. 1950

265 1] *Interpellation:* S. TB 17. 5. 1950, Text und Anm. 3. Die im TMA gesammelten Presse-Ausschnitte legen Zeugnis von dem Haß ab, den sich TM durch seine Äußerungen zugezogen hatte, die wie selbstver-

ständlich in einen direkten Zusammenhang mit seiner Unterschrift unter den Appell zur Ächtung der Atombombe (s. TB 1. 9. 1950, Anm. 1) gebracht wurden. Daß diese Interpellationen TM nicht veranlaßten, seine Meinung zu ändern, zeigt der Brief an Theodor W. Adorno, Zürich, 1. 7. 1950: »Der Schumann-Plan ist nichts als der abgekartete Entwurf eines deutschen Europa unter amerikanischer Protektion und Gängelung, die aber den Amerikanern entgleiten wird. Der Krieg droht von *dort*, nicht von Korea, das eine Lappalie ist.«
2] *Manuskript [...] über Faustus:* Nicht mehr zu ermitteln.

12. 9. 1950
1] *General Smuts:* Der Burenführer Jan Christiaan Smuts (geb. 265
1870), 1919–1924, 1939–1948 Präsident der Südafrikanischen Union, war am 11. 9. 1950 gestorben.
2] *Kellers »Legende«:* Vermutlich ist Kellers Erzählung ›Der schlimm-heilige Vitalis‹ aus der Sammlung ›Sieben Legenden‹ (1872) gemeint.

13. 9. 1950
1] *Abdankung:* Der US-Verteidigungsminister Louis Johnson war 266
nach nur 18 Monaten mit der Begründung zurückgetreten, er hätte sich in seiner Amtszeit mehr Feinde denn Freunde gemacht und wolle einer besseren nationalen und internationalen Verständigung nicht im Wege stehen. Zu seinem Nachfolger ernannte Präsident Truman den ehemaligen Außenminister General George C. Marshall (1886 bis 1966).
2] *Beginn eines neuen: Der Erwählte,* XXVIII. Kapitel, ›Die Wandlung‹, GW VII, 230–234.
3] *Gedichtsammlung:* Grete Busch, ›Bekenntnisse‹. Unveröffentlichtes Manuskript.
4] *Äußerung darüber:* An Grete Busch, P. P. 13. 9. 1950, Reg. III, 50/351.
5] *Tschaikowskys Italienische Phantasie:* Vermutlich das ›Capriccio Italien‹, op. 45 (1880) von Pjotr Iljitsch Tschaikowski (1840–1893).

14. 9. 1950

266 1] *von Bermann:* Frankfurt am Main, 11. 9. 1950, TM/GBF 548–552: »Der Umfang, in dem sich die politischen und die geistigen Wirren gegen uns geltend machen, läßt sich nicht durch geschäftliche Aktivität wirksam einschränken. Die Auswirkungen des Politischen im Verlegerisch-Geschäftlichen erleide ich mit Ihnen, genau wie im Menschlich-Persönlichen. Ich stelle mich mit den Mitteln der Verlagspropaganda dieser Welle entgegen, aber ich kann sie nicht aufhalten; dazu ist Ihre Persönlichkeit zu bedeutend und die Reaktion zu stark./ Es erfüllt mich schon lange mit größter Sorge, in welchem Umfange der Absatz Ihrer Bücher dadurch betroffen wird. Das hat nichts mit äußeren technischen Gründen zu tun. Wie Sie aus der gleichzeitig an Sie abgehenden Abrechnung ersehen, sind von allen Ihren Büchern reichliche Vorräte vorhanden ...« (549).

2] *Annahme des Registrierungsgesetzes:* Am 13. 9. 1950 hatte der City Council von Los Angeles mit 13:1 Stimmen drei Verordnungen angenommen, die Mitgliedern der kommunistischen Partei vorschrieben, sich beim Police Department registrieren zu lassen.

3] *Erfrischende Artikel:* TM schätzte den ›New Statesman and Nation‹ nicht zuletzt wegen seiner amerika-kritischen Haltung und der entschiedenen Ablehnung der deutschen Wiederaufrüstung. Bei den von Ida Herz übersandten Artikeln könnte es sich z. B. um das für den US-Abzug aus Korea und die Aufnahme Rot-Chinas in die United Nations plädierende Editorial ›The Issue in Formosa‹, 2. 9. 1950, 241/242 sowie den in derselben Nummer, 242/243 erschienenen Artikel ›What Do the Russians Think‹ handeln. Zu TMs Wertschätzung s. auch das Schreiben an Ida Herz, P. P. 24. 10. 1950, Reg. III, 50/407.

15. 9. 1950

266 1] *»The Hitchhiker«:* Donald Windham, ›The Hitchhiker‹, Privatdruck, Florenz 1950.

267 2] *Donald Windham:* Der Schriftsteller Donald Windham (geb. 1920), dessen Buch ›The Dog Star‹ TM mit großem Interesse gelesen hatte. S. TB 9. 4. 1950.

3] *Bleistiftsschnitzel W. T.'s:* Die Bleistiftschnitzel Willri Timpes (s. TB 11. 7. 1950, Anm. 6).

4] *Portrait der Vittoria Colonna:* S. TB 28. 7. 1950, Anm. 5.

5] *Abschnitte aus Heinrichs »Henri«:* Heinrich Mann, ›Der Louvre‹, (Aus dem ersten Band des Romans über Henri IV: ›Die Jugend des Königs Henri Quatre‹), ›Sinn und Form‹, Potsdam, 2. Jg., 1950, Heft 3, 5–56.
6] *utopische Merkwürdigkeiten:* Ernst Bloch, ›Eldorado und Eden, die geographischen Utopien‹, ›Sinn und Form‹, a.a.O. 60–110.
7] *E. Bloch:* Der Philosoph Ernst Bloch (1885–1977), den TM aus Zürich persönlich kannte und der ihm während der Arbeit an *Lotte in Weimar* und am *Jungen Joseph* ein anregender Briefpartner war. S. TB 44–46, 379.

16. 9. 1950
1] *Collect-Anruf:* Telefonat auf Kosten des Empfängers. 267
2] *an einen jungen Schweizer:* Das Schreiben gilt nach Reg. IV, 587 als verschollen.
3] *»Othello«:* Die 1887 in Mailand uraufgeführte Oper ›Otello‹ von Giuseppe Verdi (1813–1901), Libretto von Arrigo Boito (1842 bis 1918).

17. 9. 1950
1] *an Schweizer:* An Richard Schweizer, P. P. o. D., Reg. III, 50/354. 268
2] *[an] Oprechts:* An Emil und Emmie Oprecht, Los Angeles, 17. 9. 1950, Reg. III, 50/353.
3] *an Frau Voßler:* An Emma Voßler, P. P. 17. 9. 1950, Reg. III, 50/355; Teile des Schreibens – vor allem zwei Irrtümer im Dante-Motto des *Faustus* betreffend – in D. ü. D. III, 255.

18. 9. 1950
1] *Rußlands »nächstes« Invasionsziel:* A. P. meldete am 16. 9. 1950: 268
»The Defense Department is informing members of the armed services that many people believe Iran may become the next target of ›Communist imperialism‹.«
2] *»World Federalists«:* ›The National Executive Council of the United World Federalists‹, das Führungsgremium der eine Weltregierung anstrebenden Bürgerrechtlervereinigung, in deren Chicago-Sektion beide Borgeses sehr intensiv tätig waren.
3] *Belzner über ...:* Emil Belzner, ›Orson Welles in den ‚Roten Kanälen'‹, ›Rhein-Neckar-Zeitung‹, 13. 9. 1950, 2. Der redaktionelle

Vorspann erhellt die Zusammenhänge: »Der ›Basler National-Zeitung‹ wird in einem Leitartikel aus Amerika, ›Irrwege der Kommunisten-Angst‹, von einer eigentümlichen privaten Publikation berichtet: ›Red Channels‹ (Rote Kanäle): eine schwarze Liste von Künstlern, die im Verdacht ›unamerikanischer Aktivität‹ stehen.« Emil Belzner bezeichnete in seinem Artikel das Vorgehen der von TM mit ›private Denunziationsgesellschaft‹ gemeinten Buch-Herausgeber als »privaten Feldzug eines geistigen Klu-Klux-Klan«.

4] *Artikel der Rhein-Neckar-Zeitung:* Vermutlich der Leitartikel von H. W. ›Der Pferdefuß‹, ›Rhein-Neckar-Zeitung‹, a.a.O., 2.

5] *an Pablo Heßlein:* Das Schreiben an den nach Chile emigrierten Journalisten Paul Leonhard Hesslein (1886–1953) gilt als verschollen; s. Reg. IV, 587. Zu Hesslein s. auch TB 44–46, 763.

6] *Rolle der Mendelssohn:* Eine in Emigrantenkreisen offenbar oft und gern kolportierte Geschichte. – Die Tochter des Berliner Bankiers Robert von Mendelssohn, Eleonora (1900–1951, Suicid), »eine perfekte Pianistin, perfekt in der deutschen, italienischen, französischen und englischen Sprache«, war – wie Gottfried Reinhardt in den Erinnerungen an seinen Vater, ›Der Liebhaber‹, München 1973, 26/27 berichtet, »aus Leidenschaft für Max Reinhardt Schauspielerin geworden« ... eine Leidenschaft, die offenbar auch ihre drei Ehen (die erste davon mit dem Pianisten Edwin Fischer) überdauerte. Eleonora von Mendelssohn, die 1937 in die USA kam, war, wie so häufig, in der Woche vor Reinhardts Tod in dessen New Yorker Wohnung erschienen und hatte den halb Gelähmten versorgt, ihn jedoch beim Eintreffen seiner Frau, Helene Thimig, wieder verlassen. – Zum Verlauf und den Begleitumständen von Max Reinhardts ›Krankheit zum Tode‹ s. Gottfried Reinhardts a.a.O. eingestreute Tagebuch-Notizen über die letzten Wochen seines Vaters.

19. 9. 1950

269 1] *Rychner [...] über das Klaus-Gedenkbuch:* Max Rychner, ›Klaus Mann zum Gedächtnis. Ein Gedenkbuch im Querido-Verlag Amsterdam‹, ›Die Tat‹, 16. 9. 1950, 11.

2] *Artikel über Korea:* Alexander Werth, ›What Russia Tells Itself‹, Teil II: ›Moscow's Line in Korea‹, ›Nation‹, vol. 171, No. 12 v. 16. 9. 1950, 247–249. (Teil I: ›War, Peace and the USA‹, a.a.O., No. 11 v. 9. 9. 1950, 226/227.)

3] *an Windham:* An Donald Windham, P. P. 19. 9. 1950, Reg. III, 50/356.
4] *für ein anderes englisches Buch:* Der Brief ist verschollen, das Buch nicht zu ermitteln.
5] *ihren Peat-Artikel:* S. TB 2. 8. 1950, Anm. 1.

20. 9. 1950
1] *an R. Schweizer:* An Richard Schweizer, P. P. 20. 9. 1950, Reg. III, 269
50/357; Br. III, 166/167.
2] *Bilder von Kloten:* Die von Schweizer vor dem Abflug auf dem Zürcher Flughafen aufgenommenen Photos befinden sich im TMA.
3] *Bilder für Lübeck signiert:* S. TM an R. Schweizer: »Die Klotener Bilder (sehr wohl gelungen!) sind dankbar in Empfang genommen, die Festaufnahmen gleich mit Signaturen versehen worden und schon unterwegs.« Es scheint, daß TM Abzüge dieser Aufnahmen von der Geburtstagsfeier signiert an die verschiedenen Teilnehmer verschickte.

22. 9. 1950
1] *Witwe Rieser:* Marianna-Amalia Rieser, eine Schwester Franz 270
Werfels, deren Mann Ferdinand Rieser – Direktor des Zürcher Schauspielhauses von 1926 bis 1947 – im Juni 1947 tödlich verunglückt war.

23. 9. 1950
1] *Neger Dr. Bunch:* Der amerikanische Diplomat – als erster Farbi- 270
ger im Dienst des US-Außenministeriums – Ralph Johnson Bunche (1904–1971) wurde für seine in der Nachfolge des Grafen Bernadotte erfolgreichen Vermittlungsbemühungen zwischen Israel und Ägypten ausgezeichnet.
2] *Auflösung der großen Ruhr-Kartelle:* Am 22. 9. 1950 ordnete der Alliierte Hochkommissar die Auflösung von 6 großen Stahltrusts des Ruhrgebiets an. Deutsche Industrielle protestierten, und das Bonner Parlament forderte die westlichen Alliierten auf, »to stop their ›foolish and maddening‹ dismantling policy«.
3] *mit dem neuen (vorletzten) Kapitel:* ›Der sehr große Papst‹, GW VII, 234–242.
4] *An Dr. von Hartungen:* An Eberhard Hartung von Hartungen,

P. P. 24. 9. 1950, Reg. III, 50/361: »Erst hier an unserem Wohnsitz seit zehn Jahren, hat Ihr freundlicher und viele Erinnerungen wachrufender Brief mich erreicht. [...] Daß nun auch Sie schon ein Siebziger sein sollen, fällt meiner Einbildungskraft schwer zu akzeptieren, aber ich muß wohl der Rechnung glauben./ Unser Heinrich, dem Sie in Ihrem Brief so rührende und warmherzige Worte des Gedenkens widmen, hat es auf nahezu neunundsiebzig Jahre gebracht, was er sich in seiner Jugend wohl kaum hätte träumen lassen. [...] Er war geistig frisch und tätig bis zum Schluß, und sein Tod war von neidenswerter Milde. Eines Nachts, nachdem er lange seinem guten Musikapparat gelauscht hatte, erlitt er im Schlaf eine Gehirnblutung, die sofort, ohne daß die Pflegerin im Nebenzimmer einen Laut oder eine Bewegung von ihm gehört hätte, tiefe und nicht mehr [zu] störende Bewußtlosigkeit mit sich brachte. Das Herz arbeitete noch vierundzwanzig Stunden lang, bei nicht meßbarem Blutdruck, bis er unmerklich erlosch./ Ich berichte Ihnen das so ausführlich, weil es Sie als Arzt interessieren wird. Von Ihrem unvergeßlichen Vater ist zwischen uns in all den Jahrzehnten so manches mal noch die Rede gewesen, wenn wir uns unserer gemeinsamen Aufenthalte in Riva und auch der Begegnungen mit Ihnen im Gespräch erinnerten.«

5] *Dr. von Hartungen:* Der Arzt Eberhard Hartung von Hartungen (1880–1962), ein Sohn des Arztes Christoph Hartung von Hartungen (1849–1917), der in Riva am Gardasee ein bekanntes Naturheilsanatorium leitete. Heinrich und Thomas Mann waren mit Hartungen befreundet und hielten sich in den Jahren nach 1900 verschiedentlich zu Kuren am Gardasee auf.

6] *[an] Dr. Meckauer:* An Walter Meckauer, P. P. 23. 9. 1950, Reg. III, 50/360.

7] *Dr. Meckauer:* Der Schriftsteller Walter Meckauer (1889–1966) war 1933 über die Schweiz nach Italien und weiter nach Frankreich geflohen. – TM hatte sich 1940 und 1942 erfolglos für seine Einreise in die USA eingesetzt. Meckauer gelang es, 1942 in die Schweiz zu entkommen; 1947 ging er in die USA und kehrte 1952 nach München zurück.

24. 9. 1950
1] *Annahme des Anti-Kommunisten-Gesetzes:* Das sog. Mundt-Nixon-McCarran-Gesetz zum Schutze der inneren Sicherheit der USA. Dieses Gesetz, das die ›New York Times‹ »einen weiten Schritt fort von der amerikanischen Tradition der Freiheit« nannte, sah die Registrierung aller kommunistischen Organisationen sowie solcher Vereinigungen vor, »die vorwiegend von Kommunisten beherrscht werden oder kommunistischen Prinzipien dienen«. Darüber hinaus verlangte es – unter Androhung einer Strafverfolgung im Falle der Weigerung – von jedem einzelnen Kommunisten, sich in die Registrationslisten aufnehmen zu lassen. Für den Fall eines nationalen Ausnahmezustands erlaubte das von beiden Häusern des Senats mit überwältigender Mehrheit angenommene Gesetz die Internierung der inkriminierten Personen. *270*

2] *Langer:* In Opposition gegen das neue Gesetz hatten zehn Senatoren einen 19½ Stunden währenden Filibuster versucht, der bei einem von ihnen, dem Senator von North Dakota, William Langer (1886–1959), nach fünfstündigem Reden in einem Zusammenbruch aus Erschöpfung endete.

3] *Verurteilung:* Der Präsident, dessen Veto durch die Abstimmungsverhältnisse außer Kraft gesetzt worden war, verurteilte das seiner Meinung nach für den Fortschritt der Demokratie gefährliche Gesetz vor allem unter dem Gesichtspunkt der Nützlichkeit einzelner Vorschriften und der Frage ihrer Vereinbarkeit mit dem Schutz der verfassungsmäßig garantierten Grundrechte.

4] *an Marcuse:* An Ludwig Marcuse, P. P. 24. 9. 1950, Reg. III, 50/363: Dank für Marcuses Buch ›Die Philosophie des Glücks‹, Zürich 1949. *271*

5] *[an] Preetorius:* An Emil Preetorius, P. P. 24. 9. 1950, Reg. III, 50/364.

25. 9. 1950
1] *in Verse bringen:* Es muß der Schluß des Kapitels ›Die Wandlung‹ gemeint sein (GW VII, 233/234), an dessen Vorlage sich deutlich der Arbeitsprozeß ablesen läßt: Die Prosaversion auf Blatt 288, die offensichtlich den Versen vorausging und später gestrichen wurde, lautete: »[Den hielt er nun in der einen Hand und in der anderen den Schlüssel und] besann sich seines Lebens (Grund) absonderliche Füh- *271*

rung. Die heilige Alchimie Gottes besann er, die Fluch in Segen, Fleischeselend in Würde wandelt und die Selbstherrlichkeit seiner Gnade, die den Sohn und Bettbuhler der Sünde den Menschen setzt zum Pförtner des Paradieses (der Paradiesespforten) [und sprach bei sich den Spruch:]« – Auch in den Versen sind in der vor- und drittletzten Zeile noch die Spuren des Experimentierens zu sehen: statt ›höchlichst‹ probierte TM zunächst ›staunend‹ und ›weihlich‹, statt ›Ird'schen Notzucht‹ zuerst ›und der Sehnsucht allerorten‹.

2] *Captain Lapham:* Nicht ermittelt.

3] *Teilnahme an einer »Crusade for Freedom« [...] abgelehnt:* Die ›briefliche Ablehnung‹ ist verschollen. Zur Sache vgl. TB 5. 9. 1950, Anm. 1. Wie solche Veranstaltungen aussahen, denen TM sich verweigerte, geht aus einem Hollywood-Bericht der NYT vom 28. 9. 1950, 39:4 hervor: »Mass meetings at which communism was assailed and patriotic speeches were made by film-industry leaders were held on every major studio here today in connection with the Crusade for Freedom movement. Most of the gatherings were out of doors, and large replicas of the freedom bell provided the background for the speakers./ Among those who talked were Louis B. Mayer, Harry M. Warner, Cecil B. DeMille, Frank Freeman and John Wayne. At each meeting transscriptions of Gen. Dwight D. Eisenhower's Denver speech [...] also were heard. [...]// During the day thousands of studio employees' names were added to the freedom scroll and contributions made to help expand radio Free Europe into a network.«

4] *sein Buch:* ›Thomas Mann‹, New York 1951. Das TM zugesandte Exemplar ist in der Zürcher Bibliothek erhalten.

26. 9. 1950

271 1] *an den Versen vorher:* Im Manuskript des *Erwählten* ist beispielsweise erkennbar, daß die Verse in Kap. XVIII, GW VII, 129, Z. 16: »Ich schwör Euch, einen andern schlug er quer durch sogar ...« an Stelle einer ursprünglich nicht rhythmisierten und gereimten Prosa eingefügt wurden. Ursprünglich stand nach »der hat sich auch wohl bald des Lebens nicht mehr besonnen«: »Schritt dann vor Schritt geht der Degen (geändert aus ›mein Gastfreund‹) vor ihnen zurück gegen das Tor, das er allein gehalten.«

28. 9. 1950

1] *Rousseau-Roman:* Lion Feuchtwanger, ›Narrenweisheit oder Tod und Verklärung des Jean-Jacques Rousseau‹, Frankfurt am Main 1952. TMs Exemplar ist in der Zürcher Bibliothek erhalten. 272

2] *Einsteins Reise nach Israel:* Gerücht. Albert Einstein hat die USA bis zu seinem Tode nicht mehr verlassen. Wäre er freilich nach Israel gefahren, so hätten ihm die USA mit hoher Wahrscheinlichkeit das ›re-enter permit‹ verweigert. Auf diese – durch die jetzt bekannten FBI-Akten erhärtete – Vermutung dürfte sich TMs Diktum: »von der er wohl nicht wiederkehren wird« beziehen. Wegen der restriktiven Maßnahmen in der McCarthy-Ära war das Problem »Ausreise ohne Rückkehrmöglichkeit« sowohl für Thomas Mann als auch – erst recht – für Feuchtwanger von Belang.

3] *»Der Ring schließt sich«:* Knut Hamsun, ›Der Ring schließt sich‹, München 1936. S. dazu TM an H. E. Jacob, P. P. 8. 11. 1950, Reg. IV, N 50/10: »Hamsun vegetiert nur noch. Aber sein letzter Roman, ›Der Ring schließt sich‹, geschrieben in der Hitler-Zeit, wovon man ihm nichts anmerkt, ist noch ganz von ihm, voller Reiz und wunderlichem Zauber, nur etwas zu sexy, wie das alten Herren so passiert.« (TMA)

29. 9. 1950

1] *an Dr. Hatfield:* Das Schreiben ist nirgends nachgewiesen und muß als verschollen gelten. 272

2] *»Musensohn«:* TM besaß eine Aufnahme des Schubert-Liedes DV 764 aus dem Jahre 1936, gesungen von Gerhard Hüsch, am Klavier Hanns Udo Müller.

3] *über den Bischof Anno:* Die Schrift – vermutlich über den Kölner Erzbischof Anno II. (ca. 1010–1075) – konnte nicht ermittelt werden.

30. 9. 1950

1] *Rede Mac Arthurs:* UP berichtete am 29. 9. 1950 aus Seoul: »Gen. Douglas MacArthur returned in triumph today to the still smoking city of Seoul and officially restored the South Korean capital to President Syngman Rhee. ›In behalf of the United Nations command I am happy to restore to you, Mr. President, the seat of your Government.‹« 272

2] *Rhee:* Der südkoreanische Ministerpräsident Syngman Rhee (1875–1965) war am 27. Juni vor den nordkoreanischen Truppen aus Seoul geflohen.

3] *Rede Mc. Carthys:* Der republikanische Senator von Wisconsin hatte am 28. 9. 1950 im überfüllten Musiksaal des Biltmore-Hotel in Los Angeles eine Rede gegen Trumans Außenpolitik – speziell seine Asien-Politik – gehalten und anschließend auf einer Pressekonferenz für die Ernennung General MacArthurs zum entscheidenden Berater des Präsidenten in der China-Frage geworben.

273 4] *an Frau Schickele:* An Anna Schickele, P. P. 30. 9. 1950, Reg. III, 50/371: »[. . .] das Nein sagen schiebe ich gern hinaus. Überhaupt und von Natur fällt es mir schwer, in diesem Fall aber besonders. Dennoch muss es sein. Die Beendigung eines, übrigens der Rede garnicht sehr werten Romans, die aus äusseren und inneren Gründen (es geht uns bei der schlechten Lage des Buchmarktes pekuniär ziemlich mies) dringlich ist, macht mir so lächerliche Mühe, dass ich mir eine zusätzliche Aufgabe wie das Vorwort zur Neuausgabe von Schickele's Werken einfach nicht leisten kann. Denn etwas Würdiges müsste das sein, und das Beiseitelegen der lange genug liegengebliebenen Arbeit, um dergleichen hervorzubringen, wäre so schlecht für's Gemüt, dass nicht einmal etwas Anständiges zustande käme [. . .]« (Marbach).

5] *(Vence):* René Schickeles Wohnort im Hinterland der Côte d'Azur unweit von Nizza, in dem er 1940 starb.

1. 10. 1950

273 1] *Unconditional surrender:* Nach dem triumphalen Einzug in Seoul hatte General MacArthur die nordkoreanische Armee aufgefordert, »to lay down your arms and cease hostilities in order to avoid total defeat and destruction«.

2] *Vishinsky:* Der sowjetische Außenminister hatte der UN angeblich erbeutete Papiere vorgelegt, die beweisen sollten, daß Süd-Koreaner Nord-Korea angegriffen hätten.

3] *Aufsatz von Anni Carlsson:* ›Goethes ‚Faust' als mythisches Weltbild‹, ›Deutsche Vierteljahrsschrift für Literaturwissenschaft und Geistesgeschichte‹, Jg. 23, 1949, 433–448.

2. 10. 1950
1] *Päpstliche Taten:* Im Kapitel ›Der sehr große Papst‹, GW VII, 238–242. 273
2] *an Anni Carlsson:* Sekretiert im TMA.

3. 10. 1950
1] *Brief des [...] Fiedler:* Spital Schiers, 14. 9. 1950; im TMA. 274
2] *Prof. Eppelsheim:* Der Bibliothekar und Literaturwissenschaftler Hanns Wilhelm Eppelsheimer (1890–1972).
3] *Oratio ad amicos:* Adrian Leverkühns Abschiedsrede an seine Freunde aus dem XLVII. Kapitel des *Doktor Faustus*, GW VI, 657–667.
4] *Beethoven-Violin-Konzert:* Ludwig van Beethoven, Konzert für Violine und Orchester D-Dur, op. 61.
5] *Menuhin:* Der amerikanische Geiger Yehudi Menuhin (geb. 1916), der TM – wie die TB 1934/1935 zeigen – schon als Achtzehnjähriger faszinierte.

4. 10. 1950
1] *Regierungskapitel:* ›Der sehr große Papst‹, GW VII, 234–242. 274
2] *Urning:* Homosexueller.
3] *Geschichte des U.S. Senators:* AP berichtete am 3. 10. 1950 aus Berlin, der demokratische Abgeordnete Thurmond Chattam aus North Carolina habe während eines Inspektionsaufenthaltes in Berlin unter Ausnutzung einer alten Freundesschuld einen sowjetischen Offizier veranlaßt, »to take him on the 50-mile jeep ride, which included such points of interest as a newly completed airfield and an armored infantry compound.« Bei diesem Ausflug habe er Panzerwagen (»tanks«) photographiert. (Vgl. den auf der ersten Seite plazierten Bericht der NYT vom 4. 10. 1950, 1:7 und 12:6.)

5. 10. 1950
1] *von Glenway Wescott:* Stone-Blossom, 3. 10. 1950; im TMA. 274
2] *Glenway Wescott:* Der amerikanische Schriftsteller Glenway Wescott (1901–1987), ein Freund von Klaus Mann und Mitarbeiter an seiner Zeitschrift ›Decision‹.
3] *Maler Ballin:* Hugo Ballin (1879–1956).
4] *an Frau Busch:* An Grete Busch, P. P. 5. 10. 1950, Reg. III, 50/

377: Der freundliche Rat, die TM in einem Privatdruck geschenkten Gedichte nicht in toto, sondern die besten zunächst einzeln in Zeitschriften zu veröffentlichen.

6. 10. 1950

275 1] *Bericht über die Yale-Ausstellung:* Klaus W. Jonas, ›Gedenkausstellung in Yale zu Ehren des fünfundsiebzigjährigen Thomas Mann‹, ›Staatszeitung und Herold‹, New York, 14. 6. 1950, 4.

2] *K. Jonas:* Der Professor emeritus an der University of Pittsburgh, Klaus W. Jonas (geb. 1920), Verfasser der maßgeblichen Bibliographie ›Die Thomas-Mann-Literatur, Bibliographie der Kritik 1896–1955‹, die 1955 auf englisch, 1972 auf deutsch erschien.

3] *An M. George:* An Manfred George, P. P. 6. 10. 1950, Reg. III, 50/378: »Nun habe ich ja diesen Vortrag gehalten, ›Meine Zeit‹, worin ich meine etwas prekäre, nicht ganz bequeme Stellung in dem gegenwärtigen Welthader begütigend zu bestimmen versucht habe. Ich habe ihn nicht nur in Chicago und New York, sondern auch im Stockholmer PEN-Club [. . .], in Zürich und Basel, zum Teil auch in der Pariser Sorbonne gehalten und überall ist er mit einer Nachsicht aufgenommen, die sich schon mehr wie Herzlichkeit ausnahm. [. . .] Die amerikanische ›Neue Zeitung‹ in München hat ihn sehr wohlwollend besprochen. Aber mehr: Harpers Magazine hat ihn so, wie ich ihn auf englisch in der Chicago University hielt, in seiner Jubiläumsausgabe [. . .] abgedruckt. Meine Anschauungen, diese Kombinationen von Anti-Totalitarismus und angstvoller (um Amerikas und um der ganzen Welt willen angstvoller) Friedensliebe, scheinen also in diesem Lande noch nicht unmöglich zu sein – ich selbst scheine noch nicht unmöglich zu sein, wenn ich mich so umsehe. Meine sieben Ehren-Doktor-Diplome stammen zwar aus anderer Zeit, aber gerade noch vor meiner Abreise nach Europa bin ich Mitglied des Institutes of Arts and Letters in New York und einer ebensolchen Akademie in Boston geworden, und als ich jetzt zurückkam, habe ich die erstaunliche Geburtstagsausstellung von Dokumenten meines Lebens und Strebens besucht, die die Yale-Library veranstaltet hat, und über die der ›Aufbau‹ eigentlich einmal hätte berichten sollen. Die ›Staatszeitung‹, mit der ich garnicht so intim bin, hat beinahe begeistert darüber berichtet, und Thornton Wilder sagte, seines Wissens sei hier noch nie ein lebender Schriftsteller mit einer solchen Ausstellung geehrt worden. / Kurzum, ich habe nicht das Gefühl, verfehmt [sic], verhasst, gefährdet zu sein. Noch immer kommt viel freundliche Achtung mir entgegen, denn es ist ja nicht ganz wie 1932 in Deutschland, wo es keine Opposition gab und man allein war. Man hat Freunde ringsum, die ebenso, wie man selbst, an der Schönheit der Rolle zweifeln, die Amerika in der Welt spielt und an der Ehre, die es damit einlegt, der Liebe, die es gewinnt. (Man dienert vor ihm, aber man liebt es garnicht.) – Wahr ist indessen, dass ich recht abgeschieden lebe, und dass der Hass, den ich wider Willen errege [...], nicht recht an mich herankommt, sodass ich möglicherweise zu unbesorgt und vertrauensvoll bin. Ich weiss nur, wie gut es um mich steht. Wie schlecht und Besorgnis erregend es um mich steht, wissen Sie besser; das geht deutlich aus Ihrem Brief hervor ...« (Marbach).

7. 10. 1950

1] *an Fiedler:* An Kuno Fiedler, P. P. 7. 10. 1950, Reg. III, 50/380. *275*
2] *Douteuse Artikel:* Wahrscheinlich auf die Überlegungen zur Überwindung der kommunistischen Ideologie zu beziehen, wie sie beispielhaft in dem Essay von Theodor Plivier ›Vom Nullpunkt der Kultur‹, ›Der Monat‹, 2. Jg., H. 24, September 1950, 527–537, und in der kritisch-positiven Würdigung des Ex-Kommunisten André Malraux durch Herbert Tauber, a.a.O., 545–553, zutage treten.
3] *»Samson und Dalila«:* Oper des französischen Komponisten Camille Saint-Saëns (1835–1921). Die »Des-Dur-Arie« der Dalila (»Mon cœur s'ouvre à ta voix«) gehörte zu TMs Lieblingsstücken. Adrian Leverkühn kränkt im 38. Kapitel des *Doktor Faustus* seinen Gastgeber, den Fabrikanten Bullinger, nicht wenig mit der Frage, ob er diese Arie »zufällig« in seiner Sammlung habe: »Ich? Die Arie nicht haben? Mein Lieber, Sie denken wohl dies und das von mir! Hier ist sie, – und gar nicht ›zufällig‹, wie ich Sie versichern kann.« (S. die Beschreibung GW VI, 548)

8. 10. 1950

1] *Flagstadt:* Die norwegische Sopranistin, Wagnersängerin, zuletzt Intendantin der Osloer Oper, Kirsten Flagstad (1895–1962). *276*

9. 10. 1950

276 1] *Ritter des »Elephanten«:* Die ›Los Angeles Times‹ berichteten am 9. 10. 1950 auf Seite 1, daß Winston Churchill, der erst kürzlich das Anerbieten des britischen Königs, ihn zum ›Knight of the Garter‹ zu machen, mit der Begründung abgelehnt hatte, er sei nicht willens, Namen und Anrede von »Mr. Churchill« in »Sir Winston« zu ändern, das Anerbieten des dänischen Monarchen angenommen habe, ihn in Dänemarks »oldest and most exclusive order oft knighthood«, den ›Elephanten‹-Orden, aufzunehmen, und während eines einwöchigen Triumphzuges durch das Land dessen insignum, einen kleinen weißen Elefanten, »emblazoned with diamonds« zu empfangen. Über die weiteren geplanten Feierlichketen berichteten die LAT: »With Mrs. Churchill, he is to ride in a sevenmile procession through Copenhagen. He is also to get a degree and a heavy gold signet ring from the university and an arm band of the Danish resistance movement during the war.«

2] *Die »Legionäre«:* S. TB 13. 10. 1950, Anm. 1.

3] *[Acheson] im Willky-Haus:* Der U. S. Außenminister sprach am Abend des 8. 10. auf Einladung der Vereinigung ›Freedom House‹. Diese Organisation – eine Gründung des verstorbenen Rechtsanwalts und Politikers Wendell L. Willkie (1892–1944), dem Gegenkandidaten Roosevelts im Jahre 1940, zur Förderung des ›one world‹-Gedankens – hatte ihm auf ihrem 9th anniversary dinner ihren jährlichen ›freedom award‹ verliehen. Acheson bedankte sich mit einer Ansprache, in der er sich vehement gegen das unverantwortliche Kriegsgerede wandte: »The foolish talk about preventive war or the inevitability of war [which] will help to make war inevitable.« »The dangers about us are deadly dangers«, sagte Acheson. »Here in all the somber truth is a situation where the consequences of error may be death.« – Es ist denkbar, daß TM den Anlaß der Rede – das Vermächtnis von Wendell L. Willkie – mit dem Ort des Geschehens – ›Willky-House‹ – verwechselte.

4] *Artikel Baldwins:* Hanson Weightman Baldwin (geb. 1903), Pulitzer-Preisträger und military analyst der ›New York Times‹, hatte unter dem Titel ›Great Mistakes of World War II‹ eine Serie von insgesamt 7 Artikeln veröffentlicht, die die LAT zwischen dem 1. und 7. 10. 1950 als ›Mistakes of World War II‹ nachdruckte. Der Artikel, auf den sich TMs TB-Eintrag bezieht, ›Atom Bomb Use Held Unju-

stified‹, erschien am 7. 10. 1950 auf Seite 6: »We already had utilized fire raids, mass bombardment of cities, and flame throwers in the name of expediency and victory prior to Aug. 6, even though many of our people had recoiled from such practices./ Unrestricted warfare can never lay the groundwork for a more stable peace. Its heritage may be the salt-sown fields of Carthage, or the rubble and ruin of a Berlin or Tokyo or Hiroshima; but neither economically nor psychologically can unrestricted warfare – atomic warfare or biological warfare – lead anywhere save to eventual desaster./ During the last conflict we brought new horror to the meaning of war; the ruins of Germany and Japan, the flamescarred tissues of the warwounded attest our efficiency. And on Aug. 6, 1945, that blinding flash above Hiroshima wrote a climax to an era of American expediency./ On that date we joined the list of those who had introduced new and horrible weapons for the extermination of man; we joined the Germans who had first utilized gas, the Japanese with their biological agents, the Huns and the Mongols who had made destruction a fine art./ It is my contention that in the eyes of the world the atomic bomb has cost us dearly; we have lost morally; we no longer are the world's moral leader as in the days of the Wilsonian 14 Points.«
5] *L. Schwarzschildt †:* Der Publizist und Journalist Leopold Schwarzschild (geb. 1891), Herausgeber der kulturpolitischen Zeitschrift ›Tage-Buch‹ – von 1933–1940 in Paris unter dem Titel ›Neues Tage-Buch‹ fortgeführt – war 59jährig in New York gestorben.
6] *Begründer des Inselverlages:* Lücke im Manuskript. Gemeint ist der Literarhistoriker Anton Kippenberg (geb. 1874), seit 1905 Leiter des Insel-Verlags in Leipzig, der am 21. 9. 1950 in Luzern gestorben war.
7] *Klavierkonzert von Tschaikowsky:* Vermutlich No. 1, b-Moll, op. 23, 1875, von Pjotr Iljitsch Tschaikowski (1840–1893).

10. 10. 1950
1] *das letzte Kapitel:* Das XXX. Kapitel des *Erwählten*, ›Penkhart‹, GW VII, 243–249. In der endgültigen Fassung ist das XXX. das vorletzte Kapitel. 276
2] *An Neider:* An Charles Neider, P. P. 10. 10. 1950, Reg. III, 50/383: »Why did you so cruelly and senselessly thrash to pieces poor Mr. Angell's ›Reader‹? Only because you were not commissioned to

make the book yourself? There is hardly another explanation. The author was broken, Knopf was furious, and I shook my head.« (TMA)
3] *Schuberts große Symphonie:* Franz Schubert, Sinfonie No. 9, C-Dur, DV 944.

11. 10. 1950

277 1] *Neue Warnung:* Ein Sprecher des chinesischen Außenministeriums hatte erklärt, nachdem die Amerikaner den 38. Breitengrad überschritten hätten, betrachte sein Land die Lage als außerordentlich ernst und könne der Situation nicht untätig zusehen (»cannot stand by idly«). Bereits zehn Tage zuvor hatte Außenminister Tschou En-lai betont, das chinesische Volk »would not tolerate foreign aggression or supinely tolerate seeing their neighbors savagely attacked by the imperialists.« (NYT 12. 10. 1950, 5:1)
2] *Jewish Club-Vorlesung:* An W. S. Stagen, P. P. 13. 10. 1950, Reg. III, 50/392.
3] *»Olivia« by Olivia:* Olivia (d. i. Dorothy Simon Bussy), ›Olivia‹, New York 1949, deutsch: Wien 1950.

12. 10. 1950

277 1] *Telegrammwechsel:* Der sowjetische Generalissimus hatte seinem nordkoreanischen Kollegen Kim Il Sung ein Telegramm mit Wünschen für die erfolgreiche Beendigung seines Unabhängigkeitskampfes gesandt.
2] *mit Wörterbüchern:* S. dazu Wysling, ›Quellen‹, a.a.O., 277 und 285.
3] *Über Literaturgeschichte:* Werner Krauss, ›Literaturgeschichte als geschichtlicher Auftrag‹, ›Sinn und Form‹, Potsdam, Jg. 2, 1950, H. 4, 65–126.

13. 10. 1950

277 1] *Schlußkundgebung:* Die National Convention of the American Legion hatte, ganz im Sinne McCarthys, eine Neubildung des kommunistisch verseuchten State Departments verlangt und außerdem darauf bestanden, »in the event of further aggression by Soviet Russia in any part of the world«, Atombomben gegen die Sowjetunion einzusetzen. Darüber hinaus votierten die Legionäre für die

volle diplomatische Anerkennung Spaniens bei Verweigerung dieser Rechte für China, sowie für die »continued defense of Formosa«.

2] *von M. George:* New York, 11. 10. 1950, Antwort auf den TB 6. 10. 1950, Anm. 3 zitierten Brief TMs in Sachen des von George vorgeschlagenen Interviews: »Ein solches Interview darf natürlich weder absichtlich noch apologetisch erscheinen, vor allen Dingen aber darf es keines sein, dessentwegen Sie zu irgend einer Zeit – heute oder später – ein Missbehagen empfinden könnten./ Gerade aus meiner grossen Bewunderung für Sie als Persönlichkeit und für Ihr Werk verstehe ich Ihre Sorge, dass am Ende die, die Ihnen am nächsten stehen, wiederum ihrerseits ein solches Interview missinterpretieren könnten./ Ich werde daher diese Angelegenheit auch nicht als zu eilig, sondern nur mit grosser Überlegung weiterführen, und es wird Ihnen – das versteht sich eigentlich von selbst – bis zum letzten Augenblick jede Möglichkeit von Änderungen oder sogar einer schliesslichen Ablehnung des ganzen Vorschlags freistehen./ Ihre Wahl, Herrn von Hofe betreffend, halte ich für sehr glücklich. [...]« (Marbach)

3] *Einleitung zu Wagner-Platten:* Bisher unbekannt; vielleicht gar nie geschrieben: vgl. TB 15. 10. 1950, wo TM einen – leider verschollenen – Brief an Siegfried Marck »über das unschickliche Angebot der Radio-Gesellschaft (Traubel-Wagner-Album)« erwähnt.

4] *Joliot-Curie:* Der französische Atomphysiker Frédéric Joliot-Curie (1900–1958) – Nobelpreis für Physik (gemeinsam mit seiner Frau Irène Curie) 1935 – war 1950 Präsident des kommunistisch orientierten Weltfriedensrates. Es ist anzunehmen, daß seine hier von TM erwähnte Initiative in Zusammenhang mit dem 2. Weltfriedenskongreß in Sheffield (und Warschau) vom 13. bis 20. 11. 1950 stand.

5] *Friedenseingabe an den Security Counsel:* S. die im Anhang, No. 27, S. 701–702 zitierte Antwort TMs an Joliot-Curie, P. P. 2. 11. 1950, Reg. III, 50/430.

6] *gegen die deutsche Armierung:* ›France and German Rearmament‹, ›The New Statesman and Nation‹, 30. 9. 1950, 314. 278

14. 10. 1950

278 1] *[an] Arthur Miller:* Der Brief gilt als verschollen; s. Reg. IV, 586.
2] *Kriegers Alarcón-Bearbeitung:* Pedro de Alarcón, ›El clavo‹. Die Werbung des Richters‹, frei nach dem Spanischen von Arnold Krieger, Bern 1950.
3] *Alarcón:* Der spanische Erzähler Pedro Antonio de Alarcón y Ariza (1833–1871).
4] *Krieger:* Der deutsche Schriftsteller Arnold Krieger (1904–1965), der TM 1946 ein Buch gewidmet hatte. S. TB 46–48, 462.
5] *Gounods Faust:* Die ›Faust‹-Oper des französischen Komponisten Charles Gounod (1818–1893). S. auch TB 46–48, 449.

15. 10. 1950

278 1] *Entrevue:* Am 15. 10. trafen sich Präsident Truman und General MacArthur auf der Insel Wake zu einer Konferenz über die Lage in Korea und die US-Politik im Fernen Osten.
2] *an Prof. Löwenstein:* Das Schreiben an Karl Loewenstein gilt als verschollen; s. Reg. IV, 587.
3] *an Marck:* S. TB 13. 10. 1950, Anm. 3.
279 4] *des von Dieterle erwünschten »Zbg«-Films:* S. dazu TM an Richard Schweizer, P. P. 3. 11. 1950, D. ü. D. I, 576/577: »Ich schreibe Ihnen aus Interesse für die Idee eines Zauberberg-Films, von dem neuerdings wieder ernsthaft die Rede ist. Sie wissen wohl, Alexander Korda hat den Gedanken [...] fallen lassen. Nun ist es W. Dieterle, der große Lust zu dem Unternehmen hat ...«

16. 10. 1950

279 1] *an Knopf:* An Alfred A. Knopf, P. P. 17. 10. 1950, Reg. III, 50/397. TM übermittelt Knopf die Bitte, Ernst Weiss' neu aufgelegten Roman ›Georg Letham, Arzt und Mörder‹ in englischer Übersetzung zu publizieren: »Mrs. von Skramlik's [so der Name der bittenden Weiss-Schwester] letter made an impression on me and I am writing to you in this matter because I have always been a sincere admirer of the great narrative talent of Ernst Weiss, and have often come out for him in the days before Hitler. I never met him personally, but there existed a kind of friendship by correspondence between us. Ernst Weiss is in fact one of the few writers who may justly be compared to Franz Kafka. [...]« (TMA).

2] *Ernst Weiß:* Der Chirurg, Schiffsarzt und Schriftsteller Ernst Weiss (geb. 1882) hatte 1940, beim Einmarsch der Deutschen in Paris, Selbstmord begangen. Zum Verhältnis TM/Ernst Weiss vgl. Brw. Aut. 489–506.
3] *»Die Abenteuer der schönen Chariklea«:* S. TB 1. 8. 1950, Anm. 4.

17. 10. 1950
1] *Krischna Murti:* Der indische Weisheitslehrer Jiddu Krischna- 279
murti (1895–1985).
2] *an Krieger:* Der Brief ist – wie alle im TB erwähnten Schreiben an Krieger – verschollen; s. Reg. IV, 587.
3] *Radio-Rede Trumans:* Der Präsident gab am 17. 10. im San Francisco Opera House seinen Bericht über die Wake-Konferenz und bekräftigte noch einmal die Entschlossenheit des Westens, die Abwehr gegen den ›kommunistischen Imperialismus‹ auszubauen. Gleichzeitig bot er den Ländern des fernen Ostens eine »partnership for peace« an.

20. 10. 1950
1] *Inaugural-Dissertation:* Martin Schlappner, ›Thomas Mann und 280
die französische Literatur: Das Problem der Dekadenz‹, Saarlouis 1950. Teildruck einer Berner Dissertation von 1947. Das TM zugesandte Exemplar befindet sich im TMA.
2] *»Ritter, Tod und Teufel«:* Alexander Moritz Frey, ›Ritter, Tod und Teufel‹; offenbar nicht veröffentlicht.
3] *Audienz-Kapitel:* Das XXXI. und letzte Kapitel des *Erwählten*, GW VII, 250–259.
4] *an Dr. Schlappner:* Nach Reg. IV, 588 verschollen.
5] *In Platens Gedichten:* TM besaß – als Geschenk Ernst Bertrams – ›Die Gesammelten Werke des Grafen August von Platen‹, Stuttgart/Tübingen 1853/54, sowie die von G. A. Wolff und V. Schweizer im Rahmen der Meyerschen Klassiker-Ausgaben herausgegebene zweibändige Edition ›Platens Werke‹, Wien 1895. Beide Publikationen enthalten die Gedichte.

21. 10. 1950

280 1] *Fehler mit dem Brokat:* Da die Manuskriptblätter 308–310 (= GW VII, 250 unten bis 252 Z. 3) neu geschrieben wurden, ist der »Fehler« nicht mehr zu rekonstruieren. Vermutlich war er TM in der Beschreibung der Papstgewandung, Blatt 308 oben (neu!) = GW VII, 250, zweiter Absatz: »Der Vater der Kristenheit ... usf« unterlaufen. – Unter den im TMA verwahrten ›Notizen zum Erwählten‹ fand sich, auf der Rückseite eines Briefbogens vom Savoy-Hotel London notiert, folgender Hinweis: »Brokat, Pfeffel aus Morgenland, dunkelbunt, von Goldfäden durchwoben, und hielt ihre Augen, derart, daß ihre Lippen sich öffneten und ihre Brauen sich in Betrachtung zusammenzogen«.

2] *»Maskenball«:* Giuseppe Verdis 1859 in Rom uraufgeführte Oper ›Un ballo in maschera‹.

3] *Platens Tagebücher:* In der Zürcher Bibliothek befinden sich zwei Ausgaben der Tagebücher: 1.) ›Die Tagebücher des Grafen A[ugust] von Platen aus der Handschrift des Dichters‹, hrsg. von G. v. Laubmann und L. v. Scheffler, Cotta, Stuttgart 1896, und 2.) ›August von Platen, Tagebücher‹, im Auszug herausgegeben von Erich Petzet, Reclam, Leipzig 1928. Diese Ausgabe weist Vermerke von TMs Hand auf.

4] *Briefwechsel mit German und Schmidtlein:* Der Briefwechsel mit Eduard Schmidtlein (Adrast) und Karl Theodor German in Platens Tagebüchern, Bd. II, 67–97, 137–400 (Schmidtlein) und 790–797 (German); zitiert nach der zweiten Auflage der in Anm. 3 unter 1.) angegebenen Ausgabe, Stuttgart 1900.

5] *Gedicht von der »Stimme«:* August Graf Platen, ›Romanzen und Jugendlieder‹, No. XIV von 1819: »Laß tief in dir mich lesen [...] Doch drängt auch nur von ferne/ *Dein* Ton zu mir sich her,/ Behorch' ich ihn so gerne,/ Vergeß ich ihn so schwer!// Ich bebe dann, entglimme/ von allzurascher Glut:/ Mein Herz und deine Stimme/ Verstehn sich gar zu gut.« TM hat das Gedicht in beiden Ausgaben markiert.

281 6] *den Platen-Essay zu [...] erweitern:* Den Essay *August von Platen* von 1930, GW IX, 268–281. TM führte den Plan nicht aus.

22. 10. 1950

1] *neue Hauptstadt:* Nachdem die UN-Truppen am 19. 10. 1950 die ehemalige Hauptstadt Pjöngjang erobert hatten, wichen die Nordkoreaner in das 52 Meilen von der mandschurischen Grenze entfernte Huichon aus. 281

2] *Plan zur Einigung Deutschlands:* Auf einer Prager Konferenz hatten die UdSSR und sieben ihrer Satellitenstaaten am 21. Oktober ein Treffen der ›Big 4 Foreign Ministers‹ zur Verabschiedung eines 4-Punkte-Plans gefordert. Der russische Entwurf sah neben einem Verbot der Wiederbewaffnung und Eingliederung Deutschlands in aggressive Bündnisse die Ausgliederung der Kriegswaffenproduktion aus deutschen Industrien und die sofortige Einrichtung eines gesamtdeutschen Verfassungsrates zur Vorbereitung einer provisorischen Regierung für ein vereinigtes Deutschland vor.

3] *an Frey:* An Alexander Moritz Frey, P. P. 22. 10. 1950, Reg. III, 50/402.

4] *[an] Prof. Weil:* Der an den nach Frankfurt zurückgekehrten Mäzen des ehemaligen Frankfurter Instituts für Sozialforschung, Felix Weil (s. TB 46–48, 507), adressierte Brief gilt als verschollen; s. Reg. IV, 588.

23. 10. 1950

1] *Schwühl:* So – typisch für TM – im Manuskript. 281

2] *neuen Ausgabe des »Zauberberg«:* S. TB 2. 1. 1950, Anm. 4.

3] *Brief eines jungen Primaners:* Der Brief von Dieter Georg Ellerkmann, Lüdenscheid, befindet sich nicht mehr im TMA. S. jedoch TMs Antwort, P. P. 24. 10. 1950, Reg. III, 50/406.

4] *Brief eines Superintendenten:* Von Ernst Moering, Brehna, Krs. Bitterfeld, 18. 10. 1950; im TMA.

5] *J. Chapiro:* Der aus Kiew stammende Journalist und Literat Joseph (seit 1934 José) Chapiro (1893–1962), den TM aus seiner Münchener Zeit kannte, war 1933 nach Spanien, 1936 nach Paris und 1941 schließlich nach New York emigriert. 282

6] *Erasmus-Buch:* ›Erasmus and Our Struggle of Peace‹, Boston 1950. Der Band enthält ›Erasmus – Herald of a United World‹ by José Chapiro, und ›Peace Protests by Erasmus of Rotterdam, translated with an Introduction and Notes by José Chapiro‹.

7] *Bechers 60. Geburtstag:* TM schrieb einen Brief an die Redaktion

des ›Aufbau‹, Berlin, der den GW XIII, 870/871 abgedruckten Glückwunsch *Johannes R. Becher zum Gruß* enthielt.
8] *Spirit Holger:* Vgl. *Der Zauberberg,* Siebentes Kapitel, ›Fragwürdigstes‹ GW III, 907–947.

24. 10. 1950
282 1] *an den jungen Mann in Lüdenscheid:* An Dieter Georg Ellerkmann; s. TB 23. 10. 1950, Anm. 3.
2] *an Ida Herz:* P. P. 24. 10. 1950, Reg. III, 50/407: »Er [›The New Statesman‹] ist, auf weltlichem, politischem Gebiet eine so wohltuende Lektüre und ein zivilisiertes Antidot gegen das, was man hier zu schlucken bekommt. Dabei war ja der letzte Artikel über unsere Verhältnisse hier von viel gutem Willen zum Optimismus bestimmt, wenn auch zugegeben wird, daß der noch bestehende ›gap‹ zwischen Vernunft und Kriegstreiberei in einigen Monaten sich schließen kann. Die Frage ist eben, ob es für ein Zurück nicht schon viel zu spät ist. Wir müssen es abwarten.«
3] *von Bermann:* Frankfurt am Main, 20. 10. 1950, TM/GBF 552–554 (fragm.).
4] *Dostojewsky's »Jüngling«:* TM besaß neben der TB 3. 7. 1950, Anm. 6 nachgewiesenen Edition des ›Werdenden‹ die 25bändige Ausgabe des Insel-Verlags ›F. M. Dostojewski, Sämtliche Romane und Novellen‹, Leipzig 1921. Die hier angegebene Novelle in Band 4.

25. 10. 1950
282 1] *Heft von »Du«:* Das Heft der Zeitschrift ›du‹ vom Oktober 1950 enthielt TMs Michelangelo-Essay (s. TB 20. 7. 1950, Anm. 2) unter dem Titel *Michelangelo in seinen Dichtungen* auf den Seiten 31–33. Der – leicht veränderte und gekürzte – Anfang lautet: »Dichterische Bekenntnisse des Michael Angelus Bonarotas (so lautet die Umschrift ums Titelporträt des Bandes) sind zu mir gekommen, deutsche Übersetzung rechts neben dem Original – ein Buch, das mich dank seiner Aufgewühltheit, seiner oft verzweifelten Gefühlsohnmacht tief ergriffen hat.«
2] *Tolstoi-Buch von der Hamburger:* Käte Hamburger, ›Leo Tolstoi. Gestalt und Problem‹, Bern 1950. Das TM von der Autorin zugeeignete Exemplar steht in der Zürcher Bibliothek.
3] *an Bermann:* An GBF, P. P. 26. 10. 1950, Reg. III, 50/409; TM/

GBF 555/556: »Zum Schluß noch eine Frage, die mir am Herzen liegt und die den Nachlaß meines verstorbenen Sohnes betrifft, nämlich sein Buch ›Der Wendepunkt‹. Klaus hat das letzte Jahr seines Lebens der Verdeutschung und Bearbeitung dieses Buches gewidmet, über dessen Publikation er mit Querido einen Vertrag abgeschlossen hatte, und Erika hat nach seinem Tode mit größter Sorgfalt und Eile das Manuskript druckreif gemacht, das unverzüglich erscheinen sollte. Der Vertrag mit Querido muß doch an den S. Fischer Verlag übergegangen sein, und das Erscheinen ist auch in dem kleinen Gedächtnisbuch angezeigt: *Wann* also soll der ›Wendepunkt‹ nun erscheinen?«

26. 10. 1950

1] *das Valete:* Die Worte, mit denen der fiktive Erzähler der Geschichte, der Mönch Clemens, sich von seinen Lesern verabschiedet: »lebet nun wohl«. 283

2] *Brief [. . .] wegen Übersetzung des »Michelangelo«:* Nicht nachweisbar.

3] *[von] der Andersson:* Von Edna Anderson, Los Angeles, 25. 10. 1950; im TMA.

4] *»Sunset Boulevard«:* Der 1949 von Billy Wilder mit Gloria Swanson in der Hauptrolle gedrehte Film über einen vom Come-back träumenden vergessenen Stummfilm-Star.

27. 10. 1950

1] *an Prof. Jolliot-Curie:* S. TB 13. 10. 1950, Anm. 5. 283

2] *Sonderdruck des »Michelangelo«:* Motschan hatte angeboten, den ungekürzten Text in einem kleinen Schweizer Verlag herauszubringen. Der Sonderdruck *Michelangelo in seinen Dichtungen* erschien 1950 in Celerina.

3] *»Makarius«:* Georg Schwarz, ›Makarius‹, Tübingen 1950.

4] *Artikel der armen Mrs. Roosevelt:* ›Will Europe Fight on Our Side? Eleanor Roosevelt reports on her latest trip‹, ›Look‹, New York, 7. 11. 1950, 98–100, 103–105. Das von TM erwähnte Zitat lautet im Original: »Denmark is the country where I felt the greatest fear. The people there would like to do almost anything to bring about some kind of understanding between the U. S. S. R. und the U. S. A. Having been overrun extremely easily by the Germans, Denmark is not hopeful of making any real defense in case of another war, either with Germany or with Russia. Therefore, confidence in herself seems lacking and a sense of frustration seems to pervade the people.« (103)

28. 10. 1950

284 1] *an den Superintendenten:* Es kann nicht das Reg. III, 50/422 nachgewiesene Schreiben an Karl Friedrich Boll, P. P. 29. 10. 1950, gemeint sein, denn Boll lebte, wie aus seinem Brief an TM hervorgeht, in Hamburg. Es muß sich um die Antwort an Ernst Moering (s. TB 23. 10. 1950, Anm. 4) handeln, die sich jedoch nicht im TMA befindet.

2] *an Motschan:* An Georges Motschan, P. P. 28. 10. 1950, Reg. III, 50/420: Begleitschreiben zum Michelangelo-Text: »Warum soll man das nicht machen? ›Du‹ hat mich genötigt, den Anfang des Artikels zu ändern und hat an seiner ursprünglichen Form auch sonst noch kleine Retouchen vorgenommen, deren Notwendigkeit ich nicht einsehe. Ich schicke Ihnen darum den Text so wie ich ihn geschrieben und wie er tatsächlich für Mühlestein eine ausdrückliche Anerkennung darstellt. – Es fragt sich nun nur, im Zeichen welches Verlages der Sonderdruck erscheinen soll. Daß der ›Quo Vadis Verlag‹ ihn veranstaltet, ist nicht ratsam.«

3] *von der Jacobson:* Das Schreiben der Hunter College-Germanistin Anna Jacobson (1888–1972) ist nicht unter den im TMA archivierten Briefen. Zu A. J. s. TB 44–46, 379/380.

4] *Spenderin des Nietzsche-Briefes:* Marie Schmelz; s. TB 16. 11. 1949, Anm. 4.

5] *»New Statesman« mimeographiert:* Der ›New Statesman‹ erschien gelegentlich in mimeographierten Ausgaben.

29. 10. 1950

284 1] *Gustav V von Schweden:* Der Schwedische König Gustav V. aus dem Hause Bernadotte (geb. 1869), Regent seit 1907, war am 29. 10. 1950 gestorben.

2] *Artikel [. . .] über die [. . .] Stimmung in Rußland:* Harrison E. Salisbury, ›Reds Not Geared to War Economy‹, ›Los Angeles Times‹, 29. 10. 1950, 16, mit dem Fazit: »What is interesting about the Soviet situation is that, as of today, so far as research can determine, there has been no substantial changeover of the economy from its pre-

dominantly peacetime aspect to one of preparation for or anticipation of war.«
3] *Einmarsch in Tibet:* Nachdem U.N.- und amerikanische Truppen am 24. 10. von Korea aus die chinesische Grenze erreicht hatten (mit der strikten Weisung, sich – trotz der Andeutungen ihres Oberkommandierenden General MacArthur, daß ein Krieg auch gegen das kommunistische China nicht auszuschließen sei – jeder Provokation oder Grenzverletzung zu enthalten), ließ China am selben Tag seine Truppen in das 1912 von ihm abgefallene Tibet einmarschieren.

2. 11. 1950
1] *[Brief nach] Japan:* An Seiji Takahashi, P. P. 30. 10. 1950, Reg. III, 284
50/424: Ablehnung der Bitte um einen Beitrag für japanische Zeitschriften; statt dessen Verweis auf den Vortrag *Meine Zeit,* den TM, wie er schreibt, gern auf japanisch verbreitet sehen würde.
2] *[an] Becher:* Begleitschreiben zu dem Glückwunsch für Becher (s. TB 23. 10. 1950, Anm. 7) an den ›Aufbau‹-Verlag, Berlin, P. P. 2. 11. 1950, Reg. III, 50/429.
3] *an Hesse:* An Hermann Hesse, P. P. 1. 11. 1950, Reg. III, 50/428; Br. III, 171/172; HH/TM 158/159: »es ist wohl kindisch, aber ich habe den Wunsch, Ihnen und Frau Ninon [. . .] zu erzählen, daß ich vor ein paar Tagen jenes Ding, woran Sie gutlaunig teilnahmen, den viel und nun wohl zum letztenmal erzählten ›Gregorius‹ abgeschlossen habe. Gott, damit erfahren Sie nichts Großes. Meine Mitteilsamkeit entstammt bloß der Genugtuung, die es ja doch immer gewährt, mit etwas fertig geworden zu sein.«
4] *Schießerei in Washington:* Am 1. 11. 1950 versuchten zwei Puertoricaner, vermutlich Angehörige der national-extremistischen Bewegung um den Rebellen Pedro Albizu Campos, den Präsidenten in seiner Residenz Blair House zu ermorden.
5] *Bernard Shaw [. . .] entschlafen:* Der irisch-englische Dramatiker George Bernard Shaw (geb. 1856) war am 2. 11. 1950 gestorben.
6] *Telegramm des »Third Program«:* S. dazu TM an Hans Reisiger, 4. 11. 1950: »Ob ich das machen kann? Ich schwanke noch. *Sehr* nahe stand er meinem Herzen eigentlich nie.« (Bl. TMG 8, 25).
7] *Nachruf:* TMs Würdigung *Bernard Shaw,* GW IX, 794–803.
8] *Musiker-Freund:* Vielleicht der Geiger Robert Pollak, s. TB 7. 10. 1949, Anm. 4.

285 9] *Kopenhagener Tellerchen:* Im TMA.
10] *Message an die »Nation«:* To the Editors of the ›Nation‹, P. P. 3. 11. 1950, Reg. III, 50/434; Br. III, 172/173; engl.: ›Thomas Mann sends Congratulations‹, ›The Nation‹, vol. 171, No. 25 v. 16. 12. 1950, 555.
11] *[an] Jacob:* An Heinrich Eduard Jacob, P. P. 2. 11. 1950, Reg. IV, N 50/8.

3. 11. 1950

285 1] *Den Amerikanern [. . .] geht es schlecht:* An der nordkoreanischen Grenze waren ca. 200 000 Chinesen zusammengezogen worden, die, ohne daß sie offiziell zur Kenntnis genommen wurden, in die Gefechte eingriffen.
2] *an Chapiro:* An Joseph Chapiro, P. P. 3. 11. 1950, Reg. III, 50/433: »Das Buch wäre verdienstvoll genug, wenn es nur die Neu-Übersetzung (die erste seit 1559) von Erasmus' ›Querela Pacis‹ brächte, dieses klassischen und unsterblichen Friedensmanifestes, dessen Titel Sie mit Recht aus dem Klagenden ins Anklagende, Auffordernde, Protestierende und Kämpferische gewandelt haben. Nun aber bietet Ihr Werk auch noch eine ›Einleitung‹ zu diesem grossen Dokument, die seiner wahrhaftig würdig ist; denn, die ganze erste Hälfte des Buches ausfüllend, gibt es dem Leser ein überaus fesselndes, auf packende Art unterrichtendes Bild von des Rotterdamers menschlicher und politischer Existenz, seinem hochdistinguierten Lebenskampf, und namentlich das Kapitel ›Erasmus versus Luther‹ hat wahrhaft dramatischen Atem./ Etwas Erschreckendes hat es ja, wenn darin der Doctor Martinus als ›der grösste Deutsche aller Zeiten‹ angesprochen wird. Einen gab es, der Luthers Urkraft und Dämonie mit der Urbanität, dem Geist und der Liebenswürdigkeit des Erasmus vereinigte; der Erasmus war *und Luther dazu*. Das war doch wohl der Grösste, möge seine Geschichtsdynamik auch nicht die jenes breitstirnigen Gottesmannes gewesen sein.«

4. 11. 1950

285 1] *an Reisiger:* An Hans Reisiger, P. P. 4. 11. 1950, Reg. III, 50/437; Bl. TMG 8, 1968, 24/25.
2] *für die Festschrift: Erinnerungen ans Münchner Residenztheater,* GW XI, 517–521.

5. 11. 1950

1] *Ponce:* Vermutlich ist die französisch-amerikanische Sopranistin Lily Pons (1898–1976) gemeint. 286

6. 11. 1950

1] *an die Schüler der T. M.-Schule:* Einstweilen nirgendwo nachgewiesen. 286

2] *[von] Jack Eastman:* New York City, 4. 10. 1950; im TMA: »Heart sickening as war, any war, is to me I can't help but believe and hope// that the Korean war in having given a new stature and respect to the moral power of the United Nations will in the long run of history be remembered as having been the episode which really gave mankind as a whole the ability to see the need for the nations of the world being united//in fact and act as well as in word and hope. Could it be an episode corresponding to the uniting of the original thirteen American colonies?« Den durch Doppelstrich markierten Text hat TM unterstrichen und am Rand mit einem Ausrufungszeichen versehen.

7. 11. 1950

1] *an Dr. Amann:* An Paul Amann, P. P. 7. 11. 1950, Reg. III, 50/438; TM/PA 69/70. 286

2] *»Haus Herzenstod«:* G. B. Shaw, ›Heartbreak House‹. TM besaß die von Siegfried Trebitsch besorgte deutsche Ausgabe ›Gesammelte dramatische Werke‹, in deren 8. Band, 1948, sich das Schauspiel befindet.

8. 11. 1950

1] *Warren:* Der kalifornische Gouverneur und republikanische Politiker Earl Warren (1891–1974). 287

2] *Taft:* Der republikanische Senator von Ohio Robert A. Taft (1889–1953).

3] *Die U.N. garantieren:* In der Hoffnung, daß die Chinesen nicht in den koreanischen Krieg eingreifen würden, wenn man ihnen die Unverletzlichkeit ihrer mandschurischen Grenze garantierte, gab der UN-Sicherheitsrat am 7. 11. 1950 in Lake Success eine entsprechende Erklärung ab. – Mit dem im TB apostrophierten »Wasserwerk« ist vermutlich einer jener durch die Bombardements gefährdeten Yalu-

Staudämme gemeint, deren Kraftwerke zu gleichen Teilen Korea und die Mandschurei mit Strom versorgten.
4] *Preface zum III. Akt Walküre, Victor-Album:* S. TB 13. 10. 1950, Anm. 3.

9. 11. 1950
287 1] *[von] Enzo Paci:* Milano, 18. 9. 1950; im TMA.
2] *»Kaiser von Amerika«:* G. B. Shaw, ›The Apple Cart‹; im 11. Band der TB 7. 11. 1950, Anm. 2 nachgewiesenen Ausgabe.

10. 11. 1950
288 1] *[von] H. Zenker:* Von Hans Zenker, Nienburg/Weser, 21. 10. 1950; im TMA.
2] *K. Goetz:* Der Schauspieler, Regisseur und Dramatiker Curt Goetz (1888–1980) war 1939 zusammen mit seiner Frau, der Schauspielerin Valerie von Martens (mit der gemeinsam er in fast allen seinen Stücken und Filmen die Hauptrollen spielte), nach Hollywood emigriert.
3] *Dr. Rosenthal:* Nicht sicher, ob es sich um TMs Arzt Frederick Rosenthal, den Antiquar Erwin Rosenthal oder einen Filmmann handelt.
4] *»Professor Prätorius«:* Curt Goetz' 1950 gedrehte Filmkomödie ›Frauenarzt Dr. Prätorius‹ nach seiner Komödie ›Dr. med. Hiob Prätorius‹ (1934).

11. 11. 1950
288 1] *Jaspers über Nietzsche:* Karl Jaspers, ›Zu Nietzsches Bedeutung in der Geschichte der Philosophie‹, ›Die Neue Rundschau‹, 61. Jg., 1950, H. 3, 346–358.
2] *von John D. Weaver:* Hollywood, 9. 11. 1950; im TMA.

12. 11. 1950
288 1] *Versverbesserung:* S. dazu TB 26. 2. 1949, Anm. 1, und TB 26. 9. 1950, Anm. 1.
289 2] *Die Heilige Johanna:* In Band 6 der TB 7. 11. 1950, Anm. 2 nachgewiesenen Ausgabe.

13. 11. 1950

1] *Umarbeitung des Schlußkapitels:* Vgl. TM an Otto Basler, P. P. 19. 11. 1950, Reg. III, 50/459; Br. III, 174/175: »Es handelt sich aber um die Frage, ob die Frau nach 22 Jahren den Sohn und Gatten in der Papstkappe erkennt, oder ob sie ihn nicht erkennt, – wobei aber ›erkennen‹ ein sehr zarter Begriff ist, denn gewissermaßen, in tiefster Seele, hat sie ihn auch erkannt, als er als Jüngling zuerst vor sie trat, und ihn auch wieder *nicht* erkannt, denn wie sollte sie? Zwischen dem einst ausgesetzten Baby und dem ritterlichen Jüngling ist ein so großer Abstand, und nun ist ein so großer Abstand zwischen dem Jüngling und Seiner Heiligkeit Papst Gregorius, dem sie zu beichten gekommen ist. Sie kann die beiden garnicht zusammenbringen und erkennt ihn also nicht, wonach die Szene zu führen ist; die will aber zugleich danach geführt werden, daß sie ihn doch erkennt, denn sie erkennt ›ihn‹ immer.« – Im Manuskript sind im Kapitel ›Die Audienz‹ größere Änderungen auf Blatt 319 (= GW VII, 257) erkennbar: Nach der vorletzten Zeile: »Bedenke, daß wir bis auf diesen Tag kristlich vermählt sind« wurde folgender Absatz gestrichen: »›Das war Seelenirrung und Teufelswerk‹, rief er, ›Du hast recht: ein Wort von mir, und es fällt dahin. Der Teufel hat nicht legem studiert und kennt die Erlasse nicht von Synoden und Kapitularen. Er weiß nicht, daß sogar bis zum vierten Verwandtschaftsgrad die Ehe verboten ist und daß, wie untrennbar immer der Ehebund grundsätzlich sei, doch derjenige, der den Kanons zuwider sind [!], getrennt werden sollen. Geschieden sind wir hiermit, als Gatten, um desto inniger vereint zu sein als Mutter.‹« 289

15. 11. 1950

1] *dieses schöne Schweizer [Heft]:* Auf der ersten Seite der neuen schwarzen Wachstuchkladde aus der Papierwarenhandlung Scholl in Zürich steht von TMs Hand vermerkt: 15. 11. 1950–31. 12. 1951. 289

2] *an Enzo Paci:* P. P. 15. 11. 1950, Reg. III, 50/450.

3] *Shaw über Jesus und die Evangelien:* Im Vorwort zu ›Androcles and the Lion‹: ›Preface on the Prospects of Christianity‹, Unterkapitel ›Credibility of the Gospels‹. In TMs TB 7. 11. 1950, Anm. 2 nachgewiesener Ausgabe in Bd. 6.

16. 11. 1950

289 1] *Beschwichtigungsrede Achesons:* Wie vor ihm bereits General Bradley, versicherte auch der US-Außenminister, daß die UN nicht nur alles unternehmen würden, um die Gründe herauszufinden, die das – zu den USA keine diplomatischen Beziehungen unterhaltende – Rot-China möglicherweise zu einem Eingreifen in Nordkorea veranlassen könnten, sondern auch bereit seien, ernstzunehmenden, aber unnötigen Ängsten Rechnung zu tragen. Sollten die Chinesen jedoch – aus welchen Gründen auch immer – entschlossen sein, eine Weltkrise heraufzubeschwören, dann würden die UN einer solchen Aggression mit Geschlossenheit und Standfestigkeit begegnen.

290 2] *an Bermann:* An GBF, P. P. 16. 11. 1950, Reg. III, 50/451; TM/GBF 560.

3] *»Kind Hearts and Coronets«:* Der 1949 von dem britischen Regisseur Robert Hamer in England gedrehte Film ›Adel verpflichtet‹ mit Alec Guinness in der Hauptrolle.

4] *»Monsieur Verdoux«:* Charles Chaplins 1944–1946 in den USA gedrehte ›Komödie des Mordes‹, die gewisse Parallelen zu dem englischen Film aufweist.

17. 11. 1950

290 1] *meine verneinende Antwort:* Vgl. die Meldung des ›Tagesspiegel‹, (West)Berlin, 19. 11. 1950: »AP-Meldung aus Kalifornien: Thomas Mann stritt energisch ab, irgendwelche Beziehungen zu dem in Warschau tagenden ›Zweiten Weltfriedenskongreß‹ zu unterhalten. Er ließ erklären, daß er in keiner Weise mit dem ›Friedenskongreß‹ in Zusammenhang gebracht werden, sondern der Sache des Friedens von sich aus dienen wolle und nicht in Verbindung mit irgendeiner ›ausländischen Gruppe‹, deren Propaganda der Idee des Friedens mehr schade als nütze.« – Es ist anzunehmen, daß sich TMs »verneinende Antwort« lediglich gegen die Berichterstattung des Ostens richtete, wie sie sich z. B. in der Meldung des ›Neuen Deutschland‹ vom 18. 11. 1950 zeigte, wo zu lesen war: »Thomas Mann wurde in das Präsidium des Zweiten Weltfriedenskongresses gewählt«. In der ausführlichen Berichterstattung der ›New York Times‹ über die Kongresse in der Rüstungsmetropole Sheffield (geplant für den 14.–16. 11. 1950, nach einem Tag abgebrochen, da die britische Regierung – trotz erteilter Visa – prominenten Teilnehmern wie Pierre

Cot, Pietro Nenni, Louis Aragon, Aleksander Fadejew, Ilja Ehrenburg, Dimitri Schostakowitsch und vielen anderen die Einreise verweigerte) und Warschau (als Ausweichort, wo die Tagung am 18. 11. ein zweites Mal eröffnet wurde) findet sich TM's Name nicht, weder in den Listen der Teilnehmer noch in denen der Sympathisanten. Folgt man dem Schreiben TMs an GBF vom 17. 12. 1950, so hatte Joliot-Curie »einfach gemeldet«, TM hätte sich »in Warschau ins Präsidium wählen lassen und eine Message geschickt«. »Ich war zu einem geharnischten Dementi gezwungen, das aber natürlich viel weniger sichtbar geworden ist, als die falsche Nachricht.« (TM/GBF 564)

2] *Dementi:* S. TB 20. 11. 1950, Anm. 3.

18. 11. 1950

1] *Danksagung der Kirchwey:* Der Dank der ›Nation‹-Herausgeberin für den Glückwunsch (s. TB 2. 11. 1950, Anm. 10) befindet sich nicht unter den Archivalien des TMA. 290

19. 11. 1950

1] *Beginn der Umarbeitung:* S. TB 13. 11. 1950, Anm. 1. 291

2] *an Basler:* An Otto Basler, P. P. 19. 11. 1950, Reg. III, 50/459; Br. III, 174/175. S. auch TB 13. 11. 1950, Anm. 1.

20. 11. 1950

1] *an die Lowe:* An Helen Lowe-Porter, P. P. 20. 11. 1950, Reg. III, 291
50/460.

2] *[an die] Vervielfältigungsfirma:* An Wallenberg and Wallenberg, die bereits die zur Erlangung des amerikanischen Copyrights dienende mimeographierte Ausgabe des *Doktor Faustus* hergestellt hatten. (S. TB 46–48, 445 und 581)

3] *Dementi [...] in L.A. Times:* Die Nachricht von TMs Dementi, erschienen am 20. 11. 1950, 4, in den LAT, hat folgenden Wortlaut: ›Thomas Mann Denies Link With Red Parley‹. »Novelist Thomas Mann yesterday denied any connection with the Communist-inspired Second World Peace Conference in Warsaw and said that if he was elected to the organization's presidium it was without his knowledge./ Dispatches from the Polish city asserted that Dr. Mann had been chosen for the presidium./ Through his daughter Erika the writer said, ›I deny categorically that I am in any way to be identified with the conference in Warsaw. I read that I was chosen for the presidium. If this be true, I was elected without my knowledge.‹/ He also denied sending a greeting to the conclave. The only message he sent, he added, was one saying he would not attend the conference.«

4] *von Hesse:* Montagnola, 8. 11. 1950, HH/TM 159/160.

5] *Artikel:* Eine ungezeichnete Besprechung von Joachim Wolff, ›Gestaltwandel und Gestaltzerfall im 20. Jahrhundert‹, ›National-Zeitung‹, Basel, 22. 10. 1950, Sonntagsbeilage. Das Zitat ist wortgetreu.

21. 11. 1950

292 1] *an Flinker:* An Martin Flinker, P. P. 21. 11. 1950, Reg. III, 50/461; Br. III, 175/176; unter dem Titel *Pariser Eindrücke 1950* GW XI, 514–516.

2] *Korrektur:* Das Manuskript zeigt größere Korrekturen an drei Stellen: 1. auf Blatt 1 (= GW IX, 794, Z. 13) wurde die Hamsun-Stelle umgeschrieben, relativiert und gekürzt. Die ursprüngliche Fassung lautete: »Überlebt hat ihn [Knut Hamsun, – vegetierend nur noch und menschlich gebrochen durch die Politik, aber der Schöpfer eben doch eines hochdifferenzierten (verb. aus ›zaubervollen‹) erzählenden Werkes, das an Reichtum und Charme dem dramatischen Shaws nicht nachsteht. Der hat,] schon weil er die epische Form wenig achtete (er selbst war damit gescheitert), [sich um diese Ebenbürtigkeit überhaupt nicht gekümmert, soviel aus seinen Schriften hervorgeht. Es ist wahr, daß sie in mancher Hinsicht Gegenpole waren, vor allem im Punkte des Sozialismus.] Aber im Künstlerischen, in der Verschmitztheit und Spaßhaftigkeit der Mittel, gibt es doch, wie mir scheint, viel Brüderliches (verb. aus ›Zeitgenössisches‹) bei ihnen; den humoristischen Trotz gegen den Gemeinplatz, gegen das, was alle sagen, haben sie beide; und [im Persönlichen verbindet sie ein Verpflichtungsbewußtsein gegen Deutschland]«;

2. in der Charakterisierung von ›Heartbreak House‹ (Ms Blatt 7, GW IX, 799, Z. 20): [»Nur *ein* anderes möchte ich ihm gleich und vielleicht sogar darüber stellen, das ist ›Heartbreak House‹], das seltsamste und originellste, witzig-verträumteste und geistreich-phantastischste Gebild der modernen Bühne, von einem mysteriösen Witz und im dichterischen Rang unmittelbar neben der ›Wildente‹ stehend.«

3. Der Absatz GW IX, 802, Z. 14 – 803, Z. 1 wurde als Ergänzung

zum Text, wie er im Ms, Blatt 11 steht, neu geschrieben. Dafür strich TM 3 Zeilen im Ms: [»zur Vorstellung der Größe nicht recht stimmen will.]/ Aber ich verstehe sehr gut, daß gerade dies Element zu seiner Art von heller Lustigkeit, Ungebundenheit, befreiendem Übermut gehört, und nichts wäre fehlerhafter (verb. aus ›dümmer‹), als ihn wegen seiner Kühle der Lieblosigkeit zu zeihen. [Sein Lachen galt all und jedem,]«.

22. 11. 1950

1] *»The City and the Pillar«:* Gore Vidal, ›The City and the Pillar‹, New York 1948. *293*

23. 11. 1950

1] *Brief nach Tokyo:* Der Entwurf dieses Schreibens, Reg. IV, N 50/ 11, dessen Empfänger nicht ermittelt werden konnte, befindet sich im TMA und ist im Anhang, No. 28, S. 702–703 abgedruckt. *293*

2] *Almanach:* Der TB 21. 11. 1950, Anm. 1 nachgewiesene Brief erschien in französischer Sprache in dem Almanach der Librairie Flinker, ›Littérature Allemande‹, Paris 1951.

24. 11. 1950

1] *message an Koussevitzky:* An Serge Koussevitzky, P. P. 28. 11. 1950, Reg. III, 50/472: »[. . .] The news of the forthcoming great tour of the Israel Philharmonic Orchestra through the United States and Canada raises my own expectations no less than those of the entire music-loving population of this continent.« (TMA) *293*

2] *message nach Japan:* S. TB 23. 11. 1950, Anm. 1.

3] *Druckschrift bei Bermann:* Kam nicht zustande. S. auch TM an GBF, 27. 11. 1950, Reg. III, 50/467.

4] *an »Inspiré«:* Das Schreiben an die Redaktion der Basler Zeitschrift ›Inspiré‹ gilt nach Reg. IV, 588 als verschollen. *294*

5] *an O. M. Fontana:* Auch dieses Schreiben ist verschollen; s. Reg. IV, 588.

6] *»Nightingale«:* Oskar Maurus Fontana, ›Ein Engel der Barmherzigkeit. Roman der Menschenliebe‹, Wien 1950; eine Erzählung über Florence Nightingale.

25. 11. 1950

294 1] *»Friedrich«:* S. Hans Wysling/Yvonne Schmidlin, ›Thomas Mann, Notizbücher 1–6‹, Frankfurt am Main 1991, ›Einführung‹, S. 7/8: 1905/06, zur Zeit der frühesten Einträge zum Hochstapler-Roman, »beschäftigte sich Thomas Mann auch schon mit dem *Friedrich*-Stoff, an dem ihn das Thema von Geist und Macht faszinierte.« Die Friedrich-Notizen sind im 9. Notizbuch, ›Beihefte zum Euphorion‹, H. 5, 1973, publiziert. S. auch D. ü. D. I, 231–235.

2] *»Maja« [...] »Die Geliebten«:* Wysling/Schmidlin, a.a.O. S. 8: »Vor und während der Niederschrift der *Königlichen Hoheit* ließ ihn [i. e. TM] überdies das Projekt eines Gesellschafts-Romans nicht los, der *Maja* hätte heißen sollen und sich aus einem Novellenplan von 1901/02, *Die Geliebten*, entwickelt hatte. (Einige der Figuren zur *Maja* sind vierzig Jahre später in den *Doktor Faustus* eingegangen.)« – Die Aufzeichnungen zum Plan *Maja/Die Geliebten* befinden sich im vierten und siebenten Notizbuch. S. auch D. ü. D. I, 236.

3] *Geschwister-Roman:* Das Problem eines »Geschwisterromans« hat TM zeitlebens beschäftigt: von den Varianten der *Fürstennovelle: Königliche Hoheit* mit viel »Inzest-Geraune« (Wysling) der Königskinder über *Wälsungenblut* bis hin zum *Erwählten.*

4] *Das Jugend-Buch: Bekenntnisse des Hochstaplers Felix Krull. Buch der Kindheit,* Wien, Leipzig, München 1922.

295 5] *Der homosexuelle Roman:* Der *Krull.*

6] *Howard Nemerow:* Der Schriftsteller Howard Stanley Nemerov (geb. 1920) hatte verschiedentlich über TM, der sich 1945 für ihn wegen eines Stipendiums bei der Guggenheim Foundation verwendete, geschrieben.

7] *»Freedom and Form«:* Howard Nemerov, ›Freedom and Form; a note on Thomas Mann's Faust Novel‹, masch. schr. vervielfältigt, Bennington 1950. Das TM übersandte Exemplar befindet sich im Zürcher Archiv.

26. 11. 1950

296 1] *Hochstapler-Papiere:* Die vorwiegend aus den Jahren 1910–1914 stammenden Materialien für die 1913 zugunsten des *Tod in Venedig* mitten im vierten Kapitel des Zweiten Buches abgebrochene Geschichte *Bekenntnisse des Hochstaplers Felix Krull* liegen im TMA. Hans Wysling hat sie ausgewertet in seiner Untersuchung ›Pläne zur

Fortsetzung des ‚Krull'‹, ›Thomas-Mann-Studien‹, 3. Band, Bern/ München 1974, 149–166.

27. 11. 1950

1] *»end-the[-]war-Offensive«:* Die UN-Offensive zur Beendigung des Korea-Krieges war nach Angriffen gut ausgerüsteter und mit den Winterverhältnissen im Lande vertrauter chinesischer und nordkoreanischer Truppen am 24. 11. zusammengebrochen und hatte zu einem panikartigen Rückzug der US-Soldaten geführt. 296
2] *Wahlerfolge:* Bei den ersten Landtagswahlen in Hessen, Baden-Württemberg und Bayern hatte die SPD wegen ihrer Haltung gegen die von der CDU vorangetriebene deutsche Wiederbewaffnung große Stimmengewinne erzielen können.
3] *an Motschan:* Der Brief gilt als verschollen; s. Reg. IV, 588.
4] *[an] Bermann:* An GBF, P. P. 27. 11. 1950, Reg. III, 50/467.
5] *unmögliche Buchpublikation:* S. TB 24. 11. 1950, Anm. 3.
6] *Herrn Kocherthaler:* S. TB 9. 12. 1949, Anm. 1.
7] *Frau d'Albert:* Nicht ermittelt.

28. 11. 1950

1] *Die bayerischen Wahlen:* S. TB 27. 11. 1950, Anm. 2. 296
2] *Böse Krise in Korea:* S. TB 27. 11. 1950, Anm. 1.
3] *Schwedischer Journalist:* Der Schwede Åke Sandler war 1945 Doktorand im Department of History an der University of Southern California gewesen und hatte zu dieser Zeit gelegentlich Übersetzungshilfen für TM geleistet. Später arbeitete er als Journalist. 297
4] *Interview:* ›Thomas Mann skriver roman på ett amerikanskt motiv‹, ›Morgon-Tidningen‹, Stockholm, 8. 12. 1950. Im TMA.
5] *an S. Marck:* Die Zeilen an Siegfried Marck sind verschollen. Zur Sache s. jedoch den Brief vom 18. 12. 1950, Reg. III, 50/511: »Nach tagelanger Beschäftigung damit lasse ich Ihnen Ihr grosses Manuskript wieder zugehen. Es sind prächtige Dinge darin. [...] Es versteht sich, dass ich nach der Lektüre die Annahme der Widmung gern aufrecht erhalte, wenn Sie mir die Ehre erweisen wollen. Bedenken Sie immerhin, ob die ausdrückliche Zueignung nicht ›de trop‹, ein ›obendrein‹ und ›auch noch‹ wäre, wo doch ohnedies ausser dem meiner Arbeit gewidmeten Abschnitt, mein Name sich, etwas übertrieben ausgedrückt, durch das Ganze zieht, sodass das Werk viel-

leicht gar zu ausgesprochen auf meinen Namen getauft erschiene und dadurch, entgegen dem Vielumfassenden seines Charakters, eine ungerechte Verengung und Festlegung erführe. Sie raten richtig, wenn Sie annehmen, dass diese Besorgnis, die dem Buche zu gelten scheint, im Grunde mir selbst gilt und mit dem Zweifel zu tun hat, ob ich es mit behaglicher Zustimmung hinnehmen darf, als Finder und Spender des Gleichgewichts, kurz als Weiser herausgestellt zu werden, – wo ich doch eigentlich auch nur ein armer Hund bin. Aber wie Sie meinen.« (HOM)

6] *neuer Buches:* Siegfried Marck, ›Große Menschen unserer Zeit, Portraits aus drei Kulturkreisen‹, Meisenheim/Glan 1954; darin 87–118 ›Die deutsche und europäische Krise im Spiegel des Lebenswerkes von Thomas Mann‹. Ein widmungsloses Exemplar ist in der Zürcher Bibliothek erhalten.

29. 11. 1950

297 1] *»neuer Krieg«:* Das überraschende Eingreifen der Chinesen, die, von den Amerikanern zunächst unbemerkt, seit Anfang November in breiter Front die koreanische Grenze überschritten, hatte zu Spekulationen über den Einsatz neuer Massenvernichtungsmittel geführt. Der Präsident bestätigte diese Gerüchte am 30. 11. 1950 durch die Ankündigung, die USA würden, wenn dies zur Erringung des Sieges notwendig werden sollte, die Atombombe einsetzen.

298 2] *(über Gefangenschaft):* S. Wysling, ›Pläne ...‹ a.a.O., Abschnitt V, 160–164: 22 Blätter Exzerpte aus Manolescus Memoiren, kriminologischen Schriften u. ä. sowie Reflexionen TMs, die jedenfalls andeutungsweise schon der Katabasis nebst nachfolgender Befreiung gelten.

3] *von Hesse:* Im TMA befindet sich lediglich die Beilage, ein Sonderdruck aus der Basler ›National-Zeitung‹ vom 22. 10. 1950: ›Kriegsangst. Antwort auf Briefe aus Deutschland‹ von Hermann Hesse.

4] *Angriff auf McArthur:* ›MacArthur Rides Again‹, ›The New Statesman and Nation‹, 11. 11. 1950, 413/414.

5] *Radio-Ansprache Achesons:* Am Abend des 29. 11. erklärte der US-Außenminister über alle Rundfunkstationen, daß das unverfrorene (»brazen«) Vorgehen Chinas »holds great danger for the peace in the world«. Trotz größter Weisheit und äußerster (Friedens-)An-

strengungen in den USA, so Acheson, könne niemand garantieren, »that war will not come«.
6] *Guggenheim-Bewerbungen:* S. TB 3. 12. 1950, Text und Anm. 2.

30. 11. 1950
1] *Bradley:* Der amerikanische General Omar Nelson Bradley 298
(1883–1981) war maßgeblich an den Landungen der Alliierten in Sizilien und der Normandie während des zweiten Weltkriegs beteiligt gewesen. Als Chef der Vereinigten Generalstäbe trug er die Mitverantwortung für die US-Operationen während des Korea-Krieges. Zu der von Acheson gewünschten Ersetzung MacArthurs durch Bradley kam es jedoch noch nicht.
2] *Erklärung Trumans:* S. TB 29. 11. 1950, Anm. 1. 299
3] *Atlee sagt:* Unter Beifall des Unterhauses hatte der britische Premierminister Attlee als Reaktion auf Trumans Ankündigung erklärt, daß er unverzüglich nach Washington fliegen werde.
4] *Ulrich Becher:* Der deutsch-schweizerische, 1933 nach Wien emigrierte, von 1938 bis 1941 in Basel, dann bis 1948 im brasilianischen Urwald und in New York lebende Schriftsteller Ulrich Becher (1910–1990).
5] *»Nachtigall will zum Vater fliegen«:* Das Buch war 1950 in Wien erschienen.

1. 12. 1950
1] *an Bermann:* An GBF, P. P. 1. 12. 1950, Reg. III, 50/480; TM/ 299
GBF 562/563.
2] *nach New York:* Das Schreiben an Wallenberg and Wallenberg 300
gilt als verschollen; s. Reg. IV, 588.
3] *An Trebitsch:* Gleichfalls nicht auffindbar; s. Reg. IV, 588.

2. 12. 1950
1] *Pleven:* Der französische Politiker René Pleven (geb. 1901), 300
1950–1952 Ministerpräsident, war am 2. 11. gemeinsam mit seinem Außenminister Robert Schuman nach London geflogen, um dem britischen Premier vor seiner Reise nach Washington noch einmal die auf friedliche Lösungen abzielende Haltung Frankreichs im gegenwärtigen Konflikt zu verdeutlichen.
2] *Message nach Stockholm:* Botschaft an die Veranstaltung zum

50jährigen Jubiläum des Nobel-Preis-Instituts, Stockholm, P. P. o. D., Reg. III, 50/479. Der Text ist im Anhang, No. 29, S. 703–705 abgedruckt.
3] *Korrespondent Sander:* Åke Sandler, S. TB 28. 11. 1950, Anm. 3.
4] *»Letters of R. Wagner«:* ›Letters of Richard Wagner‹, The Burrell Collection. Ed. by John N. Burk, N. Y. 1950. TMs Besprechung ›Briefe Richard Wagners‹ erschien in der ›Neuen Schweizer Rundschau‹, N. F., Jg. 18, Jan. 1951, H. 9, 517–525; auf englisch unter dem Titel ›Wagner without Blue Pencil‹ in ›Saturday Review of Literature‹, New York, vol. 34, No. 3 v. 20. 1. 1951, 7–9. Sie wurde aufgenommen in GW X, 791–801, *Briefe Richard Wagners. The Burrell Collection.*
5] *Mc Carthy fordert:* Der republikanische Senator hatte in einer Senatsdebatte am 2. Dezember gefordert, den Präsidenten unter Amtsanklage zu stellen, wenn er nicht bereit sei, das Truppenangebot Marschall Tschiang Kai-scheks anzunehmen.

3. 12. 1950

301 1] *Jingos:* Chauvinisten.
302 2] *Beantwortung:* An Henry Allen Moe, John Simon Guggenheim Memorial Foundation, New York, P. P. 9. 12. 1950, Reg. III, 50/490: Beantwortung von der Stiftung gestellter Fragen und Empfehlungsschreiben für Erich von Kahler, Donald Windham, Joachim Maass, Victor Zuckerkandl, Heinz Politzer und Charles Neider, die sich um eine Guggenheim Fellowship beworben hatten.
3] *Sendung von Prof. Karl Schmidt:* Der Schweizer Kulturpolitiker und Literarhistoriker Karl Schmid (1907–1974), seit 1947 Professor in Zürich, hatte innerhalb der Artemis-Goethe-Ausgabe den 20. Band, ›Der Briefwechsel zwischen Goethe und Schiller‹, Zürich 1950, betreut und mit einer am Ende des Bandes, 995–1055, publizierten ›Einleitung‹ versehen.
4] *Bezug auf mich:* Im ersten Teil der Einleitung, a.a.O., 1011 und 1015: »Bis zu Thomas Mann und C. G. Jung kehrt man, wo es um die Bestimmung des Genialen gegenüber dem Leidenschaftlich-Bemühten, des Gefühlsmenschen gegenüber dem Genie der Reflexion geht, zu dem Paar Goethe-Schiller zurück.« Und später: »Gleichsam archetypisch steht Schiller vor und in allen Nachfahren, die an der Amfortas-Wunde des Intellekts leiden: der Reihe von Hölderlin und

Kleist und Hebbel über Dostojewskij, Ibsen, C. F. Meyer und viele andere bis hinauf, in unseren Tagen, zu Thomas Mann.« Schließlich, gegen Ende des Essays: »Weder Goethe noch etwa Tolstoi – den Thomas Mann dem sentimentalisch-modernen Dostojewskij gegenüberstellt – waren auch nur im entferntesten so ›glücklich‹, wie es Schiller vom Naiven glaubt.«
5] *»Herm. Hesse und Th. M.« (Wege zum europäischen Humanismus):* Karl Schmid, ›Hermann Hesse und Thomas Mann. Ein Vortrag‹, Olten 1950.

4. 12. 1950
1] *Aufsatz von Faesi:* Robert Faesi, ›Thomas Manns ‚Doktor Faustus'‹, ›Letterature Moderne‹, Bologna, Turin, Mailand, anno 1, No. 2, September 1950, 207–219. *302*
2] *Geschichte:* Der vierte Abschnitt des dritten Kapitels im dritten Teil von Dostojewskis ›Jüngling‹ besteht aus jener ›eingefügten‹ Geschichte von dem Kaufmann Maxim Iwánowitsch Skotobóinikoff, die der Erzähler mit dem Satz einleitet: »Wen diese Geschichte nicht interessiert, der kann sie ja überschlagen.«

5. 12. 1950
1] *Konferenzen Atlee-Truman-Bradley:* Der Leitartikel der NYT vom 5. 12. 1950; 1:1, meldete: »President Truman and Prime Minister Attlee of Britain met in the Cabinet room of the White House today and discussed frankly what was being openly described [...] as ›the military disaster in Korea‹./ In an atmosphere reminiscent of the grim Roosevelt-Churchill meetings here after Pearl Harbor, the President and Prime Minister listened this afternoon to a most solemn estimate of the military situation by the Chairman of the Joint Chiefs of Staff, Gen. Omar N. Bradley, and then reviewed the general world situation in relation to General Bradley's report.« *302*
2] *über das Wagner-Buch:* S. TB 2. 12. 1950, Anm. 4.
3] *von Bermann:* Frankfurt am Main, 30. 11. 1950; TM/GBF 560–562: »Was ist das für ein zauberhaftes Buch. Sie haben sich wahrlich in Ihrer dichterischen Fantasie und sprachlichen Schöpferkraft selbst übertroffen. Es ist ein Meisterwerk. Die simple Geschichte von Gregorius auf dem Stein bildet sich unter Ihren Händen zum köstlichsten Gewebe, vergleichbar einer jener alten französi- *303*

schen Tapisserien, die übrigens auch den Stoff für den Schutzumschlag liefern sollen.«

4] *an Basler:* An Otto Basler, P. P. 5. 12. 1950, Reg. III, 50/481.

5] *an Nemerow:* Das Schreiben an Howard Stanley Nemerov gilt als verschollen. S. Reg. IV, 588.

7. 12. 1950

304 1] *»Keine freiwillige Räumung ...«:* Die beiden Staatsmänner waren übereingekommen, daß »U.S. and British forces will not leave Korea under present circumstances unless the Chinese Communist Army drives them out, and sea and air attacks on the Reds in Korea may continue if UN ground forces have to leave.« (›Facts on File‹ X, 398 C).

2] *an Prof. K. Schmid:* Das Schreiben ist – nach Reg. IV, 588 – verschollen.

8. 12. 1950

304 1] *republikanischer Sturmlauf gegen Acheson:* Der Vorsitzende des Senate Republican Policy Committee, Senator Robert A. Taft, hatte am 6. Dezember die Entlassung Achesons verlangt, ohne die es, nach seinen Worten, keine von beiden Parteien getragene Außenpolitik geben könne. Als Folge der Truman-Attlee-Konferenz mäßigten die Republikaner ihre Forderungen und stellten sich im Interesse der zur Lösung der Krise notwendigen nationalen Einheit hinter die Administration des Präsidenten.

2] *Schrift aus Argentinien:* Alfredo Dornheim, ›La ‚Mignon' de Goethe y el ‚Eco' de Thomas Mann: dos formas del ‚niño divino' en la literatura novelesca de Alemania‹, Mendoza 1950; deutsch in ›Euphorion‹, N. F. 46, 1952, 315–347. S. dazu TM an Robert Faesi, P. P. 8. 12. 1950, Reg. III, 50/483; TM/RF 94–96: »Gerade jetzt bekam ich [...] eine Schrift [...] – eine recht gesuchte, schiefe und an den Haaren herbeigezogene Parallele, bei der ich natürlich schlecht wegkomme, – wie sollte ich nicht? Das ist billig und unbillig. Selbstverständlich ist Mignon ›poetico y vivido‹ und der kleine Nepomuk ›esencialmente intelectual y mentalmente construído‹. Die alte Leier. Daß die Herren sie nicht satt bekommen! Sie sollten doch wenigstens zugeben – und gerade bei dieser Gelegenheit zugeben, daß auch ein armer, bloßer ›Schriftsteller‹ gelegentlich, zufällig, vorübergehend, ausnahmsweise, in einem schmerzlich glücklichen Augenblick, aus Versehen, zum ›Dichter‹ werden kann. – Versteht sich, daß das gelehrte Zeug von einem Deutschen ist. Dornheim heißt der Nazi.«

3] *Teo Ottos's Kriegstagebuch:* Teo Otto, ›Nie wieder. Tagebuch in Bildern mit einem Vorwort von Bertolt Brecht‹, Volk und Welt, Berlin 1949. TMs Exemplar ist in der Zürcher Bibliothek erhalten.

4] *Teo Otto:* Der Bühnenbildner Teo Otto (1904–1968), der nach seiner Emigration vorwiegend am Zürcher Schauspielhaus arbeitete. Dort hatte TM seine Ausstattungen häufig bewundert.

5] *Artikel Lippmanns:* Walter Lippmann, ›Hard Decisions and Old Wisdom‹, NYHT, europ. Edition, Paris, 11. 12. 1950, 5: »It might help us in our ordeal to read a letter which Mr. Gladstone wrote for the benefit of the Queen in 1869.«

6] *Gladstone:* Der britische Politiker William Ewart Gladstone (1809–1898).

7] *an Faesi:* S. Anm. 2.

8] *[an] Dr. S. Guggenheim:* An Siegfried Guggenheim, P. P. 8. 12. 1950, Reg. III, 50/484.

9] *Brief Trumans:* In einem ›Special to the New York Times‹ berichtete die Zeitung am 8. 12. 1950, 1:2, 3 aus Washington: »Margaret Truman sang here the other day. Paul Hume, The Washington Post's music critic, panned her unmercyfully. He is now showing around a letter, on White House letterhead, which goes like this: ›I have just read your lousy review buried in the back pages. You sound like a frustrated old man who never made a success, an eight-ulcer man on a four-ulcer job, and all four ulcers working./ I never met you, but if I do you'll need a new nose and plenty of beefsteak and perhaps a supporter below. Westbrook Pegnier, a guttersnipe, is a gentleman compared to you. You can take that as more of an insult than as a reflection on your ancestry.‹/ The letter was initialed ›H.S.T.‹ and Mr. Hume, who once wanted a career as a singer himself, is wondering whether the initials stand for whom he thinks they might stand for, so to speak.« usf.

10] *Buch über Hexenprozesse:* Wahrscheinlich ›[Wilhelm Gottlieb] Soldan's Geschichte der Hexenprozesse‹, neu bearbeitet von Heinrich Heppe, München 1912.

9. 12. 1950

305 1] *Schriften des Erasmus:* ›Erasmus von Rotterdam. Auswahl aus seinen Schriften von Anton Gail‹, Düsseldorf 1948. Das von TM bestellte Exemplar befindet sich in der Zürcher Bibliothek.

2] *General-Mobilisierung u. Erklärung des state of emergency:* Die entscheidende Erklärung des Präsidenten »proclaiming a state of emergency and delegating many of his own war powers to Charles E. Wilson, the new Mobilization director«, sowie die wesentliche Anhebung des Verteidigungsetats erfolgten erst am 16. 12. 1950. Die Berichte der vorhergehenden Tage konnten sich nur auf vorbereitende Äußerungen sowie auf die ›Rede an die Nation‹ vom 15. 12. 1950 stützen, in der Truman erklärte, daß die USA sich in ernster Gefahrensituation befänden.

10. 12. 1950

305 1] *englische Titel:* Das Buch hieß schließlich auf Vorschlag von Alfred Knopf *The Holy Sinner.* S. dazu TM an Helen Lowe-Porter, P. P. 10. 12. 1950, Reg. III, 50/493 (zitiert – mit einer Einleitung des Verfassers – in John C. Thirlwall, ›In Another Language. A Record of the Thirty-Year-Relationship between Thomas Mann and his English Translator, Helen Lowe-Porter‹, New York 1966, 128): »It was only after considerable soul-searching that it became *The Holy Sinner.* Mann did not like the literal English for *Der Erwählte*, ›The Chosen One‹, as he wrote on December 10, 1950: ›Let's drop it. There is quite a choice of English titles for the novel. In the beginning I thought of something like ›The Story of the Great Pope Gregorius‹. But I am afraid that with that too much is anticipated. Next came ›Sin and Grace‹ to my mind. It is not impossible, nor is ›The Holy Sinner‹. What about ›The Sinner Who Was Chosen‹? But that may rather be a subtitle. One could add the names of the two and say: ›Gregory, the Story of a Sinner‹ – ›Made of Sin‹ would perhaps not be bad either. Nor would ›Son of Sin‹, still better with the addition of the name, ›Gregory, Son of Sin‹./ You should propose all these titles to Alfred together with one or two of your own invention. He knows best what is attractive.‹« – Alle im Vorstehenden von TM erwähnten Titelvorschläge finden sich notiert auf einem Blatt (7/41), das in den ›Materialien zum *Erwählten*‹ im TMA archiviert ist.

2] *Egmont-Ouvertüre:* Ludwig van Beethoven, ›Egmont‹-Ouvertüre, op. 84 (1809).

12. 12. 1950

1] *Ermordung:* Samuel Rummel, der 44jährige Rechtsanwalt des Ex-Boxers und Gangsters Mickey Cohen sowie vieler anderer »Los Angeles underworld figures«, war am 11. Dezember vor seinem luxuriösen (»sumptuous«) Haus in den Hollywood Hills aus dem Hinterhalt erschossen worden. (S. das ›Special‹ der ›New York Times‹ vom 12. 12. 1950, 36:3). *306*

2] *Jubiläumsbuch:* ›Nobelprisen 50 ar. Forskare – Diktare Fredskämper‹, Stockholm 1950; englisch: ›Nobel – The Man and His Prizes‹, Stockholm 1950.

3] *Oesterling [...] betont:* In seinem Artikel über ›Litteraturpriset‹, schwed. Ausg. a.a.O. 83–122, hatte Oesterling geschrieben: »Thomas Mann är en av de ytterst få Nobelpristagare, som efteråt byggt upp en imposant växande svit av nya verk, därtill åstadkomna i landsflykt och under förhållanden som krävt den högsta motståndskraft och nästan övermänsklig energi.«

4] *von seinem Gedanken:* Der nochmaligen Verleihung des Nobelpreises an TM. S. TB 12. 3. 1949, Anm. 4.

5] *Verteidigung des »Zbg« gegen Böök:* Der schwedische Literaturwissenschaftler Fredrik Böök hatte in einer – von TM als »Fachkritik von kompletter Ahnungslosigkeit« (D. ü. D. I, 505) bezeichneten – Rezension des *Zauberberg*: ›Thomas Manns nya roman‹, ›Svenska Dagbladet‹, Stockholm, 25. 8. 1925, behauptet, der Roman erinnere »mehr an ein anatomisches Präparat als an ein Kunstwerk«. – S. dazu auch TM an André Gide, München, 20. 1. 1930: »Das Amüsanteste ist, daß der Stockholmer Literaturprofessor und Kritiker Böök, der bei der Verleihung des Nobelpreises ausschlaggebenden Einfluß hat, es [das Buch *Der Zauberberg*] seiner Zeit öffentlich für ein künstlerisches ›Unding‹ erklärt hat [...]« (D. ü. D. I, 531) und an Charlotte Berend-Corinth, P. P. 28. 3. 1949: »Prof. Fredrik Böök [...] konnte [...] den ›Zauberberg‹ garnicht leiden und erklärte, es sei ein so exklusiv deutsches Machwerk, daß es nie in eine andere Sprache übersetzt werden würde.« (D. ü. D. I, 572/573)

6] *Böök:* Der schwedische Literarhistoriker, Kritiker, Erzähler und Professor in Lund Martin Fredrik Christofferson Böök (1883 bis

1961), Mitglied der Schwedischen Akademie, war 1929 maßgeblich an der Verleihung des Nobelpreises an TM beteiligt gewesen. Zum Verhältnis TM's zu Fredrik Böök s. George C. Schoolfield, ›Thomas Mann und Fredrik Böök‹ in ›Deutsche Weltliteratur von Goethe bis Ingeborg Bachmann‹, Festgabe für J. Alan Pfeffer, hrsg. von Klaus W. Jonas, Tübingen 1972, 158–188.
7] *»review«:* Die Wagner-Rezension; s. TB 2. 12. 1950, Anm. 4.

13. 12. 1950

306 1] *meine Anwesenheit in dem S.R.L.-Heft:* Die Wagner-Rezension war im Auftrag der Zeitschrift ›Saturday Review of Literature‹ geschrieben.
2] *Lasky:* Der amerikanische Publizist Melvin J. Lasky (geb. 1920), Gründer und Herausgeber der Zeitschrift ›Der Monat‹, Berlin. – Arthur Koestler und Melvin Lasky sind in diesem TB-Eintrag von TM als Exponenten eines militanten Antikommunismus genannt.
3] *von Unruh:* O. O. 10. Dezember 1950. Abgedruckt in Brw. Aut., 463: »Man berichtete mir, Sie hätten mich in der Paulskirche verhöhnt – und vieles andere. Ich schwieg. [. . .] Es ist Ihr Recht, mich so zu sehen, wie Sie es tun. Ich habe mich damit abgefunden. Es schmerzte zwar sehr tief, aber Einsicht in Unvermeidbares ließ es ertragen. [. . .] Doch jetzt [. . .] will ich Ihnen sagen, daß ich gern und mit großer Wärme an jene Stunden zurückdenke – als wir noch im gemeinsamen Lager standen. [. . .] Ich liege heute ziemlich zerfetzt auf dem Kampfgelände des Geistes. Mir fehlt jede Reserve. Weder materielle, noch geistige von irgendwoher. Ich fühle nur noch das Ende nahen. Ich fürchte mich nicht. Ich habe weder hier noch drüben Boden gefunden. Bin wie ein unbekannter Soldat im Niemandsland – und da gehöre ich hin. [. . .] Ich werde wohl bald nach Deutschland zurückkehren, um dort die zerrissene Fahne der Menschlichkeit gegen das sich wieder erhebende Untier: Militarismus und Nationalismus [. . .] zu verteidigen [. . .] Wenn Sie zur Jahreswende auf diese Zeilen mit einem verstehenden, gütigen Blick schauen – so will ich mich freuen.«
4] *an Bab:* P. P. 13. 12. 1950, Reg. III, 50/499: Verspäteter Glückwunsch zu Julius Babs 70. Geburtstag am 11. 12. 1950.

14. 12. 1950
1] *an Unruh:* Das Schreiben an Fritz von Unruh gilt als verschollen; s. Reg. IV, 588. S. jedoch Unruhs TB 22. 12. 1950, Anm. 2, zitierten Dankesbrief vom 18. 12. 1950. 307

15. 12. 1950
1] *an R. Schweizer:* An Richard Schweizer, P. P. 15. 12. 1950, Reg. III, 50/505; Br. III, 177/178 (fragm.). 307
2] *an Mrs. Meyer:* An Agnes E. Meyer, P. P. 15. 12. 1950, Reg. III, 50/504.
3] *an die editors:* An Roland Gelatt, P. P. 15. 12. 1950, Reg. III, 50/503; Br. III, 179: das deutsche Konzept.
4] *von Tutti Fischer:* Amsterdam, 11. 12. 1950; TM/GBF 563: »Die zwiefache Liebesgeschichte will mir zu den reinsten und verklärtesten gehören, die je gedichtet wurden. Sie erscheint mir als die Geschichte der Erhöhung des Menschen durch die Liebe, deren Wesen die Verwandtschaft ist, die hier zum Symbol erhoben die Liebenden in exklusiver Zugehörigkeit, doch in immer wieder wechselnder Gestalt miteinander verbindet.«
5] *Emergency-Rede Trumans:* Angesichts der desolaten militärischen Situation in Korea, wo die Kommunisten die Alliierten aus Pjöngjang und über den 38. Breitengrad hinaus nach Süden getrieben hatten, verkündete der Präsident am Abend des 15. 12. in einer landesweit ausgestrahlten Rede, daß die Nation in ernster Gefahr sei, und erließ die von TM angeführten Verordnungen.
6] *Marcks Manuskript:* Siegfried Marck, ›Große Menschen unserer Zeit‹. S. TB 28. 11. 1950, Anm. 6.

16. 12. 1950
1] *C. d. M.:* Der von TM gern aufgesuchte Aussichtspunkt Corona del Mar. 307

17. 12. 1950
1] *Radio-Report des Smith:* Nicht ermittelt. 308
2] *Gesetz in Ost-Deutschland:* Das neue Gesetz, das sich aus ostdeutscher Sicht auf *alle* Deutschen bezog, war, wie die Sowjets Großbritannien und Frankreich in Noten vom 16. 12. mitteilten, durch

eine Verordnung des ostdeutschen Parlaments am 15. 12. 1950 in Kraft getreten.

3] *Forderungen:* Der inoffizielle chinesische Vertreter bei den Vereinten Nationen, Wu Hsiu-chuan, hatte am 16. 12. erklärt, die Kommunisten würden nicht aufhören zu kämpfen, bis ihre Forderungen in Korea erfüllt seien. Das hieße konkret, alle fremden Truppen müßten das Land verlassen, damit das Korea-Problem vom koreanischen Volk selbst gelöst werden könnte. Außerdem müßten die USA ihre beschützende Blockade Formosas, die in Wahrheit eine bewaffnete Aggression gegen den Insel-Staat sei, aufheben.

4] *Klaus Garvens:* Der Sohn des Malers Oskar Garvens, bei dem sich TM am 17. 12. 1950 (s. Reg. III, 50/508) für eine Zeichnung ›Joseph und seine Brüder‹ bedankte. Offenbar legte er dem Dank an den Vater ein Buch für den (kriegsbeschädigten?) Sohn bei. Klaus Garvens starb wenige Monate später. S. das Kondolenzschreiben an Oskar Garvens, P. P. 15. 2. 1951, Reg. IV, 51/78.

5] *an Bermann:* P. P. 17. 12. 1950, Reg. III, 50/507; TM/GBF 564/565: »Nun muß ich ich [...] auf eine Sache wieder zu sprechen kommen, in der Sie mich [...] recht unüberzeugend und fälschlich abgefertigt haben. Ich meine die endliche Veröffentlichung von unseres armen Klaus ›Wendepunkt‹, die Sie dem Toten und uns ganz einfach *schuldig* [...] sind. [...] Sie bringen ein Buch nach dem anderen heraus, zum Beispiel Bruno E. Werners Roman [...]. Halten Sie den ›Wendepunkt‹ für ein geringeres Zeitdokument als ›Die Galeere‹ [...]? Haben Sie zu all und jedem mehr Mut als zu dem schmerzlich-anmutigen Vermächtnis-Werk eines im Lebenskampf Gefallenen? [...] Sei dem wie ihm sei: Sie sind an die Verpflichtung zu dieser Publikation unweigerlich gebunden, und meine Mahnung ist keine Bitte im Namen des Verstorbenen, sondern eine *Forderung*, auf deren Erfüllung in nächster Zeit ich unbedingt bestehen muß.«

6] *Jubiläumsheft der »Nation«:* S. TB 2. 11. 1950, Anm. 10.

18. 12. 1950

308 1] *Einsteins Memorandum, das ich unterzeichnet habe:* Trotz intensiver Recherchen ließ sich kein solches, von TM mitunterzeichnetes Dokument nachweisen.

2] *Neujahrs-Message nach Japan:* An die Redaktion der Zeitung

›Asahi-Shin-Bun‹, Tokio, P. P. 19. 12. 1950, Reg. IV, N 50/13. Der Text ist im Anhang, No. 30, S. 705–708, abgedruckt.

3] *S. M.:* Santa Monica.

4] *an Marck:* An Siegfried Marck, P. P. 18. 12. 1950, S. TB 309
28. 11. 1950, Anm. 5.

5] *»The Outsider«:* E. Sábato, ›El túnel‹, 1948; englische Übersetzung: ›The Outsider‹, New York, Knopf, 1950. TMs Exemplar der amerikanischen Ausgabe mit einer Widmung des argentinischen Schriftstellers Ernesto Sábato (geb. 1911) steht in der Zürcher Bibliothek.

19. 12. 1950

1] *europ. Armee [...] beschlossen:* Ungeachtet deutscher Proteste 309
und sowjetischer Warnungen beauftragte die Brüsseler Konferenz der NATO-Außen- und Verteidigungsminister am 18. 12. 1950 den US-General Dwight D. Eisenhower mit der Gründung eines militärischen Oberkommandos für Europa, das auch den Einschluß deutscher Brigaden vorsah.

2] *Protest Schumachers:* Der Vorsitzende der sozialdemokratischen Partei in der Bundesrepublik Deutschland, Kurt Schumacher (1895–1952), hatte in seinem Protest erklärt: »Solche Vorstellungen entspringen einer Konzeption, die ein Zeichen für völlige Verantwortungslosigkeit ist. [...] Jeder, der das deutsche Volk kennt, weiß, daß dieser Weg nicht gegangen werden kann.«

3] *»Wort im Gebirge«:* Bandaufnahmen witziger Dialoge zu aktuellen (auch privaten aktuellen) Themen, die Erika Mann – selbst alle erforderlichen Rollen übernehmend – als Folgen einer angeblich gut eingeführten, in Wahrheit fiktiven Sendereihe namens ›Wort im Gebirge‹ von Zeit zu Zeit für ihren Vater herstellte.

4] *an Mlle Servicen:* Der Brief an TMs französische Übersetzerin gilt als verschollen; s. Reg. IV, 588.

5] *an Jacob in N. Y.:* Das Schreiben, vermutlich an Heinrich Eduard Jacob, ist nicht mehr nachweisbar.

6] *Sonette:* ›Ausgewählte Sonette der Vittoria Colonna‹. Italienische Originale samt deutschen Umdichtungen von Hans Mühlestein, mit biographischem und zeitgeschichtlichem Nachwort, Celerina 1950.

7] *Nachwort:* S. den TB 21. 12. 1950, Anm. 2 nachgewiesenen Brief an Mühlestein: »Äußerst interessant und belehrend war mir auch Ihr Nachwort, das dem entrückten Pathos des Buches ein so gutes historisches Fundament gibt. Diese ganze Geschichte mit den Spir[i]tuali, Bernardo Ochino, dem Hereinbrechen der Gegenreformation durch die Bulle Pauls, die Flucht Ochinos, seine Begegnung mit Calvin und Luther etc., diese Geschichte, in die noch Zwingli und vor allem Erasmus gehören, hat etwas unendlich Anziehendes für mich und bildet einen nie verwirklichten, wohl nicht mehr zu verwirklichenden dichterischen Traum.« (Br. III, 181).

20. 12. 1950

309 1] *gadgets:* Technisches Gerät; technische Spielereien.

21. 12. 1950

310 1] *Hoover erklärt:* Der republikanische Politiker und, 1929–1933, 31. Präsident der USA, Herbert Clark Hoover (1874–1964), nach dem zweiten Weltkrieg maßgeblich am Aufbau europäischer Hilfsprogramme beteiligt, hatte in einer Radio-Ansprache die USA beschworen »to concentrate on preservation of the western hemisphere by holding the Atlantic and Pacific oceans with the island outposts of Britain, Japan, Formosa and the Philippines«. Hoover warnte davor, immer mehr Truppen nach Europa zu schicken, bevor die westeuropäischen Staaten nicht aus eigener Kraft einen »sicheren Damm gegen die rote Flut« aufgebaut hätten.

2] *an Mühlestein:* An Hans Mühlestein, P. P. 21. 12. 1950, Reg. III, 50/519; Br. III, 180/181.

3] *[an] Albersheim:* An Gerhard Albersheim, P. P. 21. 12. 1950, Reg. III, 50/516.

4] *[an] Moni:* An Monika Lanyi-Mann, P. P. 21. 12. 1950, Reg. III, 50/517; Br. III, 179/180.

22. 12. 1950

310 1] *an Dr. Österling:* Der Brief an Anders Oesterling gilt als verschollen; s. Reg. IV, 588.

2] *von Unruh:* O. O. 18. 12. 1950; Brw. Aut. 464–466: »Ihre Zeilen waren eine tiefe Freude. Seit langer Zeit hat mich nichts so berührt. Ich atme auf – ein Berg von eingebildeten Mißverständnissen verschmilzt in Nichts. Ich kann wieder zu Ihnen sprechen, wie ich es immer tat.«

23. 12. 1950

1] *General Walker:* Generalleutnant Walton H. Walker, Kommandeur der achten US-Armee in Korea, war nördlich von Seoul bei dem Zusammenstoß seines Jeeps mit einem südkoreanischen Lastwagen getötet worden. Die sich um seinen Tod rankenden Gerüchte waren durch eine kurzfristige Nachrichtensperre entstanden, die nötig wurde, um zunächst die Angehörigen von dem Unglück zu benachrichtigen. 310

2] *von Basler:* Burg, 16. 12. 1950; im TMA: »[. . .] Vor vierzehn Tagen war Hermann Hesse da [. . .]. Wir haben viel und herzlich von Ihnen gesprochen, und auch von Erika, die er – nicht nur förmlich – ins Herz geschlossen hat. Er rühmte ihre Intelligenz, ihre Haltung und ihr ganzes ansprechendes und mutiges Wesen. Ja, hier könnte, meine ich, beinah so etwas wie eine ›Marienbader Elegie‹ werden. Nun, verdienen würde sie Erika noch eher als jene Goethe'sche Jungfrau, die geistig denn doch keine Erika Mann und wahrscheinlich kaum schöner war.«

24. 12. 1950

1] *von Lion:* O. O. [Zürich], 21. 12. 1950; im TMA. Zu ›Kobold-Brief‹ s. das TB 27. 12. 1950, Anm. 2 nachgewiesene Schreiben TMs an Ferdinand Lion: »Sie sind ein so verzwicktes, pikantes, intrikates Freundchen und mein alter ego gewissermaßen mit dem Mißtrauen, dem Zweifel, dem Nein, Ja, Nein – Nein, Doch vielleicht?, womit Sie boshaft-wohlwollend meine Existenz beobachten.« (D. ü. D. III, 259) 311

2] *T. M. issue der »Germanic Review«:* Das Heft No. 4, vol. 25, Dec. 1950 war TM gewidmet. S. dazu TM an Henry C. Hatfield, P. P. 27. 12. 1950, Reg. III, 50/531.

3] *Über »Holthusen«:* E. M. Fleissner, ›Hans Egon Holthusen, ‚Die Welt ohne Transzendenz. Eine Studie zu Thomas Manns »Dr. Faustus« und seinen Nebenschriften'‹, ›The Germanic Review‹, a.a.O. 303–305.

4] *Weigand:* Der Germanist der Yale University Hermann J. Weigand (1898–1985).

5] *Weigand über Viccos Buch:* Hermann Weigand, ›Viktor Mann. Wir waren Fünf: Bildnis der Familie Mann‹, ›The Germanic Review‹, a.a.O. 300–302.

25. 12. 1950

311 1] *Plan eines kleinen Buches:* Nicht realisiert.

312 2] *ungedruckte Teile des »Krull«:* S. Wysling, ›Pläne‹, a.a.O. Das neue Manuskript läßt z. T. gut erkennen, wie TM die schon vorhandenen Teile in seine alt-neue Konzeption ›einmontierte‹: So steht z. B. in der Handschrift des fünften Kapitels, nach dem Anfang: »Allein ich gewahre in des Lesers Miene eine Sorge, daß ich über alledem ...« der mit roter Tinte geschriebene Vermerk: »folgt die Militär-Untersuchung bis Schluß des Amsterdamer Druckes.« Ferner ist an der Papierbeschaffenheit und der Tintenfarbe, z. B. bei den Blättern des 6. Kapitels, der Übergang zu jeweils älteren Passagen gut ablesbar.

3] *im Helmolt:* In der neunbändigen ›Weltgeschichte‹ von Hans F. Helmolt, Leipzig 1899–1907, die sich in der Zürcher Bibliothek erhalten hat.

4] *Über die Ausstellung:* Das Los Angeles County Museum of History, Science and Art zeigte – als erstes Museum der Vereinigten Staaten – vom 1. 12. 1950–21. 1. 1951 »a comprehensive exhibition of ›The Crucifixion‹ series« (Museums-Jahresbericht) des 1900 in Neapel geborenen und seit 1938 in Kalifornien lebenden Malers Rico Lebrun (gest. 1964).

26. 12. 1950

312 1] *am Schluß des abgebrochenen 4. Kapitel des II. Teils:* Das Manuskript läßt erkennen, wie TM den abgebrochenen Text des vierten Kapitels, GW VII, 344, Z. 11 nach einem Bindestrich fortführte: »Von den Fenstern, [...] wo [...] in reich ausgeschlagenen Etuis jene weichlichen Geräte vorgeführt waren, welche der Nagelpflege und der Gesichtsmassage dienten.« (alt) »– Die Gabe des Schauens, sie war mir verliehen ...« (neu).

2] *Urteil Duhamels:* Frau Servicen hatte TM das notierte Votum des französischen Schriftstellers Georges Duhamel (1884–1966) in ihrem Brief zitiert. S. dazu das TB 27. 12. 1950, Anm. 2 nachgewiesenen Schreiben an Ferdinand Lion: »Duhamel schrieb darüber an die französische Übersetzerin (die er persönlich nicht kennt): [folgt das Zitat] Ganz positiv klingt mir auch das nicht, obzwar das mit der ›somme‹ richtig ist, und zwar was die Epoche, was mein Werk und was mein Leben betrifft.«

27. 12. 1950
1] *Goethes Schriften zur Literatur:* TM besaß ›Goethes sämtliche Werke‹ in der 45bändigen Propyläen-Ausgabe, München 1909–1929, und die von Ernst Beutler edierte 24bändige Ausgabe des Artemis-Verlags, Zürich, in deren 14. Band sich die ›Schriften zur Literatur‹ befinden. Die Propyläen-Ausgabe und eine 1953 von Wilhelm Girnus in Berlin (Ost) herausgegebene Auswahl sind in der Zürcher Bibliothek erhalten. 313
2] *an Lion:* An Ferdinand Lion, P. P. 27. 12. 1950, Reg. III, 50/534; D. ü. D. III, 259/260.
3] *an Frido:* Das Schreiben an den Enkel gilt als verschollen; s. Reg. IV, 588.

29. 12. 1950
1] *Note an Rußland:* Die USA hatten in einer Note an die UdSSR vom 28. 12. erklärt, sie seien nicht gewillt, bei Friedensverhandlungen mit Japan weiterhin auf sowjetische Zustimmung zu warten; sie würden auch keine Verfügungen akzeptieren, die die Anwesenheit amerikanischer Streitkräfte auf japanischem Boden ausschlössen. Japan habe das Recht, sich zu verteidigen – auch mit Hilfe von »troops« der USA und anderer Nationen. 313
2] *Sinnverwirrende [...] Mitteilungen:* Vermutlich las TM die Berichte über die Jahrestagung der ›American Astronomical Society‹, die vom 28.–30. 12. 1950 in Haverford/P. stattfand.
3] *Sammel-Buch:* Kurt Hiller, ›Köpfe und Tröpfe‹, Hamburg 1950. Darin, 138–142, ›Eine Erinnerung an Thomas Mann‹ mit dem Tenor: »Thomas Mann's sehr intellektuelles und verwickeltes Talent irisiert oft mit einem Schimmer, daß selbst der Kritischste sich dem Zauber nur schwer zu entziehen vermag. Das Peinliche an Thomas Mann ist: die Gewissenlosigkeit, mit der er, sein ganzes öffentliches Leben lang, von Standpunkt zu Standpunkt hüpft, auf dem Punkt non-a stets so tuend, als hätte er den Punkt a nie betreten.«
4] *Hiller:* Der Schriftsteller Kurt Hiller (1885–1972), Begründer der von TM entschieden abgelehnten ›Aktivismus‹-Bewegung, für die er 1916–1924 das ›Jahrbuch für geistige Politik‹, ›Das Ziel‹, herausgab. Hiller hatte TM 1918 wegen der für die *Betrachtungen* veränderten Fassung des *Taugenichts*-Essays heftig angegriffen.
5] *Kollegheft von 1894/95:* Im TMA.

30. 12. 1950

313 1] *Swing:* Der amerikanische Journalist und politische Kommentator Raymond Gram Swing (1887–1968), dessen Kommentaren TM große Bedeutung zumaß. Zu Swing s. auch TB 44–46, 353.

314 2] *an Dr. Meier:* An Walther Meier, Chefredakteur der ›Neuen Schweizer Rundschau‹, P. P. 30. 12. 1950, Reg. III, 50/539.

3] *Dr. Meier:* Der Germanist Walther Meier (1897–1985), den TM als Herausgeber der ›Manesse-Bibliothek der Weltliteratur‹ kannte, und der 1950 die ›Neue Schweizer Rundschau‹ leitete.

31. 12. 1950

314 1] *Die Balkon-Geschwister: Bekenntnisse des Hochstaplers Felix Krull,* 2. Buch, 4. Kapitel, GW VII, 344–346.

2] *in Schillers Prosa:* TM besaß ›Friedrich von Schillers sämtliche Werke in 13 Bänden‹, eine Edition der Tempel-Klassiker, Leipzig 1910–1912.

3] *an Rastede:* Der Brief an Hans Rastede, vermutlich der Dank für die ›Fledermaus‹-Platten (s.TB. 24. 12. 1950), ist verschollen (s. Reg. IV, 588.)

TEXTE

Text No. 1
TB 4. 2. 1949, Anm. 4
Brief an Benjamin H. Cook
Pacific Palisades, 12. 2. 1949

Dear Mr. Cook:

Thank you for your lines of January 28th. I well remember our correspondence of three years ago: when you asked me in the name of the United Press Associations for my opinion of the Nuernberg war criminals trial which had frequently been criticized as a juridical farce and as a matter of mere power exercise. At that time, I defended the trial in the spirit of an optimism which since then had to suffer many humiliations and disappointments – thanks to the ever-growing intensification of a fatal power-political constellation which, by furthering the evil impulses and forces everywhere, represses the well-meaning ones and prevents the whole world from accomplishing its recuperation and enjoying a bloom which would otherwise be its share. At the same time, this power play painfully compromises and – at least outwardly – robs the judicial procedures of Nuernberg, together with their verdicts and ensuing executions, of all their meaning.

Why did Himmler and Goering have to swallow their cyanide? why did Ribbentrop and the other Nazi half-wits have to hang on the gallows when today 40% of the higher German functionaries are ex-Nazis, when in Bavaria 60% of the judges and 76% of the public prosecutors are former party members? When the sadistic murderess Ilse Koch is released, and Papen, the guiltiest of the guilty, is permitted to be absolved by the Germans, and when the big industrialists who financed Hitler and helped the Nazi regime into the saddle do not only go scot-free thanks to their international friendships, but are also returned to their posts as industrial leaders and, as deputies of the victors, carry out the German rearmament?

Everybody knows that the de-nazification of Germany has failed completely – if there can be talk of failure where no earnest desire for success ever existed. This desire was broken from the start by the stinging remorse over the fact that – instead of beating Germany with Russia, we did not rather beat Russia with Hitler; it was broken by the contemplation that a Nazi in any case is no communist, and that one has to regard him as a potential ally against that menacing ideology.

I am no advocate of communism. But I cannot help lamenting the sad fact that the fear of communism, the hatred of it, the fight against it ruins everything and encourages all over the world (not democracy!) but fascism. It is one of the absurd phenomena of our time that the most unhealthy type it has produced, namely the communist renegade obsessed with the morbid desire for denunciation and defamation has become the coddled darling of the bourgeois society; his word counts more than that of the most faithful servant of the democratic state. How strange! These apostates did not occupy their position against Russia because it was communistic, but because it was not communistic enough for them! They are, at least in their own opinion, the true communists, and they hate Stalin's Russia from quite another side than we do. Yet we accept them as our allies – and they accept us!

Things have reached a point where scribes of this kind may denounce liberal British and American citizens in German newspapers as »agents of Stalin« without being reprimanded by the occupation authorities for the impertinent abuse of their license. What shamelessness! Eisenhower's achievement in the war is arrogantly criticized by the German press upon the publication of his memoirs – in the English zone, of course. When England is concerned, the newspapers of the American zone have their say, – and so on, with clever division of roles. In short, the deterioration of the allies' or ex-allies' unity does not contribute to their prestige.

And yet, the »subsequent events« to which your letter gloomily alludes, have not shaken my old belief in the great importance of the Nuernberg trial. In spite of everything, the enormous legal proceedings remain a venerable thing and will not be forgotten by humanity. For they were arranged for humanity's sake, and those prosecutors, those judges were serving her cause. The inspired juristic-philosophical talk with which Justice Jackson opened the trial, the exposure of the horrible Nazi crimes, remains an unforgettable document. The victorious nations were holding this trial, he said, not in the pretense of their own purity and innocence, they weren't the accusers here who demanded retribution, but civilization itself, the spirit of humanity, so brazenly denied and insulted by the defendants. In this sense, the trial was handled with complete correctness, and it unavoidably resulted in the execution of the culprits, – a business which, unfortunately, the German people had left to the victors in contrast to the Italians.

I still hold to my conviction that the Nuernberg trial was more than a mere application of the vae victis. It was a highly solemn deed, sealing a law which already today is deeply imprinted on the conscience of the peoples: the law of peace. When the German nationalists plotted their war, this law already existed in the form of the Kellogg Pact, so that there can be no talk of retroactive legislation. Since then, it has taken even firmer roots in the hearts of mankind. A new society wants to come into being which regards war as a sin against the spirit and against life itself, which outlaws it, does not consider it as a means of settling disputes. I believe even today that the trial of Nuernberg demonstrated humanity's will to raise itself to a new level of its social maturity.

Thomas Mann.

Text No. 2
TB 2. 3. 1949, Anm. 2
Rede zur Begrüßung von Eleanor Roosevelt

Ladies and gentlemen, –

at this moment, I feel somehow reminded of a certain afternoon in October 1944, when I delivered my first and only election campaign speech – in favor of Franklin Roosevelt's Fourth Term. Our local party organisation had asked me to come out for the admirable man, and I had gladly consented. The gathering took place in a private garden in the residential district of Bel Air. Several hundred chairs were scattered all over the lawn, and everybody was having a wonderful time. It was a truly American affair: the political pep-talking and the money raising, an art in which some speakers here have developed a terrific technique, were interspersed with all sorts of numbers, of vaudeville acts and acrobatic stunts; these had nothing whatever to do with the cause at stake; yet, in their own way they contributed to the persuasiveness of the show.

At that time, this kind of thing was still entirely new to me. There was a magician whose wondrous feats made you forget all politics – for the moment being. There was a female ventriloquist, a mere child, really, but first-rate in her art, who conversed so sillily and amusingly with her stony-eyed doll that I was still chuckling when I mounted the platform for my speech. I felt that, under the circumstances, it was far too serious a speech; yet, as it went, it was not too serious at all but – again in its own way – quite alright. The rest of the program was on the humorous side again, and in the end everybody had so enjoyed himself that no-one entertained the slightest doubt as to F.D.R.'s imminent re-election.

And indeed, the nation sent for him: we had him back, if for a tragically short period of time. Unforgettable the day when the news of his death struck our hearts! Bent over the radio, newspaper in hand, we just stood there, dazed – feeling that at this moment a world about us was petrified. The shock, the realisation of a fateful loss was all-pervading and omni-present. And even now, we can hear the words, then spoken by the great woman who is among us tonight: »I am more sorry for the people of the country and the world than I am for us.«

It was his widow, Eleanor Roosevelt, who spoke thus. He has gone away and left her with us, the mother of his children, his companion, his helper and adviser; and this faithful woman continues to devote herself to a work which is as much his very own, as the League of Nations was Woodrow Wilson's. – It is easily said, Ladies and Gentlemen, that the League of Nations was one of history's great failures, and many an American knows why it had to become just that. You may hear it said even more frequently that the United Nations is equally unsuccessful – if not more so – an assertion which, alas, it is not difficult to defend. And yet, I, for one, am firmly convinced that history will speak with reverence of the creators of these super- and international structures. For, despite their fragility and initial weakness, these institutions are attempts, they are first and hesitant steps on the road which humanity knows to be right and inevitable, – the road to the unification of the peoples; to the establishment of a highest authority above the out-dated sovereignty of the national states, – the road to the common administration of the earth.

That Roosevelt should have conceived the idea of the United Nations, is completely logical. His spiritual make-up, his way of thinking was universal in every sense of the word. When he spoke of religion, he never meant any particular creed or church; what he had in mind, was the religious itself, the eternal mystery, and the cosmic piety which is the source of all ethical consciousness. When he spoke of civilisation, he gave that term, too, a universal meaning. He said: The old concept of Western civilisation does not fit any more. World events and the common needs of mankind are about to merge the civilisations of Asia, Europe and the two Americas, and – for the first time – to create a world civilisation.

That is the spiritual basis of the United Nations, which emerged as a war-time alliance at first but then as a lasting peace organisation. Roosevelt was acutely aware of the problems and dangers facing his work both at home and abroad. He knew the opposing powers of American isolationism, and he knew the menace resulting from the ideological and economic conflicts between West and East.

I have said, he knew these dangers and far too lucent was his mind as to ignore the warning spectre of the League of Nations. Our great guest tonight remembers only too well how deeply concerned he was about these dangers, and how determined not to repeat the mistakes of the past. Unlike Wilson, he took into account a certain American aversion to foreign entanglements; hence he started out by securing for the United Nations the approval of a majority of Congress and by establishing the bi-partisan foreign policy which is still ours. Previously, moreover, a number of now famous international conferences had seen him at work. Using all his strength and the enormous charme of his personality, he fought to solve, to straighten out, or at least to mitigate the conflicts by which he knew a permanent peace to be threatened even then, and which have since assumed such terrifying proportions.

That, in a sense, was the blow rendered us when he died: without him, in his absence these dangers might subdue and strangle all hope; and, since the day of his death, how much damage, how much injustice has actually been done to the idea of the United Nations – done, mind you, by both sides.

I need not go into the sin of bullying self-righteousness which the East so often perpetrates. Nor, on the other hand, can there be any doubt that many an action committed by our own foreign policy makers behind the back, as it were, of the United Nations, and without regard for it, has harmed the idea as well as the institution.

I find it a most moving experience to give this little send-off to the woman who bears the great President's name and who, with boundless patience and unselfishness, supports and strives to further a work which cannot but often tax her nerves and the strength of her faith. The title of her lecture, however, indicates that the United Nations has by no means failed entirely; there have also been »achievements«, as we are going to hear from a most competent and most reliable witness. If anyone in this all-important country deserves our confidence, it is she who shared Franklin Roosevelt's vision; who knew his will, and at whose side he anticipated, and battled in advance, every obstacle and obstruction now in our way. – In all probability, owing to her profound kindness and her faithful work in the service of social progress, she enjoys today more love and admiration than does any other woman on earth.

It was not quite by accident that this situation reminded me of my modest Fourth Term contribution. For tonight, too, I should like my words to have the character of an appeal. We have read, recently, a list of prospects for the current Peace Nobel Prize. Our guest's name figured among them. Actually, she should have headed the list, and there should have been a lot of blank space between her name and all those that followed. This hall, I know, has remarkable acoustics, and whatever is said here tonight may be heard as far as Oslo. That is why I use this occasion, not without solemnity to recommend to the Nobel Committee that the Peace Prize be given to what is far and wide the best candidate, – Ladies and Gentlemen – Eleanor Roosevelt.

Text No. 3
TB 8. 3. 1949, Anm. 2
Briefwechsel zwischen Fritz Landshoff und Thomas Mann in Sachen der Feist'schen ›Lotte‹-Bearbeitung

Amsterdam, den 5. März 1949.

Lieber Doktor Mann,

Ihr Brief vom 21. Februar traf in den Tagen ein, in denen ich das Stück von Feist gelesen hatte. Täglich wollte ich Ihnen schreiben und täglich schob ich den Brief wieder auf, da ich mich nicht recht entscheiden konnte, ob und was ich Ihnen im Zusammenhang mit dem Stück schreiben sollte.

Obgleich ich mit meinen Überlegungen eigentlich nicht recht weitergekommen bin, möchte ich nun heute unter allen Umständen den Brief an Sie herausgehen lassen. Ich fürchte, ich muß ihn mit einer captatio benevolentiae beginnen. Weder neige ich zu ›Intrigen‹, noch möchte ich unnütze oder unnötige Beunruhigung schaffen. Bei der Wahl zwischen der Wahrscheinlichkeit, Sie durch diesen Brief ein wenig zu irritieren und der, Sie zwei Monate später durch unerquickliche Situationen erheblich mehr irritiert zu sehen, entscheide ich mich nun doch für die erste Möglichkeit.

Von dem Feist'schen Stück wußte ich bis zu seinem Eintreffen nichts – abgesehen davon, daß Feist, von Ihnen wohlwollend unterstützt, sich an einer Dramatisierung der »Lotte« versucht. Während meines Besuches in Californien wurde das Stück nicht erwähnt. Ich erinnere mich sogar, daß Sie bei einem Spaziergang auf meine Frage, ob Sie im Goethe-Jahr ein Büchlein, das Ihre Goethe-Aufsätze zusammenfaßt, veröffentlicht sehen wollen, als Abschluß Ihrer mich ganz überzeugenden Ablehnung zu mir sagten: »Lotte in Weimar« sei Ihr Beitrag zum Goethe-Jahr. Das Stück, das Sie gerade in diesen Tagen gelesen hatten (wie aus dem Brief an Feist hervorgeht, dessen Abschrift er mir schickte) erwähnten Sie nicht.

Als Klaus mir von der Möglichkeit einer Dramatisierung Ihres Romans erzählte, hatte ich sogleich meine Befürchtungen und Zweifel. Abgesehen von der Problematik von Dramatisierungen im allgemeinen, scheinen mir in diesem besonderen Falle besondere Gefahren zu drohen. Goethe auf der Bühne ist eine heikle Aufgabe – selbst wenn sie vortrefflich erfüllt wird, bleibt die Frage der Darstellung, einer würdigen Darstellung, eine neue Quelle von Schwierigkeiten. Ich ging also mit Angst und Bangen an die Lektüre und muß sagen, daß der Takt und Geschmack und auch das Können in den ersten Szenen des Stückes mich überrascht und beeindruckt haben. Die Figur der Lotte ist lebendig, Mager amüsant, und die ersten Gespräche scheinen mir geglückt. Mit dem Auftreten Goethe's beginnen jedoch die Schwierigkeiten, die sich dann bis zum Ende des Stückes erschreckend häufen. Die letzte Szene – trotz dem hübschen Einfall, eine Egmont-Aufführung zu wählen – scheint mir geradezu ein nur allzu geglückter Beweis für die Unmöglichkeit der Aufgabe. Der Text – in dem sich Zitat an Zitat reiht – muß auf der Bühne seine Wirkung nicht nur verlieren, sondern sehr peinlich wirken. Hat der Beginn noch eine gewisse dramatische Bewegung und die Figuren ein eigenes Leben – im letzten Bild sind es nur noch Schemen, die ihre Zitate aufsagen.

Ich möchte Sie nicht mit Einzelheiten und auch nicht mit theoretischen Auseinandersetzungen langweilen, aus welchen Gründen das Experiment mit großer Wahrscheinlichkeit mißglücken mußte – unabhängig von der Person des Bearbeiters, der, scheint mir, mit großer Mühe und mich oft überraschendem Können sich seiner Aufgabe gewidmet hat. Würden Sie in Californien bleiben – ich würde das Stück den Bühnen schicken und es seinem unvor[her]sehbaren Geschick überlassen. Sicher würde das Stück gespielt und vielleicht würde es – entgegen meiner Erwartung – sogar hier und da freundlich empfangen werden. Schließlich ist das Stück nicht von Ihnen und das Gelingen oder Mißlingen des Versuches brauchte Sie – aus 6000 Meilen Entfernung – nicht allzusehr berühren. Sie werden jedoch in Europa – und gerade zu der Zeit des Goethe-Jubiläums und somit zur Zeit der Vorbereitungen oder sogar bei der Aufführung in der Schweiz sein. Diese Tatsache wird Sie durch diesen Umstand weit mehr als gerechtfertigt in das Schicksal des Stückes einbeziehen. Man wird Sie fragen, ob Sie das Stück gekannt und für gut befunden haben; Feist wird der Versuchung nicht widerstehen können, Sie so weit wie möglich mit dem Stück zu identifizieren. Es wird Ihnen nicht nur viel Zeit rauben, sondern Sie werden sich auch weit mehr, fürchte ich, als Sie jetzt voraussehen, innerlich und äußerlich mit dem Stück beschäftigen müssen. Wenn nun erste Bühnen mit ersten Kräften sich diesem Stück widmen würden, könnte auch das noch

nicht so fatal sein. Indes ist – und das hat vielleicht den Ausschlag für mich gegeben, Ihnen so ausführlich in einer Sache zu schreiben, in der meine Meinung nicht gefragt und vielleicht nicht einmal erwünscht ist – die Aufnahme bei den für Sie interessanten und – wie die Verhältnisse nun einmal liegen – führenden Theatern, wenn ich mich sehr vorsichtig ausdrücken soll, außerordentlich unfreundlich. Den Wiener Brief, den ich erhielt, mag ich nicht zitieren, jedoch auch Oprecht, der gestern hier eintraf, begann ungefragt über das Stück und seine Aufnahme beim Züricher Schauspielhaus zu sprechen. Nun ist wohl Oprecht Feist nicht sehr freundlich gesinnt – aber auch Hirschfeld und andere reagierten in einer Weise, die nicht viel Gutes verspricht. Das Stück würde also sicherlich nicht in Zürich, sondern in irgendeiner anderen Stadt in einer wahrscheinlich mäßigen Aufführung herauskommen. [...]
Sollen wir wirklich das Stück einer zweitrangigen Schweizer Bühne zur Aufführung überlassen? Sollen wir es nur in Deutschland und evtl. in Österreich vergeben? Sollen wir versuchen, es überhaupt zurückzuhalten? Wie auch Ihre Entscheidung ausfällt: sie sollte bald fallen. Und wie sie auch ausfällt, bitte seien Sie versichert, daß wir gerne die sich ergebenden Schwierigkeiten auch gegenüber Feist auf uns nehmen wollen. Verzeihen Sie mir, daß ich Ihnen so ausführlich in dieser Sache schreibe. Es steht mir nicht zu. – Andererseits wurde uns ein Stück eingereicht, das auf einem Roman von Ihnen basiert und bei dessen Vertrieb ich mich also Ihren Wünschen fügen muß und möchte.

Ich hoffe auf eine schnelle Nachricht und bitte Sie nochmals zu entschuldigen, daß ich Ihre Zeit in dieser Frage so über alle Maßen in Anspruch nehme.

Mit besten Grüßen
Ihr [Fritz Landshoff]

Pacific Palisades, 9. 3. 1949

Lieber Dr. Landshoff,

herzlichen Dank für Ihren guten, freundschaftlichen Brief. Höchstwahrscheinlich haben Sie vollkommen recht. Es ist eine fatale Geschichte, aus der nicht ganz leicht herauszufinden ist. Das Ganze fing damit an, daß wir in Zürich die Dorsch in ›Stella‹ sahen und einstimmig fanden: Das ist ja die fertige und ideale Lotte! Feist stürzte sich sogleich in die Idee, für 1949 aus dem Roman ein Stück zu machen, speziell für die Dorsch. Bei allen Zweifeln an der Möglichkeit war es für mich eine reizvolle Vorstellung; wenn der Versuch einigermaßen gelang, versprach ich mir ein kleines Fest davon. Feist hatte mir gerade imponiert durch sein ›Ewiges England‹, und ich wußte, daß er einige Erfahrungen mit dem Theater, Übersetzungen, Bearbeitungen etc. hatte. So wehrte ich ihm nicht, – wobei die Erinnerung mitsprach, daß ich nie so nahe daran gewesen war, ein Lustspiel zu schreiben, wie damals, als ich ›Lotte in Weimar‹ konzipierte. Vielleicht konnte es doch noch eins werden! Feists Enthusiasmus für die Idee, sein Glaube, daß sie zu verwirklichen sei, dabei seine Liebe zu dem Buch (die vielleicht gerade das Gefährliche war und ihn an einer wirklichen Umformung hinderte) rührten mich auch. Ich ließ ihn machen und bewahrte Stillschweigen über sein Betreiben, weil er es sich ausgebeten hatte und weil er erklärte, als Bearbeiter dauernde Anonymität wa[h]ren zu wollen. Er hat sie rasch aufgegeben!

Er schickte mir seine Versuche, schrieb mir lange, lange Briefe, forderte Rat, Zustimmung, Kritik, die Genehmigung all der im Grunde nutzlosen Zugeständnisse, geistigen Opfer und Nothilfen, deren Unvermeidlichkeit vorauszusehen gewesen war. Ich muß gestehen, ich habe seine Szenen nie recht ernstlich geprüft – einfach aus Scheu, hinzuschauen. Unter uns: ich hatte das Gefühl peinlichen Unsinns, hatte aber Grund, mich für den Letzten zu halten, der zu urteilen im Stande sei. Klaus meinte, es sei garnicht so übel, unter der Gunst des Jubiläumsjahres sei es am Ende möglich. Und Feist, ein Laokoon, umschlungen von Schwierigkeiten oder besser: Unlösbarkeiten, hatte schon zuviel Zeit, Geduld, heiße Mühe und Hingebung aufgewandt, als daß ich ihn noch hätte stoppen mögen. Dabei war es mir überhaupt nicht recht, daß er mich beteiligte, mich gewissermaßen mitarbeiten ließ. Die Gefahr lag nahe, daß er sich auf mich berufen, meine Briefe vorzeigen, sich als meinen Beauftragten hinstellen würde, wo doch die Meinung ganz anders gewesen war. Mit meinem Wissen allenfalls, aber doch hinter meinem Rücken hätte das Ganze vor sich gehen sollen, wenn es vor sich gehen konnte, und ich durfte nicht verantwortlich gemacht werden. Aber die Rolle, die ich mir da zudachte, war wohl eine Utopie.

Wenn ich zu Ihnen nicht von der Sache sprach, so, zum Teil, weil Feist noch seine Anonymität wahrte und mir Stillschweigen auferlegt hatte, aber auch aus Scheu vor dem Gesprächsgegenstand, den ich über anderen vergaß. An Oprecht habe ich kürzlich, um Feist nicht im Stich zu lassen, geschrieben: man solle mein Schweigen nicht als Gleichgültigkeit oder Abneigung auffassen; die Aufführung würde mir großen Spaß machen, – dem freilich das Urteil der Sachverständigen vorauszugehen habe.

Dies Urteil scheint ja nun einmütig vernichtend zu lauten. Es wundert mich nicht, ich war in tiefster Seele gefaßt darauf; aber es betrübt mich für den armen Feist. Ich glaube Ihnen alles, was Sie mir an Unannehmlichkeiten und Verstimmungen ausmalen, wenn wir den Dingen allzusehr ihren Lauf lassen. Andererseits wäre es eine Grausamkeit und Untreue gegen Feist, wenn ich die Versendung nun einfach inhibierte. Ich glaube, wir vermeiden Peinlichkeiten noch am besten, indem wir die Aufführung an erste Bühnen und erste Besetzung binden. In der Schweiz kommen nur Zürich und Basel in Betracht, sonst kein Theater. Für Wien und Deutschland muß dasselbe Prinzip gelten, jedenfalls soweit Erstaufführungen in Frage kommen. Wir dürfen keineswegs froh und dankbar sein, wenn irgend ein Provinztheater sich der Sache annimmt, sondern müssen uns unsererseits rar machen.

Auf diese Weise wird es wohl überhaupt zu keiner Aufführung kommen, und das soll mir recht sein, obgleich es für Feist eine bittere Enttäuschung wäre. Aber er hätte während der Arbeit merken müssen, daß er Unmögliches, jedenfalls ihm Unmögliches, versucht. Er hat das Experiment jetzt noch durch eine Version, in der Goethe nur geisterhaft vorkommt, zu retten versucht, und ich mag ihn nicht hindern, sie anzubieten. Aber ich bin so gut wie sicher, daß es auch keine Rettung ist und wäre froh, wenn die unglückliche Angelegenheit begraben und vergessen wäre.

Herzlich Ihr
Thomas Mann.

Text No. 4
TB 17. 3. 1949, Anm. 5
Telegramm an Harlow Shapley, Council of the Arts, Sciences and Professions
Pacific Palisades, 17. 3. 1949

It is with the deepest regret that I hear about the machinations aimed at discrediting if not disturbing your Cultural and Scientitic Conference for World Peace. The enemies of this noble and humane enterprise would have it appear as if all foreign delegates came from Soviet controlled territory whereas actually numerous Western European countries are represented as well. Your adversaries to whom peace seems a harmful or even treacherous notion also insist that the conference is but an outgrowth of the Russian sponsored Wroclaw cultural congress. I for one know that you and your associates have been planning this international peace conference for at least two years and that it has nothing whatever to do with Wroclaw. I know, too, that it is generally considered in poor taste to insult an invited guest by announcing in advance that whatever he is going to say is bound to be dishonest and detrimental to his hosts' best interests. Yet that is precisely what has been officially announced regarding the seven so-called iron curtain delegates whom our State Department permitted to enter. Dear Dr. Shapley, let me take this opportunity to tell you that for many years past I have liked and admired you as one of the best and most patriotic Americans I have come across, which is why I gladly associated myself with your various endeavours including and quite particularly the Peace Conference. ⟨How anyone who knows you at all should doubt the purity of your motives is beyond my comprehension. Hatred and war psychosis are presently holding strong positions in this country, and whoever wishes further to rake the fire finds a prodigious press and radio propaganda apparatus at his disposal. To me it is all the more depressing that your Peace Conference which I deem one ray of hope and reason should meet with such violent and unjust opposition. I trust that no serious difficulties will result. Should your fine and important undertaking actually be harmed by the assiduous enemies of peace I should feel most sorry not so much for you and us and our conference as for the nation and the peoples of the world.⟩

[Der in spitzen Klammern stehende Text wurde Harlow Shapley am 21. 3. 1949 für eine Rundfunksendung zur Verfügung gestellt. S. TB. 21. 3. 1949, Anm. 3]

Text No. 5
TB 21. 3. 1949, Anm. 2
Telegramm an Dean Acheson, Secretary of State
Pacific Palisades, 21. 3. 1949

My dear Mr. Secretary,

I am told that American visas have been refused to French, Italian and Brazilian delegates scheduled to attend »Cultural and Scientific Conference for World Peace« called by Council of Arts, Sciences and Professions, whereas British delegation, previously allowed to enter, have had their visas cancelled. Seven so-called Iron Curtain delegates on the other hand are still permitted to come. May I take liberty of stating that I am utterly bewildered by State Department's decision which seems likely to cause grave international misunderstanding. ⟨Unable satisfactorily to interpret official American attitude, world public opinion might conclude that U.S. government intends forcibly to keep East and West apart, and by preventing Western participation unjustly to brand peace conference as communistic venture. Any such conclusion could not but in turn breed terrible suspicions as to actual aims of this country's foreign policy.⟩ As one of millions who listened to your broadcast can hear you even now assert America's abhorrence of war und our determination to preserve peace. The conference which State Department's final refusal would be bound to discredit if not to disrupt means in ardent sincerity to serve the very ideals you so eloquently praised. Please reconsider or, if for reasons unknown and unfathomable you deem revision impossible, furnish adequate and quieting explanation.

Respectfully
Thomas Mann

Text No. 6
TB 21. 3. 1949, Anm. 2
Begleitbrief an Harlow Shapley zum Telegramm an Dean Acheson

Dear Dr. Shapley. May I suggest that plenary session adapt and send to Secretary of State a resolution protesting Department's interference with peace conference. While Eastern European delegates were permitted to come, Italian, French, British and Latin American delegations were refused their visas. Grave international misunderstanding is likely to result. [Es folgt der in eckige Klammern gesetzte Passus aus Text No. 5, S. 655.]
Though Mr. Acheson has repeatedly asserted America's abhorrence of war and our determination to preserve peace he has done much to discredit those who mean in ardent sincerity to serve the very ideals he praises. By announcing in advance that peace conference [is nothing] but sounding board for communistic propaganda he inadvertedly furnished ammunition to all enemies of peace. One of your speakers moreover, Mr. Norman Cousins who professes to have been sent by under secretary of state Allen grossly misrepresented character and goals of conference and in doing so boardered on libellous.

The resolution I suggest might take cognizance of all these facts and conclude by calling State Department's attention to severe damage which its actions and attitude may have done to this country's prestige as peaceloving power. Congratulations on heartening success despite of all difficulties. T. M.

Text No. 7
TB 13. 4. 1949, Anm. 3
Brief an Francis Biddle
Pacific Palisades, 14. 4. 1949

Dear Mr. Biddle:

As brief as your question must be my reply, for I am in the middle of the preparations for a lecture trip to the east and to Europe on which we will depart in a few days.

One could not deduce from the inclusion of my portrait in the strange rogue's gallery of Life Magazine that I participated personally in the World Peace dinner at the Waldorf Astoria. Actually I just sent a sympathetic telegram to Professor Shapley, whom I estimate very highly as a genuine American patriot und peace-lover. It was this sentiment which I expressed to him. Furthermore, I wired to Secretary Acheson, asking the Department of State for an explanation of the mystifying fact that, although the delegates of the eastern countries were given their visas, the invited guests from western Europe and South-America were kept away with the exception of a single Englishman due to the Department's refusal to issue them the necessary visas. My inquiry received a polite but completely insincere reply, containing only formal arguments. The truth is, of course, that the State Department wished to brand Shapley's peace conference as purely communistic while at the same time they wished to prevent the invited Europeans from expressing certain feelings existing over there towards America and her foreign policy. It is, after all, not difficult to understand that Europe does not like the prospect of becoming the victim of the Russian-American conflict and would prefer to have the two giants settle their rivalry on the north pole instead.

If I were alone with my doubts regarding the wisdom of our foreign policy I would, of course, tell myself that I have been in this country for only ten years, have been a citizen for only five years, and that the native-born Americans must know better – and I would keep my mouth shut. But since I find that a great number of mentally high-ranking and distinguished Americans are sharing my doubts, I should consider it cowardly if – for fear of losing my popularity – I were to refuse them my name and my support.

I am neither a dupe nor a fellow-traveller and by no means an admirer of the quite malicious present phase of the Russian revolution. But I consider a war between the United States and Soviet Russia a horrible catastrophe with immeasurable consequences for the entire civilization; it would certainly forever destroy the very things America pretends to be fighting for. Yet, the danger that this unspeakable misfortune might come to pass is growing so menacing that I can well understand the grievous fears of people like Professor Harlow Shapley. No economist will be able to tell you how we can ever withdraw from the cold war without an economic crisis, and the solution to the latter, of course, would be nothing but actual warfare. If well-meaning Americans make the attempt to call together the outstanding intellectual leaders from east and west in order to have them debate – on a purely cultural and spiritual basis – the dangers of our present political situation and its possible peaceful settlement, I cannot regard such undertaking subversive or criminal, on the contrary it seems highly welcome to me.

The course of the meeting has, naturally, been grossly misrepresented by the politically coordinated press. I am informed to the effect that the overwhelming majority of the speakers divided the blame for the present impasse evenly between east and west. The Russian delegation was repeatedly applauded, but one should not find that objectionable. What is wrong with treating the guests from that great, uncanny country with friendliness and encouragement in an effort to show them that in America today there are still a great number of people of good will.

Only so much, dear Mr. Biddle. Perhaps I will have an opportunity to talk the matter over with you personally.

As ever,
Sincerely yours
Thomas Mann.

Text No. 8
TB 20. 4. 1949, Anm. 9
Ansprache im englischen PEN-Club, London, am 17. 5. 1949

Ladies and gentlemen, –

I deem it a great and pleasurable privilege to be called upon as the first speaker on so festive an occasion; and I am grateful to the happy coincidence that brought me to London at precisely this time. My association with the International Pen is a matter of long standing, and one that has ever been very near to my heart. Any writer, his work having to be done in utter solitude, is bound to feel strengthened and reassured at the thought of an organisation that links him with his confreres throughout the world, – at the thought of union and solidarity. In particular, it has always been a joy to meet with the members of the English PEN, these representatives of a great national literary tradition which I so admire because, from Shakespeare to the great English novel of the 19th century and to its latest and most refined contemporary heirs, it has been a source of enrichment and inspiration.

Never shall I forget my first visit with the English PEN, when, shortly after the first world war, I was the first German author to be a guest of honor of your organisation, then presided over by John Galsworthy. The generous kindness with which the assembled colleagues welcomed one who had only just ceased to be an enemy alien, was an experience that I've cherished ever since; for, I felt it to be highly characteristic of that English fairness and magnanimity, which may not – if I may say so – be at all times entirely without risk.

I am glad to be breathing English air again; my respectful sympathy for English life has always been great; in this regard I am a true son of the 19th century – an English century on the whole. It prospered, protected by British freedom, by a synthesis of power and liberty – the like of which has rarely, if ever, been recorded in the history of civilization. I am convinced that in any, and even the most divergent circumstances on earth, the English genius will continue to play an important and leading part in both Europe and the world at large.

According to the great German poet whom we are presently celebrating, any nation's fate should concern us as much as does that of our own, – a recommendation which I find it very easy to accept. It was he, too, Goethe who coined the term World Literature, pronouncing it as a demand in part, and partly as a statement of fact. And does not in a sense the International PEN constitute the organisational realisation of this very idea? – Ladies and gentlemen, the idea of organisation and corporation in the cultural field is likely to arouse a measure of scepticism in anyone accustomed to work in seclusion – a scepticism which certain personal experiences of mine tend to justify. I remember the time when, under the Presidency of the great Paul Valéry, I was a member of the Comité Permanent des Lettres et des Arts of the League of Nations. And it is hard to describe the feeling of futility and utter insufficiency which I never failed to derive from the committee's sessions. The academic and cagey spirit that prevailed there proved unforgettably discouraging. Unforgettable, too, the fearful sensation I once caused in Budapest when, in an open session, and by means of a brief talk, I made a moderately energetic attack on fascism while stressing the need for militant democracy.

In the atmosphere of the PEN, I feel incomparably happier than I did then, because the latter will not limit itself to academic orations but, as a representative of the spirit, is acutely aware of its responsibilities and possibilities. I say that the PEN is conscious of these duties and tasks, and should yet like to add that – owing, I think, to a certain modesty which personally I understand only too well – even our PEN does not as yet seem quite determined, fully to exploit its innate power and strength. I am very much cognizant of the critical complexity of the present world situation, and know that we are incapable of exercising any influence on the state and development of affairs, say, in Eastern Europe. All the more seriously, it would seem, ought we to consider ourselves the attentive and vigilant guardians of spiritual freedom and independent thinking and writing in our own sphere. Whenever and whereever in our part of the world, the free spirit is being infringed upon, whenever and whereever it is being reprimanded, punished, and spied upon, we should promptly raise our voice in protest and in warning. Our voice would be heard; and it might well avert many a moral injustice, – more, – it might well avert the undermining and actual destruction of many a human existence.

Let me, then, on this solemn occasion, utter the wish that the International PEN under the leadership of its English branch – which after all caused our world-wide organisation to be established – proceed on the road it has followed thus far, – proceed with ever growing self-confidence, and with the moral authority vested in it, thanks to the summed up achievements of its individual members.

Will I be forgiven for having mentioned Goethe but casually tonight? But then, my modest contribution to London's celebration of the great German was made on another occasion. His name, however, shines also on this evening, – the name of one who embodies the European, the »good German«, and who, by heaping humanity's weal and woe upon his bosom, came to be exemplary, – a paragon, not only for his own people but for all mankind.

To live in his spirit, and from all our hearts to agree with him, with his sympathy, his nobleness, his love, and his faith in life, – surely, we could do no better!

Text No. 9
TB 21. 7. 1949, Anm. 2
›Goethe, der Gegenwärtige‹

Goethe ist die sublimste, humanisierteste, gebändigtste Erscheinung großen Deutschtums und großen Menschentums überhaupt, – das wundervolle Vorkommnis des olympisch gebildeten Titanen.

Kein Zweifel, daß alles, was wir an Vorstellungen von Harmonie, glücklicher Ausgewogenheit und Klassizität mit seinem Namen verbinden, nichts leichthin Gegebenes war, sondern eine gewaltige Leistung, das Werk von Charakterkräften, durch welche dämonisch-gefährliche und möglicherweise zerstörerische Anlagen überwunden, genützt, verklärt, versittlicht wurden, zum Guten und Lebensdienlichen gewendet und gezwungen. Und doch bleibt immer viel Dunkles, Übermenschlich-Unmenschliches, das den bloßen Humanitarier kalt und schreckhaft anweht, in solcher mächtigen Existenz, schon dank der polaren Spannung, in der sie schwebt, dem problematischen Reichtum an Gegensätzen und Widersprüchen, der die Quelle ihres Schöpfertums ist; dank der ungeheuren Dialektik seiner Natur, in der das Göttliche und das Teuflische, Fausts unendliches Bestreben und der höhnische Nihilismus des Mephistopheles dichterisch auseinandertreten und einander die Wahrheit streitig machen. Ja, wer wollte leugnen, daß der Teufel so gut wie immer verzweifelt *recht* hat mit dem, was er sagt, und wer fühlte nicht, daß seine vernichtenden Worte mindestens ebenso sehr aus der Seele des Dichters kommen wie die des Faust oder Gottes, des Herren?

Ganz gewiß sind des Teufels Wahrheiten auch wahr in dem Dichter, und wenn er durch Faustens Mund dem Widrigen erwidert:

»So höre denn, wenn du es niemals hörtest:
Die Menschheit hat ein fein Gehör,
Ein reines Wort erreget schöne Taten;

Der Mensch fühlt sein Bedürfnis nur zu sehr
Und läßt sich gern im Ernste raten –«

so erhebt sich die Frage: Was hat Goethe uns bedürftigen Menschen geraten? Welche hilfreiche Lehre ist abzuziehen für uns aus seinem unfaßlich reichen Werk?

Die Zeitgenossen hat oft genug sein zum Scheiden und Werten unwilliger Objektivismus – der Objektivismus der Kunst und der Natur – verschüchtert: ein Element umfassenden Zweifels, das ihn, wenn wir seiner Umgebung glauben dürfen, gern Sätze sprechen ließ, die gleich den Widerspruch auch schon enthielten, und: »Er hat sein Sach auf nichts gestellt« ist das moralisch beklommene Wort, in das Schillers Frau, Charlotte, diese Erfahrungen zusammenfaßt. Aber dies »Nichts«, es ist ein anderer Name für »Alles«, für das Menschlich-Umfassende, für die tausendfache Lebendigkeit des Proteus, der in alle Formen schlüpft, alles zu wissen, alles zu verstehen, alles zu *sein,* in jeder Haut zu leben verlangt. Nichts und Alles sind da eins, wie Mephistopheles und Faust eins sind in der Seele ihres Schöpfers, der sie ihren Pakt schließen läßt auf dem Grund einer totalen, das Höllische ins Allmenschliche umdeutenden Lebenshingegebenheit.

»Mein Busen, der von Wissensdrang geheilt ist,
Soll keinen Schmerzen künftig sich verschließen,
Und was der ganzen Menschheit zugeteilt ist,
Will ich mit meinem innern Selbst genießen,
Mit meinem Geist das Höchst und Tiefste greifen,
Ihr Wohl und Weh auf meinen Busen häufen
Und so mein eigen Selbst zu ihrem Selbst erweitern.«

Ist das ein Teufelspakt? Bekenntnis zum Nichts? Es ist höchste Lebensbereitschaft, der höchste, opferwillige und freilich auch zum Hinnehmen von Opfern willige Anspruch auf Menschheitsrepräsentanz, höchster Humanismus. Ohne jene oft als Unverbindlichkeit getadelte Ubiquität, die ihn Hans Sachsisch sein ließ, französisch, italienisch, Rokoko, Mittelalter, Renaissance, persisch, griechisch-antik und alles in vollkommener Echtheit, hätte er nie eine Vereinigung des Urbanen und des Dämonischen vollendet, wie sie in so gewinnender Größe kein zweites Mal vorgekommen ist in der Geschichte der

Gesittung. Das Deutsch-Volkhafte und das Mediterran-Europäische in natürlichster Verbindung, – und im Wesen ist sie dieselbe wie die des Geniehaften und des Vernunftvollen in ihm, des Geheimnisses und der Klarheit, des Tiefenlautes und des geschliffenen Wortes, des Dichters und des Schriftstellers, der Lyrik und der Psychologie.

Dies Allsein versteht sich zu keiner Lehre. Mit tausend Zungen redend, hat es dennoch die erhabene Schweigsamkeit des Symbols, der Kunst, des Bildes, in das man vieles hinein-, aus dem man vieles herauslesen kann, und das doch nicht verwirrt, sondern, wie es selbst ein großes Schauen ist, durch reine Anschauung befriedigt.

Text No. 10
TB 13. 8. 1949, Anm. 1
›Germany today‹, Reisebericht für das ›New York Times Magazine‹ vom 25. 9. 1949

My impressions during my first visit in Germany were, of course, complex and confusing, and it is very difficult to analyze them in the frame of a short interview.

Personally my experiences were gratifying in a degree I had not hoped for. I could not expect to be very popular in my old fatherland, and also today I donot believe that I am. Nevertheless the reception I found everywhere [was] of heartwarming friendliness. The audiences may have been more or less selected, but there were, after the lectures, crowds in the streets whose cheers and acclamations were obviously spontaneous and moved me deeply. Since I am regarded, and rightly so, as an irreconcilable enemy of National Socialism and as convinced follower of democracy these demonstrations may be valued as an encouraging symptom.

There also can be no doubt [that] the city administrators, the Oberbürgermeisters I met, in Frankfurt, Stuttgart, Munich, mostly Social Democrates, work ernestly and honestly for the moral and material recovery of their country in a democratic sense, fully aware of the great difficulties still opposed to this goal.

Under the given circumstances I had no opportunity to get in personal contact with hostile elements in Germany. I did, however, not speak to one decent and honest German who was not deeply concerned about the increasing nationalism in his country. Let us admit that military occupation in a defeated country always will create a certain amount of nationalism; but what we experience now in Germany seems to go far beyond this normal reaction. Probably widely responsible for this state of mind is the strange fact, that the Germans do not realize, do not want to realize the causes of their actual conditions. The great majority of the people – this has been confirmed to me by many dozens of letters and by innumerable personal reports – complains: »Under Hitler we were much better off!« I have the feeling, that in every school, in every post office there should be posters like:

Why are your cities destroyed
Why is your country divided and occupied?
Because you lost the most destructive war in history!
Who led you into this war?
Adolf Hitler and the National Socialist Regime!

The way the Denacifications are handled is one of the most alarming symptomes. It seems to me that the honestly democratic forces which doubtless exist, but in a dangerous minority, should be supported by the western democracies in their struggle against nationalism and militarism in any possible way.

If you ask me about the material conditions, everybody agrees that they are greatly improved since the monetary reform. On the first glance you are surprised by the quality and quantity of food in the restaurants, particularly if you have been lately in England. But for modest incomes life is still rather hard, the disabled veterans cannot live on their pensions, and particularly the situation of the older people whose savings have been completely devaluated is deplorable.

I need not speak to you about the deep shock the sight of the destroyed cities means. I saw Frankfurt, Stuttgart, Nürnberg, Kassel, Munich. And particularly to see this once so beautiful city in which I lived more than forty years and in which I know every block and every building in the state in which it is now was heartbreaking.

I come now to the last part of my German trip, my visit to Weimar about which there was already much public discussion during my stay in Germany. As little as my visit in Western Germany had in any way the character of a political demonstration or an homage toward the occupational forces as little my visit in Weimar could be interpreted in this sense. What I had in mind was to pay a visit to my old country-fellows, in one zone as well as in the other, and since it was the year of the Goethe anniversary it would have been unnatural not to visit the two Goethe cities, Frankfurt and Weimar. I cannot deny, however, that I was glad to have this opportunity. I know that the German all over the country suffer bitterly from the complete division of Germany and that this situation seems intolerable to them on the long run. There is no solution for this problem as long as the greater problem which passionates the whole world, the resocialization between East and West, is not solved, and nobody should be more interested than the Germans in the preservation of peace. For the time being it meant a real comfort for the Eastern zone to be reminded of the cultural unity at least on this occassion.

The reception I received in Thüringen was overwhelming. It was, of course, official, but also the part of the population which is not in favor of the actual regime showed me its sympathy, and when I spoke, in the beautifully rebuilt theatre of Weimar, of the undistructable values of freedom and human dignity there was a tremendous spontaneous applaus.

The economic conditions in Thüringen are poorer than in the western zone but they seem to be more equalized. The meal we had in one of the socialized restaurants en route was sufficient and very moderately priced. The youth, organized in the FDJ, seems to feel happy and one hears them constantly singing the International Youth Peace Song. I spoke with professors of a high intellectual standard who are enthusiastic about the new generation of students coming exclusively from the class of the peasants and workers. I hardly need tell that this »exclusively« is, in my eyes, a most serious objection, and I need not tell, altogether, that I always have been and will be opposed to any totalitarian regime. The Regime of Thüringen does not quite belong to this category so far, there are Liberals in the government and, still more, in the municipal administrations, but the trend is, of course, rather unmistakable. But, as it has been stressed time and again, the conception of Communism, very much in contrast to National Socialism, has elements concerned with a better future of mankind and can be reconciled with the ideas of freedom and democracy. To bring about this reconciliation is today the most urgent task of anybody who still hopes that the final catastrophe of mankind can be averted. My visit in Weimar was a very modest little contribution in this sense.

Text No. 11
TB 15. 8. 1949, Anm. 2
Ein Telegramm, datiert: Pacific Palisades, 28. 8. 1949

Der deutschen Jugend, die in Frankfurt das Andenken Goethes feiert, sende ich übers Meer meine herzlichen Grüße und Wünsche. Möge die Huldigung vor dem klaren weltweiten Genius des großen Deutschen eure Herzen nicht nur für den Augenblick erheben, sondern dauernd darin fortwirken und den Gedanken und Werken eurer Generation die Richtung geben.
(Text nach ›Stuttgarter Nachrichten‹, 29. 8. 1949, 2.)

Text No. 12
TB 29. 9. 1949, Anm. 3
›Carl v. Ossietzky und die Weltbühne‹
California, 29. September 1949

Sehr verehrter Herr Leonard,
für Ihr Schreiben vom 12. August, das sehr verspätet in meine Hände kam, danke ich vielmals.

Ihre Arbeit, Ihren kritischen Kampf verfolge ich mit Respekt und bin beim Lesen Ihres Blattes mehr als einem Wort, mehr als einem Artikel begegnet, die mir wahr und richtig schienen. Über den Gang der Dinge in Deutschland weiß ich so ziemlich Bescheid, noch besser, seit ich dort war, und glaube, daß unter Jacobsohn und Ossietzky die »Weltbühne« auch nicht anders aussehen könnte, als sie sich eben unter den gegenwärtigen Weltumständen darstellt.

Nun war ich immer ein schlechter Mitarbeiter und selten mit einem Beitrag bei der Hand, wenn man ihn forderte. Auf Reisen des sogenannten Goethe-Jahres (ein nettes Goethe-Jahr!) habe ich viel Zeit vertan (nun, hoffentlich nicht gerade vertan), und ruhige Versammlung meiner Kräfte auf eine laufende Arbeit – was sie immer wert sein möge – ist mir ein inneres Gebot. Sie mögen mir glauben, daß ich oft versucht bin, in irgendeinem »flammenden« J'accuse alles hinauszusagen, was ich gegen den Gang der Welt auf dem Herzen habe. In einzelnen Äußerungen, Beteiligungen, Haltungsmarkierungen, lasse ich einiges durch – und Sie sehen ja, wie's mir dafür ergeht. Aber dann sage ich mir wieder: Behalt's für dich, du änderst nichts, zum Streiter und Märtyrer bist du auch nicht geschaffen, mach deine Musik, die ändert zwar auch nichts, hat aber mit dem Widerstand gegen das Dumme und Schlechte wohl doch unmittelbar zu tun.

Diese »Musik« besteht zur Zeit in einem mittelalterlichen Legendenroman nach Hartmann von Aue; kurios, abseitig, komisch-fromm und sündig-gnadenvoll – die Leser der »Weltbühne« wüßten rein gar nichts damit anzufangen, wenn überhaupt jemand etwas damit wird anzufangen wissen. – Bei alledem: den generösen Satz Ihres Briefes, daß mir die Seiten Ihrer Zeitschrift »stets uneingeschränkt für Äußerungen jeder Art zur Verfügung stehen«, lasse ich nicht aus dem Sinn. Seine Stunde mag schon einmal kommen ...

... Der Tag steht bevor, an dem Carl v. Ossietzky 60 Jahre alt werden würde. Seien Sie versichert, Sie und seine ehrwürdige Witwe, daß ich von Herzen teilnehme an Ihrem feierlichen und schmerzlichen Gedenken. Er war das Muster eines opferbereiten Überzeugungshelden, rein, edel, mutig, ohne Tadel. Daß ihm zur Wut seiner lumpigen Peiniger der Friedenspreis zugesprochen wurde, war ein Lichtblick in der Finsternis. Tragisch, daß seine Zartheit nicht überlebte. Seine Stimme fehlt heute sehr. Und doch ist ihm auch wieder zu gönnen, daß ihm die Enttäuschungen erspart blieben, die unser tägliches Brot sind.

Ihr sehr ergebener Thomas Mann.

Text No. 13
TB 18. 10. 1949, Anm. 1
Message to the Council of World Students
6. November 1949

The invitation rendered by the Student Council was one I would have been peculiarly glad to accept. Since, most unfortunately, I shall not be able to attend the Council's important meeting of November 7th, please convey to the gathering my very best wishes. To be an American student today means to be in a truly enviable position. In this tormented world of ours every American has much to be thankful for. But above and beyond the tremendous good fortune intrinsic in his birth on this soil, the American student enjoys a multitude of privileges undreamed of by the academic youth of other nations. It is important that our students be aware of their privileged status. Unless they are, they will hardly be able to understand, let alone to discharge the responsibilities that go with it. These responsibilities are not merely a matter of the future. Not only are today's students expected to constitute tomorrow's intellectual elite and to provide their country with leadership in many fields of human endeavour, theirs is even now a highly responsible position. It is one of the Council's self-appointed tasks to awaken and to strengthen in the American student a feeling of comradeship and solidarity toward the university community of the world. May I say that no more important task could easily be pictured. What humanity needs most at this moment is the certainty or – let us be modest – at least a reasonable hope for a lasting peace. And nothing could do more to instill and justify that hope than a true understanding among the young of all countries, as well as the clear recognition on the part of tomorrow's leaders that unless such an understanding is reached there will be no tomorrow. While this must be realized everywhere on earth, America's leading position causes the thoughts and actions of her citizens to be of singular importance. May your meeting of November 7th succeed in arousing all those present to be crucial significance of your purpose.

Text No. 14
TB 6. 11. 1949, Anm. 4 und 25. 12. 1949, Anm. 1
Anläßlich einer Zeitschrift

In diesem großen Blatt, dessen Leserschaft sich über die ganze Welt erstreckt, möchte ich hinweisen auf eine kleine, tapfere Zeitschrift, – wenig genannt bisher, deren Bekanntschaft aber, wie ich glaube, vielen Lesern des »Aufbau« ebenso viel Freude, Überraschung, ja Erstaunen, Anregung und Ermutigung gewähren würde, wie mir.

Sie heißt »Extempore«, erscheint »als Manuskript gedruckt« (übrigens sehr gut gedruckt) im Vita Nova Verlag, Luzern, und wird herausgegeben von zwei rechtlichen, ein vorzügliches Deutsch schreibenden Schweizern, die mir ihre Namen genannt haben, ohne daß ich recht wüßte, ob ich ermächtigt bin, sie anzuführen. Ein bisher nur enger Kreis von Schweizer Universitätsprofessoren, Pfarrern katholischer wie protestantischer Konfession und Rechtsanwälten ist es, auf den die seit vorigem Sommer monatlich erscheinende Publikation sich stützt, und sogar ein deutscher Wirtschafts- und Sozialwissenschaftler in hoher akademischer Stellung ist darunter. Auf der bescheidenen Abonnenten-Liste figurieren Personen, die im öffentlichen und kulturellen Leben tätig sind oder freien Berufen angehören. Man sieht da die Namen von Politikern und Wirtschaftsmatadoren, die vermutlich nicht gerade aus Gründen der Sympathie dem Blatte Beachtung schenken; dazu eine Reihe neugierig aufmerkender Gesandtschaften.

»Unabhängiger Informationsdienst« nennt sich »Extempore« im Untertitel, und das ist korrekt. Unabhängig ist seine Sprache von den öden und giftigen Slogans des Tages, von maniakalischer Haßbesessenheit, von bigotter Selbstbeschönigung und monotoner Verpetzung des anderen vor dem Richterstuhl der Moral, vom groben Interesse, das sich ideologisch vermummt. Und es ist informativ in einem Sinn, wie es die der »Idee« einer westlichen Blockbildung dienstbar gemachte Weltpresse längst nicht mehr ist. Es ist informativ, indem es das sichtbar macht und bekämpft, was es die »Politisierung der Wahrheit« nennt, und worin es die eigentliche Gefahr für unsere Civilisation erblickt. Diese Männer wissen, daß nichts den herrschenden Tendenzen der öffentlichen Meinungsbeeinflussung stärker und störender widerspricht, als eine Betrachtungsart, die von machtpolitischen Zwecken nicht nur frei ist, sondern der Popularisierung oder Verschleierung dieser Zwecke entgegenwirkt. Dennoch haben sie sich entschlossen, einen weit umblickenden, dabei aber auf das Wesentliche und Charakteristische sich konzentrierenden Informationsdienst einzurichten, der seine Aufgabe darin sieht, der propagandistischen Entstellung eines Weltzustandes entgegenzutreten, – chaotisch dadurch, daß in ihm der Mißbrauch der Moral und des Rechtes zu polemischen und selbstsüchtigen Zwecken vorherrscht. Damit wenden sie sich an alle diejenigen, die sich den inneren Widerstand bewahrt haben gegen machtvolle Einflüsse, die seit Ende des Krieges die Umfälschung des Problems der *Ordnung* der Welt in die Technik der *Blockbildung* betreiben.

Da ich die Schweiz liebe, bin ich stolz darauf, daß gerade dort ein Organ möglich ist, welches offen die Wahrheit auszusprechen wagt, daß sich die moderne Welt nicht darum in einem Zustand gefahrdrohender Verworrenheit befindet, weil im »Osten« die Prinzipien, derer die abendländische Civilisation sich rühmt, keine Geltung haben, sondern weil im Westen die Verteidigung dieser Prinzipien an Unwahrhaftigkeit krankt, und weil dieser Westen seine Ideale geschichtlich mehr diskreditiert als verwirklicht hat. Dies auszusprechen, sage ich, ist möglich; daß es aber auch in dem kleinen, neutralen und geistig hochstehenden Lande nur knapp möglich ist, versteht sich. [Auch dort steht, was Macht hat, gegen die Wahrheit, und, was schlimmer ist: die Welle der Demagogie erscheint diesmal – im Unterschied zu der Zeit vor dem Kriege – selbst jener Minderheit von Menschen des öffentlichen Lebens, Verlegern, Journalisten, etc. so übermäßig, daß sie sie, mit verschwindenden Ausnahmen, zur Flucht ins Schweigen nötigt.] Die offene Stellungnahme gegen die Einhämmerung einer »Ordnung«, die Europa des Sinns für seine wirklichen Probleme beraubt, wird gemieden – selbst von solchen, die die Gefahr der Unterlassung erkennen und zur Zeit des tiefsten Verzagens vor den Triumphen des Nationalsozialismus, zwischen 1938 und 41, durchaus ihren Mann gestanden haben. Auch sie wagen jetzt aus Furcht vor Verdächtigung und geschäftlicher Schädigung nicht gegen den Strom zu schwimmen. Sie müßten ja, wie die Männer von »Ex-tempore«, den Verdacht, oder vielmehr gleich den gellenden Vorwurf prokommunistischer Propaganda in Kauf nehmen. Denn die Idee einer kommunistischen Ordnung der Welt zusammen mit der einer nichts als anti-kommunistischen abzulehnen, weil eine wie die andere Ausflucht ist in eine gewaltsame Machtordnung und nur in faschistischen und imperialistischen Formen verwirklicht werden kann; statt dessen für eine friedliche Entwicklung einzutreten zwischen Osten und Westen, weil nur die Beendigung des kalten Krieges die internationale Atmosphäre entgiften und auf beiden Seiten zum Verzicht auf den Mißbrauch der Macht führen kann, – nicht wahr, das ist Pro-Kommunismus.

Wie mich das alles anheimelt! Ich habe die Stimme des braven amerikanischen Landsmannes im Ohr, der mir sagte: »At a time of witch-hunting like this one can't be careful enough.« Ich weiß nicht, ob er damit mehr sich selbst oder mich zur Vorsicht ermahnen wollte. Wahrscheinlich sich selbst; denn mir, der ich über den kalten Krieg zwischen Kommunismus und »Ordnung« ähnliche Ansichten geäußert und meine Handlungen danach eingerichtet habe, ist ohnehin meine moralische Eklipse längst bescheinigt worden. Dennoch frage ich mich, ob nicht die »Eklipse« aufmerksamer wo anders beobachtet werden sollte, als gerade bei mir.

Es tut hier eine persönliche Einschaltung not, bevor ich fortfahre. Über meinen »Kommunismus«, meinen »Verrat an der Freiheit«, meine »Verherrlichung von Gewalt und Rechtlosigkeit« ist letzthin, besonders in der westdeutschen Presse viel Zetermordio geschrieen worden. Es ist kein wahres Wort daran. Zwar halte ich die russische Revolution für ein geschichtliches Ereignis ersten Ranges und glaube, daß der jetzt wütende sozioökonomische Gegensatz zwischen Ost und West sich einmal ausgleichen und, wie frühere Polaritäten, sich in der Civilisation auflösen wird. Dann wird sich wahrscheinlich zeigen, daß die Rezeption sogenannter östlicher Ideen durch den Westen stärker war, als umgekehrt. Aber wiederholt habe ich meiner tiefen Abneigung gegen die Methoden des Polizei-Staates Ausdruck gegeben: gegen das »Abgeholt« werden und Verschwinden von Menschen, gegen Rechtsunsicherheit und Konzentrationslager, gegen totalitäre Gängelung der Kultur, verordnete Kunst, die Bestimmung ihres Niveaus von unten her, nach unbelehrtem Geschmack. [Verb. aus ›dem Geschmack kleiner Leute‹.] [Daß das russische Volk als ganzes sonderlich leidet unter seinem Regime, bezweifle ich. Der neue Staat hat ihm große Vorteile, große Fortschritte gebracht, und die Kosackenknute ist ihm vertraut – ich glaube nicht, daß es sehr befremdet ist von der Tatsache, daß nach einem unerbittlichen Kampf von Jahrzehnten zwischen Autokratie und Revolution nun diese beiden eins geworden sind und eine autokratische Revolution die Szene beherrscht.

Etwas anderes ist es mit einem demokratisch reifen und von vorzüglichen Volkspräsidenten zum Sozialismus erzogenen Lande wie der Tschechoslovakischen Republik. Ihm das kommunistisch-totalitäre Joch aufzuerlegen, unter dem es zweifellos bitter leidet, war unnötig und grausam. Rußland hatte an dem tschechischen Volk einen sicheren Freund, und je schmählicher der Westen Edward Beneš im Stich ließ, nur weil er ein Sozialist und nicht antirussisch war, desto enger hätte er mit Notwendigkeit seinen Staat an das große slavische Bruderreich angeschlossen. Das Mitgefühl, das ich diesen intelligenten und der Freiheit gewohnten Menschen entgegenbringe, die nun ebenfalls ›abgeholt‹ werden und verschwinden, überzeugt wenigstens mich selbst, daß ich Gewalt und Fuchtel nicht liebe.] Nun ist es aber so – mir wenigstens scheint es natürlich –, daß der Mensch seine moralischen Emotionen aus dem *nahen* Leben schöpft, nicht aus dem fernen, an dem er nicht teilhat. Um den Sowjet-Staat stehe es so schlecht, wie unsere Zeitungsüberschriften es ausschreien – ich finde nicht, daß es bei uns sehr gut steht. Wer wollte leugnen, daß seit Franklin Roosevelts Tagen, seit der Zeit, als »der große Präsident«, wie das Schweizer Blatt ihn noch nennt, zu einer gemeinnützigen Ordnung der Weltwirtschaft, einer Verschmelzung der wirtschaftlichen Interessen aller Rassen und Völker nicht ohne Widerhall aufforderte; seit er einen Frieden verkündete, der aus der Unterordnung der Wirtschaft unter eine Rechtsordnung hervorgehen sollte; seit er erklärte: »In der künftigen Welt darf der Mißbrauch der Macht, wie er sich in dem Wort ›Machtpolitik‹ ausdrückt, nicht der herrschende Faktor in den internationalen Beziehungen sein«, – daß seitdem ein erschreckender moralischer Abstieg in diesem Lande und zugleich ein erschütterndes Hinschwinden seines moralischen Ansehens in der Welt sich vollzogen haben? Daran ändert nichts, daß sehr viele dies gar nicht wissen und verstehen. Eine patriotische Verzweiflungstat wie der Selbstmord des Botschafters Winant in London sollte sie zum Wissen erweckt haben. Glaubt man wirklich, die systematische Beschmierung des Andenkens Roosevelts, seiner Verwaltung und seiner persönlichen Freunde, die alle nichts andres im Sinn gehabt zu haben scheinen, als unsere teuersten militärischen Geheimnisse an Rußland zu verraten, diene dem Ansehen Amerikas und befördere den Glauben der Völker an seine Reife zur Macht? Die Wut darüber, daß man mit Rußland Deutschland geschlagen hat und nicht lieber Rußland mit Hitler, zeitigt Blüten der Narretei, die das Land zum Gespött machen. Die freie amerikanische Presse scheint den Auftrag zu haben, die ganze Nation in den Zustand Forrestalls zu versetzen, dessen Rüstungspläne und Entwürfe kosmischer Militärstationen man erst als Symptome der Überarbeitung verstand, als er im Pyjama auf die Straße lief und rief: »Die Russen sind da!« Wie sehr erinnern die Schauerberichte von schwarzen Kisten, in denen während des Krieges unsere Geheimwaffen nach Rußland verschifft worden seien, an die Centner teuflischen Zersetzungsmaterials, das die Nazis in den »Katakomben« des Liebknechthauses gefunden haben wollten! Die Presse weiß ganz gut, daß die »übergeheime, Radar-gelenkte, völlig automatische Abwehrkanone«, die uns, Senator Lodge zufolge, feit gegen Luftangriffe selbst der neusten und gefährlichsten Art, im Jahre 1944 noch gar nicht existierte. Dennoch verbreitet sie ohne Kommentar, ohne Gegenrede die Aussage des Mannes, der behauptet – und es offenbar selber glaubt –, er sei verführt worden, dies Wundergeschütz damals den Russen zuzustecken. Man sieht sein Bild, – ein photographisches Beweisdokument in der Hand, das ihn zusammen mit ein paar anderen amerikanischen Offizieren und Ingenieuren und irgend einer Kanone zeigt. Die Panik ist groß bei dem Anblick. Aber nach *faschistischer Benebelung* sieht dies alles eher aus, als nach dem Willen, einem freien Volk die gesunde Urteilskraft zu bewahren.

Es ist sehr leicht, das erniedrigte Europa mit einem Fußtritt hinter sich zu stoßen und zu erklären: »I choose America«, nur um sich seelisch behaglich und in zuträglicher Harmonie mit seiner Umgebung zu fühlen. Einem Schriftsteller, der diesen Namen nicht bloß durch sein Talent verdient, sollte es näher liegen, sich Sorgen zu machen um das Heil eines großen und guten Volkes, unter dem man so gerne lebt, dessen Rechtsgefühl aber verwirrt, dessen seelische Gesundheit Schaden nehmen muß durch die moralische Brüchigkeit einer Politik, die für »Ordnung« alles nimmt, was nicht kommunistisch ist, auch wenn es außerdem das Letzte an sozialem Tiefstand, Korruption und feudalistischer Verkommenheit darstellt; einer Politik, die die propagandistische Verwendung moralischer Argumente in einer Richtung nur, immer derselben kennt, und die auf einen messianisch verkleideten wirtschaftlichen Weltherrschaftsanspruch hinausläuft.

Wir verfügen über alle Brusttöne der Entrüstung und des Zornes gegen den Sowjetstaat, dessen Regierungsbildung sich denn also unter Verachtung der Volksmeinung und durch Anwendung von Gewalt vollzieht. Und dabei reichen die Finger beider Hände nicht aus, um die nichtkommunistischen Staaten Europas, Amerikas und Asiens herzuzählen, deren Regierung auf gar keine andere Weise zustande kommt, ohne daß uns das etwas ausmachte. [›Die Beziehungen unter den Staaten der westlichen Halbkugel sind für die Welt ein Vorbild‹, sprach der damalige Staatssekretär Marshall auf der interamerikanischen Konferenz von 1947. Das sagt der Mann vor den Vertretern von 22 Staaten, deren Oberhäupter zu einem erheblichen Teil die Macht mit Techniken usurpierten, die demokratisch zu nennen ein wenig kühn wäre. Man hält es ihnen nicht vor. – Griechenland, Spanien – das ist ›Ordnung‹, denn es ist nicht Kommunismus. Und an diesem Ordnungsbegriff halten wir fest, obgleich die Tatsache, daß in China seit langem nur dort Ordnung war, wo Kommunismus war, uns das Konzept etwas verdorben hat.] His Majesty, der Schah von Iran, Monarch eines bis zur Komik verrotteten Landes, ist unser werter Gast, und ein mittelalterlich-feudales Regime, das keine Rechte für arme Leute kennt, wird im Namen der Demokratie gegen den russischen Anspruch auf Ölkonzessionen verteidigt! Zum hohen Himmel steigt unsere Anklage der Sowjetunion wegen Menschenrechtsverletzung in ihrer schwersten Form, – nämlich der an Sklaverei grenzenden Verurteilung unbescholtener Menschen zur Zwangsarbeit. Aber irgend eine Stellungnahme gegen solche Staaten, die in ihrem Hoheitsgebiet und in ihren Kolonien die *förmliche* Sklaverei und den förmlichen Sklavenhandel dulden, vermeiden wir, und mit Saudi-Arabien, dem Lande der grausamsten Sklavenausbeutung, stehen wir sogar auf besonders herzlichem Fuß. Dort hat die Zusammenarbeit der Großgrundbesitzer mit dem amerikanischen Ölkonzern, die Auslieferung des halben arabischen Grund und Bodens an das Schürf- und Ausbeutungsbedürfnis, jeden Ansatz zu einer fortschrittlichen Bodenbewirtschaftung erstickt. Senator Owen Brewster hat uns erzählt, wie sich die Rockefeller-Gruppe dem Despoten Saudi-Arabiens, Ibn Saud, für das ihr eingeräumte Vorrecht auf den arabischen Boden dankbar erwiesen hat: sie hat ihn zum reichsten Mann der Welt, mit 60 Millionen Dollars Jahreseinkommen gemacht.

Ja, wir wissen die Leute reich zu machen! In Deutschland ist herausgekommen (die amerikanische Militärregierung hat es festgestellt, da es sich um ein Vorkommnis in der britischen Zone handelt), daß die »Arbeitsgemeinschaft Bremer Baumwollhändler«, allein diese paar biederen Kaufleute, durch Zurückhaltung von Ware, bei der »Währungsreform« einen Privatgewinn von rund 40 Millionen D.M. gemacht haben. Man nennt das »Wiederentfaltung der schöpferischen Persönlichkeit in der Wirtschaft«; man nennt es »Privatinitiative«; und unter diesen Titeln hat eine barbarische Spekulantenschicht, kalt gegen die Volksnot, die dem Konsum entzogenen Waren in neue Millionenvermögen umgewandelt. Die Russen, unzivilisiert wie sie sind, würden mit solchen Halunken kurzen Prozeß machen, während wir nicht einmal die Grausamkeit aufgebracht haben, den Nutznießern des Nazisystems ihre im Schutze dieses Systems zusammengeräuberten Vermögen wegzunehmen. Das wäre eine revolutionäre Handlung und also gegen die »Ordnung« gewesen. Ordnung heißt nicht, Güterversorgung, Produktion und Besitzverhältnisse nach einigermaßen anständigen sozialen Grundsätzen einrichten und eine wirkliche Erneuerung des deutschen öffentlichen Lebens zulassen. Ordnung herrscht, wenn der »Unternehmungsgeist« frei waltet, die Bauwirtschaft von den Bedürfnissen der privilegierten Schichten bestimmt und der Wohnungsbau vernachlässigt wird; wenn 40% der Bevölkerung aus dem Konsum verdrängt sind, soweit er nicht gerade der allerdürftigsten Lebenserhaltung dient; wenn die Zahl der komplett Arbeitslosen auf mehr als zwei Millionen steigt; wenn alles, was über privatwirtschaftliche Ziele hinausweist, als kommunistisch, unamerikanisch und darum wohl auch undeutsch verfehmt wird. Dennoch gibt es Deutsche, die sich für überzeugt erklären, daß ohne eine tief greifende Sozialreform dies schicksalreiche Land einer neuen Katastrophe entgegengeht.

Unsere Politik in Deutschland ist ein schlechter und rechter, hellichter Skandal. Ich sage damit nicht mehr, als der republikanische Senator Gillette, der in einer Radiorede von der »kurzsichtigen, unverantwortlichen und stupiden Politik« gesprochen hat, die zum Vorteil der deutschen Nationalisten und Nazis von den amerikanischen Behörden in Deutschland betrieben werde. Er hat zusammen mit Hendricksen, Ives und Pepper die Bestellung eines Kongreß-Ausschusses gefordert, der die Methoden und Ergebnisse der sogenannten Entnazifizierung in der amerikanischen Zone Deutschlands untersuchen solle. Daraus wird nichts werden. Die bedenkenlose – man sollte sagen: ruchlose Einbeziehung des deutschen Militarismus in die »Europäische Front« ist, trotz allen europäischen Ängsten davor, beschlossene Sache und der nationalsozialistische Wiederaufmarsch in vollem Gange. Harmonisch verbindet sich der Abscheu vor dem Sowjet-Kommunismus mit neuen, altbekannten Spekulationen auf die Dienste eines freundlich behandelten Nationalismus, mit der Schonung, Begünstigung und der neuen Mobilisierung der Nazi-Unterwelt. Alles, was 1945 einen Augenblick, schon damals mit Unrecht, glaubte, sich verkriechen zu müssen, – frech erhebt es wieder sein Haupt, patriotisch beherrscht es die Szene, und kaum um 1930 hat sich das bessere, höhere, reinere Deutschtum in solcher Isolierung befunden. Niemand hat es mehr nötig, zu beteuern, er sei im Herzen nie ein Nationalsozialist gewesen. Im Gegenteil, aller Vorteil ist bei denen, die es von Herzen waren – und die es geblieben sind. Immer mehr werden die Spruchkammerverhandlungen zu Kundgebungen nationaler Hochachtung vor den Führern und Nutznießern des Dritten Reiches, und die »Entnazifizierung«, die sich als Mittel zur Reinigung des deutschen öffentlichen Lebens ausgab, ist zur Farce geworden, herabgesetzt auf den Rang eines politischen Ablenkungsmanövers.

Dabei schließe ich Deutschland keineswegs aus, sondern nehme seinen berechtigten Widerstand gegen wirtschaftliche Ausbeutung in Schutz, wenn ich mein Erschrecken ausspreche vor der Meinung dieses großen Koloniallandes Amerika, es könne Europa, die Wiege aller abendländischen Kultur, als Kolonie behandeln – gut genug, ihm als strategisches Vorfeld für seinen Krieg mit Rußland zu dienen; als einen Haufen von Völkerschaften, deren innere Politik man bevormundet und die man bezahlt und bewaffnet, damit sie diesen Krieg für uns führen. Man kann voraussagen, daß sie das nicht tun werden, [keine Hand wird sich dort rühren für uns hier,] und ein verhängnisvoller Irrtum wäre es, die allgemeine Kriecherei vor amerikanischem Reichtum als die Bereitschaft auszulegen, der amerikanischen Weltherrschaft zuliebe ganz Europa in den Zustand Dresdens und Würzburgs versetzen zu lassen.

»Was den Völkern *fehlt*, ist nicht das Wissen um die Kluft zwischen einem Katalog der Menschenrechte und den Zuständen hinter dem Eisernen Vorhang, sondern das Vertrauen zu der Aufrichtigkeit derer, die mit dem Programm der Menschenrechte Politik machen.« Das ist wohl der wichtigste Satz, den das Schweizer Blatt gedruckt hat, [und er macht einem Gedanken selbst über die Aufrichtigkeit unseres Abscheus vor dem Kommunismus. Einem national-bolschewistischen Lande wie Jugoslavien wallt auf einmal all unsere Sympathie entgegen, nur weil es aus der russischen Organisation Ost- und Südosteuropas ausbrechen will – nicht etwa im Namen eines freiheitlichen Organisationsprinzips gegen die kommunistische Organisation, sondern einfach gegen den politischen und wirtschaftlichen Zusammenhalt der Donauländer, über dessen Wünschbarkeit man früher ganz gut Bescheid wußte. Unser Haß auf den Kommunismus wird fragwürdig, wenn dieser sich nur mit einem geschichtlich als verhängnisvoll erwiesenen nationalen Separatismus zu paaren braucht, um uns wohlzugefallen.

Haßten wir ihn, wie wir vorgeben es zu tun, und nicht einfach Rußland als Machtkonkurrenten, woher dann die widerwärtige Verhätschelung kommunistischer Renegaten, die bereit sind, vor unseren committees gegen ehemalige Genossen und gegen das Land ihres ehemaligen Glaubens auszusagen, und deren Wort mehr gilt, als das jedes amerikanischen Bürgers, den sie des politischen Lasters beschuldigen, das von ihnen gewichen ist? Aber tat es das? Wenn sie vom Stalinismus abfielen, so doch nur, weil sie eine Entstellung des Kommunismus darin erblicken. Sie sind, offenbar, die eigentlichen und wahren Kommunisten, – warum also feiern wir sie, wiegen ihre Denunziationen mit Gold auf und kennen kein Grauen vor ex-stalinistischen Megären, die die Haut ihrer leiblichen Brüder zu Markte bringen?] Denn wirklich, wo bleibt das Programm, wenn es Politik gilt? Einem nationalbolschewistischen Lande wie Jugoslavien wallt auf einmal all unsere Sympathie entgegen, bloß weil es aus der russischen Organisation Ost- und Südeuropas ausbrechen will. Der Kommunismus, scheint es, braucht sich nur mit einem geschichtlich als verhängnisvoll erwiesenen nationalen Separatismus zu paaren, um uns wohlzugefallen.

Und hat sie nicht etwas Widerwärtiges, die Verhätschelung kommunistischer Renegaten, die bereit sind, vor unseren committees gegen ehemalige Genossen und gegen das Land ihres ehemaligen Glaubens auszusagen, und deren Wort mehr gilt, als das jedes amerikanischen Bürgers, den sie des politischen Lasters beschuldigen, das von ihnen gewichen ist? Stehe ich allein mit meinem moralischen Mißbehagen darüber, daß wir diesen Typus feiern, seine Denunziationen mit Gold aufwiegen und kein Grauen kennen vor ex-stalinistischen Megären, die die Haut ihrer leiblichen Brüder zu Markte bringen?

Etwas stimmt da nicht, und etwas stimmt nicht mit unserer Entrüstung über russischen Terror, da wir doch selbst einen Professor für akademisch untragbar erklären und ihn mit Weib und Kind erbarmungslos in die ökonomische Wüste schicken, – ungefähr, weil er vor 20 Jahren Mitglied einer Jugendorganisation war, die, wenn es sie noch gäbe, heute auf einer schwarzen Liste stünde. Das ist kaum übertrieben. [Von Erika Mann verbessert aus: ›weil ein Vetter von ihm einen Freund hat, der vor 10 Jahren Mitglied der kommunistischen Partei war. Ich übertreibe.] Aber so dankbaren Herzens ich Gradunterschiede der Rechtsunsicherheit anerkenne, so bleibt Terror doch Terror, und geheimpolizeiliche Gesinnungsspäherei bleibt, was sie ist, auch wenn sie unter demokratischem Vorzeichen geübt wird. Geht es so fort, so werden wir, worauf es so sehr uns doch ankommt, dem Kommunismus bald nichts mehr vorzuwerfen haben: auch nicht in Dingen der reinen und freien Wissenschaft, die es in Rußland nicht gibt, während bei uns –. Während bei uns schon 1946 »Business Week« schreiben konnte: »Die Unterstützung der reinen Wissenschaft von Seiten der U.S. steht heute fast vollständig unter der Kontrolle der Armee. Ihre entscheidende Richtung wird durch militärische Bedürfnisse bestimmt ... Es wird immer wahrscheinlicher, daß die reine Forschung eines Tages zu einer besonderen, ständigen Abteilung der Armee wird.« Und ein angesehener Physiker der Stanford University fügte 1947 hinzu: »Heer und Marine haben so viele Wissenschaftler für Forschungen auf militärischem Gebiet reserviert, daß die reine Wissenschaft und die Lehrtätigkeit wahrscheinlich darunter leiden werden ... Da die Armee solche Projekte begünstigt, die für die Kriegführung von Wert sein können, wird der Forschung allgemein eine andere Richtung gegeben.« – Nicht genug damit, hat eben jetzt der Präsident des kalifornischen Institute of Technology,

Dr. DuBridge, einen Bericht von 90 Seiten herausgegeben, worin er sehr eindrucksvoll auseinandersetzt, daß die unabhängige Forschung »hamstrung« ist (das heißt: die Kniefechten sind ihr zerschnitten) durch die Gepflogenheit des Federal Government, mit der Unterstützung der Wissenschaft Ämter zu betrauen, denen nur daran gelegen ist, daß sie zur Entwicklung von Kriegswaffen führt: also das National Military Establishment und die Atomic Energy Commission. In dem Wettstreit um Hilfsfonds mit dem gewaltigen Interesse an der Konstruktion von Kriegsschiffen, Flugzeugen und Atombomben müsse die Wissenschaft notwendig zu kurz kommen – und das sei nicht alles. Denn ein wachsender Druck werde obendrein ausgeübt, das Geheimhaltungsgebot, das notwendigerweise auf dem Gebiet der Kriegswaffenherstellung herrsche, auch auf die freie Forschung auszudehnen. Ein ausgezeichnetes Mittel, heißt es bitter in der Schrift, die Wissenschaft zu lähmen, sei es, ihr die finanziellen Hilfsquellen zu entziehen, ein noch besseres aber, sie zu zwingen, in verschwiegenem Dunkel zu arbeiten. Ein drittes ist ausgelassen, nämlich die Verjagung tüchtiger Gelehrter aus ihren Laboratorien beim leisesten Verdacht eines Webfehlers in ihren politischen Überzeugungen.

Ich fürchte, die Russen werden uns nächstens zum Vorwurf machen, daß die Wissenschaft bei uns staatlich gelenkt ist. Solche schulbubenhaften Bezichtigungen und Gegenbezichtigungen sind ja üblich im Staatenverkehr. Wenn wir die Kunst noch nicht »lenken«, so darum, weil sie uns vollständig einerlei ist. »Kunst und Politik haben nichts miteinander zu tun.« Darum hat Ezra Pound den Bollingen Preis bekommen. Es fragt sich nur, ob T. S. Elliot ihm den Preis auch dann zugesprochen hätte, wenn der bedeutende Lyriker kein faschistischer, sondern ein kommunistischer Hochverräter gewesen wäre. –

⟨Der Antikommunismus als moralisches Agitationsmittel gegen die Machtkombination, mit der Rußland die Zusammenfassung von zwei Dritteln der militärischen und wirtschaftlichen Hilfsmittel der Erde unter amerikanischer Führung zu parieren versucht, ist innerlich kraftlos, solange er kein Interesse zeigt an der Änderung einer Weltordnung, unter der rund tausend Millionen Menschen Hunger leiden. Der Kommunismus macht sich anheischig, dieser beim heutigen Stande der Wissenschaft und Technik durch nichts mehr zu entschuldigenden Weltordnung abzuhelfen, – darin besteht sein Aufruf, besteht seine werbende Kraft, und die uns entsetzende Kurzangebundenheit seiner Methoden kümmert die hungernden, ausgebeuteten und unterprivilegierten Massen der Erde nicht einen Deut. Solange die bürgerliche Welt der kommunistischen Verheißung nichts anderes entgegenzustellen hat als das untauglich gewordene Ideal des privatwirtschaftlichen Erwerbslebens, des Profits, der Konkurrenz und des Kampfes um den besten Platz, nichts anderes, als eine Politik, die sich in dem Betreiben erschöpft, daß in möglichst vielen Ländern der Erde free enterprise herrsche, solange wird es schlecht um unsere Aussichten stehen, den Kommunismus aus der Welt zu schaffen. [Wir werden die Unterlegenen sein⟩ und wären wir zehnmal die moralisch Überlegenen – was wir nicht sind.]

Vor der zügellosen Hysterie, in die ein Wort- und Wut-Fetisch wie »Kommunismus« heute die Menschen versetzt, ist mir schon oft ein Grauen angekommen. Wenn man vor zwanzig Jahren sagte und schrieb (wie ich es in einer oft gedruckten Goethe-Rede getan habe): »Die neue, die soziale Welt, die organisierte Einheits- und Planwelt, in der die Menschheit von untermenschlichen, unnotwendigen, das Ehrgefühl der Vernunft verletzenden Leiden befreit sein wird, diese Welt wird kommen; denn eine äußere und rationale Ordnung, die der erreichten Stufe des Menschengeistes gemäß ist, muß geschaffen sein oder sich schlimmsten Falles durch gewaltsame Umwälzung hergestellt haben, damit das Seelenhafte, Kultur und Kunst, erst wieder Lebensrecht und ein menschlich gutes Gewissen gewinnen könne« – wenn man das damals sagte und schrieb, so blieb man doch halbwegs ein Ehrenmann. Heute fällt bei ebensolchen Worten die gleichgeschaltete Wut aller kalten Krieger, zornrote Männer und keifende Weiber, über dich her und erklärt Mensch und Lebenswerk für ewig entehrt und abgetan.

Wer die Wahrheit für unamerikanisch hält, möge mich einen Verräter schelten. Ich bin der Meinung, daß das amerikanische Volk nicht nur verdient, sie zu hören, sondern daß es sie selber in tiefer Beunruhigung, voll ängstlicher Besorgnis, ob es nicht in ein Unglück geführt wird, ahnt und fühlt.

Von persönlichem geistigen Eigentum, auf das ich mir etwas einbilden könnte, hat das Gesagte nichts. Ungefähr all dies und vieles andere, Dazugehörige, sagt die Schweizer Zeitschrift allmonatlich, und ihre Herausgeber machen die Erfahrung, daß »die Zahl der Menschen, die auf ein Wort warten, das sich in Widerspruch auch zum wirtschaftlichen Imperialismus unserer Zeit zu setzen wagt, nicht ganz so gering ist, wie es oft scheinen mag«. Dennoch sollte sie zum Durchhalten stärker ermutigt, sollten ihre Beiträge nachgedruckt werden, damit ihre freie und gute Bemühung eine breitere Grundlage gewinne. Überall in der Welt, wo bessere Köpfe der blöden Headlines und der hörigen Hetze der ordinären Presse bis zum Ekel müde sind, hat »Extempore« seine berufenen Leser.

[Die in eckigen Klammern stehenden Passagen sind in der Endfassung gestrichen; der durch spitze Klammern markierte Text ist fast wörtlich in die Text 18 abgedruckte Rede übernommen.]

Text No. 15
TB 7. 11. 1949, Anm. 2
Brief an Schubert M. Ogden
Pacific Palisades, 10. 11. 1949

Dear Mr. Ogden:

My answer to your interesting letter of October 25th has unfortunately been delayed by much work, a trip to San Francisco and an illness of my secretary. Also today I cannot go into your thoughts and questions as thoroughly as I would like. However, in my introductory essay to the American selection from Schopenhauer's writings (which is included in the volume »Essays of Three Decades«), I have said most everything I have to say about this thinker, and I have dealt with my Schopenhauer experience to such an extent that I have hardly anything to add.

I cannot agree with Bertrand Russell when he says that »Schopenhauer's doctrine of the primacy of the will has no necessary logical connection with pessimism«. A world which is the product of the blind will to live cannot be a world of happiness, peace and harmony, and while according to Schopenhauer the human will has the possibility of return and ascetic self-renunciation, this is a humane, but not an optimistic thought. In his writings, Schopenhauer has described life presenting itself as a work of the will with the most bitter and condemning words; he has called optimism »wicked«, and used furious adjectives on anyone who showed himself philosophically insensitive to the suffering in this world. He did not believe in any major possibilities for the improvement of this world, and here lies the basis of his dark political views and the reactionary traits – despite his humanism – of his philosophy. This philosophy is pessimistic in the same sense in which the religions of salvation are pessimistic, especially Christianity, which characterizes the earth as a valley of sorrow and shifts all salvation to the here-after.

Anyhow, I think one cannot debate the concept of pessimism in a purely logical sense. It is above all an ethical mood, an attitude toward the world which was expressed by the young Nietzsche in the word: »Mir behagt an Wagner, was mir an Schopenhauer behagt: die ethische Luft, der Faustische Duft, Tod, Kreuz und Gruft.« This, it seems to me, is a very beautiful and deep-felt definition of pessimism as an ethical belief, and I want to end this letter with this quotation which is worth more than all logical examinations of Schopenhauer's pessimism.

With my best wishes for your work and your personal well-being, I am

Very cordially yours
Thomas Mann.

Text No. 16
TB 9. 11. 1949, Anm. 3
Brief an Walter Widmer
Pacific Palisades, 9. November 1949

Werter Herr Dr. Widmer,

für mehrere Briefe und vor allem für das wertvolle Geschenk Ihrer Villon-Ausgabe habe ich vielmals zu danken. Die Übersetzungen des altfranzösischen Dichters sind eine liebevoll-kühne, bewundernswerte Leistung, die Ihnen philologisch und dichterisch alle Ehre macht und gewiß die verdiente Würdigung finden wird.

Villons Verse sind ein bitteres Vermächtnis, und ich beklage die Gründe, aus denen Sie sie, bis zu einem Grad, als Ausdruck Ihrer eigenen Stimmung und Verfassung empfinden. Ich vertraue, Ihre Natur wird des Kokkengesindels Herr werden. Ich kenne sie auch.

Bei mir hatten die Staphylos sich die Augen ausgesucht und sie so blutig und trüb gemacht, daß sie kaum noch zu brauchen waren. Das hat man kuriert. Statt dessen nun hat eine entzündliche Infektion der Gehörgänge sich eingestellt, die so verschwollen waren, daß ich, an sehr feines Hören gewöhnt, mich fast mit Taubheit geschlagen fand. Ein äußerst deprimierender Zustand. Er ist durch umständliche und zeitraubende Behandlung gebessert, aber keineswegs behoben.

Überhaupt stellen körperliche und seelische Altersverdrießlichkeiten sich ein, Plagen und Müdigkeiten, gegen die nicht viel zu sagen ist, da sie ja die praktische Funktion haben, die Anhänglichkeit ans Leben allmählich zu lockern. Dazu können die äußeren Umstände, das Welttreiben, der Un- und Wahnsinn der ›großen Politik‹ nur beitragen, die einem nicht das Verlangen erregen, von Zukunft noch viel mitzumachen. Darüber sagen Sie in Ihrem Brief vom 6. Oktober manch kräftig Wörtchen und beziehen sich dabei auf die Schweiz. Aber alsob es nur die Schweiz wäre! Wenn Sie hier lebten, würde die Wut über so vieles, was auch hier ›im Namen der Demokratie geschieht‹, vielleicht noch ganz anders mit Ihnen durchgehen. Freilich sind die Verhältnisse hier sehr weit und vielumfassend, das Gute und Rechte ist *auch* da, und trotz einem ganz ansehnlichen Maß von Terror wird es immer wieder laut und mutig ausgesprochen, sogar von aktiven Generälen, sodaß man sich – wie gern! – immer wieder aus der Verzweiflung über all die Dummheit aufrichten läßt.

Wie ich nun einmal dastehe, kann ich mich den Aufforderungen, die Vernunft zu unterstützen, nicht immer entziehen, suche aber doch nach Möglichkeit bei meiner privaten Arbeit Zuflucht, mit der es ohnehin langsam genug vorwärts geht. Viel ist von mir nicht mehr zu erwarten und zu verlangen. Ich werde 75, und das Leben war kein Kinderspiel. Schließlich hat man ein Recht, müde zu sein.

Ich freue mich der Entwicklung Ihrer Janus-Bibliothek. Aber einen Band von mir wird Bermann kaum dafür freigeben. Das Manesse-Bändchen ärgert ihn schon gerade genug. Auch enthält dieses die besten Stücke, sodaß es für die Janus-Serie nicht recht ehrenvoll wäre, eine Nachlese von übrig gebliebenen alten Geschichtchen zu bringen.

Mit guten Wünschen für Ihre Gesundheit
Ihr ergebener
Thomas Mann.

Text No. 17
TB 23. 11. 1949, Anm. 4
Undatiertes Konzept eines Telegramms an den Schriftsteller-Friedens-Kongreß in Melbourne

Dem Congress of Writers for Peace in Melbourne sende ich meine herzlichen, kameradschaftlichen Grüße. Mit den australischen Kollegen bin ich der Überzeugung, daß die Unvermeidlichkeit des Krieges ein entsetzlicher Aberglaube ist, der überwunden werden muß. Nur im Frieden kann die Menschheit die Aufgaben erfüllen, die ihr heute gestellt sind, und der Ausbruch in den Krieg wäre eine lasterhafte Untat, die sie nicht nur ins tiefste Elend stürzen, sondern sie auch für immer [vernichten?] würde. Was immer ich, mein Ansehen als Schriftsteller benutzend, zur Politik gesagt habe, galt nur der Erhaltung des Friedens. Die Feindschaft, die man sich dadurch zuzieht, wird reichlich aufgewogen durch das Bewußtsein, mit den Besten über die ganze Welt hin im Einverständnis zu sein.

Text No. 18
TB 6. 1. 1950, Anm. 1
Zunächst als Botschaft konzipierte Rede vor dem Southern California Chapter des Council of the Arts, Sciences and Professions, am 14. 1. 1950

Dem heute Abend im Beverly Wilshire Hotel versammelten Southern California Chapter des Council of Arts, Sciences and Professions sende ich meine herzlichen Grüße nebst meinem aufrichtigen Dank für die außerordentliche Ehre, die mir der Council durch die Verleihung seines awards erweist. Ich habe in meinem langen Schriftstellerleben mit Recht oder Unrecht schon manche offizielle Auszeichnung entgegengenommen, in Europa und in Amerika; aber kaum je hat mir ein Preis eine solche Freude gemacht, wie dieser, der ausdrücklich mit der Idee des Friedens, der Freiheit und des menschlichen Fortschritts verbunden ist und mir bestätigt, daß ich im Dienste dieser Ideen mein Bestes getan habe.

Nicht Unordnung, Gewalt und Aufruhr sind es, die mir und Ihnen dabei vorschweben, sondern *Ordnung*: die Aufgabe einer neuen Ordnung der Welt und des Völkerlebens, diese Aufgabe, die heute der Menschheit gestellt ist, und die durch Blockbildung und kalten Krieg nicht gelöst werden kann. Diese, so finden wir, führen nur zum Mißbrauch der Moral und des Rechtes zu propagandistischen und selbstsüchtigen Zwecken. Die Idee einer nichts als antikommunistischen Ordnung der Welt ist nicht besser als die einer kommunistischen; sie ist sogar schlechter, weil sie rein negativ ist. Beide aber sind nur Ausflucht in eine gewaltsame Machtordnung und können nur in faschistischen und imperialistischen Formen verwirklicht werden. Für eine friedliche Ordnung einzutreten zwischen Osten und Westen, weil nur die Beendigung des kalten Krieges die internationale Atmosphäre entgiften und auf beiden Seiten zum Verzicht auf den Mißbrauch der Macht führen kann – das ist nicht Pro-Kommunismus. Aber auch der landläufige und sehr zur moralischen Verwilderung neigende Anti-Kommunismus ist damit abgelehnt, sofern er eben nichts weiter ist, als das, und für Ordnung alles nimmt, was nicht Kommunismus ist, auch wenn es außerdem das Letzte an sozialem Tiefstand, Korruption und feudalistischer Verkommenheit darstellt.

Der Gegensatz von Kommunismus und »Ordnung«, das ist ein schlechter, unbrauchbarer Gegensatz. Griechenland, Spanien, die südamerikanischen Diktaturen, Persien, Saudi-Arabien, das ist nicht Kommunismus, ganz und garnicht, aber Ordnung ist es ebenso wenig! Und ist denn etwa das Ideal des privatwirtschaftlichen Erwerbslebens, des Profits, der Konkurrenz und des wilden Kampfes um den besten Platz das letzte Wort göttlicher und menschlicher Ordnung?

Wenn Kommunismus Gewalt und Rechtlosigkeit heißt, Konzentrationslager, totalitäres Management der Kultur, bevormundete Kunst, die Bestimmung ihres Niveaus von unten her, nach dem Geschmack kleiner Leute, dann bin ich entschieden kein Kommunist, und ich kann nur hoffen, daß Terror und polizeiliche Gesinnungsspäherei nicht auch dort noch Sitte werden, wo man gegen die Methoden des Kommunismus moralisch wettert. Aber nicht gestern erst, sondern vor Jahrzehnten habe ich gesagt: »Die neue, die soziale Welt, die organisierte Einheits- und Planwelt, in der die Menschheit von untermenschlichen, unnotwendigen, das Ehrgefühl der Vernunft verletzenden Leiden befreit sein wird, – diese Welt wird kommen;

denn eine äußere und rationale Ordnung, die der erreichten Stufe des Menschengeistes gemäß ist, muß geschaffen sein, damit das Seelenhafte, Kultur und Kunst, erst wieder Lebensrecht und ein menschlich gutes Gewissen gewinnen können.« Wenn heute bei ganz ebensolchen Worten die gleichgeschaltete Wut der ganzen Atlantic Pact-Presse über mich herfällt, und Mensch und Werk dadurch für ewig entehrt und abgetan erklärt, so läßt mich das ziemlich ruhig, denn ich glaube nicht, daß sie bei der Nachwelt damit durchdringen wird.

[Es folgt der durch spitze Klammern markierte Passus aus Text No. 14, S. 679 bis 680]

Ich glaube, meine Freunde, daß wir in einer Zeitenwende leben, wie die Geschichte sie wiederholt gebracht hat: ich denke etwa an das Verbleichen und Hinsinken der antiken Kultur vor dem aufsteigenden Christentum; den Zusammenbruch des feudalen Ancien Régime durch die französische Revolution, oder auch den wenigstens partiellen Sieg des Protestantismus über die katholische Kirche im sechzehnten Jahrhundert. In allen diesen Fällen hatte der Kulturmensch nur allzu viel Grund, am Alten zu hängen und sich von den pöbelhaften Zügen des Neuen abgestoßen zu fühlen. War er klug und wohlmeinend, so erkannte er dennoch, was an dem Alten unmöglich geworden war und anerkannte, was unabwendbare Notwendigkeit war an dem Neuen.

Diese Haltung ist um so vernünftiger und ratsamer, als es sich nicht schlechthin um Sieg und Niederlage, sondern um einen dialektischen Prozeß handelt, der zum Ausgleich und zur Aufhebung der Polaritäten führt. Vielleicht beruht alles, was wir Fortschritt nennen, auf solchem Ausgleich unversöhnlich scheinender Gegensätze. Nicht zu unserer Lebenszeit, aber irgendwann einmal, mag sein schon in fünfzig Jahren, wird sich der jetzt zwischen Ost und West tobende sozio-ökonomische Konflikt aufgelöst und Befriedung gefunden haben. Wahrscheinlich wird sich dann zeigen, daß die Rezeption östlicher Ideen durch den Westen stärker war, als umgekehrt.

Zur Befriedung ist freilich *Friede* nötig. Wenn je der Krieg ein Mittel war, Konflikte zu lösen, heute ist er es bestimmt nicht mehr. Wer ihn ruft, ruft das Chaos. Aller Fortschritt, alle Hoffnung, alles Leben ist an den Frieden geknüpft. Darum wollen wir ihn heilig halten.

Text No. 19
TB 10. 2. 1950, Anm. 3
Telegramm an den National Council of the Arts, Sciences and Professions, New York City

To the National Council of the Arts, Sciences and Professions my very best wishes on the occasion of its special emergency meeting. This meeting will be addressed by men such as Harlow Shapley, Linus Pauling (please fill in other speakers), distinguished and loyal citizens all, and fully aware of the unthinkability of an atomic and hydrogenic world war. Nor does the country as a whole want for great minds convinced that everything must be done to avert an immeasurable catastrophe. That this should be so honors the nation. No other recent news moved me so deeply as did the proposal made by Senator MacMahon, ⟨Chairman of the Joint Congressional Committee on Atomic Energy – the proposal of a man forced day after day to live with his horrid knowledge of the forces to be unleashed in a future war, and driven by his insight and human conscience to decisions perhaps formerly alien to him. At first sight his assertion that we should find deliverance and peace by spending 50 billion Dollars on global economic recovery may seem fantastic. It is nothing of the kind but aims at the realisation of a policy called for even five years ago; a policy which Roosevelt, had he been granted life and good health would doubtless have pursued, und which another great American patriot, Fiorello La Guardia, – marked by death, he, too, – recommended with desperate urgency and left to his country's leaders as his last will and testament. 50 billion Dollars, according to Senator MacMahon, – a mere two thirds of what we are scheduled to invest in armaments during five short years – would most probably suffice to induce all recipients, including and especially Russia, not only to submit to the strictest atomic controls but also presently to cut by two thirds their respective defense budgets. The vast savings and economic blessings inherent in any such worldwide disarmament pact need hardly be stressed. But the Senator is only too right when stating that the successful execution of his plan would constitute the »cheapest monetary bargain in our history.«

But bargain or no bargain: the Russians have the A-bomb; they may well have the H-bomb, too; and all scientists agree that no defense exists against these powers of destruction which have nothing in common with anything man calls »weapons«. What, then, does one intend or even hope to do? Is the cold war to be waged ad infinitum – a venture which, if it were feasible, could not but lead to utter economic ruin and disaster? Or are we to plunge into the abyss of the atomic war which would either annihilate humanity or reduce it to a pre-human status? Common sense will reject both these alternatives as wholly impossible. What remains is the immediate endeavour to reach an understanding between East and West, an attempt the like of which neither side has ever as yet made in full earnest and sincerity.⟩

To Senators MacMahon and Tydings, perhaps the Congress' most earnest and sincere champions of reason and good will, the world owes a great debt of gratitude. May reason and good will of which tonight's gathering, too, is an impressive demonstration, at this late hour win the inevitable victory.

Thomas Mann

[Der in spitzen Klammern stehende Passus wurde wörtlich in Text No. 24, S. 693 übernommen.]

Text No. 20
TB 3. 3. 1950, Anm. 2
Message to students of the University of California, Los Angeles, in Sachen ›Loyalty Oath‹, 4. März 1950

Some time ago, in Berkeley, it was my pleasure to receive a delegation of students of the University of California who asked for my opinion regarding the Loyalty Oath. In discussing the matter with them I was moved by their deep and intelligent concern, as well as their firm determination to prevent – if at all possible – the oath from being forced upon their school. Rarely, if ever, I learned, had an issue aroused such passionate feelings; the campus was up in arms, and the proposed measure was to be fought to the last.

Months have past since but the good fight is still on. Once again I have been asked for my views – this time by students of the U.C.L.A.

To them and all those gathered to voice their protest I can but repeat what I told my young friends in Berkeley: your resistance honors you, your school and your country. That you should oppose the undemocratic humiliation planned for your teachers is both humanly commendable and politically important. Academic freedom is nothing to be tampered with lightly. It is one of the very pillars of Democracy and all that it means and stands for.

When was it that no one could either teach or study at the famed University of Paris who had not promised under oath to accept and spread the dogma of the Immaculate Conception? It was in 1497, way back in the dark ages. But is not the forced oath now under discussion sadly reminiscent of medieval days?

Here, then, is what I think of the proposed Loyalty Oath: Its actual enforcement would

(1.) constitute a threat to academic freedom, the rights of the individual, and American Democracy itself. It would

(2.) be detrimental to the dignity and self-respect of the American teaching profession as a whole whose loyalty we have no right to doubt.

(3.) and finally, however, it would not be capable of furnishing protection against any person or persons of doubtful loyalty. Since the constitution does not provide for this particular oath, nobody who lied while taking it under pressure could be persecuted for perjury.

To the meeting called by students of the U.C.L.A. in protest against the proposed Loyalty Oath go my heartfelt wishes for success.

Thomas Mann

Text No. 21
TB 15. 3. 1950, Anm. 1
Message to the Manhattan Division of the American Jewish Congress on the occasion of its protest meeting, April 18, 1950

I was glad, indeed, to hear about the public meeting on American Policy in Germany to be held at Town Hall in New York City on April 18, 1950. I was glad also to learn that a national figure of the stature of Senator Guy M. Gillette is to address the gathering. Hardly need I say that both, as one born in Germany, and as an American citizen, I sincerely share the anxiety which prompted this demonstration to be staged. The Jewish people here and elsewhere are only too right when viewing with deep alarm the present situation in Germany, the resurgence of Nazism, the rise of antisemitism, the shocking failure of »reeducation« and the immunity enjoyed by the greater part of the criminally guilty. This anxiety, however, should not be limited to the Jews. Humanity as a whole has ample reason to dread the turn which developments in Germany have taken once more. These developments are burdened with, and largely conditioned by, the calamitous conflict between the East and West, the U.S.S.R. and the U.S. – a conflict fraught with extreme danger. Evidently, the old powers, seemingly vanquished in 1945, would not have regained so much of their former influence in Germany; nor would along with nationalism and neo-Nazism, antisemitism have come menacingly to rear its ugly head again, had it not been for our notion that the threat from the East could best be met with the help of precisely these forces – an erroneous notion which, unless swiftly corrected, will cost us dearly.

In the first place it causes us to betray the better elements in Germany, all those sincerely longing for peace and democracy, and whose authority we undermine by favoring their fascist adversaries. That these in turn cannot be trusted, and that neither their good faith nor their devotion to our cause may be relied upon is a tragic matter of record.

Secondly, however, it is a fatal mistake to believe that we should be able in Germany and other countries to aid and abet fascism without, by doing so, imperiling freedom and democracy at home. Even today all too many a sign points to such perils, and the growth of antisemitism in America which no seasoned observer could possibly overlook constitutes one of these symptoms.

To all those gathered at Town Hall on April 18th go my congratulations on their decision militantly to oppose the re-Nazification of Germany, as well as my heartfelt wishes for success.

Thomas Mann.

Text No. 22
TB 9. 4. 1950, Anm. 3
Hommage à Harlow Shapley, o. D.

Ladies and gentlemen, –

although some weeks ago, I endeavoured in a written message to convey the feelings of admiration and high esteem I harbor for Dr. Harlow Shapley, I wished to be with you tonight to express these feelings in person and to stand up for them, as it were. At this moment, when Dr. Shapley tenders his resignation as President of the National Council of the Arts, Sciences and Professions, we have come together to assure him of our profound gratitude for his sacrifices of time and strength in the service of the cause that we all deem our very own – the cause of peace. Unhappily, there is a widespread tendency in this country to consider everyone a communist who speaks in favor of peace. But nothing could be more dangerously erroneous than to identify the cause of peace with that of communism. And the personality of Harlow Shapley – his admirable poise, courage and unflinching spirit strikingly demonstrate that the idea of peace is by no means the exclusive property of any one political creed. How could it possibly be, when every seeing eye, every heart beating for humanity conceives what another world war would mean – namely the ultimate degradation of man, his plunge into subhuman misery, a disaster without any reference to victory or defeat, except the total, all-embracing defeat of mankind.

By this insight Harlow Shapley is pervaded. And if his sense of duty to his science now compells the great scholar to lay down part of the burdens connected with his practical, administrative work for our organisation, he will fortunately yet remain the Council's guiding spirit in its defense of, and fight for a peaceful and truly democratic America.

My friends, it is with gladness and deep satisfaction that I join you tonight in paying homage to Harlow Shapley.

Thomas Mann

Text No. 23
TB 23. 4. 1950, Anm. 3
Brief an Albert Theile
Chicago, 23. 4. 1950

Sehr verehrter Herr Theile,

meine Lebensumstände auf dieser Reise erlauben mir nur ein unzulängliches Eingehen auf Ihre so interessanten Nachrichten, die eintrafen, als ich mich schon für die ziemlich weit führende Fahrt fertig zu machen hatte.

Vor allen Dingen war ich beeindruckt von dem Prospekt der »*Bücherbriefe*«. Keinen Augenblick wundere ich mich über die Aufmerksamkeit, die Neugier, den Beifall, die dieser vorzüglich erdachte Plan erweckt. Aufrichtig wünsche ich Ihnen Glück zu dem Unternehmen, das sicher einem Bedürfnis entspricht, und habe keinen Zweifel, dass Sie mit Ihrem Stabe hervorragender Mitarbeiter es zum Erfolg führen werden.

Sehr natürlich und erfreulich verbindet sich mit der Einrichtung der »Bücherbriefe« die Idee der Ausstellung »El Libro Alemán de Hoy«. Auch dazu all meine guten Wünsche! Es ist schön und generös, dass die Staatsuniversität von Santiago ihre Räume dafür zur Verfügung stellt.

Auch diesmal noch nicht geht mein Reisen in die Richtung, die ich ihm so gern einmal zu geben wünschte, nämlich nach Chile und Brasilien. Es ist Schicksal, dass immer wieder, wenn ich mich in Bewegung setze, Europa das Ziel ist. Diesmal soll ich (ich weiss nicht recht, warum) in Paris sein, wenn Anfang Mai die französische Ausgabe des »Doktor Faustus« erscheint, und den grösseren Teil des Sommers wollen wir dann in der Schweiz verbringen, dem Land, wo ich die ersten fünf Jahre meiner Emigrantenzeit verbrachte, und an dem ich hänge. Nach solcher Reisediversion heisst es dann wieder eine Weile sich still halten und noch etwas vor sich zu bringen suchen. Aber Süd-Amerika bleibt ein Wunschtraum, den das Leben mir doch noch einmal erfüllen möge. Oft fühlt man sich alt und vernutzt; aber merkwürdig, wenn es gilt, stellt man immer noch seinen Mann.

Sie und Ihre Leser bitte ich, diese geringen Zeilen als eine Abschlagzahlung zu nehmen auf den persönlichen Besuch. Meine herzlichen Wünsche den Wohlwollenden, den Freunden in Ihrem Lande!

Ihr ergebener
Thomas Mann

Text No. 24
TB 30. 4. 1950, Anm. 3
Message to the Mid-Century Conference for Peace, o. D.

It is very much to my regret that obligations in Europe prevent me from being with you tonight. And I deem it both an honor and a duty at least to record the message which I should have wished personally to deliver to the Mid-Century Conference for Peace.

This conference – as one of whose initiating sponsors I am proud to figure – is symptomatic of the burning interest which leading Americans have come to take in the problem of peace – a problem the solution of which constitutes an absolute and immediate MUST. The many distinguished citizens – clergymen and educators most of them, and loyal patriots all – who issued the conference call and agreed to sponsor the venture are pervaded by the utter impermissibility of an atomic and hydrogenic war.

Nor does the country as a whole want for great minds convinced that everything must be done to avert an immeasurable catastrophe. There is, for instance, the proposal made by Senator MacMahon,
[Es folgt der durch spitze Klammern markierte Abschnitt aus Text No. 19, S. 687–688]

The instrumentality through which such an understanding may be sought and arrived at, exists. Tragically, but by no means irrevocably disunited, the United Nations are operating, and it is within the framework of that great organisation that peace must be achieved.

At heart, are not all parties concerned with mankind and its welfare rather than with its doom? Who would deny the spirit of humanity to the Russian people? And as for communism of which we rightly want no part in our own country but which is not without roots in Russia, – why, it was only yesterday that Western democracy, fighting for its life, stood shoulder to shoulder with Russian communism in the war against that callow aping of Bolshevism, that vicious pseudo revolution of our times which sought and was so close to winning world dominion – Nazi-Fascism. Today there is a widespread belief that the last memories of that yesterday must be stamped out as treasonable. But I hold that – on the contrary – precisely such memories would be capable of helping us save our planet from innihilation.

No one is able to envision the full picture of the hot war. That of the cold war we have before our eyes, and we see that it destroys what it seeks to preserve – democracy. For democracy succumbs to the temptation of driving out the devil with Beelzebub, to take Fascism as a comrade-in-arms, to support it and nurture it back to stature – and that you cannot do [so] in Germany or anywhere in the world without falling victim to the profane spirit of Fascism at home.

From the depths of the human breast there rises today the cry: »Peace, for God's sake, peace!« America and Russia, these two good-natured giants, how much they have really in common. Their very greatness makes for kinship between them – the speciousness of their life which in turn creates a special relationship to time, a certain lavishness in husbanding it. They have time, they take their time – I have never yet seen an impatient American, nor a Russian who had lost his patience. There is much that is curiously akin between the Russian and the American people – above all an innate openness and affability, an absence of reserve in human intercourse, a certain primitive spirit of exuberance, in matters of drink and love, – traits and qualities that enabled our G.I.s to get on excellently with their Russian counterparts whenever the war brought them together.

Ivan and Sam or Jim do not want to leap at each other's throats, just because the constitutions of their countries diverge. Ivan, it is true, has not thus far seemed particularly eager to strengthen the United Nations and to prove, rather than merely to allege, the feasibility of a peaceful co-existence of the American and the Soviet social systems. But then, at Lake Success, Russia found – and still finds – herself confronted by a power combination in the face of whose fixed numerical superiority she seems to deem the veto her only means of defense. Besides, America, the world's oldest democracy, may be expected to be more mature, politically, than a mere newcomer such as the Soviet Union, who is still in a state of transition and experiment, and whose short history was hardly suited to imbue her with a sense of security. Also, the United States is infinitely richer than Russia, and while the latter, having born the brunt of the German onslaught, emerged from World War Two a ravaged battleground, America was happily left unharmed.

May this powerful country rise to a moral boldness in keeping with her strength, may she seize the initiative to call a universal peace conference, at which not only would an end be put to the pernicious armament race, but a plan would be conceived – in the clearly understood national interest of all countries, including America – a plan for the *comprehensive financing of peace,* for the consolidation of all the economic resources of the nations, to the end of administering the world in common, of distributing its goods in such a way, that wretched poverty and needless suffering for which man rather than God is responsible shall be abolished. And not until Russia scorned such world planning would the proof be manifest that Russia does not want peace, a proof now taken for granted with much prematurity.

To the Mid-Century Conference for Peace and all those gathered in Chicago in the evening of May 29th go my ardent wishes for the greatest possible measure of success.

Text No. 25
TB 21. 7. 1950, Anm. 2
Brief nach Weimar zur 700-Jahr-Feier der Stadt
St. Moritz, 1. 8. 1950

Lieber Herr Oberbürgermeister,

bitte glauben Sie an meine herzliche Empfänglichkeit für Ihre Einladung zu den Weimarer Jubiläumsfestlichkeiten, die, wie Sie mir sagen, nicht nur persönlich gemeint ist, sondern mit dem Wunsch breiter Bevölkerungskreise übereinstimmt. Wie sollte mich das nicht freuen! Aber meine Rückkehr in mein kalifornisches Heim ist nach mehr als vierteljähriger Abwesenheit überfällig; sie hat sich durch eine ernste Operation, der meine Frau sich unterziehen musste, und die uns recht schwere Tage bereitete, so verzögert, und zur Zeit des Festes werde ich schon wieder in Amerika, mindestens aber unterwegs dorthin sein. Alle Reservationen für die Heimreise sind gemacht.

Desto mehr liegt mir ein Grusswort für die geplante Festschrift, möge es noch so kurz sein, am Herzen. Siebenhundert Jahre! Diese tiefe Lebensperspektive macht gerade demjenigen, der in der vergleichsweise jugendlichen Atmosphäre der United States drüben zuhause ist, gewaltigen, rührenden Eindruck, besonders noch dem »American citizen«, der sich mit Stolz zugleich als Ehrenbürger Weimars fühlt, – eine Eigenschaft, die ich meiner durchaus unvergesslichen Reise nach Weimar im vorigen Jahr, im Goethe-Jahr, verdanke.

Dieser Besuch hat mir viel Tadel und Schmähung eingetragen, und doch war es mir das natürlichste Ding von der Welt, neben Frankfurt, der Geburtsstadt des herrlichen Deutschen, der auch auf meine Existenz eine so prägende Wirkung geübt hat, auch Weimar, wo er sein grosses Leben verbrachte, meine Ehrerbietung zu erweisen, – unbekümmert um eine von der politischen Geschichte herbeigeführte Zonen-Teilung Deutschlands, die der Natur der Dinge nach ewig nicht dauern kann.

Die Vereinigung der amerikanischen Staatszugehörigkeit mit dem Weimarischen Ehrenbürgertum in meiner Person ist mir wert und bedeutend. Ihr entspricht die Haltung, die ich in dem gegenwärtigen, furchtbar bedrohlichen Weltkonflikt einnehme, und die zum Ärger Vieler, aber auch unter der Zustimmung kluger, gutwilliger Menschen, auf Verständnis, Ausgleich, friedliche Nutzung der Zeit gerichtet ist.

Davon ist in einem Vortrag die Rede, den ich kürzlich in Amerika, in Schweden und in der Schweiz gehalten habe, und der eben unter dem Titel »Meine Zeit« im S. Fischer Verlag als Broschüre erschienen ist. Es sei mir erlaubt, bei dieser Gelegenheit darauf hinzuweisen. Er zeigt mich als den Sohn des bürgerlichen Zeitalters, der ich bin, als einen Liebhaber der Tradition, in dessen Werk diese Liebe freilich nur noch auf eine gebrochene und parodistische Weise zum Ausdruck kommt, und zugleich als einen zukunftswilligen Geist, dessen ahnende Sympathie mit dem Kommenden, Werdenden sich nicht ganz verschrecken und niederhalten lässt durch verwirrende Züge, die es noch aufweist.

Oft, wenn ich von der Welteroberung durch das Christentum, das Wachstum der römischen Kirche lese, drängt sich mir fast wider

Willen und unter hundert unterscheidenden Vorbehalten die Parallele auf zwischen diesem historischen Geschehen und der kommunistischen Weltbewegung. Man macht sich kaum noch einen Begriff davon, mit welchem Ekel und Grauen, welcher Furcht und Verachtung der Angehörige antiker Bildung damals auf das um sich greifende Nazarenertum blickte. Ich lasse ausser Acht, dass man vieles vom Überleben jener Bildung gerade dem christlichen Mönchstum, den Benediktinern etwa, verdankt. Aber es ist fast unmöglich, die Verwandtschaft des »bürgerlichen« Entsetzens von damals mit dem unsrigen zu verkennen.

Den Weltzwiespalt, der die Menschheit mit Verwilderung bedroht, müssen beide Teile zu mildern und zu entgiften suchen. Das westliche Bürgertum, dem ich überlieferungsweise angehöre, darf sich nicht verstocken gegen unaufhaltsame, von der Idee der Gerechtigkeit selbst bestimmte Wandlungen des sozialen Lebens; es darf sich nicht blind machen gegen Veränderungen im Bilde der Wahrheit, muss das Problem der Freiheit neu durchdenken, nicht an Zuständen krampfhaft festhalten wollen, über die der Weltgeist mit uns hinauswill und auf keinen Fall Schutz suchen beim Schlechtesten, beim Faschismus. Der Kommunismus seinerseits muss viel Böses, das ebenfalls krampfhafter Art ist, viel dem Rechtssinn Unerträgliches abstossen und dem jesuitischen Glauben entsagen an die Rechtfertigung jedes Mittels durch den Zweck, um weltmöglich zu werden. Nur so ist der Friede zu retten, in dem allein die Völker ihre Pflichten erfüllen können, und nur so die Menschheit vor tiefster Erniedrigung zu bewahren.

Dem weit zurückblickenden Weimar wünsche ich Glück zu seinem historischen Fest und Glück und Gedeihen für alle Zukunft.

Mit besten Grüssen bin ich, lieber Herr Oberbürgermeister,
Ihr ergebener
Thomas Mann

Text No. 26
TB 8. 8. 1950, Anm. 1
Brief an Enzo Paci
St. Moritz-Suvretta, 8. 8. 1950

Sehr geehrter Herr Paci,

ich bin im Besitz Ihres freundlichen Briefes und Ihres Buches ›Esistenza ed Immagine‹. Die Nachricht von der Zeitschrift, deren Herausgabe Sie vorbereiten, hat mich nicht wenig interessiert. Es ist das entschieden ein Wagnis unter den heutigen Verhältnissen, aber ein sehr dankenswertes, dem man von Herzen Erfolg wünscht.

Was Ihr Buch betrifft, so kann ich die umfassende Kenntnis moderner europäischer literarischer Strömungen und Individualitäten, die sich darin bekundet, nicht genug bewundern. Sie hat etwas Beschämendes für mich, dessen Umsicht und Bereitwilligkeit zur Kenntnisnahme, namentlich wo es sich um fremdsprachiges Gut handelt, soviel geringer sind, – was freilich nichts besagt gegen den inneren Zusammenhang, der zwischen meiner eigenen Produktion und dieser ganzen, von Ihnen kritisch so vollkommen beherrschten Welt bestehen mag. Joyce zum Beispiel ist mir auf direktem Wege unzugänglich. Aber *über* ihn habe ich auf englisch manches gelesen, was mir das Gefühl einer gewissen künstlerischen Schicksalsverwandtschaft gegeben hat. Die Josephsgeschichten sind dem ›Ulysses‹ nicht so fern, wie man wegen ihrer konservativeren Mittel, ihrer stärkeren Traditionsgebundenheit und darum ihrer leichteren Lesbarkeit glauben sollte.

Ich brauche nicht zu sagen, daß ich Ihnen für die tiefen und feinen Einsichten Ihrer beiden Aufsätze über mein Verhältnis zur Musik und Philosophie aufrichtig dankbar bin. Es hatte beim Lesen etwas Beglückendes für mich, daß in Italien so klug-eindringliche Gedanken über meine geistige Existenz verbreitet werden. Zweifellos hätten Sie über den ›Faustus‹, wenn er schon vorhanden gewesen wäre, ebenso Gutes und Treffendes zu sagen gewußt – Besseres, als ich auf Ihren Fragebogen darüber zu antworten weiß. Ich kann mich auf seine einzelnen Punkte garnicht einlassen, zumal da ich den Sinn einiger dieser Fragen kaum verstehe. Halten wir vor allem fest, daß es sich bei diesem sonderbaren Buch, mit dem ein Cirkel sich schließt, welcher mit ›Buddenbrooks‹ begann, – daß es sich dabei um eine

Dichtung handelt, die also gedanklich schwer aufzulösen, und aus der kaum ein reinliches philosophisches Praeparat herzustellen ist.

Zürich, den 12. Aug.

Ich wurde durch den Ortswechsel unterbrochen, und da die Reise weitergeht, muß ich mich kurz fassen.

Die früheste Idee zum ›Faustus‹ war die des Trachtens eines von Frigidität und Sterilität bedrohten Künstlertums nach *Enthemmung*. Der dazu notwendige steigernde Rausch (der Gedanke der ›Steigerung‹ stammt schon aus dem ›Zauberberg‹) stellte sich mir sogleich als Bund mit dem Teufel dar. Die ›Hemmung‹, versteht sich, war intellektueller Art. Es handelte sich um einen Künstlertyp, der für die Kunst eigentlich *zu klug* ist, wie das in dem Brief am klarsten gezeigt ist, den Adrian aus Halle an seinen Lehrer Kretzschmar nach Leipzig schreibt, und worin seine Anlage zum ›Lachen‹ sich nicht nur als Scharfblick dafür äußert, ›wie es gemacht wird‹, sondern auch in der eingestandenen Neigung, alle Kunst nur noch als Parodie ihrerselbst zu empfinden.

Hier gewinnt die intellektuelle Hemmung überpersönliche Bedeutung; das Individuelle wird zur Charakteristik der *Epoche*. Es geht um die Erschöpftheit und Verbrauchtheit der Kunstmittel, die Sackgasse, in der ein scharfer Intellekt die Kunst, voran die Musik, heute sieht, die Krisis, in der nicht nur sie, sondern die ganze Kultur sich befindet, die große Ratlosigkeit einer Welt, in der ›alles zu schwer worden‹, und der die Versuchung, sich dem Teufel zu verschreiben, sehr nahe liegt, um zum ›Durchbruch‹ zu gelangen.

Die Entstehungszeit des Romans brachte die Erweiterung der Grundidee ins *Politische* mit sich. Der zur Enthemmung benötigte Rausch ist nun die fascistische Völker-Intoxikation, und Adrians Schicksal wird weitgehend zum Schicksal Deutschlands – wie ja von Anfang an das Deutschtum des Romans sehr stark (fast wie in den ›Meistersingern‹) aufgetragen ist und das Buch sozusagen immer mit einem Fuß im deutschen 16. Jahrhundert steht. Es lehnt sich in vielen Einzelheiten (der ›geschwinde Kopf‹ Adrians, die ›Oratio ad studiosos‹ etc.) an das deutsche Volksbuch vom ›Dr. Faust‹ und spielt darauf an. Sprachlich wird in der Episode von der Epiphanie und dem Tode des Kindes Echo hinter das Luther-Deutsch ins Mittelhochdeutsche zurückgegangen, um die Perspektive zu vertiefen.

Bei alledem sehe ich es nicht gern, wenn man Adrian L. allzu bündig als Allegorie für Deutschland nimmt. Dazu ist er doch zu sehr Individuum, wenn auch ein repräsentatives, ein ›Held unserer Zeit‹, ein Mensch, der das Leid der Epoche trägt. Freilich ist auch *Nietzsche* ein Stück deutsches Schicksal, und der Roman ist ja zum guten Teil ein Nietzsche-Roman. Die übernommenen, aufmontierten, *citierten* Einzelheiten liegen auf der Hand. Die ganze Idee des ›Durchbruchs‹ mit Teufelshilfe, i. e. mit Hilfe der Infektion, der genialisierenden Krankheit, entstammt der Nietzsche-Legende.

Daß aber auch in der Definition als Nietzsche-Roman das Wesen des Buches nicht aufgeht, liegt an seinem Charakter als autobiographische Dichtung, als religiös tief aufgewühltes Bekenntniswerk, das mich beinahe das Leben gekostet hätte, – wobei nun wieder die stark übertragene Autobiographik auf mystifizierende Weise kompliziert wird durch die Zweiteilung des Autors in den Helden und den Erzähler, die sehr verschiedene Leute und doch derselbe sind. Sie haben sehr recht, zu sagen, daß Zeitbloms Humanismus nicht so ganz der meine ist. Manches davon ist schlechthin *Komik*, – wie denn der Humorist in mir es war, der auf den Trick verfiel, das Dämonische durch ein völlig undämonisches Medium gehen zu lassen, es durch einen rührend erschütterten Gymnasiallehrer vortragen zu lassen.

Tatsächlich bin ich Humorist auch noch in diesem düstersten Buch, dessen Pessimismus von der Zeit erzwungen, und dessen Anti-Humanismus *Schmerz* ist um das Irregehen und das Verderben des Homo Dei. Oder, wie es wiederholt in Strindbergs ›Traumspiel‹ heißt: ›Es ist schade um den Menschen!‹

Genug. Will sagen: zuviel und zu wenig. Entschuldigen Sie das Zuviel und nehmen Sie vorlieb mit dem Zu wenig! Dank für Ihre geistige Anteilnahme und wärmste Wünsche für das Gelingen und Gedeihen von ›Aut – aut‹!

Ihr ergebener
Thomas Mann

Text No. 27
TB 13. 10. 1950, Anm. 5
Brief an Professor Frédéric Joliot-Curie, Paris
Pacific Palisades, 2. 11. 1950

My dear Professor Joliot-Curie:

I received your letter as well as the »Motion adressée au Conseil de Securité« of the Bureau du »Comité Mondial des Partisans de la Paix«, and can only express to you my respectful sympathy with your and your collaborators' high-minded efforts on behalf of the preservation of the peace. In this endeavour you have allies in the whole world, and certainly also in America. For the American people do not want war. A strong opposition of intellectuals, clerics, scientists and writers is fighting against the influence of groups who, in their delusion, are steering toward a war that would have no victor, and the President is flooded with letters and telegrams urging him to leave nothing undone in order to come to an agreement with the Soviet Union.

I may say for myself that I did not entirely neglect my duties as a human being. This last summer I held a lecture in Chicago, New York, Stockholm and Zürich in which – while keeping my distance from the to me foreign world of totalitarianism – I emphasized the many similar features linking the two great nations of the east and west, and in which I acknowledged the Russian Revolution of 1917 as a historical event of the same importance as the French Revolution of 1789 and the American War of Independence. In the same speech, I openly asked America to put an end to the Cold War, to call a general peace conference, and to use its vast natural resources for the financing of the peace, »for the consolidation of all the economic energies of the nations, to the end of administering the world in common, of distributing its goods in such a way that wretched poverty and famine shall vanish from the face of the earth, that needless suffering for which man rather than God is responsible, shall be abolished.«

This lecture was received with great warmth wherever I held it. In German it was published as a brochure by S. Fischer Publishing House, Frankfurt, and in English, quite remarkably, in the Centennial Issue of Harper's Magazine.

This may show you that, though it is not possible for me to travel around and talk at Congresses, I have certainly not been locking myself up in an ivory tower. Hand in hand with my literary work always goes the effort »d'empêcher le déclenchement d'un épouvantable fléau«. You may also see from the above that such efforts by an independent writer – even though they are made individually, single-handedly and without any connection to a propaganda displeasing to this country – are by no means impossible here.

With all good wishes and the expression of my respect,
Sincerely yours
Thomas Mann.

Text No. 28
TB 23. 11. 1950, Anm. 1
Handschriftlicher Entwurf eines Briefes nach Tokio

Dear Sirs,

mit Ihrem Brief und den guten Nachrichten, die er mir bringt, haben Sie mir eine wahre Freude gemacht. Ich danke Ihnen, daß Sie mich so liebenswürdig in Ihre Pläne einweihen und beglückwünsche Sie zu diesen von Herzen.

Dieses festliche Konzert, mit dem Sie, unter dem Patronat höchster japanischer Amtsstellen und der kulturellen Spitzen der Hauptstadt und des Landes, die Verdienste ehren wollen, die mein Schwager Klaus Pringsheim in langjähriger Arbeit um das japanische Musikleben und um die Kenntnis und Geltung japanischer Musik in der übrigen Welt erworben hat, ist ein sehr schöner Gedanke, und ich brauche Ihnen nicht zu sagen, daß ich der Veranstaltung volles Gelingen wünsche, – ein Gelingen, an dem ich bei der großen Anzahl vorzüglicher Kräfte, die sich der guten Sache zur Verfügung stellen, keinen Augenblick zweifle.

Ich weiß, daß es Professor Pringsheim, der mir nicht nur ein lieber Verwandter ist, sondern in dem ich auch einen Musiker von hohen Graden schätze, besonders freuen wird, zu hören, daß alle bei dem Konzert Mitwirkenden ihr Talent und ihre Zeit ohne Vergütung zur Verfügung stellen werden, und daß der gesamte Ertrag wohltätigen

Zwecken dienen soll. Mit Recht heben Sie anerkennend hervor, daß Pringsheim zur Zeit des großen Erdbebens im südlichen Japan, sich hier aus allen Kräften für eine Aktion zur Linderung der Leiden der von der Naturkatastrophe Betroffenen eingesetzt hat. Das möge Ihnen zeigen, daß er, als die Umstände ihn zwangen, Japan zu verlassen, sein Herz in Ihrem Lande gelassen hat. Seine Dirigenten- und Lehrtätigkeit hier an der Westküste Amerikas hindert ihn nicht, an einem Buch über die Geschichte Japans zu arbeiten, das zunächst in deutscher Sprache erscheinen soll, aber gewiß bald auch ins Englische übersetzt werden wird. Oft bitte ich ihn, uns im Familienkreise daraus vorzulesen, und staune über eine im ganzen Westen vielleicht einzig dastehende Vertrautheit mit der Kultur und den ältesten wie neueren Entwicklungen und Geschicken Ihres Landes, die daraus spricht.

Kurz, er ist der Ihre geblieben, und ich glaube, Sie und ich teilen den Wunsch, daß er, der durch seinen japanisch verheirateten Sohn bei Ihnen zu Hause geblieben ist, eines Tages wieder persönlich unter Ihnen leben und wirken möge.

Sincerely yours

Text No. 29
TB 2. 12. 1950, Anm. 2
Botschaft zum fünfzigjährigen Bestehen des Nobel-Preis-Instituts, Stockholm
Pacific Palisades, 2. 12. 1950

Erlauben Sie mir, meinem aufrichtigen Bedauern darüber Ausdruck zu geben, daß ich es mir versagen muß, nach Stockholm zu kommen, um teilzunehmen an der festlichen Begehung des fünfzigjährigen Jubiläums der Nobelpreis-Institution. Viele Empfänger dieser hohen europäischen Ehrung werden sich dazu einfinden, und gern wäre ich unter ihnen. Aber erst vor Kurzem bin ich von einem monatelangen Besuch des alten Kontinents, bei dem ich auch Schweden wiedersehen, auch in Stockholm und Lund wieder einkehren durfte, zurückgekehrt, und meine Jahre nebst dem dringenden Bedürfnis, mich jetzt für längere Zeit ruhiger Arbeit zu widmen, erlauben mir nicht, die weite Reise schon wieder anzutreten.

Im Geiste nehme ich teil an der feierlichen Zusammenkunft und gedenke des nun schon einundzwanzig Jahre zurückliegenden Tages, an dem ich aus der Hand des verewigten Königs Gustav das Diplom des Nobel-Preises für Literatur empfing. Dies schön und sinnig ausgestattete Dokument befindet sich zur Zeit in der Bibliothek der Yale-University, New Haven, wo es als Glanzstück einer meinem Lebenswerk gewidmeten Ausstellung die Augen aller Besucher auf sich zieht.

In meinem Alter rundet sich so manche Jahreszahl, kommt so mancher Gedenktag heran. Es sind fünfzig Jahre, daß mein jugendlicher, von skandinavischer Literatur stark beeinflußter Familien-Roman »Buddenbrooks« erschien, für den mir in erster Linie der Literaturpreis von 1929 zugesprochen wurde; und nur vier Jahre noch, so werde ich, wenn ich lebe, mein privates fünfundzwanzigjähriges Nobelpreis-Jubiläum begehen können. Möchte es sich fügen, daß ich im Jahre 1954 Schweden und seine herrliche Hauptstadt wieder besuchen kann!

Daß ich dieses Jahr fehlen muß, ist betrüblich. Aber mit denen, die festlich versammelt sein werden, empfinde ich sehr stark die moralische Würde und die weltweite kulturelle Bedeutung des Richter- und Belohnungsamtes, das Schweden durch das Vermächtnis eines vor dem Geiste ehrfürchtigen reichen Industriellen zuteil geworden ist. Es gibt fast in jedem Lande [Preise] zur Ehrung und Förderung von Wissenschaft und Kunst; aber die Bestimmung aller ist national begrenzt. Nur die Verwalter des Nobel-Preises sind zu universeller Umschau verpflichtet, und so hat ihr Votum eine Resonanz, die diejenige jeder anderen Auszeichnung für geistige Verdienste weit übertrifft. Das gewaltige Renomee des Preises ist nicht ohne humoristischen Einschlag. Selbstverständlich hat es auch mit der ungewöhnlichen Höhe der Geldsumme zu tun, die sein materieller Teil ist. Aber hinzu kommt der Name, der nach dem seines Stifters lautet und meistens falsch, das heißt auf der ersten Silbe betont und als Noble oder Nobel verstanden wird, also als etwas sehr Vornehmes, – ein populäres Mißverständnis, wenn auch kein Irrtum.

Die Empfänger bilden – ich bitte um Entschuldigung – wirklich eine Art von geistiger Welt-Aristokratie, nämlich dank dem Verantwortungsbewußtsein der Männer, die die Schwedische Akademie zu Preisrichtern eingesetzt hat, und die wohl wissen, daß Macht Verantwortung bedeutet. Dies Comité ist gleich einer Warte, von der gute, der Humanität zuträgliche Taten, Wahrheitsfunde und dichterische Lebensergebnisse mit weitem Blick über die ganze gesittete Welt hin gesichtet, gewürdigt und abgewogen werden. Es ist wahr, daß das Collegium, wenigstens in der Frühzeit seines Bestehens – und wenigstens was die Dichtung betrifft – an manchem Großen vorbeigesehen hat, was inzwischen noch weit größer geworden ist, als es schon damals war. Aber man darf sagen, daß es nie eine Wahl getroffen hat, der das kulturelle Gewissen der Menschheit nicht zugestimmt hätte.

Der Schwedischen Akademie, dem Nobelpreis-Comité und den versammelten Preisträgern sende ich meine herzlichen Glückwünsche.

Text No. 30
TB 18. 12. 1950, Anm. 2
Neujahrsbotschaft nach Japan für die Zeitung ›Asahi-Shin-Bun‹

Geehrte Herren,

ich bin Ihnen sehr dankbar, daß Sie mir Gelegenheit geben, den Lesern Ihres Blattes, die einen so großen Teil des japanischen Publikums ausmachen, wieder einmal meine herzlichen Glückwünsche zum Neuen Jahr darzubringen.

Seit ich Ihnen zuletzt schrieb – über die Rolle schrieb, die Japan in der Phantasie und Bildung des Europäers spielt, – hat sich mein persönliches Verhältnis zu Ihrem Lande eher noch vertieft und befestigt. Es beruht ja nicht nur auf familiären Beziehungen, sondern stellt sich dar als ein geistiger Austausch, an dessen zunehmender Lebhaftigkeit ich große Freude habe. Viele meiner Schriften, seien sie erzählender oder untersuchender und bekennender Natur, sind in den letzten Jahren in japanischer Sprache erschienen, und viele Briefe namentlich von jungen Menschen in Japan erreichen mich als Ausdruck eines Vertrauens, von dem ich nicht recht weiß, wie ich es verdient habe, das mir aber zu wertvoll ist, als daß ich es je enttäuschen möchte.

Jene Briefe sprechen oft eine ergreifende Sprache, – die Sprache von Menschen, die in Not sind, weil sie nicht mehr wissen, was sie denken sollen. Japan hat aus den Fehlern und Leiden seiner Vergangenheit gelernt. Es hat dem Glauben an Krieg und Eroberung abgeschworen und wünscht als ein aufrichtig kooperatives Glied der menschlichen Gesellschaft dem Frieden, dem sozialen Fortschritt und der Gesittung zu dienen. Das ist es, was man von ihm verlangt hat, was es selbst heute von sich verlangt. Die Verwirrung aber, unter der seine beste Jugend leidet, entstammt dem chockierenden Gefühl, daß unter dem Einfluß einer unglückseligen Weltkonstellation das Land seinen neuen moralischen Errungenschaften wieder abwendig gemacht und zum alten Glauben, zum Glauben an die Waffen zurückerzogen werden soll.

Was kann es seelisch Verstörenderes geben, als wenn der Mensch nicht mehr weiß, was seine Pflicht ist – was er unter Pflicht zu verstehen hat? Aber Japan weiß es im Grunde, und ich weiß es mit ihm. Wir wissen, und jeder geistig Lebendige weiß es, daß *Friede* der eine, große, kategorische Befehl ist, der heute vom Weltgeiste an die Menschheit ergeht; daß nur im Frieden die Völker die ihnen gestellten geschichtlichen Aufgaben erfüllen können, und daß der Krieg nichts wäre als ein Sich Drücken von diesen Aufgaben, das Hinter-die-Schule-laufen eines liederlichen Knaben.

Ungeachtet aller ideologischen und von Machtpolitik bestimmten Zerrissenheit der Menschheit ist es ganz sicher, daß ihre eigentliche, innerste Tendenz auf Vereinigung, auf Universalismus gerichtet ist. Ich spreche nicht gern von »abendländischer Kultur«, deren »heiligste Güter«, wie der arme Wilhelm II sagte, gegen den Andrang des »Ostens« verteidigt werden müßten. Denn ich bin überzeugt, daß die Zukunft einer Menschheitscivilisation gehört, deren politischer Ausdruck die heute noch als Utopie erscheinende Weltregierung sein wird. Welche Zänkereien auch die Lüfte erfüllen, und wie die Machtgruppen gegen einander die Fäuste schütteln, – was wirklich auf der Tagesordnung steht, ist die gemeinsame Verwaltung der Erde und dessen, was sie durch menschliche Arbeit spendet; es ist die Beendigung der heute noch überständig fortherrschenden, aber angesichts der technischen Entwicklung längst zum Skandal gewordenen Art von Güterverteilung auf Erden, bei der Abermillionen hungern und als Untermenschen mit hohlen Bäuchen und starrenden Rippen dahin leben und -sterben. Niemand muß und soll mehr hungern, niemand ein Unterprivilegierter, ein bloßer »native«, ein Objekt der Ausbeutung sein, und unnotwendiges, von Gott nicht gewolltes, sondern nur menschlicher Dummheit, Eigennützigkeit, Fahrlässigkeit und Pflichtversäumnis zuzuschreibendes Leiden soll aus der Welt verschwinden.

Das ist kein Turm zu Babel, kein sündiges Unternehmen, den Himmel zu erstürmen und ihn auf die Erde herabzuziehen, keine irreligiöse Hybris, die vermessener Weise die »Wunde der Welt«, wie die Theologen sagen, schließen will. Diese Wunde wird immer offen bleiben. Nie wird die Erde der Himmel sein. Immer wird es Sünde, Leiden, Erlösungsbedürftigkeit geben, und nie wird das Menschenherz der Religion entbehren können. Meine Überzeugung aber ist, daß auch die verschiedenen religiösen Bekenntnisse, die heute einander die Wahrheit streitig machen, in der kommenden Weltcivilisation werden verschmolzen werden zu einer Weltreligion, einem religiösen Humanismus, der die seelische Grundstimmung dieser universellen Gemeinschaft bilden wird. Nicht sowohl um Religion im Sinne positiver und ausschließender Lehrsätze wird es sich handeln, sondern um *Religiosiät,* – wie sich ja schon heute religiöse Menschen, eben als solche, wohl untereinander verstehen, auch wenn sie verschiedenen Bekenntnissen angehören.

Lassen Sie mich dafür ein kleines, aber merkwürdiges anekdotisches Beispiel geben. Als ich im Sommer 1949 in Deutschland war, stand ich mit meinen Begleitern am Fuße des malerischen Hügels, auf dem die *Wartburg* ragt, die Stätte, wo *Luther,* der Reformator, der glühendste Feind des römischen Papsttums, Zuflucht fand, und wo er sein großes Werk der Bibelübersetzung ins Deutsche vollbrachte. Der Bürgermeister von Eisenach, der Stadt, in deren Nähe die Wartburg gelegen ist, erzählte mir, einst habe er an dieser selben Stelle mit dem gegenwärtigen Papst, Pius XII., damals noch Cardinal Pacelli und paepstlicher Nuntius, gestanden; und der Prälat habe hinaufgeblickt und kopfnickend gesagt: »Das ist eine gesegnete Burg!« – Gesegnet? Sollte man es glauben? Ein katholischer Kirchenfürst nennt die Burg des Protestantismus gesegnet – warum? Weil dort ein religiöser Mensch ein religiöses Werk tat. Das Übrige war dem Römer in diesem Augenblick einerlei.

Es *ist* einerlei. Christentum, Buddhismus, Islam, Hinduismus,

Shintoismus und wie die Bekenntnisse heißen, sie werden eins werden in der Andacht vor dem Geheimnis der menschlichen Existenz, in der religiösen Aufgabe, nach Menschenvermögen die Kluft aufzuheben zwischen Wahrheit und Wirklichkeit, in der universalen Verpflichtung zu einem anständigen Benehmen vor Gott.

Pacific Palisades,
Dezember 1950.

REGISTER

Kursiv gesetzte Seitenzahlen verweisen auf den Anhang. Der Name von Katia Mann, die, mit dem Kürzel K., sehr häufig erwähnt wird, ist nicht aufgenommen. Orte und Hotels sind nur im Zusammenhang mit einem Aufenthalt TM's verzeichnet, die Registrierung fremder Werke bezieht sich auf TM's Eintragungen; nur in Ausnahmefällen aufgeführt sind kleinere Aufsätze und Rezensionen.

I WERKE VON THOMAS MANN

II ALLGEMEINES VERZEICHNIS

Das Register wurde zusammengestellt von Wolfgang Kloft

INHALT